देवकीनन्दन खत्री

देवकीनन्दन खत्री का जन्म 18 जून, 1861 को मुजफ्फरपुर, बिहार (ननिहाल) में हुआ था। हिन्दी और संस्कृत की प्रारम्भिक शिक्षा ननिहाल में ही हुई। फारसी से स्वाभाविक लगाव था लेकिन पिता की अनिच्छावश शुरू में उसे नहीं पढ़ सके। इसके बाद 18 वर्ष की अवस्था में, जब गया स्थित टिकरी राज्य से सम्बद्ध अपने पिता के व्यवसाय में स्वतंत्र रूप से हाथ बँटाने लगे तब फारसी और अंग्रेजी का भी अध्ययन किया। सितम्बर 1898 में लहरी प्रेस की स्थापना की। 'सुदर्शन' नामक मासिक पत्र भी निकाला। 'चन्द्रकान्ता' और 'चन्द्रकान्ता सन्तति' (छह भाग) के अतिरिक्त उनकी अन्य रचनाएँ हैं—'नरेन्द्र मोहिनी', 'कुसुमकुमारी', 'वीरेन्द्र वीर या कटोरा-भर खून', 'काजर की कोठरी', 'गुप्त गोदना' तथा 'भूतनाथ' (प्रथम छह भाग)।

1 अगस्त, 1931 को उनका निधन हुआ।

चन्द्रकान्ता सन्तति

6

देवकीनन्दन खत्री

राधाकृष्ण पेपरबैक्स

पहला संस्करण 1894 में प्रकाशित

राधाकृष्ण पेपरबैक्स में
पहला संस्करण : 2012
तीसरा संस्करण : 2025

राधाकृष्ण पेपरबैक्स : उत्कृष्ट साहित्य के जनसुलभ संस्करण

राधाकृष्ण प्रकाशन प्राइवेट लिमिटेड
जी-17, जगतपुरी, दिल्ली-110 051
द्वारा प्रकाशित

शाखाएँ : अशोक राजपथ, साइंस कॉलेज के सामने, पटना-800 006
पहली मंजिल, दरबारी बिल्डिंग, महात्मा गांधी मार्ग, प्रयागराज-211 001
1, अनमोल सोराबजी सन्तुक लेन, धोबी तलाव, मरीन लाइंस, मुम्बई-400 002

वेबसाइट : www.radhakrishnaprakashan.com
ई-मेल : info@radhakrishnaprakashan.com

विकास कम्प्यूटर एंड प्रिंटर्स
ट्रॉनिका सिटी-201 102
द्वारा मुद्रित

मूल्य : ₹950
(छह खंडों का सम्पूर्ण सैट)

CHANDRAKANTA SANTATI-6
Novel by Devaki Nandan Khatri

ISBN : 978-81-8361-517-4

चन्द्रकान्ता सन्तति-6

इक्कीसवां भाग

पहिला बयान

भूतनाथ अपना हाल कहते-कहते कुछ देर के लिए रुक गया और इसके बाद एक लंबी सांस लेकर पुनः यों कहने लगा–

"मैं अपने को कैदियों की तरह और अपने सामने अपनी ही स्त्री को सरदारी के ढंग पर बैठे हुए देखकर एक दफे घबड़ा गया और सोचने लगा कि यह क्या मामला है? मेरी स्त्री मुझे अपने सामने ऐसी अवस्था में देखे और सिवाय मुस्कुराने के कुछ न बोले!! अगर वह चाहती तो मुझे अपने पास गद्दी पर बैठा लेती, क्योंकि इस कमरे में जितने दिखाई दे रहे हैं, उन सभों की वह सरदार मालूम पड़ती है, इत्यादि बातों को सोचते-सोचते मुझे क्रोध चढ़ आया और मैंने लाल आंखों से उसकी तरफ देखकर कहा, "क्या तू मेरी स्त्री वही रामदेई है जिसके लिए मैंने तरह-तरह के कष्ट उठाए और जो इस समय मुझे कैदियों की अवस्था में अपने सामने देख रही है?"

इसके जवाब में मेरी स्त्री ने कहा, "हां, मैं वही रामदेई हूं जिसके लड़के को तुम किसी जमाने में अपना होनहार लड़का समझकर चाहते और प्यार करते थे, मगर आज उसे दुश्मनी की निगाह से देख रहे हो; मैं वही रामदेई हूं जो तुम्हारे असली भेदों को न जानकर और तुम्हें नेक, ईमानदार और सच्चा ऐयार समझकर तुम्हारे फंदे में फंस गई थी, मगर आज तुम्हारे असली भेदों का पता लग जाने के कारण डरती हुई तुमसे अलग हुआ चाहती हूं; मैं वही रामदेई हूं जिसे तुमने नकाबपोशों के मकान में देखा था; और मैं वही रामदेई हूं जिसने उस दिन तुम्हें जंगल में धोखा देकर बैरंग वापस होने पर मजबूर किया था, मगर मैं वह रामदेई नहीं हूं, जिसे तुम 'लामाघाटी' में छोड़ आए हो।"

मुझे उस औरत की बातों ने ताज्जुब में डाल दिया और मैं हैरानी के साथ उसका मुंह देखने लगा। अनूठी बात तो यह थी कि वह अपनी बातों में शुरू से तो रामदेई अथवा मेरी स्त्री बनती चली आई, मगर आखिर में बोल बैठी कि 'मगर मैं वह रामदेई नहीं हूं जिसे तुम लामाघाटी में छोड़ आए हो', आखिर बहुत सोच-विचारकर मैंने पुनः

उससे कहा, "अगर तू वह रामदेई नहीं है, जिसे मैं लामाघाटी में छोड़ आया था तो तू मेरी स्त्री भी नहीं है।"

स्त्री–तो यह कौन कहता है कि मैं तुम्हारी स्त्री हूं।

मैं–अभी इसके पहिले तूने क्या कहा था?

स्त्री–(हंसकर) मालूम होता है कि तुम अपने होश में नहीं हो।

"इतना सुनते ही मुझे क्रोध चढ़ आया और मैं अपनी हथकड़ी-बेड़ी तोड़ने का उद्योग करने लगा। यह हाल देखकर उस औरत को भी क्रोध आ गया और उसने अपनी एक सखी या लौंडी की तरफ देखकर कुछ इशारा किया। वह लौंडी इशारा पाते ही उठी और उसी जगह आले पर से एक बोतल उठा लाई जिसमें किसी प्रकार का अर्क था। उस अर्क से चुल्लू-भर उसने दो-तीन छींटे मेरे मुंह पर दिए जिसके सबब से मैं बेहोश हो गया और मुझे तनोबदन की सुध न रही। मैं यह नहीं बता सकता कि इसके बाद कै घण्टे तक मैं उसके कब्जे में रहा, परंतु जब होश में आया तो मैंने अपने को जंगल में एक पेड़ के नीचे पाया। घण्टों तक ताज्जुब के साथ चारों तरफ देखता रहा, इसके बाद एक चश्मे के किनारे जाकर हाथ-मुंह धोने के बाद इस तरफ रवाना हुआ। बस यही सबब था कि मुझे हाजिर होने में देर हो गई।"

भूतनाथ की बातें सुनकर सभों को ताज्जुब हुआ, मगर वे दोनों नकाबपोश एकदम खिलखिलाकर हंस पड़े और उनमें से एक ने भूतनाथ की तरफ देखकर कहा–

नकाबपोश–भूतनाथ, निःसंदेह तुम धोखे में पड़ गए। उस औरत ने जो कुछ तुमसे कहा, उसमें शायद ही दो-तीन बातें सच हों।

भूतनाथ–(ताज्जुब से) सो क्या! उसने कौन-सी बातें सच कही थीं, कौन-सी झूठ?

नकाबपोश–सो मैं नहीं कह सकता, मगर आशा है कि शीघ्र ही तुम्हें सच-झूठ का पता लग जाएगा।

भूतनाथ ने बहुत कुछ चाहा, मगर नकाबपोश ने उसके मतलब की कोई बात न कही। थोड़ी देर तक इधर-उधर की बातें करके नकाबपोश बिदा हुए और जाते समय एक सवाल के जवाब में कह गए कि "आप लोग दो दिन और सब्र करें, इसके बाद कुंअर इंद्रजीतसिंह और आनंदसिंह के सामने ही सब भेदों का खुलना अच्छा होगा, क्योंकि उन्हें इन बातों के जानने का बड़ा शौक था।"

दूसरा बयान

रात आधी से कुछ ज्यादे जा चुकी है। महाराज सुरेन्द्रसिंह अपने कमरे में पलंग पर लेटे हुए जीतसिंह से धीरे-धीरे कुछ बातें कर रहे हैं जो चारपाई के नीचे उनके पास

ही बैठे हैं। केवल जीतसिंह ही नहीं, बल्कि उनके पास वे दोनों नकाबपोश भी बैठे हुए हैं जो दरबार में आकर लोगों को ताज्जुब में डाला करते हैं और जिनका नाम रामसिंह और लक्ष्मणसिंह है। हम नहीं कह सकते कि ये लोग कब से इस कमरे में बैठे हुए हैं या इसके पहिले इन लोगों में क्या-क्या बातें हो चुकी हैं, मगर इस समय तो ये लोग कई ऐसे मामलों पर बातचीत कर रहे हैं जिनका पूरा होना बहुत जरूरी समझा जाता है। बात करते-करते एक दफे कुछ रुककर महाराज सुरेन्द्रसिंह ने जीतसिंह से कहा, "इस राय में गोपालसिंह का भी शरीक होना उचित जान पड़ता है, किसी को भेजकर उन्हें बुलाना चाहिए।"

"जो आज्ञा" कहकर जीतसिंह उठे और कमरे के बाहर जाकर राजा गोपालसिंह को बुलाने के लिए चोबदार को हुक्म देने के बाद पुनः अपने ठिकाने पर बैठकर बातचीत करने लगे।

जीतसिंह–इसमें तो कोई शक नहीं कि भूतनाथ आदमी चालाक और पूरे दर्जे का ऐयार है, मगर उसके दुश्मन लोग उस पर बेतरह टूट पड़े हैं और चाहते हैं कि जिस तरह बने उसे बर्बाद कर दें और इसीलिए उसके पुराने ऐबों को उधेड़कर उसे तरह-तरह की तकलीफ दे रहे हैं।

सुरेन्द्र–ठीक है, मगर हमारे साथ भूतनाथ ने सिवाय एक दफे चोरी करने के और कौन-सी बुराई की है जिसके लिए उसे हम सजा दें या बुरा कहें?

जीत–कुछ भी नहीं और वह चोरी भी उसने किसी बुरी नीयत से नहीं की थी, इस विषय में नानक ने जो कुछ कहा था, महाराज सुन ही चुके हैं।

सुरेन्द्र–हां, मुझे याद है, और उसने हम लोगों पर अहसान भी बहुत किये हैं बल्कि यों कहना चाहिए कि उसी की बदौलत कमलिनी, किशोरी, लक्ष्मीदेवी और इंदिरा वगैरह की जानें बचीं और गोपालसिंह को भी उसकी मदद से बहुत फायदा पहुंचा है। इन्हीं सब बातों को सोचके तो देवीसिंह ने उसे अपना दोस्त बना लिया था, मगर साथ ही इसके इस बात को भी समझ रखना चाहिए कि जब तक भूतनाथ का मामला तै नहीं हो जाएगा तब तक लोग उसके ऐबों को खोद-खोदकर निकाला ही करेंगे और तरह-तरह की बातें गढ़ते रहेंगे।

एक नकाबपोश–सो तो ठीक है, मगर सच पूछिए तो भूतनाथ का मुकदमा ही कैसा और मामला ही क्या? मुकदमा तो असल में नकली बलभद्रसिंह का है जिसने इतना बड़ा कसूर करने पर भी भूतनाथ पर इल्जाम लगाया है। उस पीतलवाली संदूकड़ी से तो हम लोगों को कोई मतलब ही नहीं, हां, बाकी रह गया चीठियोंवाला मुट्ठा जिसके पढ़ने से भूतनाथ लक्ष्मीदेवी का कसूरवार मालूम होता है, सो उसका जवाब भूतनाथ काफी तौर पर दे देगा और साबित कर देगा कि वे चीठियां उसके हाथ की लिखी हुई होने पर भी वह कसूरवार नहीं है और वास्तव में वह बलभद्रसिंह का दोस्त है, दुश्मन नहीं।

सुरेन्द्र–(लंबी सांस लेकर) ओफ ओह! इस थोड़े से जमाने में कैसे-कैसे उलटफेर हो गए! बेचारे गोपालसिंह के साथ कैसी धोखेबाजियां की गईं! इन बातों पर जब हमारा ध्यान जाता है तो मारे क्रोध के बुरा हाल हो जाता है।

जीत–ठीक है, मगर खैर अब इन बातों पर क्रोध करने की जगह नहीं रही क्योंकि जो कुछ होना था, हो गया। ईश्वर की कृपा से गोपालसिंह भी मौत की तकलीफ उठाकर बच गए और अब हर तरह से प्रसन्न हैं, इसके अतिरिक्त उनके दुश्मन लोग भी गिरफ्तार होकर अपने पंजे में आए हुए हैं।

सुरेन्द्र–बेशक, ऐसा ही है, मगर हमें कोई ऐसी सजा नहीं सूझती जो उनके दुश्मनों को देकर कलेजा ठंडा किया जाए और समझा जाए कि अब गोपालसिंह के साथ बुराई करने का बदला ले लिया गया।

महाराज सुरेन्द्रसिंह इतना कह ही रहे थे कि राजा गोपालसिंह कमरे के अंदर आते हुए दिखाई पड़े क्योंकि उनका डेरा इस कमरे से बहुत दूर न था।

राजा गोपालसिंह सलाम करके पलंग के पास बैठ गए और इसके बाद दोनों नकाबपोशों से भी साहब-सलामत करके मुस्कुराते हुए बोले–

"आप लोग कब से बैठे हैं?"

एक नकाबपोश–हम लोगों को आए बहुत देर हो गई।

सुरेन्द्र–ये बेचारे कई घण्टे से बैठे हुए हमारी तबीयत बहला रहे हैं और कई जरूरी बातों पर विचार कर रहे हैं।

गोपाल–वे कौन-सी बातें हैं?

सुरेन्द्र–यही लड़कों की शादी, भूतनाथ का फैसला, कैदियों का मुकदमा, कमलिनी और लाडिली के साथ उचित बर्ताव इत्यादि विषयों पर बातचीत हो रही है और सोच रहे हैं कि किस तरह क्या किया जाए तथा पहिले क्या काम हो?

गोपाल–इस समय मैं भी इसी उलझन में पड़ा हुआ था। मैं सोया नहीं था बल्कि जागता हुआ इन्हीं बातों को सोच रहा था कि आपका संदेशा पहुंचा और तुरंत उठकर इस तरफ चला आया। (नकाबपोशों की तरफ बताकर) आप लोग तो अब हमारे घर के व्यक्ति हो रहे हैं। अस्तु, ऐसे विचारों में आप लोगों को शरीक होना ही चाहिए।

सुरेन्द्र–जीतसिंह कहते हैं कि कैदियों का मुकदमा होने और उनको सजा देने के पहिले ही दोनों लड़कों की शादी हो जानी चाहिए जिसमें कैदी लोग भी इस उत्सव को देखकर अपना जी जला लें और समझ लें कि उनकी बेईमानी, हरामजदगी और दुश्मनी का नतीजा क्या निकला। साथ ही इसके एक बात का फायदा और भी होगा, अर्थात् कैदियों के पक्षपाती लोग भी, जो ताज्जुब नहीं कि इस समय भी कहीं इधर-उधर छिपे मन के लड्डू बना रहे हों, समझ जाएंगे कि अब उन्हें दुश्मनी करने की कोई जरूरत नहीं रही, और न ऐसा करने से कोई फायदा ही है।

गोपाल–ठीक है, जब तक दोनों कुमारों की शादी न हो जाएगी तब तक तरह-तरह के खुटके बने ही रहेंगे। शादी हो जाने के बाद मेहमानों के सामने ही कैदियों को जहन्नुम में पहुंचाकर, दुनिया को दिखा दिया जाएगा कि बुरे कर्मों का नतीजा यह होता है।

सुरेन्द्र–खैर, तो आपकी भी यही राय होती है?

गोपाल–बेशक!

सुरेन्द्र–(जीतसिंह की तरफ देखकर) तो अब हमें और किसी से राय मिलाने की जरूरत नहीं रही, आप हर तरह का बंदोबस्त शुरू कर दें और जहां-जहां न्यौता भेजना हो, भेजवा दें।

जीत–जो आज्ञा। अब भूतनाथ के विषय में कुछ तै हो जाना चाहिए।

गोपाल–हम लोगों में से कौन-सा आदमी ऐसा है जो भूतनाथ के एहसान के बोझ से दबा हुआ न हो? बाकी रही यह बात कि जैपाल ने भूतनाथ के हाथ की चीठियां कमलिनी और लक्ष्मीदेवी को दिखाकर भूतनाथ को दोषी ठहराया है, सो वास्तव में भूतनाथ दोषी नहीं है और इस बात का सबूत भी वह दे देगा।

सुरेन्द्र–हां, तुमको तो इन सब बातों का सच्चा हाल जरूर ही मालूम होगा क्योंकि तुम्हीं ने कृष्णाजिन्न बनकर उसकी सहायता की थी, अगर वास्तव में वह दोषी होता तो तुम ऐसा करते ही क्यों?

गोपाल–बेशक, यही बात है, इंदिरा का किस्सा आपको मालूम ही है क्योंकि मैंने आपको लिख भेजा था और आशा है कि आपको वे बातें याद होंगी?

सुरेन्द्र–हां, मुझे बखूबी याद हैं, बेशक उस जमाने में भूतनाथ ने तुम लोगों की बड़ी सहायता की थी, बल्कि इसी सबब से उससे और दारोगा से दुश्मनी हो गई थी, अस्तु, कब हो सकता है कि भूतनाथ लक्ष्मीदेवी के साथ दगा करता, जो कि दारोगा से दोस्ती और बलभद्रसिंह से दुश्मनी किए बिना हो ही नहीं सकता था! लेकिन आखिर यह बात क्या है, वे चीठियां भूतनाथ की लिखो हैं या नहीं? फिर इस जगह एक बात का और भी खयाल होता है जो यह कि उस मुट्ठे में दोनों तरफ की चीठियां मिली हुई हैं, अर्थात् जो रघुबरसिंह ने भेजी वे भी हैं और जो रघुबर के नाम आई थीं वे भी हैं।

गोपाल–जी हां और यह बात भी बहुत से शकों को दूर करती है। असल यह है कि वे सब चीठियां भूतनाथ के हाथ की नकल की हुई हैं! वह रघुबरसिंह, जो दारोगा का दोस्त था और जमानिया में रहता था, उसी की यह सब कार्रवाई है और यह सब विष-बीज उसी के बोये हुए हैं। वह बहुत जगह इशारे के तौर पर अपना नाम 'भूत' लिखा करता था। आपने इंदिरा के हाल में पढ़ा होगा कि भूतनाथ बेनीसिंह बनकर बहुत दिनों तक रघुबरसिंह के यहां रह चुका है और उन दिनों यही भूतनाथ हेलासिंह के यहां रघुबरसिंह का खत लेकर आया-जाया करता था...

सुरेन्द्र–ठीक है, मुझे याद है।

गोपाल–बस ये सब चीठियां, उन्हीं चीठियों की नकलें हैं। भूतनाथ ने मौके पर दुश्मनों को कायल करने के लिए उन चीठियों की नकल कर ली थी और कुछ उनके घर से भी चुराई थीं। बस भूतनाथ की गलती या बेईमानी जो कुछ समझिए यही हुई कि उस समय कुछ नकदी फायदे के लिए उसने इस मामले को दबा रखा और उसी वक्त मुझ पर प्रकट न कर दिया। रिश्वत लेकर दारोगा को छोड़ देना और कलमदान के भेद को छिपा रखना भी भूतनाथ के ऊपर धब्बा लगाता है, क्योंकि अगर ऐसा न होता तो मुझे यह बुरा दिन देखना नसीब न होता और इन्हीं भूलों पर आज भूतनाथ पछताता और अफसोस करता है। मगर आखिर में भूतनाथ ने इन बातों का बदला भी ऐसा अदा किया कि वे सब कसूर माफ कर देने के लायक हो गए।

सुरेन्द्र–उस कलमदान में क्या चीज थी?

गोपाल–उस कलमदान को दारोगा की उस गुप्त सभा का दफ्तर समझिए, सब सभासदों के नाम और सभा के मुख्य-मुख्य भेद उसी में बंद रहते थे, इसके अतिरिक्त दामोदरसिंह ने जो वसीयतनामा इंदिरा के नाम लिखा था, वह भी उसी में बंद था।

सुरेन्द्र–ठीक है, ठीक है, इंदिरा के किस्से में यह बात भी तुमने लिखी थी, हमें याद आया। मगर इसमें भी कोई शक नहीं कि उन दिनों लालच में पड़कर भूतनाथ ने बहुत बुरा किया और उसी सबब से तुम लोगों को तकलीफ उठानी पड़ी।

एक नकाबपोश–शायद भूतनाथ को इस बात की खबर न थी कि इस लालच का नतीजा कहां तक बुरा निकलेगा।

सुरेन्द्र–जो हो, मगर उस समय की बातों पर ध्यान देने से यह भी कहना पड़ता है कि उन दिनों भूतनाथ एक हाथ से भलाई कर रहा था और दूसरे हाथ से बुराई।

गोपाल–ठीक है, बेशक ऐसी ही बात थी।

सुरेन्द्र–(जीतसिंह की तरफ देखके) भूतनाथ और इंद्रदेव को भी इसी समय यहां बुलाकर इस मामले को तै ही कर देना चाहिए।

''जो आज्ञा'' कहकर जीतसिंह उठे और कमरे के बाहर जाकर चोबदार को हुक्म देने के बाद लौट आए। इसके बाद कुछ देर तक सन्नाटा रहा तब फिर गोपालसिंह ने कहा–

''अपने खयाल में तो भूतनाथ ने कोई बुराई नहीं की थी क्योंकि बीस हजार अशर्फी दारोगा से वसूल करके उसे छोड़ देने पर भी उसने एक इकरारनामा लिखा लिया था कि 'वह (दारोगा) ऐसे किसी काम में शरीक न होगा और न खुद ऐसा कोई काम करेगा जिससे इंद्रदेव, सर्यू, इंदिरा और मुझ (गोपालसिंह) को किसी तरह का नुकसान पहुंचे'[1] मगर दारोगा फिर भी बेईमानी कर ही गया और भूतनाथ इकरारनामे के भरोसे बैठा रह गया। इससे खयाल होता है कि शायद भूतनाथ को

---

1. इंदिरा का किस्सा, चन्द्रकान्ता सन्तति, पंद्रहवां भाग, पहिला बयान।

भी इन मामलों की ठीक खबर न हो अर्थात मुंदर का हाल मालूम न हुआ हो, और वह लक्ष्मीदेवी के बारे में धोखा खा गया हो तो भी ताज्जुब नहीं।

सुरेन्द्र–हो सकता है। (कुछ देर तक चुप रहने के बाद) मगर यह तो बताओ कि इन सब मामलों की खबर तुम्हें कब और क्योंकर लगी?

गोपाल–इन सब बातों का पता मुझे भूतनाथ के गुरुभाई शेरसिंह की जुबानी लगा जो भूतनाथ को भाई की तरह प्यार करता है, मगर उसकी इन सब लालच-भरी कार्रवाइयों के बुरे नतीजे को सोच और उसे पूरा कसूरवार समझकर उससे डरता और नफरत करता है। जिन दिनों रोहतासगढ़ का राजा दिग्विजयसिंह किशोरी को अपने किले में ले गया था और इस सबब से शेरसिंह ने अपनी नौकरी छोड़ दी थी, उन दिनों भूतनाथ छिपा-छिपा फिरता था। मगर जब शेरसिंह ने उस तिलिस्मी तहखाने में जाकर डेरा डाला[1] और छिपे-छिपे कमला और कामिनी की मदद करने लगा तो उन्हीं दिनों उस तिलिस्मी तहखाने में जाकर भूतनाथ ने शेरसिंह से एक तौर पर (बहुत दिनों तक गायब रहने के बाद) नई मुलाकात की, मगर धर्मात्मा शेरसिंह को यह बात बहुत बुरी मालूम हुई...

गोपालसिंह इतना कह ही रहे थे कि भूतनाथ और इंद्रदेव कमरे के अंदर आ पहुंचे और सलाम करके आज्ञानुसार जीतसिंह के पास बैठ गए।

जीत–(भूतनाथ और इंद्रदेव से) आप लोग बहुत जल्द आ गए।

इंद्रदेव–हम दोनों इसी जगह बरामदे के नीचे बाग में टहल रहे थे इसलिए चोबदार नीचे उतरने के साथ ही हम लोगों से जा मिला।

जीत–खैर, (गोपालसिंह से) हां, तब?

गोपाल–अपनी नेकनामी में धब्बा लगने और बदनाम होने के डर से भूतनाथ की सूरत देखना भी शेरसिंह पसंद नहीं करता था, बल्कि उसका तो यही बयान है कि 'मुझे भूतनाथ से मिलने की आशा न थी और मैं समझे हुए था, कि अपने दोषों से लज्जित होकर भूतनाथ ने जान दे दी'। मगर जिस दिन उसने उस तहखाने में भूतनाथ की सूरत देखी, कांप उठा। उसने भूतनाथ की बहुत लानत-मलामत करने के बाद कहा कि 'अब तुम हम लोगों को अपना मुंह मत दिखाओ और हमारी जान और आबरू पर दया करके किसी दूसरे देश में चले जाओ'। मगर भूतनाथ ने इस बात को मंजूर न किया और यह कहकर अपने भाई से बिदा हुआ कि 'चुपचाप बैठे देखते रहो कि मैं किस तरह अपने पुराने परिचितों में प्रकट होकर खास राजा बीरेन्द्रसिंह का ऐयार बनता हूं'। बस इसके बाद भूतनाथ कमलिनी से जा मिला और जी-जान से उसकी मदद करने लगा। मगर शेरसिंह को यह बात पसंद न आई। यद्यपि कुछ दिनों तक शेरसिंह ने कमलिनी तथा हम लोगों का साथ दिया, मगर डरते-डरते। आखिर एक दिन शेरसिंह ने एकांत में मुझसे मुलाकात की और अपने दिल का हाल तथा मेरे विषय

1. देखिए चन्द्रकान्ता सन्तति, तीसरा भाग, तेरहवां बयान।

में जो कुछ जानता था, कहने के बाद बोला, 'यह सब हाल कुछ तो मुझे अपने भाई भूतनाथ की जुबानी मालूम हुआ और कुछ रोहतासगढ़ को इस्तीफा देने के बाद तहकीकात करने से मालूम हुआ, मगर इस बात की खबर हम दोनों भाइयों में से किसी को भी न थी कि आपको मायारानी ने कैद कर रखा है। खैर, अब ईश्वर की कृपा से आप छूट गए हैं इसलिए आपके संबंध में जो कुछ मुझे मालूम है आपसे कह दिया, जिसमें आप दुश्मनों से अच्छी तरह बदला ले सकें। अब मैं अपना मुंह किसी को दिखाना नहीं चाहता क्योंकि मेरा भाई भूतनाथ, जिसे मैं मरा हुआ समझता था, प्रकट हो गया और न मालूम क्या-क्या किया चाहता है। कहीं ऐसा न हो कि गेहूं के साथ घुन भी पिस जाए, अस्तु, अब मैं जहां भागते बनेगा, भाग जाऊंगा। हां, अगर भूतनाथ जो कुछ बड़ा जिद्दी और उत्साही है, किसी तरह नेकनामी के साथ राजा बीरेन्द्रसिंह का ऐयार बन गया तो पुनः प्रकट हो जाऊंगा।' इतना कहकर शेरसिंह न मालूम कहां चला गया, मैंने बहुत कुछ समझाया, मगर उसने एक न मानी। (कुछ रुककर) यही सबब है कि मुझे इन सब बातों से आगाही हो गई और भूतनाथ के भी बहुत-से भेदों को जान गया।

जीत–ठीक है। (भूतनाथ की तरफ देखके) भूतनाथ, इस समय तुम्हारा ही मामला पेश है! इस जगह जितने आदमी हैं सभी कोई तुमसे हमदर्दी रखते हैं, महाराज भी तुमसे बहुत प्रसन्न हैं। ताज्जुब नहीं वह दिन आज ही हो कि तुम्हारे कसूर माफ किए जाएं और तुम महाराज के ऐयार बन जाओ, मगर तुम्हें अपना हाल या जो कुछ तुमसे पूछा जाए, उसका जवाब सच-सच कहना और देना चाहिए। इस समय तुम्हारा ही किस्सा हो रहा है।

भूतनाथ–(खड़े होकर सलाम करने के बाद) आज्ञा के विरुद्ध कदापि न करूंगा और कोई बात छिपा न रखूंगा।

जीत–तुम्हें यह तो मालूम हो गया कि सर्यू और इंदिरा भी यहां आ गई हैं जो जमानिया के तिलिस्म में फंस गई थीं और उन्होंने अपना अनूठा किस्सा बड़े दर्द के साथ बयान किया था।

भूतनाथ–(हाथ जोड़ के) जी हां, मुझ कमबख्त की बदौलत उन्हें उस कैद की तकलीफ भोगनी पड़ी। उन दिनों बदकिस्मती ने मुझे हद से ज्यादे लालची बना दिया था। अगर मैं लालच में पड़कर दारोगा को न छोड़ देता तो यह बात न होती। आपने सुना ही होगा कि उन दिनों हथेली पर जान लेकर मैंने कैसे-कैसे काम किये थे, मगर दौलत के लालच ने मेरे सब कामों पर मिट्टी डाल दी। अफसोस, मुझे इस बात की कुछ भी खबर न हुई कि दारोगा ने अपनी प्रतिज्ञा के विरुद्ध काम किया, अगर खबर लग जाती तो उससे समझ लेता।

जीत–अच्छा यह बताओ कि तुम्हारा भाई शेरसिंह कहां है?

भूतनाथ–मेरे यहां होने के सबब से न मालूम वह कहां जाकर छिपा बैठा है। उसे विश्वास है कि भूतनाथ जिसने बड़े-बड़े कसूर किए हैं, कभी निर्दोष छूट नहीं सकता

बल्कि ताज्जुब नहीं कि उसके सबब से मुझ पर भी किसी तरह का इल्जाम लगे। हां, अगर वह मुझे बेकसूर छूटा हुआ देखेगा या सुनेगा तो तुरंत ही प्रकट हो जाएगा।

जीत–वह चीठियोंवाला मुट्ठा तुम्हारे ही हाथ का लिखा हुआ है या नहीं?

भूतनाथ–जी, वे सब चीठियां हैं तो मेरे ही हाथ की लिखी हुईं मगर वे असल नहीं बल्कि असली चीठियों की नकल हैं जो कि मैंने जैपाल (रघुबरसिंह) के यहां से चोरी की थीं। असल में इन चीठियों का लिखनेवाला मैं नहीं, बल्कि जैपाल है।

जीत–खैर, तो जब तुमने जैपाल के यहां से असल चीठियों की नकल की थी तो तुम्हें उसी समय मालूम हुआ होगा कि लक्ष्मीदेवी और बलभद्रसिंह पर क्या आफत आनेवाली है?

भूतनाथ–क्यों न मालूम होता! परंतु रुपए के लालच में पड़कर अर्थात् कुछ लेकर मैंने जैपाल को छोड़ दिया। मगर बलभद्रसिंह से मैंने इस होनहार के बारे में इशारा जरूर कर दिया था, हां, जैपाल का नाम नहीं बताया क्योंकि उससे रुपया वसूल कर चुका था। हां और यह कहना तो मैं भूल ही गया कि रुपये वसूल करने के साथ ही मैंने जैपाल से इस बात की कसम भी खिला ली थी कि अब वह लक्ष्मीदेवी और बलभद्रसिंह से किसी तरह की बुराई न करेगा। मगर अफसोस, उसने (जैपाल ने) मेरे साथ दगा करके मुझे धोखे में डाल दिया और वह काम कर गुजरा जो किया चाहता था। इसी तरह मुझे बलभद्रसिंह के बारे में भी धोखा हुआ। दुश्मनों ने उन्हें कैद कर लिया और मुझे हर तरह से विश्वास दिला दिया कि बलभद्रसिंह मर गए। लक्ष्मीदेवी के बारे में जो कुछ चालाकी दारोगा ने की उसका मुझे कुछ भी पता न लगा और न मैं कई वर्षों तक लक्ष्मीदेवी की सूरत ही देख सका कि पहिचान लेता। बहुत दिनों के बाद जब मैंने नकली लक्ष्मीदेवी को देखा भी तो मुझे किसी तरह का शक न हुआ, क्योंकि लड़कपन की सूरत और अधेड़पन की सूरत में बहुत बड़ा फर्क पड़ जाता है। इसके अतिरिक्त जिन दिनों मैंने नकली लक्ष्मीदेवी को देखा, उस समय उनकी दोनों बहिनें अर्थात् श्यामा (कमलिनी) और लाडिली भी उसके साथ रहती थीं, जब वे ही दोनों उसकी बहिन होकर धोखे में पड़ गईं तो मेरी कौन गिनती है?

बहुत दिनों बाद जब यह कागज का मुट्ठा मेरे यहां से चोरी हो गया तब मैं घबड़ाया और डरा कि समय पर वह चोरी गया हुआ मुट्ठा मुझी को मुजरिम बना देगा, और आखिर ऐसा ही हुआ। दुष्टों ने यही कागजों का मुट्ठा कैदखाने में बलभद्रसिंह को दिखाकर मेरी तरफ से उनका दिल फेर दिया और तमाम दोष मेरे ही सिर पर थोपा। इसके बाद और भी कई वर्ष बीत जाने पर जब राजा गोपालसिंह के मरने की खबर उड़ी और किसी को किसी तरह का शक न रहा तब धीरे-धीरे मुझे दारोगा और जैपाल की शैतानी का कुछ पता लगा, मगर फिर मैंने जान-बूझकर तरह दे दिया और सोचा कि अब उन बातों को खोदने से फायदा ही क्या जबकि खुद राजा गोपालसिंह ही इस दुनिया से उठ गए तो मैं किसके लिए इन बखेड़ों को उठाऊं? (हाथ जोड़कर) बेशक,

यही मेरा कसूर है और इसीलिए मेरा भाई भी रंज है। हां, इधर जबकि मैंने देखा कि अब श्रीमान राजा बीरेन्द्रसिंह का दौरदौरा है और कमलिनी भी उस घर से निकल खड़ी हुई तब मैंने भी सिर उठाया और अबकी दफे नेकनामी के साथ, नाम पैदा करने का इरादा कर लिया। इस बीच में मुझ पर बड़ी आफतें आईं, मेरे मालिक रणधीरसिंह भी मुझसे बिगड़ गए और मैं अपना काला मुंह लेकर दुनिया से किनारे हो बैठा तथा अपने को मरा हुआ मशहूर कर दिया इत्यादि। कहां तक बयान करूं, बात तो यह है कि मैं सिर से पैर तक अपने को कसूरवार समझकर भी महाराजा की शरण में आया हूं।

जीत–तुम्हारी पिछली कार्रवाई का बहुत-सा हाल महाराज को मालूम हो चुका है, उस जमाने में इंदिरा को बचाने के लिए जो कार्रवाइयां तुमने की थीं उनसे महाराज प्रसन्न हैं, खास करके इसलिए कि तुम्हारे हर एक काम में दबंगता का हिस्सा ज्यादे था और तुम सच्चे दिल से इंद्रदेव के साथ दोस्ती का हक अदा कर रहे थे, मगर इस जगह एक बात का बड़ा ताज्जुब है।

भूतनाथ–वह क्या?

जीत–इंदिरा के बारे में जो-जो काम तुमने किये थे वे इंद्रदेव से तो तुमने जरूर ही कहे होंगे?

भूतनाथ–बेशक, जो कुछ काम मैं करता था, वह इंद्रदेव से पूरा-पूरा कह देता था।

जीत–तो फिर इंद्रदेव ने दारोगा को क्यों छोड़ दिया? सजा देना तो दूर रहा, इन्होंने गुरुभाई का नाता तक नहीं तोड़ा।

भूतनाथ–(एक लंबी सांस लेकर और उंगली से इंद्रदेव की तरफ इशारा करके) इनके ऐसा भी बहादुर और मुरौवत का आदमी मैंने दुनिया में नहीं देखा। इनके साथ जो कुछ सलूक मैंने किया था, उसका बदला एक ही काम से इन्होंने ऐसा अदा किया कि जो इनके सिवाय दूसरा कर ही नहीं सकता था और जिससे मैं जन्म-भर इनके सामने सिर उठाने लायक न रहा, अर्थात् जब मैंने रिश्वत लेकर दारोगा को छोड़ देने और कलमदान दे देने का हाल इनसे कहा तो सुनते ही इनकी आंखों में आंसू भर आए और एक लंबी सांस लेकर इन्होंने मुझसे कहा, "भूतनाथ, तुमने यह काम बहुत ही बुरा किया। किसी दिन इसका नतीजा बहुत ही खराब निकलेगा! खैर, अब तो जो कुछ होना था हो गया, तुम मेरे दोस्त हो। अस्तु, जो कुछ तुम कर आए उसे मैं भी मंजूर करता हूं और दारोगा को एकदम भूल जाता हूं। अब मेरी लड़की और स्त्री पर चाहे कैसी आफत क्यों न आए और मुझे भी चाहे कितना ही कष्ट क्यों ना भोगना पड़े, मगर आज से दारोगा का नाम भी न लूंगा और न अपनी स्त्री के विषय में ही किसी से कुछ जिक्र करूंगा। जो कुछ तुम्हें करना हो करो और उस कमबख्त दारोगा से भले ही कह दो कि 'इन बातों की खबर इंद्रदेव को नहीं दी गई'। मैं भी अपने को ऐसा ही बनाऊंगा कि दारोगा को किसी तरह का खुटका न होगा और वह

मुझे निरा उल्लू ही समझता रहेगा।" इंद्रदेव की यह बात मेरे कलेजे में तीर की तरह लगी और मैं यह कहकर उठ खड़ा हुआ कि 'दोस्त, मुझे माफ करो, बेशक मुझसे बड़ी भूल हुई। अब मैं दारोगा को कभी न छोडूंगा और जो कुछ उससे लिया है, उसे वापस कर दूंगा।' मगर इतना कहते ही इंद्रदेव ने मेरी कलाई पकड़ ली और जोर के साथ मुझे बैठाकर कहा, "भूतनाथ, मैंने यह बात तुमसे ताने के ढंग पर नहीं कही थी कि सुनने के साथ ही तुम उठ खड़े हुए। नहीं-नहीं, ऐसा कभी न होने पायेगा, हमने और तुमने जो कुछ किया, सो किया और जो कहा सो कहा, अब इसके विपरीत हम दोनों में से कोई भी न जा सकेगा।"

सुरेन्द्र–शाबाश!!

इतना कहकर सुरेन्द्रसिंह ने मुहब्बत की निगाह से इंद्रदेव की तरफ देखा और भूतनाथ ने फिर इस तरह कहना शुरू किया–

"मैंने बहुत कुछ कहा, मगर इंद्रदेव ने एक न मानी और बहुत बड़ी कसम देकर मेरा मुंह बंद कर दिया, मगर इस बात का नतीजा यह निकला कि उसी दिन हम दोनों दोस्त दुनिया से उदासीन हो गए, मेरी उदासीनता में तो कुछ कसर रह गई, मगर इंद्रदेव की उदासीनता में किसी तरह की कसर न रही। यही सबब था कि इंद्रदेव के हाथ से दारोगा बच गया और दारोगा इंद्रदेव की तरफ से (मेरे कहे मुताबिक) बेफिक्र रहा।"

सुरेन्द्र–बेशक, इंद्रदेव ने यह बड़े हौसले और सब्र का काम किया।

गोपाल–दोस्ती का हक अदा करना इसे कहते हैं, जितने एहसान भूतनाथ ने इन पर किये थे, सभों का बदला एक ही बात से चुका दिया!!

भूतनाथ–(गोपालसिंह की तरफ देखके) कुंअर इंद्रजीतसिंह और आनंदसिंह से इंदिरा ने अपना हाल किस तरह पर बयान किया था सो मुझे मालूम न हुआ। अगर यह मालूम हो जाता तो अच्छा होता कि इंदिरा ने जो कुछ बयान किया था, वह ठीक है अथवा उसने जो कुछ सुना था, वह सच था?

गोपाल–जहां तक मेरा खयाल है मैं कह सकता हूं कि इंदिरा ने अपने विषय में कोई बात ज्यादे नहीं कही, बल्कि ताज्जुब नहीं कि वह कई बातें मालूम न होने के कारण छोड़ गई हो। मैंने उसका पूरा-पूरा किस्सा महाराज को लिख भेजा था। (जीतसिंह की तरफ देखकर) अगर मेरी वह चीठी यहां मौजूद हो तो भूतनाथ को दे दीजिए, उसमें से इंदिरा का किस्सा पढ़कर ये अपना शक मिटा लें।

"हां, वह चीठी मौजूद है" इतना कहकर जीतसिंह उठे और आलमारी से वह किताबनुमा चीठी निकालकर और इंदिरा का किस्सा बताकर भूतनाथ को दे दी। भूतनाथ उसे तेजी के साथ पढ़ गया और अंत में बोला, "हां ठीक है, करीब-करीब सभी बातें उसे मालूम हो गई थीं और आज मुझे भी एक बात नई मालूम हुई अर्थात् आखिरी मर्तबे जब मैं इंदिरा को दारोगा के कब्जे से निकालकर ले गया था और अपने

एक अड्डे पर हिफाजत के साथ रख गया था, तो वहां से एकाएक उसका गायब हो जाना, मुझे बड़ा ही दुःखदायी हुआ। मैं ताज्जुब करता था कि इंदिरा वहां से क्योंकर चली गई। जब मैंने अपने आदमियों से पूछा तो उन्होंने कहा कि 'हम लोगों को कुछ भी नहीं मालूम कि वह कब निकलकर भाग गई, क्योंकि हम लोग कैदियों की तरह उस पर निगाह नहीं रखते थे बल्कि घर का आदमी समझकर कुछ बेफिक्र थे'। परंतु मुझे अपने आदमियों की बात पसंद न आई और मैंने उन लोगों को सख्त सजा दी। आज मालूम हुआ कि वह कांटा मायाप्रसाद का बोया हुआ था। मैं उसे अपना दोस्त समझता था, मगर अफसोस, उसने मेरे साथ बड़ी दगा की!"

गोपाल–इंदिरा की जुबानी यह किस्सा सुनकर मुझे भी निश्चय हो गया कि मायाप्रसाद दारोगा का हिती है। अस्तु, मैंने उसे तिलिस्म में कैद कर दिया है। अच्छा यह तो बताओ कि उस समय जब तुम आखिरी मर्तबे इंदिरा को दारोगा के यहां से निकालकर अपने अड्डे पर रख आए और लौटकर पुनः जमानिया गए तो फिर क्या हुआ, दारोगा से कैसी निपटी, और सर्यू का पता क्यों न लगा सके?

भूतनाथ–इंदिरा को उस ठिकाने रखकर जब मैं लौटा तो पुनः जमानिया गया, परंतु अपनी हिफाजत के लिए पांच आदमियों को अपने साथ लेता गया और उन्हें (अपने आदमियों को) कब क्या करना चाहिए, इस बात को भी अच्छी तरह समझा दिया, क्योंकि वे पांचों आदमी मेरे शागिर्द थे और कुछ ऐयारी भी जानते थे। मुझे सर्यू के लिए दारोगा से फिर मुलाकात करने की जरूरत थी, मगर उसके घर में जाकर मुलाकात करने का इरादा न था, क्योंकि मैं खूब समझता था कि यह 'दूध का जला छाछ फूंकके पीता होगा' और मेरे लिए अपने घर में कुछ-न-कुछ बंदोबस्त जरूर कर रखा होगा! अगर अबकी दिलेरी के साथ उसके घर में जाऊंगा, तो बेशक फंस जाऊंगा, इसलिए बाहर ही उससे मुलाकात करने का बंदोबस्त करने लगा। खैर, इस फेर में दस-बारह दिन बीत गए और इस बीच में मुलाकात करने का कोई अच्छा मौका न मिला। पता लगाने से मालूम हुआ कि वह बीमार है और घर से बाहर नहीं निकलता। यह बात मुझे मायाप्रसाद ने कही थी, मगर मैंने मायाप्रसाद से इंदिरा के बारे में कुछ भी नहीं कहा और न राजा साहब (गोपालसिंह की तरफ इशारा करके) ही से कुछ कहा, क्योंकि दारोगा को बेदाग छोड़ देने के लिए मेरे दोस्त इंद्रदेव ने पहिले ही से तै कर लिया था, अब अगर राजा साहब से मैं कुछ कहता तो दारोगा जरूर सजा पा जाता। लेकिन मैं यह नहीं कह सकता कि मायाप्रसाद और दारोगा को इस बात का पता क्योंकर लग गया कि इंदिरा फलानी जगह है। खैर, मुख्तसर यह है कि एक दिन स्वयं मायाप्रसाद ने मुझसे कहा कि गदाधरसिंह, 'मैं तुम्हें इसकी इत्तिला देता हूं कि सर्यू निःसंदेह दारोगा की कैद में है, मगर बीमार है, अगर तुम किसी तरह दारोगा के मकान में चले जाओ तो उसे जरूर अपनी आंखों से देख सकोगे। मेरी इस बात में तुम किसी तरह शक न करो, मैं बहुत पक्की बात तुमसे कह रहा हूं।' मायाप्रसाद

की बात सुनकर मुझे एक दफे जोश चढ़ आया और मैं दारोगा के मकान में जाने के लिए तैयार हो गया। मैं क्या जानता था कि मायाप्रसाद दारोगा से मिला हुआ है। खैर, मैं अपनी हिफाजत के लिए कई तरह का बंदोबस्त करके आधी रात के समय कमंद के जरिये दारोगा के लंबे-चौड़े और शैतान की आंख की सूरतवाले मकान में घुस गया और चोरों की तरह टोह लगाता हुआ उस कमरे में जा पहुंचा, जिसमें दारोगा एक गद्दी के ऊपर उदास बैठा हुआ कुछ सोच रहा था। उस समय उसके बदन पर कई जगह पट्टी बंधी हुई थी जिससे वह चुटीला मालूम पड़ता था और उसके सिर का भी यही हाल था। दारोगा मुझे देखते ही चौंक उठा और आंखें चार होने के साथ ही मैंने उससे कहा, 'दारोगा साहब, मैं आपके मकान में कैद होने के लिए नहीं आया हूं, बल्कि सर्यू को देखने के लिए आया हूं, जिसके इस मकान में होने का पता मुझे लग चुका है। अस्तु, इस समय मुझसे किसी तरह की बुराई करने की उम्मीद न रखिए, क्योंकि मैं अगर आधे घण्टे के अंदर इस मकान के बाहर होकर अपने साथियों के पास न चला जाऊंगा तो उन्हें विश्वास हो जाएगा कि गदाधरसिंह फंस गया और तब वे लोग आपको हर तरह से बर्बाद कर डालेंगे जिसका कि मैं पूरा-पूरा बंदोबस्त कर आया हूं।'

इतना सुनते ही दारोगा खड़ा हो गया और उसने हंसकर जवाब दिया, 'मेरे लिए आपको इस कड़े प्रबंध की कोई आवश्यकता न थी और न मुझमें इतनी सामर्थ्य ही है कि आप ऐसे ऐयार का मुकाबला करूं, मैं तो खुद आपकी तलाश में था कि किसी तरह आपको पाऊं और अपना कसूर माफ कराऊं। मुझे विश्वास है कि जब आप मेरा एक कसूर माफ कर चुके हैं तो इसको भी माफ कर देंगे। गुस्से को दूर कीजिए, मैं फिर भी आपके लिए हाजिर हूं।'

मैं–(बैठकर और दारोगा को बैठाकर) कसूर माफ कर देने के लिए तो कोई हर्ज नहीं है, मगर आइंदे के लिए कसूर न करने का वादा करके भी आपने मेरे साथ दगा की इसका मुझे जरूर बड़ा रंज है!

दारोगा–(हाथ जोड़कर) खैर, जो हो गया सो हो गया, अब अगर फिर कोई कसूर मुझसे हो तो जो चाहे सजा दीजिएगा, मैं ओफ भी न करूंगा।

मैं–खैर, एक दफे और सही, मगर उस कसूर के लिए आपको कुछ जुर्माना जरूर देना पड़ेगा।

दारोगा–यद्यपि आप मुझे पहिले ही कंगाल कर चुके हैं, मगर फिर भी मैं आपकी आज्ञा-पालन के लिए हाजिर हूं।

मैं–दो हजार अशर्फी।

दारोगा–(आलमारी में से एक थैली निकालकर और मेरे सामने रखकर) बस एक हजार अशर्फी को कबूल कीजिए और...

मैं–(मुस्कुराकर) मैं कबूल करता हूं और अपनी तरफ से यह थैली आपको देकर इसके बदले में सर्यू को मांगता हूं जो इस समय आपके घर में है।

दारोगा—बेशक सर्यू मेरे घर में है और मैं उसे आपके हवाले करूंगा, मगर इस थैली को आप कबूल कर लीजिए नहीं तो मैं समझूंगा कि आपने मेरा कसूर माफ नहीं किया।

मैं—नहीं-नहीं, मैं कसम खाकर कहता हूं कि मैंने आपका कसूर माफ कर दिया और खुशी से यह थैली आपको वापस करता हूं, अब मुझे सिवाय सर्यू के और कुछ नहीं चाहिए।

हम दोनों में देर तक इसी तरह की बातें हुईं और इसके बाद मेरी आखिरी बात सुनकर दारोगा उठ खड़ा हुआ और मेरा हाथ पकड़कर दूसरे कमरे की तरफ यह कहता हुआ ले चला कि 'आओ, मैं तुमको सर्यू के पास ले चलूं, मगर अफसोस की बात है कि इस समय वह हद दर्जे की बीमार हो रही है!' खैर, वह मुझे घुमाता-फिराता एक दूसरे कमरे में ले गया और वहां मैंने एक पलंग पर सर्यू को बीमार पड़े देखा। एक मामूली चिराग उससे थोड़ी ही दूर पर जल रहा था (लंबी सांस लेकर) अफसोस, मैंने देखा कि बीमारी ने उसे आखिरी मंजिल के करीब पहुंचा दिया है और वह इतनी कमजोर हो रही है कि बात करना भी उसके लिए कठिन हो रहा है। मुझे देखते ही उसकी आंखें डबडबा आईं और मुझे भी रुलाई आने लगी। उस समय मैं उसके पास बैठ गया और अफसोस के साथ उसका मुंह देखने लगा। उस वक्त दो लौंडियां उसकी खिदमत के लिए हाजिर थीं जिनमें से एक ने आगे बढ़कर रूमाल से उसके आंसू पोंछे और पीछे हट गई। मैंने अफसोस के साथ पूछा कि 'सर्यू, यह तेरा क्या हाल है?'

इसके जवाब में सर्यू ने बहुत बारीक आवाज में रुककर कहा, 'भैया, (क्योंकि वह प्रायः मुझे भैया कहकर ही पुकारा करती थी) मेरी बुरी अवस्था हो रही है। अब मेरे बचने की आशा न करनी चाहिए। यद्यपि दारोगा साहब ने मुझे कैद किया था, मगर मैं इनका एहसान मानती हूं कि इन्होंने मुझे किसी तरह की तकलीफ नहीं दी, बल्कि इस बीमारी में मेरी बड़ी हिफाजत की, दवा इत्यादि का भी पूरा प्रबंध रखा, मगर यह न बताया कि मुझे कैद क्यों किया था। खैर, जो हो, इस समय तो मैं आखिरी दम का इंतजार कर रही हूं और सब तरफ से मोहमाया को छोड़ ईश्वर से लौ लगाने का उद्योग कर रही हूं। मैं समझ गई हूं कि तुम मुझे लेने के लिए आए हो, मगर दया करके मुझे इसी जगह रहने दो और इधर-उधर कहीं मत ले जाओ, क्योंकि इस समय मैं किसी अपने को देख मायामोह में आत्मा को फंसाना नहीं चाहती और न गंगा जी का संबंध छोड़कर दूसरी किसी जगह मरना ही पसंद करती हूं। यहां यों भी अगर गंगा जी में फेंक दी जाऊंगी तो मेरी सद्गति हो जाएगी, बस यही आखिरी प्रार्थना है। एक बात और भी है कि मेरे लिए दारोगा साहब को किसी तरह की तकलीफ न देना और ऐसा करना जिसमें इनकी जरा बेइज्जती न हो, यह मेरी वसीयत है और यही मेरी आरजू। अब श्रीगंगा जी को छुड़ाकर मुझे नर्क में मत डालो'। इतना कह सर्यू कुछ देर के लिए चुप हो गई और मुझे उसकी अवस्था पर

रुलाई आने लगी। मैं और भी कुछ देर तक उसके पास बैठा रहा और धीरे-धीरे बातें भी होती रहीं, मगर जो कुछ उसने कहा, उसका तत्त्व यही था कि मुझे यहां से मत हटाओ और दारोगा को कुछ तकलीफ मत दो। उस समय मेरे दिल में यही बात आई कि इंद्रदेव को इस बात की इत्तिला दे देनो चाहिए, वह जैसी आज्ञा देंगे, किया जाएगा। मगर अपना यह विचार मैंने दारोगा से नहीं कहा, क्योंकि उसे मैं इंद्रदेव की तरफ से बेफिक्र कर चुका था और कह चुका था कि सर्यू और इंदिरा के साथ जो कुछ बर्ताव तुमने किया है, उसकी इत्तिला मैं इंद्रदेव को न दूंगा, दूसरे को कसूरवार ठहराकर तुम्हारा नाम बचा जाऊंगा। अस्तु, मैं सर्यू से दूसरे दिन मिलने का वादा करके वहां से उठा और अपने डेरे पर चला आया। यद्यपि रात बहुत कम बाकी रह गई थी परंतु मैंने उसी समय अपने एक आदमी को पत्र देकर इंद्रदेव के पास रवाना कर दिया और ताकीद कर दी कि एक घोड़ा किराये का लेकर दौड़ादौड़ चला जाए और जहां तक जल्द हो सके पत्र का जवाब लेकर लौट आवे। दूसरे दिन आधी रात जाते-जाते वह आदमी लौट आया और उसने इंद्रदेव का पत्र मेरे हाथ में दिया। लिफाफा खोलकर मैंने पढ़ा, उसमें यह लिखा हुआ था–

'तुम्हारा पत्र पढ़ने से कलेजा हिल गया। सच तो यह है कि दुनिया में मुझ-सा बदनसीब भी कोई न होगा! खैर, परमेश्वर की मर्जी ही ऐसी है तो मैं क्या कर सकता हूं। दारोगा के बारे में मैंने जो प्रतिज्ञा तुमसे की है उसे झूठा न होने दूंगा। मैं अपने कलेजे पर पत्थर रखकर सब-कुछ सहूंगा, मगर वहां जाकर बेचारी सर्यू को अपना मुंह न दिखाऊंगा और न दारोगा से मिलकर उसके दिल में किसी तरह का शक ही आने दूंगा। हां, अगर सर्यू की जान बचती नजर आवे या इस बीमारी से बच जाए तो उसे जिस तरह मुनासिब समझना, मेरे पास पहुंचा देना और अगर वह मर जाए तो मेरी जगह तुम बैठे ही हो, उसकी अन्त्येष्टि क्रिया अपनी हिम्मत के मुताबिक करके मेरे पास आना। मेरी तबीयत अब दुनिया से हट गई, बस इससे ज्यादे मैं कुछ नहीं कहा चाहता, हां, यदि कुछ कहना होगा तो तुमसे मुलाकात होने पर कहूंगा, आगे जो ईश्वर की मर्जी।

तुम्हारा वही–इंद्रदेव!'

इस चीठी को पढ़कर मैं बहुत देर तक रोता और अफसोस करता रहा, इसके बाद उठकर दारोगा के मकान की तरफ रवाना हुआ, मगर आज भी अपने बचाव का पूरा-पूरा इंतजाम करता गया। मुलाकात होने पर दारोगा ने कल से ज्यादे खातिरदारी के साथ मुझे बैठाया और देर तक बातचीत करता रहा, मगर जब मैं सर्यू के पास गया तो उसकी हालत कल से आज बहुत ज्यादे खराब देखने में आई, अर्थात् आज उसमें बोलने की भी ताकत न थी। मुख्तसर यह कि तीसरे दिन बेहोश और चौथे दिन आधी रात के समय मैंने सर्यू को मुर्दा पाया। उस समय मेरी क्या हालत थी, सो मैं बयान नहीं कर सकता। अस्तु, उस समय जो कुछ करना उचित था और मैं कर

सकता था, उसे सबेरा होने के पहिले ही करके छुट्टी किया। अपने खयाल से सर्यू के शरीर की दाह-क्रिया इत्यादि करके पंचतत्त्व में मिला दिया और इस बात की इत्तिला इंद्रदेव को दे दी। इसके बाद इंदिरा के लिए अपने अड्डे पर गया और वहां उसे न पाकर बड़ा ही ताज्जुब हुआ। पूछने पर मेरे आदमियों ने जवाब दिया कि 'हम लोगों को कुछ भी खबर नहीं कि कब और कहां भाग गई'। इस बात से मुझे संतोष न हुआ। मैंने अपने आदमियों को सख्त सजा दी और बराबर इंदिरा का पता लगाता रहा। अब सर्यू के मिल जाने से मालूम हुआ कि उन दिनों मेरी कमबख्त आंखों ने मेरे साथ दगा की और दारोगा के मकान में बीमार सर्यू को मैं पहचान न सका। मेरी आंखों के सामने सर्यू मर चुकी थी और मैंने खुद अपने हाथ से इंद्रदेव को यह समाचार लिखा था इसलिए उन्हें किसी तरह का शक न हुआ और सर्यू तथा इंदिरा के गम में ये दीवाने से हो गए, हर तरह के चैन और आराम को इन्होंने इस्तीफा दे दिया और उदासीन हो एक प्रकार से साधू ही बन बैठे। मुझसे भी मुहब्बत कम कर दी और शहर का रहना छोड़ अपने तिलिस्म के अंदर चले गए और उसी में रहने लगे, मगर न मालूम क्या सोचकर इन्होंने मुझे वहां का रास्ता न बताया। मुझ पर भी इस मामले का बड़ा असर पड़ा क्योंकि ये सब बातें मेरी ही नालायकी के सबब से हुई थीं, अतएव मैंने उदासीन हो रणधीरसिंह जी की नौकरी छोड़ दी और अपने बाल-बच्चों और स्त्री को भी उन्हीं के यहां छोड़ बिना किसी को कुछ कहे जंगल और पहाड़ों का रास्ता लिया। उधर एक स्त्री से मैंने शादी कर ली थी जिससे नानक पैदा हुआ है। उधर भी कई ऐसे मामले हो गए जिनसे मैं बहुत उदास और परेशान हो रहा था, उसका हाल नानक की जुबानी तेजसिंह को मालूम ही हो चुका है बल्कि आप लोगों ने भी सुना होगा। अस्तु, हर तरह से अपने को नालायक समझकर मैं निकल भागा और फिर मुद्दत तक अपना मुंह किसी को नहीं दिखाया। इधर जब जमाने ने पलटा खाया तब मैं कमलिनी जी से जा मिला। उन दिनों मेरे दिल में विश्वास हो गया था कि इंद्रदेव मुझसे रंज हैं। अस्तु, मैंने इनसे भी मिलना-जुलना छोड़ दिया बल्कि यों कहना चाहिए कि हमारी पुरानी दोस्ती का उन दिनों अंत हो गया था।

इंद्रदेव—बेशक यही बात थी। स्त्री के मरने की खबर सुनकर मुझे बड़ा ही रंज हुआ। मुझे कुछ तो भूतनाथ की जुबानी और कुछ तहकीकात करने पर मालूम हो ही चुका था कि मेरी लड़की और स्त्री इसी की बदौलत जहन्नुम में मिल गईं, अस्तु, मैंने भूतनाथ की दोस्ती को तिलांजलि दे दी और मिलना-जुलना बिलकुल बंद कर दिया, मगर इससे कहा कुछ भी नहीं, क्योंकि मैं अपनी जुबान से दारोगा को माफ कर चुका था, इसके अतिरिक्त इसने मुझ पर कुछ एहसान भी जरूर ही किए थे, उनका भी खयाल था। अस्तु, मैंने कुछ कहा तो नहीं, मगर इसकी तरफ से दिल हटा लिया और फिर अपना कोई भेद भी इसे नहीं बताया। कभी-कभी इससे मुझसे इधर-उधर मुलाकात हो जाती थी, क्योंकि इसे मैंने अपने मकान का तिलिस्मी रास्ता

नहीं दिखाया था। अगर यह कभी मेरे मकान पर आया भी तो आंखों में पट्टी बांधकर। यही सबब था कि इसे लक्ष्मीदेवी का हाल मालूम न था। लक्ष्मीदेवी के बारे में भी मैं इसे कसूरवार समझता था और मुझे यह भी विश्वास था कि यह अपना बहुत-सा भेद मुझसे छिपाता है और वास्तव में छिपाता था भी।

भूतनाथ–(इंद्रदेव से) नहीं, सो बात तो नहीं है, मेरे कृपालु मित्र।

इंद्रदेव–अगर यह बात नहीं है तो वह कलमदान जिसे तुम आखिरी मर्तबे इंदिरा के साथ दारोगा के यहां से उठा लाए और मुझे दे गए थे, मेरे यहां से गायब क्यों हो गया?

भूतनाथ–(मुस्कराकर) आपके किस मकान में से वह कलमदान गायब हो गया था?

इंद्रदेव–काशीजीवाले मकान में से। उसी दिन तुम मुझसे मिलने के लिए वहां आए थे और उसी दिन वह कलमदान गायब हो गया।

भूतनाथ–ठीक है, तो उस कलमदान को चुरानेवाला मैं नहीं हूं बल्कि मेरा लड़का नानक है, मैं तो यों भी अगर जरूरत पड़ती तो तुमसे वह कलमदान मांग सकता था। दारोगा की आज्ञानुसार लाडिली ने रामभोली बनकर नानक को धोखा दिया और आपके यहां से कलमदान चुरवा मंगवाया।[1]

गोपाल–हां ठीक है। इस बात को तो मैं भी स्वीकार करूंगा क्योंकि मुझे इसका असल हाल मालूम है। बेशक, इसी ढंग से वह कलमदान वहां पहुंचा था और अंत में बड़ी मुश्किल से उस समय मेरे हाथ लगा, जब मैं कृष्णाजिन्न बनकर रोहतासगढ़ पहुंचा था। नानक को विश्वास है कि लाडिली ने रामभोली बनकर उसे धोखा दिया था, मगर वास्तव में ऐसा नहीं हुआ। वह एक दूसरी ही ऐयारा थी, जो रामभोली बनी थी, लाडिली ने तो केवल एक या दो दिन रामभोली का रूप धरा था।

जीत–(राजा गोपालसिंह से) वह कलमदान आपको कहां से मिल गया, दारोगा ने तो उसे बड़ी ही हिफाजत से रखा होगा!

गोपाल–बेशक ऐसा ही है, मगर भूतनाथ की बदौलत वह मुझे सहज ही में मिल गया। ऐसी-ऐसी चीज़ों को दारोगा बहुत गुप्त रीति से अपने अजायबघर में रखता था जिसकी ताली मायारानी से लेकर भूतनाथ ने मुझे दी थी। उस अजायबघर का भेद मेरे पिता और उस दारोगा के सिवाय कोई नहीं जानता था। मेरे पिता ही ने दारोगा को वहां का मालिक बना दिया था, जब भूतनाथ ने उसकी ताली मुझे ला दी तब मुझे वहां का पूरा-पूरा हाल मालूम हुआ।

जीत–(भूतनाथ से) खैर, यह बताओ कि मनोरमा और नागर का तुमसे क्या संबंध था?

यह सवाल सुनकर भूतनाथ सन्न हो गया और सिर झुकाकर कुछ सोचने लगा। उस समय गोपालसिंह ने उसकी मदद की और जीतसिंह की तरफ देखकर कहा, "इस

1. देखिए चन्द्रकान्ता सन्तति, चौथा भाग, छठवां बयान।

सवाल को छोड़ दीजिए क्योंकि वह जमाना भूतनाथ का बहुत ही बुरा तथा ऐयाशी का था। इसके अतिरिक्त जिस तरह राजा बीरेन्द्रसिंह ने रोहतासगढ़ के तहखाने में भूतनाथ का कसूर माफ किया था, उसी तरह कमलिनी ने भी इसका वह कसूर कसम खाकर माफ कर दिया और साथ ही इसके उन ऐबों को छिपाने का बंदोबस्त कर दिया है।" उसके जवाब में जीतसिंह ने कहा, "खैर, जाने दो, देखा जाएगा।"

गोपाल–जब से भूतनाथ ने कमलिनी का साथ किया है तब से इसने (भूतनाथ ने) जो-जो काम किये हैं उस पर ध्यान देने से आश्चर्य होता है। वास्तव में इसने वह काम किये हैं जिनकी ऐसे समय में सख्त जरूरत थी, मगर इसका लड़का नानक तो बिलकुल ही बोदा और खुदगर्ज निकला। न तो कमलिनी के साथ मिलकर उसने कोई तारीफ का काम किया और न अपने बाप ही को किसी तरह की मदद पहुंचाई।

भूतनाथ–बेशक, ऐसा ही है, मैंने कई दफा उसे समझाया मगर...

सुरेन्द्र–(गोपाल से) अच्छा अजायबघर में क्या बात है जिससे ऐसा अनूठा नाम उसका रखा गया। अब तो तुम्हें उसका पूरा-पूरा हाल मालूम हो ही गया होगा।

गोपाल–जी हां, एक किताब है जिसे 'ताली' के नाम से संबोधन करते हैं, उसके पढ़ने से वहां का कुल हाल मालूम होता है। वह बड़े हिफाजत और तमाशे की जगह थी और कुछ है भी, क्योंकि अब उसका काफी हिस्सा मायारानी की बदौलत बर्बाद हो गया।

जीत–उस किताब (ताली) की बदौलत मायारानी को भी वहां का हाल मालूम हो गया होगा।

गोपाल–कुछ-कुछ, क्योंकि उस किताब की भाषा वह अच्छी तरह समझ नहीं सकती थी। इसके अतिरिक्त उस अजायबघर का जमानिया के तिलिस्म से भी संबंध है इसलिए कुंअर इंद्रजीतसिंह और आनंदसिंह को वहां का हाल मुझसे भी ज्यादे मालूम हुआ होगा।

जीत–ठीक है, (सुरेन्द्रसिंह की तरफ देखके) आज यद्यपि बहुत-सी नई बातें मालूम हुई हैं, परंतु फिर भी जब तक दोनों कुमार यहां न आ जाएंगे तब तक बहुत-सी बातों का पता न लगेगा।

सुरेन्द्र–सो तो हई है, परंतु इस समय हम केवल भूतनाथ के मामले को तय किया चाहते हैं। जहां तक मालूम हुआ है, भूतनाथ ने हम लोगों के साथ सिवाय भलाई के बुराई कुछ भी नहीं की। अगर उसने बुराई की तो इंद्रदेव के साथ या कुछ गोपालसिंह के साथ, तो भी उस जमाने में जब इनसे और हमसे कुछ संबंध नहीं था। आज ईश्वर की कृपा से ये लोग हमारे साथ हैं, बल्कि हमारे अंग हैं, इससे कहा भी जा सकता है कि भूतनाथ हमारा ही कसूरवार है, मगर फिर भी हम इसके कसूरों की माफी का अख्तियार इन्हीं दोनों अर्थात् गोपालसिंह और इंद्रदेव को देते हैं। ये दोनों अगर भूतनाथ का कसूर माफ कर दें तो हम इस बात को खुशी से मंजूर कर

लेंगे। हां, लोग यह कह सकते हैं कि इस माफी देने में बलभद्रसिंह को भी शरीक करना चाहिए था। मगर हम इस बात को जरूरी नहीं समझते क्योंकि इस समय बलभद्रसिंह को कैद से छुड़ाकर भूतनाथ ने उन पर, बल्कि सच तो ये है कि हम लोगों पर भी बहुत बड़ा अहसान किया है, इसलिए अगर बलभद्रसिंह को इससे कुछ रंज हो तो भी माफी देने में वे कुछ उज्र नहीं कर सकते।

गोपाल–इसी तरह हम दोनों को भी माफी देने में किसी तरह का उज्र न होना चाहिए। इस समय भूतनाथ ने मेरी बहुत बडी मदद की है और मेरे साथ मिलकर ऐसे अनूठे काम किये हैं कि जिनकी तारीफ सहज में नहीं हो सकती। इस हमदर्दी और मदद के सामने उन कसूरों की कुछ भी हकीकत नहीं। अस्तु, मैं इससे बहुत प्रसन्न हूं और सच्चे दिल से इसे माफी देता हूं।

इंद्रदेव–माफी देनी ही चाहिए और जब आप माफी दे चुके तो मैं भी दे चुका, ईश्वर भूतनाथ पर कृपा करे जिससे अपनी नेकनामी बढ़ाने का शौक इसके दिल में दिन-दिन तरक्की करता रहे। सच तो यह है कि कमलिनी की बदौलत इस समय हम लोगों को यह शुभ दिन देखने में आया और जब कमलिनी ने इससे प्रसन्न हो इसके कसूर माफ कर दिए तो हम लोगों को बाल बराबर भी उज्र नहीं हो सकता।

जीत–बेशक, बेशक!

सुरेन्द्र–इसमें कुछ भी शक नहीं! (भूतनाथ की तरफ देखके) अच्छा भूतनाथ, तुम्हारा सब कसूर माफ किया जाता है और इन दिनों हम लोगों के साथ तुमने जो-जो नेकियां की हैं, उनके बदले में हम तुम पर भरोसा करके तुम्हें अपना ऐयार बनाते हैं।

इतना कहकर सुरेन्द्रसिंह उठ बैठे और अपने सिरहाने के नीचे से अपना खास बेशकीमती खंजर निकालकर भूतनाथ की तरफ बढ़ाया। भूतनाथ खड़ा हो गया और झुककर सलाम करने के बाद खंजर ले लिया और इसके बाद जीतसिंह, गोपालसिंह और इंद्रदेव को भी सलाम किया। जीतसिंह ने अपना खास ऐयारी का बटुआ भूतनाथ को दिया। गोपालसिंह ने वह तिलिस्मी तमंचा जिससे आखिरी वक्त मायारानी ने काम लिया था और जो इस समय उनके पास था, गोली बनाने की तरकीब सहित भूतनाथ को दिया और इंद्रदेव ने यह कहकर उसे गले से लगा लिया कि "मुझ फकीर के पास इससे बढ़कर और कोई चीज नहीं है कि मैं फिर तुम्हें अपना भाई बनाकर ईश्वर से प्रार्थना करूं कि अब इस नाते में किसी तरह का फर्क न पड़ने पावे।"

इसके बाद दोनों आदमी अपनी-अपनी जगह पर बैठ गए और भूतनाथ ने हाथ जोड़कर सुरेन्द्रसिंह से कहा, "आज मैं समझता हूं कि मुझ-सा खुशनसीब इस दुनिया में दूसरा कोई भी नहीं है। बदनसीबी के चक्कर में पड़कर मैं वर्षों परेशान रहा, तरह-तरह की तकलीफें उठाईं, पहाड़-पहाड़ और जंगल-जंगल मारा फिरा, साथ ही इसके पैदा भी बहुत ही किया और बिगाड़ा भी बहुत, परंतु सच्चा सुख नाममात्र के लिए एक दिन भी न मिला और न किसी को मुंह दिखाने की अभिलाषा ही रह गई।

अंत में न मालूम किस जन्म का पुण्य सहायक हुआ जिसने मेरे रास्ते को बदल दिया और जिसकी बदौलत आज मैं इस दर्जे को पहुंचा। अब मुझे किसी बात की परवाह नहीं रही। आज तक जो मुझसे दुश्मनी रखते थे, कल से वे मेरी खुशामद करेंगे, क्योंकि दुनिया का कायदा ही ऐसा है। महाराज, इस बात का भी निश्चय रखें कि उस पीतल की सन्दूकड़ी से महाराज या महाराज के पक्षपातियों का कुछ भी संबंध नहीं है, जो नकली बलभद्रसिंह की गठरी में से निकली है और जिसके ध्यान ही से मेरे रोंगटे खड़े होते हैं। मैं उस भेद को भी महाराज से छिपाया नहीं चाहता, हां यह इच्छा है कि सर्वसाधारण में वह भेद फैलने न पावे। मैंने उसका कुछ हाल देवीसिंह से कह दिया है, आशा है कि वे महाराज से जरूर अर्ज करेंगे।

जीत–खैर, उसके लिए तुम चिंता न करो, जैसा होगा देखा जाएगा। अब अपने डेरे पर जाकर आराम करो, महाराज भी आज रात-भर जागते ही रहे हैं।

गोपाल–जी हां, अब तो नाममात्र को रात बच गई होगी।

इतना कहकर राजा गोपालसिंह उठ खड़े हुए और सभों को साथ लिए हुये कमरे के बाहर चले गए।

तीसरा बयान

इस समय रात बहुत कम बाकी थी और सुबह की सुफेदी आसमान पर फैला ही चाहती थी। और लोग तो अपने-अपने ठिकाने चले गए और दोनों नकाबपोशों ने भी अपने घर का रास्ता लिया, मगर भूतनाथ सीधे देवीसिंह के डेरे पर चला गया। दरवाजे ही पर पहरेवाले की जुबानी मालूम हुआ कि वे सोए हैं परंतु देवीसिंह को न मालूम किस तरह भूतनाथ के आने की आहट मिल गई (शायद जागते हों) अस्तु, वे तुरंत बाहर निकल आए और भूतनाथ का हाथ पकड़के कमरे के अंदर ले गए। इस समय वहां केवल एक शमादान की मद्धिम रोशनी हो रही थी, दोनों आदमी फर्श पर बैठ गए और यों बातचीत होने लगी–

देवी–कहो, इस समय तुम्हारा आना कैसे हुआ? क्या कोई नई बात हुई?

भूतनाथ–बेशक नई बात हुई और वह इतनी खुशी की हुई कि जिसके योग्य मैं नहीं था।

देवी–(ताज्जुब से) वह क्या?

भूतनाथ–आज महाराज ने मुझे अपना ऐयार बना लिया और इज्जत के लिए मुझे यह खंजर दिया है।

इतना कहकर भूतनाथ ने महाराज का दिया हुआ खंजर और जीतसिंह तथा गोपालसिंह का दिया हुआ बटुआ और तमंचा देवीसिंह को दिखाया और कहा, "इसी

बात की मुबारकबाद देने के लिए मैं आया हूं कि तुम्हारा एक नालायक दोस्त इस दर्जे को पहुंच गया है।''

देवी–(प्रसन्न होकर और भूतनाथ को गले से लगाकर) बेशक, यह बड़ी खुशी की बात है, ऐसी अवस्था में तुम्हें अपने पुराने मालिक रणधीरसिंह को भी सलाम करने के लिए जाना चाहिए।

भूतनाथ–जरूर जाऊंगा।

देवी–यह कार्रवाई कब हुई?

भूतनाथ–अभी थोड़ी ही देर हुई। मैं इस समय महाराज के पास से ही आ रहा हूं।

इतना कहकर भूतनाथ ने आज रात का बिलकुल हाल देवीसिंह से बयान किया। इसके बाद भूतनाथ और देवीसिंह में देर तक बातचीत होती रही और जब दिन अच्छी तरह निकल आया तब दोनों ऐयार वहां से उठे और स्नान-संध्या की फिक्र में लगे।

जरूरी कामों से निश्चिंती पा और स्नान-पूजा से निवृत्त होकर भूतनाथ अपने पुराने मालिक रणधीरसिंह के पास चला गया। बेशक, उसके दिल में इस बात का खुटका लगा हुआ था कि उसका पुराना मालिक उसे देखकर प्रसन्न न होगा, बल्कि सामना होने पर भी कुछ देर तक उसके दिल में इस बात का गुमान बना रहा, मगर जिस समय भूतनाथ ने अपना खुलासा हाल बयान किया उस समय रणधीरसिंह को बहुत मेहरबान और प्रसन्न पाया। रणधीरसिंह ने उसको खिलअत और इनाम भी दिया और बहुत देर तक उससे तरह-तरह की बातें करते रहे।

चौथा बयान

यह बात तो तै पा चुकी थी कि सब कामों के पहिले कुंअर इंद्रजीतसिंह और आनंदसिंह की शादी हो जानी चाहिए। अस्तु, इसी खयाल से जीतसिंह शादी के इंतजाम में जी जान से कोशिश कर रहे हैं और इस बात की खबर पाकर सभी प्रसन्न हो रहे हैं कि आज दोनों कुमार यहां आ जाएंगे और शीघ्र ही उनकी शादी भी हो जाएगी। महाराज की आज्ञानुसार जीतसिंह मुलाकात करने के लिए रणधीरसिंह के पास गए और हर तरह की जरूरी बातचीत करने के बाद इस बात का फैसला भी कर आए कि किशोरी के साथ-ही-साथ कामिनी का भी कन्यादान रणधीरसिंह ही करेंगे। साथ ही इसके रणधीरसिंह की यह बात भी जीतसिंह ने मंजूर कर ली कि इंद्रजीतसिंह और आनंदसिंह के आने के पहिले किशोरी और कामिनी उनके (रणधीरसिंह के) खेमे में पहुंचा दी जाएंगी। आखिर ऐसा ही हुआ अर्थात किशोरी और कामिनी बड़ी हिफाजत के साथ

रणधीरसिंह के खेमे में पहुंचा दी गईं और बहुत से फौजी सिपाहियों के साथ पन्नालाल, रामनारायण, चुन्नीलाल और पण्डित बद्रीनाथ ऐयार खास उनकी हिफाजत के लिए छोड़ दिए गए।

आज कुंअर इंद्रजीतसिंह और आनंदसिंह के आने की उम्मीद में लोग खुशी-खुशी तरह-तरह के चर्चे कर रहे हैं। आज ही के दिन आने के लिए दोनों कुमारों ने चीठी लिखी थी, इसलिए आज उनके दादा-दादी, बाप-मां, दोस्तों और मुहब्बतियों को उम्मीद हो रही है कि उनकी तरसती हुई आंखें ठंडी होंगी और जुदाई के सदमों से मुर्झाया हुआ दिल हरा होगा। अहलकार और खैरखाह लोग जरूरी कामों को भी छोड़कर तिलिस्मी इमारत में इकट्ठे हो रहे हैं। इसी तरह हर एक अदना और आला दोनों कुमारों के आने की उम्मीद में खुश हो रहा है। गरीबों और मोहताजों की खुशी का कोई ठिकाना ही नहीं, उन्हें इस बात का पूरा विश्वास हो रहा है कि अब उनका दारिद्र्य दूर हो जाएगा!

दो पहर दिन ढलने के बाद नकाबपोश भी आकर हाजिर हो गए हैं, केवल वे ही नहीं, बल्कि उनके साथ और भी कई नकाबपोश हैं, जिनके बारे में लोग तरह-तरह के चर्चे कर रहे हैं और साथ ही यह भी कह रहे हैं कि "जिस समय ये नकाबपोश लोग अपने चेहरों से नकाबें हटावेंगे उस समय जरूर कोई-न-कोई अनूठी घटना देखने-सुनने में आवेगी।"

नकाबपोशों की जुबानी यह तो मालूम हो ही चुका था कि दोनों कुमार उसी पत्थरवाले तिलिस्मी चबूतरे के अंदर से प्रकट होंगे जिस पर पत्थर का आदमी सोया हुआ है, इसलिए उस समय महाराज, राजा साहब और सलाहकार लोग उसी दालान में इकट्ठे हो रहे हैं और वह दालान भी सजा-सजाकर लोगों के बैठने लायक बना दिया गया है।

तीन पहर दिन बीत जाने पर चबूतरे के अंदर से कुछ विचित्र ही ढंग के बाजे की आवाज आने लगी जो कि भारी मगर सुरीली थी और जिसके सबब से लोगों का ध्यान उसी तरफ खिंचा। महाराज सुरेन्द्रसिंह, बीरेन्द्रसिंह, जीतसिंह, तेजसिंह, गोपालसिंह तथा दोनों नकाबपोश उठकर उस चबूतरे के पास गए। ये लोग बड़े गौर से उस चबूतरे की अवस्था पर ध्यान दिए रहे क्योंकि इस बात का पूरा गुमान था कि पहिले की तरह आज भी उस चबूतरे का अगला हिस्सा किवाड़ के पल्ले की तरह खुलकर जमीन के साथ लग जाएगा। आखिर ऐसा ही हुआ अर्थात् जिस तरह बलभद्रसिंह के आने और जाने के वक्त उस चबूतरे का हिस्सा खुल गया था उसी तरह इस समय भी वह किवाड़ के पल्ले की तरह धीरे-धीरे खुलकर जमीन के साथ लग गया और उसके अंदर से कुंअर इंद्रजीतसिंह तथा आनंदसिंह बाहर निकलकर महाराज सुरेन्द्रसिंह के पैरों पर गिर पड़े। उन्होंने बड़े प्रेम से उठाकर छाती से लगा लिया। इसके बाद दोनों कुमारों ने अपने पिता का चरण छुआ फिर जीतसिंह और तेजसिंह को प्रणाम करने

के बाद राजा गोपालसिंह से मिले। इसके बाद बारी-बारी नकाबपोशों, ऐयारों, दोस्तों से भी मुलाकात की।

बंदोबस्त पहिले से ही हो चुका था और इशारा भी बंधा हुआ था, अतएव जिस समय कुमार महाराज के चरणों पर गिरे हैं, उसी समय फाटक पर से बाजे की आवाज आने लगी, जिससे बाहरवालों को भी मालूम हो गया कि कुंअर इंद्रजीतसिंह और आनंदसिंह आ गए।

इस समय की खुशी का हाल लिखना हमारी ताकत से बाहर है, हां, इसका अंदाजा पाठकगण स्वयं कर सकते हैं कि जब दोनों कुमार मिलने के लिए महल के अंदर गए तो औरतों में खुशी का दरिया कितने जोश के साथ उमड़ा होगा। महल के अंदर दोनों कुमारों का इंतजार बनिस्बत बाहर के ज्यादे होगा, यह सोचकर महाराज ने दोनों कुमारों को ज्यादे देर तक बाहर रोकना मुनासिब न समझकर शीघ्र ही महल में जाने की आज्ञा दी और दोनों कुमार भी खुशी-खुशी महल के अंदर जाकर सभों से मिले। उनकी मां और दादी की बढ़ती हुई खुशी का तो आज अंदाज करना बहुत ही कठिन है, जिन्होंने लड़कों की जुदाई तथा रंज और नाउम्मीदी के साथ-ही-साथ तरह-तरह की खबरों से पहुंची हुई चोटों को अपने नाजुक कलेजों पर सम्हालकर और देवताओं की मिन्नतें मान-मानकर आज का दिन देखने के लिए अपनी नन्ही-सी जान को बचा रखा था। अगर उन्हें समय और नीति पर विशेष ध्यान न रहना तो आज घण्टों तक अपने बच्चों को कलेजे से अलग करके बातचीत करने और महल के बाहर जाने का मौका न देतीं।

दोनों कुमार खुशी-खुशी सभों से मिले। एक-एक करके सभों से कुशल-मंगल पूछा, कमलिनी और लाडिली से भी आंखें चार हुईं, मगर किशोरी और कामिनी की सूरत दिखाई न पड़ी, जिनके बारे में सुन चुके थे कि महल के अंदर पहुंच चुकी हैं। इस सबब से उनके दिल को जो कुछ तकलीफ थी उसका अंदाज औरों को तो नहीं, मगर कुछ-कुछ कमलिनी और लाडिली को मिल गया और उन्होंने बात-ही-बात में इस भेद को खुलवाकर कुमारों की तसल्ली करवा दी।

थोड़ी देर तक दोनों भाई महल के अंदर रहे और इस बीच में बाहर से कई दफे तलबी का संदेश पहुंचा। अस्तु, पुनः मिलने का वादा करके वहां से उठकर वे बाहर की तरफ रवाना हुए और उस आलीशान कमरे में पहुंचे जिसमें कई खास-खास आदमियों और आपुसवालों के साथ महाराज सुरेन्द्रसिंह और बीरेन्द्रसिंह, उनका इंतजार कर रहे थे। इस समय इस कमरे में यद्यपि राजा गोपालसिंह, नकाबपोश लोग, जीतसिंह, तेजसिंह, भूतनाथ और ऐयार लोग भी मौजूद थे, मगर कोई आदमी ऐसा न था जिसके सामने भेद की बातें करने में किसी तरह का संकोच हो। दोनों कुमार इशारा पाकर अपने दादा साहब के बगल में बैठ गए और धीरे-धीरे बातचीत होने लगी।

सुरेन्द्र–(दोनों कुमारों की तरफ देखके) भैरोसिंह और तारासिंह तुम्हारे पास गए हुए थे, उन दोनों को कहां छोड़ा?

इंद्रजीत–(मुस्कुराते हुए) जी, वे दोनों तो हम लोगों के आने के पहिले ही से हुजूर में हाजिर हैं!

सुरेन्द्र–(ताज्जुब से चारों तरफ देखके) कहां?

महाराज के साथ-ही-साथ और लोगों ने भी ताज्जुब के साथ एक-दूसरे पर निगाह डाली।

इंद्रजीत–(दोनों सरदार नकाबपोशों की तरफ बताकर जिनके साथ और भी कई नकाबपोश थे) रामसिंह और लक्ष्मणसिंह का काम आज वे ही दोनों पूरा कर रहे हैं।

इतना सुनते ही दोनों नकाबपोशों ने अपने-अपने चेहरे पर से नकाब हटा दी और उनके बदले में भैरोसिंह तथा तारासिंह दिखाई देने लगे। इस जादू के-से मामले को देखकर सभी की विचित्र अवस्था हो गई और सब ताज्जुब में आकर एक-दूसरे का मुंह देखने लगे। भूतनाथ और देवीसिंह की तो और ही अवस्था हो रही थी। बड़े जोरों के साथ उनका कलेजा उछलने लगा और वे कुछ बातें उन्हें याद आ गईं जो नकाबपोशों के मकान में जाकर देखी-सुनी थीं और वे दोनों ही ताज्जुब के साथ गौर करने लगे।

सुरेन्द्र–(दोनों कुमारों से) जब भैरोसिंह और तारासिंह तुम्हारे पास नहीं गए और यहां मौजूद थे, तब भी तो रामसिंह और लक्ष्मणसिंह कई दफे आए थे, उस समय इस विचित्र पर्दे (नकाब) के अंदर कौन छिपा हुआ था?

इंद्रजीत–(और सब नकाबपोशों की तरफ बताकर) कई दफे इन लोगों में से बारी-बारी से समयानुसार और कई दफे स्वयं हम दोनों भाई, इसी पोशाक और नकाब को पहिरकर हाजिर हुए थे।

कुंअर इंद्रजीतसिंह की इस बात ने इन लोगों को और भी ताज्जुब में डाल दिया और सब कोई हैरानी के साथ उनकी तरफ देखने लगे। भूतनाथ और देवीसिंह की तो बात ही निराली थी, इनको तो विश्वास हो गया कि नकाबपोशों की टोह में जिस मकान के अंदर हम लोग गए थे, उसके मालिक ये ही दोनों हैं, इन्हीं दोनों की मर्जी से हम लोग गिरफ्तार हुए थे, और इन्हीं दोनों के सामने पेश किए गए थे। देवीसिंह यद्यपि अपने दिल को बार-बार समझा-बुझाकर सम्हालते थे, मगर इस बात का खयाल हो ही जाता था कि अपने ही लोगों ने मेरी बेइज्जती की और मेरे ही लड़के ने इस काम में शरीक होकर मेरे साथ दगा की। मगर देखना चाहिए, इन सब बातों का भेद, सबब और नतीजा क्या खुलता है।

भूतनाथ इस सोच में घड़ी-घड़ी सिर झुका लेता था कि मेरे पुराने ऐब, जिन्हें मैं बड़ी कोशिश से छिपा रहा था अब छिपे न रहे, क्योंकि इन नकाबपोशों को मेरा रत्ती-रत्ती हाल मालूम है और दोनों कुमार इन सभों के मालिक और मुखिया हैं, अस्तु,

इनसे कोई बात छिपी न रह गई होगी। इसके अतिरिक्त मैं अपनी आंखों से देख चुका हूं कि मुझसे बदला लेने की नीयत रखनेवाला मेरा दुश्मन उस विचित्र तस्वीर को लिये हुए इनके सामने हाजिर हुआ था और मेरा लड़का हरनामसिंह भी वहां मौजूद था। यद्यपि अब इस बात की आशा नहीं हो सकती कि यह दोनों कुमार मुझे जलील और बेआबरू करेंगे, मगर फिर भी शर्मिंदगी मेरा पल्ला नहीं छोड़ती। इत्तिफाक की बात है कि जिस तरह मेरी स्त्री और लड़के ने इस मामले में शरीक होकर मुझे छकाया है, उसी तरह देवीसिंह की स्त्री-लड़के ने उनके दिल में भी चुटकी ली है।

देवीसिंह और भूतनाथ की तरह हमारे और ऐयारों के दिल में भी करीब-करीब इसी ढंग की बातें पैदा हो रही थीं और इन सब भेदों को जानने के लिए वे बनिस्बत पहिले के अब ज्यादे बेचैन हो रहे थे, तथा यही हाल हमारे महाराज गोपालसिंह वगैरह का भी था।

कुछ देर तक ताज्जुब के साथ सन्नाटा रहा और इसके बाद पुनः महाराज ने दोनों कुमारों की तरफ देखकर कहा–

सुरेन्द्र–ताज्जुब की बात है कि तुम दोनों भाई यहां आकर भी अपने को छिपाए रहे!!

इंद्रजीत–(हाथ जोड़कर) मैं यहां हाजिर होकर पहिले ही अर्ज कर चुका था कि 'हम लोगों का भेद जानने के लिए उद्योग न किया जाए, हम लोग मौका पाकर स्वयं अपने को प्रकट कर देंगे'। इसके अतिरिक्त तिलिस्मी नियमों के अनुसार तब तक हम दोनों भाई प्रकट नहीं हो सकते थे जब तक कि अपना काम पूरा करके इसी तिलिस्मी चबूतरे की राह से तिलिस्म के बाहर नहीं निकल आते। साथ ही इसके हम लोगों की यह भी इच्छा थी कि जब तक निश्चिंत होकर खुले तौर पर यहां न आ जाएं तब तक कैदियों के मुकदमे का फैसला न होने पावे क्योंकि इस तिलिस्म के अंदर जाने के बाद हम लोगों को बहुत से नए भेद मालूम हुए हैं जो (नकाबपोशों की तरफ इशारा करके) इन लोगों से संबंध रखते हैं और जिनको आपसे अर्ज करना बहुत जरूरी था।

सुरेन्द्र–(मुस्कुराते हुए और नकाबपोशों की तरफ देखके) अब तो इन लोगों को भी अपने चेहरों से नकाब उतार देना चाहिए, हम समझते हैं, इस समय इन लोगों का चेहरा साफ होगा।

कुंअर इंद्रजीतसिंह का इशारा पाकर उन नकाबपोशों ने भी अपने-अपने चेहरे से नकाब हटा दी और खड़े होकर अदब के साथ महाराज को सलाम किया। ये नकाबपोश गिनती में पांच थे और इन्हीं पांचों में इस समय वे दोनों सूरत भी दिखाई पड़ीं जो यहां दरबार में पहिले दिखाई पड़ चुकी थीं या जिन्हें देखकर दारोगा और बेगम के छक्के छूट गए थे।

अब सभों का ध्यान उन पांचों नकाबपोशों की तरफ खिंच गया, जिनका असल हाल जानने के लिए लोग पहिले ही से बेचैन हो रहे थे, क्योंकि इन्होंने कैदियों के

मामले में कुछ विचित्र ढंग की कैफियत और उलझन पैदा कर दी थी। यद्यपि कह सकते हैं कि यहां पर इन पांचों को पहचाननेवाला कोई न था, मगर भूतनाथ और राजा गोपालसिंह बड़े गौर से उनकी तरफ देखकर अपने हाफजे (स्मरणशक्ति) पर जोर दे रहे थे और उम्मीद करते थे कि इन्हें हम पहचान लेंगे।

सुरेन्द्र–(गोपालसिंह की तरफ देखके) केवल हमीं लोग नहीं, बल्कि हजारों आदमी इनका हाल जानने के लिए बेताब हो रहे हैं, अस्तु, ऐसा करना चाहिए कि एक साथ ही इनका हाल मालूम हो जाए।

गोपाल–मेरी भी यही राय है।

एक नकाबपोश–कैदियों के सामने ही हम लोगों का किस्सा सुना जाए तो ठीक है, क्योंकि ऐसा होने ही से महाराज का विचार पूरा होगा। इसके अतिरिक्त हम लोगों के किस्से में वही कैदी हामी भरेंगे और कई अधूरी बातों को पूरा करके महाराज का शक दूर करेंगे, जिन्हें हम लोग नहीं जानते और जिनके लिए महाराज उत्सुक होंगे।

इंद्रजीत–(सुरेन्द्रसिंह से) बेशक ऐसा ही है। यद्यपि हम दोनों भाई इन लोगों का किस्सा सुन चुके हैं, मगर कई भेदों का पता नहीं लगा, जिनके जाने बिना जी बेचैन हो रहा है और उनका मालूम होना कैदियों की इच्छा पर निर्भर है।

सुरेन्द्र–(कुछ सोचकर) खैर, ऐसा ही किया जाएगा।

इसके बाद उन लोगों में दूसरे तरह की बातचीत होने लगी जिसके लिखने की कोई आवश्यकता नहीं जान पड़ती। इसके घण्टे-भर बाद दरबार बर्खास्त हुआ और सब कोई अपने स्थान पर चले गए।

कुंअर इंद्रजीतसिंह का दिल किशोरी को देखने के लिए बेताब हो रहा था। उन्हें विश्वास था कि यहां पहुंचकर उससे अच्छी तरह मुलाकात होगी और बहुत दिनों का अरमान-भरा दिल उसकी सोहबत से तस्कीन पाकर पुनः उनके कब्जे में आ जाएगा, मगर ऐसा नहीं हुआ अर्थात् कुमार के आने के पहिले ही वह अपने नाना के डेरे में भेज दी गई और उनका अरमान-भरा दिल उसी तरह तड़पता रह गया। यद्यपि उन्हें इस बात का भी विश्वास था कि अब उनकी शादी किशोरी के साथ बहुत जल्दी होनेवाली है, मगर फिर भी उनका मनचला दिल जिसे उनके कब्जे के बाहर भये मुद्दत हो चुकी थी, इन चापलूसियों को कब मानता था! इसी तरह कमलिनी से भी मीठी-मीठी बातें करने के लिए वे कम बेताब न थे, मगर बड़ों का लेहाज उन्हें इस बात की इजाजत नहीं देता था कि उससे एकांत में मुलाकात करें, यद्यपि ऐसा करते तो कोई हर्ज की बात न थी, मगर इसलिए कि उसके साथ भी शादी होने की उम्मीद थी, शर्म और लेहाज के फेर में पड़े हुए थे, परंतु कमलिनी को इस बात का सोच-विचार कुछ भी न था। हम इसका सबब भी बयान नहीं कर सकते, हां, इतना कहेंगे कि जिस कमरे में कुंअर इंद्रजीतसिंह का डेरा था उसी के पीछेवाले कमरे में कमलिनी का डेरा था और उस कमरे से कुंअर इंद्रजीतसिंह के कमरे में आने-जाने के लिए एक

छोटा-सा दरवाजा भी था जो इस समय भीतर की तरफ से अर्थात् कमलिनी की तरफ से बंद था और कुमार को इस बात की कुछ भी खबर न थी।

रात पहर-भर से ज्यादे जा चुकी थी। कुंअर इंद्रजीतसिंह अपने पलंग पर लेटे हुए किशोरी और कमलिनी के विषय में तरह-तरह की बातें सोच रहे थे। उनके पास कोई दूसरा आदमी न था और एक तरह का सन्नाटा छाया हुआ था। एकाएक पीछे वाले कमरे का (जिसमें कमलिनी का डेरा था) दरवाजा खुला और अंदर से एक लौंडी आती हुई दिखाई पड़ी।

कुमार ने चौंककर उसकी तरफ देखा और उसने हाथ जोड़कर अर्ज किया, "कमलिनी जी आपसे मिला चाहती हैं, आज्ञा हो तो स्वयं यहां आवें या आप ही वहां तक चलें।"

कुमार—वे कहां हैं?

लौंडी—(पिछले कमरे की तरफ बताकर) इसी कमरे में तो उनका डेरा है।

कुमार—(ताज्जुब से) इसी कमरे में! मुझे इस बात की कुछ भी खबर न थी। अच्छा मैं स्वयं चलता हूं, तू इस कमरे का दरवाजा बंद कर दे।

आज्ञा पाते ही लौंडी ने कुमार के कमरे का दरवाजा बंद कर दिया जिसमें बाहर से कोई यकायक आ न जाए। इसके बाद इशारा पाकर लौंडी, कमलिनी के कमरे की तरफ रवाना हुई और कुमार उसके पीछे-पीछे चले। चौखट के अंदर पैर रखते ही कुमार की निगाह कमलिनी पर पड़ी और वे भौंचक्के-से होकर उसकी सूरत देखने लगे।

इस समय कमलिनी की सुंदरता बनिस्बत पाहिले के बहुत ही बढ़ी-चढ़ी देखने में आई। पहिले, जिन दिनों कुमार ने कमलिनी की सूरत देखी थी, उन दिनों वह बिलकुल उदासीन और मामूली ढंग पर रहा करती थी। मायारानी के झगड़े की बदौलत उसकी जान जोखिम में पड़ी हुई थी और इस कारण से उसके दिमाग को एक पल के लिए भी छुट्टी नहीं मिलती थी। इन्हीं सब कारणों से उसके शरीर और चेहरे की रौनक में भी बहुत बड़ा फर्क पड़ गया था, तिस पर भी वह कुमार की सच्ची निगाह में एक ही दिखाई देती थी। फिर आज उसकी खुशी और खूबसूरती का क्या कहना है जबकि ईश्वर की कृपा से वह अपने तमाम दुश्मनों पर फतह पा चुकी है, तरद्दुदों के बोझ से हलकी हो चुकी है और मनमानी उम्मीदों के साथ अपने को बनाने-संवारने का भी मुनासिब मौका उसे मिल गया है! यही सबब है कि इस समय वह रानियों की-सी पोशाक और सजावट में दिखाई देती है।

कमलिनी की इस समय की खूबसूरती ने कुमार पर बहुत बड़ा असर किया और बनिस्बत पहिले के इस समय बहुत ज्यादे कुमार के दिल पर अपना अधिकार जमा लिया। कुमार को देखते ही कमलिनी ने हाथ जोड़कर प्रणाम किया और कुमार ने आगे बढ़कर बड़े प्रेम से उसका हाथ पकड़कर पूछा, "कहो, अच्छी तो हो?"

"अब भी अच्छी न होऊंगी!" कहकर मुस्कुराती हुई कमलिनी ने कुमार को ले जाकर एक ऊंची गद्दी पर बैठाया और आप भी उनके पास बैठकर यों बातचीत करने लगी।

कमलिनी–कहिए तिलिस्म के अंदर आपको किसी तरह की तकलीफ तो नहीं हुई!

इंद्रजीत–ईश्वर की कृपा से हम लोग कुशलपूर्वक यहां तक चले आए और अब तुम्हें धन्यवाद देते हैं क्योंकि यह सब बातें तुम्हारी ही बदौलत नसीब हुई हैं। अगर तुम मदद न करतीं तो न मालूम हम लोगों की क्या दशा हुई होती! हमारे साथ तुमने जो कुछ उपकार किया है, उसका बदला चुकाना मेरी सामर्थ्य के बाहर है, सिवाय इसके मैं क्या कह सकता हूं कि (अपनी छाती पर हाथ रखके) यह जान और शरीर तुम्हारा है।

कमलिनी–(मुस्कुराकर) अब कृपा कर इन सब बातों को तो रहने दीजिए, क्योंकि इस समय मैंने इसलिए आपको तकलीफ नहीं दी है कि अपनी बढ़ाई सुनूं या आप पर अपना अधिकार जमाऊं।

इंद्रजीत–अधिकार तो तुमने उसी दिन मुझ पर जमा लिया जिस दिन ऐयार के हाथ से मेरी जान बचाई और मुझसे तलवार की लड़ाई लड़कर यह दिखा दिया कि मैं तुमसे ताकत में कम नहीं हूं।

कमलिनी–(हंसकर) क्या खूब! मैं और आपका मुकाबला करूं!! आपने मुझे भी क्या कोई पहिलवान समझ लिया है?

इंद्रजीत–आखिर क्या बात थी जो उस दिन मैं तुमसे हार गया था।

कमलिनी–आपको उस बेहोशी की दवा ने कमजोर और खराब कर दिया था जो एक अनाड़ी ऐयार की बनाई हुई थी। उस समय केवल आपको चैतन्य करने के लिए मैं लड़ पड़ी थी, नहीं तो कहां मैं और कहां आप!

इंद्रजीत–खैर, ऐसा ही होगा, मगर इसमें तो कोई शक नहीं कि तुमने मेरी जान बचाई, केवल उसी दफे नहीं, बल्कि उसके बाद भी कई दफे।

कमलिनी–भया, भया, अब इन सब बातों को जाने दीजिए, मैं ऐसी बातें नहीं सुना चाहती। हां, यह बतलाइए कि तिलिस्म के अंदर आपने क्या-क्या देखा और क्या-क्या किया?

इंद्रजीत–मैं सब हाल तुमसे कहूंगा बल्कि उन नकाबपोशों की कैफियत भी तुमसे बयान करूंगा जो मुझे तिलिस्म के अंदर मिले हैं और जिनका हाल अभी तक मैंने किसी से बयान नहीं किया, मगर तुम यह सब हाल अपनी जुबान से किसी से न कहना।

कमलिनी–बहुत खूब।

इसके बाद कुंअर इंद्रजीतसिंह ने अपना कुल हाल कमलिनी से बयान किया और कमलिनी ने भी अपना पिछला किस्सा और उसी के साथ-साथ भूतनाथ, नानक तथा

तारा वगैरह का हाल बयान किया जो कुमार को मालूम न था, इसके बाद पुनः उन दोनों में यों बातचीत होने लगी–

इंद्रजीत–आज तुम्हारी जुबानी बहुत-सी ऐसी बातें मालूम हुई हैं जिनके विषय में मैं कुछ भी नहीं जानता था।

कमलिनी–इसी तरह आपकी जुबानी उन नक़ाबपोशों का हाल सुनकर मेरी अजीब हालत हो रही है, क्या करूं आपने मना कर दिया है कि किसी से इस बात का जिक्र न करना नहीं तो अपने सुयोग्य पति से उनके विषय में...।

इंद्रजीत–(चौंककर) क्या तुम्हारी शादी हो गई?

कमलिनी–(कुमार के चेहरे का रंग उड़ा हुआ देख, मुस्कुराकर) मैं अपने उस तालाब वाले मकान में अर्ज कर चुकी थी कि मेरी शादी बहुत जल्द होनेवाली है।

इंद्रजीत–(लंबी सांस लेकर) हां, मुझे याद है, मगर यह उम्मीद न थी कि वह इतनी जल्दी हो जाएगी।

कमलिनी–तो क्या आप मुझे हमेशा कुंआरी ही देखना पसंद करते थे?

इंद्रजीत–नहीं, ऐसा तो नहीं है, मगर...

कमलिनी–मगर क्या? कहिए कहिए, रुके क्यों?

इंद्रजीत–यही कि मुझसे पूछ तो लिया होता।

कमलिनी–क्या खूब! आपने क्या मुझसे पूछकर इंद्रानी के साथ शादी की थी, जो मैं आपसे पूछ लेती।

इतना कहकर कमलिनी हंस पड़ी और कुमार ने शरमाकर सिर झुका लिया, मगर इस समय कुमार के चेहरे से मालूम होता था कि उन्हें हद दर्जे का रंज है और कलेजे में बेहिसाब तकलीफ हो रही है।

कुमार–(कमलिनी के पास से कुछ खिसककर) मुझे विश्वास था कि जन्म-भर तुमसे हंसने-बोलने का मौका मिलेगा।

कमलिनी–मेरे दिल में भी यही बात बैठी हुई थी और यही तै कर मैंने शादी की है कि आपसे कभी अलग होने की नौबत न आवे। मगर आप हट क्यों गए? आइए-आइए, जिस जगह बैठे थे, बैठिए।

कुमार–नहीं-नहीं, पराई स्त्री के साथ एकांत में बैठना ही धर्म के विरुद्ध है न कि साथ सटकर, मगर आश्चर्य है कि तुम्हें इस बात का कुछ भी खयाल नहीं है! मुझे विश्वास था कि तुमसे कभी कोई काम धर्म के विरुद्ध न हो सकेगा।

कमलिनी–मुझमें आपने कौन-सी बात धर्म-विरुद्ध पाई?

कुमार–यही कि तुम इस तरह एकांत में बैठकर मुझसे बातें कर रही हो, इससे भी बढ़कर वह बात जो अभी तुमने अपनी जुबान से कबूल की है कि 'तुमसे कभी अलग न होऊंगी'। क्या यह धर्म-विरुद्ध नहीं है? क्या तुम्हारा पति इस बात को जानकर भी तुम्हें पतिव्रता कहेगा?

कमलिनी—कहेगा और जरूर कहेगा, अगर न कहे तो इसमें उसकी भूल है। उसे निश्चय है और आप सच समझिए कि कमलिनी प्राण दे देना स्वीकार करेगी परंतु धर्म-विरुद्ध पथ पर चलना कदापि नहीं, आपको मेरी नीयत पर ध्यान देना चाहिए दिल्लगी के कामों पर नहीं, क्योंकि मैं ऐयारा भी हूं। यदि मेरा पति इस समय यहां आ जाए तो आपको मालूम हो जाए कि मुझ पर वह जरा भी शक नहीं करता और मेरा इस तरह बैठना उसे कुछ भी नहीं गढ़ाता।

कुमार—(कुछ सोचकर) ताज्जुब है!!

कमलिनी—अभी क्या, आगे आपको और भी ताज्जुब होगा।

इतना कहकर कमलिनी ने कुमार की कलाई पकड़ ली और अपनी तरफ खींचकर कहा, "पहिले आप अपनी जगह पर आकर बैठ जाइए तो मुझसे बात कीजिए।"

कुमार—नहीं-नहीं, कमलिनी, तुम्हें ऐसा उचित नहीं है। दुनिया में धर्म से बढ़कर और कोई वस्तु नहीं है, अतएव तुम्हें भी धर्म पर ध्यान रखना चाहिए, अब तुम स्वतंत्र नहीं हो, पराये की स्त्री हो।

कमलिनी—यह सच है, परंतु मैं आपसे पूछती हूं कि यदि मेरी शादी आपके साथ होती तो क्या मैं आनंदसिंह से हंसने, बोलने या दिल्लगी करने लायक न रहती?

कुमार—बेशक, उस हालत में तुम आनंद से हंस-बोल और दिल्लगी भी कर सकती थीं क्योंकि यह बात हम लोगों में लौकिक व्यवहार के ढंग पर प्रचलित है।

कमलिनी—बस तो मैं आपसे भी उसी तरह हंस-बोल सकती हूं और ऐसा करने के लिए मेरे पति ने मुझे आज्ञा भी दे दी है, मैं उनका पत्र आपको दिखा सकती हूं इसलिए कि मेरा और आपका नाता ही ऐसा है, एक नहीं बल्कि तीन-तीन नाते हैं।

इंद्र—सो कैसे?

कमलिनी—सुनिए, मैं कहती हूं। एक तो मैं किशोरी को अपनी बहिन समझती हूं, अतएव आप मेरे बहनोई हुए, कहिए—हां।

कुमार—यह कोई बात नहीं है, क्योंकि अभी किशोरी की शादी मेरे साथ नहीं हुई है।

कमलिनी—खैर, जाने दीजिए, मैं दूसरा और तीसरा नाता बताती हूं। जिनके साथ मेरी शादी हुई है वे राजा गोपालसिंह के भाई हैं, इसके अतिरिक्त लक्ष्मीदेवी की मैं छोटी बहिन हूं अतएव आपकी साली भी हुई।

कुमार—(कुछ सोचकर) हां, इस बात से तो मैं कायल हुआ, मगर तुम्हारी नीयत में किसी तरह फर्क न आना चाहिए।

कमलिनी—इससे आप बेफिक्र रहिए, मैं अपना धर्म किसी तरह नहीं बिगाड़ सकती और न दुनिया में कोई ऐसा पैदा हुआ है जो मेरी नीयत बिगाड़ सके। आइए, अब अपने ठिकाने पर बैठ जाइए।

लाचार कुंअर इंद्रजीतसिंह अपने ठिकाने पर जा बैठे और पुनः बातचीत करने लगे, मगर उदास बहुत थे और यह बात उनके चेहरे से जाहिर होती थी।

यकायक कमलिनी ने मसखरेपन के साथ हंस दिया, जिससे कुमार को खयाल हो गया कि इसने जो कुछ कहा, सब झूठ और केवल दिल्लगी के लिए था, मगर साथ ही इसके उनके दिल का खुटका साफ नहीं हुआ।

कमलिनी–अच्छा आप यह बताइए कि तिलिस्म की कैफियत देखने के लिए राजा साहब तिलिस्म के अंदर जाएंगे या नहीं?

कुमार–जरूर जाएंगे।

कमलिनी–कब?

कुमार–सो मैं ठीक नहीं कह सकता शायद कल या परसों ही जाएं, कहते थे कि 'तिलिस्म के अंदर चलकर देखने का इरादा है।' इसके जवाब में भाई गोपालसिंह ने कहा कि 'जरूर और जल्द चलकर देखना चाहिए।'

कमलिनी–तो क्या हम लोगों को साथ ले जाएंगे?

कुमार–सो मैं कैसे कहूं? तुम गोपाल भाई से कहो, वह इसका बंदोबस्त जरूर कर देंगे, मुझे तो कुछ कहते शर्म मालूम होगी।

कमलिनी–सो तो ठीक है, अच्छा मैं कल उनसे कहूंगी।

कुमार–मगर तुम लोगों के साथ किशोरी भी अगर तिलिस्म के अंदर जाकर वहां की कैफियत न देखेगी तो मुझे इस बात का रंज जरूर होगा।

कमलिनी–बात तो वाजिब है, मगर वह इस मकान में तभी आवेंगी जब उनकी शादी आपके साथ हो जाएगी और इसीलिए वह अपने नाना के डेरे में भेज दी गई हैं। खैर, तो आप इस मामले को तब तक के लिए टाल दीजिए जब तक आपकी शादी न हो जाए।

कुमार–मैं भी यही उचित समझता हूं, अगर महाराज मान जाएं तो।

कमलिनी–या आप हम लोगों को फिर दूसरी दफे ले जाइएगा।

कुमार–हां, यह भी हो सकता है। अबकी दफे का वहां जाना महाराज की इच्छा पर ही छोड़ देना चाहिए, वे जिसे चाहें ले जाएं।

कमलिनी–बेशक, ऐसा ही ठीक होगा। जब तिलिस्म के अंदर जाने में आपत्ति ही काहे की है, जब और जै दफे आप चाहेंगे, हम लोगों को ले जाएंगे।

कुमार–नहीं, सो बात ठीक नहीं, बहुत-सी जगहें ऐसी हैं जहां सैकड़ों दफे जाने में भी कोई हर्ज नहीं है, मगर बहुत-सी जगहें तिलिस्म के टूट जाने पर भी नाजुक हालत में बनी हुई हैं और जहां बार-बार जाना कठिन है तथापि मैं तुम लोगों को वहां की सैर जरूर कराऊंगा।

कमलिनी–मैं समझती हूं कि मेरे उस तालाबवाले तिलिस्मी मकान के नीचे भी कोई तिलिस्म जरूर है। उस खून से लिखी हुई तिलिस्मी किताब का मजमून

पूरी तरह से मेरी समझ में नहीं आता था, तथापि इस ढंग की बातों पर कुछ शक जरूर होता था।

कुमार–तुम्हारा खयाल बहुत ठीक है, हम दोनों भाइयों को खून से लिखी उस तिलिस्मी किताब के पढ़ने से बहुत ज्यादे हाल मालूम हुआ है, इसके अतिरिक्त मुझे तुम्हारा वह स्थान पसंद भी है और पहिले भी मैं (जब तुम्हारे पास वहां था) यह विचार कर चुका था कि 'सब कामों से निश्चिंत होकर कुछ दिनों के लिए यहां जरूर डेरा जमाऊंगा' परंतु अब मेरा वह विचार कुछ काम नहीं दे सकता।

कमलिनी–सो क्यों?

कुमार–इसलिए कि अगर तुम्हारी बातें ठीक हैं तो अब वह स्थान तुम्हारे पति के अधिकार में होगा।

कमलिनी–(मुस्कुराकर) तो क्या हर्ज है, मैं उनसे कहकर आपको दिला दूंगी।

कुमार–मैं किसी से भीख मांगना पसंद नहीं करता और न उनसे लड़कर वह स्थान छीन लेना ही मुझे मंजूर होगा। कमलिनी, सच तो यों है कि तुमने मुझे धोखा दिया और बहुत बड़ा धोखा दिया। मुझे तुमसे यह उम्मीद न थी। (कुछ सोचकर) एक दफे तुम मुझसे फिर कह दो कि सचमुच तुम्हारी शादी हो गई है।

इसके जवाब में कमलिनी खिलखिलाकर हंस पड़ी और बोली, "हां, हो गई।"

कुमार–मेरे सिर पर हाथ रखकर कसम खाओ।

कमलिनी–(कुमार के पैरों पर हाथ रखकर) आपसे मैं कसम खाकर कहती हूं कि मेरी शादी हो गई।

हम लिख नहीं सकते कि इस समय कुमार के दिल की कैसी बुरी हालत थी, रंज और अफसोस से उनका दिल बैठा जाता था और कमलिनी हंस-हंसकर चुटकियां लेती थी। बड़ी मुश्किल से कुमार थोड़ी देर और उसके पास बैठे। फिर उठकर लंबी सांस लेते हुए अपने कमरे में चले गए। रात-भर उन्हें नींद न आई।

पांचवां बयान

महाराज की आज्ञानुसार कुंअर इंद्रजीतसिंह और आनंदसिंह के विवाह की तैयारी बड़ी धूमधाम से हो रही है। यहां से चुनार तक की सड़कें दोनों तरफ जाफरी (पीले फूल) वाली टट्टियों से सजाई गई हैं जिन पर रोशनी की जाएगी और जिनके बीच में थोड़ी-थोड़ी दूर पर बड़े फाटक बने हुए हैं और उन पर नौबतखाने का इंतजाम किया गया है। टट्टियों के दोनों तरफ बाजार बसाया जाएगा जिसकी तैयारी कारिंदे लोग बड़ी खूबी और मुस्तैदी के साथ कर रहे हैं। इसी तरह और भी तरह-तरह के तमाशों का इंतजाम बीच-बीच में हो रहा है जिसके सबब से बहुत ज्यादे भीड़भाड़ होने की

उम्मीद है और अभी से तमाशबीनों का जमावड़ा हो रहा है। रोशनी के साथ-साथ आतिशबाजी के इंतजाम में भी बड़ी सरगर्मी दिखाई जा रही है। कोशिश हो रही है कि उम्दा से उम्दा तथा अनूठी आतिशबाजी का तमाशा लोगों को दिखाया जाए। इसी तरह और भी कई तरह के खेल-तमाशे और नाच इत्यादि का बंदोबस्त हो रहा है, मगर इस समय हमें इन सब बातों से कोई मतलब नहीं है क्योंकि हम अपने पाठकों को उस तिलिस्मी मकान की तरफ ले चलना चाहते हैं जहां भूतनाथ और देवीसिंह ने नकाबपोशों के फेर में पड़कर शर्मिन्दगी उठाई थी और जहां इस समय दोनों कुमार अपने दादा, पिता तथा और सब आपुसवालों को तिलिस्मी तमाशा दिखाने के लिए ले जा रहे हैं।

सुबह का सुहावना समय है और ठंडी हवा चल रही है। जंगली फूलों की खुशबू से मस्त भई सुंदर-सुंदर रंग-बिरंगी खूबसूरत चिड़ियाएं हमारे सर्वगुणसंपन्न मुसाफिरों को मुबारकबाद दे रही हैं जो तिलिस्म की सैर करने की नीयत से मीठी-मीठी बातें करते हुए जा रहे हैं।

घोड़े पर सवार महाराज सुरेन्द्रसिंह, राजा बीरेन्द्रसिंह, जीतसिंह, गोपालसिंह, इंद्रजीतसिंह और आनंदसिंह तथा पैदल तेजसिंह, देवीसिंह, भूतनाथ, पण्डित बद्रीनाथ, रामनारायण, पन्नालाल वगैरह अपने ऐयार लोग जा रहे थे। तिलिस्म के अंदर मिले कैदी अर्थात् नकाबपोश लोग तथा भैरोसिंह और तारासिंह इस समय साथ न थे। इस समय देवीसिंह से ज्यादे भूतनाथ का कलेजा उछल रहा था और वह अपनी स्त्री का असली भेद जानने के लिए बेताब हो रहा था। जब से उसे इस बात का पता चला कि वे दोनों सरदार नकाबपोश यही दोनों कुमार हैं तथा उस विचित्र मकान के मालिक भी यही हैं, तब से उसके दिल का खुटका कुछ कम तो हो गया, मगर खुलासा हाल जानने और पूछने का मौका न मिलने के सबब उसकी बेचैनी दूर नहीं हुई थी। वह यह भी जानता था कि अब उसकी स्त्री तथा लड़का हरनामसिंह किस फिक्र में है। इस समय जब वह फिर उसी ठिकाने जा रहा था जहां अपनी स्त्री की बदौलत गिरफ्तार होकर अपने लड़के का विचित्र हाल देखा था, तब उसका दिल और बेचैन हो उठा, मगर साथ ही इसके उसे इस बात को भी उम्मीद हो रही थी कि अब उसे उसकी स्त्री का हाल मालूम हो जाएगा या कुछ पूछने का मौका ही मिलेगा।

ये लोग धीरे-धीरे बातचीत करते हुए उसी खोह या सुरंग की तरफ जा रहे थे। पहर-भर से ज्यादे दिन न चढ़ा होगा जब ये लोग उस ठिकाने पहुंच गए। महाराज सुरेन्द्रसिंह और बीरेन्द्रसिंह वगैरह घोड़े से नीचे उतर पड़े, साईसों ने घोड़े थाम लिये और इसके बाद उन सभों ने सुरंग के अंदर पैर रखा। इस सुरंगवाले रास्ते का कुछ खुलासा हाल हम इस सन्तति के उन्नीसवें भाग में लिख आए हैं जब भूतनाथ यहां आया था, अब पुनः दोहराने की आवश्यकता नहीं जान पड़ती, हां, इतना लिख देना जरूरी जान पड़ता है कि दोनों कुमारों ने सभों को यह बात समझा दी कि यह रास्ता

बंद क्योंकर हो सकता है। बंद होने का स्थान वही चबूतरा था जो सुरंग के बीच में पड़ता था।

जिस समय ये लोग सुरंग तै करके मैदान में पहुंचे, सामने वही छोटा बंगला दिखाई दिया, जिसका हाल हम पहिले लिख चुके हैं। इस समय उस बंगले के आगे वाले दालान में दो नकाबपोश औरतें हाथ में तीरकमान लिये टहलती पहरा दे रही थीं जिन्हें देखते ही खास करके भूतनाथ और देवीसिंह को बड़ा ताज्जुब हुआ और उनके दिल में तरह-तरह की बातें पैदा होने लगीं। भूतनाथ का इशारा पाकर देवीसिंह ने कुंअर इंद्रजीतसिंह से पूछा, ''ये दोनों नकाबपोश औरतें कौन हैं जो पहरा दे रही हैं?'' इसके जवाब में कुमार तो चुप रह गए, मगर महाराज सुरेन्द्रसिंह ने कहा, ''इसके जानने की तुम लोगों को क्या जल्दी पड़ी हुई है? जो कोई होंगी सब मालूम ही हो जाएगा!''

इस जवाब ने देवीसिंह और भूतनाथ को देर तक के लिए चुप कर दिया और विश्वास दिला दिया कि महाराज को इसका हाल जरूर मालूम है।

जब उन औरतों ने इन सभों को पहचाना और अपनी तरफ आते देखा तो बंगले के अंदर घुसकर गायब हो गईं, तब तक ये लोग भी उस दालान में जा पहुंचे। इस समय भी यह बंगला उसी हालत में था जैसा कि भूतनाथ और देवीसिंह ने देखा था।

हम पहिले लिख चुके हैं और अब भी लिखते हैं कि यह बंगला जैसा बाहर से सादा और साधारण मालूम होता था, वैसा अंदर से न था और यह बात दालान में पहुंचने के साथ ही सभों को मालूम हो गई। दालान और दीवारों में निहायत खूबसूरत और आला दर्जे की कारीगरी का नमूना दिखानेवाली तस्वीरों को देखकर सब कोई दंग हो गए और मुसौवर के हाथों की तारीफ करने लगे। ये तस्वीरें एक निहायत आलीशान इमारत की थीं और उसके ऊपर बड़े-बड़े हरफों में यह लिखा हुआ था–

''यह तिलिस्म चुनारगढ़ के पास ही एक निहायत खूबसूरत जंगल में कायम किया गया है, जिसे महाराज सुरेन्द्रसिंह के लड़के बीरेन्द्रसिंह तोड़ेंगे।''

इस तस्वीर को देखते ही सभों को विश्वास हो गया कि वह तिलिस्मी खण्डहर जिसमें तिलिस्मी बगुला था और जिस पर इस समय निहायत आलीशान इमारत बनी हुई है, पहिले इसी सूरत-शक्ल में था, जिसे जमाने के हेर-फेर ने अच्छी तरह बर्बाद करके उजाड़ और भयानक बना दिया। इमारत की उस बड़ी और पूरी तस्वीर के नीचे उसके भीतरवाले छोटे-छोटे टुकड़े भी बनाकर दिखलाए गए थे और उस बगुले की तस्वीर भी बनी हुई थी जिसे राजा बीरेन्द्रसिंह ने बखूबी पहचान लिया और कहा, ''बेशक अपने जमाने में यह बहुत अच्छी इमारत थी।''

सुरेन्द्र–यद्यपि आजकल जो इमारत तिलिस्मी खण्डहर पर बनी है और जिसके बनवाने में जीतसिंह ने अपनी तबीयतदारी और कारीगरी का अच्छा नमूना दिखाया

है, बुरी नहीं है, मगर हमें इस पहिली इमारत का ढंग कुछ अनूठा और सुंदर मालूम पड़ता है।

जीत–बेशक, ऐसा ही है। यदि इस तस्वीर को मैं पहिले देखे हुए होता तो जरूर इसी ढंग की इमारत बनवाता।

बीरेन्द्र–और ऐसा होने से वह तिलिस्म एक दफे नया मालूम पड़ता।

इंद्रजीत–यह चुनारगढ़वाला तिलिस्म साधारण नहीं बल्कि बहुत बड़ा है। चुनारगढ़, नौगढ़, विजयगढ़ और जमानिया तक इसकी शाखा फैली हुई है। इस बंगले को इस बहुत बड़े और फैले हुए तिलिस्म का 'केंद्र' समझना चाहिए बल्कि ऐसा भी कह सकते हैं कि यह बंगला तिलिस्म का नमूना है।

थोड़ी देर तक दालान में खड़े इसी किस्म की बातें होती रहीं और इसके बाद सभों को साथ लिये हुए दोनों कुमार बंगले के अंदर रवाना हुए।

सदर दरवाजे का पर्दा उठाकर अंदर जाते ही ये लोग एक गोल कमरे में पहुंचे जो भूतनाथ और देवीसिंह का देखा हुआ था। इस गोल और गुम्बजदार खूबसूरत कमरे की दीवारों पर जंगल, पहाड़ और रोहतासगढ़ की तस्वीरें बनी हुई थीं। घड़ी-घड़ी तारीफ न करके एक ही दफे लिख देना ठीक होगा कि इस बंगले में जितनी तस्वीरें देखने में आईं सभी आला दर्जे की कारीगरी का नमूना थीं और यही मालूम होता था कि आज ही बनकर तैयार हुई हैं। इस रोहतासगढ़ की तस्वीर को देखकर सब कोई बड़े प्रसन्न हुए और राजा बीरेन्द्रसिंह ने तेजसिंह की तरफ देखकर कहा, "रोहतासगढ़ किले और पहाड़ी की बहुत ठीक और साफ तस्वीरें बनी हुई हैं।"

तेज–जंगल भी उसी ढंग का बना हुआ है, कहीं-कहीं से ही फर्क मालूम पड़ता है, नहीं तो बाज जगहें तो ऐसी बनी हुई हैं जैसी मैंने अपनी आंखों से देखी हैं। (उंगली का इशारा करके) देखिए यह वही कब्रिस्तान है जिस राह से हम लोग रोहतासगढ़ के तहखाने में घुसे थे। हां, यह देखिए बारीक हरफों में लिखा हुआ भी है–'तहखाने में जाने का बाहरी फाटक।'

इंद्रजीत–इस तस्वीर को अगर गौर से देखेंगे तो वहां का बहुत ज्यादे हाल मालूम होगा। जिस जमाने में यह इमारत तैयार हुई थी उस जमाने में वहां की और उसके चारों तरफ की जैसी अवस्था थी, वैसी ही इस तस्वीर में दिखाई है, आज चाहे कुछ फर्क पड़ गया हो!

तेज–बेशक, ऐसा ही है।

इंद्रजीत–इसके अतिरिक्त एक और ताज्जुब की बात अर्ज करूंगा।

बीरेन्द्र–वह क्या?

इंद्रजीत–इसी दीवार में से वहां (रोहतासगढ़) जाने का रास्ता भी है।

सुरेन्द्र–वाह-वाह! क्या तुम इस रास्ते को खोल भी सकते हो?

इंद्रजीत–जी हां, हम लोग इसमें बहुत दूर तक जाकर घूम आए हैं।

सुरेन्द्र–यह भेद तुम्हें क्योंकर मालूम हुआ?

इंद्रजीत–उसी 'रिक्तग्रंथ' की बदौलत हम दोनों भाइयों को इन सब जगहों का हाल और भेद पूरा-पूरा मालूम हो चुका है। यदि आज्ञा हो तो दरवाजा खोलकर मैं आपको रोहतासगढ़ के तहखाने में ले जा सकता हूं। वहां के तहखाने में भी एक छोटा-सा तिलिस्म है जो इसी बड़े तिलिस्म से संबंध रखता है और हम लोग उसे खोल या तोड़ भी सकते हैं, परंतु अभी तक ऐसा करने का इरादा नहीं किया।

सुरेन्द्र–उस रोहतासगढ़वाले तिलिस्म के अंदर क्या चीज है?

इंद्रजीत–उसमें केवल अनूठे, अद्भुत, आश्चर्य गुणवाले हर्बे रखे हुए हैं, उन्हीं हर्बों पर वह तिलिस्म बंधा है। जैसा तिलिस्मी खंजर हम लोगों के पास है या जैसे तिलिस्मी जिरःबख्तर और हर्बों की बदौलत राजा गोपालसिंह ने कृष्णाजिन्न का रूप धरा था वैसे हर्बों और असबाबों का तो वहां ढेर लगा हुआ है, हां, खजाना वहां कुछ भी नहीं है।

सुरेन्द्र–ऐसे अनूठे हर्बे खजाने से क्या कम हैं?

जीत–बेशक! (इंद्रजीतसिंह से) जिस हिस्से को तुम दोनों भाइयों ने तोड़ा है उसमें भी तो ऐसे अनूठे हर्बे होंगे?

इंद्रजीत–जी हां, मगर बहुत कम हैं?

बीरेन्द्र–अच्छा यदि ईश्वर की कृपा हुई तो फिर किसी मौके पर इस रास्ते से रोहतासगढ़ जाने का इरादा करेंगे। (मकान की सजावट और परदों की तरफ देखकर) क्या यह सब सामान कन्दील, पर्दे और बिछावन वगैरह तुम लोग तिलिस्म के अंदर से लाए थे?

इंद्रजीत–जी नहीं, जब हम लोग यहां आए तो इस बंगले को इसी तरह सजा-सजाया पाया और तीन-चार आदमियों को भी देखा, जो इस बंगले की हिफाजत और मेरे आने का इंतजार कर रहे थे।

सुरेन्द्र–(ताज्जुब से) वे लोग कौन थे और अब कहां हैं?

इंद्रजीत–दरियाफ्त करने पर मालूम हुआ कि वे लोग इंद्रदेव के मुलाजिम थे जो इस समय अपने मालिक के पास चले गए हैं। इस तिलिस्म का दारोगा असल में इंद्रदेव है, और आज के पहिले भी इसी के बुजुर्ग लोग दारोगा होते आए हैं।

सुरेन्द्र–यह तुमने बड़ी खुशी की बात सुनाई, मगर अफसोस यह है कि इंद्रदेव ने हमें इन बातों की कुछ भी खबर न की।

आनंद–अगर इंद्रदेव ने इन सब बातों को आपसे छिपाया तो यह कोई ताज्जुब की बात नहीं है, तिलिस्मी कायदे के मुताबिक ऐसा होना ही चाहिए था।

सुरेन्द्र–ठीक है, तो मालूम होता है कि यह सब सामान तुम्हारी खातिरदारी के लिए इंद्रदेव की आज्ञानुसार किया गया है।

आनंद–जी हां, उसके आदमियों की जुबानी मैंने भी यही सुना है।

इसके बाद बड़ी देर तक ये लोग इन तस्वीरों को देखते और ताज्जुब-भरी बातें करते रहे और फिर आगे की तरफ बढ़े। जब पहिले भूतनाथ और देवीसिंह यहां आए थे तब हम लिख चुके हैं कि इस कमरे में सदर दरवाजे के अतिरिक्त और भी तीन दरवाजे थे–इत्यादि। अस्तु, उन दोनों ऐयारों की तरह इस समय भी सभों को साथ लिये हुए, दोनों कुमार दाहिने तरफवाले दरवाजे के अंदर गए और घूमते हुए उसी तरह बड़े और आलीशान कमरे में पहुंचे जिसनें पहिले भूतनाथ और देवीसिंह ने पहुंचकर आश्चर्य का तमाशा देखा था।

इस आलीशान कमरे की तस्वीरें खूबी और खूबसूरती में सब तस्वीरों से बढ़ी-चढ़ी थीं तथा दीवारों पर जंगल, मैदान, पहाड़, खोह, दर्रे, झरने, शिकारगाह तथा शहरपनाह, किले, मोर्चे और लड़ाई इत्यादि की तस्वीरें लगी हुई थीं जिन्हें सब कोई गौर और ताज्जुब के साथ देखने लगे।

सुरेन्द्र–(एक किले की तरफ इशारा करके) यह तो चुनारगढ़ की तस्वीर है।

इंद्रजीत–जी हां, (उंगली का इशारा करके) और यह जमानिया के किले तथा खास बाग की तस्वीर है। इसी दीवार में से वहां जाने का भी रास्ता है। महाराज सूर्यकान्त के जमाने में उनके शिकारगाह और जंगल की यह सूरत थी।

बीरेन्द्र–और यह लड़ाई की तस्वीर कैसी है? इसका क्या मतलब है?

इंद्रजीत–इन तस्वीरों में बड़ी कारीगरी खर्च की गई है। महाराज सूर्यकांत ने अपनी फौज को जिस तरह की कवायद और व्यूह-रचना इत्यादि का ढंग सिखाया था, वे सब बातें इन तस्वीरों में भरी हुई हैं। तरकीब करने से ये सब तस्वीरें चलती-फिरती और काम करती नजर आएंगी और साथ ही इसके फौजी बाजा भी बजता हुआ सुनाई देगा अर्थात् इन तस्वीरों नें जितने बाजेवाले हैं वे सब भी अपना-अपना काम करते हुए मालूम पड़ेंगे। परन्तु इस तमाशे का आनंद रात को मालूम पड़ेगा, दिन को नहीं। इन्हीं तस्वीरों के कारण इस कमरे का नाम 'व्यूह-मंडल' रखा गया है, वह देखिए ऊपर की तरफ बड़े हरफों में लिखा हुआ है।

सुरेन्द्र–यह बहुत अच्छी कारीगरी है। इस तमाशे को हम जरूर देखेंगे बल्कि और भी कई आदमियों को दिखाएंगे।

इंद्रजीत–बहुत अच्छा, रात हो जाने पर मैं इसका बंदोबस्त करूंगा, तब तक आप और चीजों को देखें।

ये लोग जिस दरवाजे से इस कमरे में आए थे, उसके अतिरिक्त एक दरवाजा और भी था जिस राह से सभों को लिये दोनों कुमार दूसरे कमरे में पहुंचे। इस कमरे की दीवार बिलकुल साफ थी अर्थात् उस पर किसी तरह की तस्वीर बनी हुई न थी। कमरे के बीचोबीच दो चबूतरे संगमरमर के बने हुए थे जिसमें एक खाली था और दूसरे चबूतरे के ऊपर सुफेद पत्थर की एक खूबसूरत पुतली बैठी हुई थी। इस जगह पर ठहरकर कुंअर इंद्रजीतसिंह ने अपने दादा और पिता की तरफ देखा और कहा,

"नकाबपोशों की जुबानी हम लोगों का तिलिस्मी हाल जो कुछ आपने सुना है, वह तो याद ही होगा, अस्तु, हम लोग पहिली दफे तिलिस्म से बाहर निकलकर जिस सुहावनी घाटी में पहुंचे थे, वह यही स्थान है।[1] इसी चबूतरे के अंदर से हम लोग बाहर हुए थे। उस 'रिक्तग्रंथ' की बदौलत हम दोनों भाई यहां तक तो पहुंच गए, मगर उसके बाद इस चबूतरेवाले तिलिस्म को खोल न सके, हां, इतना जरूर है कि उस 'रिक्तग्रंथ' की बदौलत इस चबूतरे में से (जिस पर एक पुतली बैठी हुई थी, उसकी तरफ इशारा करके) एक दूसरी किताब हाथ लगी जिसकी बदौलत हम लोगों ने इस चबूतरेवाले तिलिस्म को खोला और उसी राह से आपकी सेवा में जा पहुंचे।

"आप सुन चुके हैं कि जब हम दोनों भाई राजा गोपालसिंह को मायारानी की कैद से छुड़ाकर जमानिया के खास बागवाले देवमंदिर में गए थे, तब वहां पहिले आनंदसिंह तिलिस्म के फंदे में फंस गए थे, उन्हें छुड़ाने के लिए जब मैं भी उसी गड़हे या कुएं में कूद पड़ा तो चलता-चलता एक दूसरे बाग में पहुंचा जिसके बीचोबीच एक मंदिर था। उस मंदिरवाले तिलिस्म को जब मैंने तोड़ा तो वहां एक पुतली के अंदर कोई चमकती हुई चीज मुझे मिली।"[2]

बीरेन्द्र–हां, हमें याद है, उस मूरत को तुमने उखाड़कर किसी कोठरी के अंदर फेंक दिया था और वह फूटकर चूने की कली की तरह हो गई थी। उसी के पेट में से...

इंद्रजीत–जी हां!

सुरेन्द्र–तो वह चमकती हुई चीज क्या थी और वह कहां है?

इंद्रजीत–वह हीरे की बनी हुई एक चाभी थी जो अभी तक मेरे पास मौजूद है, (जेब में से निकालकर महाराज को दिखाकर) देखिए यही ताली इस पुतली के पेट में लगती है।

सभों ने उस चाभी को गौर से देखा और इंद्रजीतसिंह ने सभों के देखते-देखते उस चबूतरे पर बैठी हुई पुतली की नाभी में वह ताली लगाई। उसका पेट छोटी आलमारी के पल्ले की तरह खुल गया।

इंद्रजीत–बस इसी में से वह किताब मेरे हाथ लगी जिसकी बदौलत वह चबूतरेवाला तिलिस्म खोला।

सुरेन्द्र–अब वह किताब कहां है?

इंद्रजीत–आनंदसिंह के पास मौजूद है।

इतना कहकर इंद्रजीतसिंह ने आनंदसिंह की तरफ देखा और उन्होंने एक छोटी-सी किताब जिसके अक्षर बहुत बारीक थे, महाराज के हाथ में दे दी। यह

---

1. देखिए चन्द्रकान्ता सन्तति, बीसवां भाग, नौवां बयान।
2. देखिए दसवां भाग, पहिला बयान।

किताब भोजपत्र की थी जिसे महाराज ने बड़े गौर से देखा और दो-तीन जगहों से कुछ पढ़कर आनंदसिंह के हाथ में देते हुए कहा, "इसे निश्चिंती में एक दफे पढ़ेंगे।"

इंद्रजीत—यह पुतलीवाला चबूतरा उस तिलिस्म में घुसने का दरवाजा है।

इतना कहकर इंद्रजीतसिंह ने उस पुतली के पेट में (जो खुल गया था) हाथ डालके कोई पेंच घुमाया जिससे चबूतरे के दाहिने तरफवाली दीवार किवाड़ के पल्ले की तरह धीरे-धीरे खुलकर जमीन के साथ सट गई और नीचे उतरने के लिए सीढ़ियां दिखाई देने लगीं। इंद्रजीतसिंह ने तिलिस्मी खंजर हाथ में लिया और उसका कब्जा दबाकर रोशनी करते हुए चबूतरे के अंदर घुसे तथा सभों को अपने पीछे आने के लिए कहा। सभों के पीछे आनंदसिंह तिलिस्मी खंजर की रोशनी करते हुए चबूतरे के अंदर घुसे। लगभग पंद्रह-बीस चक्करदार सोढ़ियों से नीचे उतरने के बाद ये लोग एक बहुत बड़े कमरे में पहुंचे जिसमें सोने-चांदी के सैकड़ों बड़े-बड़े हण्डे, अशर्फियों और जवाहिरात से भरे पड़े हुए थे जिसे सभों ने बड़े गौर और ताज्जुब के साथ देखा और महाराज ने कहा, "इस खजाने का अंदाज करना भी मुश्किल है।"

इंद्रजीत—जो कुछ खजाना इस तिलिस्म के अंदर मैंने देखा और पाया है उसका यह पासंग भी नहीं है। उसे बहुत जल्द ऐयार लोग आपके पास पहुंचावेंगे। उन्हीं के साथ-साथ कई चीजें दिल्लगी की भी हैं जिसमें एक चीज वह भी है जिसकी बदौलत हम लोग एक दफे हंसते-हंसते दीवार के अंदर कूद पड़े और मायारानी के हाथ में गिरफ्तार हो गए थे।

जीत—(ताज्जुब से) हां! अगर वह चीज शीघ्र बाहर निकाल ली जाए तो (सुरेन्द्रसिंह से) कुमारों की शादी में सर्वसाधारण को उसका तमाशा दिखाया जा सकता है।

सुरेन्द्र—बहुत अच्छी बात है, ऐसा ही होगा

इंद्रजीत—इस तिलिस्म में घुसने के पहिले ही मैंने सभों का साथ छोड़ दिया अर्थात् नकाबपोशों को (कैदियों को) बाहर ही छोड़कर केवल हम दोनों भाई इसके अंदर घुसे और काम करते हुए धीरे-धीरे आपकी सेवा में जा पहुंचे।

सुरेन्द्र—तो शायद उसी तरह हम लोग भी सब तमाशा देखते हुए उसी चबूतरे की राह बाहर निकलेंगे?

जीत—मगर क्या उन चलती-फिरती तस्वीरों का तमाशा न देखिएगा?

सुरेन्द्र—हां, ठीक है, उस तमाशे को तो जरूर देखेंगे।

इंद्रजीत—तो अब यहां से लौट चलना चाहिए क्योंकि इस कमरे के आगे बढ़कर फिर आज ही लौट आना कठिन है, इसके अतिरिक्त अब दिन भी थोड़ा रह गया है, संध्यावंदन और भोजन इत्यादि के लिए भी समय चाहिए और फिर उन तस्वीरों का तमाशा भी कम-से-कम चार-पांच घण्टे में पूरा होगा।

सुरेन्द्र—क्या हर्ज है, लौट चलो।

महाराज की आज्ञानुसार सब कोई वहां से लौटे और घूमते हुए बंगले के बाहर निकल आए, देखा तो वास्तव में दिन बहुत कम रह गया था।

छठवां बयान

रात आधे घण्टे से कुछ ज्यादे जा चुकी थी, जब सब कोई अपने जरूरी कामों से निश्चिंत हो बंगले के अंदर घूमते-फिरते उसी चलती-फिरती तस्वीरोंवाले कमरे में पहुंचे। इस समय बंगले के अंदर हर एक कमरे में रोशनी बखूबी हो रही थी जिसके विषय में भूतनाथ और देवीसिंह ने ताज्जुब के साथ खयाल किया कि यह काम बेशक उन्हीं लोगों का होगा, जिन्हें यहां पहुंचने के साथ ही हम लोगों ने पहरा देते देखा था या जो हम लोगों को देखते ही बंगले के अंदर घुसकर गायब हो गए थे। ताज्जुब है कि महाराज को तथा और लोगों को भी उनके विषय में कुछ खयाल नहीं है और न कोई पूछता ही है कि वे कौन थे और कहां गए, मगर हमारा दिल उनका हाल जाने बिना बेचैन हो रहा है।

चलती-फिरती तस्वीरोंवाले कमरे में फर्श बिछा हुआ था और गद्दी लगी हुई थी जिस पर सब कोई कायदे से अपने-अपने ठिकाने पर बैठ गए और इसके बाद इंद्रजीतसिंह की आज्ञानुसार रोशनी गुल कर दी गई। कमरे में बिलकुल अंधकार छा गया, यह नहीं मालूम होता था कि कौन क्या कर रहा है, खास करके इंद्रजीतसिंह की तरफ लोगों का ध्यान था जो इस तमाशे को दिखानेवाले थे, मगर कोई कह नहीं सकता था कि वह क्या कर रहे हैं।

थोड़ी ही देर बाद चारों तरफ की दीवारें चमकने लगीं और उन पर की कुल तस्वीरें बहुत साफ और बनिस्बत पहिले के अच्छी तरह पर दिखाई देने लगीं। पहिले तो वे तस्वीरें केवल चित्रकारी ही मालूम पड़ती थीं परंतु अब सचमुच की बातें दिखाई देने लगीं। मालूम होता था कि जैसे हम बहुत दूर से सच्चे किले, पहाड़, जंगल, मैदान, आदमी, जानवर और फौज इत्यादि को देख रहे हैं। सब कोई ताज्जुब के साथ इस कैफियत को देख रहे थे कि यकायक बाजे की आवाज कान में आई। उस समय सभों का ध्यान जमानिया के किले की तस्वीर पर जा पड़ा जिधर से बाजे की आवाज आ रही थी। देखा कि–

एक बहुत बड़े मैदान में बेहिसाब फौज खड़ी है जिसके आमने-सामने दो हिस्से हैं, मानो दो फौजें लड़ने के लिए तैयार खड़ी हैं। पैदल और सवार दोनों तरह की फौजें हैं तथा तोप इत्यादि और भी जो कुछ फौज में होना चाहिए, सब मौजूद है। इन दोनों फौजों में एक की पोशाक सुर्ख और दूसरी की आसमानी थी। बाजे की आवाज केवल सुर्ख वर्दीवाली फौज में से आ रही थी बल्कि बाजेवाले अपना काम

करते हुए साफ दिखाई दे रहे थे। यकायक सुर्ख वर्दीवाली फौज हिलती हुई दिखाई पड़ी। गौर करने पर मालूम हुआ कि सिपाहियों का मुंह घूम गया है और वे दाहिनी तरफवाली एक पहाड़ी की तरफ तेजी के साथ बाजे की गत पर पैर रखते हुए जा रहे हैं। जैसे-जैसे फौज दूर होती जाती, वैसे-ही-वैसे बाजे की आवाज भी दूर होती जाती है। देखते-ही-देखते वह फौज मानो कोसों दूर निकल गई और एक पहाड़ी के पीछे की तरफ जाकर आंखों की ओट हो गई। अब यह मैदान ज्यादे खुलासा दिखाई देने लगा। जितनी जगह दोनों फौजों से भरी थी वह एक फौज के हिस्से में रह गई। अब दूसरी अर्थात् आसमानी वर्दीवाली फौज में से बाजे की आवाज आने लगी और सवार तथा पैदल भी चलते हुए दिखाई देने लगे। एक सवार हाथ में झण्डा लिये तेजी के साथ घोड़ा दौड़ाकर मैदान में आ खड़ा हुआ और झण्डे के इशारे से फौज को कवायद कराने लगा। यह कवायद घण्टे-भर तक होती रही और इस बीच में आले दर्जे की होशियारी, चालाकी, मुस्तैदी, सफाई और बहादुरी दिखाई दी जिससे सब कोई बहुत ही खुश हुए और महाराज बोले, "बेशक फौज को ऐसा ही तैयार करना चाहिए।"

कवायद खत्म करने के बाद बाजा बंद हुआ और वह फौज एक तरफ को रवाना हुई, मगर थोड़ी ही दूर गई होगी कि उस लाल वर्दीवाली फौज ने यकायक पहाड़ी के पीछे से निकलकर इस फौज पर धावा मारा इस कैफियत को देखते ही आसमानी वर्दीवाली फौज के अफसर होशियार हो गए, झण्डे का इशारा पाते ही बाजा पुनः बजने लगा, और फौजी सिपाही लड़ने के लिए तैयार हो गए। इस बीच में वह फौज भी आ पहुंची और दोनों में घमासान लड़ाई होने लगी।

इस कैफियत को देखकर महाराज सुरेन्द्रसिंह, बीरेन्द्रसिंह, गोपालसिंह, जीतसिंह, तेजसिंह वगैरह तथा ऐयार लोग हैरान हो गए, और हद से ज्यादे ताज्जुब करने लगे। लड़ाई के फन की ऐसी कोई बात नहीं बची थी जो इसमें न दिखाई पड़ी हो। कई तरह की घुसबंदी और किलेबंदी के साथ-ही-साथ घुड़सवारों की कारीगरी ने सभों को सकते में डाल दिया और सभों के मुंह से बार-बार 'वाह-वाह' की आवाज निकलती रही। यह तमाशा कई घण्टे में खत्म हुआ और इसके बाद एकदम से अंधकार हो गया, उस समय इंद्रजीतसिंह ने तिलिस्मी खंजर की रोशनी की और देवीसिंह ने इशारा पाकर कमरे में रोशनी की जो पहिले बुझा दी गई थी।

इस समय रात थोड़ी-सी बच गई थी जो सभों ने सोकर बिता दी, मगर स्वप्न में भी इसी तरह के खेल-तमाशे देखते रहे। जब सभों की आंखें खुलीं तो दिन घण्टे-भर से ज्यादे चढ़ चुका था। घबड़ाकर सब कोई उठ खड़े हुए और कमरे के बाहर निकलकर जरूरी कामों से छुट्टी पाने का बंदोबस्त करने लगे। इस समय जिन चीजों की सभों को जरूरत पड़ी वे सब चीजें वहां मौजूद पाई गई, मगर उन दोनों स्त्रियों पर किसी की निगाह न पड़ी जिन्हें यहां आने के साथ ही सभों ने देखा था।

सातवां बयान

जरूरी कामों से छुट्टी पाकर ऐयारों ने रसोई बनाई, क्योंकि इस बंगले में खाने-पीने की सभी चीजें मौजूद थीं और सभों ने खुशी-खुशी भोजन किया। इसके बाद सब कोई उसी कमरे में आकर बैठे जिसमें रात को चलती-फिरती तस्वीरों का तमाशा देखा था। इस समय भी सभी की निगाहें ताज्जुब के साथ उन्हीं तस्वीरों पर पड़ रही थीं।

सुरेन्द्र–मैं बहुत गौर कर चुका, मगर अभी तक समझ में न आया कि इन तस्वीरों में किस तरह की कारीगरी खर्च की गई है जो ऐसा तमाशा दिखाती हैं। अगर मैं अपनी आंखों से इस तमाशे को देखे हुए न होता और कोई गैर आदमी मेरे सामने ऐसे तमाशे का जिक्र करता तो मैं उसे पागल समझता, मगर स्वयं देख लेने पर भी विश्वास नहीं होता कि दीवार पर लिखी तस्वीरें इस तरह काम करेंगी।

जीत–बेशक, ऐसी ही बात है। इतना देखकर भी किसी के सामने यह कहने का हौसला न होगा कि मैंने ऐसा तमाशा देखा था और सुननेवाला भी कभी विश्वास न करेगा।

सुरेन्द्र–आखिर तिलिस्म ही है, इसमें सभी बातें आश्चर्य की दिखाई देंगी।

जीत–चाहे तिलिस्म हो, मगर इसके बनानेवाले तो आदमी ही थे। जो बात मनुष्य के किये नहीं हो सकती वह तिलिस्म में भी नहीं दिखाई दे सकती।

गोपाल–आपका कहना बहुत ठीक है, तिलिस्म की बातें चाहे कैसा ही ताज्जुब पैदा करनेवाली क्यों न हों, मगर गौर करने से उनकी कारीगरी का पता लग ही जाएगा। यह आपने बहुत ठीक कहा कि आखिर तिलिस्म के बनानेवाले भी तो मनुष्य ही थे!

बीरेन्द्र–जब तक समझ न आवे तब तक उसे चाहे कोई जादू कहे या करामात कहे, मगर हम लोग सिवाय कारीगरी के कुछ भी नहीं कह सकते और पता लगाने तथा भेद मालूम हो जाने पर यह बात सिद्ध हो ही जाती है। इन चित्रों की कारीगरी पर भी अगर गौर किया जाएगा तो कुछ-न-कुछ पता लग ही जाएगा, ताज्जुब नहीं कि इंद्रजीतसिंह को इसका भेद मालूम हो।

सुरेन्द्र–बेशक, इंद्रजीत को इसका भेद मालूम होगा। (इंद्रजीतसिंह की तरफ देखकर) तुमने किस तरकीब से इन तस्वीरों को चलाया था?

इंद्रजीत–(मुस्कुराते हुए) मैं आपसे अर्ज करूंगा और यह भी बताऊंगा कि इसमें भेद क्या है। मालूम हो जाने पर आप इसे एक साधारण बात समझेंगे। पहिली दफे जब मैंने इस तमाशे को देखा था तो मुझे भी बड़ा ही ताज्जुब हुआ था, मगर तिलिस्मी किताब की मदद से जब मैं इस दीवार के अंदर पहुंचा तो सब भेद खुल गया।

सुरेन्द्र–(खुश होकर) तब तो हम लोग बेफायदे परेशान हो रहे हैं और इतना सोच-विचार कर रहे हैं, तुम अब तक चुप क्यों थे?

गोपाल—ऐयारों की तबीयत देख रहे थे।

सुरेन्द्र—खैर, बताओ तो सही कि इसमें क्या कारीगरी है?

इतना सुनते ही इंद्रजीतसिंह उठकर उस दीवार के पास चले गए और सुरेन्द्रसिंह की तरफ देखकर बोले, "आप जरा तकलीफ कीजिए तो मैं इस भेद को समझा दूं!"

महाराज सुरेन्द्रसिंह उठकर कुमार के पास चले गए और उनके पीछे-पीछे और लोग भी वहां जाकर खड़े हो गए। इंद्रजीतसिंह ने दीवार पर हाथ फेरकर सुरेन्द्रसिंह से कहा, "देखिए असल में इस दीवार पर किसी तरह की चित्रकारी या तस्वीर नहीं है, दीवार साफ है और वास्तव में शीशे की है, तस्वीरें जो दिखाई देती हैं वे इसके अंदर और दीवार से अलग हैं।"

कुमार की बात सुनकर सभों ने ताज्जुब के साथ दीवार पर हाथ फेरा और जीतसिंह ने खुश होकर कहा—"ठीक है, अब हम इस कारीगरी को समझ गए! ये तस्वीरें अलग-अलग किसी धातु के टुकड़ों पर बनी हुई हैं और ताज्जुब नहीं तार या कमानी पर जड़ी हों, किसी तरह की शक्ति पाकर उस तार या कमानी की हरकत होती है और उस समय ये तस्वीरें चलती हुई दिखाई देती हैं।"

इंद्रजीत—बेशक यही बात है, देखिए अब मैं इन्हें फिर चलाकर आपको दिखाता हूं और इसके बाद दीवार के अंदर ले चलकर सब भ्रम दूर कर दूंगा।

इस दीवार में जिस जगह जमानिया के किले की तस्वीर बनी थी, उसी जगह किले के बुर्ज के ठिकाने पर कई सूराख भी दिखाए गए थे जिनमें से एक छेद (सूराख) वास्तव में सच्चा था पर वह केवल इतना ही लंबा-चौड़ा था कि एक मामूली खंजर का कुछ हिस्सा उसके अंदर जा सकता था। इंद्रजीतसिंह ने कमर से तिलिस्मी खंजर निकालकर उसके अंदर डाल दिया और महाराज सुरेन्द्रसिंह तथा जीतसिंह की तरफ देखकर कहा, "इस दीवार के अंदर जो पुर्जे बने हैं वे बिजली का असर पहुंचते ही चलने-फिरने या हिलने लगते हैं। इस तिलिस्मी खंजर में आप जानते ही हैं कि पूरे दर्जे की बिजली भरी हुई है, अस्तु, उन पुर्जों के साथ इनका संयोग होने ही से काम हो जाता है।

इतना कहकर इंद्रजीतसिंह चुपचाप खड़े हो गए और सभों ने बड़े गौर से उन तस्वीरों को देखना शुरू किया, बल्कि महाराज सुरेन्द्रसिंह, बीरेन्द्रसिंह, जीतसिंह, तेजसिंह और राजा गोपालसिंह ने तो कई तस्वीरों के ऊपर हाथ भी रख दिया। इतने ही में दीवार चमकने लगी और इसके बाद तस्वीरों ने वही रंगत पैदा की जो हम ऊपर बयान में लिख आए हैं। महाराज और राजा गोपालसिंह वगैरह ने जो अपना हाथ तस्वीरों पर रख दिया था वह ज्यों का त्यों बना रहा और तस्वीरें उनके हाथों के नीचे से निकलकर इधर-से-उधर आने-जाने लगीं, जिसका असर उनके हाथों पर कुछ भी नहीं होता था, इस सबब से सभों को निश्चय हो गया कि उन तस्वीरों का इस दीवार से कोई संबंध नहीं। इस बीच में कुंअर इंद्रजीतसिंह ने अपना तिलिस्मी खंजर दीवार

के अंदर से खींच लिया। उसी समय दीवार का चमकना बंद हो गया और तस्वीरें जहां-की-तहां खड़ी हो गईं अर्थात् जो जितनी चल चुकी थी, उतनी ही चलकर रुक गई। दीवार पर गौर करने से मालूम होता था कि तस्वीरें पहिले ढंग की नहीं बल्कि दूसरे ही ढंग की बनी हुई हैं।

जीत–यह भी बड़े मजे की बात है, लोगों को तस्वीरों के विषय में धोखा देने और ताज्जुब में डालने के लिए इससे बढ़कर कोई खेल हो नहीं सकता।

तेज–जी हां, एक दिन में पचासों तरह की तस्वीरें इस दीवार पर लोगों को दिखा सकते हैं, पता लगना तो दूर रहा गुमान भी नहीं हो सकता कि यह क्या मामला है और ऐसी अनूठी तस्वीरें नित्य क्यों बन जाती हैं।

सुरेन्द्र–बेशक, यह खेल मुझे अच्छा मालूम हुआ, परंतु अब इन तस्वीरों को ठीक अपने ठिकाने पर पहुंचाकर छोड़ देना चाहिए।

"बहुत अच्छा" कहकर इंद्रजीतसिंह आगे बढ़ गए और पुनः तिलिस्मी खंजर उसी सूराख में डाल दिया जिससे उसी तरह दीवार चमकने और तस्वीरें चलने लगीं। ताज्जुब के साथ लोग उसका तमाशा देखते रहे। कई घण्टे बाद जब तस्वीरों की लीला समाप्त हुई और एक विचित्र ढंग के खटके की आवाज आई तब इंद्रजीतसिंह ने दीवार के अंदर से तिलिस्मी खंजर निकाल लिया और दीवार का चमकना भी बंद हो गया।

इस तमाशे से छुट्टी पाकर महाराज सुरेन्द्रसिंह ने इंद्रजीतसिंह की तरफ देखा और कहा, "अब हम लोगों को इस दीवार के अंदर ले चलो।"

इंद्रजीत–जो आज्ञा, पहिले बाहर से जांचकर आप अंदाजा कर लें कि यह दीवार कितनी मोटी है।

सुरेन्द्र–इसका अंदाज हमें मिल चुका है, दूसरे कमरे में जाने के लिए इसी दीवार में जो दरवाजा है उसकी मोटाई से पता लग जाता है जिस पर हमने गौर किया है।

इंद्रजीत–अच्छा, तो अब एक दफे आप पुनः उसी दूसरे कमरे में चलें क्योंकि इस दीवार के अंदर जाने का रास्ता उधर ही से है।

इंद्रजीतसिंह की बात सुनकर महाराज सुरेन्द्रसिंह तथा सब कोई उठ खड़े हुए और कुमार के साथ पुनः उसी कमरे में गए जिसमें दो चबूतरे बने हुए थे।

इस कमरे में तस्वीरवाले कमरे की तरफ जो दीवार थी, उसमें एक आलमारी का निशान दिखाई दे रहा था और उसके बीचोबीच में लोहे की एक खूंटी गड़ी हुई थी जिसे इंद्रजीतसिंह ने उमेठना शुरू किया। तीस-पैंतीस दफे उमेठकर अलग हो गए और दूर खड़े होकर उस निशान की तरफ देखने लगे। थोड़ी देर बाद वह आलमारी हिलती हुई मालूम पड़ी और यकायक उसके दोनों पल्ले दरवाजे की तरह खुल गए। साथ ही उसके अंदर से दो औरतें निकलती हुई दिखाई पड़ीं जिनमें एक भूतनाथ की

स्त्री थी और दूसरी देवीसिंह की स्त्री चंपा। दोनों औरतों पर निगाह पड़ते ही भूतनाथ और देवीसिंह चमक उठे और उनके ताज्जुब की कोई हद न रही, साथ ही इसके दोनों ऐयारों को क्रोध भी चढ़ आया और लाल-लाल आंख करके उन औरतों की तरफ देखने लगे। उन्हीं के साथ-ही-साथ और लोगों ने भी ताज्जुब के साथ उन औरतों को देखा।

इस समय उन दोनों औरतों का चेहरा नकाब से खाली था, मगर भूतनाथ और देवीसिंह को देखते ही उन दोनों ने आंचल से अपना चेहरा छिपा लिया और पलटकर पुनः उसी आलमारी के अंदर जा लोगों की निगाह से गायब हो गईं। उनकी इस करतूत ने भूतनाथ और देवीसिंह के क्रोध को और भी बढ़ा दिया।

आठवां बयान

अब हम पीछे की तरफ लौटते हैं और पुनः उस दिन का हाल लिखते हैं, जिस दिन महाराज सुरेन्द्रसिंह और बीरेन्द्रसिंह वगैरह तिलिस्मी तमाशा देखने के लिए रवाना हुए हैं। हम ऊपर के बयान में लिख आए हैं कि उस समय महाराज और कुमारों के साथ भैरोसिंह और तारासिंह न थे, अर्थात् वे दोनों घर पर ही रह गए थे, अस्तु, इस समय उन्हीं दोनों का हाल लिखना बहुत जरूरी हो गया है।

महाराज सुरेन्द्रसिंह, बीरेन्द्रसिंह, कुंअर इंद्रजीतसिंह और आनंदसिंह वगैरह के चले जाने के बाद भैरोसिंह अपनी मां से मिलने के लिए तारासिंह को साथ लिये हुए महल में गए। उस समय चपला अपनी प्यारी सखी चंपा के कमरे में बैठी हुई धीरे-धीरे बातें कर रही थी जो भैरोसिंह और तारासिंह को आते देख चुप हो गई और इन दोनों की तरफ देखकर बोली, "क्या महाराज तिलिस्मी तमाशा देखने के लिए गए है?"

भैरोसिंह–हां, अभी थोड़ी ही देर हुई है कि वे लोग उसी पहाड़ी की तरफ रवाना हो गए।

चपला–(चंपा से) तो अब तुम्हें भी तैयार हो जाना पड़ेगा।

चंपा–जरूर, मगर तुम भी क्यों नहीं चलतीं?

चपला–जी तो मेरा ऐसा ही चाहता है, मगर मामा साहब की आज्ञा हो तब तो!

चंपा–जहां तक मैं खयाल करती हूं, वे कभी इनकार न करेंगे। बहिन जब से मुझे मालूम हुआ है कि इंद्रदेव तुम्हारे मामा होते हैं तब से मैं बहुत प्रसन्न हूं।

चपला–मगर मेरी खुशी का तुम अंदाजा नहीं कर सकतीं, खैर, इस समय असल काम की तरफ ध्यान देना चाहिए। (भैरोसिंह और तारासिंह की तरफ देखकर) कहो तुम लोग इस समय यहां कैसे आए?

तारा–(चपला के हाथ में एक पुर्जा देकर) जो कुछ है, इसी से मालूम हो जाएगा।

चपला ने तारासिंह के हाथ से पुर्जा लेकर पढ़ा और फिर चंपा के हाथ में देकर कहा, "अच्छा जाओ, कह दो कि हम लोगों के लिए किसी तरह का तरद्दुद न करें, मैं अभी जाकर कमलिनी और लक्ष्मीदेवी से मुलाकात करके सब बातें तै कर लेती हूं।"

"बहुत अच्छा" कहकर भैरोसिंह और तारासिंह वहां से रवाना हुए और इंद्रदेव के डेरे की तरफ चले गए।

जिस समय महाराज सुरेन्द्रसिंह वगैरह तिलिस्मी कैफियत देखने के लिए रवाना हुए, उसके दो या तीन घड़ी बाद घोड़े पर सवार इंद्रदेव भी अपने चेहरे पर नकाब डाले हुए उसी पहाड़ी की तरफ रवाना हुए, मगर ये अकेले न थे बल्कि और भी तीन नकाबपोश इनके साथ थे। जब ये चारों आदमी उस पहाड़ी के पास पहुंचे तो कुछ देर के लिए रुके और आपुस में यों बातचीत करने लगे–

इंद्रदेव–ताज्जुब है कि अभी तक हमारे आदमी लोग यहां तक नहीं पहुंचे।

दूसरा–और जब तक वे लोग नहीं आवेंगे तब तक यहां अटकना पड़ेगा।

इंद्रदेव–बेशक।

तीसरा–व्यर्थ यहां अटके रहना तो अच्छा न होगा।

इंद्रदेव–तब क्या किया जाएगा?

तीसरा–आप लोग जल्दी से वहां पहुंचकर अपना काम कीजिए और मुझे अकेले इसी जगह छोड़ दीजिए, मैं आपके आदमियों का इंतजार करूंगा और जब वे आ जाएंगे, तो सब चीजें लिये आपके पास पहुंच जाऊंगा।

इंद्रदेव–अच्छी बात है, मगर उन सब चीजों को क्या तुम अकेले उठा लोगे?

तीसरा–उन सब चीजों की क्या हकीकत है, कहिए तो आपके आदमियों को भी उन चीजों के साथ पीठ पर लादकर लेता आऊं।

इंद्रदेव–शाबाश! अच्छा रास्ता तो न भूलोगे?

तीसरा–कदापि नहीं, अगर मेरी आंखों पर पट्टी बांधकर आप वहां तक ले गए होते तब भी मैं रास्ता न भूलता और टटोलता हुआ वहां तक पहुंच ही जाता।

इंद्रदेव–(हंसकर) बेशक तुम्हारी चालाकी के आगे यह कोई कठिन काम नहीं है, अच्छा हम लोग जाते हैं, तुम सब चीजें लेकर हमारे आदमियों को फौरन वापस कर देना।

इतना कहकर इंद्रदेव ने उस तीसरे नकाबपोश को उसी जगह छोड़ा और दो नकाबपोशों को साथ लिये हुए आगे की तरफ बढ़े।

जिस सुरंग की राह से राजा बीरेन्द्रसिंह वगैरह उस तिलिस्मी बंगले में गए थे, उनसे लगभग आध कोस उत्तर की तरफ हटकर और भी एक सुरंग का छोटा-सा मुहाना था जिसका बाहरी हिस्सा जंगली लताओं और बेलों से बहुत ही छिपा हुआ

था। इंद्रदेव दोनों नकाबपोशों को साथ लिये तथा पेड़ों की आड़ देकर चलते हुए इसी दूसरी सुरंग के मुहाने पर पहुंचे और जंगली लताओं को हटाकर बड़ी होशियारी से इस सुरंग के अंदर घुस गए।

नौवां बयान

देवीसिंह को चंपा की सच्चाई पर भरोसा था और वह उसे बहुत ही नेक तथा पतिव्रता भी समझते थे, जिस पर चंपा ने देवीसिंह के चरण की कस्म खाकर विश्वास दिला दिया था कि वह नकाबपोशों के घर में नहीं गई और कोई सबब न था कि देवीसिंह चंपा की बात झूठ समझते। इस जगह यद्यपि देवीसिंह पुनः चंपा को देखकर क्रोध में आ गए, मगर तुरंत ही नीचे लिखी बातें विचारकर ठंडे हो गए और सोचने लगे–

'क्या मुझे पहचानने में धोखा हुआ? नहीं-नहीं, मेरी आंखें ऐसी गंदी नहीं हैं। तो क्या वास्तव में वह चंपा ही थी जिसे अभी मैंने देखा या पहिले भी देखा था। यह भी नहीं हो सकता! चंपा ऐसी नेक औरत कसम खाकर मुझसे झूठ भी नहीं बोल सकती। हां, उसने क्या कसम खाई थी? यही कि 'मैं आपके चरणों की कसम खाकर कहती हूं कि मुझे कुछ भी याद नहीं कि आप कब की बात कर रहे हैं।' ये ही उसके शब्द हैं, मगर यह कसम तो ठीक नहीं। यहां आने के बारे में उसने कसम नहीं खाई बल्कि अपनी याद के बारे में कसम खाई है, जिसे ठीक नहीं भी कह सकते। तो क्या उसने वास्तव में मुझे भूलभुलैये में डाल रखा है? खैर, यदि ऐसा भी हो तो मुझे रंज न होना चाहिए क्योंकि वह नेक है, यदि ऐसा किया भी होगा तो किसी अच्छे ही मतलब से किया होगा या फिर कुमारों की आज्ञा से किया होगा।'

ऐसी बातों को सोचकर देवीसिंह ने अपने क्रोध को ठंडा किया, मगर भूतनाथ की बेचैनी दूर नहीं हुई।

वे दोनों औरतें जब आलमारी के अंदर घुसकर गायब हो गईं तब हमारे दोनों कुमार तथा महाराज सुरेन्द्रसिंह और बीरेन्द्रसिंह ने भी उसके अंदर पैर रखा। दरवाजे के साथ दाहिनी तरफ एक तहखाने के अंदर जाने का रास्ता था जिसके बारे में दरियाफ्त करने पर इंद्रजीतसिंह ने बयान किया कि "जमानिया जाने का रास्ता है, तहखाने में उतर जाने के बाद एक सुरंग मिलेगी जो बराबर जमानिया तक चली गई है।" इंद्रजीतसिंह की बात सुनकर देवीसिंह और भूतनाथ को विश्वास हो गया कि दोनों औरतें इसी तहखाने में उतर गई हैं जिसमें उन्हें भागने के लिए काफी जगह मिल सकती है। भूतनाथ ने देवीसिंह की तरफ देखकर इशारे से कहा कि 'इस तहखाने में चलना चाहिए' मगर जवाब में देवीसिंह ने इशारे से ही इनकार करके अपनी लापरवाही जाहिर कर दी।

उस दीवार के अंदर इतनी जगह न थी कि सब कोई एक साथ ही जाकर वहां की कैफियत देख सकते, अतएव दो-तीन दफे करके सब कोई उसके अंदर गए और उन सब पुर्जों को देखकर बहुत प्रसन्न हुए, जिनके सहारे तस्वीरें चलती-फिरती और काम करती थीं। जब सब कोई उस कैफियत को देख चुके तब उस दीवार का दरवाजा बंद कर दिया गया।

इस काम से छुट्टी पाकर सब कोई इंद्रजीतसिंह की इच्छानुसार उस चबूतरे के पास आए, जिस पर सुफेद पत्थर की खूबसूरत पुतली बैठी हुई थी। इंद्रजीतसिंह ने सुरेन्द्रसिंह की तरफ देखकर कहा, ''यदि आज्ञा हो तो मैं इस दरवाजे को खोलूं और आपको तिलिस्म के अंदर ले चलूं।''

सुरेन्द्र–हम भी यही चाहते हैं कि अब तिलिस्म के अंदर चलकर वहां की कैफियत देखें, मगर यह भी बताओ कि जब इस चबूतरे के अंदर जाने के बाद हम यह तिलिस्म देखते हुए चुनारगढ़वाले तिलिस्म की तरफ रवाना होंगे तो वहां पहुंचने में कितनी देर लगेगी?

इंद्रजीत–कम-से-कम बारह घण्टे। तमाशा देखने के सबब से यदि इससे ज्यादे देर हो जाए तो भी कोई ताज्जुब नहीं।

सुरेन्द्र–रात हो जाने के सबब किसी तरह का हर्ज तो न होगा?

इंद्रजीत–कुछ भी नहीं, रात-भर बराबर तमाशा देखते हुए हम लोग चले जा सकते हैं।

सुरेन्द्र–खैर, तब तो कोई हर्ज नहीं।

इंद्रजीतसिंह ने पुतलीवाले चबूतरे का दरवाजा उसी ढंग से खोला जैसे पहिले खोल चुके थे और सभों को साथ लिये हुए नीचेवाले तहखाने में पहुंचे, जिसमें बड़े-बड़े हण्डे, अशर्फियों और जवाहिरात से भरे हुए पड़े थे।

इस कमरे में दो दरवाजे भी थे जिनमें से एक तो खुला हुआ था और दूसरा बंद। खुले हुए दरवाजे के बारे में दरियाफ्त करने पर कुंअर इंद्रजीतसिंह ने बयान किया कि यह रास्ता जमानिया को गया है और हम दोनों भाई तिलिस्म तोड़ते हुए इसी राह से आए हैं। यहां से बहुत दूर पर एक स्थान है जिसका नाम तिलिस्मी किताब में 'ब्रह्म-मंडल' लिखा हुआ है, वहां से भी मुझे एक छोटी-सी किताब मिली थी जिसमें इस विचित्र बंगले का पूरा हाल लिखा हुआ था कि तिलिस्म (चुनारगढ़वाला) तोड़नेवाले के लिए क्या-क्या जरूरी है। उस किताब को चुनारगढ़ तिलिस्म की चाभी कहें तो अनुचित न होगा। वह किताब इस समय मौजूद नहीं है क्योंकि पढ़ने के बाद वह तिलिस्म तोड़ने के काम में खर्च कर दी गई। उस स्थान (ब्रह्म-मंडल) में बहुत-सी तस्वीरें देखने योग्य हैं और वहां की सैर करके भी आप बहुत प्रसन्न होंगे।''

सुरेन्द्र–हम जरूर उस स्थान को देखेंगे, मगर अभी नहीं। हां, और यह दूसरा दरवाजा जो बंद है, कहां जाने के लिए है?

इंद्रजीत–यही चुनारगढ़वाले तिलिस्म में जाने का रास्ता है, इस समय यही दरवाजा खोला जाएगा और हम लोग इसी राह से जाएंगे।

सुरेन्द्र–खैर, तो अब इसे खोलना चाहिए।

पाठक, आपको इस सन्तति के पढ़ने से मालूम होता ही होगा कि अब यह उपन्यास समाप्ति की तरफ चला जा रहा है। हमारे लिखने के लिए अब सिर्फ दो बातें रह गई हैं, एक तो इस चुनारगढ़वाले तिलिस्म की कैफियत और दूसरे दुष्ट कैदियों का मुकदमा जिसके साथ बचे-बचाये भेद भी खुल जाएंगे। हमारे पाठकों में बहुत से ऐसे हैं जिनकी रुचि अब तिलिस्मी तमाशे की तरफ कम झुकती है, परंतु उन पाठकों की संख्या बहुत ज्यादे है जो तिलिस्म के तमाशे को पसंद करते हैं और उसकी अवस्था विस्तार के साथ दिखाने अथवा लिखने के लिए बराबर जोर दे रहे हैं। इस उपन्यास में जो कुछ तिलिस्मी बातें लिखी गई हैं यद्यपि वे असंभव नहीं और विज्ञानवेत्ता अथवा साइंस जाननेवाले जरूर कहेंगे कि 'हां, ऐसी चीजें तैयार हो सकती हैं' तथापि बहुत से अनजान आदमी ऐसे भी हैं जो इसे बिलकुल खेल ही समझते हैं और कई इसकी देखादेखी अपनी अनूठी किताबों में असंभव बातें लिखकर तिलिस्म के नाम को बदनाम भी करने लग गए हैं, इसलिए हमारा ध्यान अब तिलिस्म लिखने की तरफ नहीं झुकता मगर क्या किया जाए लाचारी है, एक तो पाठकों की रुचि की तरफ ध्यान देना पड़ता है, दूसरे चुनारगढ़ के चबूतरेवाले तिलिस्म की कैफियत लिखे बिना काम नहीं चलता जिसे इस उपन्यास की बुनियाद कहना चाहिए और जिसके लिए चन्द्रकान्ता उपन्यास में वादा कर चुके हैं। अस्तु, अब इस जगह चुनारगढ़ के चबूतरेवाले तिलिस्म की कैफियत लिखकर इस पक्ष को पूरा करते हैं, तब उसके बाद दोनों कुमारों की शादी और कैदियों के मामले की तरफ ध्यान देकर इस उपन्यास को पूरा करेंगे।

महाराज की आज्ञानुसार कुंअर इंद्रजीतसिंह दरवाजा खोलने के लिए तैयार हो गए। इस दरवाजे के ऊपरवाले महराब में किसी धातु के तीन मोर बने हुए थे जो हरदम हिला ही करते थे। कुमार ने उन तीनों मोरों की गर्दन घुमाकर एक में मिला दी, उसी समय दरवाजा भी खुल गया और कुमार ने सभों को अंदर जाने के लिए कहा। जब सब उसके अंदर चले गए तब कुमार ने भी उन मोरों को छोड़ दिया और दरवाजे के अंदर जाकर महाराज से कहा, "यह दरवाजा इसी ढंग से खुलता है। मगर इसके बंद करने की कोई तरकीब नहीं है, थोड़ी देर में आप-से-आप बंद हो जाएगा। देखिए इस तरफ भी दरवाजे के ऊपरवाले महराब में उसी तरह के मोर बने हुए हैं, अतएव इधर से भी दरवाजा खोलने के समय वही तरकीब करनी होगी।"

दरवाजे के अंदर जाने के बाद तिलिस्मी खंजर से रोशनी करने की जरूरत न रही, क्योंकि यहां की छत में कई सूराख ऐसे बने हुए थे, जिनमें से रोशनी बखूबी आ रही थी और आगे की तरफ निगाह दौड़ाने से यह भी मालूम होता था कि थोड़ी दूर जाने

के बाद हम लोग मैदान में पहुंच जाएंगे जहां से खुला आसमान बखूबी दिखाई देगा, अस्तु, तिलिस्मी खंजर की रोशनी बंद कर दी गई और दोनों कुमारों के पीछे-पीछे सब कोई आगे की तरफ बढ़े। लगभग डेढ़ सौ कदम चले जाने के बाद एक खुला हुआ दरवाजा मिला जिसमें चौखट या किवाड़ कुछ भी न था। इस दरवाजे के बाहर होने पर सभों ने अपने को संगमरमर के एक छोटे-से दालान में पाया और आगे की तरफ छोटा-सा बाग देखा, जिसकी रविशें निहायत खूबसूरत स्याह और सुफेद पत्थरों से बनी हुई थीं, मगर पेड़ों की किस्म में से केवल कुछ जंगली पौधों और लताओं की हरियाली मात्र ही बाग का नाम चरितार्थ करने के लिए दिखाई दे रही थी। इस बाग के चारों तरफ चार दालान, चार ढंग के बने हुए थे और बीच में छोटे-छोटे कई चबूतरे और नहर की तौर पर सुंदर और पतली नालियां बनी हुई थीं जिनमें पहाड़ से गिरनेवाले झरने का साफ जल बहकर वहां के पेड़ों को तरी पहुंचा रहा था और देखने में भी बहुत भला मालूम होता था। मैदान में से निकलकर और आंख उठाकर देखने पर बाग के चारों तरफ ऊंचे-ऊंचे हरे-भरे पहाड़ दिखाई दे रहे थे और वे इस बात की गवाही दे रहे थे कि यह बाग पहाड़ी की तराई अथवा घाटी में इस ढंग से बना हुआ है कि बाहर से किसी आदमी को इसके अंदर आने की हिम्मत नहीं हो सकती और न कोई इसके अंदर से निकलकर बाहर ही जा सकता है।

कुंअर इंद्रजीतसिंह ने महाराज सुरेन्द्रसिंह की तरफ देखकर कहा, "उस चबूतरे वाले तिलिस्म के दो दर्जे हैं, एक तो यही बाग है और दूसरा उस चबूतरे के पास पहुंचने पर मिलेगा। इस बाग में आप जितने खूबसूरत चबूतरे देख रहे हैं, सभों के अंदर बेअंदाज दौलत भरी पड़ी है। जिस समय हम दोनों भाई यहां आए थे, इन चबूतरों का छूना, बल्कि इनके पास पहुंचना भी कठिन हो रहा था, (एक चबूतरे के पास ले जाकर) देखिए चबूतरे के बगल में नीचे की तरफ कड़ी लगी हुई है और इसके साथ नथी हुई जो बारीक जंजीर है, वह (हाथ का इशारा करके) इस तरफ एक कुएं में गिरी हुई है। इसी तरह हर एक चबूतरे में कड़ी और जंजीर लगी हुई हैं जो सब उसी कुएं में जाकर इकट्ठी हुई हैं। मैं नहीं कह सकता कि उस कुएं के अंदर क्या है, मगर उसकी तासीर यह थी कि इन चबूतरों को कोई छू नहीं सकता था। इसके अतिरिक्त आपको यह सुनकर ताज्जुब होगा कि उस चुनारगढ़वाले तिलिस्मी चबूतरे में भी जिस पर पत्थर का (असल में किसी धातु का) आदमी सोया हुआ है, एक जंजीर लगी हुई है और वह जंजीर भी भीतर-ही-भीतर यहां तक आकर उसी कुएं में गिरी हुई है जिसमें वे सब जंजीरें इकट्ठी हुई हैं, बस यही और इतना ही यहां का तिलिस्म है। इसके अतिरिक्त दरवाजों को छिपाने के सिवाय और कुछ भी नहीं है। हम दोनों भाइयों को तिलिस्मी किताब की बदौलत यह सब हाल मालूम हो चुका था, अतएव जब हम दोनों भाई यहां आए थे तो इन चबूतरों से बिलकुल हटे रहते थे। पहिला काम हम लोगों ने जो किया वह यही था कि ये नालियां जो पानी से भरी और बहती हुई आप देख रहे हैं, जिस

पहाड़ी झरने की बदौलत लबालब हो रही हैं उसनें से एक नई नाली खोदकर उसका पानी उस कुएं में गिरा दिया जिसमें सब जंजीरें इकट्ठी हुई हैं, क्योंकि वह चश्मा भी उस कुएं के पास ही है और अभी तक उसका पानी उस कुएं में बराबर गिर रहा है। जब उस चश्मे का पानी (कई घण्टे तक) कुएं के अंदर गिरा तब इन चबूतरों का तिलिस्मी असर जाता रहा और ये छूने के लायक हुए मानो उस कुएं में बिजली की आग भरी हुई थी जो पानी गिरने से ठंडी हो गई। हम दोनों भाइयों ने तिलिस्मी खंजर से सब जंजीरों को काट-काटकर इन चबूतरों का और इस चुनारगढ़वाले तिलिस्मी चबूतरे का भी संबंध उस कुएं से छुड़ा दिया, इसके बाद इन चबूतरों को खोलकर देखा और मालूम किया कि इनके अंदर क्या है। अब आपकी आज्ञा होगी तो ऐयार लोग इस दौलत को चुनारगढ़ या जहां आप कहेंगे, पहुंचा देंगे।''

इसके बाद इंद्रजीतसिंह ने महाराज की आज्ञानुसार उन चबूतरों का ऊपरी हिस्सा जो संदूक के पल्ले की तरह खुलता था, खोल-खोलकर दिखाया। महाराज तथा सब कोई यह देखकर बहुत प्रसन्न हुए कि उनमें बेहिसाब दौलत और जेवरों के अतिरिक्त बहुत-सी अनमोल चीजें भी भरी हुई हैं, जिनमें से दो चीजें महाराज ने बहुत पसन्द कीं। एक तो जड़ाऊ सिंहासन जिसमें अनमोल हीरे और माणिक विचित्र ढंग से जड़े हुए थे और दूसरा किसी धातु का बना हुआ एक चंद्रमा था। इस चंद्रमा के दो पल्ले थे, जब दोनों पल्ले एक साथ मिला दिए गए तो उसमें से चंद्रमा की ही तरह साफ और निर्मल तथा बहुत दूर तक फैलनेवाली रोशनी पैदा होती थी।

उन चबूतरों के अंदर की चीजों को देखते-ही-देखते तमाम दिन बीत गया। उस समय कुंअर इंद्रजीतसिंह ने महाराज की तरफ देखकर कहा, ''इस बाग में इन चबूतरों के सिवाय और कोई चीज देखने योग्य नहीं है और अब रात भी हो गई है, इसलिए यद्यपि आगे की तरफ जाने में कोई हर्ज तो नहीं है, मगर आज की रात इसी बाग में ठहर जाते तो अच्छा था।''

भूतनाथ–क्या आज की रात भूखे-प्यासे ही बितानी पड़ेगी?

इंद्रजीत–(मुस्कुराते हुए) प्यासे तो नहीं रह सकते, क्योंकि पानी का चश्मा बह रहा है, जितना चाहो पी सकते हो, मगर खाने के नाम पर तब तक कुछ नहीं मिल सकता जब तक कि हम चुनारगढ़वाले तिलिस्मी चबूतरे से बाहर न हो जाएं।

जीत–खैर, कोई चिंता नहीं, ऐयारों के बटुए खाली न होंगे, कुछ-न-कुछ खाने की चीजें उनमें जरूर होंगी।

सुरेन्द्र–अच्छा अब जरूरी कामों से छुट्टी पाकर किसी दालान में आराम करने का बंदोबस्त करना चाहिए।

महाराज की आज्ञानुसार सब कोई जरूरी कामों से निपटने की फिक्र में लगे और इसके बाद एक दालान में आराम करने के लिए बैठ गए। खास-खास लोगों के लिए ऐयारों ने अपने सामान में से बिस्तरे का इंतजाम कर दिया।

दसवां बयान

यह दालान, जिसमें इस समय महाराज सुरेन्द्रसिंह वगैरह आराम कर रहे हैं, बनिस्बत उस दालान के जिसमें ये लोग पहिले-पहिल पहुंचे थे, बड़ा और खूबसूरत बना हुआ था। तीन तरफ दीवार थी और बाग की तरफ तेरह खंभे और महराब लगे हुए थे जिससे इसे बारहदरी भी कह सकते हैं। इसकी कुर्सी लगभग ढाई हाथ के ऊंची थी और इसके ऊपर चढ़ने के लिए पांच सीढ़ियां बनी हुई थीं। बारहदरी के आगे की तरफ कुछ सहन छूटा हुआ था जिसकी जमीन (फर्श) संगमरमर और संगमूसा के चौखूटे पत्थरों से बनी हुई थी। बारहदरी की छत में मीनाकारी का काम बना हुआ था और तीनों तरफ की दीवारों में कई आलमारियां भी थीं।

रात पहर-भर से कुछ ज्यादे जा चुकी थी। इस बारहदरी में जिसमें सब कोई आराम कर रहे थे, एक आलमारी की कार्निस के ऊपर मोमबत्ती जल रही थी जो देवीसिंह ने अपने ऐयारी के बटुए में से निकालकर जलाई थी। किसी को नींद नहीं आई थी बल्कि सब कोई बैठे हुए आपुस में बातें कर रहे थे। महाराज सुरेन्द्रसिंह बाग की तरफ मुंह किये बैठे थे और उन्हें सामने की पहाड़ी का आधा हिस्सा भी, जिस पर इस समय अंधकार की बारीक चादर पड़ी हुई थी, दिखाई दे रहा था। उस पहाड़ी पर यकायक मशाल की रोशनी देखकर महाराज चौंके और सभों को उस तरफ देखने का इशारा किया।

सभों ने उस रोशनी की तरफ ध्यान दिया और दोनों कुमार ताज्जुब के साथ सोचने लगे कि यह क्या मामला है? इस तिलिस्म में हमारे सिवाय किसी गैर आदमी का आना कठिन ही नहीं बल्कि असंभव है, तब फिर यह मशाल की रोशनी कैसी! खाली रोशनी ही नहीं बल्कि उसके पास चार-पांच आदमी भी दिखाई देते हैं, हां, यह नहीं जान पड़ता कि वे सब औरत हैं या मर्द।

और लोगों के विचार भी दोनों कुमारों ही की तरह थे और मशाल के साथ कई आदमियों को देखकर सभी ताज्जुब कर रहे थे। यकायक वह रोशनी गायब हो गई और आदमी दिखाई देने से रह गए, मगर थोड़ी ही देर बाद वह रोशनी फिर दिखाई दी। अबकी दफे रोशनी और भी नीचे की तरफ थी और उसके साथ के आदमी साफ-साफ दिखाई देते थे।

गोपाल–(इंद्रजीतसिंह से) मैं समझता था कि आप दोनों भाइयों के सिवाय कोई गैर आदमी इस तिलिस्म में नहीं आ सकता।

इंद्रजीत–मेरा भी यही खयाल था, मगर क्या आप भी यहां तक नहीं आ सकते? आप तो तिलिस्म के राजा हैं।

गोपाल–हां, मैं तो आ सकता हूं, मगर सीधी राह से और अपने को बचाते हुए, वे काम मैं नहीं कर सकता जो आप कर सकते हैं, परंतु आश्चर्य तो यह है कि वे

लोग पहाड़ पर से आते हुए दिखाई दे रहे हैं, जहां से आने का रास्ता ही नहीं है। तिलिस्म बनानेवालों ने इस बात को जरूर अच्छी तरह विचार लिया होगा।

इंद्रजीत–बेशक, ऐसा ही है, मगर यहां पर क्या समझा जाए? मेरा खयाल है कि थोड़ी ही देर में वे लोग इस बाग में आ पहुंचेंगे।

गोपाल–बेशक ऐसा ही होगा, (रुककर) देखिए रोशनी फिर गायब हो गई, शायद वे लोग किसी गुफा में घुस गए।

कुछ देर तक सन्नाटा रहा और सब कोई बड़े गौर से उस तरफ देखते रहे, इसके बाद यकायक बाग के पश्चिम तरफ वाले दालान में रोशनी मालूम होने लगी जो उस दालान के ठीक सामने था जिसमें हमारे महाराज तथा ऐयार लोग टिके हुए थे, मगर पेड़ों के सबब से साफ नहीं दिखाई देता था कि दालान में कितने आदमी आए हैं और क्या कर रहे हैं।

जब सभों को निश्चय हो गया कि वे लोग धीरे-धीरे पहाड़ों के नीचे उतरकर बाग के दालान या बारहदरी में आ गए हैं तब महाराज सुरेन्द्रसिंह ने तेजसिंह को हुक्म दिया कि जाकर देखो और पता लगाओ कि वे लोग कौन हैं और क्या कर रहे हैं?

गोपाल–(महाराज से) तेजसिंह जी का वहां जाना उचित न होगा, क्योंकि यह तिलिस्म का मामला है और यहां की बातों से ये बिलकुल बेखबर हैं, यदि आज्ञा हो तो कुंअर इंद्रजीतसिंह को साथ लेकर मैं जाऊं।

महाराज–ठीक है, अच्छा तुम्हीं दोनों आदमी जाकर देखो, क्या मामला है।

कुंअर इंद्रजीतसिंह और राजा गोपालसिंह वहां से उठे और धीरे-धीरे तथा पेड़ों की आड़ में अपने को छिपाते हुए उस दालान की तरफ रवाना हुए जिसमें रोशनी दिखाई दे रही थी, यहां तक कि उस दालान अथवा बारहदरी के बहुत पास पहुंच गए और एक पेड़ की आड़ में खड़े होकर गौर से देखने लगे।

इस दालान में उन्हें पंद्रह आदमी दिखाई दिए जिनके विषय में यह जानना कठिन था कि वे मर्द हैं या औरत, क्योंकि सभों की पोशाक एक ही रंग-ढंग की तथा सभों के चेहरे पर नकाब पड़ी हुई थी। इन्हीं पंद्रह आदमियों में से दो आदमी मशालची का काम दे रहे थे। जिस तरह उनकी पोशाक खूबसूरत और बेशकीमती थी, उसी तरह मशाल भी सुनहरी तथा जड़ाऊ काम की दिखाई दे रही थी और उसके सिरे की तरफ बिजली की तरह रोशनी हो रही थी, इसके अतिरिक्त उनके हाथ में तेल की कुप्पी न थी और इस बात का कुछ पता नहीं लगता था कि इस मशाल की रोशनी का सबब क्या है।

राजा गोपालसिंह और इंद्रजीतसिंह ने देखा कि वे लोग शीघ्रता के साथ उस दालान को सजाने और फर्श वगैरह को ठीक करने का इंतजाम कर रहे हैं। बारहदरी के दाहिने तरफ एक खुला हुआ दरवाजा है जिसके अंदर वे लोग बार-बार जाते हैं और जिस चीज की जरूरत समझते हैं, ले आते हैं। यद्यपि उन सभों की पोशाक एक

ही रंग-ढंग की है और इसलिए बड़ाई-छुटाई का पता लगाना कठिन है तथापि उन सभों में से एक आदमी ऐसा है जो स्वयं कोई काम नहीं करता और एक किनारे कुर्सी पर बैठा हुआ अपने साथियों से काम ले रहा है। उसके हाथ में एक विचित्र ढंग की छड़ी दिखाई दे रही है जिसके मुट्ठे पर निहायत खूबसूरत और कुछ बड़ा हिरन बना हुआ है। देखते-ही-देखते थोड़ी देर में बारहदरी सज के तैयार हो गई और कंदीलों की रोशनी से जगमगाने लगी। उस समय वह नकाबपोश, जो कुर्सी पर बैठा हुआ था और जिसे हम उस मंडली का सरदार भी कह सकते हैं, अपने साथियों से कुछ कह-सुनकर बारहदरी के नीचे उतर आया और धीरे-धीरे उस तरफ रवाना हुआ, जिधर महाराज सुरेन्द्रसिंह वगैरह टिके हुए थे।

यह कैफियत देखकर राजा गोपालसिंह और इंद्रजीतसिंह जो छिपे-छिपे सब तमाशा देख रहे थे, वहां से लौटे और शीघ्र ही महाराज के पास पहुंचकर जो कुछ देखा था, संक्षेप में बयान किया। उसी समय एक आदमी आता हुआ दिखाई दिया। सभों का ध्यान उसी तरफ चला गया और इंद्रजीतसिंह और राजा गोपालसिंह ने समझा कि यह वही नकाबपोशों का सरदार होगा, जिसे हम उस बारहदरी में देख आए हैं और जो हमारे देखते-देखते वहां से रवाना हो गया था, मगर जब पास आया तो सभों का भ्रम जाता रहा और एकाएक इंद्रदेव पर निगाह पड़ते ही सब कोई चौंक पड़े। राजा गोपालसिंह और इंद्रजीतसिंह को इस बात का भी शक हुआ कि वह नकाबपोशों का सरदार शायद इंद्रदेव ही हो, मगर यह देखकर उन्हें ताज्जुब मालूम हुआ कि इंद्रदेव उस (नकाबपोश की-सी) पोशाक में न था जैसा कि उस बारहदरी में देखा था बल्कि वह अपनी मामूली दरबारी पोशाक में था।

इंद्रदेव ने वहां पहुंचकर महाराज सुरेन्द्रसिंह, बीरेन्द्रसिंह, तेजसिंह, राजा गोपालसिंह तथा दोनों कुमारों को अदब के साथ झुककर सलाम किया और इसके बाद बाकी ऐयारों से भी 'जै माया की' कहा।

सुरेन्द्र–इंद्रदेव, जब से हमने इंद्रजीतसिंह की जुबानी यह सुना है कि इस तिलिस्म के दारोगा तुम हो तब से हम बहुत ही खुश हैं, मगर ताज्जुब होता था कि तुमने इस बात की हमें कुछ भी खबर नहीं की और न हमारे साथ यहां आए ही। अब यकायक इस समय यहां पर तुम्हें देखकर हमारी खुशी और भी ज्यादे हो गई। आओ हमारे पास बैठ जाओ और यह कहो कि हम लोगों के साथ तुम यहां क्यों नहीं आए?

इंद्रदेव–(बैठकर) आशा है कि महाराज मेरा वह कसूर माफ करेंगे। मुझे कई जरूरी काम करने थे जिनके लिए अपने ढंग पर अकेले आना पड़ा। बेशक, मैं इस तिलिस्म का दारोगा हूं और इसीलिए अपने को बड़ा ही खुशकिस्मत समझता हूं कि ईश्वर ने इस तिलिस्म को आप ऐसे प्रतापी राजा के हाथ सौंपा है। यद्यपि आपके फर्माबर्दार और होनहार पोतों ने इस तिलिस्म को फतह किया है और इस सबब से वे इसके मालिक हुए हैं, तथापि इस तिलिस्म का सच्चा आनंद और तमाशा दिखाना

मेरा ही काम है, यह मेरे सिवाय किसी दूसरे के किए नहीं हो सकता। जो काम कुंअर इंद्रजीतसिंह और आनंदसिंह का था, उसे ये कर चुके अर्थात् तिलिस्म तोड चुके और जो कुछ इन्हें मालूम होना था हो चुका, परंतु उन बातों, भेदों और स्थानों का पता इन्हें नहीं लग सकता जो मेरे हाथ में हैं और जिसके सबब से मैं इस तिलिस्म का दारोगा कहलाता हूं। तिलिस्म बनानेवालों ने तिलिस्म के संबंध में दो किताबें लिखी थीं जिनमें से एक तो दारोगा के सुपुर्द कर गए और दूसरी तिलिस्म तोड़नेवाले के लिए छिपाकर रख गए जो कि अब दोनों कुमारों के हाथ लगी, या कदाचित इनके अतिरिक्त और भी कोई किताब उन्होंने लिखी हो तो उसका हाल मैं नहीं जानता, हां, जो किताब दारोगा के सुपुर्द कर गए थे वह वसीयतनामे के तौर पर पुश्तहापुश्त से हमारे कब्जे में चली आ रही है और आजकल मेरे पास मौजूद है। यह मैं जरूर कहूंगा कि तिलिस्म में बहुत से मुकाम ऐसे हैं जहां दोनों कुमारों का जाना तो असंभव ही है परंतु तिलिस्म टूटने के पहिले मैं भी नहीं जा सकता था। हां, अब मै वहां बखूबी जा सकता हूं। आज मैं इसीलिए इस तिलिस्म के अंदर आपके पास आया हूं कि इस तिलिस्म का पूरा-पूरा तमाशा आपको देखाऊं जिसे कुंअर इंद्रजीतसिंह और आनंदसिंह नहीं दिखा सकते। परंतु इन कामों के पहिले मैं महाराज से एक चीज मांगता हूं जिसके बिना काम नहीं चल सकता।

महाराज–वह क्या?

इंद्रदेव–जब तक इस तिलिस्म में आप लोगों के साथ हूं तब तक अदब, लेहाज और कायदे की पाबंदी से माफ रखा जाऊं!

महाराज–इंद्रदेव, हम तुमसे बहुत प्रसन्न हैं। जब तक तिलिस्म में हम लोगों के साथ हो, तभी तक के लिए नहीं, बल्कि हमेशा के लिए हमने इन बातों से तुम्हें छुट्टी दी, तुम विश्वास रखो कि हमारे बाल-बच्चे और सच्चे साथी भी हमारी इस बात का पूरा-पूरा लेहाज रखेंगे।

यह सुनते ही इंद्रदेव ने उठकर महाराज को सलाम किया और फिर बैठकर कहा, "अब आज्ञा हो तो खाने-पीने का सामान, जो आप लोगों के लिए लाया हूं, हाजिर करूं।"

महाराज–अच्छी बात है लाओ, क्योंकि हमारे साथियों में से कई ऐसे हैं जो भूख के मारे बेताब हो रहे होंगे।

तेज–मगर इंद्रदेव, तुमने इस बात का परिचय तो दिया ही नहीं कि तुम वास्तव में इंद्रदेव ही हो या कोई और?

इंद्रदेव–(मुस्कुराकर) मेरे सिवाय कोई गैर यहां आ नहीं सकता।

तेज–तथापि–'चिलेण्डोला'।

इंद्रदेव–'चक्रधर'।

बीरेन्द्र–मैं एक बात और पूछना चाहता हूं?

इंद्रदेव–आज्ञा।

बीरेन्द्र–वह स्थान कैसा है, जहां तुम रहा करते हो और जहां मायारानी अपने दारोगा को लेकर तुम्हारे पास गई थी।

इंद्रदेव–वह स्थान तिलिस्म से संबंध रखता है और यहां से थोड़ी ही दूर पर है। मैं चलकर स्वयं आप लोगों को ले वहां की सैर कराऊंगा। इसके अतिरिक्त अभी मुझे बहुत-सी बातें कहनी हैं। पहिले आप लोग भोजन से छुट्टी पा लें।

तेज–हम लोग मशाल की रोशनी में क्या आप ही लोगों को पहाड़ से उतरते देख रहे थे?

इंद्रदेव–जी हां, मैं एक निराले ही रास्ते से यहां आया हूं। आप लोग बेशक ताज्जुब करते होंगे कि पहाड़ पर से कौन उतर रहा है, परंतु मैं अकेला ही नहीं आया हूं, बल्कि कई तमाशे भी अपने साथ लाया हूं, मगर उनका जिक्र करने का अभी मौका नहीं है।

इतना कहकर इंद्रदेव उठ खड़ा हुआ और देखते-देखते दूसरी तरफ चला गया, मगर अपनी इस बात से कि–'कई तमाशे भी अपने साथ लाया हूं' कइयों को ताज्जुब और घबड़ाहट में डाल दिया।

ग्यारहवां बयान

थोड़ी ही देर बाद इंद्रदेव फिर वहां आया। अबकी दफे उसके साथ कई नकाबपोश भी थे, जो अपने हाथ में तरह-तरह की खाने-पीने की चीजें लिये हुए थे। एक के हाथ में जल था जिससे जमीन धोई गई और खाने-पीने की चीजें वहां रखकर वे नकाबपोश लौट गए तथा पुनः कई जरूरी चीजें लेकर आ पहुंचे। इंतजाम ठीक हो जाने पर इंद्रदेव ने कायदे के साथ सभों को भोजन कराया और इस काम से छुट्टी मिलने पर उस बारहदरी में चलने के लिए अर्ज किया जिसे उसने यहां पहुंचकर सजाया था और जिसका हाल हम ऊपर के बयान में लिख चुके हैं।

वास्तव में यह बारहदरी बड़ी खूबी के साथ सजाई गई थी। यहां सभों के लिए कायदे के साथ बैठने और आराम करने का सामान मौजूद था, जिसे देखकर महाराज बहुत प्रसन्न हुए और इंद्रदेव की तरफ देखकर बोले, ''क्या यह सब सामान इसी बाग में मौजूद था।''

इंद्रदेव–जी हां, केवल इतना ही नहीं बल्कि इस बाग में जितनी इमारतें हैं उन सभों को सजाने और दुरुस्त करने के लिए यहां काफी सामान है, इसके अतिरिक्त यहां से मेरा मकान बहुत नजदीक है, इसलिए जिस चीज की जरूरत हो, मैं बहुत जल्द ला सकता हूं। (कुछ देर तक सोचकर और हाथ जोड़कर) मैं एक और भी जरूरी बात अर्ज किया चाहता हूं।

महाराज–वह क्या?

इंद्रदेव–यह तिलिस्म आप ही के बुजुर्गों की बदौलत बना है और उन्हीं की आज्ञानुसार जब से यह तिलिस्म तैयार हुआ है तब से मेरे बुजुर्ग लोग इसके दारोगा होते आए हैं। अब मेरे जमाने में इस तिलिस्म की किस्मत ने पलटा खाया है। यद्यपि कुमार इंद्रजीतसिंह और आनंदसिंह ने इस तिलिस्म को तोड़ा या फतह किया है और इसमें की बेहिसाब दौलत के मालिक हुए हैं, तथापि यह तिलिस्म अभी तक दौलत से खाली नहीं हुआ है और न ऐसा खुल ही गया है कि ऐरे-गैरे जिसका जी चाहे इसमें घुस आए। हां, यदि आज्ञा हो तो दोनों कुमारों के हाथ से मैं इसके बचे-बचाये हिस्से को भी तोड़वा सकता हूं क्योंकि यह काम इस तिलिस्म के दारोगा का अर्थात् मेरा है, मगर मैं चाहता हूं कि बड़े लोगों की इस कीर्ति को एकदम से मटियानेट न करके भविष्य के लिए भी कुछ छोड़ देना चाहिए। आज्ञा पाने पर मैं इस तिलिस्म की पूरी सैर कराऊंगा और तब अर्ज करूंगा कि बुजुर्गों की आज्ञानुसार इस दास ने भी जहां तक हो सका, इस तिलिस्म की खिदमत की, अब महाराज को अख्तियार है कि मुझसे हिसाब-किताब समझकर आइंदे के लिए जिसे चाहें यहां का दारोगा मुकर्रर करें।

महाराज–इंद्रदेव, मैं तुमसे और तुम्हारे कामों से बहुत ही प्रसन्न हूं, मगर मैं यह नहीं चाहता कि तुम मुझे बातों के जाल में फंसाकर बेवकूफ बनाओ और यह कहो कि 'भविष्य के लिए किसी दूसरे को यहां का दारोगा मुकर्रर कर लो।' जो कुछ तुमने राय दी है, वह बहुत ठीक है, अर्थात् इस तिलिस्म के बचे-बचाये स्थानों को छोड़ देना चाहिए जिसमें बड़े लोगों का नाम-निशान बना रहे, मगर यहां के दारोगा की पदवी सिवाय तुम्हारे खानदान के कोई दूसरा कब पा सकता है? बस दया करके इस ढंग की बातों को छोड़ दो और जो कुछ खुशी-खुशी कर रहे हो, करो।

इंद्रदेव–(अदब के साथ सलाम करके) जो आज्ञा। मैं एक बात और भी निवेदन किया चाहता हूं।

महाराज–वह क्या?

इंद्रदेव–वह यह कि इस जगह से आप कृपा करके पहिले मेरे स्थान को, जहां मैं रहता हूं, पवित्र कीजिए और तब तिलिस्म की सैर करते हुए अपने चुनारगढ़वाले तिलिस्मी मकान में पहुंचिए। इसके अतिरिक्त इस तिलिस्म के अंदर जो कुछ कुंअर इंद्रजीतसिंह और आनंदसिंह ने पाया है अथवा वहां से जिन चीजों को निकालकर चुनारगढ़ पहुंचाने की आवश्यकता है, उनकी फेहरिस्त मुझे मिल जाए और ठीक तौर पर बता दिया जाए कि कौन चीज कहां पर है तो उन्हें वहां से बाहर करके आपके पास भेजने का बंदोबस्त करूं। यद्यपि यह काम भैरोसिंह और तारासिंह भी कर सकते हैं, परंतु जिस काम को मैं एक दिन में करूंगा, उसे वे चार दिन में भी पूरा न कर सकेंगे, क्योंकि मुझे यहां के कई रास्ते मालूम हैं, जिस चीज को जिस राह से निकाल ले जाने में सुभीता देखूंगा, निकाल ले जाऊंगा।

महाराज–ठीक है, मैं भी इस बात को पसंद करता हूं और यह भी चाहता हूं कि चुनार पहुंचने के पहिले ही तुम्हारे विचित्र स्थान की सैर कर लूं। चीजों की फिहरिस्त और उनका पता इंद्रजीतसिंह तुमको देंगे।

इतना कहके महाराज ने इंद्रजीतसिंह की तरफ देखा और कुमार ने उन सब चीजों का पता इंद्रदेव को बताया जिन्हें बाहर निकालकर घर पहुंचाने की आवश्यकता थी और साथ-ही-साथ अपना तिलिस्मी किस्सा भी, जिसके कहने की जरूरत थी, इंद्रदेव से बयान किया और बाद में दूसरी बातों का सिलसिला छिड़ा।

बीरेन्द्र–(इंद्रदेव से) आपने कहा था कि 'मैं कई तमाशे भी साथ लाया हूं' तो क्या वे तमाशे ढके ही रह जाएंगे।

इंद्रदेव–जी नहीं, आज्ञा हो तो अभी उन्हें पेश करूं। परंतु यदि आप मेरे मकान पर चलकर उन तमाशों को देखेंगे तो कुछ विशेष आनंद मिलेगा।

महाराज–यही सही, हम लोग तो अभी तुम्हारे मकान पर चलने के लिए तैयार हैं।

इंद्रदेव–अब रात बहुत चली गई है, महाराज दो-चार घण्टे आराम कर लें, दिन-भर की हरारत मिट जाए, जब कुछ रात बाकी रह जाएगी तो मैं जगा दूंगा और अपने मकान की तरफ ले चलूंगा। जब तक मैं अपने साथियों को वहां रवाना कर देता हूं, जिसमें आगे चलकर सभों को होशियार कर दें और महाराज के लिए हर एक तरह का सामान दुरुस्त हो जाए।

इंद्रदेव की बात को महाराज ने पसंद करके सभों को आराम करने की आज्ञा दी और इंद्रदेव भी वहां से विदा होकर किसी दूसरी जगह चला गया।

इधर-उधर की बातचीत करते-करते महाराज को नींद आ गई, बीरेन्द्रसिंह, दोनों कुमार और राजा गोपालसिंह भी सो गए तथा और ऐयारों ने भी स्वप्न देखना आरंभ किया, मगर भूतनाथ की आंखों में नींद का नाम-निशान भी न था और वह तमाम रात जागता ही रह गया।

जब रात घण्टे-भर से कुछ ज्यादे बाकी रह गई और सुबह को अठखेलियों के साथ चलकर खुशदिलों तथा नौजवानों के दिलों में गुदगुदी पैदा करनेवाली ठंडी-ठंडी हवा ने खुशबूदार जंगली फूलों और लताओं से हाथापाई करके उनकी संपत्ति छीनना और अपने को खुशबूदार बनाना शुरू कर दिया तब इंद्रदेव भी उस बारहदरी में आ पहुंचा और सभों को गहरी नींद में सोते देख जगाने का उद्योग करने लगा। इस बारहदरी के आगे की तरफ एक छोटा-सा सहन था जिसकी जमीन संगमूसा के स्याह और चौखूटे पत्थरों से मढ़ी हुई थी। इस सहन के दाहिने और बाएं कोनों पर दो-तीन आदमी बखूबी बैठ सकते थे। इंद्रदेव दाहिने तरफवाले सिंहासन पर जाकर बैठ गया और उसके पावों को बारी-बारी से किसी हिसाब से घुमाने या उमेठने लगा। उसी समय सिंहासन के अंदर से सरस और मधुर बाजे की आवाज आने लगी और थोड़ी ही देर बाद गाने की आवाज भी पैदा हुई। मालूम होता था कि कई नौजवान औरतें

बड़ी खूबी के साथ गा रही हैं और कई आदमी पखावज, बीन, बंशी, मजीरा इत्यादि बजाकर उन्हें मदद पहुंचा रहे हैं। यह आवाज धीरे-धीरे बढ़ने और फैलने लगी, यहां तक कि उस बारहदरी में सोनेवाले सभी लोगों को जगा दिया अर्थात् सब कोई चौंककर उठ बैठे और ताज्जुब के साथ इधर-उधर देखने लगे। केवल इतने ही से बेचैनी दूर न हुई और सब कोई बारहदरी से बाहर निकलकर सहन में चले आए, उस समय इंद्रदेव ने सामने आकर महाराज को सलाम किया।

महाराज—यह तो मालूम हो गया कि यह सब तुम्हारी कारीगरी का नतीजा है, मगर बताओ तो सही कि यह गाने-बजाने की आवाज कहां से आ रही है?

इंद्रदेव—आइए, मैं बताता हूं। महाराज को जगाने ही के लिए यह तरकीब की गई थी क्योंकि अब यहां से रवाना होने का समय हो गया है, और विलंब न करना चाहिए।

इतना कहकर इंद्रदेव सभों को उस सिंहासन के पास ले गया जिसमें से गाने की आवाज आ रही थी। और उसका असल भेद समझाकर बोला, "इसमें से मौके-मौके पर हर एक रागिनी पैदा हो सकती है।"

इन अनूठे गाने-बजाने से महाराज बहुत प्रसन्न हुए और इसके बाद सभों को लिये हुए, इंद्रदेव के मकान की तरफ रवाना हुए।

उस बारहदरी के बगल में ही एक कोठरी थी जिसमें सभों को साथ लिये हुए इंद्रदेव चला गया। इस समय इंद्रदेव के पास भी तिलिस्मी खंजर था जिससे उसने हल्की-सी रोशनी पैदा की और उसी के सहारे सभों को लिये हुए आगे की तरफ बढ़ा।

उस कोठरी में जाने के बाद पहिले सभों को एक छोटे-से तहखाने में उतरना पड़ा। वहां सभों ने लाल रंग की एक समाधि देखी जिसके बारे में दरियाफ्त करने पर इंद्रदेव ने कहा कि यह समाधि नहीं, सुरंग का दरवाजा है इंद्रदेव उस समाधि के पास बैठ गया और कोई ऐसी तरकीब की कि जिससे वह बीचोबीच से खुल गई और नीचे उतरने के लिए चार-पांच सीढ़ियां दिखाई दीं। इंद्रदेव के कहे मुताबिक सब कोई नीचे उतर गए और इसके बाद सीधी सुरंग में चलने लगे। सुरंग की हालत और ऊंचो-नीची जमीन से साफ-साफ मालूम होता था कि वह पहाड़ काटकर बनाई हुई है और सब लोग ऊंचे की तरफ बढ़ते जा रहे हैं। हमारे मुसाफिरों को दो-अढ़ाई घड़ी के लगभग चलना पड़ा और तब इंद्रदेव ने ठहरने के लिए कहा, क्योंकि यहां पर सुरंग खत्म हो चुकी थी और सामने एक बंद दरवाजा दिखाई दे रहा था। इंद्रदेव ने ताली लगाकर ताला खोला और सभों को साथ लिए हुये उसके अंदर गया। सभों ने अपने को एक सुंदर कमरे में पाया और जब इस कमरे के बाहर हुए, तब मालूम हुआ कि सबेरा हो चुका है।

यह इंद्रदेव का वही मकान है जिसमें बुड्ढे दारोगा के साथ मदद पाने की उम्मीद में मायारानी गई थी। इस सुंदर और सुहावने स्थान का हाल हम पहिले लिख चुके हैं इसलिए अब पुनः बयान करने की कोई जरूरत मालूम नहीं होती।

इंद्रदेव सभों को लिये हुए अपने छोटे से बागीचे में गया, वहां चारों तरफ की सुंदर छटा दिखाई दे रही थी और खुशबूदार ठंडी-ठंडी हवा दिल और दिमाग के साथ दोस्ती का हक अदा कर रही थी।

महाराज सुरेन्द्रसिंह और बीरेन्द्रसिंह तथा दोनों कुमारों को यह स्थान बहुत पसंद आया और बार-बार इसकी तारीफ करने लगे। यद्यपि इस बागीचे में सभों के लायक दर्जे-बदर्जे कुर्सियां बिछी हुई थीं, मगर किसी का जी बैठने को नहीं चाहता था। सब कोई घूम-घूमकर यहां का आनंद लेना चाहते थे और ले रहे थे, मगर इस बीच में एक ऐसा मामला हो गया जिसने भूतनाथ और देवीसिंह दोनों ही को चौंका दिया। एक आदमी जल से भरा हुआ चांदी का घड़ा और सोने की झारी लेकर आया और संगमरमर की चौकी पर जो बागीचे में पड़ी हुई थी, रखकर लौट चला। इसी आदमी को देखकर भूतनाथ और देवीसिंह चौंके थे क्योंकि यह वही आदमी था जिसे ये दोनों ऐयार नकाबपोशों के मकान में देख चुके थे। इसी आदमी ने नकाबपोशों के सामने एक तस्वीर पेश की थी और कहा था कि "कृपानाथ, बस मैं इसी का दावा भूतनाथ पर करूंगा।"[1]

केवल इतना ही नहीं, भूतनाथ ने वहां से थोड़ी दूर पर एक झाड़ी में अपनी स्त्री को भी फूल तोड़ते देखा और धीरे से देवीसिंह को छेड़कर कहा, "वह देखिए मेरी स्त्री भी वहां मौजूद है, ताज्जुब नहीं कि आपकी चंपा भी यहीं घूम रही हो।"

बारहवां बयान

यद्यपि भूतनाथ को तरद्दुदों से छुट्टी मिल चुकी थी, यद्यपि उसका कसूर माफ हो चुका था, और वह महाराज के खास ऐयारों में मिला लिया गया था, मगर इस जगह उस आदमी को जिसने नकाबपोशों के मकान में तस्वीर पेश कर उस पर दावा करना चाहा था, देखकर उसकी अवस्था फिर बिगड़ गई और साथ ही इसके अपनी स्त्री को भी वहां काम करते हुए देखकर उसे क्रोध चढ़ आया।

जब वह आदमी पानी का घड़ा और झारी रखकर लौट चला तब इंद्रदेव ने उसे पुकारकर कहा, "अर्जुन, जरा वह तस्वीर भी तो ले आओ जिसे बार-बार तुम दिखाया करते हो और जो हमारे दोस्त भूतनाथ को डराने और धमकाने के लिए एक औजार की तरह तुम्हारे पास रखी हुई है।"

इस नाम ने भूतनाथ के कलेजे को और भी हिला दिया। वास्तव में उस आदमी का यही नाम था और इस खयाल ने तो उसे और भी बदहवास कर दिया कि अब वह तस्वीर लेकर आएगा।

---

1. देखिए चन्द्रकान्ता सन्तति, बीसवां भाग, दूसरा बयान।

इस समय सब कोई बाग में टहल रहे थे और इसीलिए एक-दूसरे से कुछ दूर हो रहे थे। भूतनाथ बढ़कर देवीसिंह के पास चला गया और उसका हाथ पकड़कर धीरे-से बोला, "देखा इंद्रदेव का रंग-ढंग?"

देवी–(धीरे से) मैं सब-कुछ देख और समझ रहा हूं, मगर तुम घबड़ाओ नहीं।

भूतनाथ–मालूम होता है कि इंद्रदेव का दिल अभी तक मेरी तरफ से साफ नहीं हुआ।

देवी–शायद ऐसा ही हो, मगर इंद्रदेव से ऐसी उम्मीद हो नहीं सकती, मेरा दिल इसे कबूल नहीं करता। मगर भूतनाथ, तुम भी अजीब सिड़ी हो।

भूतनाथ–सो क्या?

देवी–यही कि नकाबपोशों का पीछा करके तुमने कैसे-कैसे तमाशे देखे और तुम्हें विश्वास भी हो गया कि इन नकाबपोशों से तुम्हारा कोई भेद छिपा नहीं है, फिर अंत में यह भी मालूम हो गया कि उन नकाबपोशों के सरदार कुंअर इंद्रजीतसिंह और आनंदसिंह थे, अस्तु, इन दोनों से भी अब कोई बात छिपी नहीं रही।

भूतनाथ–बेशक ऐसा ही है।

देवी–तो फिर अब क्यों तुम्हारा दम घुटा जाता है? अब तुम्हें किसका डर रह गया?

भूतनाथ–कहते तो ठीक हो, खैर, कोई चिंता नहीं जो कुछ होगा, देखा जाएगा।

देवी–बल्कि तुम्हें यह जानने की कोशिश करनी चाहिए कि दोनों कुमारों को तुम्हारे भेदों का पता क्योंकर लगा। ताज्जुब नहीं कि अब वे सब बातें खुला चाहती हों।

भूतनाथ–शायद ऐसा ही हो, मगर मेरी स्त्री के बारे में तुम क्या खयाल करते हो?

देवी–इस बारे में मेरा-तुम्हारा मामला एक-सा हो रहा है, अस्तु इस विषय में मैं कुछ भी नहीं कह सकता। वह देखो इंद्रदेव, तेजसिंह के पास चला गया है और तुम्हारी स्त्री की तरफ इशारा करके कुछ कह रहा है। तेजसिंह अलग हों तो मैं उनसे कुछ पूछूं। यहां की छटा ने तो लोगों का दिल ऐसा लुभा लिया है कि सभों ने एक-दूसरे का साथ ही छोड़ दिया। (चौंककर) लो देखो, तुम्हारा लड़का नानक भी तो आ पहुंचा, उसके हाथ में भी कोई तस्वीर मालूम पड़ती है, अर्जुन भी उसी के साथ है।

भूतनाथ–(ताज्जुब से) आश्चर्य की बात है! नानक और अर्जुन का साथ कैसे हुआ? और नानक यहां आया ही क्यों? क्या अपनी मां के साथ आया है? क्या कपूत छोकरे ने भी मेरी तरफ से आंखें फेर ली हैं? ओफ, यह तिलिस्मी जमीन तो मेरे लिए भयानक सिद्ध हो रही है, अच्छा-खासा तिलिस्म मुझे दिखाई दे रहा है। जिन पर मुझे विश्वास था, जिनका मुझे भरोसा था, जो मेरी इज्जत करते थे, यहां उन्हीं को मैं अपना विपक्षी पाता हूं और वे मुझसे बात तक करना पसंद नहीं करते।

नानक और अर्जुन को भूतनाथ और देवीसिंह ताज्जुब के साथ देख रहे थे। नानक ने भी भूतनाथ को देखा, मगर दूर ही से प्रणाम करके रह गया, पास न आया और अर्जुन को लिये सीधे इंद्रदेव की तरफ चला गया जो तेजसिंह से बातें कर रहे थे। इस समय आज्ञानुसार अर्जुन अपने हाथ में तस्वीर लिये हुए था और नानक के हाथ में भी एक तस्वीर थी।

नानक और अर्जुन को अपने पास आते देख इंद्रदेव ने हाथ के इशारे से उन्हें दूर ही खड़े रहने के लिए कहा और उन्होंने भी ऐसा ही किया। कुछ देर तक और भी तेजसिंह के साथ इंद्रदेव बातें करता रहा, इसके बाद इशारे से अर्जुन और नानक को अपने पास बुलाया और जब वे दोनों पास आ गए तो कुछ कह-सुनकर बिदा किया।

भूतनाथ यह सब तमाशा देखकर ताज्जुब कर रहा था। अर्जुन और नानक को बिदा करने के बाद तेजसिंह को साथ लिये हुए इंद्रदेव, महाराज सुरेन्द्रसिंह के पास गया जो एक सुंदर चट्टान पर खड़े-खड़े ढालवीं जमीन और पहाड़ी पर से नीचे की तरफ गिरते हुए सुंदर झरने की शोभा देख रहे थे और बीरेन्द्रसिंह भी उन्हीं के पास खड़े थे। वहां भी कुछ देर तक इंद्रदेव ने महाराज से बातचीत की और इसके बाद चारों आदमी लौटकर बागीचे में चले आए। महाराज को बागीचे में आते देख और सब कोई भी जो इधर-उधर फैले हुए तमाशा देख रहे थे बागीचे में आकर इकट्ठे हो गए और अब मानो महाराज का यह एक छोटा-सा दरबार बागीचे में लग गया।

बीरेन्द्र–(इंद्रदेव से) हां, तो अब वे तमाशे कब देखने में आवेंगे जो आप अपने साथ तिलिस्म में लेते गए थे?

इंद्रदेव–जब आज्ञा हो, तभी दिखाए जाएं।

बीरेन्द्र–हम लोग तो देखने के लिए तैयार बैठे हैं।

जीत–मगर पहिले यह मालूम हो जाना चाहिए कि उनके देखने में कितना समय लगेगा, अगर थोड़ी देर का काम हो तो अभी देख लिया जाए।

इंद्रदेव–जी, वह थोड़ी देर का काम तो नहीं है, इससे यही बेहतर होगा कि पहिले जरूरी कामों से छुट्टी पाकर स्नान, ध्यान तथा भोजन इत्यादि से निवृत्त हो लें।

महाराज–हमारी भी यही राय है।

महाराज का मतलब समझकर सब कोई उठ खड़े हुए और जरूरी कामों से छुट्टी पाने की फिक्र में लगे। महाराज सुरेन्द्रसिंह, बीरेन्द्रसिंह तथा और भी सब कोई इंद्रदेव के उचित प्रबंध को देखकर बहुत ही प्रसन्न हुए, किसी को किसी तरह की तकलीफ न हुई और न कोई चीज मांगने की जरूरत ही पड़ी। इंद्रदेव के ऐयार और कई खिदमतगार आकर मौजूद हो गए और बात-की-बात में सब सामान ठीक हो गया।

स्नान तथा संध्या-पूजा इत्यादि से छुट्टी पाकर सभों ने भोजन किया और इसके बाद इंद्रदेव ने (बंगले के अन्दर) एक बहुत बड़े और सजे हुए कमरे में सभों को बैठाया जहां सभों के योग्य दर्जे-बदर्जे बैठने का इंतजाम किया गया था। एक ऊंची

गद्दी पर महाराज सुरेन्द्रसिंह और उनके दहिनी तरफ बीरेन्द्रसिंह, गोपालसिंह, तेजसिंह, पण्डित बद्रीनाथ, रामनारायण, पन्नालाल तथा भूतनाथ वगैरह बैठे।

कुछ देर तक इधर-उधर की बातचीत होती रही, इसके बाद इंद्रदेव ने हाथ जोड़कर पूछा–"अब यदि आज्ञा हो तो तमाशों को..."

महाराज–हां-हां, अब तो हम लोग हर तरह से निश्चिंत हैं!

सलाम करके इंद्रदेव कमरे के बाहर चला गया और घड़ी-भर तक लौटके नहीं आया, इसके बाद जब आया तो चुपचाप अपने स्थान पर आकर बैठ गया। सब कोई (भूतनाथ, पन्नालाल वगैरह) ताज्जुब के साथ उसका मुंह देख रहे थे कि इतने में ही सामनेवाले दरवाजे का परदा हटा और नानक कमरे के अंदर आता हुआ दिखाई दिया। नानक ने बड़े अदब के साथ महाराज को सलाम किया और इंद्रदेव का इशारा पाकर एक किनारे बैठ गया। इस समय नानक के हाथ में एक बहुत बड़ी, मगर लपेटी हुई तस्वीर थी जो कि उसने अपने बगल में रख ली।

नानक के बाद हाथ में तस्वीर लिये अर्जुन भी आ पहुंचा और महाराज को सलाम कर नानक के पास बैठ गया, उसी समय कमला का भाई अथवा भूतनाथ का लड़का हरनामसिंह दिखाई दिया, वह भी महाराज को प्रणाम करके अर्जुन के बगल में बैठ गया। हरनामसिंह के हाथ में एक छोटी-सी सन्दूकड़ी थी जिसे उसने अपने सामने रख लिया।

इसके बाद नकाब पहने हुई तीन औरतें कमरे के अंदर आईं और अदब के साथ महाराज को सलाम करती हुई दूसरे दरवाजे से कमरे के बाहर निकल गईं।

इस समय भूतनाथ और देवीसिंह के दिल की क्या हालत थी, सो वे ही जानते होंगे। उन्हें इस बात का तो विश्वास ही था कि इन औरतों में एक तो भूतनाथ की स्त्री और दूसरी चंपा जरूर है, मगर तीसरी औरत के बारे में कुछ भी नहीं कह सकते थे।

महाराज–(इंद्रदेव से) इन औरतों में भूतनाथ की स्त्री और चंपा जरूर होंगी?

इंद्रदेव–(हाथ जोड़कर) जी हां, कृपानाथ।

महाराज–और तीसरी औरत कौन है?

इंद्रदेव–तीसरी एक बहुत ही गरीब, नेक, सूधी और जमाने की सताई हुई औरत है जिसे देखकर और जिसका हाल सुनकर महाराज को बड़ी ही दया आएगी। यह वह औरत है जिसे मरे हुए एक जमाना हो गया, मगर अब उसे विचित्र ढंग से पैदा होते देख लोगों को बड़ा ही ताज्जुब होगा।

महाराज–आखिर वह औरत है कौन?

इंद्रदेव–बेचारी दुःखिनी कमला की मां, यानी भूतनाथ की पहिली स्त्री।

यह सुनते ही भूतनाथ चिल्ला उठा और उसने बड़ी मुश्किल से अपने को बेहोश होने से रोका।

॥ इक्कीसवां भाग समाप्त ॥

बाईसवां भाग

पहिला बयान

भूतनाथ की अवस्था ने सभों का ध्यान अपनी तरफ खींच लिया। कुछ देर तक सन्नाटा रहा और इसके बाद इंद्रदेव ने पुनः महाराज की तरफ देखके कहा–

"महाराज, ध्यान देने और विचार करने पर सभों को मालूम होगा कि आजकल आपका दरबार 'नाट्यशाला' (थियेटर का घर) हो रहा है। नाटक खेलकर जो-जो बातें दिखाई जा सकती हैं और जिनके देखने से लोगों को नसीहत मिल सकती है तथा मालूम हो सकता है कि दुनिया में जिस दर्जे तक के नेक और बद, दुखिया और सुखिया, गंभीर और छिछोरे इत्यादि पाये जाते हैं, वे सब इस समय (आजकल) आपके यहां प्रत्यक्ष हो रहे हैं। ग्रह-दशा के फेर में जिन्होंने दुःख भोगा वे भी मौजूद हैं और जिन्होंने अपने पैर में आप कुल्हाड़ी मारी वे भी दिखाई दे रहे हैं, जिन्होंने अपने किए का फल ईश्वरेच्छा से पा लिया है वे भी आए हुए हैं और जिन्हें अब सजा दी जाएगी वे भी गिरफ्तार किये गए हैं। बुद्धिमानों का यह कथन है कि 'जो बुरी राह चलेगा, उसे बुरा फल अवश्य मिलेगा' ठीक है, परंतु कभी-कभी ऐसा भी होता है कि अच्छी राह चलनेवाले तथा नेक लोग भी दुःख के चेहले में फंस जाते हैं और दुर्जन तथा दुष्ट लोग आनंद के साथ दिन काटते दिखाई देते हैं, इसे लोग ग्रह-दशा के कारण कहते हैं मगर नहीं, इसके सिवाय कोई और भी बात जरूर है। परमात्मा की दी हुई बुद्धि और विचार-शक्ति का अनादर करनेवाले ही प्रायः संकट में पड़कर तरह-तरह के दुःख भोगते हैं। मेरे कहने का तात्पर्य यही है कि इस समय अथवा आजकल आपके यहां तरह-तरह के जीव दिखाई देते हैं, दृष्टांत देने के बदले केवल इशारा करने से काम निकलता है। हां, मैं यह कहना तो भूल ही गया कि इन्हीं में ऐसे भी जीव आए हुए हैं जो अपने किए का नहीं, बल्कि अपने संबंधियों के किये हुए पापों का फल भोग रहे हैं और इसी से नाते (रिश्ते) और संबंध का गूढ़ अर्थ भी निकलता है। बेचारी लक्ष्मीदेवी की तरफ देखिए, जिसने किसी का कुछ भी नहीं बिगाड़ा और फिर भी वह हद दर्जे की तकलीफ उठाकर ताज्जुब है कि जीती बच ग़ई। ऐसा क्यों हुआ? इसके जवाब में मैं तो यही कहूंगा कि राजा गोपालसिंह की

बदौलत जो बेईमान दारोगा के हाथ की कठपुतली हो रहे थे और इस बात की कुछ भी खबर नहीं रखते थे कि उनके घर में क्या हो रहा है या उनके कर्मचारियों ने उन्हें किस जाल में फंसा रखा है। जिस राजा को अपने घर की खबर न होगी वह प्रजा का क्या उपकार कर सकता है, और ऐसा राजा अगर संकट में पड़ जाए तो आश्चर्य ही क्या है! केवल इतना ही नहीं, इनके दुःख भोगने का एक सबब और भी है। बड़ों ने कहा है कि 'स्त्री के आगे अपने भेद की बात प्रकट करना बुद्धिमानों का काम नहीं है' परंतु राजा गोपालसिंह ने इस बात पर कुछ भी ध्यान न दिया और दुष्टा मायारानी की मुहब्बत में फंसकर तथा अपने भेदों को बताकर बर्बाद हो गए। सज्जन और सरल स्वभाव से ही दुनिया का काम नहीं चलता, कुछ नीति का भी अवलंब करना ही पड़ता है। इसी तरह महाराज शिवदत्त को देखिए, जिसे खुशामदियों ने मिल-जुलकर बर्बाद कर दिया। जो लोग खुशामद में पड़कर अपने ही को सबसे बड़ा समझ बैठते हैं और दुश्मन को कोई चीज नहीं समझते हैं, उनकी वैसी ही गति होती है, जैसी शिवदत्त की हुई। दुष्टों और दुर्जनों को बात जाने दीजिए, उनको तो उनके बुरे कामों का फल मिलना ही चाहिए, मिला ही है और मिलेगा ही, उनका जिक्र तो मैं पीछे करूंगा, अभी तो मैं उन लोगों की तरफ इशारा करता हूं जो वास्तव में बुरे नहीं थे, मगर नीति पर न चलने तथा बुरी सोहबत में पड़े रहने के कारण संकट में पड़ गए। मैं दावे के साथ कहता हूं कि भूतनाथ ऐसा नेक, दयावान और चतुर ऐयार बहुत कम दिखाई देगा, मगर लालच और ऐयाशी के फेर में पड़कर यह ऐसा बर्बाद हुआ कि दुनिया-भर में मुंह छिपाने और अपने को मुर्दा मशहूर करने पर भी इसे सुख की नींद नसीब न हुई। अगर यह मेहनत करके ईमानदारी के साथ दौलत पैदा किया चाहता तो आज इसकी दौलत का अंदाज करना कठिन होता और अगर ऐयाशी के फेर में न पड़ा होता तो आज नाती, पोतों से इसका घर दूसरों के लिए नजीर गिना जाता। इसने सोचा कि मैं मालदार हूं, होशियार हूं, चालाक हूं, और ऐयार हूं, कुलटा स्त्रियों और रण्डियों की सोहबत का मजा लेकर सफाई के साथ अलग हो जाऊंगा, मगर इसे अब मालूम हुआ होगा कि रण्डियां ऐयारों के भी कान काटती हैं। नागर वगैरह के बर्ताव को जब यह याद करता होगा तब इसके कलेजे में चोट-सी लगती होगी। मैं इस समय इसकी शिकायत करने पर उतारू नहीं हुआ हूं बल्कि इसके दिल पर से पहाड़-सा बोझ हटाकर उसे हलका किया चाहता हूं, क्योंकि इसे मैं अपना दोस्त समझता था और समझता हूं, हां, इधर कई वर्षों से इसका विश्वास अवश्य उठ गया था और मैं इसकी सोहबत पसंद नहीं करता था, मगर इसमें मेरा कोई कसूर नहीं। किसी का चालचलन जब खराब हो जाता है तब बुद्धिमान लोग उसका विश्वास नहीं करते और शास्त्र की भी ऐसी ही आज्ञा है, अतएव मुझे भी वैसा ही करना पड़ा। यद्यपि मैंने इसे किसी तरह की तकलीफ नहीं पहुंचाई, परंतु इसकी दोस्ती को एकदम भूल गया, मुलाकात होने पर उसी तरह बर्ताव करता था जैसा

लोग नये मुलाकाती के साथ किया करते हैं। हां, अब जबकि यह अपनी चालचलन को सुधारकर आदमी बना है, अपनी भूलों को सोच-समझकर पछता चुका है, एक अच्छे ढंग से नेकी के साथ नामवरी करता हुआ दुनिया में फिर दिखाई देने लगा है और महाराज भी इसकी योग्यता से प्रसन्न होकर इसके अपराधों को (दुनिया के लिए) क्षमा कर चुके हैं, तब मैंने भी इसके अपराधों को दिल-ही-दिल में क्षमा कर इसे अपना मित्र समझ लिया है और फिर उसी निगाह से देखने लगा हूं जिस निगाह से पहिले देखता था। परंतु इतना मैं जरूर कहूंगा कि भूतनाथ ही एक ऐसा आदमी है जो दुनिया में नेकचलनी और बदचलनी के नतीजे को दिखाने के लिए नमूना बन रहा है। आज यह अपने भेदों को प्रकट होते देख डरता है और चाहता है कि इसके भेद छिपे-के-छिपे रह जाएं, मगर यह इसकी भूल है क्योंकि किसी के ऐब छिपे नहीं रहते। सब नहीं तो बहुत-कुछ दोनों कुमारों को मालूम हो ही चुके हैं और महाराज भी जान गए हैं, ऐसी अवस्था में इसे अपना किस्सा पूरा-पूरा बयान करके दुनिया में एक नजीर छोड़ देना चाहिए और साथ ही इसके (भूतनाथ की तरफ देखते हुए) अपने दिल के बोझ को भी हल्का कर देना चाहिए। भूतनाथ, तुम्हारे दो-चार भेद तो ऐसे हैं जिन्हें सुनकर लोगों की आंखें खुल जाएंगी और लोग समझेंगे कि हां, आदमी ऐसे-ऐसे काम भी कर गुजरते हैं और उनका नतीजा ऐसा होता है, मगर यह तो कुछ तुम्हारे ही ऐसे बुद्धिमान और अनूठे ऐयार का काम है कि इतना करने पर भी आज तुम भले-चंगे दिखाई देते हो, बल्कि नेकनामी के साथ महाराज के ऐयार कहलाने की इज्जत पा चुके हो। मैं फिर कहता हूं कि किसी बुरी नीयत से इन बातों का जिक्र मैं नहीं करता बल्कि तुम्हारे दिल का खुटका दूर करने के साथ-ही-साथ जिनके नाम से तुम डरते हो उन्हें तुम्हारा दोस्त बनाया चाहता हूं, अस्तु, तुम्हें बेखौफ अपना हाल बयान कर देना चाहिए।

भूतनाथ—ठीक है, मगर क्या करूं, मेरी जुबान नहीं खुलती। मैंने ऐसे-ऐसे बुरे काम किये हैं कि जिन्हें याद करके आज मेरे रोंगटे खड़े हो जाते हैं और आत्महत्या करने की जी में इच्छा होती है, मगर नहीं, मैं बदनामी के साथ दुनिया से उठ जाना पसंद नहीं करता, अतएव जहां तक हो सकेगा एक दफे नेकनामी अवश्य पैदा करूंगा।

इंद्रदेव—नेकनामी पैदा करने का ध्यान जहां तक बना रहे अच्छा ही है, परंतु मैं समझता हूं कि तुम नेकनामी उसी दिन पैदा कर चुके जिस दिन हमारे महाराज ने तुम्हें अपना ऐयार बनाया, इसलिए कि तुमने इधर बहुत ही अच्छे काम किये हैं और वे सब ऐसे थे कि जिन्हें अच्छे-से-अच्छा ऐयार भी कदाचित नहीं कर सकता था। चाहे तुमने पहिले कैसी ही बुराई और कैसे ही खोटे काम क्यों न किये हों, मगर आज हम लोग तुम्हारे देनदार हो रहे हैं, तुम्हारे एहसान के बोझ से दबे हुए हैं, और समझते हैं कि तुम अपने दुष्कर्मों का प्रायश्चित कर चुके हो।

भूतनाथ–आप जो कुछ कहते हैं, वह आपका बड़प्पन है, परंतु मैंने जो कुछ कुकर्म किये हैं, मैं समझता हूं कि उनका प्रायश्चित ही नहीं है, तथापि अब तो मैं महाराज की शरण में आ ही चुका हूं और महाराज ने भी मेरी बुराइयों पर ध्यान न देकर मुझे अपना दासानुदास स्वीकार कर लिया है। इससे मेरी आत्मा संतुष्ट है और मैं अपने को दुनिया में मुंह दिखाने योग्य समझने लगा हूं। मैं यह भी समझता हूं कि आप जो कुछ आज्ञा कर रहे हैं यह वास्तव में महाराज की आज्ञा है, जिसका मैं कदापि उल्लंघन नहीं कर सकता, अस्तु, मैं अपनी अद्‌भुत जीवनी सुनाने के लिए तैयार हूं परंतु...

इतना कहकर भूतनाथ ने एक लंबी सांस ली और महाराज सुरेन्द्रसिंह की तरफ देखा।

सुरेन्द्र–भूतनाथ, यद्यपि हम लोग तुम्हारा कुछ-कुछ हाल जान चुके हैं, मगर फिर भी तुम्हारा पूरा-पूरा हाल तुम्हारे ही मुंह से सुनने की इच्छा रखते हैं। तुम बयान करने में किसी तरह का संकोच न करो। इससे तुम्हारा दिल भी हल्का हो जाएगा और दिन-रात जो तुम्हें खुटका बना रहता है, वह भी जाता रहेगा।

भूतनाथ–जो आज्ञा।

इतना कहकर भूतनाथ ने सलाम किया और अपनी जीवनी इस तरह बयान करने लगा–

भूतनाथ की जीवनी

भूतनाथ–सबके पहिले मैं वही बात कहूंगा, जिसे आप लोग नहीं जानते अर्थात् मैं नौगढ़ के रहनेवाले और देवीसिंह के सगे चाचा जीवनसिंह का लड़का हूं। मेरी सौतेली मां मुझे देखना पसंद नहीं करती थी और मैं उसकी आंखों में कांटे की तरह गड़ा करता था। मेरे ही सबब से मेरी मां की इज्जत और कदर थी और उस बांझ को कोई पूछता भी न था, अतएव वह मुझे दुनिय से ही उठा देने की फिक्र में लगी और यह बात मेरे पिता को मालूम हो गई इसलिए जबकि मैं आठ वर्ष का था, मेरे पिता ने मुझे अपने मित्र देवदत्त ब्रह्मचारी के सुपुर्द कर दिया, जो तेजसिंह के गुरु[1] थे और महात्माओं की तरह नौगढ़ की उसी तिलिस्मी खोह में रहा करते थे जिसे राजा बीरेन्द्रसिंह जी ने फतह किया। मैं नहीं जानता कि मेरे पिता ने मेरे विषय में उन्हें क्या समझाया और क्या कहा, परंतु इसमें कोई संदेह नहीं कि ब्रह्मचारी जी मुझे अपने लड़के की तरह मानते, पढ़ाते-लिखाने और साथ-साथ ऐयारी भी सिखाते थे,

1. चन्द्रकान्ता सन्तति के पहिले भाग के छटवें बयान में तेजसिंह ने अपने गुरु के बारे में बीरेन्द्रसिंह से कुछ कहा था।

परंतु जड़ी-बूटियों के प्रभाव से उन्होंने मेरी सूरत में बहुत बड़ा फर्क डाल दिया था जिसमें मुझे कोई पहचान न ले। मेरे पिता मुझे देखने के लिए बराबर इनके पास आया करते थे।

इतना कहकर भूतनाथ कुछ देर के लिए चुप रह गया और सभों के मुंह की तरफ देखने लगा।

सुरेन्द्र–(ताज्जुब के साथ) ओफ ओह! क्या तुम जीवनसिंह के वही लड़के हो जिसके बारे में उन्होंने मशहूर कर दिया था कि उसे जंगल में शेर उठाकर ले गया!!

भूतनाथ–(हाथ जोड़कर) जी हां।

तेज–और आप वही हैं जिसे गुरु जी 'फिरकी' कहके पुकारा करते थे क्योंकि आप एक जगह ज्यादे देर तक बैठते न थे।

भूतनाथ–जी हां।

देवी–यद्यपि मैं बहुत दिनों से आपको भाई की तरह मानने लगा हूं परंतु आज यह जानकर मेरी खुशी का कोई ठिकाना नहीं रहा कि आप वास्तव में मेरे भाई हैं, मगर यह तो बताइए कि ऐसी अवस्था में शेरसिंह आपके भाई क्योंकर हुए? वह कौन हैं?

भूतनाथ–वास्तव में शेरसिंह मेरा भाई नहीं है, बल्कि गुरुभाई है और उन्हीं ब्रह्मचारी जी का लड़का है। मगर हां, लड़कपन ही से एक साथ रहने के कारण हम दोनों में भाई की-सी मुहब्बत हो गई थी।

तेज–आजकल शेरसिंह कहां है?

भूतनाथ–मुझे उनकी कुछ भी खबर नहीं है, मगर मेरा दिल गवाही देता है कि अब वे हम लोगों को दिखाई न देंगे।

बीरेन्द्र–सो क्यों?

भूतनाथ–इसीलिए कि वे भी अपने को छिपाये और हम लोगों में मिले-जुले रहते और साथ ही इसके ऐबों से खाली न थे।

सुरेन्द्र–खैर कोई चिंता नहीं, अच्छा तब?

भूतनाथ–अस्तु, मैं उन्हीं ब्रह्मचारी के पास रहने लगा। कई वर्ष बीत गए। पिताजी मुझसे मिलने के लिए कभी-कभी आया करते थे और जब मैं बड़ा हुआ तो उन्होंने मुझे अपने से जुदा करने का सबब भी बयान किया और वे यह जानकर बहुत प्रसन्न हुए कि मैं ऐयारी के फन में बहुत तेज और होशियार हो गया हूं। उस समय उन्होंने ब्रह्मचारी जी से कहा कि इसे किसी रियासत में नौकर रख देना चाहिए तब इसकी ऐयारी खुलेगी। मुख्तसर यह कि ब्रह्मचारी जी की ही बदौलत मैं गदाधरसिंह के नाम से रणधीरसिंह जी के यहां और शेरसिंह महाराज दिग्विजयसिंह के यहां नौकर हो गए और यह जाहिर किया कि शेरसिंह और गदाधरसिंह दोनों भाई हैं, और हम दोनों आपुस में प्रेम भी ऐसा ही रखते थे!

उन दिनों रणधीरसिंह जी की जमींदारी में तरह-तरह के उत्पात मचे हुए थे और बहुत-से आदमी उनके जानी दुश्मन हो रहे थे। उनके आपुसवालों को तो इस बात का विश्वास हो गया था कि अब रणधीरसिंह जी की जान किसी तरह नहीं बच सकती, क्योंकि उन्हीं दिनों उनका ऐयार श्रीसिंह दुश्मनों के हाथों से मारा जा चुका था और खूनी का कुछ पता न लगता था। कोई दूसरा ऐयार भी उनके पास न था इसलिए वे बड़े ही तरद्दुद में पड़े हुए थे। यद्यपि उन दिनों उनके यहां नौकरी करना अपनी जान खतरे में डालना था, मगर मुझे इन बातों की कुछ भी परवाह न हुई। रणधीरसिंह जी मुझे नौकर रखकर बहुत प्रसन्न हुए। मेरी खातिरदारी में कभी किसी तरह की कमी नहीं करते थे। इसके दो सबब थे, एक तो उन दिनों उन्हें ऐयार की सख्त जरूरत थी, दूसरे मेरे पिता से और उनसे कुछ मित्रता भी थी जो कुछ दिनों के बाद मुझे मालूम हुआ।

रणधीरसिंह जी ने मेरा ब्याह भी शीघ्र ही करा दिया। संभव है कि इसे भी मैं उनकी कृपा और स्नेह के कारण समझूं, पर यह भी हो सकता है कि मेरे पैर में गृहस्थी की बेड़ी डालने और कहीं भाग जाने लायक न रखने के लिए उन्होंने ऐसा किया हो, क्योंकि अकेला और बेफिक्र आदमी कहीं पर जन्म-भर रहे और काम करे, इसका विश्वास लोगों को कम रहता है। खैर, जो कुछ हो मतलब यह है कि उन्होंने मुझे बड़ी इज्जत और प्यार के साथ अपने यहां रखा और मैंने भी थोड़े ही दिनों में ऐसे अनूठे काम कर दिखाए कि उन्हें ताज्जुब होता था। सच तो यों है कि उनके दुश्मनों की हिम्मत टूट गई और वे दुश्मनी की आग में आप ही जलने लगे।

कायदे की बात है कि जब आदमी के हाथ से दो-चार काम अच्छे निकल जाते हैं और चारों तरफ उसकी तारीफ होने लगती है, तब वह अपने काम की तरफ से बेफिक्र हो जाता है, वही हाल मेरा भी हुआ।

आप जानते ही होंगे कि रणधीरसिंह जी का दयाराम नामी एक भतीजा था जिसे वह बहुत प्यार करते थे और वही उनका वारिस होनेवाला था। उसके मां-बाप लड़कपन ही में मर चुके थे, मगर चाचा की मुहब्बत के सबब उसे भी बाप के मरने का दुःख मालूम न हुआ। वह (दयाराम) उम्र में मुझसे कुछ छोटा था, मगर मेरे और उसके बीच में हद दर्जे की दोस्ती और मुहब्बत हो गई थी। जब हम दोनों आदमी घर पर मौजूद रहते तो बिना मिले जी नहीं मानता था। दयाराम का उठना-बैठना मेरे यहां ज्यादे होता था, अकसर रात को मेरे यहां खा-पीकर सो जाता था और उसके घरवाले भी इसमें किसी तरह का रंज नहीं मानते थे।

जो मकान मुझे रहने के लिए मिला था, वह निहायत उम्दा और शानदार था। उसके पीछे की तरफ एक छोटा-सा नजरबाग था जो दयाराम के शौक की बदौलत हरदम हरा-भरा गुंजान और सुहावना बना रहता था। प्रायः संध्या के समय हम दोनों दोस्त उसी बाग में बैठकर भांग-बूटी छानते और संध्योपासन से निवृत्त हो बहुत रात गए तक गप-शप किया करते।

जेठ का महीना था और गर्मी हद दर्जे की पड़ रही थी। पहर रात बीत जाने पर हम दोनों दोस्त उसी नजरबाग में दो चारपाई के ऊपर लेटे हुए आपुस में धीरे-धीरे बातें कर रहे थे। मेरा खूबसूरत और प्यारा कुत्ता मेरे पायताने की तरफ एक पत्थर की चौकी पर बैठा हुआ था। बात करते-करते हम दोनों को नींद आ गई।

आधी रात से कुछ ज्यादे बीती होगी, जब मेरी आंख कुत्ते के भौंकने की आवाज से खुल गई। मैंने उस पर कुछ विशेष ध्यान न दिया और करवट बदलकर फिर आंखें बंद कर लीं क्योंकि वह कुत्ता मुझसे बहुत दूर और नजरबाग के पिछले हिस्से की तरफ था, मगर कुछ ही देर बाद वह मेरी चारपाई के पास आकर भौंकने लगा और पुनः मेरी आंख खुल गई। मैंने कुत्ते को अपने सामने बेचैनी की हालत में देखा, उस समय वह जुबान निकालते हुए जोर-जोर से हांफ रहा था और दोनों अगले पैरों से जमीन खोद रहा था।

मैं अपने कुत्ते की आदतों को खूब जानता और समझता था, अस्तु, उसकी ऐसी अवस्था देखकर मेरे दिल में खुटका हुआ और मैं घबड़ाकर उठ बैठा। अपने मित्र को भी उठाकर होशियार कर देने की नीयत से मैंने उसकी चारपाई की तरफ देखा, मगर चारपाई खाली पाकर मैं बेचैनी के साथ चारों तरफ देखने लगा और उठकर चारपाई से नीचे खड़े होने के साथ ही मैंने अपने सिरहाने के नीचे से खंजर निकाल लिया। उस समय मेरा नमकहलाल कुत्ता मेरी धोती पकड़कर बार-बार खींचने और बाग के पिछले हिस्से की तरफ चलने का इशारा करने लगा और जब मैं उसके मुताबिक चला तो वह धोती छोड़कर आगे-आगे दौड़ने लगा। कदम बढ़ाता हुआ मैं उसके पीछे-पीछे चला। उस समय मालूम हुआ कि मेरा कुत्ता जख्मी है, उसके पिछले पैर में चोट आई है इसलिए वह पैर उठाकर दौड़ता था। अस्तु, कुत्ते के पीछे-पीछे चलकर मैं पिछली दीवार के पास जा पहुंचा जहां मालती और मोमियाने की लताओं के सबब घना कुंज और पूरा अंधकार हो रहा था। कुत्ता उस झुरमुट के पास जाकर रुक गया और मेरी तरफ देखकर दुम हिलाने लगा। उसी समय मैंने झाड़ी में से तीन आदमियों को निकलते हुए देखा, जो बाग की दीवार के पास चले गए और फुर्ती से दीवार लांघकर पार हो गए। उन तीनों में से एक आदमी के हाथ में एक छोटी-सी गठरी थी जो दीवार लांघते समय उसके हाथ से छूटकर बाग के भीतर ही गिर पड़ी, निःसंदेह वह गठरी लेने के लिए वह भीतर लौटता, मगर उसने मुझे और कुत्ते को देख लिया था इसलिए उसकी हिम्मत न पड़ी।

गठरी गिरने के साथ ही मैंने जफील बुलाई और खंजर हाथ में लिये हुए उस आदमी का पीछा करना चाहा अर्थात् दीवार की तरफ बढ़ा, मगर कुत्ते ने मेरी धोती पकड़ ली और झाड़ी की तरफ हटकर खैंचने लगा जिससे मैं समझ गया कि इस झाड़ी में भी कोई छिपा हुआ है जिसकी तरफ कुत्ता इशारा कर रहा है। मैं सम्हलकर खड़ा हो गया और गौर के साथ उस झाड़ी की तरफ देखने लगा। उसी समय पत्तों की

खड़खड़ाहट ने विश्वास दिला दिया कि इसमें कोई और भी है। मैं इस खयाल से जिस तरह पहिले तीन आदमी दीवार लांघकर भाग गए हैं उसी तरह इसको भी भाग जाने न दूंगा, घूमकर दीवार की तरफ चला गया। उस समय मैंने देखा कि एक चार डण्डे की सीढ़ी दीवार के साथ लगी हुई है जिसके सहारे वे तीनों निकल गए थे। मैंने वह सीढ़ी उठाकर उस गठरी के ऊपर फेंक दी जो उसके हाथ से छूटकर गिर पड़ी थी, क्योंकि मैं उस गठरी की हिफाजत का भी खयाल कर रहा था।

सीढ़ी हटाने के साथ ही दो आदमी उस झाड़ी में से निकले और बड़ी बहादुरी के साथ मेरा मुकाबला किया, और मैं भी जी तोड़कर उनके साथ लड़ने लगा। अंदाज से मालूम हो गया कि गठरी उठा लेने की तरफ ही उन दोनों का ध्यान विशेष है। आप सुन चुके हैं कि मेरे हाथ में केवल खंजर था, मगर उन दोनों के हाथ में लंबे-लंबे लट्ठ थे और मुकाबला करने में भी वे दोनों कमजोर न थे। अस्तु, मुझे अपने बचाव का ज्यादे खयाल था और मैं तब तक लड़ाई खत्म करना नहीं चाहता था जब तक मेरे आदमी न आ जाएं, जिन्हें जफील देकर मैंने बुलाया था।

आधी घड़ी से ज्यादे देर तक मेरा-उनका मुकाबला होता रहा। उसी समय मुझे रोशनी दिखाई दी और मालूम हुआ कि मेरे आदमी चले आ रहे हैं। उनकी तरफ देखकर मेरा ध्यान कुछ बंटा ही था कि एक आदमी के हाथ का लट्ठ मेरे सिर पर बैठा और मैं चक्कर खाकर जमीन पर गिर पड़ा।

दूसरा बयान

जब मेरी आंख खुली, मैंने अपने को आदमियों से घिरा हुआ पाया। मशालों की रोशनी बखूबी हो रही थी। जांच करने पर मालूम हुआ कि मैं आधी घड़ी से ज्यादे देर तक बेहोश नहीं रहा। जब मैंने दुश्मन के बारे में दरियाफ्त किया तो मालूम हुआ कि वे दोनों भी भाग गए, मगर मेरे आदमियों के सबब से उस गठरी को न ले जा सके। मैंने अपनी हिम्मत और ताकत पर खयाल किया तो मालूम हुआ कि मैं इस समय उनका पीछा करने लायक नहीं हूं। आखिर लाचार हो और पहरे का इंतजाम करके मैं गठरी लिए हुए अपने कमरे में चला गया, मगर अपने मित्र की तरफ से मेरा दिल बड़ा ही बेचैन रहा और तरह-तरह के शक पैदा होते रहे।

मेरे कमरे में रोशनी बखूबी हो रही थी। दरवाजा बंद करके मैंने गठरी खोली और उसके अंदर की चीजों को बड़े गौर से देखने लगा।

गठरी में दो जोड़े कपड़े निकले जिन्हें मैं पहचानता न था, मगर वे कपड़े पहिरे हुए और मैले थे। कागजों का एक मुट्ठा निकला जिसे देखते ही मैं पहचान गया कि यह रणधीरसिंह जी के खास संदूक के कागज हैं। मोम का एक सांचा कई कपड़ों

की तह में लपेटा हुआ निकला, जो खास रणधीरसिंह जी की मोहर पर से उठाया गया था। इन चीजों के अतिरिक्त मोतियों की एक माला, एक कंठा और तीन जड़ाऊ अंगूठियां निकलीं। ये चीजें मेरे मित्र दयारामसिंह की थीं। इन सब चीजों को पहिरे हुए ही आज वे मेरे यहां से गायब हुए थे।

इन चीजों को देखकर मैं बड़ी देर तक सोच-विचार में पड़ा रहा। उसी समय कमरे का वह दरवाजा खुला जो जनाने मकान में जाने के लिए था और मेरी स्त्री, कमला की मां, आती हुई दिखाई पड़ी। उस समय वह एक बच्चे की मां हो चुकी थी और अपने बच्चे को भी गोद में लिये हुए थी। इसमें कोई शक नहीं कि मेरी स्त्री बुद्धिमान थी और छोटे-मोटे कामों में मैं उसकी राय भी लिया करता था।

उसकी सूरत देखते ही मैं पहचान गया कि तरद्दुद और घबराहट ने उसे अपना शिकार बना लिया है, अस्तु, मैंने उसे बुलाकर अपने पास बैठाया और सब हाल कह सुनाया, साथ ही इसके यह भी कहा कि मैं इसी समय अपने दोस्त का पता लगाने के लिए जाया चाहता हूं। मगर उसने इस आखिरी बात को कबूल न किया और कहा कि ''मेरी राय में पहिले रणधीरसिंह जी से मिल लेना चाहिए।''

कई बातों को सोचकर मैंने उसकी राय कबूल कर ली और उस गठरी को लेकर रणधीरसिंह जी से मिलने के लिए रवाना हुआ। मुझे इस बात का भी धोखा लगा हुआ था कि रास्ते में कहीं दुश्मनों से मुलाकात न हो जाए जो जरूर इस गठरी को छीन लेने की धुन में लगे हुए होंगे, इसलिए मैंने दो शागिर्दों को भी साथ में ले लिया।

रणधीरसिंह जी बेफिक्र और आराम की नींद सो रहे थे, जब मैंने पहुंचकर उन्हें उठाया। जागने के साथ ही, मुझे देखकर चौंके और बोले, ''क्यों क्या मामला है, जो इस समय ऐसे ढंग से यहां आए हो? दयाराम कुशल से तो है?''

मेरी सूरत देखते ही उन्होंने दयाराम का कुशल पूछा इससे मुझे बड़ा ही ताज्जुब हुआ। खैर, मैं उनके पास बैठ गया और जो कुछ मामला हुआ था, साफ-साफ कह सुनाया।

मैं इस किस्से को मुख्तसर ही में बयान करूंगा। रणधीरसिंह जी इस हाल को सुनकर बहुत ही दुःखी और उदास हुए। बहुत कुछ बातचीत करने के बाद अंत में बोले, ''दयाराम मेरा एक ही एक वारिस और दिली दोस्त है, ऐसी अवस्था में उसके लिए क्या करना चाहिए सो तुम ही सोच लो, मैं क्या कहूं। मैं तो समझ चुका था कि दुश्मनों की तरफ से अब निश्चिंत हुआ, मगर नहीं...''

इतना कहकर वे कपड़े से अपना मुंह ढांपकर रोने लगे। मैं उन्हें बहुत-कुछ समझा-बुझाकर बिदा हुआ और अपने घर चला आया। अपनी स्त्री से मिलकर सब हाल कहने और समझाने-बुझाने के बाद मैं अपने शागिर्दों को साथ लेकर घर से बाहर निकला। बस यहीं से मेरी बदकिस्मती का जमाना शुरू हुआ।

इतना कहकर भूतनाथ अटक गया और सिर नीचा करके कुछ सोचने लगा। सब कोई बेचैनी के साथ उसकी तरफ देख रहे थे और भूतनाथ की अवस्था से मालूम

होता था कि वह इस बात को सोच रहा है के मैं अपना किस्सा बयान करूं या नहीं। उसी समय दो आदमी और कमरे के अंदर चले आए और महाराज को सलाम करके खड़े हो गए। इनकी सूरत देखते ही भूतनाथ के चेहरे का रंग उड़ गया और वह डरे हुए ढंग से उन दोनों की तरफ देखने लगा।

दोनों आदमी जो अभी-अभी कमरे में आए, वे ही थे, जिन्होंने भूतनाथ को अपना नाम 'दलीपशाह' बतलाया था। इंद्रदेव की आज्ञा पाकर वे दोनों भूतनाथ के पास ही बैठ गए।

तीसरा बयान

प्रेमी पाठक भूले न होंगे कि दो आदमियों ने भूतनाथ से अपना नाम दलीपशाह बतलाया था, जिनमें से एक को पहिला दलीप और दूसरे को दूसरा दलीप समझना चाहिए।

भूतनाथ तो पहिले ही सोच में पड़ गया था कि अपना हाल आगे बयान करे या नहीं, अब दोनों दलीपशाह को देखकर वह और भी घबड़ा गया। ऐयार लोग समझ रहे थे कि अब उसमें बात करने की भी ताकत नहीं रही। उसी समय इंद्रदेव ने भूतनाथ से कहा, "क्यों भूतनाथ, चुप क्यों हो गए? कहो, हां, तब आगे क्या हुआ?"

इसका जवाब भूतनाथ ने कुछ न दिया और सिर झुकाकर जमीन की तरफ देखने लगा। उस समय पहिले दलीपशाह ने हाथ जोड़कर महाराज की तरफ देखा और कहा, "कृपानाथ, भूतनाथ को अपना हाल बयान करने में बड़ा कष्ट हो रहा है, और वास्तव में बात भी ऐसी ही है। कोई भला आदमी अपनी उन बातों को, जिन्हें वह ऐब समझता है, अपनी जुबान से अच्छी तरह बयान नहीं कर सकता। अस्तु, यदि आज्ञा हो तो मैं इसका हाल पूरा-पूरा बयान कर जाऊं क्योंकि मैं भी भूतनाथ का हाल उतना ही जानता हूं जितना स्वयं भूतनाथ। भूतनाथ जहां तक बयान कर चुके हैं, उसे मैं बाहर खड़ा-खड़ा सुन भी चुका हूं। जब मैंने समझा कि अब भूतनाथ से अपना हाल नहीं कहा जाता तब मैं यह अर्ज करने के लिए हाजिर हुआ हूं। (भूतनाथ की तरफ देखके) मेरे इस कहने से आप यह न समझिएगा कि मैं आपके साथ दुश्मनी कर रहा हूं, नहीं, जो काम आपके सुपुर्द किया गया है उसे आपके बदले में मैं आसानी के साथ कर दिया चाहता हूं।"

इन दोनों आदमियों (दलीपशाह) को महाराज तथा और सभों ने भी ताज्जुब के साथ देखा, मगर यह समझकर इंद्रदेव से किसी ने कुछ भी न पूछा कि जो कुछ है थोड़ी देर में मालूम हो ही जाएगा, मगर जब दलीपशाह ऊपर लिखी बात बोलकर चुप हो गया तब महाराज ने भेद-भरी निगाहों से इंद्रजीतसिंह की तरफ देखा और

कुमार ने झुककर धीरे-से कुछ कह दिया जिसे बीरेन्द्रसिंह तथा तेजसिंह ने भी सुना तथा इनके जरिए से हमारे और साथियों को भी मालूम हो गया कि कुमार ने क्या कहा।

दलीपशाह की बात सुनकर इंद्रदेव ने महाराज की तरफ देखा और हाथ जोड़कर कहा, ''इन्होंने (दलीपशाह ने) जो कुछ कहा वास्तव में ठीक है, मेरी समझ में अगर भूतनाथ का किस्सा इन्हीं की जुबानी सुन लिया जाए तो कोई हर्ज नहीं है!'' इसके जवाब में महाराज ने मंजूरी के लिए सिर हिला दिया।

इंद्रदेव–(भूतनाथ की तरफ देखके) क्यों भूतनाथ, इसमें तुम्हें किसी तरह का उज्र है?

भूतनाथ–(महाराज की तरफ देखकर और हाथ जोड़कर) जो महाराज की मर्जी, मुझमें 'नहीं' करने की सामर्थ्य नहीं है। मुझे क्या खबर थी कि कसूर माफ हो जाने पर भी यह दिन देखना नसीब होगा। यद्यपि यह मैं खूब जानता हूं कि मेरा भेद अब किसी से छिपा नहीं रहा, परंतु फिर भी अपनी भूल बार-बार कहने या सुनने से लज्जा बढ़ती ही है, कम नहीं होती। खैर, कोई चिंता नहीं, जैसे होगा, वैसे अपने कलेजे को मजबूत करूंगा और दलीपशाह की कही हुई बातें सुनूंगा तथा देखूंगा कि ये महाशय कुछ झूठ का भी प्रयोग करते हैं या नहीं।

दलीप–नहीं-नहीं, भूतनाथ, मैं झूठ कदापि न बोलूंगा, इससे तुम बेफिक्र रहो! (इंद्रदेव की तरफ देखके) अच्छा तो अब मैं प्रारंभ करता हूं।

दलीपशाह ने इस प्रकार कहना शुरू किया–

''महाराज, इसमें कोई संदेह नहीं कि ऐयारी के फन में भूतनाथ परले सिरे का ओस्ताद और तेज आदमी है। अगर यह ऐयाशी के दरिया में गोते लगाकर अपने को बरबाद न कर दिया होता तो इसके मुकाबिले का ऐयार आज दुनिया में दिखाई न देता। मेरी सूरत देखके ये चौंकते और डरते हैं और इनका डरना वाजिब ही है, मगर अब मैं इनके साथ किसी तरह का बुरा बर्ताव नहीं कर सकता क्योंकि मैं ऐसा करने के लिए दोनों कुमारों से प्रतिज्ञा कर चुका हूं, और इनकी आज्ञा मैं किसी तरह टाल नहीं सकता, क्योंकि इन्हीं की बदौलत आज मैं दुनिया की हवा खा रहा हूं। (भूतनाथ की तरफ देखके) भूतनाथ, मैं वास्तव में दलीपशाह हूं, उस दिन तुमने मुझे नहीं पहचाना तो इसमें तुम्हारी आंखों का कोई कसूर नहीं है, कैद की सख्तियों के साथ-साथ जमाने ने मेरी सूरत ही बदल दी है। तुम तो अपने हिसाब से मुझे मार ही चुके थे और तुम्हें मुझसे मिलने की कभी उम्मीद भी न थी, मगर सुन लो और देख लो कि ईश्वर की कृपा से मैं अभी तक जीता-जागता तुम्हारे सामने खड़ा हूं। यह कुंअर साहब के चरणों का प्रताप है। अगर मैं कैद न हो जाता तो तुमसे बदला लिये बिना कभी न रहता, मगर तुम्हारी किस्मत अच्छी थी जो मैं कैद ही रह गया और छूटा भी तो कुंअर साहब के हाथ से जो तुम्हारे पक्षपाती हैं। तुम्हें इंद्रदेव से बुरा

न मनाना चाहिए और यह न सोचना चाहिए कि तुम्हें दुःख देने के लिए इंद्रदेव तुम्हारा पुराना पचड़ा खुलवा रहे हैं। तुम्हारा किस्सा तो सबको मालूम हो चुका है, इस समय ज्यों-का-त्यों चुपचाप रह जाने पर तुम्हारे चित्त को शांति नहीं मिल सकती और तुम हम लोगों की सूरत देख-देखकर दिन-रात तरद्दुद में पड़े रहोगे। अस्तु, तुम्हारे पिछले ऐबों को खोलकर इंद्रदेव तुम्हारे चित्त को शांति दिया चाहते हैं और तुम्हारे दुश्मनों को, जिनके साथ तुम ही ने बुराई की है, तुम्हारा दोस्त बना रहे हैं। ये यह भी चाहते हैं कि तुम्हारे साथ-ही-साथ हम लोगों का भेद भी खुल जाए और तुम जान जाओ कि हम लोगों ने तुम्हारा कसूर माफ कर दिया है, क्योंकि अगर ऐसा न होगा तो जरूर तुम हम लोगों को मार डालने की फिक्र में पड़े रहोगे और हम लोग इस धोखे में रह जाएंगे कि हमने इनका कसूर तो माफ ही कर दिया, अब ये हमारे साथ बुराई न करेंगे। (जीतसिंह की तरफ देखके) अब मैं मतलब की तरफ झुकता हूं और भूतनाथ का किस्सा बयान करता हूं।

जिस जमाने का हाल भूतनाथ बयान कर रहा है अर्थात् जिन दिनों भूतनाथ के मकान से दयाराम गायब हो गए थे उन दिनों यही नागर काशी के बाजार में वेश्या बनकर बैठी हुई अमीरों के लड़कों को चौपट कर रही थी। उसकी बढ़ी-चढ़ी खूबसूरती लोगों के लिए जहर हो रही थी और माल के साथ ही विशेष प्राप्ति के लिए यह लोगों की जान पर भी वार करती थी। यही दशा मनोरमा की भी थी, परंतु उसकी बनिस्बत यह बहुत ज्यादे रुपयेवाली होने पर भी नागर की-सी खूबसूरत न थी। हां, चालाक जरूर ज्यादे थी। और लोगों की तरह भूतनाथ और दयाराम भी नागर के प्रेमी हो रहे थे। भूतनाथ को अपनी ऐयारी का घमंड था और नागर को अपनी चालाकी का। भूतनाथ नागर के दिल पर कब्जा किया चाहता था और नागर इनकी तथा दयाराम की दौलत अपने खजाने में मिलाना चाहती थी।

दयाराम की खोज में घर से शागिर्दों को साथ लिये हुए बाहर निकलते ही भूतनाथ ने काशी का रास्ता लिया और तेजी के साथ सफर करता हुआ नागर के मकान पर पहुंचा। नागर ने भूतनाथ की बड़ी खातिरदारी और इज्जत की तथा कुशल-मंगल पूछने के बाद यकायक यहां आने का सबब भी पूछा।

भूतनाथ ने अपने आने का ठीक-ठीक सबब तो नहीं बताया, मगर नागर समझ गई कि कुछ दाल में काला जरूर है। इस तरह भूतनाथ को भी इस बात का शक पैदा हो गया कि दयाराम की चोरी में नागर का कुछ लगाव जरूर है अथवा यह उन आदमियों को जरूर जानती है जिन्होंने दयाराम के साथ ऐसी दुश्मनी की है।

भूतनाथ का शक काशी ही वालों पर था इसलिए काशी ही में अड्डा बनाकर इधर-उधर घूमना और दयाराम का पता लगाना आरंभ किया। जैसे-जैसे दिन बीतता था, भूतनाथ का शक भी नागर के ऊपर बढ़ता जाता था। सुनते हैं कि उसी जमाने में भूतनाथ ने एक औरत के साथ काशी जी में ही शादी भी कर ली थी, जिससे कि

नानक पैदा हुआ है, क्योंकि इस झमेले में भूतनाथ को बहुत दिनों तक काशी में रहना पड़ा था।

सच यह है कि कमबख्त रण्डियां रुपये के सिवाय और किसी की नहीं होतीं। जो दयाराम नागर को चाहता, मानता और दिल खोलकर रुपया देता था, नागर उसी के खून की प्यासी हो गई क्योंकि ऐसा करने से उसे विशेष प्राप्ति की आशा थी। भूतनाथ ने यद्यपि अपने दिल का हाल नागर से बयान नहीं किया, मगर नागर को विश्वास हो गया कि भूतनाथ को उस पर शक है और यह दयाराम ही की खोज में काशी आया हुआ है, अस्तु, नागर ने अपना उचित प्रबंध करके काशी छोड़ दी और गुप्त रीति से जमानिया में जा बसी। भूतनाथ भी मिट्टी सूंघता हुआ उसकी खोज में जमानिया जा पहुंचा और एक भाड़े का मकान लेकर वहां रहने लगा।

इस खोज-ढूंढ़ में वर्षों बीत गए, मगर दयाराम का पता न लगा। भूतनाथ ने अपने मित्र इंद्रदेव से भी मदद मांगी और इंद्रदेव ने मदद दी भी, मगर नतीजा कुछ भी न निकला। इंद्रदेव ही के कहने से मैं उन दिनों भूतनाथ का मददगार बन गया था।

इस किस्से के संबंध में रणधीरसिंह के रिश्तेदारों की तथा जमानिया, गया जी और राजगृही इत्यादि की भी बहुत-सी बातें कही जा सकती हैं, परंतु मैं उन सभों का बयान करना व्यर्थ समझता हूं और केवल भूतनाथ का ही किस्सा चुनकर बयान करता हूं जिससे कि खास मतलब है।

मैं कह चुका हूं कि दयाराम का पता लगाने के काम में उन दिनों मैं भी भूतनाथ का मददगार था, मगर अफसोस, भूतनाथ की किस्मत तो कुछ और ही कराया चाहती थी, इसलिए हम लोगों की मेहनत का कोई अच्छा नतीजा न निकला, बल्कि एक दिन जब मिलने के लिए मैं भूतनाथ के डेरे पर गया तो मुलाकात होने के साथ ही भूतनाथ ने आंखें बदलकर मुझसे कहा, 'दलीपशाह, मैं तो तुम्हें बहुत अच्छा और नेक समझता था, मगर तुम बहुत ही बुरे और दगाबाज निकले। मुझे ठीक-ठीक पता लग चुका है कि दयाराम का भेद तुम्हारे दिल के अंदर है और तुम हमारे दुश्मनों के मददगार और भेदिए हो तथा खूब जानते हो कि इस समय दयाराम कहां है। तुम्हारे लिए यही अच्छा है कि सीधी तरह उनका (दयाराम का) पता बता दो नहीं तो मैं तुम्हारे साथ बुरी तरह पेश आऊंगा और तुम्हारी मिट्टी पलीद करके छोड़ूंगा।'

महाराज, मैं नहीं कह सकता कि उस समय भूतनाथ की इन बेतुकी बातों को सुनकर मुझे कितना क्रोध चढ़ आया। इसके पास बैठा भी नहीं और न इसकी बात का कुछ जवाब ही दिया, बस चुपचाप पिछले पैर लौटा और मकान के बाहर निकल आया। मेरा घोड़ा बाहर खड़ा था, मैं उस पर सवार होकर सीधे इंद्रदेव की तरफ चला गया। (इंद्रदेव की तरफ हाथ का इशारा करके) दूसरे दिन इनके पास पहुंचा और जो कुछ बीती थी, इनसे कह सुनाया। इन्हें भी भूतनाथ की बातें बहुत ही बुरी मालूम

हुई और एक लंबी सांस लेकर ये मुझसे बोले, 'मैं नहीं जानता कि इन दो-चार दिनों में भूतनाथ को कौन-सी नई बात मालूम हो गई और किस बुनियाद पर उसने तुम्हारे साथ ऐसा सलूक किया। खैर, कोई चिंता नहीं, भूतनाथ अपनी इस बेवकूफी पर अफसोस करेगा और पछतावेगा, तुम इस बात का खयाल न करो और भूतनाथ से मिलना-जुलना छोड़कर दयाराम की खोज में लगे रहो, तुम्हारा एहसान रणधीरसिंह पर और मेरे ऊपर होगा।'

इंद्रदेव ने बहुत-कुछ कह-सुनकर मेरा क्रोध शांत किया और दो दिन तक मुझे अपने यहां मेहमान रखा। तीसरे दिन मैं इंद्रदेव से बिदा होनेवाला ही था कि इनके एक शागिर्द ने आकर एक विचित्र खबर सुनाई। उसने कहा कि आज रात के बारह बजे के समय मिर्जापुर के एक जमींदार 'राजसिंह' के यहां दयाराम के होने का पता मुझे लगा है। खुद मेरे भाई ने यह खबर मुझे दी है उसने यह भी कहा कि आजकल नागर भी उन्हीं के यहां है।

इंद्रदेव–(शागिर्द से) वह खुद मेरे पास क्यों नहीं आया?

शागिर्द–वह आप ही के पास आ रहा था, मुझसे रास्ते में मुलाकात हुई और उसके पूछने पर मैंने कहा कि दयाराम जी का पता लगाने के लिए मैं तैनात किया गया हूं। उसने जवाब दिया कि अब तुम्हारे जाने की कोई जरूरत न रही, मुझे उनका पता लग गया और यही खुशखबरी सुनाने के लिए मैं सरकार के पास जा रहा हूं, मगर अब तुम मिल गए हो तो मेरे जाने की कोई जरूरत नहीं, जो कुछ मैं कहता हूं, तुम जाकर उन्हें सुना दो और मदद लेकर बहुत जल्द मेरे पास आओ। मैं फिर उसी जगह जाता हूं, कहीं ऐसा न हो कि दयाराम जो वहां से निकालकर किसी दूसरी जगह न पहुंचा दिए जाएं और हम लोगों को पता न लगे, मैं जाकर इस बात का ध्यान रखूंगा। इसके बाद उसने सब कैफियत बयान की और अपने मिलने का समय बताया।

इंद्रदेव–ठीक है, उसने जो कुछ किया बहुत अच्छा किया, अब उसे मदद पहुंचाने का बंदोबस्त करना चाहिए।

शागिर्द–यदि आज्ञा हो तो भूतनाथ को भी इस बात की इत्तिला दे दी जाए?

इंद्रदेव–कोई जरूरत नहीं, अब तुम जाकर कुछ आराम करो, तीन घण्टे बाद फिर तुम्हें सफर करना होगा।

इसके बाद इंद्रदेव का शागिर्द जब अपने डेरे पर चला गया तब मुझसे और इंद्रदेव से बातचीत होने लगी। इंद्रदेव ने मुझसे मदद मांगी और मुझे मिर्जापुर जाने के लिए कहा, मगर मैंने इनकार किया और कहा कि अब मैं न तो भूतनाथ का मुंह देखूंगा और न उसके किसी काम में शरीक ही होऊंगा। इसके जवाब में इंद्रदेव ने मुझे पुनः समझाया और कहा कि यह काम भूतनाथ का नहीं है, मैं कह चुका हूं कि इसका एहसान मुझ पर और रणधीरसिंह जो पर होगा।

इसी तरह की बहुत-सी बातें हुईं, लाचार मुझे इंद्रदेव की बात माननी पड़ी और कई घण्टे के बाद इंद्रदेव के उसी शागिर्द 'शंभू' को साथ लिये हुए मैं मिर्जापुर की तरफ रवाना हुआ। दूसरे दिन हम लोग मिर्जापुर जा पहुंचे और बताए हुए ठिकाने पर पहुंचकर शंभू के भाई से मुलाकात की। दरियाफ्त करने पर मालूम हुआ कि दयाराम अभी तक मिर्जापुर की सरहद के बाहर नहीं गए हैं, अस्तु, जो कुछ हम लोगों को करना था, आपुस में तै करने के बाद, सूरत बदलकर बाहर निकले।

दयाराम को ढूंढ़ निकालने के लिए हमने कैसी-कैसी मेहनत की और हम लोगों को किस-किस तरह की तकलीफें उठानी पड़ीं, इसका बयान करना किस्से को व्यर्थ तूल देना और अपने मुंह मियां मिट्ठू बनना है। महाराज के (आपके) नामी ऐयारों ने जैसे-जैसे अनूठे काम किए हैं उनके सामने हमारी ऐयारी कुछ भी नहीं है, अतएव केवल इतना ही कहना काफी है कि हम लोगों ने अपनी हिम्मत से बढ़कर काम किया और हद दर्जे की तकलीफ उठाकर दयाराम जी को ढूंढ़ निकाला। केवल दयाराम को नहीं, बल्कि उनके साथ-ही-साथ 'राजसिंह' को भी गिरफ्तार करके हम लोग अपने ठिकाने पर ले आए, मगर अफसोस! हम लोगों की सब मेहनत पर भूतनाथ ने पानी ही नहीं फेर दिया बल्कि जन्म-भर के लिए अपने माथे पर कलंक का टीका भी लगाया।

कैद की सख्ती उठाने के कारण दयाराम जी बहुत ही कमजोर और बीमार हो रहे थे, उनमें बात करने की भी ताकत न थी इसलिए हम लोगों ने उसी समय उन्हें उठाकर इंद्रदेव के पास ले जाना मुनासिब न समझा और दो-तीन दिन तक आराम देने की नीयत से अपने गुप्त स्थान पर, जहां हम लोग टिके हुए थे, ले गए। जहां तक हो सका, नरम बिछावन का इंतजाम करके उस पर उन्हें लिटा दिया और उनके शरीर में ताकत लाने का बंदोबस्त करने लगे। इस बात का भी निश्चय कर लिया कि जब तक इनकी तबीयत ठीक न हो जाएगी इनसे कैद किये जाने का सबब तक न पूछेंगे।

दयाराम जी के आराम का इंतजाम करने के बाद हम लोगों ने अपने-अपने हर्बे खोलकर उनकी चारपाई के नीचे रख दिए, कपड़े उतारे और बातचीत करने तथा दुश्मनी का सबब जानने के लिए राजसिंह को होश में लाए और उसकी मुश्कें खोलकर बातचीत करने लगे क्योंकि उस समय इस बात का डर हम लोगों को कुछ भी न था कि वह हम पर हमला करेगा या हम लोगों का कुछ बिगाड़ सकेगा।

जिस मकान में हम लोग टिके हुए थे, वह बहुत ही एकांत और उजाड़ मुहल्ले में था। रात का समय था और मकान की तीसरी मंजिल पर हम लोग बैठे हुए थे, एक मद्धिम चिराग आले पर जल रहा था। दयाराम जी का पलंग हम लोगों के पीछे की तरफ था और राजसिंह पीछे की तरफ सामने बैठा हुआ ताज्जुब के साथ हम लोगों का मुंह देख रहा था। उसी समय यकायक कई-कई धमाके की आवाज आई और उसके कुछ ही देर बाद भूतनाथ तथा उसके दो साथियों को हम लोगों ने अपने

सामने खड़ा देखा। सामना होने के साथ ही भूतनाथ ने मुझसे कहा, 'क्यों बे शैतान के बच्चे, आखिर मेरी बात ठीक निकली न! तूने ही राजसिंह के साथ मेल करके हमारे साथ दुश्मनी पैदा की! खैर, ले अपने किए का फल चख!!'

इतना कहकर भूतनाथ ने मेरे ऊपर खंजर का वार किया जिसे बड़ी खूबी के साथ मेरे साथी ने रोका। मैं भी उठकर खड़ा हो गया और भूतनाथ के साथ लड़ाई होने लगी। भूतनाथ ने एक ही हाथ में राजसिंह का काम तमाम कर दिया और थोड़ी ही देर में मुझे भी खूब जख्मी किया, यहां तक कि मैं जमीन पर गिर पड़ा और मेरे दोनों साथी भी बेकार हो गए। उस समय दयाराम जी को जो पड़े-पड़े सब तमाशा देख रहे थे, जोश चढ़ आया और चारपाई पर से उठकर खाली हाथ भूतनाथ के सामने आ खड़े हुए, कुछ बोला ही चाहते थे कि भूतनाथ के हाथ का खंजर उनके कलेजे के पार हो गया और वे बेदम होकर जमीन पर गिर पड़े।

चौथा बयान

मैं नहीं कह सकता कि भूतनाथ ने ऐसा क्यों किया! भूतनाथ का कौल तो यही है कि मैंने उनको पहचाना नहीं, और धोखा हुआ। खैर, जो हो, दयाराम के गिरते ही मेरे मुंह से 'हाय' की आवाज निकली और मैंने भूतनाथ से कहा, 'ऐ कमबख्त! तैंने बेचारे दयाराम को क्यों मार डाला जिन्हें बड़ी मुश्किल से हम लोगों ने खोज निकाला था!!'

मेरी बात सुनते ही भूतनाथ सन्नाटे में आ गया। इसके बाद उसके दोनों साथी तो न मालूम क्या सोचकर एकदम भाग खड़े हुए, मगर भूतनाथ बड़ी बेचैनी से दयाराम के पास बैठकर उनका मुंह देखने लगा। उस समय भूतनाथ के देखते-ही-देखते उन्होंने आखिरी हिचकी ली और दम तोड़ दिया। भूतनाथ उनकी लाश के साथ चिमटकर रोने लगा और बड़ी देर तक रोता रहा। तब तक हम तीनों आदमी पुनः मुकाबला करने लायक हो गए और इस बात से हम लोगों का साहस और भी बढ़ गया कि भूतनाथ के दोनों साथी उसे अकेला छोड़कर भाग गए थे। मैंने मुश्किल से भूतनाथ को अलग किया और कहा, 'अब रोने और नखरा करने से फायदा ही क्या होगा, उनके साथ ऐसी ही मुहब्बत थी तो उन पर वार न करना था, अब उन्हें मारकर औरतों की तरह नखरा करने बैठे हो!'

इतना सुनकर भूतनाथ ने अपनी आंखें पोंछीं और मेरी तरफ देखके कहा, 'क्या मैंने जान-बूझकर इन्हें मार डाला है?'

मैं–बेशक ! क्या यहां आने के साथ ही तुमने उन्हें चारपाई पर पड़े हुए नहीं देखा था?

भूतनाथ–देखा था, मगर मैं नहीं जानता था कि ये दयाराम हैं। इतने मोटे-ताजे आदमी को यकायक ऐसा दुबला-पतला देखकर मैं कैसे पहचान सकता था?

मैं–क्या खूब, ऐसे ही तो तुम अंधे थे? खैर, इसका इंसाफ तो रणधीरसिंह के सामने ही होगा, इस समय तुम हमसे फैसला कर लो, क्योंकि अभी तक तुम्हारे दिल में लड़ाई का हौसला जरूर बना होगा।

भूतनाथ–(अपने को संभालकर और मुंह पोंछकर) नहीं-नहीं, मुझे अब लड़ने का हौसला नहीं है, जिसके वास्ते मैं लड़ता था, जब वही नहीं रहा तो अब क्या? मुझे ठीक पता लग चुका था कि दयाराम तुम्हारे फेर में पड़े हुए हैं और सो अपनी आंखों से देख भी लिया, मगर अफसोस है कि मैंने पहचाना नहीं और ये इस तरह धोखे में मारे गए, लेकिन इसका कसूर भी तुम्हारे ही सिर पर लग सकता है।

मैं–खैर, अगर तुम्हारे किए हो सके तो तुम बिलकुल कसूर मेरे ही सिर थोप देना, मैं अपनी सफाई आप कर लूंगा, मगर इतना समझ रखो कि लाख कोशिश करने पर भी तुम अपने को बचा नहीं सकते, क्योंकि मैंने इन्हें खोज निकालने में जो कुछ मेहनत की थी, वह इंद्रदेव जी के कहने से की थी, न तो मैं अपनी प्रशंसा कराना चाहता था और न इनाम ही लेना चाहता था। जरूरत पड़ने पर मैं इंद्रदेव की गवाही दिला सकता हूं और तुम अपने को बेकसूर साबित करने के लिए नागर को पेश कर देना, जिसके कहने और सिखाने में तुमने मेरे साथ दुश्मनी पैदा कर ली।

इतना सुनकर भूतनाथ सन्नाटे में आ गया। सिर झुकाकर देर तक सोचता रहा और इसके बाद लंबी सांस लेकर उसने मेरी तरफ देखा और कहा, ''बेशक मुझे नागर कमबख्त ने धोखा दिया! अब मुझे भी इन्हीं के साथ मर मिटना चाहिए!'' इतना कहकर भूतनाथ ने खंजर हाथ में ले लिया, मगर कर कुछ न सका अर्थात् अपनी जान न दे सका।

महाराज, जवांमर्दों का कहना बहुत ठीक है कि बहादुरों को अपनी जान प्यारी नहीं होती। वास्तव में जिसे अपनी जान प्यारी होती है, वह कोई हौसले का काम नहीं कर सकता और जो अपनी जान हथेली पर लिये रहता है और समझता है कि दुनिया में मरना एक बार ही है कोई बार-बार नहीं मरता, वही सब-कुछ कर सकता है। भूतनाथ के बहादुर होने में संदेह नहीं, परंतु इसे अपनी जान प्यारी जरूर थी और इस उल्टी बात का सबब यही था कि वह ऐयाशी के नशे में चूर था। जो आदमी ऐयाश होता है उसमें ऐयाशी के सबब कई तरह की बुराइयां आ जाती हैं और बुराइयों की बुनियाद जम जाने के कारण ही उसे अपनी जान प्यारी हो जाती है तथा वह कोई भारी काम नहीं कर सकता। यही सबब था कि उस समय भूतनाथ जान न दे सका, बल्कि उसकी हिफाजत करने का ढंग जमाने लगा, नहीं तो उस समय मौका ऐसा ही था, इससे जैसी भूल हो गई थी, उसका बदला तभी पूरा होता जब यह भी उसी जगह अपनी जान दे देता और उस मकान से तीनों लाशें एक साथ निकाली जातीं।

भूतनाथ ने कुछ देर तक सोचने के बाद मुझसे कहा—"मुझे इस समय अपनी जान भारी हो रही है और मैं मर जाने के लिए तैयार हूं, मगर मैं देखता हूं कि ऐसा करने से भी किसी को फायदा नहीं पहुंचेगा। मैं जिसका नमक खा चुका हूं और खाता हूं, उसका और भी नुकसान होगा क्योंकि इस सनय वह दुश्मनों से घिरा हुआ है। अगर मैं जीता रहूंगा तो उनके दुश्मनों क नामोनिशान मिटाकर उन्हें बेफिक्र कर सकूंगा, अतएव मैं माफी मांगता हूं कि तुम मेहरबानी कर मुझे सिर्फ दो साल के लिए जीता छोड़ दो।"

मैं—दो वर्ष के लिए क्या जिंदगी-भर के लिए तुम्हें छोड़ देता हूं, जब तुम मुझसे लड़ना नहीं चाहते तो मैं क्यों तुम्हें मारने लगा? बाकी रही यह बात कि तुमने खामखाह मुझसे दुश्मनी पैदा कर ली है, सो उसका नतीजा तुम्हें आप-से-आप मिल जाएगा, जब लोगों को यह मालूम होगा कि भूतनाथ के हाथ से बेचारा दयाराम मारा गया।

भूतनाथ—नहीं-नहीं, मेरा मतलब तुम्हारी पहिलो बात से नहीं, बल्कि दूसरी बात से है अर्थात् अगर तुम चाहोगे तो लोगों को इस बात का पता ही नहीं लगेगा कि दयाराम भूतनाथ के हाथ से मारा गया।

मैं—यह क्योंकर छिप सकता है?

भूतनाथ—अगर तुम छिपाओ तो सब-कुछ छिप जाएगा।

मुख्तसर यह कि धीरे-धीरे बातों को बढाता हुआ भूतनाथ मेरे पैरों पर गिर पड़ा और बड़ी खुशामद के साथ कहने लगा कि तुम इस मामले को छिपाकर मेरी जान बचा लो। केवल इतना ही नहीं, इसने मुझे हर तरह के सब्जबाग दिखाए और कसमें दे-देकर मेरी नाक में दम कर दिया। लालच में तो मैं नहीं पड़ा, मगर पिछली मुरौवत के फेर में जरूर पड़ गया और भेद को छिपाये रखने की कसम खाकर अपने साथियों को साथ लिये हुए मैं उस घर के बाहर निकल गया। भूतनाथ तथा दोनों लाशों को उसी तरह छोड़ दिया, फिर मुझे मालूम नहीं कि भूतनाथ ने उन लाशों के साथ क्या बर्ताव किया।"

यहां तक भूतनाथ का हाल कहकर कुछ देर के लिए दलीपशाह चुप हो गया और उसने इस नीयत से भूतनाथ की तरफ देखा कि देखें यह कुछ बोलता है या नहीं। इस समय भूतनाथ की आंखों से आंसू की नदी बह रही थी। वह हिचकियां ले-लेकर रो रहा था। बड़ी मुश्किल से भूतनाथ ने अपने दिल को सम्हाला और दुपट्टे से मुंह पोंछकर कहा, "ठीक है, ठीक है, जो कुछ दलीपशाह ने कहा सब सच है, मगर यह बात मैं कसम खाकर कह सकता हूं कि मैंने जान-बूझकर दयाराम को नहीं मारा। वहां राजसिंह को खुले हुए देखकर मेरा शक यकीन के साथ बदल गया और चारपाई पर पड़े हुए देखकर भी मैंने दयाराम को नहीं पहचाना, मैंने समझा कि यह भी कोई दलीपशाह का साथी होगा। बेशक दलीपशाह पर मेरा शक मजबूत हो गया

था और मैं समझ बैठा था कि जिन लोगों ने दयाराम के साथ दुश्मनी की है, दलीपशाह जरूर उनका साथी है। यह शक यहां तक मजबूत हो गया था कि दयाराम के मारे जाने पर भी दलीपशाह की तरफ से मेरा दिल साफ न हुआ, बल्कि मैंने समझा कि इसी (दलीपशाह) ने दयाराम को वहां लाकर कैद किया था। जिस नागर पर मुझे शक हुआ था, उसी कमबख्त की जादू-भरी बातों में मैं फंस गया और उसी ने मुझे विश्वास दिला दिया कि इसका कर्ताधर्ता दलीपशाह है। यही सबब है कि इतना हो जाने पर भी मैं दलीपशाह का दुश्मन बना ही रहा। हां, दलीपशाह ने एक बात नहीं कही, वह यह है कि इस भेद को छिपाये रखने की कसम खाकर भी दलीपशाह ने मुझे सूखा नहीं छोड़ा। इन्होंने कहा कि तुम कागज पर लिखकर माफी मांगो तब मैं तुम्हें माफ करके यह भेद छिपाये रखने की कसम खा सकता हूं। लाचार होकर मुझे ऐसा करना पड़ा और मैं माफी के लिए चीठी लिख हमेशा के लिए इनके हाथ में फंस गया।

दलीप–बेशक, यही बात है, और मैं अगर ऐसा न करता तो थोड़े ही दिन बाद भूतनाथ मुझे दोषी ठहराकर आप सच्चा बन जाता। खैर, अब मैं इसके आगे का हाल बयान करता हूं जिसमें थोड़ा-सा हाल तो ऐसा होगा जो मुझे खास भूतनाथ से मालूम हुआ था।

इतना कहकर दलीपशाह ने फिर अपना बयान शुरू किया–

''जैसा कि भूतनाथ कह चुका है, बहुत मिन्नत और खुशामद से लाचार होकर मैंने कसूरवार होने और माफी मांगने की चीठी लिखाकर इसे छोड़ दिया और इसका ऐब छिपा रखने का वादा करके अपने साथियों को साथ लिये उस घर से बाहर निकल गया और भूतनाथ की इच्छानुसार दयाराम की लाश को और भूतनाथ को उसी मकान में छोड़ दिया। फिर मुझे नहीं मालूम कि क्या हुआ और इसने लाश के साथ कैसा बर्ताव किया।

वहां से बाहर होकर मैं इंद्रदेव की तरफ रवाना हुआ, मगर रास्ते-भर सोचता जाता था कि अब क्या करना चाहिए, दयाराम का सच्चा-सच्चा हाल इंद्रदेव से बयान करना चाहिए या नहीं। आखिर हम लोगों ने निश्चय कर लिया कि जब भूतनाथ से वादा कर ही चुके हैं तो इस भेद को इंद्रदेव से भी छिपा ही रखना चाहिए।

जब हम लोग इंद्रदेव के मकान में पहुंचे तो उन्होंने कुशल-मंगल पूछने के बाद दयाराम का हाल दरियाफ्त किया जिसके जवाब में मैंने असल मामले को तो छिपा रखा और बात बनाकर यों कह दिया–जो कुछ मैंने या आपने सुना था वह ठीक ही निकला अर्थात् राजसिंह ही ने दयाराम के साथ वह सलूक किया और दयाराम राजसिंह के घर में ही मौजूद थे, मगर अफसोस, बेचारे दयाराम को हम लोग छुड़ा न सके और वे जान से मारे गए!

इंद्रदेव–(चौंककर) हैं! जान से मारे गए!!

मैं–जी हां, और इस बात की खबर भूतनाथ को भी लग चुकी थी। मेरे पहिले ही भूतनाथ राजसिंह के उस मकान में, जिसमें दयाराम को कैद कर रखा था, पहुंच गया और उसने अपने सामने दयाराम की लाश देखी जिसे कुछ ही देर पहिले राजसिंह ने मार डाला था। अस्तु, भूतनाथ ने उसी समय राजसिंह का सिर काट डाला, सिवाय इसके वह और कर ही क्या सकता था! इसके थोड़ी देर बाद हम लोग भी उस घर में जा पहुंचे और दयाराम तथा राजसिंह की लाश और भूतनाथ को मौजूद पाया। दरियाफ्त करने पर भूतनाथ ने सब हाल बयान किया और अफसोस करते हुए हम लोग वहां से रवाना हुए।

इंद्रदेव–अफसोस! बहुत बुरा हुआ! खैर, ईश्वर की मर्जी!

मैंने भूतनाथ के ऐब को छिपाकर जो कुछ इंद्रदेव से कहा भूतनाथ की इच्छानुसार ही कहा था। भूतनाथ ने भी यही बात मशहूर की और इस तरह अपने ऐब को छिपा रखा।

यहां तक भूतनाथ का किस्सा कहकर जब दलीपशाह कुछ देर के लिए चुप हो गया तब तेजसिंह ने उससे पूछा, "तुमने तो भला भूतनाथ की बात मानकर उस मामले को छिपा रखा, मगर शंभू वगैरह इंद्रदेव के शागिर्दों ने अपने मालिक से उस भेद को क्यों छिपाया?"

दलीप–(एक लंबी सांस लेकर) खुशामद और रुपया बड़ी चीज है, बस इसी से समझ जाइए और मैं क्या कहूं?

तेज–ठीक है, अच्छा तब क्या हुआ? भूतनाथ की कथा इतनी ही है या और भी कुछ?

दलीप–जी, अभी भूतनाथ की कथा समाप्त नहीं हुई, अभी मुझे बहुत-कुछ कहना बाकी है। और बातों के सिवाय भूतनाथ से एक कसूर ऐसा हुआ है जिसका रंज भूतनाथ को इससे भी ज्यादे होगा।

तेज–सो क्या?

दलीप–सो भी मैं अर्ज करता हूं।

इतना कहकर दलीपशाह ने फिर कहना शुरू किया–

"इस मामले को वर्षों बीत गए। मैं भूतनाथ की तरफ से कुछ दिनों तक बेफिक्र रहा, मगर जब यह मालूम हुआ कि भूतनाथ मेरी तरफ से निश्चिंत नहीं है बल्कि मुझे इस दुनिया से उठा बेफिक्र हुआ चाहता है तो मैं भी होशियार हो गया और दिन-रात अपने बचाव की फिक्र में डूबा रहने लगा। (भूतनाथ की तरफ देखकर) भूतनाथ, अब मैं वह हाल बयान करूंगा जिसकी तरफ उस दिन मैंने इशारा किया था, जब तुम हमें गिरफ्तार करके एक विचित्र पहाड़ी स्थान[1] में ले गए थे और जिसके

1. देखिए चन्द्रकान्ता सन्तति, बीसवां भाग, बारहवां बयान।

विषय में तुमने कहा था–'यद्यपि मैंने दलीपशाह की सूरत नहीं देखी है' इत्यादि। मगर क्या तुम इस समय भी...

भूतनाथ–(बात काटकर) भला मैं कैसे कह सकता हूं कि मैंने दलीपशाह की सूरत नहीं देखी है, जिसके साथ ऐसे-ऐसे मामले हो चुके हैं, मगर उस दिन मैंने तुम्हें धोखा देने के लिए वे शब्द कहे थे क्योंकि मैंने तुम्हें पहचाना नहीं था। इस कहने से मेरा मतलब यही था कि अगर तुम दलीपशाह न होगे तो कुछ-न-कुछ जरूर बात बनाओगे। खैर, जो कुछ हुआ सो हुआ, मगर क्या तुम वास्तव में अब उस किस्से को बयान करनेवाले हो?

दलीप–हां, मैं उसे जरूर बयान करूंगा।

भूतनाथ–मगर उसके सुनने से किसी को कुछ फायदा नहीं पहुंच सकता है और न किसी तरह की नसीहत ही हो सकती है। वह तो महज मेरी नादानी और पागलपने की बात थी, जहां तक मैं समझता हूं, उसे छोड़ देने से कोई हर्ज नहीं होगा।

दलीप–नहीं, उसका बयान जरूरी जान पड़ता है, क्या तुम नहीं जानते या भूल गए कि उसी किस्से को सुनने के लिए कमला की मां अर्थात् तुम्हारी स्त्री यहां आई हुई है?

भूतनाथ–ठीक है, मगर हाय! मैं सच्चा बदनसीब हूं जो इतना होने पर भी उन्हीं बातों को...

इंद्रदेव–अच्छा-अच्छा, जाने दो भूतनाथ! अगर तुम्हें इस बात का शक है कि दलीपशाह बातें बनाकर कहेगा या उसके कहने का ढंग लोगों पर बुरा असर डालेगा तो मैं दलीपशाह को वह हाल कहने से रोक दूंगा और तुम्हारे ही हाथ की लिखी हुई तुम्हारी अपनी जीवनी पढ़ने के लिए किसी को दूंगा, जो इस संदूकड़ी में बंद है।

इतना कहकर इंद्रदेव ने वही संदूकड़ी निकाली जिसकी सूरत देखने से ही भूतनाथ का कलेजा कांपता था।

उस संदूकड़ी को देखते ही एक दफे तो भूतनाथ घबड़ाना-सा होकर कांपा, मगर तुरंत ही उसने अपने को सम्हाल लिया और इंद्रदेव की तरफ देखके बोला, "हां-हां, आप कृपा कर इस संदूकड़ी को मेरी तरफ बढ़ाइए क्योंकि यह मेरी चीज है और मैं इसे लेने का हक रखता हूं। यद्यपि कई ऐसे कारण हो गए हैं जिनसे आप कहेंगे कि यह संदूकड़ी तुम्हें नहीं दी जाएगी मगर फिर भी मैं इसी समय इस पर कब्जा कर सकता हूं क्योंकि देवीसिंह जी मुझसे प्रतिज्ञा कर चुके हैं कि संदूकड़ी बंद-की-बंद तुम्हें दिला दूंगा। अस्तु, देवीसिंह जी की प्रतिज्ञा झूठी नहीं हो सकती।" इतना कहकर भूतनाथ ने देवीसिंह की तरफ देखा।

देवी–(महाराज से) निःसंदेह मैं ऐसी प्रतिज्ञा कर चुका हूं।

महाराज–अगर ऐसा है तो तुम्हारी प्रतिज्ञा झूठी नहीं हो सकती, मैं आज्ञा देता हूं कि तुम अपनी प्रतिज्ञा पूरी करो।

इतना सुनते ही देवीसिंह उठ खड़े हुए। उन्होंने इंद्रदेव के सामने से वह संदूकड़ी उठा ली और यह कहते हुए भूतनाथ के हाथ में दे दी, "लो मैं अपनी प्रतिज्ञा पूरी करता हूं, तुम महाराज को सलाम करो, जिन्होंने मेरी और तुम्हारी इज्जत रख ली।"

भूतनाथ–(महाराज को सलाम करके) महाराज की कृपा से अब मैं जी उठा।

तेज–भूतनाथ, तुम यह निश्चय जानो कि यह संदूकड़ी अभी तक खोली नहीं गई है, अगर सहज में खुलने लायक होती तो शायद खुल गई होती।

भूतनाथ–(संदूकड़ी अच्छी तरह देख-भालकर) बेशक, यह अभी तक खुली नहीं है! मेरे सिवाय कोई दूसरा आदमी इसे बिना तोड़े खोल भी नहीं सकता। यह संदूकड़ी मेरी बुराइयों से भरी हुई है, या यों कहिए कि यह मेरे भेदों का खजाना है, यद्यपि इसमें के कई भेद खुल चुके हैं, खुल रहे हैं और खुलते जाएंगे, तथापि इस समय इसे ज्यों-का-त्यों बंद पाकर मैं बराबर महाराज को दुआ देता हुआ यही कहूंगा कि मैं जी उठा, जी उठा! अब मैं खुशी से अपनी जीवनी कहने और सुनने के लिए तैयार हूं और साथ ही इसके यह भी कह देता हूं कि अपनी जीवनी के संबंध में जो कुछ कहूंगा, सच कहूंगा!

इतना कहकर भूतनाथ ने वह संदूकड़ी अपने बटुए में रख ली और पुनः हाथ जोड़कर महाराज से बोला, "महाराज, मैं वादा कर चुका हूं कि अपना हाल सच-सच बयान करूंगा, परंतु मेरा हाल बहुत बड़ा और शोक, दुःख तथा भयंकर घटनाओं से भरा हुआ है। मेरे प्यारे मित्र इंद्रदेवजी, जिन्होंने मेरे अपराधों को क्षमा कर दिया है, कहते हैं कि तेरी जीवनी से लोगों का उपकार होगा और वास्तव में बात भी ठीक ही है। अतएव कई कठिनाइयों पर ध्यान देकर मैं विनयपूर्वक महाराज से एक महीने की मोहलत मांगता हूं। इस बीच मैं अपना पूरा-पूरा हाल लिखकर पुस्तक के रूप में महाराज के सामने पेश करूंगा और संभव है कि महाराज उसे सुन-सुनाकर यादगार के तौर पर अपने खजाने में रखने की आज्ञा देंगे! इस एक महीने के बीच में मुझे भी सब बातें याद करके लिख लेने का मौका मिलेगा और मैं अपनी निर्दोष स्त्री तथा उन लोगों से, जिन्हें देखने की भी आशा नहीं थी, परंतु जो बहुत-कुछ दुःख भोगकर भी दोनों कुमारों की बदौलत इस समय यहां आ गए हैं और जिन्हें मैं अपना दुश्मन समझता था, मगर अब महाराज की कृपा से जिन्होंने मेरे कसूरों को माफ कर दिया है, मिल-जुलकर कई बातों का पता भी लगा लूंगा जिससे मेरा किस्सा सिलसिलेवार और ठीक कायदे से हो जाएगा।"

इतना कहकर भूतनाथ ने इंद्रदेव, राजा गोपालसिंह, दोनों कुमारों और दलीपशाह वगैरह की तरफ देखा और तुरंत ही मालूम कर लिया कि उसकी अर्जी कबूल कर ली जाएगी।

महाराज ने कहा, "कोई चिंता नहीं, तब तक हम लोग कई जरूरी कामों से छुट्टी पा लेंगे।" राजा गोपालसिंह और इंद्रदेव ने भी इस बात को पसंद किया और इसके बाद इंद्रदेव ने दलीपशाह की तरफ देखकर पूछा, "क्यों दलीपशाह, इसमें तुम लोगों को तो कोई उज्र नहीं है?"

दलीप–(हाथ जोड़कर) कुछ भी नहीं, क्योंकि अब महाराज की आज्ञानुसार हम लोगों को भूतनाथ से किसी तरह की दुश्मनी भी नहीं रही और न यही उम्मीद है कि भूतनाथ हमारे साथ किसी तरह की खुटाई करेगा, परंतु मैं इतना जरूर कहूंगा कि हम लोगों का किस्सा भी महाराज के सुनने लायक है और हम लोग भूतनाथ के बाद अपना किस्सा भी सुनाना चाहते हैं।

महाराज–निःसंदेह तुम लोगों का किस्सा भी सुनने योग्य होगा और हम लोग उसको सुनने की अभिलाषा रखते हैं, यदि संभव हुआ तो पहिले तुम्हीं लोगों का किस्सा सुनने में आवेगा। मगर सुनो दलीपशाह, यद्यपि भूतनाथ से बड़ी-बड़ी बुराइयां हो चुकी हैं और भूतनाथ तुम लोगों का भी कसूरवार है, परंतु इधर हम लोगों के साथ भूतनाथ ने जो कुछ किया है, उसके लिए हम लोग इसके अहसानमंद हैं और इसे अपना हितू समझते हैं।

इंद्रदेव–बेशक-बेशक!

गोपाल–जरूर हम लोग इसके एहसान के बोझ से दबे हुए हैं।

दलीप–मैं भी ऐसा ही समझता हूं क्योंकि भूतनाथ ने इधर जो-जो अनूठे काम किये हैं, उनका हाल कुंअर साहब की जुबानी हम लोग सुन चुके हैं। इसी खयाल से तथा कुंअर साहब की आज्ञा से हम लोगों ने सच्चे दिल से भूतनाथ का अपराध क्षमा ही नहीं कर दिया, बल्कि कुंअर साहब के सामने इस बात की प्रतिज्ञा भी कर चुके हैं कि भूतनाथ को दुश्मनी की निगाह से कभी न देखेंगे।

महाराज–बेशक, ऐसा ही होना चाहिए, अस्तु, बहुत-सी बातों को सोचकर और इसकी कारगुजारी पर ध्यान देकर हमने इसका कसूर माफ करके इसे अपना ऐयार बना लिया है, आशा है कि तुम लोग भी इसे अपनायत की निगाह से देखोगे और पिछली बातों को भूल जाओगे।

दलीप–महाराज अपनी आज्ञा के विरुद्ध चलते हुए हम लोगों को कदापि न देखेंगे, यह हमारी प्रतिज्ञा है।

महाराज–(अर्जुनसिंह तथा दलीपशाह के दूसरे साथी की तरफ देखकर) तुम लोगों की जुबान से भी हम ऐसा ही सुना चाहते हैं।

दलीप का एक साथी–मेरी भी यही प्रतिज्ञा है और ईश्वर से प्रार्थना है कि मेरे दिल में दुश्मनी के बदले दिन-दूनी रात-चौगुनी तरक्की करनेवाली भूतनाथ की मुहब्बत पैदा करे।

महाराज–शाबाश! शाबाश!!

अर्जुन–कुंअर साहब के सामने मैं जो कुछ प्रतिज्ञा कर चुका हूं उसे महाराज सुन चुके होंगे, इस समय महाराज के सामने भी शपथ खाकर कहता हूं कि स्वप्न में भी भूतनाथ के साथ दुश्मनी का ध्यान आने पर मैं अपने को दोषी समझूंगा।

इतना कहकर अर्जुनसिंह ने वह तस्वीर जो उसके हाथ में थी, फाड़ डाली और टुकड़े-टुकड़े करके भूतनाथ के आगे फेंक दी और पुनः महाराज की तरफ देखकर कहा, "यदि आज्ञा हो और बेअदबी न समझी जाए तो हम लोग इसी समय भूतनाथ से गले मिलकर अपने उदास दिल को प्रसन्न कर लें।"

महाराज–यह तो हम स्वयं कहनेवाले थे।

इतना सुनते ही दोनों दलीप, अर्जुन और भूतनाथ आपुस में गले मिले और इसके बाद महाराज का इशारा पाकर एक साथ बैठ गए।

भूतनाथ–(दूसरे दलीप और अर्जुनसिंह की तरफ देखकर) अब कृपा करके मेरे दिल का खुटका मिटाओ और साफ-साफ बता दो कि तुम दोनों में से असल में अर्जुनसिंह कौन है? जब मैं दलीपशाह को बेहोश करके उस घाटी में ले गया था[1] तब तुम दोनों में से कौन महाशय वहां पहुंचकर दूसरे दलीपशाह बनने को तैयार हुए थे?

दूसरा दलीप–(हंसकर) उस दिन मैं ही तुम्हारे पास पहुंचा था। इत्तिफाक से उस दिन मैं अर्जुनसिंह की सूरत बनकर बाहर घूम रहा था और जब तुम दलीपशाह को धोखा देकर ले चले तब मैंने छिपकर पीछा किया था। आज केवल धोखा देने के लिए ही अर्जुनसिंह के रहते मैं अर्जुनसिंह बनकर दलीपशाह के साथ यहां आया हूं।

इतना कहकर दूसरे दलीप ने पास से गीला गमछा उठाया और अपने चेहरे का रंग पोंछ डाला जो उसने थोड़ी देर के लिए बनाया या लगाया था।

चेहरा साफ होते ही उसकी सूरत ने राजा गोपालसिंह को चौंका दिया और वह यह कहते हुए उसके पास चले गए कि "क्या आप भरथसिंह जी हैं जिनके विषय में इंद्रजीतसिंह ने हमें नकाबपोश बनकर इत्तिला दी थी?"[2] और इनके जवाब में "जी हां" सुनकर वे भरथसिंह के गले से चिमट गए। इसके बाद उनका हाथ थामे हुए गोपालसिंह अपनी जगह पर चले आए और भरथसिंह को अपने पास बैठाकर महाराज से बोले, "इनके मिलने की मुझे हद से ज्यादे खुशी हुई, बहुत देर से मैं चाहता था कि इनके विषय में कुछ पूछूं!"

महाराज–मालूम होता है, इन्हें भी दारोगा ही ने अपना शिकार बनाया था।

भरथ–जी हां, आज्ञा होने पर मैं अपना हाल बयान करूंगा।

इंद्रजीत–(महाराज से) तिलिस्म के अंदर मुझे पांच कैदी मिले थे जिनमें से तीन तो यही अर्जुनसिंह, भरथसिंह और दलीपशाह हैं, इसके अतिरिक्त दो और हैं जो यहां

1. देखिए चन्द्रकान्ता सन्तति, बीसवां भाग, तेरहवां बयान।
2. देखिए बीसवें भाग के आठवें बयान में कुमार की चीठी।

बुलाए नहीं गए। दारोगा, मायारानी तथा उसके पक्षवालों के संबंध में इन पांचों ही का किस्सा सुनने योग्य है। जब कैदियों का मुकदमा होगा तब आप देखिएगा कि इन लोगों की सूरत देखकर कैदियों की क्या हालत होती है।

महाराज–वे दोनों कहां हैं?

इंद्रजीत–इस समय यहां मौजूद नहीं हैं, छुट्टी लेकर अपने घर की अवस्था देखने गए हैं, दो-चार दिन में आ जाएंगे।

भूतनाथ–(इंद्रदेव से) यदि आज्ञा हो तो मैं भी कुछ पूछूं?

इंद्रदेव–आप जो कुछ पूछेंगे उसे मैं खूब जानता हूं, मगर खैर, पूछिए।

भूतनाथ–कमला की मां आप लोगों को कहां और क्योंकर मिली?

इंद्रदेव–यह तो उसी की जुबानी सुनने में ठीक होगा। जब वह अपना किस्सा बयान करेगी, कोई बात छिपी न रह जाएगी।

भूतनाथ–और नानक की मां तथा देवीसिंह जी की स्त्री के विषय में कब मालूम होगा?

इंद्रदेव–वह भी उसी समय मालूम हो जाएगा। मगर भूतनाथ, (मुस्कुराकर) तुमने और देवीसिंह ने नकाबपोशों का पीछा करके व्यर्थ यह खुटका और तरद्दुद खरीद लिया। यदि उनका पीछा न करते और पीछे से तुम दोनों को मालूम होता कि तुम्हारी स्त्रियां भी इस काम में शरीक हुई थीं, तो तुम दोनों को एक प्रकार की प्रसन्नता होती। प्रसन्नता तो अब भी होगी, मगर खुटके और तरद्दुद से कुछ खून सुखा लेने के बाद!

इतना कहकर इंद्रदेव हंस पड़े और इसके बाद सभों के चेहरों पर मुस्कुराहट दिखाई देने लगी।

तेज–(मुस्कुराते हुए देवीसिंह से) अब तो आपको भी मालूम हो ही गया होगा कि आपका लड़का तारासिंह कई विवित्र भेदों को आपसे क्यों छिपाता था?

देवी–जी हां, सब-कुछ मालूम हो गया। जब अपने को प्रकट करने के पहिले ही दोनों कुमारों ने भैरों और तारा को अपना साथी बना लिया तो हम लोग जहां तक आश्चर्य में डाले जाते, थोड़ा था।

देवीसिंह की बात सुनकर पुनः सभी ने मुस्कुरा दिया और अब दरबार का रंग-ढंग ही कुछ दूसरा हो गया अर्थात् तरद्दुद के बदले सभों के चेहरे पर हंसी और मुस्कुराहट दिखाई देने लगी।

तेज–(भूतनाथ से) भूतनाथ, आज तुम्हारे लिए बड़ी खुशी का दिन है, क्योंकि और बातों के अतिरिक्त तुम्हारी नेक और सती स्त्री भी तुम्हें मिल गई जिसे तुम मरी समझते थे और हरनामसिंह तुम्हारा लड़का भी तुम्हारे पास बैठा हुआ दिखाई देता है, जो बहुत दिनों से गायब था और जिसके लिए बेचारी कमला बहुत परेशान थी, जब वह हरनामसिंह का हाल सुनेगी तो बहुत ही प्रसन्न होगी।

भूतनाथ–निःसंदेह ऐसा ही है, परंतु मैं हरनामसिंह के सामने भी एक संदूकड़ी देखकर डर रहा हूं कि कहीं यह भी मेरे लिए कोई दुखदायी सामान न लेकर आया हो!

इंद्रदेव–(हंसकर) भूतनाथ! अब तुम अपने दिल को व्यर्थ के खुटकों में न डालो, जो कुछ होना था, सो हो गया, अब तुम पूरे तौर पर महाराज के ऐयार हो गए, किसी की मजाल नहीं कि तुम्हें किसी तरह की तकलीफ दे सके और महाराज भी तुम्हारे बारे में किसी तरह की शिकायत नहीं सुना चाहते। हरनामसिंह तो तुम्हारा लड़का ही है, वह तुम्हारे साथ बुराई क्यों करने लगा!

इसी समय महाराज सुरेन्द्रसिंह ने जीतसिंह को तरफ देखकर कुछ इशारा किया और जीतसिंह ने इंद्रदेव से कहा, "भूतनाथ का मामला तो अब तै हो गया, इसके बारे में महाराज किसी तरह की शिकायत सुना नहीं चाहते, इसके अतिरिक्त भूतनाथ ने वादा किया है कि अपनी जीवनी लिखकर महाराज के सामने पेश करेगा। अस्तु, अब रह गए दलीपशाह, अर्जुनसिंह और भरथसिंह तथा कमला को मां। इन सभों पर जो कुछ मुसीबतें गुजरी हैं, उसे महाराज सुना चाहते हैं, परंतु अभी नहीं, क्योंकि विलंब बहुत हो गया, अब महाराज आराम करेंगे। अस्तु, अब दरबार बर्खास्त करना चाहिए जिसमें ये लोग भी आपुस में मिल-जुलकर अपने दिल की कुलफत निकाल लें क्योंकि अब यहां तो किसी से मिलने में अथवा आपुस में बर्ताव करने में परहेज न होना चाहिए।"

इंद्रदेव–(हाथ जोड़कर) जो आज्ञा!

दरबार बर्खास्त हुआ। इंद्रदेव की इच्छानुसार महाराज आराम करने के लिए जीतसिंह को साथ लिये एक दूसरे कमरे में चले गए। इसके बाद और सब कोई उठे और अपने-अपने ठिकाने पर जैसा कि इंद्रदेव ने इंतजाम कर दिया था, चले गए, मगर कई आदमी जो आराम नहीं किया चाहते थे, बंगले के बाहर निकलकर बागीचे की तरफ रवाना हुए।

पांचवां बयान

एक सुंदर पावोंवाली मसहरी पर महाराज सुरेन्द्रसिंह लेटे हुए हैं। ऐयारों के सिरताज जीतसिंह उसी मसहरी के पास फर्श पर बैठे तथा दाहिने हाथ से मसहरी पर ढासना लगाये धीरे-धीरे बातें कर रहे हैं।

महाराज–इंद्रदेव का स्थान बहुत ही सुंदर और रमणीक है, यहां से जाने का जी नहीं चाहता।

जीत–ठीक है, इस स्थान की तरह इंद्रदेव का बर्ताव भी चित्त को प्रसन्न करता है, परंतु मेरी राय यही है कि जहां तक जल्द हो यहां से लौट चलना चाहिए।

महाराज—हम भी यही सोचते हैं। इन लोगों की जीवनी और आश्चर्य-भरी कहानी तो वर्षों तक सुनते ही रहेंगे, परंतु इंद्रजीत और आनंद की शादी जहां तक जल्द हो सके कर देनी चाहिए जिसमें और किसी तरह के विघ्न पड़ने का फिर डर न रहे।

जीत—जरूर ऐसा होना चाहिए, इसीलिए मैं चाहता हूं कि यहां से जल्द चलिए। भरथसिंह वगैरह की कहानी वहां ही सुन लेंगे या शादी के बाद और लोगों को भी यहां ले आवेंगे जिसमें वे लोग भी तिलिस्म और इस स्थान का आनंद ले लें।

महाराज—अच्छी बात है, खैर, यह बताओ कि कमलिनी और लाडिली के विषय में भी तुमने कुछ सोचा।

जीत—उन दोनों के लिए जो कुछ आप विचार रहे हैं, वही मेरी भी राय है, उनकी भी शादी दोनों कुमारों के साथ कर ही देनी चाहिए।

महाराज—है न यही राय?

जीत—जी हां, मगर किशोरी और कामिनी की शादी के बाद क्योंकि किशोरी एक राजा की लड़की है, इसलिए उसी की औलाद को गद्दी का हकदार होना चाहिए, यदि कमलिनी के साथ पहिले शादी हो जाएगी तो उसी का लड़का गद्दी का मालिक समझा जाएगा, इसी से मैं चाहता हूं कि पटरानी किशोरी ही बनाई जाए।

महाराज—यह बात तो ठीक है, अस्तु, ऐसा ही होगा और साथ ही इसके कमला की शादी भैरो के साथ और इंदिरा की तारा के साथ करा दी जाएगी।

जीत—जो मर्जी।

महाराज—अच्छा तो अब यही निश्चय रहा कि दलीपशाह और भरथसिंह की बीती यहां से चलने के बाद घर ही पर सुनना चाहिए।

जीत—जी हां, सच तो यों है कि ऐसा करना ही पड़ेगा, क्योंकि इन लोगों की कहानी दारोगा और जैपाल इत्यादि कैदियों से घना संबंध रखती है, बल्कि यों कहना चाहिए कि इन्हीं लोगों के इजहार पर उन लोगों के मुकदमे का दारोमदार (हेस-नेस) है और यही लोग उन कैदियों को लाजबाब करेंगे।

महाराज—निःसंदेह ऐसा ही है, इसके अतिरिक्त उन कैदियों ने हम लोगों तथा हमारे सहायकों को बड़ा दुःख दिया है और दोनों कुमारों की शादी में भी बड़े-बड़े विघ्न डाले हैं, अतएव उन कमबख्तों को कुमारों की शादी का जलसा भी दिखा देना चाहिए, जिसमें ये लोग भी अपनी आंखों से देख लें कि जिन बातों को वे बिगाड़ा चाहते थे, वे आज कैसी खूबी और खुशी के साथ हो रही हैं, इसके बाद उन लोगों को सजा देना चाहिए। मगर अफसोस तो यह है कि मायारानी और माधवी जमानिया ही में मार डाली गईं, नहीं तो वे दोनों भी देख लेतीं कि...

जीत—खैर, उनकी किस्मत में यही बदा था।

महाराज—अच्छा तो एक बात का और खयाल करना चाहिए।

जीत—आज्ञा?

महाराज–भूतनाथ वगैरह को मौका देना चाहिए कि वे अपने संबंधियों से बखूबी मिल-जुलकर अपने दिल का खुटका निकाल लें, क्योंकि हम लोग तो उनका हाल वहां चलकर ही सुनेंगे।

जीत–बहुत खूब।

इतना कहकर जीतसिंह उठ खड़े हुए और कमरे से बाहर चले गए।

छटवां बयान

इंद्रदेव के इस स्वर्ग-तुल्य स्थान में बंगले से कुछ दूर हटकर बागीचे के दक्खिन तरफ एक घना जामुन का पेड़ है जिसे सुंदर लताओं ने घेरकर देखने योग्य बना रखा है और जहां एक कुंज की-सी छटा दिखाई पड़ती है। उसी के नीचे साफ पानी का एक चश्मा भी बह रहा है। अपनी सुरीली बोली से लोगों के दिल लुभा लेनेवाली चिड़ियाएं, संध्या का समय निकट जान अपने घोंसले के चारों तरफ फुदक-फुदककर अपने अपौरुष बच्चों को चैतन्य करती हुई कह रही हैं कि लो मैं बहुत दूर से तुम लोगों के लिए दाना-पानी अपने पेट में भर लाई हूं, जिससे तुम्हारी संतुष्टि की जाएगी।

यह रमणीक स्थान ऐसा है कि यहां दो-चार आदमी छिपकर इस तरह बैठ सकते हैं कि वे चारों तरफ के आदमियों को बखूबी देख लें पर उन्हें कोई भी न देखे। इस स्थान पर हम इस समय भूतनाथ और उसकी पहिली स्त्री, कमला की मां को, पत्थर की चट्टानों पर बैठे बातें करते हुए देख रहे हैं। ये दोनों मुद्दत के बिछुड़े हुए हैं और दोनों के दिल में नहीं तो कमला की मां के दिल में जरूर शिकायतों का खजाना भरा हुआ है, जिसे वह इस समय बेतरह उगलने के लिए तैयार है। प्यारे पाठक, आइए हम-आप मिलकर जरा इन दोनों की बातें तो सुन लें।

भूतनाथ–शांता[1] आज तुमसे मिलकर मैं बहुत ही प्रसन्न हुआ।

शांता–क्यों? जो चीज किसी कारणवश खो जाती है उसे यकायक पाने से प्रसन्नता हो सकती है, मगर जो चीज जान-बूझकर फेंक दी जाती है, उसके पाने की प्रसन्नता कैसी?

भूतनाथ–किसी को कहीं से एक पत्थर का टुकड़ा मिल जाए और वह उसे बेकार या बदसूरत समझकर फेंक दे, तथा कुछ समय के बाद जब उसे यह मालूम हो कि वास्तव में वह हीरा था पत्थर नहीं, तो क्या उसके फेंक देने का उसको दुःख न होगा? या उसे पुनः पाकर प्रसन्नता न होगी?

1. शांता कमला की मां का नाम था।

शांता–अगर वह आदमी जिसनें हीरे को पत्थर समझकर फेंक दिया है, यह जानकर कि वह वास्तव में हीरा था, उसकी खोज करे, या इस विचार से कि उसे मैंने फलानी जगह छोड़ा या फेंका है, वहां जाने से जरूर मिल जाएगा, उसकी तरफ दौड़ जाए, तो बेशक समझा जाएगा कि उसे उसके फेंक देने का रंज हुआ था और उसके मिल जाने से प्रसन्नता होगी, लेकिन यदि ऐसा नहीं है तो नहीं।

भूतनाथ–ठीक है, मगर वह आदमी उस जगह जहां उसने हीरे को पत्थर समझकर फेंका था, पुनः उसे पाने की आशा में तभी जाएगा, जब अपना जाना सार्थक समझेगा। परंतु जब उसे यह निश्चय हो जाएगा कि वहां जाने में उस हीरे के साथ तू भी बर्बाद हो जाएगा अर्थात् वह हीरा भी काम का न रहेगा और तेरी भी जान जाती रहेगी, तब वह उसकी खोज में क्योंकर जाएगा?

शांता–ऐसी अवस्था में वह अपने को इस योग्य बनावेहीगा नहीं कि वह उस हीरे की खोज में जाने लायक न रहे, यदि यह बात उसके हाथ में होगी और वह उस हीरे को वास्तव में हीरा समझता होगा।

भूतनाथ–बेशक, मगर शिकायत की जगह तो ऐसी अवस्था में हो सकती थी, जब वह अपने बिगड़े हुए कंटीले रास्ते को जिसके सबब से वह उस हीरे तक नहीं पहुंच सकता था, पुनः सुधारने और साफ करने के लिए परले सिरे का उद्योग करता हुआ दिखाई न देता।

शांता–ठीक है, लेकिन जब वह हीरा यह देख रहा है कि उसका अधिकारी या मालिक बिगड़ी हुई अवस्था में भी एक मानिक के टुकड़े को कलेजे से लगाए हुए घूम रहा है और यदि वह चाहता तो उस हीरे को भी उसी तरह रख सकता था, मगर अफसोस उस हीरे की तरफ जो वास्तव में पत्थर ही समझा गया है कोई भी ध्यान नहीं देता, जो बेहाथ-पैर का होकर भी उसी मालिक की खोज में जगह-जगह की मिट्टी छानता फिर रहा है, जिसने जान-बूझकर उसे पैर में गड़नेवाले कंकड़ की तरह अपने आगे से उठाकर फेंक दिया है और जानता है कि उस पत्थर के साथ, जिसे वह व्यर्थ ही में हीरा कह रहा है, वास्तव में छोटी-छोटी हीरे की कनियां भी चिपकी हुई हैं, जो छोटी होने के कारण सहज ही मिट्टी में मिल जा सकती हैं, तब क्या शिकायत की जगह नहीं है!!

भूतनाथ–परंतु अदृष्ट भी कोई वस्तु है, प्रारब्ध भी कुछ कहा जाता है और होनहार भी किसी चीज का नाम है?

शांता–यह दूसरी बात है, इन सभों का नाम लेना वास्तव में निरुत्तर (लाजवाब) होना और चलती बहस को जान-बूझकर बंद कर देना ही नहीं है, बल्कि उद्योग ऐसे अनमोल पदार्थ की तरफ से मुंह फेर लेना भी है। अस्तु, जाने दीजिए, मेरी यह इच्छा भी नहीं है कि आपको परास्त करने की अभिलाषा से मैं विवाद करती ही जाऊं, यह

1. देखिए चन्द्रकान्ता सन्तति, बीसवें भाग का अंत।

तो बात-ही-बात में कुछ कहने का मौका मिल गया और छाती पर पत्थर रखकर जी का उबाल निकाल लिया, नहीं तो जरूरत ही क्या थी।

भूतनाथ–मैं कसूरवार हूं और बेशक कसूरवार हूं, मगर यह उम्मीद भी तो न थी कि ईश्वर की कृपा से तुम्हें इस तरह जीती इस दुनिया में देखूंगा।

शांता–अगर यही आशा या अभिलाषा होती तो अपने परलोकगामी होने की खबर मुझ अभागी के कानों तक पहुंचाने की कोशिश क्यों करते और...

भूतनाथ–बस-बस, अब मुझ पर दया करो और इस ढंग की बातें छोड़ दो क्योंकि आज बड़े भाग्य से मेरे लिए यह खुशी का दिन नसीब हुआ है। इसे जली-कटी बातें सुनाकर पुनः कड़वा न करो और यह सुनाओ कि तुम इतने दिनों तक कहां छिपी हुई थीं, अपनी लड़की कमला को किस तरह धोखा देकर चली गईं कि आज तक वह तुमको मरी हुई समझती है?

इस समय शांता का खूबसूरत चेहरा नकाब से ढका हुआ नहीं है। यद्यपि वह जमाने के हाथों सताई हुई तथा दुबली-पतली औरत है और उसका तमाम बदन पीला पड़ गया है, मगर फिर भी आज की खुशी उसके सुंदर बादामी चेहरे पर रौनक पैदा कर रही है और इस बात की इजाजत नहीं देती कि कोई उसे ज्यादे उम्रवाली कहकर खूबसूरतों की पंक्ति में बैठने से रोके। हजार गई-गुजरी होने पर भी वह रामदेई (भूतनाथ की दूसरी स्त्री) से बहुत अच्छी मालूम पड़ती है और इस बात को भूतनाथ भी बड़े गौर से देख रहा है। भूतनाथ की आखिरी बात सुनकर शांता ने अपनी डबडबाई हुई आंखों को आंचल से साफ किया और एक लंबी सांस लेकर कहा–

शांता–मैं रणधीरसिंह जी के यहां से कभी न भागती, अगर अपना मुंह किसी को दिखाने लायक समझती। मगर अफसोस आपके भाई ने इस बात को अच्छी तरह मशहूर किया कि आपके दुश्मन (अर्थात् आप) इस दुनिया से उठ गए। इसके सबूत में उन्होंने बहुत-सी बातें पेश कीं, मगर मुझे विश्वास न हुआ तथापि इस गम में मैं बीमार हो गई और दिन-दिन मेरी बीमारी बढ़ती ही गई। उसी जमाने में मेरी मौसेरी बहिन अर्थात् दलीपशाह की स्त्री मुझे देखने के लिए मेरे घर आई। मैंने अपने दिल का हाल और बीमारी का सबब उससे बयान किया और यह भी कहा कि जिस तरह मेरे पति ने सही-सलामत रहकर भी अपने को मरा हुआ मशहूर किया, उसी तरह मुझे तुम कहीं छिपाकर मरा हुआ मशहूर कर दो, अगर ऐसा हो जाएगा तो मैं अपने पति को ढूंढ़ निकालने का उद्योग करूंगी। उन्होंने मेरी बात पसंद कर ली और लोगों को यह कहकर कि मेरे यहां की आबोहवा अच्छी है, वहां शांता को बहुत जल्द आराम हो जाएगा, मुझे अपने यहां उठा ले जाने का बंदोबस्त किया और रणधीरसिंह जी से इजाजत भी ले ली। मैं दो दिन तक अपनी लड़की कमला को नसीहत करती रही और इसके बाद उसे किशोरी के हवाले करके और अपने छोटे दूध-पीते बच्चे

को गोद में लेकर दलीपशाह के घर चली आई और धीरे-धीरे आराम होने लगी। थोड़े ही दिन बाद दलीपशाह के घर में उस भयानक आधी रात के समय आपका आना हुआ, मगर हाय, उस समय आपकी अवस्था पागलों की-सी हो रही थी और आपने धोखे में पड़कर अपने प्यारे लड़के का, जिसे मैं अपने साथ ले गई थी, खून कर डाला।[1]

इतना कहते-कहते शांता का जी भर आया और वह हिचकियां ले-लेकर रोने लगी। भूतनाथ की बुरी अवस्था हो रही थी और इससे ज्यादे वह उस घटना का हाल नहीं सुनना चाहता था। वह यह कहता हुआ कि "बस माफ करो, अब इसका जिक्र न करो," अपनी स्त्री शांता के पैरों पर गिरा ही चाहता था कि उसने पैर खैंचकर भूतनाथ का सिर थाम लिया और कहा–"हां-हां, क्या करते हो? क्यों मेरे सिर पर पाप चढ़ाते हो? मैं खूब जानती हूं कि आपने उसे नहीं पहचाना, मगर इतना जरूर समझते थे कि वह दलीपशाह का लड़का है, अस्तु, फिर भी आपको ऐसा नहीं करना चाहिए था। खैर, अब मैं इस जिक्र को छोड़ देती हूं।"

इतना कहकर शांता ने अपने आंसू पोंछे और फिर इस तरह बयान करना शुरू किया–

"शोक और दुःख से मैं पुनः बीमार पड़ गई, मगर आशालता ने धीरे-धीरे कुछ दिन में अपनी तरह मुझे भी (आराम) कर दिया। यह आशा केवल इसी बात की थी कि एक दफे आपसे जरूर मिलूंगी। मुश्किल तो यह थी कि उस घटना ने दलीपशाह को भी आपका दुश्मन बना दिया था, केवल उस घटना ने ही नहीं इसके अतिरिक्त भी दलीपशाह को बर्बाद करने में आपने कुछ उठा न रखा था, यहां तक कि आखिर वह दारोगा के हाथ फंस ही गए।"

भूतनाथ–(बेचैनी के साथ लंबी सांस लेकर) ओफ! मैं कह चुका हूं कि इन बातों को मत छेड़ो, केवल अपना हाल बयान करो, मगर तुम नहीं मानतीं!

शांता–नहीं-नहीं, मैं तो अपना ही हाल बयान कर रही हूं। खैर, मुख्तसर ही में कहती हूं–

"उस घटना के बाद ही मेरी इच्छानुसार दलीपशाह ने मेरा और बच्चे का मर जाना मशहूर किया, जिसे सुनकर हरनामसिंह और कमला भी मेरी तरफ से निश्चिंत हो गए। जब खुद दलीपशाह भी दारोगा के हाथ में फंस गए तब मैं बहुत ही परेशान हुई और सोचने लगी कि अब क्या करना चाहिए। उस समय दलीपशाह के घर में उनकी स्त्री, एक छोटा-सा बच्चा और मैं, केवल ये तीन ही आदमी रह गए थे। दलीपशाह की स्त्री को मैंने धीरज धराया और कहा कि अभी अपनी जान मत बर्बाद कर, मैं बराबर तेरा साथ दूंगी और दलीपशाह को खोज निकालने का उद्योग करूंगी,

1. दलीपशाह ने बीसवें भाग के तेरहवें बयान में इस घटना की तरफ भूतनाथ से इशारा किया।

मगर अब हम लोगों को यह घर एकदम छोड़ देना चाहिए और ऐसी जगह छिपकर रहना चाहिए जहां दुश्मनों को हम लोगों का पता न लगे। आखिर ऐसा ही हुआ अर्थात् हम लोगों की जो कुछ जमा-पूंजी थी, उसे लेकर हमने उस घर को एकदम छोड़ दिया और काशी जी में जाकर एक अंधेरी गली में पुराने और गंदे मकान में डेरा डाला, मगर इस बात की टोह लेते रहे कि दलीपशाह कहां हैं अथवा छूटने के बाद अपने घर की तरफ जाकर हम लोगों को ढूंढ़ते हैं या नहीं। इस फिक्र में मैं कई दफे सूरत बदलकर बाहर निकली और इधर-उधर घूमती रही। इत्तिफाक से दिल में यह बात पैदा हुई कि किसी तरह अपने लड़के हरनामसिंह से छिपकर मिलना और उसे अपना साथी बना लेना चाहिए। ईश्वर ने मेरी यह मुराद पूरी की। जब माधवी, कुंअर इंद्रजीतसिंह को फंसाकर ले गई और उसके बाद उसने किशोरी पर भी कब्जा कर लिया, तब कमला और हरनामसिंह दोनों आदमी किशोरी की खोज में निकले और एक-दूसरे से जुदा हो गए। किशोरी की खोज में हरनामसिंह काशी की गलियों में घूम रहा था जब उस पर मेरी निगाह पड़ी और मैंने इशारे से अलग बुलाकर अपना परिचय दिया। उसको मुझसे मिलकर जितनी खुशी हुई, उसे मै बयान नहीं कर सकती। मैं उसे अपने घर में ले गई और सब हाल उससे कह अपने दिल का इरादा जाहिर किया जिसे उसने खुशी से मंजूर कर लिया। उस समय मैं चाहती तो कमला को भी अपने पास बुला लेती मगर नहीं, उसे किशोरी की मदद के लिए छोड़ दिया, क्योंकि किशोरी के नमक को मैं किसी तरह भूल नहीं सकती थी, अस्तु, मैंने केवल हरनामसिंह को अपने पास रख लिया और खुद चुपचाप अपने घर में बैठी रहकर आपका और दलीपशाह का पता लगाने का काम लड़के को सुपुर्द किया। बहुत दिनों तक बेचारा लड़का चारों तरफ मारा-मारा फिरा और तरह-तरह की खबरें लाकर मुझे सुनाता रहा। जब आप प्रकट होकर कमलिनी के साथी बन गए और उसके काम के लिए चारों तरफ घूमने लगे, तब हरनामसिंह ने भी आपको देखा और पहचानकर मुझे इत्तिला दी। थोड़े दिन बाद यह भी उसी की जुबानी मालूम हुआ कि अब आप नेकनाम होकर दुनिया में अपने को प्रकट किया चाहते हैं। उस समय मैं बहुत प्रसन्न हुई और मैंने हरनाम को राय दी कि तू किसी तरह राजा बीरेन्द्रसिंह के किसी ऐयार की शागिर्दी कर ले। आखिर वह तारासिंह से मिला और उसके साथ रहकर थोड़े ही दिनों में उसका प्यारा शागिर्द, बल्कि दोस्त बन गया, तब उसने अपना हाल तारासिंह को कह सुनाया और तारासिंह ने भी उसके साथ बहुत अच्छा बर्ताव करके, उसकी इच्छानुसार उसके भेदों को छिपाया। तब से हरनामसिंह सूरत बदले हुए तारासिंह का काम करता रहा और मुझे भी आपकी पूरी-पूरी खबर मिलती रही। आपको शायद इस बात की खबर न हो कि तारासिंह की मां चंपा से और मुझसे बहिन का रिश्ता है, वह मेरे मामा की लड़की है, अस्तु, चंपा ने अपने लड़के की ज़ुबानी हरनामसिंह का हाल सुना और जब यह मालूम हुआ कि वह रिश्ते में उसका भतीजा होता है,

तब उसने भी उस पर दया प्रकट की और तब से उसे बराबर अपने लड़के की तरह मानती रही।

जमानिया के तिलिस्म को खोलते और कैदियों को साथ लिये हुए जब दोनों कुमार उस खोहवाले तिलिस्मी बंगले में पहुंचे तो उन्होंने भैरोसिंह और तारासिंह को अपने पास बुला लिया और तिलिस्म का पूरा हाल उनसे कहके उन दोनों को अपने पास रखा। दलीपशाह को यह हाल भी तारासिंह ही से मालूम हुआ कि उनके बाल-बच्चे ईश्वर की कृपा से अभी तक राजी-खुशी हैं, साथ ही इसके मेरा हाल भी दलीपशाह को मालूम हुआ। उस समय तारासिंह दोनों कुमारों से आज्ञा लेकर हरनामसिंह को उस बंगले में ले आया और दलीपशाह से उसकी मुलाकात कराई। हरनामसिंह को साथ लेकर दलीपशाह काशी गए और वहां से मुझको तथा अपनी स्त्री और लड़के को साथ लेकर कुमार के पास चले आए। जब तारासिंह की जुबानी चंपा ने यह हाल सुना तब वह मुझसे मिलने के लिए तारासिंह के साथ यहां अर्थात् उस बंगले में आई।

भूतनाथ–जब दोनों कुमार नकाबपोश बनकर भैरोसिंह और तारासिंह को यहां ले आए, उसके पहिले तो तारासिंह यहां नहीं आए थे?

शांता–जी, उसके पहिले ही से वे दोनों यहां आते-जाते रहे। उस दिन तो प्रकट रूप में यहां लाए गए थे। क्या इतना हो जाने पर भी आपको अंदाज मालूम न हुआ?

भूतनाथ–ठीक है, इस बात का शक तो मुझे और देवीसिंह को भी होता रहा।

शांता का किस्सा भूतनाथ ने बड़े गौर के साथ ध्यान से सुना और तब देर तक आरजू-मिन्नत के साथ शांता से माफी मांगता रहा। इसके बाद पुनः दोनों में बातचीत होने लगी।

शांता–अब तो आपको मालूम हुआ कि चंपा यहां क्योंकर और किसलिए आई।

भूतनाथ–हां, यह भेद तो खुल गया मगर इसका पता न लगा कि नानक और उसकी मां का यहां आना कैसे हुआ?

शांता–सो मैं न कहूंगी, यह उसी से पूछ लेना।

भूतनाथ–(ताज्जुब से) सो क्यों?

शांता–मैं उसके बारे में कुछ कहा भी नहीं चाहती।

भूतनाथ–आखिर इसका कोई सबब भी है?

शांता–सबब यही है कि उसकी यहां कोई इज्जत नहीं है बल्कि वह बेकदरी की निगाह से देखी जाती है।

भूतनाथ–वह है भी इसी योग्य! पहिले तो मैं उसे प्यार करता था, मगर जब से यह सुना कि उसी की बदौलत मैं जैपाल (नकली बलभद्र) का शिकार बन गया और एक भारी आफत में फंस गया, तब से मेरी तबीयत उससे खट्टी हो गई।

शांता–सो क्यों?

भूतनाथ–इसीलिए कि वह बेगम की गुप्त सहेली नन्हों से गहरी मुहब्बत रखती है[1] और इसी सबब से वह कागज का मुट्ठा जो मैंने अपने फायदे के लिए तैयार किया था, गायब होके जैपाल के हाथ लग गया और उससे मुझे नुकसान पहुंचा। इस बात का सबूत भी मैंने अपनी आंखों से देख लिया।

शांता–सो ठीक है, मैं भी दलीपशाह से यह बात सुन चुकी हूं।

भूतनाथ–इसी से अब मैं उसे अपनी स्त्री नहीं बल्कि दुश्मन समझता हूं। केवल नन्हों से ही नहीं बल्कि कमबख्त गौहर से भी वही दोस्ती रखती थी और वह दोस्ती पाक न थी। (लंबी सांस लेकर) अफसोस! इसी से उस खोटी का लड़का नानक भी खोटा ही निकला।

शांता–(मुस्कुराकर) तब आप उसके लिए इतना परेशान क्यों थे? क्योंकि यह बात सुनने के बाद ही तो आपने उसे नकाबपोशों के स्थान में देखा था!

भूतनाथ–वह परेशानी मेरी उसकी मुहब्बत के सबब से न थी, बल्कि इस खयाल से थी कि कहीं वह मुझ पर कोई नई आफत लाने के लिए तो नकाबपोशों से नहीं आ मिली।

शांता–ठीक है, यह खयाल भी हो सकता था।

भूतनाथ–फिर इसी बीच में जब उसने मुझे जंगल में गाना सुनाके धोखा दिया और गिरफ्तार करके अपने स्थान पर ले गई[2] जिसका हाल शायद तुम्हें मालूम होगा, तब मेरा रंज और भी बढ़ गया।

शांता–यह हाल मुझे मालूम है, मगर यह कार्रवाई उसकी न थी, बल्कि इंद्रदेव की थी। उन्होंने ही आपके साथ यह ऐयारी की थी और उस दिन जंगल में घोड़े पर सवार जो औरत आपको मिली थी और जिसे आपने अपनी स्त्री समझा था, वह भी इंद्रदेव का एक ऐयार ही था, यह बात मैं उन्हीं (इंद्रदेव) की जुबानी सुन चुकी हूं, शायद आपसे भी वे कहें। हां, उस दिन बंगले में जिस औरत को आपने देखा था वह बेशक नानक की मां थी। वह तो खुद कैदियों की तरह यहां रखी गई है, मैदान की हवा क्योंकर खा सकती है! दोनों कुमार नहीं चाहते थे कि प्रकट होने के पहिले ही कोई उन लोगों का पता लगा ले, इसीलिए ये सब खेल खेले गए। (कुछ सोचकर) आखिर आपने धीरे-धीरे नानक की मां का हाल पूछ ही लिया, मैं उसके बारे में कुछ भी नहीं कहा चाहती थी, अस्तु, अब इससे आगे और कुछ भी नहीं कहूंगी, आप उसके बारे में मुझसे कुछ न पूछें।

भूतनाथ–नहीं-नहीं, जब इतना बता चुकी हो तो कुछ और भी बताओ क्योंकि मैं उससे मिलकर कुछ भी नहीं पूछा चाहता, बल्कि अब उसका मुंह देखना भी मुझे पसंद नहीं है। अच्छा यह तो बताओ कि वह कमबख्त यहां क्यों लाई गई?

शांता–लाई नहीं गई बल्कि उसी नन्हों के यहां गिरफ्तार की गई, उस समय नानक भी उसके साथ था।

---

1. देखिए उन्नीसवां भाग, बारहवां बयान, नकाबपोश की बातचीत।
2. देखिए उन्नीसवां भाग, बारहवां बयान, नकाबपोश की बातचीत।

भूतनाथ–(आश्चर्य और क्रोध से) फिर भी उसी नन्हों के यहां गई थी?

शांता–जी हां।

भूतनाथ–(लम्बी सांस लेकर) लोग सच कहते हैं कि ऐयाशी का नतीजा बहुत बुरा निकलता है।

शांता–अस्तु, अब उसके बारे में मुझसे कुछ न पूछिए, इंद्रदेव जी आपको सब-कुछ बता देंगे।

भूतनाथ–हां, ठीक है, खैर, अब उसके बारे में कुछ न पूछूंगा, जो कुछ पूछूंगा वह तुम्हारे और हरनाम ही के बारे में होगा। अच्छा एक बात और बताओ, आज के दरबार में मैंने हरनाम को हाथ में एक संदूकड़ी लिये देखा था, वह संदूकड़ी कैसी थी और उसमें क्या था?

शांता–उसमें दारोगा के हाथ की लिखी हुई बहुत-सी चीठियां हैं, जिनके देखने से आपको निश्चय हो जाएगा कि आपने दलीपशाह को व्यर्थ ही अपना दुश्मन समझ लिया था। पहिले जब दारोगा ने दलीपशाह को लालच दिखाकर लिखा लिया था कि वह आपको गिरफ्तार करा दें, तब दो-चार चीठियों में तो दलीपशाह ने इस नीयत से कि दारोगा की शैतानियों का सबूत उससे मिलकर बटोर लें, दारोगा के मतलब ही का जवाब दिया था जिससे खुश होकर उसने कई चीठियों में दलीपशाह को तरह-तरह के सब्जबाग दिखलाए, मगर जब दारोगा की कई चीठियां दलीपशाह ने बटोर लीं तब साफ जवाब दे दिया। उस समय दारोगा बहुत घबड़ाया और उसने सोचा कि कहीं ऐसा न हो कि दलीपशाह मुझसे दुश्मनी करके मेरा भेद खोल दे। अस्तु, किसी तरह उसे गिरफ्तार कर लेना चाहिए। उस समय कमबख्त दारोगा आपसे मिला और उसने दलीपशाह की पहिली चीठियां आपको दिखाकर खुद आप ही को दलीपशाह का दुश्मन बना दिया, बल्कि आप ही के जरिये से दलीपशाह को गिरफ्तार भी करा लिया।

भूतनाथ–ठीक है, इस विषय में मैंने बहुत बड़ा धोखा खाया।

शांता–मगर दलीपशाह को गिरफ्तार कर लेने पर भी वे चीठियां दारोगा के हाथ न लगीं, क्योंकि वे दलीपशाह की स्त्री के कब्जे में थीं, अब हम लोग उन्हें अपने साथ लाए हैं जिन्हें दारोगा के मुकदमे में पेश करेंगे।

भूतनाथ–अस्तु, अब मेरे दिल का खुटका निकल गया और मुझे निश्चय हो गया कि हरनाम की कोई कार्रवाई मेरे खिलाफ न होगी।

शांता–भला वह कोई काम ऐसा क्यों करेगा जिससे आपको तकलीफ हो? ऐसा खयाल भी आपको न रखना चाहिए।

इन दोनों में इस तरह की बातें हो रही थीं कि किसी के आने की आहट मालूम हुई। भूतनाथ ने घूमकर देखा तो नानक पर निगाह पड़ी। जब वह पास आया तब भूतनाथ ने उससे पूछा, ''क्या चाहते हो?''

नानक—मेरी मां आपसे मिलना चाहती हैं।

भूतनाथ—तो यहां पर क्यों न चली आई? यहां कोई गैर तो था नहीं!

नानक—सो तो वही जानें।

भूतनाथ—अच्छा जाओ, उसे इसी जगह मेरे पास भेज दो।

नानक—बहुत अच्छा।

इतना कहकर नानक चला गया और इसके बाद शांता ने भूतनाथ से कहा, "शायद उसे मेरे सामने आपसे बातचीत करना मंजूर न हो, शर्म आती हो या किसी तरह का और कुछ खयाल हो, अस्तु, आज्ञा दीजिए तो मैं चली जाऊं, फिर..."

भूतनाथ—नहीं, उसे जो कुछ कहना होगा तुम्हारे सामने ही कहेगी, तुम चुपचाप बैठी रहो।

शांता—संभव है कि वह मेरे रहते यहां न आवे या उसे इस बात का खयाल हो कि तुम मेरे सामने उसकी बेइज्जती करोगे।

भूतनाथ—हो सकता है, मगर...(कुछ सोचके) अच्छा तुम जाओ।

इतना सुनकर शांता वहां से उठी और बंगले की तरफ रवाना हुई। इस समय सूर्य अस्त हो चुका था और चारों तरफ से अंधेरी झुकी आती थी।

सातवां बयान

इंद्रदेव का यह स्थान बहुत बड़ा था। इस समय यहां जितने आदमी आए हुए हैं, उनमें से किसी को किसी तरह की भी तकलीफ नहीं हो सकती थी और इसके लिए प्रबंध भी बहुत अच्छा कर रखा गया था। औरतों के लिए एक खास कमरा मुकर्रर किया गया था, मगर रामदेई (नानक की मां) की निगरानी की जाती थी और इस बात का भी बंदोबस्त कर रखा गया था कि कोई किसी के साथ दुश्मनी का बर्ताव न कर सके। महाराज सुरेन्द्रसिंह, बीरेन्द्रसिंह और दोनों कुमारों के कमरों के आगे पहरे का पूरा-पूरा इंतजाम था और हमारे ऐयार लोग भी बराबर चौकन्ने रहा करते थे।

यद्यपि भूतनाथ एकांत में बैठा हुआ अपनी स्त्री से बातें कर रहा था, मगर यह बात इंद्रदेव और देवीसिंह से छिपी हुई न थी जो इस समय बागीचे में टहलते हुए बातें कर रहे थे। इन दोनों के देखते-ही-देखते नानक भूतनाथ की तरफ गया और लौट आया। इसके बाद भूतनाथ की स्त्री अपने डेरे पर चली गई और फिर रामदेई अर्थात् नानक की मां भूतनाथ की तरफ जाती हुई दिखाई पड़ी। उस समय इंद्रदेव ने देवीसिंह से कहा, "सिंह जी देखिए भूतनाथ अपनी पहिली स्त्री से बातचीत कर चुका है, अब उसने नानक की मां को अपने पास बुलाया है। शांता की जुबानी उसकी

खुटाई का हाल तो उसे जरूर ही मालूम हो गया होगा, इसलिए ताज्जुब नहीं कि वह गुस्से में आकर रामदेई के हाथ-पैर तोड़ डाले?"

देवी–ऐसा हो तो कोई ताज्जुब की बात नहीं है, मगर उस औरत ने भी तो सजा पाने के ही लायक काम किया है।

इंद्रदेव–ठीक है, मगर इस समय उसे बचाना चाहिए।

देवी–तो जाइए वहां बैठकर तमाशा देखिए और मौका पड़ने पर उसकी सहायता कीजिए। (मुस्कुराकर) आप ही आग लगाते हैं और आप ही बुझाने दौड़ते हैं।

इंद्रदेव–(हंसकर) आप तो दिल्लगी करते हैं।

देवी–दिल्लगी काहे की? क्या आपने उसे गिरफ्तार नहीं कराया है और अगर गिरफ्तार कराया है तो क्या इनाम देने के लिए?

इंद्रदेव–(मुस्कुराते हुए) तो आपकी राय है कि इसी समय उसकी मरम्मत की जाए!!

देवी–चाहिए तो ऐसा ही! जी में आवे तो तमाशा देखने चलिए। कहिए तो आपके साथ चलूं।

इंद्रदेव–नहीं-नहीं, ऐसा न होना चाहिए। भूतनाथ आपका दोस्त है और अब तो नातेदार भी। आप ऐसे मौके पर उसके सामने जा सकते हैं, जाइए और उसे बचाइए, मेरा जाना मुनासिब न होगा।

देवी–(हंसकर) तो आप चाहते हैं कि मैं भी भूतनाथ के हाथ से दो-एक घूंसे खा लूं? अच्छा साहब जाता हूं, आपका हुक्म कैसे टालूं, आज आपने बड़ी-बड़ी बातें मुझे सुनाई हैं इसलिए आपका एहसान भी तो मानना होगा।

इतना कहते हुए देवीसिंह पेड़ों की आड़ देते हुए भूतनाथ की तरफ रवाना हुए और जब ऐसी जगह पहुंचे जहां से उन दोनों की बातें बखूबी से सुन सकते थे, तब एक चट्टान पर बैठ गए और सुनने लगे कि वे दोनों क्या बातें कर रहे हैं।

भूतनाथ–खैर, अच्छा ही हुआ जो तुम यहां तक आ गईं, मुझसे मुलाकात भी हो गई और मैं 'लामाघाटी' तक जाने से बच गया। मगर यह तो बताओ कि अपनी सहेली 'नन्हों' को यहां तक क्यों न लेती आईं, मैं भी जरा उससे मिलके अपना कलेजा ठंडा कर लेता?

रामदेई–नन्हों बेचारी पर क्यों आक्षेप करते हो, उसने तुम्हारा क्या बिगाड़ा है? और वह यहां आती ही काहे को? क्या तुम्हारी लौंडी थी! व्यर्थ ही एक आदमी को बदनाम और दिक करने के लिए लोग टूट पड़ते हैं।

भूतनाथ–(उभड़ते हुए गुस्से को दबाकर) छी-छी, वह बेचारी हमारी लौंडी क्यों होने लगी, लौंडी तो तुम उसकी थीं जो झख मारने के लिए उसके घर गई थीं।

रामदेई–(आंचल से आंसू पोंछती हुई) अगर मैं उसके यहां गई तो क्या पाप किया। मैं पहिले ही नानक से कहती थी कि जाकर पूछ आओ तब मैं नन्हों के यहां

जाऊं नहीं तो कहीं व्यर्थ ही बात का बतंगड़ न बन जाए, मगर लड़के ने न माना और आखिर वही नतीजा निकला, बदमाशों ने वहां पहुंचकर उसे भी बेइज्जत किया और मुझे भी बेइज्जत करके यहां तक घसीट लाए। उसके सिर झूठे ही कलंक थोप दिया कि वह बेगम की सहेली है।

इतना कहकर रामदेई नखरे के साथ रोने लगी।

भूतनाथ–तुमने पहिले भी कभी उसका जिक्र मुझसे किया था कि वह तुम्हारी नातेदार है, या मुझसे पूछकर कभी उसके यहां गई थीं?

रामदेई–एक दफे गई सो तो यह गति हुई, और जाती तो न मालूम क्या होता!

भूतनाथ–जो लोग तुझे यहां ले आए हैं, वे बदमाश थे?

रामदेई–बदमाश तो कहे ही जाएंगे! जो व्यर्थ दूसरों को दुःख दें वे ही बदमाश होते हैं और क्या बदमाशों के सिर पर सींग होती हैं! तुम्हारी अक्ल पर पत्थर पड़ गया है कि जो लोग तुम्हारी बेइज्जती किए ही जाते हैं, उन्हीं के लिए तुम जान दे रहे हो। न मालूम तुम्हें ऐसी क्या गरज पड़ी हुई है।

भूतनाथ–ठीक है, यही राय लेने के लिए तो मैंने तुम्हें यहां एकांत में बुलाया है। अगर तुम्हारी राय होगी तो मैं देखते-देखते इन लोगों से बदला ले लूंगा, क्या मैं कमजोर या दब्बू हूं!

रामदेई–जरूर बदला लेना चाहिए, अगर तुम ऐसा नहीं करोगे तो मैं समझूंगी कि तुमसे बढ़कर कमीना कोई नहीं है।

इतना सुनकर भूतनाथ को बेहिसाब गुस्सा चढ़ आया, मगर फिर भी उसने अपने क्रोध को दबाया और कहा–

"अच्छा तो अब मैं ऐसा ही करूंगा, मगर यह तो बताओ कि शेर की लड़की 'गौहर' से तुमसे क्या नाता है?"

रामदेई–उस मुसलमानिन से मुझसे क्या नाता होगा! मैंने तो उसकी सूरत भी नहीं देखी।

भूतनाथ–लोग तो कहते हैं कि तुम उसके यहां भी आती-जाती हो और मेरे बहुत से भेद तुमने उसे बता दिए हैं।

रामदेई–सब झूठ है। ये लोग बात लगानेवाले जैसे ही धूर्त और पाजी हैं, वैसे ही तुम सीधे और बेवकूफ हो।

अब भूतनाथ अपने गुस्से को बर्दाश्त न कर सका और उसने एक चपत रामदेई के गाल पर ऐसी जमाई कि वह तिलमिलाकर जमीन पर लेट गई, मगर उसे चिल्लाने का साहस न हुआ। कुछ देर बाद वह उठ बैठी और भूतनाथ का मुंह देखने लगी।

भूतनाथ–कमीनी, हरामजादी! जिनके लिए मैं जान तक देने को तैयार हूं, उन्हीं लोगों की शान में तू ऐसी बातें कह रही है जो एक पराये को भी कहना उचित नहीं

है और जिसे मैं एक सायत के लिए भी बर्दाश्त नहीं कर सकता! ले समझ ले और कान खोलकर सुन ले कि तेरे हाथ की लिखी वह चीठी मुझे मिल गई है, जो तूने चांदवाले दिन गौहर के यहां मिलने के लिए नन्हों के पास भेजी थी और जिसमें तूने अपना परिचय 'करौंदा की छैये-छैये' दिया था। बस इसी से समझ ले कि तेरी सब कलई खुल गई और तेरी बेईमानी लोगों को मालूम हो गई। अब तेरा नखरे के साथ रोना और बातें बनाकर अपने को बेकसूर साबित करना व्यर्थ है। अब तेरी मुहब्बत एक रत्ती बराबर मेरे दिल में नहीं रह गई और तुझे उस जहरीली नागिन से भी हजार दर्जे बढ़के समझने लग गया जिसे खूबसूरत होने पर भी कोई हाथ से छूने तक का साहस नहीं कर सकता। मुझे आज इस बात का सख्त रंज है कि मैंने तुझे इतने दिन तक प्यार किया और इस बात की तरफ कुछ भी ध्यान न दिया कि उस मुहब्बत, ऐयाशी और शौक का नतीजा एक-न-एक दिन जरूर भयानक होता है, जिसे छिपाने की जरूरत समझी जाती है और जिसका जाहिर होना शर्मिन्दगी और बेहयाई का सबब समझा जाता है। मुझे इस बात का अफसोस है कि तुझसे अनुचित संबंध रखकर मैंने उस उचित संबंधवाली का साथ छोड़ दिया, जिसकी जूतियों की बराबरी भी तू नहीं कर सकती या यों कहना चाहिए कि तेरे शरीर का चमड़ा, जिसकी जूतियों में भी देखना मैं पसंद नहीं कर सकता। मुझे इस बात का दुःख है कि नागर या मायारानी के कब्जे से तुझे छुड़ाने के लिए मैंने तरह-तरह के ढोंग रचे और इसका दम-भर के लिए भी विचार न किया कि मैं उस क्षय रोग को अपनी छाती से लगाने का प्रबंध कर रहा हूं, जिसे पहिली ही अवस्था में ईश्वर की कृपा ने मुझसे अलग कर दिया था। ये बातें तू अपने ही लिए न समझ, बल्कि अपने जाए नानक के लिए भी समझकर मेरे सामने से उठ जा और उससे भी कह दे कि आज से मेरे सामने आकर मेरी जूतियों का शिकार न बने। यदि मेरे पुराने विचार न बदल गए होते और उन दिनों की तरह आज भी मैं पाप को पाप न समझता होता तो आज तेरी खाल खिंचवाकर नमक और मिर्च का उबटन लगवा देता, मगर खैर, अब इतना ही कहता हूं कि मेरे सामने से उठ जा और फिर कभी अपना काला मुंह मुझे मत दिखाइयो। जिस कुल को तू पहिले कलंक लगा चुकी है, अब भी उसी कुल की बदनामी का सबब बनकर दुनिया की हवा खा।

रामदेई के पास भूतनाथ की बातों का जवाब न था। वह अपनी पुरानी चीठी का सच्चा परिचय सुनकर बदहवास हो गई और समझ गई कि उसके अच्छे नसीब के पहिए की धुरी टूट गई जिसे वह किसी तरह भी बना नहीं सकती। वह अपने धड़कते हुए कलेजे और कांपते हुए बदन के साथ भूतनाथ की बातें सुनती रही और अंत में उठने का साहस करने पर भी अपनी जगह से न हिल सकी, मगर भूतनाथ वहां से उठ खड़ा हुआ और बंगले की तरफ चल पड़ा। थोड़ी ही दूर गया होगा कि देवीसिंह से मुलाकात हुई जिसने उसका हाथ पकड़ लिया और कहा, "भूतनाथ,

शाबाश! शाबाश!! जो कुछ नेक और बहादुर आदमियों को करना चाहिए इस समय तुमने वही किया। मैं छिपकर तुम्हारी सब बातें सुन रहा था। अगर तुम कोई बेजा काम करना चाहते तो मैं तुम्हें जरूर रोकता, मगर ऐसा करने का मौका न हुआ, जिससे मैं बहुत ही खुश हूं। अच्छा जाओ अपने कमरे में आराम करो. मैं इंद्रदेव के पास जाता हूं।''

आठवां बयान

रात पहर-भर से ज्यादे जा चुकी है। एक सुंदर सजे हुए कमरे में राजा गोपालसिंह और इंद्रदेव बैठे हैं और उनके सामने नानक हाथ जोड़े बैठा दिखाई देता है।

गोपाल–(नानक से) ठीक है, यद्यपि इन बातों में तुमने अपनी तरफ से कुछ नमक-मिर्च जरूर लगाया होगा, मगर फिर भी मुझे कोई ऐसी बात नहीं जान पड़ती जिससे भूतनाथ को दोषी ठहराऊं। उसने जो कुछ तुम्हारी मां से कहा सच कहा, और उसके साथ जैसा बर्ताव किया, वह उचित ही था। इस विषय में मैं भूतनाथ को कुछ भी नहीं कह सकता और न अब तुम्हारी बातों पर भरोसा ही कर सकता हूं। बड़े अफसोस की बात है कि मेरी नसीहत ने तुम्हारे दिल पर कुछ भी असर न किया[1] और अगर कुछ किया भी तो वह दो-चार दिन बाद जाता रहा। अगर तुम अपनी मां के साथ नन्हों के मकान में गिरफ्तार न हुए होते तो कदाचित् मैं तुम्हारे धोखे में आ जाता, मगर अब मैं किसी तरह भी तुम्हारा साथ नहीं दे सकता।

नानक–मगर आप मेरा कसूर माफ कर चुके हैं और...

इंद्रदेव–(नानक से) अगर तुम उस माफी को पाकर खुश हुए थे तो फिर पुराने रास्ते पर क्यों गए और पुनः अपनी मां को लेकर नन्हों के पास क्यों पहुंचे? तुम्हें बात करते शर्म नहीं आती!!

गोपाल–फिर भी मैं अपनी जुबान (माफी) का खयाल करूंगा और तुम्हें किसी तरह की तकलीफ न दूंगा, मगर अब भूतनाथ की तरह मैं भी तुम्हारी सूरत देखना पसंद नहीं करता और न भूतनाथ को इस विषय में कुछ कहना चाहता हूं। इंद्रदेव ने तुम्हारे साथ इतनी ही रेयाअत की सो बहुत किया कि तुमको यहां से निकल जाने की आज्ञा दे दी, नहीं तो तुम इस लायक थे कि जन्म-भर कैद में पड़े सड़ा करते।

नानक–जो आज्ञा, मगर मेरे पिता ने इतना तो दिला दीजिए कि मेरी मां जन्म-भर खाने-पीने की तरफ से बेफिक्र रहे।

इंद्रदेव–अबे कमीने, तुझे यह कहते शर्म नहीं मालूम होती! इतना बड़ा होके भी तू अपनी मां के लायक दाना-पानी नहीं जुटा सकता? और अब तुझे आखिरी मर्तबे

1. देखिए उन्नीसवां भाग, तीसरा बयान।

कहा जाता है कि अब हम लोगों से किसी तरह की उम्मीद न रख और अपनी मां को साथ लेकर यहां से चला जा। भूतनाथ ने भी मुझे ऐसा ही कहने के लिए कहला भेजा है।

इतना कहकर इंद्रदेव ने ताली बजाई और साथ ही अपने ऐयार सर्यूसिंह को कमरे के अंदर आते देखा।

इंद्रदेव–(सर्यू से) भूतनाथ कहां है?

सर्यू–नंबर पांच के कमरे में देवीसिंह जी से बातें कर रहे हैं, वे दोनों यहां आए भी थे, मगर यह सुनकर कि नानक यहां बैठा हुआ है, पिछले पैर लौट गए।

इंद्रदेव–अच्छा तुम जाओ और उन्हें यहां बुला लाओ।

सर्यूसिंह–जो आज्ञा, परंतु मुझे आशा नहीं है कि वे लोग नानक के रहते यहां आवेंगे।

इंद्रदेव–अच्छा तो मैं खुद जाता हूं।

गोपाल–हां, तुम्हारा ही जाना ठीक होगा, देवीसिंह को भी बुलाते आना।

इंद्रदेव उठकर चले गए और थोड़ी ही देर में भूतनाथ तथा देवीसिंह को साथ लिये हुए आ पहुंचे।

गोपाल–(भूतनाथ से) क्यों साहब, आप यहां तक आकर लौट क्यों गए?

भूतनाथ–यों ही, मैंने समझा कि आप लोग किसी खास बात में लगे हुए हैं।

गोपाल–अच्छा बैठिए और एक बात का जवाब दीजिए।

भूतनाथ–कहिए?

गोपाल–रामदेई और नानक के बारे में आप क्या हुक्म देते हैं?

भूतनाथ–महाराज ने क्या आज्ञा दी है?

गोपाल–उन्होंने इसका फैसला आप ही के ऊपर छोड़ा है।

भूतनाथ–फिर जो राय आप लोगों की हो, मैंने तो इन दोनों के बारे में इसकी मां को हुक्म सुना ही दिया है।

गोपाल–इनके कसूर तो आप सुन ही चुके होंगे।

भूतनाथ–पिछले कसूरों को तो मैं सुन ही चुका हूं, हां, नया कसूर सिर्फ इतना ही मालूम हुआ है कि ये दोनों नन्हों के यहां गिरफ्तार हुए हैं।

गोपाल–इसके अतिरिक्त एक बात और है।

भूतनाथ–वह क्या?

गोपाल–यही कि ये दोनों अगर खाली हाथ न होते तो बेचारी शांता को जान से मार डालते।

इतने ही में नानक बोल उठा, "नहीं-नहीं, यह आपके जासूसों ने हमारे ऊपर झूठा इल्जाम लगाया है!"

भूतनाथ–अगर यह बात है तो मैं इसे हथकड़ी से खाली क्यों देखता हूं?

इंद्रदेव–इसीलिए कि हमारे हाते के अंदर ये लोग कुछ कर नहीं सकते। जब ये लोग यहां गिरफ्तार होकर आए तो कुछ दिन तक तो भलमनसी के साथ रहे मगर आज इनकी नीयत बिगड़ी हुई मालूम पड़ी।

भूतनाथ–खैर, अब आप ही इनके लिए हुक्म सुनाइए। मगर इंद्रदेव, आप यह न समझियेगा कि इन लोगों के बारे में मुझे किसी तरह का रंज है। मैं सच कहता हूं कि इन दोनों का यहां आना मेरे लिए बहुत अच्छा हुआ! मैं इन लोगों के फेर में बेतरह फंसा हुआ था। आज मालूम हुआ कि ये लोग जहर हलाहल से भी बढ़े हुए हैं, अस्तु, आज इन लोगों से पीछा छुड़ाकर मैं बहुत ही प्रसन्न हुआ। मेरे सिर से बोझा उतर गया और अब मेरी जिंदगी खुशी के साथ बीतेगी। आपका कहना सच निकला अर्थात् इनका यहां आना मेरे लिए खुशी का सबब हुआ।

इंद्रदेव–अच्छा यह बताइए कि ये अगर इसी तरह छोड़ दिए जाएं तो आपके खजाने को तो किसी तरह का नुकसान नहीं पहुंचा सकते, जो 'लानाघाटी' के अंदर है।

भूतनाथ–कुछ भी नहीं, और 'लामाघाटी' के अंदर जेवरों के अतिरिक्त और कुछ भी नहीं, सो जेवरों को मैं वहां से मंगवा ले सकता हूं।

इंद्रदेव–अगर सिर्फ नानक की मां के जेवरों से आपका मतलब है तो वह अब मेरे कब्जे में हैं क्योंकि नन्हों के यहां वह बिना जेवरों के नहीं गई थी।

भूतनाथ–बस तो मैं उस तरफ से बेफिक्र हो गया, यद्यपि उन जेवरों की मुझे कोई परवाह नहीं है, मगर उसके पास मैं एक कौड़ी भी नहीं छोड़ा चाहता। इसके अतिरिक्त यह भी जरूर कहूंगा कि अब ये लोग सूखा छोड़ देने लायक नहीं रहे।

इंद्रदेव–खैर, जैसी राय होगी वैसा ही किया जाएगा।

इतना कहकर इंद्रदेव ने पुनः सर्यूसिंह को बुलाया और जब वह कमरे के अंदर आ गया तो कहा–"थोड़ी देर के लिए नानक को बाहर ले जाओ।"

नानक को लिये हुए सर्यूसिंह कमरे के बाहर चला गया और इसके बाद चारों आदमी विचार करने लगे कि नानक और उसकी मां के साथ क्या बर्ताव करना चाहिए। देर तक सोच-विचार कर यही निश्चय किया कि उन दोनों को देश से निकाल दिया जाए और कह दिया जाए कि जिस दिन हमारे महाराज की अमलदारी में दिखाई दोगे, उसी दिन मार डाले जाओगे।

इस हुक्म पर महाराज से आज्ञा लेने की इन लोगों को कोई जरूरत न थी क्योंकि उन्होंने सब बातें सुन-सुनाकर पहिले ही हुक्म दे दिया था कि भूतनाथ की आज्ञानुसार काम किया जाए, अस्तु, नानक कमरे के अंदर बुलाया गया और इसके बाद रामदेई भी बुलाई गई। जब दोनों इकट्ठे हो गए तो उन्हें हुक्म सुना दिया गया।

यह हुक्म यद्यपि साधारण मालूम होता है, मगर उन दोनों के लिए ऐसा न था, जिन्हें भूतनाथ की बदौलत शाहखर्ची की आदत पड़ गई थी। नानक और रामदेई की आंखों से आंसू जारी थे जब इन्द्रदेव ने सर्यूसिंह को हुक्म दिया कि चार आदमी इन दोनों को ले जाएं और महाराज की सरहद के बाहर कर आवें। सर्यूसिंह दोनों को लिये कमरे के बाहर निकल गया।

भूतनाथ–सिर से बोझ उतरा और कमबख्तों से पीछा छूटा, अच्छा अब बतलाइए कि कल क्या-क्या होगा?

गोपाल–महाराज ने तो यही हुक्म दिया है कि कल यहां से डेरा कूच किया जाए और तिलिस्म की सैर करते हुए चुनारगढ़ पहुंचें, चंपा, शांता, हरनामसिंह, भरथसिंह और दलीपशाह वगैरह बाहर की राह से चुनार भेज दिए जाएं, यदि हमारे किसी ऐयार की भी इच्छा हो तो उनके साथ चला जाए।

भूतनाथ–ऐसा कौन बेवकूफ होगा जो तिलिस्म की सैर छोड़ उनके साथ जाएगा!

देवीसिंह–सभी कोई ऐसा ही कहते हैं।

भूतनाथ–हां, यह तो बताइए कि मैंने नानक को जब दरबार में देखा था तो उसके हाथ में एक लपेटी तस्वीर थी, अब वह तस्वीर कहां है और उसमें क्या बात थी?

इंद्रदेव–वह कागज, जिसे आप तस्वीर समझे हुए हैं, मेरे पास है, आपको दिखाऊंगा। असल में वह तस्वीर नहीं बल्कि नानक ने उसमें एक बहुत बड़ी दर्खास्त लिखकर तैयार की थी जो दरबार में आके पेश किया चाहता था, मगर ऐसा कर न सका।

भूतनाथ–उसमें लिखा क्या था?

इंद्रदेव–जो लोग उसे गिरफ्तार कर लाए हैं उनकी शिकायत के सिवाय और कुछ भी नहीं। साथ ही इसके उस दर्खास्त में इस बात पर बहुत जोर दिया गया था कि कमला की मां वास्तव में मर गई है और आज जिस शांता को सब कोई देख रहे हैं, वह वास्तव में नकली है।

भूतनाथ–वाह रे शैतान! (कुछ सोचकर) तो शायद यह दर्खास्त महाराज के हाथ तक नहीं पहुंची?

इंद्रदेव–क्यों नहीं, मैंने जान-बूझकर ऐसा करने का मौका दिया। वह रात को पहरेवालों से इत्तिला कराकर खुद महाराज के पास पहुंचा और उनके सामने वह दर्खास्त रख दी। उस समय महाराज ने मुझे बुलाया और मुझी को वह दर्खास्त पढ़ने के लिए दी गई। उसे सुनकर महाराज ने मुस्कुरा दिया और इशारा किया कि वह कमरे के बाहर निकाल दिया जाए क्योंकि इसके पहिले मैं शांता और हरनामसिंह का पूरा-पूरा हाल महाराज से अर्ज कर चुका था।

भूतनाथ—अच्छा मुझे भी वह दर्खास्त दिखाइएगा।

इंद्रदेव—(उंगली से इशारा करके) वह कारनिस के ऊपर पड़ी हुई है, देख लीजिए।

भूतनाथ ने दर्खास्त उतारकर पढ़ी और इसके बाद कुछ देर तक उन लोगों में बातचीत होती रही।

नौवां बयान

सुबह का सुहावना समय सब जगह एक-सा नहीं मालूम होता, घर की खिड़कियों से उसका चेहरा कुछ और ही दिखाई देता है और बाग में उसकी कैफियत कुछ और ही मस्तानी होती है, पहाड़ में उसकी खूबी कुछ और ही ढंग की दिखाई देती है और जंगल में उसकी छटा कुछ निराली ही होती है। आज इंद्रदेव के इस अनूठे स्थान में इसकी खूबी सबसे चढ़ी-बढ़ी है, क्योंकि जहां जंगल भी हैं, पहाड़ भी, अनूठा बाग तथा सुंदर बंगला या कोठी भी है, फिर यहां के आनंद का पूछना ही क्या। इसलिए हमारे महाराज, कुंअर साहब और ऐयार लोग भी यहां घूमकर सुबह के सुहावने समय का पूरा आनंद ले रहे हैं, खास करके इसलिए कि आज ये लोग डेरा कूच करनेवाले हैं।

बहुत देर घूमने-फिरने के बाद हर कोई बाग में आकर बैठा और इधर-उधर की बातें होनी लगीं।

जीत—(इंद्रदेव से) भरथसिंह वगैरह तथा औरतों को आपने चुनार रवाना कर दिया।

इंद्रदेव—जी हां, बड़े सबेरे ही उन लोगों को बाहर की राह से रवाना कर दिया। औरतों के लिए सवारी का इंतजाम कर देने के अतिरिक्त, अपने दस-पंद्रह मातबर आदमी भी साथ कर दिए हैं।

जीत—तब अब हम लोग भी कुछ भोजन करके यहां से रवाना हुआ चाहते हैं।

इंद्रदेव—जैसी मर्जी।

जीत—भैरो और तारा जो आपके साथ यहां आए थे, कहां चले गए, दिखाई नहीं पड़ते।

इंद्रदेव—अब भी मैं उन्हें अपने साथ ही ले जाने की आज्ञा चाहता हूं क्योंकि उनकी मदद की मुझे जरूरत है।

जीत—तो क्या आप हम लोगों के साथ न चलेंगे?

इंद्रदेव—जी हां, उस बाग तक जरूर साथ चलूंगा, जहां से मैं आप लोगों को यहां तक ले आया हूं पर उसके बाद गुप्त हो जाऊंगा, क्योंकि मैं आपको कुछ तिलिस्मी

तमाशे दिखाया चाहता हूं और इसके अतिरिक्त उन चीजों को भी तिलिस्म के अंदर से निकलवाकर चुनार पहुंचाना है, जिनके लिए आज्ञा मिल चुकी है।

सुरेन्द्र–नहीं, नहीं, गुप्त रीति पर हम तिलिस्म का तमाशा नहीं देखा चाहते, हमारे साथ रहकर जो-जो कुछ दिखा सको दिखा दो, बाकी रहा उन चीजों को निकलवाकर चुनार पहुंचाना, सो यह काम दो दिन के बाद भी होगा तो कोई हर्ज नहीं।

इंद्रदेव–जैसी आज्ञा।

इतना कहकर इंद्रदेव थोड़ी देर के लिए कहीं चले गए और तब भैरोसिंह तथा तारासिंह को साथ लिये आकर बोले, "भोजन तैयार है।"

सब कोई वहां से उठे और भोजन इत्यादि से छुट्टी पाकर तिलिस्म की तरफ रवाना हुए। जिस तरह इंद्रदेव इन लोगों को अपने स्थान में ले आए थे, उसी तरह पुनः उस तिलिस्मी बाग में ले गए, जिसमें से लाए थे।

जब महाराज सुरेन्द्रसिंह वगैरह उस बारहदरी में पहुंचे जिसमें पहिले दिन आराम किया था और जहां बाजे की आवाज सुनी थी, तब दिन पहर-भर से कुछ ज्यादे बाकी था। जीतसिंह ने इंद्रदेव से पूछा, "अब क्या करना चाहिए?"

इंद्रदेव–यदि महाराज आज की रात यहां रहना पसंद करें तो एक दूसरे बाग में चलकर वहां की कुछ कैफियत दिखाऊंगा!

जीत–बहुत अच्छी बात है, चलिए।

इतना सुनकर इंद्रदेव ने उस बारहदरी की कई आलमारियों में से एक आलमारी खोली और उसके अंदर जाकर सभों को अपने पीछे आने का इशारा किया। यहां एक गली के तौर पर रास्ता बना हुआ था जिसमें सब कोई इंद्रदेव की इच्छानुसार बेखौफ चले गए और थोड़ी दूर जाने के बाद, जब इंद्रदेव ने दूसरा दरवाजा खोला, तब उसके बाहर होकर सभों ने अपने को एक छोटे बाग में पाया जिसकी बनावट कुछ विचित्र ही ढंग की थी। यह बाग जंगली पौधों की सब्जी से हरा-भरा था और पानी का चश्मा भी बह रहा था, मगर चारदीवारी के अतिरिक्त और किसी तरह की बड़ी इमारत इसमें न थी, हां, बीच में एक बहुत बड़ा चबूतरा जरूर था जिस पर धूप और बरसाती पानी के लिए सिर्फ मोटे-मोटे बारह खंभों के सहारे पर छत बनी हुई थी और चबूतरे पर चढ़ने के लिए चारों तरफ सीढ़ियां थीं।

यह चबूतरा कुछ अजीब ढंग का बना हुआ था। लगभग चालीस हाथ के चौड़ा और इतना ही लंबा होगा। इसके फर्श में लोहे की बारीक नालियां जाल की तरह जड़ी हुई थीं और बीच में एक चौखूटा स्याह पत्थर इस अंदाज का रखा था जिस पर चार आदमी बैठ सकते थे। बस इसके अतिरिक्त इस चबूतरे में और कुछ भी न था।

थोड़ी देर तक सब कोई उस चबूतरे की बनावट देखते रहे, इसके बाद इंद्रदेव ने महाराज से कहा, "तिलिस्म बनानेवालों ने यह बागीचा केवल तमाशा देखने के

लिए बनाया था। यहां की कैफियत आपके साथ रहकर मैं नहीं दिखा सकता। हां, यदि आप मुझे दो-तीन पहर की छुट्टी दें तो...!!"

इंद्रदेव की बात महाराज ने मंजूर कर ली और तब वह (इंद्रदेव) सभों के देखते-देखते चौखूटे पत्थर के ऊपर चले गए जो चबूतरे के बीच में जड़ा हुआ था। सवार होने के साथ ही वह पत्थर हिला और इंद्रदेव को लिये हुए जमीन के अंदर चला गया, मगर थोड़ी देर में पुनः ऊपर चला आया और अपने ठिकाने पर ज्यों-का-त्यों बैठ गया लेकिन उस समय इंद्रदेव उस पर न थे।

इंद्रदेव के चले जाने के बाद थोड़ी देर तक तो सब कोई उस चबूतरे पर खड़े रहे, इसके बाद धीरे-धीरे वह चबूतरा गरम होने लगा और वह गर्मी यहां तक बढ़ी कि लाचार उन सभों को चबूतरा छोड़ देना पड़ा, अर्थात् सब कोई चबूतरे के नीचे उतर आए और बाग में टहलने लगे। इस समय दिन घण्टे-भर से कुछ कम बाकी था।

इस खयाल से कि देखें इसकी दीवार किस ढंग की बनी हुई है, सब कोई घूमते हुए पूरब तरफवाली दीवार के पास जा पहुंचे और गौर से देखने लगे, मगर कोई अनूठी बात दिखाई न दी। इसके बाद उत्तर तरफवाली और फिर पश्चिम तरफवाली दीवार को देखते हुए सब कोई दक्खिन तरफ गए और उधर की दीवार को आश्चर्य के साथ देखने लगे, क्योंकि इसमें कुछ विचित्रता जरूर थी।

यह दीवार शीशे की मालूम होती थी और इसमें महाभारत की तस्वीरें बनी हुई थीं। ये तस्वीरें उसी ढंग की थीं जैसा कि उस तिलिस्मी बंगले में चलती-फिरती तस्वीरें इन लोगों ने देखी थीं। ये लोग तस्वीरों को बड़ी देर तक देखते रहे और सभों को विश्वास हो गया कि जिस तरह उस बंगलेवाली तस्वीरों को चलते-फिरते और काम करते हम लोग देख चुके हैं, उसी तरह इन तस्वीरों को भी देखेंगे, क्योंकि दीवार पर हाथ फेरने से साफ मालूम होता था कि तस्वीरें शीशे के अंदर हैं।

इन तस्वीरों को देखने से महाभारत की लडाई का जमाना आंखों के सामने फिर जाता था। कौरवों और पाण्डवों की फौज, बड़े-बड़े सेनापति तथा रथ, हाथी, घोड़े इत्यादि जो कुछ बने थे, सभी अच्छे और दिल पर असर पैदा करनेवाले थे। 'इस लड़ाई की नकल अपनी आंखों से देखेंगे' इस विचार से सब कोई प्रसन्न थे। बड़ी दिलचस्पी के साथ उन तस्वीरों को देख रहे थे, यहां तक कि सूर्य अस्त हो गया और धीरे-धीरे अंधकार ने चारों तरफ अपना दखल जमा लिया। उस समय यकायक दीवार चमकने लगी और तस्वीरों में हरकत पैदा हुई जिससे सभों ने समझा कि नकली लड़ाई शुरू हुआ चाहती है, मगर कुछ ही देर बाद लोगों का यह विश्वास ताज्जुब के साथ बदल गया, जब यह देखा कि उसमें की तस्वीरें एक-एक करके गायब हो रही हैं। यहां तक कि घड़ी-भर के अंदर ही सब तस्वीरें गायब हो गईं और दीवार साफ दिखाई देने लगी। इसके बाद दीवार की चमक भी बंद हो गई और फिर अंधकार दिखाई देने लगा।

थोड़ी देर बाद उस चबूतरे की तरफ रोशनी मालूम हुई। यह देखकर सब कोई उसी तरफ रवाना हुए और जब उसके पास पहुंचे तो देखा कि उस चबूतरे की छत में जड़े हुए शीशों के दस-बारह टुकड़े इस तेजी के साथ चमक रहे हैं कि जिससे केवल चबूतरा ही नहीं बल्कि तमाम बाग उजाला हो रहा है। इसके अतिरिक्त सैकड़ों मूरतें भी उस चबूतरे पर इधर-उधर चलती-फिरती दिखाई दीं। गौर करने से मालूम हुआ कि ये मूरतें (या तस्वीरें) बेशक वे ही हैं जिन्हें उस दीवार के अंदर देख चुके हैं। ताज्जुब नहीं कि वह दीवार इन सभों का खजाना हो और वही यहां इस चबूतरे पर आकर तमाशा दिखाती हों।

इस समय जितनी मूरतें उस चबूतरे पर थीं, सब अर्जुन के पुत्र अभिमन्यु की लड़ाई से संबंध रखती थीं। जब उन मूरतों ने अपना काम शुरू किया तो ठीक अभिमन्यु की लड़ाई का तमाशा आंखों के सामने दिखाई देने लगा। जिस तरह कौरवों के रचे हुए व्यूह के अंदर फंसकर कुमार अभिमन्यु ने वीरता दिखाई थी और अंत में अधर्म के साथ जिस तरह वह मारा गया था, उसी को आज नाटक स्वरूप में देखकर सब कोई बड़े प्रसन्न हुए और सभों के दिलों पर बहुत देर तक इसका असर रहा।

इस तमाशे का हाल खुलासे तौर पर हम इसलिए नहीं लिखते कि इसकी कथा बहुत प्रसिद्ध है और महाभारत में विस्तार के साथ लिखी है।

यह तमाशा थोड़ी ही देर में खत्म नहीं हुआ बल्कि देखते-देखते तमाम रात बीत गई। सबेरा होने के कुछ पहिले अंधकार हो गया और उसी अंधकार में सब मूरतें गायब हो गईं। उजाला होने और आंखें ठहरने पर जब सभों ने देखा तो उस चबूतरे पर सिवाय इंद्रदेव के और कुछ भी दिखाई न दिया।

इंद्रदेव को देखकर सब कोई प्रसन्न हुए और साहब-सलामत के बाद इस तरह बातचीत होने लगी–

इंद्रदेव–(चबूतरे से नीचे उतरकर और महाराज के पास आकर) मैं उम्मीद करता हूं कि इस तमाशे को देखकर महाराज प्रसन्न हुए होंगे।

महाराज–बेशक! क्या इसके सिवाय और भी कोई तमाशा यहां दिखाई दे सकता है?

इंद्रदेव–जी हां, यहां पूरा महाभारत दिखाई दे सकता है अर्थात् महाभारत ग्रंथ में जो कुछ लिखा है, वह सब इसी ढंग पर और इसी चबूतरे पर आप देख सकते हैं, मगर दो-चार दिन में नहीं, बल्कि महीनों में। इसके साथ-साथ बनानेवाले ने इसकी भी तरकीब रखी है कि चाहे शुरू ही से तमाशा दिखाया जाए या बीच ही से कोई टुकड़ा दिखा दिया जाए अर्थात् महाभारत के अंतर्गत जो कुछ चाहें देख सकते हैं।

महाराज–इच्छा तो बहुत कुछ देखने की थी, मगर इस समय हम लोग यहां ज्यादे रुक नहीं सकते, अस्तु, फिर कभी जरूर देखेंगे। हां, हमें इस तमाशे के विषय में कुछ

समझाओ तो सही कि यह काम क्योंकर हो सकता है और तुमने यहां से कहां जाकर क्या किया?

इंद्रदेव ने इस तमाशे का पूरा-पूरा भेद सभों को समझाया और कहा कि ऐसे-ऐसे कई तमाशे इस तिलिस्म में भरे पड़े हैं, अगर आप चाहें तो इस काम में वर्षों बिता सकते हैं, इसके अतिरिक्त यहां की दौलत का भी यही हाल है कि वर्षों तक ढोते रहिए फिर भी कमी न हो, सोने-चांदी का तो कहना ही क्या है, जवाहिरात भी आप जितना चाहें ले सकते हैं, सच तो यों है कि जितनी दौलत यहां है उसके रहने का ठिकाना भी यहीं हो सकता है। इस बागीचे के आस-ही-पास और भी चार बाग हैं, शायद उन सभों में घूमना और वहां के तमाशों को देखना इस समय आप पसंद न करें...

महाराज–बेशक इस समय हम इन सब तमाशों में समय बिताना पसंद नहीं करते। सबसे पहिले शादी-ब्याह के काम से छुट्टी पाने की इच्छा लगी हुई है, मगर इसके बाद पुनः एक दफे इस तिलिस्म में आकर यहां की सैर जरूर करेंगे।

कुछ देर तक इसी किस्म की बातें होती रहीं, इसके बाद इंद्रदेव सभों को पुनः उसी बाग में ले आए जिसमें उनसे मुलाकात हुई थी, या जहां से इंद्रदेव के स्थान पर जाने का रास्ता था।

दसवां बयान

इस बाग में पहिले दिन, जिस बारहदरी में बैठकर सभों ने भोजन किया था, आज पुनः उसी बारहदरी में बैठने और भोजन करने का मौका मिला। खाने की चीजें ऐयार लोग अपने साथ ले आए थे और जल की वहां कमी ही न थी, अस्तु स्नान, संध्योपासन और भोजन इत्यादि से छुट्टी पाकर सब कोई उसी बारहदरी में सो रहे क्योंकि रात के जागे हुए थे और बिना कुछ आराम किए बढ़ने को इच्छा न थी।

जब दिन पहर-भर से कुछ कम बाकी रह गया तब सब कोई उठे और चश्मे के जल से हाथ-मुंह धोकर आगे की तरफ बढ़ने के लिए तैयार हुए।

हम ऊपर किसी बयान में लिख आए हैं कि यहां तीनों तरफ की दीवारों में कई आलमारियां भी थीं। अस्तु, इस समय कुंअर इंद्रजीतसिंह ने उन्हीं आलमारियों में से एक आलमारी खोली और महाराज की तरफ देखकर कहा, "चुनार के तिलिस्म में जाने का यही रास्ता है और हम दोनों भाई इसी रास्ते से वहां तक गए थे।"

रास्ता बिलकुल अंधेरा था इसलिए इंद्रजीतसिंह तिलिस्मी खंजर की रोशनी करते हुए आगे-आगे रवाना हुए और उनके पीछे महाराज सुरेन्द्रसिंह, राजा बीरेन्द्रसिंह, गोपालसिंह, इंद्रदेव वगैरह और ऐयार लोग रवाना हुए। सबसे पीछे कुंअर आनंदसिंह

तिलिस्मी खंजर की रोशनी करते हुए जाने लगे क्योंकि सुरंग पतली थी और केवल आगे की रोशनी से काम नहीं चल सकता था।

ये लोग उस सुरंग में कई घण्टे तक बराबर चले गए और इस बात का पता न लगा कि कब संध्या हुई या अब कितनी रात बीत चुकी है। जब सुरंग का दूसरा दरवाजा इन लोगों को मिला और उसे खोलकर सब कोई बाहर निकले तो अपने को एक लंबी-चौड़ी कोठरी में पाया जिसमें इस दरवाजे के अतिरिक्त तीनों तरफ की दीवारों में और भी तीन दरवाजे थे, जिनकी तरफ इशारा करके कुंअर इंद्रजीतसिंह ने कहा, ''अब हम लोग उस चबूतरेवाले तिलिस्म के नीचे आ पहुंचे हैं। इस जगह एक-दूसरे से मिली हुई सैकड़ों कोठरियां हैं जो भूलभुलैये की तरह चक्कर दिलाती हैं और जिनमें फंसा हुआ अनजान आदमी जल्दी निकल ही नहीं सकता। जब पहिले-पहिल हम दोनों भाई यहां आए थे तो सब कोठरियों के दरवाजे बंद थे, जो तिलिस्मी किताब की सहायता से खोले गए और जिनका खुलासा हाल आपको तिलिस्मी किताब को पढ़ने से मालूम होगा, मगर इनके खोलने में कई दिन लगे और तकलीफ भी बहुत हुई। इन कोठरियों के मध्य में एक चौखूटा कमरा आप देखेंगे जो ठीक चबूतरे के नीचे है और उसी में से बाहर निकलने का रास्ता है, बाकी सब कोठरियों में असबाब और खजाना भरा हुआ है। इसके अतिरिक्त छत के ऊपर एक और रास्ता उस चबूतरे में से बाहर निकलने के लिए बना हुआ है जिसका हाल मुझे पहिले मालूम न था, जिस दिन हम दोनों भाई उस चबूतरे की राह निकले हैं उस दिन देखा कि इसके अतिरिक्त एक रास्ता और भी है।''

इंद्रदेव–जी हां, दूसरा रास्ता भी जरूर है, मगर वह तिलिस्म के दारोगा के लिए बनाया गया था, तिलिस्म तोड़नेवाले के लिए नहीं। मुझे उस रास्ते का हाल बखूबी मालूम है।

गोपाल–मुझे भी उस रास्ते का हाल (इंद्रदेव की तरफ इशारा करके) इन्हीं की जुबानी मालूम हुआ है, इसके पहिले मैं कुछ भी नहीं जानता था और न ही मालूम था कि इस तिलिस्म के दारोगा यही हैं।

इसके बाद कुंअर इंद्रजीतसिंह ने सभों को तहखाने अथवा कोठरियों और कमरों की सैर कराई जिसमें लाजवाब और हद दर्जे की फिजूलखर्ची को मात करनेवाली दौलत भरी हुई थी और एक-से-एक बढ़कर अनूठी चीजें लोगों के दिल को अपनी तरफ खैच रही थीं, साथ ही इसके यह भी समझाया कि इन कोठरियों को हम लोगों ने कैसे खोला और इस काम में कैसी-कैसी कठिनाइयां उठानी पड़ीं।

घूमते-फिरते और सैर करते हुए सब कोई उस मध्यवाले कमरे में पहुंचे जो ठीक तिलिस्मी चबूतरे के नीचे था। वास्तव में यह कमरा कल-पुरजों से बिलकुल भरा हुआ था। जमीन से छत तक बहुत-सी तारों और कल-पुरजों का संबंध था और दीवार के अंदर से ऊपर चढ़ जाने के लिए सीढ़ियां दिखाई दे रही थीं।

दोनों कुमारों ने महाराज को समझाया कि तिलिस्म के टूटने के पहिले वे कल-पुरजे किस ढंग पर लगे थे और तोड़ने समय उनके साथ कैसी कार्रवाई की गई। इसके बाद इंद्रजीतसिंह ने सीढ़ियों की तरफ इशारा करके कहा "अब भी इन सीढ़ियों का तिलिस्म कायम है, हर एक की मजाल नहीं कि इन पर पैर रख सके।"

बीरेन्द्र–यह सब-कुछ है, मगर असल तिलिस्मो बुनियाद वही खोहवाला बंगला जान पड़ता है जिसमें चलती-फिरती तस्वीरों का तमाशा देखा था और जहां से तिलिस्म के अंदर घुसे थे।

सुरेन्द्र–इसमें क्या शक है। वही चुनार, जमानिया और रोहतासगढ़ वगैरह के तिलिस्मों की नकेल है और वहां रहनेवाला तरह-तरह के तमाशे देख-देखा सकता है और सबसे बढ़कर आनंद ले सकता है।

जीत–वहां की पूरी-पूरी कैफियत अभी देखने में नहीं आई।

इंद्रजीत–दो-चार दिन में वहां की कैफियत देख भी नहीं सकते। जो कुछ आप लोगों ने देखा वह रुपये में एक आना भी न था। मुझे भी अभी पुनः वहां जाकर बहुत-कुछ देखना बाकी है।

सुरेन्द्र–इस समय तो जल्दी में थोड़ा-बहुत देख लिया है, मगर आराम से निश्चिंत होकर पुनः हम लोग वहां चलेंगे और उसी जगह से रोहतासगढ़ के तहखाने की भी सैर करेंगे। अच्छा अब यहां से बाहर होना चाहिए।

आगे-आगे कुंअर इंद्रजीतसिंह रवाना हुए। पांच-सात सीढ़ियां चढ़ जाने के बाद एक लोहे का छोटा-सा दरवाजा मिला जिसे उसी हीरेवाली तिलिस्मी ताली से खोला और तब सभों को लिये हुए दोनों कुमार तिलिस्मी चबूतरे के बाहर हुए।

सब कोई तिलिस्म की सैर करके लौट आए और अपने-अपने काम-धंधे में लगे। कैदियों के मुकदमे को थोड़े दिन तक मुल्तवी रखकर, कुंअर इंद्रजीतसिंह और आनंदसिंह की शादी पर सभों ने ध्यान दिया और इसी के इंतजाम की फिक्र करने लगे। महाराज सुरेन्द्रसिंह ने जो काम जिसके लायक समझा, उसके सुपुर्द करके कुल कैदियों को चुनारगढ़ भेजने का हुक्म दिया और यह भी निश्चय कर लिया कि दो-तीन दिन के बाद हम लोग भी चुनारगढ़ चले जाएंगे, क्योंकि बारात चुनारगढ़ ही से निकलकर यहां आवेगी।

भरथसिंह और दलीपशाह वगैरह का डेरा बलभद्रसिंह के पड़ोस ही में पड़ा और दूसरे मेहमानों के साथ-ही-साथ इनकी खातिरदारी का बोझ भी भूतनाथ के ऊपर डाला गया। इस जगह संक्षेप में हम यह भी लिख देना उचित समझते हैं कि कौन काम किसके सुपुर्द किया गया।

1. इस तिलिस्मी इमारत के इर्द-गिर्द जिन मेहमानों के डेरे पड़े हैं उन्हें किसी बात की तकलीफ तो नहीं होती, इस बात को बराबर मालूम करते रहने का काम भूतनाथ के सुपुर्द किया गया।

2. मोदी, बनिए और हलवाई वगैरह किसी से किसी चीज का दाम तो नहीं लेते, इस बात की तहकीकात के लिए रामनारायण ऐयार मुकर्रर किये गए।
3. रसद वगैरह के काम में कहीं किसी तरह की बेईमानी तो नहीं होती, या चोरी का नाम तो किसी की जुबान से नहीं सुनाई देता, इसको जानने और शिकायतों को दूर करने पर चुन्नीलाल ऐयार तैनात किये गए।
4. इस तिलिस्मी इमारत से लेकर चुनारगढ़ तक की सड़क और उसकी सजावट का काम पन्नालाल और पण्डित बद्रीनाथ के जिम्मे किया गया।
5. चुनारगढ़ में बाहर से न्यौते में आए हुए पण्डितों की खातिरदारी और पूजा-पाठ इत्यादि के सामान की दुरुस्ती का बोझ जगन्नाथ ज्योतिषी के ऊपर डाला गया।
6. बारात और महफिल वगैरह की सजावट तथा उसके संबंध में जो कुछ काम हो उसके जिम्मेदार तेजसिंह बनाये गए।
7. आतिशबाजी और अजायबातों के तमाशे तैयार करने के साथ-ही-साथ उसी तरह की एक इमारत बनवाने का हुक्म इंद्रदेव को दिया गया, जैसी इमारत के अंदर हंसते-हंसते इंद्रजीतसिंह वगैरह एक दफे कूद गए थे और जिसका भेद अभी तक खोला नहीं गया है।[1]
8. पन्नालाल वगैरह के बदले में रणधीरसिंह के डेरे की हिफाजत तथा किशोरी, कमलिनी वगैरह की निगरानी के जिम्मेवार देवीसिंह बनाये गए।
9. ब्याह-संबंधी खर्च की तहवील (रोकड़) राजा गोपालसिंह के हवाले की गई।
10. कुंअर इंद्रजीतसिंह व आनंदसिंह के साथ रहकर उनके विवाह-संबंधी शानशौकत और जरूरतों को कायदे के साथ निबाहने के लिए भैरोसिंह और तारासिंह छोड़ दिए गए।
11. हरनामसिंह को अपने मातहत में लेकर भैरोसिंह ने यह काम अपने जिम्मे ले लिया कि हर एक के कामों की निगरानी रखने के अतिरिक्त कुछ कैदियों को भी किसी उचित ढंग से इस विवाहोत्सव के तमाशे दिखा देंगे ताकि वे लोग भी देख लें कि जिस शुभ दिन के लिए हम बाधक थे, वह आज किस खुशी और खूबी के साथ बीत रहा है और सर्वसाधारण भी देख लें कि धन-दौलत और ऐश-आराम के फेर में पड़कर अपने पैर में कुल्हाड़ी मारनेवाले, छोटे होकर बड़ों के साथ बैर बांध के नतीजा भोगनेवाले, मालिक के साथ में नमकहरामी और उग्र पाप करने का कुछ फल इस जन्म में भी भोग लेनेवाले और बदनीयती तथा पाप के साथ ऊंचे दर्जे पर पहुंचकर यकायक रसातल में पहुंच जानेवाले, धर्म और ईश्वर से विमुख ये ही प्रायश्चिती लोग हैं।

---

1. देखिए पांचवां भाग, चौथा बयान।

इन सभों के साथ मातहती में काम करने के लिए आदमी भी काफी तौर पर दिए गए।

इनके अतिरिक्त और लोगों को भी तरह-तरह के काम सुपुर्द किए गए और सब कोई बड़ी खूबी के साथ अपना-अपना काम करने लगे।

अब हम थोड़ा-सा हाल कुंअर इंद्रजीतसिंह का बयान करेंगे, जिन्हें इस बात का बहुत ही रंज है कि कमलिनी की शादी किसी दूसरे के साथ हो गई है और वे उम्मीद ही में बैठे रह गए।

रात पहर-भर से ज्यादे जा चुकी है, कुंअर इंद्रजीतसिंह अपने कमरे में बैठे भैरोसिंह से धीरे-धीरे बातें कर रहे हैं। इन दोनों के सिवाय कोई तीसरा आदमी इस कमरे में नहीं है और कमरे का दरवाजा भी भिड़काया हुआ है।

भैरो—तो आप साफ-साफ कहते क्यों नहीं कि आपकी उदासी का सबब क्या है? आपको तो आज खुश होना चाहिए कि जिस काम के लिए बरसों परेशान रहे, जिसकी उम्मीद में तरह-तरह की तकलीफ उठाई, जिसके लिए हथेली पर जान रख के बड़े-बड़े दुश्मनों से मुकाबला करना पड़ा और जिसके होने या मिलने ही पर तमाम दुनिया की खुशी समझी जाती थी, आज वही काम आपकी इच्छानुसार हो रहा है और उसी किशोरी के साथ अपनी शादी का इंतजाम अपनी आंखों से देख रहे हैं, फिर भी ऐसी अवस्था में आपको उदास देखकर कौन ऐसा है जो ताज्जुब न करेगा?

इंद्रजीत—बेशक, मेरे लिए आज बड़ी खुशी का दिन है और मैं खुश हूं भी, मगर कमलिनी की तरफ से जो रंज मुझे हुआ है उसे हजार कोशिश करने पर भी मेरा दिल बरदाश्त नहीं कर पाता।

भैरो—(ताज्जुब का चेहरा बनाकर) हैं, कमलिनी की तरफ से और आपको रंज! जिसके अहसानों के बोझ से आप दबे हुए हैं उसी कमलिनी से रंज। यह आप क्या कह रहे हैं?

इंद्रजीत—इस बात को तो मैं खुद कह रहा हूं कि उसके अहसानों के बोझ से मैं जिंदगी-भर हलका नहीं हो सकता और अब तक उसके जी में मेरी भलाई का ध्यान बंधा ही हुआ है, मगर रंज इस बात का है कि अब मैं उसे उस मोहब्बत की निगाह से नहीं देख सकता, जिससे कि पहिले देखता था।

भैरो—सो क्यों, क्या इसलिए कि अब वह अपने ससुराल चली जाएगी और फिर उसे आप पर अहसान करने का मौका न मिलेगा?

इंद्रजीत—हां, करीब-करीब यही बात है

भैरो—मगर अब आपको उसकी मदद की जरूरत भी तो नहीं है। हां, इस बात का खयाल बेशक हो सकता है कि अब आप उसके तिलिस्मी मकान पर कब्जा न कर सकेंगे।

इंद्रजीत–नहीं-नहीं, मुझे इस बात की कुछ जरूरत नहीं है और न उसका कुछ खयाल ही है!

भैरो–तो इस बात का खयाल है कि उसने अपनी शादी में आपको न्यौता नहीं दिया? मगर वह एक हिंदू लड़की की हैसियत से ऐसा कर भी तो नहीं सकती थी! हां, इस बात की शिकायत आप राजा गोपालसिंह से जरूर कर सकते हैं क्योंकि उस काम के कर्ता-धर्ता वे ही हैं।

इंद्रजीत–उनसे तो मुझे बहुत ही शिकायत है, मगर मैं शर्म के मारे कुछ कह नहीं सकता।

भैरो–(चौंककर) शर्म तो तब होती जब आप इस बात की शिकायत करते कि मैं खुद उससे शादी किया चाहता था।

इंद्रजीत–हां, बात तो ऐसी ही है। (मुस्कुराकर) मगर तुम तो पागलों की-सी बातें करते हो।

भैरो–(हंसकर) यह कहिए न! आप दोनों हाथ लड्डू चाहते थे! तो इस चोर को आप इतने दिनों तक छिपाए क्यों रहे?

इंद्रजीत–तो यही कब उम्मीद हो सकती थी कि इस तरह यकायक गुमसुम शादी हो जाएगी।

भैरो–खैर, अब तो जो कुछ होना था, सो हो गया, मगर आपको इस बात का खयाल न करना चाहिए। इसके अतिरिक्त क्या आप समझते हैं कि किशोरी इस बात को पसंद करती? कभी नहीं, बल्कि आए दिन का झगड़ा पैदा हो जाता।

इंद्रजीत–नहीं, किशोरी से मुझे ऐसी उम्मीद नहीं हो सकती। खैर, अब इस विषय पर बहस करना व्यर्थ है, मगर मुझे इसका रंज जरूर है। अच्छा यह तो बताओ कि तुमने उन्हें देखा है जिनके साथ कमलिनी की शादी हुई?

भैरो–कई दफे, बातें भी अच्छी तरह कर चुका हूं।

इंद्रजीत–कैसे हैं?

भैरो–बड़े लायक, पढ़े-लिखे, पण्डित, बहादुर, दिलेर, हंसमुख और सुंदर। इस अवसर पर आवेंगे ही, देख लीजिएगा। आपने कमलिनी से इस बारे में बातचीत नहीं की?

इंद्रजीत–इधर तो नहीं, मगर तिलिस्म की सैर को जाने से पहिले मुलाकात हुई थी, उसने खुद मुझे बुलाया था बल्कि उसी की जुबानी उसकी शादी का हाल मुझे मालूम हुआ था। मगर उसने मेरे साथ विचित्र ढंग का बर्ताव किया।

भैरो–सो क्या?

इंद्रजीत–(जो कुछ कैफियत हो चुकी थी उसे बयान करने के बाद) तुम इस बर्ताव को कैसा समझते हो?

भैरो–बहुत अच्छा और उचित।

इसी तरह बातचीत हो रही थी कि पहिले दिन की तरह बगलवाले कमरे का दरवाजा खुला और एक लौंडी ने आकर सलाम करने के बाद कहा, "कमलिनी जी आपसे मिलना चाहती हैं, आज्ञा हो तो..."

इंद्रजीत–अच्छा मैं चलता हूं, तू दरवाजा बंद कर दे।

भैरो–अब मैं भी जाकर आराम करता हूं।

इंद्रजीत–अच्छा जाओ फिर कल देखा जाएगा।

लौंडी–इनसे (भैरोसिंह) भी उन्हें कुछ कहना है।

यह कहती हुई लौंडी ने दरवाजा बंद कर दिया, तब तक स्वयं कमलिनी इस कमरे में आ पहुंची और भैरोसिंह की तरफ देखकर बोली, (जो उठकर बाहर जाने के लिए तैयार था) "आप कहां चले? आप ही से तो मुझे बहुत-सी शिकायत करनी है।"

भैरो–सो क्या?

कमलिनी–अब उसी कमरे में चलिए, वहां बातचीत होगी।

इतना कहकर कमलिनी ने कुमार का हाथ पकड़ लिया और अपने कमरे की तरफ ले चली, पीछे-पीछे भैरोसिंह भी गए। लौंडी दरवाजा बंद करके दूसरी राह से बाहर चली गई और कमलिनी ने इन दोनों को उचित स्थान पर बैठाकर पानदान आगे रख दिया और भैरोसिंह से कहा, "आप लोग तिलिस्म की सैर कर आए और मुझे पूछा भी नहीं!"

भैरो–महाराज खुद कह चुके हैं कि शादी के बाद औरतों को भी तिलिस्म की सैर करा दी जाए और फिर तुम्हारे लिए तो कहना ही क्या है, तुम जब चाहो तिलिस्म की सैर कर सकती हो।

कमलिनी–ठीक है, मानो यह मेरे हाथ की बात है।

भैरो–है ही।

कमलिनी–(हंसकर) टालने के लिए यह अच्छा ढंग है! खैर, जाने दीजिए, मुझे कुछ ऐसा शौक भी नहीं है, हां, यह बताइए कि वहां क्या-क्या कैफियत देखने में आई? मैंने सुना कि भूतनाथ वहां बड़े चक्कर में पड़ गया था और उसकी पहिली स्त्री भी वहां दिखाई पड़ गई।

भैरो–बेशक, ऐसा ही हुआ।

इतना कहकर भैरोसिंह ने कुल हाल खुलासा बयान किया और इसके बाद कमलिनी ने इंद्रजीतसिंह से कहा, "खैर, आप बताइए कि शादी की खुशी में मुझे क्या इनाम मिलेगा?"

इंद्रजीत–(हंसकर) गालियों के सिवाय और किसी चीज की तुम्हें कमी ही क्या है जो मैं दूं?

कमलिनी–(भैरो से) सुन लीजिए, मेरे लिए कैसा अच्छा इनाम सोचा गया है! (कुमार से हंसकर) याद रखियेगा, इस जवाब के बदले में मैं आपको ऐसा छकाऊंगी कि खुश हो जाइयेगा!

भैरो–इन्हें तो तुम छका ही चुकी हो। अब इससे बढ़के क्या होगा कि चुपचाप दूसरे के साथ शादी कर ली और इन्हें अंगूठा दिखा दिया! अब तुम्हें ये गालियां न दें तो क्या करें!

कमलिनी–(मुस्कुराती हुई) आपकी राय भी यही है?

भैरो–बेशक!

कमलिनी–तो बेचारी किशोरी के साथ आप अच्छा सलूक करते हैं।

भैरो–इसका इल्जाम तो कुमार के ऊपर हो सकता है!

कमलिनी–हां, साहब, मर्दों की मुरौवत जो कुछ कर दिखाए थोड़ा है, मैं किशोरी बहिन से इसका जिक्र करूंगी।

भैरो–तब तो अहसान पर अहसान करोगी।

इंद्रजीत–(भैरो से) तुम भी व्यर्थ की छेड़छाड़ मचा रहे हो, भला इन बातों से क्या फायदा।

भैरो–ब्याह-शादी में ऐसी बातें हुआ ही करती हैं!

इंद्रजीत–तुम्हारा सिर हुआ करता है! (कमलिनी से) अच्छा यह बताओ कि इस समय तुमने मुझे क्यों याद किया?

कमलिनी–हरे राम! अब क्या मैं ऐसी भारी हो गई कि मुझसे मिलना भी बुरा मालूम होता है?

इंद्रजीत–नहीं-नहीं, अगर मिलना बुरा मालूम होता तो मैं यहां आता ही क्यों? पूछता हूं, आखिर कोई काम भी है या–

कमलिनी–हां, है तो सही।

इंद्रजीत–कहो!

कमलिनी–आपको शायद मालूम होगा कि मेरे पिता जब से यहां आए हैं, उन्होंने अपने खाने-पीने का इंतजाम अलग रखा है अर्थात् आपके यहां का अन्न नहीं खाते और न कुछ अपने लिए खर्च करवाते हैं।

इंद्रजीत–हां, मुझे मालूम है।

कमलिनी–अब उन्होंने इस मकान में भी रहने से इनकार किया है, उनके एक मित्र ने खेमे वगैरह का इंतजाम कर दिया है और वे उसी में अपना डेरा उठा ले जानेवाले हैं।

इंद्रजीत–यह भी मालूम है।

कमलिनी–मेरी इच्छा है कि यदि आप आज्ञा दें तो लाडिली को साथ लेकर मैं भी उसी डेरे में चली जाऊं।

इंद्रजीत–क्यों, तुम्हें यहां रहने में परहेज ही क्या हो सकता है?

कमलिनी–नहीं-नहीं, मुझे किस बात का परहेज होगा, मगर यों ही जी चाहता है कि मैं दो-चार दिन अपने बाप के साथ ही रहकर उनकी खिदमत करूं।

इंद्रजीत–यह दूसरी बात है, इसकी इजाजत तुम्हें अपने मालिक से लेनी चाहिए, मैं कौन हूं जो इजाजत दूं?

कमलिनी–इस समय वे तो यहां हैं नहीं। अस्तु, उनके बदले में मैं आप ही को अपना मालिक समझती हूं।

इंद्रजीत–(मुस्कुराकर) फिर तुमने वही रस्ता पकड़ा? खैर, मैं इस बात की इजाजत न दूंगा।

कमलिनी–तो मैं आज्ञा के विरुद्ध कुछ न करूंगी।

इंद्रजीत–(भैरो से) इनकी बातचीत का ढंग देखते हो?

भैरो–(हंसकर) शादी हो जाने पर भो ये आपको नहीं छोड़ा चाहतीं तो मैं क्या करूं।

कमलिनी–अच्छा मुझे एक बात की इजाजत तो जरूर दीजिए।

इंद्रजीत–वह क्या?

कमलिनी–आपकी शादी में मैं आपसे एक विचित्र दिल्लगी किया चाहती हूं।

इंद्रजीत–वह कौन-सी दिल्लगी होगी?

कमलिनी–यही बता दूंगी तो उसमें मजा ही क्या रह जाएगा? बस आप इतना कह दीजिए कि उस दिल्लगी से रंज न होंगे चाहे वह कैसी ही गहरी क्यों न हो।

इंद्रजीत–(कुछ सोचकर) खैर, मैं रंज न होऊंगा।

इसके बाद थोड़ी देर तक हंसी की बातें होती रहीं और फिर सब कोई उठकर अपने-अपने ठिकाने चले गए।

ग्यारहवां बयान

ब्याह की तैयारी और हंसी-खुशी में ही कई सप्ताह बीत गए और किसी को कुछ मालूम न हुआ। हां, कुंअर इंद्रजीतसिंह और आनंदसिंह को खुशी के साथ ही रंज और उदासी से भी मुकाबला करना पड़ा। यह रंज और उदासी क्यों? शायद कमलिनी और लाडिली के सबब से हो। जिस तरह कुंअर इंद्रजीतसिंह कमलिनी से मिलकर और उसकी जुबानी उसके ब्याह का हो जाना सुनकर दुःखी हुए, उसी तरह आनंदसिंह को भी लाडिली से मिलकर दुःखी होना पड़ा या नहीं, सो हम नहीं कह सकते, क्योंकि

लाडिली से और आनंदसिंह से जो बातें हुईं उसमें और कमलिनी की बातों में बड़ा फर्क है। कमलिनी ने तो खुद इंद्रजीतसिंह को अपने कमरे में बुलवाया था, मगर लाडिली ने ऐसा नहीं किया। लाडिली का कमरा भी आनंदसिंह के कमरे के बगल में ही था। जिस रात कमलिनी से और इंद्रजीतसिंह की दूसरी मुलाकात हुई थी, उसी रात को आनंदसिंह ने भी अपने बगलवाले कमरे में लाडिली को देखा था, मगर दूसरे ढंग से। आनंदसिंह अपने कमरे में मसहरी पर लेटे हुए तरह-तरह की बातें सोच रहे थे कि उसी समय बगलवाले कमरे में से कुछ खटके की आवाज आई जिससे आनंदसिंह चौंके और उन्होंने घूमकर देखा तो उस कमरे का दरवाजा कुछ खुला हुआ नजर आया। इन्हें यह जरूर मालूम था कि हमारे बगल ही में लाडिली का कमरा है और उससे मिलने की नीयत से इन्होंने कई दफे दरवाजा खोलना भी चाहा था, मगर बंद पाकर लाचार हो गए थे। अब दरवाजा खुला पाकर बहुत खुश हुए और मसहरी पर से उठ धीरे-धीरे दरवाजे के पास गए। हाथ के सहारे दरवाजा कुछ विशेष खोला और अंदर की तरफ झांककर देखा। लाडिली पर निगाह पड़ी जो एक शमादान के आगे बैठी हुई कुछ लिख रही थी। शायद उसे इस बात की कुछ खबर ही न थी कि मुझे कोई देख रहा है।

भीतर सन्नाटा पाकर अर्थात् किसी गैर को न देखकर आनंदसिंह बेधड़क कमरे के अंदर चले गए। पैर की आहट पाते ही लाडिली चौंकी तथा आनंदसिंह को अपनी तरफ आते देख उठ खड़ी हुई और बोली, ‘‘आपने दरवाजा कैसे खोल लिया?’’

आनंद–(मुस्कुराते हुए) किसी हिकमत से!

लाडिली–क्या आज के पहिले वह हिकमत मालूम न थी? शायद सफाई के लिए किसी लौंडी ने दरवाजा खोला हो और बंद करना भूल गई हो।

आनंद–अगर ऐसा ही हो तो क्या कुछ हर्ज है?

लाडिली–नहीं, हर्ज काहे का है, मैं तो खुद ही आपसे मिलना चाहती थी, मगर लाचारी...

आनंद–लाचारी कैसी? क्या किसी ने मना कर दिया था?

लाडिली–मना ही समझना चाहिए जबकि मेरी बहिन कमलिनी ने जोर देकर कह दिया कि ‘या तो तू मेरी इच्छानुसार शादी कर ले या इस बात की कसम खा जा कि किसी गैर मर्द से कभी बातचीत न करेगी’। जिस समय उनकी (कमलिनी की) शादी होने लगी थी उस समय भी लोगों ने मुझ पर शादी कर लेने के लिए दबाव डाला था, मगर मैं इस समय जैसी हूं वैसी ही रहने के लिए कसम खा चुकी हूं, मतलब यह है कि इसी बखेड़े में मुझसे और उनसे कुछ तकरार भी हो गई है।

आनंद–(घबराहट और ताज्जुब के साथ) क्या कमलिनी की शादी हो गई?

लाडिली–जी हां।

आनंद–किसके साथ?

लाडिली–सो तो मैं नहीं कह सकती, आपको खुद मालूम हो जाएगा।

आनंद–यह बहुत बुरा हुआ।

लाडिली–बेशक, बहुत बुरा हुआ मगर क्या किया जाए, जीजा जी (गोपालसिंह) की मर्जी ही ऐसी थी क्योंकि किशोरी ने ऐसा करने के लिए उन पर बहुत जोर डाला था, अस्तु, कमलिनी बहिन दबाव में पड़ गईं, मगर मैंने साफ इनकार कर दिया कि जैसी हूं वैसी ही रहूंगी।

आनंद–तुमने बहुत अच्छा किया।

लाडिली–और मैं ऐसा करने के लिए सख्त कसम खा चुकी हूं।

आनंद–(ताज्जुब से) क्या तुम्हारे इस कहने का यह मतलब लगाया जाए कि अब तुम शादी करोगी ही नहीं?

लाडिली–बेशक!

आनंद–यह तो कोई अच्छी बात नहीं!

लाडिली–जो हो, अब तो मैं कसम खा चुकी हूं और बहुत जल्द यहां से चली जानेवाली हूं, सिर्फ कामिनी बहिन की शादी हो जाने का इंतजार कर रही हूं।

आनंद–(कुछ सोचकर) कहां जाओगी?

लाडिली–आप लोगों की कृपा से अब तो मेरा बाप भी प्रकट हो गया है, अब इसकी चिंता ही क्या है?

आनंद–मगर जहां तक मैं समझता हूं तुम्हारे बाप, तुम्हें शादी करने के लिए जरूर जोर देंगे।

लाडिली–इस विषय में उनकी कुछ न चलेगी।

लाडिली की बातों से आनंदसिंह को ताज्जुब के साथ-ही-साथ रंज भी हुआ और ज्यादे रंज तो इस बात का था कि अब तक लाडिली ने खड़े-ही-खड़े बातचीत की और कुमार को बैठने तक के लिए नहीं कहा। शायद इसका मतलब हो कि 'मैं ज्यादे देर तक आपसे बात नहीं कर सकती'। अस्तु, आनंदसिंह को क्रोध और दुःख के साथ लज्जा ने भी धर दबाया और वे यह कहकर कि 'अच्छा मैं जाता हूं' अपने कमरे की तरफ लौट चले।

आनंदसिंह के दिल में जो बातें घूम रही थीं, उनका अंदाजा शायद लाडिली को भी मिल गया और जब वे लौटकर जाने लगे तब उसने पुनः इस ढंग पर कहा मानो उसकी आखिरी बात अभी पूरी नहीं हुई थी–"क्योंकि जिनकी मुझ पर कृपा रहती थी, अब वे और ही ढंग के हो गए!!"

इस बात ने कुमार को तरद्दुद में डाल दिया। उन्होंने घूमकर एक तिरछी निगाह लाडिली पर डाली और कहा, "इसका क्या मतलब?"

लाडिली–सो कहने की सामर्थ्य मुझमें नहीं है। हां, जब आपकी शादी हो जाएगी तब मैं साफ-साफ आपसे कह दूंगी, उस समय जो कुछ आप राय देंगे उसे मैं कबूल भी कर लूंगी!

इस आखिरी बात से कुमार को कुछ हिम्मत बंध गई, मगर बैठने की या और कुछ कहने की हिम्मत न पड़ी और 'अच्छा' कहकर वे अपने कमरे में चले आए।

बारहवां बयान

विवाह का सब सामान ठीक हो गया, मगर हर तरह की तैयारी हो जाने पर भी लोगों की मेहनत में कमी नहीं हुई। सब कोई उसी तरह दौड़-धूप और काम-काज में लगे हुए दिखाई दे रहे हैं। महाराज सुरेन्द्रसिंह सभों को लिये हुए चुनारगढ़ चले गए। अब इस तिलिस्मी मकान में सिर्फ जरूरत की चीजों के ढेर और इंतजामकार लोगों के डेरे-भर ही दिखाई दे रहे हैं। इस मकान में से उन लोगों के लिए भी रास्ता बनाया गया है जो हंसते-हंसते उस तिलिस्मी इमारत में कूदा करेंगे, जिसके बनाने की आज्ञा इंद्रदेव को दी गई थी, और जो इस समय बनकर तैयार हो गई।

यह इमारत बीस गज लंबी और इतनी ही चौड़ी थी। ऊंचाई इसकी लगभग चालीस हाथ से कुछ ज्यादे होगी। चारों तरफ की दीवार साफ और चिकनी थी तथा किसी तरफ कोई दरवाजे का निशान दिखाई नहीं देता था। पूरब तरफ ऊपर चढ़ जाने के लिए छोटी सीढ़ियां बनी हुई थीं जिनके दोनों तरफ हिफाजत के लिए लोहे के सींखचे लगा दिए गए थे। उसी पूरब तरफवाली दीवार पर बड़े-बड़े हरफों में यह भी लिखा हुआ था–

"जो आदमी इन सीढ़ियों की राह ऊपर जाएगा और एक नजर अंदर की तरफ झांक, वहां की कैफियत देखकर इन्हीं सीढ़ियों की राह नीचे उतर आवेगा, उसे एक लाख रुपये इनाम दिए जाएंगे।"

इस इमारत ने चारों तरफ एक अनूठा रंग पैदा कर दिया था। हजारों आदमी इस इमारत के ऊपर चढ़ जाने के लिए तैयार थे और हर एक आदमी अपनी-अपनी लालसा पूरी करने के लिए जल्दी मचा रहा था, मगर सीढ़ी का दरवाजा बंद था। पहरेदार लोग किसी को ऊपर जाने की इजाजत नहीं देते थे और यह कहकर सभों को संतोष करा देते थे कि बारातवाले दिन दरवाजा खुलेगा और पंद्रह दिन तक बंद न होगा।

यहां से चुनारगढ़ की सड़कों के दोनों तरफ जो सजावट की गई थी उसमें भी एक अनूठापन था। दोनों तरफ रोशनी के लिए जाफरी बनी हुई थी और उसमें अच्छे-अच्छे नीति के श्लोक दरसाए गए थे। बीचोबीच में थोड़ी-थोड़ी दूर पर नौबतखाने के बगल

में एक मचान था, जिस पर एक या दो कैदियों के बैठने के लिए जगह बनी हुई थी। जाफरी के दोनों तरफ दस हाथ चौड़ी जमीन में बाग का नमूना तैयार किया गया था और इसके बाद आतिशबाजी लगाई गई थी। आध-आध कोस की दूरी पर सर्वसाधारण और गरीब तमाशबीनों के लिए महफिल तैयार की गई थी और उसके लिए अच्छी-अच्छी गानेवाली रण्डियां और भांड मुकर्रर किये गए थे। रात अंधेरी होने के कारण रोशनी का सामान ज्यादे तैयार किया गया था और वह तिलिस्मी चंद्रमा जो दोनों राजकुमारों को तिलिस्म के अंदर से मिला था, चुनारगढ़ किले के ऊंचे कंगूरे पर लगा दिया गया था, जिसकी रोशनी इस तिलिस्मी मकान तक बड़ी खूबी और सफाई के साथ पड़ रही थी।

पाठक, दोनों कुमारों के बारात की सजावट, महफिलों की तैयारी, रोशनी और आतिशबाजी की खूबी, मेहमानदारी की तारीफ और खैरात की बहुतायत इत्यादि का हाल विस्तारपूर्वक लिखकर पढ़नेवालों का समय नष्ट करना, हमारी आत्मा और आदत के विरुद्ध है। आप खुद समझ सकते हैं कि दोनों कुमारों की शादी का इंतजाम किस खूबी के साथ किया गया होगा, नुमाइश की चीजें कैसी अच्छी होंगी। बड़प्पन का कितना बड़ा खयाल किया गया होगा, और बारात किस धूमधाम ने निकली होगी। हम आज तक जिस तरह संक्षेप में लिखते आए हैं, अब भी उसी तरह लिखेंगे, तथापि हमारी उन लिखावटों से जो ब्याह के संबंध में ऊपर कई दफे मौके-मौके पर लिखी जा चुकी हैं, आपको अंदाज के साथ-साथ अनुमान करने का हौसला भी मिल जाएगा और विशेष सोच-विचार की जरूरत न रहेगी। हम इस जगह पर केवल इतना ही लिखेंगे कि–

बारात बड़े धूमधाम से चुनारगढ़ के बाहर हुई। आगे-आगे नौबत-निशान और उसके बाद सिलसिलेवार फौजी सवार, पैदल और तोपखाने वगैरह थे, जिसके बाद ऐसी फुलवारियां थीं जिनके देखने से खुशी और लूटने से दौलत हासिल हो। इसके बाद बहुत बड़े सजे हुए अम्बारीदार हाथी पर दोनों कुमार हाथी ही पर सवार अपने बड़े बुजुर्गों, रिश्तेदारों और मेहमानों से घिरे हुए धीरे-धीरे दोतरफी बहार लूटते और दुश्मनों के कलेजों को जलाते हुए जा रहे थे और उनके बाद तरह-तरह की सवारियों और घोड़ों पर बैठे हुए बड़े-बड़े सरदार लोग दिखाई दे रहे थे। अंत में फिर फौजी सिपाहियों का सिलसिला था। आगेवाले नौबत-निशान से लेकर कुमारों के हाथी तक कई तरह के बाजेवाले अपने-अपने मौके से अपना इल्म और हुनर दिखा रहे थे।

कुशलपूर्वक बारात ठिकाने पहुंची और शास्त्रानुसार कर्म तथा रीति होने के बाद कुंअर इंद्रजीतसिंह का विवाह किशोरी और आनंदसिंह का कामिनी के साथ हो गया और इस काम में रणधीरसिंह ने भी वित्त के अनुसार दिल खोलकर खर्च किया। दूसरे रोज पहर-भर दिन चढ़ने के पहिले ही दोनों बहुओं की रुखसती कराकर महाराज चुनार की तरफ लौट पड़े।

चुनारगढ़ पहुंचने पर जो कुछ रस्में थीं, वे पूरी होने लगीं और मेहमान तथा तमाशबीन लोग तरह-तरह के तमाशों और महफिलों का आनंद लूटने लगे। उधर तिलिस्मी मकान की सीढ़ियों पर लाख रुपया इनाम पाने की लालसा से लोगों ने चढ़ना आरंभ किया। जो कोई दीवार के ऊपर पहुंचकर अंदर की तरफ झांकता, वह अपने दिल को किसी तरह न सम्हाल सकता और एक दफे खिलखिलाकर हंसने के बाद अंदर की तरफ कूद पड़ता तथा कई घण्टे के बाद उस चबूतरेवाली बहुत बड़ी तिलिस्मी इमारत की राह से बाहर निकल जाता।

बस, विवाह का इतना ही हाल संक्षेप में लिखकर हम इस बयान को पूरा करते हैं और इसके बाद सोहागरात की एक अनूठी घटना का उल्लेख करके इस बाईसवें भाग को समाप्त करेंगे, क्योंकि हम दिलचस्प घटनाओं ही का लिखना पसंद करते हैं।

तेरहवां बयान

आज कुंअर इंद्रजीतसिंह और आनंदसिंह की खुशी का कोई ठिकाना नहीं है, क्योंकि तरह-तरह की तकलीफें उठाकर, एक मुद्दत के बाद इन दोनों की दिली मुरादें हासिल हुई हैं।

रात आधी से कुछ ज्यादे जा चुकी है और एक सुंदर सजे हुए कमरे में ऊंची और मुलायम गद्दी पर किशोरी और कुंअर इंद्रजीतसिंह बैठे हुए दिखाई देते हैं। यद्यपि कुंअर इंद्रजीतसिंह की तरह किशोरी के दिल में भी तरह-तरह की उमंगें भरी हैं और वह आज इस ढंग पर कुंअर इंद्रजीतसिंह की पहिली मुलाकात को सौभाग्य का कारण समझती है, मगर उस अनोखी लज्जा के पाले में पड़ी हुई किशोरी का चेहरा घूंघट की ओट से बाहर नहीं होता, जिसे प्रकृति अपने हाथों से औरत की बुद्धि में जन्म ही से दे देती है। यद्यपि आज से पहिले कुंअर इंद्रजीतसिंह को कई दफे किशोरी देख चुकी है और उनसे बातें भी कर चुकी है, तथापि आज पूरी स्वतंत्रता मिलने पर भी यकायक सूरत दिखाने की हिम्मत नहीं पड़ती। कुमार तरह-तरह की बातें कहकर और समझाकर उसकी लज्जा दूर किया चाहते हैं मगर कृतकार्य नहीं होते। बहुत-कुछ कहने-सुनने पर कभी-कभी किशोरी दो-एक शब्द बोल देती है, मगर वह भी धड़कते हुए कलेजे के साथ। कुमार ने सोच लिया कि यह स्त्रियों की प्रकृति है अतएव उसके विरुद्ध जोर न देना चाहिए, यदि इस समय इसकी हिम्मत नहीं खुलती तो क्या हुआ, घण्टे-दो घण्टे, पहर या एक-दो दिन में खुल ही जाएगी! आखिर ऐसा ही हुआ।

इसके बाद किस तरह की छेड़छाड़ शुरू हुई या क्या हुआ सो हम नहीं लिख सकते, हां, उस समय का हाल जरूर लिखेंगे, जब धीरे-धीरे सुबह की सुफेदी आसमान

पर फैलने लग गई थी और नियमानुसार प्रातःकाल बजाए जानेवाली नफीरी की आवाज ने कुंअर इंद्रजीतसिंह और किशोरी को नींद से जगा दिया था। किशोरी जो कुंअर इंद्रजीतसिंह के बगल में सोई हुई थी, घबड़ाकर उठ बैठी और मुंह धोने तथा बिखरे हुए बालों को सुधारने की नीयत से उस सुनहरी चौकी की तरफ बढ़ी जिस पर सोने के बर्तन में गंगाजल भरा हुआ था और जिसके पास ही जल गिराने के लिए एक बड़ा-सा चांदी का आफताबा (एक बर्तन) भी रखा हुआ था। हाथ में जल लेकर चेहरे पर लगाने और पुनः अपना हाथ धोने के साथ ही किशोरी चौंक पड़ी और घबराकर बोली, "हैं! यह क्या मामला है?"

इन शब्दों ने इंद्रजीतसिंह को चौंका दिया। वे घबड़ाकर किशोरी के पास चले गए और पूछा, "क्यों क्या हुआ?"

किशोरी–मेरे साथ यह क्या दिल्लगी की?

इंद्रजीत–कुछ कहो भी तो क्या हुआ?

किशोरी–(हाथ दिखाकर) देखिए यह रंग कैसा है जो चेहरे पर से पानी लगाने के साथ ही छूट रहा है।

इंद्रजीत–(हाथ देखकर) हां, है तो सही! मगर मैंने तो कुछ भी नहीं किया, तुम खुद सोच सकती हो कि मैं भला तुम्हारे चेहरे पर रंग क्यों लगाने लगा। मगर तुम्हारे चेहरे पर यह रंग आया ही कहां से।

किशोरी–(पुनः चेहरे पर जल लगाके) यह देखिए, है या नहीं।

इंद्रजीत–सो तो मैं खुद कह रहा हूं कि रंग जरूर है, मगर जरा मेरी तरफ देखो तो सही!

किशोरी ने जो अब समयानुकूल लज्जा के हाथों से छूटकर ढिठाई का पल्ला पकड़ चुकी थी और जो कई घण्टों की कशमकश और चालचलन की बदौलत बातचीत करने लायक समझी जाती थी, कुमार की तरफ देखा और फिर कहा, "देखिए और कहिए यह किसकी सूरत है?"

इंद्रजीत–(और भी हैरान होकर) बड़े ताज्जुब की बात है! और इस रंग के छूटने से तुम्हारा चेहरा भी कुछ बदला हुआ-सा मालूम पड़ता है! अच्छा जरा अच्छी तरह मुंह धो डालो!

किशोरी ने 'अच्छा' कह मुंह धो डाला और रूमाल से पोंछने के बाद कुमार की तरफ देखकर बोली, "बताइए अब कैसा मालूम पड़ता है, रंग अब छूट गया या अभी नहीं?"

इंद्रजीत–(घबड़ाकर) हैं! अब तो तुम साफ कमलिनी मालूम पड़ती हो! यह क्या मामला है?

किशोरी–मैं कमलिनी तो हुई ही। क्या पहेले कोई दूसरी मालूम पड़ती थी?

इंद्रजीत–बेशक! पहिले तुम किशोरी मालूम पड़ती थीं, कम रोशनी और कुछ लज्जा के कारण यद्यपि बहुत अच्छी तरह तुम्हारी सूरत रात को देखने में नहीं आई

तथापि मौके-मौके पर कई दफे निगाह पड़ ही गई थी। अस्तु, किशोरी के सिवाय दूसरी और होने का गुमान भी नहीं हो सकता था! मगर सच तो यह है कि तुमने मुझे बड़ा धोखा दिया!

कमलिनी–(जिसे अब इसी नाम से लिखना उचित है) मैंने धोखा नहीं दिया बल्कि आप मुझे इस बात का जवाब तो दीजिए कि अगर आपने मुझे किशोरी समझा था तो इतनी ढिठाई करने की हिम्मत कैसे पड़ी? क्योंकि किशोरी आपकी स्त्री नहीं थी!

इंद्रजीत–क्या पागलपने की-सी बात कर रही हो। अगर किशोरी मेरी स्त्री नहीं थी तो क्या तुम मेरी स्त्री थीं?

कमलिनी–अगर आपने मुझे किशोरी समझा था तो आपको मेरे पास से उठ जाना चाहिए था। जबकि आप जानते हैं कि किशोरी कुमार के साथ ब्याही गई है तो आपको उसके पास बैठने या उससे बातचीत करने का क्या हक था?

इंद्रजीत–तो क्या मैं इंद्रजीतसिंह नहीं हूं? बल्कि उचित तो यह था कि तुम मेरे पास से उठ जातीं। जब तुम कमलिनी थीं तो तुम्हें पराये मर्द के पास बैठना भी न चाहिए था।

कमलिनी–(ताज्जुब और कुछ क्रोध का चेहरा बनाकर) फिर आप वही बातें कहे जाते हैं? आप अपने को समझ ही क्या रहे हैं? पहिले आप आईने में अपनी सूरत देखिए और तब कहिए कि आप किशोरी के पति हैं या कमलिनी के! (आले पर से आईना उठा और कुमार को दिखाकर) बतलाइए आप कौन हैं? और मैं क्यों आपके पास से उठ जाती?

अब तो कुमार के ताज्जुब का कोई हद न रहा, क्योंकि आईने में उन्होंने अपनी सूरत में फर्क पाया। यह तो नहीं कह सकते थे कि किस आदमी की सूरत मालूम पड़ती है, क्योंकि ऐसे आदमी को कभी देखा भी न था, मगर इतना जरूर कह सकते थे कि सूरत बदल गई और अब मैं इंद्रजीतसिंह नहीं मालूम पड़ता। इंद्रजीतसिंह समझ गए कि किसी ने मेरे और कमलिनी के साथ चालबाजी करके दोनों का धर्म नष्ट किया और इसमें बेचारी कमलिनी का कोई कसूर नहीं है, मगर फिर भी कमलिनी को आज का सामान देखकर चौंकना चाहिए था। हां, ताज्जुब की बात है कि इस घर में आने के पहिले मुझे किसी ने टोका भी नहीं! तो क्या इस घर में आने के बाद मेरी सूरत बदली गई? मगर ऐसा भी क्योंकर हो सकता है? इत्यादि बातें सोचते हुए कुमार कमलिनी का मुंह देखने लगे। कमलिनी ने आईना हाथ से रख दिया और पूछा, "अब बताइए आप कौन हैं?" इसके जवाब में इंद्रजीतसिंह ने कहा, "अब मैं भी अपना मुंह धो डालूं तो कहूं।"

इतना कहकर कुमार ने भी जल से अपना चेहरा साफ किया और रूमाल से पोंछने के बाद कमलिनी की तरफ देखके कहा–"अब तुम ही बताओ कि मैं कौन हूं?"

कमलिनी–अरे, यह क्या हुआ! तुम तो बेशक बड़े कुमार हो? मगर तुमने मेरे साथ ऐसा क्यों किया? तुम्हें जरा भी धर्म का विचार न हुआ? बताओ अब मैं किस लायक रह गई और क्या कर सकती हूं? लोगों को कैसे अपना मुंह दिखाऊंगी और इस दुनिया में क्योंकर रहूंगी?

इंद्रजीत–जिसने ऐसा किया वह बेशक मारे जाने लायक है। मैं उसे कभी न छोड़ूंगा क्योंकि ऐसा होने से मेरा भी धर्म नष्ट हुआ और इस बदनामी को मैं कभी बर्दाश्त नहीं कर सकता, मगर यह तो बताओ कि आज का सामान देखकर तुम्हारे दिल में किसी प्रकार का शक पैदा न हुआ?

कमलिनी–क्योंकर शक पैदा हो सकता था जबकि आप ही की तरह मेरे लिए भी 'सोहागरात' आज ही तै की गई थी! मै नहीं कह सकती कि दूसरी तरफ का क्या हाल है। ताज्जुब नहीं कि जिस तरह मै धोखे में डाली गई उसी तरह किशोरी के साथ भी बेईमानी की गई हो और आपके बदले में किशोरी मेरे पति के पास पहुंचाई गई हो!!

ओ हो! कमलिनी की इस बात ने तो कुमार की रही-सही अक्ल भी खो दी! जिस बात का अब तक कुमार के दिल में ध्यान भी न था उसे समझाकर तो कमलिनी ने अनर्थ कर दिया। ब्याह हो जाने पर भी किशोरी किसी दूसरे मर्द के पास भेजी जाए, क्या इस बात को कुमार बर्दाश्त कर सकते थे? कभी नहीं! सुनने के साथ ही मारे क्रोध के उनका शरीर कांपने लगा और वे घबड़ाकर कमलिनी से बोले, "यह तो तुमने ठीक कहा! ताज्जुब नहीं कि ऐसा हुआ हो। लेकिन अगर ऐसा हुआ होगा तो मैं उन दोनों को इस दुनिया से उठा दूंगा।"

इतना कहकर कुमार ने अपनी तलवार उठा ली जो गद्दी पर पड़ी हुई थी और कमरे के बाहर जाने लगे। उस समय कमलिनी ने कुमार का हाथ पकड़ लिया और कहा, "कृपानिधान, जरा मेरी एक बात का जवाब दे दीजिए तो यहां से जाइए।"

इंद्रजीत–कहो।

कमलिनी–आपका धर्म नष्ट हुआ, खैर कोई चिंता नहीं, क्योंकि धर्मशास्त्र में मर्दों के लिए कोई कड़ी पाबंदी नहीं लगाई गई है, मगर औरतों को तो किसी लायक नहीं छोड़ा है। आपके लिए तो प्रायश्चित है, मगर मेरे लिए तो कोई प्रायश्चित भी नहीं, जिसे कर मैं सुधर जाऊंगी, इतना जानकर भी मेरा धर्म नष्ट होने पर आपको उतना रंज या क्रोध नहीं हुआ जितना यह सोचकर हुआ कि किशोरी की भी ऐसी ही दशा हुई होगी! ऐसा क्यों? क्या मेरा पति कमजोर और नामर्द है? क्या वह भी आपकी तरह क्रोध में न आया होगा? क्या इसी तरह वह भी तलवार लेकर मेरी और आपकी खोज में न निकला होगा? आप जल्दी क्यों करते हैं, वह खुद यहां आता होगा, क्योंकि वह आपसे ज्यादे क्रोधी है, मैं तो खुद उसके सामने अपनी गर्दन झुका दूंगी!!

कुमार को क्रोध-पर-क्रोध, रंज-पर-रंज और अफसोस-पर-अफसोस होता ही जाता था। कमलिनी की इस आखिरी बात ने कुमार के दिल में दूसरा ही रंग पैदा कर दिया। उन्होंने घबड़ाकर एक लंबी सांस ली और ऊपर की तरफ मुंह करके कहा, "विधाता! तूने यह क्या किया! मैंने कौन-सा ऐसा पाप किया था जिसके बदले में इस खुशी को ऐसे रंज के साथ तूने बदल दिया, अब मैं क्या करूं? क्या अपने हाथ से अपना गला काटकर निश्चिंत हो जाऊं? मुझ पर आत्मघात का दोष तो नहीं लगाया जाएगा!"

इंद्रजीतसिंह ने इतना ही कहा था कि कमरे का दरवाजा, जिसे कुमार बंद समझते थे, खुला और किशोरी तथा कमला अंदर आती हुई दिखाई पड़ीं। कुमार ने समझा कि बेशक किशोरी इसी ढंग का उलाहना लेकर आई होगी, मगर उन दोनों के चेहरे पर हंसी देखकर कुमार को ताज्जुब हुआ और यह देखकर उनका ताज्जुब और भी बढ़ गया कि किशोरी और कमला को देख कमलिनी खिलखिलाकर हंस पड़ी और किशोरी से बोली–"लो बहिन, आज मैंने तुम्हारे पति को अपना बना लिया!" इसके जवाब में किशोरी बोली, "तुमने पहिले ही अपना बना लिया था, आज की बात ही क्या है!!"

॥ बाईसवां भाग समाप्त ॥

तेईसवां भाग

पहिला बयान

सोहागरात के दिन कुंअर इंद्रजीतसिंह जैसे तरद्दुद और फेर में पड़ गए थे, ठीक वैसा तो नहीं मगर करीब-करीब उसी ढंग का बखेड़ा, कुंअर आनंदसिंह के साथ भी मचा, अर्थात् उसी दिन रात के समय जब आनंदसिंह और कामिनी का एक कमरे में मेल हुआ तो आनंदसिंह छेड़छाड़ करके कामिनी की शर्म को तोड़ने और कुछ बातचीत करने के लिए उद्योग करने लगे, मगर लज्जा और संकोच के बोझ से कामिनी हर तरह दबी जाती थी। आखिर थोड़ी देर की मेहनत और चालाकी तथा बुद्धिमानी की बदौलत आनंदसिंह ने अपना मतलब निकाल ही लिया और कामिनी भी जो बहुत दिनों से दिल के खजाने में आनंदसिंह की मुहब्बत को हिफाजत के साथ छिपाए हुए थी, लज्जा और डर को विदाई का बीड़ा दे, कुमार से बातचीत करने लगी।

जब रात लगभग दो घण्टे के बाकी रह गई तो कामिनी जाग पड़ी और घबराहट के साथ चारों तरफ देखकर सोचने लगी कि कहीं सबेरा तो नहीं हो गया, क्योंकि कमरे के सभी दरवाजे बंद रहने के कारण आसमान दिखाई नहीं देता था। उस समय आनंदसिंह गहरी नींद में सो रहे थे और उनके घुर्राटे की आवाज से मालूम होता था कि वे अभी दो-तीन घण्टे तक बिना जगाए नहीं जाग सकते। अस्तु, कामिनी अपनी जगह से उठी और कमरे की कई छोटी-छोटी खिड़कियों (छोटे दरवाजों) में से जो मकान के पिछली तरफ पड़ती थीं, एक खिड़की खोलकर आसमान की तरफ देखने लगी। इस तरफ से पतित-पावनी भगवती जाह्नवी की तरल तरंगों की सुंदर छटा दिखाई देती थी जो उदास-से-उदास और बुझे दिल को भी एक दफे प्रसन्न करने की सामर्थ्य रखती थी, परंतु इस समय अंधकार के कारण कामिनी उस छटा को नहीं देख सकती थी और इस सबब से आसमान की तरफ देखकर भी वह इस बात का पता न लगा सकी कि अब रात कितनी बाकी है, मगर सबेरा होने में अभी देर है, इतना जानकर उसके दिल को कुछ भरोसा हुआ। उसी समय सरकारी पहरेवाले ने घड़ी बजाई जिसे सुनकर कामिनी ने निश्चय कर लिया कि रात अभी दो घण्टे से कम बाकी नहीं है। उसने उसी तरफ की एक और खिड़की खोल दी और तब उस

जगह चली गई जहां चौकी के ऊपर गंगा-जमुनी लोटे में जल रखा हुआ था। उसी चौकी पर से एक रूमाल उठा लिया और उसे गीला करके अपना मुंह अच्छी तरह पोंछने अथवा धोने के बाद रूमाल खिड़की के बाहर फेंक दिया और तब उस जगह चली आई जहां आनंदसिंह गहरी नींद में सो रहे थे।

कामिनी ने आंचल के कपड़े से एक मामूली बत्ती बनाई और नाक में डालकर उसके जरिये से दो-तीन छींकें मारीं जिसकी आवाज से आनंदसिंह की आंख खुल गई और उन्होंने अपने पास कामिनी को बैठे हुए देखकर ताज्जुब से कहा, "हैं, तुम बैठी क्यों हो? खैरियत तो है!"

कामिनी–जी हां, मेरी तबीयत तो अच्छी है, मगर तरद्दुद और सोच के मारे नींद नहीं आ रही है। बहुत देर से जाग रही हूं।

आनंद–(उठकर) इस समय भला कौन से तरद्दुद और सोच ने तुम्हें आ घेरा?

कामिनी–क्या कहूं, कहते हुए भी शर्म मालूम पड़ती है?

आनंद–आखिर कुछ कहो तो सही, शर्म कहां तक करोगी?

कामिनी–खैर, मैं कहती हूं, मगर आप बुरा तो न मानेंगे!

आनंद–मैं कुछ भी बुरा न मानूंगा, तुम्हें जो कुछ कहना है, कहो।

कामिनी–बात केवल इतनी ही है कि मैं छोटे कुमार से एक दिल्लगी कर बैठी हूं, मगर आज उस दिल्लगी का भेद जरूर खुल गया होगा, इसलिए सोच रही हूं कि अब क्या करूं? इस समय कामिनी बहिन से भी मुलाकात नहीं हो सकती जो उनको कुछ समझा-बुझा देती।

आनंद–(ताज्जुब में आकर) तुमने कोई भयानक सपना तो नहीं देखा, जिसका असर अभी तक तुम्हारे दिमाग में घुसा हुआ है? यह मामला क्या है? तुम कैसी बातें कर रही हो!

कामिनी–नहीं-नहीं, कोई विशेष बात नहीं है और मैंने कोई भयानक सपना भी नहीं देखा, बात केवल इतनी ही है कि मैं हंसी-हंसी में छोटे कुमार से कह चुकी हूं कि 'मेरी शादी अभी तक नहीं हुई है और मैं प्रतिज्ञा कर चुकी हूं कि ब्याह कदापि न करूंगी। अब आज ताज्जुब नहीं कि कामिनी बहन ने मेरा सच्चा भेद खोल दिया हो और कह दिया हो कि 'लाडिली की शादी तो कमलिनी की शादी के साथ-ही-साथ अर्थात् दोनों की एक ही दिन हो चुकी है और आज उसकी भी सोहागरात है।' अगर ऐसा हुआ तो मुझे बड़ी शर्म...

आनंद–(ताज्जुब और घबड़ाहट से) तुम तो पागलों की-सी बातें कर रही हो। आखिर तुमने अपने को और मुझको समझा ही क्या है? जरा घूंघट हटाकर बातें करो। तुम्हारा मुंह तो दिखाई ही नहीं देता!!

कामिनी–नहीं, मुझे इसी तरह बैठे रहने दीजिए। मगर आपने क्या कहा मैं कुछ भी नहीं समझी, इसमें पागलपने की भला कौन-सी बात है?

आनंद–तुमने जरूर कोई सपना देखा है जिसका असर अभी तक तुम्हारे दिमाग में बसा हुआ है और तुम अपने को लाडिली समझ रही हो। ताज्जुब नहीं कि लाडिली ने तुमसे वे बातें कही हों जो उसने मुझसे दिल्लगी के ढंग पर कही थीं।

कामिनी–मुझे आपकी बातों पर ताज्जुब मालूम पड़ता है। मैं समझती हूं कि आप ही ने कोई अनूठा स्वप्न देखा है और यह भी देखा है कि कामिनी आपके बगल में पड़ी हुई है, जिसका खयाल अभी तक बना हुआ है और मुझे आप कामिनी समझ रहें हैं। भला सोचिए तो सही कि छोटे कुमार (आनंदसिंह) को छोड़कर कामिनी आपके पास आने ही क्यों लगी? कहीं आप मुझसे दिल्लगी तो नहीं कर रहे हैं?

कामिनी की आखिरी बात को सुनकर आनंदसिंह बहुत बेचैन हो गए और उन्होंने घबड़ाकर कामिनी के मुंह से घूंघट हटा दिया, मगर शमादान की रोशनी में उसका खूबसूरत चेहरा देखते ही वे चौंक पड़े और बोले–"हैं! यह मामला क्या है? लाडिली को मेरे पास आने की क्या जरूरत थी? बेशक तुम लाडिली मालूम पड़ती हो? कहीं तुमने अपना चेहरा रंगा तो नहीं है?"

कामिनी–(घबड़ाहट के ढंग पर) आपकी बातें तो मेरे दिल में हौल पैदा करती हैं! न मालूम आप क्या कह रहे हैं और इस बात को क्यों नहीं सोचते कि कामिनी को आपके पास आने की जरूरत ही क्या थी।

आनंद–(बेचैनी के साथ) पहिले तुम अपना चेहरा धो डालो तो मैं तुमसे बातें करूं! तुम मुझे जरूर धोखा दे रही हो और अपनी सूरत लाडिली की-सी बनाकर मेरी जान सांसत में डाल रही हो! मैं अभी तक तुम्हें कामिनी समझ रहा था और समझता हूं।

कामिनी–(ताज्जुब से आनंदसिंह की सूरत देखकर) आपकी बातें तो कुछ विचित्र ढंग की हो रही हैं। जब आप मुझे कामिनी समझते हैं तो अपने को भी जरूर आनंदसिंह समझते होंगे?

आनंद–इसमें शक ही क्या है? क्या मैं आनंदसिंह नहीं हूं?

कामिनी–(अफसोस से हाथ मलकर) हे परमेश्वर! आज इनको क्या हो गया है!!

आनंद–बस अब तुम अपना चेहरा धो डालो तो मुझसे बातें करो, तुम नहीं जानतीं कि इस समय मेरे दिल की कैसी अवस्था है!

कामिनी–ठहरिए-ठहरिए, मैं बाहर जाकर सभों को इस बात की खबर कर देती हूं कि आपको कुछ हो गया है। मुझे आपके पास बैठते डर लगता है! हे परमेश्वर!!

आनंद–तुम नाहक मेरी जान को दुःख दे रही हो! पास ही तो पानी पड़ा है, अपना चेहरा क्यों नहीं धो डालतीं? मुझे ऐसी दिल्लगी अच्छी नहीं मालूम होती, खैर, अब बहुत हो गया, तुम उठो!

कामिनी–मेरे चेहरे में क्या लगा है जो धो डालूं? आप ही क्यों नहीं अपना चेहरा धो डालते! क्या मुंह में पानी लगाकर मैं लाडिली से कोई दूसरी ही औरत बन जाऊंगी! या आप मुंह धोकर छोटे कुमार बन जाएंगे?

आनंद–(बेचैनी से बिगड़कर) बस-बस, अब मैं बरदाश्त नहीं कर सकता और न ज्यादे देर तक ऐसी दिल्लगी सह सकता हूं। मैं हुक्म देता हूं कि तुम तुरंत अपना चेहरा धो डालो नहीं तो तुम्हारे साथ जबरदस्ती की जाएगी, फिर पीछे दोष न देना!

यह सुनते ही कामिनी घबड़ाकर उठ खड़ी हुई और यह कहती हुई कि 'आज भोर-ही-भोर ऐसी दुर्दशा में फंसी हूं, न मालूम दिन कैसा बीतेगा' उस चौकी के पास चली गई जिस पर गंगाजमनी लोटा जल से भरा हुआ रखा था और पास ही में एक बड़ा-सा आफताबा भी था। पानी से अपना चेहरा साफ किया और दो-चार कुल्ला भी करने के बाद रूमाल से मुंह पोंछ आनंदसिंह से बोली, "कहिए मैं वही हूं कि बदल गई?"

कामिनी के साथ-ही-साथ आनंदसिंह भी बिछावन पर से उठकर वहां तक चले आए थे जहां पानी और आफताबा रखा हुआ था। जब कामिनी ने मुंह धोकर उनकी तरफ देखा तो कुमार के ताज्जुब की कोई हद न रही और वह पत्थर की मूरत बनकर एकटक उसकी तरफ देखते खड़े रह गए। इस समय खिड़कियों में से आसमान पर सुबह की सुफेदी फैली हुई दिखाई दे रही थी और कमरे में भी रोशनी की कमी न थी।

कामिनी–(कुछ चिढ़ी हुई आवाज से) कहिए-कहिए, क्या मैं मुंह धोने से कुछ बदल गई? आप बोलते क्यों नहीं?

आनंद–(एक लंबी सांस लेकर) अफसोस! तुम्हारे घूंघट ने मुझे धोखा दिया। अगर मिलाप के पहिले तुम्हारी सूरत देख लेता तो धर्म नष्ट क्यों होता!

कामिनी–(जिसे अब हम लाडिली लिखेंगे, क्योंकि यह वास्तव में लाडिली ही है) फिर भी आप उसी ढंग की बातें कर रहे हैं और अभी तक अपने को छोटे कुमार समझते हैं। इतना हिलने-डोलने पर भी आपके दिमाग से स्वप्न का गुबार न निकला। (कमरे में लटकते हुए एक बड़े आईने की तरफ उंगली से इशारा करके) अब आप उसमें अपना चेहरा देख लीजिए तो मुझसे बातें कीजिए!

कुंअर आनंदसिंह भी यही चाहते थे, अस्तु, वे उस आईने के सामने चले गए और बड़े गौर से अपनी सूरत देखने लगे। लाडिली भी उनके साथ-ही-साथ उस आईने के पास चली गई और जब वे ताज्जुब के साथ आईने में अपना चेहरा देख रहे थे, तो बोली, "कहिए, अब भी आप अपने को छोटे कुमार ही समझते हैं या और कोई?"

क्रोध के साथ-ही-साथ शर्मिंदगी ने भी आनंदसिंह पर अपना कब्जा कर लिया और वे घबड़ाकर अपनी पोशाक पर ध्यान देने लगे, मगर उसमें किसी तरह की खराबी न पाकर उन्होंने पुनः लाडिली की तरफ देखा और कहा, "यह क्या मामला है? मेरी सूरत किसने बदली?"

लाडिली–(ताज्जुब और घबड़ाहट के ढंग पर) क्या आप अपनी सूरत बदली हुई समझते हैं?

आनंद–बेशक!!

लाडिली–(अफसोस के साथ हाथ मलकर) अफसोस! अगर यह बात ठीक है तो बड़ा ही गजब हुआ!!

आनंद–जरूर ऐसा ही है, मैं अभी अपना चेहरा धोता हूं!

इतना कहकर कुंअर आनंदसिंह उस चौकी के पास चले गए जिस पर पानी रखा हुआ था और अपना चेहरा धोने लगे। पानी पड़ते ही हाथ पर रंग उतर आया जिस पर निगाह पड़ते ही लाडिली चौंकी और रंज के साथ बोली, "बेशक चेहरा रंगा हुआ है! हाय बड़ा ही गजब हो गया! मैं बेमौत मारी गई। मेरा धर्म नष्ट हुआ। अब मैं अपने पति के सामने किस मुंह से जाऊंगी और अपनी हमजोलियों की बातों का क्या जवाब दूंगी! औरतों के लिए यह बड़े शर्म की बात है, नहीं-नहीं, बल्कि औरतों के लिए यह घोर पातक है कि पराये मर्द का संग करें। सच तो यों है कि पराये मर्द का शरीर छू जाने से भी प्रायश्चित लगता है और बात को तो कहना ही क्या है! हाय, मैं बर्बाद हो गई और कहीं को भी न रही। इसमें कोई शक नहीं कि आपने जान- बूझकर मुझे मिट्टी में मिला दिया!

आनंद–(अच्छी तरह चेहरा धोने के बाद रूमाल से मुंह पोंछकर) क्या कहा? क्या जान-बूझकर मैंने तुम्हारा धर्म नष्ट किया?

लाडिली–बेशक, ऐसा ही है, मैं इस बात को दुहाई दूंगी और लोगों से इंसाफ चाहूंगी।

आनंद–क्या मेरा धर्म नष्ट नहीं हुआ?

लाडिली–मर्दों के धर्म का क्या कहना है और उसका बिगड़ना ही क्या, जो दस-दस पंद्रह-पंद्रह ब्याह से भी ज्यादे कर सकते हैं! बर्बादी तो औरतों के लिए है। इसमें कोई शक नहीं कि आपने जान-बूझकर मेरा धर्म नष्ट किया! जब आप छोटे कुमार ही थे तो आपको मेरे पास से उठ जाना चाहिए था या मेरे पास बैठना ही मुनासिब न था।

आनंद–मैं कसम खाकर कह सकता हूं कि मैंने तुम्हारी सूरत घूंघट के सबब से अच्छी तरह नहीं देखी, एक दफे ऐंचातानी में निगाह पड़ भी गई थी तो तुम्हें कामिनी ही समझा था और इसके लिए भी मैं कसम खाता हूं कि मैंने तुम्हें धोखा देने के लिए जान-बूझकर अपनी सूरत नहीं रंगी है बल्कि मुझे इस बात की खबर भी नहीं कि मेरी सूरत किसने रंगी या क्या हुआ।

लाडिली–अगर आपका यह कहना ठीक है तो समझ लीजिए कि और भी गजब हो गया! मेरे साथ-ही-साथ कामिनी भी बर्बाद हो गई होगी। जिस धर्मात्मा ने धोखा देकर मेरा संग आपके साथ करा दिया है उसने कामिनी को भी जो आपके साथ ब्याही गई है, जरूर धोखा देकर मेरे पति के पलंग पर सुला दिया होगा!

यह एक ऐसी बात थी, जिसे सुनते ही आनंदसिंह का रंग बदल गया। रंज और अफसोस की जगह क्रोध ने अपना दखल जमा लिया और कुछ सुस्त तथा ठंडी रगों में बेमौके हरारत पैदा हो गई जिससे बदन कांपने लगा और उन्होंने लाल आंखें करके लाडिली की तरफ देखके कहा–"क्या कहा? तुम्हारे पति के पलंग पर कामिनी! यह किसकी मजाल है कि..."

लाडिली–ठहरिए-ठहरिए, आप गुस्से में न आ जाइए। जिस तरह आप अपनी और कामिनी की इज्जत समझते हैं उसी तरह मेरी और मेरे पति की इज्जत पर भी आपको ध्यान देना चाहिए। मेरी बर्बादी पर तो आपको गुस्सा न आया और कामिनी का भी मेरा ही-सा हाल सुनकर आप जोश में आकर उछल पड़े, अपने आपे से बाहर हो गए और आपको बदला लेने की धुन सवार हो गई! सच है, दुनिया में किसी विरले ही महात्मा को हमदर्दी और इंसाफ का ध्यान रहता है, दूसरे पर जो कुछ बीती है, उसका अंदाजा किसी को तब तक नहीं लग सकता जब तक उस पर भी वैसा ही न बीते। जिसने कभी एक उपवास भी नहीं किया है वह अकाल के मारे भूखे गरीबों पर उचित और सच्ची हमदर्दी नहीं कर सकता, यों उनके उपकार के लिए भले ही बहुत कुछ जोश दिखाए और कुछ कर भी बैठे। ताज्जुब नहीं कि हमारे बुजुर्ग और बड़े लोग इसी खयाल से बहुत से व्रत चला गए हों और इससे उनका मतलब यह भी हो कि स्वयं भूखे रहकर देख लो तब भूखों की कदर कर सकोगे। दूसरे के गले पर छुरी चला देना कोई बड़ी बात नहीं है, मगर अपने गले पर सूई से भी निशान नहीं किया जाता। जो दूसरों की बहू-बेटियों को झांका करते हैं, वे अपनी बहू-बेटियों का झांका जाना सहन नहीं कर सकते। बस इसी से समझ लीजिए कि मेरी बर्बादी पर आपको अगर कुछ खयाल हुआ तो केवल इतना ही कि बस कसम खाकर अफसोस करने लगे और सोचने लगे कि मेरे दिल से किसी तरह इस बात का रंज निकल जाए, मगर कामिनी का भी मेरे ही जैसा हाल सुनकर म्यान के बाहर हो गए! क्या यही इंसाफ है और यही हमदर्दी है? इसी दिल को लेकर आप राजा बनेंगे और राजकाज करेंगे!!

लाडिली की जोश-भरी बातें सुनकर आनंदसिंह सहम गए और शर्म ने उनकी गर्दन झुका दी। वह सोचने लगे कि क्या करूं और इसकी बातों का क्या जवाब दूं! इसी समय कमरे का दरवाजा खुला (जो शायद धोखे में खुला रह गया होगा) और इंद्रदेव की लड़की इंदिरा को साथ लिये हुए कामिनी आती दिखाई पड़ी।

लाडिली–लीजिए, कामिनी बहिन भी आ पहुंचीं! ताज्जुब नहीं कि ये भी अपना हाल कहने के लिए आई हों, (कामिनी से) लो बहिन, आज हम तुम्हारे बराबर हो गए!

कामिनी–बराबर नहीं, बल्कि बढ़के!!

दूसरा बयान

रात पहर-भर से ज्यादे जा चुकी है। महल के अंदर एक सजे हुए कमरे में एक तरफ रानी चन्द्रकान्ता, चपला और चंपा बैठी हुई हैं और उनसे थोडी ही दूर पर राजा बीरेन्द्रसिंह, गोपालसिंह और भैरोसिह बैठे आपस में कुछ बातचीत कर रहे हैं।

चन्द्रकान्ता–(बीरेन्द्र से) सच्चा-सच्चा हाल मालूम होना तो दूर रहा, मुझे इस बात का किसी तरह कुछ गुमान भी न हुआ। इस समय मैं दुलहिनों की सोहागरात का इंतजाम देख-सुनकर यहां आई और दिन-भर की थकावट से सुस्त होकर पड़ रही, जी में आया कि घण्टे-दो घण्टे सो रहूं, मगर इसी बीच में चपता बहिन आ पहुंची और बोलीं, "लो बहिन, मैं तुम्हें एक अनूठा हाल सुनाती हूं जिसको अब तक तुम लोगों को कुछ खबर ही न थी!" बस इतना कहकर बैठ गईं और कहने लगीं कि 'कमलिनी और लाडिली की शादी तिलिस्म के अंदर ही इंद्रजोत और आनंद के साथ हो चुकी है जिसके बारे नें अब तक हम लोगों को किसी ने कुछ भी नहीं कहा, इस समय लड़के (भैरोसिंह) ने मुझसे कहा है'। सुनते ही मैं धक्क हो गई कि या राम! यह कौन-सी बात थी जिसे अभी तक सब कोई छिपाए बैठे रहे!!

चपला–(भैरोसिंह की तरफ इशारा करके) सामने तो बैठा हुआ है, पूछिए कि इस समय के पहिले कभी कुछ कहा था! यद्यपि दोनों की शादियां इसके सामने ही तिलिस्म के अंदर हुई थीं।

बीरेन्द्र–मुझे भी इस विषय में किसी ने कुछ नहीं कहा था, अभी थोड़ी देर हुई कि गोपालसिंह ने यह सब हाल पिताजी ने बयान किया, तब मालूम हुआ।

चन्द्रकान्ता–यही सुनके तो मैंने आपको तकलीफ दी, क्योंकि आपकी, जुबानी सुने बिना मेरी दिलजमई नहीं हो सकती।

बीरेन्द्र–जो कुछ तुमने सुना सब ठीक है।

चन्द्रकान्ता–मजा तो यह है कि लड़कों ने भी मुझसे इस बात की कुछ चर्चा नहीं की।

बीरेन्द्र–लड़कों को तो खुद ही इस बात की खबर नहीं है कि उनकी शादी कमलिनी और लाडिली के साथ हुई थी।

चन्द्रकान्ता–यह तो आप और भी ताज्जुब की बात कहते हैं। यह भला कैसे हो सकता है कि जिनकी शादी हो उन्हीं को पता न लगे कि मेरी शादी हो गई है? इस पर कौन विश्वास करेगा!

बीरेन्द्र–बात ही कुछ ऐसी हो गई थी और यह शादी जान-बूझकर किसी मतलब से छिपाई गई थी (गोपालसिंह की तरफ इशारा करके) अब ये खुलासा हाल तुमसे बयान करेंगे तब तुम समझ जाओगी कि ऐसा क्यों हुआ।

गोपाल—मैं सब हाल आपसे खुलासा बयान करता हूं और आशा करता हूं कि आप मेरा कसूर माफ करेंगी, क्योंकि यह सब मेरी ही करतूत है और मैंने ही यह शादी कराई है।

चन्द्रकान्ता—अगर तुमने ऐसा किया तो छिपाने की क्या जरूरत थी? क्या हम लोग तुमसे रंज हो जाते? या हम लोग इस बात को नहीं समझते कि जो कुछ तुम करोगे, अच्छा ही समझके करोगे।

गोपाल—ठीक है, मगर किया क्या जाए, इस बात को छिपाए बिना काम नहीं चलता था, यही तो सबब हुआ कि खुद दोनों कुमारों को भी इस बात का पता न लगा कि उनकी शादी फलाने के साथ हो गई है।

चन्द्रकान्ता—आखिर ऐसा किया क्यों गया सो तो कहो!

गोपाल—इसका सबब यह है कि एक दिन कमला मेरे पास आई और बोली कि 'मैं आपसे एक जरूरी बात कहती हूं जिस पर आपको विशेष ध्यान देना होगा'। मैंने पूछा—'क्या!' इस पर उसने जवाब दिया कि कमलिनी ने जो कुछ अहसान हम लोगों पर, खास करके दोनों कुमारों तथा किशोरी और कामिनी पर किये हैं, वह किसी से छिपे नहीं हैं। किशोरी का खयाल है कि 'इसका बदला किसी तरह अदा हो ही नहीं सकता' और बात भी ऐसी ही है। अस्तु, किशोरी ने बात-ही-बात में अपने दिल का हाल मुझसे भी कह दिया और इस बारे में जो कुछ उसने सोच रखा था, वह भी बयान किया। किशोरी कहती है कि अगर मैं शादी न करूं या शादी होने के पहिले ही इस दुनिया से उठ जाऊं तो उसके अहसान और ताने से कुछ बच सकती हूं। इस विषय पर जब मैंने किशोरी को बहुत-कुछ समझाया तो बोली कि खैर, अगर मेरी शादी के पहिले कमलिनी की शादी कुंअर इंद्रजीतसिंह के साथ हो जाएगी तब मैं सुख से अपनी जिंदगी बिता सकूंगी और उसके अहसान से भी हलकी हो जाऊंगी क्योंकि ऐसा होने से कमलिनी को पटरानी की पदवी मिलेगी और उसी का लड़का गद्दी का मालिक समझा जाएगा। मैं छोटी रानी और कमलिनी की लौंडी होकर रहूंगी तभी मेरे दिल को राहत होगी और मैं समझूंगी कि कमलिनी के अहसान का बोझ मेरे सिर से उतर गया।

चन्द्रकान्ता—शाबाश! शाबाश!

बीरेन्द्र—बेशक, किशोरी ने बड़े हौसले की और लासानी बात सोची!

चपला—बेशक, यह साधारण बात नहीं है, यह बड़े कलेजेवाली औरतों का काम है, और इससे बढ़कर किशोरी कुछ कर ही नहीं सकती थी।

गोपाल—मैंने जब कमला की जुबानी यह बात सुनी तो दंग हो गया और मन में किशोरी की तारीफ करने लगा। सच तो यों है कि यह बात मेरे दिल में भी जम गई। अस्तु, मैंने कमला से वादा तो कर दिया कि 'ऐसा ही होगा' मगर तरद्दुद में पड़ गया कि यह काम क्योंकर पूरा होगा, क्योंकि यह बात बहुत ही कठिन बल्कि

असंभव थी कि इंद्रजीतसिंह और कमलिनी इस राय को मंजूर करें। इसके अतिरिक्त यह भी उम्मीद नहीं हो सकती थी कि हमारे महाराज इस बात को स्वीकार कर लेंगे।

भैरो–बेशक यह कठिन काम था, इंद्रजीतसिंह इस बात को कभी मंजूर न करते।

गोपाल–कई दिन के सोच-विचार के बाद मैंने और भैरोसिंह ने मिलकर एक तरकीब निकाल ली और किसी-न-किसी तरह कमलिनी और लाडिली को इंद्रानी और आनंदी बनाकर दोनों की शादी इंद्रजीतसिंह और आनंदसिंह के साथ करा दी। उन दिनों कमलिनी के पिता बलभद्रसिंह जी भूतनाथ की मदद से छूटकर यहां (अर्थात् बगुलेवाले तिलिस्मी मकान में) आ चुके थे, अन्तु, मैं तिलिस्म के अंदर-ही-अंदर यहां आया और बलभद्रसिंह जी को कन्यादान करने के लिए समझा-बुझाकर जमानिया ले गया।[1] उस दिन भूतनाथ बहुत परेशान हुआ था और भैरोसिंह मेरे साथ था। हम लोग पहिले जब इस मकान में आए थे तो भूतनाथ और बलभद्रसिंह जी के नाम की एक-एक चीठी दोनों की चारपाई पर रखके चले गए थे। बलभद्रसिंह जी की चीठी में उनकी दिलजमई के लिए एक अंगूठी भी रखी थी जो उन्होंने ब्याह के पहिले मुझे बतौर सगुन के दी थी। इसके बाद दूसरे दिन फिर पहुंचे और भूतनाथ को अपना पूरा-पूरा परिचय देकर बलभद्रसिंह जी को ले गए। उनके जाने का सबब भूतनाथ को ठीक-ठीक कह दिया था मगर साथ, ही इसके इस बात की भी ताकीद कर दी थी कि यह हाल किसी को मालूम न होवे।

इतना कहते-कहते गोपालसिंह कुछ देर के लिए रुके और फिर इस तरह कहने लगे–

"पहिले तो मुझे इस बात की चिंता थी कि बलभद्रसिंह मेरा कहना मानेंगे या नहीं, मगर उन्होंने इस बात को बड़ी खुशी से मंजूर कर लिया। अपनी लड़कियों से मिलकर वे बहुत ही प्रसन्न हुए और हम लोगों पर जो कुछ आफतें बीत चुकी थीं, उन्हें सुन-सुनाकर अफसोस करते रहे, फिर अपनी बीती सुनाकर प्रसन्नतापूर्वक हम लोगों के काम में शरीक हुए अर्थात् हंसी-खुशी के साथ उन्होंने कमलिनी और लाडिली का कन्यादान कर दिया।[2] इस काम में भैरोसिंह को भी कम तरद्दुद नहीं उठाना पड़ा, बल्कि दोनों कुमार इनसे रंज भी हो गए थे क्योंकि इनकी जुबानी असल बातों का उन्हें पता नहीं लगता था, अस्तु, शादी हो जाने के बाद इस बात का बंदोबस्त किया गया कि इंद्रजीतसिंह और आनंदसिंह इस अनूठे ब्याह को भूल जाएं तथा इंद्रानी और आनंदी से मिलने की उम्मीद न रखें।"

इसके बाद राजा गोपालसिंह ने और भी बहुत-सा हाल बयान किया जो हम सन्तति के अठारहवें भाग में लिख आए हैं और सब बातें सुनकर अंत में चन्द्रकान्ता ने कहा, "खैर, जो हुआ अच्छा ही हुआ, हम लोगों के लिए तो जैसे किशोरी और

1. देखिए चन्द्रकान्ता सन्तति, अठारहवां भाग, आठवां बयान।
2. देखिए चन्द्रकान्ता सन्तति, अठारहवां भाग, बारहवां बयान।

कामिनी हैं, वैसे ही कमलिनी और लाडिली हैं, मगर किशोरी के नाना को यदि इस बात का कुछ रंज हो तो ताज्जुब नहीं।"

बीरेन्द्र–पिताजी भी यही कहते थे। मगर इसमें कोई शक नहीं कि किशोरी ने परले सिरे की हिम्मत दिखलाई!

गोपाल–साथ ही इसके यह भी समझ लीजिए कि कमलिनी ने भी इस बात को सहज ही स्वीकार नहीं कर लिया, इसके लिए भी हम लोगों को बहुत-कुछ उद्योग करना पड़ा। बात यह है कि कमलिनी भी किशोरी को जान से ज्यादे चाहती और मानती है।

चन्द्रकान्ता–मगर मुझे इस बात का अफसोस जरूर है कि इन दोनों की शादी में किसी तरह की तैयारी नहीं की गई और न कुछ धूमधाम ही हुई।

इसके बाद बहुत देर तक इन सभों में बातचीत होती रही।

तीसरा बयान

अब हम कुंअर इंद्रजीतसिंह की तरफ चलते हैं और देखते हैं कि उधर क्या हो रहा है।

किशोरी और कमलिनी की बातचीत सुनकर कुंअर इंद्रजीतसिंह से रहा न गया और उन्होंने बेचैनी के साथ उन दोनों की तरफ देखकर कहा, "क्या तुम लोगों ने मुझे सताने और दुःख देने के लिए कसम ही खा ली है? क्यों मेरे दिल में हौल पैदा कर रही हो? असल बात क्यों नहीं बतातीं!"

किशोरी–(मुस्कुराती हुई) यद्यपि मुझे आपसे शर्म करनी चाहिए, मगर कमला और कमलिनी बहिन ने मुझे बेहया बना दिया, तिस पर आज की दिल्लगी मुझे हंसाते-हंसाते बेहाल कर रही है। आप बिगड़े क्यों जाते हैं! ठहरिए-ठहरिए, जल्दी न कीजिये और समझ लीजिये कि मेरी शादी आपके साथ नहीं हुई, बल्कि कमलिनी की शादी आपके साथ हुई है।

कुमार–सो कैसे हो सकता है! और मैं क्योंकर ऐसी अनहोनी बात मान लूं।

कमलिनी–अब आपकी हालत बहुत ही खराब हो गई! क्या कहूं मैं तो आपको अभी और छकाती, मगर दया आती है इसलिए छोड़ देती हूं। इसमें कोई शक नहीं कि मैंने आपसे दिल्लगी की है, मगर इसके लिए मैं आपसे इजाजत ले चुकी हूं! (अपनी तर्जनी उंगली दिखाकर) आप इसे पहचानते हैं!

कुमार–हां-हां, मैं इस अंगूठी को खूब पहचानता हूं, तिलिस्म के अंदर यह अंगूठी मैंने इंद्रानी को दी थी, मगर अफसोस!

कमलिनी–अफसोस न कीजिए, आपकी इंद्रानी मरी नहीं, बल्कि जीती-जागती आपके सामने खड़ी है।

कमलिनी की इस आखिरी बात ने कुमार के दिल से आश्चर्य और दुःख को धोकर साफ कर दिया और उन्होंने खुशी-खुशी कमलिनी और किशोरी का हाथ पकड़कर कहा, "क्या यह सच है?"

किशोरी–जी हां, सच है।

कुमार–और जिन दोनों को मैंने मरी हुई देखा था, वे कौन थीं?

किशोरी–वे वास्तव में माधवी और मायारानो थीं जो तिलिस्म के अंदर ही अपनी बदकारियों का फल भोगकर मर चुकी थीं। आपके दिल से उस शादी का खयाल उठा देने के लिए ही उनकी लाशें इंद्रानी और आनंदी बनाकर दिखा दी गई थीं, मगर वास्तव में इंद्रानी यहीं मौजूद है और आनंदी लाडिली थी, जो आनंदसिंह के साथ ब्याही गई थी। इस समय उधर भी कुछ ऐसा ही रंग मचा हुआ है।

कुमार–तुम्हारी बातों ने इस समय मुझे प्रसन्न कर दिया, विशेष प्रसन्नता तो इस बात से होती है कि तुम खुले दिल से इन बातों का बयान कर रही हो और कमलिनी में तथा तुममें पूरे दर्जे की मुहब्बत मालूम होती है। ईश्वर इस मुहब्बत को बराबर इसी तरह बनाए रहे। (कमलिनी से) मगर तुमने मुझे बड़ा ही धोखा दिया, ऐसी दिल्लगी भी कभी किसी ने नहीं सुनी होगी! आखिर ऐसा किया ही क्यों!

कमलिनी–अब क्या सब बातें खड़े-खड़े हो खत्म होंगी और बैठने की इजाजत न दी जाएगी?

कुमार–क्यों नहीं, अब बैठकर हंसी-दिल्लगी करने और खुशी मनाने के सिवाय और हम लोगों को करना ही क्या है!

इतना कहकर कुंअर इंद्रजीतसिंह गद्दी पर बैठ गए और हाथ पकड़कर किशोरी और कमलिनी को अपने दोनों बगल में बैठा लिया। कमला आज्ञा पाकर बैठा ही चाहती थी कि दरवाजे पर ताली बजने की आवाज आई जिसे सुनते ही वह बाहर चली गई और तुरंत लौटकर बोली, "पहरेवाली लौंडी कहती है कि भैरोसिंह बाहर खड़े हैं।"

कुमार–(खुश होकर) हां-हां, उन्हें जल्द ले आओ, इन हजरत ने मेरे साथ क्या कम दिल्लगी की है? अब तो मैं सब बातें समझ गया। भला, आज उन्हें इत्तिला कराके मेरे पास आने का दिन तो नसीब हुआ!

कुमार की बातें सुनकर कमला पुनः बाहर चली गई और कमलिनी तथा किशोरी, कुमार के बगल से कुछ हटकर बैठ गईं, इतने ही में भैरोसिंह आ पहुंचे।

कुमार–आइए, आइए, आपने भी मुझे बहुत छकाया है, पर क्या चिंता है, समय मिलने पर समझ लूंगा।

भैरो–(हंसकर) जो कुछ किया (किशोरी की तरफ बताकर) इन्होंने किया, मेरा कोई कसूर नहीं।

कुमार–खैर, जो कुछ हुआ सो अच्छा हुआ, अब मुझे सच्चा-सच्चा हाल तो सुना दो कि तिलिस्म के अंदर इस तरह की रूखी-फीकी शादी क्यों कराई गई और इस काम के अगुआ कौन महापुरुष हैं?

भैरो–(किशोरी की तरफ इशारा करके) जो कुछ किया सब इन्होंने किया। यही सब काम में अगुआ थीं और राजा गोपालसिंह इस काम में इनकी मदद कर रहे थे। उन्हीं की आज्ञानुसार मुझे भी मजबूर होकर इन लोगों का साथ देना पड़ा था। इसका खुलासा हाल आप कमला से पूछिए, यही ठीक-ठीक बतावेगी।

कुमार–(कमला से) खैर, तुम्हीं बताओ कि क्या हुआ?

कमला–(किशोरी से) कहो बहिन, अब तो मैं साफ कह दूं?

किशोरी–अब छिपाने की जरूरत ही क्या है?

कमला ने इस तरह से कहना शुरू किया, "किशोरी बहिन ने मुझसे कई दफे कहा कि 'तू इस बात का बंदोबस्त कर कि किसी तरह मेरी शादी के पहिले ही कमलिनी की शादी कुमार के साथ हो जाए' मगर मेरे किये इसका कुछ भी बंदोबस्त न हो सका और कमलिनी रानी भी इस बात पर राजी होती दिखाई न दीं। अस्तु, मैं बात टालकर चुपकी हो बैठी, मगर मुझे इस बात में सुस्त देखकर किशोरी ने फिर मुझसे कहा कि 'देख कमला, तू मेरी बात पर कुछ ध्यान नहीं देती, मगर इसे खूब समझ रखियो कि अगर मेरा इरादा पूरा न हुआ अर्थात् मेरी शादी के पहिले ही कमलिनी की शादी कुमार के साथ न हो गई तो मैं कदापि ब्याह न करूंगी, बल्कि अपने गले में फांसी लगाकर जान दे दूंगी। कमलिनी ने जो कुछ एहसान मुझ पर किये हैं, उनका बदला मैं किसी तरह चुका नहीं सकती, अगर कुछ चुका सकती हूं तो इसी तरह कि कमलिनी को पटरानी बनाऊं और आप उसकी लौंडी होकर रहूं, मगर अफसोस है कि तू मेरी बातों पर कुछ भी ध्यान नहीं देती जिसका नतीजा यह होगा कि एक दिन तू रोएगी और पछताएगी।'

"किशोरी की इस आखिरी बात से मेरे कलेजे पर एक चोट-सी लगी और मैंने सोचा कि जो कुछ यह कहती है बहुत ठीक है, ऐसा होना ही चाहिए। आखिर मैंने राजा गोपालसिंह से यह सब हाल कहा और उन्हें अपनी तरफ से भी बहुत-कुछ समझाया जिसका नतीजा यह निकला कि वे दिलोजान से इस काम के लिए तैयार हो गए। जब वे खुद तैयार हो गए तो फिर क्या था? सब काम खूबी के साथ होने लगा।

"राजा गोपालसिंह ने इस विषय में कमलिनी जी से कहा और उन्हें बहुत समझाया मगर ये राजी न हुईं और बोलीं कि 'आपकी आज्ञानुसार मैं कुमार से ब्याह कर लेने के लिए तैयार हूं, मगर यह नहीं हो सकता कि किशोरी से पहिले ही अपनी शादी करके उसका हक मार दूं, हां, किशोरी की शादी हो जाने के बाद जो कुछ आप आज्ञा देंगे, मैं करूंगी'। यह जवाब सुनकर गोपालसिंह जी ने फिर कमलिनी को समझाया और कहा कि 'अगर तुम किशोरी की इच्छा पूरी न करोगी तो यह अपनी

जान दे देगी, फिर तुम ही सोच लो कि उनके मर जाने से कुमार की क्या हालत होगी और तुम्हारी इस जिद का क्या नतीजा निकलेगा?'

''गोपालसिंह जी की इस बात ने (कमलिनी की तरफ बताके) इन्हें लाजवाब कर दिया और लाचार हो शादी करने पर राजी हो गईं। तब राजा साहब ने भैरोसिंह को मिलाया और ये इस बात पर राजी हो गए। इसके बाद यह सोचा गया कि कुमार इस बात को स्वीकार न करेंगे। अस्तु, उन्हें धोखा देकर जहां तक जल्द हो तिलिस्म के अंदर ही कमलिनी के साथ उनकी शादी कर देनी चाहिए, क्योंकि तिलिस्म के बाहर हो जाने पर हम लोग स्वाधीन न रहेंगे और अगर बड़े महाराज इस बात को सुनकर अस्वीकार कर देंगे तो फिर हम लोग कुछ भी न कर सकेंगे, इत्यादि।

''बस यही सबब हुआ कि तिलिस्म के अंदर आपसे तरह-तरह की चलबाजियां खेली गईं और भैरोसिंह ने भी आपसे भेद छिपा रखा। खुद राजा गोपालसिंह जी तिलिस्म के अंदर आए और बुड्ढे दारोगा बनकर इस काम में उद्योग करने लगे।''

कुमार–(बात रोककर ताज्जुब के साथ) क्या खुद गोपालसिंह बुड्ढे दारोगा बने थे?

कमला–जी हां, वह बुड्ढी मैं बनी थी, तथा किशोरी और इंदिरा आदि ने लड़कों का रूप धरा था।

कमलिनी–(हंसकर) यह बुड्ढी भैरोसिंह की जोरू बनी थी। अब इस बात को सच कर दिखाना चाहिए, अर्थात् इस बुड्ढी को भैरोसिंह के गले मढ़ना चाहिए।

कुमार–जरूर! (कमला से) तब तो मैं समझता हूं कि 'मकरंद' इत्यादि के बारे में जो कुछ भैरोसिंह ने बयान किया था, वह सब झूठ था।

कमला–हां, बेशक उसमें बारह आने से ज्यादे झूठ था।

कुमार–खैर, तब क्या हुआ? तुम आगे बयान करो।

कमला ने फिर इस तरह बयान करना शुरू किया–

''भैरोसिंह जान-बूझकर इसलिए पागल बनाकर आपको दिखाये गए थे जिससे एक तो आप धोखे में पड़ जाएं और समझें कि हमारे विपक्षी लोग भी वहां रहते हैं, दूसरे आपसे मिलाप हो जाने पर यदि भैरोसिंह से कभी कुछ भूल भी हो जाए तो आप यही समझें कि अभी तक इनके दिमाग में पागलपन का कुछ धुआं बचा हुआ है। जिस समय हम लोग तिलिस्म के अंदर पहुंचाए गए थे, उस समय राजा गोपालसिंह ने अपनी खास तिलिस्मी किताब कमलिनी जी को दे दी थी जिससे तिलिस्म का बहुत-कुछ हाल इन्हें मालूम हो गया था और इनकी मदद से हम लोग जो चाहते थे, करते थे तथा किसी बात की तकलीफ भी नहीं होती थी और खाने-पीने की सभी चीजें राजा गोपालसिंह जी पहुंचा दिया करते थे।

''भैरोसिंह जब पागल बनने के बाद आपसे मिले थे, तो अपना ऐयारी का बटुआ जान-बूझकर कमलिनी जी के पास रख गए थे। फिर जब भैरोसिंह को बुलाने की इच्छा हुई तो उन्हीं का बटुआ और पीले मकरंद की लड़ाई दिखाकर, वे आपसे अलग

कर लिये गए, कमलिनी पीले मकरन्द की सूरत में थीं और मैं उनका मुकाबला कर रही थी, कही-बदी और मेल की लड़ाई थी इसलिए आपने समझा होगा कि हम दोनों बड़े बहादुर और लड़ाके हैं। अस्तु, इस मामले के बाद जब इंद्रानी और आनंदी वाले बाग में भैरोसिंह आपसे मिले तब भी इन्होंने बहुत-सी झूठ बातें बनाकर आपसे कहीं और जब आप इनसे रंज हुए तो आपका संग छोड़कर फिर हम लोगों की तरफ चले आए।[1] आप दोनों भाई उस समय शादी करने से इनकार करते थे, मगर मजबूरी और लाचारी ने आपका पीछा न छोड़ा, इसके अतिरिक्त खुद इंद्रानी और आनंदी ने भी आप दोनों को किशोरी और कामिनी की चीठी दिखाकर खुश कर लिया था। यहां आकर आपने सुना ही है कि कमलिनी जी के पिता बलभद्रसिंहजी, जिन्हें भूतनाथ छुड़ा लाया था, यकायक गायब हो गए और कई दिनों के बाद लौटकर आए।"

कुमार–हां, सुना था।

कमला–बस उन्हें राजा गोपालसिंह ही यहां आकर ले गए थे और खुद बलभद्रसिंह जी ने ही अपनी दोनों लड़कियों का कन्यादान किया था।

कुमार–(हंसते हुए) ठीक है, अब मैं सब बातें समझ गया और यह भी मालूम हो गया कि केवल धोखा देने के लिए ही माधवी और मायारानी जो पहिले ही मर चुकी थीं, इंद्रानी और आनंदी बनाकर दिखाई गई थीं।

भैरो–जी हां।

कुमार–मगर नानक वहां क्योंकर पहुंचा था?

भैरो–आप सुन चुके हैं कि तारासिंह ने नानक को कैसा छकाया था, अस्तु, वह हम लोगों से बदला लेने की नीयत करके वहां गया और मायारानी से मिल गया था। कमलिनी जी ने वहां का रास्ता उसे बता दिया था, उसी का यह नतीजा निकला। जब मायारानी राजा गोपालसिंह के कब्जे में पड़ गई तब राजा साहब ने नानक को बहुत-कुछ बुरा-भला कहा, यहां तक कि नानक उनके पैरों पर गिर पड़ा और उनसे अपने कसूर की माफी मांगी। उस समय राजा साहब ने उसका कसूर माफ करके, उसे अपने साथ रख लिया। तब से वह उन्हीं के कब्जे में रहा और उन्हीं की आज्ञानुसार आपको धोखे में डालने की नीयत से मायारानी और माधवी की लाश के पास दिखाई दिया था। वे दोनों पहिले ही मारी जा चुकी थीं, मगर आपको भुलावा देने की नीयत से उनकी लाश इंद्रानी और आनंदी बनाकर दिखाई गई थीं। इसके अतिरिक्त और जो कुछ हाल है, वह आपको राजा गोपालसिंह जी की जुबानी मालूम होगा।

कुमार–ठीक है, मैं ईश्वर को धन्यवाद देता हूं कि मायारानी और माधवी की लाश को इंद्रानी और आनंदी की सूरत में देखकर जो कुछ रंज मुझे हुआ था और आज तक इस घटना का जो कुछ असर मेरे दिल में था, वह जाता रहा। अब मैं अपने को खुशनसीब समझने लगा। (कमलिनी से) अच्छा यह बताओ कि रात की दिल्लगी

---

1. देखिए, अठारहवां भाग, ग्यारहवां बयान।

तुमने किस तौर पर की? मेरी समझ में कुछ न आया और न इस बात का पता लगा कि मेरी सूरत क्योंकर बदल गई?

कमलिनी–इस बात का जवाब आपको कमला से मिलेगा।

कमला–यह तो एक मामूली बात है। समझ लीजिए कि जब आप सो गए तो इन्हीं (कमलिनी) ने आपको बेहोश करके आपकी सूरत बदल दी।[1]

कुमार–ठीक है, मगर ऐसा क्यों किया?

कमला–एक तो दिल्लगी के लिए और दूसरे किशोरी के इस खयाल से कि जिसकी शादी पहिले हुई है, उसी की सुहागरात भी पहिले होनी चाहिए।

कुमार–(हंसकर और किशोरी की तरफ देखकर) अच्छा तो यह सब आपकी बहादुरी है। खैर, आज आपकी पारी होगी ही, समझ लूंगा!

किशोरी ने शर्माकर सिर नीचा कर लिया और कुमार की बात का कुछ भी जवाब न दिया।

इसके बाद वे लोग कुछ देर तक हंसी-खुशी की बातें करते रहे और तब अपने-अपने ठिकाने चले गए।

कुंअर इंद्रजीतसिंह और आनंदसिंह की शादी के बाद कई दिनों तक हंसी-खुशी का जलसा बराबर बना रहा, क्योंकि इस शादी के आठवें ही दिन कमला की शादी भैरोसिंह के साथ और तारासिंह की शादी इंदिरा के साथ हो गई और इस नाते को भूतनाथ तथा इंद्रदेव ने बड़ी खुशी के साथ मंजूर कर लिया।

इन सब कामों से छुट्टी पाकर महाराज ने निश्चय किया कि अब पुनः उसी बगुले वाले तिलिस्मी मकान में चलकर कैदियों का मुकदमा सुना जाए, अस्तु, आज्ञानुसार बाहर के आए हुए मेहमान लोग हंसी-खुशी के साथ बिदा किए गए और फिर कई दिनों तक तैयारी करने के बाद सभों का डेरा कूच हुआ और पहिले की तरह पुनः वह तिलिस्मी मकान हरा-भरा दिखाई देने लगा। कैदी भी उसी मकान के तहखाने में पहुंचाए गए और सबका मुकदमा सुनने की तैयारी होने लगी।

चौथा बयान

अब हम थोड़ा-सा हाल नानक और उसकी मां का बयान करते हैं, जो हर तरह से कसूरवार होने पर भी महाराज की आज्ञानुसार कैद किये जाने से बच गए और उन्हें केवल देश-निकाले का दंड दिया गया।

---

1. यही काम उधर लाडिली ने किया था। खुद तो पहिले ही से कामिनी बनी हुई थी, मगर जब कुमार सो गए तब उन्हें बेहोश करके उनकी सूरत बदल दी और सुबह को उनके जागने के पहिले ही अपना चेहरा साफ कर लिया।

यद्यपि महाराज ने उन दोनों पर दया की और उन्हें छोड़ दिया, मगर यह बात सर्वसाधारण को पसंद न आई। लोग यही कहते रहे कि 'यह काम महाराज ने अच्छा नहीं किया और इसका नतीजा बहुत बुरा निकलेगा'। आखिर ऐसा ही हुआ अर्थात् नानक ने इस अहसान को भूलकर फसाद करने और लोगों की जान लेने पर कमर बांधी।

जब नानक की मां और नानक को देश-निकाले का हुक्म हो गया और इंद्रदेव के आदमी इन दोनों को सरहद के पार करके लौट आए, तब ये दोनों बहुत ही दुःखी और उदास हो एक पेड़ के नीचे बैठकर सोचने लगे कि अब क्या करना चाहिए। उस समय सबेरा हो चुका था और सूर्य की लालिमा पूरब तरफ आसमान पर फैल रही थी।

रामदेई–कहो, अब क्या इरादा है? हम लोग तो बड़ी मुसीबत में फंस गए!

नानक–बेशक, मुसीबत में फंस गए और बिलकुल कंगाल कर दिए गए। तुम्हारे जेवरों के साथ-ही-साथ मेरे हर्बे भी छीन लिये गए और हम इस लायक भी न रहे कि किसी ठिकाने पर पहुंचकर रोजी के लिए कुछ उद्योग कर सकते।

रामदेई–ठीक है, मगर मैं समझती हूं कि अगर हम लोग किसी तरह नन्हों के यहां पहुंच जाएंगे तो खाने का ठिकाना हो जाएगा और उससे किसी तरह की मदद भी ले सकेंगे।

नानक–नन्हों के यहां जाने से क्या फायदा होगा? वह तो खुद गिरफ्तार होकर कैदखाने की हवा खा रही होगी! हां, उसका भतीजा बेशक बचा हुआ है जिसे उन लोगों ने छोड़ दिया और जो नन्हों की जायदाद का मालिक बन बैठा होगा, मगर उससे किसी तरह की उम्मीद मुझको नहीं हो सकती है।

रामदेई–ठीक है, मगर नन्हों की लौंडियों में से दो-एक ऐसी हैं, जिनसे मुझे मदद मिल सकती है।

नानक–मुझे इस बात की भी उम्मीद नहीं है, इसके अतिरिक्त वहां तक पहुंचने के लिए भी तो समय चाहिए, यहां तो एक शाम की भूख बुझाने के लिए पल्ले में कुछ नहीं है।

रामदेई–ठीक है, मगर क्या तुम अपने घर भी मुझे नहीं ले जा सकते? वहां तो तुम्हारे पास रुपये-पैसे की कमी नहीं होगी!

नानक–हां, यह हो सकता है, वहां पहुंचने पर फिर मुझे किसी तरह की तकलीफ नहीं हो सकती, मगर इस समय तो वहां तक पहुंचना भी कठिन हो रहा है। (लंबी सांस लेकर) अफसोस! मेरा ऐयारी का बटुआ भी छीन लिया गया और हम लोग इस लायक भी न रह गए कि किसी तरह सूरत बदलकर अपने को लोगों की आंखों से छिपा लेते।

रामदेई–खैर, जो होना था सो हो गया, अब इस समय अफसोस करने से काम न चलेगा। सब जेवर छिन जाने पर भी मेरे पास थोड़ा-सा सोना बचा हुआ है, अगर इससे कुछ काम चले तो...

नानक–(चौंककर) क्या कुछ है!

रामदेई–हां!

इतना कहकर रामदेई ने धोती के अंदर छिपी हुई सोने की एक करधनी निकाली और नानक के आगे रख दी।

नानक–(करधनी को हाथ में लेकर) बहुत है, हम लोगों को घर तक पहुंचा देने के लिए काफी है, और वहां पहुंचने पर किसी तरह की तकलीफ न रहेगी क्योंकि वहां मेरे पास खाने-पीने की कमी नहीं है।

रामदेई–तो क्या वहां चलकर इन बातों को भूल...

नानक–(बात काटकर) नहीं-नहीं, यह न समझना कि वहां पहुंचकर हम इन बातों को भूल जाएंगे और बेकार बैठे टुकड़े तोड़ेंगे, बल्कि वहां पहुंचकर इस बात का बंदोबस्त करेंगे कि अपने दुश्मनों से बदला लिया जाए।

रामदेई–हां, मेरा भी यही इरादा है, क्योंकि मुझे तुम्हारे बाप की बेमुरौवती का बड़ा रंज है जिसने हम लोगों को दूध की मक्खी की तरह एकदम निकालकर फेंक दिया और पिछली मुहब्बत का कुछ खयाल न किया। शांता और हरनामसिंह को पाकर ऐंठ गया और इस बात का कुछ भी खयाल न किया कि आखिर नानक भी तो उसका ही लड़का है और वह ऐयारी भी जानता है।

नानक–(जोश के साथ) बेशक, यह उसकी बेईमानी और हरमजदगी है! अगर वह चाहता तो हम लोगों को बचा सकता था।

रामदेई–बचा लेना क्या, यह जो कुछ किया, सब उसी ने तो किया। महाराज ने तो हुक्म दे ही दिया था कि 'भूतनाथ की इच्छानुसार इन दोनों के साथ बर्ताव किया जाए।'

नानक–बेशक, ऐसा ही है! उसी कमबख्त ने हम लोगों के साथ ऐसा सलूक किया। मगर क्या चिंता है, इसका बदला लिये बिना मैं कभी न छोड़ूंगा।

रामदेई–(आंसू बहाकर) मगर तेरी बातों पर मुझे विश्वास नहीं होता क्योंकि तेरा जोश थोड़ी ही देर का होता है।

नानक–(क्रोध के साथ रामदेई के पैरों पर हाथ रखके) मैं तुम्हारे चरणों की कसम खाकर कहता हूं कि इसका बदला लिये बिना कभी न रहूंगा।

रामदेई–भला मैं भी तो सुनूं कि तुम क्या बदला लोगे? मेरे खयाल में तो वह जान से मार देने लायक है।

नानक–ऐसा ही होगा, ऐसा ही होगा! जो तुम कहती हो वही करूंगा, बल्कि उसके लड़के हरनामसिंह को यमलोक पहुंचाऊंगा!

रामदेई–शाबाश! मगर मेरा चित्त तब तक प्रसन्न न होगा जब तक शांता का सिर अपने तलवों से न रगड़ने पाऊंगी!

नानक–मैं उसका सिर भी काटकर तुम्हारे सामने लाऊंगा और तब तुमसे आशीर्वाद लूंगा।

रामदेई–शाबाश, ईश्वर तेरा भला करे! मैं समझती हूं कि इन बातों के लिए तू एक दफे फिर कसम खा जिसमें मेरी पूरी दिलजमई हो जाए।

नानक–(सूर्य की तरफ हाथ उठाकर) मैं त्रिलोकीनाथ के सामने हाथ उठाकर कसम खाता हूं कि अपनी मां की इच्छा पूरी करूंगा और जब तक ऐसा न कर लूंगा, अन्न न खाऊंगा।

रामदेई–(नानक की पीठ पर हाथ फेरकर) बस-बस, अब मैं प्रसन्न हो गई और मेरा आधा दुःख जाता रहा।

नानक–अच्छा तो फिर यहां से उठो। (हाथ का इशारा करके) किसी तरह उस गांव में पहुंचना चाहिए, फिर बंदोबस्त होता रहेगा।

दोनों उठे और एक गांव की तरफ रवाना हुए जो वहां से दिखाई दे रहा था।

पांचवां बयान

पाठक, आपने सुना कि नानक ने क्या प्रण किया? अस्तु, अब यहां पर हम यह कह देना उचित समझते हैं कि नानक अपनी मां को लिये हुए जब घर पहुंचा तो वहां उसने एक दिन के लिए भी आराम न किया। ऐयारी का बटुआ तैयार करने के बाद हर तरह का इंतजाम करके और चार-पांच शागिर्दों और नौकरों को साथ लेके वह उसी दिन घर के बाहर निकला और चुनार की तरफ रवाना हुआ। जिस दिन कुंअर इंद्रजीतसिंह और आनंदसिंह की बारात निकलनेवाली थी उस दिन वह चुनार की सरहद में मौजूद था। बारात की कैफियत उसने अपनी आंखों से देखी थी और इस बात की फिक्र में भी लगा हुआ था कि किसी तरह दो-चार कैदियों को कैद से छुड़ाकर अपना साथी बना लेना चाहिए और मौका मिलने पर राजा गोपालसिंह को भी इस दुनिया से उठा देना चाहिए।

अब हम कुंअर इंद्रजीतसिंह और आनंदसिंह का हाल बयान करते हैं।

दोपहर दिन का समय है और सब कोई भोजन इत्यादि से निश्चिंत हो चुके हैं। एक सजे हुए कमरे में राजा गोपालसिंह, भरतसिंह, कुंअर आनंदसिंह, भैरोसिंह और तारासिंह बैठे हुए हंसी-खुशी की बातें कर रहे हैं।

गोपाल–(भरतसिंह से) क्या मुझे स्वप्न में भी इस बात की उम्मीद हो सकती थी कि आपसे किसी दिन मुलाकात होगी? कदापि नहीं, क्योंकि लोगों के कहने पर मुझे विश्वास हो गया था कि आप जंगल में डाकुओं के हाथ से मारे गए...

भरत–और इसका बहुत बड़ा सबब यह था कि तब तक दारोगा की बेईमानी का आपको पता न लगा था, उसे आप ईमानदार समझते थे और उसी ने मुझे कैद किया था।

गोपाल–बेशक, यही बात है मगर खैर, ईश्वर जिसका सहायक रहता है वह किसी के बिगाड़े नहीं बिगड़ सकता। देखिए मायारानी ने मेरे साथ क्या कुछ न किया, मगर ईश्वर ने मुझे बचा लिया और साथ ही इसके बिछुड़े हुओं को भी मिला दिया!

भरत–ठीक है, मगर मेरे प्यारे दोस्त, मैं कह नहीं सकता कि कमबख्त दारोगा ने मुझे कैसी तकलीफें दी हैं और मजा तो यह है कि इतना करने पर भी वह बराबर अपने को निर्दोष ही बताता रहा। अस्तु, जब मैं अपना हाल बयान करूंगा, तब आपको मालूम होगा कि दुनिया नें कैसे-कैसे निमकहराम और संगीन लोग होते हैं और बदों के साथ नेकी करने का नतीजा बहुत बुरा होता है।

गोपाल–ठीक है, ठीक है, इन्हीं बातों को सोचकर भैरोसिंह बार-बार मुझसे कहते हैं कि 'आपने नानक को सूखा छोड़ दिया सो अच्छा नहीं किया, वह बद है और बदों के साथ नेकी करना वैसा ही है जैसा नेकों के साथ बदी करना'।

भरत–भैरोसिंह का कहना वाजिब है, मैं उनका समर्थन करता हूं।

भैरो–कृपानिधान, सच तो यों है कि नानक की तरफ से मुझे किसी तरह बेफिक्री होती ही नहीं। मैं अपने दिल को कितना ही समझाता हूं, मगर वह जरा भी नहीं मानता। ताज्जुब नहीं कि...

भैरोसिंह इतना कह ही रहा था कि साम्ने से भूतनाथ आता हुआ दिखाई पड़ा।

गोपाल–अजी वाह जी भूतनाथ, चार-चार दफे बुलाने पर भी आपके दर्शन नहीं होते!!

भूतनाथ–(मुस्कुराता हुआ) अभी क्या हुआ है, दो-चार दिन बाद तो मेरे दर्शन और भी दुर्लभ हो जाएंगे!

गोपाल–(ताज्जुब से) सो क्या?

भूतनाथ–यही कि मेरा सपूत नानक इस शहर में आ पहुंचा है और मेरी अन्त्येष्टि क्रिया करके बहुत जल्द अपने सिर का बोझ हलका करने की फिक्र में लगा है। (बैठकर) कृपा कर आप भी जरा होशियार रहिएगा!

गोपाल–तुम्हें कैसे मालूम हुआ कि वह बदनीयती के साथ यहां आ गया है।

भूतनाथ–मुझे अच्छी तरह मालूम हो गया है। इसी से तो मुझे यहां आने में देर हो गई क्योंकि मैं यह हाल कहने और तीन-चार दिन की छुट्टी लेने के लिए महाराज के पास चला गया था, वहां से लौटा हुआ आपके पास आ रहा हूं।

गोपाल–तो क्या महाराज से छुट्टी ले आए?

भूतनाथ–जी हां, अब आपसे यह पूछना है कि आप अपने लिए क्या बंदोबस्त करेंगे?

गोपाल–तुम तो इस तरह की बातें करते हो जैसे उसकी तरफ से कोई बहुत बड़ा तरद्दुद हो गया हो! वह बेचारा कल का लौंडा हम लोगों के साथ क्या कर सकता है।

भूतनाथ–सो तो ठीक है, मगर दुश्मन को छोटा और कमजोर न समझना चाहिए।

गोपाल–तुम्हें ऐसा ही डर है तो कहो, बैठे-ही-बैठे चौबीस घण्टे के अंदर उसे गिरफ्तार कराके तुम्हारे हवाले कर दूं?

भूतनाथ–यह मुझे विश्वास है और आप ऐसा कर सकते हैं, मगर मुझे यह मंजूर नहीं है, क्योंकि मैं जरा दूसरे ढंग से उसका मुकाबिला किया चाहता हूं। आप जरा बाप-बेटे की लड़ाई देखिए तो! हां, अगर वह आपकी तरफ झुके तो जैसा मौका देखिए कीजिएगा।

गोपाल–खैर, ऐसा ही सही, मगर तुमने क्या सोचा है, जरा अपना मनसूबा तो सुनाओ!

इसके बाद उन लोगों में देर तक बातें होती रहीं और दो घण्टे के बाद भूतनाथ उठकर अपने डेरे की तरफ चला गया।

छठवां बयान

नानक जब चुनारगढ़ की सरहद पर पहुंचा तब सोचने लगा कि दुश्मनों से क्योंकर बदला लेना चाहिए। वह पांच आदमियों को अपना शिकार समझे हुए था और उन्हीं पांचों की जान लेने का विचार करता था। एक तो राजा गोपालसिंह, दूसरे इंद्रदेव, तीसरा भूतनाथ, चौथा हरनामसिंह और पांचवीं शांता। बस ये ही पांच उसकी आंखों में खटक रहे थे, मगर इनमें से दो अर्थात् राजा गोपालसिंह और इंद्रदेव के पास फटकने की तो उसकी हिम्मत नहीं पड़ती थी और वह समझता था कि ये दोनों तिलिस्मी आदमी हैं, इनके काम जादू की तरह हुआ करते हैं और इनमें लोगों के दिल की बात समझ जाने की कुदरत है, मगर बाकी तीनों को वह निरा शिकार ही समझता था और विश्वास करता था कि इन तीनों को किसी-न-किसी तरह फंसा लेंगे। अस्तु, चुनारगढ़ की सरहद में आ पहुंचने के बाद उसने गोपालसिंह और इंद्रदेव का खयाल तो छोड़ दिया और भूतनाथ की स्त्री और उसके लड़के हरनामसिंह की जान लेने के फेर में पड़ा। साथ ही इसके यह भी समझ लेना चाहिए कि नानक यहां अकेला नहीं आया था बल्कि समय पर मदद पहुंचाने के लायक सात-आठ आदमी और भी अपने साथ लाया था जिनमें से चार-पांच तो उसके शागिर्द ही थे।

दोनों कुमारों की शादी में जिस तरह दूर-दूर के मेहमान और तमाशबीन लोग आए थे, उसी तरह साधू-महात्मा तथा साधू-वेशधारी पाखंडी लोग भी बहुत-से इकट्ठे हो गए थे, जिन्हें सरकार की तरफ से खाने-पीने को भरपूर मिलता था और उस

लालच में पड़े हुए उन लोगों ने अभी तक चुनारगढ़ का पीछा नहीं छोड़ा था तथा तिलिस्मी मकान के चारों तरफ तथा आस-पास के जंगलों में डेरा डाले पड़े हुए थे। नानक और उसके साथी लोग भी साधुओं ही के वेश में वहां पहुंचे और उसी मंडली में मिल-जुलकर रहने लगे।

नानक को यह बात मालूम थी कि भूतनाथ का डेरा तिलिस्मी इमारत के अंदर है और वह वहां बड़ी कड़ी हिफाजत के साथ रहता है। इसलिए वह कभी-कभी यह सोचता था कि मेरा काम सहज ही में नहीं हो जाएगा, बल्कि उसके लिए बड़ी भारी मेहनत करनी पड़ेगी। मगर वहां पहुंचने के कुछ ही दिन बाद (जब शादी-ब्याह से सब कोई निश्चिंत होकर तिलिस्मी इमारत में आ गए) उसने सुना और देखा कि महाराज की आज्ञानुसार भूतनाथ ने स्त्री और लड़के सहित तिलिस्मी इमारत के बाहर एक बहुत बड़े और खूबसूरत खेमे में डेरा डाला है, अतएव वह बहुत ही प्रसन्न हुआ और उसे यह विश्वास हो गया कि मैं अपना काम शीघ्र और सुभीते के साथ निकाल लूंगा।

नानक ने और भी दो-तीन रोज तक इंतजार किया और इस बीच में यह भी जान लिया कि भूतनाथ के खेमे की कुछ विशेष हिफाजत नहीं होती और पहरे वगैरह का इंतजाम भी साधारण-सा ही है तथा उसके शागिर्द लोग भी आजकल मौजूद नहीं हैं।

रात आधी से कुछ ज्यादे जा चुकी थी। यद्यपि चंद्रदेव के दर्शन नहीं होते थे, मगर आसमान साफ होने के कारण टुटपूंजिया तारागण अपनी नामवरी पैदा करने का उद्योग कर रहे थे और नानक जैसे बुद्धिमान लोगों से पूछ रहे थे कि यदि हम लोग इकट्ठे हो जाएं तो क्या चंद्रमा से चौगुनी और पांच गुनी चमक-दमक नहीं दिखा सकते तथा जवाब में यह भी सुना चाहते थे कि 'निःसंदेह'! ऐसे समय एक आदमी स्याह लबादा ओढ़े रहने पर भी लोगों की निगाहों से अपने को बचाता हुआ भूतनाथ के खेमे की तरफ जा रहा है। पाठक समझ ही गए होंगे कि यह नानक है। अस्तु, जब वह खेमे के पास पहुंचा तो अपने मतलब का सन्नाटा देख खड़ा हो गया और किसी के आने का इंतजार करने लगा। थोड़ी ही देर में एक दूसरा आदमी भी उसके पास आया और दो-चार सायत तक बातें करके चला गया। उस समय नानक जमीन पर लेट गया और धीरे-धीरे खिसकता हुआ खेमे की कनात के पास जा पहुंचा, तब उसे धीरे-से उठाकर अंदर चला गया। यहां उसने अपने को गुलामगर्दिश में पाया मगर यहां बिलकुल ही अंधकार था, हां, यह जरूर मालूम होता था कि आगेवाली कनात के अंदर अर्थात् खेमे में कुछ रोशनी हो रही है। नानक फिर वहां लेट गया और पहिले की तरह यह दूसरी कनात भी उठाकर खेमे के अंदर जाने का विचार कर ही रहा था कि दाहिनी तरफ से कुछ खड़खड़ाहट की आवाज मालूम पड़ी। वह चौंका और उसी अंधेरे में तीन-चार कदम बाईं तरफ हटकर पुनः कोई आवाज सुनने और उसे

जांचने की नीयत से ठहर गया। जब थोड़ी देर तक किसी तरह की आहट नहीं मालूम हुई तो पहिले की तरह जमीन पर लेट गया और कनात उठा अंदर जाया ही चाहता था कि दाहिनी तरफ फिर किसी के पैर पटक-पटककर चलने की आहट मालूम हुई। वह खड़ा हो गया और पुनः चार-पांच कदम पीछे की तरफ (बाईं तरफ) हट गया, मगर इसके बाद फिर किसी तरह की आहट मालूम न हुई। कुछ देर तक इंतजार करने के बाद वह पुनः जमीन पर लेट गया और कनात के अंदर सिर डालकर देखने लगा। कोने की तरफ एक मामूली शमादान जल रहा था जिसकी मद्धिम रोशनी में दो चारपाई बिछी हुई दिखाई पड़ीं। कुछ देर तक गौर करने पर नानक को निश्चय हो गया कि इन दोनों चारपाइयों पर भूतनाथ तथा उसकी स्त्री शांता सोई हुई है, परंतु उनका लड़का हरनामसिंह खेमे के अंदर दिखाई न दिया और उसके लिए नानक को कुछ चिंता हुई, तथापि वह साहस करके खेमे के अंदर चला ही गया।

डरता-कांपता नानक धीरे-धीरे चारपाई के पास पहुंच गया, चाहा कि खंजर से इन दोनों का गला काट डाले, मगर फिर यह सोचने लगा कि पहिले किस पर वार करूं, भूतनाथ पर या शांता पर? वे दोनों सिर से पैर तक चादर ताने पड़े हुए थे, इससे यह मालूम करने की जरूरत थी कि किस चारपाई पर कौन सो रहा है, साथ ही इसके नानक इस बात पर भी गौर कर रहा था कि रोशनी बुझा दी जाए या नहीं। यद्यपि वह वार करने के लिए खंजर हाथ में ले चुका था, मगर उसकी दिली कमजोरी ने उसका पीछा नहीं छोड़ा था और उसका हाथ कांप रहा था।

सातवां बयान

किशोरी, कामिनी, कमलिनी और लाडिली—ये चारों बड़ी मुहब्बत के साथ अपने दिन बिताने लगीं। इनकी मुहब्बत दिखौवा नहीं थी बल्कि दिली और सचाई के साथ थी। चारों ही जमाने के ऊंच-नीच को अच्छी तरह समझ चुकी थीं और खूब जानती थीं कि दुनिया में हर एक के साथ दुःख और सुख का चर्खा लगा ही रहता है, खुशी तो मुश्किल से मिलती है, मगर रंज और दुःख के लिए किसी तरह का उद्योग नहीं करना पड़ता, यह आप-से-आप पहुंचता है, और एक साथ दस को लपेट लेने पर भी जल्दी नहीं छोड़ता, इसलिए बुद्धिमान का काम यही है कि जहां तक हो सके खुशी का पल्ला न छोड़े और न कोई काम ऐसा करे जिसमें दिल को किसी तरह का रंज पहुंचे। इन चारों औरतों का दिल उन नादान और कमीनी औरतों का-सा नहीं था जो दूसरों को खुश देखते ही जल-भुनकर कोयला हो जाती हैं और दिन-रात कुप्पे की तरह मुंह फुलाए आंखों से पाखंड का आंसू बहाया करती हैं अथवा घर की औरतों के साथ मिल-जुलकर रहना अपनी बेइज्जती समझती हैं।

इन चारों का दिल आईने की तरफ साफ था, नहीं-नहीं, हम भूल गए, हमें दिल के साथ आईने की उपमा पसंद नहीं। न मालूम लोगों ने इस उपमा को किसलिए पसंद कर रखा है! उपमा में उसी वस्तु का व्यवहार करना चाहिए जिसकी प्रकृति में उपमेय से किसी तरह का फर्क न पड़े, मगर आईने (शीशे) में यह बात पाई नहीं जाती, हर एक आईना बेऐब, साफ और बिना धब्बे के नहीं होता और वह हर एक की सूरत एक-सी भी नहीं दिखाता, बल्कि जिसकी जैसी सूरत होती है, उसके मुकाबिले में वैसा ही बन जाता है। इसलिए आईना उन लोगों के दिल को कहना उचित है, जो नीति-कुशल हैं या जिन्होंने यह बात ठान ली है कि जो जैसा करे उसके साथ वैसा ही करना चाहिए, चाहे वह अपना हो या पराया, छोटा हो या बड़ा। मगर इन चारों में यह बात न थी, ये बड़ों की झिड़की को आशीर्वाद और छोटे की ऐंठन को उनकी नादानी समझती थीं। जब कोई हमजोली या आपुसवाली क्रोध में भरी हुई अपना मुंह बिगाड़े इनके सामने आती तो यदि मौका होता तो ये हंसकर कह देतीं कि 'वाह, ईश्वर ने अच्छी सूरत बनाई है!' या 'बहिन, हमने तो तुम्हारा जो कुछ बिगाड़ा सो बिगाड़ा मगर तुम्हारी सूरत ने तुम्हारा क्या कसूर किया है, जो तुम उसे बिगाड़ रही हो?' बस इतने ही में उसका रंग बदल जाता। इन बातों को विचारकर हम इनके दिल का आईने के साथ मिलान करना पसंद नहीं करते बल्कि यह कहना मुनासिब समझते हैं कि 'इनका दिल समुद्र की तरह गंभीर था।'

इन चारों को इस बात का खयाल ही न था कि हम अमीर हैं, हाथ-पैर हिलाना या घर का कामकाज करना हमारे लिए पाप है। ये खुशी से घर का काम जो इनके लायक होता, करतीं और खाने-पीने की चीजों पर विशेष ध्यान रखतीं। सबसे बड़ा खयाल इन्हें इस बात का रहता था कि इनके पति इनसे किसी तरह रंज न होने पावें और घर के किसी बड़े बुजुर्ग को इन्हें बेअदब कहने का मौका न मिले। महारानी चन्द्रकान्ता की तो बात ही दूसरी है, ये चपला और चंपा को सास की तरह ही समझतीं और इज्जत करती थीं। घर की लौंडियां तक इनसे प्रसन्न रहतीं और जब किसी लौंडी से कोई कसूर हो जाता तो झिड़की और गालियों के बदले नसीहत के साथ समझाकर उसे कायल और शर्मिन्दा कर देतीं और उसके मुंह से कहला देतीं कि 'बेशक मुझसे भूल हुई आइंदे कभी ऐसा न होगा!' सबसे विचित्र बात तो यह थी कि इनके चेहरे पर रंज, क्रोध या उदासी कभी दिखाई देती ही न थी और जब कभी ऐसा होता तो किसी भारी घटना का अनुमान किया जाता था। हां, उस समय इनके दुःख और चिंता का कोई ठिकाना नहीं रहता था, जब ये अपने पति को किसी कारण दुःखी देखतीं। ऐसी अवस्था में इनकी सच्ची भक्ति के कारण इनके पति को अपनी उदासी छिपानी पड़ती या इन्हें प्रसन्न करने और हंसाने के लिए और किसी तरह का उद्योग करना पड़ता। मतलब यह है कि इन्होंने घर-भर का दिल अपने हाथ में कर रखा था और ये घर की प्रसन्नता का कारण समझी जाती थीं।

भूतनाथ की स्त्री शांता का इन्हें बहुत बड़ा खयाल रहता और ये उसकी पिछली घटनाओं को याद करके उसकी पति-भक्ति की सराहना किया करतीं।

इसमें कोई संदेह नहीं कि इन्हें अपनी जिंदगी में दुखों के बड़े-बड़े समुद्र पार करने पड़े थे, परंतु ईश्वर की कृपा से जब ये किनारे लगीं तब इन्हें कल्पवृक्ष की छाया मिली और किसी बात की परवाह न रही।

इस समय संध्या होने में घण्टे-भर की देर है। सूर्य भगवान अस्ताचल की तरफ तेजी के साथ झुके चले जा रहे हैं और उनकी लाल-लाल पिछली किरणों से बड़ी-बड़ी अटारियां तथा ऊंचे-ऊंचे वृक्षों के ऊपरी हिस्सों पर ठहरा हुआ सुनहरा रंग बड़ा ही सोहावना मालूम पड़ता है। ऐसा जान पड़ता है मानो प्रकृति ने प्रसन्न होकर अपना गौरव बढ़ाने के लिए अपनी सहचरियों और सहायकों को सुनहरा ताज पहिरा दिया है।

ऐसे समय में किशोरी, कामिनी, कमलिनी, लाडिली और कमला अटारी पर एक सजे हुए बंगले के अंदर बैठी जालीदार खिड़कियों से उस जंगल की शोभा देख रही हैं, जो इस तिलिस्मी मकान से थोड़ी दूर पर है और साथ ही इसके मीठी बातें भी करती जाती हैं।

कमलिनी–(किशोरी से) बहिन, एक दिन वह था कि हमें अपनी इच्छा के विरुद्ध ऐसे, बल्कि इससे भी बढ़कर भयानक जंगलों में घूमना पड़ता था और उस समय यह सोचकर डर मालूम पड़ता था कि कोई शेर इधर-उधर से निकलकर हम पर हमला न करे, और एक आज का दिन है कि इस जंगल की शोभा भली मालूम पड़ती है और इसमें घूमने को जी चाहता है।

किशोरी–ठीक है, जो काम लाचारी के साथ करना पड़ता है, वह चाहे अच्छा ही क्यों न हो, परंतु चित्त को बुरा लगता है, फिर भयानक तथा कठिन कामों का तो कहना ही क्या! मुझे तो जंगल में शेर और भेड़ियों का इतना खयाल न होता था जितना दुश्मनों का, मगर वह समय और ही था, जो ईश्वर न करे किसी दुश्मन को दिखे। उस समय हम लोगों की किस्मत बिगड़ी हुई थी और अपने साथी लोग भी दुश्मन बनकर सताने के लिए तैयार हो जाते थे। (कमला की तरफ देखकर) भला तुम्हीं बताओ कि उस चमेला छोकरी का मैंने क्या बिगाड़ा था जिसने मुझे हर तरह से तबाह कर दिया? अगर वह मेरी मुहब्बत का हाल मेरे पिता से न कह देती तो मुझ पर वैसी भयानक मुसीबत क्यों आ जाती?

कमला–बेशक, ऐसा ही है, मगर उसने जैसी नमकहरामी की वैसी ही सजा पाई, मेरे हाथ के कोड़े[1] वह जन्म-भर न भूलेगी!

किशोरी–मगर इतना होने पर भी उसने मेरे पिता का ठीक-ठीक भेद न बताया।

---

1. देखिए पहिला भाग, ग्यारहवें बयान का अंत।

कमला–बेशक, वह बड़ी जिद्दी निकली मगर तुमने भी यह बड़ी चालाकी दिखाई कि अंत में उसे छोड़ देने का हुक्म दे दिया। अब भी वह जहां जाएगी दुःख ही भोगेगी।

किशोरी–इसके अतिरिक्त उस जमाने में धनपति के भाई ने क्या मुझे कम तकलीफ दी थी, जब मैं नागर के यहां कैद थी! उस कमबख्त की तो सूरत देखने से मेरा खून खुश्क हो जाता था।[1]

लाडिली–वही जिसे भूतनाथ ने जहन्नुन में पहुंचा दिया! मगर नागर इस मामले को बिलकुल ही छिपा गई, मायारानी से उसने कुछ भी न कहा और इसी में उसका भला भी था।

किशोरी–(लाडिली से) बहिन, तुम यों तो बड़ी नेक हो और तुम्हारा ध्यान भी धर्म-विषयक कामों में विशेष रहता है, मगर उन दिनों तुम्हें क्या हो गया था कि मायारानी के साथ बुरे कामों में अपना दिन बिताती थीं और हम लोगों की जान लेने के लिए तैयार रहती थीं?

लाडिली–(लज्जा और उदासी के साथ) फिर तुमने वही चर्चा छेड़ी! मैं कई दफे हाथ जोड़कर तुमसे कह चुकी हूं कि उन बातों की याद दिलाकर मुझे शर्मिन्दा न करो, दुःख न दो, मेरे मुंह पर बार-बार स्याही न लगाओ। उन दिनों मैं पराधीन थी, मेरा कोई सहायक न था, मेरे लिए कोई रास्ता और ठिकाना न था और उस दुष्टा का साथ छोड़कर मैं अपने को कहीं छिपा भी नहीं सकती थी और डरती थी कि वहां से निकल भागने पर कहीं मेरी इज्जत पर न आ बने! मगर बहिन, तुम जान-बूझकर बार-बार उन बातों की याद दिलाकर मुझे सताती हो, कहो बैठूं या यहां से उठ जाऊं?

किशोरी–अच्छा-अच्छा, जाने दो, माफ करो मुझसे भूल हो गई, मगर मेरा मतलब वह न था जो तुमने समझा है, मैं दो-चार बातें नानक के विषय में पूछना चाहती थी जिनका पता अभी तक नहीं लगा और जो भेद की तरह हम लोगों...

लाडिली–(बात काटकर) वे बातें भी तो मेरे लिए वैसी ही दुःखदायी हैं।

किशोरी–नहीं-नहीं, मैं यह न पूछूंगी कि तुमने नानक के साथ रामभोली बनकर क्या-क्या किया, बल्कि यह पूछूंगी कि उस टीन के डिब्बे में क्या था, जो नानक ने चुरा लाकर तुम्हें बजरे में दिया था? कुएं से हाथ कैसे निकला था? नहर के किनारे वाले बंगले में पहुंचकर वह क्योंकर फंसा लिया गया? उस बंगले में वह तस्वीरें कैसी थीं? असली रामभोली कहां गई और क्या हुई? रोहतासगढ़ तहखाने के अंदर तुम्हारी तस्वीर किसने लटकाई और तुम्हें वहां का भेद कैसे मालूम हुआ था, इत्यादि बातें मैं कई दफे कई तरह से सुन चुकी हूं, मगर उनका असल भेद अभी तक मालूम न हुआ।[2]

---

1. देखिए आठवां भाग, नौवां बयान।
2. देखिए सन्तति, चौथा भाग, नानक का बयान।

लाडिली—हां, इन सब बातों का जवाब देने के लिए मैं तैयार हूं। तुम जानती हो और अच्छी तरह सुन और समझ चुकी हो कि वह तिलिस्मी बाग तरह-तरह की अजायब बातों से भरा हुआ है, विशेष नहीं तो भी वहां का बहुत-कुछ हाल मायारानी और दारोगा को मालूम था। वहां अथवा उसकी सरहद में ले जाकर किसी को डराने-धमकाने या तकलीफ देने के लिए कोई ताज्जुब का तमाशा दिखाना कौन बड़ी बात थी!

किशोरी—हां, सो तो ठीक ही है।

लाडिली—और फिर नानक जान-बूझकर काम निकालने के लिए ही तो गिरफ्तार किया गया था। इसके अतिरिक्त तुम यह भी सुन चुकी हो कि दारोगा के बंगले या अजायबघर से खास बाग तक नीचे-नीचे रास्ता बना हुआ है, ऐसी अवस्था में नानक के साथ वैसा बर्ताव करना कौन बड़ी बात ही थी!

किशोरी—बेशक, ऐसा ही है, अच्छा उस डिब्बे वगैरह का भेद तो बताओ?

लाडिली—उस गठरी में जो कलमदान था, वह तो हमारे विशेष काम का न था, मगर उस डिब्बे में वही इंदिरावाला कलमदान था जिसके लिये दारोगा साहब बेताब हो रहे थे और चाहते थे कि वह किसी तरह पुनः उनके कब्जे में आ जाए। असल में उसी कलमदान के लिए मुझे रामभोली बनना पड़ा था। दारोगा ने असली रामभोली को तो गिरफ्तार करवाके इस तरह मरवा डाला कि किसी को कानोंकान खबर भी न हुई और मुझे रामभोली बनकर यह काम निकालने की आज्ञा दी। लाचार मैं रामभोली बनकर नानक से मिली और उसे अपने वश में करने के बाद इंद्रदेव जी के मकान में से वह कलमदान तथा उसके साथ और भी कई तरह के कागज नानक की मार्फत चुरा मंगवाए। मुझे तो उस कलमदान की सूरत देखने से डर मालूम होता था, क्योंकि मैं जानती थी कि वह कलमदान हम लोगों के खून का प्यासा और दारोगा के बड़े-बड़े भेदों से भरा हुआ है। इसके अतिरिक्त उस पर इंदिरा की बचपन की तस्वीर भी बनी हुई थी और सुंदर अक्षरों में इंदिरा का नाम लिखा हुआ था, जिसके विषय में मैं उन दिनों जानती थी कि वे मां-बेटी बड़ी बेदर्दी के साथ मारी गईं। यही सब सबब था कि उस कलमदान की सूरत देखते ही मुझे तरह-तरह की बातें याद आ गईं, मेरा कलेजा दहल गया और मैं डर के मारे कांपने लगी। खैर, जब मैं नानक को लिये हुए जमानिया की सरहद में पहुंची तो उसे धनपति के हवाले करके खास बाग में चली गई, अपना दुपट्टा नहर में फेंकती गई। दूसरी राह से उस तिलिस्मी कुएं के नीचे पहुंचकर पानी का प्याला और बनावटी हाथ निकालने के बाद मायारानी से जा मिली और फिर बचा हुआ काम धनपति और दारोगा ने पूरा किया। दारोगा वाले कमरे में जो तस्वीर रखी हुई थी, वह केवल नानक को धोखा देने के लिए थी, उसका और कोई मतलब न था, और रोहतासगढ़ के तहखाने में जो मेरी तस्वीर[1] आप लोगों

---

1. देखिए सन्तति, चौथा भाग, दसवां बयान।

ने देखी थी, वह वास्तव में दिग्विजयसिंह की बुआ ने मेरे सुभीते के लिए लटकाई थी और तहखाने की बहुत-सी बातें समझाकर बता दिया था कि 'जहां तू अपनी तस्वीर देखियो, समझ लीजियो कि उसके फलानी तरफ, फलानी बात है' इत्यादि। बस वह तस्वीर इतने ही काम के लिए लटकाई गई थी। वह बुढ़िया बड़ी नेक थी और उस तहखाने का हाल बनिस्बत दिग्विजयसिंह के बहुत ज्यादे जानती थी। मैं पहिले भी महाराज के सामने बयान कर चुकी हूं कि उसने मेरी मदद की थी। वह कई दफे मेरे डेरे पर आई थी और तरह-तरह की बातें समझा गई थी। मगर न तो दिग्विजयसिंह उसकी कदर करता था और न वही दिग्विजयसिंह को चाहती थी। इसके अतिरिक्त यह भी कह देना आवश्यक है कि मैं तो उस बुढ़िया की मदद से तहखाने के अंदर चली गई थी, मगर कुंदन अर्थात् धनपति ने वहां जो कुछ किया वह मायारानी के दारोगा की बदौलत था। घर लौटने पर मुझे मालूम हुआ कि दारोगा वहां कई दफे छिपकर गया और कुंदन से मिला था, मगर उसे मेरे बारे में कुछ खबर न थी, अगर खबर होती तो मेरे और कुंदन में जुदाई न रहती। मगर मुझे इस बात का ताज्जुब जरूर है कि घर पहुंचने पर भी धनपति ने वहां की बहुत-सी बातें मुझसे छिपा रखीं।

किशोरी—अच्छा, यह तो बताओ कि रोहतासगढ़ में जो तस्वीर तुमने कुंदन को दिखाने के लिए मुझे दी थी, वह तुम्हें कहा से मिली थी और तुम्हें तथा कुंदन को उसका असली हाल क्योंकर मालूम हुआ था?

लाडिली—उन दिनों मैं यह जानने के लिए बेताब हो रही थी कि कुंदन असल में कौन है। मुझे इस बात का भी शक हुआ था कि वह राजा साहब (बीरेन्द्रसिंह) की कोई ऐयारा होगी और यही शक मिटाने के लिए मैंने वह तस्वीर खुद बनाकर उसे दिखाने के लिए तुम्हें दी थी। असल में उस तस्वीर का भेद हम लोगों को मनोरमा की जुबानी मालूम हुआ था और मनोरमा ने इंदिरा से उस समय सुना था जब मनोरमा को मां समझकर वह उसके फेर में पड़ गई थी।[1]

किशोरी—ठीक है, मगर इसमें भी कोई शक नहीं कि इन सब बखेड़ों की जड़ वही कमबख्त दारोगा है। यदि जमानिया के राज्य में दारोगा न होता तो इन सब बातों में से एक भी न सुनाई देती और न हम लोगों की दुःखमय कहानी का कोई अंश लोगों के कहने-सुनने के लिए पैदा होता। (कमलिनी से) मगर बहिन, यह तो बताओ कि इस हरामी के पिल्ले (दारोगा) का कोई वारिस या रिश्तेदार भी दुनिया में है या नहीं?

कमलिनी—सिवाय एक के और कोई नहीं! दुनिया का कायदा है कि जब आदमी भलाई या बुराई कुछ सीखता है तो पहिले अपने घर ही से आरंभ करता है। मां-बाप

---

1. देखिए चन्द्रकान्ता सन्तति, तीसरा भाग, दसवां बयान और उन्नीसवां भाग, छठवां बयान।

के अनुचित लाड़-प्यार और उनकी असावधानी से बुरी राह पर चलनेवाले लड़के घर ही में श्रीगणेशाय करते हैं और तब कुछ दिन के बाद दुनिया में मशहूर होने योग्य होते हैं। यही बात इस हरामखोर की भी थी, इसने पहिले अपने नाते-रिश्तेदारों ही पर सफाई का हाथ फेरा और उन्हें जहन्नुम में मिलाकर समय के पहिले घर का मालिक बन बैठा। साधू का भेष धरना इसने लड़कपन ही से सीखा है और विशेष करके इसी भेष की बदौलत लोग धोखे में भी पड़े। हमारे राजा गोपालसिंह ने भी (मुस्कुराती हुई) इसे विशिष्ट ऋषि ही समझकर अपने यहां रखा था। हां, इसका एक चचेरा भाई जरूर बच गया था जो इसके हत्थे नहीं चढ़ा था क्योंकि वह खुद भी परले सिरे का बदमाश था और इसकी करतूतों को खूब समझता था, जिससे लाचार होकर इसे उसकी खुशामद करनी ही पड़ी और उसे अपना साथी बनाना ही पड़ा।

किशोरी—क्या वह मर गया? उसका क्या नाम था?

कमलिनी—नहीं, वह मरा नहीं, मगर मरने के ही बराबर है, क्योंकि यह हमारे यहां कैद है। उसने अपना नाम शिखण्डी रख लिया था। तुम जानती ही हो कि जब मैं जमानिया के खास बाग के तहखाने और सुरंग की राह से दोनों कुमारों तथा बाकी कैदियों को लेकर बाहर निकल रही थी तो हाथीवाले दरवाजे पर उसने इनके (इंद्रजीतसिंह) ऊपर वार किया था।[1]

किशोरी—हां-हां, तो क्या वह वही कमबख्त था?

कमलिनी—हां, वही था, उसे मैं अपना पक्षपाती समझती थी, मगर बेईमान ने मुझे धोखा दिया। ईश्वर की कृपा थी कि पहिले ही वार में वह उसी जगह गिरफ्तार हो गया नहीं तो शायद मुझे धोखे में पड़कर बहुत तकलीफें उठानी पड़तीं और...

कमलिनी ने इतना कहा ही था कि उसका ध्यान सामने के जंगल की तरफ जा पड़ा, उसने देखा कि कुंअर आनंदसिंह एक सब्ज घोड़े पर सवार सामने की तरफ से आ रहे हैं, साथ में केवल तारासिंह एक छोटे टट्टू पर सवार बातें करते आ रहे हैं, और दूसरा कोई आदमी साथ नहीं है। साथ ही इसके कमलिनी को एक और अद्‌भुत दृश्य दिखाई दिया जिससे वह यकायक चौंक पड़ी इसलिए उसका तथा और सभों का ध्यान भी उसी तरफ जा पड़ा।

उसने देखा कि आनंदसिंह और तारासिंह जंगल में से निकलकर कुछ ही दूर मैदान में आए थे कि यकायक एक बार पुनः पीछे की तरफ घूमे और गौर के साथ कुछ देखने लगे। कुछ ही देर बाद और भी दस-बारह नकाबपोश आदमी हाथ में तीर-कमान लिये दिखाई पड़े जो जंगल से बाहर निकलते ही इन दोनों पर फुर्ती के साथ तीर चलाने लगे। ये दोनों भी म्यान से तलवार निकालकर उन लोगों की तरफ झपटे और देखते-ही-देखते सब-के-सब लड़ते-भिड़ते पुनः जंगल में घुसकर देखने वालों

1. देखिए आठवां भाग, दूसरा बयान।

की नजरों से गायब हो गए। कमलिनी, किशोरी और कामिनी वगैरह इस घटना को देखकर घबरा गईं, सभों की इच्छानुसार कमला दौड़ी हुई गई और एक लौंडी को इस मामले की खबर करने के लिए नीचे कुंअर इंद्रजीतसिंह के पास भेजा।

आठवां बयान

नानक इस बात को सोच रहा था कि मैं पहिले किस पर वार करूं? अगर पहिले शांता पर वार करूंगा तो आहट पाकर भूतनाथ जाग जाएगा और मुझे गिरफ्तार कर लेगा क्योंकि मैं अकेला किसी तरह उसका मुकाबला नहीं कर सकता। अतएव पहिले भूतनाथ ही का काम तमाम करना चाहिए। अगर इसकी आहट पाकर शांता जाग भी जाएगी तो कोई चिंता नहीं, मैं उसे सांस लेने की भी मोहलत न दूंगा। वह औरत जात मेरे मुकाबिले में क्या कर सकती है। मगर ऐसा करने के लिए यह जानने की जरूरत है कि इन दोनों में शांता कौन है और भूतनाथ कौन?

थोड़ी ही देर के अंदर ऐसी बहुत-सी बातें नानक के दिमाग में दौड़ गईं और उन दोनों में भूतनाथ कौन है, इसका पता न लगा सकने के कारण लाचार होकर उसने यह निश्चय किया कि इन दोनों ही को बेहोश करके यहां से ले चलना चाहिए। ऐसा करने से मेरी मां बहुत ही प्रसन्न होगी।

नानक ने अपने बटुए में से बहुत ही तेज बेहोशी की दवा निकाली और उन दोनों के मुंह पर चादर के ऊपर ही छिड़ककर उनके बेहोश होने का इंतजार करने लगा।

थोड़ी ही देर में उन दोनों ने हाथ-पैर हिलाए जिससे नानक समझ गया कि अब इन पर बेहोशी का असर हो गया, अस्तु उसने दोनों के ऊपर से चादर हटा दी और तभी देखा कि इन दोनों में भूतनाथ नही है, बल्कि ये दोनों औरतें ही हैं जिनमें एक भूतनाथ की औरत शांता है। उस दूसरी औरत को नानक पहचानता न था।

नानक ने फिर एक दफे बेहोशी की दवा सुंघाकर शांता को अच्छी तरह बेहोश किया और चारपाई पर से उठाकर बहुत हिफाजत और होशियारी के साथ खेमे के बाहर निकाल लाया, जहां उसने अपने एक साथी को मौजूद पाया। दोनों ने मिलकर उसकी गठरी बांधी और फुर्ती से लश्कर के बाहर निकाल ले गए।

शांता को पा जाने से नानक बहुत ही खुश था और सोचता जाता था कि इसे पाकर मेरी मां बहुत ही प्रसन्न होगी और हद से ज्यादे मेरी तारीफ करेगी, मैं इसे सीधे अपने घर ले जाऊंगा और जब दूसरी दफे लौटूंगा तो भूतनाथ पर कब्जा करूंगा। इसी तरह धीरे-धीरे अपने सब दुश्मनों को जहन्नुम में मिला डालूंगा।

कोस-भर निकल जाने के बाद नानक एक संकेत पर पहुंचा तो उसके और साथियों से भी मुलाकात हुई जो कसे-कसाये कई घोड़ों के साथ उसका इंतजार कर रहे थे।

एक घोड़े पर सवार होने के बाद नानक ने शांता को अपने आगे रख लिया, उसके साथी लोग भी घोड़ों पर सवार हुए, और सभों ने पूरब का रास्ता लिया।

दूसरे दिन संध्या के समय नानक अपने घर पहुंचा। रास्ते में उसने और उसके साथियों ने कई दफे भोजन किया, मगर शांता की कुछ भी खबर न ली, बल्कि जब इस बात का खयाल हुआ कि अब उसकी बेहोशी उतरा चाहती है तब पुनः दवा सुंघाकर उसकी बेहोशी मजबूत कर दी गई।

नानक को देखकर उसकी मां बहुत प्रसन्न हुई और जब उसे यह मालूम हुआ कि उसका सपूत शांता को गिरफ्तार कर लाया है, तब तो उसकी खुशी का कोई ठिकाना ही न रहा। उसने नानक की बहुत ही आवभगत की और बहुत तारीफ करने के बाद बोली, ''इससे बदला लेने में अब क्षण-भर की भी देर न करनी चाहिए, इसे तुरंत खंभे के साथ बांधकर होश में ले आओ और पहिले जूतियों से खूब अच्छी तरह खबर लो फिर जो कुछ होगा, देखा जाएगा। मगर इसके मुंह में खूब अच्छी तरह कपड़ा ठूंस दो जिससे कुछ बोल न सके और हम लोगों को गालियां न दे।''

नानक को भी यह बात पसंद आई और उसने ऐसा ही किया। शांता के मुंह में कपड़ा ठूंस दिया गया और वह दालान में एक खंभे के साथ बांधकर होश में लाई गई। होश आते ही अपने को ऐसी अवस्था में देखकर वह बहुत ही घबड़ाई और जब उद्योग करने पर भी कुछ बोल न सकी तो आंखों से आंसू की धारा बहाने लगी।

नानक ने उसकी दशा पर कुछ भी ध्यान न दिया। अपनी मां की आज्ञा पाकर उसने शांता को जूते से मारना शुरू किया और यहां तक मारा कि अंत में वह बेहोश होकर झुक गई। उस समय नानक की मां कागज का एक लपेटा हुआ पुर्जा नानक के आगे फेंककर यह कहती हुई घर के बाहर निकल गई कि ''इसे अच्छी तरह पढ़, तब तक मैं लौटकर आती हूं।''

उसकी कार्रवाई ने नानक को ताज्जुब में डाल दिया। उसने जमीन पर से पुर्जा उठा लिया और चिराग के सामने ले जाकर पढ़ा, यह लिखा हुआ था–

''भूतनाथ के साथ ऐयारी करना या उसका मुकाबला करना, नानक जैसे नौसिखे लौंडों का काम नहीं है। तैं समझता होगा कि मैंने शांता को गिरफ्तार कर लिया, मगर खूब समझ रख कि वह कभी तेरे पंजे में नहीं आ सकती। जिस औरत को तू जूतियों से मार रहा है वह शांता नहीं है, पानी से इसका चेहरा धो डाल और भूतनाथ की कारीगरी का तमाशा देख! अब अगर अपनी जान तुझे प्यारी है तो खबरदार, भूतनाथ का पीछा कभी न कीजियो।''

पुर्जा पढ़ते ही नानक के होश उड़ गए। झटपट पानी का लोटा उठा लिया और मुंह में ठूंसा हुआ लत्ता निकालकर शांता का चेहरा धोने लगा, तब तक वह भी

होश में आ गई। चेहरा साफ होने पर नानक ने देखा कि वह तो उसकी असली मां 'रामदेई' है। उसने होश में आते ही नानक से कहा, "क्यों बेटा, तुम्ने मेरे ही साथ ऐसा सलूक किया!"

नानक के ताज्जुब का कोई हद न रहा। वह घबड़ाहट के साथ अपनी मां का मुंह देखने लगा और ऐसा परेशान हुआ कि आधी घड़ी तक उसमें कुछ बोलने की शक्ति न रही, इस बीच में रामदेई ने उसे तरह-तरह की बेतुकी बातें सुनाईं जिन्हें वह सिर नीचा किए हुए चुपचाप सुनता रहा। जब उसकी तबीयत कुछ ठिकाने हुई, तब उसने सोचा कि पहिले उस रामदेई को पकड़ना चाहिए जो मेरे सामने चीठी फेंककर मकान के बाहर निकल गई है, परंतु यह उसकी सामर्थ्य के बाहर था, क्योंकि उसे घर से बाहर गए हुए देर हो चुकी थी। अस्तु, उसने सोचा कि अब वह किसी तरह नहीं पकड़ी जा सकती।

नानक ने अपनी मां के हाथ-पैर खोल डाले और कहा, "मेरी समझ में कुछ नहीं आता कि यह क्या हुआ, तुम वहां कैसे जा पहुंचीं, और तुम्हारी शक्ल में यहां रहने वाली कौन थी या क्योंकर आई!!"

रामदेई–मैं इसका जवाब कुछ भी नहीं दे सकती और न मुझे कुछ मालूम ही है। मैं तुम्हारे चले जाने के बाद इसी घर में थी, इसी घर में बेहोश हुई और होश आने पर अपने को इसी घर में देखती हूं। अब तुम्हीं बयान करो कि क्या हुआ और तुमने मेरे साथ ऐसा सलूक क्यों किया?

नानक ने ताज्जुब के साथ अपना किस्सा पूरा-पूरा बयान किया और अंत में कहा, "अब तुम ही बताओ कि मैंने इसमें क्या भूल की?"

नौवां बयान

दिन का समय है और दोपहर ढल चुकी है। महाराज सुरेन्द्रसिंह अभी-अभी भोजन करके आए हैं और अपने कमरे में पलंग पर लेटे हुए पान चबाते हुए अपने दोस्तों तथा लड़कों से हंसी-खुशी की बातें कर रहे हैं जो कि महाराज से घण्टे-भर पहिले ही भोजन इत्यादि से छुट्टी पा चुके हैं।

महाराज के अतिरिक्त इस समय इस कमरे में राजा बीरेन्द्रसिंह, कुंअर इंद्रजीतसिंह, आनंदसिंह, राजा गोपालसिंह, जीतसिंह, तेजसिंह, देवीसिंह, पन्नालाल, रामनारायण, पण्डित बद्रीनाथ, चुन्नीलाल, जगन्नाथ ज्योतिषी, भैरोसिंह, इंद्रदेव और गोपालसिंह के दोस्त भरतसिंह भी बैठे हुए हैं।

बीरेन्द्र–इसमें कोई संदेह नहीं कि जो तिलिस्म मैंने तोड़ा था, वह इस तिलिस्म के सामने रुपये में एक पैसा भी नहीं है, साथ ही इसके जमानिया राज्य में जैसे-जैसे

महापुरुष (दारोगा की तरह) रह चुके हैं तथा वहां जैसी-जैसी घटनाएं हो गई हैं, उनकी नजीर भी कभी सुनने में न आवेगी।

गोपाल–इन बखेड़ों का सबब भी उसी तिलिस्म को समझना चाहिए, उसी का आनंद लूटने के लिए लोगों ने ऐसे बखेड़े मचाए और उसी की बदौलत लोगों की ताकत और हैसियत भी बढ़ी।

जीत–बेशक यही बात है, जैसे-जैसे तिलिस्म के भेद खुलते गए, तैसे-तैसे पाप और लोगों की बदकिस्मती का जमाना भी तरक्की करता गया।

सुरेन्द्र–हमें तो कमबख्त दारोगा के कामों पर आश्चर्य होता है, न मालूम किस सुख के लिए उस कमबख्त ने ऐसे-ऐसे कुकर्म किए!!

भरत–(हाथ जोड़कर) मैं तो समझता हूं कि दारोगा के कुकर्मों का हाल महाराज ने अभी बिलकुल नहीं सुना, उसकी कुछ पूर्ति तब होगी जब हम लोग अपना किस्सा बयान कर चुकेंगे।

सुरेन्द्र–ठीक है, हमने भी आज आप ही का किस्सा सुनने की नीयत से आराम नहीं किया।

भरत–मैं अपनी दुर्दशा बयान करने के लिए तैयार हूं।

जीत–अच्छा तो अब आप शुरू करें।

भरत–जो आज्ञा।

इतना कहकर भरतसिंह ने इस तरह अपना हाल बयान करना शुरू किया–

"मैं जमानिया का रहनेवाला और एक जमींदार का लड़का हूं। मुझे इस बात का सौभाग्य प्राप्त था कि राजा गोपालसिंह मुझे अपना मित्र समझते थे, यहां तक कि भरी मजलिस में भी मित्र कहकर मुझे संबोधन करते थे, और घर में भी किसी तरह का पर्दा नहीं रखते थे। यही सबब था कि वहां के कर्मचारी लोग तथा अच्छे-अच्छे रईस मुझसे डरते और मेरी इज्जत करते थे, परंतु दारोगा को यह बात पसंद न थी।

केवल राजा गोपालसिंह ही नहीं, इनके पिता भी मुझे अपने लड़के की तरह ही मानते और प्यार करते थे, विशेष करके इसलिए कि हम दोनों मित्रों के चाल-चलन में किसी तरह की बुराई दिखाई नहीं देती थी।

जमानिया में जो बेईमान और दुष्ट लोगों की एक गुप्त कमेटी थी, उसका हाल आप लोग जान ही चुके हैं, अतएव उसके विषय में विस्तार के साथ कुछ कहना वृथा ही है, हां, जरूरत पड़ने पर उसके विषय में इशारा मात्र कर देने से काम चल जाएगा।

रियासतों में मामूली तौर पर तरह-तरह की घटनाएं हुआ ही करती हैं इसलिए राजा गोपालसिंह को गद्दी मिलने के पहिले जो कुछ मुझ पर बीत चुकी है, उसे मामूली समझकर मैं छोड़ देता हूं और उस समय से अपना हाल बयान करता हूं जब इनकी शादी हो चुकी थी। इस शादी में जो कुछ चालबाजी हुई थी, उसका हाल आप सुन ही चुके हैं।

जमानिया की वह गुप्त कमेटी यद्यपि भूतनाथ की बदौलत टूट चुकी थी, मगर उसकी जड़ नहीं कटी थी, क्योंकि कमबख्त दारोगा हर तरह से साफ बच रहा था और कमेटी का कमजोर दफ्तर अभी भी उसके कब्जे में था।

गोपालसिंह की शादी हो जाने के बहुत दिन बाद एक दिन मेरे एक नौकर ने रात के समय जबकि वह मेरे पैरों में तेल लगा रहा था, मुझसे कहा कि 'राजा गोपालसिंह की शादी असली लक्ष्मीदेवी के साथ नहीं बल्कि किसी दूसरी ही औरत के साथ हुई है। यह काम दारोगा ने रिश्वत लेकर किया है और इस काम में सुभीता होने के लिए गोपालसिंह जी के पिता को भी उसी ने मारा है।'

सुनने के साथ मैं चौंक पड़ा, मेरे ताज्जुब का ठिकाना न रहा, मैंने उससे तरह-तरह के सवाल किये जिनका जवाब उसने ऐसा तो न दिया, जिससे मेरी दिलजमई हो जाती, मगर इस बात पर बहुत जोर दिया कि 'जो कुछ मैं कह चुका हूं वह बहुत ठीक है।'

मेरे जी में तो यही आया कि इसी समय उठकर राजा गोपालसिंह के पास जाऊं और हाल कह दूं, परंतु यह सोचकर कि किसी काम में जल्दी न करनी चाहिए, मैं चुप रह गया और सोचने लगा कि यह कार्रवाई क्योंकर हुई और इसका ठीक-ठीक पता किस तरह लग सकता है?

रात-भर मुझे नींद न आई और इन्हीं बातों को सोचता रह गया। सबेरा होने पर स्नान-संध्या इत्यादि से छुट्टी पाकर मैं राजा साहब से मिलने के लिए गया, मालूम हुआ कि राजा साहब अभी महल से बाहर नहीं निकले हैं। मैं सीधे महल में चला गया। उस समय गोपालसिंह जी संध्या कर रहे थे और इनसे थोड़ी दूर पर सामने बैठी मायारानी फूलों का गजरा तैयार कर रही थी। उसने मुझे देखते ही कहा, ''अहा, आज क्या है! मालूम होता है, मेरे लिये आप कोई अनूठी चीज लाए हैं।''

इसके जवाब में मैं हंसकर चुप हो गया और इशारा पाकर गोपालसिंह जी के पास एक आसन पर बैठ गया। जब वे संध्योपासना से छुट्टी पा चुके तब मुझसे बातचीत होने लगी। मैं चाहता था कि मायारानी वहां से उठ जाए, तब मैं अपना मतलब बयान करूं, पर वह वहां से उठती न थी और चाहती थी कि मैं जो कुछ कहूं, उसे वह भी सुन ले। यह संभव था कि मैं मामूली बातें करके मौका टाल देता और वहां से उठ खड़ा होता, मगर वह हो न सका क्योंकि उन दोनों ही को इस बात का विश्वास हो गया था कि मैं जरूर कोई अनूठी बात कहने के लिए आया हूं। लाचार गोपालसिंह जी से इशारे में कह देना पड़ा कि 'मैं एकांत में केवल आप ही से कुछ कहना चाहता हूं।' जब गोपालसिंह ने किसी काम के बहाने से उसे अपने सामने से उठाया तब वह भी मेरा मतलब समझ गई और कुछ मुंह बनाकर उठ खड़ी हुई।

हम दोनों यही समझते थे कि मायारानी वहां से चली गई, मगर उस कमबख्त ने हम दोनों की बातें सुन लीं क्योंकि उसी दिन से मेरी कमबख्ती का जमाना शुरू हो गया। मैं ठीक नहीं कह सकता कि किस ढंग से उसने हमारी बातें सुनीं। जिस

जगह हम दोनों बैठे थे, उसके पास ही दीवार में एक छोटी-सी खिड़की पड़ती थी, शायद उसी जगह पिछवाड़े की तरफ खड़ी होकर उसने मेरी बातें सुन ली हों तो, कोई ताज्जुब नहीं।

मैंने जो कुछ अपने नौकर से सुना था, सब तो नहीं कहा केवल इतना कहा कि 'आपके पिता को दारोगा ही ने मारा है और लक्ष्मीदेवी की इस शादी में भी उसने कुछ गड़बड़ किया है, गुप्त रीति पर इसकी जांच करनी चाहिए।' मगर अपने नौकर का नाम नहीं बताया क्योंकि मैं उसे बहुत चाहता था और वैसा ही उसकी हिफाजत का भी खयाल रखता था। इसमें कोई शक नहीं कि मेरा वह नौकर बहुत ही होशियार और बुद्धिमान था, बल्कि इस योग्य था कि राज्य का कोई भारी काम उसके सुपुर्द किया जाता, परंतु वह जाति का कहार था, इसलिए किसी बड़े मर्तबे पर न पहुंच सका।

गोपालसिंह जी ने मेरी बातें ध्यान देकर सुनीं, मगर उन्हें उन बातों का विश्वास न हुआ क्योंकि ये मायारानी को पतिव्रताओं की नाक और दारोगा को सच्चाई तथा ईमानदारी का पुतला समझते थे। मैंने इन्हें अपनी तरफ से बहुत कुछ समझाया और कहा कि 'यह बात चाहे झूठ हो, मगर आप दारोगा से हरदम होशियार रहा कीजिए और उसके कामों को जांच की निगाह से देखा कीजिए' मगर अफसोस, इन्होंने मेरी बातों पर कुछ ध्यान न दिया और इसी से मेरे साथ ही अपने को भी बर्बाद कर लिया।

इसके बाद भी कई दिनों तक मैं इन्हें समझाता रहा और ये भी हां-में-हां मिला देते रहे, जिससे विश्वास होता था कि कुछ उद्योग करने से ये समझ जाएंगे, मगर ऐसा कुछ न हुआ। एक दिन मेरे उसी नौकर ने जिसका नाम हरदीन था, मुझसे फिर एकांत में कहा कि 'अब आप राजा साहब को समझाना-बुझाना छोड़ दीजिए, मुझे निश्चय हो गया कि उनकी बदकिस्मती के दिन आ गए हैं और वे आपकी बातों पर कुछ भी ध्यान न देंगे। उन्होंने बहुत बुरा किया कि आपकी बातें मायारानी और दारोगा पर प्रकट कर दीं। अब उनको समझाने के बदले आप अपनी जान बचाने की फिक्र कीजिए और अपने को हर वक्त आफत से घिरा हुआ समझिए। शुक्र है कि आपने सब बातें नहीं कह दीं, नहीं तो और भी गजब हो जाता...'

औरों को चाहे कैसा ही कुछ खयाल हो, मगर मैं अपने खिदमतगार हरदीन की बातों पर विश्वास करता था और उसे अपना खैरख्वाह समझता था। उसकी बातें सुनकर मुझे गोपालसिंह पर बेहिसाब क्रोध चढ़ आया और उसी दिन से मैंने इन्हें समझाना-बुझाना छोड़ दिया, मगर इनकी मुहब्बत ने मेरा साथ न छोड़ा।

मैंने हरदीन से पूछा कि 'ये सब बातें तुझे क्योंकर मालूम हुई और होती हैं?' मगर उसने ठीक-ठीक न बताया, बहुत जिद करने पर कहा कि कुछ दिन और सब्र कीजिए मैं इसका भेद भी आपको बता दूंगा।

दूसरे दिन जब कि सूरज अस्त होने में दो घण्टे की देर थी, मैं अकेला अपने नजरबाग में टहल रहा था और इस सोच में पड़ा हुआ था कि राजा गोपालसिंह का भ्रम मिटाने के लिए अब क्या बंदोबस्त करना चाहिए। उसी समय रघुबरसिंह मेरे पास आया और साहब-सलामत करने के बाद इधर-उधर की बातें करने लगा। बात-ही-बात में उसने कहा कि 'आज मैंने एक घोड़ा निहायत उम्दा खरीद किया है, मगर अभी तक उसका दाम नहीं दिया है, आप उस पर सवारी करके देखिए, अगर आप भी पसंद करें तो मैं उसका दाम चुका दूं। इस समय मैं उसे अपने साथ लेता आया हूं, आप उस पर सवार हो लें और मैं अपने पुराने घोड़े पर सवार होकर आपके साथ चलता हूं, चलिए दो-चार कोस का चक्कर लगा आवें...'

मुझे घोड़े का बहुत ही शौक था। रघुबरसिंह की बातें सुनकर मैं खुश हो गया और यह सोचकर कि अगर जानवर उम्दा होगा तो मैं खुद उसका दाम देकर अपने यहां रख लूंगा, मैंने जवाब दिया कि 'चलो देखें कैसा घोड़ा है, एक घोड़े की जरूरत मुझे भी थी'। इसके जवाब में रघुबर ने कहा कि 'अच्छी बात है, अगर आपको पसंद आवे तो आप ही रख लीजिएगा।'

उन दिनों मैं रघुबरसिंह को भला आदमी, अशराफ और अपना दोस्त समझता था, मुझे इस बात की कुछ भी खबर न थी कि यह परले सिरे का बेईमान और शैतान का भाई है, उसी तरह दारोगा को भी मैं इतना बुरा नहीं समझता था और राजा गोपालसिंह की तरह मुझे भी विश्वास था कि जमानिया की उस गुप्त कमेटी से इन दोनों का कुछ भी संबंध नहीं है, मगर हरदीन ने मेरी आंखें खोल दीं और साबित कर दिया कि जो कुछ हम सोचे हुए थे, वह हमारी भूल थी।

खैर, मैं रघुबरसिंह के साथ ही बाग के बाहर निकला और दरवाजे पर आया। कसे-कसाये दो घोड़े दिखे जिनमें एक तो खास रघुबरसिंह का था और दूसरा एक नया और बहुत ही शानदार वही घोड़ा था जिसकी रघुबरसिंह ने तारीफ की थी।

मैं उस घोड़े पर सवार होनेवाला ही था कि हरदीन दौड़ा-दौड़ा बदहवास मेरे पास आया और बोला, "घर में बहूजी (मेरी स्त्री) को न मालूम क्या हो गया है कि गिरकर बेहोश हो गई हैं और मुंह से खून निकल रहा है, जरा चलकर देख लीजिए।"

हरदीन की बात सुनकर मैं तरद्दुद में पड़ गया और उसे साथ लेकर घर के अंदर गया, क्योंकि हरदीन बराबर जनाने में आया-जाया करता था और उसके लिए किसी तरह का पर्दा न था। जब घर की दूसरी ड्योढ़ी मैंने लांघी तब वहां एकांत देखकर हरदीन ने मुझे रोका और कहा, 'जो कुछ मैंने आपको खबर दी वह बिलकुल झूठ थी, बहूजी बहुत अच्छी तरह हैं।'

मैं–तो तुमने ऐसा क्यों किया?

हरदीन–इसलिए कि रघुबरसिंह के साथ जाने से आपको रोकूं।

मैं–सो क्यों?

हरदीन–इसलिए कि वह आपको धोखा देकर ले जा रहा है और आपकी जान लिया चाहता है। मैं उसके सामने आपको रोक नहीं सकता था, अगर रोकता तो उसे मेरी तरफ़दारी मालूम हो जाती और मैं जान से मारा जाता और फिर आपको इन दुष्टों की चालबाजियों से बचानेवाला कोई न रहता। यद्यपि मुझे अपनी जान आपसे बढ़कर प्यारी नहीं है, तथापि आपकी रक्षा करना मेरा कर्तव्य है और यह बात आपके आधीन है, यदि आप मेरा भेद खोल देंगे तो फिर मेरा इस दुनिया में रहना मुश्किल है।

मैं–(ताज्जुब के साथ) तुम यह क्या कह रहे हो? रघुबर तो हमारा दोस्त है।

हरदीन–इस दोस्ती पर आप भरोसा न करें और इस समय इस मौके को टाल जाएं, रात को मैं सब बातें आपको अच्छी तरह समझा दूंगा या यदि आपको मेरी बातों पर विश्वास न हो तो जाइए, मगर एक तमंचा कमर में छिपाकर लेते जाइए और पश्चिम तरफ कदापि न जाकर पूरब तरफ जाइए–साथ ही हर तरह से होशियार रहिए। इतनी होशियारी करने पर आपको मालूम हो जाएगा कि मैं जो कुछ कह रहा हूं वह सच है या झूठ।

हरदीन की बातों ने मुझे चक्कर में डाल दिया। कुछ सोचने के बाद मैंने कहा, "शाबाश हरदीन, तुमने बेशक इस समय मेरी जान बचाई, मगर खैर तुम चिंता न करो और मुझे इस दुष्ट के साथ जाने दो, अब मैं इसके पंजे में न फंसूंगा और जैसा तुमने कहा है, वैसा ही करूंगा।"

इसके बाद मैं चुपचाप अपने कमरे में चला गया और एक छोटा-सा दोनाली तमंचा भरकर अपनी कमर में छिपा लेने के बाद बाहर निकला। मुझे देखते ही रघुबरसिंह ने पूछा, "कहिए क्या हाल है?" मैंने जवाब दिया, "अब तो होश में आ गई हैं, वैद्य जी को बुला लाने के लिए कह दिया है, तब तक हम लोग भी घूम आवेंगे।"

इतना कहकर मैं उस घोड़े पर सवार हो गया, रघुबरसिंह भी अपने घोड़े पर सवार हुआ और मेरे साथ चला। शहर के बाहर निकलने के बाद मैंने पूरब तरफ घोड़े को घुमाया, इसी समय रघुबरसिंह ने टोका और कहा, 'उधर नहीं पश्चिम तरफ चलिए, इधर का मैदान बहुत अच्छा और सोहावना है।'

मैं–इधर पूरब तरफ भी तो कुछ बुरा नहीं है, मैं इधर ही चलूंगा।

रघुबर–नहीं-नहीं, आप पश्चिम ही की तरफ चलिए, उधर एक काम और निकलेगा। दारोगा साहब भी इस घोड़े की चाल देखा चाहते थे, मैंने कह दिया था कि आप अपने घोड़े पर सवार होकर जाइए और फलानी जगह ठहरिएगा, हम लोग घूमते हुए उसी तरफ आवेंगे, वह जरूर वहां गए होंगे और हम लोगों का इंतजार कर रहे होंगे।

मैं–ऐसा ही शौक था तो दारोगा साहब भी हमारे यहां आ जाते और हम लोगों के साथ चलते!

रघुबर–खैर, अब तो जो हो गया सो हो गया, अब उनका खयाल जरूर करना चाहिए।

मैं–मुझे भी पूरब तरफ जाना बहुत जरूरी है, क्योंकि एक आदमी से मिलने का वादा कर चुका हूं।

इसी तौर पर मेरे और उसके बीच बहुत देर तक हुज्जत होती रही। मैं पूरब तरफ जाना चाहता था और वह पश्चिम तरफ जाने के लिए जोर देता रहा, नतीजा यह निकला कि न पूरब ही गए न पश्चिम ही गए, बल्कि लौटकर सीधे घर चले आए और यह बात रघुबरसिंह को बहुत ही बुरी मालूम हुई, उसने मुझसे मुंह फुला लिया और कुढ़ा हुआ अपने घर चला गया।

मेरा रहा-सहा शक भी जाता रहा और हरदीन की बातों पर मुझे पूरा-पूरा विश्वास हो गया, मगर मेरे दिल में इस बात की उलझन हद से ज्यादे पैदा हुई कि हरदीन को इन सब बातों की खबर क्योंकर लग जाती है। आखिर रात के समय जब एकांत हुआ तब मुझसे और हरदीन से इस तरह की बातें होने लगीं–

मैं–हरदीन, तुम्हारी बात तो ठीक निकली, उसने पश्चिम तरफ ले जाने के लिए बहुत जोर मारा, मगर मैंने उसकी एक न सुनी।

हरदीन–आपने बहुत अच्छा किया नहीं तो इस समय बड़ा अंधेर हो गया होता।

मैं–खैर, यह तो बताओ कि यकायक वह मेरी जान का दुश्मन क्यों बन बैठा? वह तो मेरी दोस्ती का दम भरता था!

हरदीन–इसका सबब वही लक्ष्मीदेवीवाला भेद है। मैं अपनी भूल पर अफसोस करता हूं, मुझसे चूक हो गई जो मैंने वह भेद आपसे खोल दिया। मैंने तो राजा गोपालसिंह जी का भला करना चाहा था, मगर उन्होंने नादानी करके मामला ही बिगाड़ दिया। उन्होंने जो कुछ आपसे सुना था, लक्ष्मीदेवी से कहकर दारोगा और रघुबर को आपका दुश्मन बना दिया, क्योंकि उन्हीं दोनों की बदौलत वह इस दर्जे को पहुंची, इन्हीं दोनों की बदौलत हमारे महाराज (गोपालसिंह के पिता) मारे गए और इन्हीं दोनों ने लक्ष्मीदेवी ही को नहीं, बल्कि उसके घर-भर को बर्बाद कर दिया।

मैं–इस समय तो तुम बड़े ही ताज्जुब की बातें सुना रहे हो?

हरदीन–मगर इन बातों को आप अपने ही दिल में रखकर जमाने की चाल के साथ काम करें नहीं तो आपको पछताना पड़ेगा। यद्यपि मैं यह कदापि न कहूंगा कि आप राजा गोपालसिंह का ध्यान छोड़ दें और उन्हें डूबने दें क्योंकि वह आपके दोस्त हैं।

मैं–जैसा तुम चाहते हो, मैं वैसा ही करूंगा। अच्छा तो यह बताओ कि लक्ष्मीदेवी और बलभद्रसिंह पर क्या बीती?

हरदीन–उन दोनों को दारोगा ने अपने पंजे में फंसाकर कहीं कैद कर दिया था, इतना तो मुझे मालूम है, मगर इसके बाद का हाल मैं कुछ भी नहीं जानता, न मालूम वे मार डाले गए या अभी तक कहीं कैद हैं। हां, उस गदाधरसिंह को इसका हाल शायद मालूम होगा जो रणधीरसिंह जी का ऐयार है और जिसने नानक की मां को धोखा देने के लिए कुछ दिन तक अपना नाम रघुबरसिंह रख लिया था तथा जिसकी बदौलत यहां की गुप्त कमेटी का भंडा फूटा है। उसने इस रघुबरसिंह और दारोगा को खूब ही छकाया है। लक्ष्मीदेवी की जगह मुंदर की शादी कर देने की बाबत, इनके और हेलासिंह के बीच में जो पत्र-व्यवहार हुआ उसकी नकल भी गदाधरसिंह (रणधीरसिंह के ऐयार) के पास मौजूद है जो कि उसने समय पर काम लेने के लिए असल चीठियों से अपने हाथ से नकल की थी। अफसोस, उसने रुपये के लालच में पड़कर रघुबरसिंह और दारोगा को छोड़ दिया और इस बात को छिपा रखा कि यही दोनों उस गुप्त कमेटी के मुखिया हैं। इस पाप का फल गदाधरसिंह को जरूर भोगना पड़ेगा, ताज्जुब नहीं कि एक दिन चीठियों की नकल से उसी को दुःख उठाना पड़े और वे चीठियां उसी के लिए काल बन जाएं।

इस समय मुझे हरदीन की वे बातें अच्छी तरह याद पड़ रही हैं। मैं देखता हूं कि जो कुछ उसने कहा था, सच उतरा। उन चीठियों की नकल ने खुद भूतनाथ का गला दबा दिया जो उन दिनों गदाधरसिंह के नाम से मशहूर हो रहा था! भूतनाथ का हाल मुझे अच्छी तरह मालूम है और इधर जो कुछ हो चुका है, वह सब भी मैं सुन चुका हूं, मगर इतना मैं जरूर कहूंगा कि भूतनाथ के मुकदमे में तेजसिंह जी ने बहुत बड़ी गलती की। गलती तो सभों ने की, मगर तेजसिंह को ऐयारों का सरताज मानकर मैं सबके पहिले इन्हीं का नाम लूंगा। इन्होंने जब लक्ष्मीदेवी, कमलिनी और लाडिली इत्यादि के सामने वह कागज का मुट्ठा खोला था और चीठियों को पढ़कर भूतनाथ पर इलजाम लगाया था कि 'बेशक ये चीठियां भूतनाथ के हाथ की लिखी हुई हैं' तो इतना क्यों नहीं सोचा कि भूतनाथ की चीठियों के जवाब में हेलासिंह ने जो भी चीठियां भेजी हैं, वे भी तो भूतनाथ ही के हाथ की लिखी हुई मालूम पड़ती हैं, तो क्या अपनी चीठी का जवाब भी भूतनाथ अपने ही हाथ से लिखा करता था?

यहां तक कहकर भरतसिंह चुप हो रहे और तेजसिंह की तरफ देखने लगे। तेजसिंह ने कहा, "आपका कहना बहुत ही ठीक है, बेशक उस समय मुझसे बड़ी भूल हो गई। उनमें की एक ही चीठी पढ़कर क्रोध के मारे हम लोग ऐसे पागल हो गए कि इस बात पर कुछ भी ध्यान न दे सके। बहुत दिनों के बाद जब देवीसिंह ने यह बात सुझाई तब हम लोगों को बहुत अफसोस हुआ और तब से हम लोगों का खयाल भी बदल गया।"

भरतसिंह ने कहा, "तेजसिंहजी, इस दुनिया में बड़े-बड़े चालाकों और होशियारों से यहां तक कि स्वयं विधाता ही से भूल हो गई है तो फिर हम लोगों की क्या बात

है? मगर मजा तो यह है कि बड़ों की भूल कहने-सुनने में नहीं आती इसीलिए आपकी भूल पर किसी ने ध्यान नहीं दिया। किसी कवि ने ठीक ही कहा है–

को कहि सके बड़ेन सों लखे बड़ेई भूल।
दीन्हें दई गुलाब के इन डारन ये फूल॥

अस्तु, अब मैं पुनः अपनी कहानी शुरू करता हूं।

इसके बाद भरतसिंह ने फिर इस तरह कहना शुरू किया–

"मैंने हरदीन से कहा कि 'अगर यह बात है तो गदाधरसिंह से मुलाकात करनी चाहिए, मगर वह मुझसे अपने भेद की बातें क्यों कहने लगा? इसके अतिरिक्त वह यहां रहता भी नहीं है, कभी-कभी आ जाता है। साथ ही इसके यह जानना भी कठिन है कि वह कब आया और कब चला गया'।"

हरदीन–ठीक है, मगर मैं आपसे उनकी मुलाकात करा सकता हूं, आशा है कि वे मेरी बात मान लेंगे और आपको असल हाल भी बता देंगे। कल वह जमानिया में आनेवाले हैं।

मैं–मगर मुझसे और उससे तो किसी तरह की मुलाकात नहीं है, वह मुझ पर क्यों भरोसा करेगा?

हरदीन–कोई चिंता नहीं, मैं आपकी-उनकी मुलाकात करा दूंगा।

हरदीन की इस बात ने मुझे और भी ताज्जुब में डाल दिया. मैं सोचने लगा कि इससे और गदाधरसिंह (भूतनाथ) से ऐसी गहरी जान-पहचान क्योंकर हो गई और वह इस पर क्यों भरोसा करता है?

भरतसिंह ने अपना किस्सा यहां तक बयान किया था कि उनके काम में विघ्न पड़ गया अर्थात् उसी समय एक चोबदार ने आकर इत्तिला दी कि "भूतनाथ हाजिर हैं।" इस खबर को सुनते ही सब कोई खुश हो गए और भरतसिंह ने भी कहा, "अब मेरे किस्से में विशेष आनंद आवेगा।"

महाराज ने भूतनाथ को हाजिर करने की आज्ञा दी और भूतनाथ ने कमरे के अंदर पहुंचकर सभों को सलाम किया।

तेज–(भूतनाथ से) कहो भूतनाथ, कुशल तो है? आज कई दिनों पर तुम्हारी सूरत दिखाई दी!

भूतनाथ–जी हां, ईश्वर की कृपा से सब कुशल हैं, जितने दिन की छुट्टी लेकर गया था, उसके पहिले ही हाजिर हो गया हूं।

तेज–सो तो ठीक है, मगर अपने सपूत लड़के का तो कुछ हाल कहो, कैसी निपटी?

भूतनाथ–निपटी क्या आपकी आज्ञा पालन की, नानक को मैंने किसी तरह की तकलीफ नहीं दी, मगर सजा बहुत ही मजेदार और चटपटी दे दी गई!

देवी–(हंसते हुए) सो क्या?

भूतनाथ–मैंने उससे एक ऐसी दिल्लगी की कि वह भी खुश हो गया होगा। अगर बिलकुल जानवर न होगा तो अब हम लोगों की तरफ कभी मुंह भी न करेगा। बात बिलकुल मामूली थी, जब वह यहां आकर मेरी फिक्र में डूबा तो घर की हिफाजत का बंदोबस्त करने के बाद कुछ शागिर्दों को साथ लेकर मैं उसके मकान पर पहुंच, उसकी मां को उड़ा लाया, मगर उसकी जगह अपने एक शागिर्द को रामदेई बनाकर छोड़ आया। यहां उसे शांता बनाकर अपने खेमे में जो इसी काम के लिए खड़ा किया था, एक लौंडी के साथ सुला दिया और खुद तमाशा देखने लगा। आखिर नानक उसी को शांता समझके उठा ले गया और खुशी-खुशी अपनी नकली मां के सामने पहुंचकर डींग हांकने लगा, बल्कि उसकी आज्ञानुसार नकली शांता को खंभे के साथ बांधकर जूते से पूजा करने लगा। जब खूब दुर्गति कर चुका तब नकली रामदेई उसके सामने एक पुर्जा फेंककर घर के बाहर निकल गई। उस पुर्जे के पढ़ने से जब उसे मालूम हुआ कि मैंने जो कुछ किया अपनी ही मां के साथ किया तब वह बहुत ही शर्मिन्दा हुआ। उस समय उन दोनों की जैसी कैफियत हुई, मैं क्या बयान करूं, आप लोग खुद सोच-समझ लीजिए।

भूतनाथ की बात सुनकर सब लोग हंस पड़े। महाराज ने उसे अपने पास बुलाकर बैठाया और कहा, "भूतनाथ, जरा एक दफे तुम इस किस्से को फिर बयान कर जाओ, मगर जरा खुलासे तौर पर कहो।"

भूतनाथ ने हाल को विस्तार के साथ ऐसे ढंग पर दोहराया कि हंसते-हंसते सभों का दम फूलने लगा। इसके बाद जब भूतनाथ को मालूम हुआ कि भरतसिंह अपना किस्सा बयान कर रहे हैं तब उसने भरतसिंह की तरफ देखा और कहा, "मुझे भी तो आपके किस्से से कुछ संबंध है।"

भरत–बेशक! और वही हाल मैं इस समय बयान कर रहा था।

भूतनाथ–(गोपालसिंह से) क्षमा कीजिएगा, मैंने आपसे उस समय जब आप कृष्णाजिन्न बने हुए थे, यह झूठ बयान किया था कि 'राजा गोपालसिंह के छूटने के बाद मैंने उन कागजों का पता लगाया है जो इस समय मेरे ही साथ दुश्मनी कर रहे हैं' इत्यादि। असल में वे कागज मेरे पास उसी जमाने में मौजूद थे, जब जमानिया में मुझसे और भरतसिंह से मुलाकात हुई थी। आप यह हाल इनकी जुबानी सुन चुके होंगे।

भरत–हां, भूतनाथ, इस समय मैं वही हाल बयान कर रहा हूं, अभी कह नहीं चुका।

भूतनाथ–खैर, तो अभी श्रीगणेश है। अच्छा आप बयान कीजिए।

भरतसिंह ने फिर इस तरह बयान किया–

भरत–दूसरे दिन आधी रात के समय जब मैं गहरी नींद में सोया हुआ था, हरदीन ने आकर मुझे जगाया और कहा, 'लीजिए मैं गदाधरसिंह जी को ले आया हूं, उठिए और इनसे मुलाकात कीजिए, ये बड़े ही लायक और बात के धनी आदमी

हैं!' मैं खुशी-खुशी उठ बैठा और बड़ी नर्मी के साथ भूतनाथ से मिला। इसके बाद मुझसे और भूतनाथ (गदाधर) से इस तरह बातचीत होने लगी–

भूतनाथ–साहब, आपका हरदीन बड़ा ही नेक और दिलावर है, ऐसे जीवट का आदमी दुनिया में कम दिखाई देगा। मैं तो इसे अपना परम हितैषी और मित्र समझता हूं, इसने मेरे साथ जो भलाइयां की हैं, उनका बदला मैं किसी तरह चुका ही नहीं सकता, मुझसे आपसे कभी की जान-पहचान नहीं, मुलाकात नहीं, ऐसी अवस्था में मैं पहिले-पहिल बिना मतलब के आपके घर कदापि न आता, परंतु इनकी इच्छा के विरुद्ध मैं नहीं चल सका, इन्होंने यहां आने के लिए कहा और मैं बेधड़क चला आया। इनकी जुबानी मैं सुन भी चुका हूं कि आजकल आप किस फेर में पड़े हुए हैं और मुझसे मिलने की जरूरत आपको क्यों पड़ी, अस्तु, हरदीन की आज्ञानुसार मैं वह कागज का मुट्ठा भी आपको दिखाने के लिए लेता आया हूं जिससे आपको दारोगा और रघुबरसिंह की हरमजदगी और राजा गोपालसिंह की शादी का पूरा-पूरा हाल मालूम हो जाएगा, मगर खूब याद रखिए कि इस कागज को पढ़कर आप बेताब हो जाएंगे, आपको बेहिसाब गुस्सा चढ़ आवेगा और आपका दिल बेचैनी के साथ तमाम भंडा फोड़ देने के लिए तैयार हो जाएगा, मगर नहीं, आपको बहुत बर्दाश्त करना पड़ेगा, दिल को सम्हालना और इन बातों को हर तरह से छिपाना पड़ेगा। मुझे हरदीन ने आपका बहुत ज्यादे विश्वास दिलाया है तभी मैं यहां आया हूं और यह अनूठी चीज भी दिखाने के लिए तैयार हूं, नहीं तो कदापि न आता।

मैं–आपने बड़ी मेहरबानी की जो मुझ पर भरोसा किया और यहां तक चले आए, मेरी जुबान से आपका रत्ती-भर भेद भी किसी को नहीं मालूम हो सकता, इसका आप विश्वास रखिए। यद्यपि मैं इस बात का निश्चय कर चुका हूं कि गोपालसिंह के मामले में मैं अब कुछ भी दखल न दूंगा, मगर इस बात का अफसोस जरूर है कि वह मेरे मित्र हैं और दुष्टों ने उन्हें बेतरह फंसा रखा है।

भूतनाथ–केवल आप ही को नहीं, इस बात का अफसोस मुझको भी है और मैं खुद गोपालसिंह को इस आफत से छुड़ाने का इरादा कर रहा हूं, मगर लाचार हूं कि बलभद्रसिंह और लक्ष्मीदेवी का कुछ भी पता नहीं लगता और जब तक उन दोनों का पता न लग जाए, तब तक इस मामले को उठाना बड़ी भूल है।

मैं–मगर यह तो आपको निश्चय है न कि इसका कर्ताधर्ता कमबख्त दारोगा ही है।

भूतनाथ–भला इसमें भी कुछ शक है! लीजिए इस कागज के मुट्ठे को पढ़ जाइए तब आपको भी विश्वास हो जाएगा।

इतना कहकर भूतनाथ ने कागज का एक मुट्ठा निकाला और मेरे आगे रख दिया तथा मैंने भी उसे पढ़ना शुरू किया। मैं आपसे नहीं कह सकता कि उन कागजों को पढ़कर मेरे दिल की कैसी अवस्था हो गई और दारोगा तथा रघुबरसिंह पर मुझे कितना

क्रोध चढ़ आया। आप लोग तो उसे पढ़-सुन चुके हैं, अतएव इस बात को खुद समझ सकते हैं। मैंने भूतनाथ से कहा कि 'यदि तुम मेरा साथ दो तो मैं आज ही दारोगा और रघुबरसिंह को इस दुनिया से उठा दूं।'

भूतनाथ–इससे फायदा ही क्या होगा? और यह काम ही कितना बड़ा है? मुझे खुद इस बात का खयाल है और मैं लक्ष्मीदेवी का पता लगाने के लिए दिल से कोशिश कर रहा हूं, तथा आपका हरदीन भी पता लगा रहा है। इस तरह समय के पहिले छेड़छाड़ करने से खुद अपने को झूठा बनाना पड़ेगा और लक्ष्मीदेवी भी जहां-की-तहां पड़ी सड़ेगी या मर जाएगी।

मैं–हां, ठीक है, अच्छा यह तो बताइए कि आप हरदीन की इतनी इज्जत क्यों करते हैं।

भूतनाथ–इसलिए कि यह सबकुछ इन्हीं की बदौलत है, इन्होंने मुझे उस कमेटी का पता बताया और उसका भेद समझाया और इन्हीं की मदद से मैंने उस कमेटी का सत्यानाश किया।

मैं–(हरदीन से) और तुम्हें उस कमेटी का भेद क्योंकर मालूम हुआ?

हरदीन–(हाथ जोड़के) माफ कीजिएगा, मैं उस कमेटी का सदस्य था और अभी तक उन लोगों के खयाल से उन सभों का पक्षपाती बना हुआ हूं, मगर मैं ईमानदार सदस्य था इसलिए ऐसी बातें मुझे पसंद न आईं और मैं गुप्त रीति से उन लोगों का दुश्मन बन बैठा, मगर इतना करने पर भी अभी तक मेरी जान इसलिए बची हुई है कि आपके घर में मेरे सिवाय और कोई इन लोगों का साथी नहीं है।

मैं–तो क्या अभी तक तुम उन लोगों के साथी बने हुए हो, और वे लोग अपने दिल का हाल तुमसे कहते हैं।

हरदीन–जी हां, तभी तो मैंने आपको रघुबरसिंह के पंजे से बचाया था जब वह आपको घोड़े पर सवार कराके ले चला था!

मैं–अगर ऐसा है तो तुम्हें यह भी मालूम हो गया होगा कि उस दिन घात न लगने के कारण रघुबरसिंह ने अब कौन-सी कार्रवाई सोची है।

हरदीन–जी हां, पहिले तो उसने मुझसे पूछा कि 'भरतसिंह ने ऐसा क्यों किया, क्या उसको मेरी नीयत का कुछ पता लग गया'? जिसके जवाब में मैंने कहा कि 'नहीं, किसी दूसरे सबब से ऐसा हुआ होगा'। इसके बाद दारोगा साहब ने मुझ पर हुक्म लगाया कि 'तू भरतसिंह को जिस तरह हो सके जहर दे दे'। मैंने कहा, 'बहुत अच्छा, ऐसा ही करूंगा, मगर इस काम में पांच-सात दिन जरूर लग जाएंगे।'

इतना कहकर हरदीन ने भूतनाथ से पूछा कि 'कहिए अब क्या करना चाहिए'? इसके जवाब में भूतनाथ ने कहा कि 'अब पांच-सात दिन के बाद भरतसिंह को झूठ-मूठ हल्ला मचा देना चाहिए कि मुझको किसी ने जहर दे दिया, बल्कि कुछ बीमारी की-सी नकल भी करके दिखा देनी चाहिए।'

इसके बाद थोड़ी देर तक और भी भूतनाथ से बातचीत होती रही और किसी दिन फिर मिलने का वादा करके भूतनाथ बिदा हुआ।

इस घटना के बाद कई दफे भूतनाथ से मुलाकात हुई, बल्कि कहना चाहिए कि इनके और मेरे बीच में एक प्रकार की मित्रता-सी हो गई और इन्होंने कई कामों में मेरी सहायता भी की।

जैसा कि आपुस में सलाह हो चुकी थी, मुझे यह मशहूर करना पड़ा कि 'मुझे किसी ने जहर दे दिया'। साथ ही इसके कुछ बीमारी की नकल भी की गई जिसमें मेरे नौकर पर कमबख्त दारोगा को शक न हो जाए, मगर इसका कोई अच्छा नतीजा न निकला अर्थात् दारोगा को मालूम हो गया कि हरदीन उसका सच्चा साथी और भेदिया नहीं है।

एक दिन रात के समय एकांत में हरदीन ने मुझसे कहा, ''लीजिए अब दारोगा साहब को निश्चय हो गया कि मैं उनका सच्चा साथी नहीं हूं। आज उसने मुझे अपने पास बुलाया था, मगर मैं गया नहीं, क्योंकि मुझे यह निश्चय हो गया कि जाने के साथ ही मैं उसके कब्जे में आ जाऊंगा और फिर किसी तरह जान न बचेगी, यों तो छिटके रहने पर लड़ते-झगड़ते जैसा होगा, देखा जाएगा। अस्तु, इस समय मुझे आपसे यह कहना है कि आज से मैं आपके यहां रहना छोड़ दूंगा और तब तक आपके पास न आऊंगा जब तक मैं दारोगा की तरफ से बेफिक्र न हो जाऊंगा, देखा चाहिए मेरी उससे क्योंकर निपटती है। वह मुझे मारकर निश्चिंत होता है या मैं उसे जहन्नुम में पहुंचाकर कलेजा ठंडा करता हूं। मुझे अपने मरने का रंज कुछ भी नहीं है, मगर इस बात का अफसोस जरूर है कि मेरे जाने के बाद आपका मददगार यहां कोई भी नहीं है और कमबख्त दारोगा आपको फंसाने में किसी तरह की कसर न करेगा, खैर, लाचारी है, क्योंकि मेरे यहां रहने से भी आपका कोई कल्याण नहीं हो सकता। यों तो मैं छिपे-छिपे कुछ-न-कुछ मदद जरूर करूंगा परंतु आप जहां तक हो सके, खूब होशियारी के साथ काम कीजियेगा।''

मैं—अगर यही बात है तो तुम्हारे भागने की कोई जरूरत नहीं मालूम होती। हम लोग दारोगा के भेदों को खोलकर खुल्लमखुल्ला उसका मुकाबला कर सकते हैं।

हरदीन—इससे कोई फायदा नहीं हो सकता, क्योंकि हम लोगों के पास दारोगा के खिलाफ कोई सबूत नहीं है और न उसके बराबर ताकत ही है।

मैं—क्या इन भेदों को हम गोपालसिंह से नहीं खोल सकते और ऐसा करने से भी कोई काम नहीं चलेगा?

हरदीन—नहीं, ऐसा करने से जो कुछ बरस-दो बरस गोपालसिंह जी की जिंदगी है वह भी न रहेगी अर्थात् हम लोगों के साथ-ही-साथ वे भी मार डाले जाएंगे। आप नहीं समझ सकते और नहीं जानते कि दारोगा की असली सूरत क्या है, उसकी ताकत

कैसी है, और उसके मजबूत जाल किस कारीगरी के साथ फैले हुए हैं। गोपालसिंह अपने को राजा और शक्तिमान समझते होंगे, मगर मैं सच कहता हूं कि दारोगा के सामने उनकी कुछ भी हकीकत नहीं है, हां, यदि राजा गोपालसिंह किसी को किसी तरह की खबर किए बिना एकाएक दारोगा को गिरफ्तार करके मार डालें तो बेशक वे राजा कहला सकते हैं, मगर ऐसी अवस्था में मायारानी उन्हें जीता न छोड़ेगी और लक्ष्मीदेवीवाला भेद भी ज्यों-का-त्यों बंद रह जाएगा, वह भी किसी तहखाने में पड़ी-पड़ी भूखी-प्यासी मर जाएगी।

इसी तरह पर हमारे और हरदीन के बीच में देर तक बातें होती रहीं और वह मेरी हर एक बात का जवाब देता रहा। अंत में वह मुझे समझा-बुझाकर घर से बाहर निकल गया और उसका पता न लगा।

रात-भर मुझे नींद न आई और मैं तरह-तरह की बातें सोचता रह गया। सुबह को चारपाई से उठा, हाथ-मुंह धोने के बाद दरबारी कपड़े पहिरे, हर्बे लगाए और राजा साहब की तरफ रवाना हुआ। जब मैं उस त्रिमुहानी पर पहुंचा, जहां से एक रास्ता राजा साहब के दीवानखाने की तरफ और दूसरा खास बाग की तरफ गया है, तब उस जगह पर दारोगा साहब से मुलाकात हुई जो दीवानखाने की तरफ से लौटे हुए चले आ रहे थे।

प्रकट में मुझसे और दारोगा साहब से बहुत अच्छी तरह साहब-सलामत हुई और उन्होंने उदासीनता के साथ मुझसे कहा, 'आप दीवानखाने की तरफ कहां जा रहे हैं, राजा साहब तो खास बाग में चले गए, मेरे साथ चलिए, मैं भी उन्हीं से मिलने के लिए जा रहा हूं, सुना है कि रात से उनकी तबीयत खराब हो रही है।'

मैं–(ताज्जुब के साथ) क्यों-क्यों, कुशल तो है?

दारोगा–अभी-अभी पता लगा है कि आधी रात के बाद से उन्हें बेहिसाब दस्त और कै आ रहे हैं। आप कृपा करके यदि मोहन जी वैद्य को अपने साथ लेते आवें तो बड़ा काम हो, मैं खुद उनकी तरफ जाने का इरादा कर रहा था।

दारोगा की बातें सुनकर मैं घबड़ा गया, राजा साहब की बीमारी का हाल सुनते ही मेरी तबीयत उदास हो गई और मैं 'बहुत अच्छा' कह उल्टे पैर लौटा और मोहन जी वैद्य की तरफ रवाना हुआ।

यहां तक अपना हाल कह कुछ देर के लिए भरतसिंह चुप हो गए और दम लेने लगे। इस समय जीतसिंह ने महाराज की तरफ देखा और कहा, "भरतसिंह जी का किस्सा दरबारे-आम में कैदियों के सामने ही सुनने लायक है।"

महाराज–बेशक, ऐसा ही है। (गोपालसिंह से) तुम्हारी क्या राय है?

गोपाल–महाराज की इच्छा के विरुद्ध मैं कुछ बोल न सका नहीं तो मैं भी यही सोचता था किं और नकाबपोशों की तरह इनका किस्सा भी कैदियों के सामने सुना जाए।

और सभों ने भी यही राय दी, आखिर महाराज ने हुक्म दिया कि "कल दरबारे-आम किया जाए और कैदी लोग दरबार में लाए जाएं।"

दिन पहर-भर से कुछ कम बाकी था जब यह छोटा-सा दरबार बर्खास्त हुआ और सब कोई अपने ठिकाने चले गए। कुंअर आनंदसिंह शिकारी कपड़े पहनकर तारासिंह को साथ लिये महल के बाहर आए और दोनों दोस्त घोड़ों पर सवार हो जंगल की तरफ रवाना हो गए।

दसवां बयान

घोड़े पर सवार तारासिंह को साथ लिये हुए कुंअर आनंदसिंह जंगल-हो-जंगल घूमते और साधारण ढंग पर शिकार खेलते हुए बहुत दूर निकल गए और जब दिन बहुत कम बाकी रह गया तब धीरे-धीरे घर की तरफ लौटे।

हम ऊपर के किसी बयान में लिख आए हैं कि 'अटारी पर एक सजे हुए बंगले में बैठी हुई किशोरी, कामिनी और कमलिनी वगैरह ने जंगल से निकलकर घर की तरफ आते हुए कुंअर आनंदसिंह और तारासिंह को देखा तथा यह भी देखा कि दस-बारह नकाबपोशों ने जंगल में से निकल इन दोनों पर तीर चलाए और ये दोनों उनका पीछा करते हुए पुनः जंगल के अंदर घुस गए'–इत्यादि।

यह वही मौका है जिसका हम जिक्र कर रहे हैं। उस समय कमला ने एक लौंडी की जुबानी इंद्रजीतसिंह को इस बात की खबर दिलवा दी थी, और खबर पाते ही कुंअर इंद्रजीतसिंह, भैरोसिंह तथा बहुत से आदमी आनंदसिंह की मदद के लिए रवाना हो गए थे।

असल बात यह थी कि भूतनाथ की चालाकी से शर्मिन्दगी उठाकर भी नानक ने सब्र नहीं किया, बल्कि पुनः इन लोगों का पीछा किया और अबकी दफे इस ढंग से जाहिर हुआ था कि मौका मिले तो आनंदसिंह को तीर का निशाना बनावे और इसी तरह बारी-बारी से अपने दुश्मनों की जान लेकर कलेजा ठंडा करे। मगर उसका यह इरादा भी काम न आया, आनंदसिंह और तारासिंह की चालाकी और उनके घोड़ों की चपलता के कारण उसका निशाना कारगर न हुआ और उन्होंने तेजी के साथ उनके सिर पर पहुंचकर सभों को हर तरह से मजबूर कर दिया। तब तक मदद लिये हुए कुंअर इंद्रजीतसिंह भी जा पहुंचे और आठ साथियों के सहित बेईमान नानक को गिरफ्तार कर लिया। यद्यपि उसी समय यह भी मालूम हो गया कि इसके साथियों में से कई आदमी निकल गए, मगर इस बात की कुछ परवाह न की गई और जो कुछ गिरफ्तार हो गए थे, उन्हीं को लेकर सब कोई घर की तरफ रवाना हो गए।

कमबख्त नानक पर हर तरह की रिआयत की गई, बहुत कड़ी सजा पाने के योग्य होने पर भी उसे किसी तरह की सजा न दी गई और वह इस खयाल से बिलकुल साफ छोड़ दिया गया कि शायद फिर भी सुधर जाए मगर नहीं–

भूयोपि सिक्ता पयसा घृतेन
न निम्ब वृक्षो मधुरत्वमेति

अर्थात् 'नीम न मीठी होय सींचे गुड़ घीउ से।'

आखिर नानक को वह दुःख भोगना ही पड़ा जो उसकी किस्मत में बदा हुआ था।

जिस समय नानक गिरफ्तार करके लाया गया और लोगों ने उसका हाल सुना, उस समय सभों को उसकी नालायकी पर बहुत ही रंज हुआ। महाराज की आज्ञानुसार वह कैदखाने में पहुंचाया गया और सभों को निश्चय हो गया कि अब इसे किसी तरह छुटकारा नहीं मिल सकता।

दूसरे दिन दरबारे-आम का बंदोबस्त किया गया और कैदियों का मुकदमा सुनने के लिए बड़े शौक से लोग इकट्ठा होने लगे। हथकड़ियों और बेड़ियों से जकड़े हुए कैदी लोग हाजिर किए गए और आपुसवालों तथा ऐयारों को साथ लिये हुए महाराज भी दरबार में आकर एक ऊंची गद्दी पर बैठ गए। आज के दरबार में भीड़ मामूली से बहुत ज्यादे थी और कैदियों का मुकदमा सुनने के लिए सभी उतावले हो रहे थे। भरतसिंह, दलीपशाह, अर्जुनसिंह तथा उनके और भी दो साथी जो तिलिस्म के बाहर होने के बाद अपने घर चले गए थे और अब लौट आए हैं, अपने-अपने चेहरों पर नकाब डालकर दरबार में राजा गोपालसिंह के पास बैठ गए और महाराज के हुक्म का इंतजार करने लगे।

महाराज का इशारा पाकर भरतसिंह खड़े हो गए और उन्होंने दारोगा तथा जैपाल की तरफ देखकर कहा–

"दारोगा साहब, जरा मेरी तरफ देखिए और पहिचानिए कि मैं कौन हूं। जैपाल, तू भी इधर निगाह कर!"

इतना कहकर भरतसिंह ने अपने चेहरे पर से नकाब उलट दी और एक दफे चारों तरफ देखकर सभों का ध्यान अपनी तरफ खैंच लिया। सूरत देखते ही दारोगा और जैपाल थर-थर कांपने लगे। दारोगा ने लड़खड़ाई आवाज से कहा, "कौन? ओफ, भरतसिंह! नहीं-नहीं, भरतसिंह कहां? उसे मरे बहुत दिन हो गए, यह तो कोई ऐयार है!!"

भरत–नहीं-नहीं, दारोगा साहब, मैं ऐयार नहीं हूं, मैं वही भरतसिंह हूं जिसे आपने हद से ज्यादे सताया था, मैं वही भरतसिंह हूं जिसके मुंह पर आपने मिर्च का तोबड़ा चढ़ाया था और मैं वही भरतसिंह हूं, जिसे आपने अंधेरे कुएं में लटका दिया था। सुनिए मैं अपना किस्सा बयान करता हूं और यह भी कहता हूं कि आखिर में मेरी जान क्योंकर बची। जैपालसिंह आप भी सुनिए और हुंकारी भरते चलिए।

इतना कहकर भरतसिंह ने अपना किस्सा आदि से कहना आरंभ किया जैसा कि हम ऊपर बयान कर आए हैं और इसके बाद यों कहने लगे–

"दारोगा की बातों ने मुझे घबड़ा दिया और मैं उलटे पैर मोहन जी वैद्य को बुलाने के लिए रवाना हुआ। मुझे इस बात का रत्ती-भर भी शक न था कि मोहन जी और दारोगा साहब एक ही थैली के चट्टे-बट्टे हैं अथवा इन दोनों में हमारे लिए कुछ बातें तै पा चुकी हैं। मैं बेधड़क उनके मकान पर गया और इत्तिला कराने के बाद उनके एकांतवाले कमरे में जा पहुंचा, जहां उन्होंने मुझे बुला भेजा था। उस समय वे अकेले बैठे माला जप रहे थे। नौकर मुझे वहां तक पहुंचाकर विदा हो गया और मैंने उनके पास बैठकर राजा साहब का हाल बयान करके खास बाग में चलने के लिए कहा। जवाब में वैद्य जी यह कहकर कि 'मैं दवाओं का बंदोबस्त करके अभी आपके साथ चलता हूं' खड़े हुए और आलमारी में से कई तरह की शीशियां निकाल-निकाल जमीन पर रखने लगे। उसी बीच में उन्होंने एक छोटी शीशी निकालकर मेरे हाथ में दे दी और कहा, 'देखिए, यह मैंने एक नये ढंग की ताकत की दवा तैयार की है, खाना तो दूर रहा, इसके सूंघने ही से तुरंत मालूम होता है कि बदन में एक तरह की ताकत आ रही है! लीजिए, जरा सूंघके अंदाज तो कीजिए।'

मैं वैद्य जी के फेर में पड़ गया और शीशी का मुंह खोलकर सूंघने लगा। इतना तो मालूम हुआ कि इसमें कोई खुशबूदार चीज है, मगर फिर तनोबदन की सुध न रही। जब मैं होश में आया तो अपने को हथकड़ी-बेड़ी से मजबूर एक अंधेरी कोठरी में कैद पाया। नहीं कह सकता कि वह दिन का समय था या रात का। कोठरी के एक कोने में चिराग जल रहा था और दारोगा तथा जैपाल हाथ में नंगी तलवार लिये सामने बैठे हुए थे।

मैं–(दारोगा से) अब मालूम हुआ कि आपने इसी काम के लिए मुझे वैद्य जी के पास भेजा था।

दारोगा–बेशक इसीलिए, क्योंकि तुम मेरी जड़ काटने के लिए तैयार हो चुके थे।

मैं–तो फिर मुझे कैद कर रखने से क्या फायदा? मारकर बखेड़ा निपटाइए और बेखटके आनंद कीजिए।

दारोगा–हां, अगर तुम मेरी बात न मानोगे तो बेशक मुझे ऐसा ही करना पड़ेगा।

मैं–मानने की कौन-सी बात है? मैंने तो अभी तक कोई ऐसा काम नहीं किया जिससे आपको किसी तरह का नुकसान पहुंचे।

दारोगा–ये सब बातें तो रहने दो, क्योंकि तुम और हरदीन मिलकर जो कुछ कर चुके थे और जो किया चाहते थे, उसे मैं खूब जानता हूं, मगर बात यह है कि अगर तुम चाहो तो मैं तुम्हें इस कैद से छुट्टी दे सकता हूं, नहीं तो मौत तुम्हारे लिए रखी हुई है।

मैं–खैर, बतलाइए तो सही कि वह कौन-सा काम है जिसके करने से छुट्टी मिल सकती है।

दारोगा–यही कि तुम एक चीठी इन रघुबरसिंह अर्थात् जैपाल के नाम की लिख दो जिसमें यह बात हो कि 'लक्ष्मीदेवी के बदले में मुंदर को मायारानी बना देने में जो कुछ मेहनत की है, वह हम-तुम दोनों ने मिलकर की है, अतएव उचित है कि इस काम में जो कुछ तुमने फायदा उठाया है, उसमें से आधा मुझे बांट दो नहीं तो तुम्हारे लिए अच्छा न होगा।'

मैं–ठीक है, आपका मतलब मैं समझ गया। खैर, आज तो नहीं, मगर कल जैसा आप कहते हैं, वैसा ही कर दूंगा।

दारोगा–आखिर एक दिन की देर करने में तुमने फायदा ही क्या सोच लिया है!

मैं–सो भी कल बताऊंगा।

दारोगा–अच्छा क्या हर्ज है, कल ही सही।

इतना कहकर दारोगा चला गया और मैं भूखा-प्यासा उसी कोठरी में पड़ा हुआ तरह-तरह की बातें सोचने लगा, क्योंकि उस दिन दारोगा ने मेरे खाने-पीने के लिए कुछ भी प्रबंध न किया। मुझे निश्चय हो गया कि इस ढंग की चीठी मेरी बदनामी का सबब बनेगी, मेरे दोस्त गोपालसिंह मुझको बेईमान समझेंगे और तमाम दुनिया मुझे कमीना खयाल करेगी। अस्तु, मैंने दिल में ठान ली कि चाहे जान जाए या रहे, मगर इस तरह की चीठी मैं कदापि न लिखूंगा। आखिर मरना तो जरूर ही है फिर कलंक का टीका जान-बूझकर अपने माथे क्यों लगाऊं?

दूसरे दिन रघुबरसिंह को साथ लिये हुए दारोगा पुनः मेरे पास आया।

भरतसिंह ने अपना हाल यहां तक बयान किया कि राजा गोपालसिंह ने बीच ही में टोका और पूछा, "क्या रघुबरसिंह भी इसी जैपाल का नाम है?"

भरत–जी हां, इसका नाम रघुबरसिंह था और कुछ दिन के लिए इसने अपना नाम 'भूतनाथ' रख लिया था।

गोपाल–ठीक है, मुझे इस बारे में धोखा हुआ, बल्कि मेरे खजांची ही ने मुझे धोखा दिया। खैर, तब क्या हुआ?

भरत–हां, तो दूसरे दिन जैपाल को साथ लिये हुए दारोगा पुनः मेरे पास आया और बोला, 'कहो चीठी लिख देने के लिए तैयार हो या नहीं?' इसके जवाब में मैंने कहा कि 'मर जाना मंजूर है, मगर झूठे कलंक का टीका अपने माथे पर लगाना मंजूर नहीं।'

दारोगा ने मुझे कई तरह से समझाना-बुझाना और धोखे में डालना चाहा, मगर मैंने उसकी एक न सुनी। आखिर दोनों ने मिलकर मुझे मारना शुरू किया, यहां तक मारा कि मैं बेहोश हो गया। जब होश में आया तो फिर उसी तरह अपने को कैद पाया। भूख और प्यास के मारे मेरा बुरा हाल हो गया था और मार के सबब से मेरा तमाम बदन चूर-चूर हो रहा था। तीसरे दिन दोनों शैतान पुनः मेरे पास आए और उस दिन भी मैंने दारोगा की बात न मानी तो उसने घोड़ों के दाना खानेवाले तोबड़े में चूर किया हुआ मिरचा रखकर, मेरे मुंह पर चढ़ा दिया। हाय-हाय! उस तकलीफ को मैं कभी भी नहीं भूल सकता!!

यहां तक कहकर भरतसिंह चुप हो गए और दारोगा तथा जैपाल की तरफ देखने लगे। वे दोनों सिर नीचा किये हुए जमीन की तरफ देख रहे थे और डर के मारे दोनों का बदन कांप रहा था। भरतसिंह ने पुकारकर कहा, "कहिए दारोगा साहब, जो कुछ मैं कह रहा हूं, वह सच है या झूठ?" मगर दारोगा ने इसका कुछ भी जवाब न दिया। मगर वहां उस समय दरबार में जितने आदमी बैठे थे, क्रोध के मारे सभों का बुरा हाल था और सब कोई दारोगा की तरफ जलती हुई निगाह से देख रहे थे। भरतसिंह ने फिर इस तरह कहना शुरू किया–

"दारोगा के संबंध में मेरा किस्सा वैसा दिलचस्प नहीं है जैसा दलीपशाह और अर्जुनसिंह का आप लोग सुनेंगे, क्योंकि उनके साथ बड़ी-बड़ी विचित्र घटनाएं हो चुकी हैं, बल्कि यों कहना चाहिए कि मेरा तमाम किस्सा उनकी एक दिन की घटना का मुकाबला भी नहीं कर सकता, परंतु साथ ही इसके यह बात भी जरूर है कि मैंने न तो कभी किसी के साथ किसी तरह की बुराई की और न किसी से विशेष मेलजोल या हंसी-दिल्लगी ही रखता था, फिर भी उन दिनों जमानिया की वह दशा थी कि सादे ढंग पर जिंदगी बितानेवाला मैं भी सुख की नींद न सो सका और राजा साहब की दोस्ती की बदौलत मुझे हर तरह का दुःख भोगना पड़ा। इस हरामखोर दारोगा ने ऐसे-ऐसे कुकर्म किए हैं कि जिनका पूरा-पूरा बयान हो ही नहीं सकता और न यही मेरी समझ में आता है कि दुनिया में कौन-सी ऐसी सजा है जो इसके योग्य समझी जाए। अस्तु, अब मैं संक्षेप में अपना हाल समाप्त करता हूं।

अपने मन के माफिक चीठी लिखाने की नीयत से आठ-दस दिन तक कमबख्त दारोगा ने मुझे बेहिसाब तकलीफें दीं। मिर्च का तोबड़ा मेरे मुंह पर चढ़ाया, जहरीली राई का लेप मेरे बदन पर किया, कुएं में लटकाया, गंदी कोठरी में बंद किया, जो-जो सूझा सब-कुछ किया और इतने दिनों तक बराबर ही मुझे भूखा भी रखा गया, मगर न मालूम क्या सबब है कि मेरी जान न निकली। मैं बराबर ईश्वर से प्रार्थना करता था कि किसी तरह मुझे मौत दे जिससे इन दुःख से छुट्टी मिले। आखिरी दिन मैं इतना कमजोर हो गया था कि मुझमें बात करने की ताकत न थी।

उस दिन आधी रात के समय मैं उसी कोठरी में पड़ा-पड़ा मौत का इंतजार कर रहा था कि यकायक कोठरी का दरवाजा खुला और एक नकाबपोश दाहिने हाथ में नंगी तलवार और बाएं हाथ में एक छोटी गठरी लिये हुए कोठरी के अंदर आता हुआ दिखाई पड़ा। हाथ में वह जो तलवार लिये था उसके अतिरिक्त उसके कमरे में एक तलवार और भी थी। कोठरी के अंदर आते ही उसने भीतर से दरवाजा बंद कर लिया और मेरे पास चला आया, हाथ की गठरी और तलवार जमीन पर रख मुझसे चिमट गया और रोने लगा। उसकी ऐसी मुहब्बत देख मैं चौंक पड़ा और मुझे तुरंत मालूम हो गया कि यह मेरा पुराना खैरख्वाह हरदीन है। उसके चेहरे से नकाब हटाकर मैंने उसकी सूरत देखी और तब रोने में उसका साथ दिया।

थोड़ी ही देर बाद हरदीन मुझसे अलग हुआ और बोला, 'मैं किसी-न-किसी तरह यहां तो पहुंच गया, मगर यहां से निकल भागना जरा कठिन है, तथापि आप घबराएं नहीं, मैं एक दफे दुश्मन को सताए बिना नहीं रहता, अब आप शीघ्र उठें और जो कुछ मैं खाने-पीने के लिए लाया हूं, उसे भोजन करके चैतन्य हो जाएं।'

जो गठरी हरदीन लाया था उसमें खाने-पीने का सामान था। उसने मुझे भोजन कराया, पानी पिलाया और इसके बाद मेरे हाथ में एक तलवार देकर बोला, 'बस अब आप उठिए और मेरे पीछे-पीछे चले आइए, इतना समय नहीं है कि मैं आपसे विशेष बातें करूं, इसके अतिरिक्त जिस जगह पर आप कैद हैं यह तिलिस्म का एक हिस्सा है, यहां से निकलने के लिए भी बहुत उद्योग करना होगा।'

भोजन करने से कुछ ताकत तो मुझमें हो ही गई थी, मगर कैद से छुटकारा मिलने की उम्मीद ने उससे भी ज्यादे ताकत पैदा कर दी। मैं उठ खड़ा हुआ और हरदीन के पीछे-पीछे रवाना हुआ। कोठरी का दरवाजा खोलने के बाद जब मैं बाहर निकला तब मुझे मालूम हुआ कि मैं खास बाग के तीसरे दर्जे में हूं, जिसमें कई दफे राजा गोपालसिंह के साथ आ चुका था, मगर इस बात से मुझको बहुत ही ताज्जुब हुआ और मैं सोचने लगा कि देखो राजा साहब के खास बाग ही में दारोगा लोगों पर इतना जुल्म करता है और राजा साहब को खबर तक नहीं होती। क्या यहां कई ऐसे स्थान हैं, जिनका हाल दारोगा जानता है और राजा साहब नहीं जानते!

खैर, मैं कोठरी के बाहर निकलकर बरामदे में पहुंचा जहां से बायें और दाहिने सिर्फ दो ही तरफ जाने का रास्ता था। दाहिने तरफ इशारा करके हरदीन ने मुझसे कहा, 'इसी तरफ से मैं आया हूं, दारोगा, जैपाल तथा बहुत-से आदमी इस तरफ बैठे हैं, इसलिए इधर तो अब जा नहीं सकते, हां, बाईं तरफ चलिए, कहीं-न-कहीं तो रास्ता मिल ही जाएगा।'

रात चांदनी थी और ऊपर से खुला रहने के सबब उधर की हर एक चीज साफ दिखाई देती थी। हम दोनों आदमी बाईं तरफ रवाना हुए। लगभग पचीस कदम जाने के बाद नीचे उतरने के लिए दस-बारह सीढ़ियां मिलीं जिन्हें तै करने के बाद हम दोनों एक दालान में पहुंचे जो बहुत लंबा-चौड़ा तो न था, मगर निहायत खूबसूरत और स्याह पत्थर का बना हुआ था। उस दालान में पहुंचे ही थे कि पीछे से दारोगा और जैपाल तेजी के साथ आते हुए दिखाई पड़े, मगर हरदीन ने इनकी कुछ भी परवाह न की और कहा, 'इन दोनों के लिए तो मैं अकेला ही काफी हूं।'

हरदीन मुझे अपने पीछे करने के बाद अड़कर खड़ा हो गया। उसने दारोगा को सैकड़ों गालियां दीं और मुकाबला करने के लिए ललकारा, मगर उन दोनों की हिम्मत न पड़ी कि आगे बढ़ें और हरदीन का मुकाबला करें। कुछ देर तक खड़े-खड़े देखने और सोचने के बाद दारोगा ने अपने जेब में से एक छोटा-सा गोला निकाला और हम दोनों की तरफ फेंका। हरदीन समझ गया कि जमीन पर गिरने के साथ ही इसमें

से बेहोशी का धुआं निकलेगा। उसने अपने हाथ से मुझे भागने का इशारा किया। गोला जमीन पर गिरकर फटा और उसमें से बहुत-सा धुआं निकला, मगर हम दोनों वहां से हट गए थे इसलिए उसका कुछ असर न हुआ। उसी समय दारोगा ने हम लोगों की तरफ फेंकने के लिए दूसरा गोला निकाला।

इस दालान के बीचोबीच में एक छोटा-सा चबूतरा लाल पत्थर का बना हुआ था, मगर हम दोनों यह नहीं जानते थे कि इसमें क्या गुण है। दारोगा को दूसरा गोला निकालते देख हम दोनों उस चबूतरे पर चढ़ गए, मगर उस पर से उतरकर भाग न सके क्योंकि चढ़ने के साथ ही चबूतरा हिला, तब हम दोनों को लिये हुए जमीन के अंदर धंस गया और साथ ही न मालूम किस चीज के असर से हम दोनों बेहोश हो गए। जब होश में आए तो चारों तरफ अंधकार-ही-अंधकार दिखाई दिया, नहीं कह सकते कि हम दोनों कितनी देर तक बेहोश रहे।

कुछ देर तक चुपचाप बैठे रहने के बाद सामने की तरफ कुछ उजाला मालूम हुआ और वह उजाला धीरे-धीरे बढ़ने लगा जिससे हमने समझा कि सामने कोई दरवाजा है और उसमें से सुबह की सुफेदी दिखाई दे रही है। हम दोनों उठकर खड़े हुए और उसी उजाले की तरफ बढ़े। वास्तव में वैसा ही था, जैसा हम लोगों ने सोचा था। कई कदम चलने के बाद एक दरवाजा मिला जिसे लांघकर हम दोनों उसी बुर्ज वाले बाग में जा पहुंचे, जहां दोनों कुमारों से मुलाकात हुई थी। इसके बाद बाहर का हाल बहुत दिनों तक कुछ भी मालूम न हुआ कि क्या हो रहा है और क्या हुआ। बहुत दिनों तक वहां से बाहर निकलने के लिए उद्योग करते रहे, परंतु सब व्यर्थ हुआ और वहां से छुट्टी तभी मिली जब दोनों कुमारों के दर्शन हुए[1] कुछ दिनों बाद दलीपशाह से भी उसी बाग में मुलाकात हुई जिसका हाल उनका किस्सा सुनने से आप लोगों को मालूम होगा। बस इतना ही तो मेरा किस्सा है, हां, जब आप लोग दलीपशाह की कहानी सुनेंगे तब बेशक कुछ आनंद मिलेगा। (एक नकाबपोश की तरफ बताकर) मेरा पुराना खैरख्वाह हरदीन यही है, जो इतने दिनों तक मेरे दुःख-सुख का साथी बना रहा और अंत में मेरे साथ ही कैद से छूटा।

भरतसिंह की कथा समाप्त होने के बाद दरबार बर्खास्त किया गया और महाराज ने हुक्म दिया कि "कल के दरबार में दलीपशाह अपना किस्सा बयान करेंगे।"

ग्यारहवां बयान

दूसरे दिन पुनः उसी ढंग का दरबार लगा और सब कोई अपने-अपने ठिकाने पर बैठ गए।

---

1. देखिए चन्द्रकान्ता सन्तति, बीसवां भाग, चौथा बयान।

इशारा पाकर दलीपशाह उठ खड़ा हुआ और उसने अपने चेहरे से नकाब हटाकर दारोगा, जैपाल, बेगम और नागर वगैरह की तरफ देखकर कहा–

दलीप–आप लोगों की खुशकिस्मती का जमाना तो बीत गया अब वह जमाना आ गया है कि आप लोग अपने किए का फल भोगें और देखें कि आपने जिन लोगों को जहन्नुम में पहुंचाने का बीड़ा उठाया था, आज ईश्वर की कृपा से वे ही लोग आपको हंसते-खेलते दिखाई दे रहे हैं। खैर, मुझे इन बातों से कोई मतलब नहीं, इसका निपटारा तो महाराज की आज्ञा से होगा, मुझे अपना किस्सा बयान करने का हुक्म हुआ है सो बयान करता हूं। (और लोगों की तरफ देखकर) मेरे किस्से से भूतनाथ का भी बहुत बड़ा संबंध है, मगर इस खयाल से कि महाराज ने भूतनाथ का कसूर माफ करके उसे अपना ऐयार बना लिया है, मैं अपने किस्से में उन बातों का जिक्र छोड़ता जाऊंगा जिससे भूतनाथ की बदनामी होती है, इसके अतिरिक्त भूतनाथ प्रतिज्ञानुसार महाराज के आगे पेश करने के लिए स्वयं अपनी जीवनी लिख रहा है जिससे महाराज को पूरा-पूरा हाल मालूम हो जाएगा। अस्तु, मुझे कुछ कहने की जरूरत भी नहीं है।

मैं मिर्जापुर के रहनेवाले दीनदयालसिंह ऐयार का लड़का हूं। मेरे पिता महाराज धौलपुर के यहां रहते थे और वहां उनकी बहुत इज्जत और कदर थी। उन्होंने मुझे ऐयारी सिखाने में किसी तरह की त्रुटि नहीं की। जहां तक हो सका दिल लगाकर मुझे ऐयारी सिखाई और मैं भी इस फन में खूब होशियार हो गया, परंतु पिता के मरने के बाद मैंने किसी रियासत में नौकरी नहीं की। मुझे अपने पिता की जगह मिलती थी और महाराज मुझे बहुत चाहते थे, मगर मैंने पिता के मरने के साथ ही रियासत छोड़ दी और अपने जन्म-स्थान मिर्जापुर में चला आया क्योंकि मेरे पिता मेरे लिए बहुत दौलत छोड़ गए थे और मुझे खाने-पीने की कुछ परवाह न थी। पिता के देहांत के साल-भर पहिले ही मेरी मां मर चुकी थी, अतएव केवल मैं और मेरी स्त्री दो ही आदमी अपने घर के मालिक थे।

जमानिया की रियासत से मुझे किसी तरह का संबंध नहीं था, परंतु इसलिए कि मैं एक नामी ऐयार का लड़का और खुद भी ऐयार था तथा बहुत से ऐयारों से गहरी जान-पहचान रखता था, मुझे चारों तरफ की खबरें बराबर मिला करती थीं, इसी तरह जमानिया में जो कुछ चालबाजियां हुआ करती थीं वह भी मुझसे छिपी हुई न थीं। भूतनाथ की स्त्री और मेरी स्त्री आपुस में मौसेरी बहिनें होती हैं और भूतनाथ को जमानिया से बहुत घना संबंध हो गया था इसलिए जमानिया का हाल जानने के लिए मैं उद्योग भी किया करता था, मगर उसमें किसी तरह का दखल नहीं देता था। (दारोगा की तरफ इशारा करके) इस हरामखोर दारोगा ने रियासत पर अपना दबाव डालने की नीयत से विचित्र ढोंग रच लिया था। शादी नहीं की थी और बाबा जी तथा ब्रह्मचारी के नाम से अपने को प्रसिद्ध कर रखा था, बल्कि मौके-मौके पर लोगों

को कहता था कि मैं तो साधू आदमी हूं, मुझे रुपये-पैसे की जरूरत ही क्या है, मैं तो रियासत की भलाई और परोपकार में अपना समय बिताना चाहता हूं, इत्यादि। परंतु वास्तव में यह परले सिरे का ऐयाश, बदमाश और लालची था जिसके विषय में कुछ विशेष कहना मैं पसंद नहीं करता।

मेरे पिता और इंद्रदेव के पिता दोनों दिली दोस्त और ऐयारी में एक ही गुरु के शिष्य थे, अतएव मुझमें और इंद्रदेव में भी उसी प्रकार की दोस्ती और मुहब्बत थी, इसीलिए मैं प्रायः इंद्रदेव से मिलने के लिए उनके घर जाया करता और कभी-कभी वे भी मेरे घर आया करते थे। जरूरत पड़ने पर इंद्रदेव की इच्छानुसार मैं उनका कुछ काम भी कर दिया करता और उन्हीं के यहां कभी-कभी इस कमबख्त दारोगा से भी मुलाकात हो जाया करती थी, बल्कि यों कहना चाहिए कि इंद्रदेव ही के सबब से दारोगा, जैपाल, राजा गोपालसिंह और भरतसिंह तथा जमानिया के और भी कई नामी आदमियों से मेरी मुलाकात और साहब-सलामत हो गई थी।

जब भूतनाथ के हाथ से बेचारा दयाराम मारा गया, तब से मुझमें और भूतनाथ में एक प्रकार की खिंचाखिंची हो गई थी और वह खिंचाखिंची दिनों-दिन बढ़ती ही गई, यहां तक कि कुछ दिनों बाद हम दोनों की साहब-सलामत भी छूट गई।

एक दिन मैं इंद्रदेव के यहां बैठा हुआ भूतनाथ के विषय में बातचीत कर रहा था, क्योंकि उन दिनों यह खबर बड़ी तेजी के साथ मशहूर हो रही थी कि 'गदाधरसिंह (भूतनाथ) मर गया।' परंतु उस समय इंद्रदेव इस बात पर जोर दे रहे थे कि भूतनाथ मरा नहीं, कहीं छिपकर बैठ गया है, कभी-न-कभी यकायक प्रकट हो जाएगा। इसी समय दारोगा के आने की इत्तिला मिली, जो बड़े शान-शौकत के साथ इंद्रदेव से मिलने के लिए आया था। इंद्रदेव बाहर निकलकर बड़ी खातिर के साथ इसे घर के अंदर ले गए और अपने आदमियों को हुक्म दे गए कि दारोगा के साथ जो आदमी आए हैं, उनके खाने-पीने और रहने का उचित प्रबंध किया जाए।

दारोगा को साथ लिये हुए इंद्रदेव उसी कमरे में आए जिसमें मैं पहिले ही से बैठा हुआ था, क्योंकि इंद्रदेव की तरह मैं दारोगा को लेने के लिए मकान के बाहर नहीं गया था और न दारोगा के आ पहुंचने पर मैंने उठकर इसकी इज्जत ही बढ़ाई, हां, साहब-सलामत जरूर हुई। यह बात दारोगा को बहुत ही बुरी मालूम हुई, मगर इंद्रदेव को नहीं, क्योंकि इंद्रदेव गुरुभाई का सिर्फ नाता निबाहते थे, दिल से दारोगा की खातिर नहीं करते थे।

इंद्रदेव और दारोगा में देर तक तरह-तरह की बातें होती रहीं, जिसमें मौके-मौके पर दारोगा अपनी होशियारी और बुद्धिमानी की तस्वीर खैंचता रहा जब ऐयारी की

कहानी छिड़ी तो वह यकायक मेरी तरफ पलट पड़ा और बोला, 'आप इतने बड़े ऐयार के लड़के होकर घर में बेकार क्यों बैठे हैं? और नहीं तो मेरी ही रियासत में काम कीजिए, यहां आपको बहुत आराम मिलेगा। देखिए बिहारीसिंह और हरनामसिंह कैसी इज्जत और खुशी के साथ रहते हैं, आप तो उनसे बहुत ज्यादे इज्जत के लायक हैं।'

मैं–मैं बेकार तो बैठा रहता हूं, मगर अभी तक अपने को महाराज धौलपुर का नौकर समझता हूं, क्योंकि रियासत का काम छोड़ देने पर भी वहां से मुझे खाने को बराबर मिल रहा है।

दारोगा–(मुंह बनाकर) अजी मिलता भी होगा तो क्या, एक छोटी-सी रकम से आपका क्या काम चल सकता है? आखिर अपने पल्ले की जमा तो खर्च करते होंगे।

मैं–यह भी तो महाराज ही का दिया हुआ है!

दारोगा–नहीं, वह आपके बाप का दिया हुआ है। खैर, मेरा मतलब यह है कि वहां से अगर कुछ मिलता है तो उसे भी आप रखिए और मेरी रियासत से भी फायदा उठाइए।

मैं–ऐसा करना बेईमानी और नमकहरामी कहा जाएगा और यह मुझसे न हो सकेगा।

दारोगा–(हंसकर) वाह-वाह! ऐयार लोग दिन-रात ईमानदारी की हंडिया ही तो चढ़ाए रहते हैं!!

मैं–(तेजी के साथ) बेशक! अगर ऐसा न हो तो वह ऐयार नहीं रियासत का कोई ओहदेदार कहा जाएगा!

दारोगा–(तनकर) ठीक है! गदाधरसिंह आप ही का नातेदार तो है, जरा उसकी तस्वीर तो खैंचिए!

मैं–गदाधरसिंह किसी रियासत का ऐयार नहीं है और न मैं उसे ऐयार समझता हूं, इतना होने पर भी आप यह नहीं साबित कर सकते कि उसने अपने मालिक के साथ किसी तरह की बेईमानी की।

दारोगा–(और भी तनक के) बस-बस-बस, रहने दीजिए, हमारे यहां भी बिहारीसिंह और हरनामसिंह ऐयार ही तो हैं।

मैं–इसी से तो मैं आपकी रियासत में जाना बेइज्जती समझता हूं।

दारोगा–(भौं सिकोड़कर) तो इसका यह मतलब कि हम लोग बेईमान और नमकहराम हैं!!

मैं–(मुस्कुराकर) इस बात को तो आप ही सोचिए।

दारोगा–देखिए, जुबान सम्हालकर बात कीजिए, नहीं तो समझ रखिए कि मैं मामूली आदमी नहीं हूं!!

मैं–(क्रोध से) यह तो मैं खुद कहता हूं कि आप मामूली आदमी नहीं हैं क्योंकि मामूली आदमी में शर्म होती है और वह जानता है कि ईश्वर भी कोई चीज है।

दारोगा–(क्रोध-भरी आंखें दिखाकर) फिर वही बात!!

मैं–हां, वही बात! गोपालसिंह के पितावाली बात! गुप्त कमेटीवाली बात! गदाधरसिंह की दोस्तीवाली बात! लक्ष्मीदेवी की शादीवाली बात! और जो बात कि आपके गुरुभाई साहब को नहीं मालूम है, वह बात!!

दारोगा–(दांत पीसकर और कुछ देर मेरी तरफ देखकर) खैर, अब इन बहुत-सी बात का जवाब लात ही से दिया जाएगा।

मैं–बेशक, और साथ ही इसके यह भी समझ रखिए कि जवाब देनेवाले भी एक-दो नहीं हैं, लातों की गिनती भी आप न सम्हाल सकेंगे। दारोगा साहब, जरा होश में आइए और सोच-विचारकर बातें कीजिए। अपने को आप ईश्वर न समझिए, बल्कि यह समझकर बातें कीजिए कि आप आदमी हैं और रियासत धौलपुर के किसी ऐयार से बातें कर रहे हैं।

दारोगा–(इंद्रदेव की तरफ गुरेरकर) क्या आप चुपचाप बैठे तमाशा देखेंगे और अपने मकान में मुझे बेइज्जत करावेंगे?

इंद्रदेव–आप तो खुद ही अपनी अनोखी मिलनसारी से अपने को बेइज्जत करा रहे हैं, इनसे बात बढ़ाने की आपको जरूरत ही क्या थी? मैं आप दोनों के बीच में नहीं बोल सकता, क्योंकि दलीपशाह को भी अपना भाई समझता और इज्जत की निगाह से देखता हूं।

दारोगा–तो फिर जैसे बने, हम इनसे निपट लें?

इंद्रदेव–हां-हां!

दारोगा–पीछे उलाहना न देना, क्योंकि आप इन्हें अपना भाई समझते हैं!

इंद्रदेव–मैं कभी उलाहना न दूंगा।

दारोगा–अच्छा तो अब मैं जाता हूं, फेर कभी मिलूंगा तो बातें करूंगा।

इंद्रदेव ने इस बात का कुछ भी जवाब न दिया, हां, जब दारोगा साहब बिदा हुए तो उन्हें दरवाजे तक पहुंचा आए। जब लौटकर कमरे में मेरे पास आए तो मुस्कुराते हुए बोले, ''आज तो तुमने इनकी खूब खबर ली। 'जो बात तुम्हारे गुरुभाई साहब को नहीं मालूम है वही बात' इन शब्दों ने तो उसका कलेजा छेद दिया होगा। मगर तुमसे बेतरह रंज होकर गया है, इस बात का खूब खयाल रखना।''

मैं–आप इस बात की चिंता न कीजिए, देखिए मैं इन्हें कैसा छकाता हूं। मगर वाह रे आपका कलेजा! इतना कुछ हो जाने पर भी आपने अपनी जुबान से कुछ न कहा, बल्कि पुराने बर्ताव में बल तक न पड़ने दिया।

इंद्रदेव–मैंने तो अपना मामला ईश्वर के हवाले कर दिया है।

मैं–खैर, ईश्वर भी इंसाफ करेगा। अच्छा तो अब मुझे भी बिदा कीजिए क्योंकि अब इसके मुकाबले का बंदोबस्त शीघ्र करना पड़ेगा।

इंद्रदेव–यह तो मैं कहूंगा कि आप बेफिक्र न रहिए।

थोड़ी देर तक और बातचीत करने के बाद मैं इंद्रदेव से बिदा होकर अपने घर आया और उसी समय दारोगा के मुकाबले का ध्यान मेरे दिमाग में चक्कर काटने लगा।

घर पहुंचकर मैंने सब हाल अपनी स्त्री से बयान किया और ताकीद की कि हरदम होशियार रहा करना। उन दिनों मेरे यहां कई शागिर्द भी रहा करते थे, जिन्हें मैं ऐयारी सिखाता था। उनसे भी यह सब हाल कहा और होशियार रहने की ताकीद की। उन शागिर्दों में गिरिजाकुमार नाम का एक लड़का बड़ा ही तेज और चंचल था, लोगों को धोखे में डाल देना तो उसके लिए एक मामूली बात थी। बातचीत के समय वह अपना चेहरा ऐसा बना लेता था कि अच्छे-अच्छे उसकी बातों में फंसकर बेवकूफ बन जाते थे। यह गुण उसे ईश्वर का दिया हुआ था, जो बहुत कम ऐयारों में पाया जाता है। अस्तु, गिरिजाकुमार ने मुझसे कहा कि 'गुरु जी यदि दारोगावाला मामला आप मेरे सुपुर्द कर दीजिए तो मैं बहुत ही प्रसन्न होऊं और उसे ऐसा छकाऊं कि वह भी याद करे! जमानिया में मुझे कोई पहचानता भी नहीं है, अतएव मैं अपना काम बड़े मजे में निकाल लूंगा।'

मैंने उसे समझाया और कहा कि 'कुछ दिन सब्र करो, जल्दी क्यों करते हो, फिर जैसा मौका होगा किया जाएगा' मगर उसने एक न माना। हाथ जोड़के, खुशामद करके, गिड़गिड़ाके, जिस तरह हो सका, उसने आज्ञा ले ही ली और उसी दिन सब सामान दुरुस्त करके मेरे यहां से चला गया।

अब मैं थोड़ा-सा हाल गिरिजाकुमार का बयान करूंगा कि इसने दारोगा के साथ क्या किया।

आप लोगों को यह बात सुनकर ताज्जुब होगा कि मनोरमा असल में दारोगा साहब की रण्डी है, इन्हीं की बदौलत मायारानी के दरबार में उसकी इज्जत बढ़ी और इन्हीं की बदौलत उसने मायारानी को अपने फंदे में फंसाकर बेहिसाब दौलत पैदा की। पहिले-पहिल गिरिजाकुमार ने मनोरमा के मकान ही पर दारोगा साहब से मुलाकात भी की थी।

दारोगा साहब मनोरमा से प्रेम रखते थे सही, मगर इसमें कोई शक नहीं कि इस प्रेम और ऐयाशी को इन्होंने बहुत अच्छे ढंग से छिपाया और बहुत आदमियों को मालूम न होने दिया तथा लोगों की निगाहों में साधू और ब्रह्मचारी ही बने रहे। स्वयं तो जमानिया में रहते थे, मगर मनोरमा के लिए इन्होंने काशी में एक मकान भी बनवा दिया था, दसवें-बारहवें दिन अथवा जब कभी समय मिलता, तेज घोड़े पर या रथ पर सवार होकर काशी चले जाते और दस-बारह घण्टे मनोरमा के मेहमान रहकर लौट जाते।

एक दिन दारोगा साहब आधी रात के समय मनोरमा के खास कमरे में बैठे हुए उसके साथ शराब पी रहे थे और साथ-ही-साथ हंसी-दिल्लगी का आनंद भी लूट रहे थे। उस समय इन दोनों में इस तरह की बातें हो रही थीं–

दारोगा–जो कुछ मेरे पास है सब तुम्हारा है, रुपये-पैसे के बारे में तुम्हें कभी तकलीफ न होने दूंगा! तुम बेशक अमीराना ठाठ के साथ रहो और खुशी से जिंदगी बिताओ। गोपालसिंह अगर तिलिस्म का राजा है तो क्या हुआ, मैं भी तिलिस्म का दारोगा हूं, उसमें दो-चार स्थान ऐसे हैं कि जिनकी खबर राजा साहब को भी नहीं, मगर मैं वहां बखूबी जा सकता हूं और वहां की दौलत को खास अपनी मिल्कियत समझता हूं। इसके अतिरिक्त मायारानी से भी मैंने तुम्हारी मुलाकात करा दी है और वह भी हर तरह से तुम्हारी खातिर करती ही है, फिर तुम्हें परवाह किस बात की है?

मनोरमा–बेशक, मुझे किसी बात की परवाह नहीं है और आपकी बदौलत मैं बहुत खुश रहती हूं, मगर मैं यह चाहती हूं कि मायारानी के पास खुल्लमखुल्ला मेरी आमदरफ्त हो जाए, अभी गोपालसिंह के डर से बहुत लुक-छिपकर और नखरे-तिल्ले के साथ जाना पड़ता है।

दारोगा–फिर यह तो जरा मुश्किल बात है।

मनोरमा–मुश्किल क्या है? लक्ष्मीदेवी की जगह दूसरी औरत को राजरानी बना देना क्या साधारण काम था? सो तो आपने सहज ही में कर दिखाया और इस एक सहज काम के लिए कहते हैं कि मुश्किल है!

दारोगा–(मुस्कुराकर) सो तो ठीक है, गोपालसिंह को सहज में बैकुंठ पहुंचा सकता हूं, मगर यह काम मेरे किये न हो सकेगा, उसके ऊपर मेरा हाथ न उठेगा।

मनोरमा–(तिनककर) अब इतनी रहमदिली से तो काम न चलेगा! उनके मौजूद रहने से बहुत बड़ा हर्ज हो रहा है, अगर वह न रहें तो बेशक आप खुद जमानिया और तिलिस्म का राज्य कर सकते हैं, मायारानी तो अपने को आपका ताबेदार समझती हैं।

दारोगा–बेशक, ऐसा ही है मगर...

मनोरमा–और इसमें आपको कुछ करना भी न पड़ेगा, सब काम मायारानी ठीक कर लेंगी।

दारोगा–(चौंककर) क्या मायारानी का भी ऐसा इरादा है?

मनोरमा–जी हां, वह इस काम के लिए तैयार हैं, मगर आपसे डरती हैं, आप आज्ञा दें तो सब-कुछ ठीक हो जाए।

दारोगा–तो तुम उसी की तरफ से इस बात की कोशिश कर रही हो?

मनोरमा–बेशक, मगर साथ ही इसमें आपका और अपना भी फायदा समझती हूं, तब ऐसा कहती हूं (दारोगा के गले में हाथ डालकर) बस आप आज्ञा दे दीजिए।

दारोगा–(मुस्कुराकर) खैर तुम्हारी खातिर मुझे मंजूर है, मगर एक काम करना कि मायारानी से और मुझसे इस बारे में बातचीत न कराना जिसमें मौका पड़े तो मैं यह कहने लायक रह जाऊं कि मुझे इसकी कुछ भी खबर नहीं। तुम मायारानी की दिलजमई करा दो कि दारोगा साहब इस बारे में कुछ भी न बोलेंगे, तुम जो कुछ चाहो कर गुजरो, मगर साथ ही इसके इस बात का खयाल रखो कि सर्वसाधारण को किसी तरह का शक न होने पावे और लोग यही समझें कि गोपालसिंह अपनी मौत मरा है। मैं भी जहां तक हो सकेगा, छिपाने की कोशिश करूंगा।

मनोरमा–(खुश होकर) बस, अब मुझे विश्वास हो गया कि तुम मुझसे प्रेम रखते हो।

इसके बाद दोनों में बहुत ही धीरे-धीरे कुछ बातें होने लगीं जिन्हें गिरिजाकुमार सुन न सका। गिरिजाकुमार चोरों की तरह उस मकान में घुस गया था और छिपकर ये बातें सुन रहा था। जब मनोरमा ने कमरे का दरवाजा बंद कर लिया तब वह कमंद लगाकर मकान के पीछे की तरफ उतर गया और धीरे-धीरे मनोरमा के अस्तबल में जा पहुंचा। अबकी दफे दारोगा, यहां रथ पर सवार होकर आया था, वह रथ अस्तबल में था, घोड़े बंधे हुए थे और सारथी रथ के अंदर सो रहा था। इससे कुछ दूर पर मनोरमा के और सब साईस तथा घसियारे वगैरह पड़े खुर्राटे ले रहे थे।

बहुत होशियारी से गिरिजाकुमार ने दारोगा के सारथी को बेहोशी की दवा सुंघाकर बेहोश किया और उठाके बाग के एक कोने में घनी झाड़ी के अंदर छिपाकर रख आया, उसके कपड़े आप पहिर लिये और चुपचाप रथ के अंदर घुसकर सो रहा।

जब रात घण्टा-भर के लगभग बाकी रह गई तब दारोगा साहब जमानिया जाने के लिए बिदा हुए और एक लौंडी ने अस्तबल में आकर रथ जोतने की आज्ञा सुनाई। नये सारथी अर्थात् गिरिजाकुमार ने रथ जोतकर तैयार किया और फाटक पर लाकर दारोगा साहब का इंतजार करने लगा। शराब के नशे में चूर झूमते हुए एक लौंडी का हाथ थामे हुए दारोगा साहब भी आ पहुंचे। उनके रथ पर सवार होते ही रथ तेजी के साथ रवाना हुआ। सुबह की ठंडी हवा ने दारोगा साहब के दिमाग में खुनकी पैदा कर दी और वे रथ के अंदर लेटकर बेखबर सो गए। गिरिजाकुमार ने जिधर चाहा, घोड़ों का मुंह फेर दिया और दारोगा साहब को लेकर रवाना हो गया। इस तौर पर उसे सूरत बदलने की भी जरूरत न पड़ी।

नहीं कह सकते कि मनोरमा के बाग में उस दारोगा का असली सारथी जब होश में आया होगा तो वहां कैसी खलबली मची होगी, मगर गिरिजाकुमार को इस बात की कुछ भी परवाह न थी, उसने रथ को रोहतासगढ़ की सड़क पर रवाना किया और चलते-चलते बटुए में से मसाला निकालकर अपनी सूरत साधारण ढंग पर बदल ली, जिससे होश आने पर दारोगा उसकी असली सूरत से जानकार न हो सके, उसके बाद उसने दवा सुंघाकर दारोगा को और भी बेहोश कर दिया।

जब रथ एक घने जंगल में पहुंचा और सुबह की सुफेदी भी निकल आई तब गिरिजाकुमार रथ को सड़क पर से हटाकर जंगल में ले आया, जहां सड़क पर चलने वाले मुसाफिरों की निगाह न पड़े। घोड़ों को खोल लंबी बागडोर के सहारे एक पेड़ के साथ बांध दिया और दारोगा को पीठ पर लादकर वहां से थोड़ी दूर पर एक घनी झाड़ी के अंदर ले गया जिसके पास ही एक पानी का झरना भी बह रहा था। घोड़े की रास से दारोगा साहब को एक पेड़ के साथ बांध दिया और बेहोशी दूर करने की दवा सुंघाने के बाद थोड़ा पानी भी चेहरे पर डाला, जिसमें शराब का नशा ठंडा हो जाए, और तब हाथ में कोड़ा लेकर सामने खड़ा हो गया।

दारोगा साहब जब होश में आए तो बड़ी परेशानी के साथ चारों तरफ निगाह दौड़ाने लगे। अपने को मजबूर और एक अनजान आदमी को हाथ में कोड़ा लिये सामने खड़ा देख कांप उठे और बोले, 'भाई, तुम कौन हो और मुझे इस तरह क्यों सता रखा है? मैंने तुम्हारा क्या बिगाड़ा है?'

गिरिजा–क्या करूं लाचार हूं, मालिक का हुक्म ही ऐसा है!

दारोगा–तुम्हारा मालिक कौन है और उसने ऐसी आज्ञा तुम्हें क्यों दी?

गिरिजा–मैं मनोरमा जी का नौकर हूं और उन्होंने अपना कान ठीक करने के लिए मुझे ऐसी आज्ञा दी है।

दारोगा–(ताज्जुब से) तुम मनोरमा के नौकर हो! नहीं-नहीं, ऐसा नहीं हो सकता, मैं उसके सब नौकरों को अच्छी तरह पहचानता हूं।

गिरिजा–मगर आप मुझे नहीं पहचानते, क्योंकि मैं गुप्त रीति पर उनका काम किया करता हूं और उनके मकान पर बराबर नहीं रहता।

दारोगा–शायद ऐसा हो मगर विश्वास नहीं होता, खैर, यह बताओ कि उन्होंने किस काम के लिए ऐसा करने को कहा है?

गिरिजा–आपको विश्वास हो चाहे न हो इसके लिए मैं लाचार हूं, हां, उनके हुक्म की तामील किए बिना नहीं रह सकता। उन्होंने मुझे यह कहा है कि 'दारोगा साहब मायारानी के लिए इस बात की इजाजत दे गए हैं कि वह जिस तरह हो सके राजा गोपालसिंह को मार डाले, हम इस मामले में कुछ भी दखल न देंगे, मगर यह बात वह नशे में कह गए हैं, कहीं ऐसा न हो कि भूल जाएं, अस्तु, जिस तरह हो सके तुम इस बात की एक चीठी उनसे लिखाकर मेरे पास ले आओ जिसमें उन्हें अपना वादा अच्छी तरह याद रहे।' अब आप कृपा कर इस मजमून की एक चीठी लिख दीजिये कि मैं गोपालसिंह को मार डालने के लिए मायारानी को इजाजत देता हूं।

दारोगा–(ताज्जुब का चेहरा बनाकर) न मालूम तुम क्या कह रहे हो! मैंने मनोरमा से ऐसा कोई वादा नहीं किया!!

गिरिजा–तो शायद मनोरमा जी ने मुझसे झूठ कहा होगा, मैं इस बात को नहीं जानता, हां, उन्होंने जो आज्ञा दी है सो आपसे कह रहा हूं।

इतना सुनकर दारोगा कुछ सोच में पड़ गया। मालूम होता था कि उसे गिरिजाकुमार की बातों पर विश्वास हो रहा है, मगर फिर भी बात को टाला चाहता है।

दारोगा–मगर ताज्जुब है कि मनोरमा ने मेरे साथ ऐसा बुरा बर्ताव क्यों किया और उसे जो कुछ कहना था, वह स्वयं मुझसे क्यों नहीं कहा?

गिरिजा–मैं इस बात का जवाब क्योंकर दे सकता हूं?

दारोगा–अगर मैं तुम्हारे कहे मुताबिक चीठी लिखकर न दूं तो?

गिरिजा–तब इस कोड़े से आपकी खबर ली जाएगी और जिस तरह से हो सकेगा, आपसे चीठी लिखाई जाएगी। आप खुद समझ सकते हैं कि यहां आपका कोई मददगार नहीं पहुंच सकता।

दारोगा–क्या तुमको या मनोरमा को इस बात का कुछ भी खयाल नहीं है कि चीठी लिखकर भी छूट जाने के बाद मैं क्या कर सकता हूं!!

गिरिजा–अब ये सब बातें तो आप उन्हीं से पूछिएगा, मुझे जवाब देने की कोई जरूरत नहीं, मैं सिर्फ उनके हुक्म की तामील करना जानता हूं। बताइए आप जल्दी चीठी लिख देते हैं या नहीं, मैं ज्यादे देर तक इंतजार नहीं कर सकता!

दारोगा–(झुंझलाकर और यह समझकर कि यह मुझ पर हाथ न उठावेगा केवल धमकाता है) अबे, मैं चीठी किस बात की लिख दूं! व्यर्थ की बकबक लगा रखी है!!

इतना सुनते ही गिरिजाकुमार ने कोड़े जमाने शुरू किए, पांच-ही-सात कोड़े खाकर दारोगा बिलबिला उठा और हाथ जोड़कर बोला, 'बस-बस, माफ करो, जो कुछ कहो, मैं लिख देने को तैयार हूं!'

गिरिजाकुमार ने झट कलम-दावात और कागज अपने बटुए में से निकालकर दारोगा के सामने रख दिया और उसके हाथ की रस्सी ढीली कर दी। दारोगा ने उसकी इच्छानुसार चीठी लिख दी। चीठी अपने कब्जे में कर लेने के बाद उसने दारोगा की तलाशी ली, कमर में खंजर और कुछ अशर्फियां निकलीं, वह भी ले लेने के बाद दारोगा के हाथ-पैर खोल दिए और बता दिया कि फलानी जगह आपके रथ और घोड़े हैं। जाइए, कस-कसाकर अपने घर का रास्ता लीजिए।

इतना कहकर गिरिजाकुमार चला गया और फिर दारोगा को मालूम न हुआ कि वह कहां गया और क्या हुआ।

बारहवां बयान

इतना किस्सा कहकर दलीपशाह ने कुछ दम लिया और फिर इस तरह कहना शुरू किया–

गिरिजाकुमार ने अपना काम करके दारोगा का पीछा छोड़ नहीं दिया, बल्कि उसे यह जानने का शौक पैदा हुआ कि देखें अब दारोगा साहब क्या करते हैं,

जमानिया की तरफ बिदा होते हैं या पुनः मनोरमा के घर जाते हैं, या अगर मनोरमा के घर जाते हैं तो देखना चाहिए कि किस ढंग की बातें होती हैं और कैसी रंगत निकलती है।

यद्यपि दारोगा का चित्त द्विविधा में पड़ा हुआ था, परंतु उसे इस बात का कुछ-कुछ विश्वास जरूर हो गया था कि मेरे साथ ऐसा खोटा बर्ताव मनोरमा ही ने किया है, दूसरे किसी को क्या मालूम कि मुझसे-उससे किस समय, क्या बातें हुईं। मगर साथ ही इसके वह इस बात को भी जरूर सोचता था कि मनोरमा ने ऐसा क्यों किया? मैं तो कभी उसकी बात से किसी तरह इनकार नहीं करता था। जो कुछ उसने कहा उस बात की इजाजत तुरंत दे दी, अगर वह चीठी लिख देने के लिए कहती तो चीठी भी लिख देता, फिर उसने ऐसा क्यों किया?...इत्यादि।

खैर, जो कुछ हो, दारोगा साहब अपने हाथ से रथ जोतकर सवार हुए और मनोरमा के पास न जाकर सीधे जमानिया की तरफ रवाना हो गए। यह देखकर गिरिजाकुमार ने उस समय उनका पीछा छोड़ दिया और मेरे पास चला आया। जो कुछ मामला हुआ था, खुलासा बयान करने के बाद दारोगा साहब की लिखी हुई चीठी दी और फिर मुझसे बिदा होकर जमानिया की तरफ चला गया।

मुझे यह जानकर हौल-सा पैदा हो गया कि बेचारे गोपालसिंह की जान मुफ्त में जाया चाहती है। मैं सोचने लगा कि अब क्या करना चाहिए जिसमें गोपालसिंह की जान बचे। एक दिन और एक रात तो इसी सोच में पड़ा रह गया और अंत में यह निश्चय किया कि इंद्रदेव से मिलकर यह सब हाल कहना चाहिए। दूसरा दिन मुझे घर का इंतजाम करने में लग गया, क्योंकि दारोगा की दुश्मनी के खयाल से मुझे घर की हिफाजत का पूरा-पूरा इंतजाम करके ही तब बाहर जाना जरूरी था, अस्तु, मैंने अपनी स्त्री और बच्चे को गुप्त रीति से अपने ससुराल अर्थात् स्त्री के मां-बाप के घर पहुंचा दिया और उन लोगों को जो कुछ समझाना था, सो भी समझा दिया। इसके बाद घर का इंतजाम करके इंद्रदेव की तरफ रवाना हुआ।

जब इंद्रदेव के मकान पर पहुंचा तो देखा कि वे सफर की तैयारी कर रहे हैं। पूछने पर जवाब मिला कि गोपालसिंह बीमार हो गए हैं, उन्हें देखने के लिए जाते हैं। सुनने के साथ ही मेरा दिल धड़क उठा और मेरे मुंह से ये शब्द निकल पड़े–'हाय अफसोस! कमबख्त दुश्मन लोग अपना काम कर गए!!'

मेरी बात सुनकर इंद्रदेव चौंक पड़े और उन्होंने पूछा, "आपने यह क्या कहा?" दो-चार खिदमतगार वहां मौजूद थे, उन्हें बिदा करके मैंने गिरिजाकुमार का सब हाल इंद्रदेव से बयान किया और दारोगा साहब की लिखी हुई वह चीठी उनके हाथ पर रख दी। उसे देखकर और सब हाल सुनकर इंद्रदेव बेचैन हो गए। आधे घण्टे तक तो ऐसा मालूम होता था कि उन्हें तनोबदन की सुध नहीं है। इसके बाद उन्होंने

अपने को सम्हाला और मुझसे कहा–'बेशक दुश्मन लोग अपना काम कर गए, मगर तुमने भी तो बहुत बड़ी भूल की थी कि दो दिन की देर कर दी और आज मेरे पास खबर करने के लिए आए! अभी दो ही घड़ी बीती है कि मुझे उनके बीमार होने की खबर मिली है, ईश्वर ही कुशल करें!'

इसके जवाब में चुप रह जाने के सिवाय मैं कुछ भी न बोल सका और अपनी भूल स्वीकार कर ली। कुछ और बातचीत होने के बाद इंद्रदेव ने मुझसे कहा, 'खैर, जो कुछ होना था, सो हो गया, अब तुम भी मेरे साथ जमानिया चलो, वहां पहुंचने तक अगर ईश्वर ने कुशल रखी तो जिस तरह बन पड़ेगा, उनकी जान बचावेंगे!!'

अस्तु, हम दोनों आदमी तेज घोड़ों पर सवार होकर जमानिया की तरफ रवाना हो गए और साथियों को पीछे से आने की ताकीद कर गए।

जब हम लोग जमानिया के करीब पहुंचे और जमानिया सिर्फ दो कोस की दूरी पर रह गया तो सामने से कई देहाती आदमी रोते और चिल्लाते हुए आते दिखाई पड़े। हम लोगों ने घबराकर रोने का सबब पूछा तो उन्होंने हिचकियां लेकर कहा कि हमारे राजा गोपालसिंह हम लोगों को छोड़कर बैकुंठ चले गए।

सुनने के साथ हम लोगों का कलेजा धक् हो गया। आगे बढ़ने की हिम्मत न पड़ी और सड़क के किनारे एक घने पेड़ के नीचे जाकर घोड़ों पर से उतर पड़े। दोनों घोड़ों को पेड़ के साथ बांध दिया और जीनपोश बिछाकर बैठ गए, आंखों से आंसू की धारा बहने लगी। घण्टे-भर तक हम दोनों में किसी तरह की बातचीत न हुई क्योंकि चित्त बड़ा ही दुःखी हो गया था। उस समय दिन अनुमान तीन घण्टे के बाकी था, हम दोनों आदमी पेड़ के नीचे बैठे आंसू बहा रहे थे कि यकायक जमानिया से लौटता हुआ गिरिजाकुमार भी उसी जगह आ पहुंचा। उस समय उसकी सूरत बदली हुई थी, इसलिए हम लोगों ने तो नहीं पहचाना, परंतु वह हम लोगों को देखकर स्वयं पास चला आया और अपना गुप्त परिचय देकर बोला, 'मैं गिरिजाकुमार हूं।'

इंद्रदेव–(आंसू पोंछकर) अच्छे मौके पर तुम आ पहुंचे! यह बताओ कि क्या वास्तव में राजा गोपालसिंह मर गए?

गिरिजा–जी हां, उनकी चिता मेरे सामने लगाई गई और देखते-ही-देखते उनकी लाश पंचतत्व में मिल गई, परंतु अभी तक मेरे दिल को विश्वास नहीं होता कि राजा साहब मर गए!

इंद्रदेव–(चौंककर) सो क्या? यह कैसी बात?

गिरिजा–जी हां, हर तरह का रंग-ढंग देखकर मेरा दिल कबूल नहीं करता कि वे मर गए।

मैं–क्या तुम्हारी तरह वहां और भी किसी को इस बात का शक है?

गिरिजा–नहीं, ऐसा तो नहीं मालूम होता, बल्कि मैं तो समझता हूं कि खास दारोगा साहब को भी उनके मरने का विश्वास है, मगर क्या किया जाए मुझे विश्वास नहीं होता, दिल बार-बार यही कहता है कि राजा साहब मरे नहीं।

इंद्रदेव–आखिर तुम क्या सोचते हो और इस बात का तुम्हारे पास क्या सबूत है? तुमने कौन-सी ऐसी बात देखी जिससे तुम्हारे दिल को अभी तक उनके मरने का विश्वास नहीं होता?

गिरिजा–और बातों के अतिरिक्त दो बातें तो बहुत ही ज्यादे शक पैदा करती हैं। एक तो यह है कि कल दो घण्टे रात रहते मैंने हरनामसिंह और बिहारीसिंह को एक कंगले की लाश उठाते हुए चोर-दरवाजे की राह से महल के अंदर जाते हुए देखा, फिर बहुत टोह लेने पर भी उस लाश का कुछ पता न लगा और न वह लाश लौटाकर महल के बाहर ही निकाली गई, तो क्या वह महल ही में हजम हो गई? उसके बाद केवल राजा साहब की लाश बाहर निकली।

इंद्रदेव–जरूर यह शक करने की जगह है।

गिरिजा–इसके अतिरिक्त राजा गोपालसिंह की लाश को बाहर निकालने और जलाने में हद दर्जे की फुर्ती और जल्दबाजी की गई, यहां तक कि रियासत के उमरा लोगों के भी इकट्ठा होने का इंतजार नहीं किया गया। एक साधारण आदमी के लिए भी इतनी जल्दी नहीं की जाती, वे तो राजा ही ठहरे! हां, एक बात और भी सोचने के लायक है। चिता पर क्रिया, नियम के विरुद्ध लाश का मुंह खोले बिना ही कर दी गई और इस बारे में बिहारीसिंह और हरनामसिंह तथा लौंडियों ने यह बहाना किया कि राजा साहब की सूरत देख मायारानी बहुत बेहाल हो जाएंगी इसलिए मुर्दे का मुंह खोलने की कोई जरूरत नहीं। और लोगों ने इन बातों पर खयाल किया हो चाहे न किया हो, मगर मेरे दिल पर तो इन बातों ने बहुत बड़ा असर किया और यही सबब है कि मुझे राजा साहब के मरने का विश्वास नहीं होता।

इंद्रदेव–(कुछ सोचकर) शक तो तुम्हारा बहुत ठीक है, अच्छा यह बताओ कि तुम इस समय कहां जा रहे थे?

गिरिजा–(मेरी तरफ इशारा करके) गुरु जी के पास यही सब हाल कहने के लिए जा रहा था।

मैं–इस समय मनोरमा कहां है, सो बताओ?

गिरिजा–जमानिया में मायारानी के पास है।

मैं–तुम्हारे हाथ से छूटने के बाद दारोगा और मनोरमा में कैसी निपटी इसका कुछ हाल मालूम हुआ?

गिरिजा–जी हां, मालूम हुआ, उस बारे में बहुत बड़ी दिल्लगी हुई, जो मैं निश्चिंती के साथ बयान करूंगा।

इंद्रदेव–अच्छा यह तो बताओ कि गोपालसिंह के बारे में तुम्हारी क्या राय है और अब हम लोगों को क्या करना चाहिए?

गिरिजा–इस बारे में मैं एक अदना और नादान आदमी आपको क्या राय दे सकता हूं। हां, मुझे जो कुछ आज्ञा हो सो करने के लिए जरूर तैयार हूं।

इतनी बातें हो ही रही थीं कि सामने जमानिया की तरफ से दारोगा और जैपाल घोड़ों पर सवार आते हुए दिखाई पड़े, जिन्हें देखते ही गिरिजाकुमार ने कहा, 'देखिए, ये दोनों शैतान कहीं जा रहे हैं, इसमें भी कोई भेद जरूर है, यदि आज्ञा हो तो मैं इनके पीछे जाऊं।'

दारोगा और जैपाल को देखकर हम दोनों पेंड़ की तरफ घूम गए, जिससे वे पहचान न सकें। जब वे आगे निकल गए तब मैंने अपना घोड़ा गिरिजाकुमार को देकर कहा, 'तुम जल्द सवार होके इन दोनों का पीछा करो।' और गिरिजाकुमार ने ऐसा ही किया।

॥ तेईसवां भाग समाप्त ॥

चौबीसवां भाग

पहिला बयान

दिन घण्टे-भर से ज्यादे चढ़ चुका है। महाराज सुरेन्द्रसिंह सुनहरी चौकी पर बैठे दातुन कर रहे हैं और जीतसिंह, तेजसिंह, इंद्रजीतसिंह, आनंदसिंह, देवीसिंह, भूतनाथ और राजा गोपालसिंह उनके सामने की तरफ बैठे हुए इधर-उधर की बातें कर रहे हैं। रात महाराज की तबीयत कुछ खराब थी, इसलिए आज स्नान-संध्या में देर हो गई है।

सुरेन्द्र–(गोपालसिंह से) गोपाल, इतना तो हम जरूर कहेंगे कि गद्दी पर बैठने के बाद तुमने कोई बुद्धिमानी का काम नहीं किया, बल्कि हर एक मामले में तुमसे भूल ही होती गई!

गोपाल–निःसंदेह ऐसा ही है, और उस लापरवाही का नतीजा भी मुझे वैसा ही भोगना पड़ा।

बीरेन्द्र–धोखा खाये बिना कोई होशियार नहीं होता। कैद से छूटने के बाद तुमने बहुत-से अनूठे काम भी किये हैं। हां, यह तो बताओ कि दारोगा और जैपाल के लिए तुमने क्या सजा तजबीज की है।

गोपाल–इस बारे में दिन-रात सोचा ही करता हूं, मगर कोई सजा ऐसी नहीं सूझती जो उन लोगों के लायक हो और जिससे मेरा गुस्सा शांत हो।

सुरेन्द्र–(मुस्कुराकर) मैं तो समझता हूं कि यह काम भूतनाथ के हवाले किया जाए, यही उन शैतानों के लिए कोई मजेदार सजा तजबीज करेगा। (भूतनाथ की तरफ देखके) क्यों जी, तुम कुछ बता सकते हो?

भूतनाथ–(हाथ जोड़के) उनके योग्य क्या सजा है, इसका बताना तो बड़ा ही कठिन है, मगर एक छोटी-सी सजा मैं जरूर बता सकता हूं।

गोपाल–वह क्या?

भूतनाथ–पहिले तो उन्हें कच्चा पारा खिलाना चाहिए जिसकी गरमी से उन्हें सख्त तकलीफ हो और तमाम बदन फूट जाए, जब जख्म खूब मजेदार हो जाएं तो नित्य लाल मिर्च और नमक का लेप चढ़ाया जाए। जब तक वे दोनों जीते रहें, तब तक ऐसा ही होता रहे।

सुरेन्द्र–सजा हलकी तो नहीं है, मगर किसी की आत्मा...

गोपाल–(बात काटकर) खैर, उन कमबख्तों के लिए आप कुछ न सोचिए, उन्हें मैं जमानिया ले जाऊंगा और उसी जगह उनकी मरम्मत करूंगा।

बीरेन्द्र–इन सब रंज देनेवाली बातों का जिक्र जाने दो, यह बताओ कि अगर हम लोग जमानिया के तिलिस्म की सैर किया चाहें तो कैसे कर सकते हैं?

गोपाल–यह तो मैं आप ही निश्चय कर चुका हूं कि आप लोगों को वहां की सैर जरूर कराऊंगा।

इंद्रजीत–(गोपाल से) हां, खूब याद आया, वहां के बारे में मुझे भी दो-एक बातों का शक बना हुआ है।

गोपाल–वह क्या?

इंद्रजीत–एक तो यह बताइए कि तिलिस्म के अंदर जिस मकान में पहिले-पहिल आनंदसिंह फंसे थे, उस मकान में सिंहासन पर बैठी हुई लाडिली की मूरत कहां से आई[1] और उस आईने (शीशे) वाले मकान में, जिसमें कमलिनी, लाडिली तथा हमारे ऐयारों की-सी मूरतों ने हमें धोखा दिया, क्या था? जब हम दोनों उसके अंदर गए तो उन मूरतों को देखा जो नालियों पर चला करती थीं[2] मगर ताज्जुब है कि...

गोपाल–(बात काटकर) वह सब कार्रवाई मेरी थी। एक तौर पर मैं आप लोगों को कुछ-कुछ तमाशा भी दिखाता जाता था। वे सब मूरतें बहुत पुराने जमाने की बनी हुई हैं, मगर मैंने उन पर ताजा रंग-रोगन चढ़ाकर कमलिनी, लाडिली वगैरह की सूरतें बना दी थीं।

इंद्रजीत–ठीक है, मेरा भी यही खयाल था। अच्छा एक बात और बताइए।

गोपाल–पूछिए।

इंद्रजीत–जिस तिलिस्मी मकान में हम लोग हंसते-हंसते कूद पड़े थे उसमें कमलिनी के कई सिपाही भी जा फंसे थे और...

गोपाल–जी हां, ईश्वर की कृपा से वे लोग कैदखाने में जीते-जागते पाये गए और इस समय जमानिया में मौजूद हैं। उन्हीं में के एक आदमी को दारोगा ने गठरी बांधकर रोहतासगढ़ के किले में छोड़ा था, जब मैं कृष्णाजिन्न बनकर पहिले-पहिल वहां गया था।[3]

इंद्रजीत–बहुत अच्छा हुआ, उन बेचारों की तरफ से मुझे बहुत ही खुटका था।

बीरेन्द्र–(गोपालसिंह से) आज दलीपशाह की जुबानी जो कुछ उसका किस्सा सुनने में आया, उससे हमें बड़ा ही आश्चर्य हुआ। यद्यपि उसका किस्सा अभी तक समाप्त नहीं हुआ और समाप्त होने तक शायद और भी बहुत-सी बातें मालूम

---

1. देखिए नौवां भाग, दूसरा बयान।
2. देखिए सोलहवां भाग, छठवां बयान।
3. देखिए बारहवां भाग, सातवां बयान।

हों, परंतु इस बात का ठीक-ठीक जवाब तो तुम्हारे सिवाय दूसरा शायद कोई नहीं दे सकता कि तुम्हें कैद करने में मायारानी ने कौन-सी ऐसी कार्रवाई की कि किसी को पता न लगा और सभी लोग धोखे में पड़ गए, यहां तक कि तुम्हारी समझ में भी कुछ न आया और तुम चारपाई पर से उठाकर कैदखाने में डाल दिए गए।

गोपाल—इसका ठीक-ठीक जवाब तो मैं नहीं दे सकता। कई बातों का पता मुझे भी नहीं लगा, क्योंकि मैं ज्यादे देर तक बीमारी की अवस्था में पड़ा नहीं रहा, बहुत जल्द बेहोश कर दिया गया। मैं क्योंकर जान सकता था कि कमबख्त मायारानी दवा के बदले मुझे जहर पिला रही है, मगर मुझको विश्वास है कि दलीपशाह को इसका हाल बहुत ज्यादे मालूम हुआ होगा।

जीत—खैर, आज के दरबार में और भी जो कुछ है, मालूम हो जाएगा।

कुछ देर तक इसी तरह की बातें होती रहीं। जब महाराज उठ गए तब सब कोई अपने ठिकाने चले गए और कारिंदे लोग दरबार की तैयारी करने लगे।

भोजन इत्यादि से छुट्टी पाने के बाद दोपहर होते-होते महाराज दरबार में पधारे। आज का दरबार भी कल की तरह रौनकदार था और आदमियों की गिन्ती बनिस्बत कल के आज बहुत ज्यादे थी।

महाराज की आज्ञानुसार दलीपशाह ने इस तरह अपना किस्सा बयान करना शुरू किया—

''मैं बयान कर चुका हूं कि मैंने अपना घोड़ा गिरिजाकुमार को देकर दारोगा का पीछा करने के लिए कहा, अस्तु, जब वह दारोगा के पीछे चला गया तब हम दोनों में सलाह होने लगी कि अब क्या करना चाहिए। अंत में यह निश्चय हुआ कि इस समय जमानिया न जाना चाहिए, बल्कि घर लौट चलना चाहिए।

''उसी समय इंद्रदेव के साथी लोग भी वहां आ पहुंचे। उनमें से एक का घोड़ा मैंने ले लिया और फिर हम लोग इंद्रदेव के मकान की तरफ रवाना हुए। मकान पर पहुंचकर इंद्रदेव ने अपने कई जासूसों और ऐयारों को हर एक बात का पता लगाने के लिए जमानिया की तरफ रवाना किया। मैं भी अपने घर जाने को तैयार हुआ, मगर इंद्रदेव ने मुझे रोक लिया।

''यद्यपि मैं कह चुका हूं कि अपने किस्से में भूतनाथ का हाल बयान न करूंगा तथापि मौका पड़ने पर कहीं-कहीं लाचारी से उसका जिक्र करना ही पड़ेगा, अस्तु, इस जगह यह कह देना जरूरी जान पड़ता है कि इंद्रदेव के मकान हो पर मुझे इस बात की खबर लगी कि भूतनाथ की स्त्री बहुत बीमार है। मेरे एक शागिर्द ने आकर यह संदेशा दिया और साथ ही इसके यह भी कहा कि आपकी स्त्री उसे देखने के लिए जाने की आज्ञा मांगती है।

''भूतनाथ की स्त्री शांता बड़ी नेक और स्वभाव की बहुत अच्छी है मैं भी उसे बहिन की तरह मानता था इसलिए उसकी बीमारी का हाल सुनकर मुझे तरद्दुद हुआ,

और मैंने अपनी स्त्री को उसके पास जाने की आज्ञा दे दी तथा उसकी हिफाजत का पूरा-पूरा इंतजाम भी कर दिया। इसके कई दिन बाद खबर लगी कि मेरी स्त्री शांता को लेकर अपने घर आ गई।

''आठ-दस दिन बीत जाने पर भी न तो जमानिया से कुछ खबर आई न गिरिजाकुमार ही लौटा। हां, रेयासत की तरफ से एक चीठी न्यौते की जरूर आई थी जिसके जवाब में इंद्रदेव ने लिख दिया कि गोपालसिंह से और मुझसे दोस्ती थी, सो वह तो चल बसे, अब उनकी क्रिया मैं अपनी आंखों से देखना पसंद नहीं करता।

''मेरी इच्छा तो हुई कि गिरिजाकुमार का पता लगाने के लिए मैं खुद जाऊं, मगर इंद्रदेव ने कहा कि नहीं दो-चार दिन और राह देख लो, कहीं ऐसा न हो कि तुम उसकी खोज में जाओ और वह यहां आ जाए। अस्तु, मैंने भी ऐसा ही किया।

''बारहवें दिन गिरिजाकुमार हम लोगों के पास आ पहुंचा। उसके साथ अर्जुनसिंह भी थे जो हम लोगों की मंडली में एक अच्छे ऐयार गिने जाते थे, मगर भूतनाथ से और इनसे खूब ही चखाचखी चली आती थी (महाराज और जीतसिंह की तरफ देखकर) आपने सुना ही होगा कि इन्होंने एक दिन भूतनाथ को धोखा देकर कुएं में ढकेल दिया था और उसके बटुए में से कई चीजें निकाल ली थीं।''

जीत–हां, मालूम है, मगर इस बात का पता नहीं लगा कि अर्जुन ने भूतनाथ के बटुए में से क्या निकाला था।

इतना कहकर जीतसिंह ने भूतनाथ की तरफ देखा।

भूतनाथ–(महाराज की तरफ देखकर) मैंने जिस दिन अपना किस्सा सरकार को सुनाया था, उस दिन अर्ज किया था कि जब वह कागज का मुट्ठा मेरे पास से चोरी गया तो मुझे बड़ा ही तरद्‌दुद हुआ और उसके बहुत दिनों के बाद राजा गोपालसिंह के मरने की खबर उड़ी[1] इत्यादि। यह वही कागज का मुट्ठा था जो अर्जुनसिंह ने मेरे बटुए से निकाल लिया था, तथा इसके साथ और भी कई कागज थे। असल बात यह है कि उन चीठियों की नकल के मैंने दो मुट्ठे तैयार किये थे, एक तो हिफाजत के लिए अपने मकान में रख छोड़ा था और दूसरा मुट्ठा समय पर काम लेने के लिए हरदम अपने बटुए में रखता था। मुझे गुमान था कि अर्जुनसिंह ने जो मुट्ठा ले लिया था उसी से मुझे नुकसान पहुंचा, मगर अब मालूम हुआ कि ऐसा नहीं हुआ, अर्जुनसिंह ने न तो वह किसी को दिया और न उससे मुझे कुछ नुकसान पहुंचा। हाल में जो दूसरा मुट्ठा जैपाल ने मेरे घर से चुरवा लिया था, उसी ने तमाम बखेड़ा मचाया।

जीत–ठीक है (दलीपशाह की तरफ देखके) अच्छा तब क्या हुआ?

दलीपशाह ने फिर इस तरह कहना शुरू किया–

दलीप–गिरिजाकुमार और अर्जुनसिंह में एक तरह की नातेदारी भी है परंतु उसका खयाल न करके ये दोनों आपुस में दोस्ती का बर्ताव रखते थे। खैर, उस

1. देखिए इक्कीसवां भाग, दूसरा बयान।

समय इन दोनों के आ जाने से हम लोगों को खुशी हुई और फिर इस तरह बातें होने लगीं–

मैं–गिरिजाकुमार, तुमने तो बहुत दिन लगा दिए!

गिरिजा–जी हां, मुझे तो और भी कई दिन लग जाते मगर इत्तिफाक से अर्जुनसिंह से मुलाकात हो गई और इनकी मदद से मेरा काम बहुत जल्द हो गया।

मैं–खैर, यह बताओ कि तुमने किन-किन बातों का पता लगाया और मुझसे बिदा होकर तुम दारोगा के पीछे कहां तक गए?

गिरिजा–जैपाल को साथ लिये हुए दारोगा सीधे मनोरमा के मकान पर चला गया। उस समय मनोरमा वहां न थी, वह दारोगा के आने के तीन पहर बाद रात के समय अपने मकान पर पहुंची। मैं भी छिपकर किसी-न-किसी तरह उस मकान में दाखिल हो गया। रात को दारोगा और मनोरमा में खूब हुज्जत हुई, मगर अंत में मनोरमा ने उसे विश्वास दिला दिया कि राजा गोपालसिंह को मारने के विषय में उससे जबर्दस्ती पुर्जा लिखा लेनेवाला मेरा आदमी न था बल्कि वह कोई और था जिसे मैं नहीं जानती। दारोगा ने बहुत सोच-विचारकर विश्वास कर लिया कि यह काम भूतनाथ का है। इसके बाद उन दोनों में जो कुछ बातें हुईं उनसे यही मालूम हुआ कि गोपालसिंह जरूर मर गए और दारोगा को भी यही विश्वास है, मगर मेरे दिल में यह बात नहीं बैठती, खैर, जो कुछ हो। उसके दूसरे दिन मनोरमा के मकान में से एक कैदी निकाला गया जिसे बेहोश करके जैपाल ने बेगम के मकान में पहुंचा दिया। मैंने उसे पहचानने के लिए बहुत-कुछ उद्योग किया, मगर पहचान न सका क्योंकि उसे गुप्त रखने में उन्होंने बहुत कोशिश की थी, मगर मुझे गुमान होता है कि वह जरूर बलभद्रसिंह होगा। अगर वह दो दिन भी बेगम के मकान में रहता तो मैं जरूर निश्चय कर लेता, मगर न मालूम किस वक्त और कहां बेगम ने उसे पहुंचवा दिया कि मुझे इस बात का कुछ भी पता न लगा, हां, इतना जरूर मालूम हो गया कि दारोगा भूतनाथ को फंसाने के फेर में पड़ा हुआ है और चाहता है कि किसी तरह भूतनाथ मार डाला जाए।

''इन कामों से छुट्टी पाकर दारोगा अकेला अर्जुनसिंह के मकान पर गया, इनसे बड़ी नरमी और खुशामद के साथ मुलाकात की, और देर तक मीठी-मीठी बातें करता रहा, जिसका तत्त्व यह था कि तुम दलीपशाह को साथ लेकर मेरी मदद करो और जिस तरह हो सके भूतनाथ को गिरफ्तार करा दो, अगर तुम दोनों की मदद से भूतनाथ गिरफ्तार हो जाएगा तो मैं इसके बदले में दो लाख रुपया तुम दोनों को इनाम दूंगा, इसके अतिरिक्त वह आपके नाम का एक पत्र भी अर्जुनसिंह को दे गया।

''अर्जुनसिंह ने दारोगा का वह पत्र निकालकर मुझे दिया, मैंने पढ़कर इंद्रदेव के हाथ में दे दिया और कहा, 'इसका मतलब भी वही है जो गिरिजाकुमार ने अभी बयान किया है, परंतु यह कदापि नहीं हो सकता कि मैं भूतनाथ के साथ किसी तरह की बुराई करूं, हां, दारोगा के साथ दिल्लगी अवश्य करूंगा।'

"इसके बाद कुछ देर तक और भी बातचीत होती रही। अंत में गिरिजाकुमार ने कहा कि मेरे इस सफर का नतीजा कुछ भी न निकला और न मेरी तबीयत ही भरी, आप कृपा करके मुझे जमानिया जाने की इजाजत दीजिए।

"गिरिजाकुमार की दरखास्त मैंने मंजूर कर ली। उस दिन रात-भर हम लोग इंद्रदेव के यहां रहे, दूसरे दिन गिरिजाकुमार जमानिया की तरफ रवाना हुआ और मैं अर्जुनसिंह को साथ लेकर अपने घर मिर्जापुर चला आया।

"घर पहुंचकर मैंने भूतनाथ की स्त्री शांता को देखा जो बीमार तथा बहुत ही कमजोर और दुबली हो रही थी, मगर उसकी सब बीमारी भूतनाथ की नादानी के सबब से थी और वह चाहती थी कि जिस तरह भूतनाथ ने अपने को मरा हुआ मशहूर किया था, उसी तरह वह भी अपने और अपने छोटे बच्चे के बारे में मशहूर करे। उसकी अवस्था पर मैं बड़ा दुःखी हुआ और जो कुछ वह चाहती थी, उसका प्रबंध मैंने कर दिया। यही सबब था कि भूतनाथ ने अपने छोटे बच्चे के विषय में धोखा खाया जिसका हाल महाराज और राजकुमारों को मालूम है, मगर सर्वसाधारण के लिए मैं इस समय उसका जिक्र न करूंगा। इसका खुलासा हाल भूतनाथ अपनी जीवनी में बयान करेगा। खैर–

"घर पहुंचकर मैंने दिल्लगी के तौर पर भूतनाथ के विषय में दारोगा से लिखा-पढ़ी शुरू कर दी, मगर ऐसा करने से मेरा असल मतलब यह था कि मुलाकात होने पर मैं वह सब पत्र जो इस समय हरनामसिंह के पास मौजूद हैं, भूतनाथ को दिखाऊं और उसे होशियार कर दूं। अस्तु, अंत में मैंने उसे (दारोगा को) साफ-साफ जवाब दे दिया।"

यहां तक अपना किस्सा कहकर दलीपशाह ने हरनामसिंह की तरफ देखा और हरनामसिंह ने सब पत्र जो एक छोटी-सी संदूकड़ी में बंद थे, महाराज के आगे पेश किये, जिसे मामूली तौर पर सभों ने देखा। इन चीठियों से दारोगा की बेईमानी के साथ-ही-साथ यह भी साबित होता था कि भूतनाथ ने दलीपशाह पर व्यर्थ ही कलंक लगाया। महाराज की आज्ञानुसार वह चीठियां कमबख्त दारोगा के आगे फेंक दी गईं और इसके बाद दलीपशाह ने फिर इस तरह बयान करना शुरू किया–

"मेरे और दारोगा के बीच में जो कुछ लिखा-पढ़ी हुई थी, उसका हाल किसी तरह भूतनाथ को मालूम हो गया या शायद वह स्वयं दारोगा से जाकर मिला और दारोगा ने मेरी चीठियां दिखाकर इसे मेरा दुश्मन बना दिया तथा खुद भी मेरी बर्बादी के लिए तैयार हो गया। इस तरह दारोगा की दुश्मनी का वह पौधा जो कुछ दिनों के लिए मुरझा गया था, फिर से लहलहा उठा और हरा-भरा हो गया, और साथ ही उसके मैं भी हर तरह से दारोगा का मुकाबिला करने के लिए तैयार हो गया।

"कई दिन के बाद गिरिजाकुमार जमानिया से लौटा तो उसकी जुबानी मालूम हुआ कि मायारानी का दिन बड़ी खुशी और चहल-पहिल के साथ गुजर रहा है।

मनोरमा और नागर के अतिरिक्त धनपति नामी एक औरत और भी है जिसे मायारानी बहुत प्यार करती है, मगर उस पर मर्द होने का शक होता है। इसके अतिरिक्त यह भी मालूम हुआ कि दारोगा ने मेरी गिरफ्तारी के लिए तरह-तरह के बन्दोबस्त कर रखे हैं और भूतनाथ भी दो-तीन दफे उसके पास आता-जाता दिखाई दिया है, मगर यह बात निश्चय रूप से मैं नहीं कह सकता कि वह जरूर भूतनाथ ही था।

''एक दिन संध्या के समय जब दारोगा अपने बाग में टहल रहा था तो भेष बदले हुए गिरिजाकुमार पिछली दीवार लांघके उसके पास जा पहुंचा और बेखौफ सामने खड़ा होकर बोला, 'दारोगा साहब, इस समय आप मुझे गिरफ्तार करने का खयाल भी न कीजियेगा क्योंकि मैं आपके कब्जे में नहीं आ सकता, साथ ही इसके यह भी समझ रखिए कि मैं आपकी जान लेने के लिए नहीं आया हूं बल्कि आपसे दो-चार बातें करने के लिए आया हूं।'

दारोगा घबड़ा गया और उसकी बातों का कुछ विशेष जवाब न देकर बोला, 'खैर, कहो क्या चाहते हो।'

गिरिजा–मनोरमा और मायारानी के फेर में पड़कर तुमने राजा गोपालसिंह को मरवा डाला, इसका नतीजा एक-न-एक दिन तुम्हें भोगना ही पड़ेगा। मगर अब मैं यह पूछता हूं कि जिनके डर से तुमने लक्ष्मीदेवी और बलभद्रसिंह को कैद कर रखा था, वे तो मर ही गए, अब अगर तुम उन दोनों को छोड़ भी दोगे तो तुम्हारा क्या बिगड़ेगा?

दारोगा–(ताज्जुब में आकर) मेरी समझ में नहीं आता कि तुम कौन हो और क्या कह रहे हो?

गिरिजा–मैं कौन हूं, इसको जानने की तुम्हें कोई जरूरत नहीं, मगर क्या तुम कह सकते हो कि जो कुछ मैंने कहा है, वह सब झूठ है?

दारोगा–बेशक झूठ है! तुम्हारे पास इन बातों का क्या सबूत है?

गिरिजा–जैपाल और हेलासिंह के बीच में जो कुछ लिखा-पढ़ी हुई है उसके अतिरिक्त वह चीठी इस समय भी मेरे पास मौजूद है जो राजा गोपालसिंह को मार डालने के लिए तुमने मनोरमा को लिख दी थी।

दारोगा–मैंने कोई चीठी नहीं लिखी थी, मालूम होता है कि दलीपशाह और भूतनाथ वगैरह मिल-जुलकर मुझ पर जाल बांधना चाहते हैं और तुम उन्हीं में से किसी के नौकर हो।

गिरिजा–भूतनाथ तो मर गया, अब तुम भूतनाथ को क्यों बदनाम करते हो?

दारोगा–भूतनाथ जैसा मरा है सो मैं खूब जानता हूं, अगर खुद मुझसे मुलाकात न हुई होती तो शायद मैं धोखे में आ भी जता।

गिरिजा–भूतनाथ तुम्हारे पास न आया होगा, किसी दूसरे आदमी ने सूरत बदलकर तुम्हें धोखा दिया होगा।

दारोगा–(सिर हिलाकर) हां, ठीक है, शायद ऐसा ही हो, मगर उन सब बातों से तुम्हें मतलब ही क्या है और तुम मेरे पास किसलिए आए हो, सो कहो।

गिरिजा–मैं केवल इसीलिए आया हूं कि लक्ष्मीदेवी और बलभद्रसिंह को छोड़ देने के लिए तुमसे प्रार्थना करूं।

दारोगा–पहिले तुम अपना ठीक-ठीक परिचय दो, तब मैं तुम्हारी बातों का जवाब दूंगा।

गिरिजा–अपना ठीक परिचय तो नहीं दे सकता।

दारोगा–तब मैं तुम्हारी बातों का जवाब भी नहीं दे सकता।

''इतना कहकर दारोगा पीछे की तरफ हटा और उसने अपने आदमियों को आवाज दी, मगर गिरिजाकुमार झपटकर एक मुक्का दारोगा की गर्दन पर मारने के बाद तेजी के साथ बाग के बाहर निकल गया।

''उसके दूसरे दिन गिरिजाकुमार ने उसी तरह मायारानी से भी मिलने की कोशिश की, मगर उसके खास बाग के अंदर न जा सका। लाचार उसने मायारानी के ऐयार बिहारीसिंह और हरनामसिंह का पीछा किया और दो-ही-तीन दिन की मेहनत में धोखा देकर बिहारीसिंह को गिरफ्तार कर लिया और उसे अर्जुनसिंह के यहां पहुंचाकर मेरे पास चला आया।

''ऊपर लिखी बातें बयान करके गिरिजाकुमार चुप हो गया और तब मैंने उससे कहा, ''बिहारीसिंह को तुमने गिरफ्तार कर लिया, यह बहुत बड़ा काम हुआ और जब तुम बिहारीसिंह बनकर वहां जाओगे और चालाकी से उन लोगों में मिल-जुलकर अपने को छिपा सकोगे तो बेशक बहुत-सी बातों का पता लग जाएगा और हम लोगों के लिए जो कुछ दारोगा किया चाहता है, वह भी मालूम हो जाएगा।''

गिरिजा–बेशक ऐसा ही है। मैं आपसे बिदा होकर अर्जुनसिंह के यहां जाऊंगा और फिर बिहारीसिंह बनकर जमानिया पहुंचूंगा। मेरे जी में तो यही आया था कि मैं कमबख्त दारोगा को सीधे यमलोक पहुंचा दूं, मगर यह काम आपकी आज्ञा के बिना नहीं कर सकता था।

मैं–नहीं-नहीं, इंद्रदेव की आज्ञा बिना यह काम कदापि न करना चाहिए, पहिले वहां का असल हाल-चाल तो मालूम कर लो, फिर इस बारे में इंद्रदेव से बातचीत करेंगे।

गिरिजा–जो आज्ञा।

''इसके बाद और भी तरह-तरह की बातचीत होती रही। उस दिन गिरिजाकुमार मेरे ही घर पर रहा और दूसरे दिन मुझसे बिदा हो अर्जुनसिंह के पास चला गया।

''इसके बाद आठ दिन तक मुझे किसी बात का पता नहीं लगा, आखिर जब गिरिजाकुमार का पत्र आया तब मालूम हुआ कि वह बिहारीसिंह बनकर बड़ी खूबी के साथ उन लोगों में मिल गया है। उन लोगों की गुप्त कमेटी में भी बैठकर हर एक बात में राय दिया करता है जिससे बहुत जल्द कुल भेदों का पता लग जाने की

आशा होती है। गिरिजाकुमार ने यह भी लिखा है कि दारोगा को उस चीठी की बड़ी ही चिंता लगी हुई है, जो मनोरमा के नाम से राजा गोपालसिंह के मार डालने के लिए मैंने (गिरिजाकुमार ने) जबर्दस्ती उससे लिखवा ली थी। वह चाहता है कि जिस तरह हो वह चीठी उसके हाथ लग जाए और इस काम के लिए लाखों रुपये खर्च करने को तैयार है। वह कहता है और वास्तव में ठीक कहता है कि उस चीठी का हाल अगर लोगों को मालूम हो जाएगा तो दूसरों की कौन कहे, जमानिया की रिआया ही मुझे बुरी तरह से मारने के लिए तैयार हो जाएगी। एक दिन हरनामसिंह ने उसे राय दी कि दलीपशाह को मार डालना चाहिए। इस पर वह बहुत ही झुंझलाया और बोला कि 'जब तक वह चीठी मेरे हाथ न लग जाए तब तक दलीपशाह और उसके साथियों को मार डालने से मुझे क्या फायदा होगा? बल्कि मैं और भी बहुत जल्द बर्बाद हो जाऊंगा क्योंकि दलीपशाह के मारे जाने से उसके दोस्त लोग जरूर उस चीठी को मशहूर कर देंगे, इसलिए जब तक वह चीठी अपने कब्जे में न आ जाए तब तक किसी के मारने का ध्यान भी मन में न आना चाहिए। हां, दलीपशाह को गिरफ्तार करने से बेशक फायदा पहुंच सकता है। अगर वह कब्जे में आ जाएगा तो उसे तरह-तरह की तकलीफ पहुंचाकर किसी प्रकार उस चीठी का पता जरूर लगा लूंगा,' इत्यादि।

''वास्तव में बात भी ऐसी ही थी, इसमें कोई शक नहीं कि उसी चीठी की बदौलत हम लोगों की जान बची रही, यद्यपि तकलीफें हर दर्जे की भोगनी पड़ीं, मगर जान से मारने की हिम्मत दारोगा को न हुई, क्योंकि उसके दिल में विश्वास करा दिया गया था कि हम लोगों की मंडली का एक भी आदमी जिस दिन मारा जाएगा उसी दिन वह चीठी तमाम दुनिया में मशहूर हो जाएगी, इस बात का बहुत ही उत्तम प्रबंध किया गया है।

''इसके बाद कई दिन बीत गए, मगर गिरिजाकुमार की फिर कोई चीठी न आई जिससे एक तरह पर तरद्दुद हुआ और जी में आया कि खुद जमानिया चलकर उसका पता लगाना चाहिए।

''दूसरे दिन अपने घर की हिफाजत का इंतजाम करके मैं बाहर निकला और अर्जुनसिंह के घर पहुंचा। ये उस समय अपने बैठक में अकेले बैठे हुए एक चीठी लिख रहे थे, मुझे देखते ही उठ खड़े हुए और बोले, 'वाह-वाह, बहुत ही अच्छा हुआ जो आप आ गए, मैं इस समय आप ही के नाम एक चीठी लिख रहा था और उसे अपने शागिर्द के हाथ आपके पास भेजनेवाला था। आइए, बैठिए।'

मैं—(बैठकर) क्या कोई नई बात मालूम हुई!

अर्जुन—नहीं, बल्कि एक नई बात हो गई है।

मैं—वह क्या?

अर्जुन—आज रात को बिहारीसिंह हमारी कैद से निकलकर भाग गया है।

मैं–(घबराकर) यह तो बहुत बुरा हुआ।

अर्जुन–बेशक, बुरा हुआ। जिस समय वह जमानिया पहुंचेगा उस समय बेचारे गिरिजाकुमार पर जो बिहारीसिंह बनकर बैठा हुआ है, आफत आ जाएगी और वह भारी मुसीबत में गिरफ्तार हो जाएगा। मैं यही खबर देने के लिए आपके पास आदमी भेजनेवाला था।

मैं–आखिर ऐसा हुआ ही क्यों? हिफाजत में कुछ कसर पड़ गई थी?

अर्जुन–अब तो ऐसा ही समझना पड़ेगा, चाहे उसकी कैसी ही हिफाजत क्यों न की गई हो, मगर असल में यह मेरे एक सिपाही की बेईमानी का नतीजा है क्योंकि बिहारीसिंह के साथ ही वह भी यहां से गायब हो गया है। जरूर बिहारीसिंह ने उसे लालच देकर अपना पक्षपाती बना लिया होगा।

मैं–खैर, जो कुछ होना था वह तो हो गया। अब किसी तरह गिरिजाकुमार को बचाना चाहिए, क्योंकि असली बिहारीसिंह के जमानिया पहुंचते ही नकली बिहारीसिंह (गिरिजाकुमार) का भेद खुल जाएगा और वह मजबूर करके कैदखाने में झोंक दिया जाएगा।

अर्जुन–मैं खुद यही बात कह चुका हूं। खैर, अब इस विषय में विशेष सोच-विचार न करके जहां तक जल्द हो सके, जमानिया पहुंचना चाहिए।

मैं–मैं तो तैयार ही हूं, क्योंकि अभी कमर भी नहीं खोली।

अर्जुन–खैर, आप कमर खोलिए और कुछ भोजन कीजिए, मैं भी आपके साथ चलने के लिए घण्टे-भर के अंदर ही तैयार हो जाऊंगा।

मैं–क्या आप जमानिया चलेंगे?

अर्जुन–(आवाज में जोर देकर) जरूर!

"घण्टे-भर के अंदर ही हम दोनों आदमी जमानिया जाने के लिए हर तरह से तैयार हो गए और ऐयारी का पूरा-पूरा सामान दुरुस्त कर लिया। दोनों आदमी असली सूरत में पैदल ही घर से बाहर निकले और कई कोस निकल जाने के बाद जंगल में बैठकर अपनी सूरत बदली, इसके बाद कुछ देर आराम करके फिर आगे की तरफ रवाना हुए और इरादा कर लिया कि आज की रात किसी जंगल में पेड़ के ऊपर बैठकर बिता देंगे।

"आखिर ऐसा ही हुआ। संध्या होने पर हम दोनों दोस्त जंगल में एक रमणीक स्थान देखकर अटक गए, जहां पानी का सुंदर चश्मा बह रहा था तथा सलई का एक बहुत बड़ा और घना पेड़ भी था जिस पर बैठने के लिए ऐसी अच्छी जगह थी कि उस पर बैठे-बैठे घण्टे-दो घण्टे नींद भी ले सकते थे।

"यद्यपि हम लोग किसी सवारी से बहुत जल्द जमानिया पहुंच सकते थे और वहां अपने लिए टिकने का भी इंतजाम कर सकते थे, मगर उन दिनों जमानिया की ऐसी बुरी अवस्था थी कि ऐसा करने की हिम्मत न पड़ी और जंगल में टिके रहना

ही उचित जान पड़ा। दोनों आदमी एकदिल थे, इसलिए कुछ तरद्दुद या किसी तरह के खुटके का भी कुछ खयाल न था।

"अंधकार छा जाने के साथ ही हम दोनों आदमी पेड़ के ऊपर जा बैठे और धीरे-धीरे बातें करने लगे, थोड़ी ही देर बाद कई आदमियों के आने की आहट मालूम हुई, हम दोनों चुप हो गए और इंतजार करने लगे कि देखें कौन आता है। थोड़ी ही देर में दो आदमी उस पेड़ के नीचे आ पहुंचे। रात हो जाने के सबब हम उनकी सूरत-शक्ल अच्छी तरह देख नहीं सकते थे, घने पेड़ों में से छनी हुई कुछ-कुछ और कहीं-कहीं चंद्रमा की रोशनी जमीन पर पड़ रही थी, उसी से अंदाज कर लिया कि ये दोनों सिपाही हैं, मगर ताज्जुब होता था कि ये लोग रास्ता छोड़, भेदियों और ऐयारों की तरह जंगल में क्यों टिके हैं!

"दोनों आदमी अपनी छोटी गठरी जमीन पर रखकर पेड़ के नीचे बैठ गए और इस तरह बातें करने लगे–

एक–भाई हमें तो इस जंगल में रात कटना कठिन मालूम होता है।

दूसरा–सो क्यों?

पहिला–डर मालूम होता है कि किसी जानवर का शिकार न बन जाएं।

दूसरा–बात तो ऐसी ही है। मुझे भी यहां टिकना बुरा मालूम होता है, मगर क्या किया जाए, बाबा जी का हुक्म ही ऐसा है।

पहिला–बाबा जी तो अपने काम के आगे दूसरे की जान का कुछ भी खयाल नहीं करते। जब से हमारे राजा साहब का देहांत हुआ है, तब से इनका दिमाग और भी बढ़ गया है।

दूसरा–इनकी हुकूमत के आगे तो हमारा जी ऊब गया, नौकरी करने की इच्छा नहीं होती।

पहिला–मगर इस्तीफा देते भी डर मालूम होता है, झट यही कह बैठेंगे कि 'तू हमारे दुश्मनों से मिल गया है।' अगर इस तरह की बात उनके दिल में बैठ गई तो जान बचानी भी मुश्किल होगी।

दूसरा–इनकी नौकरी में यही तो मुश्किल है, रुपया खूब मिलता है इसमें कोई संदेह नहीं, मगर जान का डर हरदम बना रहता है। कमबख्त मनोरमा की हुकूमत के मारे तो और भी नाक में दम रहता है। जब से राजा साहब मरे हैं, इसने महल में डेरा ही जमा लिया है, पहिले डर के मारे दिखाई भी नहीं देती थी। एक बाजारू औरत का इस तरह रियासत में घुसे रहना कोई अच्छी बात है?

पहिला–अजी जब हमारी रानी साहिबा ही ऐसी हैं तो दूसरे को क्या कहें? मनोरमा तो बाबा जी की जान ही ठहरी।

दूसरा–बीच में यह बेगम कमबख्त नई निकल पड़ी है, जहां घड़ी-घड़ी दौड़के जाना पड़ता है!

पहिला—(हंसकर) जानते नहीं हो? यह जैपालसिंह की नानी (रण्डी) है। पहिले भूतनाथ के पास रही, अब इनके गले पड़ी है। इसे भी तुम आफत की पुड़िया ही समझो। चार दफे मैं उसके पास जा चुका हूं, आज पांचवीं दफे जा रहा हूं, इस बीच में मैं उसे अच्छी तरह पहचान गया।

दूसरा—मैं समझता हूं कि बिहारीसिंह से और उससे भी कुछ संबंध है।

पहिला—नहीं, ऐसा तो नहीं है, अगर बिहारीसिंह से बेगम का कुछ लगाव होता तो जैपालसिंह और बिहारीसिंह से जरूर खटक जाती, जिसमें इधर तो बिहारीसिंह बहुत दिनों तक अर्जुनसिंह के यहां कैदी ही रहे, आज किसी तरह छूटकर अपने घर पहुंचे हैं, अब देखो गिरिजाकुमार पर क्या मुसीबत आती है!

दूसरा—गिरिजाकुमार कौन है?

पहिला—वही जो बिहारीसिंह बना हुआ था।

दूसरा—वह तो अपना नाम शिवशंकर बताता है।

पहिला—बताता है, मगर मैं तो उसे खूब पहचानता हूं।

दूसरा—तो तुमने बाबा जी से कहा क्यों नहीं?

पहिला—मुझे क्या गरज पड़ी है जो उसके लिए दलीपशाह से दुश्मनी पैदा करूं? वह दलीपशाह का बहुत प्यारा शागिर्द है, खबरदार, तुम भी इस बात का जिक्र किसी से न करना, मैंने तुम्हें अपना दोस्त समझकर कह दिया।

दूसरा—नहीं जी, मैं क्यों किसी को कहने लगा? (चौंककर) देखो यह किसी भयानक जानवर के बोलने की आवाज है।

पहिला—तो डर के मारे तुम्हारा दम क्यों निकला जाता है? ऐसा ही है तो थोड़ी-सी लकड़ी बटोरकर आग सुलगा लो या पेड़ के ऊपर चढ़कर बैठो।

दूसरा—इससे तो यही बेहतर होगा कि यहां से चले चलें, सफर ही में रात काट देंगे, बाबा जी कुछ देखने थोड़े ही आते हैं।

पहिला—जैसा कहो।

दूसरा—हमारी तो यही राय है।

पहिला—अच्छा चलो, जिसमें तुम खुश रहो वही ठीक है।

"उन दोनों की बात सुनकर हम लोगों को बहुत-सी बातों का पता लग गया। गिरिजाकुमार की बात सुनकर मुझे बड़ा ही दुःख हुआ, साथ ही इस बात के जानने की उत्कंठा भी हुई कि वे दोनों बेगम के यहां क्यों जा रहे हैं। दिल दो तरफ के खिंचाव में पड़ गया, एक तो इच्छा हुई कि दोनों को कब्जे में करके मालूम कर लें कि बेगम के पास किस मजमून की चीठी ले जा रहे हैं और अगर उचित मालूम हो तो इनकी सूरत बनकर खुद बेगम के पास चलें, संभव है कि बहुत-से भेदों का पता लग जाए, दूसरे इस बात की भी जल्दी पड़ गई कि किसी तरह शीघ्र जमानिया पहुंचकर गिरिजाकुमार की मदद करनी चाहिए। जब यह मालूम हुआ कि अब वे दोनों यहां

से जाना चाहते हैं तब हम लोग भी झट पेड़ के नीचे उतर आए और उन दोनों के सामने खड़े होकर मैंने कहा, "नहीं जानवरों के डर से मत भागो, हम लोग तुम्हारे साथ हैं।"

हम दोनों को यकायक इस तरह पेड़ से उतरकर सामने खड़े होते देख वे दोनों डर गए, मगर कुछ देर बाद एक ने जी कड़ा करके कहा, 'भाई, तुम लोग कौन हो? भूत हो, प्रेत हो, या जिन्न हो?'

मैं–डरो मत, हम लोग भूत-प्रेत नहीं हैं. आदमी हैं और ऐयार हैं, तुम लोगों में जो कुछ बातें हुई हैं, हम लोग पेड़ पर बैठे-बैठे सुन रहे थे, जब देखा कि अब तुम लोग जाना चाहते हो तो हम दोनों भी उतर आए।

एक सिपाही–(घबड़ानी आवाज से) आप कहां के रहनेवाले और कौन हैं?

मैं–हम दोनों आदमी दलीपशाह के नौकर हैं।

दूसरा–अगर आप दलीपशाह के नौकर हैं तो हम लोगों को विशेष न डरना चाहिए क्योंकि आप लोग न तो हमारे मालिकों से मिलेंगे और न इस बात का जिक्र करेंगे कि हम लोग क्या बातें करते थे, हां, अगर कोई हमारे दरबार का आदमी होता तो जरूर हम लोग बर्बाद हो जाते।

मैं–बेशक ऐसा ही है और तुम लोगों की बातों से यह जानकर हम दोनों बहुत प्रसन्न हुए कि तुम लोग ईमानदार और इंसाफपसंद आदमी हो और हमें यह भी उम्मीद है कि जो कुछ हम पूछेंगे, उसका ठीक-ठीक जवाब देंगे।

दूसरा–हमारी बातों से आप जान ही चुके हैं कि हम लोग कैसे खूंखार आदमी के नौकर हैं और आप लोगों से बातें करने का कैसा बुरा नतीजा निकल सकता है।

मैं–ठीक है, मगर तुम्हारे दारोगा साहब को इन बातों की खबर कुछ भी न लगेगी।

पहिला–इस समय हम आपके काबू में हैं, क्योंकि सिपाही होने पर भी ऐयारों का मुकाबला नहीं कर सकते, तिस पर भी ऐसी अवस्था में कि दोनों तरफ की गिनती बराबर हो इसलिए इस समय आप जो कुछ चाहें, हम लोगों पर जबर्दस्ती कर सकते हैं।

मैं–नहीं-नहीं, हम लोग तुम पर जबर्दस्ती नहीं किया चाहते, बल्कि तुम्हारी खुशी और हिफाजत का खयाल रखकर अपना काम निकाला चाहते हैं।

पहिला–इसके अतिरिक्त हम लोगों को इस बात का भी निश्चय हो जाना चाहिए कि आप लोग वास्तव में दलीपशाह के ऐयार हैं और हम लोगों की हिफाजत के लिए आपने कोई अच्छी तरकीब सोच ली है, अगर हम लोग आपकी किसी बात का जवाब दें।

सिपाही की आखिरी बात से हमें निश्चय हो गया कि वे लोग हमारे कब्जे में आ जाएंगे और हमारी बात मान लेंगे और अगर ऐसा न करते तो वे लोग कर ही

क्या सकते थे! आखिर हर तरह का ऊंच-नीच दिखाकर हमने उन्हें राजी कर लिया और अपना सच्चा परिचय देकर उन्हें विश्वास करा दिया कि जो कुछ हमने कहा है, सब सच है। इसके बाद हमने जो कुछ पूछा, उन्होंने साफ-साफ बता दिया और जो कुछ देखना चाहा (बेगम के नाम का पत्र इत्यादि) दिखा दिया। गिरिजाकुमार के बारे में तो जो कुछ पहिले मालूम कर चुके थे, उससे ज्यादे हाल कुछ मालूम न हुआ, क्योंकि उसके विषय में उन्हें कुछ विशेष खबर ही न थी, केवल इतना ही जानते थे कि असली बिहारीसिंह के पहुंचने पर नकली बिहारीसिंह (गिरिजाकुमार) गिरफ्तार कर लिया गया। हां, दूसरी बात यह मालूम हो गई कि वे दोनों आदमी दारोगा और जैपाल की चीठी लेकर बेगम के पास जा रहे हैं, कल संध्या समय तक बेगम के पास पहुंच जाएंगे और परसों संध्या को बेगम को साथ लिये हुए किश्ती की सवारी से गंगा जी की तरफ से रातोरात जमानिया लौटेंगे। अस्तु, हम लोगों ने उन दोनों सिपाहियों को जिस तरह बन पड़ा, इस बात पर राजी कर लिया कि जब तुम लोग बेगम को लिये हुए रातोंरात गंगा जी की राह लौटो तो अमुक समय, अमुक स्थान पर कुछ देरी के लिए किसी बहाने किश्ती किनारे लगाके रोक लेना, उस समय हम लोग डाकुओं की तरह पहुंचकर बेगम को गिरफ्तार कर लेंगे और जो कुछ चीजें हमारे मतलब की उसके पास होंगी, उन्हें ले लेंगे मगर तुम लोगों को छोड़ देंगे, इस तरह पर हमारा काम भी निकल जाएगा और तुम लोगों पर कोई किसी तरह का शक भी न कर सकेगा।

"रुपए पाने के साथ ही अपना किसी तरह का हर्ज न देखकर दोनों सिपाहियों ने इस बात को भी मंजूर कर लिया। इसके बाद हम लोगों में मेल-मुहब्बत की बातचीत होने लगी और तमाम रात हम लोगों ने उस पेड़ पर काट दी। सबेरा होने पर दोनों सिपाही हमसे बिदा होकर चले गए तब हम लोग आपुस में विचार करने लगे कि अब क्या करना चाहिए। अंत में यह निश्चय करके कि अर्जुनसिंह तो गिरिजाकुमार को छुड़ाने के लिए जमानिया जाएं और मैं बेगम को फंसाने का बंदोबस्त करूं, हम दोनों भी एक-दूसरे से बिदा हुए।

"इस जगह मैं किस्से के तौर पर थोड़ा-सा हाल गिरिजाकुमार का बयान करूंगा जो कुछ दिन बाद मुझे उसी की जुबानी मालूम हुआ था।

"अर्जुनसिंह की कैद से छुटकारा पाकर बिहारीसिंह सीधे जमानिया दारोगा के पास चला, मगर ऐसे ढंग से गया कि किसी को कुछ मालूम न हुआ और न गिरिजाकुमार ही को इस बात का पता लगा। रात पहर-भर से कुछ ज्यादे जा चुकी थी जब दारोगा ने नकली बिहारीसिंह अर्थात् गिरिजाकुमार को अपने घर बुलाया। बेचारे गिरिजाकुमार को क्या खबर थी कि आज मैं मुसीबत में डाला जाऊंगा। वह बेधड़क मामूली ढंग पर बाबा जी (दारोगा) के मकान पर चला गया और देखा कि दारोगा अकेले ऊंची गद्दी पर बैठा हुआ है और उसके सामने सात-आठ सिपाही तलवार लगाये खड़े हैं। दारोगा का इशारा पाकर गिरिजाकुमार उसके सामने बैठ

गया। बैठने के साथ ही उन सब सिपाहियों ने एक साथ गिरिजाकुमार को धर दबाया और बात-की-बात में हाथ-पैर बांधके छोड़ दिया। बेचारा गिरिजाकुमार अकेला कुछ भी न कर सका और जो कुछ हुआ, उसने चुपचाप बर्दाश्त कर लिया। इसके बाद दारोगा ने ताली बजाई, उसी समय असली बिहारीसिंह कोठरी में से निकलकर बाहर चला आया और गिरिजाकुमार की तरफ देखके बोला, 'अब तो तुम समझ गए होगे कि तुम्हारा भंडा फूट गया और मैं तुम्हारी कैद से छूटकर निकल आया मगर शाबाश, तुमने बड़ी खूबी के साथ मुझे धोखा देकर गिरफ्तार किया था। अब मेरी पारी है, देखो मैं किस तरह तुमसे बदला लेता हूं।

गिरिजा–यह तो ऐयारों का काम ही है कि एक, दूसरे को धोखा दिया करता है, इसमें अनर्थ क्या हो गया? मेरा दांव लगा, मैंने तुम्हें गिरफ्तार करके कैदखाने में डाल दिया, अब तुम्हारा दांव लगा है तो तुम मुझे कैदखाने में डाल दो, जिस तरह तुम अपनी चालाकी से छूट आए हो उसी तरह छूटने के लिए मैं भी उद्योग करूंगा।

बिहारी–सो तो ठीक है, मगर इतना समझ रखो कि हम लोग तुम्हारे साथ मामूली बर्ताव न करेंगे, बल्कि हद दर्जे की तकलीफ देंगे।

गिरिजा–यह तो ऐयारों के कायदे के बाहर है।

बिहारी–जो भी हो।

गिरिजा–खैर, कोई हर्ज नहीं, जो कुछ होगा, झेलेंगे।

बिहारी–अगर तुम तकलीफ से बचना चाहो तो मेरी बातों का साफ और सच-सच जवाब दो।

गिरिजा–वादा तो नहीं करते, मगर जो कुछ पूछना हो, पूछो।

बिहारी–तुम्हारा नाम क्या है?

गिरिजा–शिवशंकर।

बिहारी–किसके नौकर हो?

गिरिजा–किसी के भी नहीं।

बिहारी–फिर यहां आए थे, किसके काम के लिए?

गिरिजा–गुरु जी के।

बिहारी–तुम्हारा गुरु कौन है?

गिरिजा–वही, जिसे तुम जान चुके हो और जिसके यहां इतने दिनों तक तुम कैद थे।

बिहारी–अर्जुनसिंह?

गिरिजा–हां।

बिहारी–उन्हें हम लोगों से क्या दुश्मनी थी?

गिरिजा–कुछ भी नहीं।

बिहारी–फिर यहां उत्पात मचाने के लिए तुम्हें भेजा क्यों?

गिरिजा–मुझे सिर्फ भूतनाथ का पता लगाने के लिए भेजा था, क्योंकि उन्हें भूतनाथ से बहुत ही रंज है। यद्यपि भूतनाथ ने अपना मरना मशहूर किया है, मगर उन्हें विश्वास है कि वह मरा नहीं और दारोगा साहब के साथ मिल-जुलकर काम कर रहा है और उनकी (अर्जुनसिंह की) बर्बादी का बंदोबस्त करता है। इसी से उन्होंने मुझे आज्ञा दी थी कि दारोगा साहब के यहां घुसपैठ कर और कुछ दिन तक उन लोगों के साथ रहकर ठीक-ठीक पता लगाओ और बन पड़े तो उसे गिरफ्तार भी कर लो, बस।

बिहारी–भूतनाथ और अर्जुनसिंह से लड़ाई क्यों हो गई?

गिरिजा–लड़ाई तो बहुत पुरानी है, मगर इधर जब से गुरु जी ने उसका ऐयारी का बटुआ ले लिया, तब से रंज ज्यादे हो गया है।

बिहारी–(ताज्जुब से) क्या भूतनाथ का बटुआ अर्जुनसिंह ने ले लिया?

गिरिजा–हां।

बिहारी–उसमें से क्या चीज निकली?

गिरिजा–सो तो नहीं मालूम, मगर इतना गुरु जी कहते थे कि उस बटुए से हमारा काम नहीं चला इसलिए उसे गिरफ्तार ही करना पड़ेगा।

बिहारी–मगर भूतनाथ के खयाल से तुम्हारे गुरु जी ने हमें क्यों तकलीफ दी?

गिरिजा–तुम्हें उन्होंने किसी तरह की तकलीफ नहीं दी, बल्कि बड़े आराम के साथ कैद में रखा था, क्योंकि तुम लोगों से उन्हें किसी तरह की दुश्मनी नहीं है। उनका खयाल यही था कि बिहारीसिंह को तीन-चार दिन से ज्यादे कैद में रखने की जरूरत न पड़ेगी और इसके बीच ही में भूतनाथ का पता लग जाएगा। उन्हें इस बात की भी खबर लगी थी कि भूतनाथ जमानिया में बिहारीसिंह के पास आया करता है, मगर यहां आने से मुझे उसका कुछ भी पता न लगा, अस्तु, मैं एक-दो दिन में खुद ही लौट जानेवाला था, तुम अपनी बुद्धिमानी से अगर न भी छूटते तो एक-दो दिन में जरूर छोड़ दिए जाते।

"गिरिजाकुमार ने ऐसे ढंग से सूरत बनाकर बातें कीं कि दारोगा और बिहारीसिंह को उसकी सच्चाई पर विश्वास हो गया। मैं पहिले ही बयान कर चुका हूं कि गिरिजाकुमार बातचीत के समय सूरत बनाना बहुत ही अच्छा जानता था। अस्तु, गिरिजाकुमार और बिहारीसिंह की बातें सुन दारोगा ने कहा–'शिवशंकर, मालूम तो होता है कि तुम जो कुछ कहते हो, वह सच ही है, परंतु ऐयारों की बातों पर विश्वास करना जरा मुश्किल है, फिर भी तुम अच्छे और साफ दिल के मालूम होते हो।'

गिरिजा–जो आप चाहे खयाल करें, मगर मैं तो यही समझता हूं कि आप लोगों से मुझे झूठ बोलने की जरूरत ही क्या है? न मेरे गुरु जी को आप लोगों से दुश्मनी है न मुझी को, हां, अगर यह मालूम हो जाएगा कि हमारे मुकाबिले में आप लोग भूतनाथ की सहायता करते हैं तो बेशक दुश्मनी हो जाएगी, यह मैं खुले दिल से कहे देता हूं, चाहे आप मुझे बेवकूफ समझें चाहे नालायक।

दारोगा–नहीं-नहीं, शिवशंकर, हम लोग भूतनाथ की मदद किसी तरह नहीं कर सकते, हम तो उसे खुद ही ढूंढ़ रहे हैं, मगर उस कमबख्त का कहीं पता ही नहीं लगता, ताज्जुब नहीं कि वास्तव में मर ही गया हो।

गिरिजा–(सिर हिलाकर) कदापि नहीं, अभी महीने-भर से ज्यादे न हुआ होगा कि मैंने खुद अपनी आंखों से उसे देखा था, मगर उस समय मैं ऐसी अण्डस में था कि कुछ न कर सका। खैर, कमबख्त जाता कहां है, मुझे उसके दो-चार ठिकाने ऐसे मालूम हैं कि जिसके सबब से एक-न-एक दिन उसे जरूर गिरफ्तार कर लूंगा।

दारोगा–(ताज्जुब और खुशी से) क्या तुमने उसे खुद अपनी आंखों से देखा था और उसके दो-चार ठिकाने तुम्हें मालूम हैं?

गिरिजा–बेशक?

दारोगा–क्या उन ठिकानों का पता मुझे बता सकते हो?

गिरिजा–नहीं।

दारोगा–सो क्यों?

गिरिजा–गुरु जी ने मुझे जो कुछ ऐयारी सिखाना था, सिखा चुके। मैं गुरु जी से वादा कर चुका हूं कि अब आपकी इच्छानुसार गुरुदक्षिणा में भूतनाथ को गिरफ्तार करके आपके हवाले करूंगा और जब तक ऐसा न करूंगा अपने घर कदापि न जाऊंगा। ऐसी अवस्था में अगर मैं भूतनाथ का कुछ पता आपको बता दूं तो मानो अपने पैर में आप ही कुल्हाड़ी मारूं, क्योंकि आप अमीर और शक्तिसंपन्न हैं, बनिस्बत मुझ गरीब के आप उसे बहुत जल्द गिरफ्तार कर सकते हैं। अस्तु, अगर ऐसा हुआ और वह आपके हाथ में पड़ गया तो मैं सूखा ही रह जाऊंगा और गुरुदक्षिणा न दे सकने के कारण अपने घर भी न जा सकूंगा।

दारोगा–(हंसकर) मगर शिवशंकर, तुम बड़े ही सीधे आदमी हो और बहुत ही साफ-साफ कह देते हो, ऐयारों को ऐसा नहीं करना चाहिए।

गिरिजा–नहीं साहब, आपसे साफ-साफ कह देने में कोई हर्ज नहीं है, क्योंकि आप हमारे दुश्मन नहीं हैं, दूसरे यह कि अभी तक मुझे ऐयार की पदवी नहीं मिली, जब गुरुदक्षिणा देकर ऐयार की पदवी पा जाऊंगा तो ऐयारों की-सी चाल चलूंगा, अभी तो मैं एक गरीब छोकरा हूं।

दारोगा–नहीं, तुम बहुत अच्छे आदमी हो। हम तुमसे खुश हैं। (बिहारीसिंह की तरफ देखके) इस बेचारे के हाथ-पैर खोल दो! (गिरिजाकुमार से) मगर तुम भूतनाथ का जो कुछ पता-ठिकाना जानते हो हमें बता दो, हम तुमसे वादा करते हैं कि भूतनाथ को गिरफ्तार करके अपना काम भी निकाल लेंगे और तुम्हारे सिर से गुरुदक्षिणा का बोझ भी उतरवा देंगे।

गिरिजा–(मुंह बिचकाकर और सिर हिलाकर) जी नहीं, हां, अगर इसके साथ आप और भी दो-तीन बातों का वादा करें तो मैं बेशक आपकी मदद कर सकता हूं।

बिहारी–(गिरिजाकुमार के हाथ-पैर खोलकर) तुम जो कुछ चाहोगे बाबा जी देंगे, मगर इनकी बातों से इनकार न करो।

गिरिजा–(अच्छी तरह बैठकर) ठीक है, मगर मैं विशेष धन-दौलत नहीं चाहता और न मुझे इसकी जरूरत ही है, क्योंकि ईश्वर ने मुझे बिलकुल ही अकेला कर दिया है, न बाप, न मां, न भाई, न भौजाई, ऐसी अवस्था में मैं धन-दौलत लेकर क्या करूंगा, मगर दो-तीन बातों का इकरार लिये बिना मैं दारोगा साहब को कुछ भी न बताऊंगा, चाहे मार ही डाला जाऊं!

दारोगा–(मुस्कुराकर) अच्छा-अच्छा, बताओ तुम क्या चाहते हो?

गिरिजा–एक तो यह कि उसकी खोज में मैं अगुआ रखा जाऊं।

दारोगा–मंजूर है। अच्छा और बताओ।

गिरिजा–बिहारीसिंह मेरी मदद के लिए दिए जाएं क्योंकि मैं इन्हें पसंद करता हूं।

दारोगा–यह भी कबूल है, और बोलो!

गिरिजा–जहां तक जल्द हो सके मैं गुरुदक्षिणा के बोझ से हलका किया जाऊं क्योंकि इसके लिए मैं जोश में आकर बहुत बुरी कसम खा चुका हूं, यद्यपि गुरु जी मना करते थे कि तुम कसम न खाओ, तुम्हारे जैसे जिद्दी आदमी का कसम खाना अच्छा नहीं है!

दारोगा–बेशक, ऐसा ही किया जाएगा, तुम जो चाहते हो, वही होगा। और कहो?

गिरिजा–गुरुदक्षिणा से छुट्टी पाकर मैं ऐयार की पदवी पा जाऊं तो मुझे यहां किसी तरह की नौकरी मिल जाए जिससे मेरा गुजारा चले, और मेरी शादी करा दी जाए। यह मैं इसलिए कहता हूं कि मुझे शादी करने का शौक है और मैं अपनी बिरादरी में ऐसा गरीब हूं कि कोई मुझे लड़की देना कबूल न करेगा।

दारोगा–यह सब-कुछ हो जाएगा, तुम कुछ चिंता न करो और फिर तुम गरीब भी न रहोगे। अच्छा बताओ और भी कुछ चाहते हो?

गिरिजा–एक बात और है।

दारोगा–वह भी कह डालो।

गिरिजा–(बिहारीसिंह की तरफ इशारा करके) ये हमारे गुरु जी से किसी तरह की दुश्मनी न रखें और मेरे साथ वहां चलने में कोई परहेज न करें, देखिए मैं अपने दिल का हाल बहुत साफ कह रहा हूं।

बिहारी–ठीक है, ठीक है, जो कुछ तुम कहते हो, मंजूर है।

गिरिजा–(दारोगा की तरफ देखकर) तो बस मैं भी आपका हुक्म बजा लाने के लिए दिलोजान से तैयार हूं।

दारोगा–अच्छा तो अब उसके दो-तीन ठिकाने जो तुम्हें मालूम हैं, उनका पता बताओ।

गिरिजा—पता क्या, अब तो मैं खुद इनको (बिहारीसिंह को) अपने साथ ले चलकर सब-कुछ दिखाऊंगा और पता लगाऊंगा। मैं उस कमबख्त को बिना ढूंढ़े छोड़ने वाला नहीं। मुझे आप चाणक्य की तरह जिद्दी समझिए।

दारोगा—अच्छा यह तो बताओ तुमने भूतनाथ को कहां देखा था, जिसका जिक्र अभी तुमने किया है?

गिरिजा—बेगम के मकान से बाहर निकलते हुए।

बिहारी—(ताज्जुब से) कौन बेगम?

गिरिजा—वही, जिसे जैपालसिंह अपनी समझते हैं। ताज्जुब क्या करते हैं, उसे आप साधारण औरत मत समझिए, मैं साबित कर दूंगा कि उसका मकान भी भूतनाथ का एक अड्डा है, मगर वहां इत्तिफाक ही से वह कभी जाता है, हां, बेगम उससे मिलने के लिए कभी-कभी कहीं जाती है परंतु उसका ठीक हाल मुझे अभी मालूम नहीं हुआ। मैं तो अब तक उसका भी पता लगा लिये होता, मगर क्या कहूं गुरु जी ने कहा कि तुम जमानिया ही जाओ, वहां भूतनाथ जल्दी मिल जाएगा, नहीं तो मैं बेगम का ही पीछा करनेवाला था।

दारोगा—मुझे तुम्हारी इन बातों पर ताज्जुब मालूम पड़ता है!

गिरिजा—अभी क्या आगे चलकर और भी ताज्जुब होगा, जब खुद बिहारीसिंह वहां की कैफियत आपसे बयान करेंगे।

दारोगा—खैर, अगर तुम्हारी राय हो तो मैं बेगम को यहां बुलाऊं?

गिरिजा—बुलवाइए, मगर मेरी समझ में उसे होशियार कर देना मुनासिब न होगा, बल्कि मैं तो कहता हूं कि इसका जिक्र अभी आप जैपाल से भी न कीजिए, कुछ सबूत इकट्ठा कर लेने दीजिए।

दारोगा—खैर, जैसा तुम चाहते हो वैसा ही होगा, बेगम को यहां बुलवाकर भूतनाथ का जिक्र न करूंगा बल्कि उसकी तबीयत और नीयत का अंदाज करूंगा।

गिरिजा—हां, तो बुलवाइए!

दारोगा—तब तक तुम क्या करोगे?

गिरिजा—कुछ भी नहीं, अभी तो दो-तीन दिन तक मैं यहां से न जाऊंगा, बल्कि मैं चाहता हूं कि दो रोज मुझे आप इन्हीं (बिहारीसिंह) की सूरत में रहने दीजिए और बिहारीसिंह को कहिए कि अपनी सूरत बदल लें। जब बेगम आकर यहां से चली जाएगी तब हम दोनों आदमी भूतनाथ की खोज में जाएंगे।

दारोगा—इसमें क्या फायदा है? असली सूरत में अगर तुम यहां रहो तो क्या कोई हर्ज है?

गिरिजा—हां, जरूर हर्ज है, यहां मैं कई ऐसे आदमियों से मिलजुल रहा हूं जिनसे भूतनाथ की बहुत-सी बातें मालूम होने की आशा है, उन्हें अगर मेरा असल भेद मालूम हो जाएगा तो बेशक हर्ज होगा। इसके अतिरिक्त जब बेगम यहां आ जाए तो मैं

बिहारीसिंह बना हुआ आपके सामने ऐसे ढंग पर बातें करूंगा कि ताज्जुब नहीं आपको भी इस बात का पता लग जाए कि भूतनाथ से और उससे कुछ संबंध है।

दारोगा–अगर ऐसी बात है तो तुम्हारा बिहारीसिंह ही बने रहना ठीक है।

गिरिजा–इसी से तो मैं कहता हूं।

दारोगा–खैर, ऐसा ही होगा और मैं आज ही बेगम को लाने के लिए आदमी भेजता हूं। (बिहारीसिंह की तरफ देखकर) तुम अपनी सूरत बदलने का बंदोबस्त करो!

बिहारी–बहुत अच्छा।"

यहां तक बयान करके दलीपशाह चुप हो गया और कुछ दम लेकर फिर इस तरह बयान करने लगा–

"इस समय मेरी बातें सुन-सुनकर दारोगा और जैपाल वगैरह के कलेजे पर सांप लोट रहा होगा और उस समय की बातें याद करके ये बेचैन हो रहे होंगे, क्योंकि वास्तव में गिरिजाकुमार ने उन्हें ऐसा उल्लू बनाया कि उस बात को ये कभी भूल नहीं सकते। खैर, उस समय जब हम दोनों आदमी जंगल में दारोगा के सिपाहियों से जुदा हुए, हमें गिरिजाकुमार के मामले की कुछ खबर न थी, अगर खबर होती तो बेगम को न लूटते और न अर्जुनसिंह ही गिरिजाकुमार की खोज में जमानिया जाते। खैर, फिर भी जो कुछ हुआ अच्छा ही हुआ और अब मैं आगे का हाल बयान करता हूं।"

दूसरा बयान

दलीपशाह ने फिर इस तरह अपना किस्सा कहना शुरू किया–

"गिरिजाकुमार ने अपनी बातचीत में दारोगा और बिहारीसिंह को ऐसा उल्लू बनाया कि उन दोनों को गिरिजाकुमार पर पूरा-पूरा भरोसा हो गया और वह खुशी के साथ जमानिया में रहकर बेगम का इंतजार करने लगा, बल्कि दारोगा के साथ जाकर उसने खास बाग का रास्ता और मायारानी को भी देख लिया। इधर अर्जुनसिंह गिरिजाकुमार की खोज में जमानिया गए और मैं बेगम को गिरफ्तार करने के फिक्र में पड़ा।

"पहिले तो मैं अपने घर गया और वहां से कई आदमियों का इंतजाम करके लौटा। ठीक समय पर गंगा के किनारे उस ठिकाने पहुंच गया जहां बेगम की किश्ती किनारे लगाकर लूट लेने की बातचीत कही-बदी थी।

"मैं इस घटना का हाल बहुत बढ़ाकर न कहूंगा कि बेगम की किश्ती क्योंकर आई और क्या-क्या हुआ तथा मैंने किसको, किस तरह गिरफ्तार किया–संक्षेप में केवल इतना ही कहूंगा कि बेगम पर मैंने कब्जा कर लिया और जो चीजें उसके पास थीं, सब ले ली गईं। उन्हीं चीजों में ये सब कागज और वह हीरे की अंगूठी भी थी

जो भूतनाथ बेगम के यहां से ले आया है और जो इस समय दरबार में मौजूद है। आगे चलकर मैं इन चीजों का हाल बयान करूंगा और यह कहूंगा कि ये सब चीजें मेरे कब्जे में आकर फिर क्योंकर निकल गईं। इस समय मैं पुनः गिरिजाकुमार का हाल बयान करूंगा जो उसी की जुबानी मुझे मालूम हुआ था।

"गिरिजाकुमार जमानिया में बैठा हुआ दारोगा के साथ बेगम का इंतजार कर रहा था। जब बेगम को लुटवाकर दोनों सिपाही जिनके साथ बेगम के भी दो आदमी थे और जिन्हें मैंने जान-बूझकर छोड़ दिया था, रोते-कलपते जमानिया पहुंचे तो सीधे दारोगा के पास चले गए। उस समय वहां सूरत बदले हुए असली बिहारीसिंह और गिरिजाकुमार भी बिहारीसिंह बना हुआ बैठा था। दारोगा के सिपाहियों और बेगम के आदमियों ने अपनी बरबादी और बेगम के लुट जाने का हाल बयान किया जिसे सुनते ही दारोगा को ताज्जुब और रंज हुआ। उसने गिरिजाकुमार की तरफ देखकर कहा, 'यह कार्रवाई किसने की होगी?'

गिरिजा–खुद बेगम ने या फिर भूतनाथ ने! (बेगम के आदमियों की तरफ देख के) क्यों जी! मैं समझता हूं कि शायद महीने-भर के लगभग हुआ होगा जब एक दिन भूतनाथ मेरे साथ बेगम के यहां गया था। उस समय तुम भी वहां थे, क्या तुमने मुझे पहचाना था?

बेगम का आदमी–जी नहीं, मैंने आपको नहीं पहचाना था।

गिरिजा–(दारोगा की तरफ देखके) आप ही के कहे मुताबिक मैं दो-तीन दफे भूतनाथ के साथ बेगम के यहां गया था, पर वास्तव में भूतनाथ अच्छा आदमी है और ये लोग भी बड़ी मुस्तैदी के साथ वहां रहते हैं। (बेगम के आदमियों की तरफ देखके) क्यों जी, है न यही बात?

बेगम का आदमी–(हाथ जोड़के) जी हां, सरकार!

बेगम के आदमियों की जुबान से गिरिजाकुमार ने बड़ी खूबी के साथ 'जी हां सरकार' कहलवा लिया। इसमें कोई शक नहीं कि भूतनाथ बेगम के यहां जाया करता था और गिरिजाकुमार को यह हाल मालूम था, मगर ऐसे मौके पर उसके आदमियों की जुबान से 'हां' कहला लेना मामूली बात न थी। उन खुशामदी आदमियों ने यह सोचकर कि जब खुद बिहारीसिंह भूतनाथ के साथ अपना जाना कबूल करते हैं तो 'हां' कहना ही अच्छा है–'जी हां सरकार' कह दिया और गिरिजाकुमार दारोगा तथा बिहारीसिंह की निगाह में सच्चा बन बैठा। साथ ही इसके गिरिजाकुमार दारोगा से पहिले ही कह चुका था कि बेगम आवेगी तो मैं बात-ही-बात में किसी तरह साबित करा दूंगा कि भूतनाथ उसके यहां आता-जाता है, वह बात भी दारोगा को खूब याद थी, अस्तु, दारोगा को गिरिजाकुमार पर और भी विश्वास हो गया। उसने गिरिजाकुमार का इशारा पाकर बेगम के दोनों आदमियों को बिना कुछ कहे थोड़ी देर के लिए बिदा किया और फिर आपुस में इस तरह बातचीत करने लगा–

दारोगा—कुछ समझ में नहीं आता कि क्या मामला है!

गिरिजा—अजी यह उसी कमबख्त भूतनाथ की बदमाशी और दोनों की मिलीजुली गठन है। बेगम जान-बूझकर यहां नहीं आई। अगर वह आती तो उसके आदमियों की तरह खास उसकी जुबान से भी मैं इस बात को साबित करा देता कि उससे और भूतनाथ से ताल्लुक है और इसीलिए मैं अभी तक बिहारीसिंह बना हुआ था, मगर खैर कोई चिंता नहीं, मैं बहुत जल्द इन सब भेदों का पूरा-पूरा पता लगा लूंगा और भूतनाथ को भी गिरफ्तार कर लूंगा!

दारोगा—तो अब देर क्यों करते हो?

गिरिजा—कुछ नहीं, कल मेरे साथ चलने के लिए बिहारीसिंह तैयार हो जाएं।

बिहारी—अच्छी बात है, यह बताओ कि किस सूरत-शक्ल में सफर किया जाएगा।

गिरिजा—मैं तो एक ज्योतिषी की सूरत बनूंगा और आप...

बिहारी—मैं वैद्य बनूंगा।

गिरिजा—बस-बस, यही ठीक है, मगर एक बात मैं अभी से कहे देता हूं कि दो घण्टे के लिए मैं गुरु जी से मिलने जरूर जाऊंगा।

बिहारी—क्या हर्ज है, अगर कहोगे तो मैं भी तुम्हारे साथ चला चलूंगा या कहीं अटक जाऊंगा।

''मुख्तसर यह कि दूसरे दिन दोनों ऐयार ज्योतिषी और वैद्य बने हुए जमानिया के बाहर निकले।

''मजा तो यह कि गिरिजाकुमार ने चालाकी से उस समय तक किसी को अपनी असली सूरत देखने नहीं दी। जब तक वहां रहा बिहारीसिंह ही बना रहा, जब बाहर निकला तो ज्योतिषी बनकर निकला। खैर, दारोगा का तो कहना ही क्या है, खुद बिहारीसिंह और हरनामसिंह व्यर्थ ही ऐयार कहलाए, असल में कोई अच्छा काम इन दोनों के हाथ से होते देखा-सुना नहीं गया।

''अब हम थोड़ा-सा हाल अर्जुनसिंह का बयान करते हैं, जो गिरिजाकुमार का पता लगाने के लिए हमसे जुदा होकर जमानिया गए थे। जमानिया में रामसरन नामी एक महाजन अर्जुनसिंह का दोस्त था, अस्तु, ये सूरत बदले हुए सीधे उसी के मकान पर चले गए और मौका पाकर उससे मुलाकात करने के बाद सब हाल बयान किया और उससे मदद चाही। पहिले तो वह दारोगा और मायारानी के खिलाफ कार्रवाई करने के नाम से बहुत डरा, मगर अर्जुनसिंह ने उसे बहुत भरोसा दिलाया और कहा कि जो कुछ हम करेंगे, वह ऐसे ढंग से करेंगे कि तुम पर किसी को किसी तरह का शक न होगा, इसके अतिरिक्त हम तुमसे और किसी तरह की मदद नहीं चाहते केवल एक गुप्त कोठरी ऐसे ढंग की चाहते हैं जिसमें अगर हम किसी को गिरफ्तार करके लावें तो दो-चार दिन के लिए कैद कर रखें और यह काम भी ऐसी खूबी के साथ

किया जाएगा कि कैदी को इस बात का गुमान भी न होगा कि वह कहां और किसके मकान में कैद किया गया था।

"खैर, रामसरन ने किसी तरह अर्जुनसिंह की बात मंजूर कर ली और तब अर्जुनसिंह उसके मकान से बाहर निकलकर हरनामसिंह को फांसने की फिक्र करने लगे, क्योंकि इन्होंने निश्चय कर लिया था कि बिना किसी को फंसाए हुए गिरिजाकुमार का पता लगाना कठिन ही नहीं, बल्कि असंभव है।

"मुख्तसर यह कि दो दिन की कोशिश में अर्जुनसिंह ने भुलावा दे हरनामसिंह को गिरफ्तार कर लिया, उसे रामसरन के मकान की एक अंधेरी कोठरी में ले जाकर कैद किया तथा खाने-पीने का भी प्रबंध कर दिया। हरनामसिंह को यह मालूम न हुआ कि उसे किसने कैद किया है और वह किस स्थान पर रखा गया है, तथा उसे खाने-पीने को कौन देता है। इस काम से छुट्टी पाकर हरनामसिंह की सूरत बना अर्जुनसिंह दारोगा के दरबार में जा घुसे और इस तरकीब से बहुत जल्द गिरिजाकुमार को पहचान लिया और उसका पता लगा लिया। गिरिजाकुमार ने जिस चालाकी से अपने को बचा लिया था उसे जानकर उसकी बुद्धिमानी पर अर्जुनसिंह को आश्चर्य हुआ, मगर भंडा फूटने के डर से अपने को बहुत ही बचाए हुए थे और दारोगा तथा असली बिहारीसिंह से सिरदर्द का बहाना करके बातचीत कम करते थे।

"ज़ब बिहारीसिंह को साथ लेकर गिरिजाकुमार शहर के बाहर निकला तो अर्जुनसिंह ने भी सूरत बदलकर उसका पीछा किया। जब दोनों मुसाफिर एक मंजिल रास्ता तै कर चुके, तो दूसरे दिन सफर में एक जगह मौका पाकर और कुछ देर के लिए गिरिजाकुमार को अकेला देखकर अर्जुनसिंह उसके पास चले गए और उन्होंने अपने को उस पर प्रकट कर दिया। जल्दी-जल्दी बातचीत करके इन्होंने उसे यह बता दिया कि उसके जमानिया चले जाने के बाद क्या हुआ था, अब उसे क्या और किस-किस ढंग पर कार्रवाई करनी चाहिए और हमसे-तुमसे कहां-कहां किस-किस मौके पर या कैसी सूरत में मुलाकात होगी।

"अर्जुनसिंह ने गिरिजाकुमार को जो कुछ समझाया उसका हाल आगे चलकर मालूम होगा, इस जगह केवल इतना ही कहना काफी है कि गिरिजाकुमार को समझा कर अर्जुनसिंह फिर जमानिया चले गए और रात के समय हरनामसिंह को बेहोश करके कैदखाने से निकाला, शहर के बाहर बहुत दूर मैदान में ले जाकर छोड़ दिया और अपना रास्ता पकड़ा, जिसमें होश में आकर वह अपने घर चला जाए और उसे मालूम न हो कि उसके साथ किसने क्या सलूक किया, बल्कि यह बात उसे स्वप्न की तरह याद रहे।

"इसके बाद अर्जुनसिंह बहुत जल्द मेरे पास पहुंचे और जो कुछ हो चुका था उसे बयान किया। गिरिजाकुमार का हाल सुनकर मुझे बड़ी प्रसन्नता हुई और मैंने बेगम के साथ जो कुछ सलूक किया था, उसका हाल अर्जुनसिंह से बयान किया तथा

जो कुछ चीजें उसकी मेरी हाथ लगी थीं, दिखाकर यह भी कहा कि बेगम अभी तक मेरे यहां कैद है, अस्तु, सोचना चाहिए कि अब उसके साथ क्या कार्रवाई की जाए?

"उन दिनों असल में मुझे तीन बातों की फिक्र लगी थी। एक तो यह कि यद्यपि भूतनाथ से और मुझसे रंज चला आता था और भूतनाथ ने अपना मरना मशहूर कर दिया था, मगर भूतनाथ की स्त्री मेरे यहां आई हुई थी और उसकी अवस्था पर मुझे दुःख होता था, इसलिए मैं चाहता था कि किसी तरह भूतनाथ से मुलाकात हो और मैं उसे समझा-बुझाकर ठीक रास्ते पर लाऊं, दूसरे यह कि राजा गोपालसिंह के मरने का असली सबब दरियाफ्त करूं और तीसरे बलभद्रसिंह तथा लक्ष्मीदेवी को दारोगा की कैद से छुड़ाऊं, जिनका कुछ-कुछ हाल मुझे मालूम हो चुका था। बस इन्हीं कामों के लिए हम लोगों ने इतनी मेहनत अपने सिर उठाई थी, नहीं तो जमानिया के बारे में हम लोगों के लिए अब किसी तरह की दिलचस्पी नहीं रह गई थी।

"बेगम की जो चीजें मेरे हाथ लगी थीं उनमें से कई कागज और एक हीरे की अंगूठी ऐसी थी, जिस पर ध्यान देने से हम लोगों को मालूम हो गया कि बेगम भी कोई साधारण औरत नहीं थी। उन कागजों में से कई चीठियां ऐसी थीं जो भूतनाथ के विषय में जैपाल ने बेगम को लिखी थीं और कई चीठियां ऐसी थीं, जिनके पढ़ने से मालूम होता था कि मायारानी के बाप को इसी जैपाल ने मायारानी और दारोगा की इच्छानुसार मारकर जहन्नुम में पहुंचा दिया है और बलभद्रसिंह अभी तक जीता है, मगर साथ ही इसके उन चीठियों से यह भी जाहिर होता था कि असली लक्ष्मीदेवी निकलकर भाग गई, जिसका पता लगाने के लिए दारोगा बहुत उद्योग कर रहा है, मगर पता नहीं लगता। वह जो हीरे की अंगूठी थी, वह वास्तव में हेलासिंह (मायारानी के बाप) की थी जो उसके मरने के बाद जैपाल के हाथ लगी थी। उस अंगूठी के साथ एक कागज का पुर्जा बंधा हुआ था जिस पर बलभद्रसिंह को कैद में रखने और हेलासिंह को मार डालने की आज्ञा थी और उस पर मायारानी तथा दारोगा दोनों के हस्ताक्षर थे।

"वे कागज, पुर्जे और अंगूठी इस समय महाराज के दरबार में मौजूद हैं जो भूतनाथ बेगम के यहां से उस समय ले आया था, जब वह असली बलभद्रसिंह को छुड़ाने के लिए गया था। आप लोगों को इस बात पर आश्चर्य होगा कि जब ये सब चीजें बेगम के गिरफ्तार करने पर मेरे कब्जे में आ ही चुकी थीं तो पुनः बेगम के कब्जे में कैसे चली गईं? इसके जवाब में केवल इतना ही कह देना काफी है कि जब बेगम मेरे कब्जे से निकल गई तो वे चीजें भी उसी के साथ जाती रहीं और फिर मैं भी बेगम तथा दारोगा के कब्जे में चला गया और इन सब बातों का कर्ता-धर्ता भूतनाथ ही है, जिसने उस समय बहुत बड़ा धोखा खाया और जिसके सबब से कुछ दिन बाद उसे भी तकलीफ उठानी पड़ी। मैंने यह भी सुना कि अपनी इस भूल से शर्मिन्दा होकर भूतनाथ ने बेगम और जैपाल को बड़ी तकलीफें दीं, मगर उसका नतीजा उस समय कुछ भी न निकला, खैर, अब मैं पुनः किस्से की तरफ झुकता हूं।"

दलीपसिंह की इस बात को सुनकर महाराज ने पुनः हीरे की अंगूठो और उन चीठियों को देखने की इच्छा प्रकट की जो भूतनाथ बेगम के यहां से उठा लाया था। तेजसिंह ने पहिले महाराज को और फिर और लोगों को भी वे चीजें दिखाई और उसके बाद फिर दलीपशाह ने इस तरह अपना हाल बयान करना शुरू किया–

"अर्जुनसिंह ज्यादे देर तक मेरे पास नहीं ठहरे, उस समय जो कुछ हम लोगों को करना चाहिए था, बहुत जल्द निश्चय कर लिया गया और इसके बाद अर्जुनसिंह के साथ मैं घर से बाहर निकला और हम दोनों मित्र गिरिजाकुमार की तरफ रवाना हुए।

"अब गिरिजाकुमार का हाल सुनिए कि अर्जुनसिंह से मिलने के बाद फिर क्या हुआ।

"बिहारीसिंह और गिरिजाकुमार दोनों आदमी सफर करते हुए एक ऐसे स्थान में पहुंचे जहां से बेगम का मकान केवल पांच कोस की दूरी पर था। यहां पर एक छोटा गांव था जहां मुसाफिरों के लिए खाने-पीने की मामूली चीजें मिल सकती थीं और जिसमें हलवाई की एक छोटी-सी दुकान भी थी। गांव के बाहरी प्रांत में जमींदारों के देहाती ढंग के बागीचे थे और पास ही में पलास का छोटा-सा जंगल भी था। संध्या होने में घण्टे-भर की देर थी और बिहारीसिंह चाहता था कि हम लोग बराबर चले जाएं, दो-तीन घण्टे रात जाते बेगम के मकान तक पहुंच ही जाएंगे, मगर गिरिजाकुमार को यह बात मंजूर न थी। उसने कहा कि मैं बहुत थक गया हूं और अब एक कोस भी आगे नहीं चल सकता, इसलिए यही अच्छा होगा कि आज की रात इसी गांव के बाहर किसी बागीचे अथवा जंगल में बिता दी जाए।

"यद्यपि दोनों की राय दो तरह की थी, मगर बिहारीसिंह को लाचार हो गिरिजाकुमार की बात माननी पड़ी और यह निश्चय करना ही पड़ा कि आज की रात अमुक बागीचे में बिताई जाएगी, अस्तु, संध्या हो जाने पर दोनों आदमी गांव में हलवाई की दुकान पर गए और वहां पूरी-तरकारी बनवाकर पुनः गांव के बाहर चले आए।

"चांदनी निकली हुई थी और चारों तरफ सन्नाटा छाया हुआ था। बिहारीसिंह और गिरिजाकुमार एक पेड़ के नीचे बैठे हुए धीरे-धीरे भोजन और निम्नलिखित बातें करते जाते थे–

गिरिजा–आज की भूख में ये पूरियां बड़ा ही मजा दे रही हैं।

बिहारी–यह भूख ही के कारण नहीं, बल्कि बनी भी अच्छी हैं, इसके अतिरिक्त तुमने आज बूटी (भांग) भी गहरी पिला दी है।

गिरिजा–अजी इसी बूटी की बदौलत तो सफर की हरारत मिटेगी।

बिहारी–मगर नशा तो तेज हो रहा है और अभी तक बढ़ता ही जाता है।

गिरिजा–तो हम लोगों को करना ही क्या है?

बिहारी–और कुछ नहीं तो अपने कपड़े-लत्ते और बटुए का खयाल तो है ही।

गिरिजा–(हंसकर) मजा तो तब हो जो इस समय भूतनाथ से सामना हो जाए।

बिहारी–हर्ज ही क्या है? मैं इस समय भी लड़ने को तैयार हूं, मगर वह बड़ा ही ताकतवर और काइयां ऐयार है।

गिरिजा–उसकी कदर तो राजा गोपालसिंह जानते थे।

बिहारी–मेरे खयाल से तो यह बात नहीं है।

गिरिजा–तुम्हें खबर नहीं है, अगर मौका मिला तो मैं इस बात को साबित कर दूंगा।

बिहारी–किस ढंग से साबित करोगे?

गिरिजा–खुद राजा गोपालसिंह की जुबान से।

बिहारी–(हंसकर) क्या भंग के नशे में पागल हो गए हो? राजा गोपालसिंह अब कहां हैं?

गिरिजा–असल तो बात यह है कि मुझे राजा गोपालसिंह के मरने का विश्वास ही नहीं है।

बिहारी–(चौकन्ना होकर) सो क्या? तुम्हारे पास उनके जीते रहने का क्या सबूत है।

गिरिजा–बहुत कुछ सबूत है, मगर इस विषय पर मैं हुज्जत या बहस करना पसंद नहीं करता, जो कुछ असल बात है, तुम स्वयं जानते हो, अपने दिल से पूछ लो।

बिहारी–मैं तो यही जानता हूं कि राजा साहब मर गए।

गिरिजा–खैर, यह तो मैं कह ही चुका हूं कि इस विषय पर बहस न करूंगा।

बिहारी–मगर बताओ तो सही कि तुमने क्या समझके ऐसा कहा?

गिरिजा–मैं कुछ भी न बताऊंगा।

बिहारी–फिर हमारी-तुम्हारी दोस्ती ही क्या ठहरी जो एक जरा-सी बात छिपा रहे हो और पूछने पर भी नहीं बताते!

गिरिजा–(हंसकर) तुम्हें ऐसा कहने का हक नहीं है, जब तुम खुद दोस्ती का खयाल न करके ये बातें छिपा रहे हो, तो मैं क्यों बताऊं।

बिहारी–(संकोच के साथ) मैं तो कुछ भी नहीं छिपाता।

गिरिजा–अच्छा मेरे सिर पर हाथ रखकर कह तो दो कि वास्तव में राजा साहब मर गए। मैं अभी साबित कर देता हूं कि तुम छिपाते हो या नहीं। अगर तुम सच कह दोगे तो मैं भी बता दूंगा कि इसमें कौन-सी नई बात पैदा हो गई और क्या रंग खिला चाहता है।

बिहारी–(कुछ सोचकर) पहिले तुम बताओ फिर मैं बताऊंगा।

गिरिजा–ऐसा नहीं हो सकता।

"इस समय बिहारीसिंह नशे में मस्त था, एक तो गिरिजाकुमार ने उसे भंग पिला दी थी, दूसरे उसने जो पूरियां खाईं, उसमें भी एक प्रकार का बेढब नशा मिला हुआ था, क्योंकि वास्तव में उस हलवाई के यहां अर्जुनसिंह ने पहिले ही से प्रबंध कर लिया था और ये बातें गिरिजाकुमार से कही-बदी थीं जैसा कि ऊपर के बयान से आपको मालूम हो चुका है, अस्तु, गिरिजाकुमार ने पहिले ही से एक दवा खा ली थी जिससे उन पूरियों का असर उस पर कुछ भी न हुआ, मगर बिहारीसिंह धीरे-धीरे अलमस्त हो गया और थोड़ी ही देर में बेहोश होनेवाला था। वह ऐसा मस्त और दिल खुश करने वाला नशा था जिसके बस में होकर बिहारीसिंह ने अपने दिल का भेद खोल दिया, मगर अफसोस भूतनाथ ने हमारी कुल मेहनत पर मिट्टी डाल दी और हम लोगों को बरबाद कर दिया। उस भेद का पता लग जाने पर भी हम लोग कुछ न कर सके, जिसका सबब आगे चलकर आपको मालूम होगा। जब गिरिजाकुमार और बिहारीसिंह से बातें हो रही थीं उस समय हम दोनों मित्र भी वहां से थोड़ी ही दूर पर छिपे हुए खड़े थे और इंतजार कर रहे थे कि बिहारीसिह बेहोश हो जाए और गिरिजाकुमार बुलाए तो हम दोनों भी वहां जा पहुंचें।

गिरिजाकुमार ने पुनः जोर देकर कहा, 'ऐसा नहीं हो सकता, पहिले तुम्हीं को दिल का परदा खोलके और सच्चा-सच्चा हाल कहके दोस्ती का परिचय देना चाहिए और यह बात मुझसे छिपी नहीं रह सकती कि तुमने सच कहा या झूठ, क्योंकि जो कुछ भेद है, उसे मैं खूब जानता हूं।'

बिहारी–मुझे भी ऐसा ही मालूम होता है, खैर, अब मैं कोई बात तुमसे न छिपाऊंगा, सब भेद साफ कह दूंगा। मगर इस समय केवल इतना ही कहूंगा कि वास्तव में राजा साहब मरे नहीं बल्कि अभी तक जीते हैं।

गिरिजा–इतना तो मैं खुद कह चुका हूं, इससे ज्यादे कुछ कहो तो मुझे विश्वास हो।

"गिरिजाकुमार की बात का बिहारीसिंह कुछ जवाब दिया ही चाहता था कि सामने से एक आदमी आता हुआ दिखाई पड़ा, जो पास आते ही चांदनी के सबब से बहुत जल्द पहचान लिया गया कि भूतनाथ है। बिहारीसिंह ने, जो भूतनाथ को देखकर घबरा गया था गिरिजाकुमार से कहा, 'लो सम्हल जाओ, भूतनाथ आ पहुंचा!' दोनों आदमी सम्हलकर खड़े हो गए और भूतनाथ भी वहां पहुंच दिलेराना ढंग पर उन दोनों के सामने अकड़कर खड़ा हो गया और बोला, 'तुम दोनों को मैं खूब पहचानता हूं और यकीन है कि तुम लोगों ने भी मुझे पहचान लिया होगा कि यह भूतनाथ है।'

बिहारी–बेशक मैंने तुमको पहचान लिया, मगर तुमको हम लोगों के बारे में धोखा हुआ है।

भूतनाथ–(हंसकर) मैं तो कभी धोखा खाता ही नहीं। मुझे खूब मालूम है कि तुम दोनों बिहारीसिंह और गिरिजाकुमार हो और साथ ही इसके मुझे यह भी मालूम है कि तुम लोग मुझे गिरफ्तार करने के लिए जमानिया से बाहर निकले हो! मुझे तुम

अपने जैसा बेवकूफ न समझो। (गिरिजाकुमार की तरफ बताकर) जिसे तुम लोगों ने आज तक नहीं पहचाना और जिसे तुम अभी तक शिवशंकर समझे हुए हो, उसे मैं खूब जानता हूं कि यह दलीपशाह का शागिर्द गिरिजाकुमार है। जरा सोचो तो सही कि तुम्हारे ऐसा बेवकूफ आदमी मुझे क्या गिरफ्तार करेगा, जिसे एक लौंडे (गिरिजाकुमार) ने धोखे में डालकर उल्लू बना दिया और जो इतने दिनों तक साथ रहने पर भी गिरिजाकुमार को पहचान न सका। खैर, इसे जाने दो, पहिले अपनी हिम्मत और बहादुरी ही का अंदाज कर लो, देखो मैं तुम्हारे सामने खड़ा हूं, मुझे गिरफ्तार करो तो सही!

"भूतनाथ की बातें सुनकर बिहारीसिंह हैरान बल्कि बदहवास हो गया, क्योंकि वह भूतनाथ के जीवट और उसकी ताकत को खूब जानता था और उसे विश्वास था कि इस तरह खुले मैदान भूतनाथ को गिरफ्तार करना दो-चार आदमियों का काम नहीं है। साथ ही वह यह सुनकर और भी घबरा गया कि हमारा साथी वास्तव में शिवशंकर या हमारा मददगार नहीं है, बल्कि हमें धोखे में डालकर उल्लू बनाने और भेद ले लेने वाला एक चालाक ऐयार है। इससे मैंने जो गोपालसिंह के जीते रहने का भेद बता दिया सो अच्छा नहीं किया।

इसी घबराहट में बिहारीसिंह का नशा पूरे दर्जे पर पहुंच गया और सिर नीचा करके सोचता-ही-सोचता वह बेहोश होकर जमीन पर लम्बा हो गया। उस समय गिरिजाकुमार की तरफ देखके भूतनाथ ने कहा, "तुम इस बात का खयाल छोड़ दो कि मेरे सामने से भाग जाओगे या चिल्लाकर लोगों को इकट्ठा कर लोगे।"

गिरिजा–मगर मुझसे आपको किसी तरह की दुश्मनी न होनी चाहिए क्योंकि मैंने आपका कुछ नुकसान नहीं किया है।

भूतनाथ–सिवाय इसके कि मुझे गिरफ्तार करने की फिक्र में थे।

गिरिजा–कदापि नहीं, यह तो एक तरकीब थी जिससे कि मैंने अपने को कैद होने से बचा लिया, यही सबब था कि इस समय मैंने इसे (बिहारीसिंह को) धोखा देकर बेहोशी की दवा दी और इसे बांधकर अपने घर ले जानेवाला था।

भूतनाथ–तुम्हारी बातें मान लेने के योग्य हैं, मगर मैं इस बात को भी खूब जानता हूं कि तुम बड़े बातूनी हो और बातों के जाल में बड़े-बड़े चालाकों को फंसाकर उल्लू बना सकते हो।

"इतना कहकर भूतनाथ ने अपनी जेब में से कपड़े का एक टुकड़ा निकालकर गिरिजाकुमार के मुंह पर रख दिया और फिर गिरिजाकुमार को दीन-दुनिया की कुछ भी खबर न रही। इसके बाद क्या हुआ, सो उसे मालूम नहीं और न मैं ही जानता हूं, क्योंकि इस विषय में मैं वही बयान करूंगा जो गिरिजाकुमार ने मुझसे कहा था।

"हम दोनों मित्र जो उस समय छिपे हुए थे, बैठे-बैठे घबड़ा गए और जब लाचार होकर उस बाग में गए तो न गिरिजाकुमार को देखा, न बिहारीसिंह को पाया। कुछ पता न लगा कि दोनों कहां गए, क्या हुए या उन पर कैसी बीती। बहुत खोजा, पता

लगाया, कई दिन तक इस इलाके में घूमते रहे, मगर नतीजा कुछ न निकला। लाचार अफसोस करते हुए अपने घर की तरफ लौट आए।

"अब बहुत विलंब हो गया, महाराज भी घबड़ा गए होंगे। (जीतसिंह की तरफ देखकर) यदि आज्ञा हो तो मैं अपनी रामकहानी यहां पर रोक दूं, और जो कुछ बाकी है, उसे कल के दरबार में बयान करूं।"

इतना कहकर दलीपशाह चुप हो गया और महाराज का इशारा पाकर जीतसिंह ने उसकी बात मंजूर कर ली। दरबार बर्खास्त हुआ और लोग अपने-अपने डेरे की तरफ रवाना हुए।

तीसरा बयान

दूसरे दिन मामूली ढंग पर दरबार लगा और दलीपशाह ने इस तरह अपना हाल बयान करना शुरू किया—

"कई दिन बीत गए, मगर मुझे गिरिजाकुमार का कुछ पता न लगा और न इस बात का ही खयाल हुआ कि वह भूतनाथ के कब्जे में चला गया होगा। हां, जब मैं गिरिजाकुमार की खोज में सूरत बदलकर घूम रहा था तब इस बात का पता जरूर लग गया कि भूतनाथ मेरे पीछे पड़ा हुआ है और दारोगा से मिलकर मुझे गिरफ्तार करा देने का बंदोबस्त कर रहा है।

"उस मामले के कई सप्ताह बाद एक दिन आधी रात के समय भूतनाथ पागलों की-सी हालत में मेरे घर आया और उसने मेरा लड़का समझकर अपने हाथ से खुद अपने लड़के का खून कर दिया, जिसका रंज इस जिंदगी में उसके दिल से नहीं निकल सकता और जिसका खुलासा हाल वह स्वयं अपनी जीवनी में बयान करेगा। इसी के थोड़े दिन बाद भूतनाथ की बदौलत मैं दारोगा के कब्जे में जा फंसा।

"जब तक मैं स्वतंत्र रहा, मुझे गिरिजाकुमार का हाल कुछ भी मालूम न हुआ, जब मैं पराधीन होकर कैदखाने में गया और वहां गिरिजाकुमार से जिसे भूतनाथ ने दारोगा के सुपुर्द कर दिया था, मुलाकात हुई, तब गिरिजाकुमार की जुबानी सब हाल मालूम हुआ।

"भूतनाथ के कब्जे में पड़ जाने के बाद जब गिरिजाकुमार होश में आया तो उसने अपने को एक पत्थर के खंभे के साथ बंधा हुआ पाया, जो किसी सुंदर, सजे हुए कमरे के बाहरी दालान में था। वह चौकन्ना होकर चारों तरफ देखने और गौर करने लगा, मगर इस बात का निश्चय न कर सका कि यह मकान किसका है, हां, शक होता था कि यह दारोगा का मकान होगा क्योंकि अपने सामने भूतनाथ के साथ-ही-साथ बिहारीसिंह और दारोगा साहब को भी बैठे हुए देखा।

''गिरिजाकुमार, दारोगा, बिहारीसिंह और भूतनाथ में देर तक तरह-तरह की बातें होती रहीं और गिरिजाकुमार ने भी बातों की उलझन में उन्हें ऐसा फंसाया कि किसी तरह असल भेद का वे लोग पता न लगा सके, मगर फिर भी गिरिजाकुमार को उनके हाथों से छुट्टी न मिली और वह तिलिस्म के अंदरवाले कैदखाने में ठूंस दिया गया, हां, उसे इस बात का विश्वास हो गया कि वास्तव में राजा गोपालसिंह मरे नहीं, बल्कि कैद कर लिये गए हैं।

''राजा गोपालसिंह के जीते रहने का हाल यद्यपि गिरिजाकुमार को मालूम हो गया, मगर इसका नतीजा कुछ भी न निकला क्योंकि इस बात का पता लगाने के साथ ही वह गिरफ्तार हो गया और यह हाल किसी से भी बयान न कर सका। अगर हम लोगों में से किसी को भी मालूम हो जाता कि वास्तव में राजा गोपालसिंह जीते हैं और कैद में हैं तो हम लोग उन्हें किसी-न-किसी तरह जरूर छुड़ा ही लेते, मगर अफसोस!!

''बहुत दिनों तक खोजने और पता लगाने पर भी जब गिरिजाकुमार का कुछ हाल मालूम न हुआ तब लाचार होकर मैं इंद्रदेव के पास गया और सब हाल बयान करने के बाद मैंने इनसे सलाह पूछी कि अब क्या करना चाहिए। बहुत गौर करने के बाद इंद्रदेव ने कहा कि मेरा दिल यही कहता है कि गिरिजाकुमार गिरफ्तार हो गया और इस समय दारोगा के कब्जे में है। इसका पता इस तरह लग सकता है कि तुम किसी तरह दारोगा को गिरफ्तार करके ले आओ और उसकी सूरत बनकर दस-पांच दिन उसके मकान में रहो, इस बीच में उसके नौकरों की जुबानी कुछ-न-कुछ हाल गिरिजाकुमार का जरूर मालूम हो जाएगा, मगर इसमें कुछ शक नहीं कि दारोगा को गिरफ्तार करना जरा मुश्किल है।

''इंद्रदेव की राय मुझे बहुत पसंद आई और मैं दारोगा को गिरफ्तार करने की फिक्र में पड़ा। इंद्रदेव से बिदा होकर मैं अर्जुनसिंह के घर गया और जो कुछ सलाह हुई थी, बयान किया। इन्होंने भी यह राय पसंद की और इस काम के लिए मेरे साथ जमानिया चलने को तैयार हो गए, अस्तु, हम दोनों आदमी भेष बदलकर घर से निकले और जमानिया की तरफ रवाना हुए।

''संध्या हुआ ही चाहती थी जब हम दोनों आदमी जमानिया शहर के पास पहुंचे, उस समय सामने से दारोगा का एक सिपाही आता हुआ दिखाई पड़ा। हम लोग बहुत खुश हुए और अर्जुनसिंह ने कहा—'लो भाई सगुन तो बहुत अच्छा मिला कि शिकार सामने आ पहुंचा और चारों तरफ सन्नाटा भी छाया हुआ है। इस समय इसे जरूर गिरफ्तार करना चाहिए, इसके बाद इसी की सूरत बनकर दारोगा के पास पहुंचना और उसे धोखा देना चाहिए।'

''हम दो आदमी थे और सिपाही अकेला था, ऐसी अवस्था में किसी तरह की चालबाजी की जरूरत न थी, केवल तकरार कर लेना ही काफी था। हुज्जत और तकरार करने के लिए किसी मसाले की जरूरत नहीं पड़ी, जरा छेड़ देना ही काफी होता है। पास आने पर अर्जुनसिंह ने जान-बूझकर उसे धक्का दिया और वह भी

दारोगा के घमंड पर फूला हुआ हम लोगों से उलझ पड़ा। आखिर हम लोगों ने उसे गिरफ्तार कर लिया और बेहोश करके वहां से दूर एक सन्नाटे जंगल में ले जाकर उसकी तलाशी लेने लगे। उसके पास से भूतनाथ के नाम की एक चीठी निकली जो खास दारोगा के हाथ की लिखी हुई थी और जिसमें यह लिखा हुआ था–

'प्यारे भूतनाथ,

कई दिनों से हम तुम्हारा इंतजार कर रहे हैं। ठीक-ठीक बताओ कि कब मुलाकात होगी और कब तक काम हो जाने की उम्मीद है।'

''इस चीठी को पढ़कर हम दोनों ने सलाह की कि इस आदमी को छोड़ देना चाहिए और इसके पीछे चलकर देखना चाहिए कि भूतनाथ कहां रहता है। उसका पता लग जाने से बहुत काम निकलेगा।

''हम दोनों ने वह चीठी फिर उस आदमी की जेब में रख दी और उसे उठाकर पुनः सड़क पर लाकर डाल दिया जहां उसे गिरफ्तार किया था। इसके बाद लखलखा सुंघाकर हम दोनों दूर हटकर आड़ में खड़े हो गए और देखने लगे कि यह होश में आकर क्या करता है। उस समय रात आधी से ज्यादे जा चुकी थी।

''होश में आने के बाद वह आदमी ताज्जुब और तरद्दुद में थोड़ी देर तक इधर-उधर घूमता रहा और इसके बाद आगे की तरफ चल पड़ा। हम लोग भी आड़ देते हुए उसके पीछे-पीछे चल पड़े।

''आसमान पर सुबह की सुफेदी फैला ही चाहती थी जब हम लोग एक घने और सुहावने जंगल में पहुंचे। थोड़ी देर तक चलकर वह आदमी एक पत्थर की चट्टान पर बैठ गया। मालूम होता था कि थक गया है और कुछ देर तक सुस्ताना चाहता है, मगर ऐसा न था। लाचार हम दोनों भी उसके पास ही आड़ देकर बैठ गए और उसी समय पेड़ों की आड़ में से कई आदमियों ने निकलकर हम दोनों को घेर लिया। उन सभों के हाथ में नंगी तलवारें और चेहरे पर नकाबें पड़ी हुई थीं।

''बिना लड़े-भिड़े यों ही गिरफ्तार होकर दुःख भोगना हम लोगों को मंजूर न था, अस्तु, फुर्ती से तलवार खैंचकर उन लोगों के मुकाबले में खड़े हो गए। उस समय एक ने अपने चेहरे पर से नकाब उलट दी और मेरे पास आकर खड़ा हो गया। असल में वह भूतनाथ था जिसका चेहरा सुबह की सुफेदी नें बहुत साफ दिखाई दे रहा था और मालूम होता था कि वह हम दोनों को देखकर मुस्कुरा रहा है।

''भूतनाथ की सूरत देखते ही हम दोनों चौंक पड़े और मेरे मुंह से निकल पड़ा 'भूतनाथ'। उसी समय मेरी निगाह उस आदमी पर जा पड़ी जिसके पीछे-पीछे हम लोग वहां तक पहुंचे थे, देखा कि दो आदमी खड़े-खड़े उससे बातें कर रहे हैं और हाथ के इशारे से मेरी तरफ कुछ बता रहे हैं।

''मेरे मुंह से निकली हुई आवाज सुनकर भूतनाथ हंसा और बोला, 'हां, मैं वास्तव में भूतनाथ हूं, और आप लोग?'

मैं–हम दोनों गरीब मुसाफिर हैं।

भूतनाथ–(हंसकर) यद्यपि आप लोगों की तरह भूतनाथ अपनी सूरत नहीं बदला करता मगर आप लोगों को पहचानने में किसी तरह की भूल भी नहीं कर सकता।

मैं–अगर ऐसा है तो आप ही बताइए हम लोग कौन हैं!

भूतनाथ–आप लोग दलीपशाह और अर्जुनसिंह हैं, जिन्हें मैं कई दिनों से खोज रहा हूं।

मैं–(ताज्जुब के साथ) ठीक है, जब आपने पहचान ही लिया तो मैं अपने को क्यों छिपाऊं, मगर यह तो बताइए कि आप मुझे क्यों खोज रहे थे?

भूतनाथ–इसलिए कि मैं आपसे अपने कसूरों की माफी मांगूं, आरजू-मिन्नत और खुशामद के साथ अपने को आपके पैरों पर डाल दूं और कहूं कि अगर जी में आवे तो अपने हाथ से मेरा सिर काट लीजिए मगर एक दफे कह दीजिए कि मैंने तेरा कसूर माफ किया।

मैं–बड़े ताज्जुब की बात है कि तुम्हारे दिल में यह बात पैदा हुई? क्या तुम्हारी आंखें खुल गईं और मालूम हो गया कि तुम बहुत बुरे रास्ते पर चल रहे हो?

भूतनाथ–जी हां, मुझे मालूम हो गया और समझ गया कि मैं अपने पैर में आप कुल्हाड़ी मार रहा हूं।

मैं–बड़ी खुशी की बात है, अगर तुम सच्चे दिल से कह रहे हो।

भूतनाथ–बेशक मैं सच्चे दिल से कह रहा हूं और अपने किये पर मुझे बड़ा अफसोस है।

मैं–भला कह तो जाओ कि तुम्हें किन-किन बातों का अफसोस है।

भूतनाथ–सो न पूछिए, सिर से पैर तक मैं कसूरवार हो रहा हूं, एक-दो हों तो कहा जाए, कहां तक गिनाऊं?

मैं–खैर, न सही, अच्छा यह बताओ कि मुझसे किस कसूर की माफी चाहते हो? मेरा तो तुमने कुछ नहीं बिगाड़ा।

भूतनाथ–यह आपका बड़प्पन है जो आप ऐसा कहते हैं, मगर वास्तव में मैंने आपका बहुत बड़ा कसूर किया है। और बातों के अतिरिक्त मैंने आपके सामने आपके लड़के को मार डाला है, यह कहां का...

मैं–(बात काटकर) नहीं-नहीं भूतनाथ! तुम भूलते हो, अथवा तुम्हें मालूम नहीं है कि तुमने मेरे लड़के का खून नहीं किया बल्कि अपने लड़के का खून किया है।

भूतनाथ–(चौंककर बेचैनी के साथ) यह आप क्या कह रहे हैं?

मैं–बेशक, मैं सच कह रहा हूं। इस काम में तुमने धोखा खाया और अपने लड़के को अपने हाथ से मार डाला। उन दिनों तुम्हारी स्त्री बीमार होकर मेरे यहां आई और अपनी आंखों से तुम्हारी इस कार्रवाई को देख रही थी।

भूतनाथ–(घबराहट के साथ) तो क्या अब भी मेरी स्त्री आप ही के मकान में है?

मैं–नहीं, वह मर गई क्योंकि बीमारी में वह इस दुःख को बर्दाश्त न कर सकी।

भूतनाथ–(कुछ देर चुप रहने और सोचने के बाद) नहीं-नहीं, यह बात नहीं है। मालूम होता है कि तुमने मेरे लड़के को मारकर अपने लड़के का बदला चुकाया!

अर्जुन–नहीं-नहीं, भूतनाथ, वास्तव में तुमने खुद अपने लड़के को मारा है और मैं इस बात को खूब जानता हूं।

भूतनाथ–(भारी आवाज में) खैर, अगर मैंने अपने लड़के का खून किया है तब भी दलीपशाह का कसूरवार हूं। इसके अतिरिक्त और भी कई कसूर मुझसे हुए हैं, अच्छा हुआ कि मेरी स्त्री मर गई, नहीं तो उसके सामने...

मैं–मगर हरनामसिंह और कमला को ईश्वर कुशलपूर्वक रखें।

भूतनाथ–(लंबी सांस लेकर) बेशक भूतनाथ बड़ा ही बदनसीब है।

मैं–अब भी सम्हल जाओ तो कोई चिंता नहीं।

भूतनाथ–बेशक, मैं अपने को सम्हालूंगा और जो कुछ आप कहेंगे, वही करूंगा। अच्छा मुझे थोड़ी देर के लिए आज्ञा दीजिए तो मैं उस आदमी से दो-दो बातें कर आऊं जिसके पीछे आप यहां तक आए हैं।

"इतना कहकर भूतनाथ उस आदमी के पास चला गया, मगर उसके साथी लोग हमें घेरे खड़े ही रहे। इस समय मेरे दिल का विचित्र ही हाल था। मैं निश्चय नहीं कर सकता था कि भूतनाथ की बातें किस ढंग पर जा रही हैं और इसका नतीजा क्या होगा, तथापि मैं इस बात के लिए तैयार था कि जिस तरह हो सकेगा, मेहनत करके भूतनाथ को अच्छे ढर्रे पर ले आऊंगा। मगर मैं वास्तव में ठगा गया और जो कुछ सोचता था वह मेरी नादानी थी।

"उस आदमी से बातचीत करने में भूतनाथ ने बहुत देर नहीं की और उसे झटपट बिदा करके वह पुनः मेरे पास आकर बोला, 'कमबख्त दारोगा मुझसे चालबाजी करता है और मेरे ही हाथों से मेरे दोस्त को गिरफ्तार कराना चाहता है।'

मैं–दारोगा बड़ा ही शैतान है और उसके फेर में पड़कर तुम बर्बाद हो जाओगे। अच्छा अब हम लोग भी बिदा होना चाहते हैं, यह बताओ कि तुमसे किस तरह की उम्मीद अपने साथ लेते जाएं?

भूतनाथ–मुझसे आप हर तरह की उम्मीद कर सकते हैं, जो आप कहेंगे मैं वही करूंगा, बल्कि आपके साथ-ही-साथ आपके घर चलूंगा।

मैं–अगर ऐसा करो तो मेरी खुशी का कोई ठिकाना न रहे।

भूतनाथ–बेशक, मैं ऐसा ही करूंगा मगर पहिले आप यह बता दें कि आपने मेरा कसूर माफ किया या नहीं?

मैं–हां, मैंने माफ किया।

भूतनाथ–अच्छा तो अब मेरे डेरे पर चलिए।

मैं–तुम्हारा डेरा कहां पर है?

भूतनाथ–यहां से थोड़ी ही दूर पर।

मैं–खैर चलो, मैं तैयार हूं, मगर इस बात का वादा करो कि लौटती समय मेरे साथ चलोगे।

भूतनाथ–जरूर चलूंगा।

इतना कहकर भूतनाथ चल पड़ा और हम दोनों भी उसके पीछे-पीछे रवाना हुए।

''आप लोग खयाल करते होंगे कि भूतनाथ ने हम दोनों को उसी जगह क्यों नहीं गिरफ्तार कर लिया, मगर यह बात भूतनाथ के किये नहीं हो सकती थी। यद्यपि उसके साथ कई सिपाही या नौकर भी मौजूद थे, मगर फिर भी वह इस बात को खूब जानता था कि इस खुले मैदान में दलीपशाह और अर्जुनसिंह को एक साथ गिरफ्तार कर लेना उसकी सामर्थ्य के बाहर है। साथ ही इसके यह भी कह देना जरूरी है कि उस समय तक भूतनाथ को इस बात की खबर न थी कि उसके बटुए को चुरा लेनेवाला यही अर्जुनसिंह है। उस समय तक क्या, बल्कि अब तक भूतनाथ को इस बात की खबर न थी। उस दिन जब स्वयं अर्जुनसिंह ने अपनी जुबान से कहा तब मालूम हुआ!

''कोस-भर से ज्यादे हम लोग भूतनाथ के पीछे-पीछे चले गए और इसके बाद एक भयानक सुनसान और उजाड़ घाटी में पहुंचे, जो दो पहाड़ियों के बीच में थी। वहां से कुछ दूर तक घूमघुमौवे रास्ते पर चलकर भूतनाथ के डेरे पर पहुंचे। वह ऐसा स्थान था जहां किसी मुसाफिर का पहुंचना कठिन ही नहीं बल्कि असंभव था। जिस खोह में भूतनाथ का डेरा था वह बहुत बड़ी और बीस-पचीस आदमियों के रहने लायक थी और वास्तव में इतने ही आदमियों के साथ वह वहां रहता भी था।

''वहां भूतनाथ ने हम दोनों की बड़ी खातिर की और बार-बार आजिजी करता और माफी मांगता रहा। खाने-पीने का सब सामान वहां मौजूद था, अस्तु, इशारा पाकर भूतनाथ के आदमियों ने तरह-तरह का खाना बनाना आरंभ कर दिया और कई आदमी नहाने-धोने का सामान दुरुस्त करने लगे।

''हम दोनों बहुत प्रसन्न थे और समझते थे कि अब भूतनाथ ठीक रास्ते पर आ जाएगा। अस्तु, हम लोग जब तक संध्या-पूजन से निश्चिंत हुए तब तक भोजन भी तैयार हुआ और बेफिक्री के साथ हम तीनों आदमियों ने एक साथ भोजन किया। इसके बाद निश्चिंती से बैठकर बातचीत करने लगे।

भूतनाथ–दलीपशाह, मुझे इस बात का बड़ा दुःख है कि मेरी स्त्री का देहांत हो गया और मेरे हाथ से एक बहुत ही बुरा काम हो गया।

मैं–बेशक, अफसोस की जगह है, मगर खैर, जो कुछ होना था हो गया, अब तुम घर पर चलो और नेकनीयती के साथ दुनिया में काम करो।

भूतनाथ—ठीक है, मगर मैं यह सोचता हूं कि अब घर पर जाने का फायदा ही क्या है? मेरी स्त्री मर गई और अब दूसरी शादी मैं कर ही नहीं सकता, फिर किस सुख के लिए शहर में चलकर बसूं?

मैं—हरनामसिंह और कमला का भी तो कुछ खयाल करना चाहिए। इसके अतिरिक्त क्या विधुर लोग शहर में रहकर नेकनीयती के साथ रोजगार नहीं करते?

भूतनाथ—कमला और हरनामसिंह होशियार हैं और एक अच्छे रईस के यहां परवरिश पा रहे हैं, इसके अतिरिक्त किशोरी उन दोनों ही की सहायक है, अतएव उनके लिए मुझे किसी तरह की चिंता नहीं है। बाकी रही आपकी दूसरी बात, उसका जवाब यह हो सकता है कि शहर में नेकनीयती के साथ अब मैं कर ही क्या सकता हूं, क्योंकि मैं तो किसी को मुंह दिखलाने लायक ही नहीं रहा। एक दयारामवाली वारदात ने मुझे बेकाम कर ही दिया था, दूसरे इस लड़के के खून ने मुझे और भी बर्बाद और बेकाम कर दिया। अब मैं कौन-सा मुंह लेकर भले आदमियों में बैठूंगा?

मैं—ठीक है, मगर इन दोनों मामलों की खबर हम लोग दो-तीन खास-खास आदमियों के सिवाय और किसी को नहीं है और हम लोग तुम्हारे साथ कदापि बुराई नहीं कर सकते।

भूतनाथ—तुम्हारी इन बातों पर मुझे विश्वास नहीं हो सकता, क्योंकि मैं इस बात को खूब जानता हूं कि आजकल तुम मेरे साथ दुश्मनी का बर्ताव कर रहे हो और मुझे दारोगा के हाथ में फंसाना चाहते हो, ऐसी अवस्था में तुमने मेरा भेद जरूर कई आदमियों से कह दिया होगा।

मैं—नहीं भूतनाथ, यह तुम्हारी भूल है कि तुम ऐसा सोच रहे हो? मैंने तुम्हारा भेद किसी को नहीं कहा और न मैं तुम्हें दारोगा के हवाले किया चाहता हूं। बेशक, दारोगा ने मुझे इस काम के लिए लिखा था, मगर मैंने इस बारे में उसे धोखा दिया। दारोगा के हाथ की लिखी चीठियां मेरे पास मौजूद हैं, घर चलकर मैं तुम्हें दिखाऊंगा और उनसे तुम्हें मेरी बातों का पूरा सबूत मिल जाएगा।

''इसी समय बात करते-करते मुझे कुछ नशा मालूम हुआ और मेरे दिल में एक प्रकार का खुटका हो गया। मैंने घूमकर अर्जुनसिंह की तरफ देखा तो उनकी भी आंखें लाल अंगारे की तरह दिखाई पड़ीं। उसी समय भूतनाथ मेरे पास से उठकर दूर जा बैठा और बोला—

भूतनाथ—जब मैं तुम्हारे घर जाऊंगा तब मुझे इस बात का सबूत मिलेगा, मगर मैं इसी समय तुम्हें इस बात का सबूत दे सकता हूं कि तुम मेरे साथ दुश्मनी कर रहे हो।

''इतना कहके भूतनाथ ने अपनी जेब से निकालकर मेरे हाथ की लिखी वे चीठियां मेरे सामने फेंक दीं जो मैंने दारोगा को लिखी थीं और जिनमें भूतनाथ के गिरफ्तार करा देने का वादा किया था।

"मैं सरकार में बयान कर चुका हूं कि उस समय दारोगा से इस ढंग का पत्र-व्यवहार करने से मेरा मतलब क्या था, और मैंने भूतनाथ को दिखाने के लिए दारोगा के हाथ की चीठियां बटोरकर किस तरह दारोगा से साफ इनकार कर दिया था, मगर उस मौके पर मेरे पास वे चीठियां मौजूद न थीं कि मैं उन्हें भूतनाथ को दिखाता और भूतनाथ के पास वे चीठियां मौजूद थीं जो दारोगा ने उसे दी थीं और जिनके सबब से दारोगा का मंत्र चल गया था। अस्तु, उन चीठियों को देखकर मैंने भूतनाथ से कहा–

मैं–हां-हां, इन चीठियों को मैं जानता हूं और बेशक ये मेरे हाथ की लिखी हुई हैं, मगर मेरे इस लिखने का मतलब क्या था और इन चीठियों से मैंने क्या काम निकाला सो तुम्हें नहीं मालूम हो सकता, जब तक कि दारोगा के हाथ की लिखी हुई चीठियां तुम न पढ़ लो जो मेरे पास मौजूद हैं।

भूतनाथ–(मुस्कराकर) बस बस बस, ये सब धोखेबाजी के ढर्रे रहने दीजिए। भूतनाथ से यह चालाकी न चलेगी, सच तो यों है कि मैं खुद कई दिनों से तुम्हारी खोज में हूं। इत्तिफाक से तुम स्वयं मेरे पंजे में आकर फंस गए और अब किसी तरह नहीं निकल सकते। उस जंगल में मैं तुम दोनों को काबू में नहीं कर सकता था इसलिए सब्जबाग दिखाता हुआ यहां ले आया और भोजन में बेहोशी की दवा खिलाकर बेकाम कर दिया। अब तुम लोग मेरा कुछ नहीं कर सकते। समझ लो कि तुम दोनों जहन्नुम में भेजे जाओगे, जहां से लौटकर आना मुश्किल है।

"भूतनाथ की ऐसी बातें सुनकर हम दोनों को क्रोध चढ़ आया, मगर उठने की कोशिश करने पर भी कुछ न कर सके, क्योंकि नशे का पूरा-पूरा असर हो गया था और तमाम बदन में कमजोरी आ गई थी।

"थोड़ी ही देर बाद हम लोग बेहोश हो गए और तनोबदन की सुध न रही। जब आंखें खुलीं तो अपने को दारोगा के मकान में कैद पाया और सामने दारोगा, जैपाल, हरनामसिंह और बिहारीसिंह को बैठे हुए देखा। रात का समय था और मेरे हाथ-पैर एक खंभे के साथ बंधे हुए थे, अर्जुनसिंह न मालूम कहां थे और उन पर न जाने क्या बीत रही थी।

दारोगा ने मुझसे कहा, 'कहो दलीपशाह, तुमने तो मुझ पर बड़ा जाल फैलाया था, मगर नतीजा कुछ नहीं निकला।'

मैं–मैंने क्या जाल फैलाया था?

दारोगा–क्या इसके कहने की भी जरूरत है? नहीं, बस इस समय हम इतना ही कहेंगे कि तुम्हारा शागिर्द हमारी कैद में है और तुमने मेरे लिए जो कुछ किया है, उसका हाल हम उसकी जुबानी सुन चुके हैं। अब अगर वह चीठी मुझे दे दो जो गोपालसिंह के बारे में मनोरमा का नाम लेकर जबर्दस्ती मुझसे लिखवाई गई थी तो मैं तुम्हारा सब कसूर माफ कर दूं।

मैं–मेरी समझ में नहीं आता कि आप किस चीठी के बारे में मुझसे कह रहे हैं।

दारोगा–(चिढ़कर) ठीक है, यह तो मैं पहिले ही समझे हुए था कि तुम बिना लात खाये नाक पर मक्खी नहीं बैठने दोगे, खैर देखो मैं तुम्हारी क्या दुर्दशा करता हूं।

"इतना कहकर दारोगा ने मुझे सताना शुरू किया। मैं नहीं कह सकता कि इसने मुझे किस-किस तरह की तकलीफें दीं और सो भी एक-दो दिन तक नहीं, बल्कि महीने-भर तक। इसके बाद बेहोश करके मुझे तिलिस्म के अंदर पहुंचा दिया। जब मैं होश में आया तो अपने सामने अर्जुनसिंह और गिरिजाकुमार को बैठे हुए पाया। बस यही तो मेरा किस्सा है और यही मेरा बयान!"

दलीपशाह का हाल सुनकर सभों को बड़ा दुःख हुआ और सभी कोई लाल-लाल आंखें करके दारोगा तथा जैपाल वगैरह की तरफ देखने लगे। दरबार बर्खास्त करने का इशारा करके महाराज उठ खड़े हुए, कैदी जेलखाने भेज दिए गए और बाकी सब अपने डेरों की तरफ रवाना हुए।

चौथा बयान

रात आधी से कुछ ज्यादे जा चुकी है। महाराज सुरेन्द्रसिंह के कमरे में राजा बीरेन्द्रसिंह, राजा गोपालसिंह, कुंवर इंद्रजीतसिंह, आनन्दसिंह, तेजसिंह, देवीसिंह, तारासिंह, भैरोसिंह, भूतनाथ और इंद्रदेव बैठे आपुस में धीरे-धीरे बातें कर रहे हैं। वृद्ध महाराज सुरेन्द्रसिंह मसहरी पर लेटे हुए हैं।

सुरेन्द्र–दलीपशाह की जीवनी ने दारोगा की शैतानी और भी अच्छी तरह झलका दी।

जीत–बेशक ऐसा ही है, सच तो यों है कि ईश्वर ही ने इन पांचों कैदियों की रक्षा की, नहीं तो दारोगा ने कोई बात उठा नहीं रखी थी।

भूतनाथ–साथ ही इसके यह भी है कि उससे ज्यादे दलीपशाह के किस्से ने दरबार में मुझे शर्मिन्दा किया, मगर क्या करूं लाचार था कि चालबाज दारोगा ने दलीपशाह की चीठियों का मुझे ऐसा मतलब समझाया कि मैं अपने आपे से बाहर हो गया, बल्कि यों कहना चाहिए कि अंधा हो गया!

तेज–वह जमाना ही चालबाजियों का था और चारों तरफ ऐसी ही बातें हो रही थीं। भूतनाथ, तुम अब उन बातों को एकदम से भूल जाओ और जिस नेक रास्ते पर चल रहे हो, उसी का ध्यान रखो।

जीत–अच्छा तो अब कैदियों के बारे में जो कुछ फैसला हो, कर ही देना चाहिए जिससे अगले दरबार में उन्हें हुक्म सुना दिया जाए।

सुरेन्द्र–(गोपालसिंह से) कहो साहब, तुम्हारी क्या राय है, किस-किस कैदी को क्या-क्या सजा देनी चाहिए?

गोपाल–जो दादा जी (महाराज) की इच्छा हो, हुक्म दें, मेरी प्रार्थना केवल इतनी ही है कि कमबख्त दारोगा मेरे हवाले किया जाए और मुझे हुक्म हो जाए कि जो मैं चाहूं, उसे सजा दूं।

सुरेन्द्र–केवल दारोगा ही नहीं बल्कि तुम्हारे और कैदी भी तुम्हारे हवाले किये जाएंगे।

गोपाल–और दलीपशाह, अर्जुनसिंह, भरतसिंह, हरदीन और गिरिजाकुमार भी मुझे दे दिए जाएं क्योंकि ये लोग मेरे सहायक हैं और इनके साथ रहकर मेरा दिन बड़ी खुशी के साथ बीतेगा!

सुरेन्द्र–(जीतसिंह से) ऐसा ही किया जाए।

जीत–बहुत अच्छा, मैं नंबरवार कैदियों के बारे में जो कुछ हुक्म होता है, लिखता जाता हूं।

इतना कहकर जीतसिंह ने कलम-दावात और कागज ले लिया और महाराज की आज्ञानुसार इस तरह लिखने लगे–

(1) कमबख्त दारोगा सजा पाने के लिए राजा गोपालसिंह के हवाले किया जाए, राजा साहब जो मुनासिब समझें, उसे सजा दें।

(2) शिखण्डी (दारोगा का चचेरा भाई), मायाप्रसाद, जैपाल, हरनामसिंह, बिहारीसिंह, हरनामसिंह की लड़की, लीला, मनोरमा, नागर, बेगम, नौरतन और जमालो वगैरह भी, जिन्हें जमानिया से घना संबंध है, राजा गोपालसिंह के हवाले कर दिया जाए।

(3) बेगम के घर से निकली हुई दौलत जो काशीराज ने यहां भेजवा दी है, बलभद्रसिंह को दे दी जाए।

(4) गौहर और गिल्लन, शेरअली खां के पास भेज दी जाएं।

(5) किशोरी से पूछकर भीमसेन छोड़ दिया जाए और उसे पुनः शिवदत्त की गद्दी पर बैठाया जाए।

(6) कुबेरसिंह, बाकरअली, अजायबसिंह, खुदाबख्श, यारअली, धर्मसिंह, गोविंदसिंह, भगवनिया, ललिता और धन्नूसिंह, तथा वे कैदी जो कमलिनी के तालाब वाले मकान से आए थे, सब जन्म-भर के लिए कैदखाने में भेज दिए जाएं, इसके अतिरिक्त और भी जो कैदी हों, (नानक इत्यादि) कैदखाने में भेज दिए जाएं।

(7) दलीपशाह, अर्जुनसिंह, हरदीन, भरतसिंह और गिरिजाकुमार को राजा गोपालसिंह ले जाएं और इन सभों को बड़ी खातिर और अरमान के साथ रखें।

कैदियों के विषय में इस तरह का हुक्म देकर महाराज चुप हो गए और फिर आपुस में दूसरे ढंग की बातें होने लगीं। थोड़ी देर बाद दरबार बर्खास्त हुआ और सब कोई अपने-अपने ठिकाने चले गए।

पांचवां बयान

कुंअर इंद्रजीतसिंह इस छोटे-से दरबार से उठकर महल में गए और किशोरी के कमरे में पहुंचे। इस समय कमलिनी भी उसी कमरे में मौजूद किशोरी से हंसी-खुशी की बातें कर रही थी। कुमार को देखकर दोनों उठ खड़ी हुईं और जब हंसते हुए कुमार बैठ गए तो किशोरी भी उनके सामने बैठ गई, मगर कमलिनी कमरे के बाहर की तरफ चल पड़ी। उस समय कुमार ने उसे रोका और कहा, "तुम कहां चलीं? बैठो-बैठो, इतनी जल्दी क्या पड़ी है?"

कमलिनी–(बैठती हुई) बहुत अच्छा, बैठती हूं, मगर क्या आज रात को सोना नहीं है?

कुमार–क्या यह बात मेरे आने के पहले नहीं सूझी थी?

किशोरी–आपको देखके सोना याद आ गया।

किशोरी की बात ने दोनों को हंसा दिया और कमलिनी ने कहा–

"दलीपशाह के किस्से ने मेरे दिल पर ऐसा असर किया है कि कह नहीं सकती। देखना चाहिए दुष्टों को महाराज क्या सजा देते हैं! सच तो यों है कि उनके लिए कोई सजा है ही नहीं।

कुमार–तुम ठीक कहती हो. इस समय मैं महाराज के पास ही से चला आता हूं, वहां एक छोटा-सा निज का दरबार लगा हुआ था और कैदियों ही के विषय में बातचीत हो रही थी, बल्कि यों कहना चाहिए कि उन बदमाशों का फैसला लिखा जा रहा था।

कमलिनी–(उत्कंठा से) हां! अच्छा बताइए तो सही दारोगा और जैपाल के लिए क्या सजा तजबीज की गई?

कुमार–उन्हें क्या सजा दी जाएगी इसका निश्चय गोपाल भाई करेंगे, क्योंकि महाराज ने इस समय यही हुक्म लिखवाया है कि दारोगा, जैपाल, शिखंडी, हरनाम, बिहारी, मनोरमा और नागर वगैरह जितने जमानिया और गोपाल भाई से संबंध रखनेवाले कैदी हैं, सब उनके हवाले किये जाएं और वे जो कुछ मुनासिब समझें, उन्हें सजा दें।

कमलिनी–चलिए यह भी अच्छा हो हुआ, क्योंकि मुझे इस बात का बहुत बड़ा खयाल बना हुआ था कि हमारे रहमदिल महाराज इन कैदियों के लिए कोई अच्छी

सजा नहीं तजबीज कर सकेंगे, अगर वे लोग जीजा जी के सुपुर्द किये गए हैं तो उन्हें सजा भी वाजिब ही मिल जाएगी।

कुमार–(हंसकर) अच्छा तुम ही बताओ कि अगर सजा देने के लिए सब कैदी तुम्हारे सुपुर्द किए जाते तो तुम उन्हें क्या सजा देतीं?

कमलिनी–मैं? (कुछ सोचकर) मैं पहिले तो इन सभों के हाथ-पैर कटवा डालती, फिर इनके जख्म आराम करवाकर बड़े-बड़े लोहे के पिंजड़ों में इन्हें बंद करके और सदर चौमुहानी पर लटकाकर हुक्म देती कि जितने आदमी इस राह से जाएं वे सब इनके मुंह पर थूककर तब आगे बढ़ें।

कुमार–(मुस्कुराकर) सजा तो बहुत अच्छी सोची है, तो बस अपने जीजा साहब को समझा देना कि उन्हें ऐसी ही सजा दें।

कमलिनी–जरूर कहूंगी, बल्कि इस बात पर जोर दूंगी। यह बताइए कि नानक के लिए क्या हुक्म हुआ है?

कुमार–केवल इतना ही कि जन्म-भर के लिए कैदखाने भेज दिया जाए। बाकी के और कैदियों के लिए भी यही हुक्म हुआ!

किशोरी–भीमसेन के लिए भी यही हुक्म हुआ होगा?

कुमार–नहीं, उसके लिए दूसरा ही हुक्म हुआ।

किशोरी–वह क्या?

कुमार–वह तुम्हारा भाई है, इसलिए हुक्म हुआ कि तुमसे पूछकर वह एकदम छोड़ दिया जाए, बल्कि शिवदत्तगढ़ की गद्दी पर बैठा दिया जाए।

किशोरी–जब उसे छोड़ देने ही का हुक्म हुआ, तो मुझसे पूछना कैसा!

कुमार–यही कि शायद तुम उसे छोड़ना न चाहो तो कैद ही में रखा जाए।

किशोरी–भला मैं इस बात को कब पसंद करूंगी कि मेरा भाई जन्म-भर के लिए कैद रहे? मगर हां, इतना खयाल जरूर है कि कहीं वह छूटने के बाद पुनः आपसे दुश्मनी न करे।

कुमार–खैर, अगर पुनः बदमाशी करेगा तो देखा जाएगा।

कमलिनी–(मुस्कुराती हुई) उसके विषय में तो चपला चाची से पूछना चाहिए, क्योंकि वह असल में उन्हीं का कैदी है। अगर सूअर के शिकार में उन्होंने उसे गिरफ्तार किया था[1] तो तरह-तरह की कसमें खिलाकर छोड़ा था कि भविष्य में पुनः दुश्मनी पर कमर न बांधेगा।

कुमार–बात तो ऐसी ही थी, मगर नहीं, अब वह दुश्मनी का बर्ताव न करेगा। (किशोरी से) अगर कहो तो तुम्हारे पास उसे बुलवाऊं? जो कुछ तुम्हें कहना-सुनना हो, कह-सुन लो।

---

1. देखिए पहिला भाग, आठवां बयान।

किशोरी–नहीं-नहीं, मैं बाज आई, मैं स्वप्न में भी उससे मिलना नहीं चाहती, जो कुछ उसकी किस्मत में बदा होगा, भोगेगा।

कुमार–आखिर उसे छोड़ने के विषय में तुमसे पूछा जाएगा तो क्या जवाब दोगी?

किशोरी–(कमलिनी की तरफ देखकर और मुस्कुराकर) बस कह दूंगी कि मेरे बदले चपला चाची से पूछ लिया जाए क्योंकि वह उन्हीं का कैदी है।

कुमार–खैर, इन बातों को जाने दो, (कमलिनी से) जमानिया तिलिस्म के अंदर मायारानी और माधवी के मरने का सबब मुझे अभी तक मालूम न हुआ। इसका पता न लगा कि वे दोनों खुद मर गईं या गोपाल भाई ने उन्हें मार डाला और अगर भाई साहब ने ही उन्हें मार डाला तो ऐसा क्यों किया?

कमलिनी–इसका असल हाल तो मुझे भी मालूम नहीं है, मैंने दो दफे जीजा जी से इस विषय में पूछा था, मगर वह बात टालकर बतोला दे गए।

कुमार–मैंने भी एक दफे उनसे पूछा था तो यह कहकर रह गए कि फिर कभी बता देंगे।

किशोरी–बहिन लक्ष्मीदेवी को इसका हाल जरूर मालूम होगा।

कमलिनी–उन्हें बेशक मालूम होगा, उन्होंने भुलावा देकर जरूर पूछ लिया होगा। इस समय तो वे अपने रंगमहल में होंगी, नहीं तो मैं जरूर बुला लाती।

कुमार–नहीं, आज तो अकेली ही अपने कमरे में बैठी होंगी क्योंकि इस समय गोपाल भाई इंद्रदेव को साथ लेकर कहीं बाहर गए हैं, मुझसे कह गए हैं कि कल पहर दिन तक आवेंगे।

कमलिनी–तब तो कहिए, मैं जाकर बुला लाऊं?

कुमार–अच्छा जाओ।

कमलिनी उठकर चली गई और थोड़ी देर में लक्ष्मीदेवी को साथ लिये हुए आ पहुंची।

लक्ष्मीदेवी–(मुस्कुराती हुई) कहिए क्या है जो इतनी रात गए मेरी याद हुई है?

कुमार–मैंने सोचा कि आज आप अकेली उदास बैठी होंगी, अतएव मैं ही बुलाकर आपका दिल खुश करूं।

लक्ष्मीदेवी–(हंसकर) क्या बात है! बेशक आपकी मेहरबानी मुझ पर बहुत ज्यादे रहती है। (बैठकर) यह बताइए कि आप लोगों में किसी तरह की हुज्जत-तकरार तो नहीं हुई है जो मुझे फैसला करने के लिए बुलाया है।

कुमार–ईश्वर न करे ऐसा हो, हां, इतना जरूर है कि माधवी और मायारानी की मौत के विषय में तरह-तरह की बातें हो रही हैं, क्योंकि उन दोनों के मरने का असल हाल तो किसी को मालूम नहीं है और न भाई साहब ने पूछने पर किसी को बताया ही, इसलिए आपको तकलीफ दी है क्योंकि मुझे पूरा विश्वास है कि आपने किसी-न-किसी तरह यह हाल जरूर पूछ लिया होगा।

लक्ष्मीदेवी–(मुस्कुराकर) बेशक बात तो ऐसी ही है, मैंने जिद करके किसी-न-किसी तरह उनसे पूछ तो लिया, मगर सुनने से घृणा हो गई। इसीलिए वे भी यह हाल किसी से खुलकर नहीं कहते और समझते हैं कि जो कोई सुनेगा उसी को घृणा होगी। इसी खयाल से आपको भी उन्होंने टाल दिया होगा।

कुमार–आखिर उसमें क्या बात है, कुछ भी तो बताओ।

लक्ष्मीदेवी–माधवी को तो उन्होंने नहीं मारा मगर मायारानी को जरूर मारा और इस बेइज्जती और तकलीफ से मारा कि सुनने से रोंगटे खड़े होते हैं। यद्यपि माधवी को उन्होंने कुछ भी नहीं कहा, मगर मायारानी की मौत की कार्रवाई वह देख न सकी, जो उसके सामने की जाती थी और उसी डर से वह बेहोश होकर मर गई। इसमें कोई ऐसी अनूठी बात नहीं है जो सुनने लायक हो। मुझे वह हाल बयान करते लज्जा और घृणा होती है, अस्तु...

कुमार–बस-बस, मैं समझ गया, इससे ज्यादे सुनने की मुझे कोई जरूरत नहीं है, केवल इतना ही जानना था कि उनकी मौत के विषय में कोई अनूठी बात तो नहीं हुई है।

लक्ष्मीदेवी–जी नहीं। अच्छा यह तो बताइए कि कल कैदी लोगों के विषय में क्या किया जाएगा? दलीपशाह का किस्सा तो समाप्त हो गया और अब कोई ऐसी बात मालूम करने लायक भी नहीं रह गई है।

कुमार–कैदियों का मामला तो कब का साफ हो गया, इस समय तो महाराज ने उनके विषय में हुक्म भी लिख दिया है जो कल या परसों के दरबार में सभों को सुना दिया जाएगा।

लक्ष्मीदेवी–किस-किसके लिए क्या हुक्म हुआ है?

इसके जवाब में कुमार ने फैसले का सब हाल बयान किया जो थोड़ी देर पहिले किशोरी और कमलिनी को सुना चुके थे।

लक्ष्मीदेवी–बहुत अच्छा फैसला हुआ है।

किशोरी–(हंसकर) क्यों न कहोगी। तुम्हारे दुश्मन तुम्हारे कब्जे में दे दिए गए, अब तो दिल खोलकर बदला लोगी।

लक्ष्मीदेवी–बेशक! (कुमार से) हां, यह तो बताइए कि भूतनाथ ने अपनी जीवनी लिखकर दे दी या नहीं?

कुमार–नहीं, आज देनेवाला है।

लक्ष्मीदेवी–और हम लोगों को उस तिलिस्मी मकान का तमाशा कब दिखाया जाएगा जिसमें लोग हंसते-हंसते कूद पड़ते हैं।

कुमार–परसों या कल उसका भेद भी सभों पर खुल जाएगा।

लक्ष्मीदेवी–अच्छा यह तो बताइए कि आपके भाई साहब कहां गए हैं?

किशोरी–(हंसकर, ताने के ढंग पर) आखिर रहा न गया! पूछे बिना जी न माना!

इतने में ही बाहर की तरफ से आवाज आई, "इसमें भी क्या किसी का इजारा है? ये अपनी चीज की खबरदारी करती है, किसी दूसरे की जमा नहीं छीनतीं! बहुत दिनों के बाद जो खोई चीज मिलती है उसके लिए अकारण पुनः खो जाने का खुटका बना ही रहता है, इसलिए अगर इन्होंने पूछा तो बुरा ही क्या किया!"

इस आवाज के साथ-ही-साथ कमला पर सभों की निगाह पड़ी जो मुस्कुराती हुई कमरे के अंदर आ रही थी।

किशोरी–(हंसती हुई) यह आई लक्ष्मी बहिन की तरफदार बीबी नक्को, तुमको यहां किसने बुलाया था?

कमला–(मुस्कुराती हुई) बुलावेगा कौन? क्या मेरा रास्ता देखा हुआ नहीं है? यह तो बताओ कि तुम लोग इस आधी रात के समय इतना गुल-शोर क्यों मचा रही हो?

किशोरी–(मसखरेपन के साथ हाथ जोड़कर) जी हम लोगों को इस बात की खबर न थी कि इस शोर-गुल से आपकी नींद उचट जाएगी और फिर सादी चारपाई पर पड़े रहना मुश्किल होगा।

कुमार–यह क्यों नहीं कहतीं कि अकेले जी नहीं लगता, लोगों को खोजती फिरती हूं।

कमला–जी हां, आप ही को खोज रही थी।

कुमार–अच्छा तो फिर आओ, बैठ जाओ और समझ लो कि मैं मिल गया।

कमला–(बैठकर किशोरी से) आज तुम्हें कोई आराम न करने देगा। (कुमार से) कहिए दलीपशाह का किस्सा तो खतम हो गया, अब कैदियों को कब सजा दी जाएगी?

कुमार–कैदियों का फैसला हो गया, उसमें किसी को ऐसी सजा नहीं दी गई जो तुम्हारे पसन्द हो।

इतना कहकर कुमार ने पुनः सब हाल बयान किया।

कमला–तो मैं बहिन लक्ष्मीदेवी के साथ जरूर जमानिया जाऊंगी और दारोगा वगैरह की दुर्दशा अपनी आंखों से देखूंगी।

थोड़ी देर तक इसी तरह की हंसी-दिल्लगी होती रही, इसके बाद लक्ष्मीदेवी और कमला अपने-अपने ठिकाने चली गईं।

छठवां बयान

सुबह की सुफेदी आसमान पर फैला ही चाहती है और इस समय की दक्षिणी हवा जंगली पेड़ों और पौधों-लताओं और पत्तों से हाथापाई करती हुई मैदान की तरफ दौड़ी जाती है। ऐसे समय में भूतनाथ और देवीसिंह हाथ में हाथ दिए जंगल के

किनारे-किनारे मैदान में टहल रहे हैं और धीरे-धीरे हंसी-दिल्लगी की बात करते जाते हैं।

देवी—भूतनाथ, लो इस समय एक नई और मजेदार बात तुम्हें सुनाते हैं।

भूतनाथ—वह क्या?

देवी—फायदे की बात है, अगर तुम कोशिश करोगे तो लाख-दो लाख रुपया मिल जाएगा।

भूतनाथ—ऐसा कौन-सा उद्योग है जिसके करने से सहज ही इतनी बड़ी रकम हाथ लग जाएगी? और अगर इस बात को तुम जानते ही हो तो खुद क्यों नहीं उद्योग करते?

देवी—मैं भी उद्योग करूंगा, मगर यह कोई जरूरी बात नहीं है कि जिसका जी चाहे उद्योग करके लाख-दो लाख पा जाए, हां, जिसका जेहन लड़ जाएगा और जिसकी अक्ल काम कर जाएगी वह बेशक अमीर हो जाएगा। मैं जानता हूं कि हम लोगों में तुम्हारी तबीयत बड़ी तेज है और तुम्हें बहुत दूर की सूझा करती है इसलिए कहता हूं कि अगर तुम उद्योग करोगे तो लाख-दो लाख रुपया पा जाओगे। यद्यपि हम लोग सदा ही अमीर बने रहते हैं और रुपए-पैसे की कुछ परवाह नहीं करते, मगर फिर भी यह रकम थोड़ी नहीं है, और तिस पर बाजी के ढंग पर जीतना ठहरा, इसलिए ऐसी रकम पाने की खुशी होती है।

भूतनाथ—आखिर बात क्या है, कुछ कहो भी तो सही?

देवी—बात यही है कि वह जो तिलिस्मी मकान बनाया गया है, जिसके अन्दर लोग हंसते-हंसते कूद पड़ते हैं, उसके विषय में महाराज ने रात को हुक्म दिया है कि तिलिस्मी मकान के ऊपर सर्वसाधारण लोग तो चढ़ चुके और किसी को कामयाबी नहीं हुई, अब कल हमारे ऐयार लोग उस पर चढ़कर अपनी अक्ल का नमूना दिखावें और इनके लिए इनाम भी दूना कर दिया जाए, मगर इस काम में चार आदमी शरीक न किए जाएं—एक जीतसिंह, दूसरे तेजसिंह, तीसरे भैरो, चौथे तारा।

भूतनाथ—बात तो बहुत अच्छी हुई, कई दिनों से मेरे दिल में गुदगुदी हो रही थी कि किसी तरह इस मकान के ऊपर चढ़ना चाहिए, मगर महाराज की आज्ञा बिना ऐसा कब कर सकता था। मगर यह तो कहो कि उन चारों के लिए मनाही क्यों कर दी गई?

देवी—इसलिए कि उन्हें इसका भेद मालूम है।

भूतनाथ—यों तो तुमको भी कुछ-न-कुछ भेद मालूम ही होगा, क्योंकि एक दफे तुम भी ऐसे ही मकान के अन्दर जा चुके हो, जब शेरसिंह भी तुम्हारे साथ थे।

देवी—ठीक है, मगर इससे क्या असल भेद का पता लग सकता है? अगर ऐसा ही हो तो इस जलसे में हजारों आदमी उस मकान के अन्दर गए होंगे, किसी को दोहराकर जाने की मनाही तो थी नहीं, कोई पुनः जाकर जरूर बाजी जीत ही लेता।

भूतनाथ–आखिर उसमें है क्या?

देवी–सो मुझे नहीं मालूम। हां, दो दिन के बाद वह भी मालूम हो जाएगा।

भूतनाथ–पहिली दफे जब तुम ऐसे ही मकान के अन्दर कूदे थे तो उसमें क्या देखा था और हंसने की क्या जरूरत पड़ी थी?

देवी–अच्छा, उस समय जो कुछ हुआ था, सो मैं तुमसे बयान करता हूं क्योंकि अब उसका हाल कहने में कोई हर्ज नहीं है। जब मैं कमन्द लगाकर दीवार के ऊपर चढ़ गया तो ऊपर से दीवार बहुत चौड़ी मालूम हुई और इस सबब से बिना दीवार पर गए भीतर की कोई चीज दिखाई नहीं देती थी, अस्तु मैं लाचार होकर दीवार पर चढ़ गया और अन्दर झांकने लगा। अन्दर की जमीन पांच या चार हाथ नीची थी जो कि मकान की छत मालूम होती थी, मगर इस समय मैं अन्दाज से कह सकता हूं कि वह वास्तव में छत न थी, बल्कि कपड़े का चंदवा तना हुआ या किसी शामियाने की छत थी, मगर उसमें से एक प्रकार की ऐसी भाप (वाष्प) निकल रही थी कि जिससे दिमाग में नशे की-सी हालत पैदा होती थी और खूब हंसने को जी चाहता था, मगर पैरों में कमजोरी मालूम होती थी और वह बढ़ती जाती थी...

भूतनाथ–(बात काटकर) अच्छा यह तो बताओ कि अन्दर झांकने से पहिले ही कुछ नशा-सा चढ़ आया था या नहीं?

देवी–कब? दीवार पर चढ़ने के बाद?

भूतनाथ–हां, दीवार पर चढ़ने के बाद और अन्दर झांकने के पहिले?

देवी–(कुछ सोचकर) नशा तो नहीं, मगर कुछ शिथिलता जरूर मालूम हुई थी।

भूतनाथ–खैर, अच्छा तब?

देवी–अन्दर की तरफ जो छत थी, उस पर मैंने देखा कि किशोरी हाथ में एक चाबुक लिये खड़ी है और उसके सामने की तरफ कुछ दूर हटकर कई मोटे-ताजे आदमी खड़े हैं, जो किशोरी को पकड़कर बांधना चाहते हैं, मगर वह किसी के काबू में नहीं आती। ताल ठोंक-ठोंककर लोग उसकी तरफ बढ़ते हैं, मगर वह कोड़ा मार-मारकर हटा देती है। ऐसी अवस्था में उन आदमियों की मुद्रा (जो किशोरी को पकड़ना चाहते थे) ऐसी खराब होती थी कि हंसी रोके नहीं रुकती थी, तथा उस भाप की बदौलत आया हुआ नशा हंसी को और भी बढ़ा देता था। पैरों में पीछे हटने की ताकत न थी, मगर भीतर की तरफ कूद पड़ने में किसी तरह का हर्ज भी नहीं मालूम पड़ता था क्योंकि जमीन ज्यादे नीची न थी और इसके अतिरिक्त किशोरी को बचाना भी बहुत ही जरूरी था। अस्तु, मैं अन्दर की तरफ कूद पड़ा बल्कि यों कहो कि ढुलक पड़ा और उसके बाद तनोबदन की सुध न रही। मैं नहीं जानता कि उसके बाद क्या हुआ और क्योंकर हुआ, हां, जब मैं होश में आया तो अपने को कैद में पाया।

भूतनाथ–अच्छा तो इससे तुमने क्या नतीजा निकाला?

देवी—कुछ भी नहीं, केवल इतना ही खयाल किया कि किसी दवा के नशे से दिमाग खराब हो जाता है।

भूतनाथ—केवल इतना ही नहीं है, मैंने इससे कुछ ज्यादे खयाल किया है। खैर, कोई चिन्ता नहीं कल देखा जाएगा, सौ में नब्बे दर्जे तो मैं जरूर बाहरी रास्ते ही से लौट जाऊंगा। यहां उस तिलिस्मी मकान के अन्दर लोगों ने जो कुछ देखा है, वह भी करीब-करीब वैसा ही है जैसा तुमने देखा था, तुमने किशोरी को देखा और इन लोगों ने किसी दूसरी औरत को देखा, बात एक ही है।

इसी तरह की बातें करते हुए दोनों ऐयार कुछ देर तक सुबह की हवा खाते रहे और इसके बाद मकान की तरफ लौटे। जब महाराज के पास गए तो पुनः सुनने में आया कि ऐयारों को तिलिस्मी मकान पर चढ़ने की आज्ञा हुई है।

सातवां बयान

दिन अनुमान दो घण्टे चढ़ चुका है। महाराज सुरेन्द्रसिंह, राजा बीरेन्द्रसिंह, गोपालसिंह, इन्द्रजीतसिंह और आनन्दसिंह वगैरह खिड़कियों में बैठे उस तिलिस्मी मकान की तरफ देख रहे हैं जिसके अन्दर लोग हंसते-हंसते कूद पड़ते हैं। उस मकान के नीचे बहुत-सी कुर्सियां रखी हुई हैं जिन पर हमारे ऐयार तथा और भी कई प्रतिष्ठित आदमी बैठे हुए हैं और सब लोग इस बात का इन्तजार कर रहे हैं कि इस मकान पर बारी-बारी से ऐयार लोग चढ़ें और अपनी अक्ल का नमूना दिखावें।

और ऐयारों की पोशाक तो मामूली ढंग की है, मगर भूतनाथ इस समय कुछ अजब ढंग की पोशाक पहिरे हुए है। सिवाय चेहरे के उसका कोई अंग खुला हुआ नहीं है। ढीला-ढाला मोटा पायजामा और गंवारू रूईदार चपकन के अतिरिक्त बहुत बड़ा काला मुंड़ासा बांधे हुए है, जिसका पिछला सिरा पीठ पर से होता हुआ जमीन तक लटक रहा है। हाथ दोनों बल्कि नाखून तक चपकन की आस्तीन में घुसा रखे हैं और पैर के जूतों की भी विचित्र सूरत हो रही है। भूतनाथ का मतलब चाहे कुछ भी क्यों न हो, मगर लोग इसे केवल मसखरापन ही समझ रहे हैं।

सबके पहिले पन्नालाल उस मकान की दीवार पर चढ़ गए और अन्दर की तरफ झांककर देखने लगे, मगर पांच-सात पल से ज्यादे अपने को न बचा सके और हंसते हुए अन्दर की तरफ कूद पड़े।

इसके बाद पण्डित बद्रीनाथ, रामनारायण और चुन्नीलाल ने कोशिश की, मगर ये तीनों भी लौटकर न आ सके और पन्नालाल की तरह हंसते हुए अन्दर कूद पड़े। इसके बाद और ऐयारों ने भी उद्योग किया, मगर कोई सफल मनोरथ न हुआ। यहां तक कि जीतसिंह, तेजसिंह, भैरोसिंह और तारासिंह को छोड़कर सभी ऐयार बारी-बारी

से जाकर मकान के अन्दर कूद पड़े, केवल भूतनाथ रह गया जिसने सबके आखिर में चढ़ने का इरादा कर लिया था।

भूतनाथ मस्तानी चाल से चलता हुआ सीढ़ी के पास गया और धीरे-धीरे ऊपर चढ़ने लगा। देखते-ही-देखते वह दीवार के ऊपर जा पहुंचा। उस पर खड़े होकर एक दफे चारों ओर मैदान के अन्दर की तरफ झांका। यहां जो कुछ था उसे देखने के बाद उसने अपना चेहरा उस तरफ किया, जिधर खिड़कियों में बैठे हुए महाराज और राजा बीरेन्द्रसिंह वगैरह बड़े शौक से उसकी कैफियत देख रहे थे। भूतनाथ ने हाथ उठाकर तीन दफे महाराज को सलाम किया और जोर से पुकारकर कहा, "मैं इसके अन्दर झांककर देख चुका और बड़ी देर तक दीवार पर खड़ा भी रहा, अब हुक्म हो तो नीचे उतर आऊं!"

महाराज ने नीचे उतर आने का इशारा किया और भूतनाथ मुस्कुराता हुआ मकान के नीचे उतर आया, इस बीच में और ऐयार लोग भी जो भूतनाथ के पहिले मकान के अन्दर कूद चुके थे, घूमते हुए बड़े तिलिस्मी मकान के अन्दर से आ पहुंचे और भूतनाथ की कैफियत देख-सुनकर ताज्जुब करने लगे।

भूतनाथ के उतर आने के बाद सब ऐयार मिल-जुलकर महाराज के पास गए और महाराज ने प्रसन्न होकर भूतनाथ को दो लाख रुपये इनाम देने का हुक्म दिया। सभी ऐयारों को इस बात का ताज्जुब था कि उस तिलिस्म का असर भूतनाथ पर क्यों नहीं हुआ और वह कैसे सभों को बेवकूफ बनाकर आप बुद्धिमान बन बैठा और दो लाख रुपये का इनाम भी पा गया।

जीतसिंह–भूतनाथ, यह तुमने क्या किया? कौन-सी तरकीब निकाली जिससे इस तिलिस्मी हवा का तुम पर कुछ भी असर न हुआ?

भूतनाथ–बात मामूली-सी है, जब तक मैं नहीं कहता, तभी तक आश्चर्य मालूम पड़ता है।

तेज–आखिर कुछ कहो भी तो सही।

भूतनाथ–मेरे दिल को इस बात का निश्चय हो गया था कि इस मकान के अन्दर से किसी तरह की हवा, भाप या धुआं ऊपर को तरफ जरूर उठता है जो झांककर देखनेवाले के दिमाग में सांस के रास्ते से चढ़कर उसे मदहोश या पागल बना देता है, और दीवार के ऊपरी हिस्से पर भी कुछ-कुछ बिजली का असर जरूर है जो उस पर पैर रखनेवाले के शरीर को शिथिल कर देती है या और भी किसी तरह का असर कर जाती है। मैं इस बात को खूब जानता हूं कि लकड़ी पर बिजली का असर कुछ भी नहीं होता, अर्थात् जिस तरह धातु, मिट्टी, जल, चमड़ा और शरीर में बिजली घुसकर पार निकल जाती है, उस तरह लकड़ी को छेदकर बिजली पार नहीं हो सकती, अतएव मैंने अपने पैर में लकड़ी के बुरादे का थैला चढ़ा लिया, बल्कि जूते के अन्दर भी लकड़ी की तख्ती रख दी, जिसमें दीवार से पैदा होनेवाली बिजली का मुझ पर

असर न हो, इसके बाद बेहोशी का असर न होने के लिए दवा भी खा ली, इतना करने पर भी जब तक मैं मकान के अन्दर झांकता रहा, तब तक अपनी सांस को रोके रहा। मैंने अन्दर की तरफ चलती-फिरती और नाट्य करके हंसानेवाली पुतलियों को देखा और उस पीतल की चादर पर भी ध्यान दिया जो दीवार के ऊपर जड़ी थी और जिसके साथ कई तारें भी लगी हुई थीं। यद्यपि उसका असल भेद मुझे मालूम न हुआ, मगर मैंने अपने बचाव की सूरत निकाल ली।

इतना कहकर भूतनाथ ने खंजर की नोक से अपने पायजामे में एक छेद कर दिया और उसमें से लकड़ी का बुरादा निकालकर सभों को दिखाया। भूतनाथ की बातें सुनकर महाराज बहुत प्रसन्न हुए और उन्होंने भूतनाथ तथा और ऐयारों की तरफ देखकर कहा, "वास्तव में भूतनाथ ने बहुत ठीक तरकीब सोची। उस तिलिस्म के अन्दर जो कुछ भेद है, हम बता देते हैं, इसके बाद तुम लोग उसके अन्दर जाकर देख लेना। जमानिया तिलिस्म के अन्दर से इन्द्रजीतसिंह एक कुत्ता लाए हैं जो देखने में बहुत छोटा और संगमरमर का बना हुआ मालूम होता है और बहुत-सी पीतल की बारीक तारें उस पर लिपटी हुई हैं। असल में वह कुत्ता कई तरह के मसालों और दवाइयों से बना हुआ है। वह कुत्ता जब पानी में छोड़ दिया जाता है तो उसमें से मस्त और मदहोश कर देनेवाली भाप निकलती है और उसके साथ जो तारें लिपटी हुई हैं उनमें बिजली पैदा हो जाती है। दीवार के ऊपर जो पीतल की चादर बिछाई गई है, उसी के साथ वे तारें लगा दी गई हैं और उससे कुछ नीचे हटकर एक अच्छे तनाव का शामियाना तान दिया गया है जिसमें कूदनेवाले को चोट न लगे। इसके अतिरिक्त(भूतनाथ से) जिन्हें तुम पुतलियां कहते हो वे वास्तव में पुतलियां नहीं हैं बल्कि जीते-जागते आदमी हैं, जो भेष बदलकर काम करते हैं और एक खास किस्म की पोशाक पहिरने और दवा सूंघने के सबब, उन सब पर उस बिजली और बेहोशी का असर नहीं होता। इस खेल के दिखाने की तरकीब भी एक ताम्रपत्र पर लिखी हुई है जो उसी कुत्ते के साथ पाया गया था। इन्द्रजीत का बयान है कि जमानिया तिलिस्म में इस तरह के और भी कुत्ते मौजूद हैं।

महाराज की बातें सुनकर सभों को बड़ा ताज्जुब हुआ, इसी तरह हमारे पाठक महाशय भी ताज्जुब करते और सोचते होंगे कि यह तमाशा सम्भव है या असम्भव, मगर उन्हें समझ रखना चाहिए कि दुनिया में कोई बात असम्भव नहीं है। जो अब असम्भव है, वह पहिले जमाने में सम्भव थी और जो पहिले जमाने में असम्भव थी वह आज सम्भव हो रही है। 'दीवार कहकहा' वाली बात आप लोगों ने जरूर सुनी होगी। उसके विषय में भी यही कहा जाता है कि उस दीवार पर चढ़कर दूसरी तरफ झांकनेवाला हंसता-हंसता दूसरी तरफ कूद पड़ता है और फिर उस आदमी का पता नहीं लगता कि क्या हुआ और कहां गया। इस मशहूर और ऐतिहासिक बात को कई आदमी झूठ समझते हैं, मगर वास्तव में ऐसा नहीं है। इसके विषय में हम नीचे एक

लेख की नकल करते हैं, जो तारीख 14 मार्च सन् 1905 ई. के अवध अखबार में छपा था–

''अगले जमाने में फिलासफर (वैज्ञानिक लोग) अपनी बुद्धि से जो चीजें बना गए हैं, अब तक यादगार हैं। उनकी छोटी-सी तारीफ यह है कि इस समय के लोग उनके कामों को समझ भी नहीं सकते। उनके ऊंचे हौसले और ऊंचे खयाल की निशानी चीन के हाते की दीवार है और हिन्दुस्तान में भी ऐसी बहुत-सी चीजें हैं जिनका किस्सा आगे चलकर मैं लिखूंगा। इस समय 'दीवार कहकहा' पर लिखना चाहता हूं।

''मैंने सन् 1899 ई. में 'अखबार आलम' मेरठ में कुछ लिखा था जिसकी मालिक अखबार ने बड़ी प्रशंसा की थी, अब उसके और विशेष सबब खयाल में आए हैं, जो बयान करना चाहता हूं।

''मुसलमानों के प्रथम राज्य में उस समय के हाकिम ने इस दीवार की अवस्था जानने के लिए एक कमीशन भेजा था, जिसके सफर का हाल दुनिया के अखबारों से प्रकट हुआ है।

''संक्षेप में यह कि कई आदमी मरे, परन्तु ठीक तौर पर नहीं मालूम हो सका कि उस दीवार के उस तरफ क्या हाल-चाल है।

''उसकी तारीफ इस तरह पर है कि उस दीवार की ऊंचाई पर कोई आदमी जा नहीं सकता और जो जाता है, हंसते-हंसते दूसरी तरफ गिर जाता है. यदि गिरने से किसी तरह रोक लिया जाए तो जोर से हंसते-हंसते मर जाता है।

''यह एक तिलिस्म कहा जाता है या कोई और बात है, पर यदि सोचा जाए तो यह कहा जाएगा कि अवश्य किसी बुद्धिमान आदमी ने हकीमी कायदे से इस विचित्र दीवार को बनाया है।

''यह दीवार अवश्य कीमियाई विद्या से मदद लेकर बनाई गई होगी।''

यह बात जो प्रसिद्ध है कि दीवार के उस तरफ जिन्न और परी रहते हैं, जिनको देखकर मनुष्य पागल हो जाता है और उसी तरफ को दिल दे देता है. यह बात ठीक हो सकती है, परन्तु हंसता क्यों है यह सोचने की बात है।

काश्मीर में केशर के खेत की भी यही तारीफ है। तो क्या उसकी सुगन्ध वहां जाकर एकत्र होती है, या वहां भी केशर के खेत हैं, जिससे हंसी आती है? परन्तु ऐसा नहीं है क्योंकि ऐसा होता तो यह भी मशहूर होता कि केशर की महक आती है। नहीं-नहीं, कुछ और ही हिकमत है, जैसा कि हिन्दुस्तान में किसी शहर की मसजिद की मीनारों में यह तारीफ थी कि ऊपर खड़े होकर पानी का भरा गिलास हाथ में लो तो वह आप ही आप छलकने लगता था। इसकी जांच के लिए एक इंजीनियर साहब ने उसे गिरवा दिया और फिर उसी जगह पर बनवाया परन्तु वह बात न रही। या आगरा में ताजबीबी के रौजे के फव्वारों के नल जो मिट्टी के खरनैचे की तरह थे, जैसे खपरैल या बागीचे के नल होते हैं। संयोग से फव्वारों का एक नल

टूट गया, उसकी मरम्मत की गई, दूसरी जगह से फट गया, यहां तक कि तीस-चालीस वर्ष से बड़े-बड़े कारीगरों ने अपनी-अपनी कारीगरी दिखाई, परन्तु सब व्यर्थ हुआ। अब तक तलाश है कि कोई उसे बनाकर अपना नाम करे, मतलब यह कि 'दीवार कहकहा' भी ऐसी ही कारीगरी से बनी है जिसकी कीमियाई बनावट मेरी समझ में यों आती है कि सतह, जहां जमीन से आसमान तक कई हिस्सों में अलग की गई है, लम्बाई का भाग कई हवाओं से मिला है जैसे आक्सीजन, नाइट्रोजन, हाइड्रोजन, कार्बोलिक एसिड ग्यास, क्लोराइड इत्यादि। फिर इन हवाओं में से और भी कई चीजें बनती हैं जैसा कि नाइट्रोजन का एक मोरक्कब पुट ओक्साइड आफ नाइट्रोजन है (जिसको लाफिंग ग्यास भी कहते हैं।) बस दुनिया की उस सतह पर जहां लाफिंग ग्यास, जिसको हिन्दी में हंसानेवाली हवा कहते हैं, पाई गई है, उस जगह पर यह दीवार सतह जमीन से ऊंचाई तक बनाई गई है। इस जगह पर बड़ी दलील यह होगी कि फिर वह बनानेवाले आदमी कैसे उस जगह अपने होश में रहेंगे, वह क्यों न हंसते-हंसते मर गए? और यही हल करना पहिले मुझसे रह गया था, जिसे अब उस नजीर से जो अमेरिका में कायम हुई है, हल करता हूं, याने जिस तरह एक मकान कल के सहारे एक जगह से उठाकर दूसरी जगह रख दिया जाता है, उसी तरह यह दीवार भी किसी नीची जगह में इतनी ऊंची बनाकर कल से उठाकर, उस जगह रख दी गई है, जहां अब है। लाफिंग ग्यास में यह असर है कि मनुष्य उसके सूंघने से हंसते-हंसते दम घुटकर मर जाता है।

अब यह बात रही कि आदमी उस तरफ क्यों गिर पड़ता है? इस खिंचाव को भी हम समझे हुए हैं, परन्तु उसकी केमिस्ट्री (कीमियाई) अभी हम न बतावेंगे, इसको फिर किसी समय पर कहेंगे।

''दृष्टान्त के लिए यह नजीर लिख सकते हैं कि ग्वालियर की जमीन की यह तासीर है कि जो मनुष्य वहां जाता है, वहीं का हो जाता है, जैसे यह कहावत है कि एक कांवरवाला, जिसके कांवर में उसके माता-पिता थे वहां पहुंचा और कांवर उतारकर बोला कि तुम्हारा जहां जी चाहे जाओ, मुझे तुमसे कुछ वास्ता नहीं। उस तपस्वी के माता-पिता बुद्धिमान थे, उन्होंने अपने प्यारे लड़के की आरजू-मिन्नत करके कहा कि हमको चम्बल दरिया के पार उतार दो फिर हम चले जाएंगे। लाचार होकर बड़ी हुज्जत से लड़का उनको दरिया के पार ले गया, ज्योंही उस पार हुआ, त्योंही चाहा कि अपनी नादानी से लज्जित होकर माता-पिता के चरणों पर गिरकर माफी चाहे, परन्तु उसकी माता ने कहा कि 'ऐ बेटा, तेरा कुछ कसूर नहीं, यह तासीर उस जमीन की थी।'

'दीवार कहकहा' के उस तरफ भी ऐसा ही खिंचाव है, जिसको हम ग्वालियर की हिस्टरी तैयार हो जाने पर यदि जीते रहे तो किसी समय परमेश्वर की कृपा से आप लोगों पर जाहिर करेंगे, अभी तो हमको यह विश्वास है कि इतिहास ग्वालियर

के बनानेवाले ग्रेटर साहब ही इस खिंचाव के बारे में कुछ बयान करेंगे। इतिहास लेखक महाशय को चाहिए कि ग्वालियर की तारीफ में इस किस्से की हकीकत जरूर बयान करें कि कांवरवाले ने कांवर क्यों रख दी थी और इसकी तवारीख लिखें या इस किस्से को झूठ साबित करें, क्योंकि जो बात मशहूर होनी है, ग्रंथकर्ता को उसके झूठ-सच के बारे में जरूर कुछ लिखना चाहिए। तो भी इतिहास ग्वालियर तैयार हो जाने पर उस खिंचाव के बारे में जो दीवार के उस तरफ है पूरा-पूरा हाल लिखेंगे।

ग्वालियर की जमीन में तरह-तरह की खासियत है, जिसको हम उस हिस्टरी की समालोचना में (यदि वह बातें, हिस्टरी से बच रहीं) जाहिर करेंगे। दीवार कहकहा के संबंध में जहां तक अपना खयाल था, आप लोगों पर प्रकट किया, याने दुनिया के उस हिस्से की सतह पर दीवार नहीं बनाई गई है, जहां आक्साइड आफ नाइट्रोजन है, बल्कि पहिले दूसरी जगह बनाकर फिर कल के जरिये से वहां उठाकर रख दी गई है। यदि यह कहा जाए कि ग्यास सिर्फ उसी जगह थी और जगह क्यों नहीं है तो उसका सहज जवाब यह है कि जमीन से आसमान तक तलाश करो किसी-न-किसी ऊंचाई पर तुमको मिल ही जाएगी। दूसरे यह कि कोई हवा सिर्फ खास जगह पर मिलती है, मसलन बन्द जगह की हलाक करनेवाली बन्द हवा, जैसा कि अकसर कुएं में आदमी उतरते हैं और घबड़ाकर मर जाते हैं। यदि यह कहा जाए कि वहां हवा नहीं है तो यह नहीं हो सकता।

पिछले जमाने के आदमी अपनी कारीगरी का अच्छा-अच्छा नमूना छोड़ गए हैं–जैसे मिट्टी की मीनार, या नौशेरेवानी बाग या जवाहिरात के पेड़ों पर चिड़ियों का गाना या आगरे का ताज, जिसकी तारीफ में तारीख नुराव के बुद्धिमान लेखक ने किसी लेखक का यह फिकरा लिखा है, जिसका संक्षेप यह है कि 'इसमें कुछ बुराई नहीं, यदि है, तो यही है कि कोई बुराई नहीं'। देखिए आगरा में बहुत-सी बादशाही समय की टूटी-फूटी इमारतें हैं जिनमें पानी दौड़ाने के नल (पाइप) वैसे ही मिट्टी के हैं, जैसे कि आजकल मिट्टी के गोल परनाले होते हैं, उन्ही नलों से दूर-दूर से पानी आता और नीचे से ऊपर कई मरातिम तक जाता था। इसी तरह से ताजगंज के फव्वारों के नल भी थे तथा और भी इसी तरह के हैं, जिन्में से एक के टूटने पर लोहे के नल लगाये गए, जब उनसे काम न चला तो बड़े-बड़े भारी पत्थरों में छेद करके लगाये गए, परंतु बेफायदा हुआ।

उन फव्वारों की यह तारीफ है कि जो जितना ऊंचा जा रहा है उतने ही ऊंचाई पर यहां से वहां तक बराबर धारें गिरती हैं। अब जो कहीं बनते हैं तो धार बराबर करने को ऊंची-नीची सतह पर फव्वारे लगाने पड़ते हैं।

इसी तरह का तिलिस्म के विषय का एक लेख ता. 30 मार्च सन् 1905 के अवध अखबार में छपा था, उसका अनुवाद भी हम नीचे लिखते हैं–

"गुजरे हुए जमाने के काबिले कदर यादगारो! तुमको याद कर-करके हम कहां तक रोएं और कहां तक विलाप करें? जमाने के बेकदर हाथों की बदौलत तुम अब मिट गए और मिटते चले जाते हो, जमीन तुमको खा गई और उनको भी खा गई, जो तुम्हारे जाननेवाले थे, यहां तक कि तुम्हारा निशान तो निशान तुम्हारा नाम तक भी मिट गया!

"खलीफा बिन उम्मीयां के जमाने में जिन दिनों अब्दुल मलिक बिनमर्दा की तरफ से उसका भाई अब्दुल अजीज बिनमर्दा मिस्र देश का गवर्नर था, एक दिन उसके सामने दफीना (जमीन के नीचे छिपा हुआ खजाना) का हाल बतलानेवाला कोई शख्स हाजिर हुआ। अब्दुल अजीज ने बात-बात ही में उससे कहा, 'किसी दफीना का हाल तो बतलाइए!' जिसके जवाब में उसने एक टीले का नाम लेकर कहा कि उसमें खजाना है और इसकी परख इस तौर से हो सकती है कि वहां की थोड़ी जमीन खोदने पर संगमरमर और स्याह पत्थर का फर्श मिलेगा, जिसके नीचे फिर खोदने से एक खाली दरवाजा दिखाई देगा, उस दरवाजे के उखड़ने के बाद सोने का एक खंभा नजर आवेगा, जिसके ऊपरी हिस्से पर एक मुर्ग बैठा होगा, उसकी आंखों में जो सुर्ख मानिक जड़े हैं, वह इस कदर कीमती हैं कि सारी दुनिया उनके बदले और दाम में काफी हो तो हो। उसके दोनों बाजू मानिक और पन्ने से सजे हुए हैं और सोनेवाले खंभे से सोने के पत्तरों का कुछ हिस्सा निकलकर उस मुर्ग के सिर पर छाया किये हुए है।

"यह ताज्जुब की बात सुनकर उस गवर्नर को कुछ ऐसा शौक बढ़ा कि आमतौर पर हुक्म दे दिया कि वह जगह खोदी जाए और जो लोग उसको खोदेंगे और उसमें काम करेंगे उनको हजारों रुपये दिए जाएंगे। वह जगह एक टीले पर थी, इस वजह से बहुत घेरा देकर खुदाई का काम शुरू हुआ। पता देनेवाले ने जो संगमरमर और स्याह पत्थर के फर्श वगैरह बताये थे, वे मिलते जाते थे और बतानेवाले के फन की तसदीक होती जाती थी और इसी वजह से अब्दुल अजीज का शौक बढ़ता जाता था तथा खुदाई का काम मुस्तैदी के साथ होता जाता था कि यकायक मुर्ग का सिर जाहिर हुआ। सिर के जाहिर होते ही एकबारगी आंखों को चकाचौंक करनेवाली तेज रोशनी उस खोदी हुई जगह से निकलकर फैल गई, मालूम हुआ कि बिजली तड़प गई।

"यह गैरमामूली रोशनी मुर्ग की आंखों से निकल रही थी। दोनों आंखों में बड़े-बड़े मानिक जड़े हुए थे, जिनकी यह बिजली थी। और ज्यादे खोदे जाने पर उसके दोनों जड़ाऊ बाजू भी नजर आए और फिर उसके पांव भी दिखाई दिए।

"उस मुर्गवाले सोने के खंभे के अलावा एक और खंभा भी नजर आया जो एक इमारत की तरह पर था। यह इमारती खंभा रंग-बिरंगे पत्थरों का बना हुआ

था, जिसमें कई कमरे थे और उनकी छतें बिलकुल छज्जेदार थीं। उसके दरवाजों पर बड़े और खूबसूरत आलों (ताकों) की एक कतार थी जिनमें तरह-तरह की रखी हुई मूरतें और बनी हुई सूरतें खूबी के साथ अपनी शोभा दिखा रही थीं, सोने और जवाहिरात के जगह-जगह पर ढेर थे जो छिपे हुए थे, ऊपर से चांदी के पत्तर लगे थे और पत्तरों पर सोने की कीलें जड़ी थीं। अब्दुल अजीज बिनमर्द यह खबर पाते ही बड़े चाह से उस मौके पर पहुंचा, और जो आश्चर्यजनक तिलिस्म वहां जाहिर था, उसको बहुत दिलचस्पी के साथ देर तक देखता रहा और तमाम खलखत की भीड़-भाड़ थी, तमाशबीन अपने बढ़े हुए शौक से एक-दूसरे पर गिरे पड़ते थे। एक जगह ढले हुए तांबे की सीढ़ी ऊपर तक लगी हुई थी, उसको देखकर एक शख्स ऊपर जल्दी-जल्दी चढ़ने लगा, हर एक तमाशबीन ताज्जुब के साथ वहां की हर चीज को देख रहा था।

''उस जीने की चौथी सीढ़ी पर जब चढ़नेवाले ने कदम रखा तो जीने की दाहिनी और बाईं तरफ से दो नंगी तलवारें, अपना काट और तड़प दिखाती हुई निकलीं। यद्यपि इस चढ़नेवाले ने बचने के लिए हर तरह की कोशिश की मगर दोनों निकलने वाली तलवारें प्राणघातक शत्रु थीं, जिन्होंने देखते-ही-देखते इस चढ़नेवाले आदमी का काम तमाम कर दिया और फिर यह देखा गया कि इस शख्स के टुकड़े नीचे कट-कटकर गिरे। उनके गिरते ही वह खंभा झोंके ले-लेकर आप-से-आप हिलने लगा और उस पर से वह बैठा हुआ मुर्ग कुछ अजब शान से उड़ा कि देखनेवाले अचंभे में होकर देखते रह गए।

''जिस वक्त उसने उड़ने के लिए अपने बाजू (डैने) फटफटाये तो अद्भुत सुरीली और दिल लुभानेवाली आवाजें उससे निकलीं—लोग सुनकर दंग रह गए और यह आवाजें हवा में गूंजकर दूर-दूर तक फैल गईं।

''उस मुर्ग के उड़ते ही एक किस्म की गर्म हवा चली जिसकी वजह से जिस कदर तमाशबीन आस-पास में खड़े थे सब-के-सब उसी तिलिस्मी गार (खोह) में गिर पड़े। उस गड्ढे के अंदर उस वक्त खोदनेवाले बेलदार, मिट्टी को बाहर फेंकनेवाले मजदूर और मेठ वगैरह जिनकी तादाद 1000 कही जाती है, मौजूद थे, जो सब-के-सब बेचारे फौरन मर गए। अब्दुल अजीज ने यह हाल देखकर एक चीख मारी और कहा, 'यह भी अजीब दुखदायी बात हुई! इससे क्या उम्मीद रखनी चाहिए।'

''इसके बाद और मजदूर उसमें लगा दिए गए। जिस कदर मिट्टी वगैरह निकली थी, वह सब-की-सब अंदर डाल दी गई, वह मर जानेवाले तमाशबीन सब भी उसी के अंदर दफना दिए गए और आखीर में उस तिलिस्म की जगह अच्छा-खासा एक 'कब्रिस्तान' बन गया। गए थे दफीना निकालने के लिए और इतनी जानें दफन कर आए, खर्च घाटे में रहा।''

आठवां बयान

तीसरे दिन पुनः दरबार हुआ और कैदी लोग लाकर हाजिर किए गए। महाराज सुरेन्द्रसिंह का लिखाया हुआ फैसला सभों के सामने तेजसिंह ने पढ़कर सुनाया। सुनते ही कमबख्त दारोगा, जैपाल, हरनामसिंह वगैरह रोने-कलपने-चिल्लाने और महाराज से कहने लगे कि इसी जगह हम लोगों का सिर काट लिया जाए या जो चाहें महाराज सजा दें, मगर हम लोगों को गोपालसिंह के हवाले न करें।

कैदियों ने बहुत सिर पीटा, मगर उनकी कुछ न सुनी गई, जो कुछ महाराज ने फैसला किया था उसी मुताबिक कार्रवाई की गई और इस फैसले को सभों ने पसंद किया।

इन सब कामों से छुट्टी पाने के बाद एक बहुत बड़ा जलसा किया गया और कई दिनों तक खुशी मनाने के बाद सब कोई बिदा कर दिए गए। राजा गोपालसिंह कैदियों को साथ लेकर जमानिया चले गए, लक्ष्मीदेवी उनके साथ गई और तेजसिंह तथा और भी बहुत आदमी महाराज की तरफ से उनको साथ पहुंचाने के लिए गए। जब वे लौट आए तब औरतों को साथ लेकर राजा बीरेन्द्रसिंह, इंद्रजीतसिंह और आनंदसिंह वगैरह पुनः तिलिस्म में गए और उन्हें तिलिस्म की खूब सैर कराई। कुछ दिन बाद रोहतासगढ़ के तहखाने की भी उन लोगों को सैर कराई और फिर सब कोई हंसी-खुशी से दिन बिताने लगे।

प्रेमी पाठक महाशय, अब इस उपन्यास में मुझे सिवाय इसके और कुछ कहना नहीं है कि भूतनाथ ने प्रतिज्ञानुसार अपनी जीवनी लिखकर दरबार में पेश की और महाराज ने पढ़-सुनकर उसे खजाने में रख दिया। इस उपन्यास का भूतनाथ की खास जीवनी से कोई संबंध न था इसलिए इसमें वह जीवनी नत्थी न की गई। हां, खास-खास भेद जो भूतनाथ से संबंध रखते थे, खोल दिए गए, तथापि भूतनाथ की जीवनी, जिसे चन्द्रकान्ता सन्तति का उपसंहार भाग भी कह सकेंगे, स्वतंत्र रूप से लिखकर अपने प्रेमी पाठकों की नजर करूंगा, मगर इसके बदले में अपने प्रेमी पाठकों से इतना जरूर कहूंगा कि इस उपन्यास में जो कुछ भूल-चूक रह गई हो और जो भेद खुलने से रह गए हों वह मुझे अवश्य बतावें जिसमें 'भूतनाथ की जीवनी' लिखते समय उन पर ध्यान रहे, क्योंकि इतने बड़े उपन्यास में मेरे ऐसे अनजान आदमी से किसी तरह की त्रुटि का रह जाना कोई आश्चर्य नहीं है।

प्रिय पाठक महाशय, अब चन्द्रकान्ता सन्तति की लेख-प्रणाली के विषय में भी कुछ कहने की इच्छा होती है।

जिस समय मैंने चन्द्रकान्ता लिखनी आरंभ की थी, उस समय कविवर प्रताप नारायण मिश्र और पण्डितवर अम्बिकादत्त व्यास जैसे धुरंधर, किंतु अनुद्धत सुकवि और सुलेखक विद्यमान थे, तथा राजा शिवप्रसाद, राजा लक्ष्मणसिंह जैसे सुप्रतिष्ठित

पुरुष हिंदी की सेवा करने में अपना गौरव समझते थे, परंतु अब न वैसे मार्मिक कवि हैं और न वैसे सुलेखक। उस समय हिंदी के लेखक थे, परंतु ग्राहक न थे, इस समय ग्राहक हैं, पर वैसे लेखक नहीं हैं। मेरे इस कथन का यह मतलब नहीं है कि वर्तमान समय के साहित्य-सेवी प्रतिष्ठा के योग्य नहीं हैं बल्कि यह मतलब है कि जो स्वर्गीय सज्जन अपनी लेखनी से हिंदी के आदि युग में हमें ज्ञान दे गए हैं, वे हमारी अपेक्षा बहुत बढ़-चढ़कर थे। उनकी लेख-प्रणाली में चाहे भेद रहा हो परंतु उन सबका लक्ष्य यही था कि इस भारतभूमि में किसी तरह मातृ-भाषा का एकाधिपत्य हो लेकिन यह कोई नियम की बात नहीं है कि वैसे लोगों ने कुछ भूल हो ही नहीं उनसे भूल हुई तो यही कि प्रचलित शब्दों पर उन्होंने अधिक ध्यान नहीं दिया। राजा शिवप्रसाद जी के राजनीति के विचार चाहे कैसे ही रहे हों पर सामाजिक विचार उनके बहुत ही प्रांजल थे और वे समयानुकूल काम करना खूब जानते थे, विशेषतः जिस ढंग की हिंदी वे लिख गए हैं उसी से वर्तमान में हिंदी का रास्ता कुछ साफ हुआ है। चाहे कोई हिंदू हो, चाहे जैन या बौद्ध हो और आर्य समाजी या धर्म समाजी ही क्यों न हो, परंतु जिन सज्जनों के माननीय अवतारों और पूर्वजनों ने इस पुण्य-भूमि का अपने आविर्भाव से गौरव बढ़ाया है उनमें ऐसा अभागा कौन होगा जो पुण्यता और मधुरतायुक्त संस्कृत भाषा के शब्दों का प्रचुर प्रचार न चाहेगा? मेरे विचार में किसी विवेकी भारत संतान के विषय में केवल यह देखकर कि वह विदेशी भाषा के शब्दों का प्रचार कर रहा है यह गढ़ंत कर लेना कि वह देववाणी के पवित्र शब्दों का विरोधी है, भ्रम ही नहीं किंतु अन्याय भी है। देखना यह चाहिए कि ऐसा करने से उसका मतलब क्या है। भारतवर्ष में आठ सौ वर्ष तक विदेशी यवनों का राज्य रहा है इसलिए फारसी-अरबी के शब्द हिंदू समाज में 'नपठेत् यावनी भाषा' की दीवार लांघकर उसी प्रकार आ घुसे, जिस प्रकार हिमालय के उन्नत मस्तक को लांघकर वे स्वयं आ गए, यहां तक कि महात्मा तुलसीदास जैसे भगवद्भक्त कवियों को भी 'गरीबनिवाज' आदि शब्दों का बर्ताव दिल खोलके करना पड़ा।

आठ सौ वर्ष के कुसंस्कार को जो गिनती के दिनों में दूर करना चाहते हैं, उनके उत्साह और साहस की प्रशंसा करने पर भी हम यह कहने के लिए मजबूर हैं कि वे अपने बहुमूल्य समय का सदुपयोग नहीं करते, बल्कि जो कुछ वे कर सकते थे, उससे भी दूर हटते हैं। यदि ईश्वरचंद्र विद्यासागर सीधे-सादे शब्दों से बंगला में काम न कर लेते तो उत्तरकाल के लेखकों को संस्कृत शब्द के बाहुल्य प्रचार का अवसर न मिलता और यदि 'राजा शिवप्रसादी हिंदी' प्रकट न होती तो सरकारी पाठशालाओं में हिंदी के चंद्रमा की चांदनी मुश्किल से पहुंचती। मेरे बहुत से मित्र हिंदुओं की अकृतज्ञता का यों वर्णन करते हैं कि उन्होंने हरिश्चंद्र जी जैसे देशहितैषी पुरुष की उत्तम-उत्तम पुस्तकें नहीं खरीदीं, पर मैं कहता हूं कि यदि बाबू हरिश्चंद्र अपनी भाषा को थोड़ा सरल करते तो हमारे भाइयों को अपने समाज पर कलंक लगाने की

आवश्यकता न पड़ती और स्वाभाविक शब्दों के मेल से हिंदी की पैसिंजर भी मेल बन जाती। प्रवाह के विरुद्ध चलकर यदि कोई कृतकार्य हो तो निःसंदेह उसकी बहादुरी है, परंतु बड़े-बड़े दार्शनिक पण्डितों ने इसको असंभव ठहराया है। सारसुधानिधि और कविवचनसुधा की भाषा यद्यपि भावुकजनों के लिए आदर की वस्तु थी, परंतु समय के उपयोगी न थी। हमारे 'सुदर्शन' की लेख-प्रणाली को हिंदी के धुरंधर लेखकों और विद्वानों ने प्रशंसा के योग्य ठहराया है परंतु साधारणजन उससे कितना लाभ उठा सकते हैं यह सोचने की बात है। यदि महाकवि भवभूति के समान किसी भविष्य पुरुष की आशा ही पर ग्रंथकारों और लेखकों को यत्न करना चाहिए, तब तो मैं सुदर्शन संपादक पण्डित माधवप्रसाद मिश्र को भी भविष्य की आशा पर बधाई देता हूं, पर यदि ग्रंथकारों को भविष्य की अपेक्षा वर्तमान से अधिक संबंध है तो निःसंदेह इस विषय में मुझे आपत्ति है।

किसी दार्शनिक ग्रंथ या पत्र की भाषा के लिए यदि किसी बड़े कोश को टटोलना पड़े तो कुछ परवाह नहीं, परंतु साधारण विषयों की भाषा के लिए भी कोश की खोज करनी पड़े तो निःसंदेह दोष की बात है। मेरी हिंदी किस श्रेणी की हिंदी है, इसका निर्धारण मैं नहीं करता, परंतु मैं यह जानता हूं कि इसके पढ़ने के लिए कोश की तलाश करनी नहीं पड़ती। चन्द्रकान्ता के आरंभ के समय मुझे यह विश्वास न था कि उसका इतना अधिक प्रचार होगा, यह मनोविनोद के लिए लिखी गई थी, पर पीछे लोगों का अनुराग देखकर मेरा भी अनुराग हो गया और मैंने अपने उन विचारों को जिनको मैं अभी तक प्रकाश नहीं कर सका था, फैलाने के लिए इस पुस्तक को द्वार बनाया और सरल भाषा में उन्हीं मामूली बातों को लिखा जिससे मैं उस होनहार मंडली का प्रिय पात्र बन जाऊं, जिसके हाथ में भारत का भविष्य सौंपकर हमें इस असार संसार से बिदा होना है। मुझे इस बात से बड़ा हर्ष है कि मैं इस विषय में सफल हुआ और मुझे ग्राहकों की अच्छी श्रेणी मिल गई। यह बात बहुत-से सज्जनों पर प्रकट है कि 'चन्द्रकान्ता' पढ़ने के लिए बहुत से पुरुष नागरी की वर्णमाला सीखते हैं और जिनको कभी हिंदी सीखना न था, उन लोगों ने इसके लिए सीखी।

हिंदी के हितैषियों में दो प्रकार के सज्जन हैं। एक तो वे जिनका विचार यह है कि चाहे अक्षर फारसी क्यों न हों, पर भाषा विशुद्ध संस्कृत-मिश्रित होनी चाहिए और दूसरे वे जो यह चाहते हैं कि चाहे भाषा में फारसी के शब्द मिले भी हों पर अक्षर नागरी होने चाहिए। पहिले में मैं पंजाब के आर्य समाजियों और धर्मसभावालों को मान लेता हूं, जिनके लेखों में वर्णमाला के सिवाय फारसी-अरबी को कुछ भी सहारा नहीं, सब-कुछ संस्कृत का है, और दूसरे पक्ष में मैं अपने को ठहरा लेता हूं जो इसके विपरीत है। मैं इस बात को भी स्वीकार करता हूं कि जिस प्रकार फारसी वर्णमाला उर्दू का शरीर और अरबी-फारसी के उपयुक्त शब्द उसके जीवन हैं, ठीक उसी प्रकार नागरी वर्णमाला हिंदी का शरीर और संस्कृत के उपयुक्त शब्द उसके प्राण

कहे जा सकते हैं। यदि यह देश यवनों के अधिकार में न हुआ होता और यदि कायस्थादि हिंदू जातियों में उर्दू भाषा का प्रेम अस्थिमज्जागत न हो गया होता तो हिंदी का शरीर और जीवन पृथक दिखलाई देता। उसी प्रकार हमारे ग्रंथों की सजीव उत्पत्ति होती, जिस प्रकार द्विज बालकों की होती है। शरीर में यदि आत्मा न हो तो तब वह बेकार है और यदि आत्मा को उपयुक्त शरीर न मिलकर पशु-पक्षी आदि शरीर मिल जाए तो भी वह निष्फल ही है, इसलिए शरीर बनाकर फिर उसमें आत्मदेव की स्थापना करना ही न्याययुक्त और लाभप्रद है। 'चन्द्रकान्ता' और 'सन्तति' में यद्यपि इस बात का पता नहीं लगेगा कि कब और कहां भाषा का परिवर्तन हो गया, परंतु उसके आरंभ और अंत में आप ठीक वैसा ही पायेंगे जैसा बालक और वृद्ध में। एकदम से बहुत से शब्दों का प्रचार करते तो कभी संभव न था कि उतने संस्कृत शब्द हम उन कुपढ़ ग्रामीण लोगों को याद करा देते जिनके निकट काला अक्षर भैंस के बराबर था। मेरे इस कर्त्तव्य का आश्चर्यमय फल देखकर वे लोग भी बोधगम्य उर्दू के शब्दों को अपनी विशुद्ध हिंदी में लाने लगे हैं जो आरंभ में इसीलिए मुझ पर कटाक्षपात करते थे। इस प्रकार प्राकृतिक प्रवाह के साथ-साथ साहित्यसेवियों की सरस्वती का प्रवाह बदलता देखकर समय के बदलने का अनुमान करना कुछ अनुचित नहीं है। जो हो, भाषा के विषय में हमारा वक्तव्य यही है कि वह सरल हो और नागरी वाणी में हो, क्योंकि जिस भाषा के अक्षर होते हैं उनका खिंचाव उन्हीं मूल भाषाओं की ओर होता है जिससे उनकी उत्पत्ति हुई है।

भाषा के सिवाय दूसरी बात मुझे भाव के विषय में कहनी है। मेरे कई मित्र अपेक्षा करते हैं कि मुझे देश-हितपूर्ण और धर्मभावमय कोई ग्रंथ लिखना उचित था, जिससे मेरी प्रसरणशील पुस्तकों के कारण समाज का बहुत कुछ उपकार व सुधार हो जाता। बात बहुत ठीक है, परंतु एक अप्रसिद्ध ग्रंथकार की पुस्तक को कौन पढ़ता? यदि मैं चन्द्रकान्ता और सन्तति को न लिखकर अपने मित्रों से भी दो-चार बातें हिंदी के विषय में कहना चाहता तो कदाचित् वे भी सुनना पसंद नहीं करते। गंभीर विषय के लिए, जैसे एक विशेष भाषा का प्रयोजन होता है, वैसे ही विशेष पुरुष का भी। भारतवर्ष में विशेष्ता की अधिकता न देखकर मैंने साधारण भाषा में साधारण बातें लिखना ही आवश्यक समझा। संसार में ऐसे भी लोग हुए होंगे जिन्होंने सरल और भावमय एक ही पुस्तक लिखकर लोगों का चित्त अपनी ओर खींच लिया हो पर वैसा कठिन काम मेरे जैसे के करने के योग्य न था। तथापि पात्रों का चाल-चलन दिखाने में जहां तक हो सका, ध्यान रखा गया है, सब पात्र यथासमय संध्या-तर्पण करते हैं और अवसर पड़ने पर पूजा प्रकार भी बीरेन्द्रसिंह आदि के वर्णन में जगह-जगह दिखाई देता है।

कुछ दिनों की बात है कि मेरे कई मित्रों ने संवाद-पत्रों में इस विषय का आंदोलन उठाया था कि इनके कथानक संभव हैं या असंभव। मैं नहीं समझता कि

यह बात क्यों उठाई और बढ़ाई गई? जिस प्रकार पंचतंत्र, हितोपदेश आदि ग्रंथ बालकों की शिक्षा के लिए लिखे गए, उसी प्रकार यह लोगों के मनोविनोद के लिए, पर यह संभव है या असंभव इस विषय में कोई यह समझे कि 'चन्द्रकान्ता' और 'बीरेन्द्रसिंह' इत्यादि पात्र और उनके विचित्र स्थानादि सब ऐतिहासिक हैं, तो बड़ी भारी भूल है। कल्पना का मैदान बहुत विस्तृत है और उसका यह एक छोटा-सा नमूना है। अब रही संभव की बात अर्थात् कौन-सी बात हो सकती है और कौन-सी नहीं हो सकती! इसका विचार प्रत्येक मनुष्य की योग्यता और देश-काल-पात्र से संबंध रखता है। कभी ऐसा समय था कि यहां के आकाश में विमान उड़ते थे, एक-एक वीर पुरुष के तीरों में यह सामर्थ्य थी कि क्षणमात्र में सहस्रों मनुष्यों का संहार हो जाता था, पर अब वह बातें खाली पौराणिक कथा समझी जाती हैं। पर दो सौ वर्ष पहिले जो बातें असंभव थीं आजकल विज्ञान के सहारे वे सब संभव हो रही हैं। रेल, तार, बिजली आदि के कार्यों को पहिले कौन मान सकता था। और फिर यह भी है कि साधारण लोगों की दृष्टि में जो असंभव है, कवियों की दृष्टि में भी वह असंभव ही रहे, यह कोई नियम की बात नहीं। संस्कृत-साहित्य के सर्वोत्तम उपन्यास 'कादम्बरी' की नायिका युवती की युवती ही रही पर उसके नायक के तीन जन्म हो गए, तथापि कोई बुद्धिमान पुरुष इसको दोपावहन समझकर गुणधायक ही समझेगा। चन्द्रकान्ता में जो अद्‌भुत बातें लिखी गई हैं, वे इसलिए नहीं कि लोग उनकी सच्चाई-झुठाई की परीक्षा करें, प्रत्युत इसलिए कि उसका पाठ कौतूहल-वर्द्धक हो।

एक समय था कि लोग सिंहासनबत्तीसी, बैतालपचीसी आदि कहानियों को विश्राम काल में रुचि से पढ़ते थे, फिर चहारदरवेश और अलिफलैला के किस्सों का समय आया, अब इस ढंग के उपन्यासों का समय है। अब भी वह समय दूर है, जब लोग बिना किसी प्रकार की न्यूनाधिकता के ऐतिहासिक पुस्तकों को रुचि से पढ़ेंगे। अब वह समय आवेगा, उस समय कथासरित्सागर के समान 'चन्द्रकान्ता' बतलावेगी कि एक वह भी समय था जब इसी प्रकार के ग्रंथों से ही वीरप्रसू भारतभूमि की संतान का मनोविनोद होता था। भगवान उस समय को शीघ्र लावें।

॥ चौबीसवां भाग समाप्त ॥

❑❑❑

देवकीनन्दन खत्री

देवकीनन्दन खत्री का जन्म 18 जून, 1861 को मुजफ्फरपुर, बिहार (ननिहाल) में हुआ था। हिन्दी और संस्कृत की प्रारम्भिक शिक्षा ननिहाल में ही हुई। फारसी से स्वभाविक लगाव था लेकिन पिता की अनिच्छावश शुरू में उसे नहीं पढ़ सके। इसके बाद 13 वर्ष की अवस्था में, जब गया स्थित टिकरी राज्य से सम्बद्ध अपने पिता के व्यवसाय में स्वतंत्र रूप से हाथ बँटाने लगे तब फारसी और अंग्रेजी का भी अध्ययन किया। सितम्बर 1898 में लहरी प्रेस की स्थापना की। 'सुदर्शन' नामक मासिक पत्र भी निकाला। 'चन्द्रकान्ता' और 'चन्द्रकान्ता सन्तति' (छह भाग) के अतिरिक्त उनकी अन्य रचनाएँ हैं—'नरेन्द्र मोहिनी', 'कुसुमकुमारी', 'वीरेन्द्र वीर या कटोरा-भर खून', 'काजर की कोठरी', 'गुप्त गोदना' तथा 'भूतनाथ' (प्रथम छह भाग)।

1 अगस्त, 1931 को उनका निधन हुआ।

चन्द्रकान्ता सन्तति

4

देवकीनन्दन खत्री

राधाकृष्ण पेपरबैक्स

पहला संस्करण 1894 में प्रकाशित

राधाकृष्ण पेपरबैक्स में
पहला संस्करण : 2012
तीसरा संस्करण : 2025

राधाकृष्ण पेपरबैक्स : उत्कृष्ट साहित्य के जनसुलभ संस्करण

राधाकृष्ण प्रकाशन प्राइवेट लिमिटेड
जी-17, जगतपुरी, दिल्ली-110 051
द्वारा प्रकाशित

शाखाएँ : अशोक राजपथ, साइंस कॉलेज के सामने, पटना-800 006
पहली मंजिल, दरबारी बिल्डिंग, महात्मा गांधी मार्ग, प्रयागराज-211 001
1, अनमोल सोराबजी सन्तुक लेन, धोबी तलाव, मरीन लाइंस, मुम्बई-400 002

वेबसाइट : www.radhakrishnaprakashan.com
ई-मेल : info@radhakrishnaprakashan.com

विकास कम्प्यूटर एंड प्रिंटर्स
ट्रॉनिका सिटी-201 102
द्वारा मुद्रित

मूल्य : ₹950
(छह खंडों का सम्पूर्ण सैट)

CHANDRAKANTA SANTATI-4
Novel by Devaki Nandan Khatri

ISBN : 978-81-8361-517-4

चन्द्रकान्ता सन्तति-4

तेरहवां भाग

पहिला बयान

अब हम अपने पाठकों का ध्यान जमानिया के तिलिस्म की तरफ फेरते हैं, क्योंकि कुंअर इन्द्रजीतसिंह और आनन्दसिंह को वहां छोड़े बहुत दिन हो गए, और अब बीच में उनका हाल लिखे बिना किस्से का सिलसिला ठीक नहीं होता।

हम लिख आए हैं कि कुंअर इन्द्रजीतसिंह ने तिलिस्मी किताब को पढ़कर समझने का भेद आनन्दसिंह को बताया, और इतने ही में मन्दिर के पीछे की तरफ से चिल्लाने की आवाज आई। दोनों भाइयों का ध्यान एकदम उस तरफ चला गया, और फिर यह आवाज सुनाई पड़ी, 'अच्छा-अच्छा, तू मेरा सिर काट ले, मैं भी यही चाहती हूं कि अपनी जिन्दगी में इन्द्रजीतसिंह और आनन्दसिंह को दुःखी न देखूं। हाय इन्द्रजीतसिंह! अफसोस, इस समय तुम्हें मेरी खबर कुछ भी न होगी!' इस आवाज को सुनकर इन्द्रजीतसिंह बेचैन और बेताब हो गए और आनन्दसिंह से यह कहते हुए कि, 'कमलिनी की आवाज मालूम पड़ती है' मन्दिर के पीछे की तरफ लपके। आनन्दसिंह भी उनके पीछे-पीछे चले गए।

जब कुंअर इन्द्रजीतसिंह और आनन्दसिंह मन्दिर के पीछे की तरफ पहुंचे तो एक विचित्र वेषधारी मनुष्य पर उनकी निगाह पड़ी। उस आदमी की उम्र अस्सी वर्ष से कम न होगी। उसके सिर, मूंछ, दाढ़ी और भौं इत्यादि के तमाम बाल बर्फ की तरह सुफेद हो रहे थे, मगर गर्दन और कमर पर बुढ़ापे ने अपना दखल जमाने से परहेज कर रक्खा था, अर्थात् न तो उसकी गर्दन हिलती थी और न कमर झुकी हुई थी। उसके चेहरे पर झुर्रियां (बहुत कम) पड़ी हुई थीं, मगर फिर भी उसका गोरा चेहरा रौनकदार और रोबीला दिखाई पड़ता था और दोनों तरफ के गालों पर अब भी सुर्खी मौजूद थी। एक नहीं बल्कि हर अंग की किसी-न-किसी हालत से वह अस्सी वर्ष का बुड्ढा जान पड़ता था। परन्तु कमजोरी, पस्तहिम्मती, बुजदिली और आलस्य इत्यादि के धावे से अभी तक उसका शरीर बचा हुआ था।

उसकी पोशाक राजों-महाराजों की पोशाकों की तरह बेशकीमत तो न थी मगर इस योग्य भी न थी कि उससे गरीबी और कमलियाकत जाहिर होती। रेशमी तथा

मोटे कपड़े की पोशाक हर जगह से चुस्त और फौजी अफसरों के ढंग की मगर सादी थी। कमर में एक भुजाली लगी हुई थी और बाएं हाथ में सोने की एक बड़ी-सी डलिया या चंगेर लटकाए हुए था। जिस समय वह कुंअर इन्द्रजीतसिंह और आनन्दसिंह की तरफ देखकर हंसा, उस समय यह भी मालूम हो गया कि उसके मुंह में जवानों की तरह कुल दांत अभी तक मौजूद हैं और मोती की तरह चमक रहे हैं।

कुंअर इन्द्रजीतसिंह और आनन्दसिंह को आशा थी कि वे इस जगह कमलिनी को नहीं तो किसी-न-किसी औरत को अवश्य देखेंगे, मगर आशा के विपरीत एक ऐसे आदमी को देख उन्हें बड़ा ही ताज्जुब हुआ। इन्द्रजीतसिंह ने वह तिलिस्मी खंजर जो मन्दिर के नीचेवाले तहखाने में पाया था, आनन्दसिंह के हाथ में दे दिया और आगे बढ़कर उस आदमी से पूछा, "यहां से एक औरत के चिल्लाने की आवाज आई थी, वह कहां है?"

बुड्ढा–(इधर-उधर देखके) यहां तो कोई औरत नहीं है।

इन्द्रजीत–अभी-अभी हम दोनों ने उसकी आवाज सुनी थी।

बुड्ढा–बेशक सुनी होगी, मगर मैं ठीक कहता हूं कि यहां पर कोई औरत नहीं है।

इन्द्रजीत–तो फिर वह आवाज किसकी थी?

बुड्ढा–वह मेरी ही आवाज थी।

आनन्द–(सिर हिलाकर) कदापि नहीं।

इन्द्रजीत–मुझे इस बात का विश्वास नहीं हो सकता। आपकी आवाज वैसी नहीं है, जैसी वह आवाज थी।

बुड्ढा–जो मैं कहता हूं, उसे आप विश्वास करें, या यह बतावें कि आपको मेरी बात का विश्वास क्योंकर होगा? क्या मैं फिर उसी तरह से बोलूं?

इन्द्रजीत–हां, यदि ऐसा हो तो हम लोग आपकी बात मान सकते हैं।

बुड्ढा–(उसी तरह से और वे ही शब्द अर्थात्–'अच्छा-अच्छा, तू मेरा सिर काट ले'–इत्यादि बोलकर) देखिए, वे ही शब्द और उसी ढंग की आवाज है या नहीं?

आनन्द–(ताज्जुब से) बेशक, वही शब्द और ठीक वैसी ही आवाज है।

इन्द्रजीत–मगर इस ढंग से बोलने की आपको क्या आवश्यकता थी?

बुड्ढा–मैं इस तिलिस्म में कल से चारों तरफ घूम-घूमकर आपको खोज रहा हूं। सैकड़ों आवाजें दीं और बहुत उद्योग किया, मगर आप लोगों से मुलाकात न हुई। तब मैंने सोचा कदाचित आप लोगों ने यह सोच लिया हो कि इस तिलिस्म के कारखाने में किसी की आवाज का उत्तर देना उचित नहीं, और इसी से आप मेरी आवाज पर ध्यान नहीं देते। आखिर मैंने यह तरकीब निकाली और इस ढंग से बोला जिसमें सुनने के साथ ही आप बेताब हो जाएं और स्वयं ढूंढ़कर मुझसे मिलें, और आखिर जो कुछ मैंने सोचा था, वही हुआ।

इन्द्रजीत–आप कौन हैं और मुझे क्यों बुला रहे थे?

आनन्द–और इस तिलिस्म के अन्दर आप कैसे आए?

बुड्ढा–मैं एक मामूली आदमी हूं और आपका अदना गुलाम हूं, इसी तिलिस्म में रहता हूं और यही तिलिस्म मेरा घर है। आप लोग इस तिलिस्म में आए हैं तो मेरे घर में आए हैं, अतएव आप लोगों की मेहमानी और खातिरदारी करना मेरा धर्म है, इसीलिए मैं आप लोगों को ढूंढ़ रहा था।

इन्द्रजीत–अगर आप इसी तिलिस्म में रहते हैं और यह तिलिस्म आपका घर है तो हम लोगों को आप दोस्ती की निगाह से नहीं देख सकते, क्योंकि हम लोग आपका घर अर्थात् यह तिलिस्म तोड़ने के लिए यहां आए हैं, और कोई आदमी किसी ऐसे की खातिर नहीं कर सकता जो उसका मकान तोड़ने आया हो, तब हम क्योंकर विश्वास कर सकते हैं कि आप हमें अच्छी निगाह से देखते होंगे या हमारे साथ दगा या फरेब न करेंगे?

बुड्ढा–आपका खयाल बहुत ठीक है, ऐसे समय पर इन सब बातों को सोचना और विचार करना बुद्धिमानी का काम है, परन्तु इस बात का आप दोनों भाइयों को विश्वास करना ही होगा कि मैं आपका दोस्त हूं। भला सोचिए तो सही कि मैं दुश्मनी करके आपका क्या बिगाड़ सकता हूं। हां, आपकी मेहरबानी से अवश्य फायदा उठा सकता हूं...

इन्द्रजीत–हमारी मेहरबानी से आपका क्या फायदा होगा और आप इस तिलिस्म के अन्दर हमारी क्या खातिर करेंगे? इसके अतिरिक्त यह भी बतलाइए कि क्या सबूत पाकर हम लोग आपको अपना दोस्त समझ लेंगे और आपकी बात पर विश्वास कर लेंगे?

बुड्ढा–आपकी मेहरबानी से मुझे बहुत-कुछ फायदा हो सकता है। यदि आप चाहेंगे तो मेरे घर को अर्थात् इस तिलिस्म को बिलकुल चौपट न करेंगे, मेरे कहने का मतलब यह नहीं है कि आप इस तिलिस्म को न तोड़ें और इससे फायदा न उठाएं, बल्कि मैं यह कहता हूं कि इस तिलिस्म को उतना ही तोड़िए, जितने से आपको गहरा फायदा पहुंचे और कम फायदे के लिए व्यर्थ उन मजेदार चीजों को चौपट न कीजिए, जिनके बनाने में बड़े-बड़े बुद्धिमानों ने वर्षों मेहनत की है, और जिसका तमाशा देखकर बड़े-बड़े होशियारों की अक्ल भी चकरा सकती है। अगर इसका थोड़ा-सा हिस्सा आप छोड़ देंगे तो मेरा खेल-तमाशा बना रहेगा और इसके साथ-ही-साथ आपके दोस्त गोपालसिंह की इज्जत और नामवरी में भी फर्क न पड़ेगा और वह तिलिस्म के राजा कहलाने लायक बने रहेंगे। मैं इस तिलिस्म में आपकी खातिरदारी अच्छी तरह कर सकता हूं तथा ऐसे-ऐसे तमाशे दिखा सकता हूं जो आप तिलिस्म तोड़ने की ताकत रखने पर भी बिना मेरी मदद के नहीं देख सकते। हां, उसका आनन्द लिए बिना उसको चौपट अवश्य कर सकते हैं। बाकी रही यह बात

कि आप मुझ पर भरोसा किस तरह कर सकते हैं, इसका जवाब देना अवश्य ही जरा कठिन है।

इन्द्रजीत–(कुछ सोचकर) तुमसे और राजा गोपालसिंह से जान-पहिचान है?

बुड्ढा–अच्छी तरह जान-पहिचान है, बल्कि हम दोनों में मित्रता है।

इन्द्रजीत–(सिर हिलाकर) यह बात तो मेरे जी में नहीं बैठती।

बुड्ढा–सो क्यों?

इन्द्रजीत–इसलिए कि एक तो यह तिलिस्म तुम्हारा घर है, कहो हां।

बुड्ढा–जी हां।

इन्द्रजीत–जब यह तिलिस्म तुम्हारा घर है तो यहां का एक-एक कोना तुम्हारा देखा हुआ होगा, बल्कि आश्चर्य नहीं कि राजा गोपालसिंह की बनिस्बत इस तिलिस्म का हाल तुमको ज्यादा मालूम हो।

बुड्ढा–जी हां, बेशक ऐसा ही है।

इन्द्रजीत–(मुस्कुराकर) तिस पर राजा गोपालसिंह से और तुमसे मित्रता है।

बुड्ढा–अवश्य।

इन्द्रजीत–तो तुमने इतने दिनों तक राजा गोपालसिंह को मायारानी के कैदखाने में क्यों सड़ने दिया? इसके जवाब में तुम यह नहीं कह सकते कि मुझे गोपालसिंह के कैद होने का हाल मालूम न था, या मैं उस सींखचेवाली कोठरी तक नहीं जा सकता था, जिसमें वे कैद थे।

इन्द्रजीतसिंह के इस सवाल ने बुड्ढे को लाजवाब कर दिया और वह सिर नीचा करके कुछ सोचने लगा। कुंअर इन्द्रजीतसिंह और आनन्दसिंह ने समझ लिया कि यह झूठा है, और हम लोगों को धोखा दिया चाहता है। बहुत थोड़ी देर तक सोचने के बाद बुड्ढे ने सिर उठाया और मुस्कुराकर कहा, "वास्तव में आप बड़े होशियार हैं, बातों की उलझन में भुलावा देकर मेरा हाल जानना चाहते हैं, मगर ऐसा नहीं हो सकता। हां, जब आप तिलिस्म को तोड़ लेंगे तो मेरा परिचय भी आपको मिल जाएगा, लेकिन यह बात झूठी नहीं हो सकती कि राजा गोपालसिंह मेरे दोस्त हैं और यह तिलिस्म मेरा घर है।"

इन्द्रजीत–आप स्वयं अपने मुंह से झूठे बन रहे हैं, इसमें मेरा क्या कसूर है। यदि गोपालसिंह आपके दोस्त हैं तो आप मेरी बात का पूरा-पूरा जवाब देकर मेरा दिल क्यों नहीं भर देते हैं?

बुड्ढा–नहीं, आपकी इस बात का जवाब मैं नहीं दे सकता कि गोपालसिंह को मैंने मायारानी के कैदखाने से क्यों नहीं छुड़ाया।

इन्द्रजीत–तो फिर मेरा दिल कैसे भरेगा और मैं कैसे आप पर विश्वास करूंगा?

बुड्ढा–इसके लिए मैं दूसरा उपाय कर सकता हूं।

इन्द्रजीत–चाहे कोई उपाय कीजिए, परन्तु इस बात का निश्चय अवश्य होना चाहिए कि यह तिलिस्म आपका घर है और गोपालसिंह आपके मित्र हैं।

बुड्ढा–आपको तो केवल इसी बात का विश्वास होना चाहिए कि मैं आपका दुश्मन नहीं हूं।

आनन्द–नहीं-नहीं, हम लोग और किसी बात का सबूत नहीं चाहते, केवल वह दो बात आप साबित कर दें, जो भाईजी चाहते हैं।

बुड्ढा–तो इस समय मेरा यहां आना व्यर्थ ही हुआ! (चंगेर की तरफ इशारा करके) देखिए आप लोगों के खाने के लिए मैं तरह-तरह की चीजें लेता आया था मगर अब लौटा ले जाना पड़ा क्योंकि जब आपको मुझ पर विश्वास ही नहीं है तो इन चीजों को कब स्वीकार करेंगे।

इन्द्रजीत–बेशक मैं इन चीजों को स्वीकार नहीं कर सकता, जब तक कि मुझे आपकी बातों का विश्वास न हो जाए।

आनन्द–(मुस्कुराकर) क्या आपके लड़के-बाले भी इसी तिलिस्म में रहते हैं? ये सब चीजें आपके घर की बनी हुई हैं या बाजार से लाए हैं?

बुड्ढा–जी मेरे लड़के-बाले नहीं हैं, न दुनियादार ही हूं, यहां तक कि कोई नौकर भी मेरे पास नहीं है–ये चीजें तो बाजार से खरीद लाया हूं।

आनन्द–तो इससे यह भी जाना जाना है कि आप दिन-रात इस तिलिस्म में नहीं रहते, जब कभी खेल-तमाशा देखने की इच्छा होती होगी तो चले आते होंगे।

इन्द्रजीत–खैर जो हो, हमें इन सब बातों से कोई मतलब नहीं, हमारे सामने जब ये अपने सच्चे होने का सबूत लाकर रक्खेंगे तब हम इनसे बातें करेंगे और इनके साथ चलकर इनका घर भी देखेंगे।

इस बात का जवाब उस बुड्ढे ने कुछ न दिया और सिर झुकाए वहां से चला गया। इन्द्रजीतसिंह और आनन्दसिंह भी यह देखने के लिए कि वह कहां जाता है और क्या करता है, उसके पीछे चले। बुड्ढे ने घूमकर इन दोनों भाइयों को अपने पीछे-पीछे आते देखा, मगर इस बात की उसने कुछ परवाह न की और बराबर चलता गया।

हम पहिले के किसी बयान में लिख आए हैं कि इस बाग में पश्चिम की तरफ की दीवार के पास एक कुआं था। वह बुड्ढा उसी कुएं की तरफ चला गया और जब उसके पास पहुंचा तो बिना कुछ रुके एकदम उसके अन्दर कूद पड़ा। इन्द्रजीतसिंह और आनन्दसिंह भी उस कुएं के पास पहुंचे और झांककर देखने लगे, मगर सिवाय अन्धकार के और कुछ भी दिखाई न दिया।

आनन्द–जब वह बुड्ढा बेधड़क इसके अन्दर कूद गया तो यह कुआं जरूर किसी तरफ निकल जाने का रास्ता होगा!

इन्द्रजीत–मैं भी यही समझता हूं।

आनन्द–यदि कहिए तो मैं इसके अन्दर जाऊं?

इन्द्रजीत—नहीं-नहीं, ऐसा करना बड़ी नादानी होगी, तुम इस तिलिस्म का हाल कुछ भी नहीं जानते, हां, मैं इसके अन्दर बेखटके जा सकता हूं क्योंकि मैं तिलिस्मी किताब को पढ़ चुका हूं और वह मुझे अच्छी तरह याद भी है, मगर मैं नहीं चाहता कि तुम्हें इस जगह अकेला छोड़कर जाऊं।

आनन्द—तो फिर अब क्या करना चाहिए?

इन्द्रजीत—बस सबके पहिले तुम इस तिलिस्मी किताब को पढ़ जाओ और इस तरह याद कर जाओ कि पुनः इसके देखने की आवश्यकता न रहे, फिर जो कुछ करना होगा, किया जाएगा। इस समय इस बुड्ढे का पीछा करना हमें स्वीकार नहीं है। जहां तक मैं समझता हूं, यह दगाबाज बुड्ढा खुद हम लोगों का पीछा करेगा और फिर हमारे पास आएगा, बल्कि ताज्जुब नहीं कि अबकी दफे कोई नया रंग लावे।

आनन्द—जैसी आज्ञा, अच्छा तो वह किताब मुझे दीजिए, मैं पढ़ जाऊं।

दोनों भाई लौटकर फिर उसी मन्दिर के पास आए और आनन्दसिंह तिलिस्मी किताब को पढ़ने में लौलीन हुए।

दोनों भाई चार दिन तक उसी बाग में रहे, इस बीच में उन्होंने न तो कोई कार्रवाई की और न कोई तमाशा देखा। हां, आनन्दसिंह ने उस किताब को अच्छी तरह पढ़ डाला और सब बातें दिल में बैठा लीं। वह खून से लिखी हुई तिलिस्मी किताब बहुत बड़ी न थी और उसके अन्त में यह बात लिखी हुई थी—

"निःसन्देह तिलिस्म खोलनेवाले का जेहन तेज होगा। उसे चाहिए कि इस किताब को पढ़कर अच्छी तरह याद कर ले क्योंकि इसके पढ़ने से ही मालूम हो जाएगा कि यह तिलिस्म खोलनेवाले के पास बची न रहेगी, किसी दूसरे काम में लग जाएगी, ऐसी अवस्था में अगर इसके अन्दर लिखी हुई कोई बात भूल जाएगी तो तिलिस्म खोलनेवाले की जान पर आ बनेगी। जो आदमी इस किताब को आदि से अन्त तक याद न कर सके, वह तिलिस्म के काम में कदापि हाथ न लगावे, नहीं तो धोखा खाएगा।"

दूसरा बयान

दिन लगभग पहर-भर के चढ़ चुका है। दोनों कुमार स्नान, ध्यान, पूजा से छुट्टी पाकर तिलिस्म तोड़ने में हाथ लगाने के लिए जा ही रहे थे कि रास्ते में फिर उसी बुड्ढे से मुलाकात हुई। बुड्ढे ने झुककर दोनों कुमारों को सलाम किया और अपनी जेब में से एक चीठी निकालकर कुंअर इन्द्रजीतसिंह के हाथ में देकर बोला, "देखिए, राजा गोपालसिंह के हाथ की सिफारिशी चीठी ले आया हूं, इसे पढ़कर तब कहिए कि मुझ पर भरोसा करने में अब आपको क्या उज्र है?" कुमार ने चीठी पढ़ी और आनन्दसिंह को दिखाने के बाद हंसकर उस बुड्ढे को देखा।

बुड्ढा–(मुस्कुराकर) कहिए, अब आप क्या कहते हैं? क्या इस पत्र को आप जाली या बनावटी समझते हैं?

इन्द्रजीत–नहीं-नहीं, यह चीठी जाली नहीं हो सकती, मगर देखो तो सही–(आनन्दसिंह के हाथ से चीठी लेकर और चीठी में लिखे हुए निशान को दिखाकर) इस निशान को तुम पहिचानते हो या इसका मतलब तुम जानते हो?

बुड्ढा–(निशान देखकर) इसका मतलब तो आप जानिए या गोपालसिंह जानें, मुझे क्या मालूम, यदि आप बतलाइए तो...

इन्द्रजीत–इसका मतलब यही है कि यह चीठी बेशक सच्ची है, मगर इसमें जो कुछ लिखा है, उस पर ध्यान न देना!

बुड्ढा–क्या गोपालसिंह ने आपसे कहा था कि हमारी लिखी जिस चीठी पर ऐसा निशान हो, उसकी लिखावट पर ध्यान न देना?

इन्द्रजीत–हां, मुझसे उन्होंने ऐसा ही कहा था, इसलिए जाना जाता है कि यह चीठी उन्होंने अपनी इच्छा से नहीं लिखी, बल्कि जबर्दस्ती किए जाने के सबब से लिखी है।

बुड्ढा–नहीं-नहीं, ऐसा कदापि नहीं हो सकता, आप भूलते हैं, उन्होंने आपको इस निशान के बारे में कोई दूसरी बात कही होगी।

कुमार–नहीं-नहीं, मैं ऐसा भुलक्कड़ नहीं हूं, अच्छा आप ही बताइए यह निशान उन्होंने क्यों बनाया।

बुड्ढा–यह निशान उन्होंने इसलिए स्थिर किया है कि कोई ऐयार उनके दोस्तों को उनकी लिखावट का धोखा न दे सके। (कुछ सोचकर और हंसकर) मगर कुमार, तुम भी बड़े बुद्धिमान और मसखरे हो!

कुमार–कहो, अब मैं तुम्हारी दाढ़ी नोच लूं?

आनन्द–(हंसकर और ताली बजाकर) या मैं नोच लूं?

बुड्ढा–(हंसते हुए) अब आप लोग तकलीफ न कीजिए, मैं स्वयं इस दाढ़ी को नोचकर अलग फेंक देता हूं!

इतना कह उस बुड्ढे ने अपने चेहरे से दाढ़ी अलग कर दी और इन्द्रजीतसिंह के गले से लिपट गया।

पाठक, यह बुड्ढा वास्तव में राजा गोपालसिंह थे, जो चाहते थे कि सूरत बदलकर इस तिलिस्म में कुंअर इन्द्रजीतसिंह और आनन्दसिंह की मदद करें, मगर कुमार की चालाकियों ने उनको हिकमत लड़ने न दी और लाचार होकर उन्हें प्रकट होना ही पड़ा।

कुंअर इन्द्रजीतसिंह, आनन्दसिंह दोनों भाई राजा गोपालसिंह के गले मिले और उनका हाथ पकड़े हुए नहर के किनारे गए, जहां पत्थर की एक चट्टान पर बैठकर तीनों आदमी बातचीत करने लगे।

तीसरा बयान

अब हम रोहतासगढ़ का हाल लिखते हैं। जिस समय बाहर यह खबर आई कि लक्ष्मीदेवी की तबीयत ठीक हो गई, और वे सब पर्दे के पास आकर बैठ गईं, उस समय राजा बीरेन्द्रसिंह ने तेजसिंह की तरफ देखा और कहा, "लक्ष्मीदेवी से पूछना चाहिए कि उसकी तबीयत यह कलमदान देखने के साथ ही क्यों खराब हो गई?"

इसके पहिले कि तेजसिंह राजा बीरेन्द्रसिंह की बात का जवाब दें या उठने का इरादा करें, जिन्न ने कहा, "आश्चर्य है कि आप इसके लिए जल्दी करते हैं!"

जिन्न की बात सुन राजा बीरेन्द्रसिंह मुस्कुराकर चुप हो रहे और भूतनाथ का कागज पढ़ने के लिए तेजसिंह को इशारा किया। आज भूतनाथ का मुकदमा फैसला होनेवाला है इसलिए भूतनाथ और कमला का रंज और तरद्दुद तो वाजिब ही है, मगर इस समय भूतनाथ से सौ गुनी बुरी हालत बलभद्रसिंह की हो रही है। चाहे सभों का ध्यान उस कागज के मुट्ठे की तरफ लगा हो, जिसे अब तेजसिंह पढ़ा चाहते हैं, मगर बलभद्रसिंह का खयाल किसी दूसरी तरफ है। उसके चेहरे पर बदहवासी और परेशानी छाई है, और वह छिपी निगाहों से चारों तरफ इस तरह देख रहा है जैसे कोई मुजरिम निकल भागने के लिए रास्ता ढूंढ़ता हो, मगर भैरोसिंह को मुस्तैदी के साथ अपने ऊपर तैनात पाकर सिर नीचा कर लेता है।

हम यह लिख चुके हैं कि तेजसिंह पहिले उन चीठियों को पढ़ गए, जिनका हाल हमारे पाठकों को मालूम हो चुका है, अब तेजसिंह ने उसके आगेवाला पत्र पढ़ना आरम्भ किया, जिसमें यह लिखा हुआ था–

"मेरे प्यारे दोस्त,

आज मैं बलभद्रसिंह की जान ले ही चुका था, मगर दारोगा साहब ने मुझे ऐसा करने से रोक दिया। मैंने सोचा था कि बलभद्रसिंह के खतम हो जाने पर लक्ष्मीदेवी की शादी रुक जाएगी, और उसके बदले में मुन्दर को भरती कर देने का अच्छा मौका मिलेगा, मगर दारोगा साहब की यह राय न ठहरी। उन्होंने कहा कि गोपालसिंह को भी लक्ष्मीदेवी के साथ शादी करने की जिद हो गई है, ऐसी अवस्था में यदि बलभद्रसिंह को तुम मार डालोगे तो राजा गोपालसिंह दूसरी जगह शादी करने के बदले में बरस दिन अटक जाना मुनासिब समझेंगे, और शादी का दिन टल जाना अच्छा नहीं है, इससे यही उचित होगा कि बलभद्रसिंह को कुछ न कहा जाए, लक्ष्मीदेवी की मां को मरे ग्यारह महीने हो ही चुके हैं। महीना-भर और बीत जाने दो, जो कुछ करना होगा शादीवाले दिन किया जाएगा। शादीवाले दिन जो कुछ किया गागा उसका बन्दोबस्त भी हो चुका है। उस दिन मौके पर लक्ष्मीदेवी गायब कर दी जाएगी और उसकी जगह मुन्दर बैठा दी जाएगी और उसके कुछ देर पहिले ही बलभद्रसिंह ऐसी जगह पहुंचा दिया जाएगा जहां से पुनः लौट आने की आशा नहीं

है, बस फिर किसी तरह का खुटका न रहेगा। यह सब तो हुआ, मगर आपने अभी तक फुटकर खर्च के लिए रुपये न भेजे। जिस तरह हो सके, उस तरह बन्दोबस्त कीजिए और रुपए भेजिए नहीं तो सब काम चौपट हो जाएगा, आगे आपको अख्तियार है।

वही भूतनाथ''

बीरेन्द्र–(भूतनाथ की तरफ देखकर) क्यों भूतनाथ, यह चीठी तुम्हारे हाथ की लिखी हुई है!

भूतनाथ–(हाथ जोड़कर) जी हां महाराज, यह कागज मेरे हाथ का लिखा हुआ है।

बीरेन्द्र–तुमने यह पत्र हेलासिंह के पास भेजा था?

भूतनाथ–जी नहीं।

बीरेन्द्र–तुम अभी कह चुके हो कि यह पत्र मेरे हाथ का लिखा है और फिर कहते हो कि नहीं!

भूतनाथ–जी मैं यह नहीं कहता कि यह कागज मेरे हाथ का लिखा हुआ नहीं है बल्कि मैं यह कहता हूं कि यह पत्र हेलासिंह के पास मैंने नहीं भेजा था।

बीरेन्द्र–तब किसने भेजा था?

भूतनाथ–(बलभद्रसिंह की तरफ इशारा करके) इसने भेजा था और इसी ने अपना नाम भूतनाथ रक्खा था, क्योंकि यह वास्तव में लक्ष्मीदेवी का बाप बलभद्रसिंह नहीं है।

बीरेन्द्र–अगर यह चीठी (बलभद्रसिंह की तरफ इशारा करके) इन्होंने हेलासिंह के पास भेजी थी तो फिर तुमने इसे अपने हाथ से क्यों लिखा? क्या तुम इनके नौकर या मुहर्रिर थे?

भूतनाथ–जी नहीं, इसका कुछ दूसरा ही सबब है, मगर इसके पहिले कि मैं आपकी बातों का पूरा-पूरा जवाब दूं इस नकली बलभद्रसिंह से दो-चार बातें पूछने की आज्ञा चाहता हूं।

बीरेन्द्र–क्या हर्ज है, जो कुछ पूछना चाहते हो, पूछो।

भूतनाथ–(बलभद्रसिंह की तरफ देखके) इस कागज के मुट्ठे को तुम शुरू से आखिर तक पढ़ चुके हो या नहीं!

बलभद्र–हां, पढ़ चुका हूं।

भूतनाथ–जो चीठी अभी पढ़ी गई है इसके आगेवाली चीठियां, जो अभी पढ़ी नहीं गईं, तुम्हारे इस मुकदमे से कुछ सम्बन्ध रखती हैं?

बलभद्र–नहीं।

भूतनाथ–सो क्यों?

बलभद्र–आगे की चीठियों का मतलब हमारी समझ में नहीं आता।

भूतनाथ–तो अब आगेवाली चीठियों को पढ़ने की कोई आवश्यकता न रही!

बलभद्र–तेरा कसूर साबित करने के लिए क्या इतनी चीठियां कम हैं, जो पढ़ी जा चुकी हैं!

भूतनाथ–बहुत हैं, बहुत हैं, अच्छा तो अब मैं यह पूछता हूं कि लक्ष्मीदेवी की शादी के दिन तुम कैद कर लिए गए थे?

बलभद्र–हां।

भूतनाथ–उस समय बालासिंह कहां था और अब बालासिंह कहां है?

भूतनाथ के इस सवाल ने बलभद्रसिंह की अवस्था फिर बदल दी। वह और भी घबड़ाया-सा होकर बोला, "इन सब बातों के पूछने से क्या फायदा निकलेगा?" इतना कहकर उसने दारोगा और मायारानी की तरफ देखा। मालूम होता था कि बालासिंह के नाम ने मायारानी और दारोगा पर भी अपना असर किया, जो मायारानी के बगल ही में एक खम्भे के साथ बंधा हुआ था। बीरेन्द्रसिंह और उनके बुद्धिमान ऐयारों ने भी बलभद्र और दारोगा तथा मायारानी के चेहरे और उन तीनों की इस देखा-देखी पर गौर किया और बीरेन्द्रसिंह ने मुस्कुराकर जिन्न की तरफ देखा।

जिन्न–मैं समझता हूं कि इस बलभद्रसिंह के साथ अब आपको बेमुरौवती करनी होगी।

बीरेन्द्र–बेशक, मगर आप क्या कह सकते हैं कि यह मुकदमा आज फैसला हो जाएगा?

जिन्न–नहीं, यह मुकदमा इस लायक नहीं कि आज फैसला हो जाए। यदि आप इस मुकदमे की कलई अच्छी तरह खोला चाहते हैं तो इस समय इसे रोक दीजिए और भूतनाथ को छोड़कर आज्ञा दीजिए कि महीने-भर के अन्दर जहां से हो सके, वहां से असली बलभद्रसिंह को खोज लावे नहीं तो उसके लिए बेहतर न होगा।

बीरेन्द्र–भूतनाथ को किसकी जमानत पर छोड़ दिया जाए।

जिन्न–मेरी जमानत पर।

बीरेन्द्र–जब आप ऐसा कहते हैं तो हमें कोई उज्र नहीं है, यदि लक्ष्मीदेवी और लाडिली तथा कमलिनी इसे स्वीकार करें।

जिन्न–उन सभों को भी कोई उज्र नहीं होना चाहिए।

इतने में पर्दे के अन्दर से कमलिनी ने कहा, "हम लोगों को कोई उज्र न होगा, हमारे महाराज को अधिकार है, जो चाहें करें!"

बीरेन्द्र–(जिन्न की तरफ देखके) तो फिर कोई चिन्ता नहीं, हम आपकी बात मान सकते हैं। (भूतनाथ से) अच्छा तुम यह तो बताओ कि जब वह चीठी तुम्हारे ही हाथ की लिखी हुई है तो तुम इसे हेलासिंह के पास भेजने से क्यों इनकार करते हो।

भूतनाथ–इसका हाल भी उसी समय मालूम हो जाएगा, जब मैं असली बलभद्रसिंह को छुड़ाकर ले आऊंगा।

जिन्न–आप इस समय इस मुकद्दमे को रोक ही दीजिए, जल्दी न कीजिए क्योंकि इसमें अभी तो तरह-तरह के गुल खिलनेवाले हैं।

बलभद्र–नहीं-नहीं, भूतनाथ को छोड़ना उचित न होगा. यह बड़ा भारी बेईमान, जालिया, धूर्त और बदमाश है। यदि इस समय छूटकर चल देगा तो फिर कदापि न आवेगा।

तेजसिंह–(घुड़ककर बलभद्र से) बस चुप रहो, तुमसे इस बारे में राय नहीं ली जाती।

बलभद्र–(खड़े होकर) तो फिर मैं जाता हूं। जिस जगह ऐसा अन्याय हो वहां ठहरना भले आदमियों का काम नहीं।

बलभद्रसिंह उठकर खड़ा हुआ ही था कि भैरोसिंह ने उसकी कलाई पकड़ ली और कहा, "ठहरिए, आप भले आदमी हैं, आपको क्रोध न करना चाहिए, अगर ऐसा कीजिएगा तो भलमनसी में बट्टा लग जाएगा। यदि आपको हम लोगों की सोहबत अच्छी नहीं मालूम पड़ती तो आप मायारानी और दारोगा की सोहबत में रक्खे जाएंगे, जिसमें आप खुश रहें, हम लोग वही करेंगे।"

भैरोसिंह ने बलभद्रसिंह की कलाई पकड़के कोई नस ऐसी दबाई कि वह बेताब हो गया, उसे ऐसा मालूम हुआ, मानो उसके तमाम बदन की ताकत किसी ने खैंच ली हो, और वह बिना कुछ बोले इस तरह बैठ गया जैसे कोई गिर पड़ता है। उसकी यह अवस्था देख सभों ने मुस्कुरा दिया।

जिन्न–(बीरेन्द्रसिंह से) अब मैं आपसे और तेजसिंह से दो-चार बातें एकान्त में कहा चाहता हूं।

बीरेन्द्र–हमारी भी यही इच्छा है।

इतना कहकर बीरेन्द्रसिंह और तेजसिंह, देवीसिंह से कुछ इशारा करके उठ खड़े हुए और दूसरे कमरे की ओर चले गए।

राजा बीरेन्द्रसिंह, तेजसिंह और जिन्न आधे घण्टे तक एकान्त में बैठकर बातचीत करते रहे। सभों को जिन्न के विषय में जितना आश्चर्य था, उतना ही इस बात का निश्चय भी हो गया था कि जिन्न का हाल राजा बीरेन्द्रसिंह, तेजसिंह और भैरोसिंह को मालूम हो गया है परन्तु वे किसी से न कहेंगे और न कोई उनसे पूछ सकेगा।

आधे घण्टे के बाद तीनों आदमी कमरे से बाहर निकलकर अपने-अपने ठिकाने आ पहुंचे और तेजसिंह ने देवीसिंह की तरफ देखके कहा, "भूतनाथ को छोड़ देने की आज्ञा हुई है। तुम भूतनाथ और जिन्न के साथ जाओ और हिफाजत के साथ पहाड़ के नीचे पहुंचाकर लौट आओ।"

इतना सुनते ही देवीसिंह ने भूतनाथ की हथकड़ी-बेड़ी खोल दी और उसको तथा जिन्न को साथ लिये वहां से बाहर चले गए। इसके बाद तेजसिंह पर्दे के अन्दर गए और लक्ष्मीदेवी, कमलिनी तथा लाडिली को कुछ समझा-बुझाकर बाहर निकल आए। बलभद्रसिंह को खातिरदारी और चौकसी के साथ हिफाजत में रखने के लिए भैरोसिंह के हवाले किया गया और बाकी कैदियों को कैदखाने में पहुंचाने की आज्ञा देकर, राजा बीरेन्द्रसिंह बाहर चले आए तथा अदालत बर्खास्त कर दी गई।

चौथा बयान

जब जिन्न और भूतनाथ को पहाड़ के नीचे पहुंचाकर देवीसिंह चले गए तो वे दोनों आपुस में नीचे लिखी बातें करते हुए पूरब की तरफ रवाना हुए–

भूतनाथ–निःसन्देह आपने मुझ पर बड़ी कृपा की, यदि आज आप मेरे सहायक न होते तो मैं तबाह हो चुका था।

जिन्न–सो सब तो ठीक है, मगर देखो आज हमने तुमको अपनी जमानत पर इसलिए छुड़ा दिया है कि तुम जिस तरह हो असली बलभद्रसिंह को खोज निकालो, और उन्हें अपने साथ लेकर राजा बीरेन्द्रसिंह के पास हाजिर हो जाओ, लेकिन ऐसा न करना कि बलभद्रसिंह का पता लगाने के बदले तुम स्वयं अन्तर्ध्यान हो जाओ और हमको राजा बीरेन्द्रसिंह के आगे झूठा करो।

भूतनाथ–नहीं-नहीं, ऐसा कदापि नहीं हो सकता। यदि मुझे नेकनामी के साथ राजा बीरेन्द्रसिंह का ऐयार बनने का शौक न होता तो मैं इन बखेड़ों में क्यों पड़ता? बिना कुछ पाए उनका इतना काम क्यों करता? रुपये की मुझे कुछ परवाह न थी, मैं किसी दूसरे देश में चला जाता और खुशी के साथ जिन्दगी बिताता; मगर नहीं, मुझे राजा बीरेन्द्रसिंह के साथ रहने का बड़ा उत्साह है और जिस दिन से राजा गोपालसिंह का पता लगा है, उसी दिन से मैं उनके दुश्मनों की खोज में लगा हूं और बहुत-सी बातों का पता लगा भी चुका हूं।

जिन्न–(बात काटकर) तो क्या तुमको इस बात की खबर न थी कि मायारानी ने गोपालसिंह को कैद करके किसी गुप्त स्थान में रख दिया है?

भूतनाथ–नहीं, बिलकुल नहीं।

जिन्न–और इस बात की भी खबर न थी कि मायारानी वास्तव में लक्ष्मीदेवी नहीं है?

भूतनाथ–इस बात को तो मैं अच्छी तरह जानता था।

जिन्न–तो तुमने राजा गोपालसिंह के आदमियों को इस बात की खबर क्यों नहीं की?

भूतनाथ–मैंने इसलिए मायारानी का असल हाल किसी से नहीं कहा कि मुझे राजा गोपालसिंह के मरने का पूरा-पूरा विश्वास हो चुका था और उसके पहिले मैं रणधीरसिंह जी के यहां नौकर था, तब मुझे दूसरे राज्य के भले-बुरे कामों से मतलब ही क्या था?

जिन्न–तुमसे और हेलासिंह से जब दोस्ती थी, तब तुम किसके नौकर थे?

भूतनाथ–मुझसे और हेलासिंह से कभी दोस्ती थी ही नहीं! मैं तो आपसे कैदखाने के अन्दर ही कह चुका हूं कि राजा गोपालसिंह के छूटने के बाद मैंने उन कागजों का पता लगाया है जो इस समय मेरे ही साथ दुश्मनी कर रहे हैं और...

जिन्न–हां-हां, जो कुछ तुमने कहा था, मुझे बखूबी याद है, अच्छा अब यह बताओ कि इस समय तुम कहां जाओगे और क्या करोगे?

भूतनाथ–मैं खुद नहीं जानता कि कहां जाऊंगा और क्या करूंगा, बल्कि यह बात मैं आप ही से पूछनेवाला था।

जिन्न–(ताज्जुब से) क्या तुम्हें मालूम नहीं है कि बलभद्रसिंह को किसने कैद किया और अब वह कहां है?

भूतनाथ–इतना तो मैं जानता हूं कि बलभद्रसिंह को मायारानी के दारोगा ने कैद किया था, मगर यह नहीं मालूम कि इस समय वह कहां है।

जिन्न–अगर ऐसा ही है तो कमलिनी के तिलिस्मी मकान के बाहर तुमने तेजसिंह से क्यों कहा था कि मेरे साथ कोई चले तो मैं असली बलभद्रसिंह को दिखा दूंगा? इस बात से तो तुम खुद झूठे साबित होते हो!

भूतनाथ–जी हां, बेशक मैंने नादानी की, जो ऐसा कहा, मगर मुझे इस बात का निश्चय हो चुका है कि बलभद्रसिंह अभी तक जीता है और उसे तिलिस्मी दारोगा ने कैद कर लिया था।

जिन्न–इसी से तो मैं पूछता हूं कि अब तुम कहां जाओगे और क्या करोगे?

भूतनाथ–अगर वह दारोगा मेरे काबू में होता तब तो मैं सहज ही में पता लगा लेता मगर अब मुझे इसके लिए बहुत-कुछ उद्योग करना होगा, तथापि इस समय मैं जमानिया में राजा गोपालसिंह के पास जाता हूं, यदि उन्होंने मेरी मदद की तो अपना काम बहुत जल्द कर सकूंगा, मगर आशा नहीं कि वे मेरी मदद करेंगे क्योंकि जब वे मेरे मुकदमे का हाल सुनेंगे तो जरूर मुझको नालायक बताएंगे। (कुछ सोचकर) अभी तक यह भी मुझे मालूम नहीं हुआ कि आप कौन हैं, अगर जानता तो कहता कि राजा गोपालसिंह के नाम की आप एक चीठी लिख दें।

जिन्न–मेरा परिचय तुम्हें सिवाय इसके और कुछ नहीं मिल सकता कि मैं जिन्न हूं और हर जगह पहुंचने की ताकत रखता हूं। खैर, तुम राजा गोपालसिंह के पास जाओ और उनसे मदद मांगो, मैं तुम्हें एक सिफारिशी चीठी देता हूं, तुम्हारे पास कागज-कलम-दावात है?

भूतनाथ–जी हां, आपकी कृपा से मुझे मेरी ऐयारी का बटुआ मिल गया है और उसमें सब सामान मौजूद है।

इतना कहकर भूतनाथ रुक गया और एक पेड़ के नीचे बैठने के लिए जिन्न को कहा मगर जिन्न ने ऐसा करने से इनकार किया और आगे की तरफ इशारा करके कहा, ''उस पेड़ के नीचे चलकर हम ठहरेंगे, क्योंकि वहां हमारा घोड़ा मौजूद है।''

थोड़ी ही देर में दोनों आदमी उस पेड़ के नीचे जा पहुंचे। भूतनाथ ने देखा कि कसे-कसाए दो उम्दा घोड़े उस पेड़ की जड़ के साथ बागडोर के सहारे बंधे हैं, और जिन्न ही की सूरत-शक्ल, चाल-ढाल का एक आदमी उनके पास टहल रहा है जो जिन्न के वहां पहुंचते ही सलाम करके एक किनारे खड़ा हो गया। जिन्न ने भूतनाथ से कलम, दावात और कागज लेकर कुछ लिखा और भूतनाथ को देकर कहा, ''यह चीठी राजा गोपालसिंह को देना, बस अब तुम जाओ।'' इतना कहकर जिन्न एक घोड़े पर सवार हो गया, जिन्न ही की सूरत का दूसरा आदमी जो वहां मौजूद था, दूसरे घोड़े पर सवार हो गया और भूतनाथ के देखते ही देखते दूर जाकर वे दोनों उसकी नजरों से गायब हो गए। भूतनाथ तरद्दुद और परेशानी के सबब से उदास और सुस्त हो गया था इसलिए थोड़ी देर तक आराम करने की नीयत से उसी पेड़ के नीचे बैठ जाने के बाद उस पत्र को पढ़ने लगा जो जिन्न ने राजा गोपालसिंह के लिए लिख दिया था। मगर हजार कोशिश करने पर भी उससे वह चीठी पढ़ी न गई क्योंकि सिवाय टेढ़ी-मेढ़ी और पेचीली लकीरों के किसी साफ अक्षर का उसके अन्दर भूतनाथ को पता ही न लगा।

आधे घण्टे तक आराम करने के बाद भूतनाथ उठ खड़ा हुआ और 'लामाघाटी' की तरफ रवाना हुआ।

पांचवां बयान

भूतनाथ अब बिलकुल आजाद हो गया। इस समय उसकी ताकत उतनी ही है, जितनी आज के दस दिन पहिले थी और जितने आज के दस दिन पहिले उसके ताबेदार थे उतने ही आज भी हैं। पाठक जानते ही हैं कि भूतनाथ अकेला नहीं है, बल्कि बहुत से आदमी उसके नौकर भी हैं, जो इधर-उधर घूम-फिरकर उसका काम किया करते हैं। भूतनाथ ने जब से नकली बलभद्रसिंह से यह सुना कि 'उसकी बहुत ही प्यारी चीज मेरे कब्जे में है' जिसे वह लामाघाटी[1] में छोड़ आया था', तब से वह और भी परेशान हो गया था। वह बहुत प्यारी चीज क्या थी? बस वही उसकी स्त्री जिसके

1. 'लामाघाटी' एक पहाड़ी स्थान का नाम है।

पेट से नानक पैदा हुआ था और जिसे उनने नागर की मेहरबानी से पुनः पा लिया था, वास्तव में भूतनाथ अपनी उस प्यारी स्त्री को लामाघाटी में ही छोड़ आया था।

भूतनाथ, इस समय जमानिया जाने के बदले लामाघाटी ही की तरफ रवाना हुआ और तीसरे दिन संध्या समय उस घाटी में जा पहुंचा जिसे वह अपना घर समझता था।

यहां पर हम पाठकों के दिल में लामाघाटी की तस्वीर खेंचकर भूतनाथ की ताकत और उसके स्वभाव या खयाल का कुछ अन्दाज करा देना मुनासिब समझते हैं। लामाघाटी में किसी अनजान आदमी का जाना बहुत कठिन ही नहीं, बल्कि असम्भव था। ध्यानशक्ति की सहायता से यदि आप वहां जाएं तो सबके पहिले एक छोटी-सी पहाड़ी मिलेगी जिस पर चढ़ने के लिए एक बारीक पगडण्डी दिखाई देगी। जब उस पगडण्डी की राह से पहाड़ी के ऊपर चढ़ जाएंगे तो तीन तरफ मैदान और पश्चिम की तरफ केवल आधा कोस की दूरी पर एक बहुत ऊंचा पहाड़ मिलेगा। उसके पास जाने पर मालूम होगा कि ऊपर चढ़ने के लिए कोई रास्ता या पगडण्डी नहीं है और न पहाड़ के दूसरी तरफ उतर जाने का ही मौका है। परन्तु खोजने की कोई आवश्यकता नहीं, आप उस पहाड़ी के नीचे पहुंचकर दाहिनी तरफ घूम जाइए और जब तक पानी का एक छोटा-सा झरना आपको न मिले, बराबर चले ही जाइए। वह दो-तीन हाथ चौड़ा झरना आपका रास्ता काटके बहता होगा, उसे लांघने की कोई आवश्यकता नहीं, आप बाईं तरफ आंख उठाकर देखेंगे तो बीस-पचीस हाथ की ऊंचाई पर एक छोटी-सी गुफा दिखाई देगी, आप बेधड़क उस गुफा में चले जाइए जिसके अन्दर बिलकुल अन्धकार होगा और बनिस्बत बाहर के अन्दर गर्मी कुछ ज्यादे होगी। कोस-भर तक बराबर उस गुफा के अन्दर-ही-अन्दर चलने के बाद जब आप बाहर निकलेंगे तो एक हरा-भरा छोटा-सा मैदान नजर आएगा। वह मैदान छोटे-छोटे जंगली फलों और लताओं से ऐसा भरा होगा कि दूर से देखनेवालों को आनन्द, मगर उसके अन्दर जानेवाले के लिए आफत समझिए। उसमें जानेवाला तीस-चालीस कदम मुश्किल से जाने के बाद इस तरह से फंस जाएगा कि निकलना कठिन होगा। उस मैदान के किनारे-किनारे दाहिनी तरफ और फिर बाईं तरफ घूम जाना होगा और जब आप पश्चिम और उत्तर के कोने में पहुंचेंगे तो और एक गुफा मिलेगी। आप उस गुफा के अन्दर चले जाइए। लगभग दो सौ कदम जाने के बाद जब आप बाहर निकलेंगे तो अनगढ़ और मोटे-मोटे पत्थर के ढोंकों से बनी हुई दीवारें मिलेंगी जिनके बीचोबीच में एक बहुत बड़ा लकड़ी का दरवाजा लगा है। यदि दरवाजा खुला है तो आप दीवार के उस पार चले जाइए और एक पुरानी, मगर बहुत बड़ी इमारत पर नजर डालिए। यद्यपि यह मकान बहुत पुराना है और कई जगह से टूट भी गया है, तथापि जो कुछ बचा है, वह बहुत मजबूत और पचासों बरसात सहने योग्य है, जिसमें अब भी कई बड़े-बड़े दालान और कोठरियां मौजूद हैं और उसी मकान या स्थान का नाम 'लामाघाटी' है। भूतनाथ के आदमी या नौकर-चाकर इसी मकान में रहते हैं और

अपनी स्त्री को भी वह इसी जगह छोड़ गया था। उसके सिपाही जो बड़े ही दिमागदार, बहुत कट्टर और साथ ही इसके ईमानदार भी थे, गिनती में पचास से कम न थे और भूतनाथ के खजाने की हिफाजत बड़ी मुस्तैदी और नेकनीयती के साथ करते थे तथा बड़े-बड़ें कठिन कामों को पूरा करने के लिए भूतनाथ की आज्ञा पाते ही मुस्तैद हो जाते थे। उस मकान के चारों तरफ एक बहुत बड़ा मैदान छोटे-छोटे जंगली खूबसूरत पौधों से हरा-भरा बहुत ही खूबसूरत मालूम पड़ता था और उसके बाद भी चारों तरफ की पहाड़ियों के ऊपर जहां तक निगाह काम कर सकती थी, छोटे-छोटे खूबसूरत पेड़-पौधे दिखाई पड़ते थे।

भूतनाथ इसी 'लामाघाटी' में पहुंचा। पहुंचने के साथ ही चारों तरफ से उसके आदमियों ने खुशी-खुशी उसे घेर लिया और कुशल-मंगल पूछने लगे। भूतनाथ सभों से हंसकर मिला और 'हां, सब ठीक है, बहुत अच्छा है, मेरा आना जिस लिए हुआ उसका हाल जरा ठहरकर कहूंगा' इत्यादि कहता हुआ अपनी स्त्री के पास चला गया, जो बहुत दिनों से उसे देखे बिना बेताब हो रही थी। हंसी-खुशी से मिलने के बाद दोनों में यों बातचीत होने लगी–

स्त्री–तुम बहुत दुबले और उदास मालूम पड़ते हो!

भूतनाथ–हां, इधर कई दिन मुसीबत में कटे हैं।

स्त्री–(चौंककर) सो क्या, कुशल तो है?

भूतनाथ–कुशल क्या, जान बच गई, यही गनीमत है।

स्त्री–सो क्या? तुम्हारा भेद खुल गया?

भूतनाथ–(ऊंची सांस लेकर) हां, कुछ खुल ही गया।

स्त्री–(हाथ मलकर) हाय-हाय, यह तो बड़ा ही गजब हुआ!

भूतनाथ–बेशक गजब हो गया।

स्त्री–फिर तुम बचकर कैसे निकल आए?

भूतनाथ–ईश्वर ने एक सहायक भेज दिया जिसने अपनी जमानत पर महीने-भर के लिए मुझे छोड़ दिया।

स्त्री–तो क्या महीने-भर के बाद तुम्हें फिर हाजिर होना पड़ेगा?

भूतनाथ–हां।

स्त्री–किसके आगे?

भूतनाथ–राजा बीरेन्द्रसिंह के आगे।

स्त्री–राजा बीरेन्द्रसिंह से क्या सरोकार? तुमने उनका तो कुछ बिगाड़ा नहीं था।

भूतनाथ–इतनी ही तो कुशल है कि वह दूसरी जगह जाने के बदले सीधा लक्ष्मीदेवी के पास चला गया।

स्त्री–(चौंककर) हैं, क्या लक्ष्मीदेवी जीती है?

भूतनाथ–हां, जीती है, मुझे इस बात की खबर कुछ भी न थी कि कमलिनी के साथ जो तारा रहती है, वह वास्तव में लक्ष्मीदेवी है और बालासिंह को यह बात मालूम हो गई थी, इसलिए वह सीधा लक्ष्मीदेवी के पास चला गया। यदि मुझे पहिले लक्ष्मीदेवी की खबर लग गई होती तो आज मैं राजा बीरेन्द्रसिंह के आगे अपनी तारीफ सुनता होता।

स्त्री–तुम तो कहते थे कि बालासिंह मर गया।

भूतनाथ–हां, मैं ऐसा ही जानता था।

स्त्री–उसी ने तो तुम्हारी सन्दूकड़ी चुराई थी!

भूतनाथ–हां, जब उसने सन्दूकड़ी चुराई थी तभी मैं अधमुआ हो चुका था। मगर यह सुनकर कि वह मर गया मैं निश्चिन्त भी हो गया था, परन्तु जिस समय वह यकायक मेरे सामने आ खड़ा हुआ, मुझे बडा ही आश्चर्य हुआ। उसके हाथ में वह गठरी उसी कपड़े में बंधी उसी तरह लटक रही थी जैसी तुम्हारे सन्दूक से चोरी गई थी और जिसे देखने के साथ ही मैं पहिचान गया। ओफ, मैं नहीं कह सकता कि उस समय मेरी क्या हालत थी। मेरे होशोहवास दुरुस्त न थे और मैं अपने को जिन्दा नहीं समझता था। इस बात के दो-चार दिन पहले जब मैं राजा गोपालसिंह के साथ किशोरी और कामिनी को कमलिनी के मकान में पहुंचाने गया था तो उसी समय तारा पर मुझे शक हो गया था, मगर अपनी भलाई का कोई दूसरा ही रास्ता सोचकर मैं उस समय चुप रहा परन्तु जिस समय बालासिंह से यकायक मुलाकात हो गई और उसने उस गठरी की तरफ इशारा करके मुझसे कहा कि इसमें सोहागिन तारा की किस्मत बन्द है, उसी समय मुझे विश्वास हो गया कि तारा वास्तव में लक्ष्मीदेवी है और वह कागज का मुट्ठा भी इसी ने चुरा लिया है, जिसे मैंने बड़ी मेहनत से बटोरकर नकल करके रक्खा था। मैं उस समय बदहवास हो गया और अफसोस करने लगा कि जिन कागजों से मैं फायदा उठानेवाला था, वही कागज अब मुझे चौपट करेंगे क्योंकि वह उन्हीं कागजों से मुझी को दोषी ठहराने का उद्योग करेगा। यदि वह सन्दूकड़ी उसके पास न होती तो मैं हताश न होकर और कोई बन्दोबस्त करता, परन्तु उस सन्दूकड़ी के खयाल ही से मैं पागल हो गया और उस समय तो मैं बिलकुल ही मुर्दा हो गया जब उसकी बेगम पर मेरी निगाह पड़ी।

स्त्री–(चौंककर) क्या बेगम भी जीती है!

भूतनाथ–हां, उस समय वह उसके साथ थी, और थोड़ी ही दूर पर एक झाड़ी के अन्दर छिपी हुई थी।

स्त्री–यह बड़ा ही अंधेर हुआ, अगर तुम्हें मालूम होता कि वह जीती है तो तुम अपना नाम भूतनाथ काहे को रखते।

भूतनाथ–नहीं, अगर मुझे उसके मरने में कुछ भी शक होता तो मैं अपना नाम भूतनाथ न रखता। केवल इतना ही नहीं, उसने तो मुझे उस समय एक ऐसी बात

कही थी जिससे मेरी बची-बचाई जान भी निकल गई और मैं ऐसा कमजोर हो गया कि उसके साथ लड़ने योग्य भी न रहा।

स्त्री–सो क्या?

भूतनाथ–उसने तुम्हारी तरफ इशारा करके मुझसे कहा कि 'तुम्हारी बहुत ही प्यारी चीज मेरे कब्जे में है जो तुम्हारे बाद बड़ी तकलीफ में पड़ जाएगी और जिसे तुम लामाघाटी में छोड़ आए थे' और यही सबब है कि छूटने के साथ ही सबसे पहिले मैं इस तरफ आया, मगर ईश्वर को धन्यवाद देता हूं कि तुम उस शैतान के हाथ से बची रहीं और तुम्हें मैं इस जगह राजी-खुशी देख रहा हूं।

स्त्री–उसकी क्या मजाल कि यहां आ सके, उसे स्वप्न में भी यहां का रास्ता मालूम नहीं हो सकता।

भूतनाथ–सो तो मैं समझता हूं। परन्तु 'लामाघाटी' का नाम लेने से मुझे उसकी बात पर विश्वास हो गया, मैंने सोचा कि यदि वह लामाघाटी तक न गया होता तो लामाघाटी का नाम भी उसे मालूम न होता और उ...

स्त्री–नहीं-नहीं, लामाघाटी का नाम किसी दूसरे सबब से उसे मालूम हुआ होगा।

भूतनाथ–बेशक ऐसा ही है, खैर, तुम्हारी तरफ से तो मैं निश्चिन्त हो गया मगर अब अपनी जान बचाने के लिए मुझे असली बलभद्रसिंह का पता लगाना चाहिए।

स्त्री–अब तुम अपना खुलासा हाल उस दिन से कह जाओ जिस दिन से तुम मुझसे जुदा हुए हो।

भूतनाथ ने अपना कुल हाल अपनी स्त्री को कह सुनाया और इसके बाद थोड़ी देर तक बातचीत करके बाहर निकल आया। एक दालान में जिसमें सुन्दर बिछावन बिछा हुआ था और रोशनी बखूबी हो रही थी, उसके संगी-साथी या सिपाही सब बैठे, उसके आने की राह देख थे। भूतनाथ के आते ही वे सब अदब के तौर पर उठ खड़े हुए तथा उसके बैठने के बाद उसकी आज्ञा पाकर बैठ गए और बातचीत होने लगी।

भूतनाथ–कहो तुम लोग अच्छे तो हो?

सब–जी आपके अनुग्रह से हम लोग अच्छे हैं।

भूतनाथ–ऐसा ही चाहिए।

एक–आप इतने दुबले और उदास क्यों हो रहे हैं?

भूतनाथ–मैं एक भारी आफत में फंस गया था बल्कि अभी तक फंसा ही हुआ हूं।

सब–सो क्या ? सो क्यों?

भूतनाथ–मैं तुमसे सबकुछ कहता हूं क्योंकि तुम लोग मेरे खैरख्वाह हो और मुझे तुम लोगों का बहुत सहारा रहता है।

सब–हम लोग आपके ताबेदार हैं और एक अदने इशारे पर जान देने के लिए तैयार हैं, औरों की तो दूर रहे खास राजा बीरेन्द्रसिंह से भिड़ जाने की हिम्मत रखते हैं।

भूतनाथ–बेशक ऐसा ही है और इसीलिए मैं कोई बात तुम लोगों से नहीं छिपाता।

इतना कहकर भूतनाथ ने अपना हाल कहना आरम्भ किया। जो कुछ अपनी स्त्री से कह चुका था, वह तथा और भी बहुत-सी बातें उसने उन लोगों से कहीं और इसके बाद कई बहादुरों को कई तरह के काम करने की आज्ञा दे फिर अपनी स्त्री के पास चला गया।

दूसरे दिन सबेरे जब भूतनाथ बाहर आया तब मालूम हुआ कि उसके बहादुर सिपाहियों में से चालीस आदमी उसकी आज्ञानुसार 'लामाघाटी' के बाहर जा चुके हैं। भूतनाथ भी वहां से रवाना होने के लिए तैयार ही था और अपनी स्त्री से बिदा होकर बाहर निकला था, अस्तु, वह भी एक आदमी को लेकर चल पड़ा और दो ही घण्टे बाद 'लामाघाटी' से बाहर मैदान में जमानिया की तरफ जाता हुआ दिखाई देने लगा।

छठवां बयान

जो कुछ हम ऊपर लिख आए हैं, उसके कई दिन बाद जमानिया में दोपहर दिन के समय जब राजा गोपालसिंह भोजन इत्यादि से छुट्टी पाकर अपने कमरे में चारपाई पर लेटे हुए, एक-एक करके बहुस-सी चीठियों को पढ़-पढ़कर कुछ सोच रहे थे, उसी समय चोबदार ने भूतनाथ के आने की इत्तिला की। गोपालसिंह ने भूतनाथ को अपने सामने हाजिर करने की आज्ञा दी। भूतनाथ हाजिर हुआ और सलाम करके चुपचाप खड़ा हो गया। उस समय वहां पर इन दोनों के सिवाय और कोई न था।

गोपाल–कहो भूतनाथ! अच्छे तो हो, इतने दिनों तक कहां थे और क्या करते थे?

भूतनाथ–आपसे बिदा होकर मैं बड़ी मुसीबत में पड़ गया।

गोपाल–सो क्या!

भूतनाथ–कमलिनी जी के मकान की बर्बादी का हाल तो आपको मालूम हुआ ही होगा?

गोपाल–हां, मैं सुन चुका हूं कि कमलिनी के मकान को दुश्मनों ने उजाड़ दिया और उसके यहां जो कैदी थे वे भाग गए।

भूतनाथ–ठीक है, तो क्या आप किशोरी, कामिनी और तारा का हाल भी सुन चुके हैं जो उस मकान में थीं!

गोपाल–उनका खुलासा हाल तो मुझे मालूम नहीं हुआ, मगर इतना सुन चुका हूं कि अब वे सब कमलिनी के साथ रोहतासगढ़ में जा पहुंची हैं।

भूतनाथ–ठीक है, मगर उन पर कैसी मुसीबत आ पड़ी थी, उसका हाल आपको शायद मालूम नहीं।

गोपाल–नहीं, बल्कि उसका खुलासा हाल दरियाफ्त करने के लिए मैंने एक आदमी रोहतासगढ़ में ज्योतिषी जी के पास भेजा है और एक पत्र भी लिखा है मगर अभी तक जवाब नहीं आया। तो क्या कमलिनी के साथ तुम भी वहां गए थे!

भूतनाथ–जी हां, मैं कमलिनी जी के साथ था।

गोपाल–तब तो मुझे सब खुलासा हाल तुम्हारी ही जुबानी मालूम हो सकता है, अच्छा कहो कि क्या हुआ?

भूतनाथ–मैं सब हाल आपसे कहता हूं और उसी के बीच में अपनी तबाही और बर्बादी का हाल भी कहता हूं।

इतना कहकर भूतनाथ ने किशोरी, कमलिनी, लक्ष्मीदेवी, भगवनिया, श्यामसुन्दरसिंह और बलभद्रसिंह का कुल हाल जो ऊपर लिखा जा चुका है, कहा और इसके बाद रोहतासगढ़ किले के अन्दर जो कुछ हुआ था, और कृष्णाजिन्न ने जो कुछ काम किया था, वह सब भी कहा!

पलंग पर पड़े राजा गोपालसिंह भूतनाथ की कुल बातें सुन गए और जब वह चुप हो गया तो उठकर एक ऊंची गद्दी पर जा बैठे जो पलंग के पास ही बिछी हुई थी। थोड़ी देर तक कुछ सोचने के बाद वे बोले, "हां तो इस ढंग से मालूम हुआ कि तारा वास्तव में लक्ष्मीदेवी है।"

भूतनाथ–जी हां, मुझे इस बात की कुछ भी खबर न थी।

गोपाल–यह हाल बड़ा ही दिलचस्प है, अच्छा कृष्णाजिन्न की चीठी मुझे दो, मैं देखूं।

भूतनाथ–(चीठी देकर) आशा है कि इसमें कोई बात मेरे विरुद्ध लिखी हुई न होगी।

गोपाल–(चीठी देखकर) नहीं, इसमें तो तुम्हारी सिफारिश की है और मुझे मदद देने के लिए लिखा है।

भूतनाथ–कृष्णाजिन्न को आप जानते हैं?

गोपाल–वह मेरा दोस्त है, लड़कपन ही से मैं उसे जानता हूं, उसे मेरे कैद होने की कुछ भी खबर न थी, पांच-सात दिन हुए हैं, जब वह मुबारकबाद देने के लिए मेरे पास आया था।

भूतनाथ–तो मैं उम्मीद करता हूं कि इस काम में आप मेरी मदद करेंगे?

गोपाल–हां-हां, मैं इस काम में हर तरह से मदद देने के लिए तैयार हूं क्योंकि यह काम वास्तव में मेरा ही काम है, मगर मेरी समझ में नहीं आता कि क्या मदद कर सकूंगा, क्योंकि मुझे इन बातों की कुछ भी खबर न थी और न है।

भूतनाथ—जिस तरह की मदद मैं चाहता हूं, अर्ज करूंगा, मगर उसके पहिले मैं यह जानना चाहता हूं कि क्या आप राजा बीरेन्द्रसिंह और कमलिनी इत्यादि से मिलने के लिए रोहतासगढ़ जाएंगे?

गोपाल—जब तक राजा बीरेन्द्रसिंह मुझे न बुलावेंगे, मैं अपनी मर्जी से न जाऊंगा और न मुझे कमलिनी या लक्ष्मीदेवी से मिलने की जल्दी ही है, जब तुम्हारे मुकदमे का फैसला हो जाएगा तब जैसा होना, देखा जाएगा।

गोपालसिंह की बात सुनकर भूतनाथ को बड़ा ताज्जुब हुआ क्योंकि लक्ष्मीदेवी की खबर सुनकर न तो उनके चेहरे पर किसी तरह की खुशी दिखाई दी और न बलभद्रसिंह का हाल सुनकर उन्हें रंज ही हुआ। कमरे के अन्दर पैर रखते ही भूतनाथ ने जिस शान्त भाव से उन्हें देखा था वैसी ही सूरत में अब भी देख रहा था। आखिर बहुत-कुछ सोचने-विचारने के बाद भूतनाथ ने कहा, ''अपने खास बाग में मायारानी के कमरे की तलाशी ली थी?''

गोपाल—तुम भूलते हो। खास बाग के किसी कमरे या कोठरी की तलाशी लेने से कोई काम नहीं चल सकता। या तो तुम हेलासिंह के किसी पक्षपाती को जो उस काम में शरीक रहा हो, गिरफ्तार करो या दारोगा कमबख्त को दुःख देकर पूछो, मगर अफसोस इतना ही है कि दारोगा राजा बीरेन्द्रसिंह के कब्जे में है और उसके विषय में उनको कुछ लिखना मैं पसन्द नहीं करता।

गोपालसिंह की इस बात से भूतनाथ को और भी आश्चर्य हुआ और उसने कहा, ''तलाशी से मेरा और कोई मतलब नहीं है, मुझे ठीक पता लग चुका है कि मायारानी के पास तस्वीरों की एक किताब थी और उसमें उन लोगों की तस्वीरें थीं जो इस काम में उसके मददगार थे, बस मेरा मतलब उसी किताब के पाने से है और कुछ नहीं।''

गोपाल—हां ठीक है, मुझे इस प्रकार की एक किताब मिली थी मगर उस समय मैं बड़े क्रोध में था, इसलिए कमबख्त नकली मायारानी का असबाब कपड़ा-लत्ता इत्यादि जो कुछ मेरे हाथ लगा, उसी में उस तस्वीरवाली किताब को भी रखकर मैंने आग लगा दी, मगर अब मुझे यह जानकर अफसोस होता है कि वह किताब बड़े मतलब की थी।

अब भूतनाथ को निश्चय हो गया कि राजा गोपालसिंह मुझसे बहाना करते हैं और मेरी मदद करना नहीं चाहते। तब क्या करना चाहिए? इसके लिए भूतनाथ सिर झुकाए हुए कुछ सोच रहा था कि राजा गोपालसिंह ने कहा—

गोपाल—मगर भूतनाथ, मुझे याद पड़ता है कि तस्वीरवाली किताब में तुम्हारी तस्वीर भी थी!

भूतनाथ—शायद हो।

गोपाल—खैर, अब तो वह किताब ही जल गई, उसके बारे में कुछ भी कहना वृथा है।

भूतनाथ–(उदासी के साथ) मेरी किस्मत, मैं लाचार हूं। बस मदद के लिए केवल एक ही किताब थी जिसे पाने की उम्मीद में मैं आपके पास आया था, खैर, अब जाता हूं, जो कुछ हैरानी बदी है, उसे उठाऊंगा और जिस तरह बनेगा असली बलभद्रसिंह का पता लगाऊंगा।

गोपाल–मैं जानता हूं कि इस समय जमानिया के बाहर होकर तुम कहां जाओगे और बलभद्रसिंह का पता क्योंकर लगाओगे, क्या करोगे!

भूतनाथ–(ताज्जुब से) वह क्या?

गोपाल–बस काशी में मनोरमा का मकान तुम्हारा सबसे पहिला ठिकाना होगा।

भूतनाथ–बस-बस ठीक है, आपने खूब समझा और अब मुझे विश्वास हो गया कि इस काम में आप मेरी बहुत-कुछ मदद कर सकते हैं, मगर आश्चर्य है कि आप किसी तरह की सहायता नहीं करते।

गोपाल–खैर, अब हम तुमसे साफ-साफ कह देना ही अच्छा समझते हैं। कृष्णाजिन्न से और मुझसे निःसन्देह दोस्ती थी और वह अब भी मुझसे प्रेम रखता है, मगर किसी कारण से मेरी तबीयत उससे खट्टी हो गई और मैं कसम खा चुका हूं कि जिस काम में वह पड़ेगा उसमें मैं दखल न दूंगा, चाहे वह काम मेरे ही फायदे का क्यों न हो या मदद न देने के सबब से मेरा कितना ही बड़ा नुकसान क्यों न हो, या मेरी जान ही क्यों न चली जाए। बस यही सबब है कि मैं तुम्हारी मदद नहीं करता।

भूतनाथ–(कुछ सोचकर) अच्छा तो फिर मुझे आज्ञा दीजिए कि मैं जाऊं और बलभद्रसिंह का पता लगाने के लिए उद्योग करूं।

गोपाल–जाओ, ईश्वर तुम्हारी मदद करे।

भूतनाथ सलाम करके कमरे के बाहर चला गया। उसके जाने के बाद गोपालसिंह को हंसी आई और उन्होंने आप-ही-आप धीरे-से कहा, "इसने जरूर सोचा होगा कि गोपालसिंह पूरा बेवकूफ या पागल है!"

भूतनाथ महल की ड्योढ़ी पर आया जहां अपने साथी को छोड़ गया था और उसे साथ लेकर शहर के बाहर निकल गया। जब वे दोनों आदमी मैदान में पहुंचे जहां चारों तरफ सन्नाटा था तो भूतनाथ के साथी ने पूछा, "कहिए राजा गोपालसिंह की मुलाकात का क्या नतीजा निकला?"

भूतनाथ–कुछ भी नहीं, मैं व्यर्थ ही आया।

आदमी–सो क्या?

भूतनाथ–उन्होंने किसी प्रकार की मदद देने से इनकार कर दिया।

आदमी–बड़े आश्चर्य की बात है, यह काम तो वास्तव में उन्हीं का है।

भूतनाथ–सबकुछ है, मगर...

आदमी—तो क्या लक्ष्मीदेवी का पता लगने से वे खुश नहीं हैं?

भूतनाथ—मेरी समझ में कुछ नहीं आता कि वे खुश हैं या नाराज, न तो उनके चेहरे पर किसी तरह की खुशी दिखाई दी, न रंज। हंसना तो दूर रहा, वे लक्ष्मीदेवी, बलभद्रसिंह, मायारानी और कृष्णाजिन्न का किस्सा सुनकर मुस्कुराए भी नहीं, यद्यपि कई बातें ऐसी थीं जिन्हें सुनकर उन्हें अवश्य हंसना चाहिए था।

आदमी—क्या उनके मिजाज में कुछ फर्क पड़ गया है!

भूतनाथ—मालूम तो ऐसा ही होता है, बल्कि मैं तो समझता हूं कि वे पागल हो गए हैं। जब मैंने उनसे पूछा कि 'राजा बीरेन्द्रसिंह या लक्ष्मीदेवी से मिलने के लिए आप रोहतासगढ़ जाएंगे?' तो उन्होंने कहा, 'नहीं, जब तक राजा बीरेन्द्रसिंह न बुलावेंगे, मैं न जाऊंगा।' भला यह भी कोई बुद्धिमानी की बात है!

आदमी—मालूम होता है, वे सनक गए हैं।

भूतनाथ—या तो वे सनक ही गए हैं और या फिर कोई भारी धूर्तता करना चाहते हैं। खैर जाने दो, इस समय तो भूतनाथ स्वतन्त्र है फिर जो होगा, देखा जाएगा। अब मुझे किसी ठिकाने बैठकर अपने आदमियों का इन्तजार करना चाहिए।

आदमी—तब उसी कुटी में चलिए, किसी-न-किसी से मुलाकात हो ही जाएगी।

भूतनाथ—(हंसकर) अच्छा देखो तो सही, भूतनाथ क्या-क्या करता है और कैसे-कैसे खेल-तमाशे दिखाता है।

सातवां बयान

अब हम थोड़ा-सा हाल लक्ष्मीदेवी की शादी का लिखना आवश्यक समझते हैं।

जब लक्ष्मीदेवी की मां जहरीली मिठाई के असर से मर गई (जैसा कि ऊपर के लेख से हमारे पाठकों को मालूम हुआ होगा) तब लक्ष्मीदेवी की सगी मौसी जो विधवा थी, और अपने ससुराल में रहा करती थी, बुला ली गई और उसने बड़े लाड़-प्यार से लक्ष्मीदेवी, कमलिनी और लाडिली की परवरिश शुरू की और बड़ी दिलजमई तथा दिल से उन तीनों को रखा। परन्तु बलभद्रसिंह स्त्री के मरने से बहुत ही उदास और विरक्त हो गया। उसका दिल गृहस्थी तथा व्यापार की तरफ नहीं लगता था और वह दिन-रात इसी विचार में पड़ा रहता था कि किसी तरह तीनों लड़कियों की शादी हो जाए और वे सब अपने-अपने ठिकाने पहुंच जाएं तो उत्तम हो। लक्ष्मीदेवी की बातचीत तो राजा गोपालसिंह के साथ तै हो चुकी थी, परन्तु कमलिनी और लाडिली के विषय में अभी कुछ निश्चय नहीं हो पाया था।

लक्ष्मीदेवी की मां को मरे जब लगभग सोलह महीने हो चुके तब उसकी शादी का इन्तजाम होने लगा। उधर राजा गोपालसिंह और इधर बलभद्रसिंह तैयारी करने

लगे। यह बात पहिले ही से तै पा चुकी थी कि राजा गोपालसिंह बारात सजाकर बलभद्रसिंह के घर न आवेंगे, बल्कि बलभद्रसिंह को अपनी लड़की उनके घर ले जाकर ब्याह देनी होगी और आखिर ऐसा ही हुआ।

सावन का महीना और कृष्णपक्ष की एकादशी का दिन था जब बलभद्रसिंह अपनी लड़की को लेकर जमानिया पहुंचे। उसके दूसरे या तीसरे दिन शादी होनेवाली थी और उधर कमबख्त दारोगा ने गुप्त रीति से हेलासिंह और उसकी लड़की मुन्दर को बुलाकर अपने मकान में छिपा रखा था। बलभद्रसिंह और दारोगा में बड़ी दोस्ती थी और बलभद्रसिंह दारोगा का बड़ा विश्वास करता था। मगर अफसोस, रुपया जो चाहे सो करावे, इसकी ठण्डी आंच को बरदाश्त करना किसी ऐसे-वैसे दिल का काम नहीं। इसके सबब से बड़े-बड़े मजबूत कलेजे हिल जाते हैं और पाप और पुण्य के विचार को तो यह इसी तरह से उड़ा देता है जैसे गन्धक का धुआं, कनेर पुष्प के लाल रंग को। यद्यपि दारोगा और बलभद्रसिंह में दोस्ती थी, परन्तु हेलासिंह के दिखाए हुए सब्जबाग ने दारोगा को ईश्वर और धर्म की तरफ कुछ भी विचार करने न दिया और वह बड़ी दृढ़ता के साथ विश्वासघात करने के लिए तैयार हो गया।

बलभद्रसिंह अपनी लड़की तथा कई नौकर और सिपाहियों को लेकर जमानिया पहुंचे और एक किराये के बाग में डेरा डाला जो कि दारोगा ने उनके लिए पहिले ही से ठीक कर रक्खा था। जब हर तरह का सामान ठीक हो गया तो उन्होंने दोस्ती के ढंग पर दारोगा को अपने पास बुलाया और उन चीजों को दिखाया जो शादी के लिए बन्दोबस्त कर अपने साथ ले आए थे, उन कपड़ों और गहनों को भी दिखाया जो अपने दामाद को देने के लिए लाए थे, फिहरिस्त के सहित वे चीजें उसके सामने रक्खीं जो दहेज में देने के लिए थीं, और सबके अन्त में वे कपड़े भी दिखाए जो शादी के समय अपनी लड़की लक्ष्मीदेवी को पहिराने के लिए तैयार कराकर लाए थे। दारोगा ने दोस्ताने ढंग पर एक-एक करके सब चीजों को देखा और तारीफ करता गया, मगर सबसे ज्यादे देर तक जिन चीजों पर उसकी निगाह ठहरी, वह शादी के समय पहिराए जानेवाले लक्ष्मीदेवी के कपड़े थे। दारोगा ने उन कपड़ों को उससे भी ज्यादे बारीक निगाह से देखा जिस निगाह से कि रेहन रखनेवाला कोई चालाक बनिया उन्हें देखता या जांच करता।

दारोगा अकेला बलभद्रसिंह के पास नहीं आया था, बल्कि अपने नौकर तथा सिपाहियों के साथ, जिनको वह दरवाजे पर ही छोड़ आया था, और भी दो आदमियों को लाया था, जिन्हें बलभद्रसिंह नहीं पहिचानते थे और दारोगा ने जिन्हें अपना दोस्त कहकर परिचय दिया था। इस समय इन दोनों ने भी उन कपड़ों को अच्छी तरह देखा, जिनके देखने में दारोगा ने अपने समय का बहुत हिस्सा नष्ट किया था।

थोड़ी देर तक गपशप और तारीफ करने के बाद दारोगा उठकर अपने घर चला आया। यहां उसने सब हाल हेलासिंह से कहा और यह भी कहा कि, "मैं दो चालाक

दर्जियों को अपने साथ लिये गया था जिन्होंने वे कपड़े बहुत अच्छी तरह देखभाल लिए हैं, जो लक्ष्मीदेवी को विवाह के समय पहिराए जानेवाले हैं और उन दर्जियों को ठीक उसी तरह के कपड़े तैयार करने के लिए आज्ञा दे दी गई है, इत्यादि।

जिस दिन शादी होनेवाली थी, केवल रात ही अंधेरी न थी, बल्कि बादल भी चारों तरफ से इतने घिर आए थे कि हाथ-को-हाथ भी नहीं दिखाई देता था। ब्याह का काम उसी खास बाग में ठीक किया गया था जिसमें मायारानी के रहने का हाल हम कई मर्तबे लिख चुके हैं। इस समय इस बाग का बहुत बड़ा हिस्सा दारोगा ने शादी का सामान वगैरह रखने के लिए अपने कब्जे में कर लिया था, जिसमें कई दालान, कोठरियां, कमरे और तहखाने भी थे, और साथ-साथ उसने हेलासिंह की लड़की मुन्दर को भी लौंडियों के से कपड़े पहनाके अन्दर एक तहखाने में छिपा रक्खा था।

कन्यादान का समय तीन पहर रात बीते पण्डितों ने निश्चित किया था और जो पण्डित विवाह करानेवालों का मुखिया था, उसे दारोगा ने पहिले ही मिला लिया था। दो पहर रात बीतने के पहिले ही लक्ष्मीदेवी को साथ लिये हुए बलभद्रसिंह बाग के अन्दर कर लिए गए और विवाह का कार्य आरम्भ कर दिया गया। बाग का जो हिस्सा दारोगा ने अपने अधिकार में रक्खा, उसमें एक सुन्दर सजी हुई कोठरी भी थी जिसके नीचे एक तहखाना था। दारोगा की इच्छा से गोपालसिंह के कुलदेवता का स्थान उसी में नियत किया गया था और उसके नीचेवाले तहखाने में दारोगा ने हेलासिंह की लड़की मुन्दर को ठीक वैसे ही कपड़े पहिराकर छिपा रक्खा था, जैसे कि बलभद्रसिंह ने लक्ष्मीदेवी के लिए बनवाए थे और जिन्हें चालाक दर्जियों के सहित दारोगा अच्छी तरह देख आया था।

बलभद्रसिंह का दोस्त केवल दारोगा ही न था, बल्कि दारोगा के गुरुभाई इन्द्रदेव से भी उनकी मित्रता थी और उन्हें निश्चय था कि इस विवाह में इन्द्रदेव भी अवश्य आवेगा, क्योंकि राजा गोपालसिंह भी इन्द्रदेव को मानते और उसकी इज्जत करते थे, परन्तु बलभद्रसिंह को बड़ा ही आश्चर्य हुआ, जब विवाह का समय निकट आ जाने पर भी उन्होंने इन्द्रदेव को वहां न देखा। जब उसने दारोगा से पूछा तो दारोगा ने इन्द्रदेव की चीठी दिखाई जिसमें यह लिखा था कि, 'मैं बीमार हूं इसलिए विवाह में उपस्थित नहीं हो सकता और इसलिए आपसे तथा राजा साहब से क्षमा मांगता हूं।'

जब कन्यादान हो गया तो पण्डित की आज्ञानुसार लक्ष्मीदेवी को लिये हुए राजा गोपालसिंह उस कोठरी में आए, जहां कुलदेवता का स्थान बनाया गया था और वहां भी पण्डित ने कई तरह की पूजा कराई। इसके बाद पण्डित की आज्ञानुसार लक्ष्मीदेवी को छोड़ गोपालसिंह उस कोठरी से बाहर आए और वे लौंडियां भी बाहर कर दी गईं जो लक्ष्मीदेवी के साथ थीं। उस समय पानी बड़े जोर से बरसने लगा और हवा बड़ी तेज चलने लगी, इस सबब से जितने आदमी वहां थे, सब तितर-बितर हो गए और

जिसको जहां जगह मिली, वहां जा घुसा। दारोगा तथा पण्डित की आज्ञानुसार बलभद्रसिंह पालकी में सवार हो अपने डेरे की तरफ रवाना हो गए, इधर गोपालसिंह दूसरे कमरे में जाकर गद्दी पर बैठ रहे और रंडियों का नाच शुरू हुआ। जितने आदमी उस बाग में थे, उसी महफिल की तरफ जा पहुंचे और नाच देखने लगे और इस सबब से दारोगा को भी अपना काम करने का बहुत अच्छा मौका मिल गया। वह उस कोठरी में घुसा जिसमें लक्ष्मीदेवी थी, उसे पूजा कराने के बहाने से तहखाने के अन्दर ले गया और तहखाने में से मुन्दर को लाकर लक्ष्मीदेवी की जगह बैठा दिया। उस समय लक्ष्मीदेवी को मालूम हुआ कि चालबाजी खेली गई और बदकिस्मती ने आकर उसे घेर लिया। यद्यपि वह बहुत चिल्लाई और रोई, मगर उसकी आवाज तहखाने और उसके ऊपरवाली कोठरी को भेदकर उन लोगों के कानों तक न पहुंच सकी जो कोठरी के बाहर दालान में पहरा दे रहे थे या महफिल में बैठे रंडी का नाच देख रहे थे। तहखाने के अन्दर से एक रास्ता बाग के बाहर निकल जाने का था, जिसके खुले रहने का इन्तजाम दारोगा ने पहिले से कर रक्खा था और दारोगा के आदमी गुप्त रीति से बाहरी दरवाजे के आसपास मौजूद थे। दारोगा ने लक्ष्मीदेवी के मुंह में कपड़ा ठूंसकर उसे हर तरह से लाचार कर दिया और इस सुरंग की राह बाग के बाहर पहुंचा, और अपने आदमियों के हवाले कर दरवाजा बन्द करता हुआ लौट आया। घण्टे ही भर के बाद लक्ष्मीदेवी ने अपने को अजायबघर की किसी कोठरी में बन्द पाया, और यह भी वहां उसके सुनने में आया कि बलभद्रसिंह पर, जो पानी बरसते में अपने डेरे की तरफ जा रहे थे, डाकुओं ने छापा मारा और उन्हें गिरफ्तार कर ले गए। जब यह खबर राजा गोपालसिंह के कान में पहुंची तो महफिल बर्खास्त कर दी गई, अकेली लक्ष्मीदेवी (मुन्दर) महल के अन्दर पहुंचाई गई और राजा साहब की आज्ञानुसार सैकड़ों आदमी बलभद्रसिंह की खोज में रवाने हो गए। उस समय पानी का बरसना बन्द हो गया था और सुबह की सुफेदी आसमान पर अपना दखल जमा चुकी थी। बलभद्रसिंह को खोजने के लिए राजा साहब के आदमियों ने दो दिन तक बहुत-कुछ उद्योग किया, मगर कुछ काम न चला अर्थात् बलभद्रसिंह का पता न लगा और पता लगता भी क्योंकर? असल बात तो यह है कि बलभद्रसिंह भी दारोगा के कब्जे में पड़कर अजायबघर में पहुंच चुके थे।

बलभद्रसिंह पर डाका पड़ने और उनके गायब होने का हाल लेकर जब उनके आदमी लोग घर पर पहुंचे तो घर में हाहाकार मच गया। कमलिनी, लाडिली और उसकी मौसी रोते-रोते बेहाल थीं, मगर क्या हो सकता था। अगर कुछ हो सकता था तो केवल इतना ही कि थोड़े दिन में धीरे-धीरे गम कम होकर केवल सुनने-सुनाने के लिए रह जाता, और माया के फेर में पड़े हुए जीव अपने-अपने काम-धंधे में लग जाते। खैर, इस पचड़े को छोड़कर हम बलभद्रसिंह और लक्ष्मीदेवी का हाल लिखते हैं, जिससे हमारे किस्से का बड़ा भारी सम्बन्ध है।

दारोगा की यह नीयत नहीं थी कि लक्ष्मीदेवी और बलभद्रसिंह उसकी कैद में रहें, बल्कि वह यह चाहता था कि महीना-बीस दिन बाद जब होहल्ला कम हो जाए और वे लोग अपने घर चले जाएं जो विवाह के न्योते में आए हैं तो उन दोनों को मारकर टंटा मिटा दिया जाए। परन्तु ईश्वर की मर्जी कुछ और ही थी। वह चाहता था कि लक्ष्मीदेवी और बलभद्रसिंह जिन्दा रहकर बड़े-बड़े कष्ट भोगें, और मुद्दत तक मुर्दों से बदतर बने रहें, क्योंकि थोड़े ही दिन बाद दारोगा को राय बदल गई और उसने लक्ष्मीदेवी और बलभद्रसिंह को हमेशा के लिए अपनी कैद में रखना उचित समझा। उसे निश्चय हो गया कि हेलासिंह बड़ा ही बदमाश और शैतान आदमी है, और मुन्दर भी सीधी औरत नहीं है। अतएव आश्चर्य नहीं कि लक्ष्मीदेवी और बलभद्रसिंह के मरने के बाद वे दोनों बेफिक्र हो जाएं और यह समझ लें कि अब दारोगा हमारा कुछ नहीं कर सकता, मुझे दूध की मक्खी की तरह निकाल बाहर करें तथा जो कुछ मुझे देने का वादा कर चुके हैं, उसके बदले में अंगूठा दिखा दें। उसने सोचा कि यदि लक्ष्मीदेवी और बलभद्रसिंह हमारी कैद में बने रहेंगे तो हेलासिंह और मुन्दर भी कब्जे के बाहर न जा सकेंगे, क्योंकि वे समझेंगे कि अगर दारोगा से बेमुरौवती की जाएगी तो वह तुरन्त बलभद्रसिंह और लक्ष्मीदेवी को प्रकट कर देगा और खुद राजा का खैरख्वाह बना रहेगा, उन समय लेने-के-देने पड़ जाएंगे, इत्यादि।

वास्तव में दारोगा का खयाल बहुत ठीक था। हेलासिंह यही चाहता था कि दारोगा किसी तरह लक्ष्मीदेवी और बलभद्रसिंह को खपा डाले तो हम लोग निश्चिन्त हो जाएं, मगर जब उसने देखा कि दारोगा ऐसा नहीं करेगा तो लाचार चुप ही रहा। दारोगा ने हेलासिंह के साथ-ही-साथ मुन्दर को भी यह कह रक्खा था कि, 'देखो बलभद्रसिंह और लक्ष्मीदेवी मेरे कब्जे में हैं, जिस दिन तुम मुझसे बेमुरौवती करोगी या मेरे हुक्म से सिर फेरोगी, उन दिन मैं लक्ष्मीदेवी और बलभद्रसिंह को प्रकट करके तुम दोनों को जहन्नुम में मिला दूंगा।"

निःसन्देह दोनों कैदियों को कैद रखकर दारोगा ने बहुत दिनों तक फायदा उठाया और मालोमाल हो गया, मगर साथ ही इसके मुन्दर की शादी के महीने ही भर बाद दारोगा की चालाकियों ने और लोगों को यह भी विश्वास दिला दिया कि बलभद्रसिंह डाकुओं के हाथ से मारा गया। यह खबर जब बलभद्रसिंह के घर में पहुंची तो उसकी साली और दोनों लड़कियों के रंज का हद न रहा। बरसों बीत जाने पर भी उनकी आंखें सदा तर रहा करती थीं, मगर मुन्दर जो लक्ष्मीदेवी के नाम से मशहूर हो रही थी, लोगों को यह विश्वास दिलाने के लिए कि 'मैं वास्तव में कमलिनी और लाडिली की बहिन हूं' उन दोनों के पास हमेशा तोहफा और सौगात भेजा करती थी। और कमलिनी और लाडिली भी जो यद्यपि बिना मां-बाप की हो गई थीं, परन्तु अपनी मौसी की बदौलत, जो उन दोनों को अपने से बढ़कर मानती थी और जिसे वे दोनों भी अपनी मां की तरह मानती थीं, बराबर सुख के साथ रहा करती थीं। मुन्दर की शादी

के तीन वर्ष बाद कमलिनी और लाडिली की मौसी भी कुटिल काल के गाल में जा पड़ी। इसके थोड़े ही दिन बाद मुन्दर ने कमलिनी और लाडिली को अपने यहां बुला लिया और इस तरह खातिरदारी के साथ रक्खा कि उन दोनों के दिल में इस बात का शक तक न होने पाया कि मुन्दर वास्तव में हमारी बहिन लक्ष्मीदेवी नहीं है। यद्यपि लक्ष्मीदेवी की तरह मुन्दर भी बहुत खूबसूरत और हसीन थी, मगर फिर भी सूरत-शक्ल में बहुत-कुछ अन्दर था, लेकिन कमलिनी और लाडिली ने इसे जमाने का हेर-फेर समझा, जैसा कि हम ऊपर के किसी बयान में लिख आए हैं।

यह सबकुछ हुआ, मगर मुन्दर के दिल में, जिसका नाम राजा गोपालसिंह की बदौलत मायारानी हो गया था, दारोगा का खौफ बना ही रहा और वह इस बात से डरती ही रही कि कहीं किसी दिन दारोगा मुझसे रंज होकर सारा भेद राजा गोपालसिंह के आगे खोल न दे। इस बला से बचने के लिए उसे इससे बढ़कर कोई तरकीब न सूझी कि राजा गोपालसिंह को ही इस दुनिया से उठा दे और स्वयं राजरानी बनकर दारोगा पर हुकूमत करे। उसकी ऐयाशी ने उसके इस खयाल को और भी मजबूत कर दिया, और यही वह जमाना था, जबकि एक छोकरे पर, जिसका परिचय धनपत के नाम से पहिले के बयानों में दिया जा चुका है, उसका दिल आ गया और उसके विचार की जड़, बड़ की तरह मजबूती पकड़ती चली गई थी। उधर दारोगा भी बेफिक्र न था, उसे भी अपना रंग चोखा करने की फिक्र लग रही थी। यद्यपि उसने लक्ष्मीदेवी और बलभद्रसिंह को एक ही कैदखाने में कैद किया हुआ था, मगर वह लक्ष्मीदेवी को भी धोखे में डालकर एक नया काम करने की फिक्र में पड़ा हुआ था और चाहता था कि बलभद्रसिंह को लक्ष्मीदेवी से इस ढंग पर अलग कर दे कि लक्ष्मीदेवी को किसी तरह का गुमान तक न होने पावे। इस काम में उसने एक दोस्त की मदद ली, जिसका नाम जैपालसिंह था, और जिसका हाल आगे चलकर मालूम होगा।

आठवां बयान

हम ऊपर लिख आए हैं कि लक्ष्मीदेवी और बलभद्रसिंह अजायबघर के किसी तहखाने में कैद किए गए थे। मगर मायारानी और हेलासिंह इस बात को नहीं जानते थे कि उन दोनों को दारोगा ने कहां कैद कर रक्खा है।

इसके कहने की कोई आवश्यकता नहीं कि बलभद्रसिंह और लक्ष्मीदेवी कैदखाने में क्योंकर मुसीबत के दिन काट रहे थे। ताज्जुब की बात तो यह थी कि दारोगा अक्सर इन दोनों के पास जाता और बलभद्रसिंह के ताने और गालियां बरदाश्त करता। मगर उसे किसी तरह की शर्म नहीं आती थी। जिस घर में वे दोनों कैद थे, उसमें रात और दिन का विचार करना कठिन था। उन दोनों से थोड़ी ही दूर पर एक

चिराग दिन-रात जला करता था, जिसकी रोशनी में वे एक-दूसरे के उदास और रंजीदे चेहरे को बराबर देखा करते थे।

जिस कोठरी में वे दोनों कैद थे, उसके आगे लोहे का जंगला लगा हुआ था तथा सामने की तरफ एक दालान और दाईं तरफ एक कोठरी तथा बाईं तरफ ऊपर चढ़ जाने का रास्ता था। एक दिन आधी रात के समय एक खटके की आवाज सुनकर लक्ष्मीदेवी जो एक मामूली कम्बल पर सोई हुई थी, उठ बैठी और सामने की तरफ देखने लगी। उसने देखा कि सामने से सीढ़ियां उतरकर चेहरे पर नकाब डाले हुए एक आदमी आ रहा है। जब लोहेवाले जंगले के पास पहुंचा तो उसकी तरफ देखने लगा कि दोनों कैदी सोए हुए हैं या जागते, मगर जब उसने लक्ष्मीदेवी को बैठे हुए पाया तो बोला, "बेटी, मुझे तुम दोनों की अवस्था पर बड़ा ही रंज होता है मगर क्या करूं लाचार हूं, अभी तक तो कोई मौका मेरे हाथ नहीं लगा, मगर फिर भी मैं यह कहे बिना नहीं रह सकता कि किसी-न-किसी दिन तुम दोनों को मैं इस कैद से जरूर छुड़ाऊंगा। आज इस समय मैं केवल यह कहने के लिए आया हूं कि आज दारोगा ने बलभद्रसिंह को जो खाने की चीजें दी थीं, उनमें जहर मिला हुआ था। अफसोस कि बेचारा बलभद्रसिंह उसे खा गया, ताज्जुब नहीं कि वह इस दुनिया से घण्टे-हो-दो घण्टे में कूच कर जाए, लेकिन यदि तू उसे जगा दे और जो कुछ मैं कहूं करे, तो निःसन्देह उसकी जान बच जाएगी।"

बेचारी लक्ष्मीदेवी के लिए पहिले की मुनीबतें क्या कम थीं और इस खबर ने उसके दिल पर क्या असर किया सो वही जानती होगी। वह घबराई हुई अपने बाप के पास गई जो एक कम्बल पर सो रहा था। उसने उसे उठाने की कोशिश की मगर उसका बाप न उठा, तब उसने समझा कि बेशक जहर ने उसके बाप की जान ले ली, मगर जब उसने नब्ज पर उंगली रक्खी तो नब्ज को तेजी के साथ चलता पाया। लक्ष्मीदेवी की आंखों से बेअन्दाज आंसू जारी हो गए। वह लपककर जंगले के पास आई और उस आदमी से हाथ जोड़कर बोली, "निःसन्देह तुम कोई देवता हो जो इस समय मेरी मदद के लिए आए हो! यद्यपि मैं यहां मुसीबत के दिन काट रही हूं, मगर फिर भी अपने पिता को अपने पास देखकर मैं मुसीबत को कुछ नहीं गिनती थी, अफसोस, दारोगा मुझे इस सुख से भी दूर किया चाहता है। जो कुछ तुमने कहा सो बहुत ठीक है, इसमें कुछ भी सन्देह नहीं कि दारोगा ने मेरे बाप को जहर दे दिया, मगर मैं तुम्हारी दूसरी बात पर भी विश्वास करती हूं जो तुम अभी कह चुके हो कि यदि तुम्हारी बताई हुई तरकीब की जाएगी तो इनकी जान बच जाएगी।"

नकाबपोश–बेशक, ऐसा ही है (एक पुड़िया जंगले के अन्दर फेंककर) यह दवा तुम उनके मुंह में डाल दो, घण्टे ही भर में जहर का असर दूर हो जाएगा और मैं प्रतिज्ञापूर्वक कहता हूं कि इस दवा की तासीर से भविष्य में इन पर किसी तरह के जहर का असर न होने पावेगा।

लक्ष्मीदेवी–अगर ऐसा हो तो क्या बात है!

नकाबपोश–बेशक, ऐसा ही है, पर अब विलम्ब न करो और वह दवा शीघ्र अपने बाप के मुंह में डाल दो, लो अब मैं जाता हूं ज्यादे देर तक ठहर नहीं सकता।

इतना कहकर नकाबपोश चला गया और लक्ष्मीदेवी ने पुड़िया खोलकर अपने बाप के मुंह में वह दवा डाल दी।

इस जगह यह कह देना हम उचित समझते हैं कि यह नकाबपोश जो आया था, दारोगा का वही मित्र जैपालसिंह था और इसे दारोगा ने अपने इच्छानुसार खूब सिखा-पढ़ाकर भेजा था। वह अपने चेहरे और बदन को विशेष करके इसलिए ढांके हुए था कि उसका चेहरा और तमाम बदन गर्मी के जख्मों से गन्दा हो रहा था और उन्हीं जख्मों की बदौलत वह दारोगा का एक भारी काम निकालना चाहता था।

दवा देने के घण्टे-भर बाद बलभद्रसिंह होश में आया। उस समय लक्ष्मीदेवी बहुत खुश हुई और उसने अपने बाप से मिजाज का हाल पूछा। बलभद्रसिंह ने कहा, "मैं नहीं जानता कि मुझे क्या हो गया था और अब मेरे बदन में चिनगारियां क्यों छूट रही हैं।" लक्ष्मीदेवी ने सब हाल कहा जिसे सुनकर बलभद्रसिंह बोला, "ठीक है, तुम्हारी खिलाई हुई दवा ने मेरी जान तो बचा ली, परन्तु मैं देखता हूं कि जहर का असर मुझे साफ छोड़ा नहीं चाहता, निःसन्देह इसकी गर्मी मेरे तमाम बदन को बिगाड़ देगी!" इतना कहकर बलभद्रसिंह चुप हो गया और गर्मी की बेचैनी से हाथ-पैर मारने लगा। सुबह होते-होते उसके तमाम बदन में फफोले निकल आए जिसकी तकलीफ से वह बहुत ही बेचैन हो गया। बेचारी लक्ष्मीदेवी उसके पास बैठकर सिवाय रोने के और कुछ भी नहीं कर सकती थी। दूसरे दिन जब दारोगा उस तहखाने में आया तो बलभद्रसिंह का हाल देखकर पहिले तो लौट गया, मगर थोड़ी ही देर बाद पुनः दो आदमियों को साथ लेकर आया और बलभद्रसिंह को हाथों-हाथ उठवाकर तहखाने के बाहर ले गया। इसके बाद आठ दिन तक बेचारी लक्ष्मीदेवी ने अपने बाप की सूरत नहीं देखी। नवें दिन कमबख्त दारोगा ने बलभद्रसिंह की जगह अपने दोस्त जैपालसिंह को उस तहखाने में ला डाला और ताला बन्द करके चला गया। जैपालसिंह को देखकर लक्ष्मीदेवी ताज्जुब में आ गई और बोली, "तुम कौन हो और यहां पर क्यों लाए गए?"

जैपाल–बेटी, क्या तू मुझे इसी आठ दिन में भूल गई। क्या तू नहीं जानती कि जहर के असर ने मेरी दुर्गति कर दी है? क्या तेरे सामने ही मेरे तमाम बदन में फफोले नहीं उठ आए थे? ठीक है, बेशक तू मुझे नहीं पहिचान सकी होगी, क्योंकि मेरा तमाम बदन जख्मों से भरा हुआ है, चेहरा बिगड़ गया है, मेरी आवाज खराब हो गई है, और मैं बहुत ही दुःखी हो रहा हूं!

लक्ष्मीदेवी को यद्यपि अपने बाप पर शक हुआ था, मगर मोढ़े पर का वही दांत, काटा निशान जो इस समय भी मौजूद था और जिसे दारोगा ने कारीगर जर्राह की बदौलत बनवा दिया था, देखकर चुप हो रही और उसे निश्चय हो गया कि मेरा बाप

बलभद्रसिंह यही है। थोड़ी देर बाद लक्ष्मीदेवी ने पूछा, "तुम्हें जब दारोगा यहां से ले गया तब उसने क्या किया?"

नकली बलभद्र–तीन दिन तक तो मुझे तनोबदन की सुध नहीं रही।

लक्ष्मीदेवी–अच्छा फिर।

नकली बलभद्र–चौथे दिन जब मेरी आंख खुली तो मैंने अपने को एक तहखाने में कैद पाया, जहां सामने चिराग जल रहा था, कुर्सी पर बेईमान दारोगा बैठा हुआ था और एक जर्राह मेरे जख्मों पर मरहम लगा रहा था।

लक्ष्मीदेवी–आश्चर्य है कि जब दारोगा ने तुम्हारी जान लेने के लिए जहर ही दिया तो...

नकली बलभद्र–मैं खुद आश्चर्य कर रहा हूं कि जब दारोगा मेरी जान ही लिया चाहता था और इसीलिए उसने मुझको जहर दिया था तो यहां से ले जाकर उसने मुझे जीता क्यों छोड़ा, मेरा सिर क्यों नहीं काट डाला, बल्कि मेरा इलाज क्यों कराने लगा?

लक्ष्मीदेवी–ठीक है, मैं भी यही सोच रही हूं, अच्छा तब क्या हुआ?

नकली बलभद्र–जब जर्राह मरहम लगाके चला गया और निराला हुआ तब दारोगा ने मुझसे कहा, "देखो बलभद्रसिंह, निःसन्देह तुम मेरे दोस्त थे, मगर दौलत की लालच ने मुझे तुम्हारे साथ दुश्मनी करने पर मजबूर किया। जो कुछ मैं किया चाहता था, सो मैं यद्यपि कर चुका, अर्थात् तुम्हारी लड़की की जगह हेलासिंह की लड़की मुन्दर को राजरानी बना दिया, मगर फिर मैंने सोचा कि अगर तुम दोनों बचकर निकल जाओगे तो मेरा भेद खुल जाएगा और मैं मारा जाऊंगा, इसलिए मैंने तुम दोनों को कैद किया। फिर हेलासिंह ने राय दी कि बलभद्रसिंह को मारकर सदैव के लिए टंटा मिटा देना चाहिए और इसलिए मैंने तुमको जहर दिया, मगर आश्चर्य है कि तुम मरे नहीं। जहां तक मैं समझता हूं, मेरे किसी नौकर ने ही मेरे साथ दगा की अर्थात् मेरे दवा के सन्दूक में से संजीवनी की पुड़िया जो केवल एक ही खुराक थी और जिसे वर्षों मेहनत करके मैंने तैयार किया था, निकालकर तुम्हें खिला दी और तुम्हारी जान बच गई। बेशक यही बात है और यह शक मुझे तब हुआ जब मैंने अपने सन्दूक में संजीवनी की पुड़िया न पाई और यद्यपि तुम उस संजीवनी की बदौलत बच गए, मगर फिर भी तेज जहर के असर से तुम्हारा बदन, तुम्हारी सूरत और तुम्हारी जिन्दगी खराब हुए बिना नहीं रह सकती। ताज्जुब नहीं कि आज नहीं तो दो-चार वर्षों के अन्दर तुम मर जाओ। अतएव मैं तुम्हें मारने के लिए कष्ट नहीं उठाता बल्कि तुम्हारे इन जख्मों का आराम करने का उद्योग करता हूं और इसमें अपना फायदा भी समझता हूं।" इतना कह दारोगा चला गया और मुझे कई दिनों तक उसी तहखाने में रहना पड़ा। इस बीच में जर्राह दिन में तीन-चार दफे मेरे पास आता और जख्मों को साफ करके पट्टी लगा जाता। जब मेरे जख्म दुरुन्त होने पर आए और जर्राह ने कहा कि अब पट्टी बदलने की जरूरत नहीं पड़ेगी तब मैं पुनः इस जगह पहुंचा दिया गया।

लक्ष्मीदेवी–(ऊंची सांस लेकर) न मालूम हम लोगों ने ऐसे कौन पाप किए हैं जिनका फल यह मिल रहा है।

इतना कह लक्ष्मीदेवी रोने लगी और नकली बलभद्रसिंह उसको दम-दिलासा देकर समझाने लगा।

हमारे पाठक आश्चर्य करते होंगे कि दारोगा ने ऐसा क्यों किया, और उसे एक नकली बलभद्रसिंह बनाने की क्या आवश्यकता थी। अस्तु, इसका सबब भी इसी जगह लिख देना हम उचित समझते हैं।

कमबख्त दारोगा ने सोचा कि लक्ष्मीदेवी की जगह में मुन्दर को राजरानी बना तो दिया, मगर कहीं ऐसा न हो कि दो-चार वर्ष के बाद या किसी समय में लक्ष्मीदेवी की रिश्तेदारी में कोई या उसकी दोनों बहिनें मुन्दर से मिलने आवें और लक्ष्मीदेवी के लड़कपन का जिक्र छेड़ दें तो अगर उस समय मुन्दर उसका जवाब न दे सकी तो उनको शक हो जाएगा। सूरत-शक्ल के बारे में तो कुछ चिन्ता नहीं, जैसी लक्ष्मीदेवी खूबसूरत है वैसी ही मुन्दर भी है और औरतों की सूरत-शक्ल प्रायः विवाह होने के बाद शीघ्र ही बदल जाती है। अस्तु, सूरत-शक्ल के बारे में कोई कुछ कह नहीं सकेगा, परन्तु जब पुरानी बातें निकलेंगी और मुन्दर कुछ जवाब न दे सकेगी, तब कठिन होगा। अतएव लक्ष्मीदेवी का कुछ हाल, उसके लड़कपन की कैफियत, उसके रिश्तेदारों और सखी-सहेलियों के नाम और उनकी तथा उनके घरों की अवस्था की मुन्दर को पूरी तरह जानकारी हो जानी चाहिए। अगर वह सब हाल हम बलभद्रसिंह से पूछेंगे तो वह कदापि न बताएगा, हां, अगर किसी दूसरे आदमी को बलभद्रसिंह बनाया जाए और वह कुछ दिनों तक लक्ष्मीदेवी के साथ रहकर इन बातों का पता लगावे, तब चल सकता है, इत्यादि बातों को सोचकर ही दारोगा ने उपरोक्त चालाकी की और कृतकार्य भी हुआ अर्थात् दो ही चार महीने में नकली बलभद्रसिंह को लक्ष्मीदेवी का पूरा-पूरा हाल मालूम हो गया। उसने सब हाल दारोगा से कहा और दारोगा ने मुन्दर को सिखा-पढ़ा दिया।

जब इन बातों से दारोगा की दिलजमई हो गई तो उसने नकली बलभद्रसिंह को कैदखाने से बाहर कर दिया और फिर मुद्दत तक लक्ष्मीदेवी को अकेले ही कैद की तकलीफ उठानी पड़ी।

नौवां बयान

एक दिन लक्ष्मीदेवी उस कैदखाने में बैठी हुई अपनी किस्मत पर रो रही थी कि दाहिनी तरफवाली कोठरी में से एक नकाबपोश को निकलते देखा। लक्ष्मीदेवी ने समझा कि यह वही नकाबपोश है जिसने मेरे बाप की जान बचाई थी, मगर तुरन्त ही उसे मालूम

हो गया कि यह कोई दूसरा है क्योंकि उसके और इसके डील-डौल में बहुत फर्क था। जब नकाबपोश जंगले के पास आया तब लक्ष्मीदेवी ने पूछा, "तुम कौन हो और यहां क्यों आए हो?"

नकाबपोश–मैं अपना परिचय तो नहीं दे सकता, परन्तु इतना कह सकता हूं कि बहुत दिनों से मैं इस फिक्र में था कि इस कैदखाने से किसी तरह तुमको निकाल दूं, मगर मौका न मिल सका, आज उसका मौका मिलने पर यहां आया हूं, बस विलम्ब न करो और उठो।

इतना कहकर नकाबपोश ने जंगला खोल दिया।

लक्ष्मीदेवी–और मेरे पिता?

नकाबपोश–मुझे मालूम नहीं कि वे कहां कैद हैं या किस अवस्था में हैं, यदि मुझे उनका पता लग जाएगा तो मैं उन्हें भी छुड़ाऊंगा।

यह सुनकर लक्ष्मीदेवी चुप हो रही और कुछ सोच-विचारकर आंखों से आंसू टपकाती हुई जंगले के बाहर निकली। नकाबपोश उसे साथ लिये हुए उसी कोठरी में घुसा जिसमें से वह स्वयं आया था। अब लक्ष्मीदेवी को मालूम हुआ कि यह एक सुरंग का मुहाना है। बहुत दूर तक नकाबपोश के पीछे जा और कई दरवाजे लांघकर उसे आसमान दिखाई दिया और मैदान की ताजी हवा भी मयस्सर हुई। उस समय नकाबपोश ने पूछा, "कहो अब तुम क्या करोगी और कहां जाओगी?"

लक्ष्मीदेवी–मैं नहीं कह सकती कि कहां जाऊंगी और क्या करूंगी, बल्कि डरती हूं कि कहीं फिर दारोगा के कब्जे में न पड़ जाऊं। हां, यदि तुम मेरे साथ कुछ और भी नेकी करो और मुझे मेरे घर तक पहुंचाने का बन्दोबस्त कर दो तो अच्छा हो।

नकाबपोश–(ऊंची सांस लेकर) अफसोस, तुम्हारा घर बर्बाद हो गया और इस समय वहां कोई नहीं है। तुम्हारी दूसरी मां अर्थात् तुम्हारी मौसी मर गई, तुम्हारी दोनों छोटी बहिनें राजा गोपालसिंह के यहां आ पहुंची हैं, और मायारानी को जो तुम्हारे बदले में गोपालसिंह के गले मढ़ी गई है, अपनी सगी बहिन समझकर उसी के साथ रहती हैं।

लक्ष्मीदेवी–मैंने तो सुना था कि मेरे बदले में मुन्दर मायारानी बनाई गई है?

नकाबपोश–हां, वही मुन्दर अब मायारानी के नाम से प्रसिद्ध हो रही है।

लक्ष्मीदेवी–तो क्या मैं अपनी बहिनों से या राजा गोपालसिंह से मिल सकती हूं?

नकाबपोश–नहीं।

लक्ष्मीदेवी–क्यों?

नकाबपोश–इसलिए कि अभी महीना-भर भी नहीं हुआ कि राजा गोपालसिंह का भी इन्तकाल हो गया। अब तुम्हारी फरियाद सुननेवाला वहां कोई भी नहीं है और यदि तुम वहां जाओगी और मायारानी को कुछ मालूम हो जाएगा तो तुम्हारी जान कदापि न बचेगी।

इतना सुनकर लक्ष्मीदेवी अपनी बदकिस्मती पर रोने लगी और नकाबपोश उसे समझाने-बुझाने लगा। अन्त में लक्ष्मीदेवी ने कहा, "अच्छा फिर तुम्हीं बताओ कि मैं कहां जाऊं और क्या करूं?"

नकाबपोश–(कुछ सोचकर) तो तुम मेरे ही घर चलो, मैं तुम्हें अपनी ही बेटी समझूंगा और परवरिश करूंगा।

लक्ष्मीदेवी–मगर तुम तो अपना परिचय तक नहीं देते!

नकाबपोश–(ऊंची सांस लेकर) खैर, अब तो परिचय देना ही पड़ा और कहना ही पड़ा कि मैं तुम्हारे बाप का दोस्त 'इन्द्रदेव' हूं।

इतना कहकर नकाबपोश ने चेहरे से नकाब उतारी और पूर्ण चन्द्रमा की रोशनी ने उसके चेहरे के हर एक रग-रेशे को अच्छी तरह दिखा दिया। लक्ष्मीदेवी उसे देखते ही पहिचान गई और दौड़कर उसके पैरों पर गिर पड़ी। इन्द्रदेव ने उठाकर उसका सिर छाती से लगा लिया और तब उसे अपने घर ले आकर गुप्त रीति से बड़ी खातिरदारी के साथ अपने यहां रक्खा।

लक्ष्मीदेवी का दिल फोड़े की तरह पका हुआ था। वह अपनी नई जिन्दगी में तरह-तरह की तकलीफें उठा चुकी थी। अब भी वह अपने बाप को खोज निकालने की फिक्र में लगी हुई थी और इसके अतिरिक्त उसका ज्यादा खयाल इस बात पर था कि किसी तरह अपने दुश्मनों से बदला लेना चाहिए। इस विषय पर उसने बहुत-कुछ विचार किया और अन्त में यह निश्चय किया कि इन्द्रदेव से ऐयारी सीखनी चाहिए क्योंकि वह खूब जानती थी कि इन्द्रदेव ऐयारी के फन में बड़ा ही होशियार है। आखिर उसने अपने दिल का हाल इन्द्रदेव से कहा और इन्द्रदेव ने भी उसकी राय पसन्द की तथा दिलोजान से कोशिश करके उसे ऐयारी सिखाने लगा। यद्यपि वह दारोगा का गुरुभाई था, तथापि दारोगा की करतूतों ने उसे हद से ज्यादा रंजीदा कर दिया था और उसे इस बात की कुछ भी परवाह न थी कि लक्ष्मीदेवी ऐयारी के फन में होशियार होकर दारोगा से बदला लेगी। निःसन्देह इन्द्रदेव ने बड़ी मर्दानगी की और दोस्ती का हक जैसा चाहिए था, वैसा ही निबाहा। उसने बड़ी मुस्तैदी के साथ लक्ष्मीदेवी को ऐयारी की विद्या सिखाई, बड़े-बड़े ऐयारों के किस्से सुनाए, एक-से-एक बढ़े-चढ़े नुस्खे सिखलाए, और ऐयारी के गूढ़ तत्त्वों को उसके दिल में नक्श (अंकित) कर दिया। थोड़े ही दिनों में लक्ष्मीदेवी पूरी ऐयारा हो गई और इन्द्रदेव की मदद से अपना नाम तारा रखकर मैदान की हवा खाने और दुश्मनों से बदला लेने की फिक्र में घूमने लगी।

लक्ष्मीदेवी ने तारा बनकर जो-जो काम किया, सबमें इन्द्रदेव की राय लेती रही और इन्द्रदेव भी बराबर उसकी मदद और खबरदारी करते रहे।

यद्यपि इन्द्रदेव ने लक्ष्मीदेवी की जान बचाई, उसे अपनी लड़की के समान पालकर सब लायक किया, और बहुत दिनों तक अपने साथ रक्खा, मगर उनके

दो-एक सच्चे प्रेमियों के सिवाय लक्ष्मीदेवी का हाल और किसी को मालूम न हुआ, और इन्द्रदेव ने भी किसी को उसकी सूरत तक देखने न दी। इस बीच में पचीसों दफे कमबख्त दारोगा, इन्द्रदेव के घर गया और इन्द्रदेव ने भी अपने दिल का भाव छिपाकर हर तरह से उसकी खातिरदारी की, मगर दारोगा तक को इस बात का पता न लगा कि जिस लक्ष्मीदेवी को मैंने कैद किया था, वह इन्द्रदेव के घर में मौजूद है और इस लायक हो रही है कि कुछ दिनों के बाद हमीं लोगों से बदला ले।

लक्ष्मीदेवी का तारा नाम इन्द्रदेव ही ने रक्खा था। जब तारा हर तरह से होशियार हो गई और वर्षों की मेहनत से उसकी सूरत-शक्ल में भी बहुत बड़ा फर्क पड़ गया, तब इन्द्रदेव ने उसे आज्ञा दी कि तू मायारानी के घर जाकर अपनी बहिन कमलिनी से मिल जो बहुत ही नेक और सच्ची है, मगर अपना असली परिचय न देकर उसके साथ मोहब्बत पैदा कर और ऐसा उद्योग कर कि उसमें और मायारानी में लड़ाई हो जाए और वह उस घर से निकलकर अलग हो जाए, फिर जो कुछ होगा देखा जाएगा। केवल इतना ही नहीं, इन्द्रदेव ने उसे एक प्रशंसापत्र भी दिया जिसमें यह लिखा हुआ था—

"मैं तारा को अच्छी तरह जानता हूं। यह मेरी धर्म की लड़की है। इसका चालचलन बहुत ही अच्छा है और नेक तथा धार्मिक लोगों के लिए यह विश्वास करने योग्य है।"

इन्द्रदेव ने तारा को यह भी कह दिया था कि मेरा यह पत्र सिवाय कमलिनी के और किसी को न दिखाइयो और जब इस बात का निश्चय हो जाए कि वह तुझ पर मुहब्बत रखती है, तब उसको एक दफे किसी तरह से मेरे घर ले आइयो, फिर जैसा होगा मैं समझ लूंगा।

आखिर ऐसा ही हुआ अर्थात् तारा इन्द्रदेव के बल पर निडर होकर मायारानी के महल में चली गई और कमलिनी की नौकरी कर ली। उसे पहिचानना तो दूर रहा, किसी को इस बात का शक भी न हुआ कि यह लक्ष्मीदेवी है।

तीन महीने के अन्दर उसने कमलिनी को अपने ऊपर मोहित कर लिया और मायारानी के इतने ऐब दिखाए कि कमलिनी को एक सायत के लिए भी मायारानी के पास रहना कठिन हो गया। जब उसने अपने बारे में तारा से राय ली, तब तारा ने उसे इन्द्रदेव से मिलने के लिए कहा और इस बारे में बहुत जोर दिया। कमलिनी ने तारा की बात मान ली और तारा उसे इन्द्रदेव के पास ले आई। इन्द्रदेव ने कमलिनी की बड़ी खातिर की और जहां तक बन पड़ा उसे उभाड़कर खुद इस बात की प्रतिज्ञा की कि, 'यदि तू मेरा भेद गुप्त रक्खेगी तो मैं बराबर तेरी मदद करता रहूंगा।'

उन दिनों तालाब के बीचवाला तिलिस्मी मकान बिलकुल उजाड़ पड़ा हुआ था और सिवाय इन्द्रदेव के उसका भेद किसी को मालूम न था। इन्द्रदेव ही के बताने

से कमलिनी ने उस मकान में अपना डेरा डाला और हर तरह से निडर होकर वहां रहने लगी और इसके बाद जो कुछ हुआ, हमारे प्रेमी पाठकों को मालूम ही है या हो जाएगा।

दसवां बयान

भूतनाथ जब राजा गोपालसिंह से बिदा हुआ तो अपने शागिर्द को साथ लिये हुए शहर से बाहर निकला और बातचीत करता हुआ आधी रात जाते-जाते तक एक घने जंगल के बीचोबीच में पहुंचा जहां एक साधारण ढंग की कुटी बनी हुई थी और उसके दरवाजे पर दो आदमी भी बैठे हुए धीरे-धीरे बातचीत कर रहे थे। वे दोनों भूतनाथ को देखते ही उठ खड़े हुए और सलाम करके बोले–

एक–क्या राजा गोपालसिंह से आपका कुछ काम निकला?

भूतनाथ–कुछ भी नहीं।

दूसरा–(आश्चर्य से) सो क्यों?

भूतनाथ–ठहरो, जरा दम ले लूं तो कहूं–और सब लोग कहां गए हैं?

एक–घूमने-फिरने गए हैं, आते ही होंगे।

भूतनाथ–अच्छा कुछ खाने-पीने के लिए हो तो लाओ।

इतना सुनते ही एक आदमी कुटी के अन्दर चला गया और एक लम्बा-चौड़ा कम्बल ला कुटी के बाहर बिछाकर फिर अन्दर लौट गया। भूतनाथ उसी कम्बल पर बैठ गया। दूसरा आदमी कुछ खाने की चीजें और जल से भरा हुआ लोटा ले आया और उस आदमी को जो भूतनाथ के साथ-ही-साथ यहां तक आया था, इशारा करके कुटी के अन्दर ले गया। भूतनाथ खा-पीकर निश्चिन्त हुआ ही था कि उसके बाकी आदमी भी जो कि इधर-उधर घूमने के लिए गए थे, आ पहुंचे और भूतनाथ को सलाम करने के बाद इशारा पाकर उसके सामने बैठकर बातचीत करने लगे। इस जगह यह लिखने की कोई जरूरत नहीं कि इन लोगों में क्या-क्या बातें हुईं। रात-भर सलाह और बातचीत करने के बाद भूतनाथ उन लोगों को समझा-बुझा और कई काम करने के लिए ताकीद करके सबेरा होते-होते अकेला वहां से रवाना हो गया और इन्द्रदेव के मकान की तरफ चल निकला।

दोपहर से कुछ ज्यादे दिन ढल चुका था जब भूतनाथ इन्द्रदेव की पहाड़ी पर आ पहुंचा और उस खोह के बाहर खड़ा होकर जो इन्द्रदेव के मकान में जाने का दरवाजा था, इधर-उधर देखने लगा। किसी को न देखा तो एक पत्थर की चट्टान पर बैठ गया क्योंकि वह इन्द्रदेव के मकान में पहुंचने का रास्ता नहीं जानता था। हां, यह बात उसे जरूर मालूम थी कि इन्द्रदेव की आज्ञा बिना या जब तक इन्द्रदेव का कोई

आदमी अपने साथ न ले जाए, कोई उस सुरंग को पार करके इन्द्रदेव के पास नहीं पहुंच सकता। इसके पहिले भी इन्द्रदेव के पास जाने का भूतनाथ को मौका मिला था, मगर हर दफे इन्द्रदेव का आदमी भूतनाथ की आंखों पर पट्टी बांधकर ही उसे खोह के अन्दर ले गया था।

भूतनाथ घण्टे-भर तक उसी चट्टान पर बैठा रहा, इसके बाद इन्द्रदेव का एक आदमी खोह के बाहर निकला जो भूतनाथ को अच्छी तरह पहिचानता था और भूतनाथ भी उसे जानता था। उस आदमी ने साहब-सलामत करने के बाद भूतनाथ से पूछा, "कहिए, आप कहां से आए?"

भूतनाथ–आपके मालिक इन्द्रदेव से मिलने के लिए आया हूं और बड़ी देर से यहां बैठा हूं।

आदमी–तो क्या आपकी इत्तिला करनी होगी?

भूतनाथ–अवश्य।

आदमी–अच्छा तो आप थोड़ी देर तक और तकलीफ कीजिए, मैं अभी जाकर खबर करता हूं।

इतना कहकर वह आदमी लौट गया। एक घण्टे बाद वह और भी दो आदमियों को अपने साथ लिये हुए आया और भूतनाथ से बोला, "चलिए, मगर आंखों पर पट्टी बंधवाने की तकलीफ आपको उठानी पड़ेगी।" उसके जवाब में भूतनाथ यह कहकर उठ खड़ा हुआ, "सो तो मैं पहले से ही जानता हूं।"

भूतनाथ की आंखों पर पट्टी बांध दी गई और वे तीनों आदमी उसे अपने साथ लिये हुए इन्द्रदेव के पास जा पहुंचे। इन्द्रदेव के स्थान और उसके मकान की कैफियत हम पहिले लिख चुके हैं, इसलिए यहां पुनः न लिखकर असल मतलब पर ध्यान देते हैं।

जिस समय भूतनाथ इन्द्रदेव के सामने पहुंचा, उस समय इन्द्रदेव अपने कमरे में मसनद के सहारे बैठे हुए कोई ग्रंथ पढ़ रहे थे। भूतनाथ को देखते ही उन्होंने मुस्कुराकर कहा, "आओ-आओ भूतनाथ, अबकी तो बहुत दिनों पर मुलाकात हुई है!"

भूतनाथ–(सलाम करके) बेशक बहुत दिनों पर मुलाकात हुई है। क्या कहें जमाने के हेर-फेर ने ऐसे-ऐसे कुढंगे कामों में फंसा दिया और अभी तक फंसा रक्खा है कि मेरी कमजोर जान को किसी तरह छुटकारे का दिन नसीब नहीं होता और इसी से आज बहुत दिनों पर आपके भी दर्शन हुए हैं।

इन्द्रदेव–(हंसकर) तुम्हारी कमजोर जान! जो भूतनाथ हजारों मजबूत आदमियों को भी नीचा दिखाने की ताकत रखता है, वह कहे कि 'मेरी कमजोर जान'!

भूतनाथ–बेशक ऐसा ही है। यद्यपि मैं अपने को बहुत-कुछ कर गुजरने के लायक समझता था, मगर आजकल ऐसी आफत में जान फंसी हुई है कि अक्ल कुछ काम नहीं करती।

इन्द्रदेव–क्या, कुछ कहो भी तो?

भूतनाथ–मैं यही सब कहने और आपसे मदद मांगने के लिए तो आया ही हूं।

इन्द्रदेव–मदद मांगने के लिए।

भूतनाथ–जी हां, आपसे बहुत बड़ी मदद की मुझे आशा है।

इन्द्रदेव–सो कैसे? क्या तुम नहीं जानते कि मायारानी का तिलिस्मी दारोगा मेरा गुरुभाई है और वह तुम्हें दुश्मनी की निगाह से देखता है?

भूतनाथ–इन बातों को मैं खूब जानता हूं और इतना जानने पर भी आपसे मदद लेने के लिए आया हूं।

इन्द्रदेव–यह तुम्हारी भूल है।

भूतनाथ–नहीं मेरी भूल कदापि नहीं है, यद्यपि आप दारोगा के गुरुभाई हैं, मगर मैं इस बात को अच्छी तरह जानता हूं कि आपके और उसके मिजाज में उलटे-सीधे का फर्क है, और मैं जिस काम में आपसे मदद लिया चाहता हूं, वह नेक और धर्म का काम है।

इन्द्रदेव–(कुछ सोचकर) अगर तुम यह समझकर कि मैं तुम्हारी मदद न करूंगा, मतलब कह सकते हो तो कहो, जैसा होगा मैं जवाब दूंगा।

भूतनाथ–यह तो मैं समझ ही नहीं सकता कि आपसे किसी तरह की मदद नहीं मिलेगी, मदद मिलेगी और जरूर मिलेगी, क्योंकि आपसे और बलभद्रसिंह से दोस्ती थी और उस दोस्ती का बदला आप उस तरह नहीं अदा कर सकते, जिस तरह दारोगा साहब ने किया था।

इस समय उस कमरे में वे तीनों आदमी भी मौजूद थे जो भूतनाथ को अपने साथ यहां तक लाए थे, इन्द्रदेव ने उन तीनों को बिदा करने के बाद कहा–

इन्द्रदेव–क्या तुम उस बलभद्रसिंह के बारे में मुझसे कुछ मदद लिया चाहते हो जिसे मरे आज कई वर्ष बीत चुके हैं?

भूतनाथ–जी हां, उसी बलभद्रसिंह के बारे में, जिसकी लड़की तारा बनकर कमलिनी के साथ रहनेवाली लक्ष्मीदेवी है और जिसे आप चाहे मरा हुआ समझते हैं मगर मैं मरा हुआ नहीं समझता।

इन्द्रदेव–(आश्चर्य से) क्या तारा ने अपना भेद प्रकट कर दिया! और क्या तुम्हें कोई ऐसा सबूत मिला है जिससे समझा जाए कि बलभद्रसिंह अभी तक जीता है?

भूतनाथ–जी, तारा का भेद यकायक प्रकट हो गया है, जिसे मैं भी नहीं जानता था कि वह लक्ष्मीदेवी है और बलभद्रसिंह के जीते रहने का सबूत भी मुझे मिल गया, मगर आपने तारा का नाम इस ढंग से लिया जिससे मालूम होता है कि आप तारा का असल भेद पहिले ही से जानते थे।

इन्द्रदेव–नहीं-नहीं, मैं भला क्योंकर जान सकता था कि तारा लक्ष्मीदेवी है, यह तो आज तुम्हारे ही मुंह से मालूम हुआ है। अच्छा तुम पहिले यह तो कह जाओ कि

तारा का भेद क्योंकर प्रकट हुआ, तुम किस मुसीबत में पड़े हो, और इस बात का क्या सबूत तुम्हारे पास है कि बलभद्रसिंह अभी तक जीते हैं? क्या बलभद्रसिंह जान-बूझकर कहीं छिपे हुए हैं या किसी की कैद में हैं?

भूतनाथ–नहीं-नहीं, बलभद्रसिंह जान-बूझकर छिपे हुए नहीं हैं बल्कि कहीं कैद में हैं। मैं उन्हें छुड़ाने की फिक्र में लगा हूं और इसी काम में आपसे मदद लिया चाहता हूं, क्योंकि अगर बलभद्रसिंह का पता लग गया तो आपको दो जानें बचाने का पुण्य मिलेगा।

इन्द्रदेव–दूसरा कौन?

भूतनाथ–दूसरा मैं, क्योंकि अगर बलभद्रसिंह का पता न लगेगा तो निश्चय है कि मैं भी मारा जाऊंगा।

इन्द्रदेव–अच्छा तुम पहिले अपना पूरा हाल कह जाओ।

इतना सुनकर भूतनाथ ने अपना हाल उस जगह से जब भगवनिया के सामने नकली बलभद्रसिंह से उससे मुलाकात हुई थी, कहना शुरू किया और इन्द्रदेव बड़े गौर से उसे सुनते रहे। भूतनाथ ने अपना कैदियों की हालत में रोहतासगढ़ पहुंचना, कृष्णाजिन्न से मुलाकात होना, मायारानी और दारोगा इत्यादि की गिरफ्तारी, राजा बीरेन्द्रसिंह के आगे मुकदमे की पेशी, कृष्णाजिन्न के पेश किये हुए अनूठे कलमदान की कैफियत, असली बलभद्रसिंह को खोज निकालने के लिए अपनी रिहाई, और राजा गोपालसिंह के पास से बिना कुछ मदद पाये बैरंग लौट आने का हाल सब पूरा-पूरा इन्द्रदेव से कह सुनाया। इन्द्रदेव थोड़ी देर तक चुपचाप कुछ सोचते रहे। भूतनाथ ने देखा कि उनके चेहरे का रंग थोड़ी-थोड़ी देर में बदलता है और कभी लाल, कभी सुफेद और कभी जर्द होकर, उनके दिल की अवस्था का थोड़ा-बहुत हाल प्रकट करता है।

इन्द्रदेव–(कुछ देर बाद) मगर तुम्हारे इस किस्से में कोई ऐसा सबूत नहीं मिला जिससे बलभद्रसिंह का अभी तक जीते रहना साबित होता हो?

भूतनाथ–क्या मैंने आपसे अभी नहीं कहा कि असली बलभद्रसिंह के जीते रहने का मुझे शक हुआ और कृष्णाजिन्न ने मेरे उस शक को यह कहकर विश्वास के साथ बदल दिया कि 'बेशक असली बलभद्रसिंह अभी तक कहीं कैद है और तू जिस तरह हो सके, उसका पता लगा।'

इन्द्रदेव–हां, यह तो तुमने कहा मगर मैं यह नहीं जानता कि कृष्णाजिन्न कौन है और उसकी बातों पर कहां तक विश्वास करना चाहिए।

भूतनाथ–अफसोस, आपने कृष्णाजिन्न की कार्रवाई पर अच्छी तरह ध्यान नहीं दिया जो मैं अभी आपसे कह चुका हूं। यद्यपि मैं स्वयं उसे नहीं जानता परन्तु जिस समय कृष्णाजिन्न ने वह अनूठा कलमदान पेश किया, जिसे देखने के साथ ही नकली बलभद्रसिंह की आधी जान निकल गई, जिस पर निगाह पड़ते ही लक्ष्मीदेवी

बेहोश हो गई, जिसे एक झलक ही में मैं पहिचान गया, जिस पर मीनाकारी की तीन तस्वीरें बनी हुई थीं, और जिस पर बिचली तस्वीर के नीचे मीनाकारी के मोटे खूबसूरत अक्षरों में 'इन्दिरा' लिखा हुआ था, उसी समय मैं समझ गया कि यह साधारण नहीं है।

इन्द्रदेव–(चौंककर) क्या कहा! क्या लिखा हुआ था?–'इन्दिरा!' और यह कहने के साथ ही इन्द्रदेव के चेहरे का रंग उड़ गया तथा आश्चर्य ने उस पर अपना रोआब जमा लिया।

भूतनाथ–हां-हां, 'इन्दिरा'–बेशक यही लिखा हुआ था।

अब इन्द्रदेव अपने को किसी तरह संभाल न सका। वह घबराकर उठ खड़ा हुआ और धीरे-धीरे निम्नलिखित बातें कहता हुआ इधर-उधर घूमने लगा–

"ओफ, मुझे धोखा हुआ! वाह रे दारोगा, तैंने इन्द्रदेव ही पर अपना हाथ साफ किया, जिसने तेरे सैकड़ों कसूर माफ किए और फिर भी तेरे रोने-पीटने और बड़ी-बड़ी कसमें खाने पर विश्वास करके तुझे राजा बीरेन्द्रसिंह की कैद से छुड़ाया! वाह रे जैपाल, तुझे तो इस तरह तड़पा-तड़पाकर मारूंगा कि गन्दगी पर बैठनेवाली मक्खियों को भी तेरे हाल पर रहम आवेगा! लक्ष्मीदेवी का बाप बनकर चला था मायारानी और दारोगा की मदद करने! वाह रे कृष्णाजिन्न, ईश्वर तेरा भला करे! मगर इसमें भी कोई शक नहीं कि तुझको यह हाल, हाल ही में मालूम हुआ है। आह, मैंने वास्तव में धोखा खाया। लक्ष्मीदेवी की बहुत ही प्यारी इन्दिरा! अच्छा-अच्छा, ठहर जा, देख तो सही मैं क्या करता हूं। भूतनाथ ने यद्यपि बहुत से बुरे काम किए हैं परन्तु अब वह उनका प्रायश्चित्त भी बड़ी खूबी के साथ कर रहा है। (भूतनाथ की तरफ देखके) अच्छा-अच्छा, मैं तुम्हारा साथ दूंगा मगर अभी नहीं, जब तक मैं उस कलमदान को अपनी आंखों से न देख लूंगा तब तक मेरा जी ठिकाने न होगा।"

भूतनाथ–(जो बड़े गौर से इन्द्रदेव का बड़बड़ाना सुन रहा था) हां-हां, आप उसे देख सकते हैं, मेरे साथ रोहतासगढ़ चलिए।

इन्द्रदेव–तुम्हारे साथ चलने की कोई आवश्यकता नहीं, तुम इसी जगह रहो, मैं अकेला ही जाऊंगा और बहुत जल्द ही लौट आऊंगा।

इतना कहकर इन्द्रदेव ने ताली बजाई और आवाज के साथ ही अपने दो आदमियों को कमरे के अन्दर आते देखा। इन्द्रदेव अपने आदमियों से यह कहकर कि, 'तुम लोग भूतनाथ को खातिरदारी के साथ यहां रक्खो जब तक कि मैं एक छोटे सफर से न लौट आऊं', कमरे के बाहर हो गए और तब दूसरे कमरे में जिसकी ताली वे अपने पास रक्खा करते थे, ताला खोलकर चले गए। इस कमरे में खूंटियों के सहारे तरह-तरह के कपड़े, ऐयारी के बहुत से बटुए, रंग-बिरंगे नकाब, एक-से-एक बढ़कर नायाब और बेशकीमत हर्बे और कमरबन्द वगैरह लटक रहे थे

और एक तरफ लोहे तथा लकड़ी के छोटे-बड़े कई सन्दूक भी रक्खे हुए थे। इन्द्रदेव ने अपने मतलब का एक जोडा (बेशकीमत पोशाक) खूंटी से उतारकर पहिर लिया और जो कपड़े पहिले पहिरे हुए थे, उतारकर एक तरफ रख दिए। सुर्ख रंग की नकाब उतारकर चेहरे पर लगाई, ऐयारी का बटुआ बगल में लटकाने के बाद बेशकीमत हर्बों से अपने को दुरुस्त किया और इसके बाद लोहे के एक सन्दूक में से कुछ निकालकर कमर में रख कमरे के बाहर निकल आए, कमरे का ताला बन्द किया और तब बिना भूतनाथ से मुलाकात किए ही वहां से रवाना हो गए।

ग्यारहवां बयान

रोहतासगढ़ में महल के अन्दर एक खूबसूरत सजे हुए कमरे में राजा बीरेन्द्रसिंह ऊंची गद्दी के ऊपर बैठे हुए हैं बगल में तेजसिंह और देवीसिंह बैठे हैं तथा सामने की तरफ किशोरी, कामिनी, लक्ष्मीदेवी, कमलिनी, लाडिली और कमला अदब के साथ सिर झुकाए बैठी हैं। आज राजा बीरेन्द्रसिंह अपने दोनों ऐयारों के सहित यहां बैठकर उन सभों की बीती हुई दुःख-भरी कहानी बड़े गौर से कुछ सुन चुके हैं और बाकी सुन रहे हैं। दरवाजे पर भैरोसिंह और तारासिंह खड़े पहरा दे रहे हैं। किसी लौंडी तक को भी वहां आने की आज्ञा नहीं है। किशोरी, कामिनी, कमलिनी, कमला और लक्ष्मीदेवी का हाल सुन चुके हैं। इस समय लाडिली अपना किस्सा कह रही है।

लाडिली अपना किस्सा कहते-कहते बोली–

लाडिली–जब मायारानी की आज्ञानुसार धनपत और मैं नानक और किशोरी के साथ दुश्मनी करने के लिए जमानिया से निकलीं तो शहर के बाहर होकर हम दोनों अलग-अलग हो गईं। इत्तिफाक की बात है कि धनपत सूरत बदलके इसी किले में आ रही और मैं भी घूमती-फिरती भेष बदले हुए किशोरी का यहां होना सुनकर इसी किले में आ पहुंची और हम दोनों ही ने रानी साहिबा की नौकरी कर ली। उस समय मेरा नाम लाली था। यद्यपि इस मकान में मेरी और धनपत की मुलाकात हुई और बहुत दिनों तक हम दोनों आदमी एक ही जगह रहे भी, मगर न तो मैंने धनपत को पहिचाना, जो कुन्दन के नाम से यहां रहती थी और न धनपत ही ने मुझे पहिचाना। (ऊंची सांस लेकर) अफसोस, मुझे उस समय का हाल कहते शर्म मालूम होती है, क्योंकि मैं बेचारी निर्दोष किशोरी के साथ दुश्मनी करने के लिए तैयार थी। यद्यपि मुझे किशोरी की अवस्था पर रहम आता था, मगर मैं लाचार थी, क्योंकि मायारानी के कब्जे में थी और इस बात को खूब समझती थी कि यदि मैं मायारानी का हुक्म न मानूंगी तो निःसन्देह वह मेरा सिर काट लेगी।

इतना कहकर लाडिली रोने लगी।

बीरेन्द्र—(दिलासा देते हुए) बेटी, अफसोस करने को कोई जगह नहीं है। यह तो बनी-बनाई बात है कि यदि कोई धर्मात्मा या नेक आदमी शैतान के कब्जे में पड़ा हुआ होता है तो उसे झक मारकर शैतान की बात माननी पड़ती है। मैं खूब समझता हूं और विश्वास दिलाया चाहता हूं कि तू नेक है, तेरा कोई दोष नहीं, जो कुछ किया कमबख्त दारोगा तथा मायारानी ने किया। अस्तु, तू कुछ चिन्ता मत कर और अपना हाल कह।

आंचल से आंसू पोंछकर लाडिली ने फिर कहना शुरू किया—

लाडिली—मैं चाहती थी कि किशोरी को अपने कब्जे में कर लूं और तिलिस्मी तहखाने की राह से बाहर होकर इसे मायारानी के पास ले जाऊं तथा धनपत का भी इरादा यही था। इस सबब से कि यहां का तहखाना एक छोटा-सा तिलिस्म है और जमानिया के तिलिस्म से सम्बन्ध रखता है, यहां के तहखाने का बहुत-कुछ हाल मायारानी को मालूम है और उसने मुझे और धनपत को बता दिया था। अस्तु, किशोरी को लेकर यहां के तहखाने की राह से निकल जाना मेरे या धनपत के लिए कोई बड़ी बात न थी। इसके अतिरिक्त यहां एक बुढ़िया रहती थी जो रिश्ते में राजा दिग्विजयसिंह की बूआ होती थी। वह बड़ी ही सुधी, नेक तथा धर्मात्मा थी और बड़ी सीधी चाल, बल्कि फकीरी ढंग पर रहा करती थी। मैंने सुना है कि वह मर गई, अगर जीती होती तो आपसे मुलाकात करा देती। खैर, मुझे यह बात मालूम हो चुकी थी कि वह बुढ़िया यहां के तहखाने का हाल बहुत ज्यादे जानती है, अतएव मैंने उससे दोस्ती पैदा कर ली और तब मुझे मालूम हुआ कि वह किशोरी पर दया करती है और चाहती है कि वह किसी तरह यहां से निकलकर राजा बीरेन्द्रसिंह के पास पहुंच जाए। मैंने उसके दिल में विश्वास दिला दिया कि किशोरी को यहां से निकालकर चुनार पहुंचा देने के विषय में जीजान से कोशिश करूंगी और इसलिए उस बुढ़िया ने भी यहां के तहखाने का बहुत-सा हाल मुझसे कहा, बल्कि उस राह से निकल जाने की तरकीब भी बताई, मगर धनपत जो कुन्दन के नाम से यहीं रहती थी, बराबर मेरे काम में बाधा डाला करती और मैं भी इस फिक्र में लगी हुई थी कि किसी तरह उसे दबाना चाहिए जिसमें वह मेरा मुकाबला न कर सके।

एक दिन आधी रात के समय मैं अपने कमरे से निकलकर कुन्दन के कमरे की तरफ चली। जब उसके पास पहुंची तो किसी आदमी के पैर की आहट मिली जो कुन्दन की तरफ जा रहा था। मैं रुक गई और जब वह आदमी आगे बढ़कर कुन्दन के मकान के अन्दर चला गया, तब मैं धीरे-धीरे कदम रखकर उस मकान के पास पहुंची जिसमें कुन्दन रहती थी। उसकी कुर्सी बहुत ऊंची थी, पांच सीढ़ियां चढ़कर सहन में पहुंचना होता था, और उसके बाद कमरे के अन्दर जाने का दरवाजा था,

वह कमरा अभी तक मौजूद है शायद आप उसे देखें। सीढ़ियों के दोनों बगल चमेली की घनी टट्टी थी, मैं उसी टट्टी में छिपकर उस आदमी के लौटने की राह देखने लगी जो मेरे सामने ही उस मकान में गया था। आधा घण्टे बाद वह आदमी कमरे के बाहर निकला, उस समय कुन्दन भी उसके साथ थी। जब वह सहन की सीढ़ियां उतरने लगा तो कुन्दन ने उसे रोककर धीरे से कहा, "मैं फिर कहे देती हूं कि आपसे मुझे बड़ी उम्मीदें हैं। जिस तरह आप गुप्त राह से इस किले के अन्दर जाते हैं, उसी तरह मुझे किशोरी के सहित निकाल तो ले जाएंगे?" इसके जवाब में उस आदमी ने कहा, "हां-हां, इस बात का तो मैं तुमसे वादा ही कर चुका हूं, अब तुम किशोरी को अपने काबू में करने का उद्योग करो, मैं तीसरे-चौथे दिन यहां आकर तुम्हारी खबर ले जाया करूंगा।" इस पर कुन्दन ने फिर कहा, "मगर मुझे इस बात की खबर पहिले ही हो जाया करे कि आज आप आधी रात के समय यहां आवेंगे तो अच्छा हो।" इसके जवाब में उस आदमी ने अपनी जेब में से एक नारंगी निकालकर कुन्दन के हाथ में दी और कहा, "इसी रंग की नारंगी उस दिन तुम बाग के उत्तर और पश्चिमवाले कोने में संध्या के समय देखोगी, जिस दिन तुमसे मिलने के लिए मैं यहां आनेवाला होऊंगा।" कुन्दन ने वह नारंगी उसके हाथ से ले ली। सीढ़ियों के दोनों तरफ फूलों के गमले रक्खे हुए थे, उनमें से एक गमले में कुन्दन ने वह नारंगी रख दी और उस आदमी के साथ-ही-साथ थोड़ी दूर तक उसे पहुंचाने की नीयत से आगे की तरफ बढ़ गई। मैं छिपे-छिपे सबकुछ देख-सुन रही थी। जब कुन्दन आगे बढ़ गई और उस जगह निराला हुआ तब मैं झाड़ी के अन्दर से निकली और गमले में से उस नारंगी को लेकर जल्दी-जल्दी कदम बढ़ाती हुई अपने मकान में चली आई। किशोरी अपना हाल कहते समय आपसे कह चुकी है कि, 'एक दिन मैंने नारंगी दिखाकर कुन्दन को दबा लिया था।' यह वही नारंगी थी जिसे देखकर कुन्दन समझ गई कि मेरा भेद लाली को मालूम हो गया, यदि वह राजा साहब को इस बात की इत्तिला दे देगी और उस आदमी को जो पुनः मेरे पास आनेवाला है और जिसे इस बात की खबर नहीं है, गिरफ्तार करा देगी तो मैं मारी जाऊंगी। अस्तु, उसे दबना ही पड़ा क्योंकि वास्तव में यदि मैं चाहती तो कुन्दन के मकान में उस आदमी को गिरफ्तार करा देती, और उस समय महाराज दिग्विजयसिंह दोनों का सिर काटे बिना न रहते।

बीरेन्द्र–ठीक है, अब मैं समझ गया, अच्छा तो फिर यह भी मालूम हुआ कि वह आदमी जो कुन्दन के पास आया करता था, कौन था?

लाडिली–पीछे तो मालूम हो ही गया कि वह शेरसिंह थे और उन्होंने कुन्दन के बारे में धोखा खाया।

देवीसिंह–(बीरेन्द्रसिंह से) मैंने एक दफे आपसे अर्ज किया था कि शेरसिंह ने कुन्दन के बारे में धोखा खाने का हाल मुझसे खुद बयान किया था और लाली को

नीचा दिखाने या दबाने की नीयत से 'खून से लिखी किताब' तथा 'आंचल पर गुलामी की दस्तावेज' वाला जुमला भी शेरसिंह ही ने कुन्दन को बताया था और शेरसिंह ने छिपकर किसी दूसरे आदमी की बातचीत से वह हाल मालूम किया था।

बीरेन्द्र–ठीक है, मगर यह नहीं मालूम हुआ कि शेरसिंह ने छिपकर जिन लोगों की बातचीत सुनी थी, वे कौन थे?

देवीसिंह–हां, इसका हाल मालूम न हुआ, शायद लाडिली जानती हो।

लाडिली–जी हां, जब मैं यहां से लौटकर मायारानी के पास गई तब मुझे मालूम हुआ कि वे लोग मायारानी के दोनों ऐयार बिहारीसिंह और हरनामसिंह थे जो हम लोगों का पता लगाने तथा राजकुमारों को गिरफ्तार करने की नीयत से इस तरफ आए हुए थे।

बीरेन्द्र–ठीक है, अच्छा तो अब हम यह सुनना चाहते हैं कि 'खून से लिखी किताब' और 'गुलामी की दस्तावेज' से क्या मतलब था और तू इन शब्दों को सुनकर क्यों डरी थी?

लाडिली–खून से लिखी किताब को तो आप जानते ही हैं जिसका दूसरा नाम 'रिक्तग्रन्थ' है, और जो आजकल आपके कुंअर इन्द्रजीतसिंह जी के कब्जे में है।

बीरेन्द्र–हां-हां, सो क्यों न जानेंगे, वह तो हमारी ही चीज है और हमारे ही यहां से चोरी की गई थी।

लाडिली–जी हां, तो उन शब्दों के विषय में भी मैंने बहुत बड़ा धोखा खाया। अगर मैं कुन्दन को पहिचान जाती तो मुझे उन शब्दों से डरने की आवश्यकता न थी। खून से लिखी किताब अर्थात् रिक्तग्रन्थ से जितना सम्बन्ध मुझे था, उतना ही कुन्दन को भी, मगर कुन्दन ने समझा कि मैं भूतनाथ के रिश्तेदारों में से हूं जिसने रिक्तग्रन्थ की चोरी की थी और मैंने यह सोचा कि कुन्दन को मेरा असल हाल मालूम हो गया, वह जान गई कि मैं मायारानी की बहिन लाडिली हूं और राजा दिग्विजयसिंह को धोखा देकर यहां रहती हूं। मैं इस बात को खूब जानती थी कि यह रोहतासगढ़ का तहखाना जमानिया के तिलिस्म से सम्बन्ध रखता है और यदि राजा दिग्विजयसिंह के हाथ रिक्तग्रन्थ लग जाए तो वह बड़ा ही खुश हो, क्योंकि वह रिक्तग्रन्थ का मतलब खूब जानता है और उसे यह भी मालूम था कि भूतनाथ ने रिक्तग्रन्थ की चोरी की थी और उसके हाथ से मायारानी रिक्तग्रन्थ ले लेने के उद्योग में लगी हुई थी और उस उद्योग में सबसे भारी हिस्सा मैंने ही लिया था। यह सब हाल उसे कमबख्त दारोगा की जुबानी मालूम हुआ था क्योंकि वह राजा दिग्विजयसिंह से मिलने के लिए बराबर आया करता था और उससे मिला हुआ था। निःसन्देह अगर मेरा हाल राजा दिग्विजयसिंह को मालूम हो जाता तो वह मुझे कैद कर लेता और 'रिक्तग्रन्थ' के लिए मेरी बड़ी दुर्दशा करता। बस इसी खयाल ने मुझे बदहवास कर दिया और मैं ऐसा डरी कि तनोबदन की सुध

जाती रही। क्या दिग्विजयसिंह कभी इस बात को सोचता कि उसकी दारोगा से दोस्ती है और दारोगा लाडिली का पक्षपाती है? कभी नहीं. वह बड़ा ही मतलबी और खोटा था।

बीरेन्द्र–बेशक ऐसा ही है और तुम्हारा डरना बहुत वाजिब था, मगर हां एक बात तो तुमने कही ही नहीं।

लाडिली–वह क्या?

बीरेन्द्र–'आंचल पर गुलामी की दस्तावेज' से क्या मतलब था?

राजा बीरेन्द्रसिंह की यह बात सुनकर लाडिली शरमा गई और उसने अपने दिल की अवस्था को रोककर सिर नीचे कर लिया। जब राजा बीरेन्द्रसिंह ने पुनः टोका तब हाथ जोड़कर बोली, "आशा है कि महाराजा साहब जवाब चाहने के लिए जिद न करेंगे और मेरा यह अपराध क्षमा करेंगे। मैं इसका जवाब अभी नहीं दिया चाहती और बहाना करना या झूठ बोलना भी पसन्द नहीं करती!"

लाडिली की बात सुनकर राजा बीरेन्द्रसिंह चुप हो रहे और कोई दूसरी बात पूछा ही चाहते थे कि भैरोसिंह ने कमरे के अन्दर पैर रक्खा।

बीरेन्द्र–(भैरो से) क्या है?

भैरोसिंह–बाहर से खबर आई है कि मायारानी के दारोगा के गुरुभाई इन्द्रदेव, जिनका हाल मैं एक दफे अर्ज कर चुका हूं, महाराज का दर्शन करने के लिए हाजिर हुए हैं। उन्हें ठहराने की कोशिश की गई थी, मगर वह कहते हैं कि मैं पल-भर भी नहीं अटक सकता और शीघ्र ही मुलाकात की आशा रखता हूं तथा मुलाकात भी महल के अन्दर लक्ष्मीदेवी के सामने करूंगा। यदि इस बात में महाराजा साहब को उज्र हो तो लक्ष्मीदेवी से राय लें और जैसा वह कहे वैसा करें।

इसके पहिले कि बीरेन्द्रसिंह कुछ सोचें या लक्ष्मीदेवी से राय लें लक्ष्मीदेवी अपनी खुशी को रोक न सकी, उठ खड़ी हुई और हाथ जोड़कर बोली, "महाराज से मैं सविनय प्रार्थना करती हूं कि इन्द्रदेव जी को इसी जगह आने की आज्ञा दी जाए। वे मेरे धर्म के पिता हैं, मैं अपना किस्सा कहते समय अर्ज कर चुकी हूं कि उन्होंने मेरी जान बचाई थी, वे हम लोगों के सच्चे खैरख्वाह और भला चाहनेवाले हैं।"

बीरेन्द्र–बेशक-बेशक, हम उन्हें इसी जगह बुलाएंगे, हमारी लड़कियों को उनसे पर्दा करने की कोई आवश्यकता नहीं है (भैरोसिंह की तरफ देखकर) तुम स्वयं जाओ और उन्हें शीघ्र इसी जगह ले आओ।

"बहुत अच्छा" कहकर भैरोसिंह चला गया और थोड़ी ही देर में इन्द्रदेव को अपने साथ लिये हुए आ पहुंचा। लक्ष्मीदेवी उन्हें देखते ही उनके पैरों पर गिर पड़ी और आंसू बहाने लगी। इन्द्रदेव ने उसके सिर पर हाथ फेरकर आशीर्वाद दिया, कमलिनी और लाडिली ने भी उन्हें प्रणाम किया और राजा बीरेन्द्रसिंह ने सलाम का जवाब देने के बाद उन्हें बड़ी खातिर से अपने पास बैठाया।

बीरेन्द्र–(मुस्कुराते हुए) कहिए आप कुशल से तो हैं! राह में कुछ तकलीफ तो नहीं हुई?

इन्द्रदेव–(हाथ जोड़कर) आपकी कृपा से मैं बहुत अच्छा हूं, सफर में हजार तकलीफ उठाकर आनेवाला भी आपका दर्शन पाते ही कृतार्थ हो जाता है, फिर मेरी क्या बात है, जिसे इस सफर पर ध्यान देने की छुट्टी अपने खयालों के उलझन की बदौलत बिलकुल ही न मिली।

बीरेन्द्र–तो मालूम होता है कि आप किसी भारी काम के लिए यहां आए हैं। (हंसकर) क्या अबकी फिर दारोगा साहब को छुड़ाकर ले जाने का इरादा है!

इन्द्रदेव–(शर्मिन्दगी के साथ हंसकर) जी नहीं, अब मैं उस कमबख्त की कुछ भी मदद नहीं कर सकता, जिसे गुरुभाई समझकर आपके कैदखाने से छुड़ाया था, और आइन्दे नेकनीयती के साथ जिन्दगी बिताने की जिससे मैंने कसम ले ली थी, अफसोस दिन-दिन उसकी शैतानी का पता लगता ही जाता है।

बीरेन्द्र–इधर का हाल तो आपने न सुना होगा?

इन्द्रदेव–जी, भूतनाथ की जुबानी मैं सब हाल सुन चुका हूं और इस सबब से ही हाजिर हुआ हूं। मुझे यह देखकर बड़ी खुशी हुई कि लक्ष्मीदेवी को अपनायत के ढंग पर आपके सामने बैठने की इज्जत मिली है और वह बहुत तरह के दुःख सहने के बाद अब हर तरह से प्रसन्न और सुखी हुआ चाहती है।

बीरेन्द्र–निःसन्देह लक्ष्मीदेवी को मैं अपनी लड़की के समान देख रहा हूं और उसके साथ तुमने जो कुछ नेकी की है, उसका हाल भी उसी की जुबानी सुनकर बहुत प्रसन्न हूं। इस समय मेरे दिल में तुमसे मिलने की इच्छा हो रही थी और किसी को तुम्हारे पास भेजने के विचार में था कि तुम आ पहुंचे। बलभद्रसिंह और भूतनाथ के मामले ने तो हम लोगों को अजब दुविधा में डाल रखा है, अब कदाचित् तुम्हारी जुबानी उनका खुलासा हाल मालूम हो जाए।

इन्द्रदेव–निःसन्देह वह एक आश्चर्य की घटना हो गई है, जिसकी मुझे कुछ आशा न थी।

लक्ष्मीदेवी–(इन्द्रदेव से) मेरे प्यारे चाचा, (क्योंकि वह इन्द्रदेव को चाचा कहके ही पुकारा करती थी) जब भूतनाथ की जुबानी आप सब हाल सुन चुके हैं तो निःसन्देह मेरी तरह आपको भी इस बात का विश्वास हो गया होगा कि मेरे बदकिस्मत पिता अभी तक जीते हैं, मगर कहीं कैद हैं।

इन्द्रदेव–बेशक, ऐसा ही है।

बीरेन्द्र–तो क्या भूतनाथ उन्हें खोज निकालेगा?

इन्द्रदेव–इसमें मुझे सन्देह है, क्योंकि वह सब तरफ से लाचार होकर मुझसे मदद मांगने गया था और उसी की जुबानी सब हाल सुनकर मैं यहां आया हूं।

बीरेन्द्र–तो तुम इस काम में उसको मदद दोगे?

इन्द्रदेव–अवश्य मदद दूंगा! असल तो यों है कि इस समय बलभद्रसिंह को खोज निकालने की चाह बनिस्बत भूतनाथ के मुझको बहुत ज्यादे है और उनके जीते रहने का विश्वास भी सभों से ज्यादे मुझी को हुआ, इसी तरह से बलभद्रसिंह का पता लगाने में मेरी बुद्धि जितना काम कर सकती है उतनी भूतनाथ की नहीं (ऊंची सांस लेकर) अफसोस, आज के दो दिन पहिले मुझे इस बात का स्वप्न में भी गुमान न था कि अपने प्यारे दोस्त बलभद्रसिंह के जीते रहने की खबर मेरे कानों तक पहुंचेगी और मुझे उनका पता लगाना होगा!

बीरेन्द्र–तुम्हारे इस कहने से पाया जाता है कि बनिस्बत हम लोगों के तुमको भूतनाथ की बातों का ज्यादे यकीन हुआ है और अगर ऐसा ही है तो आज के बहुत दिन पहिले तुमको या किसी और को इस बात की इत्तिला न देने का इलजाम भी भूतनाथ पर लगाया जाएगा।

इन्द्रदेव–जी नहीं, इस घटना के पहिले भूतनाथ को भी बलभद्रसिंह के जीते रहने का विश्वास न था, हां कुछ शक-सा हो गया था, उस शक को यकीन के दर्जे तक पहुंचाने के लिए भूतनाथ ने बहुत उद्योग किया और वही उद्योग इस समय उसका दुश्मन हो रहा है। सच तो यह है कि अगर इसके पहिले बलभद्रसिंह के जीते रहने की खबर भूतनाथ देता भी तो मुझे विश्वास न होता और मैं उसे झूठा या दगाबाज समझता।

बीरेन्द्र–(मुस्कुराकर) तुम्हारी बातें तो और भी उलझन पैदा करती हैं! मालूम होता है कि भूतनाथ की बातों के अतिरिक्त और भी कोई सच्चा सबूत बलभद्रसिंह के जीते रहने के बारे में तुमको मिला है और भूतनाथ वास्तव में उन दोषों का दोषी नहीं है जो कि उसकी दस्तखती चीठियों के पढ़ने से मालूम हुआ है।

इन्द्रदेव–बेशक ऐसा ही है।

लक्ष्मीदेवी–(ताज्जुब से) तो क्या किसी और ने भी मेरे पिता के जीते रहने की खबर आपको दी है।

इन्द्रदेव–नहीं।

लक्ष्मीदेवी–तो आज कैसे भूतनाथ के कहने का इतना विश्वास आपको हुआ जबकि आज के पहिले उसके कहने का कुछ भी असर न होता?

बीरेन्द्र–मैं भी यही सवाल तुमसे करता हूं।

इन्द्रदेव–भूतनाथ के इस कहने ने कि, 'कृष्णाजिन्न ने एक कलमदान आपके सामने पेश किया था, जिस पर मीनाकारी की तीन तस्वीरें बनी हुई थीं और उसे देखते ही नकली बलभद्रसिंह बदहवास हो गया था'–मुझे असल बलभद्रसिंह के जीते रहने का विश्वास दिला दिया। क्या यह बात ठीक है? क्या कृष्णाजिन्न ने कोई कलमदान पेश किया था?

बीरेन्द्र–हां, एक कलमदान...

लक्ष्मीदेवी–(बात काटकर) हां-हां, मेरे प्यारे चाचा, वही कलमदान जो मेरी बहुत ही प्यारी चाची ने मुझे विवाह के...

इतना कहते-कहते लक्ष्मीदेवी का गला भर आया और वह रोने लगी।

इन्द्रदेव–(व्याकुलता से) मैं उस कलमदान को शीघ्र ही देखना चाहता हूं, (तेजसिंह से) आप कृपा कर उसे शीघ्र ही मंगवाइए।

तेजसिंह–(अपने बटुए में से कलमदान निकालकर और इन्द्रदेव के हाथ में देकर) लीजिए तैयार है। मैं इसे हर वक्त अपने पास रखता हूं, और उस समय की राह देखता हूं जब इसके अद्भुत रहस्य का पता हम लोगों को लगेगा।

इन्द्रदेव–(कलमदान को अच्छी तरह देखकर) निःसन्देह भूतनाथ ने जो कुछ कहा, ठीक है। अफसोस, कमबख्तों ने बड़ा धोखा दिया। अच्छा ईश्वर मालिक है!

लक्ष्मीदेवी–क्यों यह वही कलमदान है न?

इन्द्रदेव–हां, तुम इसे वही कलमदान समझो। (क्रोध से लाल-लाल आंखें करके) ओफ, अब मुझसे बरदाश्त नहीं हो सकता और न मैं ऐसे काम में विलम्ब कर सकता हूं! (बीरेन्द्र से) क्या आप इस काम में मेरी सहायता कर सकते हैं?

बीरेन्द्र–जो कुछ मेरे किए हो सकता है उसे करने के लिए मैं तैयार हूं, मुझे बड़ी खुशी होगी जब मैं अपनी आंखों से बलभद्रसिंह को सही-सलामत देखूंगा।

इन्द्रदेव–और आप मुझ पर विश्वास भी कर सकते हैं?

बीरेन्द्र–हां, मैं तुम पर उतना ही विश्वास करता हूं जितना इन्द्रजीत और आनन्द पर।

इन्द्रदेव–(हाथ जोड़कर और गद्गद होकर) अब मुझे विश्वास हो गया कि अपने दोनों प्रेमियों को शीघ्र देखूंगा।

बीरेन्द्र–(आश्चर्य से) दूसरा कौन?

लक्ष्मीदेवी–(चौंककर) ओह, मैं समझ गई, हे ईश्वर, यह क्या, क्या मैं अपनी बहुत प्यारी 'इन्दिरा' को भी देखूंगी!

इन्द्रदेव–हां, यदि ईश्वर चाहेगा तो ऐसा ही होगा।

बीरेन्द्र–अच्छा यह बताओ कि अब तुम क्या चाहते हो?

इन्द्रदेव–मैं नकली बलभद्रसिंह, दारोगा और मायारानी को देखना चाहता हूं और साथ ही इसके इस बात की आज्ञा चाहता हूं कि उन लोगों के साथ मैं जैसा बर्ताव चाहे कर सकूं या उन तीनों में से किसी को यदि आवश्यकता हो तो अपने साथ ले जा सकूं।

इन्द्रदेव की बात सुनकर बीरेन्द्रसिंह ने ऐसे ढंग से तेजसिंह की तरफ देखा और इशारे से कुछ पूछा कि सिवाय उनके और तेजसिंह के किसी दूसरे को मालूम न हुआ और जब तेजसिंह ने भी इशारे में ही कुछ जवाब दे दिया तब इन्द्रदेव की तरफ देखकर कहा, 'वे तीनों कैदी सबसे बढ़कर लक्ष्मीदेवी के गुनाहगार हैं जो

तुम्हारी और हमारी धर्म की लड़की है। इसलिए उन कैदियों के विषय में जो कुछ तुमको पूछना या करना हो, उसकी आज्ञा लक्ष्मीदेवी से ले लो, हमें किसी तरह का उज्र नहीं है।"

लक्ष्मीदेवी–(प्रसन्न होकर) यदि महाराज की मुझ पर इतनी कृपा है तो मैं कह सकती हूं कि उन कैदियों में से, जिनकी बदौलत, मेरी जिन्दगी का सबसे कीमती हिस्सा बरबाद हो गया, जिसे मेरे चाचा चाहें ले जाएं।

बीरेन्द्र–बहुत अच्छा, (इन्द्रदेव से) क्या उन कैदियों को यहां हाजिर करने के लिए हुक्म दिया जाए?

इन्द्रदेव–वे सब कहां रक्खे गए हैं?

बीरेन्द्र–यहां के तिलिस्मी तहखाने में।

इन्द्रदेव–(कुछ सोचकर) उत्तम यही होगा कि मैं उस तहखाने ही में उन कैदियों को देखूं और उनसे बातें करूं, तब जिसकी आवश्यकता हो, उसे अपने साथ ले जाऊं।

बीरेन्द्र–जैसी तुम्हारी मर्जी, अगर कहो तो हम भी तुम्हारे साथ तहखाने में चलें।

इन्द्रदेव–आप जरूर चलें, यदि यहां के तहखाने की कैफियत आपने अच्छी तरह देखी न हो तो मैं आपको तहखाने की सैर भी कराऊंगा बल्कि ये लड़कियां भी साथ रहें तो कोई हर्ज नहीं, परन्तु यह काम मैं रात्रि के समय किया चाहता हूं और इस समय केवल इसी बात की जांच किया चाहता हूं कि भूतनाथ ने मुझसे जो-जो बातें कही थीं, वे सब सच हैं या झूठ।

बीरेन्द्र–ऐसा ही होगा।

इसके बाद बहुत देर तक इन्द्रदेव, लक्ष्मीदेवी, कमलिनी, किशोरी, लाडिली, तेजसिंह और बीरेन्द्रसिंह इत्यादि में बातें होती रहीं और बीती हुई बातों को इन्द्रदेव बड़े गौर से सुनते रहे। इसके बाद भोजन का समय आया और दो-तीन घण्टे के लिए सब कोई जुदा हुए। राजा बीरेन्द्रसिंह की इच्छानुसार इन्द्रदेव की बड़ी खातिर की गई और वह जब तक अकेले रहे, बलभद्रसिंह और कृष्णाजिन्न के विषय में गौर करते रहे। जब संध्या हुई सब कोई फिर उसी जगह इकट्ठे हुए और बातचीत होने लगी। इन्द्रदेव ने राजा बीरेन्द्रसिंह से पूछा, "कृष्णाजिन्न का असल हाल आपको मालूम हुआ या नहीं? क्या उसने अपना परिचय आपको दिया?"

बीरेन्द्र–पहिले तो उसने अपने को बहुत छिपाया, मगर भैरोसिंह ने गुप्त रीति से पीछा करके उसका हाल जान लिया। जब कृष्णाजिन्न को मालूम हो गया कि भैरोसिंह ने उसे पहिचान लिया, तब उसने भैरोसिंह को बहुत-कुछ ऊंच-नीच समझाकर इस बात की प्रतिज्ञा करा ली कि सिवा, मेरे और तेजसिंह के वह कृष्णाजिन्न का असल हाल किसी से न कहे और न हम तीनों में से कोई किसी चौथे को उसका भेद बतावे। पर अब मैं देखता हूं तो कृष्णाजिन्न का असल हाल तुमको भी मालूम

होना उचित जान पड़ता है, पर साथ ही मैं अपने ऐयार की ली हुई प्रतिज्ञा को भी तोड़ना नहीं चाहता।

इन्द्रदेव—निःसन्देह कृष्णाजिन्न का हाल जानना मेरे लिए आवश्यक है परन्तु मैं भी यह नहीं पसन्द करता कि भैरोसिंह या आपकी मंडली में से किसी की प्रतिज्ञा भंग हो। आप इसके लिए चिन्ता न करें, मैं कृष्णाजिन्न को पहिचाने बिना नहीं रह सकता, बस एक दफे सामना होने की देर है।

बीरेन्द्र—मेरा भी यही विश्वास है।

इन्द्रदेव—अच्छा तो अब उन कैदियों के पास चलना चाहिए।

बीरेन्द्र—चलो हम तैयार हैं (तेजसिंह, देवीसिंह, लक्ष्मीदेवी, कमलिनी और किशोरी इत्यादि की तरफ इशारा करके) इन सभों को भी लेते चलें?

इन्द्रदेव—जी हां, मैं तो पहिले ही अर्ज कर चुका हूं, बल्कि ज्योतिषी जी तथा भैरोसिंह को भी लेते चलिए।

इतना सुनते ही राजा बीरेन्द्रसिंह उठ खड़े हुए और सभों को साथ लिये हुए तहखाने की तरफ रवाना हुए। जगन्नाथ ज्योतिषी को बुलाने के लिए देवीसिंह भेज दिए गए।

ये लोग धीरे-धीरे जब तक तहखाने के दरवाजे पर पहुंचे तब तक जगन्नाथ ज्योतिषी भी आ गए और सब कोई एकसाथ मिलकर तहखाने के अन्दर गए।

इस तहखाने के अन्दर जानेवाले रास्ते का हाल हम पहिले लिख चुके हैं, इसलिए पुनः लिखने की आवश्यकता न जानकर केवल मतलब की बातें ही लिखते हैं।

ये सब लोग तहखाने के अन्दर जाकर उसी दालान में पहुंचे, जिसमें तहखाने के दारोगा साहब रहा करते थे और जिसके पीछे की तरफ कई कोठरियां थीं। इस समय भैरोसिंह और देवीसिंह अपने हाथ में मशाल लिये हुए थे, जिसकी रोशनी से बखूबी उजाला हो गया था और वहां की हर एक चीज साफ-साफ दिखाई दे रही थी। वे लोग इन्द्रदेव के पीछे-पीछे एक कोठरी के अन्दर घुसे जिसमें सदर दरवाजे के अलावे एक दरवाजा और भी था। सब लोग उस दरवाजे में घुसकर दूसरे खण्ड में पहुंचे, जहां बीचोबीच में छोटा-सा चौक था, उसके चारों तरफ दालान और दालानों के बाद बहुत-सी लोहे की सींखचों से बनी हुई जंगलेदार ऐसी कोठरियां थीं जिनके देखने से साफ मालूम होता था कि यह कैदखाना है और इन कोठरियों में रहनेवाले आदमियों को स्वप्न में भी रोशनी नसीब न होती होगी।

इन्हीं सींखचेवाली कोठरियों में से एक में दारोगा, दूसरी में मायारानी और तीसरी में नकली बलभद्रसिंह कैद था। जब ये लोग यकायक उस कैदखाने में पहुंचे और उजाला हुआ तो तीनों कैदी जो अब तक एक-दूसरे को नहीं देख सकते थे, ताज्जुब की निगाहों से उन लोगों को देखने लगे। जिस समय दारोगा की निगाह

इन्द्रदेव पर पड़ी उसके दिल में यह खयाल पैदा हुआ कि या तो अब हमको इस कैदखाने से छुट्टी ही मिलेगी या इससे भी ज्यादे दुःख भोगना पड़ेगा।

इन्द्रदेव पहिले मायारानी की तरफ गया जिसका रंग एकदम से पीला पड़ गया था और जिसकी आंखों के सामने मौत की भयानक सूरत हरदम फिरा करती थी। दो-तीन पल तक मायारानी को देखने के बाद इन्द्रदेव उस कोठरी के सामने आया जिसमें नकली बलभद्रसिंह कैद था। उसकी सूरत देखते ही इन्द्रदेव ने कहा, "ऐ मेरे लड़कपन के दोस्त बलभद्रसिंह, मैं तुम्हें सलाम करता हूं। आज ऐसे भयानक कैदखाने में तुम्हें देखकर मुझे बड़ा रंज होता है। तुमने क्या कसूर किया था, जो यहां भेजे गए?"

नकली बलभद्रसिंह–मैं कुछ नहीं जानता कि मुझ पर क्या दोष लगाया गया है। मैं तो अपनी लड़कियों से मिलकर खुश हुआ था, मगर अफसोस, राजा साहब ने इन्साफ करने से पहिले ही मुझे कैदखाने भेज दिया।

भैरोसिंह–राजा साहब ने तुम्हें कैदखाने में नहीं भेजा, बल्कि तुमने खुद कैदखाने में आने का बन्दोबस्त किया। महाराज ने तो मुझे ताकीद की थी कि तुम्हें इज्जत और खातिरदारी के साथ रक्खूं, मगर जब तुमने इन्साफ होने के पहिले भागने का उद्योग किया तो लाचार ऐसा करना पड़ा।

इन्द्रदेव–नहीं-नहीं, अगर ये वास्तव में मेरे दोस्त बलभद्रसिंह हैं तो इनके साथ ऐसा न करना चाहिए।

बलभद्र–मैं वास्तव में बलभद्रसिंह हूं, क्या लक्ष्मीदेवी मुझे नहीं पहिचानती, जिसके साथ मैं एक ही कैदखाने में कैद था?

इन्द्रदेव–लक्ष्मीदेवी तो खुद तुमसे दुश्मनी कर रही है, वह कहती है कि यह बलभद्रसिंह नहीं है, बल्कि जैपालसिंह है।

इतना सुनते ही नकली बलभद्रसिंह चौंक उठा और उसके चेहरे पर डर तथा घबराहट की निशानी दिखाई देने लगी। वह समझ गया कि इन्द्रदेव मुझ पर दया करने के लिए नहीं आया, बल्कि मुझे सताने के लिए आया है। कुछ देर तक सोचने के बाद उसने इन्द्रदेव से कहा–

बलभद्र–यह बात लक्ष्मीदेवी तो नहीं कह सकती, बल्कि तुम स्वयं कहते हो।

इन्द्रदेव–अगर ऐसा भी हो तो क्या हर्ज है? तुम इस बात का क्या जवाब देते हो?

बलभद्र–झूठी बात का जो कुछ जवाब दिया जा सकता हो, वही मेरा जवाब है।

इन्द्रदेव–तो क्या तुम जैपालसिंह नहीं हो?

बलभद्र–मैं जानता भी नहीं कि जैपाल किस जानवर का नाम है।

इन्द्रदेव–अच्छा जैपाल नहीं, बालेसिंह!

बालेसिंह का नाम सुनकर नकली बलभद्रसिंह फिर घबड़ा गया और मौत की भयानक सूरत उसकी आंखों के सामने दिखाई देने लगी। उसने कुछ जवाब देने का इरादा किया, मगर बोल न सका। उसकी ऐसी अवस्था देखकर इन्द्रदेव ने तेजसिंह से कहा, "दारोगा और मायारानी को भी इस कोठरी में लाना चाहिए जिससे मेरी बातों से तीनों बेईमानों के दिल का पता लगे।" यह बात तेजसिंह ने भी पसन्द की और बात-की-बात में तीनों कैदी एक साथ कर दिए गए और तब इन्द्रदेव ने दारोगा से पूछा, "आपको इस आदमी का नाम बताना होगा जो आपके बगल में कैदियों की तरह बैठा हुआ है।"

दारोगा–मैं इसे नहीं जानता और जब वह स्वयं कह रहा है कि बलभद्रसिंह है तो मुझसे क्यों पूछते हो?

इन्द्रदेव–तो क्या आप बलभद्रसिंह की सूरत-शक्ल भूल गए जिसकी लड़की को आपने मुन्दर के साथ बदलकर हद से ज्यादे दुःख दिया?

दारोगा–मुझे उसकी सूरत याद है, मगर जब वह मेरे यहां कैद था तब आप ही ने इसे जहर की पुड़िया खिलाई थी जिसके असर से निःसन्देह इसे मर जाना चाहिए था मगर न मालूम क्योंकर बच गया, फिर भी उस जहर की तासीर ने इसका तमाम बदन बिगाड़ दिया और इस लायक न रक्खा कि कोई पहिचाने और बलभद्रसिंह के नाम से इसे पुकारे।

दारोगा की बातें सुनकर इन्द्रदेव की आंखें मारे क्रोध के लाल हो गईं और उसने दांत पीसकर कहा–

इन्द्रदेव–कमबख्त बेईमान! तू चाहता है कि अपने साथ मुझे भी लपेटे! मगर ऐसा नहीं हो सकता, तेरी इन बातों से लक्ष्मीदेवी और राजा बीरेन्द्रसिंह का दिल मुझसे नहीं फिर सकता। इसका सबब अगर तू जानता तो ऐसी बातें कदापि न कहता। खैर, वह मैं तुझसे बयान करता हूं, सुन, तेरे दिए हुए जहर से मैंने ही बलभद्रसिंह की जान बचाई थी, और अगर तू बलभद्रसिंह को किसी दूसरी जगह न छिपा दिए होता या उसका हाल मुझे मालूम हो जाता तो बेशक मैं उसे भी तेरे कैदखाने से निकाल लेता, मगर फिर भी वह शख्स मैं ही हूं जिसने लक्ष्मीदेवी को तुझ बेईमान और विश्वासघाती के पंजे से छुड़ाकर वर्षों अपने घर में इस तरह रक्खा कि तुझे कुछ भी मालूम न हुआ और मेरे ही सबब से लक्ष्मीदेवी आज इस लायक हुई कि तुझसे अपना बदला ले।

दारोगा–मगर ऐसा नहीं हो सकता।

यद्यपि इन्द्रदेव की बात सुनकर आश्चर्य और डर से दारोगा के रोंगटे खड़े हो गए, मगर फिर भी न मालूम किस भरोसे पर वह बोल उठा कि, 'मगर ऐसा नहीं हो सकता' और उसके इस कहने ने सभों को आश्चर्य में डाल दिया।

इन्द्रदेव–(दारोगा से) मालूम होता है कि तेरा घमण्ड अभी टूटा नहीं, और तुझे अब भी किसी की मदद पहुंचने और अपने बचने की आशा है।

दारोगा–बेशक, ऐसा ही है।

अब इन्द्रदेव अपने क्रोध को बर्दाश्त न कर सका और उसने कोठरी के अन्दर घुसकर दारोगा के बाएं गाल पर ऐसी चपत लगाई कि वह तिलमिलाकर जमीन पर लुढ़क गया, क्योंकि हथकड़ी और बेड़ी के कारण उसके हाथ और पैर मजबूर हो रहे थे। इसके बाद इन्द्रदेव ने नकली बलभद्रसिंह का बदन नंगा कर डाला और अपनी कमर से चमड़े का तस्मा खोलकर मारना और पूछना शुरू किया, "बता, तू जैपाल है या नहीं और बलभद्रसिंह कहां है?"

यद्यपि तस्मे की मार खाकर नकली बलभद्रसिंह बिना जल की मछली की तरह तड़पने लगा, मगर मुंह से सिवाय 'हाय' के कुछ भी न बोला। इन्द्रदेव उसे और भी मारा चाहता था, मगर इसी समय एक गम्भीर आवाज ने उसका हाथ रोक दिया और वह ध्यान देकर सुनने लगा, आवाज यह थी–

"होशियार! होशियार!!"

इस आवाज ने केवल इन्द्रदेव ही को नहीं, बल्कि उन सभों ही को चौंका दिया जो वहां मौजूद थे। इन्द्रदेव कैदखाने की कोठरी में से बाहर निकल आया और छत की तरफ सिर उठाकर देखने लगा, जिधर से आवाज आई थी। मशाल की रोशनी बखूबी हो रही थी, जिससे छत का एक सूराख, जिसमें आदमी का सिर बखूबी जा सकता था, साफ दिखाई पड़ता था। सभों को विश्वास हो गया कि वह आवाज इसी में से आई है।

दो-चार पल तक सभों ने राह देखी, मगर फेर आवाज सुनाई न दी। आखिर इन्द्रदेव ने पुकारकर कहा, "अभी कौन बोला था?"

फिर आवाज आई–"हम!"

इन्द्रदेव–तुमने क्या कहा था?

आवाज–होशियार! होशियार!!

इन्द्रदेव–क्यों?

आवाज–दुश्मन आ पहुंचा और तुम लोग मुसीबत में फंसा चाहते हो।

इन्द्रदेव–तुम कौन हो?

आवाज–कोई तुम लोगों का हितो।

इन्द्रदेव–कैसे समझा जाए कि तुम हम लोगों के हिती हो और जो कुछ कहते हो, वह सच है?

आवाज–हिती होने का सबूत इस समय देना कठिन है, मगर इस बात का सबूत मिल सकता है कि हमने जो कुछ कहा है, वह सच है।

इन्द्रदेव–इसका क्या सबूत है?

आवाज–बस इतना ही कि इस तहखाने से निकलने के सब दरवाजे बन्द हो गए और अब आप लोग बाहर नहीं जा सकते।

अब तो सभों का कलेजा दहल उठा और आश्चर्य से एक-दूसरे का मुंह देखने लगे। तेजसिंह ने देवीसिंह और भैरोसिंह की तरफ देखा और वे दोनों उसी समय इस बात का पता लगाने चले गए कि तहखाने के दरवाजे वास्तव में बन्द हो गए या नहीं, इसके बाद इन्द्रदेव ने फिर छत की तरफ मुंह करके कहा, "हां तो क्या तुम बता सकते हो कि वे लोग कौन हैं, जिन्होंने इस तहखाने में हम लोगों को घेरने का इरादा किया है?"

आवाज–हां, बता सकते हैं।

इन्द्रदेव–अच्छा उनके नाम बताओ।

आवाज–कमलिनी के तिलिस्मी मकान से छूटकर भागे शिवदत्त, माधवी और मनोरमा तथा उन्हीं तीनों की मदद से छूटा हुआ दिग्विजयसिंह का लड़का कल्याणसिंह जो, इस तिलिस्मी तहखाने का हाल उतना ही जानता है, जितना उसका बाप जानता था।

इन्द्रदेव–वह तो चुनार में कैद था।

आवाज–हां कैद था, मगर छुड़ाया गया, जैसा कि मैंने कहा।

इन्द्रदेव–तो क्या वे लोग हम सभों को नुकसान पहुंचा सकते हैं?

आवाज–सो तो तुम्हीं लोग जानो, मैंने केवल तुम लोगों को होशियार कर दिया, अब जिस तरह अपने को बचा सको, बचाओ।

इन्द्रदेव–(कुछ सोचकर) उन चारों के साथ कोई और भी है?

आवाज–हां, एक हजार के लगभग फौज भी इसी तहखाने की किसी गुप्त राह से किले के अन्दर घुसकर अपना दखल जमाया चाहती है।

इन्द्रदेव–इतनी मदद उन सभों को कहां से मिली?

आवाज–इसी कमबख्त मायारानी की बदौलत।

इन्द्रदेव–क्या तुम भी उन्हीं लोगों के साथ हो?

आवाज–नहीं।

इन्द्रदेव–तब तुम कौन हो?

आवाज–एक दफे तो कह चुका कि तुम्हारा कोई हिती हूं।

इन्द्रदेव–अगर हिती हो तो हम लोगों की कुछ मदद भी कर सकते हो!

आवाज–कुछ भी नहीं।

इन्द्रदेव–क्यों?

आवाज–मजबूरी है।

इन्द्रदेव–मजबूरी कैसी!

आवाज–वैसी ही।

इन्द्रदेव–क्या तुम हम लोगों की मदद किए बिना ही उस तहखाने के बाहर चले जाओगे।

आवाज–नहीं, क्योंकि रास्ता बन्द है।

इतना सुनकर इन्द्रदेव चुप हो गया और कुछ देर तक सोचता रहा, इसके बाद राजा बीरेन्द्रसिंह का इशारा पाकर फिर बातचीत करने लगा।

इन्द्रदेव–तुम अपना नाम क्यों नहीं बताते?

आवाज–व्यर्थ समझकर।

इन्द्रदेव–क्या हम लोगों के पास भी नहीं आ सकते?

आवाज–नहीं।

इन्द्रदेव–क्यों?

आवाज–रास्ता नहीं है।

इन्द्रदेव–तो क्या तुम यहां से निकलकर बाहर भी नहीं जा सकते?

इस बात का जवाब कुछ भी न मिला, इन्द्रदेव ने पुनः पूछा मगर फिर भी जवाब न मिला। इतने ही में छत पर धमधमाहट की आवाज इस तरह आने लगी जैसे पचासों आदमी चारों तरफ दौड़ते-उछलते-कूदते हों। उसी समय इन्द्रदेव ने राजा बीरेन्द्रसिंह की तरफ देखकर कहा, "अब मुझे निश्चय हो गया कि इस गुप्त मनुष्य का कहना ठीक है, और इस छत के ऊपरवाले खंड में ताज्जुब नहीं कि दुश्मन आ गए हों और यह उन्हीं के पैरों की धमधमाहट हो।" राजा बीरेन्द्रसिंह, इन्द्रदेव की बात का कुछ जवाब दिया ही चाहते थे कि उसी मोखे में से जिसमें से गुप्त मनुष्य की बातचीत की आवाज आ रही थी, रंग-बिरंग की और बहुत से आदमियों के बोलने की आवाजें आने लगीं। साफ सुनाई देता था कि बहुत से आदमी आपुस में लड़-भिड़ रहे हैं और तरह-तरह की बातें कर रहे हैं

"कहां है? कोई तो नहीं! जरूर है! यही है! यही है! पकड़ो! पकड़ो! तेरी ऐसी की तैसी, तू क्या हमें पकड़ेगा? नहीं अब तू बचके कहां जा सकता है!" इत्यादि आवाजें कुछ देर तक सुनाई देती रहीं। और इसके बाद उसी मोखे में से बिजली की तरह चमक दिखाई देने लगी। उसी समय "हाय रे, यह क्या, जले-जले, मरे-मरे, देव-देव, भूत-है-भूत, देवता, काल-है-काल, अग्निदेव-है-अग्निदेव, कुछ नहीं, जाने दो, जाने दो, हम नहीं, हम नहीं!" इत्यादि आवाजें सुनाई देने लगीं, जिससे बेचारी किशोरी और कामिनी का कोमल कलेजा दहलने लगा, और थरथर कांपने लगीं। राजा बीरेन्द्रसिंह और तेजसिंह वगैरह भी घबड़ाकर सोचने लगे कि अब क्या करना चाहिए।

इन्द्रदेव–दुश्मनों के आने में कोई शक नहीं!

बीरेन्द्र–खैर, क्या हर्ज है, लड़ाई से हम लोग डरते नहीं, अगर कुछ खयाल है तो केवल इतना ही कि तहखाने में पड़े रहकर बेबसी की हालत में जान दे देनी पड़े क्योंकि दरवाजों के बन्द होने की खबर सुनाई देती है। अगर दुश्मन लोग आ गए तब कोई हर्ज नहीं, क्योंकि जिस राह से वे लोग आवेंगे वही राह हम लोगों के निकल जाने के लिए भी होगी। हां पता लगाने में जो कुछ विलम्ब हो। (रुककर) लो, भैरोसिंह और देवीसिंह भी आ गए! (दोनों ऐयारों से) कहो, क्या खबर है?

देवीसिंह–दरवाजे बन्द हैं।

भैरोसिंह–किले के बाहर निकल जानेवाला दरवाजा भी बन्द है।

तेजसिंह–खैर, कोई चिन्ता नहीं, अब तो दुश्मन का आ जाना ही हमारे लिए बेहतर है।

इन्द्रदेव–कहीं ऐसा न हो कि हम लोग तो दुश्मनों से लड़ने के फेर में रह जाएं और दुश्मन लोग तीनों कैदियों को छुड़ा ले जाएं। अस्तु, पहिले कैदियों का बन्दोबस्त करना चाहिए और इससे भी ज्यादे जरूरी (किशोरी, कामिनी इत्यादि की तरफ इशारा करके) इन लड़कियों की हिफाजत है।

कमलिनी–मुझे छोड़कर और सभी की फिक्र कीजिए क्योंकि तिलिस्मी खंजर अपने पास रखकर भी छिपे रहना मैं पसन्द नहीं करती, मैं लडूंगी और खंजर की करामात देखूंगी।

बीरेन्द्र–नहीं-नहीं, हम लोगों के रहते हमारी लड़कियों को हौसला करने की जरूरत नहीं है।

इन्द्रदेव–कोई हर्ज नहीं, आप कमलिनी के लिए चिन्ता न करें, मैं खुशी से देखा चाहता हूं कि वर्षों मेहनत करके मैंने जो कुछ विद्या इसे सिखाई है, उससे यह कहां तक फायदा उठा सकती है, खैर, देखिए मैं सभों का बन्दोबस्त करता हूं।

इतना कहकर इन्द्रदेव ने ऐयारों की तरफ देखा और कहा, "इन कैदियों की आंखों पर शीघ्र पट्टी बांधिए।" सुनने के साथ ही बिना कुछ सबब पूछे भैरोसिंह, तारासिंह और देवीसिंह जंगले के अन्दर चले गए और बात-की-बात में तीनों कैदियों की आंखों पर पट्टियां बांध दीं। इसके बाद इन्द्रदेव ने छत की तरफ देखा जहां लोहे की बहुत-सी कड़ियां लटक रही थीं। उन कड़ियों में से एक कड़ी को इन्द्रदेव ने उछलकर पकड़ लिया और लटकते ही हुए तीन-चार झटके दिए जिससे वह कड़ी नीचे की तरफ खिंच आई और इन्द्रदेव का पैर जमीन के साथ लग गया। वह कड़ी लोहे की जंजीर के साथ बंधी हुई थी जो खैंचने के साथ ही नीचे तक खिंच आई और जंजीर खिंच जाने से एक कोठरी का दरवाजा ऊपर की तरफ चढ़ गया, जैसे पुल का तख्ता जंजीर खैंचने से ऊपर की तरफ चढ़ जाता है। यह कोठरी उसी दालान में दीवार के साथ इस ढंग से बनी हुई थी कि दरवाजा बन्द रहने की हालत में इस बात का कुछ भी पता नहीं लग सकता था कि यहां पर कोठरी है।

जब कोठरी का दरवाजा खुल गया तब इन्द्रदेव ने कमलिनी को छोड़के बाकी औरतों को उस कोठरी के अन्दर कर देने के लिए तेजसिंह से कहा और तेजसिंह ने ऐसा ही किया। जब सब औरतें कोठरी के अन्दर चली गईं तब इन्द्रदेव ने हाथ से कड़ी छोड़ दी। तुरन्त ही उस कोठरी का दरवाजा बन्द हो गया और वह कड़ी छत के साथ इस तरह चिपक गई जैसे छत में कोई चीज लटकाने के लिए जड़ी हो।

इसके बाद इन्द्रदेव ने तीनों कैदियों को भी वहां से निकाल ले जाकर किसी दूसरी जगह बन्द कर देने का इरादा किया, मगर ऐसा करने का समय न मिला, क्योंकि उसी समय पुनः "सावधान-सावधान!" की आवाज आई और कैदखानेवाली कोठरी के बाहर बहुत से आदमियों के आ पहुंचने की आहट मिली, अतएव हमारे बहादुर लोग कमलिनी के सहित बाहर निकल आए। राजा बीरेन्द्रसिंह और तेजसिंह ने म्यान से तलवारें निकाल लीं, कमलिनी ने तिलिस्मी खंजर संभाला, ऐयारों ने कमन्द और खंजर को दुरुस्त किया, और इन्द्रदेव ने अपने बटुए में से छोटे-छोटे चार गेंद निकाले और लड़ने के लिए हर तरह से मुस्तैद होकर सभों के साथ कोठरी के बाहर निकल आया।

राजा बीरेन्द्रसिंह, उनके ऐयारों और इन्द्रदेव को विश्वास हो गया था कि उस गुप्त मनुष्य ने जो कुछ कहा, वह सब ठीक है और शिवदत्त, माधवी और मनोरमा के साथ-ही-साथ दिग्विजयसिंह का लड़का कल्याणसिंह भी अपने मददगारों को लिये हुए इसी तहखाने में दिखाई देगा, इसलिए इन्द्रदेव और ऐयार लोग इस बात की फिक्र में थे कि जिस तरह हो सके चारों ही को नहीं तो कल्याणसिंह और शिवदत्त को तो जरूर ही पकड़ लेना चाहिए, परन्तु वे लोग ऐसा न कर सके, क्योंकि कोठरी के बाहर निकलते ही जिन लोगों ने उन पर वार किया था वे सब-के-सब अपने चेहरों पर नकाब डाले हुए थे और इसलिए उनमें से अपने मतलब के आदमियों को पहिचानना बड़ा कठिन था। इन्द्रदेव ने जल्दी के साथ कमलिनी से कहा, "तू हम लोगों के पीछे इसी दरवाजे के बीच में खड़ी रह, जब कोई तुझ पर हमला करे या इस कैदखाने के अन्दर जाने लगे तो तिलिस्मी खंजर से उसको रोकियो।" और कमलिनी ने ऐसा ही किया।

जब हमारे बहादुर लोग कैदखानेवाली कोठरी से बाहर निकले तो देखा कि उन पर हमला करनेवाले सैकड़ों नकाबपोश हाथों में नंगी तलवारें लिये आ पहुंचे और 'मार-मार' कहकर तलवारें चलाने लगे तथा हमारे बहादुर लोग भी जो यद्यपि गिनती में उनसे बहुत कम थे, दुश्मनों के वारों का जवाब देने और अपने वार करने लगे। हमारे दोनों ऐयारों ने मशालें जमीन पर फेंक दीं क्योंकि दुश्मनों के साथ बहुत-सी मशालें थीं जिनकी रोशनी में दुश्मनों के साथ-ही-साथ हमारे बहादुरों का काम भी अच्छी तरह चल सकता था।

इसमें कोई शक नहीं कि दुश्मनों ने जी तोडकर लड़ाई की और राजा बीरेन्द्रसिंह वगैरह को गिरफ्तार करने का बहुत उद्योग किया मगर कुछ न कर सके और हमारे बहादुर बीरेन्द्रसिंह तथा आफत के परकाले उनके ऐयारों ने ऐसी बहादुरी दिखाई कि दुश्मनों के छक्के छूट गए। राजा बीरेन्द्रसिंह की न रुकनेवाली तलवार ने तीस आदमियों को उस लोक का रास्ता दिखाया, ऐयारों ने कमन्दों की उलझन में डालकर पचासों को जमीन पर सुलाया जो अपने ही साथियों के पैरों तले रौंदे जाकर बेकाम

हो गए। इन्द्रदेव ने जो चार गेंद निकाले थे उन्होंने तो अजब ही तमाशा दिखाया। इन्द्रदेव ने उन गेंदों को बारी-बारी से दुश्मनों के बीच में फेंका जो ठेस लगने के साथ ही आवाज देकर फट गए और उनमें से निकले हुए आग के शोलों ने बहुतों को जलाया और बेकाम किया। जब दुश्मनों ने देखा कि हम राजा बीरेन्द्रसिंह और उनके साथियों का कुछ भी नहीं कर सके और उन्होंने हमारे बहुत से साथियों को मारा और बेकाम कर दिया, तो वे लोग भागने की फिक्र में लगे, मगर वहां से भाग जाना भी असम्भव था, क्योंकि वहां से निकल भागने का रास्ता उन्हें मालूम न था। कल्याणसिंह जिस राह से उन सभों को इस तहखाने में लाया था उसे बन्द न भी कर देता तो उस घूमघुमौवे और पेचीले रास्ते का पता लगाकर निकल जाना कठिन था।

आधी घड़ी से ज्यादे देर तक मौत का बाजार गर्म रहा। दुश्मन लोग मारे जाते थे और ऐयारों को सरदारों के गिरफ्तार करने की फिक्र थी, इसी बीच में तहखाने के ऊपरी हिस्से से किसी औरत के चिल्लाने की आवाज आने लगी और सभों का ध्यान उसी तरफ चला गया। तेजसिंह ने भी उसे क़ान लगाकर सुना और कहा, "ठीक किशोरी की आवाज मालूम पड़ती है!"

"हाय रे, मुझे बचाओ, अब मेरी जान न बचेगी, दोहाई राजा बीरेन्द्रसिंह की!"

इस आवाज ने केवल तेजसिंह ही को नहीं, बल्कि राजा बीरेन्द्रसिंह को भी परेशान कर दिया। वह ध्यान देकर उस आवाज को सुनने लगे। इसी बीच में एक दूसरे आदमी की आवाज भी उसी तरफ से आने लगी। राजा बीरेन्द्रसिंह और उनके साथियों ने पहिचान लिया कि वह उसी की आवाज है, जो कैदखाने की कोठरी में कुछ देर पहिले गुप्त रीति से बातें कर रहा था और जिसने दुश्मनों के आने की खबर दी थी। वह आवाज यह थी–

"होशियार-होशियार, देखो यह चाण्डाल बेचारी किशोरी को पकड़े लिये जाता है। हाय, बेचारी किशोरी को बचाने की फिक्र करो! रह तो जा नालायक, पहिले मेरा मुकाबला कर ले!!"

इस आवाज ने राजा बीरेन्द्रसिंह, तेजसिंह, इन्द्रदेव और उनके साथियों को बहुत ही परेशान कर दिया और वे लोग घबड़ाकर चारों तरफ देखने तथा सोचने लगे कि अब क्या करना चाहिए।

बारहवां बयान

हम ऊपर लिख आए हैं कि इन्द्रदेव ने भूतनाथ को अपने मकान से बाहर जाने न दिया और अपने आदमियों को यह ताकीद करके कि भूतनाथ को हिफाजत और खातिरदारी के साथ रक्खें, रोहतासगढ़ की तरफ रवाना हो गया।

यद्यपि भूतनाथ इन्द्रदेव के मकान नें रोक लिया गया और वह भी उस मकान से बाहर जाने का रास्ता न जानने के कारण लाचार और चुप हो रहा, मगर समय और आवश्यकता ने वहां उसे चुपचाप बैंठने न दिया और मकान से बाहर निकलने का मौका उसे मिल ही गया।

जब इन्द्रदेव रोहतासगढ़ की तरफ रवाना हो गया, उसके दूसरे दिन दोपहर के समय सर्यूसिंह जो इन्द्रदेव का बड़ा विश्वासी ऐयार था, भूतनाथ के पास आया और बोला, "क्यों भूतनाथ, तुम चुपचाप बैठे क्या सोच रहे हो?"

भूतनाथ–बस अपनी बदनसीबी पर रोता और झख मारता हूं, मगर इसके साथ ही इस बात को सोच रहा हूं कि आदमी को दुनिया में किस ढंग से रहना चाहिए।

सर्यूसिंह–क्या तुम अपने को बदनसीब समझते हो?

भूतनाथ–क्यों नहीं! तुम जानते हो कि वर्षों से मैं राजा बीरेन्द्रसिंह का काम कैसी ईमानदारी और नेकनीयती के साथ कर रहा हूं, और क्या यह बात तुमसे छिपी हुई है कि उस सेवा का बदला आज मुझे क्या मिल रहा है?

सर्यूसिंह–(पास बैठकर) मैं सबकुछ जानता हूं, मगर भूतनाथ, मैं फिर भी यह कहने से बाज न आऊंगा कि आदमी को कभी हताश न होना चाहिए और हमेशा बुरे कामों की तरफ से अपने दिल को रोककर नेक काम में तन-मन-धन से लगे रहना चाहिए। ऐसा करनेवाला निःसन्देह सुख भोगता है चाहे बीच-बीच में उसे थोड़ी-बहुत तकलीफ भी क्यों न उठानी पड़े, अस्तु, आजकल के दुःखों से तुम हताश मत हो जाओ और राजा बीरेन्द्रसिंह तथा उनकी तरह सज्जन लोगों के साथ नेकी करने से अपने दिल को मत रोको। तुम तो ऐयार हो और ऐयारों में भी नामी ऐयार, फिर भी दो-चार दुष्टों की अनोखी कार्रवाइयों से आ पड़नेवाली आफतों को न सहकर उदास हो जाओ तो बड़े आश्चर्य की बात है।

भूतनाथ–नहीं मेरे दोस्त, मैं हताश होनेवाला आदमी नहीं हूं, मैं तो केवल समय का हेर-फेर देखकर अफसोस कर रहा हूं। निःसंदेह मुझसे दो-एक काम बुरे हो गए और उसका बदला भी मैं पा चुका हूं, मगर फिर भी मेरा दिल यह कहने से बाज नहीं आता कि तेरे माथे से कलंक का टीका अभी तक साफ नहीं हुआ, अतएव तू नेकी करता जा, और भूलता जा।

सर्यूसिंह–शाबाश, मैं केवल तुम्हीं को नहीं, बल्कि तुम्हारे दिल को भी अच्छी तरह जानता हूं और वे बातें भी मुझसे छिपी हुई नहीं हैं जिनका इलजाम तुम पर लगाया गया है। यद्यपि मैं एक ऐसे सरदार का ऐयार हूं जो किसी के नेक-बद से सरोकार नहीं रखता और इस स्थान को देखनेवाला कह सकता है कि वह दुनिया के पर्दे के बाहर रहता है, मगर फिर भी मैं काम ज्यादे न होने के सबब से घूमता-फिरता और नामी ऐयारों की कार्रवाइयों को देखा-सुना करता हूं और यही सबब है कि मैं उन भेदों को भी कुछ जानता हूं, जिसका इलजाम तुम पर लगाया गया है।

भूतनाथ–(आश्चर्य से) क्या तुम उन भेदों को जानते हो?

सर्यूसिंह–बखूबी तो नहीं, मगर कुछ-कुछ।

भूतनाथ–तो मेरे दोस्त, तुम मेरी मदद क्यों नहीं करते? तुम मुझे इस आफत से क्यों नहीं छुड़ाते। आखिर हम-तुम एक ही पाठशाला के पढ़े-लिखे हैं, क्या लड़कपन की दोस्ती पर ध्यान देते तुम्हें शर्म आती है या क्या तुम इस लायक नहीं हो?

सर्यूसिंह–(हंसकर) नहीं-नहीं, ऐसा खयाल न करो, मैं तुम्हारी मदद जरूर करूंगा, अभी तक तो तुम्हें किसी से मदद लेने की आवश्यकता भी नहीं पड़ी थी, और जब आवश्यकता आ पड़ी है तो मदद करने के लिए हाजिर भी हो गया हूं।

भूतनाथ–(मुस्कुराकर) तब तो मुझे खुश होना चाहिए, मगर जब तक तुम्हारा मालिक रोहतासगढ़ से लौटकर न आ जाए तब तक हम लोग कुछ भी न कर सकेंगे।

सर्यूसिंह–क्यों न कर सकेंगे।

भूतनाथ–इसलिए कि तुम्हारा मालिक मुझे यहां कैद कर गया है। मैं इसे कैद ही समझता हूं जबकि यहां से बाहर निकलने की आज्ञा नहीं है।

सर्यूसिंह–यह कोई बात नहीं है, अगर जरूरत आ पड़े तो मैं तुम्हें इस मकान के बाहर कर दूंगा, चाहे बाहर होने का रास्ता अपने मालिक के नियमानुसार न बताऊं।

भूतनाथ–(प्रसन्नता से हाथ उठाकर) ईश्वर तू धन्य है। अब आशा-लता ने, जिसमें सुन्दर और सुगन्धित फूल लगे हुए हैं, मुझे फिर घेर लिया। (सर्यू से) अच्छा दोस्त, तो अब बताओ कि मुझे क्या करना चाहिए?

सर्यूसिंह–सबके पहिले मनोरमा को अपने कब्जे में लाना चाहिए।

भूतनाथ–(कुछ सोचकर) ठीक कहते हो, मेरी भी एक दफे यही इच्छा हुई थी, मगर तुम इस बात को नहीं जानते कि शिवदत्त, मनोरमा और...

सर्यूसिंह–(बात काटकर) मैं खूब जानता हूं कि शिवदत्त, माधवी और मनोरमा को कमलिनी के कैदखाने से निकल भागने का मौका मिला और वे लोग भाग गए।

भूतनाथ–तब?

सर्यूसिंह–मगर आज एक खबर ऐसी सुनने में आई है जो आश्चर्य और उत्कंठा बढ़ानेवाली है और हम लोगों को चुपचाप बैठे रहने की आज्ञा नहीं देती।

भूतनाथ–वह क्या?

सर्यूसिंह–यही कि कमबख्त मायारानी की मदद पाकर शिवदत्त, माधवी और मनोरमा ने जो पहिले ही से अमीर थे, अपनी ताकत बहुत बढ़ा ली और सबके पहिले उन्होंने यह काम किया कि राजा दिग्विजयसिंह के लड़के कल्याणसिंह को कैद से छुड़ा लिया जिसकी खबर राजा बीरेन्द्रसिंह को अभी तक नहीं हुई और यह भी तुम जानते

ही हो कि रोहतासगढ़ के तहखाने का भेद कल्याणसिंह उतना ही जानता है, जितना उसका बाप जानता था।

भूतनाथ–बेशक-बेशक, अच्छा तब?

सर्यूसिंह–अब उन लोगों ने यह सुनकर कि राजा बीरेन्द्रसिंह, तेजसिंह इत्यादि ऐयार तथा किशोरी, कामिनी, कमलिनी, कमला और लाडिली वगैरह सभी रोहतासगढ़ में मौजूद हैं, गुप्त रीति से रोहतासगढ़ पहुंचने का इरादा किया है–

भूतनाथ–बेशक कल्याणसिंह उन लोगों को तहखाने की गुप्त राह से किले के अन्दर ले जा सकता है और इसका नतीजा निःसन्देह बहुत बुरा होगा।

सर्यूसिंह–मैं भी यही सोचता हूं, तिस पर मजा यह है कि वे लोग अकेले नहीं हैं, बल्कि हजार फौजी सिपाहियों को भी उन लोगों ने अपना साथी बनाया है।

भूतनाथ–और रोहतासगढ़ के तहखाने में इससे दूने आदमी भी हों तो सहज ही में समा सकते हैं, मगर मेरे दोस्त, यह खबर तुमने कहां से और क्योंकर पाई?

सर्यूसिंह–मेरे चेलों ने जो प्रायः बाहर घूमा करते हैं, यह खबर मुझे सुनाई है।

भूतनाथ–तो क्या यह मालूम नहीं हुआ कि शिवदत्त, माधवी, मनोरमा और कल्याणसिंह तथा उनके साथी किस राह से जा रहे हैं, और कहां हैं?

सर्यूसिंह–हां, यह भी मालूम हुआ है, वे लोग बराबर घाटी की राह से और जंगल-ही-जंगल जा रहे हैं।

भूतनाथ–(कुछ देर तक गौर करके) मौका तो अच्छा है!

सर्यूसिंह–बेशक अच्छा है।

भूतनाथ–तब?

सर्यूसिंह–चलो हम-तुम दोनों मिलकर कुछ करें!

भूतनाथ–मैं तैयार हूं, मगर इस बात को सोच लो कि ऐसा करने पर तुम्हारा मालिक रंज तो न होगा!

सर्यूसिंह–सब सोचा-समझा है, हमारा मालिक भी रोहतासगढ़ ही गया हुआ है और वह भी राजा बीरेन्द्रसिंह का पक्षपाती है।

भूतनाथ–खैर, तो अब विलम्ब करना अपने अमूल्य समय को नष्ट करना है (ऊंची सांस लेकर) ईश्वर न करे शिवदत्त के हाथ कहीं किशोरी लग जाए, अगर ऐसा हुआ तो अबकी दफे वह बेचारी कदापि न बचेगी।

सर्यूसिंह–मैं भी यही सोच रहा हूं, अच्छा तो अब तैयार हो जाओ, मगर मैं नियमानुसार तुम्हारी आंखों पर पट्टी बांधकर बाहर ले जाऊंगा।

भूतनाथ–कोई चिन्ता नहीं, हां, यह तो कहो कि मेरे ऐयारी के बटुए में कई मसालों की कमी हो गई है, क्या तुम उसे पूरा कर सकते हो?

सर्यूसिंह–हां, हां, जिन-जिन चीजों की जरूरत हो ले लो, यहां किसी बात की कमी नहीं है।

तेरहवां बयान

दोपहर दिन का समय है। गर्म-गर्म हवा के झपेटों से उड़ी हुई जमीन की मिट्टी केवल आसमान ही को गंदला नहीं कर रही है, बल्कि पथिकों के शरीरों को भी अपना-सा करती और आंखों को इतना खुलने नहीं देती है जिसमें रास्ते को अच्छी तरह देखकर तेजी के साथ चलें और किसी घने पेड़ के नीचे पहुंचकर अपने थके-मांदे शरीर को आराम दें। ऐसे ही समय में भूतनाथ, सर्यूसिंह और सर्यूसिंह का एक चेला आंखों को मिट्टी और गर्द से बचाने के लिए अपने-अपने चेहरों पर बारीक कपड़ा डाले रोहतासगढ़ की तरफ तेजी के साथ कदम बढ़ाए चले जा रहे हैं। हवा के झपेटे आगे बढ़ने से रोक-टोक करते हैं मगर ये तीनों आदमी धुन के पक्के इस तरह चले जा रहे हैं कि बात तक नहीं करते। हां, उस सामने के घने जंगल की तरफ उनका ध्यान अवश्य है, जहां आधी घड़ी के अन्दर ही पहुंचकर सफर की हरारत मिटा सकते हैं। उन तीनों ने अपनी चाल और भी तेज की और थोड़ी ही देर बाद, उसी जंगल में एक सघन पेड़ के नीचे बैठकर थकावट मिटाते दिखाई देने लगे।

सर्यूसिंह–(रूमाल से मुंह पोंछकर) यद्यपि आज का सफर दुःखदायी हुआ परन्तु हम लोग ठीक समय पर ठिकाने पहुंच गए।

भूतनाथ–अगर दुश्मनों का डेरा अभी तक इसी जंगल में हो तो मैं भी ऐसा ही कहूंगा।

सर्यूसिंह–बेशक, वे लोग अभी तक इसी जंगल में होंगे, क्योंकि मेरे शागिर्द ने उनके दो दिन तक यहां ठहरने की खबर दी थी और वह जासूसी का काम बहुत अच्छे ढंग से करता है।

भूतनाथ–तब हम लोगों को कोई ऐसा ठिकाना ढूंढ़ना चाहिए जहां पानी हो और अपना भेष अच्छी तरह बदल सकें।

सर्यूसिंह–जरा-सा और आराम कर लें, तब उठें।

भूतनाथ–क्या हर्ज है।

थोड़ी देर तक ये तीनों उसी पेड़ के नीचे बैठे बातचीत करते रहे और इसके बाद उठकर ऐसे ठिकाने पहुंचे जहां साफ जल का सुन्दर चश्मा बह रहा था। उसी चश्मे के जल से बदन साफ करने के बाद तीनों ऐयारों ने आपुस में कुछ सलाह करके अपनी सूरतें बदलीं और वहां से उठकर दुश्मनों की टोह में इधर-उधर घूमने लगे तथा संध्या होने के पहिले ही उन लोगों का पता लगा लिया, जो दो सौ आदमियों के साथ, उसी जंगल में टिके हुए थे। जब रात हुई और अंधकार ने अपना दखल चारों तरफ अच्छी तरह जमा लिया तो ये तीनों उस लश्कर की तरफ रवाना हुए।

शिवदत्त और कल्याणसिंह तथा उनके साथियों ने जंगल के मध्य में डेरा जमाया हुआ था। खेमा या कनात का नामनिशान न था, बड़े-बड़े और घने पेड़ों के नीचे

शिवदत्त और कल्याणसिंह मामूली बिछावन पर बैठे हुए बातें कर रहे थे और उनसे थोड़ी ही दूर पर उनके संगी-साथी और सिपाही लोग अपने-अपने काम तथा रसोई बनाने की फिक्र में लगे हुए थे। जिस पेड़ के नीचे शिवदत्त और कल्याणसिंह थे, उससे तीस या चालीस गज की दूरी पर दो पालकियां पेड़ों के झुरमुट के अन्दर रक्खी हुई थीं और उनमें माधवी तथा मनोरमा विराज रही थीं और इन्हीं के पीछे की तरफ बहुत-से घोड़े पेड़ों के साथ बंधे हुए घास चर रहे थे।

शिवदत्त और कल्याणसिंह एकान्त में बैठे बातचीत कर रहे थे। उनसे थोड़ी ही दूर पर एक जवान, जिसका नाम धन्नूसिंह था, हाथ में नंगी तलवार लिये हुए पहरा दे रहा था और यही जवान उन दो सौ सिपाहियों का अफसर था जो इस समय जंगल में मौजूद थे। रात हो जाने के कारण कहीं-कहीं पर रोशनी हो रही और एक लालटेन उस जगह जल रही थी जहां शिवदत्त और कल्याणसिंह बैठे हुए आपुस में बातें कर रहे थे।

शिवदत्त–हमारी फौज ठिकाने पहुंच गई होगी।

कल्याण–बेशक।

शिवदत्त–क्या इतने आदमियों का रोहतासगढ़ तहखाने के अन्दर समा जाना सम्भव है?

कल्याण–(हंसकर) इसके दूने आदमी भी अगर हों तो उस तहखाने में अंट सकते हैं।

शिवदत्त–अच्छा तो उस तहखाने में घुसने के बाद क्या-क्या करना होगा?

कल्याण–उस तहखाने के अन्दर चार कैदखाने हैं, पहिले इन कैदखानों को देखेंगे, अगर उनमें कोई कैदी होगा तो उसे छुड़ाकर अपना साथी बनावेंगे। मायारानी और उसका दारोगा भी उन्हीं कैदखानों में से किसी में जरूर होंगे और छूट जाने पर उन दोनों से बड़ी मदद मिलेगी।

शिवदत्त–बेशक बड़ी मदद मिलेगी, अच्छा तब?

कल्याण–अगर उस समय बीरेन्द्रसिंह वगैरह तहखाने की सैर करते हुए मिल जाएंगे तो मैं उन लोगों के बाहर निकलने का रास्ता बन्द करके फंसाने की फिक्र करूंगा तथा आप फौजी सिपाहियों को लेकर किले के अन्दर चले जाइएगा और मर्दानगी के साथ किले में अपना दखल कर लीजिएगा।

शिवदत्त–ठीक है, मगर यह कब संभव है कि उस समय बीरेन्द्रसिंह वगैरह तहखाने की सैर करते हुए हम लोगों को मिल जाएं।

कल्याण–अगर न मिलेंगे तो न सही, उस अवस्था में हम लोग एक साथ किले के अन्दर अपना दखल जमावेंगे और बीरेन्द्रसिंह तथा उनके ऐयारों को गिरफ्तार कर लेंगे। यह तो आप सुन ही चुके हैं कि इस समय रोहतासगढ़ किले में फौजी सिपाही पांच सौ से ज्यादे नहीं हैं, सो भी बेफिक्र बैठे होंगे, और हम लोग यकायक हर तरह

से तैयार जा पहुंचेंगे। मगर मेरा दिल यही गवाही देता है कि बीरेन्द्रसिंह वगैरह को हम लोग तहखाने में सैर करते हुए अवश्य देखेंगे, क्योंकि बीरेन्द्रसिंह ने जहां तक सुना गया है, अभी तक तहखाने की सैर नहीं की, अबकी दफे जो वह वहां गए हैं तो जरूर तहखाने की सैर करेंगे और तहखाने की सैर दो-एक दिन में नहीं हो सकती, आठ-दस दिन अवश्य लगेंगे और सैर करने का समय भी रात ही को ठीक होगा, इसी से कहते हैं कि अगर वे लोग तहखाने में मिल जाएं तो ताज्जुब नहीं।

शिवदत्त–अगर ऐसा हो तो क्या बात है! मगर सुनो तो, कदाचित् बीरेन्द्रसिंह तहखाने में मिल गए तो तुम तो उनके फंसाने की फिक्र में लगोगे और मुझे किले के अन्दर घुसकर दखल जमाना होगा। मगर मैं उस तहखाने के रास्ते को जानता नहीं, तुम कह चुके हो कि तहखाने में आने-जाने के कई रास्ते हैं और वे पेचीले हैं, अस्तु, ऐसी अवस्था में मैं क्या कर सकूंगा!

कल्याण–ठीक है, मगर आपको तहखाने के कुछ रास्तों का हाल और वहां आने-जाने की तरकीब मैं सहज ही में समझा सकता हूं।

शिवदत्त–सो कैसे?

कल्याणसिंह ने अपने पास पड़े हुए एक बटुए में से कलम, दावात और कागज निकाला और लालटेन को जो कुछ हटकर जल रही थी, पास रखने के बाद कागज पर तहखाने का नक्शा खींचकर समझाना शुरू किया। उसने ऐसे ढंग से समझाया कि शिवदत्त को किसी तरह का शक न रहा और उसने कहा, "अब मैं बखूबी समझ गया।" उसी समय बगल से यह आवाज आई, "ठीक है, मैं भी समझ गया।"

वह पेड़ बहुत मोटा और जंगली लताओं के चढ़े होने से घना हो रहा था। शिवदत्त और कल्याणसिंह की पीठ जिस पेड़ की तरफ थी, उसी की आड़ में कुछ देर से खड़ा एक आदमी उन दोनों की बातचीत सुन रहा और छिपकर उस नक्शे को भी देख रहा था। जब उसने कहा कि 'ठीक है, मैं भी समझ गया' तब ये दोनों चौंके और घूमकर पीछे की तरफ देखने लगे, मगर एक आदमी के भागने की आहट के सिवाय और कुछ भी मालूम न हुआ।

कल्याण–लीजिए श्रीगणेश हो गया, निःसन्देह बीरेन्द्रसिंह के ऐयारों को हमारा पता लग गया।

शिवदत्त–बात तो ऐसी ही मालूम होती है, लेकिन कोई चिन्ता नहीं, देखो हम बन्दोबस्त करते हैं।

कल्याण–अगर हम ऐसा जानते तो आपके ऐयारों को दूसरा काम सुपुर्द करके आगे बढ़ने की राय कदापि न देते।

शिवदत्त–धन्नूसिंह को बुलाया चाहिए।

इतना कहकर शिवदत्त ने ताली बजाई मगर कोई न आया और न किसी ने कुछ जवाब दिया। शिवदत्त को ताज्जुब मालूम हुआ और उसने कहा, "अभी तो हाथ में

नंगी तलवार लिये यहां पहरा दे रहा था, चला कहां गया?" कल्याणसिंह ने जफील बजाई, जिसकी आवाज सुनकर कई सिपाही दौड़ आए और हाथ जोड़कर सामने खड़े हो गए। शिवदत्त ने एक सिपाही से पूछा, "धन्नू कहां गया है!"

सिपाही–मालूम नहीं हुजूर, अभी तो इसी जगह पर टहल रहे थे।

शिवदत्त–देखो कहां है, जल्द बुलाओ।

हुक्म पाकर वे सब चले गए और थोड़ी ही देर में वापस आकर बोले, "हुजूर करीब में तो कहीं पता नहीं लगता!"

शिवदत्त–बड़े आश्चर्य की बात है। उसे दूर जाने की आज्ञा किसने दी?

इतने ही में हांफता-हांफता धन्नूसिंह भी आ मौजूद हुआ जिसे देखते ही शिवदत्त ने पूछा, "तुम कहां चले गए थे!"

धन्नू–महाराज कुछ न पूछिए, मैं तो बड़ी आफत में फंस गया था!

शिवदत्त–सो क्या! और तुम बदहवास क्यों हो रहे हो?

धन्नू–मैं इसी जगह पर घूम-घूमकर पहरा दे रहा था कि एक लड़के ने, जिसे मैंने आज के सिवाय पहिले कभी देखा न था, आकर कहा, "एक औरत तुमसे कुछ कहा चाहती है।" यह सुनकर मुझे ताज्जुब हुआ और मैंने उससे पूछा, "वह औरत कौन है, कहां है और मुझसे क्या कहा चाहती है?" इसके जवाब में लड़का बोला, "सो सब मैं नहीं जानता, तुम खुद चलो और जो कुछ वह कहती है, सुन लो, इसी जगह पास ही में तो है।" इतना सुनकर ताज्जुब करता हुआ मैं उस लड़के के साथ चला और थोड़ी ही दूर एक औरत को देखा। (कांपकर) क्या कहूं, ऐसा दृश्य तो आज तक मैंने देखा ही न था।

शिवदत्त–अच्छा-अच्छा कहो, वह औरत कैसी और किस उम्र की थी!

धन्नू–कृपानिधान वह बड़ी भयानक औरत थी। काला रंग, बड़ी-बड़ी और लाल आंखें, हाथ में लोहे का डण्डा लिये हुए थी, जिसमें बड़े-बड़े कांटे लगे थे और उसके चारों तरफ बड़े-बड़े और भयानक सूरत के कुत्ते मौजूद थे जो मुझे देखते ही गुर्राने लगे। उस औरत ने कुत्तों को डांटा जिससे वे चुप हो रहे, मगर चारों तरफ से मुझे घेरकर खड़े हो गए। डर के मारे मेरी अजब हालत हो गई। उस औरत ने मुझसे कहा, "अपने हाथ की तलवार म्यान में कर ले नहीं तो ये कुत्ते फाड़ खाएंगे।" इतना सुनते ही मैंने तलवार म्यान में कर ली और इसके साथ ही वे कुत्ते कुछ दूर हटकर खड़े हो गए। (लंबी सांस लेकर) ओफ ओह! इतने भयानक और बड़े कुत्ते मैंने आज तक नहीं देखे थे!!

शिवदत्त–(आश्चर्य और भय से) अच्छा-अच्छा आगे चलो, तब क्या हुआ?

धन्नू–मैंने डरते-डरते उस औरत से पूछा–"आपने मुझे क्यों बुलाया?"

उस औरत ने कहा, "मैं अपनी बहिन मनोरमा से मिला चाहती हूं, उसे बहुत जल्द मेरे पास ले आ!"

शिवदत्त–(आश्चर्य से) अपनी बहिन मनोरमा से!

धन्नू–जी हां, मुझे यह सुनकर बड़ा आश्चर्य हुआ क्योंकि मुझे स्वप्न में भी इस बात का गुमान न हो सकता था कि मनोरमा की बहिन ऐसी भयानक राक्षसी होगी! और महाराज, उसने आपको और कुंअर साहब को भी अपने पास बुलाने के लिए कहा।

कल्याण–(चौंककर) मुझे और महाराज को?

धन्नू–जी हां।

शिवदत्त–अच्छा तब क्या हुआ?

धन्नू–मैंने कहा कि तुम्हारा सन्देशा मनोरमा को अवश्य दे दूंगा, मगर महाराज और कुंअर साहब तुम्हारे कहने से यहां नहीं आ सकते।

कल्याण–तब उसने क्या कहा?

धन्नू–बस मेरा जवाब सुनते ही वह बिगड़ गई और डांटकर बोली, "खबरदार ओ कमबख्त! जो मैं कहती हूं, वह तुझे और तेरे महाराज को करना ही होगा!!" (कांपकर) महाराज, उसके डांटने के साथ ही एक कुत्ता उछलकर मुझ पर चढ़ बैठा। अगर वह औरत अपने कुत्ते को न डांटती और न रोकती तो बस मैं आज ही समाप्त हो चुका था! (गर्दन और पीठ के कपड़े दिखाकर) देखिए मेरे तमाम कपड़े उस कुत्ते के बड़े-बड़े नाखूनों की बदौलत फट गए और बदन भी छिल गया, देखिए यह मेरे ही खून से मेरे कपड़े तर हो गए हैं।

शिवदत्त–(भय और घबड़ाहट से) ओफ ओह धन्नूसिंह, तुम तो जख्मी हो गए! तुम्हारे पीठ पर के कपड़े सब लहू से तर हो रहे हैं!!

धन्नू–जी हां महाराज, बस आज मैं काल के मुंह से निकलकर आया हूं, मगर अभी तक मुझे इस बात का विश्वास नहीं होता कि मेरी जान बचेगी।

कल्याण–सो क्यों?

धन्नू–जवाब देने के लिए लौटकर मुझे फिर उसके पास जाना होगा।

कल्याण–सो क्या! अगर न जाओ तो क्या हो? क्या हमारी फौज में भी आकर वह उत्पात मचा सकती है?

इतने में ही दो-तीन भयानक कुत्तों के भौंकने की आवाज थोड़ी ही दूर से आई जिसे सुनते ही धन्नूसिंह थर-थर कांपने लगा। शिवदत्त तथा कल्याणसिंह भी डरकर उठ खड़े हुए और कांपते हुए उस तरफ देखने लगे। उसी समय बदहवास और घबराई हुई मनोरमा भी वहां आ पहुंची और बोली, "अभी मैंने भूतनाथ की सूरत देखी है, वह बेखौफ मेरी पालकी के पास आकर कह गया है कि 'आज तुम लोगों की जान लिये बिना मैं नहीं रह सकता'! अब क्या होगा? उसका बेखौफ यहां चले आना मामूली बात नहीं है!!"

॥ तेरहवां भाग समाप्त ॥

चौदहवां भाग

पहिला बयान

धन्नूसिंह की बातों ने शिवदत्त और कल्याणसिंह को ऐसा बदहवास कर दिया कि उन्हें बात करना मुश्किल हो गया। शिवदत्त सोच रहा था कि कुछ देर की सच्ची मोहलत मिले तो मनोरमा से उसकी बहिन का हाल पूछे, मगर उसी समय घबराई हुई मनोरमा खुद ही वहां आ पहुंची और उसने जो कुछ कहा वह और भी परेशान करनेवाली बात थी। आखिर शिवदत्त ने मनोरमा से पूछा, "क्या तुमने अपनी आंखों से भूतनाथ को देखा?"

मनोरमा–हां, मैंने स्वयं देखा और उसने वह बात मुझी से कही थी, जो मैं आपसे कह चुकी हूं?

शिवदत्त–क्या वह तुम्हारी पालकी के पास आया था?

मनोरमा–हां, मैं माधवी से बातें कर रही थी कि वह निडर होकर हम लोगों के पास आ पहुंचा और धमकाकर चला गया।

शिवदत्त–तो तुमने आदमियों को ललकारा क्यों नहीं?

मनोरमा–क्या आप भूतनाथ को नहीं जानते कि वह कैसा भयानक आदमी है? क्या वे तीन-चार आदमी भूतनाथ को गिरफ्तार कर लेते जो मेरी पालकी के पास थे?

शिवदत्त–ठीक है, वह बड़ा ही भयानक ऐयार है, दो-चार क्या दस-पांच आदमी भी उसे गिरफ्तार नहीं कर सकते। मैं तो उसके नाम से कांप जाता हूं। ओफ, वह समय मुझे कदापि नहीं भूल सकता जब उसने 'रूहा' बनकर मुझे अपने चंगुल में फंसा लिया था।[1] अपने चेले को भीमसेन की सूरत ऐसा बनाया कि मैं भी पहिचान न सका। मगर बड़े आश्चर्य की बात यह है कि आज वह असली सूरत में तुम्हें दिखाई पड़ा। उसका इस तरह चले आना मामूली बात नहीं है!

मनोरमा–जितना मैं उसका हाल जानती हूं आप उसका सोलहवां हिस्सा भी न जानते होंगे, और यही सबब है कि इस समय डर के मारे मेरा कलेजा कांप रहा है, फिर जहां तक मैं खयाल करती हूं, वह अकेला भी नहीं है।

---

1. देखिए, चन्द्रकान्ता सन्तति, छठवां भाग, दूसरा बयान।

शिवदत्त–नहीं-नहीं, वह अकेला कदापि न होगा। (धन्नूसिंह की तरफ इशारा करके) इसने भी एक ऐसी ही भयानक खबर मुझे सुनाई है।

मनोरमा–(ताज्जुब से) वह क्या?

शिवदत्त–इसका हाल धन्नूसिंह की जुबानी ही सुनना ठीक होगा। (धन्नूसिंह से) हां, तुम जरा उन बातों को दोहरा तो जाओ!

धन्नूसिंह–बहुत खूब।

इतना कहकर धन्नूसिंह उन बातों को ऐसे ढंग से दोहरा गया कि मनोरमा का कलेजा कांप उठा और शिवदत्त तथा कल्याणसिंह पर पहिले से भी ज्यादे असर पड़ा।

शिवदत्त–(मनोरमा से) क्या वास्तव में वह तुम्हारी बहिन है?

मनोरमा–राम-राम, ऐसी भयानक राक्षसी मेरी बहिन हो सकती है? असल तो यह है कि मैं अकेली हूं, न कोई बहिन है, न भाई।

धन्नू–तब जरा खड़े-खड़े उसके पास चली जाओ और जो कुछ वह पूछे, उसका जवाब दे दो।

मनोरमा–(रंज होकर) मैं क्यों उसके पास जाने लगी! जाकर कह दो कि मनोरमा नहीं आती।

धन्नू–(खैरवाही दिखाने के ढंग से) मालूम होता है कि तुम अपने साथ-ही-साथ हमारे मालिक पर भी आफत लाया चाहती हो। (शिवदत्त से) महाराज, उस राक्षसी ने जितनी बातें मुझसे कहीं, मैं अदब के खयाल से अर्ज नहीं कर सकता तथापि एक बात केवल आप ही से कहने की इच्छा है।

धन्नूसिंह की बात सुनकर मनोरमा को डर के साथ-ही-साथ क्रोध भी चढ़ आया और वह कड़ी निगाह से धन्नूसिंह की तरफ देखकर बोली, "महाराज के खैरखाह एक तुम्हीं तो दिखाई देते हो! इतनी बड़ी फौज की अफसरी करने के लिए क्यों मरे जाते हो जो एक औरत के सामने जाने की हिम्मत नहीं है?"

धन्नू–हिम्मत तो लाखों आदमियों के बीच घुसकर तलवार चलाने की है, मगर केवल तुम्हारे सबब से अपने मालिक पर आफत लाने और अपनी जान देने का हौसला कोई बेवकूफ आदमी भी नहीं कर सकता। (शिवदत्त से) तिस पर भी महाराज जो आज्ञा दें, उसे करने के लिए मैं तैयार हूं, यदि आग में कूद पड़ने के लिए भी कहें तो क्षण-भर देर लगानेवाले पर लानत भेजता हूं, परन्तु मेरी बात को सुनकर तब जो चाहें आज्ञा दें!

इतना सुनकर शिवदत्त उठ खड़ा हुआ और धन्नूसिंह को अपने पीछे आने का इशारा करके कुछ दूर चला गया जहां से उनकी बातचीत कोई दूसरा नहीं सुन सकता था।

शिवदत्त–हां, धन्नूसिंह कहो, अब क्या कहते हो?

धन्नू–महाराज क्षमा करें, रंज न हों मैं सरकार का नमकख्वार गुलाम हूं इसलिए सिवाय सरकार की भलाई के मुझे और कुछ भी नहीं सूझता। मैं यह नहीं चाहता कि मनोरमा के सबब से, जो आपकी कुछ भलाई नहीं कर सकती बल्कि आपके सबब से अपने को फायदा पहुंचा सकती है, आप किसी आफत में फंस जाएं। मैं सच कहता हूं कि वह भयानक औरत साधारण नहीं मालूम होती। उसने कसम खाकर कहा था कि, 'मैं केवल एक पहर तक राजा शिवदत्त का मुलाहिजा करूंगी, इसके अन्दर अगर मनोरमा मेरे पास न भेजी जाएगी या अलग न कर दी जाएगी तो राजा शिवदत्त को इस दुनिया से उठा दूंगी और अपने कुत्तों को जो आदमी के खून के हरदम प्यासे रहते हैं...!' बस महाराज अब आगे कहने से अदब जबान रोकती है। (कांपकर) ओफ! वे भयानक कुत्ते जो शेर का कलेजा फाड़कर खा जाएं (रुककर) फिर मनोरमा की जुबानी भी आप सुन ही चुके हैं कि भूतनाथ यकायक यहां पहुंचकर मनोरमा से क्या कह गया है इसलिए (हाथ जोड़कर) मैं अर्ज करता हूं कि किसी बहाने मनोरमा को अपने से अलग करें। सरकार खूब समझ सकते हैं कि जिस काम के लिए जा रहे हैं उसमें सिवाय कुंअर कल्याणसिंह के और कोई भी मदद नहीं कर सकता, फिर एक मामूली औरत के लिए अपना हर्ज या नुकसान करना उचित नहीं, आगे महाराज मालिक हैं, जो चाहें करें।

शिवदत्त–तुम्हारा कहना बहुत ठीक है, मैं भी यही सोच रहा हूं।

जिस जगह ये दोनों खड़े होकर बातें कर रहे थे वहां एकदम निराला था, कोई आदमी पास न था। शिवदत्त ने अपनी बात पूरी भी न की थी यकायक भूतनाथ वहां आ पहुंचा और कड़ाई के ढंग से शिवदत्त की तरफ देखकर बोला, "इस अंधेरे में शायद तुम मुझे न पहिचान सको इसलिए मैं अपना नाम भूतनाथ बताकर तुम्हें होशियार करता हूं कि घण्टे-भर के अन्दर मेरी खुराक मनोरमा को मेरे हवाले करो या अपने साथ से अलग कर दो नहीं तो जीना न छोडूंगा!" इतना कहकर बिना कुछ जवाब सुने भूतनाथ वहां से चला गया और शिवदत्त उसकी तरफ देखता ही रह गया।

शिवदत्त एक दफे भूतनाथ के हाथ में पड़ चुका था और भूतनाथ ने जो सलूक उसके साथ किया था उसे वह कदापि भूल नहीं सकता था बल्कि भूतनाथ के नाम ही से उसका कलेजा कांपता था, इसलिए वहां यकायक भूतनाथ के आ पहुंचने से वह कांप उठा और धन्नूसिंह की तरफ देखकर बोला, "निःसन्देह यह बड़ा ही भयानक ऐयार है!"

धन्नू–इसीलिए मैं अर्ज करता हूं कि एक साधारण औरत के लिए इस भयानक ऐयार और उस राक्षसी को अपना दुश्मन बना लेना उचित नहीं है।

शिवदत्त–तुम ठीक कहते हो, अच्छा आओ, मैं कल्याणसिंह से राय मिलाकर इसका बन्दोबस्त करता हूं।

धन्नूसिंह को साथ लिये हुए शिवदत्त अपने ठिकाने पहुंचा, जहां कल्याणसिंह और मनोरमा को छोड़ गया था। मनोरमा को यह कहकर वहां से विदा कर दिया कि–'तुम अपने ठिकाने जाकर बैठो, हम यहां से कूच करने का बन्दोबस्त करते हैं और निश्चय हो जाने पर तुमको बुलावेंगे' और जब वह चली गई और वहां केवल ये ही तीन आदमी रह गए तब बातचीत होने लगी।

शिवदत्त ने धन्नूसिंह की जुबानी जो कुछ सुना था और धन्नूसिंह की जो कुछ राय हुई थी, वह सब तथा बातचीत के समय यकायक भूतनाथ के आ पहुंचने और धमकाकर चले जाने का पूरा हाल कल्याणसिंह से कहा और पूछा कि–"अब आपकी क्या राय होती है?" कुंअर कल्याणसिंह ने कहा, "मैं धन्नूसिंह की राय पसन्द करता हूं। मनोरमा के लिए अपने को आफत में फंसाना बुद्धिमानी का काम नहीं है। अस्तु, किसी मुनासिब ढंग से उसे अलग ही कर देना चाहिए।"

शिवदत्त–तिस पर भी अगर जान बचे तो समझें कि ईश्वर की बड़ी कृपा हुई।

कल्याण–सो क्या?

शिवदत्त–मैं यह सोच रहा हूं कि भूतनाथ का यहां आना केवल मनोरमा ही के लिए नहीं है। ताज्जुब नहीं कि हम लोगों का कुछ भेद भी उसे मालूम हो और वह हमारे काम में बाधा डाले।

कल्याण–ठीक है, मगर काम आधा हो चुका है, केवल हमारे और आपके वहां पहुंचने-भर की देर है। यदि भूतनाथ हम लोगों का पीछा भी करेगा तो रोहतासगढ़ तहखाने के अन्दर हमारी मर्जी के बिना वह कदापि नहीं जा सकता और जब तक मनोरमा को ले जाकर कहीं रखने या अपना कोई काम निकालने का बन्दोबस्त करेगा, तब तक तो हम लोग रोहतासगढ़ में पहुंचकर जो कुछ करना है, कर गुजरेंगे।

शिवदत्त–ईश्वर करे ऐसा ही हो, अच्छा अब यह कहिए कि मनोरमा को किस ढंग से अलग करना चाहिए?

कल्याण–(धन्नूसिंह से) तुम बहुत पुराने और तजुर्बेकार आदमी हो, तुम ही बताओ कि क्या करना चाहिए?

धन्नू–मेरी तो यही राय है कि मनोरमा को बुलाकर समझा दिया जाए कि 'अगर तुम हमारे साथ रहोगी तो भूतनाथ तुम्हें कदापि न छोड़ेगा, सो तुम मर्दानी पोशाक पहिरकर धन्नूसिंह के (हमारे) साथ शिवदत्तगढ़ की तरफ चली जाओ, वह तुम्हें हिफाजत के साथ वहां पहुंचा देगा, जब हम लौटकर तुमसे मिलेंगे तो जैसा होगा किया जाएगा। अगर तुम अपने आदमियों को साथ ले जाना चाहोगी तो भूतनाथ को मालूम हो जाएगा, अतएव तुम्हारा अकेले ही यहां से निकल जाना उत्तम है।'

शिवदत्त–ठीक है, लेकिन अगर वह इस बात को मंजूर कर ले तो क्या तुम भी उसी के साथ जाओगे? तब तो हमारा बड़ा हर्ज होगा!

धन्नू–जी नहीं, मैं चार-पांच कोस तक उसके साथ जाऊंगा, इसके बाद भुलावा देकर उसे अकेला छोड़ आपसे आ मिलूंगा।

शिवदत्त–(आश्चर्य से) धन्नूसिंह, क्या तुम्हारी अक्ल में कुछ फर्क पड़ गया है या तुम्हें निसयान (भूल जाने) की बीमारी हो गई है अथवा तुम कोई दूसरे धन्नूसिंह हो गए हो! क्या तुम नहीं जानते कि मनोरमा ने मुझे किस तरह से रुपये की मदद की है और उसके पास कितनी दौलत है? तुम्हारी ही मार्फत मनोरमा से कितने ही रुपये मंगवाए थे? तो क्या इस हीरे की चिड़िया को मैं छोड़ सकता हूं? अगर ऐसा ही करना होता तो तरद्दुद की जरूरत ही क्या थी, इसी समय कह देते कि हमारे यहां से निकल जा!

धन्नू–(कुछ सोचकर) आपका कहना ठीक है, मैं तो इन बातों को भूल नहीं गया, मैं खूब जानता हूं कि वह बेइन्तहा खजाने की चाभी है, मगर मैंने यह बात इसलिए कही कि जब उसके सबब से हमारे सरकार ही आफत में फंस जाएंगे तो वह हीरे की चिड़िया किसके काम आवेगी!

शिवदत्त–नहीं-नहीं, तुम इसके सिवाय कोई और तरकीब ऐसी सोचो जिसमें मनोरमा इस समय हमारे साथ से अलग तो जरूर हो जाए, मगर हमारी मुट्ठी से न निकल जाए।

धन्नू–(सोचकर) अच्छा तो एक काम किया जाए।

शिवदत्त–वह क्या?

धन्नू–इसे तो आप निश्चय जानिए कि यदि मनोरमा इस लश्कर के साथ रहेगी तो भूतनाथ के हाथ से कदापि न बचेगी और जैसा कि भूतनाथ कह चुका है, कि सरकार के साथ भी बेअदबी जरूर करेगा, इसलिए यह तो अवश्य है कि उसे अलग जरूर किया जाए मगर वह रहे अपने कब्जे ही में। तो बेहतर यह होगा कि वह मेरे साथ की जाए, मैं जंगल-ही-जंगल एक गुप्त पगडण्डी से जिसे मैं बखूबी जानता हूं, रोहतासगढ़ तक उसे ले जाऊं और जहां आप या कुंअर साहब आज्ञा दें, ठहरकर राह देखूं। भूतनाथ को जब मालूम हो जाएगा कि मनोरमा अलग कर दी गई तब वह उसके खोजने की धुन में लगेगा, मगर मुझे नहीं पा सकता। हां, एक बात और है, आप भी यहां से शीघ्र ही डेरा उठाएं और मनोरमा की पालकी इसी जगह छोड़ दें जिससे मनोरमा को अलग कर देने का विश्वास भूतनाथ को पूरा-पूरा हो जाए।

कल्याण–हां, यह राय बहुत अच्छी है, मैं इसे पसन्द करता हूं।

शिवदत्त–मुझे भी पसन्द है, मगर धन्नूसिंह को टिककर राह देखने का ठिकाना बताना आप ही का काम है।

कल्याण–हां-हां, मैं बताता हूं, सुनो धन्नूसिंह!

धन्नू–सरकार!

कल्याण–रोहतासगढ़ पहाड़ी के पूरब तरफ एक बहुत बड़ा कुआं है और उस पर टूटी-फूटी इमारत भी है।

धन्नू–जी हां, मुझे मालूम है।

कल्याण–अच्छा तो अगर तुम उस कुएं पर खड़े होकर पहाड़ की तरफ देखोगे तो टीले के ढंग का एक खण्ड पर्वत दिखाई देगा जिसके ऊपर सूखा हुआ पुराना पीपल का पेड़ है और उसी पेड़ के नीचे एक खोह का मुहाना है। उसी जगह तुम हम लोगों का इन्तजार करना क्योंकि उसी खोह की राह से हम लोग रोहतासगढ़ तहखाने के अन्दर घुसेंगे, मगर उस खोह तक पहुंचने का रास्ता जब तक हम न बतावें, तुम वहां नहीं जा सकते। (शिवदत्त से) आप मनोरमा को बुलवाकर सब हाल कहिए, अगर वह मंजूर करे तो हम धन्नूसिंह को रास्ते का हाल समझा दें।

शिवदत्त–(धन्नूसिंह से) तुम ही जाकर उसे बुला लाओ।

"बहुत अच्छा" कहकर धन्नूसिंह चला गया और थोड़ी ही देर में मनोरमा को साथ लिये आ पहुंचा। उसके विषय में जो कुछ राय हो चुकी थी उसे कल्याणसिंह ने ऐसे ढंग से मनोरमा को समझाया कि उसने कबूल कर लिया और धन्नूसिंह के साथ चले जाना ही अच्छा समझा। कुंअर कल्याणसिंह ने उस टीले तक पहुंचने का रास्ता धन्नूसिंह को अच्छी तरह समझा दिया। दो घोड़े चुपचुपाते तैयार किए गए, मनोरमा ने मर्दानी पोशाक पालकी के अन्दर बैठकर पहिरी और घोड़े पर सवार हो धन्नूसिंह के साथ रवाना हो गई। धन्नूसिंह की सवारी का घोड़ा बनिस्बत मनोरमा के घोड़े के तेज और ताकतवर था।

दूसरा बयान

मनोरमा और धन्नूसिंह घोड़ों पर सवार होकर तेजी के साथ वहां से रवाना हुए और चार कोस तक बिना कुछ बातचीत किए चले आए। जब ये दोनों एक ऐसे मैदान में पहुंचे, जहां बीचोबीच में एक बहुत बड़ा आम का पेड़ और उसके चारों तरफ आधा कोस का साफ मैदान था, यहां तक कि सरपत, जंगली बेर या पलास का भी कोई पेड़ न था, जिसका होना जंगल या जंगल के आस-पास आवश्यक समझा जाता है, तब धन्नूसिंह ने अपने घोड़े का मुंह उसी आम के पेड़ की तरफ यह कहके फेरा–"मेरे पेट में कुछ दर्द हो रहा है इसलिए थोड़ी देर तक इस पेड़ के नीचे ठहरने की इच्छा होती है।"

मनोरमा–क्या हर्ज है ठहर जाओ, मगर खौफ है कि कहीं भूतनाथ न आ पहुंचे।

धन्नू–अब भूतनाथ के आने की आशा छोड़ो क्योंकि जिस राह से हम लोग आए हैं, वह भूतनाथ को कदापि मालूम न होगी, मगर मनोरमा, तुम तो भूतनाथ से इतना डरती हो कि...

मनोरमा–(बात काटकर) भूतनाथ निःसन्देह ऐसा ही भयानक ऐयार है। पर थोड़े ही दिन की बात है कि जिस तरह आज मैं भूतनाथ से डरती हूं उससे ज्यादे भूतनाथ मुझसे डरता था।

धन्नू–हां जब तक उसके कागजात तुम्हारे या नागर के कब्जे में थे!

मनोरमा–(चौंककर, ताज्जुब से) क्या यह हाल तुमको मालूम है?

धन्नू–बहुत अच्छी तरह।

मनोरमा–सो कैसे?

इतने ही में वे दोनों उस पेड़ के नीचे पहुंच गए और धन्नूसिंह यह कहकर घोड़े से नीचे उतर गया कि 'अब जरा बैठा जाए तो कहें'।

मनोरमा भी घोड़े से नीचे उतर पड़ी। दोनों घोड़े लम्बी बागडोर के सहारे डाल के साथ बांध दिए गए और जीनपोश बिछाकर दोनों आदमी जमीन पर बैठ गए। रात आधी से ज्यादे जा चुकी थी और चन्द्रमा की विमल चांदनी, जिसका थोड़ी ही देर पहिले कहीं नामनिशान भी न था, बड़ी खूबी के साथ चारों तरफ फैल रही थी।

मनोरमा–हां, अब बताओ कि भूतनाथ के कागजात का हाल तुम्हें कैसे मालूम हुआ?

धन्नू–मैंने भूतनाथ की हीं जुबानी सुना था।

मनोरमा–हैं! क्या तुमसे और भूतनाथ से जान-पहिचान है?

धन्नू–बहुत अच्छी तरह।

मनोरमा–तो भूतनाथ ने तुमसे यह भी कहा होगा कि उसने अपने कागजात नागर के हाथ से कैसे पाए!

धन्नू–हां, भूतनाथ ने मुझसे वह किस्सा भी बयान किया था, क्या तुमको वह हाल मालूम नहीं हुआ?

मनोरमा–मुझे वह हाल कैसे मालूम होता? मैं तो मुद्दत तक कमलिनी के कैदखाने में सड़ती रही, और जब वहां से छूटी तो दूसरे ही फेर में पड़ गई, मगर तुम जब सब हाल जानते ही हो तो फिर जान-बूझकर ऐसा सवाल क्यों करते हो?

धन्नू–ओफ, पेट का दर्द ज्यादे होता जा रहा है! जरा ठहरो तो मैं तुम्हारी बातों का जवाब दूं।

इतना कहकर धन्नूसिंह चुप हो गया और घण्टे-भर से ज्यादे देर तक बातों का सिलसिला बन्द रहा। धन्नूसिंह यद्यपि इतनी देर तक चुप रहा मगर बैठा ही रहा और मनोरमा की तरफ से इस तरह होशियार और चौकन्ना रहा जैसे किसी दुश्मन की तरफ से होना वाजिब था, साथ ही इसके धन्नूसिंह की निगाह मैदान की तरफ भी इस ढंग से पड़ती रही जैसे किसी के आने की उम्मीद हो। मनोरमा उसके इस ढंग पर आश्चर्य कर रही थी। यकायक उस मैदान में दो आदमी बड़ी तेजी के साथ दौड़ते

हुए उसी तरफ आते दिखाई पड़े जिधर मनोरमा और धन्नूसिंह का डेरा जमा हुआ था।

मनोरमा–ये दोनों कौन हैं जो इस तरफ आ रहे हैं?

धन्नू–यही बात मैं तुमसे पूछा चाहता था, मगर जब तुमने पूछ ही लिया तो कहना पड़ेगा कि इन दोनों में एक तो भूतनाथ है।

मनोरमा–क्या तुम मुझसे दिल्लगी कर रहे हो?

धन्नू–नहीं, कदापि नहीं।

मनोरमा–तो फिर ऐसी बात क्यों कहते हो?

धन्नू–इसलिए कि मैं वास्तव में धन्नूसिंह नहीं हूं।

मनोरमा–(चौंककर) तब तुम कौन हो?

धन्नू–भूतनाथ का दोस्त और इन्द्रदेव का ऐयार सर्यूसिंह।

इतना सुनते ही मनोरमा का रंग बदल गया और उसने बड़ी फुर्ती से अपना दाहिना हाथ सर्यूसिंह के चेहरे की तरफ बढ़ाया, मगर सर्यूसिंह पहले ही से होशियार और चौकन्ना था, उसने चालाकी से मनोरमा की कलाई पकड़ ली।

मनोरमा की उंगली में उसी तरह के जहरीले नगीनेवाली अंगूठी थी जैसी कि नागर की उंगली में थी, और जिसने भूतनाथ को मजबूर कर दिया था तथा जिसका हाल इस उपन्यास के सातवें भाग में हम लिख आए हैं। उसी अंगूठी से मनोरमा ने नकली धन्नूसिंह को मारना चाहा, मगर न हो सका क्योंकि उसने मनोरमा की कलाई पकड़ ली और उसी समय भूतनाथ और सर्यूसिंह के शागिर्द भी वहां आ पहुंचे। अब मनोरमा ने अपने को काल के मुंह में समझा और वह इतना डरी कि जो कुछ उन ऐयारों ने कहा, बेउज्र करने के लिए तैयार हो गई।

भूतनाथ के हाथ से क्षमा-प्रार्थना की सहायता से छूटने की आशा मनोरमा को कुछ भी न थी, इसीलिए जब तक भूतनाथ ने उससे किसी तरह का सवाल न किया वह भी कुछ न बोली और बेउज्र हाथ-पैर बंधवाकर कैदियों की तरह मजबूर हो गई। इसके बाद भूतनाथ तथा सर्यूसिंह में यों बातचीत होने लगी–

भूतनाथ–अब क्या करना होगा?

सर्यूसिंह–अब यही करना होगा कि तुम इसे अपने घोड़े पर सवार कराके घर ले जाओ और हिफाजत के साथ रखकर शीघ्र लौट आओ।

भूतनाथ–और उस धन्नूसिंह के बारे में क्या किया जाए जिसे आप गिरफ्तार करने के बाद बेहोश करके डाल आए हैं?

सर्यूसिंह–(कुछ सोचकर) अभी उसे अपने कब्जे ही में रखना चाहिए क्योंकि मैं धन्नूसिंह की सूरत में राजा शिवदत्त के साथ रोहतासगढ़ तहखाने के अन्दर जाकर इन दुष्टों की चालबाजियों को जहां तक हो सके, बिगाड़ा चाहता हूं, ऐसी अवस्था में अगर वह छूट जाएगा तो केवल काम ही नहीं बिगड़ेगा बल्कि मैं खुद

आफत में फंस जाऊंगा, यदि शिवदत्त के साथ रोहतासगढ़ के तहखाने में जाने का साहस करूंगा।

इसके बाद सर्यूसिंह ने भूतनाथ से वे बातें कहीं जो उससे और शिवदत्त तथा कल्याणसिंह से हुई थीं जो हम ऊपर लिख आए हैं। उस समय मनोरमा को मालूम हुआ कि नकली धन्नूसिंह ने जिस भयानक कुत्तेवाली औरत का हाल शिवदत्त से कहा और जिसे मनोरमा की बहिन बताया था, वह सब बिलकुल झूठ और बनावटी किस्सा था।

भूतनाथ–(सर्यूसिंह से) तब तो आपको दुश्मनों के साथ मिल-जुलकर रोहतासगढ़ तहखाने के अन्दर जाने का बहुत अच्छा मौका है।

सर्यूसिंह–हां, इसी से मैं कहता हूं कि उस धन्नूसिंह को अभी अपने कब्जे में ही रखना चाहिए जिसे हम लोगों ने गिरफ्तार किया है।

भूतनाथ–कोई चिन्ता नहीं, मैं लगे हाथ किसी तरह उसे भी अपने घर पहुंचा दूंगा। (शागिर्द की तरफ इशारा करके) इसे तो आप मनोरमा बनाकर अपने साथ ले जाएंगे?

सर्यूसिंह–जरूर ले जाऊंगा और कल्याणसिंह के बताए हुए ठिकाने पर पहुंचकर उन लोगों की राह देखूंगा।

भूतनाथ–और मुझको क्या काम सुपुर्द किया जाता है?

सर्यूसिंह–मुझे इस बात का पता ठीक-ठीक लग चुका है कि शेरअलीखां आजकल रोहतासगढ़ में है और कुंअर कल्याणसिंह उससे मदद लिया चाहता है। ताज्जुब नहीं कि अपने दोस्त का लड़का समझकर शेरअलीखां उसकी मदद करे, और अगर ऐसा हुआ तो राजा बीरेन्द्रसिंह को बड़ा नुकसान पहुंचेगा।

भूतनाथ–मैं आपका मतलब समझ गया, अच्छा तो इस काम से छुट्टी पाकर मैं बहुत जल्द रोहतासगढ़ पहुंचूंगा और शेरअलीखां की हिफाजत करूंगा। (कुछ सोचकर) मगर इस बात का खौफ है कि अगर मेरा वहां जाना राजा बीरेन्द्रसिंह पर खुल जाएगा तो कहीं मुझे बिना बलभद्रसिंह का पता लगाए लौट आने के जुर्म में सजा तो न मिलेगी? (इतना कहकर भूतनाथ ने मनोरमा की तरफ देखा)

सर्यूसिंह–नहीं-नहीं, ऐसा न होगा, और अगर हुआ भी तो मैं तुम्हारी मदद करूंगा।

बलभद्रसिंह का नाम सुनकर मनोरमा जो सब बातचीत सुन रही थी, चौंक पड़ी और उसके दिल में एक हौल-सा पैदा हो गया। उसने अपने को रोकना चाहा मगर रोक न सकी और घबड़ाकर भूतनाथ से पूछ बैठी, "बलभद्रसिंह कौन!"

भूतनाथ–(मनोरमा से) लक्ष्मीदेवी का बाप, जिसका पता लगाने के लिए ही हम लोगों ने तुझे गिरफ्तार किया है।

मनोरमा–(घबड़ाकर) मुझसे और उससे भला क्या सम्बन्ध? मैं क्या जानूं वह कौन है और कहां है और लक्ष्मीदेवी किसका नाम है!

भूतनाथ–खैर, जब समय आवेगा तो सबकुछ मालूम हो जाएगा। (हंसकर) लक्ष्मीदेवी से मिलने के लिए तो तुम लोग रोहतासगढ़ जाते ही थे, मगर बलभद्रसिंह और इन्दिरा से मिलने का बन्दोबस्त अब मैं करूंगा, घबड़ाती काहे को हो!

मनोरमा–(घबड़ाहट के साथ ही बेचैनी से) इन्दिरा, कैसी इन्दिरा? ओफ! नहीं-नहीं, मैं क्या जानूं कौन इन्दिरा! क्या तुम लोगों से उसकी मुलाकात हो गई? क्या उसने मेरी शिकायत की थी! कभी नहीं, वह झूठी है, मैं तो उसे प्यार करती थी और अपनी बेटी समझती थी! मगर उसे किसी ने बहका दिया है या बहुत दिनों तक दुःख भोगने के कारण वह पागल हो गई है, या ताज्जुब नहीं कि मेरी सूरत बनकर किसी ने उसे धोखा दिया हो, नहीं-नहीं, वह मैं न थी कोई दूसरी थी, मैं उसका भी नाम बताऊंगी। (ऊंची सांस लेकर) नहीं-नहीं, इन्दिरा, नहीं, मैं तो मथुरा गई हुई थी, वह कोई दूसरी ही थी, भला मैं तेरे साथ क्यों ऐसा करने लगी थी! ओफ! मेरे पेट में दर्द हो रहा है, आह, आह, मैं क्या करूं!

मनोरमा की अजब हालत हो गई, उसका बोलना और बकना पागलों की तरह मालूम पड़ता था जिसे देख भूतनाथ और सर्यूसिंह आश्चर्य करने लगे, मगर दोनों ऐयार इतना तो समझ ही गए कि दर्द का बहाना करके मनोरमा अपने असली दिली दर्द को छिपाना चाहती है जो होना कठिन है।

सर्यूसिंह–(भूतनाथ से) खैर, अब इसका पाखण्ड कहां तक देखोगे, बस झटपट ले जाओ और अपना काम करो। यह समय अनमोल है और इसे नष्ट न करना चाहिए। (अपने शागिर्द की तरफ इशारा करके) इसे हमारे पास छोड़ जाओ, मैं भी अपने काम की फिक्र में लगूं।

भूतनाथ ने बेहोशी की दवा सुंघाकर मनोरमा को बेहोश किया और जिस घोड़े पर वह आई थी उसी पर उसे लाद आप भी सवार हो पूरब का रास्ता लिया, उधर सर्यूसिंह अपने चेले को मनोरमा बनाने की फिक्र में लगा।

तीसरा बयान

हम ऊपर लिख आए हैं कि शेरअलीखां खातिरदारी और इज्जत के साथ रोहतासगढ़ में रक्खा गया क्योंकि उसने अपने कसूरों की माफी मांगी थी और तेजसिंह ने उसे माफी दे भी दी थी। अब हम उस रात का हाल लिखते हैं जिस रात राजा बीरेन्द्रसिंह, तेजसिंह और इन्द्रदेव वगैरह तहखाने के अन्दर गए थे और यकायक आ पड़नेवाली मुसीबत में गिरफ्तार हो गए थे। उन लोगों का किसी काम के लिए तहखाने के अन्दर जाना शेरअलीखां को मालूम था मगर उसे इन बातों से कोई मतलब न था, उसे तो सिर्फ इसकी फिक्र थी कि भूतनाथ का मुकदमा खतम हो ले तो वह अपनी

राजधानी पटने की तरफ पधारे और इसीलिए वह राजा बीरेन्द्रसिंह की तरफ से रोका भी गया था।

जिस कमरे में शेरअलीखां का डेरा था, वह बहुत लम्बा-चौड़ा और कीमती असबाब से सजा हुआ था। उसके दोनों तरफ दो कोठरियां थीं और बाहर दालान तथा दालान के बाद एक चौखूंटा सहन था। उन दोनों कोठरियों में से जो कमरे के दोनों तरफ थीं, एक में तो सोने के लिए बेशकीमत मसहरी बिछी हुई थी और दूसरी कोठरी में पहिरने के कपड़े तथा सजावट का सामान रहता था। इस कोठरी में एक दरवाजा और भी था जो उस मकान के पिछले हिस्से में जाने का काम देता था, मगर इस समय वह बन्द था और उसकी ताली दारोगा के पास थी। जिस कोठरी में सोने की मसहरी थी उसमें सिर्फ एक ही दरवाजा था और दरवाजेवाली दीवार को छोड़के उसकी बाकी तीनों तरफ की दीवार आबनूस की लकड़ी की बनी हुई थी जिस पर बहुत चमकदार पालिश की हुई थी। वही अवस्था उस कमरे की भी थी, जिसमें शेरअलीखां रहता था।

रात डेढ़ पहर से कुछ ज्यादे जा चुकी थी। शेरअलीखां अपने कमरे में मोटी गद्दी पर लेटा हुआ कोई किताब पढ़ रहा था और सिरहाने की तरफ संगमरमर की छोटी-सी चौकी के ऊपर शमादान जल रहा था, इसके अतिरिक्त कमरे में और कोई रोशनी न थी। यकायक सोनेवाली कोठरी के अन्दर से एक ऐसी आवाज आई जैसे किसी ने मसहरी के साथ ठोकर खाई हो। शेरअलीखां चौंक पड़ा और कुछ देर तक उसी कोठरी की तरफ, जिसके आगे पर्दा गिरा हुआ था, देखता रहा। जब पर्दे को भी हिलते देखा तो किताब जमीन पर रखकर बैठ गया और उसी समय कल्याणसिंह को पर्दा हटाकर बाहर निकलते देखा। शेरअलीखां घबड़ाकर उठ खड़ा हुआ और बड़े गौर से उसे देखकर बोला, "हैं, क्या तुम कुंअर कल्याणसिंह हो?"

कल्याण–(सलाम करके) जी हां।

शेरअली–तुम इस कमरे में कब आए और कब इस कोठरी में गए, मुझे कुछ भी नहीं मालूम!!

कल्याण–मैं बाहर से इस कमरे में नहीं आया बल्कि इसी कोठरी में से आ रहा हूं।

शेरअली–सो कैसे? इस कोठरी में तो कोई दूसरा रास्ता नहीं है!

कल्याण–जी हां, एक रास्ता है जिसे शायद आप नहीं जानते, मगर पहिले मैं दरवाजा बन्द कर लूं।

इतना कहकर कल्याणसिंह दरवाजे की तरफ बढ़ गया और इस कमरे के तीनों दरवाजे बन्द करके शेरअलीखां के पास लौट आया।

शेरअली–दरवाजे क्यों बन्द कर दिए? क्या डरते हो?

कल्याण–जी हां, यदि कोई देख लेगा तो मुश्किल होगी।

शेरअली–तो इससे मालूम होता है कि तुम राजा बीरेन्द्रसिंह की मर्जी से नहीं छूटे बल्कि किसी की मदद और चोरी से निकल भागे हो क्योंकि चुनारगढ़ में तुम्हारे कैद होने का हाल मैं अच्छी तरह जानता हूं।

कल्याण–जी हां, ऐसी ही बात है।

शेरअली–(बैठकर) अच्छा आओ मेरे पास बैठ जाओ और कहो कि तुम कैसे छूटे और यहां क्योंकर आ पहुंचे?

कल्याण–(बैठकर) खुलासा हाल कहने का तो इस समय मौका नहीं है, परन्तु इतना कहना जरूरी है कि अपनी मदद के लिए मुझे राजा शिवदत्त ने छुड़ाया है और अब मैं सहायता लेने के लिए आपके पास आया हूं। यदि आप मदद देंगे तो मैं आज ही राजा बीरेन्द्रसिंह से अपने बाप का बदला ले लूंगा।

शेरअली–(हंसकर) यह तुम्हारी नादानी है। तुम अभी लड़के हो, ऐसे मामलों पर गौर नहीं कर सकते। राजा बीरेन्द्रसिंह के साथ दुश्मनी करना अपने पैर में आप कुल्हाड़ी मारना है, उनसे लड़कर कोई जीत नहीं सकता और न उनके ऐयारों के सामने किसी की चालाकी ही लग सकती है।

कल्याण–आपका कहना ठीक है, मगर इस समय हम लोगों ने राजा बीरेन्द्रसिंह और उनके ऐयारों को हर तरह से मजबूर कर रक्खा है।

शेरअली–सो कैसे?

कल्याण–क्या आप नहीं जानते कि बीरेन्द्रसिंह और उनके ऐयार किशोरी, कामिनी इत्यादि को लेकर तहखाने के अन्दर गए हैं?

शेरअली–हां, सो तो जानते हैं, मगर इससे क्या?

कल्याण–जिस समय बीरेन्द्रसिंह वगैरह तहखाने में गए हैं, उसके पहिले ही हम लोग अपनी छोटी सेना सहित तहखाने में पहुंच चुके थे और गुप्त राह से यकायक इस किले में पहुंचकर अपना दखल जमाना चाहते थे, मगर ईश्वर ने उन लोगों को तहखाने ही में पहुंचा दिया जिससे हम लोगों को बड़ा सुभीता हुआ। शिवदत्तसिंह ने तो सेना सहित दुश्मनों को घेर लिया है, और मैं एक सुरंग की राह से, जिसका दूसरा मुहाना (सोनेवाली कोठरी की तरफ इशारा करके) इस कोठरी में निकला है, आपके पास मदद के लिए आया हूं, आशा है कि उधर शिवदत्तसिंह ने दुश्मनों को काबू में कर लिया होगा या मार डाला होगा और इधर मैं आपकी मदद से किले में अपना अधिकार जमा लूंगा।

शेरअली–(कुछ सोचकर) मैं खूब जानता हूं कि इस तहखाने का और यहां के पेचीले तथा कई रास्तों का हाल तुमसे ज्यादे जाननेवाला अब और कोई नहीं है, इसलिए तुम लोगों का तहखाने में राजा बीरेन्द्रसिंह वगैरह को मार डालना तो यद्यपि मुश्किल है। हां, घेर लिया हो तो ताज्जुब की बात नहीं है, मगर साथ ही इसके इस बात का भी खयाल करना चाहिए कि यद्यपि राजा बीरेन्द्रसिंह वगैरह इस तहखाने

का हाल बखूबी नहीं जानते, परन्तु आज इन्द्रदेव उनके साथ है, जिसे हम-तुम अच्छी तरह जानते हैं। क्या तुम्हें उस दिन की बात याद नहीं है, जिस दिन तुम्हारे पिता ने हमारे सामने तुमसे कहा था कि यहां के तहखाने का हाल इमसे ज्यादे जाननेवाला इस दुनिया में यदि कोई है, तो केवल इन्द्रदेव!

कल्याण–(ताज्जुब से) हां, मुझे याद है, मगर क्या इन्द्रदेव राजा बीरेन्द्रसिंह के साथ तहखाने में गए हैं और क्या बीरेन्द्रसिंह ने उन्हें अपना दोस्त बना लिया?

शेरअली–हां, अस्तु यह आशा नहीं हो सकती कि बीरेन्द्रसिंह वगैरह तुम लोगों के काबू में आ जाएंगे, दूसरी बात यह कि तुम अकेले या दो-एक मददगारों को लेकर इस किले में कर ही क्या सकते हो?

कल्याण–मैं आपके पास अकेला नहीं आया हूं बल्कि सौ सिपाही भी साथ लाया हूं, जिन्हें आप आज्ञा देने के साथ ही इसी कोठरी में से निकलते देख सकते हैं। क्या ऐसी हालत में जब कि मालिकों या अफसरों में से यहां कोई भी न हो और यहां रहनेवाली केवल पांच-सात सौ की फौज बेफिक्र पड़ी हो, हम और आप सौ बहादुरों को साथ लेकर कुछ नहीं कर सकते? इन्द्रदेव का इस समय बीरेन्द्रसिंह वगैरह के साथ तहखाने में होना बेशक हमारे काम में विघ्न डाल सकता है, मगर मुझे इसकी भी विशेष चिन्ता नहीं है क्योंकि यदि दुश्मन लोग काबू में न आवेंगे तो हर तरफ से रास्ता बन्द हो जाने के कारण तहखाने के बाहर भी न निकल सकेंगे और भूखे-प्यासे उसी में रहकर मर जाएंगे, और इधर जब आप किले में अपना दखल जमा लेंगे...

शेरअली–(बात काटकर) ये सब बातें फिजूल हैं, मैं जानता हूं कि तुम अपने को बहादुर और होनहार समझते हो, मगर राजा बीरेन्द्रसिंह के प्रबल प्रताप के चमकते हुए सितारे की रोशनी को अपने हाथ की ओट लगाकर नहीं रोक सकते और न उनकी सच्चाई, सफाई और नेकियों को भूलकर इस किले का रहनेवाला कोई तुम्हारा साथ ही दे सकता है। बुद्धिमानों को तो जाने दो, यहां का एक बच्चा भी राजा बीरेन्द्रसिंह का निकल जाना पसन्द न करेगा। अहा, क्या ऐसा जबान का सच्चा, रहमदिल और नेक राजा कोई दूसरा होगा? यह राजा बीरेन्द्रसिंह ही का काम था कि उसने मेरे कसूरों को माफ ही नहीं किया बल्कि इज्जत और आबरू के साथ मुझे अपना मेहमान बनाया। मेरी रग-रग में उनके एहसान का खून भरा है, मेरा बाल-बाल उन्हें दुआ देता है, मेरे दिल में उनकी हिम्मत, मर्दानगी, इन्साफ और रहमदिली का दरिया जोश मार रहा है। ऐसे बहादुर शेरदिल राजा के साथ शेरअली कभी दगाबाजी या बेईमानी नहीं कर सकता, बल्कि ऐसे की ताबेदारी अपनी इज्जत, हुर्मत और नामवरी का बायस समझता है। तुम मेरे दोस्त के लड़के हो, मगर मैं यह जरूर कहूंगा कि तुम्हारे बाप ने बीरेन्द्रसिंह के साथ दगाबाजी की! खैर, जो कुछ हुआ सो हुआ, अब तुम तो ऐसा न करो। मैं तुम्हें पुरानी मोहब्बत और दोस्ती का वास्ता दिलाता हूं कि ऐसा मत करो। राजा बीरेन्द्रसिंह दुश्मनी करने योग्य राजा नहीं, बल्कि दर्शन करने योग्य हैं! मैं वादा

करता हूं कि तुम्हारा भी कसूर माफ करा दूंगा और अगर तुमको रोहतासगढ़ का लालच है तो इसे भी तुम राजा बीरेन्द्रसिंह की ताबेदारी करके ले सकते हो। वह बड़ा उदार दाता है, यह राज्य दे देना उनके सामने कोई बात नहीं है।

कल्याण–अफसोस! मुझे इन शब्दों के सुनने की कदापि आशा न थी जो इस समय आपके मुंह से निकल रहे हैं। मुझे इस बात का ध्यान भी न था कि आज आपको हिम्मत और मर्दानगी से इस तरह खाली देखूंगा। मैं किसी के कहने पर विश्वास नहीं कर सकता था कि आपकी रग में बुजदिली का खून पाऊंगा। मुझे स्वप्न में भी इस बात का विश्वास न हो सकता था कि आज आपको उसी राजा बीरेन्द्रसिंह की खुशामद करते पाऊंगा जिसके लड़के ने आपकी लड़की को हर तरह बेइज्जत किया।

शेरअली–ओफ, तुम्हारी जली-कटी बातें मेरे दिल को हिलाकर मुझे बेईमान, दगाबाज या विश्वासघाती की पदवी नहीं दिला सकतीं। उस गौहर की याद मेरे दिल की सच्ची तथा इन्साफपसन्द आंखों को फोड़कर नेकों की दुनिया में मुझको अन्धा नहीं बना सकती, जो बुजुर्गों की इज्जत को मिट्टी में मिला, मेरी बदनामी का झंडा बन जहरीली हवा में उड़ती हुई आसमान की तरफ बढ़ती ही जाती थी और जिसका गिरफ्तार होकर सजा पाना बल्कि इस दुनिया से उठ जाना मुझे पसन्द है। किसी नालायक के लिए लायक के साथ बुराई करना, किसी अधर्मी के लिए धर्मी का खून करना, किसी बेईमान के ईमान का सत्यानाश करना और किसी अविश्वासी के लिए विश्वासघात करना शेरअलीखां का काम नहीं है। मैं समझता था कि तुम्हारे दिल का प्याला सच्ची बहादुरी की शराब से भरा हुआ होगा और तुम दुनिया में नामवरी पैदा कर सकोगे, इसलिए मैं तुम्हारी सिफारिश करनेवाला था, मगर अब निश्चय हो गया कि तुम्हारी किस्मत का जहाज शिवदत्त के तूफान में पड़कर एक भारी पहाड़ से टक्कर खाया चाहता है, अस्तु, तुम यहां से चले जाओ और मुझसे किसी तरह की उम्मीद मत रक्खो, अगर मैं तुम्हारे बाप का दोस्त न होता और तुम मेरे दोस्त के लड़के न होते तो...

कल्याण–अफसोस, मैं इस समय आपकी यह लम्बी-चौड़ी वक्तृता नहीं सुन सकता, क्योंकि समय कम है और काम बहुत करना है, बस आप इतना ही बताइए कि मैं आपसे किसी तरह की आशा रक्खूं या नहीं?

शेरअली–नहीं, बल्कि इस बात की भी आशा मत रक्खो कि तुम्हें राजा बीरेन्द्रसिंह के साथ दुश्मनी करते देखकर मैं चुपचाप बैठा रहूंगा।

कल्याण–(क्रोध में आकर) क्या आप मेरी मदद न करेंगे तो चुपचाप भी न बैठे रहेंगे?

शेरअली–हरगिज नहीं!

कल्याण–तो आप मेरे साथ दुश्मनी करेंगे?

शेरअली–अगर ऐसा करें तो हर्ज ही क्या है? जिसकी लोग इज्जत करते हों या जिसे दुनिया मोहब्बत की निगाह से देखती हो उसके साथ दुश्मनी करना बेशक बुरा है, मगर ऐसे के साथ बेमुरौवती करने में कुछ भी हर्ज नहीं है जिसके हृदय की आंख फूट गई हो, जिसे दुनिया में किसी तरह की इज्जत हासिल करने का शौक न हो और जिसे लोग हमदर्दी की निगाह से न देखते हों।

कल्याण–(दांत पीसकर) तो फिर सबसे पहिले मुझे आप ही का बन्दोबस्त करना पड़ेगा!

इसके पहिले कि कल्याणसिंह की बात का शेरअलीखां कुछ जवाब दे, बाहर से एक आवाज आई–"हां, यदि तेरे किए कुछ हो सके!"

इस आवाज ने दोनों को चौंका दिया मगर कल्याणसिंह ने ज्यादे देर तक राह देखना मुनासिब न जाना और कोठरी की तरफ बढ़कर जोर से ताली बजाई। शेरअलीखां समझ गया कि कल्याणसिंह अपने साथियों को बुला रहा है क्योंकि वह थोड़ी ही देर पहिले कह चुका था कि मेरे साथ नौ सिपाही भी आए हैं जो हुक्म देने के साथ ही इस कोठरी में से मेरी ही तरह निकल सकते हैं।

कल्याणसिंह ताली बजाता हुआ कोठरी की तरफ बढ़ा और उसका मतलब समझकर शेरअलीखां ने भी शीघ्रता से कमरे का दरवाजा अपने मददगारों को बुलाने की नीयत से खोल दिया तथा उसी समय एक नकाबपोश को हाथ में खंजर लिये कमरे के अन्दर पैर रखते देखा। शेरअलीखां ने पूछा, "तुम कौन हो?" नकाबपोश ने जवाब दिया, "तुम्हारा मददगार!"

इससे ज्यादे बातचीत करने का मौका न मिला, क्योंकि कोठरी के अन्दर से कई आदमी हाथ में नंगी तलवार लिये हुए निकलते दिखाई दिए जिन्हें कल्याणसिंह ने अपनी मदद के लिए बुलाया था।

चौथा बयान

अब हम अपने पाठकों को कुंअर इन्द्रजीतसिंह और आनन्दसिंह की तरफ ले चलते हैं, जिन्हें जमानिया के तिलिस्म में नहर के किनारे पत्थर की चट्टान पर बैठकर राजा गोपालसिंह से बातचीत करते छोड़ आए हैं।

दोनों कुमार बड़ी देर तक राजा गोपालसिंह से बातचीत करते रहे। राजा साहब ने बाहर का सब हाल दोनों भाइयों से कहा और यह भी कहा कि किशोरी और कामिनी राजी-खुशी के साथ कमलिनी के तालाबवाले मकान में जा पहुंचीं, अब उनके लिए चिन्ता करने की आवश्यकता नहीं है।

किशोरी और कामिनी का शुभ समाचार सुनकर दोनों भाई बड़े प्रसन्न हुए। राजा गोपालसिंह से इन्द्रजीतसिंह ने कहा, "हम चाहते हैं कि इस तिलिस्म से बाहर

होकर पहिले अपने मां-बाप से मिल आवें, क्योंकि उनका दर्शन किए बहुत दिन हो गए और वे भी हमारे लिए बहुत उदास होंगे।"

गोपाल–मगर यह तो हो नहीं सकता।

इन्द्रजीत–सो क्यों?

गोपाल–जब तक आप बाहर जाने के लिए रास्ता न बना लेंगे, बाहर कैसे जाएंगे और जब तक इस तिलिस्म को आप तोड़ न लेंगे, तो बाहर जाने का रास्ता कैसे मिलेगा?

इन्द्रजीत–जिस रास्ते से आप यहां आए हैं या आप जाएंगे, उसी रास्ते से आपके साथ अगर हम लोग भी चले जाएं तो कौन रोक सकता है?

गोपाल–वह रास्ता केवल मेरे ही आने-जाने के लिए है, आप लोगों के लिए नहीं।

इन्द्रजीत–(हंसकर) क्योंकि आपसे हम लोग मोटे-ताजे ज्यादे हैं, दरवाजे में अंट न सकेंगे!

गोपाल–(हंसकर) आप भी बड़े मसखरे हैं, मेरा मतलब यह नहीं है कि मैं जान-बूझकर आपको नहीं ले जाता, बल्कि यहां के नियमों का ध्यान करके मैंने ऐसा कहा था, आपने तो तिलिस्मी किताब में पढ़ा ही होगा।

इन्द्रजीत–हां, हम पढ़ तो चुके हैं और उससे यही मालूम भी होता है कि हम लोग बिना तिलिस्म तोड़े बाहर नहीं जा सकते, मगर अफसोस यही है कि उस किताब का लिखनेवाला हमारे सामने मौजूद नहीं है, अगर होता तो पूछते कि क्यों नहीं जा सकते? जिस राह से राजा साहब आए उसी राह से उनके साथ जाने में क्या हर्ज है?

गोपाल–किसी तरह का हर्ज होगा तभी तो बुजुर्गों ने ऐसा लिखा है! कौन ठिकाना, किसी तरह की आफत आ जाए तो जनम-भर के लिए मैं बदनाम हो जाऊंगा, अस्तु, आपको भी इसके लिए जिद न करनी चाहिए। हां, यदि अपने उद्योग से आप बाहर जाने का रास्ता बना लें तो बेशक चले जाएं।

इन्द्रजीत–(मुस्कुराकर) बहुत अच्छा आप जाइए, हम अपने लिए रास्ता ढूंढ़ लेंगे।

गोपाल–(हंसकर) मेरे पीछे-पीछे चलकर! अच्छा आइए।

यह कहकर गोपालसिंह उठ खड़े हुए और उसी कुएं पर चले गए जिसमें पहिले दफे उस वक्त कूदकर गायब हो गए थे जब बुड्ढे की सूरत बनकर आए थे। दोनों कुमार भी मुस्कुराते हुए उनके पीछे-पीछे गए और पास पहुंचने के पहिले ही उन्होंने राजा गोपालसिंह को कुएं के अन्दर कूद पड़ते देखा। यह कुआं यद्यपि बहुत चौड़ा था तथापि नीचे के हिस्से में सिवाय अंधकार के और कुछ भी दिखाई न देता था। दोनों कुमार भी जल्दी से उसी कुएं पर गए और बारी-बारी से कुछ विलम्ब करके कुएं के अन्दर कूद पड़े।

हम पहिले आनन्दसिंह का हाल लिखते हैं जो इन्द्रजीतसिंह के बाद उस कुएं में कूदे थे। आनन्दसिंह सोचे हुए थे कि कुएं में कूदने के बाद अपने भाई से मिलेंगे मगर ऐसा न हुआ। जब उनका पैर जमीन पर लगा तो उन्होंने अपने को नर्म-नर्म घास पर पाया जिसकी, ऊंचाई या तौल का अन्दाज नहीं कर सकते थे, और उसी के सबब से उन्हें चोट की तकलीफ भी बिलकुल उठानी न पड़ी। अंधकार के सबब से कुछ मालूम न पड़ता था इसलिए दोनों हाथ आगे बढ़ाकर कुंअर आनन्दसिंह उस कुएं में घूमने लगे। तब मालूम हुआ कि नीचे से यह कुआं बहुत चौड़ा है और उसकी दीवार चिकनी तथा संगीन है। टटोलते और घूमते हुए एक छोटे से बन्द दरवाजे पर इनका हाथ पड़ा, वहां ठहर गए और कुछ सोचकर आगे बढ़े। तीन-चार कदम के बाद फिर एक बन्द दरवाजा मिला, उसे भी छोड़ और आगे बढ़े। इसी तरह घूमते हुए इन्हें चार दरवाजे मिले जिनमें दो तो खुले हुए थे और दो बन्द। आनन्दसिंह ने सोचा कि बेशक इन्हीं दोनों दरवाजों में से जो खुले हुए हैं, किसी एक दरवाजे में कुंअर इन्द्रजीतसिंह गए होंगे। बहुत सोचने-विचारने के बाद आनन्दसिंह ने भी एक दरवाजे के अन्दर पैर रक्खा, मगर दो-ही-चार कदम आगे गए होंगे कि पीछे से दरवाजा बन्द होने की आवाज आई। उस समय उन्हें विश्वास हो गया कि हमने धोखा खाया, कुंअर इन्द्रजीतसिंह किसी दूसरे दरवाजे के अन्दर गए होंगे और वह दरवाजा भी उनके जाने के बाद इसी तरह बन्द हो गया होगा। अफसोस करते हुए आगे की तरफ बढ़े, मगर दो-ही-चार कदम जाने के बाद अंधकार के सबब से जी घबरा गया। उन्होंने कमर से तिलिस्मी खंजर निकालकर कब्जा दबाया जिससे बहुत तेज रोशनी हो गई और वहां की हर एक चीज साफ-साफ दिखाई देने लगी। कुमार ने अपने को एक कोठरी में पाया जिसमें चारों तरफ दरवाजे थे। उनमें एक दरवाजा तो वही था जिससे कुमार आए थे। और बाकी के तीन दरवाजे बन्द थे और उनको कुंडियों में ताला लगा हुआ था, मगर उस दरवाजे में कोई ताला या ताले का निशान या जंजीर न थी जिससे कुमार आए थे। चारों तरफ की संगीन दीवारों में कई बड़े-बड़े सूराख थे जिनमें से हवा आती और निकल जाती थी। जिस दरवाजे से कुमार आए थे, उसके पास जाकर उसे खोलना चाहा, मगर किसी तरह से वह दरवाजा न खुला, तब दूसरे दरवाजे के पास आए, तिलिस्मी खंजर से उसकी जंजीर काटकर दरवाजा खोला और उसके अन्दर गए। यह कोठरी बनिस्बत पहिले के तिगुनी लम्बी थी। जमीन और दीवार संगमरमर की बनी हुई थी और हवा आने-जाने के लिए दीवारों में सूराख भी थे।[1] इस कमरे के बीचोबीच में एक ऊंचा चबूतरा था और उस पर एक बड़ा सन्दूक जो असल में बाजा था, रक्खा हुआ था। कुमार के

1. हर एक कोठरी या कमरे में जहां-जहां दोनों कुमार गए थे, दीवारों में सूराख देखा, जिनसे हवा आने के लिए रास्ता था।

अन्दर आते ही वह बाजा बजने लगा और उसकी सुरीली आवाज ने कुमार का दिल अपनी तरफ खैंच लिया। चारों तरफ दीवारों में बड़ी-बड़ी तस्वीरें लगी हुई थीं, जिनमें एक तस्वीर बहुत ही बड़ी और जड़ाऊ चौखटे के अन्दर थी। इस तस्वीर में किसी तरह की चमक देखकर कुमार ने अपने खंजर की रोशनी बन्द कर दी। उस समय मालूम हुआ कि यहां की सब तस्वीरें इस तरह चमक रही हैं कि उनके देखने के लिए किसी तरह की रोशनी की दरकार नहीं। कुमार उस बड़ी तस्वीर को गौर से देखने लगे। देखा कि जड़ाऊ सिंहासन पर एक बूढ़े महाराज बैठे हुए हैं। उम्र अस्सी वर्ष से कम न होगी, सुफेद लम्बी दाढ़ी नाभी तक लटक रही है, जड़ाऊ मुकुट माथे पर चमक रहा है, कपड़ों के सुन्दर बेलों में मोती और जवाहिरात के फूल और बेल-बूटे बने हुए हैं। सामने, सोने की चौकी पर एक ग्रन्थ रक्खा हुआ है और पास ही सिंहासन पर मृगछाला बिछाए एक बहुत ही वृद्ध साधु महाशय बैठे हुए हैं जिनके भाव से साफ मालूम होता है कि महात्माजी ग्रन्थ का मतलब महाराज को समझा रहे हैं और महाराज बड़े गौर से सुन रहे हैं। उस तस्वीर के नीचे यह लिखा हुआ था–

'महाराज सूर्यकान्त और उनके गुरु सोमदत्त, जिन्होंने इस तिलिस्म को बनाया और इसके कई हिस्से किए। महाराज के दो लड़के थे। एक का नाम धीरसिंह, दूसरे का नाम जयदेवसिंह। जब इस हिस्से की उम्र समाप्त होने पर आवेगी तब धीरसिंह के खानदान में गोपालसिंह और जयदेवसिंह के खानदान में इन्द्रजीतसिंह और आनन्दसिंह होंगे और नाते में वे तीनों भाई होंगे। इसलिए उसके दो हिस्से किए गए जिनमें से आधे का मालिक गोपालसिंह होगा और आधे के मालिक इन्द्रजीतसिंह और आनन्दसिंह होंगे। लेकिन यदि उन तीनों में मेल न होगा तो इस तिलिस्म से सिवाय हानि के किसी को भी फायदा न होगा, अतएव चाहिए कि वे तीनों भाई आपुस में मेल रक्खें और इस तिलिस्म से फायदा उठावें। इन तीनों के हाथ से इस तिलिस्म के कुल बारह दर्जों में से सिर्फ तीन टूटेंगे और बाकी के नौ दर्जों के मालिक उन्हीं के खानदान में कोई दूसरे होंगे। इसी तिलिस्म में से कुंअर इन्द्रजीतसिंह और आनन्दसिंह को एक ग्रन्थ प्राप्त होगा जिसकी बदौलत वे दोनों भाई चर्णाद्रि (चुनारगढ़) के तिलिस्म को तोड़ेंगे...'

इसके बाद कुछ और भी लिखा हुआ था मगर अक्षर इतने बारीक थे कि पढ़ा नहीं जाता था। यद्यपि उसके पढ़ने का शौक आनन्दसिंह को बहुत हुआ मगर लाचार होकर रह गए। उस तस्वीर के बाईं तरफ जो तस्वीर थी उसके नीचे केवल 'धीरसिंह' लिखा हुआ था और दाहिनी तरफवाली तस्वीर के नीचे 'जयदेवसिंह' लिखा हुआ था। उन दोनों की तस्वीरें नौजवानी के समय की थीं। उसके बाद क्रमशः और भी तस्वीरें थीं और सभी के नीचे नाम लिखा हुआ था। कुंअर आनन्दसिंह बाजे की सुरीली आवाज सुनते जाते थे और तस्वीरों को भी देखते जाते

थे। जब इन तस्वीरों को देख चुके तो अन्त में राजा गोपालसिंह, अपनी और अपने भाई की तस्वीर भी देखी और इस काम में उन्हें कई घन्टे लग गए।

इस कमरे में जिस दरवाजे से कुंअर आनन्दसिंह गए थे, उसी के ठीक सामने एक दरवाजा और था, जो बन्द था और उसकी जंजीर में ताला लगा हुआ था। जब वे घूमते हुए उस दरवाजे के पास गए तब मालूम हुआ कि इसकी दूसरी तरफ से कोई आदमी उस दरवाजे को ठोकर दे रहा है या खोलना चाहता है। कुमार को इन्द्रजीतसिंह का खयाल हुआ और सोचने लगे कि ताज्जुब नहीं कि किसी राह से घूमते-फिरते भाई साहब यहां तक आ गए हों। यह खयाल उनके दिल में बैठ गया और उन्होंने तिलिस्मी खंजर से उस दरवाजे की जंजीर काट डाली। दरवाजा खुल गया और एक औरत कमरे में अन्दर आती हुई दिखाई दी जिसके हाथ में एक लालटेन थी और उसमें तीन मोमबत्तियां जल रही थीं। वह नौजवान और हसीन औरत इस लायक थी कि अपनी सुघराई, खूबसूरती, नजाकत, सादगी और बांकपन की बदौलत, जिसका दिल चाहे मुट्ठी में कर ले। यद्यपि उसकी उम्र सत्रह-अठारह वर्ष से कम न होगी, मगर बुद्धिमानों और विद्वानों की बारीक निगाह जांचकर कह सकती थी कि इसने अभी तक मदनमहीप की पंचरंगी वाटिका में पैर नहीं रक्खा और इसकी रसीली कली को सनीर के सत्संग से गुदागुदाकर खिल जाने का अवसर नहीं मिला, इसके सतीत्व की अनमोल गठरी पर किसी ने लालच में पड़कर मालिकाना दखल जमाने की नीयत से हाथ नहीं डाला और न इसने अपनी अनमोल अवस्था का किसी के हाथ सट्टा-ठीका या बीमा किया। इसके रूप के खजाने की चौकसी करनेवाली बड़ी-बड़ी आंखों के निचले हिस्से में अभी तक ऊदी डोरी पड़ने नहीं पाई थी और न उसकी गर्दन में स्वर-घटिका का उभार ही दिखाई देता था। इस गोरी नायिका को देखकर कुंअर आनन्दसिंह भौंचक्के रह गए और ललचौंह निगाह से उसे देखने लगे। इस औरत ने भी इन्हें एक दफे तो नजर भरकर देखा मगर साथ ही गर्दन नीची कर ली और पीछे की तरफ हटने लगी तथा धीरे-धीरे कुछ दूर जाकर किसी दीवार या दरवाजे की ओट में हो गई जिससे उस जगह फिर अंधेरा हो गया। आनन्दसिंह आश्चर्य, लालच और उत्कंठा के फेर में पड़े रहे, इसलिए खंजर की रोशनी की सहायता से दरवाजा लांघकर वे भी उसी तरफ गए जिधर वह नाजनीन गई थी। अब जिस कमरे में कुंअर आनन्दसिंह ने पैर रक्खा वह बनिस्बत तस्वीरोंवाले कमरे के कुछ बड़ा था और उसके दूसरे सिरे पर भी वैसा ही एक दूसरा दरवाजा था जैसा तस्वीरवाले कमरे में था। कुंअर साहब बिना इधर-उधर देखे, उस दरवाजे तक चले गए मगर जब उस पर हाथ रक्खा तो बन्द पाया। उस दरवाजे में कोई जंजीर या ताला दिखाई न दिया जिसे खोल या तोड़कर दूसरी तरफ जाते, इससे मालूम हुआ कि इस दरवाजे का खोलना या बन्द करना उस दूसरी तरफवाले के आधीन है। बड़ी देर तक आनन्दसिंह उस दरवाजे

के पास खड़े होकर सोचते रहे मगर इसके बाद जब पीछे की तरफ हटने लगे तो उस दरवाजे के खोलने की आहट सुनाई दी। आनन्दसिंह रुके और गौर से देखने लगे। इतने ही में एक आवाज इस ढंग की आई, जिसने आनन्दसिंह को विश्वास दिला दिया कि उस तरफ की जंजीर किसी ने तलवार या खंजर से काटी है। थोड़ी ही देर बाद दरवाजा खुला और कुंअर इन्द्रजीतसिंह दिखाई पड़े। आनन्दसिंह को उस औरत के देखने की लालसा हद से ज्यादे थी और कुछ-कुछ विश्वास हो गया था कि अबकी दफे पुनः उसी औरत को देखेंगे, मगर उसके बदले में अपने बड़े भाई को देखा और देखते ही खुश होकर बोले, "मैंने तो समझा था कि आपसे जल्द मुलाकात न होगी, परन्तु ईश्वर ने बड़ी कृपा की!"

इन्द्रजीत–मैं भी यही सोचे हुए था, क्योंकि कुएं के अन्दर कूदने के बाद जब मैंने एक दरवाजे में पैर रक्खा तो दो-चार कदम जाने के बाद वह बन्द हो गया, तभी मैंने सोचा कि अब आनन्दसिंह से मुलाकात होना कठिन है।

आनन्द–मेरा भी यही हाल हुआ, जिस दरवाजे के अन्दर मैंने पैर रक्खा था वह भी दो-चार कदम जाने के बाद बन्द हो गया था।

इसके बाद कुंअर इन्द्रजीतसिंह उस कमरे में चले आए जिसमें आनन्दसिंह थे। दोनों भाई एक-दूसरे से मिलकर बहुत खुश हुए और यों बातचीत करने लगे–

आनन्द–इस कोठरी में आपने किसी को देखा था?

इन्द्रजीत–(ताज्जुब से) नहीं तो!

आनन्द–बड़े आश्चर्य की बात है! (कोठरी के अन्दर झांककर) कोठरी तो बहुत बड़ी नहीं है।

इन्द्रजीत–तुम किसे पूछ रहे हो सो कहो?

आनन्द–अभी-अभी एक औरत हाथ में लालटेन लिये मुझे दिखाई दी थी जो इसी कोठरी में घुस गई और इसके थोड़ी ही देर बाद आप आए हैं।

इन्द्रजीत–जब से मैं कुएं में कूदा तब से इस समय तक मैंने किसी दूसरे की सूरत नहीं देखी।

आनन्द–अच्छा यह कहिए कि आप जब कुएं में कूदे तब क्या हुआ और यहां क्योंकर पहुंचे?

इन्द्रजीत–कुएं की तह में पहुंचकर जब मैं टटोलता हुआ दीवार के पास पहुंचा तो एक छोटे से दरवाजे पर हाथ पड़ा। मैं उसके अन्दर चला गया। दो-ही-चार कदम गया था कि पीछे से दरवाजा बन्द हो जाने की आवाज आई। मैंने तिलिस्मी खंजर हाथ में ले लिया और कब्जा दबाकर रोशनी करने के बाद चारों तरफ देखा तो मालूम हुआ कि कोठरी बहुत छोटी है और सामने की तरफ एक दरवाजा और है। खंजर से जंजीर काटकर दरवाजा खोला तो एक कमरा और नजर आया जिसकी लम्बाई पचीस हाथ से कुछ ज्यादे थी। मगर उस कमरे में जो

कुछ मैंने देखा कहने योग्य नहीं है बल्कि इस योग्य है कि तुम्हें अपने साथ ले जाकर दिखाऊं। वह कमरा बहुत दूर भी नहीं है। (जिस कोठरी में से आए थे उसे बताकर) इस कोठरी के बाद ही वह कमरा है। चलो तो वहां का विचित्र तमाशा तुम्हें दिखावें।

आनन्द–पहिले इस कमरे को देख लीजिए जिसकी सैर मैं कर चुका हूं।

इन्द्रजीत–मैं समझ गया, जरूर तुमने भी कोई अनूठा तमाशा देखा होगा। (रुककर) अच्छा, चलो पहिले इसी को देख लें।

इतना कहकर आनन्दसिंह के पीछे-पीछे इन्द्रजीतसिंह उस कमरे में गए और जो कुछ उनके छोटे भाई ने देखा था, उसे उन्होंने भी बड़े गौर और ताज्जुब के साथ देखा।

इन्द्रजीत–मुझे यह जानकर बड़ी प्रसन्नता हुई कि राजा गोपालसिंह नाते में हमारे भाई होते हैं (कुछ सोचकर) मगर इस बात की सच्चाई का कोई और सबूत भी होना चाहिए।

आनन्द–जब इतना मालूम हुआ है तब और भी कोई-न-कोई सबूत मिल ही जाएगा।

इन्द्रजीत–अच्छा अब हमारे साथ आकर उस कमरे का तमाशा देखो जिसका जिक्र हम कर चुके हैं और इसके बाद सोचो कि हम लोग यहां से क्योंकर निकल सकेंगे क्योंकि जिस राह से यहां आए हैं वह तो बन्द ही हो गई।

आनन्द–जी हां, हम दोनों भाइयों को धोखा हुआ, गोपालसिंह जी के साथ कोई भी न जा सका।

इन्द्रजीत–यह कैसे निश्चय हो कि हम लोगों ने धोखा खाया? कदाचित् गोपालसिंह जी इसी राह से आते-जाते हों या यहां से बाहर होने के लिए कोई दूसरा ही रास्ता हो?

आनन्द–यह भी हो सकता है, मगर बड़े अश्चर्य की बात है कि खून से लिखी किताब में जिसे हम लोग अच्छी तरह पढ़ चुके हैं, इस जगह तथा इन तस्वीरों का हाल कुछ भी नहीं लिखा है

इन्द्रजीतसिंह इसका कुछ जवाब न देकर यहां से रवाना हुआ ही चाहते थे कि बाजे की सुरीली आवाज (जो इस कमरे में बोल रहा था) बन्द हो गई और दो-चार पल तक बन्द रहने के बाद पुनः इस ढंग से बोलने लगी जैसे कोई मनुष्य बोलता हो। दोनों कुमारों ने चौंककर उस पर ध्यान दिया तो 'सुनो-सुनो-सुनो' की आवाज सुनाई पड़ी अर्थात् उस बाजे में से 'सुनो-सुनो' की आवाज आ रही थी। दोनों कुमार उत्कंठा के साथ उसके पास गए और ध्यान देकर सुनने लगे। 'सुनो-सुनो' की आवाज बहुत देर तक निकलती रही, जिस पर इन्द्रजीतसिंह ने यह कहकर कि 'निःसन्देह यह कोई मतलब की बात कहेगा'–अपनी जेब से एक सादी किताब और जस्ते की कलम

निकाली और लिखने के लिए तैयार हो गए। अपना खंजर कमर में रख लिया और आनन्दसिंह को अपने खंजर का कब्जा दबाकर रोशनी करने के लिए कहा। थोड़ी देर तक और 'सुनो-सुनो' की आवाज आती रही और फिर सन्नाटा हो गया। कई पल बाद फिर धीरे-धीरे आवाज आने लगी और इन्द्रजीतसिंह लिखने लगे। वह आवाज यह थी–

साकराखति गलि घस्मङ तो चड़ छनेज

काझ खञ या लठ नड कढ रोण औत
रथ इद सध तिन लिप स्मफ कीब ताभ
लीम किय सीर चल लब तीश फिष
रस तीह से कप्रा खप्तग कध

रोङ इच सछ बाज जेझ में अवेट
सठ बड बाढ तेंण भत रीथ हैंद
जिध नन कीप तुफ म्हेंव जभ रूम
रथ तर हैल ताब लीश लष गास

याह कक रोख औग रध सुङ
नाच कछ रोज अझ गञ रट एठ
कड हीढ दण फेत सुथ न द नेध सेन
सप मफ झब में भन म आय वेर

तोल दोव हश राष कस रह के
क भीख सुग नध सङ कच तेछ हौज
इझ सञ कीट तठ कींड बढ औण
रत ताथ लीद इध सीन कष मफ
रेब में भहै म ढूंय ढोर।

इसके बाद बाजे का बोलना बन्द हो गया और फिर किसी तरह की आवाज न आई। कुंअर इन्द्रजीतसिंह जो कुछ लिख चुके थे उस पर गौर करने लगे। यद्यपि वे बातें बेसिर-पैर की मालूम हो रही थीं मगर थोड़ी ही देर में उनका मतलब इन्द्रजीतसिंह समझ गए, जब आनन्दसिंह को समझाया तो वे भी बहुत खुश हुए और बोले, "अब कोई हर्ज नहीं, हम लोगों का कोई काम अटका न रहेगा, मगर वाह रे कारीगरी!"

इन्द्रजीत–निःसन्देह ऐसी ही बात है, मगर जब तक हम लोग उस ताली को पा न लें इस कमरे के बाहर न होना चाहिए, कौन ठिकाना अगर किसी तरह दरवाजा बन्द हो गया और यहां आ न सके तो बड़ी मुश्किल होगी।

आनन्द–मैं भी यही मुनासिब समझता हूं

इन्द्रजीत–अच्छा, तब इस तरफ आओ।

इतना कहकर कुंअर इन्द्रजीतसिंह उस बड़ी तस्वीर की तरफ बढ़े और आनन्द सिंह उनके पीछे चले।

उस आवाज का मतलब जो बाजे में से सुनाई दी थी, इस जगह लिखने की कोई आवश्यकता नहीं जान पड़ती, क्योंकि हमारे पाठक यदि उन शब्दों पर जरा भी गौर करेंगे तो मतलब समझ जाएंगे, कोई कठिन बात नहीं है।

पांचवां बयान

कल्याणसिंह के ताली बजाने के साथ ही बहुत से आदमी हाथों में नंगी तलवारें लिये हुए उसी कोठरी में से निकल आए जिसमें से कल्याणसिंह निकला था, मगर शेरअलीखां की मदद के लिए केवल एक ही नकाबपोश उस कमरे में था जो दरवाजा खोलने के साथ ही उन्हें दिखाई देया था। विशेष बातचीत का समय तो न मिला मगर नकाबपोश ने इतना शेरअलीखां से अवश्य कह दिया कि, "आप अपनी मदद के लिए अभी किसी को भी न बुलाइए, इन लोगों के लिए अकेला मैं ही बहुत हूं, यदि मेरी बात पर आपको विश्वास न हो तो जल्दी से इस कमरे के बाहर हो जाइए।"

यद्यपि सैकड़ों आदमियों के मुकाबले में केवल एक नकाबपोश का इतना बड़ा हौसला दिखाना विश्वास करने योग्य न था मगर शेरअलीखां खुद भी जवांमर्द और दिलेर आदमी था, इस सबब से या शायद और किसी सबब से उसने नकाबपोश की बातों पर विश्वास कर लिया और किसी को बुलाने के लिए उद्योग न करके अपने बिछावन के नीचे से तलवार निकालकर लड़ने के लिए स्वयं भी तैयार हो गया।

यह नकाबपोश असल में भूतनाथ था जो सर्यूसिंह के कहे मुताबिक शेरअलीखां के पास आया था। उसे विश्वास था कि शेरअलीखां, कल्याणसिंह की मदद के लिए तैयार हो जाएगा, मगर जब उसने कमरे के बाहर से उन दोनों की बातें सुनीं और शेरअलीखां को नेक, ईमानदार, इन्साफपसन्द और सच्चा बहादुर पाया तो बहुत प्रसन्न हुआ और जीजान से उसकी मदद करने के लिए तैयार हो गया। हमारे पाठक यह तो जानते ही हैं कि भूतनाथ के पास भी कमलिनी का दिया हुआ एक तिलिस्मी

खंजर है जिसे भूतनाथ पर कई तरह का शक और मुकदमा कायम होने पर भी कमलिनी ने अपनी बात को याद करके अभी तक नहीं लिया था। आज उसी खंजर की बदौलत भूतनाथ ने इतना बड़ा हौसला किया और बेईमानों के हाथ से शेरअलीखां को बचा लिया।

जिस समय कल्याणसिंह ने भूतनाथ का मुकाबला करना चाहा, उस समय भूतनाथ ने फुर्ती से अपने चेहरे की नकाब उलट दी और ललकारकर कहा, "आज बहुत दिनों पर तुम लोग भूतनाथ के सामने आए हो, जरा समझकर लड़ना।"

इतना कहकर भूतनाथ ने तिलिस्मी खंजर से दुश्मनों पर हमला किया, इस नीयत से कि किसी की जान भी न जाए और सब-के-सब गिरफ्तार कर लिए जाएं।

सबसे पहिले उसने खंजर का एक साधारण हाथ कल्याणसिंह पर लगाया जिससे उसकी दाहिनी कलाई जिसमें नंगी तलवार का कब्जा था कटकर जमीन पर गिर पड़ी, साथ ही इसके तिलिस्मी खंजर की तासीर ने उसके बदन में बिजली पैदा कर दी और बेहोश होकर जमीन पर गिर पड़ा।

जिस समय कल्याणसिंह और उसके साथियों ने भूतनाथ का नाम सुना उसी समय उनकी हिम्मत का बंटवारा हो गया। आधी हिम्मत तो लाचारी के हिस्से में पड़कर उनके पास रह गई और आधी हिम्मत उनके उत्साह के साथ निकलकर वायुमण्डल की तरफ पधार गई। भूतनाथ चाहे परले सिरे का बहादुर हो या न हो, मगर उसके कर्मों ने उसका नाम बहादुरी और ऐयारी की दुनिया में बड़े रोब और दाब के साथ मशहूर कर रक्खा था। चाहे कैसा ही बहादुर और दिलेर आदमी क्यों न हो मगर अपने मुकाबले में भूतनाथ का नाम सुनते ही उसकी हिम्मत टूट जाती थी। यहां भी वही मामला हुआ और दुश्मनों की पस्तहिम्मती ने उनकी किस्मत का फैसला भी शीघ्र ही कर दिया।

जिस समय कल्याणसिंह बेहोश होकर जमीन पर गिरा, उसी समय एक सिपाही ने भूतनाथ पर तलवार का वार किया। भूतनाथ ने उसे तिलिस्मी खंजर पर रोका और उसके बाद खंजर उसके बदन से छुला दिया जिसका नतीजा यह निकला कि दुश्मन की तलवार दो टुकड़े हो गई और वह बेहोश होकर जमीन पर गिर पड़ा। इसी बीच में बहादुर शेरअलीखां ने दो सिपाहियों को जान से मार गिराया जिन्होंने उस पर हमला किया था। निःसन्देह कल्याणसिंह के साथी इतने ज्यादे थे कि शेरअलीखां को मार डालते या गिरफ्तार कर लेते, मगर भूतनाथ की मुस्तैदी ने ऐसा होने न दिया। उस कमरे में खुलकर लड़ने की जगह न थी और इस सबब से भी भूतनाथ को फायदा ही पहुंचा। जितनी देर में शेरअलीखां ने अपनी हिम्मत और मर्दानगी से चार आदमियों को बेकाम किया उतनी देर में भूतनाथ की चालाकी और फुर्ती की बदौलत बीस आदमी बेहोश होकर जमीन पर गिर पड़े। भूतनाथ के बदन पर भी हल्के दो-चार जख्म लगे, साथ ही इसके भूतनाथ को इस बात का भी विश्वास हो

गया कि शेरअलीखां जो कई जख्म खा चुका था, ज्यादे देर तक इन लोगों के मुकाबले में ठहर न सकेगा, अतएव उसने सोचा कि जहां तक जल्द हो सके इस लड़ाई का फैसला कर ही देना चाहिए, ताज्जुब नहीं कि अपने साथियों को गिरते देख दुश्मनों का जोश बढ़ जाए, मगर उधर तो मामला ही दूसरा हो गया। अपने साथियों को बिना जख्म खाए गिरते और बेहोश होते देख दुश्मनों को बड़ा ही ताज्जुब हुआ और उन्होंने सोचा कि भूतनाथ केवल ऐयार, बहादुर और लड़ाका ही नहीं है, बल्कि किसी देवता का प्रबल इष्ट भी रखता है जिससे ऐसा हो रहा है। इस खयाल के आने के साथ ही उन लोगों ने भागने का इरादा किया, मगर ताज्जुब की बात थी कि वह रास्ता जिधर से वे लोग आए थे, एकदम बन्द हो गया था। इस सबब से पीठ दिखाकर भागनेवालों की जान पर भी आफत आई। इधर तो शेरअलीखां की तलवार ने कई सिपाहियों का फैसला किया और उधर भूतनाथ ने तिलिस्मी खंजर का कब्जा दबाया जिससे बिजली की तरह चमक पैदा हुई और भागनेवालों की आंखें एकदम बन्द हो गईं। फिर क्या था, भूतनाथ ने थोड़ी ही देर में तिलिस्मी खंजर की बदौलत बाकी बचे हुओं को भी बेहोश कर दिया और उस समय गिनती करने पर मालूम हुआ कि दुश्मन सिर्फ पैंतालीस आदमी थे। कल्याणसिंह ने यह बात झूठ कही थी कि मेरे साथ सौ सिपाही इस मकान में मौजूद हैं या आया ही चाहते हैं।

इतनी बड़ी लड़ाई और कोलाहल का चुपचाप निपटारा होना असम्भव था। गुल, शोर, मार-काट और धरो-पकड़ो की आवाज ने मकान के बाहर तक खबर पहुंचा दी। पहरेवाले सिपाहियों में से एक सिपाही ऊपर चढ आया और यहां का हाल देख घबराकर नीचे उतर आया और अपने साथियों को खबर की। उसी समय यह बात चारों तरफ फैल गई और थोड़ी ही देर में राजा बीरेन्द्रसिंह के बहुत-से सिपाही शेरअलीखां के कमरे में आ मौजूद हुए। उस समय लड़ाई खत्म हो चुकी थी और शेरअलीखां तथा भूतनाथ, जिसने पुनः अपने चेहरे पर नकाब डाल ली थी, बेहोश, जख्मी और मरे हुए दुश्मनों को खुशी की निगाहों से देख रहे थे। शेरअलीखां ने राजा बीरेन्द्रसिंह के आदमियों को देखकर कहा, "तहखाने की एक गुप्त राह से राजा बीरेन्द्रसिंह का दुश्मन कल्याणसिंह इतने आदमियों को लेकर बुरी नीयत से यहां आया था, मगर (भूतनाथ की तरफ इशारा करके) इस बहादुर की मदद से मेरी जान बच गई और राजा बीरेन्द्रसिंह का भी कुछ नुकसान न हुआ। अब तुम लोग जहां तक जल्द हो सके, जिनमें जान है, उन्हें कैदखाने भेजवाने का और मुर्दों को जलवा देने का बन्दोबस्त करो और कमरे को भी साफ कर दो।"

इसके बाद उस कोठरी में जिसमें से कल्याणसिंह और उनके साथी लोग निकले थे ताला बन्द करके शेरअलीखां, भूतनाथ का हाथ पकड़े हुए कमरे के बाहर सहन में निकल आया और एक किनारे खड़ा होकर बातचीत करने लगा।

शेरअली–इस समय आपके आ जाने से केवल मेरी जान ही नहीं बची बल्कि राजा बीरेन्द्रसिंह का भी बहुत-कुछ फायदा हुआ। हां, यह तो कहिए आप यहां कैसे आ पहुंचे? किसी ने रोका नहीं!

भूतनाथ–मुझे कोई भी नहीं रोक सकता। तेजसिंह ने मुझे एक ऐसी चीज दे रक्खी है जिसकी बदौलत मैं राजा बीरेन्द्रसिंह की हुकूमत के अन्दर महल छोड़कर जहां चाहे वहां जा सकता हूं। कोई रोकनेवाला नहीं। यहां मेरा आना कैसे हुआ इसका जवाब भी देता हूं। मुझे और इन्द्रदेव के ऐयार सर्यूसिंह को किसी तरह इस बात की खबर लग गई कि राजा शिवदत्त और कल्याणसिंह कैद से छूट गए हैं और बहुत से लड़ाकों को लेकर तहखाने के रास्ते से रोहतासगढ़ में पहुंच फसाद मचाया चाहते हैं। इस खबर ने हम दोनों को होशियार कर दिया। सर्यूसिंह तो दुश्मनों के साथ भेष बदले हुए तहखाने में जा घुसा और मैं बाहर से इन्तजाम करने के लिए आया था। यह न समझिएगा कि मैं सीधा आप ही के पास चला आया, नहीं मैं हर तरह का इन्तजाम करने के बाद यहां आया हूं। इस समय इस किले के अन्दरवाली फौज लड़ने के लिए तैयार और मुस्तैद है, बहादुर लोग चौकन्ने और महल के सब दरवाजों पर मुस्तैद हैं। तोपें, गोले उगलने के लिए तैयार हैं और ऐयारों के जाल भी हर तरफ फैले हुए हैं। मगर इस बात की खबर मुझे कुछ भी नहीं है कि तहखाने के अन्दर क्या हो रहा है या क्या हुआ।

शेरअली–बेशक तहखाने के अन्दर दुश्मनों ने जरूर गहरा उत्पात मचाया होगा। अफसोस, आज ही के दिन राजा बीरेन्द्रसिंह वगैरह को तहखाने के अन्दर जाना था!

भूतनाथ–इस खबर ने तो मुझे और भी बदहवास कर रक्खा है। क्या करूं तहखाने का कुछ भी भेद मुझे मालूम नहीं है और न उसके पेचीले तथा मकड़ी के जाले की तरह उलझन डालनेवाले रास्तों की ही मुझे अच्छी तरह खबर है, नहीं तो इस समय मैं अवश्य तहखाने के अन्दर पहुंचता और अपनी बहादुरी तथा ऐयारी का तमाशा दिखलाता!

शेरअली–बेशक, ऐसा ही है। इस समय मेरा दिल भी इस खयाल से बेचैन हो रहा है कि तहखाने के अन्दर जाकर राजा साहब की कुछ भी मदद नहीं कर सकता। अभी थोड़ी ही देर हुई जब मेरे दिल में यह बात पैदा हुई कि जिस राह से कल्याणसिंह और उसके मददगार इस कमरे में आए हैं, उसी राह से हम लोग भी तहखाने के अन्दर जाकर कोई काम करें, मगर बड़े ताज्जुब की बात है कि वह रास्ता बन्द हो गया। लेकिन जहां तक मैं खयाल करता हूं यह काम कल्याणसिंह के किसी पक्षपाती का नहीं है।

भूतनाथ–मैं भी ऐसा ही समझता हूं। (कुछ सोचकर) हां, एक बात और भी मेरे ध्यान में आती है।

शेरअली–वह क्या?

भूतनाथ--यह तो निश्चय हो ही गया कि हम लोग किसी तरह तहखाने के अन्दर जाकर मदद नहीं कर सकते और न इस किले में रहने में ही किसी तरह का फायदा है।

शेरअली--बेशक ऐसा ही है।

भूतनाथ--तब हमको खोह के उस मुहाने पर पहुंचना चाहिए जिस राह से दुश्मन लोग तहखाने में आए हैं। ताज्जुब नहीं कि दुश्मन लोग अपना काम करके या भाग के उसी राह से तहखाने के बाहर निकलें। यदि ऐसा हुआ तो निःसन्देह हम लोग कोई अच्छा काम कर सकेंगे।

शेरअली--(खुश होकर) ठीक है, बेशक ऐसा ही होगा, तो अब विलम्ब करना उचित नहीं है, चलिए और जल्दी चलिए।

भूतनाथ--चलिए मैं तैयार हूं।

इतना कहकर भूतनाथ और शेरअलीखां ने राजा बीरेन्द्रसिंह के आदमियों को लाशों को उठवाने और जिन्दों को कैद करने के विषय में पुनः समझा-बुझाकर तथा और भी कुछ कह-सुनकर किले के बाहर का रास्ता लिया और बहुत जल्द उस ठिकाने जा पहुंचे, जहां के लिए इरादा कर चुके थे।

छठवां बयान

कुंअर इन्द्रजीतसिंह और आनन्दसिंह फिर उस बड़ी तस्वीर के पास आए जिसके नीचे महाराज सूर्यकान्त का नाम लिखा हुआ था। दोनों कुमार उस तस्वीर पर फिर से गौर करने और उस लिखावट को पढ़ने लगे जिसे पहिले पढ़ चुके थे। हम ऊपर लिख आए हैं कि इस तस्वीर में कुछ ऐसा भी था जो बहुत बारीक हर्फों में लिखा होने के कारण कुमार से पढ़ा नहीं गया। अब दोनों कुमार उसी को पढ़ने के लिए उद्योग करने लगे क्योंकि उसका पढ़ना उन दोनों ने बहुत ही आवश्यक समझा।

इस कमरे में जितनी तस्वीरें थीं, वे सब दीवार में बहुत ऊंचे पर न थीं बल्कि इतनी नीचे थीं कि देखनेवाला उनके मुकाबले में खड़ा हो सकता था। यही सबब था कि महाराज सूर्यकान्त की तस्वीर में जो कुछ लिखा था उसे दोनों कुमारों ने बखूबी पढ़ लिया था, मगर कुछ लेख वास्तव में बहुत ही बारीक अक्षरों में लिखा हुआ था और इसी से ये दोनों भाई उसे पढ़ न सके। दोनों भाइयों ने तस्वीर की बनावट और उसके चौकटे (फ्रेम) पर अच्छी तरह ध्यान दिया तो चारों कोनों में छोटे-छोटे चार गोल शीशे जड़े हुए दिखाई पड़े जिनमें तीन शीशे तो पतले और एक ही रंग के थे, मगर चौथा शीशा मोटा दलदार और बहुत साफ था। इन्द्रजीतसिंह ने उस मोटे शीशे पर उंगली रक्खी तो वह हिलता हुआ मालूम पड़ा और जब कुमार ने दूसरा हाथ उसके

नीचे रखकर उंगली से दबाया तो चौखटे से अलग होकर हाथ में आ रहा। इस समय आनन्दसिंह तिलिस्मी खंजर हाथ में लिये हुए रोशनी कर रहे थे। उन्होंने इन्द्रजीतसिंह से कहा, "मेरा दिल गवाही देता है कि यह शीशा उन अक्षरों के पढ़ने में अवश्य कुछ सहायता देगा जो बहुत बारीक होने के सबब से पढ़े नहीं जाते।"

इन्द्रजीत–मेरा भी यही खयाल है और इसी सबब से मैंने इसे निकाला भी है।

आनन्द–इसीलिए यह मजबूती के साथ जड़ा हुआ भी नहीं था।

इन्द्रजीत–देखो अब सब मालूम हुआ ही जाता है।

इतना कहकर इन्द्रजीतसिंह ने उस शीशे को उन बारीक अक्षरों के ऊपर रक्खा और वे अक्षर बड़े-बड़े मालूम होने लगे। अब दोनों भाई बड़ी प्रसन्नता से उस लेख को पढ़ने लगे। यह लिखा हुआ था–

स्व गिवर नर्ग दै कै पै

(खूब समझके तब आगे पैर रक्खो)

6	3	अ	5	3	ए
3	3	ए	8	4	0
7	4	अ	8	3	ए
7	3	ए	1	1	0
3	1	औ	7	3	0
5	1	0	2	3	0
7	2	ए	6	5	0
6	5	ए	5	1	0
5	1	अ	2	1	0
7	3	ई	7	2	ओ
2	2	ओ	5	5	0
3	3	ओ	8	4	ई
5	1	इ	5	1	ओ
7	3	0	3	3	अ
8	3	0	5	5	0
6	5	ई	6	1	0
2	2	अं	7	2	0
3	3	0	1	1	आ
7	2	0	6	3	0
1	1	0	5	5	ए
6	1	0	2	3	ई
5	5	ए		–	

थोड़ी देर तक तो इस लेख का मतलब समझ में न आया लेकिन बहुत सोचने पर आखिर दोनों कुमार उसका मतलब समझ गए[1] और प्रसन्न होकर आनन्दसिंह बोले–

आनन्द–देखिए तिलिस्म के सम्बन्ध में कितनी कठिनाइयां रक्खी हुई हैं!

इन्द्रजीत–यदि ऐसा न हो तो हर एक आदमी तिलिस्म के भेद को समझ जाए।

आनन्द–अच्छा तो अब क्या करना चाहिए?

इन्द्रजीत–सबसे पहिले बाजे की ताली खोजनी चाहिए, इसके बाद बाजे की आज्ञानुसार काम करना होगा।

दोनों भाई बाजेवाले चबूतरे के पास गए और घूम-घूमकर अच्छी तरह देखने लगे। उसी समय पीछे की तरफ से आवाज आई, "हम भी आ पहुंचे!" दोनों भाइयों ने ताज्जुब के साथ घूमकर देखा तो राजा गोपालसिंह पर निगाह पड़ी।

यद्यपि कुंअर इन्द्रजीतसिंह और आनन्दसिंह को राजा गोपालसिंह के साथ पहिले ही मोहब्बत हो गई थी मगर जब से यह मालूम हुआ कि रिश्ते में वे इनके भाई हैं, तब से मोहब्बत ज्यादे हो गई थी और इसीलिए इस समय उन्हें देखते ही इन्द्रजीतसिंह दौड़कर उनके गले से लिपट गए और उन्होंने भी बड़े प्रेम से दबाया। इसके बाद आनन्दसिंह अपने भाई की तरह गले मिले और जब अलग हुए तो गोपालसिंह ने कहा, "मालूम होता है कि महाराज सूर्यकान्त की तस्वीर के नीचे जो कुछ लिखा है उसे आप दोनों भाई पढ़ चुके हैं।"

इन्द्रजीत–जी हां, और मालूम करके हमें बड़ी खुशी हुई कि आप हमारे भाई हैं! मगर मैं समझता हूं कि आप इस बात को पहिले ही से जानते थे।

गोपाल–बेशक इस बात को मैं बहुत दिनों से जानता हूं क्योंकि इस जगह कई दफे आ चुका हूं, लेकिन इसके अतिरिक्त तिलिस्म सम्बन्धी एक ग्रन्थ भी मेरे पास है जिसमें भी यह बात लिखी हुई है।

आनन्द–तो इतने दिनों तक आपने हम लोगों से कहा क्यों नहीं?

गोपाल–उस किताब में जो मेरे पास है, ऐसा करने की मनाही थी, मगर अब मैं कोई बात आप लोगों से नहीं छिपा सकता और न आप ही मुझसे छिपा सकते हैं।

इन्द्रजीत–क्या आप इसी राह से आते-जाते हैं और आज भी इसी राह से हम लोगों को छोड़कर निकल गए थे?

गोपाल–नहीं-नहीं, मेरे आने-जाने का रास्ता दूसरा ही है। उस कुएं में आपने कई दरवाजे देखे होंगे, उनमें से जो सबसे छोटा दरवाजा है, मैं उसी राह से आता-जाता हूं। यहां दूसरे ही काम के लिए कभी-कभी आना पड़ता है।

---

1. पाठकों के सुभीते के लिए इन दोनों मजमूनों का आशय इस भाग के अन्तिम पृष्ठ पर दे दिया गया है, पर उन्हें अपनी चेष्टा से मतलब समझने की कोशिश अवश्य करनी चाहिए।

इन्द्रजीत–यहां आने की आपको क्या जरूरत पड़ा करती है?

गोपाल–इधर तो मुद्दत से मैं आफत में फंसा हुआ था, आप ही ने मेरी जान बचाई है, इसलिए दो दफे से ज्यादे आने की नौबत नहीं आई। हां, इसके पहिले महीने में एक दफे अवश्य आना और इन कमरों की सफाई अपने हाथ से करनी पड़ती थी। जो किताब मेरे पास है और जिसका जिक्र मैंने अभी किया, उसके पढ़ने से इस तिलिस्म का कुछ हाल और जमानिया की गद्दी पर बैठनेवालों के लिए बड़े लोग जो-जो आज्ञा और नियम लिख गए हैं, आपको मालूम होगा। उसी नियमानुसार हर महीने की अमावस्या को मैं यहां आया करता था। आपकी, आनन्दसिंह की और अपनी तस्वीरें मैंने ही नियमानुसार इस कमरे में लगाई हैं और इसी तरह बड़े लोग अपने-अपने समय में अपनी और अपने भाइयों की तस्वीरें गुप्त रीति से तैयार कराके इस कमरे में रखते चले आए हैं। नियमानुसार यह एक आवश्यक बात थी कि जब तक आप लोग स्वयं इस कमरे में न आ जाएं, मैं हर एक बात आप लोगों से छिपाऊं और इसीलिए मैं इस तिलिस्म के बाहर भी आपको ले नहीं गया जबकि आपने बाहर जाने की इच्छा प्रकट की थी, मगर अब कोई बात छुपाने की आवश्यकता न रही।

इन्द्रजीत–इस बाजे का हाल भी आपको मालूम होगा?

गोपाल–केवल इतना ही कि इसमें तिलिस्म के बहुत से भेद भरे हुए हैं, मगर इसकी ताली कहां है सो मैं नहीं जानता।

इन्द्रजीत–क्या आपके सामने यह बाजा कभी बोला?

गोपाल–इस बाजे की आवाज कई दफे मैंने सुनी है। (जमीन में गड़े एक पत्थर की तरफ इशारा करके) इस पर पैर पड़ने के साथ ही बाजा बंजने लगता है, दो-तीन गत के बाद कुछ बातें कहता और फिर चुप हो जाता है, अगर इस पत्थर पर पैर न पड़े तो कुछ भी नहीं बोलता।

इन्द्रजीत–(वह किताब जिस पर बाजे की आवाज लिखी थी, दिखाकर) यह आवाज भी आपने सुनी होगी?

गोपाल–हां, सुन चुका हूं, मगर इसके लिए उद्योग करना सबसे पहिले आपका काम है।

आनन्द–महाराज सूर्यकान्त की तस्वीर के नीचे बारीक अक्षरों में जो कुछ लिखा है, उसे भी आप पढ़ चुके हैं?

गोपाल–नहीं, क्योंकि अक्षर बहुत बारीक हैं, पढ़े नहीं जाते।

इन्द्रजीत–हम लोग इसे पढ़ चुके हैं!

गोपाल–(ताज्जुब से) सो कैसे?

कुंअर इन्द्रजीतसिंह ने शीशेवाला हाल गोपालसिंह से कहा और जिस तरह स्वयं उन बारीक अक्षरों को पढ़ चुके थे, उसी तरह उन्हें भी पढ़ाया।

गोपाल–आखिर समय ने इस बात को आप लोगों के लिए रख ही छोड़ा था।

इन्द्रजीत–इसका मतलब आप समझ गए?

गोपाल–जी हां, समझ गया।

इन्द्रजीत–अब आप हम लोगों को बड़ाई के शब्दों से सम्बोधन न किया कीजिए, क्योंकि आप बड़े हैं और हम लोग छोटे हैं, इस बात का पता लग चुका है।

गोपाल–(हंसकर) ठीक है, अब ऐसा ही होगा, अच्छा तो बाजेवाले चबूतरे में से ताली निकालनी चाहिए।

इन्द्रजीत–जी हां, हम लोग इसी फिक्र में थे कि आप आ पहुंचे, लेकिन मुझे और भी बहुत-सी बातें आपसे पूछनी हैं।

गोपाल–खैर, पूछ लेना, पहिले ताली के काम से छुट्टी पा लो।

आनन्द–मैंने इस कमरे में एक औरत को आते हुए देखा था, मगर वह मुझ पर निगाह पड़ने के साथ ही पिछले पैर लौट गई और दूसरी कोठरी में जाकर गायब हो गई। इस बात का पता न लगा कि वह कौन थी या यहां क्यों आई?

गोपाल–औरत! यहां पर!!

आनन्द–जी हां।

गोपाल–यह तो एक आश्चर्य की बात तुमने कही! अच्छा खुलासा कह जाओ।

आनन्दसिंह अपना हाल खुलासा बयान कर गए जिसे सुनकर गोपालसिंह को बड़ा ही ताज्जुब हुआ और बोले, "खैर, थोड़ी देर के बाद इस पर गौर करेंगे। किसी औरत का यहां आना निःसन्देह आश्चर्य की बात है।"

इन्द्रजीत–(खून से लिखी किताब दिखाकर) मेरी राय है कि आप उस किताब को पढ़ जाएं और जो तिलिस्मी किताब आपके पास है, उसे पढ़ने के लिए मुझे दे दें।

गोपाल–निःसन्देह, वह किताब पढ़ने लायक है, उससे आपको बहुत फायदा पहुंचेगा और खाने-पीने तथा समय पड़ने पर इस तिलिस्म से बाहर निकल जाने के लिए अण्डस न पड़ेगी और यहां के कई गुप्त भेद भी आप लोगों को मालूम हो जाएंगे। आप इस बाजे की ताली निकालने का उद्योग कीजिए, तब तक मैं जाकर वह किताब ले आता हूं।

इन्द्रजीत–बहुत अच्छी बात है, मगर बाजे की ताली निकालने के समय आप यहां मौजूद क्यों नहीं रहते? आपसे बहुत-कुछ मदद हम लोगों को मिलेगी।

गोपाल–क्या हर्ज है, ऐसा ही सही, आप लोग उद्योग करें।

यह तो मालूम हो ही चुका था कि बाजे की ताली उसी चबूतरे में है जिस पर बाजा रक्खा या जड़ा हुआ है, अस्तु, तीनों भाई उसी चबूतरे की तरफ बढ़े। राजा गोपालसिंह के पास भी तिलिस्मी खंजर मौजूद था जिसे उन्होंने हाथ में ले लिया और कब्जा दबाकर रोशनी करने के बाद कहा, "आप दोनों आदमी उद्योग करें, मैं रोशनी दिखाता हूं।"

आनन्द–(आश्चर्य से) आप भी अपने पास तिलिस्मी खंजर रखते हैं।

गोपाल–हां, इसे प्रायः अपने पास रखता हूं और जब तिलिस्म के अन्दर आने की आवश्यकता पड़ती है तब तो अवश्य ही रखना पड़ता है, क्योंकि बड़े लोग ऐसा करने के लिए लिख गए हैं।

कुंअर इन्द्रजीतसिंह और आनन्दसिंह दोनों भाई बाजेवाले चबूतरे के चारों तरफ घूमने और उसे ध्यान देकर देखने लगे। वह चबूतरा किसी प्रकार की धातु का और चौखूटा बना हुआ था। उसके दो तरफ तो कुछ भी न था, मगर बाकी दो तरफ मुट्ठे लगे हुए थे, जिन्हें देख इन्द्रजीतसिंह ने आनन्दसिंह से कहा, "मालूम होता है कि ये दोनों मुट्ठे पकड़कर खींचने के लिए बने हुए हैं।"

आनन्द–मैं भी यही समझता हूं।

इन्द्रजीत–अच्छा खैंचो तो सही।

आनन्द–(मुट्ठे को अपनी तरफ खैंच और घुमाकर) यह तो अपनी जगह से हिलता नहीं! मालूम होता है कि हम दोनों को एकसाथ उद्योग करना पड़ेगा और इसीलिए इसमें दो मुट्ठे बने हुए हैं।

इन्द्रजीत–बेशक ऐसा ही है, अच्छा हम भी दूसरे मुट्ठे को खींचते हैं। दोनों आदमियों का जोर एकसाथ ही लगना चाहिए।

दोनों भाइयों ने आमने-सामने खड़े होकर दोनों मुट्ठों को खूब मजबूती से पकड़ा और बाएं-दाएं दोनों तरफ उमेठा मगर वह बिलकुल न घूमा। इसके बाद दोनों ने उन्हें अपनी तरफ खैंचा और कुछ खिंचते देखकर दोनों भाइयों ने समझा कि इसमें अपनी पूरी ताकत खर्च करनी पड़ेगी। आखिर ऐसा ही हुआ अर्थात् दोनों भाइयों के खूब जोर करने पर वे दोनों मुट्ठे खिंचकर बाहर निकल आए और इसके साथ ही उस चबूतरे की एक तरफ की दीवार (जिधर मुट्ठा नहीं था) पल्ले की तरह खुल गई। राजा गोपालसिंह ने झुककर उसके अन्दर तिलिस्मी खंजर की रोशनी दिखाई और तीनों भाई बड़े गौर से अन्दर देखने लगे। एक छोटी-सी चौकी नजर आई जिस पर छोटी-सी तांबे की तख्ती के ऊपर एक चाभी रक्खी हुई थी। इन्द्रजीतसिंह ने अन्दर की तरफ हाथ बढ़ाकर चौकी खैंचना चाही, मगर वह अपनी जगह से न हिली, तब उन्होंने तांबे की तख्ती और ताली उठा ली और पीछे की तरफ हटकर उस खुले हुए पल्ले को बन्द करना चाहा, मगर वह भी बन्द न हुआ, लाचार उसी तरह छोड़ दिया। तांबे की तख्ती पर दोनों भाइयों ने निगाह डाली तो मालूम हुआ कि उस पर बाजे में ताली लगाने की तरकीब लिखी हुई है और ताली वही है जो उस तख्ती के साथ थी।

गोपाल–(इन्द्रजीतसिंह से) ताली तो आपको मिल ही गई है, मगर मैं उचित समझता हूं कि थोड़ी देर के लिए आप लोग यहां से चलकर बाहर की हवा खाएं और सुस्ताने के बाद फिर जो कुछ मुनासिब समझें, करें।

इन्द्रजीत–हां, मेरी भी यही इच्छा है, इस बन्द जगह में बहुत देर तक रहने से तबीयत घबरा गई और सिर में चक्कर आ रहा है।

आनन्द–मेरी भी यही हालत है और प्यास बड़े जोर की मालूम होती है।

गोपाल–बस तो इस समय यहां से चले चलना ही बेहतर है। हम आप लोगों को एक बाग में ले चलते हैं जहां हर तरह का आराम मिलेगा और खाने-पीने का भी सुभीता होगा!

इन्द्रजीत–बहुत अच्छा, चलिए, किस रास्ते से चलना होगा?

गोपाल–उसी राह से, जिससे आप आए हैं।

इन्द्रजीत–तब तो वह कमरा भी आनन्द के देखने में आ जाएगा जिसे मैं स्वयं इन्हें दिखाया चाहता था, अच्छा चलिए।

राजा गोपालसिंह अपने दोनों भाइयों को साथ लिये हुए वहां से रवाना हुए और उस कोठरी में गए जिसमें से आनन्दसिंह ने अपने भाई इन्द्रजीतसिंह को आते देखा था। उस जगह इन्द्रजीतसिंह ने राजा गोपालसिंह से कहा, "क्या आप इसी राह से यहां आते थे? मुझे तो इस दरवाजे की जंजीर खंजर से काटनी पड़ी थी!"

गोपाल–ठीक है, मगर हम इस ताले को हाथ लगाकर एक मामूली इशारे से खोल लिया करते थे।

आनन्द–इस तिलिस्म में जितने ताले हैं, क्या वे सब इशारे ही से खुला करते हैं या किसी खटके पर हैं?

गोपाल–सब तो नहीं, मगर कई ऐसे ताले हैं जिनका हाल हमें मालूम है।

इतना कह गोपालसिंह आगे बढ़े और उस विचित्र कमरे में पहुंचे जिसके बारे में इन्द्रजीतसिंह ने आनन्दसिंह से कहा था कि उस कमरे में जो कुछ मैंने देखा सो कहने योग्य नहीं, बल्कि इस योग्य है कि तुम्हें अपने साथ ले चलकर दिखाऊं।

वास्तव में वह कमरा ऐसा ही था और उसके देखने से आनन्दसिंह को भी बड़ा ही आश्चर्य हुआ। मगर अवश्य ही राजा गोपालसिंह के लिए कोई नई बात न थी, क्योंकि वे कई दफे उस कमरे को देख चुके थे। तिलिस्मी खंजर की तेज रोशनी के कारण वहां की कोई चीज ऐसी न थी जो साफ-साफ दिखाई न देती हो और इसीलिए वहां की सब चीजों को दोनों भाइयों ने खूब ध्यान देकर देखा।

इस कमरे की लम्बाई लगभग पचीस हाथ के होगी और यह इतना ही चौड़ा भी होगा। चारों कोनों में चार जड़ाऊ सिंहासन रक्खे हुए थे और उन पर बड़े-बड़े चमकदार हीरे, मानिक, पन्ने और मोतियों के ढेर लगे हुए थे। उनके नीचे सोने की थालियों में कई प्रकार के जड़ाऊ जेवर रक्खे हुए थे जो औरतों और मर्दों के काम में आ सकते थे। चारों सिंहासनों के बगल से लोहे के महराबदार खम्भे निकले हुए थें, जो कमरे के बीचोबीच में आकर डेढ़ पुर्से की ऊंचाई पर मिल गए थे और उनके

सहारे एक आदमी लटक रहा था जिसके गले में लोहे की जंजीर फांसी के ढंग पर लगी हुई थी। देखने से यही मालूम होता था कि यह आदमी इस तौर पर फांसी लटकाया गया है। उस आदमी के नीचे एक हसीन औरत सिर के बाल खोले इस ढंग से बैठी हुई थी जैसे उस लटकते हुए आदमी का मातम कर रही हो तथा उसके पास ही दूसरी औरत हाथ में लालटेन लिये खड़ी थी, जिसे देखने के साथ ही आनन्दसिंह बोल उठे, ''यह वही औरत है जिसे मैंने उस कमरे में देखा और जिसका हाल आप लोगों से कहा था, फर्क केवल इतना ही है इस समय इसके हाथवाली लालटेन बुझी हुई है।''

गोपाल–तुम भी तो अनोखी बात कहते हो, भला ऐसा कभी हो सकता है!

आनन्द–हो सके, चाहे न हो सके, मगर यह औरत निःसन्देह वही है जिसे मैं देख चुका हूं, अगर आपको विश्वास न हो तो इससे पूछकर देखिए।

गोपाल–(हंसकर) क्या तुम इसे सजीव समझते हो?

आनन्द–तो क्या यह निर्जीव है?

गोपाल–बेशक, ऐसा ही है। तुम इसके पास जाओ और हिला-डुलाकर देखो।

आनन्दसिंह उस औरत के पास गए और कुछ देर तक खड़े होकर देखते रहे, मगर बड़ों के लिहाज से यह सोचकर हाथ नहीं लगाते थे कि कहीं यह सजीव न हो। राजा गोपालसिंह इनका मतलब समझ गए और स्वयं उस पुतली के पास जाकर बोले, ''खाली देखने से पता न लगेगा, इसे हिला-डुला और ठोंककर देखो!''

इतना कह उन्होंने उस पुतली के सिर पर दो-तीन चपत जमाईं जिससे एक प्रकार की आवाज पैदा हुई, जैसे किसी धातु की पोली चीज को ठोंकने से निकलती है। उस समय आनन्दसिंह का शक दूर हुआ और वे बोले, ''निःसन्देह यह निर्जीव है, मगर वह औरत भी ठीक ऐसी ही थी, डील-डौल, रंग-ढंग, कपड़ा-लत्ता किसी बात में फर्क नहीं है! ईश्वर जाने क्या मामला है!''

गोपाल–ईश्वर जाने क्या भेद है! परन्तु जब से तुमने यह बात कही है, हमारे दिल को एक खुटका-सा लग गया है, जब तक उसका ठीक-ठीक पता न लगेगा जी को चैन न पड़ेगा, खैर, इस समय तो यहां से चलना चाहिए।

राजा गोपालसिंह उस लटकते हुए आदमी के पास गए और उसका एक पैर पकड़कर नीचे की तरफ दो-तीन झटके दिए, तब वहां से हटकर इन्द्रजीतसिंह के पास चले आए। झटका देने के साथ ही वह आदमी जोर-जोर से झोंके खाने लगा और कमरे में किसी तरह की भयानक आवाज आने लगी, मगर यह नहीं मालूम होता था कि आवाज कहां से आ रही है, हर तरफ वह भयानक आवाज गूंज रही थी। यह हालत चौथाई घड़ी तक रही, इसके बाद जोर की आवाज हुई और सामने की तरफ एक छोटा-सा दरवाजा खुला हुआ दिखाई दिया। उस समय कमरे में किसी तरह की आवाज सुनाई न देती थी, हर तरह से सन्नाटा हो गया था।

दोनों भाइयों को साथ लिये राजा गोपालसिंह दरवाजे के अन्दर गए, जो अभी खुला था। उसके अन्दर ऊपर चढ़ने के लिए सीढ़ियां बनी हुई थीं जिस राह से तीनों भाई ऊपर चढ़ गए और अपने को एक छोटे से नजरबाग में पाया। यह बाग यद्यपि छोटा था, मगर बहुत ही खूबसूरत और सूफियाने किले का बना हुआ था। संगमरमर की बारीक नालियों में नहर का जल चक्राबू के नक्शे की तरह घूम-फिरकर बाग की खूबसूरती को बढ़ा रहा था। खुशबूदार फूलों की महक हवा के हलके-हलके झपेटों के साथ आ रही थी, सूर्य अस्त हो चुका था, रात के समय खिलनेवाली कलियों को चन्द्रदेव की आशा लग रही थी। कुंअर इन्द्रजीतसिंह और आनन्दसिंह बहुत देर तक अंधेरे में रहने तथा भूख-प्यास के कारण बहुत परेशान हो रहे थे। नहर के किनारे साफ पत्थर पर बैठ गए, कपड़े उतार दिए और मोती सरीखे साफ जल से हाथ-मुंह धोने के बाद दो-तीन चुल्लू जल पीकर हरारत मिटाई।

गोपाल–अब आप लोग इस बाग में बेफिक्री के साथ अपना काम करें, मैदान जाएं और स्नान-संध्या-पूजा से छुट्टी पाकर बाग की सैर करें, तब तक मैं खास बाग में जाकर कुछ खाने का सामान और तिलिस्मी किताब जो मेरे पास है, ले आता हूं। इस बाग में मेवे के पेड़ भी बहुतायत से हैं, यदि इच्छा हो तो आप उनके फल खाने के काम में ला सकते हैं।

इन्द्रजीत–बहुत अच्छी बात है, आप जाइए मगर जहां तक हो सके जल्द आइएगा।

आनन्द–क्या हम लोग आपके साथ खास बाग में नहीं चल सकते?

गोपाल–क्यों नहीं चल सकते, मगर मैं इस समय आप लोगों को तिलिस्म के बाहर ले जाना पसन्द नहीं करता और तिलिस्मी किताब में भी ऐसा करने की मनाही है।

इन्द्रजीत–खैर, कोई चिन्ता नहीं, आप जाइए और जल्द लौटकर आइए। जब तिलिस्मी किताब जो आपके पास है, हम लोग पढ़ लेंगे और आप भी इस 'रिक्तग्रन्थ' को जो मेरे पास है पढ़ लेंगे, तब जैसी राय होगी, किया जाएगा।

गोपाल–ठीक है, अच्छा तो अब मैं जाता हूं।

इतना कहकर राजा गोपालसिंह एक तरफ चले गए और कुंअर इन्द्रजीतसिंह तथा आनन्दसिंह जरूरी कामों से छुट्टी पाने की फिक्र में लगे।

सातवां बयान

रात पहर-भर से ज्यादे जा चुकी है। चन्द्रदेव उदय हो चुके हैं, मगर अभी इतने ऊंचे नहीं उठे हैं कि बाग के पूरे हिस्से पर चांदनी फैली हुई दिखाई देती, हां, बाग के उस हिस्से पर चांदनी का फर्श जरूर बिछ चुका था जिधर कुंअर इन्द्रजीतसिंह और आनन्दसिंह एक चट्टान पर बैठे हुए बातें कर रहे थे। ये दोनों भाई अपने जरूरी कामों

से छुट्टी पा चुके थे और संध्या-वंदन करके दो-चार फलों से आत्मा को सन्तोष देकर आराम से बैठे बातें करते हुए राजा गोपालसिंह के आने का इन्तजार कर रहे थे। यकायक बाग के उस कोने में, जिधर चांदनी न होने तथा पेड़ों के झुरमुट के कारण अंधेरा था, दीये की चमक दिखाई पड़ी। दोनों भाई चौकन्ने होकर उस तरफ देखने लगे और दोनों को गुमान हुआ कि राजा गोपालसिंह आते होंगे, मगर उनका शक थोड़ी ही देर बाद जाता रहा, जब एक औरत को हाथ में लालटेन लिये अपनी तरफ आते देखा।

इन्द्रजीत–यह औरत इस बाग में क्योंकर आ पहुंची?

आनन्द–ताज्जुब की बात है, मगर मैं समझता हूं कि इसे हम दोनों भाइयों के यहां होने की खबर नहीं है, अगर होती तो इस तरह बेफिक्री के साथ कदम बढ़ाती हुई न आती।

इन्द्रजीत–मैं भी यही समझता हूं, अच्छा हम दोनों को छिपकर देखना चाहिए, यह कहां जाती और क्या करती है?

आनन्द–मेरी भी यही राय है।

दोनों भाई वहां से उठे और धीरे-धीरे चलकर पेड़ की आड़ में छिप रहे, जिसे चारों तरफ से लताओं ने अच्छी तरह घेर रक्खा था और जहां से उन दोनों की निगाह बाग के हर एक हिस्से और कोने में बखूबी पहुंच सकती थी। जब वह औरत घूमती हुई उस पेड़ के पास से होकर निकली तब आनन्दसिंह ने धीरे से कहा, "यह वही औरत है।"

इन्द्रजीत–कौन?

आनन्द–जिसे तिलिस्म के अन्दर बाजेवाले कमरे में मैंने देखा था और जिसका हाल आपसे तथा गोपाल भाई से कहा था।

इन्द्रजीत–हां! अगर वास्तव में ऐसा है तो फिर इसे गिरफ्तार करना चाहिए।

आनन्द–जरूर गिरफ्तार करना चाहिए।

दोनों भाई सलाह करके उस पेड़ की आड़ में से निकले और उस औरत को घेरकर गिरफ्तार करने का उद्योग करने लगे। थोड़ी ही देर बाद नजदीक होने पर इन्द्रजीतसिंह ने भी देखकर निश्चय कर लिया कि हाथ में लालटेन लिये हुए यह वही औरत है, जिसे तिलिस्म में फांसी लटकते हुए आदमी के साथ-साथ निर्जीव खड़े देखा था।

उस औरत को भी मालूम हो गया कि दो आदमी उसे गिरफ्तार किया चाहते हैं, अतएव वह चैतन्य हो गई और चमेली की टट्टियों में घूम-फिरकर कहीं गायब हो गई। दोनों भाइयों ने बहुत उद्योग और पीछा किया, मगर नतीजा कुछ भी न निकला। वह औरत ऐसा गायब हुई कि कोई निशान भी न छोड़ गई, न मालूम वह चमेली की टट्टियों में लीन हो गई या जमीन के अन्दर समा गई। दोनों भाई लज्जा के साथ-ही-साथ निराश होकर अपनी जगह लौट आए और उसी समय राजा गोपालसिंह

को भी एक हाथ में चंगेर और दूसरे हाथ में तेज रोशनी की अद्‌भुत लालटेन लिये हुए आते देखा। गोपालसिंह दोनों भाइयों के पास आए और लालटेन तथा चंगेर जिसमें खाने की चीजें थीं, जमीन पर रखकर इस तरह बैठ गए जैसे बहुत दूर का चला आता हुआ मुसाफिर परेशान और बदहवासी की हालत में आगे सफर करने से निराश होकर पृथ्वी की शरण लेता है, या कोई-कोई धनी अपनी भारी रकम खो देने के बाद चोरों की तलाश से निराश और हताश होकर बैठ जाता है। इस समय राजा गोपालसिंह के चेहरे का रंग उड़ा हुआ था और वे बहुत ही परेशान और बदहवास मालूम होते थे। कुंअर इन्द्रजीतसिंह और आनन्दसिंह को बड़ा आश्चर्य हुआ और उन्होंने घबड़ाकर पूछा, "कहिए, कुशल तो है?"

गोपाल--(घबड़ाहट के साथ) कुशल नहीं है।

इन्द्रजीत--सो क्या?

गोपाल--मालूम होता है कि हमारे घर में किसी जबर्दस्त दुश्मन ने पैर रक्खा है और हमारे यहां से वह चीज ले गया जिसके भरोसे पर हम अपने को तिलिस्म का राजा समझते थे और तिलिस्म तोड़ने के समय आपको मदद देने का हौसला रखते थे।

आनन्द--वह कौन-सी चीज थी?

गोपाल--वह तिलिस्मी किताब, जिसका जिक्र आप लोगों से कर चुके हैं और जिसे लाने के लिए हम इस समय गए थे।

इन्द्रजीत--(रंज के साथ) अफसोस! क्या आप उसे छिपाकर नहीं रखते थे?

गोपाल--छिपाकर तो ऐसा रखते थे कि हमें वर्षों तक कैदखाने में सड़ाने और मुर्दा बनाने पर भी मुन्दर, जिसने अपने को मायारानी बना रक्खा था, उसे पा न सकी!

इन्द्रजीत--तो आज वह यकायक गायब कैसे हो गई?

गोपाल--न मालूम क्योंकर गायब हो गई, मगर इतना जरूर कह सकते हैं कि जिसने यह किताब चुराई है, वह तिलिस्म के भेदों से कुछ जानकार अवश्य हो गया है। इसे आप लोग साधारण बात न समझिए। इस चोरी से हमारा उत्साह भंग हो गया और हिम्मत जाती रही। हम आप लोगों को इस तिलिस्म में किसी तरह की मदद देने लायक न रहे और हमें अपनी जान जाने का भी खौफ हो गया। इतना ही नहीं, सबसे ज्यादे तरद्दुद की बात तो यह है कि वह चोर आश्चर्य नहीं कि आप लोगों को भी दुःख दे।

इन्द्रजीत--यह तो बहुत बुरा हुआ।

गोपाल--बेशक बुरा हुआ। हां, यह तो बताइए इस बाग में लालटेन लिये कौन घूम रहा था?

आनन्द--वही औरत, जिसे मैंने तिलिस्म के अन्दर बाजेवाले कमरे में देखा था और जो फांसी लटकते हुए मनुष्य के पास निर्जीव अवस्था में खड़ी थी। (इन्द्रजीतसिंह की तरफ इशारा करके) आप भाईजी से पूछ लीजिए कि मैं सच्चा था या नहीं।

इन्द्रजीत–बेशक उसी रंग-रूप और चाल-ढाल की औरत थी!

गोपाल–बड़े आश्चर्य की बात है! कुछ अक्ल काम नहीं करती!!

इन्द्रजीत–हम दोनों ने उसे गिरफ्तार करने के लिए बहुत उद्योग किया, मगर कुछ बन न पड़ा। इन्हीं चमेली की टट्टियों में वह खुशबू की तरह हवा के साथ मिल गई, कुछ मालूम न हुआ कि कहां चली गई!

गोपाल–(घबड़ाकर) इन्हीं चमेली की टट्टियों में? वहां से तो देवमन्दिर में जाने का रास्ता है, जो बाग के चौथे दर्जे में है!

इन्द्रजीत–(चौंककर) देखिए, देखिए, वह फिर निकली!

आठवां बयान

इस जगह हमें भूतनाथ के सपूत लड़के तथा खुदगर्ज और मतलबी ऐयार नानक का हाल पुनः लिखना पड़ा।

हम ऊपर के किसी बयान में लिख आए हैं कि जिस समय नानक अपने मित्र की ज्याफत में तन-मन-धन और आधे शरीर से लौलीन हो रहा था, उसी समय उस पर वज्रपात हुआ, अर्थात एक नकाबपोश ने उसके बाप की दुर्दशा का हाल बताकर उसे अंधे कुएं में ढकेल दिया। लोग कहते हैं कि उसे अपने बाप की मुहब्बत कुछ भी न थी, हां, अपनी मां को कुछ-कुछ जरूर चाहता था, जिस पर उसकी नई-नवेली दुलहिन ने उसे कुछ ऐसा मुट्ठी में कर लिया था कि उसी को सबकुछ तथा इष्टदेव समझे हुए था और उसकी उपासना से विमुख होना हराम समझता था। यद्यपि वह अपने बाप की कुछ परवाह नहीं रखता था और न उसको उससे कुछ प्रेम ही था, मगर वह अपने बाप से डरता उतना ही था जितना लम्पट लोग काल से डरते हैं। जिस समय वह लौटकर घर आया, उसकी अनोखी स्त्री थकावट और सुस्ती के कारण चारपाई का सहारा ले चुकी थी। उसने नानक से पूछा, "कहो क्या मामला है? तुम कहां गए थे?"

नानक–(धीरे से) अपने नापाक बाप के आफत में फंसने की खबर सुनने गया था, अच्छा होता जो उसकी मौत की खबर सुनने में आती और मैं सदैव के लिए निश्चिन्त हो जाता!

स्त्री–(आश्चर्य से) अपने प्यारे ससुर के बारे में ऐसी बात तो आज तक तुम्हारी जुबान से कभी सुनने में न आई थी!!

नानक–क्योंकर सुनने में आती जबकि अपने इस सच्चे भाव को मैं आज तक मंत्र की तरह छिपाए हुए था? आज यकायक मेरे मुंह से ऐसी बात तुम्हारे सामने निकल गई, इसके बाद फिर कभी कोई शब्द ऐसा मेरे मुंह से न निकलेगा जिससे

कोई समझ जाए कि मैं अपने बाप को नहीं चाहता। तुम्हें मैं अपनी जान समझता हूं और आशा है कि इस बात को जो यकायक मेरे मुंह से निकल गई है, तुम भी जान ही की तरह हिफाजत करोगी जिस्में कोई सुनने न पावे। अगर कोई सुन लेगा तो मेरी बड़ी खराबी होगी क्योंकि मैं अपने बाप को यद्यपि मानता तो कुछ नहीं हूं, मगर उससे डरता हूं क्योंकि वह बड़ा ही शैतान और भयानक आदमी है। यदि वह जान जाएगा कि मैं उसके साथ खुदगर्जी का बर्ताव करता हूं तो वह मुझे जान ही से मार डालेगा।

स्त्री–नहीं-नहीं, मैं ऐसी बात कभी किसी के सामने नहीं कह सकती जिससे तुम पर मुसीबत आए, (हंसकर) हां, अगर तुम मुझे कभी रंज करोगे तो जरूर प्रकट कर दूंगी।

नानक–उस समय मैं भी लोगों से कह दूंगा कि मेरी स्त्री व्यभिचारिणी हो गई है, मुझ पर तूफान जोड़ती है। भला दुनिया में कोई भी ऐसा आदमी है जो अपने बाप को न चाहता हो? यदि ऐसा होता तो क्या मैं चुपचाप बैठा रह जाता! मगर नहीं, मैं अपने बाप को छुड़ाने के लिए इसी वक्त जाऊंगा और इस उद्योग में अपनी जान तक लड़ा दूंगा।

स्त्री–(मन में) ईश्वर करे तुम किसी तरह इस शहर से बाहर निकलो या किसी दूसरी दुनिया में चले जाओ। (प्रकट) जब वह फंस ही चुका है तो चुपचाप बैठे रहो, समय पड़ने पर कह देना कि मुझे खबर ही नहीं थी!

नानक–नहीं, मैं ऐसा कदापि नहीं कह सकता, क्योंकि गोपीकृष्ण (नकाबपोश) जिससे इस बात की मुझे खबर पहुंची है, बड़ा दुष्ट आदमी है। समय पड़ने पर वह अवश्य कह देगा कि मैंने इस बात की इत्तिला नानक को दे दी थी!

स्त्री–अच्छा तुम खुलासा कह तो जाओ कि क्या-क्या खबर सुनने में आई!

नानक ने नकाबपोश की जुबानी जो कुछ सुना था, अपनी प्यारी स्त्री से कहा, इसके बाद उसे बहुत-कुछ समझा-बुझाकर सफर की पूरी तैयारी करके अपने बाप को छुड़ाने के फिक्र में वहां से रवाना हो गया।

भूतनाथ के संगी-साथी लोग मामूली न थे, बल्कि बड़े ही बदमाश, लड़ाकू, शैतान और फसादी लोग थे, तथा चारों तरफ ऐसे ढंग से घूमा करते कि समय पड़ने पर जब भूतनाथ उन लोगों की खोज करता तो विशेष परिश्रम किए बिना ही उनमें से कोई-न-कोई मिल ही जाता था। इसके अतिरिक्त भूतनाथ ने अपने लिए कई अड्डे भी मुकर्रर कर लिए थे, जहां उसके संगी-साथियों में से कोई-न-कोई अवश्य रहा करता था और उन अड्डों में कई अड्डे ऐसे थे जिनका ठिकाना नानक को मालूम था। ऐसा ही एक अड्डा गयाजी से थोड़ी दूर पर बराबर की पहाड़ी के ऊपर था जहां अपने बाप का पता लगाता हुआ नानक जा पहुंचा। उस समय भूतनाथ के साथियों में से तीन आदमी वहां मौजूद थे।

नानक ने उन लोगों से अपने बाप का हाल पूछा और जो कुछ उन लोगों को मालूम था, उन्होंने कहा। इत्तिफाक से उसी समय मनोरमा को लिये हुए भूतनाथ भी वहां आ पहुंचा और अपने सपूत लड़के को देखकर खुश हुआ। भूतनाथ ने मनोरमा को तो अपने आदमियों के हवाले किया और नानक का हाथ पकड़ के एक किनारे ले जाने के बाद जो कुछ उस पर बीता था, सब ब्यौरेवार कह सुनाया।

नानक–(अफसोस के साथ मुंह बनाकर) अफसोस! आपने इन बातों की मुझे कुछ भी खबर न दी! अगर गोपीकृष्ण आपकी परेशानी का कुछ हाल मुझसे न कहते तो मुझे गुमान भी न होता।

भूतनाथ–खैर जो कुछ होना था, वह हो गया, अब तुम मनोरमा को लेकर वहां जाओ, जहां तुम्हारी मां रहती है और जिस तरह हो सके मनोरमा से पूछकर बलभद्रसिंह का पता लगाओ, मगर एक आदमी को साथ जरूर लिये जाओ क्योंकि आजकल तुम्हारी मां जिस ठिकाने रहती है यद्यपि वहां का हाल तुमसे हमने कह दिया है, मगर रास्ता इतना खराब है कि बिना आदमी साथ ले गए तुम्हें कुछ भी पता न लगेगा।

नानक–जो आज्ञा, तो क्या इस समय आप सीधे रोहतासगढ़ जाएंगे?

भूतनाथ–हां, जरूर जाएंगे, क्योंकि ऐसे समय में शेरअलीखां से मिलना आवश्यक है, मगर जब तक हम न आवें तुम अपनी मां के पास रहना और जिस तरह हो सके बलभद्रसिंह का पता लगाना।

इसके बाद नानक को लिये हुए भूतनाथ फिर अपने आदमियों के पास चला आया और एक आदमी को धन्नूसिंह का पता बताकर (जिसे कैद करके कहीं रख आया था) कहा कि तुम धन्नूसिंह को वहां से लाकर हमारे घर पहुंचा दो और फिर इसी ठिकाने आकर रहो।

इन कामों से छुट्टी पाने के बाद भूतनाथ रोहतासगढ़ शेरअलीखां के पास गया और वहां जो कुछ हुआ, सो हमारे प्रेमी पाठक पढ़ चुके हैं।

नौवां बयान

दोपहर का समय है। हवा खूब तेज चल रही है। मैदान में चारों तरफ बगुले उड़ते दिखाई दे रहे हैं। ऐसे समय में एक बहुत फैले हुए और गुंजान आम के पेड़ के नीचे नानक और भूतनाथ का सिपाही, जिसने अपना नाम दाऊ बाबा रक्खा हुआ था, बैठे हुए सफर की हरारत मिटा रहे हैं। पास ही में मनोरमा भी बैठी है जिसके हाथ-पैर कमन्द से बंधे हुए हैं। थोड़ी ही दूर पर एक घोड़ी चर रही थी जिसकी लम्बी बागडोर

एक डाल के साथ बंधी हुई थी और जिस पर मनोरमा को लाद के वे लोग लाए थे। इस समय सफर की हरारत मिटाने और धूप का समय टाल देने के लिए, वे लोग इस पेड़ के नीचे बैठे हुए बात कर रहे हैं।

नानक–(मनोरमा से) मुझे तुम्हारी सूरत-शक्ल पर रहम आता है, तुम नाहक ही एक बदकार और नकली मायारानी के लिए अपनी जान दे रही हो।

मनोरमा–(लम्बी सांस लेकर) बात ठीक है, मगर अब जान बचने की कोई उम्मीद भी तो नहीं है। सच कहती हूं कि इस जिन्दगी का मजा मैंने कुछ भी नहीं पाया। मेरे पास करोड़ों रुपये की जमा मौजूद है, मगर वह इस समय मेरे किसी अर्थ की नहीं, न मालूम उस पर किसका कब्जा होगा और उसे पाकर कौन आदमी अपने को भाग्यवान् मानेगा, या शायद लावारिसी मात समझ राजा ही...

नानक–तुम रोती क्यों हो, आंखें पोंछो, तुम्हारा रोना मुझे अच्छा नहीं मालूम होता। मैं सच कहता हूं कि तुम्हारी जान बच सकती है और तुम अपनी दौलत का आनन्द अच्छी तरह भोग सकती हो, यदि बलभद्रसिंह और इन्दिरा का पता बता दो!

मनोरमा–मैं बलभद्रसिंह और इन्दिरा का पता भी बता सकती हूं और अपनी कुल दौलत भी तुमको दे सकती हूं, यदि मेरी जान बच जाये और तुम एक सलूक मेरे साथ करो।

नानक–वह कौन-सा सलूक है जो तुम्हारे साथ करना होगा? हाय, मुझे तुम्हारी सूरत पर दया आती है। मैं नहीं चाहता कि एक खूबसूरत परी दुनिया से उठ जाए।

मनोरमा–यह बात बहुत गुप्त है, इसलिए मैं नहीं चाहती कि इसे सिवाय तुम्हारे कोई और सुने।

दाऊबाबा–लो, हम आप ही अलग हो जाते हैं, तुम लोग अपना मजे में बातें करो, हमें इन सब बखेड़ों से कोई मतलब नहीं, हमें तो मालिक का काम होने से मतलब है, तब तक दो-एक चिलम गांजा उडाके सफर की थकावट मिटाते हैं।

इतना कहकर दाऊबाबा जो वास्तव में एक मस्त आदमी था, उठकर कुछ दूर चला गया और अपने सफरी बटुए में से चकमक निकालकर सुलगाने के बाद आनन्द के साथ गांजा मलने लगा, इधर नानक उठकर मनोरमा के पास जा बैठा।

नानक–लो, कहो अब क्या कहती हो!

मनोरमा–यह तो तुम जानते ही हो कि मेरे पास बड़ी दौलत है।

नानक–हां, सो मैं खूब जानता हूं कि तुम्हारे पास करोड़ों रुपये की जमा मौजूद है!

मनोरमा–और यह भी जानते हो कि तुम्हारी प्यारी रामभोली भी मेरे ही कब्जे में है!

नानक–(चौंककर) नहीं, सो तो मैं नहीं जानता! क्या वास्तव में रामभोली भी तुम्हारे ही कब्जे में है? हाय, यद्यपि वह गूंगी और बहरी औरत है, मगर मैं उसे दिल से प्यार करता हूं। यदि वह मुझे मिल जाए तो मैं अपने को बड़ा ही भाग्यवान् समझूं।

मनोरमा–हां, वह मेरे ही कब्जे में है और तुम्हें मिल सकती है। मैं अपनी तमाम दौलत भी तुम्हें देने को तैयार हूं और बलभद्रसिंह तथा इन्दिरा का पता भी बता सकती हूं, यदि इन सब कामों के बदले में तुम एक उपकार मेरे साथ करो!

नानक–(खुश होकर) वह क्या?

मनोरमा–तुम मेरे साथ शादी कर लो, क्योंकि मैं तुम्हें जीजान से ज्यादे प्यार करती हूं और तुम पर मरती हूं।

नानक–यद्यपि तुम्हारी उम्र मेरे बराबर है, मगर मैं तुम्हें अभी तक नई-नवेली ही समझता हूं और तुम्हें प्यार भी करता हूं, क्योंकि तुम खूबसूरत हो, लेकिन तुम्हारे साथ शादी मैं कैसे कर सकता हूं, यह बात मेरा बाप कब मंजूर करेगा!

मनोरमा–इस बात से अगर तुम्हारा बाप रंज हो तो बड़ा ही बेवकूफ है। बलभद्रसिंह के मिलने से उसकी जान बचती है और इन्दिरा के मिलने से वह इन्द्रदेव का प्रेम-पात्र बनकर आनन्द के साथ अपनी जिन्दगी बिताएगा। तुम्हारे अमीर होने से भी उसको फायदा ही पहुंचेगा। इसके अतिरिक्त तुम्हारी रामभोली तुम्हें मिलेगी और मैं तुम्हारी होकर जिन्दगी-भर तुम्हारी सेवा करूंगी। तुम खूब जानते हो कि मायारानी के फेर में पड़े रहने के कारण अभी तक मेरी शादी नहीं हुई।

नानक–(मुस्कुराकर) मगर दो-चार प्रेमियों से प्रेम जरूर कर चुकी हो!

मनोरमा–हां, इस बात से मैं इनकार नहीं कर सकती, मगर क्या तुम इसी से हिचकते हो? बड़े बेवकूफ हो! इस बात से भला कौन बचा है! क्या तुम्हारी अनोखी स्त्री ही जो आजकल तुम्हारे सिर चढ़ी हुई है, बची है! तुम इस बारे में कसम खा सकते हो! क्या तुम दुनिया-भर के भेद जानते हो और अन्तर्यामी हो! ये सब बातें तुम्हारे ऐसे खुशदिल आदमियों के सोचने लायक नहीं। हां, इतना मैं प्रतिज्ञापूर्वक कह सकती हूं कि इस काम से तुम्हारा बाप कभी नाखुश न होगा। जरा ध्यान देकर देखो तो सही कि तुम्हारे बाप ने इस जिन्दगी में कैसे-कैसे काम किए हैं। उसका मुंह नहीं कि तुम्हें कुछ कह सके, और फिर दुनिया में मेरा-तुम्हारा साथ और करोड़ों रुपये की जमा क्या यह मामूली बात है! हमसे-तुमसे बढ़कर भाग्यवान् कौन दिखाई दे सकता है! हां, इस बात की भी मैं कसम खाती हूं कि तुम्हारी आजकलवाली स्त्री और रामभोली से सच्चा प्रेम करूंगी और चाहे ये दोनों मुझसे कितना ही लड़ें, मगर मैं उनकी खातिर ही करूंगी।

मनोरमा की मीठी-मीठी और दिल लुभा देनेवाली बातों ने नानक को ऐसा बेकाबू कर दिया कि वह स्वर्ग-सुख का अनुभव करने लगा। थोड़ी देर तक चुप रहने के बाद

उसने कहा, "मगर इस बात का विश्वास कैसे हो कि जितनी बात तुम कह गई हो, उसे अवश्य पूरा करोगी!"

इसके जवाब में मनोरमा ने हजारों कसमें खाईं और नानक के मन में अपनी बात का विश्वास पैदा कर दिया। इसके बाद उसने अपना हाथ-पैर खोल देने के लिए नानक से कहा। नानक ने उसका हाथ-पैर खोल दिया और मनोरमा ने अपनी उंगली से वह जहरीली अंगूठी, जिसको निकाल लेना भूतनाथ भूल गया था, उतारकर नानक की उंगली में पहिरा देने के बाद नानक का मुंह चूमकर कहा, "इसी समय से मैंने तुम्हें अपना पति मान लिया। अब तुम मेरे घर चलो, बलभद्रसिंह और इन्दिरा को लेकर अपने बाप के पास भेज दो, मेरे घरबार के मालिक बनो और इसके बाद जो कुछ कहो, मैं करने को तैयार हूं। अब इससे बढ़कर सन्तोष दिलानेवाली बात मैं क्या कह सकती हूं!!"

इतना कहकर मनोरमा ने नानक के गले में हाथ डाल दिया और पुनः उसका मुंह चूमकर कहा, "प्यारे, मैं तुम्हारी हो चुकी, अब तुम जो चाहो करो!"

अहा, स्त्री भी दुनिया में क्या चीज है! बड़े-बड़े होशियारों, चालाकों, ऐयारों, अमीरों, पहलवानों और बहादुरों को बेवकूफ बनाकर मटियामेट कर देने की शक्ति जितनी स्त्री में है, उतनी किसी में नहीं। इस दुनिया में वह बड़ा ही भाग्यवान् है जिसके गले में दुष्टा और धूर्त स्त्री की फांसी नहीं लगी। देखिए दुर्दैव के मारे कमबख्त नानक ने क्या मुंह की खाई है और धूर्ता मनोरमा ने कैसा उसका मुंह काला किया। मजा तो यह है कि स्त्री-रत्न पाने के साथ ही दौलत भी पाने की खुशी ने उसे और भी अन्धा बना दिया और जिस समय मनोरमा ने जहरीली अंगूठी नानक की उंगली में पहिराकर उसके गुण की प्रशंसा की, उस समय तो नानक को निश्चय हो गया कि बस यह हमारी हो चुकी। उसने सोचा कि इसे अपनाने में अगर भूतनाथ रंज भी हो जाए तो कोई परवाह की बात नहीं है और रंज होने का सबब ही क्या है, बल्कि उसे तो खुश होना चाहिए क्योंकि मेरे ही सबब से उसकी जान बचेगी।

नानक ने भी मनोरमा के गले में हाथ डालके उससे कुछ ज्यादे ही प्रेम का बर्ताव किया जो मनोरमा ने नानक के साथ किया था और तब कहा, "अच्छा तो अब मैं भी तुम्हारा हो चुका, तुम भी जहां तक जल्द हो सके अपना वायदा पूरा करो।"

मनोरमा–मैं तैयार हूं, अपने साथी लण्डाधिराज को बिदा करो और मेरे साथ जमानिया के तिलिस्मी बाग की तरफ चलो।

नानक–वहां क्या है?

मनोरमा–बलभद्रसिंह और इन्दिरा उसी में कैद हैं, पहिले उन्हीं को छुड़ाकर तुम्हारे बाप को खुश करना मैं उचित समझती हूं।

नानक–हां, यह राय बहुत अच्छी है, मैं अभी अपने साथी को समझा-बुझाकर बिदा करता हूं।

इतना कहकर नानक अपने साथी के पास चला गया जो गांजे का दम लगा रहा था। मनोरमा का हाल नमक-मिर्च लगाकर उससे कहा और समझा-बुझाकर उसी अड्डे पर जहां से आया था जाने के लिए राजी किया, बल्कि उसे बिदा करके पुनः मनोरमा के पास चला आया।

मनोरमा–तुम्हारा साथी तो सहज ही में चला गया।

नानक–आखिर वह मेरे बाप का नौकर ही तो है, अस्तु, जो कुछ मैं कहूंगा उसे मानना ही पड़ेगा। हां, तो अब तुम भी चलने के लिए तैयार हो जाओ।

मनोरमा–(खड़ी होकर) मैं तैयार हूं, आओ।

नानक–ऐसे नहीं, मेरे बटुए में कुछ खाने की चीजें मौजूद हैं, लोटा-डोरी भी तैयार है, वह देखो सामने कुआं भी है, अस्तु, कुछ खा-पीकर आत्मा को हरा कर लेना चाहिए, जिसमें सफर की तकलीफ मालूम न पड़े।

मनोरमा–जो आज्ञा।

नानक ने बटुए में से कुछ खाने को निकाला और कुएं में से जल खींचकर मनोरमा के सामने रक्खा।

मनोरमा–पहिले तुम खा लो फिर तुम्हारा जूठा जो बचेगा, उसे मैं खाऊंगी।

नानक–नहीं-नहीं, ऐसा क्या, तुम भी खाओ और मैं भी खाऊं!

मनोरमा–ऐसा कदापि न होगा, अब मैं तुम्हारी स्त्री हो चुकी और सच्चे दिल से हो चुकी, फिर जैसा मेरा धर्म है, वैसा ही करूंगी।

नानक ने बहुत कहा मगर मनोरमा ने कुछ भी न सुना। आखिर नानक को पहिले खाना पड़ा। थोड़ा-सा खाकर नानक ने जो कुछ छोड़ दिया, मनोरमा उसी को खाकर चलने को तैयार हो गई। नानक ने घोड़ा कसा और दोनों आदमी उसी पर सवार होकर जंगल-ही-जंगल पूरब की तरफ चल निकले। इस समय जिस राह से मनोरमा कहती थी, नानक उसी राह से जाता था। शाम होते-होते ये दोनों उसी खण्डहर के पास पहुंचे जिसमें हम पहिले भूतनाथ और शेरसिंह का हाल लिख आए हैं, जहां राजा बीरेन्द्रसिंह को शिवदत्त ने घेर लिया था, जहां से शिवदत्त को रूहा ने चकमा देकर फंसाया था, या जिसका हाल ऊपर कई दफे लिखा जा चुका है।

मनोरमा–अब यहां ठहर जाना चाहिए!

नानक–क्यों?

मनोरमा–यह तो आपको मालूम हो ही चुका होगा कि इस खण्डहर में से एक सुरंग जमानिया के तिलिस्मी बाग तक गई हुई है।

नानक–हां, इसका हाल मुझे अच्छी तरह मालूम हो चुका है। इसी सुरंग की राह से मायारानी या उसके मददगारों ने पहुंचकर इन्द्रजीतसिंह और आनन्दसिंह के साथ और भी कई आदमियों को गिरफ्तार कर लिया था।

मनोरमा–तो अब मैं चाहती हूं कि उसी राह से जमानियावाले तिलिस्मी बाग के दूसरे दर्जे में पहुंचूं और दोनों कैदियों को इस तरह निकालकर बाहर करूं कि किसी को किसी तरह का गुमान न होने पावे। मैं इस सुरंग का हाल अच्छी तरह जानती हूं, इस राह से कई दफे आई और गई हूं। इतना ही नहीं, बल्कि इस सुरंग की राह से जाने में और भी एक बात का सुभीता है।

नानक–वह क्या?

मनोरमा–इस सुरंग में बहुत-सी चीजें ऐसी हैं, जिन्हें हम लोग हजारों रुपये खर्चने और वर्षों परेशान होने पर भी नहीं पा सकते और वे चीजें हम लोगों के बड़े काम की हैं, जैसे ऐयारी के काम में आने लायक तरह-तरह की रोगनी पोशाकें, जो न तो पानी में भीगें और न आग में जलें, एक-से-एक बढ़के मजबूत और हलके कमन्द, पचासों तरह के नकाब, तरह-तरह की दवाइयां, पचासों किस्म के अनमोल इत्र जो अब मयस्सर नहीं हो सकते, इनके अतिरिक्त ऐश व आराम की भी सैकड़ों चीजें तुमको दिखाई देंगी जिन्हें अपने साथ लेते चलेंगे, (धीरे से) और मायारानी का एक 'जवाहिरखाना' भी इस सुरंग में है।

नानक–वाह-वाह, तब तो जरूर इसी सुरंग की राह चलना चाहिए, इससे बढ़कर 'एक पन्थ दो काज' हो ही नहीं सकता!

मनोरमा–और इन सब चीजों की बदौलत हम लोग अपनी सूरत भी अच्छी तरह बदल लेंगे और दो-चार हर्बे भी ले लेंगे।

नानक–ठीक है, मैं इस राह से जाने के फायदों को अच्छी तरह समझ गया, मगर हर्बों की हमें कुछ भी जरूरत नहीं है क्योंकि कमलिनी का दिया हुआ एक खंजर ही मेरे पास ऐसा है जिसके सामने हजारों-लाखों, बल्कि करोड़ों हर्बे झख मारें!

मनोरमा–(आश्चर्य से) सो क्या? वह कैसा खंजर है और कहां है?

नानक–(खंजर दिखाकर) यह मेरे पास मौजूद है, जिस समय तुम इसके गुण सुनोगी तो आश्चर्य करोगी।

इतना कहकर नानक घोड़े से नीचे उतर पड़ा और सहारा देकर मनोरमा को भी नीचे उतारा। मनोरमा ने एक पेड़ के नीचे बैठ जाने की इच्छा प्रकट की और कहा कि घोड़े को छोड़ देना चाहिए, क्योंकि इसकी अब हम लोगों को जरूरत नहीं रही।

नानक ने मनोरमा की बात मंजूर की अर्थात् घोड़े को छोड़ दिया और कुछ देर तक आराम कर लेने की नीयत से दोनों आदमी एक पेड़ के नीचे बैठ गए। मनोरमा ने तिलिस्मी खंजर का गुण पूछा और नानक ने शेखी के साथ बखान करना शुरू किया और अन्त में खंजर का कब्जा दबाकर बिजली की रोशनी भी पैदा कर मनोरमा को दिखाया। चमक से मनोरमा की आंखें चौंधियां गईं और उसने दोनों हाथों से अपना

मुंह ढांप लिया। जब वह चमक बन्द हो गई तो नानक के कहने से मनोरमा ने आंखें खोलीं और खंजर की तारीफ करने लगी।

थोड़ी देर तक आराम करने के बाद दोनों आदमी खण्डहर के अन्दर गए और उसी मामूली रास्ते से जिसका हाल कई दफे लिखा जा चुका है, उसी तहखाने के अन्दर गए जिसमें शेरसिंह रहा करते थे या जिसमें से इन्द्रजीतसिंह और आनन्दसिंह गायब हुए थे। यह तो पाठकों को मालूम ही है कि राजा बीरेन्द्रसिंह की सवारी आने के कारण इस खण्डहर की अवस्था कुछ बदल गई थी और अभी तक बदली हुई है, मगर इस तहखाने की हालत में किसी तरह का फर्क नहीं पड़ा था।

हमारे पाठक भूले न होंगे कि इस तहखाने में उतरने के लिए जो सीढ़ियां थीं, उनके नीचे एक छोटी-सी कोठरी थी, जिसमें शेरसिंह अपना असबाब रक्खा करते थे और जिसमें से आनन्दसिंह, कमला और तारासिंह गायब हुए थे। मनोरमा की आज्ञानुसार नानक ने अपने ऐयारी के बटुए में से मोमबत्ती निकालकर जलाई और मनोरमा के पीछे-पीछे उस कोठरी में गया। यह कोठरी बहुत ही छोटी थी और इसके चारों तरफ की दीवार बहुत साफ और संगीन थी। मनोरमा ने एक तरफ की दीवार पर हाथ रखके कोई खटका या किसी पत्थर को दबाया, जिसका हाल नानक को कुछ भी मालूम न हुआ, मगर एक पत्थर की चट्टान भीतर की तरफ हटकर बगल में हो गई और अन्दर जाने के लिए रास्ता निकल आया। मनोरमा के पीछे-पीछे नानक उस कोठरी के अन्दर चला गया और इसके साथ ही वह पत्थर की सिल्ली बिना हाथ लगाए अपने ठिकाने चली गई तथा दरवाजा बन्द हो गया। मनोरमा से नानक ने उस दरवाजे के खोलने और बन्द करने की तरकीब पूछी और मनोरमा ने उसका भेद बता दिया, बल्कि उस दरवाजे को एक दफे खोलके और बन्द करके भी दिखा दिया। इसके बाद दोनों आगे की तरफ बढ़े। इस समय जिस जगह ये दोनों थे वह एक लम्बा-चौड़ा कमरा था, मगर उसमें किसी तरफ जाने के लिए कोई दरवाजा दिखाई नहीं देता था, हां, एक तरफ दीवार में एक बहुत बड़ी आलमारी जरूर बनी हुई थी और उसका पल्ला किसी खटके के दबाने से खुला करता था। मनोरमा ने उसके खोलने की तरकीब भी नानक को बताई और नानक ही के हाथ से उसका पल्ला भी खुलवाया। पल्ला खुलने पर मालूम हुआ कि यह भी एक दरवाजा है और इसी जगह से सुरंग में घुसना होता है। दोनों आदमी सुरंग के अन्दर रवाना हुए। यह सुरंग इस लायक थी कि तीन आदमी एक साथ मिलकर जा सकें।

लगभग पचास कदम जाने के बाद फिर एक कोठरी मिली जो पहिली कोठरियों की बनिस्बत ज्यादे लम्बी-चौड़ी थी। इसमें चारों तरफ कई खुली आलमारियां थीं जो पचासों किस्म की चीजों से भरी हुई थीं। किसी में तरह-तरह के हर्बे थे, किसी में ऐयारी का सामान, किसी में रंग-बिरंग के बनावटी दाढ़ी-मूंछ और नकाब इत्यादि थे

और कई आलमारियां बोतलों और शीशियों से भरी हुई थीं। इन सामानों को देखकर नानक ने मनोरमा से कहा, "यह सब तो है, मगर उस जवाहिरखाने का भी कहीं पता-निशान है जिसका होना तुमने बयान किया था!"

मनोरमा–मैंने आपसे झूठ नहीं कहा था, वह जवाहिरखाना भी इसी सुरंग में मौजूद है।

नानक–मगर कहां है?

मनोरमा–इस सुरंग में और थोड़ी दूर जाने के बाद इसी तरह का एक कमरा पुनः मिलेगा, उसी कमरे में आप उन सब चीजें को देखेंगे। इस सुरंग में जमानिया पहुंचने तक इस तरह के ग्यारह अड्डे या कमरे मिलेंगे, जिनमें करोड़ों रुपये की सम्पत्ति देखने में आवेगी!

नानक–(लालच के साथ) जबकि तुम्हें यहां का रास्ता मालूम है और ऐसी-ऐसी नादिर चीजें तुम्हारी जानी हुई हैं तो इन सभों को उठाकर अपने घर में क्यों नहीं ले जातीं!

मनोरमा–मायारानी की बदौलत मुझे किसी चीज की कमी नहीं है। रुपये, पैसे, गहने, जवाहिरात और दौलत से मेरी तबीयत भरी हुई है, इन सब चीजों की मैं कोई हकीकत नहीं समझती।

नानक–बेशक, ऐसा ही है!

मनोरमा–(बोतल और शीशियों से भरी हुई एक आलमारी की तरफ इशारा करके) देखो ये बोतलें ऐशोआराम की जान खुशबूदार चीजों से भरी हुई हैं।

इतना कह मनोरमा फुर्ती के साथ उस आलमारी के पास चली गई और एक बोतल उठाकर, उसका मुंह खोल और खूब सूंघकर बोली, "अहा, सिवाय मायारानी के और तिलिस्म के राजा के ऐसी खुशबूदार चीजें और किसे मिल सकती हैं?"

इतना कहकर वह बोतल उसी जगह मुंह बन्द करके रख दी और दूसरी बोतल उठाकर नानक के पास ले चली, मगर वह बोतल उसके हाथ से छूटकर जमीन पर गिर पड़ी या शायद उसने जान-बूझकर ही गिरा दी। बोतल गिरने के साथ ही टूट गई और उसमें का खुशबूदार तेल चारों तरफ जमीन पर फैल गया। मनोरमा बहुत रंज और अफसोस करने लगी और उसकी मुरौवत से नानक ने भी रंज दिखाया। उस बोलत में जो तेल था वह बहुत ही खुशबूदार और इतना तेज था कि गिरने के साथ ही उसकी खुशबू तमाम कमरे में फैल गई और नानक उस खुशबू की तारीफ करने लगा।

निःसन्देह मनोरमा ने नानक को पूरा उल्लू बनाया। पहिले जो बोतल खोलके मनोरमा ने सूंघी थी, उसमें भी एक प्रकार की खुशबूदार चीज थी, मगर उसमें यह असर था कि उसके सूंघने के बाद दो घण्टे तक किसी तरह की बेहोशी का असर सूंघने वाले पर नहीं हो सकता था, और जो दूसरी बोतल उसने हाथ से गिरा दी थी,

उसमें बहुत तेज बेहोशी का असर था जिसने नानक को तो चौपट ही कर दिया। वह उस खुशबू की तारीफ करता-करता ही जमीन पर लम्बा हो गया, मगर मनोरमा पर उस दवा का कुछ भी असर न हुआ, क्योंकि वह पहिले ही से एक दूसरी दवा सूंघकर अपने दिमाग का बंदोबस्त कर चुकी थी। नानक के हाथ से मनोरमा ने मोमबत्ती ले ली और एक किनारे जमीन पर जमा दी।

जब नानक अच्छी तरह बेहोश हो गया तो मनोरमा ने उसके हाथ से अपनी अंगूठी उतार ली और फिर तिलिस्मी खंजर के जोड़ की अंगूठी उतार लेने के बाद तिलिस्मी खंजर भी अपने कब्जे में कर लिया और इसके बाद एक लम्बी सांस लेकर कहा, "अब कोई हर्ज की बात नहीं है!"

थोड़ी देर कुछ सोचने-विचारने के बाद मनोरमा ने एक हाथ में मोमबत्ती ली और दूसरे हाथ से नानक का पैर पकड़ घसीटते हुए बाहरवाली कोठरी में ले आई। उस कोठरी का, जिसमें से निकली थी, दरवाजा बन्द कर दिया और साथ ही इसके एक तरकीब ऐसी और भी कर दी कि नानक पुनः उस दरवाजे को खोल न सके।

इन कामों से छुट्टी पाने के बाद मनोरमा ने नानक की मुश्कें बांधीं और हर तरह से बेकाबू करने के बाद लखलखा सुंघाकर होश में लाने का उद्योग करने लगी। थोड़ी ही देर बाद नानक होश में आ गया और अपने को हर तरह से मजबूर और सामने हाथ में उसी का जूता लिये मनोरमा को मौजूद पाया।

नानक–(आश्चर्य से) यह क्या! तुमने मुझे धोखा दिया!!

मनोरमा–(हंसकर) जी नहीं, यह तो दिल्लगी की जा रही है! क्या तुम नहीं जानते कि ब्याह-शादी में लोग दिल्लगी करते हैं? मेरा कोई ऐसा नातेदार तो है नहीं जो तुमसे दिल्लगी करके ब्याह की रस्म पूरी करे इसलिए मैं स्वयं ही इस रस्म को पूरा किया चाहती हूं!!

इतना कहकर मनोरमा तेजी के साथ ब्याह की रस्म पूरी करने लगी। जब नानक सिर की खुजलाहट से दुःखी हो गया तो हाथ जोड़कर बोला, "ईश्वर के लिए मुझ पर दया करो, मैं ऐसी शादी से बाज आया, मुझसे बड़ी भूल हुई।"

मनोरमा–(रुककर) नहीं, घबराने की कोई बात नहीं है। मैं तुम्हारे साथ किसी तरह की बुराई न करूंगी बल्कि भलाई करूंगी। मैं देखती हूं कि तुम्हारे हमजोली लोग सच्ची दिल्लगी से तुम्हें बड़ा दुख देते हैं और तुम्हारी स्त्री भी यद्यपि तुम्हारे ही नातेदारों और मित्रों को प्रसन्न करके गहने, कपड़े तथा सौगात से तुम्हारा घर भरती है, मगर तुम्हारी नाक का कुछ भी मुलाहिजा नहीं करती। अतएव तुम्हारी नाक ही पर हरदम शामत आती ही रहती है, इसलिए मैं दया करके तुम्हारी नाक ही को जड़ से उड़ा देना ही पसन्द करती हूं जिसमें आइन्दे के लिए तुम्हें कोई कुछ कह न सके। हां, इतना ही नहीं बल्कि तुम्हारे साथ मैं एक नेकी और भी किया चाहती हूं, जिसका ब्योरा अभी कह देना उचित नहीं समझती।

नानक–क्षमा करो, क्षमा करो, मैं हाथ जोड़कर कहता हूं कि मुझे माफ करो। मैं कसम खाकर कहता हूं कि आज से मैं अपने को तुम्हारा गुलाम समझूंगा और जो कुछ तुम कहोगी, वही करूंगा।

मनोरमा–(हंसकर) अच्छा तो आज से तू मेरा गुलाम हुआ!

नानक–बेशक, मैं आज से तुम्हारा गुलाम हुआ, असली क्षत्रीय होऊंगा तो तुम्हारे हुक्म से मुंह न मोड़ूंगा।

मनोरमा–(हंसती हुई) इसी में तो मुझको शक है कि तेरी जात क्या है। अस्तु, कोई चिन्ता नहीं, मैं तुझे हुक्म देती हूं कि दो महीने तक अपने घर न जाइयो और इस बीच में अपने बाप या किसी दोस्त-नातेदार से भी न मिलियो, इसके बाद जो इच्छा हो कीजियो, मैं कुछ न बोलूंगी, मगर मुझसे और मेरे पक्षपातियों ने दुश्मनी का इरादा कभी न कीजियो।

नानक–ऐसा ही होगा।

मनोरमा–अगर मेरी आज्ञा के विरुद्ध कोई काम करेगा तो तुझे जान से मार डालूंगी, इसे खूब याद रखियो।

नानक–मैं खूब याद रक्खूंगा और तुम्हारी आज्ञा के विरुद्ध कोई काम न करूंगा, परन्तु कृपा करके मेरा खंजर तो मुझे दे दो!

मनोरमा–(क्रोध से) अब यह खंजर तुझे नहीं मिल सकता, खबरदार इसके मांगने या लेने की इच्छा न कीजियो। अच्छा अब मैं जाती हूं।

इतना कहकर मनोरमा ने तिलिस्मी खंजर नानक के बदन से लगा दिया और जब वह बेहोश हो गया तो उसके हाथ-पैर खोल दिए, जलती हुई मोमबत्ती एक कोने में खड़ी कर दी और वहां से रवाना होकर खण्डहर के बाहर निकल आई। घोड़े को अभी तक खण्डहर के पास चरते देखा, उसके पास चली गई, अयाल पर हाथ फेरा, दो-चार दफे थपथपाया और फिर सवार होकर पश्चिम की तरफ रवाना हो गई।

इधर नानक भी थोड़ी देर बाद होश में आया। मोमबत्ती एक किनारे जल रही थी, उसे उठा लिया और अपनी किस्मत को धिक्कार देता हुआ खण्डहर के बाहर होकर डरता और कांपता हुआ एक तरफ को चला गया।

दसवां बयान

कुंअर इन्द्रजीतसिंह, आनन्दसिंह और राजा गोपालसिंह बात कर ही रहे थे कि वही औरत चमेली की टट्टियों में फिर दिखाई दी और इन्द्रजीतसिंह ने चौंककर कहा, "देखिए वह फिर निकली!"

राजा गोपालसिंह ने बड़े गौर से उस तरफ देखा और यह कहते हुए उस तरफ रवाना हुए कि आप दोनों भाई इसी जगह बैठे रहिए, मैं इसकी खबर लेने जाता हूं।

जब तक राजा गोपालसिंह चमेली की टट्टी के पास पहुंचे तब तक वह औरत पुनः अन्तर्ध्यान हो गई। गोपालसिंह थोड़ी देर तक उन्हीं पेड़ों में घूमते-फिरते रहे, इसके बाद इन्द्रजीतसिंह और आनन्दसिंह के पास लौट आए।

इन्द्रजीत–कहिए, क्या हुआ?

गोपाल–हमारे पहुंचने के पहिले ही वह गायब हो गई, गायब क्या हो गई, बस उसी दर्जे में चली गई जिसमें देवमन्दिर है। मेरा इरादा तो हुआ कि उसका पीछा करूं, मगर यह सोचकर लौट आया कि उसका पीछ करके उसे गिरफ्तार करना घण्टे-दो घण्टे का काम नहीं है, बल्कि दो-चार पहर या दो-एक दिन का काम है, क्योंकि देवमन्दिरवाले दर्जे का बहुत बड़ा विस्तार है तथा छिप रहने योग्य स्थानों की भी वहां कमी नहीं है और मुझे इस समय इतनी फुरसत नहीं। इसका खुलासा हाल तो इस समय आप लोगों से न कहूंगा, हां, इतना जरूर कहूंगा कि जिस समय मैं अपनी तिलिस्मी किताब लेने गया था और उसके न मिलने से दुःखी होकर लौटा चाहता था, उसी समय एक और दुःखदायी खबर सुनने में आई जिसके सबब से मुझे कुछ दिन के लिए जमानिया तथा आप दोनों भाइयों का साथ छोड़ना आवश्यक हो गया है और दो घण्टे के लिए भी यहां रहना मैं पसन्द नहीं करता, फिर भी कोई चिन्ता की बात नहीं है, आप लोग शौक से इस तिलिस्म के जिस हिस्से को तोड़ सकें–तोड़ें, मगर इस औरत का, जो अभी दिखाई दी थी, बहुत ध्यान रक्खें, मेरा दिल यही कहता है कि मेरी तिलिस्मी किताब इस औरत ने चुराई है क्योंकि यदि ऐसा न होता तो वह यहां तक कदापि न पहुंच सकती।

इन्द्रजीत–यदि ऐसा हो तो कह सकते हैं कि वह हम लोगों के साथ भी दगा किया चाहती है।

गोपाल–निःसन्देह ऐसा ही है, परन्तु यदि आप लोग उसकी तरफ से बेफिक्र न रहेंगे तो वह आप लोगों का कुछ भी न बिगाड़ सकेगी, साथ ही इसके यदि आप उद्योग में लगे रहेंगे तो वह किताब भी जो उसने चुराई है, हाथ लग जाएगी।

इन्द्रजीत–जो कुछ आपने आज्ञा दी है, मैं उस पर विशेष ध्यान रक्खूंगा, मगर मालूम होता है कि आपने कोई बहुत दुःखदायी खबर सुनी है क्योंकि यदि ऐसा न होता तो इस अवस्था में और तिलिस्मी किताब खो जाने की तरफ ध्यान न देकर, आप यहां से जाने का इरादा न करते!

आनन्द–और अब आप कही चुके हैं कि उसका खुलासा हाल न कहेंगे तो हम लोग पूछ भी नहीं सकते!

गोपाल–निःसन्देह ऐसा ही है, मगर कोई चिन्ता नहीं, आप लोग बुद्धिमान हैं और जैसा उचित समझें, करें। हां, एक बात मुझे और भी कहनी है!

इन्द्रजीत–वह क्या?

गोपाल–(एक लपेटा हुआ कागज लालटेन के सामने रखकर) जब मैं उस औरत के पीछे चमेली की टट्टियों में गया तो वह औरत तो गायब हो गई मगर उसी जगह यह लपेटा हुआ कागज ठीक दरवाजे के ऊपर ही पड़ा हुआ मुझे मिला, पढ़ो तो सही इसमें क्या लिखा है।

इन्द्रजीतसिंह ने उस कागज को खोलकर पढ़ा, यह लिखा हुआ था–

"यह कोई आश्चर्य की बात नहीं है कि न तो आप लोग मुझे जानते हैं और न मैं आप लोगों को जानती हूं, इसके अतिरिक्त जब तक मुझे इस बात का निश्चय न हो जाए कि आप लोग मेरे साथ किसी तरह की बुराई न करेंगे तब तक मैं आप लोगों को अपना परिचय भी नहीं दे सकती। हां, इतना अवश्य कह सकती हूं कि मैं बहुत दिनों से कैदियों की तरह इस तिलिस्म में पड़ी हूं। यदि आप दयावान् और सज्जन हैं तो इस कैद से अवश्य छुड़ावेंगे।

कोई दुःखिनी।"

गोपाल–(आश्चर्य से) यह तो एक दूसरी ही बात निकली!

इन्द्रजीत–ठीक है, मगर इसके लिखने पर हम लोग विश्वास ही क्योंकर कर सकते हैं?

गोपाल–आप सच कहते हैं, हम लोगों को इसके लिखने पर एकाएक विश्वास न करना चाहिए। खैर, मैं जाता हूं, आप जो उचित समझेंगे, करेंगे। आइए, इस समय हम लोग एक साथ बैठके भोजन तो कर लें, फिर क्या जाने कब और क्योंकर मुलाकात हो।

इतना कहकर गोपालसिंह ने वह चंगेर जो अपने साथ लाए थे और जिसमें खाने की अच्छी-अच्छी चीजें थीं, आगे रक्खी और तीनों भाई एक साथ भोजन और बीच-बीच में बातचीत भी करने लगे। जब खाने से छुट्टी मिली तो तीनों भाइयों ने नहर में से जल पीया और मुंह धोकर निश्चिन्त हुए। इसके बाद कुंअर इन्द्रजीतसिंह और आनन्दसिंह को बहुत कुछ समझा-बुझा और वहां से देवमन्दिर में जाने का रास्ता बताकर, राजा गोपालसिंह वहां से रवाना हो गए।

ग्यारहवां बयान

राजा गोपालसिंह के चले जाने के बाद दोनों कुमारों ने बातचीत करते-करते ही रात बिता दी और सुबह को दोनों भाई जरूरी कामों से छुट्टी पाकर फिर उसी बाजेवाले कमरे की तरफ रवाना हुए। जिस राह से इस बाग में आए थे, वह दरवाजा अभी तक खुला हुआ था, उसी राह से होते हुए दोनों तिलिस्मी बाजे के पास पहुंचे। इस समय आनन्दसिंह अपने तिलिस्मी खंजर से रोशनी कर रहे थे।

दोनों भाइयों की राय हुई कि इस बाजे में जो कुछ बातें भरी हुई हैं उन्हें एक दफे अच्छी तरह सुनकर याद कर लेना चाहिए, फिर जैसा होगा देखा जाएगा। आखिर ऐसा ही किया। बाजे की ताली उनके हाथ लग ही चुकी थी और ताली लगाने की तरकीब उस तख्ती पर लिखी हुई थी जो ताली के साथ मिली थी। अस्तु, इन्द्रजीतसिंह ने बाजे में ताली लगाई और दोनों भाई उसकी आवाज गौर से सुनने लगे। जब बाजे का बोलना बन्द हुआ तो इन्द्रजीतसिंह ने आनन्दसिंह से कहा, "मैं बाजे में ताली लगाता हूं और तिलिस्मी खंजर से रोशनी भी करता हूं और तुम इस बाजे में से जो कुछ आवाज निकले संक्षेप रीति से लिखते चले जाओ।" आनन्दसिंह ने इसे कबूल किया और उसी किताब में जिसमें पहिले इन्द्रजीतसिंह इस बाजे की कुछ आवाज लिख चुके थे, लिखने लगे। पहिले वह आवाज लिख गए जो अभी बाजे में से निकली थी, इसके बाद इन्द्रजीतसिंह ने इस बाजे का एक खटका दबाया और फिर ताली देकर आवाज सुनने लगे तथा आनन्दसिंह लिखने लगे।

इस बाजे में जितनी आवाजें भरी हुई थीं उनका सुनना और लिखना दो चार घण्टे का काम न था बल्कि कई दिन का काम था क्योंकि बाजा बहुत धीरे-धीरे चलकर आवाज देता था और जो बात कुमार के समझ में न आती थी, उसे दोहराकर सुनना पड़ता था। अस्तु, आज चार घण्टे तक दोनों कुमार उस बाजे की आवाज सुनने और लिखने में लगे रहे, इसके बाद फिर उसी बाग में चले आए जिसका जिक्र ऊपर आ चुका है। बाकी का दिन और रात उसी बाग में बिताया और दूसरे दिन सवेरे जरूरी कामों से छुट्टी पाकर फिर तहखाने में घुसे तथा बाजे वाले कमरे में आकर फिर बाजे की आवाज सुनने और लिखने के काम में लगे। इसी तरह दोनों कुमारों को बाजे की आवाज सुनने और लिखने के काम में कई दिन लग गए और इस बीच में दोनों कुमारों ने तीन दफे उस औरत को देखा जिसका हाल पहिले लिखा जा चुका है और जिसकी लिखी एक चीठी राजा गोपालसिंह के हाथ लगी थी। उस औरत के विषय में जो बातें लिखने योग्य हुईं, उन्हें हम यहां पर लिखते हैं।

राजा गोपालसिंह के जाने के बाद पहिली दफे जब वह औरत दिखाई दी, उस समय दोनों भाई नहर के किनारे बैठे बातचीत कर रहे थे। समय संध्या का था और बाग की हर एक चीज साफ-साफ दिखाई दे रही थी। यकायक वह औरत उसी चमेली की झाड़ी में से निकलती दिखाई दी। वह दोनों कुमारों की तरफ तो नहीं आई, मगर उन्हें दिखाकर एक कपड़े का टुकड़ा जमीन पर रखने के बाद पुनः चमेली की झाड़ी में घुसकर गायब हो गई।

इन्द्रजीतसिंह की आज्ञा पाकर आनन्दसिंह वहां गए और उस टुकड़े को उठा लाए, उस पर किसी तरह के रंग से यह लिखा हुआ था–

"सत्पुरुषों के आगमन से दीन-दुखिया प्रसन्न होते हैं और सोचते हैं कि अब हमारा भी कुछ-न-कुछ भला होगा! मुझ दुखिया को भी इस तिलिस्म में सत्पुरुषों की

बाट जोहते और ईश्वर से प्रार्थना करते बहुत दिन बीत गए, परन्तु अब आप लोगों के आने से भलाई की आशा जान पड़ने लगी है। यद्यपि मेरा दिल गवाही देता है कि आप लोगों के हाथ से सिवाय भलाई के मेरी बुराई नहीं हो सकती, तथापि इस कारण से कि बिना समझे दोस्त-दुश्मन का निश्चय कर लेना नीति के विरुद्ध है, मैं आपकी सेवा में उपस्थित न हुई। अब आशा है कि आप अनुग्रहपूर्वक अपना परिचय देकर मेरा भ्रम दूर करेंगे।

इन्दिरा।''

इस पत्र के पढ़ने से दोनों कुमारों को बड़ा ताज्जुब हुआ और इन्द्रजीतसिंह की आज्ञानुसार आनन्दसिंह ने उसके पत्र का यह उत्तर लिखा–

''हम लोगों की तरफ से किसी तरह का खुटका न रक्खो। हम लोग राजा बीरेन्द्रसिंह के लड़के हैं और इस तिलिस्म को तोड़ने के लिए यहां आए हैं। तुम बेखटके अपना हाल हमसे कहो, हम लोग निःसन्देह तुम्हारा दुःख दूर करेंगे।''

यह चीठी चमेली की झाड़ी में उसी जगह हिफाजत के साथ रख दी गई जहां से उस औरत की चीठी मिली थी। दो दिन तक वह औरत दिखाई न दी, मगर तीसरे दिन जब दोनों कुमार बाजेवाले तहखाने में से लौटे और उस चमेली की टट्टी के पास गए तो ढूंढ़ने पर आनन्दसिंह को अपनी लिखी हुई चीठी का जवाब मिला। यह जवाब भी एक छोटे से कपड़े के टुकड़े पर लिखा हुआ था जिसे आनन्दसिंह ने पढ़ा, मतलब यह था–

''यह जानकर मुझे बड़ी प्रसन्नता हुई कि आप राजा बीरेन्द्रसिंह के लड़के हैं जिन्हें मैं बहुत अच्छी तरह से जानती हूं, इसलिए आपकी सेवा में बेखटके उपस्थित हो सकती हूं, मगर राजा गोपालसिंह से डरती हूं जो आपके पास आया करते हैं।

इन्दिरा।''

पुनः कुंअर इन्द्रजीतसिंह की तरफ से यह जवाब लिखा गया–

''हम प्रतिज्ञा करते हैं कि राजा गोपालसिंह भी तुम्हें किसी प्रकार का कष्ट न देंगे।''

यह चीठी भी उसी मामूली ठिकाने पर रख दी गई और फिर दो रोज तक इन्दिरा का कुछ हाल मालूम न हुआ। तीसरे दिन संध्या होने के पहिले जब कुछ-कुछ दिन बाकी था और दोनों कुमार उसी बाग में नहर के किनारे बैठे बातचीत कर रहे थे यकायक उसी चमेली की झाड़ी में से हाथ में लालटेन लिये निकलती हुई इन्दिरा दिखाई पड़ी। वह सीधे उस तरफ रवाना हुई जहां दोनों कुमार नहर के किनारे बैठे हुए थे, जब उनके पास पहुंची लालटेन जमीन पर रखकर प्रणाम किया और हाथ जोड़कर सामने खड़ी हो गई। इसकी सूरत-शक्ल के बारे में हमें जो लिखना था, ऊपर लिख चुके हैं, यहां पर पुनः लिखने की आवश्यकता नहीं है, हां, इतना जरूर कहेंगे कि इस समय इसकी पोशाक में फर्क था। इन्द्रजीतसिंह ने बड़े गौर से देखा और कहा, ''बैठ जाओ और निडर होकर अपना हाल कहो।''

इन्दिरा–(बैठकर) इसीलिए तो मैं सेवा में उपस्थित हुई हूं कि अपना आश्चर्यजनक हाल आपसे कहूं। आप प्रतापी राजा बीरेन्द्रसिंह के लड़के हैं और इस योग्य हैं कि हमारा मुकदमा सुनें, इन्साफ करें, दुष्टों को दण्ड दें और हम लोगों को दुःख के समुद्र से निकालकर बाहर करें।

इन्द्रजीत–(आश्चर्य से) हम लोगों! क्या तुम अकेली नहीं हो! क्या तुम्हारे साथ कोई और भी इस तिलिस्म में दुःख भोग रहा है?

इन्दिरा–जी हां, मेरी मां भी इस तिलिस्म के अन्दर बुरी अवस्था में पड़ी है। मैं तो चलने-फिरने योग्य भी हूं परन्तु वह बेचारी तो हर तरह से लाचार है। आप मेरा किस्सा सुनेंगे तो आश्चर्य करेंगे और निःसन्देह आपको हम लोगों पर दया आएगी।

इन्द्रजीत–हां-हां, हम सुनने के लिए तैयार हैं, कहो और शीघ्र कहो।

इन्दिरा अपना किस्सा शुरू किया ही चाहती थी कि उसकी निगाह यकायक राजा गोपालसिंह पर जा पड़ी जो उसके सामने और दोनों कुमारों के पीछे की तरफ से हाथ में लालटेन लिये हुए आ रहे थे। वह चौंककर उठ खड़ी हुई और उसी समय कुंअर इन्द्रजीतसिंह तथा आनन्दसिंह ने भी घूमकर राजा गोपालसिंह को देखा। जब राजा साहब दोनों कुमारों के पास पहुंचे तो इन्दिरा ने प्रणाम किया और हाथ जोड़कर खड़ी हो गई। कुंअर इन्द्रजीतसिंह और आनन्दसिंह भी बड़े भाई का लिहाज करके खड़े हो गए। इस समय राजा गोपालसिंह का चेहरा खुशी से दमक रहा था और वे हर तरह से प्रसन्न मालूम होते थे।

इन्द्रजीत–(गोपालसिंह से) आपने तो कई दिन लगा दिए।

गोपाल–हां, एक ऐसा ही मामला आ पड़ा था कि जिसका पूरा पता लगाए बिना यहां आ न सका, पर आज मैं अपने पेट में ऐसी-ऐसी खबरें भरके लाया हूं कि जिन्हें सुनकर आप लोग बहुत ही प्रसन्न होंगे और साथ ही इसके आश्चर्य भी करेंगे। मैं सब हाल आपसे कहूंगा, मगर (इन्दिरा की तरफ इशारा करके) इस लड़की का हाल सुन लेने के बाद। (अच्छी तरह देखकर) निःसन्देह इसकी सूरत उस पुतली की ही तरह है।

आनन्द–कहिए भाईजी, अब तो मैं सच्चा ठहरा न!

गोपाल–बेशक, तो क्या इसने अपना हाल आप लोगों से कहा?

इन्द्रजीत–जी यह अपना हाल कहा ही चाहती थी कि आप दिखाई पड़ गए। यह यकायक हम लोगों के पास नहीं आई, बल्कि पत्र द्वारा इसने पहिले मुझसे प्रतिज्ञा करा ली कि हम लोग इसका दुःख दूर करेंगे और आप (राजा गोपालसिंह) भी इस पर खफा न होंगे।

गोपाल–(ताज्जुब से) मैं इस पर क्यों खफा होने लगा! (इन्दिरा से) क्यों जी, तुम्हें मुझसे डर क्यों पैदा हुआ?

इन्दिरा–इसलिए कि मेरा किस्सा, आपके किस्से से बहुत सम्बन्ध रखता है, और हां इतना भी मैं इसी समय कह देना उचित समझती हूं कि मेरा चेहरा, जिसे आप लोग देख रहे हैं असली नहीं बल्कि बनावटी है, यदि आज्ञा हो तो इसी नहर के जल से मैं मुंह धो लूं, तब आश्चर्य नहीं कि आप मुझे पहिचान लें।

गोपाल–(ताज्जुब से) क्या मैं तुम्हें पहिचान लूंगा?

इन्दिरा–यदि ऐसा हो तो अश्चर्य नहीं।

गोपाल–अच्छा अपना मुंह धो डालो।

इतना कहकर राजा गोपालसिंह लालटेन जमीन पर रखकर बैठ गए और कुंअर इन्द्रजीतसिंह तथा आनन्दसिंह को भी बैठने के लिए कहा। जब इन्दिरा अपना चेहरा साफ करने के लिए नहर के किनारे चलकर कुछ आगे बढ़ गई तब इन तीनों में यों बातचीत होने लगी–

इन्द्रजीत–हां, यह तो कहिए आप क्या खबर लाए हैं?

गोपाल–वह किस्सा बहुत बड़ा है, पहिले इस लड़की का हाल सुन लें तब कहें, हां, इसने अपना नाम क्या बताया था?

इन्द्रजीत–इन्दिरा।

गोपाल–(चौंककर) इन्दिरा!

इन्द्रजीत–जी हां।

गोपाल–(सोचते हुए, धीरे से) कौन-सी इन्दिरा? वह इन्दिरा तो नहीं मालूम पड़ती, कोई दूसरी होगी, मगर शायद वही हो। हां, वह तो कह चुकी है कि मेरी सूरत बनावटी है, आश्चर्य नहीं कि चेहरा साफ करने पर वही निकले, अगर वही हो तो बहुत अच्छा है।

इन्द्रजीत–खैर वह आती ही है, सब हाल मालूम हो जाएगा, तब तक अपनी अनूठी खबरों में से दो-एक सुनाइए।

गोपाल–यहां से जाने के बाद मुझे रोहतासगढ़ का पूरा-पूरा हाल मालूम हुआ है क्योंकि आजकल राजा बीरेन्द्रसिंह, तेजसिंह, देवीसिंह, भैरोसिंह, तारासिंह, किशोरी, कामिनी, कमलिनी, लाडिली और मेरी स्त्री लक्ष्मीदेवी इत्यादि सब कोई वहां ही जुटे हुए हैं और एक अजीबोगरीब मुकद्दमा पेश है।

इन्द्रजीत–(चौंककर) लक्ष्मीदेवी! क्या उनका पता लग गया?

गोपाल–हां, लक्ष्मीदेवी वही तारा निकली जो कमलिनी के यहां उसकी सखी बनके रहती थी और जिसे आप जानते हैं।

इन्द्रजीत–(आश्चर्य से) वह लक्ष्मीदेवी थीं!

गोपाल–हां, वह लक्ष्मीदेवी ही थी जो बहुत दिनों से अपने को छिपाए हुए दुश्मनों से बदला लेने का मौका ढूंढ़ रही थी और समय पाकर अनूठे ढंग से यकायक प्रकट हो गई। उसका किस्सा भी बड़ा अनूठा है।

आनन्द–तो क्या आप रोहतासगढ़ गए थे?

गोपाल–नहीं।

इन्द्रजीत–सो क्यों? इतना सब हाल सुनने पर भी आप लक्ष्मीदेवी को देखने के लिए वहां क्यों नहीं गए?

गोपाल–वहां न जाने का सबब भी बतावेंगे।

इन्द्रजीत–खैर, यह बताइए कि लक्ष्मीदेवी यकायक किस अनूठे ढंग से प्रकट हो गईं और रोहतासगढ़ में कौन-सा अजीबोगरीब मुकदमा पेश है?

गोपाल–मैं सब हाल आपसे कहूंगा, देखिए, वह इन्दिरा आ रही है, पर कोई चिन्ता नहीं, अगर यह वही इन्दिरा है जो मैं सोचे हुआ हूं, तो उसके सामने भी सब हाल बेखटके कह दूंगा।

इतने ही में अपना चेहरा साफ करके इन्दिरा भी वहां आ पहुंची। चेहरा धोने और साफ करने से उसकी खूबसूरती में किसी तरह की कमी नहीं आई थी बल्कि वह पहिले से ज्यादे खूबसूरत मालूम पड़ती थी, हां, अगर कुछ फर्क पड़ा था तो केवल इतना ही कि बनिस्बत पहिले के अब वह कम उम्र की मालूम पड़ती थी।

इन्दिरा के पास आते ही और उसकी सूरत देखते ही गोपालसिंह झट उठ खड़े हुए और उसका हाथ पकड़कर बोले, "हैं, इन्दिरा! बेशक तू वही इन्दिरा है जिसके होने की मैं आशा करता था। यद्यपि कई वर्षों के बाद आज किस्मत ने तेरी सूरत दिखाई है और जब मैंने आखिरी मर्तबे तेरी सूरत देखी थी, तब तू निरी लड़की थी, मगर फिर भी आज मैं तुझे पहिचाने बिना नहीं रह सकता। तू मुझसे डर मत और अपने दिल में किसी तरह का खुटका भी मत ला। मुझे खूब मालूम हो गया है कि मेरे मामले में तू बिलकुल बेकसूर है। मैं तुझे धर्म की लड़की समझता हूं और समझूंगा, मेरे सामने बैठ जा और अपना अनूठा किस्सा कह। हां, पहिले यह तो बता कि तेरी मां कहां है? कैद से छूटने पर मैंने उसकी बहुत खोज की, मगर कुछ भी पता न लगा। निःसन्देह तेरा किस्सा बड़ा ही अनूठा होगा।

इन्दिरा–(बैठने के बाद आंसू से भरी हुई आंखों को आंचल से पोंछती हुई) मेरी मां बेचारी भी इसी तिलिस्म में कैद है!

गोपाल–(ताज्जुब से) इसी तिलिस्म में कैद है।

इन्दिरा–जी हां, इसी तिलिस्म में कैद है। बड़ी कठिनाइयों से उसका पता लगाती हुई मैं यहां तक पहुंची। अगर मैं यहां तक पहुंचकर उससे न मिलती तो निःसन्देह वह अब तक मर गई होती। मगर न तो मैं उसे कैद से छुड़ा सकती हूं और न स्वयं इस तिलिस्म के बाहर ही निकल सकती हूं। दस-पन्द्रह दिन के लगभग हुए होंगे कि अकस्मात् एक किताब मेरे हाथ लग गई जिसके पढ़ने से इस तिलिस्म का कुछ-कुछ हाल मुझे मालूम हो गया है और मैं यहां घूमने-फिरने लायक भी हो गई हूं, मगर इस तिलिस्म के बाहर नहीं निकल सकती। क्या कहूं उस किताब का मतलब पूरा-पूरा

समझ में नहीं आता, यदि मैं उसे अच्छी तरह समझ सकती तो निःसन्देह यहां से बाहर जा सकती और आश्चर्य नहीं कि अपनी मां को भी छुड़ा लेती।

गोपाल—वह किताब कौन-सी है और कहां है?

इन्दिरा—(कपड़े के अन्दर से एक छोटी-सी किताब निकालकर और गोपालसिंह के हाथ में देकर) लीजिए, यही है।

यह किताब लम्बाई-चौड़ाई में बहुत छोटी थी और उसके अक्षर भी बड़े ही महीन थे, मगर इसे देखते ही गोपालसिंह का चेहरा खुशी से दमक उठा और उन्होंने इन्द्रजीतसिंह और आनन्दसिंह की तरफ देखकर कहा, "यही मेरी वह किताब है जो खो गई थी। (किताब चूमकर) आह, इसके खो जाने से तो मैं अधमुआ-सा हो गया था! (इन्दिरा से) यह तेरे हाथ कैसे लग गई?"

इन्दिरा—इसका हाल भी बड़ा विचित्र है, अपना किस्सा जब मैं कहूंगी तो उसी के बीच में वह भी आ जाएगा।

इन्द्रजीत—(गोपालसिंह से) मालूम होता है कि इन्दिरा का किस्सा बहुत बड़ा है, इसलिए आप पहिले रोहतासगढ़ का हाल सुना दीजिए तो एक तरफ से दिलजमई हो जाए।

कमलिनी के मकान की तबाही, किशोरी, कामिनी और तारा की तकलीफ, नकली बलभद्रसिंह के कारण भूतनाथ की परेशानी, लक्ष्मीदेवी, दारोगा और शेरअलीखां का रोहतासगढ़ में गिरफ्तार होना, राजा बीरेन्द्रसिंह का वहां पहुंचना, भूतनाथ के मुकदमे की पेशी, कृष्णाजिन्न का पहुंचकर इन्दिरावाले कलमदान को पेश करना और असली बलभद्रसिंह का पता लगाने के लिए भूतनाथ को छुट्टी दिला देना इत्यादि जो कुछ बातें हम ऊपर लिख आए हैं वह सब हाल राजा गोपालसिंह ने इन्दिरा के सामने ही दोनों कुमारों से बयान किया और सभों ने बड़े गौर से सुना।

इन्दिरा—बड़े आश्चर्य की बात है कि वह कलमदान जिस पर मेरा नाम लिखा हुआ था, कृष्णाजिन्न के हाथ क्योंकर लगा! हां, उस कलमदान का हमारे कब्जे से निकल जाना बहुत ही बुरा हुआ। यदि आज वह मेरे पास होता तो मैं बात-की-बात में भूतनाथ के मुकदमे का फैसला करा देती मगर अब क्या हो सकता है!

गोपाल—इस समय वह कलमदान राजा बीरेन्द्रसिंह के कब्जे में है इसलिए उसका तुम्हारे हाथ लगना कोई बड़ी बात नहीं है।

इन्दिरा—ठीक है, मगर उन चीजों का मिलना तो अब कठिन हो गया जो उसके अन्दर थीं और उन्हीं चीजों का मिलना सबसे ज्यादे जरूरी था।

गोपाल—ताज्जुब नहीं कि वे चीजें भी कृष्णाजिन्न के पास हों और वह महाराज के कहने से तुम्हें दे दें।

इन्द्रजीत—या उन चीजों से स्वयं कृष्णाजिन्न वह काम निकालें जो तुम कर सकती हो!

इन्दिरा–नहीं, उन चीजों का मतलब जितना मैं बता सकती हूं, उतना कोई दूसरा नहीं बता सकता!

गोपाल–खैर, जो कुछ होगा, देखा जाएगा।

आनन्द–(गोपालसिंह से) यह सब हाल आपको कैसे मालूम हुआ? क्या आपने कोई आदमी रोहतासगढ़ भेजा था? या खुद पिताजी ने यह सब हाल कहला भेजा है?

गोपाल–भूतनाथ स्वयं मेरे पास मदद लेने के लिए आया था, मगर मैंने मदद देने से इनकार किया।

इन्द्रजीत–(ताज्जुब से) ऐसा क्यों किया?

गोपाल–(ऊंची सांस लेकर) विधाता के हाथों से मैं बहुत सताया गया हूं। सच तो यों है कि अभी तक मेरे होशहवास ठिकाने नहीं हुए, इसलिए मैं कुछ मदद करने लायक नहीं हूं, इसके अतिरिक्त मैं खुद अपनी तिलिस्मी किताब खो जाने के गम में पड़ा हुआ था, मुझे किसी की बात कब अच्छी लगती थी।

इन्द्रजीत–(मुस्कुराकर) जी नहीं, ऐसा करने का सबब कुछ दूसरा ही है, मैं कुछ-कुछ समझ गया, खैर, देखा जाएगा, अब इन्दिरा का किस्सा सुनना चाहिए।

गोपाल–(इन्दिरा से) अब तुम अपना हाल कहो, यद्यपि तुम्हारा और तुम्हारी मां का हाल मैं बहुत-कुछ जानता हूं, मगर इन दोनों भाइयों को उनकी कुछ भी खबर नहीं है, बल्कि तुम दोनों का कभी नाम भी शायद इन्होंने न सुना होगा।

इन्द्रजीत–बेशक, ऐसा ही है।

गोपाल–इसलिए तुम्हें चाहिए कि अपना और अपनी मां का हाल शुरू से कह सुनाओ, मैं समझता हूं कि तुम्हें अपनी मां का कुछ हाल मालूम होगा?

इन्दिरा–जी हां, मैं अपनी मां का हाल खुद उसकी जुबानी और कुछ इधर-उधर से भी पूरी तरह सुन चुकी हूं।

गोपाल–अच्छा तो अब कहना आरम्भ करो।

इस समय रात घण्टे-भर से कुछ ज्यादे जा चुकी थी। इन्दिरा ने पहिले अपनी मां का और फिर अपना हाल इस तरह बयान किया–

इन्दिरा–मेरी मां का नाम सर्यू और पिता का नाम इन्द्रदेव है।

इन्द्रजीत–(ताज्जुब से) कौन इन्द्रदेव?

गोपाल–वही इन्द्रदेव जो दारोगा का गुरुभाई है, जिसने लक्ष्मीदेवी की जान बचाई थी, और जिसका जिक्र मैं अभी कर चुका हूं।

इन्द्रजीत–अच्छा तब।

इन्दिरा–मेरे नाना बहुत अमीर आदमी थे। लाखों रुपये की मौरूसी जायदाद उनके हाथ लगी थी और वह खुद भी बहुत पैदा करते थे, मगर सिवाय मेरी मां के उनको और कोई औलाद न थी, इसीलिए वह मेरी मां को बहुत प्यार करते थे और

धन-दौलत भी बहुत ज्यादे दिया करते थे। इसी कारण मेरी मां का रहना बनिस्बत ससुराल के नैहर में ज्यादे होता था। जिस जमाने का मैं जिक्र करती हूं उस जमाने में मेरी उम्र लगभग सात-आठ वर्ष के होगी मगर मैं बातचीत और समझ-बूझ में होशियार थी और उस समय की बात आज भी मुझे इस तरह याद है जैसे कल ही की बातें हों।

जाड़े का मौसम था, जब से मेरा किस्सा शुरू होता है। मैं अपने ननिहाल में थी। आधी रात का समय था, मैं अपनी मां के पास पलंग पर सोई हुई थी। यकायक दरवाजा खुलने की आवाज आई और किसी आदमी को कमरे में आते देख मेरी मां उठ बैठी, साथ ही इसके मेरी नींद भी टूट गई। कमरे के अन्दर इस तरह यकायक आनेवाले मेरे नाना थे जिन्हें देख मेरी मां को बड़ा ही ताज्जुब हुआ और वह पलंग के नीचे उतरकर खड़ी हो गई।

आनन्द–तुम्हारे नाना का क्या नाम था?

इन्दिरा–मेरे नाना का नाम दामोदरसिंह था और वे इसी शहर जमानिया में रहा करते थे।

आनन्द–अच्छा तब क्या हुआ?

इन्दिरा–मेरी मां को घबड़ाई हुई देखकर नाना साहब ने कहा, "सर्यू, इस समय यकायक मेरे आने से तुझे ताज्जुब होगा और निःसन्देह यह ताज्जुब की बात है भी, मगर क्या करूं किस्मत और लाचारी मुझसे ऐसा कराती है। सर्यू, इस बात को मैं खूब जानता हूं कि लड़की को अपनी मर्जी से ससुराल की तरफ बिदा कर देना सभ्यता के विरुद्ध और लज्जा की बात है, मगर क्या करूं, आज ईश्वर ही ने ऐसा करने के लिए मजबूर किया है। बेटी, आज मैं जबर्दस्ती अपने हाथ से अपने कलेजे को निकालकर बाहर फेंकता हूं अर्थात् अपनी एकमात्र औलाद को (तुझको) जिसे देखे बिना कल नहीं पड़ती थी, जबर्दस्ती उनके ससुराल की तरफ बिदा करता हूं। मैंने सभों की चोरी बालाजी को बुलवा भेजा है और मुझे खबर लगी है कि दो-घण्टे के अन्दर ही वह आया चाहते हैं। इस समय तुझे यह इत्तिला देने आया हूं कि इसी घण्टे-दो घण्टे के अन्दर तू भी अपने जाने की तैयारी कर ले!" इतना कहते-कहते नाना साहब का जी उमड़ आया, गला भर गया, और उनकी आंखों से टपाटप आंसू की बूंदें गिरने लगीं।

इन्द्रजीत–बालाजी किसका नाम है?

इन्दिरा–मेरे पिता को मेरे ननिहाल में सब कोई बालाजी कहकर पुकारा करते थे।

इन्द्रजीत–अच्छा फिर?

इन्दिरा–उस समय अपने पिता को ऐसी अवस्था देखकर मेरी मां बदहवास हो गई और उखड़ी हुई आवाज में बोली, "पिताजी, यह क्या? आपकी ऐसी अवस्था क्यों हो रही है? मैं यह बात क्यों देख रही हूं? जो बात मैंने आज तक नहीं

सुनी थी, वह क्यों सुन रही हूं। मैंने ऐसा क्या कसूर किया है जो आज इस घर से निकाली जाती हूं?"

दामोदरसिंह ने कहा, "बेटी, तूने कुछ कसूर नहीं किया, सब कसूर मेरा है। जो कुछ मैंने किया है, उसी का फल भोग रहा हूं। बस इससे ज्यादे और मैं कुछ नहीं कहा चाहता। हां, तुझसे मैं एक बात की अभिलाषा रखता हूं, आशा है कि तू अपने बाप की बात कभी न टालेगी। तू खूब जानती है कि इस दुनिया में तुझसे बढ़कर मैं किसी को नहीं मानता हूं और न तुमसे बढ़कर किसी पर मेरा स्नेह है, अतएव इसके बदले में केवल इतना ही चाहता हूं कि इस अन्तिम समय में जो कुछ मैं तुझे कहता हूं, उसे तू अवश्य पूरा करे और मेरी याद अपने दिल में बनाए रहे..."

इतना कहते-कहते मेरे नाना की बुरी हालत हो गई। आंसुओं ने उनके रोआबदार चेहरे को तर कर दिया और गला ऐसा भर गया कि कुछ कहना कठिन हो गया। मेरी मां भी अपने पिता की विचित्र बातें सुनकर अधमुई-सी हो गई। पितृस्नेह ने उसका कलेजा हिला दिया, न रुकनेवाले आंसुओं को पोंछकर और मुश्किल से अपने दिल को संभालकर वह बोली, "पिताजी, कहो, शीघ्र कहो कि आप मुझसे क्या चाहते हैं? मैं आपके चरणों पर जान देने के लिए तैयार हूं।"

इसके जवाब में दामोदरसिंह ने यह कहकर कि 'मैं भी तुझसे यही आशा रखता हूं' अपने कपड़ों के अन्दर से एक कलमदान निकाला और मेरी मां को देकर कहा, "इसे अपने पास हिफाजत से रखियो और जब तक मैं इस दुनिया में कायम रहूं, इसे कभी मत खोलियो। देख, इस कलमदान के ऊपर तीन तस्वीरें बनी हुई हैं। बिचली तस्वीर के नीचे इन्दिरा का नाम लिखा हुआ है। जब तेरा पति इस कलमदान के अन्दर का हाल पूछे तो कह दीजियो कि मेरे पिता ने यह कलमदान इन्दिरा को दिया है और इस पर उसका नाम भी लिख दिया है तथा ताकीद कर दी है कि जब तक इन्दिरा की शादी न हो जाए यह कलमदान खोला न जाए। अस्तु, जिस तरह हो यह कलमदान खुलने न पावे। यह तकलीफ तुझे ज्यादे दिन तक भोगनी न पड़ेगी क्योंकि मेरी जिन्दगी का अब कोई ठिकाना नहीं रहा। मैं इस समय खूंखार दुश्मनों से घिरा हुआ हूं, नहीं कह सकता कि आज मरूं या कल, मगर तू मेरे मरने का अच्छी तरह से निश्चय कर लीजियो तब इस कलमदान को खोलियो। इसकी ताली मैं तुझे नहीं देता, जब इसके खोलने का समय आवे, तब जिस तरह हो सके खोल डालियो।" इतना कहकर मेरे नाना वहां से चले गए और रोती हुई मेरी मां को उसी तरह छोड़ गए।

इन्द्रजीत–मैं समझता हूं, यह वही कलमदान था जो कृष्णाजिन्न ने महाराज के सामने पेश किया था और जिसका हाल अभी तुम्हारे सामने भाई साहब ने बयान किया है!

इन्दिरा–जी हां।

इन्द्रजीत–निःसन्देह यह अनूठा किस्सा है, अच्छा तब क्या हुआ?

इन्दिरा–घण्टे-भर तक मेरी मां तरह-तरह की बातें सोचती और रोती रही। इसके बाद दामोदरसिंह पुनः इस कमरे में आए और मेरी मां को रोती हुई देखकर बोले, "सर्यू, तू अभी तक बैठी रो रही है। अरी बेटी, तुझे तो अब अपने प्यारे बाप के लिए जन्म-भर रोना है, इस समय तू अपने दिल को सभाल और जाने की शीघ्र तैयारी कर, अगर तू विलम्ब करेगी तो मुझे बड़ा कष्ट होगा और मुझे कष्ट देना तेरा धर्म नहीं है। बस अब अपने को संभाल। हां, मैं एक दफे पुनः तुझसे पूछता हूं कि उस कलमदान के विषय में जो कुछ मैंने कहा है तू वैसा ही करेगी न?" इसके जवाब में मेरी मां ने सिसककर कहा, "जो कुछ आपने आज्ञा की है, मैं उसका पालन करूंगी, परन्तु मेरे पिता, यह तो बताओ कि तुम ऐसा क्यों कर रहे हो?"

मेरी मां ने बहुत-कुछ मिन्नत और आजेजी की, मगर नाना साहब ने अपनी बदहवासी का सबब कुछ भी बयान न किया और बाहर चले गए। थोड़ी ही देर बाद एक लौंडी ने आकर खबर दी कि बालाजी (मेरे पिता इन्द्रदेव) आ गए। उस समय मेरी मां को नाना साहब की बातों का निश्चय हो गया और वह समझ गई कि अब इस समय यहां से रवाना हो जाना पड़ेगा।

थोड़ी देर बाद मेरे पिता घर में आए। मां ने उनसे उनके आने का सबब पूछा जिसके जवाब में उन्होंने कहा कि तुम्हारे पिता ने एक विश्वासी आदमी के हाथ मुझे पत्र भेजा जिसमें केवल इतना ही लिखा था कि इस पत्र को देखते ही चल पड़ो और जितनी जल्दी हो सके, हमारे पास पहुंचो। मैं पत्र पढ़ते ही घबड़ा गया, उस आदमी से पूछा कि घर में कुशल तो हैं? उसने कहा कि सब कुशल हैं, मैं बहुत तेज घोड़े पर सवार कराके तुम्हारे पास भेजा गया हूं, अब मेरा घोड़ा लौट जाने लायक नहीं है, मगर तुम बहुत जल्द उनके पास जाओ मैं घबडाया हुआ एक तेज घोड़े पर सवार होकर उसी वक्त चल पड़ा, मगर इस समय यहां पहुंचने पर उनसे ऐसा करने का सबब पूछा तो कोई भी जवाब न मिला। उन्होंने एक कागज मेरे हाथ में देकर कहा कि इसे हिफाजत से रखना, इस कागज में मैंने अपनी कुल जायदाद इन्दिरा के नाम लिख दी है। मेरी जिन्दगी का अब कोई ठिकाना नहीं। तुम इस कागज को अपने पास रक्खो और अपनी स्त्री तथा लड़की को लेकर इसी समय यहां से चले जाओ, क्योंकि अब जमानिया में बड़ा भारी उपद्रव उठा चाहता है, बस इससे ज्यादे और कुछ न कहेंगे। तुम्हारी बिदाई का सब बन्दोबस्त हो चुका है, सवारी इत्यादि तैयार है।

इतना कहकर मेरे पिता चुप हो गए और दम-भर के बाद उन्होंने मेरी मां से पूछा कि इन सब बातों का सबब यदि तुम्हें कुछ मालूम हो तो कहो। मेरी मां ने भी थोड़ी देर पहिले जो कुछ हो चुका था, कह सुनाया, मगर कलमदान के बारे में केवल इतना ही कहा कि पिताजी यह कलमदान इन्दिरा के लिए दे गए हैं और यह कह

गए हैं कि कोई इसे खोलने न पावे, जब इन्दिरा की शादी हो जाए तो वह अपने हाथ से इसे खोले।

इसके बाद मेरे पिता मिलने के लिए मेरी नानी के पास गए और देखा कि रोते-रोते उनकी अजीब हालत हो गई है। मेरे पिता को देखकर वह और भी रोने लगी, मगर इसका सबब कुछ भी न बता सकी कि उसके मालिक को आज क्या हो गया है, वे इतने बदहवास क्यों हैं, और अपनी लड़की को इसी समय यहां से बिदा करने पर क्यों मजबूर हो रहे हैं, क्योंकि उस बेचारी को भी इसका सबब कुछ मालूम न था।

यह सब बातें जो मैं ऊपर कह आई हूं सिवाय हम पांच आदमियों के और किसी को मालूम न थीं। उस घर का और कोई भी यह नहीं जानता था कि आज दामोदरसिंह बदहवास हो रहे हैं और अपनी लड़की को किसी लाचारी से इसी समय बिदा कर रहे हैं।

थोड़ी देर बाद हम लोग बिदा कर दिए गए। मेरी मां रोती हुई मुझे साथ लेकर रथ में रवाना हुई जिसमें दो मजबूत घोड़े जुते हुए थे, और इसी तरह के दूसरे रथ पर बहुत-सा सामान लेकर मेरे पिता सवार हुए और हम लोग वहां से रवाना हुए। हिफाजत के लिए कई हथियारबन्द सवार भी हम लोगों के साथ थे।

जमानिया से मेरे पिता का मकान केवल तीस-पैंतीस कोस की दूरी पर होगा। जिस वक्त हम लोग घर से रवाना हुए, उस वक्त दो घण्टे रात बाकी थी और जिस समय हम लोग घर पहुंचे, उस समय पहर-भर से भी ज्यादे दिन बाकी था। मेरी मां तमाम रास्ते रोती गई और घर पहुंचने पर भी कई दिनों तक उसका रोना बन्द न हुआ। मेरे पिता के रहने का स्थान बड़ा ही सुन्दर और रमणीक है, मगर उसके अन्दर जाने का रास्ता बहुत ही गुप्त रक्खा गया है।

इस जगह इन्दिरा ने इन्द्रदेव के मकान और रास्ते का थोड़ा-सा हाल बयान किया और उसके बाद फिर अपना किस्सा कहने लगी–

इन्दिरा–मेरे पिता तिलिस्म के दारोगा हैं और यद्यपि खुद भी बड़े भारी ऐयार हैं तथापि उनके यहां कई ऐयार नौकर हैं। उन्होंने अपने दो ऐयारों को इसलिए जमानिया भेजा कि वे एक साथ मिलकर या अलग-अलग होकर दामोदरसिंह जी की बदहवासी और परेशानी का पता गुप्त रीति से लगावें और यह मालूम करें कि वह कौन-से दुश्मनों की चालबाजियों के शिकार हो रहे हैं। इस बीच मेरे पिता ने पुनः मेरी मां से कलमदान का हाल पूछा जो उसके पिता ने उसे दिया था और मेरी मां ने उसका हाल साफ-साफ कह दिया अर्थात् जो कुछ उस कलमदान के विषय में दामोदरसिंह जी ने नसीहत इत्यादि की थी, वह साफ-साफ कह सुनाई।

जिस दिन मैं अपनी मां के साथ पिता के घर गई उसके ठीक पन्द्रहवें दिन संध्या के समय मेरे पिता के एक ऐयार ने खबर पहुंचाई कि जमानिया में प्रातःकाल सरकारी

महल के पासवाले चौमुहाने पर दामोदरसिंह जी की लाश पाई गई जो लहू से भरी हुई थी और सिर का पता न था। महाराज ने उस लाश को अपने पास उठवा मंगाया और तहकीकात हो रही है। इस खबर को सुनते ही मेरी मां जोर-जोर से रोने और अपना माथा पीटने लगी। थोड़ी ही देर बाद मेरे ननिहाल का भी एक दूत आ पहुंचा और उसने भी वही खबर सुनाई। पिताजी ने मेरी मां को बहुत समझाया और कहा कि कलमदान देते समय तुम्हारे पिता ने तुमसे कहा था कि मेरे मरने के बाद इस कलमदान को खोलना, मगर मेरे मरने का अच्छी तरह निश्चय कर लेना। उनका ऐसा कहना बेसबब न था। 'मरने का निश्चय कर लेना' यह बात उन्होंने निःसन्देह इसीलिए कही होगी कि उनके मरने के विषय में लोग हम सभों को धोखा देंगे, यह बात उन्हें अच्छी तरह मालूम थी, अस्तु, अभी से रो-रोकर अपने को हलकान मत करो और पहिले मुझे जमानिया जाकर उनके मरने के विषय में निश्चय कर लेने दो। यह जरूर ताज्जुब और शक की बात है कि उन्हें मारकर कोई उनका सिर ले जाए और धड़ उसी तरह रहने दे। इसके अतिरिक्त तुम्हारी मां का भी बन्दोबस्त करना चाहिए, कहीं ऐसा न हो कि वह किसी दूसरे ही की लाश के साथ सती हो जाए।

मेरी मां ने जमानिया जाने की इच्छा प्रकट की, परन्तु पिता ने स्वीकार न करके कहा कि यह बात तुम्हारे पिता को भी स्वीकार न थी, नहीं तो अपनी जिन्दगी में ही तुम्हें यहां बिदा न कर देते, इत्यादि बहुत-कुछ समझा-बुझाकर उसे शान्त किया और स्वयं उसी समय दो-तीन ऐयारों को साथ लेकर जमानिया की तरफ रवाना हो गए।

इतना कहकर इन्दिरा रुक गई और एक लम्बी सांस लेकर फिर बोली–

इन्दिरा–उस समय मेरे पिता पर जो कुछ मुसीबत बीती थी, उसका हाल उन्हीं की जुबानी सुनना अच्छा मालूम होगा तथापि जो कुछ मुझे मालूम है, मैं बयान करती हूं। मेरे पिता जब जमानिया पहुंचे तो सीधे घर चले गए। वहां पर देखा तो मेरी नानी को अपने पति की लाश के साथ सती होने की तैयारी करते पाया क्योंकि देखभाल करने के बाद राजा साहब ने उनकी लाश उनके घर भेजवा दी थी। मेरे पिता ने मेरी नानी को बहुत-कुछ समझाया और कहा कि इस लाश के साथ तुम्हारा सती होना उचित नहीं है। कौन ठिकाना, यह कार्रवाई धोखा देने के लिए की गई हो और यदि यह दूसरे की लाश निकली तो तुम स्वयं विचार सकती हो कि तुम्हारा सती होना कितना बुरा होगा, अस्तु, तुम इसकी दाह-क्रिया होने दो और इस बीच में मैं इस मामले का असल पता लगा लूंगा, अगर यह लाश वास्तव में उन्हीं की होगी तो खूनी का या उनके सिर का पता लगाना कोई कठिन न होगा, इत्यादि बहुत-सी बातें समझाकर उनको सती होने से रोका और स्वयं खूनियों का पता लगाने का उद्योग करने लगे।

आधी रात का समय था, सर्दी खूब पड़ रही थी। लोग लिहाफ के अन्दर मुंह छिपाए अपने-अपने घरों में सो रहे थे। मेरे पिता सूरत बदले और चेहरे पर नकाब

डाले घूमते-फिरते उसी चौमुहाने पर जा पहुंचे जहां मेरे नाना की लाश पाई गई थी। उस समय चारों तरफ सन्नाटा छाया हुआ था। वे एक दुकान की आड़ में खड़े होकर कुछ सोच रहे थे कि दाहिनी तरफ से एक आदमी को आते देखा। वह आदमी भी अपने चेहरे को नकाब से छुपाए हुए था। मेरे पिता के देखते-ही-देखते वह उस चौमुहाने पर कुछ रखकर पीछे की तरफ मुड़ गया। मेरे पिता ने पास जाकर देखा तो एक लिफाफे पर नजर पड़ी, उसे उठा लिया और घर लौट आए। शमादान के सामने लिफाफा खोला, उसके अन्दर एक चीठी थी, उसमें यह लिखा था–

"दामोदरसिंह के खूनी का जो कोई पता लगाना चाहे, उसे अपनी तरफ से भी होशियार रहना चाहिए। ताज्जुब नहीं कि उसकी भी वही दशा हो जो दामोदरसिंह की हुई।"

इस पत्र को पढ़कर मेरे पिता तरद्दुद में पड़ गए और सबेरा होने तक तरह-तरह की बातें सोचते-विचारते रहे। उन्हें आशा थी कि सबेरा होने पर उनके ऐयार लोग घर लौट आएंगे और रात-भर में जो कुछ उन्होंने किया है, उसका हाल कहेंगे, क्योंकि ऐसा करने के लिए उन्होंने अपने ऐयारों को ताकीद कर दी थी, मगर उनका विचार ठीक न निकला अर्थात् उनके ऐयार लौटकर न आए। दूसरा दिन भी बीत गया और तीसरे दिन भी दो पहर रात जाते-जाते तक मेरे पिता ने उन लोगों का इन्तजार किया मगर सब व्यर्थ था, उन ऐयारों का हाल कुछ भी मालूम न हुआ। आखिर लाचार होकर स्वयं उनकी खोज में जाने के लिए तैयार हो गए और घर से बाहर निकला ही चाहते थे कि कमरे का दरवाजा खुला और महाराज के एक चोबदार को साथ लिये नाना साहब का एक सिपाही कमरे के अन्दर दाखिल हुआ। पिता को बड़ा ताज्जुब हुआ और उन्होंने चोबदार से वहां आने का सबब पूछा। चोबदार ने जवाब दिया कि आपको कुंअर साहब (गोपालसिंह) ने शीघ्र बुलाया है और अपने साथ लाने के लिए मुझे सख्त ताकीद की है।

गोपाल–हां, ठीक है, मैंने उन्हें अपनी मदद के लिए बुलवाया था, क्योंकि मेरे और इन्द्रदेव के बीच दोस्ती थी और उस समय मैं दिली तकलीफों से बहुत बेचैन था। इन्द्रदेव से और मुझसे अब भी वैसी ही दोस्ती है, वह मेरा सच्चा दोस्त है, चाहे वर्षों हम दोनों में पत्र-व्यवहार न हो, मगर दोस्ती में किसी तरह की कमी नहीं आ सकती।

इन्दिरा–बेशक ऐसा ही है! तो उस समय का हाल और उसके बाद मेरे पिता से और आपसे जो-जो बातें हुई थीं, सो आप अच्छी तरह बयान कर सकते हैं।

गोपाल–नहीं-नहीं, जिस तरह तुम और हाल कह रही हो, उसी तरह वह भी कह जाओ, मैं समझता हूं कि इन्द्रदेव ने यह सब हाल तुमसे कहा होगा।

इन्दिरा–जी हां, इस घटना के कई वर्ष बाद पिताजी ने मुझसे सब हाल कहा था जो अभी तक मुझे अच्छी तरह याद है, मगर मैं उन बातों को मुख्तसर ही में बयान करती हूं।

गोपाल–क्या हर्ज है, तुम मुख्तसर में बयान कर जाओ, जहां भूलोगी मैं बता दूंगा, यदि वह हाल मुझे भी मालूम होगा।

इन्दिरा–जो आज्ञा! मेरे पिता जब चोबदार के साथ राजमहल में गए तो मालूम हुआ कि कुंअर साहब घर में नहीं हैं, कहीं बाहर गए हैं। आश्चर्य में आकर उन्होंने कुंअर साहब के खास खिदमतगार से दरियाफ्त किया तो उसने जवाब दिया कि आपके पास चोबदार भेजने के बाद बहुत देर तक अकेले बैठकर आपका इन्तजार करते रहे, मगर जब आपके आने में देर हुई तो घबड़ाकर खुद आपके मकान की तरफ चले गए। यह सुनते ही मेरे पिता घबड़ाकर वहां से लौटे और फौरन ही घर पहुंचे, मगर कुंअर साहब से मुलाकात न हुई। दरियाफ्त करने पर पहरेदार ने कहा कि कुंअर साहब यहां नहीं आए हैं। वे पुनः लौटकर राजमहल में गए परन्तु कुंअर साहब का पता न लगना था और न लगा। मेरे पिता की वह तमाम रात परेशानी में बीती और उस समय उन्हें नाना साहब की बात याद आई जो उन्होंने मेरे पिता से कही थी कि अब जमानिया में बड़ा भारी उपद्रव उठा चाहता है।

तमाम रात बीत गई, दूसरा दिन चला गया, तीसरा दिन गुजर गया, मगर कुंअर साहब का पता न लगा। सैकड़ों आदमी खोज में निकले, तमाम शहर में कोलाहल मच गया। जिसे देखिए, वह इन्हीं के विषय में तरह-तरह की बातें कहता और आश्चर्य करता था। उन दिनों कुंअर साहब (गोपालसिंह) की शादी लक्ष्मीदेवी से लगी हुई थी और तिलिस्मी दारोगा साहब शादी के विरुद्ध बातें किया करते थे, इस बात की चर्चा भी शहर में फैली हुई थी।

चौथे दिन आधी रात के समय मेरे पिता नाना साहबवाले मकान में फाटक के ऊपरवाले कमरे के अन्दर पलंग पर लेटे हुए कुंअर साहब के विषय में कुछ सोच रहे थे कि यकायक कमरे का दरवाजा खुला और आप (गोपालसिंह) कमरे के अन्दर आते हुए दिखाई पड़े। मुहब्बत और दोस्ती में बड़ाई-छुटाई का दर्जा कायम नहीं रहता। कुंअर साहब को देखते ही मेरे पिता उठ खड़े हुए और दौड़कर उनके गले से चिपटकर बोले, "क्यों साहब, आप इतने दिनों तक कहां थे?"

उस समय कुंअर साहब की आंखों से आंसू की बूंदें टपटपाकर गिर रही थीं, चेहरे पर उदासी और तकलीफ की निशानी पाई जाती थी, और उन तीन दिनों में ही उनके बदन की यह हालत हो गई थी कि महीनों के बीमार मालूम पड़ते थे। मेरे पिता ने हाथ-मुंह धुलवाया तथा अपने पलंग पर बैठाकर हालचाल पूछा और कुंअर साहब ने इस तरह अपना हाल बयान किया–

"उस दिन मैंने तुमको बुलाने के लिए चोबदार भेजा, जब तक चोबदार तुम्हारे यहां से लौटकर आए उसके पहिले ही मेरे एक खिदमतगार ने मुझे इत्तिला दी कि इन्द्रदेव ने आपको अपने घर अकेले ही बुलाया है। मैं उसी समय उठ खड़ा हुआ और अकेले तुम्हारे मकान की तरफ रवाना हुआ। जब आधे रास्ते में पहुंचा तो तुम्हारे यहां

का अर्थात् दामोदरसिंह का खिदमतगार, जिसका नाम रामप्यारे है, मिला और उसने कहा कि इन्द्रदेव गंगा किनारे की तरफ गए हैं और आपको उसी ज़गह बुलाया है। मैं क्या जानता था कि एक अदना खिदमतगार मुझसे दगा करेगा। मैं बेधड़क उसके साथ गंगा के किनारे की तरफ रवाना हुआ। आधी रात से ज्यादे तो जा ही चुकी थी अतएव गंगा के किनारे बिलकुल सन्नाटा छाया हुआ था। मैंने वहां पहुंचकर जब किसी को न पाया तो उस नौकर से पूछा कि इन्द्रदेव कहां हैं? उसने जवाब दिया कि ठहरिए, आते होंगे। उस घाट पर केवल एक डोंगी बंधी हुई थी, मैं कुछ विचारता हुआ उस डोंगी की तरफ देख रहा था कि यकायक दोनों तरफ से दस-बारह आदमी चेहरे पर नकाब डाले हुए आ पहुंचे और उन सभों ने फुर्ती के साथ मुझे गिरफ्तार कर लिया। वे सब बड़े मजबूत और ताकतवर थे और सब-के-सब एक साथ मुझसे लिपट गए। एक ने मेरे मुंह पर एक मोटा कपड़ा डालकर ऐसा कस दिया कि न तो मैं बोल सकता था और न कुछ देख सकता था। बात-की-बात में मेरी मुश्कें बांध दी गईं और जबर्दस्ती उसी डोंगी पर बैठा दिया गया जो घाट के किनारे बंधी हुई थी। डोंगी किनारे से खोल दी गई और बड़ी तेजी से चलाई गई। मैं नहीं कह सकता कि वे लोग कै आदमी थे और दो ही घण्टे में जब तक कि मैं उस पर सवार था, डोंगी को लेकर कितनी दूर ले गए! जब लगभग दो घण्टे बीत गए तब डोंगी किनारे लगी और मैं उस पर से उतारकर एक घोड़े पर चढ़ाया गया, मेरे दोनों पैर नीचे की तरफ मजबूती के साथ बांध दिए गए, हाथ की रस्सी ढीली कर दी गई जिसमें मैं घोड़े की काठी पकड़ सकूं और घोड़ा तेजी के साथ एक तरफ को दौड़ाया गया। मैं दोनों हाथों से घोड़े की काठी पकड़े हुए था। यद्यपि मैं देखने और बोलने से लाचार कर दिया गया था, मगर अन्दाज से और घोड़ों की टापों की आवाज से मालूम हो गया कि मुझे कई सवार घेरे हुए जा रहे हैं और मेरे घोड़े की भी लगाम किसी सवार के हाथ में है। कभी तेजी से और कभी धीरे-धीरे चलते-चलते दो पहर से ज्यादे बीत गए, पैरों में दर्द होने लगा और थकावट ऐसी जान पड़ने लगी कि मानो तमाम बदन चूर-चूर हो गया है। इसके बाद घोड़े रोके गए और मैं नीचे उतारकर एक पेड़ के साथ कसके बांध दिया गया और उस समय मेरे मुंह का कपड़ा खोल दिया गया। मैंने चारों तरफ निगाह दौड़ाई तो अपने को एक घने जंगल में पाया। दस आदमी मोटे-मुस्टंडे और उनकी सवारी के दस घोड़े सामने खड़े थे। पास ही में पानी का एक चश्मा बह रहा था, कई आदमी जीन खोलकर घोड़ों को ठंडा करने और चराने की फिक्र में लगे और बाकी शैतान हाथ में नंगी तलवार लेकर मेरे चारों तरफ खड़े हो गए। मैं चुपचाप सभों की तरफ देखता था और मुंह से कुछ भी न बोलता था और न वे लोग ही मुझसे कुछ बात करते थे। (लम्बी सांस लेकर) यदि गर्मी का दिन होता तो शायद मेरी जान निकल जाती क्योंकि उन कमबख्तों ने मुझे पानी तक के लिए नहीं पूछा और स्वयं खा-पीकर ठीक हो गए। अस्तु, पहर-भर के बाद फिर मेरी वही

दुर्दशा की गई अर्थात् देखने और बोलने से लाचार करके घोड़े पर उसी तरह बैठाया गया और फिर सफर शुरू हुआ। पुनः दो पहर से ज्यादे देर तक सफर करना पड़ा और इसके बाद मैं घोड़े से नीचे उतारकर पैदल चलाया गया। मेरे पैर दर्द और तकलीफ से बेकार हो रहे थे, मगर लाचारी ने फिर भी चौथाई कोस तक चलाया और इसके बाद चौखट लांघने की नौबत आई, तब मैंने समझा कि अब किसी मकान में जा रहा हूं। मुझे चार दफे चौखट लांघनी पड़ी जिसके बाद मैं एक खम्भे के साथ बांध दिया गया, तब मेरे मुंह पर से कपड़ा हटाया गया।"

॥ चौदहवां भाग समाप्त ॥

तिलिस्मी लेख

बाजे से निकली आवाज का मतलब यह है–

सारा तिलिस्म तोड़ने का खयाल न करो और इस तिलिस्म की ताली किसी चलती-फिरती से प्राप्त करो। इस बाजे में वे सब बातें भरी हैं जिनकी तुम्हें जरूरत है, ताली लगाया करो और सुना करो। अगर एक ही दफे सुनने में समझ न आवे तो दोहरा करके भी सुन सकते हो। इसकी तरकीब और ताली इसी कमरे में है, ढूंढ़ो।

(देखिए–पृष्ठ 94)

महाराज सूर्यकान्त की तस्वीर के नीचे लिखे हुए बारीक अक्षरोंवाले मजमून का अर्थ यह है–

("स्वर गिवर नर्क दै कै पै") का अर्थ यह है–

खूब समझके तब आगे पैर रक्खो।

बाजेवाले चौंतरे में खोजो, तितिस्मी खंजर अपने देह से अलग मत करो नहीं तो जान पर आ बनेगी। (देखिए–पृष्ठ 100)

पन्द्रहवां भाग

पहिला बयान

इन्दिरा बोली–कुंअर साहब ने एक लम्बी सांस लेकर फिर अपना हाल कहना शुरू किया और कहा–

कुंअर–जब मुंह पर से कपड़ा हटा दिया गया, तब मैंने अपने को एक सजे हुए कमरे में देखा। वे ही आदमी जो मुझे यहां तक लाए थे, अब भी मुझको चारों तरफ से घेरे हुए थे। छत के साथ बहुत-सी कन्दीलें लटक रही थीं और उनमें मोमबत्तियां जल रही थीं, दीवारगीरों में रोशनी हो रही थी, जमीन पर फर्श बिछा हुआ था और उस पर पचीस-तीस आदमी अमीराना ढंग की पोशाक पहिरे और सामने नंगी तलवारें रक्खे बैठे हुए थे, मगर सभों का चेहरा नकाब से ढंका हुआ था। तमाम रास्ते में और उस समय मेरे दिल की क्या हालत थी, सो मैं ही जानता हूं। एक आदमी ने जो सबसे ऊंची गद्दी पर बैठा था और शायद उन सभों का सभापति था, मेरी तरफ मुंह करके कहा, "कुंअर गोपालसिंह, तुम समझते होगे कि मैं जमानिया के राजा का लड़का हूं, जो चाहूं सो कर सकता हूं, मगर अब तुम्हें मालूम हुआ होगा कि हमारी सभा इतनी जबर्दस्त है कि तुम्हारे जैसे के साथ भी जो चाहे सो कर सकती है। इस समय तुम हम लोगों के कब्जे में हो, मगर नहीं हमारी सभा ईमानदार है। हम लोग ईमानदारी के साथ दुनिया का इन्तजाम करते हैं। तुम्हारा बाप बड़ा ही बेवकूफ है और राजा होने के लायक नहीं है। जिस दिन से वह अपने को महात्मा साधू बनाए हुए है, दयावान कहलाने के लिए मरा जाता है। दुष्टों को उतना दण्ड नहीं देता जितना देना चाहिए। इसी से तुम्हारे शहर में खूनखराबा ज्यादे होने लग गया है, मगर खूनी के गिरफ्तार हो जाने पर भी, वह किसी खूनी को दया के वश में पड़कर प्राणदण्ड नहीं दिया। इसी से अब हम लोगों को तुम्हारे यहां के बदमाशों का इन्साफ अपने हाथ में लेना पड़ा। तुम्हें खूब मालूम है कि जिस खूनी को तुम्हारे बाप ने केवल देश-निकाले का दण्ड देकर छोड़ दिया था उसकी लाश तुम्हारे ही शहर के किसी चौमुहाने पर पाई गई थी। आज तुम्हें यह भी मालूम हो गया कि वह कार्रवाई हमीं लोगों ने की थी। तुम्हारे शहर का रहनेवाला दामोदरसिंह भी हमारी सभा का सभासद (मेम्बर) था। एक

दिन इस सभा ने लाचार होकर यह हुक्म जारी किया है कि जमानिया के राजा को अर्थात् तुम्हारे बाप को इस दुनिया से उठा दिया जाए, क्योंकि वह गद्दी चलाने लायक नहीं है, और तुमको जमानिया की गद्दी पर बैठाया जाए। यद्यपि दानदसिंह को भी नियमानुसार हमारा साथ देना उचित था, वह तुम्हारे बाप का पक्ष करके बेईमान हो गया, अतएव लाचार होकर हमारी सभा ने उसे प्राणदण्ड दिया। अब तुम लोग दामोदरसिंह के खूनी का पता लगाना चाहते हो, मगर इसका नतीजा अच्छा नहीं निकल सकता। आज इस सभा ने इसलिए तुम्हें बुलाया है कि तुम्हें हर बात से होशियार कर दिया जाए इस सभा का हुक्म टल नहीं सकता. तुम्हारा बाप अब बहुत जल्द इस दुनिया से उठा दिया जाएगा और तुमको जमानिया की गद्दी पर बैठने का मौका मिलेगा। तुम्हें उचित है कि हम लोगों का पीछा न करो अर्थात् यह जानने का उद्योग न करो कि हम लोग कौन हैं या कहां रहते हैं और अपने दोस्त इन्द्रदेव को भी ऐसा न करने के लिए ताकीद कर दो, नहीं तो तुम्हारे और इन्द्रदेव के लिए भी प्राणदण्ड का हुक्म दिया जाएगा, बस केवल इतना ही समझाने के लिए तुम इस सभा में बुलाए गए थे और अब बिदा किये जाते हो।

इतना कहकर उस नकाबपोश ने ताली बजाई और उन्हीं दुष्टों ने जो मुझे वहां ले गए थे, मेरे मुंह पर कपड़ा डालकर फिर उसी तरह से कस दिया। खम्भे से खोलकर मुझे बाहर ले आए, कुछ दूर पैदल चलाकर घोड़े पर लादा और उसी तरह दोनों पैर कसकर बांध दिए। लाचार होकर मुझे फिर उसी तरह का सफर करना पड़ा और किस्मत ने फिर उसी तरह मुझे तीन पहर तक घोड़े पर बैठाया। इसके बाद एक जंगल में पहुंचकर घोड़े पर से नीचे उतार दिया, हाथ-पैर खोल दिए, मुंह पर से कपड़ा हटा दिया और जिस घोड़े पर मैं सवार कराया गया था, उसे साथ लेकर वे लोग वहां से रवाना हो गए। उस तकलीफ ने मुझे ऐसा बेदम कर दिया था कि दस कदम चलने की भी ताकत न थी और भूख-प्यास के मारे बुरी हालत हो गई थी। दिन पहर-भर से ज्यादे चढ़ चुका था, पानी का बहता हुआ चश्मा मेरी आंखों के सामने था, मगर मुझमें उठकर वहां तक जाने की ताकत न थी। घण्टे-भर तक तो यों ही पड़ा रहा, इसके बाद धीरे-धीरे चश्मे के पास गया. खूब पानी पीया तब जी ठिकाने हुआ। मैं नहीं कह सकता कि किन कठिनाइयों से दो दिन में यहां तक पहुंचा हूं। अभी तक घर नहीं गया, पहिले तुम्हारे पास आया हूं। हां, धिक्कार है मेरी जिन्दगी और राजकुमार कहलाने पर! जब मेरी रिआया का इन्साफ बदमाशों के आधीन है तो मैं यहां का हाकिम क्योंकर कहलाने लगा? जब मैं अपनी हिफाजत आप नहीं कर सकता तो प्रजा की रक्षा कैसे कर सकूंगा? बड़े खेद की बात है कि अदने दर्जे के बदमाश लोग हम पर मुकदमा करें और हम उनका कुछ भी न कर सकें, हमारे हितैषी दामोदरसिंह मार डाले गए और अब मेरे प्यारे पिता को मारने की फिक्र की जा रही है!

गोपालसिंह—निःसन्देह उस समय मुझे बड़ा ही रंज हुआ था। आज जब मैं उन बातों को याद करता हूं तो मालूम होता है कि उन लोगों को यदि मुन्दर की शादी मेरे साथ करना मंजूर न होता तो निःसन्देह मुझे भी मार डालते और या फिर गिरफ्तार ही न करते।

इन्द्रजीत—ठीक है, (इन्दिरा से) अच्छा तब!

इन्दिरा—मेरे पिता ने जब यह सुना कि दामोदरसिंह के नौकर रामप्यारे ने कुंअर साहब को धोखा दिया तो उन्हें निश्चय हो गया कि रामप्यारे भी जरूर उस कमेटी का मददगार है। वे कुंअर साहब की आज्ञानुसार तुरन्त उठ खड़े हुए और रामप्यारे की खोज में फाटक पर आए मगर खोज करने पर मालूम हुआ कि रामप्यारे का पता नहीं लगता। लौटकर कुंअर साहब के पास गए और बोले, "जो सोचा था वही हुआ। रामप्यारे भाग गया, आपका खिदमतगार भी जरूर भाग गया होगा।"

इसके बाद कुंअर साहब और मेरे पिता देर तक बातचीत करते रहे। पिता ने कुंअर साहब को कुछ खिला-पिलाकर और समझा-बुझाकर शान्त किया और वादा किया कि मैं उस सभा तथा उसके सभासदों का पता जरूर लगाऊंगा। पहर-भर रात बाकी होगी जब कुंअर साहब अपने घर की तरफ रवाना हुए। कई आदमियों को संग लिये हुए मेरे पिता भी उनके साथ गए। राजमहल के अन्दर पैर रखते ही कुंअर साहब को पहिले अपने पिता अर्थात् बड़े महाराज से मिलने की इच्छा हुई और वे मेरे पिता को साथ लिये हुए सीधे बड़े महाराज के कमरे में चले गए, मगर अफसोस, उस समय बड़े महाराज का देहान्त हो चुका था और यह बात सबसे पहिले कुंअर साहब ही को मालूम हुई थी। उस समय बड़े महाराज पलंग के ऊपर इस तरह पड़े हुए थे जैसे कोई घोर निद्रा में हो, मगर जब कुंअर साहब ने उन्हें जगाने के लिए हिलाया तब मालूम हुआ कि वे महानिद्रा के आधीन हो चुके हैं।

इन्दिरा के मुंह से इतना हाल सुनते-सुनते राजा गोपालसिंह की आंखों में आंसू भर आए और दोनों कुमारों के नेत्र भी सूखे न रहे। राजा साहब ने एक लम्बी सांस लेकर कहा, "मेरी मां का देहान्त पहिले ही हो चुका था, उस समय पिता के भी परलोक सिधारने से मुझे बड़ा कष्ट हुआ। (इन्दिरा से) अच्छा आगे कहो।"

इन्दिरा—बड़े महाराज के देहान्त की खबर जब चारों तरफ फैली तो महल और शहर में बड़ा ही कोलाहल मचा, मगर इस बात का खयाल कुंअर साहब और मेरे माता-पिता के अतिरिक्त और किसी को भी न था कि बड़े महाराज की जान भी उसी गुप्त कमेटी ने ली है और न इन दोनों ने अपने दिल का हाल किसी से कहा ही। इसके दो महीने बाद कुंअर साहब जमानिया की गद्दी पर बैठे और राजा कहलाने लगे। इस बीच में मेरे पिता ने उस कमेटी का पता लगाने के लिए बहुत उद्योग किया मगर कुछ पता न लगा। उन दिनों कई रजवाड़ों से मातमपुर्सी के खत आ रहे थे। रणधीरसिंह जी (किशोरी के नाना) के यहां से मातमपुर्सी का खत लेकर

उनके ऐयार गदाधरसिंह[1] आए। गदाधरसिंह से और पिता से कुछ नातेदारी भी है जिसे मैं भी ठीक-ठीक नहीं जानती और इस समय मातमपुर्सी की रस्म पूरी करने के बाद, मेरे पिता की इच्छानुसार उन्होंने भी मेरे ननिहाल ही में डेरा डाला जहां मेरे पिता रहते थे और इस बहाने से कई दिनों तक दिन-रात दोनों आदमियों का साथ रहा। मेरे पिता ने यहां का हाल तथा उस गुप्त कमेटी में कुंअर साहब के पहुंचाए जाने का भेद कहके गदाधरसिंह से मदद मांगी जिसके जवाब में गदाधरसिंह ने कहा कि मैं मदद देने के लिए जी-जान से तैयार हूं, परन्तु अपने मालिक की आज्ञा बिना ज्यादे दिन तक यहां ठहर नहीं सकता और यह काम दो-चार दिन का नहीं। तुम राजा गोपालसिंह से कहो कि वे मुझे मेरे मालिक से थोड़े दिनों के लिए मांग लें तब मुझे कुछ उद्योग करने का मौका मिलेगा। आखिर ऐसा ही हुआ अर्थात् आपने (गोपालसिंह की तरफ बताकर) अपना एक सवार पत्र देकर रणधीरसिंह के पास भेजा और उन्होंने गदाधरसिंह के नाम राजा साहब का काम कर देने के लिए आज्ञापत्र भेज दिया।

गदाधरसिंह जब जमानिया में आए थे तो अकेले न थे बल्कि अपने तीन-चार चेलों को भी साथ लाए थे, अस्तु, अपने उन्हीं चेलों को साथ लेकर वे उस गुप्त कमेटी का पता लगाने के लिए तैयार हो गए। उन्होंने मेरे पिता से कहा कि इस शहर में रघुबरसिंह नामी एक आदमी रहता है जो बड़ा ही शैतान, रिश्वती और बेईमान है, मैं उसे फंसाकर अपना काम निकालना चाहता हूं, मगर अफसोस यह कि वह तुम्हारे गुरुभाई अर्थात् तिलिस्मी दारोगा का दोस्त है और तिलिस्मी दारोगा को तुम्हारे राजा साहब बहुत मानते हैं। खैर, मुझे तो उन लोगों का कुछ खयाल नहीं है, मगर तुम्हें इस बात की इत्तिला पहिले ही से दिये जाता हूं। इसके जवाब में मेरे पिता ने कहा कि उस शैतान को मैं भी जानता हूं, यदि उसे फांसने से कोई काम निकल सकता है तो निकालो और इस बात का कुछ खयाल न करो कि वह मेरे गुरुभाई का दोस्त है। इसके बाद मेरे पिता और गदाधरसिंह बहुत देर तक आपुस में सलाह करते रहे और दूसरे दिन गदाधरसिंह ने लोगों के देखने में महाराज से बिदा होकर अपने घर का रास्ता लिया। गदाधरसिंह के जाने के बाद मेरे पिता भी उन्हीं लोगों का पता लगाने के लिए घूमने-फिरने और उद्योग करने लगे। एक दिन रात के समय मेरे पिता भेष बदलकर शहर में घूम रहे थे, अकस्मात् घूमते-फिरते गंगा किनारे उसी ठिकाने जा पहुंचे जहां (गोपालसिंह की तरफ इशारा कर) इन्हें दुश्मनों ने गिरफ्तार कर लिया था। मेरे पिता ने भी एक डोंगी किनारे पर बंधी हुई देखी। उस समय उन्हें कुंअर साहब की बात याद आ गई और वे धीरे-धीरे चलकर उस डोंगी के पास जा खड़े हुए, उसी समय कई आदमियों ने यकायक पहुंचकर उन्हें गिरफ्तार कर लिया। वे

1. इसी गदाधरसिंह ने जब नानक की मां से संयोग किया तो रघुबरसिंह के नाम से अपना परिचय दिया था, और इसके बाद भूतनाथ के नाम से अपने को मशहूर किया।

लोग हाथ में तलवारें लिये और अपने चेहरों को नकाब से ढंके हुए थे। यद्यपि मेरे पिता के पास भी तलवार थी और उन्होंने अपने आपको बचाने के लिए बहुत-कुछ उद्योग किया, बल्कि दो-एक आदमियों को जख्मी भी किया, मगर नतीजा कुछ भी न निकला, क्योंकि दुश्मनों ने एक मोटा कपड़ा बड़ी फुर्ती से उनके सिर और मुंह पर डालकर उन्हें हर तरह से बेकार कर दिया। मुख्तसर यह कि दुश्मनों ने उन्हें गिरफ्तार करने के बाद हाथ-पैर बांध के डोंगी में डाल दिया, डोंगी खोली गई और एक तरफ को तेजी के साथ रवाना हुई। पिता के मुंह पर कपड़ा कसा हुआ था इसलिए वे देख नहीं सकते थे कि डोंगी किस तरफ जा रही है और दुश्मन गिनती में कितने हैं। दो घण्टे तक उसी तरह चले जाने के बाद वे किश्ती के नीचे उतारे गए और जबर्दस्ती एक घोड़े पर चढ़ाए गए, दोनों पैर नीचे से कसके बांध दिये गए और उसी तरह उस गुप्त कमेटी में पहुंचाये गए, जिस तरह कुंअर साहब अर्थात् राजा गोपालसिंह जी वहां पहुंचाए गए थे। उसी तरह मेरे पिता भी एक खम्भे के साथ कसके बांध दिए गए और उनके मुंह पर से वह आफत का पर्दा हटाया गया। उस समय एक भयानक दृश्य उन्हें दिखाई दिया। जैसा कि कुंअर साहब ने उनसे बयान किया था। ठीक उसी तरह का सजा-सजाया कमरा और वैसे ही बहुत से नकाबपोश बड़े ठाठ के साथ बैठे हुए थे। पिता ने मेरी मां को भी एक खम्भे के साथ बंधी हुई और उस कलमदान को जो मेरे नाना साहब ने दिया था, सभापति के सामने एक छोटी-सी चौकी के ऊपर रक्खे देखा। पिता को बड़ा ही आश्चर्य हुआ और अपनी स्त्री को भी अपनी तरह मजबूर देखकर मारे क्रोध के कांपने लगे, मगर कर ही क्या सकते थे, साथ ही इसके उन्हें इस बात का भी निश्चय हो गया कि वह कलमदान भी कुछ इसी सभा से सम्बन्ध रखता है। सभापति ने मेरे पिता की तरफ देखकर कहा, ''क्यों जी इन्द्रदेव, तुम तो अपने को बहुत होशियार और चालाक समझते हो! हमने राजा गोपालसिंह की जुबानी क्या कहला भेजा था? क्या तुम्हें नहीं कहा गया था कि तुम हम लोगों का पीछा न करो? फिर तुमने ऐसा क्यों किया? क्या हम लोगों से कोई बात छिपी रह सकती है! खैर, अब बताओ तुम्हारी क्या सजा की जाए? देखो तुम्हारी स्त्री और यह कलमदान भी इस समय हम लोगों के आधीन है, बेईमान दामोदरसिंह ने तो इस कलमदान को गड्ढे में डालकर हम लोगों को फंसाना चाहा था, मगर उसका अन्तिम वार खाली गया।'' इसके जवाब में मेरे पिता ने गंभीर भाव से कहा, ''निःसन्देह मैं आप लोगों का पता लगा रहा था, मगर बदनीयती के साथ नहीं बल्कि इस नीयत से कि मैं आप लोगों की इस सभा में शरीक हो जाऊं।''

सभापति ने हंसकर कहा, ''बहुत खासे! अगर ऐसा ही हम लोग धोखे में आनेवाले होते तो हम लोगों की सभा अब तक रसातल को पहुंच गई होती! क्या हम लोग नहीं जानते कि तुम हमारी सभा के जानी दुश्मन हो? बेईमान दामोदरसिंह ने तो हम लोगों को चौपट करने में कुछ बाकी नहीं रक्खा था, मगर बड़ी खुशी की

बात है कि यह कलमदान हम लोगों को मिल गया और हमारी सभा का भेद छिपा रह गया!"

सभापति की इस बात से मेरे पिता को मालूम हो गया कि उस कलमदान में निःसन्देह इसी सभा का भेद बन्द है, अस्तु, उन्होंने मुस्कुराहट के साथ सभापति की बातों का यों जवाब दिया, "मुझे दुश्मन समझना आप लोगों की भूल है, अगर मैं सभा का दुश्मन होता तो अब तक आप लोगों को जहन्नुम में पहुंचा दिया होता। मैं इस कलमदान को खोलकर उस सभा के भेदों से अच्छी तरह जानकार हो चुका हूं और इन भेदों को एक दूसरे कागज पर लिखकर अपने एक मित्र को भी दे चुका हूं। मैं..."

पिता ने केवल इतना ही कहा था कि सभापति ने जिसकी आवाज से जाना जाता था कि घबड़ा गया है, पूछा, "क्या तुम इस कलमदान को खोल चुके हो?"

पिता—हां।

सभापति—और इस सभा का भेद लिखकर तुमने किसके सुपुर्द किया है?

पिता—सो नहीं बता सकता क्योंकि उसका नाम बताना, उसे तुम लोगों के कब्जे में दे देना है।

सभापति—आखिर हम लोगों को कैसे विश्वास हो कि जो कुछ तुमने कहा वह सब सच है?

पिता—अगर मेरे कहने का विश्वास हो तो मुझे अपनी सभा का सभासद बना लो फिर जो कुछ कहोगे खुशी से करूंगा, अगर विश्वास न हो तो मुझे मारकर बखेड़ा तै करो, फिर देखो कि मेरे पीछे तुम लोगों की क्या दुर्दशा होती है?

इन्दिरा ने दोनों कुमारों से कहा, "मेरे पिता से और उस सभा के सभापति से बड़ी देर तक बातें होती रहीं और पिता ने उसे अपनी बातों में ऐसा लपेटा कि उसकी अक्ल चकरा गई तथा उसे विश्वास हो गया कि इन्द्रदेव ने जो कुछ कहा, वह सच है। आखिर सभापति ने उठकर अपने हाथों से मेरे पिता की मुश्कें खोलीं। मेरी मां को भी छुट्टी दिलाई और मेरे पिता को अपने पास बैठाकर कुछ कहा ही चाहता था कि मकान के बाहर दरवाजे पर किसी के चिल्लाने की आवाज आई, मगर वह आवाज एक बार से ज्यादे सुनाई न दी और जब तक सभापति किसी को बाहर जाकर दरियाफ्त करने की आज्ञा दें तब तक हाथों मे नंगी तलवारें लिये हुए पांच आदमी घबड़ाते हुए उस सभा के बीच आ पहुंचे। उन पांचों की सूरतें बड़ी ही भयानक थीं और उनकी पोशाकें ऐसी थीं कि उन पर तलवार कोई काम नहीं कर सकती थी अर्थात् फौलादी कवच पहिरकर उन लोगों ने अपने को बहुत मजबूत बनाया हुआ था। चेहरे सभों के सिन्दूर से रंगे हुए थे और कपड़ों पर खून के छींटे भी पड़े हुए थे, जिससे मालूम होता था कि दरवाजे पर पहरा देनेवालों को मारकर वे लोग यहां तक आए हैं। उन पांचों में एक आदमी जो सबके आगे था, बड़ा ही फुर्तीला और

हिम्मतवर मालूम होता था। उसने तेजी के साथ आगे बढ़कर उस कलमदान को उठा लिया जो मेरे नाना साहब ने मेरी मां को दिया था। इतने ही में उस सभा के जितने सभासद थे, सब तलवारें खैंचकर उठ खड़े हुए और घमासान लड़ाई होने लगी। उस समय मौका देखकर मेरे पिता ने मेरी मां को उठा लिया और हर तरह से बचाते हुए मकान से बाहर निकल गए। उधर उन पांचों भयानक आदमियों ने उस सभा की अच्छी तरह मट्टी पलीद की और चार सभासदों की जान और कलमदान लेकर राजी-खुशी के साथ चले गए। उस समय यदि मेरे पिता चाहते तो उन पांचों बहादुरों से मुलाकात कर सकते थे क्योंकि वे लोग उनके देखते-देखते पास ही से भागकर निकल गए थे, मगर मेरे पिता ने जान-बूझकर अपने को इसलिए छिपा लिया था कि कहीं वे लोग हमें भी तकलीफ न दें। जब वे लोग देखते-देखते दूर निकल गए तब वे मेरी मां का हाथ थामे हुए तेजी के साथ चल पड़े। उस सभय उन्हें मालूम हुआ कि हम जमानिया की सरहद के बाहर नहीं हैं।

इन्द्रजीत–(ताज्जुब से) क्या कहा? जमानिया की सरहद के बाहर नहीं हैं!!

इन्दिरा–जी हां, वे लोग जमानिया शहर के बाहर थोड़ी ही दूर पर एक बहुत बड़े और पुराने मकान के अन्दर यह कमेटी किया करते थे और जिसे गिरफ्तार करते थे, उसे धोखा देने की नीयत से व्यर्थ ही 'दस-बीस' कोस का चक्कर दिलाते थे जिसमें मालूम हो कि यह कमेटी किसी दूसरे ही शहर में है।

गोपाल–और हमारे दरबार ही के बहुत से आदमी उस कमेटी में शरीक थे इसी सबब से उसका पता न लगता था, क्योंकि जो तहकीकात करनेवाले थे, वे ही कमेटी करनेवाले थे।

इन्द्रजीत–(इन्दिरा से) अच्छा तब?

इन्दिरा–मेरे पिता दो घण्टे के अन्दर ही राजमहल में जा पहुंचे। राजा साहब ने पहरेवालों को आज्ञा दे रक्खी थी कि इन्द्रदेव जिस समय चाहें हमारे पास चले आवें, कोई रोक-टोक न करने पाए, अतएव मेरे पिता सीधे राजा साहब के पास जा पहुंचे जो गहरी नींद में बेखबर सोए हुए थे और चार आदमी उनके पलंग के चारों तरफ घूम-घूमकर पहरा दे रहे थे। पिता ने राजा साहब को उठाया और पहरेवालों को अलग कर देने के बाद अपना हाल कह सुनाया। यह जानकर राजा साहब को बड़ा ही ताज्जुब हुआ कि कमेटी इसी शहर में है। उन्होंने मेरे पिता से या मेरी मां से खुलासा हाल पूछने में विलंब करना उचित न जाना और मां को हिफाजत के साथ महल के अन्दर भेजने के बाद कपड़े पहिरकर तैयार हो गए, खूंटी से लटकती हुई तिलिस्मी तलवार ली और मेरे पिता तथा और कई सिपाहियों को साथ ले मकान के बाहर निकले तथा दो घड़ी के अन्दर ही उस मकान में जा पहुंचे जिसमें कमेटी हुआ करती थी। वह किसी जमाने का बहुत पुराना मकान था जो आधे से ज्यादे गिरकर बर्बाद हो चुका था, फिर भी उसके कई कमरे और दालान दुरुस्त और काम देने लायक

थे। उस मकान के चारों तरफ टूटे-फूटे और भी कई मकान थे जिनमें कभी किसी भले आदमी का जाना नहीं होता।[1] जिस कमरे में कमेटी होती थी, जब गए तो उसी तरह पर सजा हुआ पाया, जैसा राजा साहब और मेरे पिता देख चुके थे। कन्दीलों में रोशनी हो रही थी, फर्क इतना ही था कि फर्श पर तीन लाशें पड़ी हुई थीं, फर्श खून से तरबतर हो रहा था और दीवारों पर खून के छींटे पड़े हुए थे। जब लाशों के चेहरों पर से नकाब हटाया गया तो राजा साहब को बड़ा ही ताज्जुब हुआ।

इन्द्रजीत–वे लोग भी जान-पहिचान के ही होंगे जो मारे गए थे?

गोपाल–जी हां, एक तो मेरा वही खिदमतगार था जिसने मुझे धोखा दिया था, दूसरा दामोदरसिंह का नौकर रामप्यारे था जिसने मुझे गंगा किनारे ले जाकर फंसाया था, परन्तु तीसरी लाश को देखकर मेरे आश्चर्य, रंज और क्रोध का अन्त न रहा क्योंकि वह मेरे खजांची साहब थे जिन्हें मैं बहुत ही नेक, ईमानदार, सूधा और बुद्धिमान समझता था। आप लोगों को इन्दिरा का कुल हाल सुन जाने पर मालूम होगा कि कमबख्त दारोगा ही इस सभा का मुखिया था, मगर अफसोस उस समय मुझे इस बात का गुमान तक न हुआ। जब मैं वहां की कुल चीजों को लूटकर और उन लाशों को उठवाकर घर आया तो सबेरा हो चुका था और शहर में इस बात की खबर अच्छी तरह फैल चुकी थी क्योंकि मुझे बहुत से आदमियों को लेकर जाते हुए सैंकड़ों आदमियों ने देखा, और जब मैं लौटकर आया तो दरवाजे पर कम-से-कम पांच सौ आदमी उन लाशों को देखने के लिए जमा हो गए थे। उस समय मैंने बेईमान और विश्वासघाती दारोगा को बुलाने के लिए आदमी भेजा, मगर उस आदमी ने बाहर आकर कहा कि दारोगा साहब छत पर से गिरकर जख्मी हो गए है, सिर फट गया है और उठने लायक नहीं हैं। मैंने उस बात को सच मान लिया था लेकिन वास्तव में दारोगा भी उस सभा में जख्मी हुआ था जिसमें मेरे खजांची ने जान दी थी। मगर अफसोस, मेरी किस्मत में तो तरह-तरह की तकलीफें बदी हुई थीं। मैं उस दुष्ट की तरफ से क्योंकर होशियार होता! (इन्दिरा से) खैर, तुम आगे का हाल कहो, यह सब तुम्हारी ही जुबान से अच्छा मालूम होता है।

इन्दिरा–हां, तो अब मैं संक्षेप ही में इस किस्से को बयान करती हूं। तीनों लाशें ठिकाने पहुंचा दी गईं और राजा साहब मेरे पिता का हाथ थामे यह कहते हुए महल के अन्दर चले कि "चलो सर्यू से पूछें कि वह क्योंकर उन दुष्टों के फन्दे में फंस गई थी और उस सभा में कौन-कौन आदमी शरीक थे, शायद उसने सभों को बिना नकाब के देखा हो।" मगर जब महल में गए तो मालूम हुआ कि सर्यू यहां आई ही नहीं। यह सुनते ही राजा साहब घबरा गए और बोल उठे, "क्या हमारे यहां के सभी आदमी उस कमेटी से मिले हुए हैं?"

---

1. चन्द्रकान्ता सन्तति, आठवें भाग के छठे बयान में, इसी पुरानी आबादी और टूटे-फूटे मकानों का हाल लिखा गया है।

गोपाल—उस समय तो मैं पागल-सा हो गया था, कुछ भी अक्ल काम नहीं करती थी और यह किसी तरह मालूम नहीं होता था कि हमारे यहां कितने आदमी विश्वास करने योग्य हैं और कितने उस कमेटी से मिले हुए हैं। जिन तीन विश्वासी आदमियों के साथ मैंने सर्यू को महल में भेजा था वे तीनों आदमी भी गायब हो गए थे। मुझे तो विश्वास हो गया था कि मेरी और इन्द्रदेव की जान भी न बचेगी, मगर वाह रे इन्द्रदेव, उसने अपने दिल को खूब ही संभाला और बड़ी मुस्तैदी और बुद्धिमानी से महीने-भर के अन्दर बहुत से आदमियों का पता लगाया, जो मेरे ही नौकर होकर उस कमेटी में शरीक थे और मैंने उन सभों को तोप के आगे रखकर उड़वा दिया और सच तो यों है कि उसी दिन से वह गुप्त कमेटी टूट गई और फिर कायम नहीं हुई।

इन्दिरा—जिस समय मेरे पिता को मालूम हुआ कि मेरी मां महल के अन्दर नहीं पहुंची, बीच ही में गायब हो गई, उस समय उन्हें बड़ा ही रंज हुआ और वे अपने घर जाने के लिए तैयार हो गए। उन्होंने राजा साहब से कहा कि मैं पहिले घर जाकर यह मालूम किया चाहता हूं कि वहां से केवल मेरी स्त्री ही को दुश्मन लोग ले गए या मेरी लड़की इन्दिरा को भी। मगर मेरे पिता घर की तरफ न जा सके, क्योंकि उसी समय घर से एक दूत आ पहुंचा और उसने इत्तिला दी कि सर्यू और इन्दिरा दोनों यकायक गायब हो गईं। इस खबर को सुनकर मेरे पिता और भी उदास हो गए, फिर भी उन्होंने बड़ी कारीगरी से दुश्मनों का पता लगाना आरम्भ किया और बहुतों को पकड़ा भी, जैसा कि अभी राजा साहब कह चुके हैं।

इन्द्रजीत—क्या तुम दोनों को दुश्मनों ने गिरफ्तार कर लिया था?

इन्दिरा—जी हां।

आनन्द—अच्छा तो पहिले अपना और अपनी मां का हाल कहो कि किस तरह दुश्मनों के फन्दे में फंस गईं?

इन्दिरा—जो आज्ञा। तो मैं कह ही चुकी हूं कि मेरे पिता जब जमानिया में आए तो अपने दो ऐयारों को साथ लाए थे जो दुश्मनों का पता लगाते-ही-लगाते गायब हो गए थे।

इन्द्रजीत—हां, कह चुकी हो, अच्छा तब?

इन्दिरा—इन्हीं दोनों ऐयारों की सूरत बन दुश्मनों ने हम लोगों को धोखा दिया।

इन्द्रजीत—दुश्मन उस मकान के अन्दर गए कैसे? तुम कह चुकी हो कि वहां का रास्ता बहुत टेढ़ा और गुप्त है?

इन्दिरा—ठीक है, मगर कमबख्त दारोगा उस रास्ते का हाल बखूबी जानता था और वही उस कमेटी का मुखिया था, ताज्जुब नहीं कि उसी ने उन आदमियों को भेजा हो।

इन्द्रजीत—ठीक है, निःसन्देह ऐसा ही होगा, अच्छा तब क्या हुआ? उन्होंने क्योंकर तुम लोगों को धोखा दिया?

इन्दिरा–संध्या का समय था, जब मैं अपनी मां के साथ उस छोटे से नजरबाग में टहल रही थी, जो बंगले के बगल ही में था। यकायक मेरे पिता के वे ही दोनों ऐयार वहां आ पहुंचे जिन्हें देख मेरी मां बहुत खुश हुई और देर तक जमानिया का हालचाल पूछती रही। उन ऐयारों ने बयान किया कि, "इन्द्रदेव ने तुम दोनों को जमानिया बुलाया है। हम लोग रथ लेकर आए हैं, मगर साथ ही इसके उन्होंने यह भी कहा है कि यदि वे खुशी से आना चाहें तो ले आना नहीं तो लौट आना।" मेरी मां को जमानिया पहुंचकर अपनी मां को देखने की बहुत ही लालसा थी, वह कब देर करने लगी थी, तुरन्त ही राजी हो गई, और घण्टे-भर के अन्दर ही सब तैयारी कर ली। ऐयार लोग मातबर समझे ही जाते हैं। अस्तु, ज्यादे खोज करने की कोई आवश्यकता न समझी, केवल दो लौंडियों को और मुझे साथ लेकर चल पड़ीं, कलमदान भी साथ ले लिया। हमारे दूसरे ऐयारों ने भी कुछ मना न किया क्योंकि वे भी धोखे में पड़ गए थे और उन ऐयारों को सच्चा समझ बैठे थे। आखिर हम लोग खोह के बाहर निकले और पहाड़ी के नीचे उतरने की नीयत से थोड़ी ही दूर आगे बढ़े थे कि चारों तरफ से दस-पन्द्रह दुश्मनों ने घेर लिया। अब उन ऐयारों ने भी रंगत पलटी। मुझे और मेरी मां को जबर्दस्ती बेहोशी की दवा सुंघा दी। हम दोनों तुरन्त ही बेहोश हो गए, मैं नहीं कह सकती कि दोनों लौंडियों की क्या दुर्दशा हुई, मगर जब मैं होश में आई तो अपने को एक तहखाने में कैद पाया और अपनी मां को अपने पास देखा जो मेरे पहिले ही होश में आ चुकी थी और मेरा सिर गोद में लेकर रो रही थी। हम दोनों के हाथ-पैर खुले हुए थे। जिस कोठरी में हम लोग कैद थे वह लम्बी-चौड़ी थी और सामने की तरफ दरवाजे की जगह लोहे का जंगला लगा हुआ था। जंगले के बाहर दालान था और उसमें एक तरफ चढ़ने के लिए सीढ़ियां बनी हुई थीं तथा सीढ़ी के बगल ही में एक आले के ऊपर चिराग जल रहा था। मैं पहिले बयान कर चुकी हूं कि उन दिनों जाड़े का मौसम था इसलिए हम लोगों को गर्मी की तकलीफ न थी। जब मैं होश में आई, मेरी मां ने रोना बन्द किया और मुझे बड़ी देर तक धीरज और दिलासा देने के बाद बोली, "बेटी, अगर कोई तुझसे उस कलमदान के बारे में कुछ पूछे तो कह दीजियो कि कलमदान खोला जा चुका है, मगर मैं उसके अन्दर का हाल नहीं जानती। हां, मेरी मां तथा और भी कई आदमी उसका भेद जान चुके हैं। अगर उन आदमियों का नाम पूछें तो कह दीजियो कि मैं नाम नहीं जानती, मेरी मां को मालूम होगा।" मैं यद्यपि लड़की थी मगर समझ-बूझ बहुत थी और उस बात को मेरी मां ने कई दफे अच्छी तरह समझा दिया था। मेरी मां ने कलमदान के विषय में ऐसा कहने के लिए मुझसे क्यों कहा, सो मैं नही जानती, शायद उससे और दुष्टों से पहिले कुछ बातचीत हो चुकी हो, मगर मुझे जो कुछ मां ने कहा था, उसे मैंने अच्छी तरह निबाहा। थोड़ी देर बाद पांच आदमी उसी सीढ़ी की राह से धड़धड़ाते हुए नीचे उतर आए और मेरी मां को जबर्दस्ती ऊपर ले गए।

मैं जोर-जोर से रोती और चिल्लाती रह गई, मगर उन लोगों ने मेरा कुछ भी खयाल न किया और अपना काम करके चले गए।

मैं उन लोगों की सूरत-शक्ल के बारे में कुछ भी नहीं कह सकती, क्योंकि वे लोग नकाब से अपने चेहरे छिपाए हुए थे। थोड़ी देर बाद फिर एक नकाबपोश मेरे पास आया जिसके कपड़े और कद पर खयाल करके मैं कह सकती हूं कि वह उन लोगों में से नहीं था जो मेरी मां को ले गए थे, बल्कि कोई दूसरा ही आदमी था। वह नकाबपोश मेरे पास बैठ गया और मुझे धीरज और दिलासा देता हुआ कहने लगा कि, "मैं तुझे इस कैद से छुड़ाऊंगा।" मुझे उसकी बातों पर विश्वास हो गया और इसके बाद वह मुझसे बातचीत करने लगा।

नकाबपोश–क्या तुझे उस कलमदान के अन्दर का हाल पूरा-पूरा मालूम है?

मैं–नहीं।

नकाबपोश–क्या तेरे सामने कलमदान खोला नहीं गया था?

मैं–खोला गया था, मगर उसका हाल मुझे नहीं मालूम। हां, मेरी मां तथा और कई आदमियों को मालूम है जिन्हें मेरे पिता ने दिखाया था।

नकाबपोश–उन आदमियों के नाम तू जानती है?

मैं–नहीं।

उसने कई दफे कई तरह से उलट-फेरकर पूछा, मगर मैंने अपनी बातों में फर्क न डाला, और तब मैंने उससे अपनी मां का हाल पूछा लेकिन उसने कुछ भी न बताया और मेरे पास से उठकर चला गया। मुझे खूब याद है कि उसके दो पहर बाद मैं जब प्यास के मारे बहुत दुःखी हो रही थी तब फिर एक आदमी मेरे पास आया। वह भी अपने चेहरे को नकाब से छिपाए हुए था। मैं डरी और समझी कि फिर उन्हीं कमबख्तों में से कोई मुझे सताने के लिए आया है, मगर वह वास्तव में गदाधरसिंह थे और मुझे उस कैद से छुड़ाने के लिए आए थे। यद्यपि मुझे उस समय यह खयाल हुआ कि कहीं यह भी उन दोनों ऐयारों की तरह मुझे धोखा न देते हों जिनकी बदौलत मैं घर से निकलकर कैदखाने में पहुंची थी, मगर नहीं, वे वास्तव में गदाधरसिंह ही थे और उन्हें मैं अच्छी तरह पहिचानती थी। उन्होंने मुझे गोद में उठा लिया और तहखाने के ऊपर निकल कई पेचीले रास्तों से घूमते-फिरते मैदान में पहुंचे, वहां उनके दो आदमी एक घोड़ा लिये तैयार थे। गदाधरसिंह मुझे लेकर घोड़े पर सवार हो गए। अपने आदमियों को ऐयारी भाषा में कुछ कहकर बिदा किया, और खुद एक तरफ रवाना हो गए। उस समय रात बहुत कम बाकी थी और सबेरा हुआ चाहता था। रास्ते में मैंने उनसे अपनी मां का हाल पूछा, उन्होंने उसका कुल हाल अर्थात् मेरी मां का उस सभा में पहुंचना, मेरे पिता का भी कैद होकर वहां जाना, कलमदान की लूट तथा मेरे पिता का अपनी स्त्री को लेकर निकल जाना बयान किया और यह भी कहा कि कलमदान को लूटकर ले भागनेवाले का पता नहीं लगा। लगभग चार-पांच

कोस चले जाने के बाद वे एक छोटी-सी नदी के किनारे पहुंचे जिसमें घुटने बराबर से ज्यादे जल न था। उस जगह गदाधरसिंह घोड़े से नीचे उतरे और मुझे भी उतारा, खुर्जी से कुछ मेवा निकालकर मुझे खाने को देया। मैं उस समय बहुत भूखी थी, अस्तु मेवा खाकर पानी पिया, इसके बाद वह फिर मुझे लेकर घोड़े पर सवार हुए और नदी पार होकर एक तरफ को चल निकले दो घण्टे तक घोड़े को धीरे-धीरे चलाया और फिर तेज किया। दो पहर दिन के समय हम लोग एक पहाड़ी के पास पहुंचे जहां बहुत ही गुंजान जंगल था और गदाधरसिंह के चार-पांच आदमी भी वहां मौजूद थे। हम लोगों के पहुंचते ही गदाधरसिंह के आदमियों ने जमीन पर कम्बल बिछा दिया, कोई पानी लेने के लिए चला गया, कोई घोड़े को ठंडा करने लगा और कोई रसोई बनाने की धुन में लगा क्योंकि चावल-दाल इत्यादि उन आदमियों के पास मौजूद था। गदाधरसिंह भी मेरे पास बैठ गए और अपने बटुए में से कागज, कलम, दावात निकालकर कुछ लिखने लगे। मेरे देखते-ही-देखते तीन-चार घण्टे तक गदाधरसिंह ने बटुए में से कई कागजों को निकालकर पढ़ा और उनकी नकल की तब तक रसोई भी तैयार हो गई। हम लोगों ने भोजन किया और जब बिछावन पर आकर बैठे तो गदाधरसिंह ने फिर उन कागजों को देखना और नकल करना शुरू किया। मैं रात-भर की जगी हुई थी इसलिए मुझे नींद आ गई। जब मेरी आंखें खुलीं तो घण्टे-भर रात जा चुकी थी, उस समय गदाधरसिंह फिर मुझे लेकर घोड़े पर सवार हुए और अपने आदमियों को कुछ समझा-बुझाकर रवाना हो गए। दो-तीन घण्टे रात बाकी थी जब हम लोग लक्ष्मीदेवी के बाप बलभद्रसिंह के मकान पर जा पहुंचे। बलभद्रसिंह और मेरे पिता में बहुत मित्रता थी इसलिए गदाधरसिंह ने मुझे वहीं पहुंचा देना उत्तम समझा। दरवाजे पर पहुंचने के साथ ही बलभद्रसिंहजी को इत्तिला करवाई गई। यद्यपि वे उस समय गहरी नींद में सोये हुए थे, मगर सुनने के साथ ही निकल आए और बड़ी खातिरदारी के साथ मुझे और गदाधरसिंह को घर के अन्दर अपने कमरे में ले गए जहां सिवाय उनके और कोई भी न था। बलभद्रसिंह ने मेरे सिर पर हाथ फेरा और बड़े प्यार से अपनी गोद में बैठाकर गदाधरसिंह से हाल पूछा। गदाधरसिंह ने सब हाल जो मैं बयान कर चुकी हूं, उनसे कहा और इसके बाद नसीहत की कि, "इन्दिरा को बड़ी हिफाजत से अपने पास रखिए, जब तक दुश्मनों का अन्त न हो जाए तब तक इसका प्रकट होना उचित नहीं है। मैं फिर जमानिया जाता हूं और देखता हूं कि वहां क्या हाल है। इन्द्रदेव से मुलाकात होने पर मैं इन्दिरा को यहां पहुंचा देना बयान कर दूंगा।" बलभद्रसिंह ने बहुत ही प्रसन्न होकर गदाधरसिंह को धन्यवाद दिया और वे थोड़ी देर तक बातचीत करने के बाद सवेरा होने के पहिले ही वहां से रवाना हो गए। गदाधरसिंह के चले जाने के बाद बलभद्रसिंहजी मुझसे बातचीत करते रहे और सवेरा हो जाने पर मुझे घर के अन्दर ले गए। उनकी स्त्री ने मुझे बड़े प्यार से गोद में ले लिया और लक्ष्मीदेवी ने तो मेरी ऐसी कदर की, जैसी

कोई अपनी जान की कदर करता है। मुझे वहां बहुत दिनों तक रहना पड़ा था इसलिए मुझसे और लक्ष्मीदेवी से हद से ज्यादे मुहब्बत हो गई थी। मैं बड़े आराम से उनके यहां रहने लगी। मालूम होता है कि गदाधरसिंह ने जमानिया जाकर मेरे पिता से मेरा सब हाल कहा क्योंकि थोड़े ही दिन बाद मेरे पिता मुझे देखने के लिए बलभद्रसिंह के यहां आए और उस समय उनकी जुबानी मालूम हुआ कि मेरी मां पुनः गिरफ्तार हो गई अर्थात् महल में पहुंचने के साथ ही गायब हो गई। मैं अपनी मां के लिए बहुत रोई मगर मेरे पिता ने मुझे दिलासा दिया। केवल एक दिन रहके मेरे पिता जमानिया की तरफ चले गए और मुझे वहां ही छोड़ गए।

मैं कह चुकी हूं कि मुझसे और लक्ष्मीदेवी से बड़ी मुहब्बत हो गई थी, इसीलिए मैंने अपने नाना साहब और उस कलमदान का कुल हाल उससे कह दिया था और यह भी कह दिया था कि उस कलमदान पर तीन तस्वीरें बनी हुई हैं, दो को तो मैं नहीं जानती, मगर बिचली तस्वीर मेरी है और उसके नीचे मेरा नाम लिखा हुआ है। जमानिया जाकर मेरे पिता ने क्या-क्या काम किया सो मैं नहीं कह सकती, परन्तु यह अवश्य सुनने में आया था कि उन्होंने बड़ी चालाकी और ऐयारी से उन कमेटीवालों का पता लगाया और राजा साहब ने उन सभों को प्राणदण्ड दिया।

गोपाल–निःसन्देह उन दुष्टों का पता लगाना इन्द्रदेव का ही काम था। जैसी-जैसी ऐयारियां इन्द्रदेव ने कीं वैसी कम ऐयारों को सूझेंगी। अफसोस, उस समय वह कलमदान हाथ न आया नहीं तो सहज ही में सब दुष्टों का पता लग जाता और यही सबब था कि दुष्टों की सूची में दारोगा, हेलासिंह या जैपालसिंह का नाम न चढ़ा और वास्तव में ये ही तीनों उस कमेटी के मुखिया थे जो मेरे हाथ से बच गए और फिर उन्हीं की बदौलत मैं गारत हुआ।

इन्द्रजीत–ताज्जुब नहीं कि दारोगा के बारे में इन्द्रदेव ने सुस्ती कर दी हो और गुरुभाई का मुलाहिजा कर गए हों।

गोपाल–हो सकता है।

आनन्द–(इन्दिरा से) क्या उस कलमदान के अन्दर का हाल तुम्हें भी मालूम न था?

इन्दिरा–जी नहीं, अगर मुझे मालूम होता तो ये तीनों दुष्ट क्यों बचने पाते? हां, मेरी मां उस कलमदान को खोल चुकी थी और उसे उसके अन्दर का हाल मालूम था, मगर वह तो गिरफ्तार ही कर ली गई थी फिर उन भेदों को खोलता कौन?

आनन्द–आखिर उस कलमदान के अन्दर का हाल तुम्हें कब मालूम हुआ?

इन्दिरा–अभी थोड़े ही दिन हुए जब मैं कैदखाने में अपनी मां के पास पहुंची तो उसने उस कलमदान का भेद बताया था।

आनन्द–मगर फिर उस कलमदान का पता न लगा?

इन्दिरा–जी नहीं, उसके बाद आज तक उस कलमदान का हाल मुझे मालूम न हुआ, मैं नहीं कह सकती कि उसे कौन ले गया या वह क्या हुआ। हां, इस समय

राजा साहब की जुबानी सुनने में आया है कि वही कलमदान कृष्णजिन्न ने राजा बीरेन्द्रसिंह के दरबार में पेश किया था।

गोपाल–उस कलमदान का हाल मैं जानता हूं। सच तो यह है कि हमारा बखेड़ा उस कलमदान ही के सबब से हुआ। यदि वह कलमदान मुझे या इन्द्रदेव को उस समय मिल जाता तो लक्ष्मीदेवी की जगह मुन्दर मेरे घर न आती और मुन्दर तथा दारोगा की बदौलत मेरी गिनती मुर्दों में न होती और न भूतनाथ ही पर आज इतने जुर्म लगाए जाते। वास्तव में उस कलनदान को गदाधरसिंह ही ने उन दुष्टों की सभा में से लूट लिया था जो आज भूतनाथ के नाम से मशहूर है। इसमें कोई शक नहीं कि उसने इन्दिरा की जान बचाई, मगर कलमदान को छिपा गया और उसका हाल किसी से न कहा। बड़े लोगों ने सच कहा है कि, "विशेष लोभ आदमी को चौपट कर देता है।" वही हाल भूतनाथ का हुआ। पहिले भूतनाथ बहुत नेक और ईमानदार था और आजकल भी वह अच्छी राह पर चल रहा है, मगर बीच में थोड़े दिनों तक उसके ईमान में फर्क पड़ गया था जिसके लिए आज वह अफसोस कर रहा है। आप इन्दिरा का और हाल सुन लीजिए और फिर कलमदान का भेद, मैं आपसे बयान करूंगा।

इन्द्रजीत–जो आज्ञा। (इन्दिरा से) अच्छा तुम अपना हाल कहो कि बलभद्रसिंह के यहां जाने के बाद फिर तुम पर क्या बीती?

इन्दिरा–मैं बहुत दिनों तक उनके यहां आराम से अपने को छिपाए हुए बैठी रही और मेरे पिता कभी-कभी वहां जाकर मुझसे मिल आया करते थे। यह मैं नहीं कह सकती कि पिता ने मुझे बलभद्रसिंह के यहां क्यों छोड़ रक्खा था। जब बहुत दिनों के बाद लक्ष्मीदेवी की शादी का दिन आया और बलभद्रसिंहजी लक्ष्मीदेवी को लेकर यहां आए, तो मैं भी उनके साथ आई। (गोपालसिंह की तरफ इशारा करके) आपने जब मेरे आने की खबर सुनी तो मुझे अपने यहां बुलवा भेजा। अस्तु, मैं लक्ष्मीदेवी को जो दूसरी जगह टिकी हुई थी छोड़कर राजमहल में चली आई। राजमहल में चले आना ही मेरे लिए काल हो गया क्योंकि दारोगा ने मुझे देख लिया और अपने पिता तथा राजा साहब की तरह, मैं भी दारोगा की तरफ से बेफिक्र थी। इस शादी में मेरे पिता मौजूद न थे। मुझे इस बात का ताज्जुब हुआ मगर जब राजा साहब से मैंने पूछा तो मालूम हुआ कि वे बीमार हैं इसीलिए नहीं आए। जिस दिन मैं राजमहल में आई उसी दिन रात को लक्ष्मीदेवी की शादी थी। शादी हो जाने पर सवेरे जब मैंने लक्ष्मीदेवी की सूरत देखी तो मेरा कलेजा धक से हो गया क्योंकि लक्ष्मीदेवी के बदले मैंने किसी दूसरी औरत को घर में पाया। हाय, उस समय मेरे दिल की जो हालत थी, मैं बयान नहीं कर सकती। मैं घबड़ाई हुई बाहर की तरफ दौड़ी जिसमें राजा साहब को इस बात की खबर दूं और इनसे इसका सबब पूछूं। राजा साहब जिस कमरे में थे उसका रास्ता ज़नाने महल से मिता हुआ था, अतएव मैं भीतर-ही-भीतर उस कमरे में चली गई, मगर वहां राजा साहब के बदले दारोगा को बैठे हुए पाया। मेरी

सूरत देखते ही एक दफे दारोगा के चेहरे का रंग उड़ गया, मगर तुरंत ही उसने अपने को संभालकर मुझसे पूछा, "क्यों इन्दिरा, क्या हाल है? तू इतने दिनों तक कहां थी?" मुझे उस चाण्डाल की तरफ से कुछ भी शक न था इसलिए मैं उसी से पूछ बैठी कि, "लक्ष्मीदेवी के बदले में मैं किसी दूसरी औरत को देखती हूं, इसका क्या सबब है?" यह सुनते ही दारोगा घबड़ा उठा और बोला, "नहीं-नहीं, तूने वास्तव में किसी दूसरे को देखा होगा, लक्ष्मीदेवी तो उस बागवाले कमरे में है। चल, मैं तुझे उसके पास पहुंचा आऊं!" मैंने खुश होकर कहा कि, "चलो पहुंचा दो!" दारोगा झट उठ खड़ा हुआ और मुझे साथ लेकर भीतर-ही-भीतर बागवाले कमरे की तरफ चला। वह रास्ता बिलकुल एकान्त था। थोड़ी ही दूर जाकर दारोगा ने एक कपड़ा मेरे मुंह पर डाल दिया। ओह, उसमें किसी प्रकार की महक आ रही थी जिसके सबब दो-तीन दफे से ज्यादे मैं सांस न ले सकी और बेहोश हो गई। फिर मुझे कुछ भी खबर न रही कि दुनिया के परदे पर क्या हुआ या क्या हो रहा है।

गोपाल–इन्दिरा की कथा के सम्बन्ध में गदाधरसिंह (भूतनाथ) का हाल छूटा जाता है क्योंकि इन्दिरा उस विषय में कुछ भी नहीं जानती इसीलिए बयान नहीं कर सकती, मगर बिना उसका हाल जाने किस्से का सिलसिला ठीक न होगा इसलिए मैं स्वयं गदाधरसिंह का हाल बीच ही में बयान कर देना उचित समझता हूं।

इन्द्रजीत–हां-हां, जरूर कहिए, कलमदान का हाल जाने बिना आनन्द नहीं मिलता।

गोपाल–उस गुप्त सभा में यकायक पहुंचकर कलमदान को लूटनेवाला वही गदाधरसिंह था। उसने कलमदान को खोल डाला और उसके अन्दर जो कुछ कागजात थे उन्हें अच्छी तरह पढ़ा। उसमें एक तो वसीयतनामा था जो दामोदरसिंह ने इन्दिरा के नाम लिखा था और उसमें अपनी कुल जायदाद का मालिक इन्दिरा को ही बनाया था। इसके अतिरिक्त और सब कागज उसी गुप्त कमेटी के थे और सब सभासदों के नाम लिखे हुए थे, साथ ही इसके एक कागज दामोदरसिंह ने अपनी तरफ से उस कमेटी के विषय में लिखकर रख दिया था जिसके पढ़ने से मालूम हुआ कि दामोदरसिंह उस सभा के मंत्री थे, दामोदरसिंह के खयाल से वह सभा अच्छे कामों के लिए स्थापित हुई थी और उन आदमियों को सजा देना उसका काम था जिन्हें मेरे पिता दोष साबित होने पर भी प्राणदण्ड न देकर केवल अपने राज्य से निकाल दिया करते थे और ऐसा करने से रिआया में नाराजी फैलती जाती थी। कुछ दिनों के बाद उस सभा में बेईमानी शुरू हो गई और उसके सभासद लोग उसके जरिये से रुपया पैदा करने लगे, तभी दामोदरसिंह को भी उस सभा से घृणा हो गई, परन्तु नियमानुसार वह सभा को छोड़ नहीं सकते थे और छोड़ देने पर उसी सभा द्वारा प्राण जाने का भय था। एक दिन दारोगा ने सभा में प्रस्ताव किया कि बड़े महाराज को मार डालना चाहिए। इस प्रस्ताव का दामोदरसिंह ने अच्छी तरह खण्डन किया मगर

दारोगा की बात सबसे भारी समझी जाती थी, इसलिए दामोदरसिंह की किसी ने भी न सुनी और बड़े महाराज को मारना निश्चय हो गया। ऐसा करने में दारोगा और रघुबरसिंह का फायदा था, क्योंकि वे दोनों आदमी लक्ष्मीदेवी के बदले में हेलासिंह की लड़की मुन्दर के साथ मेरी शादी कराया चाहते थे और बड़े महाराज के रहते यह बात बिलकुल असम्भव थी। आखिर दामोदरसिंह ने अपनी जान का कुछ खयाल न किया और सगा-सम्बन्धी मुख्य कागज और सभा के सभासदों (मेम्बरों) का नाम तथा अपना वसीयतनामा लिखकर कलमदान में बन्द किया और कलमदान अपनी लड़की के हवाले कर दिया जैसा कि आप इन्दिरा की जुबानी सुन चुके हैं। जब गदाधरसिंह को सभा का कुल हाल, जितने आदमियों को सभा मार चुकी थी, उनके नाम और सभा के मेम्बरों के नाम मालूम हो गए तब उसे लालच ने घेरा और उसने सभा के सभासदों से रुपये वसूल करने का इरादा किया। कलमदान में जितने कागज थे, उसने सभों की नकल ले ली और असल कागज तथा कलमदान कहीं छिपाकर रख आया। इसके बाद गदाधरसिंह दारोगा के पास गया और उससे एकान्त में मुलाकात करके बोला कि, "तुम्हारी गुप्त सभा का हाल अब खुला चाहता है और तुम लोग जहन्नुम में पहुंचा चाहते हो, वह दामोदरसिंहवाला कलमदान तुम्हारी सभा से लूट ले जानेवाला मैं ही हूं, और मैंने उस कलमदान के अन्दर का सारा हाल जान लिया। अब वह कलमदान मैं तुम्हारे राजा साहब के हाथ में देने के लिए तैयार हूं। अगर तुम्हें विश्वास न हो तो इन कागजों को देखो जो मैं अपने हाथ से नकल करके तुम्हें दिखाने के लिए ले आया हूं।"

इतना कहकर गदाधरसिंह ने वे कागज दारोगा के सामने फेंक दिए। दारोगा के तो होश उड़ गए और मौत भयानक रूप से उसकी आंखों के सामने नाचने लगी। उसने चाहा कि किसी तरह गदाधरसिंह को खपा (मार) डाले मगर यह बात असम्भव थी क्योंकि गदाधरसिंह बहुत ही काइयां और हर तरह से होशियार तथा चौकन्ना था, अतएव सिवाय उसे राजी करने के दारोगा को और कोई बात न सूझी। आखिर बीस हजार अशर्फी चार रोज के अन्दर दे देने के वायदे पर दारोगा ने अपनी जान बचाई और कलमदान भूतनाथ से मांगा। भूतनाथ ने बीस हजार अशर्फी लेकर दारोगा की जान छोड़ देने का वादा किया और कलमदान देना भी स्वीकार किया, अस्तु, दारोगा ने उतने ही को गनीमत समझा और चार दिन के बाद बीस हजार अशर्फी गदाधरसिंह को अदा करके आप पूरा कंगाल बन बैठा। इसके बाद गदाधरसिंह ने और मेम्बरों से भी कुछ वसूल किया और कलमदान दारोगा को दे दिया, मगर दारोगा से इस बात का इकरारनामा लिखा लिया कि वह किसी ऐसे काम में शरीक न होगा और न खुद ऐसा काम करेगा जिसमें इन्द्रदेव, सर्यू, इन्दिरा और मुझ (गोपालसिंह) को किसी तरह का नुकसान पहुंचे। इन सब कामों से छुट्टी पाकर गदाधरसिंह दारोगा से अपने घर के लिए बिदा हुआ, मगर वास्तव में वह फिर भी घर न गया और भेष बदलकर

इसलिए जमानिया में घूमने लगा कि रघुबरसिंह के भेदों का पता लगाए जो बलभद्रसिंह के साथ विश्वासघात करनेवाला था। वह फकीरी सूरत में राजा रघुबरसिंह के यहां आकर नौकर और सिपाहियों में बैठने और हेलमेल बढ़ाने लगा। थोड़े ही दिनों में उसे मालूम हो गया कि रघुबरसिंह अभी तक हेलासिंह से पत्र-व्यवहार करता है और पत्र ले जाने और पत्र ले आने का काम केवल बेनीसिंह करता है जो रघुबरसिंह का मातबर सिपाही है। जब एक दफे बेनीसिंह हेलासिंह के यहां गया तो गदाधरसिंह ने उसका पीछा किया और मौका पाकर उसे गिरफ्तार करना चाहा लेकिन बेनीसिंह इस बात को समझ गया और दोनों में लड़ाई हो गई। गदाधरसिंह के हाथ से बेनीसिंह मारा गया और गदाधरसिंह बेनीसिंह बनकर रघुबरसिंह के यहां रहने तथा हेलासिंह के यहां पत्र लेकर जाने और जवाब ले आने लगा। इस हीले से तथा कागजों की चोरी करने से थोड़े ही दिनों में रघुबरसिंह का सब भेद उसे मालूम हो गया और तब उसने अपने को रघुबरसिंह पर प्रकट किया। लाचार हो रघुबरसिंह ने भी उसे बहुत-सा रुपया देकर अपनी जान बचाई। यह किस्सा बहुत बड़ा है और इसका पूरा-पूरा हाल मुझे भी मालूम नहीं है, जब भूतनाथ अपना किस्सा आप बयान करेगा तब पूरा हाल मालूम होगा, फिर भी मतलब यह कि उस कलमदान की बदौलत भूतनाथ ने रुपया भी बहुत पैदा किया और साथ ही अपने दुश्मन भी बहुत बनाए, जिसका नतीजा वह अब भोग रहा है और कई नेक काम करने पर भी उसकी जान को अभी तक छुट्टी नहीं मिलती। केवल इतना ही नहीं, जब भूतनाथ असली बलभद्रसिंह का पता लगावेगा तब और भी कई विचित्र बातों का पता लगेगा, मैंने तो सिर्फ इन्दिरा के किस्से का सिलसिला बैठाने के लिए बीच ही में इतना बयान कर दिया।

इन्द्रजीत–यह सब हाल आपको कब और कैसे मालूम हुआ?

गोपाल–जब आपने मुझे कैद से छुड़ाया, उसके बाद हाल ही में ये सब बातें मुझे मालूम हुईं और जिस तरह मालूम हुईं सो अभी कहने का मौका नहीं, अब आप इन्दिरा का किस्सा सुनिए, फिर जो कुछ शंका रहेगी, उसके मिटाने का उद्योग किया जाएगा।

इन्दिरा–जो आज्ञा। दारोगा ने मुझे बेहोश कर दिया और जब मैं होश में आई तो अपने को एक लम्बे-चौड़े कमरे में पाया। मेरे हाथ-पैर खुले हुए थे और वह कमरा भी बहुत साफ और हवादार था। उसके दो तरफ की दीवार लकड़ी की थी और एक तरफ की ईंट और चूने से बनी हुई थी। एक तरफ की दीवार में दो दरवाजे थे और दूसरी तरफ की पक्की दीवार में छोटी-छोटी तीन खिड़कियां बनी हुई थीं जिनमें से हवा बखूबी आ रही थी, मगर वे खिड़कियां इतनी ऊंची थीं कि उन तक मेरा हाथ नहीं जा सकता था। बाकी दो तरफ की दीवारों में जो लकड़ी की थीं, तरह-तरह की सुन्दर और बड़ी तस्वीरें बनी हुई थीं और छत में दो रोशनदान थे जिनमें से सूर्य की चमक आ रही थी तथा उस कमरे में अच्छी तरह उजाला हो रहा था। एक तरफ

की पक्की दीवार में दो दरवाजे थे, उनमें से एक दरवाजा खुला हुआ था और दूसरा बन्द था। मैं जब होश में आई तो अपना सिर किसी की गोद में पाया। मैं घबड़ाकर उठ बैठी और उस औरत की तरफ देखने लगी जिसकी गोद मे मेरा सिर था। वह मेरे ननिहाल की वही दाई थी जिसने मुझे गोद में खिलाया था और जो मुझे बहुत प्यार करती थी। यद्यपि मैं कैद में थी और मां-बाप की जुदाई में अधमुई हो रही थी, फिर भी अपनी दाई को देखते ही थोड़ी देर के लिए सब दुःख भूल गई और ताज्जुब के साथ मैंने उस दाई पूछा, "अन्ना, तू यहां कैसे आई?" क्योंकि मैं उस दाई को 'अन्ना' कहके पुकारा करती थी।

अन्ना–बेटी, मैं यह तो नहीं जानती तू यहां कब से है, मगर मुझे आए अभी दो घण्टे से ज्यादे नहीं हुए। मुझे कमबख्त दारोगा ने धोखा देकर गिरफ्तार कर लिया और बेहोश करके यहां पहुंचा दिया, मगर इस तरह तुझे देखकर, मैं अपना दुःख बिलकुल भूल गई, तू अपना हाल तो बता कि यहां कैसे आई?

मैं–मुझे भी कमबख्त दारोगा ही ने बेहोश करके यहां पहुंचाया है। राजा गोपालसिंह की शादी हो गई, मगर जब मैंने अपनी प्यारी लक्ष्मीदेवी के बदले में किसी दूसरी औरत को वहां देखा तो घबड़ाकर इसका सबब पूछने के लिए राजा साहब के पास गई, मगर उनके कमरे में केवल दारोगा बैठा हुआ था, मैं उसी से पूछ बैठी। बस यह सुनते ही वह मेरा दुश्मन हो गया, धोखा देकर दूसरे मकान की तरफ ले चला और रास्ते में एक कपड़ा मेरे मुंह पर डालकर बेहोश कर दिया। उसके बाद की मुझे कुछ भी खबर नहीं है। दारोगा ने तुझे क्या कहके कैद किया?

अन्ना–मैं एक काम के लिए बाजार में गई थी। रास्ते में दारोगा का नौकर मिला। उसने कहा कि इन्दिरा, दारोगा साहब के घर में आई है, उसने मुझे तुमको बुलाने के लिए भेजा है और बहुत ताकीद की है कि खड़े-खड़े सुनती जाओ। मैं उसकी बात सच समझ उसी वक्त दारोगा के घर चली गई, मगर उस हरामजादे ने मेरे साथ भी बेईमानी की, बेहोशी की दवा मुझे जबर्दस्ती सुंघाई। मैं नहीं कह सकती कि एक घण्टे तक बेहोश रही या एक दिन तक, पर जब मैं यहां पहुंची तब मैं होश में आई, उस समय केवल दारोगा नंगी तलवार लिये सामने खड़ा था। उसने मुझसे कहा, "देख, तू वास्तव में इन्दिरा के पास पहुंच गई है। यह लड़की अकेले कैदखाने में रहने योग्य नहीं है, इसलिए तू भी इसके साथ कैद की जाती है और तुझे हुक्म दिया जाता है कि हर तरह इसकी खातिर और तसल्ली करियो और जिस तरह हो इसे खिलाइयो-पिलाइयो। देख, उस कोने में खाने-पीने का सब सामान रक्खा है।"

मैं–मेरी नानी का क्या हाल है? अफसोस, मैं तो उससे मिल भी न सकी और इस आफत में फंस गई!

अन्ना–तेरी नानी का क्या हाल बताऊं, वह तो नाममात्र को जीती है, अब उसका बचना कठिन है।

अन्ना की जुबानी अपनी नानी का हाल सुनके मैं बहुत रोई-कलपी। अन्ना ने मुझे बहुत समझाया और धीरज देकर कहा कि ईश्वर का ध्यान कर, उसकी कृपा से हम लोग जरूर इस कैद से छूट जाएंगे। मालूम होता है कि दारोगा तेरे जरिये से कोई काम निकालना चाहता है, अगर ऐसा न होता तो वह तुझे मार डालता और तेरी हिफाजत के लिए मुझे यहां न लाता। अस्तु, जहां तक हो उसका काम पूरा न होने देना चाहिए। खैर, जब वह यहां आकर तुझसे कुछ कहे-सुने तो तू मुझ पर टाल दिया कीजियो। फिर जो कुछ होगा, मैं समझ लूंगी। अब तू कुछ खा-पी ले फिर जो कुछ होगा देखा जाएगा। अन्ना के समझाने से मैं खाना खाने के लिए तैयार हो गई। खाने-पीने का सामान सब घर में मौजूद था, मैंने भी खाया-पीया, इसके बाद अन्ना के पूछने पर मैंने अपना सब हाल शुरू से आखिर तक उसे कह सुनाया। इतने में शाम हो गई। मैं कह चुकी हूं कि उस कमरे की छत में रोशनदान बना हुआ था जिसमें से रोशनी बखूबी आ रही थी, इसी रोशनदान के सबब से हम लोगों को मालूम हुआ कि संध्या हो गई। थोड़ी ही देर बाद दरवाजा खोलकर दो आदमी उस कमरे में आए, एक ने चिराग जला दिया और दूसरे ने खाने-पीने का ताजा सामान रख दिया और बासी बचा हुआ उठाकर ले गया। उसके जाने के बाद फिर मुझसे और अन्ना से बातचीत होती रही और दो घण्टे के बाद मुझे नींद आ गई।

इन्द्रजीत--(गोपालसिंह से) इस जगह मुझे एक बात का सन्देह हो रहा है।

गोपाल--वह क्या?

इन्द्रजीत--इन्दिरा लक्ष्मीदेवी को पहिचानती थी इसलिए दारोगा ने उसे तो गिरफ्तार कर लिया, मगर इन्द्रदेव का उसने क्या बन्दोस्त किया, क्योंकि लक्ष्मीदेवी को तो इन्द्रदेव भी पहिचानते थे?

गोपाल--इसका सबब शायद यह है कि ब्याह के समय इन्द्रदेव यहां मौजूद न थे और उसके बाद भी लक्ष्मीदेवी को देखने का उन्हें मौका न मिला। मालूम होता है कि दारोगा ने इन्द्रदेव से मिलने के बारे में नकली लक्ष्मीदेवी को कुछ समझा दिया था, जिससे वर्षों तक मुन्दर ने इन्द्रदेव के सामने से अपने को बचाया और इन्द्रदेव ने भी इस बात की कुछ परवाह न की। अपनी स्त्री और लड़की के गम में इन्द्रदेव ऐसा डूबे कि वर्षों बीत जाने पर भी वह जल्दी घर से नहीं निकलते थे, इच्छा होने पर कभी-कभी मैं स्वयं उनसे मिलने के लिए जाया करता था। कई वर्ष बीत जाने पर जब मैं कैद हो गया और सभों ने मुझे मरा हुआ जाना तब इन्द्रदेव के खोज करने पर लक्ष्मीदेवी का पता लगा और उसने लक्ष्मीदेवी को कैद से छुड़ाकर अपने पास रक्खा। इन्द्रदेव को भी मेरा मरना निश्चय हो गया था इसलिए मुन्दर के विषय में उन्होंने ज्यादे बखेड़ा उठाना व्यर्थ समझा और दुश्मनों से बदला लेने के लिए लक्ष्मीदेवी को तैयार किया। कैद से छूटने के बाद मैं खुद इन्द्रदेव से मिलने के लिए गुप्त रीति से गया था तब उन्होंने लक्ष्मीदेवी का हाल मुझसे कहा था।

इन्द्रजीत–इन्द्रदेव ने लक्ष्मीदेवी को कैद से क्योंकर छुड़ाया था और उस विषय में क्या किया सो मालूम न हुआ।

राजा गोपालसिंह ने लक्ष्मीदेवी का कुल हाल जो हम ऊपर लिख आए हैं, बयान किया और इसके बाद फिर इन्दिरा ने अपना किस्सा कहना शुरू किया।

इन्दिरा–उसी दिन, आधी रात के समय जब मैं सोई हुई थी और अन्ना भी मेरे बगल में लेटी हुई थी, यकायक इस तरह को आवाज आई जैसे किसी ने अपने सिर पर से कोई गठरी उतारकर फेंकी हो। उस आवाज ने मुझे तो न जगाया मगर अन्ना झट उठ बैठी और इधर-उधर देखने लगी। मैं बयान कर चुकी हूं कि इस कमरे में दो दरवाजे थे। उनमें से एक दरवाजा तो लोगों के आने-जाने के लिए था और वह बाहर से बन्द रहता था, मगर दूसरा खुला हुआ था, जिसके अन्दर मैं तो नहीं गई थी मगर अन्ना हो आई थी और कहती थी कि उसके अन्दर तीन कोठरियां हैं, एक पायखाना है और दो कोठरियां खाली पड़ी हैं। अन्ना को शक हुआ कि उसी कोठरी के अन्दर से आवाज आई है। उसने सोचा कि शायद दारोगा का कोई आदमी यहां आकर उस कोठरी में गया हो। थोड़ी देर तक तो वह उसके अन्दर से किसी के निकलने की राह देखती रही मगर इसके बाद उठ खड़ी हुई। अन्ना थी तो औरत मगर उसका दिल बड़ा ही मजबूत था, वह मौत से भी जल्दी डरनेवाली न थी। उसने हाथ में चिराग उठा लिया और उस कोठरी के अन्दर गई। पैर रखने के साथ ही उसकी निगाह एक गठरी पर पड़ी, मगर इधर-उधर देखा तो कोई आदमी नजर न आया। दूसरी कोठरी के अन्दर गई और तीसरी कोठरी में भी झांक के देखा, मगर कोई आदमी नजर न आया, तब उसने चिराग एक किनारे रख दिया और उस गठरी को खोला। इतने ही में मेरी आंख खुल गई और घर में अंधेरा देखकर मुझे डर मालूम हुआ। मैंने हाथ फैलाकर अन्ना को उठाना चाहा, मगर वह तो वहां थी ही नहीं। मैं घबराकर उठ बैठी। यकायक उस कोठरी की तरफ मेरी निगाह गई और उसके भीतर चिराग की रोशनी दिखाई दी। मैं घबराकर जोर-जोर से 'अन्ना-अन्ना' पुकारने लगी। मेरी आवाज सुनते ही वह चिराग और गठरी लिये बाहर निकल आई और बोली, "ले बेटी, मैं तुझे एक खुशखबरी सुनाती हूं।" मैं खुश होकर बोली, "क्या है अन्ना!"

अन्ना ने यह कहकर गठरी मेरे आगे रख दी कि 'देख इसमें क्या है!' मैंने बड़े शौक से वह गठरी खोली, मगर उसमें अपनी प्यारी मां के कपड़े देखकर मुझे रुलाई आ गई। ये वे ही कपड़े थे जो मेरी मां पहिरकर घर से निकली थी, मगर उन दोनों ऐयारों ने उसे गिरफ्तार कर लिया था और वे ही कपड़े पहिरे हुए कैदखाने में मेरे साथ थी, जब दुश्मनों ने जबर्दस्ती उसे मुझसे जुदा किया था। उन कपड़ों पर खून के छींटे पड़े हुए थे और उन्हीं छींटों को देखकर मुझे रुलाई आ गई। अन्ना ने कहा, "तू रोती क्यों है, मैं कह जो चुकी कि तेरे लिए खुशखबरी लाई हूं, इन कपड़ों को मत देख, बल्कि इसमें एक चीठी तेरी मां के हाथ की लिखी हुई है, उसे देख!" मैंने

उन कपड़ों को अच्छी तरह खोला और उसके अन्दर से वह चीठी निकाली। मालूम होता है जब मैं 'अन्ना-अन्ना' कहके चिल्लाई तब वह जल्दी में उन सभों को लपेटकर बाहर निकल आई थी। खैर, जो हो, मगर वह चीठी अन्ना पढ़ चुकी थी क्योंकि वह पढ़ी-लिखी थी। मैं बहुत कम पढ़-लिख सकती थी, केवल नाम लिखना-भर जानती थी, मगर अपनी मां के अक्षर अच्छी तरह पहिचानती थी, क्योंकि वही मुझे पढ़ना-लिखना सिखाती थी। अस्तु, चीठी खोलकर मैंने अन्ना को पढ़ने के लिए कहा और अन्ना ने पढ़कर मुझे सुनाया। उसमें यह लिखा हुआ था–

"मेरी प्यारी बेटी इन्दिरा,

जितना मैं तुझे प्यार करती थी, निःसन्देह तू भी मुझे उतना ही चाहती थी, मगर अफसोस, विधाता ने हम दोनों को जुदा कर दिया और मुझे तेरी भोली सूरत देखने के लिए तरसना पड़ा! परन्तु कोई चिन्ता नहीं, यद्यपि मेरी तरह तू भी दुःख भोग रही है, मगर तू चाहेगी तो मैं कैद से छूट जाऊंगी और साथ ही इसके तू भी कैदखाने से बाहर मुझसे मिलेगी। अब मेरा और तेरा दोनों का कैद से छूटना तेरे ही हाथ है और छूटने की तरकीब केवल यही है कि दारोगा साहब जो कुछ तुझे कहें, उसे बेखटके कर दे।

अगर ऐसा करने से इनकार करेगी तो मेरी और तेरी दोनों की जान मुफ्त में जाएगी।

तेरी प्यारी मां–सर्यू"

दूसरा बयान

अब हम रोहतासगढ़ किले के तहखाने में दुश्मनों से घिरे हुए राजा बीरेन्द्रसिंह वगैरह का कुछ हाल लिखते हैं।

जिस समय राजा बीरेन्द्रसिंह और तेजसिंह इत्यादि ने तहखाने के ऊपरी हिस्से से आई हुई यह आवाज सुनी कि, "होशियार, होशियार, देखो यह चाण्डाल बेचारी किशोरी को पकड़े लिये जाता है" इत्यादि–तो सभों की तबीयत बहुत ही बेचैन हो गई। राजा बीरेन्द्रसिंह, तेजसिंह, इन्द्रदेव और देवीसिंह वगैरह घबराकर चारों तरफ देखने और सोचने लगे कि अब क्या करना चाहिए।

कमलिनी हाथ में तिलिस्मी खंजर लिये हुए कैदखानेवाले दरवाजे के बीच ही में खड़ी थी। उसने इन्द्रदेव से कहा–"मुझे भी उस कोठरी के अन्दर पहुंचाइए जिसमें किशोरी को रक्खा था, फिर मैं उसे छुड़ा लूंगी।"

इन्द्रदेव–बेशक, उस कोठरी के अन्दर तुम्हारे जाने से किशोरी को मदद पहुंचेगी, मगर किसी ऐयार को भी अपने साथ लेती जाओ।

देवीसिंह–मुझे साथ जाने के लिए कहिए।

इन्द्रदेव–(बीरेन्द्रसिंह से) आप देवीसिंह को साथ जाने की आज्ञा दीजिए।

बीरेन्द्र–(देवीसिंह से) जाइए।

तेजसिंह–नहीं, कमलिनी के साथ मैं खुद जाऊंगा क्योंकि मेरे पास भी राजा गोपालसिंह का दिया हुआ तिलिस्मी खंजर है।

इन्द्रदेव–राजा गोपालसिंह ने आपको तितिस्मी खंजर कब दिया?

तेजसिंह–जब कमलिनी की सहायता से मैंने उन्हें मायारानी की कैद से छुड़ाया था तब उन्होंने उसी तिलिस्मी बाग के चौथे दर्जे में से एक तिलिस्मी खंजर निकालकर मुझे दिया था, जिसे मैं हिफाजत से रखता हूं। कमलिनी के साथ देवीसिंह के जाने से कोई फायदा न होगा क्योंकि जब कमलिनी तिलिस्मी खंजर से काम लेगी तो उसकी चमक से और लोगों की तरह देवीसिंह की आंखें बन्द हो जाएंगी...

इन्द्रदेव–(बात काटकर) ठीक है, ठीक है, मैं समझ गया, अच्छा तो आप ही जाइए, देर न कीजिए।

इतना कहकर इन्द्रदेव बड़ी फुर्ती से कैदखाने के अन्दर चला गया और उस कोठरी का दरवाजा जिसमें किशोरी, कामिनी, लक्ष्मीदेवी, लाडिलो और कमला को रख दिया था, पुनः उसी ढंग से खोला, जैसे पहिले खोला था। दरवाजा खुलने के साथ ही तेजसिंह को साथ लिये हुए कमलिनी उस कोठरी के अन्दर घुस गई और वहां कामिनी, लक्ष्मीदेवी, लाडिली और कमला को मौजूद पाया, मगर किशोरी का पता न था। कमलिनी ने उन औरतों को तुरंत कोठरी के बाहर निकालकर राजा बीरेन्द्रसिंह के पास चले जाने के लिए कहा और आप दूसरे काम का उद्योग करने लगी। बाकी औरतों के बाहर होते ही इन्द्रदेव ने जंजीर छोड़ दी और कोठरी का दरवाजा बन्द हो गया। कमलिनी ने अपने तिलिस्मी खंजर की रोशनी में चारों तरफ गौर से देखा। बगलवाली दीवार में एक छोटा-सा दरवाजा खुला हुआ दिखाई दिया जिसमें ऊपर के हिस्से में जाने के लिए सीढ़ियां थीं। दोनों उस दरवाजे के अन्दर चले गए और सीढ़ियां चढ़कर छत के ऊपर पहुंचे, अब तेजसिंह को मालूम हुआ कि इसी जगह से उस गुप्त मनुष्य के बोलने की आवाज आ रही थी।

इस ऊपरवाले हिस्से की छत बहुत लम्बी-चौड़ी थी और वहां कई बड़े-बड़े दालान और उन दालानों में से कई तरफ निकल जाने के रास्ते थे। तेजसिंह और कमलिनी ने देखा कि वहां पर बहुत-सी लाशें पड़ी हुई हैं जिनमें से शायद दो-ही-चार में दम हो, और जमीन भी वहां की खून से तरबतर हो रही थी। अपने पैर को खून और लाशों से बचाकर किसी तरह निकल जाना कठिन ही नहीं बल्कि असम्भव था। कमलिनी ने इस बात का कुछ भी खयाल न किया और लाशों पर पैर रखती हुई बराबर चली गई। आखिर एक दालान में पहुंची जिसमें से दूसरी तरफ निकल जाने के लिए एक खुला दरवाजा था। दरवाजे के उस पार पैर रखते ही दोनों की निगाह

कृष्णाजिन्न पर पड़ी जिसे दुश्मन चारों तरफ से घेरे हुए थे और वह तिलिस्मी तलवार से सभों को काटकर गिरा रहा था। यद्यपि वह तिलिस्मी फौलादी जाल की पोशाक पहिरे हुए था और इस सबब से उसके ऊपर दुश्मनों की तलवारें कुछ काम नहीं करती थीं। तथापि ध्यान देने से मालूम होता था कि तलवार चलाते-चलाते उसका हाथ थक गया है और थोड़ी देर में हर्बा चलाने या लड़ने लायक न रहेगा। इतना होने पर भी दुश्मनों को उस पर फतह पाने की आशा न थी और मुकाबला करने से डरते थे। जिस समय कमलिनी और तेजसिंह तिलिस्मी खंजर चमकाते हुए उसके पास पहुंचे उस समय दुश्मनों का जी बिलकुल ही टूट गया और वे तलवारें जमीन पर फेंक-फेंक 'शरण', 'शरणागत' इत्यादि पुकारने लगे।

अगर दुश्मनों को यहां से निकल जाने का रास्ता मालूम होता और वे लोग भागकर अपनी जान बचा सकते तो कृष्णाजिन्न का मुकाबला कदापि न करते, लेकिन जब उन्होंने देखा कि हम लोग रास्ता न जानने के कारण भागकर जा ही नहीं सकते तब लाचार होकर मरने-मारने के लिए तैयार हो गए थे, मगर कृष्णाजिन्न ने भी उन लोगों को अच्छी तरह यमलोक का रास्ता दिखाया क्योंकि उसके हाथ में तिलिस्मी तलवार थी। जब तेजसिंह और कमलिनी भी तिलिस्मी खंजर चमकाते हुए वहां पहुंच गए तब तो दुश्मनों ने एकदम ही तलवार हाथ से फेंक दी और 'त्राहि-त्राहि', 'शरण-शरण' पुकारने लगे। उस समय कृष्णाजिन्न ने भी हाथ रोक लिया और तेजसिंह तथा कमलिनी की तरफ देखकर कहा–"बहुत अच्छा हुआ जो आप लोग आ गए!"

तेजसिंह–मालूम होता है कि आप ही ने दुश्मनों के आने से हम लोगों को सचेत किया।

कृष्णाजिन्न–हां, वह आवाज मेरी ही थी और मुझी से आप लोग बातचीत कर रहे थे।

तेजसिंह–तो क्या आप ही ने यह कहा था कि 'कोई शैतान बेचारी किशोरी को पकड़े लिए जाता है'?

कृष्णाजिन्न–हां, यह मैंने ही कहा था, किशोरी को ले जानेवाला स्वयं उसका बाप शिवदत्त था और मेरे हाथ से मारा गया।

कृष्णाजिन्न और भी कुछ कहा चाहता था कि कोई आवाज उसके तथा कमलिनी और तेजसिंह के कानों में पड़ी। आवाज यह थी–"हरी-हरी, तुम लोग भागो और हमारे पीछे-पीछे चले आओ, धन्नूसिंह की मदद से हम लोग निकल जाएंगे।" इस आवाज को सुनकर वे लोग भी पीछे की तरफ भाग गए जिन्होंने कृष्णाजिन्न और तेजसिंह के आगे तलवारें फेंक दी थीं, मगर कृष्णाजिन्न और तेजसिंह ने उन लोगों को रोकना या मारना उचित न जाना और चुपचाप खड़े रहकर भागनेवालों का तमाशा देखते रहे। थोड़ी देर में उनके सामने की जमीन दुश्मनों से खाली हो गई और सामने

से आती हुई मनोरमा दिखाई पड़ी। मनोरमा को देखते ही कमलिनी तिलिस्मी खंजर उठाकर उसकी तरफ झपटी और उस पर वार किया ही चाहती थी कि मनोरमा ने कुछ पीछे हटकर कहा, "हैं हैं! श्यामा, जरा देख-समझके!"

मनोरमा की बात और श्यामा[1] का शब्द सुनकर कमलिनी रुक गई और बड़े गौर से मनोरमा का मुंह देखने के बाद बोली, "तू कौन है?"

मनोरमा–बीरूसिंह!

कमलिनी–निशान?

मनोरमा–चन्द्रकला।

कमलिनी–तुम अकेले हो या और भी कोई है?

बीरू–शिवदत्त के सिपाही धन्नूसिंह की सूरत बने हुए मेरे गुरु सर्यूसिंह भी आए हैं। उन्होंने दुश्मनों को बाहर निकलने का रास्ता बताया है। इस तहखाने में जितने दरवाजे कल्याणसिंह ने बन्द किए थे, वे सब भी गुरुजी ने खोल दिए क्योंकि उनके सामने ही कल्याणसिंह ने सब दरवाजे बन्द किए थे और उन्होंने उसकी तरकीब देख ली थी।

कृष्णाजिन्न–शाबाश! (कमलिनी से) अच्छा इन लोगों का किस्सा दूसरे समय सुनना, इस समय तुम किशोरी को लेकर राजा बीरेन्द्रसिंह के पास चली जाओ जिसे हमने शिवदत्त के पंजे से छुड़ाया है और जो (हाथ का इशारा करके) उस तरफ जमीन पर बदहवास पड़ी है, बस अब इस काम में देर मत करो। मैं यहां से पुकारकर कह देता हूं, जिस राह से तुम आई हो उस कोठरी का दरवाजा इन्द्रदेव खोल देंगे, तेजसिंह और बीरूसिंह को मैं थोड़ी देर के लिए अपने साथ लिये जाता हूं, ये लोग किले में तुम लोगों के पास आ जाएंगे।

कमलिनी–क्या आप राजा बीरेन्द्रसिंह के पास न चलेंगे?

कृष्णाजिन्न–नहीं।

कमलिनी–क्यों?

कृष्णाजिन्न–हमारी खुशी। राजा बीरेन्द्रसिंह से कह दीजियो कि सभों को लिये हुए इसी समय तहखाने के बाहर चले जाएं।

इतना कहकर कृष्णाजिन्न उस जगह कमलिनी को ले गया जहां बेचारी किशोरी बदहवास पड़ी हुई थी। दुश्मन लोग सामने से बिलकुल भाग गए थे, सिवाय जख्मियों और मुर्दों के वहां पर कोई भी मुकाबला करनेवाला न था और दुश्मनों के हाथों से गिरी हुई मशालें इधर-उधर पड़ी हुई कुछ बल रही थीं और कुछ ठंडी हो गई थीं। बेचारी किशोरी बिलकुल बदहवास पड़ी हुई थी, मगर तेजसिंह की तरकीब से वह बहुत जल्द होश में आ गई और कमलिनी उसे अपने साथ लेकर राजा बीरेन्द्रसिंह

---

1. 'श्यामा' कमलिनी का असली नाम था मगर लोगों में वह कमलिनी के नाम से हो प्रसिद्ध हो गई और हमारा बनावटी नाम भी एक प्रकार ठीक निकाला।

के पास चली गई। कृष्णाजिन्न ने उसी सूराख में से इन्द्रदेव को दरवाजा खोलने के लिए आवाज दे दी और तेजसिंह तथा बीरूसिंह को लिये दूसरी तरफ का रास्ता लिया।

किशोरी को साथ लिये हुए थोड़ी ही देर में कमलिनी राजा बीरेन्द्रसिंह के पास जा पहुंची और जो कुछ उसने देखा-सुना था, सब कहा। वहां से भी बचे-बचाये दुश्मन लोग भाग गए थे और मुकाबला करनेवाला कोई मौजूद नहीं था।

इन्द्रदेव–(राजा बीरेन्द्रसिंह से) कृष्णाजिन्न ने जो कुछ कहला भेजा है, उसे मैं पसन्द करता हूं, सभों को लेकर इस समय तहखाने के बाहर ही हो जाना चाहिए।

बीरेन्द्र–मेरी भी यही राय है, ईश्वर को धन्यवाद देना चाहिए कि आज की ग्रहदशा सहज में कट गई। निःसन्देह आपके दोनों ऐयारों ने दुश्मनों के साथ यहां आकर कोई अनूठा काम किया होगा और कृष्णाजिन्न ने मानो पूरी सहायता ही की और किशोरी की जान बचाई।

इन्द्रदेव–निःसन्देह ईश्वर ने बड़ी कृपा की, मगर इस बात का अफसोस है कि कृष्णाजिन्न यहां न आकर ऊपर-ही-ऊपर चले गए और मैं उन्हें देख न सका तथा इस तहखाने की सैर भी इस समय आपको न करा सका।

बीरेन्द्र–कोई चिन्ता नहीं, फिर देखा जाएगा, इस समय तो यहां से चल ही देना चाहिए।

राजा बीरेन्द्रसिंह की इच्छानुसार कैदियों को भी साथ लिये हुए सब कोई तहखाने के बाहर हुए। कैदियों को कैदखाने भेजा, औरतें महल में भेज दी गईं और उनकी हिफाजत का विशेष प्रबन्ध किया गया, क्योंकि अब राजा बीरेन्द्रसिंह को इस बात का विश्वास न रहा कि रोहतासगढ़ किले के अन्दर और महल में दुश्मनों के आने का खटका नहीं है क्योंकि तहखाने के रास्तों का हाल दिन-दिन खुलता ही जाता था।

इन्द्रदेव को राजा बीरेन्द्रसिंह ने अपने कमरे के बगल में डेरा दिया और बड़ी इज्जत के साथ रक्खा। आज की बची हुई रात सोच-विचार और तरद्दुद ही में बीती। शेरअलीखां, भूतनाथ और कल्याणसिंह का हाल भी सभों को मालूम हुआ और यह भी मालूम हुआ कि कल्याणसिंह और उसके कई आदमी कैदखाने में बन्द हैं।

दूसरे दिन सबेरे जब राजा बीरेन्द्रसिंह ने कैदखाने में से कल्याणसिंह को अपने पास बुलाया तो मालूम हुआ कि रात ही को होश में आने के बाद कल्याणसिंह ने जमीन पर सिर पटककर अपनी जान दे दी। बीरेन्द्रसिंह ने उसकी अवस्था पर शोक प्रकट किया और उसकी लाश को इज्जत के साथ जलाकर हड्डियां गंगाजी में डलवा देने का हुक्म दिया और यही हुक्म शिवदत्त की लाश के लिए भी दिया।

पहर दिन चढ़ने के बाद जब राजा बीरेन्द्रसिंह स्नान और संध्या-पूजा से छुट्टी पा कुछ फल खाकर निश्चिन्त हुए तो महल में अपने आने की इत्तिला करवाई और उसके बाद इन्द्रदेव को साथ लिये हुए महल में जाकर एक सजे हुए सुन्दर कमरे में बैठे। उनकी इच्छानुसार किशोरी, कामिनी, कमला, कमलिनी, लाडिली और लक्ष्मीदेवी अदब के साथ सामने बैठ गईं। किशोरी का चेहरा उसके बाप के गम में उदास हो

रहा था, राजा बीरेन्द्रसिंह ने उसे समझाया और दिलासा दिया। इसी समय तारासिंह ने राजा साहब के पास पहुंचकर तेजसिंह, भूतनाथ, सर्यूसिंह और बीरूसिंह के आने की इत्तिला की और मर्जी होने पर ये लोग राजा बीरेन्द्रसिंह के सामने हाजिर हुए तथा सलाम करने के बाद हुक्म पाकर जमीन पर बैठ गए। इन लोगों के आने का सभों को इन्तजार था, शिवदत्त और कल्याणसिंह की कार्रवाई तथा उनके काम में विघ्न पड़ने का हाल सभी कोई सुना चाहते थे।

बीरेन्द्र–(भूतनाथ से) सुना था कि शेरअलीखां को तुम अपने साथ ले गए थे?

भूतनाथ–जी हां, शेरअलीखां को मैं अपने साथ ले गया था और साथ लेता भी आया, तेजसिंह की आज्ञा से वे अपने डेरे पर चले गए, जहां रहते थे।

बीरेन्द्र–(तेजसिंह से) कृष्णाजिन्न तुमको अपने साथ क्यों ले गए थे?

तेजसिंह–कुछ काम था जो मैं आपसे किसी दूसरे समय कहूंगा, आप पहिले सर्यूसिंह और भूतनाथ का हाल सुन लीजिए।

बीरेन्द्र–अच्छी बात है, आज के मामले में निःसन्देह सर्यूसिंह ने बड़ी मदद पहुंचाई और भूतनाथ की होशियारी ने भी दुश्मनों का बहुत-कुछ नुकसान किया।

तेजसिंह–जिस तरफ से दुश्मन लोग इस तहखाने के अन्दर आए थे, भूतनाथ और शेरअलीखां उसी मुहाने पर जाकर बैठ गए और भागकर जाते हुए दुश्मनों को खूब ही मारा, यहां तक कि एक भी जीता बचकर न जा सका।

इन्द्रदेव–(सर्यूसिंह से) अच्छा तुम अपना हाल कह जाओ।

इन्द्रदेव की आज्ञा पाकर सर्यूसिंह ने अपना और भूतनाथ का हाल बयान किया। मनोरमा और धन्नूसिंह का हाल सुनकर सब कोई हंसने लगे, इसके बाद भूतनाथ ने मनोरमा को अपने लड़के नानक के साथ घर भेजकर शेरअलीखां के पास आना, कल्याणसिंह और उसके आदमियों का मुकाबिला करना, फिर शेरअलीखां को अपने साथ लेकर सुरंग के मुहाने पर जाकर बैठना और दुश्मनों का सत्यानाश करना इत्यादि बयान किया। इसके बाद तेजसिंह ने एक चीठी राजा बीरेन्द्रसिंह के हाथ में दी और कहा, "कृष्णाजिन्न ने यह चीठी आपके लिए दी है।"

राजा बीरेन्द्रसिंह ने यह चीठी ले ली और मन में पढ़ जाने के बाद इन्द्रदेव के हाथ में देकर कहा–"आप इसे जोर से पढ़ जाइए जिससे सब कोई सुन लें!"

इन्द्रदेव ने चीठी पढ़कर सभों को सुनाई। उसका मतलब यह था–

"इत्तिफाक से आज इस तहखाने में पहुंच गया और किशोरी की जान बच गई। सर्यूसिंह और भूतनाथ ने निःसन्देह बड़ी मदद की, सच तो यों है कि आज उन्हीं की बदौलत दुश्मनों ने नीचा देखा, मगर भूतनाथ ने एक काम बड़ी बेवकूफी का किया, अर्थात् मनोरमा को नानक के हाथ में दे दिया और उसे घर ले जाकर असली बलभद्रसिंह का पता लगाने के लिए कहा। यह भूतनाथ की भूल है कि वह नानक को किसी काम के लायक समझता है यद्यपि नानक के हाथ से आज तक कोई काम

ऐसा न निकला जिसकी तारीफ की जाए, वह निरा बेवकूफ और गदहा है। कोई नाजुक काम उसके हाथ में देना भी भारी भूल है। मनोरमा को उसके हाथ में देकर भूतनाथ ने बुरा किया। नानक कमीने को मालिक के काम का तो कुछ खयाल न रहा और मनोरमा के साथ शादी की धुन सवार हो गई, जिसका नतीजा यह निकला कि मनोरमा ने नानक को खूब जूतियां लगाईं और तिलिस्मी खंजर भी ले लिया, मैं बहुत खुश होता यदि मनोरमा नानक के कान-नाक भी काट लेती। आपको और आपके ऐयारों को होशियार करता हूं और कहे देता हूं कि औरत के गुलाम नानक बेईमान पर कोई भी कभी भरोसा न करें। आप जरूर अपने एक ऐयार को नानक के घर की तहकीकात करने के लिए भेजें, तब आपको नानक और नानक के घर की हालत मालूम होगी। अस्तु, अब आपका रोहतासगढ़ में रहना ठीक नहीं है, आप कैदियों और किशोरी, कामिनी, कमलिनी और लक्ष्मीदेवी इत्यादि सभों को लेकर चुनार चले जाएं। मैं यह बात इस खयाल से नहीं कहता कि यहां आपको दुश्मनों का डर है, नहीं-नहीं, अव्वल तो अब आपका कोई ऐसा दुश्मन ही नहीं रहा जो रोहतासगढ़ तहखाने का रत्ती बराबर भी हाल जानता हो, दूसरे इस तहखाने के कुल दरवाजे (दीवानखानेवाले एक सदर दरवाजे को छोड़कर) जो गिनती में ग्यारह थे, मैंने अच्छी तरह बन्द कर दिए और उनका हाल तेजसिंह को बता दिया है। मैं समझता हूं, इनसे ज्यादे रास्ते तहखाने में आने-जाने के लिए नहीं हैं, इतने रास्तों का हाल यहां का राजा दिग्विजयसिंह भी न जानता होगा, हां कमलिनी जरूर जानती होगी क्योंकि वह 'रिक्तग्रंथ' पढ़ चुकी है। यदि आप तहखाने की सैर किया चाहते हैं तो इस इरादे को अभी रोक दीजिए, कुंअर इन्द्रजीतसिंह और आनन्दसिंह के आने पर यह काम कीजिएगा, क्योंकि यहां का सबसे ज्यादे हाल उन्हीं दोनों भाइयों को मालूम होगा। हां, बलभद्रसिंह का पता लगाने का उद्योग करना चाहिए और यहां के तहखाने की भी अच्छी तरह सफाई हो जानी चाहिए जिसमें एक भी मुर्दा इसके अन्दर रह न जाए। यदि इन्द्रदेव चाहें तो नकली बलभद्रसिंह को आप इन्द्रदेव के हवाले कर दीजिएगा और असली बलभद्रसिंह तथा इन्दिरा का पता लगाने का बोझ इन्द्रदेव ही के ऊपर डालिएगा। भूतनाथ को भी चाहिए कि इन्द्रदेव के साथ रहकर अपनी खैरख्वाही दिखाए और पुरानी कालिख अपने चेहरे से अच्छी तरह धो डाले, नहीं तो उसके हक में अच्छा न होगा और आप अपने एक ऐयार को हरामखोर नानक की तरफ रवाना कीजिए। मैं आपका ध्यान पुनः मनोरमा की तरफ दिलाता हूं और कहता हूं कि तिलिस्मी खंजर का उसके हाथ लग जाना ही बुरा हुआ। मनोरमा साधारण औरत नहीं है, उसकी तारीफ आप सुन ही चुके होंगे, तिलिस्मी खंजर पाकर अब वह जो न कर डाले, वही आश्चर्य है। उसके कब्जे से खंजर निकालने का शीघ्र उद्योग कीजिए और इस काम को सबसे ज्यादे जरूरी समझिए। इसके अतिरिक्त तेजसिंह की जुबानी जो कुछ मैंने कहला भेजा है, उस पर भी ध्यान दीजिए।''

इस चीठी को सुनकर सभों को ताज्जुब हुआ। राजा बीरेन्द्रसिंह तो चुप ही रहे, सिर्फ इन्द्रदेव के हाथ से चीठी लेकर तेजसिंह को दे दी और बोले कि 'सब काम इसी के मुताबिक होना चाहिए'। इसके बाद एक-एक के चेहरे को गौर से देखने लगे। भूतनाथ का चेहरा मारे क्रोध के लाल हो रहा था, नानक की अवस्था और नालायकी पर उसे बड़ा ही रंज हुआ था। लक्ष्मीदेवी के चेहरे पर भी हद से ज्यादे उदासी छाई हुई थी, बाप की फिक्र के साथ-ही-साथ उसे इस बात का बड़ा रंज और ताज्जुब था कि राजा गोपालसिंह ने सब हाल सुनकर भी उसकी कुछ खबर न ली, न तो मिलने के लिए आए और न कोई चीठी ही भेजी। वह हजार सोचती और गौर करती थी मगर इसका सबब कुछ भी उसके ध्यान में न आता था और न उसका दिल इसी बात को कबूल करता था कि राजा गोपालसिंह उसे इसी अवस्था में छोड़ देंगे। ज्यादे ताज्जुब तो उसे इस बात का था कि राजा गोपालसिंह ने मायारानी के बारे में भी कोई हुक्म नहीं लगाया जिसकी बदौलत वह हद से ज्यादे तकलीफ उठा चुके थे। अब इस खयाल ने उसे और सताना शुरू किया कि हम लोगों को चुनार जाना होगा जहां गोपालसिंह का पहुंचना और भी कठिन है, इत्यादि तरह-तरह की बातें वह सोच रही थी और न रुकनेवाले आंसुओं को रोकने में जी-जान से उद्योग कर रही थी। कमलिनी का चेहरा भी उदास था, राजा गोपालसिंह के विषय में वह भी तरह-तरह की बातें सोच रही थी और उनसे तथा नानक से स्वयं मिला चाहती थी, मगर राजा बीरेन्द्रसिंह की मर्जी के खिलाफ कुछ करना भी उचित नहीं समझती थी।

राजा बीरेन्द्रसिंह ने इन्द्रदेव की तरफ देखकर कहा, "आप क्या सोच रहे हैं? कृष्णाजिन्न पर मुझे बड़ा विश्वास है और उसने जो कुछ लिखा, मैं उसे करने के लिए तैयार हूं।"

इन्द्रदेव–आप मालिक हैं, आपको हर तरह पर अख्तियार है, जो चाहें करें और मुझे भी जो आज्ञा दें करने के लिए तैयार हूं। कृष्णाजिन्न की तो मैंने सूरत भी नहीं देखी है इसलिए उनके विषय में कुछ भी नहीं कह सकता, मगर मुझे अफसोस इस बात का है कि मैं यहां आकर कुछ भी न कर सका, न तो बलभद्रसिंह ही का पता लगा और न इन्दिरा के विषय में ही कुछ मालूम हुआ।

बीरेन्द्र–नकली बलभद्रसिंह जब तुम्हारे कब्जे में हो जाएगा तो मैं उम्मीद करता हूं कि तुम इन दोनों ही का पता लगा सकोगे और कृष्णाजिन्न के लिखे मुताबिक मैं नकली बलभद्रसिंह को तुम्हारे हवाले करने के लिए तैयार हूं। मैं तुम पर भी बहुत विश्वास रखता हूं और तुम्हें अपना समझता हूं अगर कृष्णाजिन्न ने न भी लिखा होता और तुम नकली बलभद्रसिंह मांगते तो भी मैं तुम्हें दे देता, अब भी अगर तुम मायारानी या दारोगा को लिया चाहो तो मैं देने को तैयार हूं। केवल इतना ही नहीं, इसके अतिरिक्त तुम अगर और भी कोई बात कहो तो करने के लिए तैयार हूं।

राजा बीरेन्द्रसिंह की बात सुनकर इन्द्रदेव उठ खड़ा हुआ और झुककर सलाम करने के बाद हाथ जोड़कर बोला, "यह जानकर बहुत ही प्रसन्न हुआ कि महाराज मुझ पर विश्वास रखते हैं और नकली बलभद्रसिंह को मेरे हवाले करने के लिए तैयार हैं तथा और भी जिसे मैं चाहूं ले जाने की प्रार्थना कर सकता हूं। यदि महाराज की मुझ पर इतनी कृपा है तो मैं कह सकता हूं कि सिवाय नकली बलभद्रसिंह के और किसी कैदी को ले जाना नहीं चाहता मगर लक्ष्मीदेवी, कमलिनी और लाडिली को अपने साथ ले जाने की प्रार्थना करता हूं। अपनी धर्म की प्यारी लड़की लक्ष्मीदेवी पर बहुत स्नेह रखता हूं और अभी बहुत-कुछ उसके हाथ से...(रुककर) हां, तो यदि महाराज मुझ पर विश्वास कर सकते हैं तो इन लोगों को और कलमदान को मुझे दे दें जिस पर 'इन्दिरा' लिखा हुआ है। भूतनाथ के कागजात अपने साथ लेते जाएैं, मैं असली बलभद्रसिंह का पता लगाकर सेवा में उपस्थित होऊंगा और उस समय अपने सामने भूतनाथ के मुकदमे का फैसला कराऊंगा। आप भूतनाथ को आज्ञा दें कि कृष्णाजिन्न ने उसके विषय में जो कुछ लिखा है उसे नेकनीयती के साथ पूरा करें।"

इन्द्रदेव की बात सुनकर राजा बीरेन्द्रसिंह गौर में पड़ गए। वे लक्ष्मीदेवी, कमलिनी और लाडिली को अपने साथ चुनार ले जाया चाहते थे और कृष्णाजिन्न ने ऐसा करने को लिखा था, मगर इन्द्रदेव की अर्जी भी नामंजूर नहीं कर सकते थे क्योंकि इन्द्रदेव का लक्ष्मीदेवी पर हक था और उसी ने लक्ष्मीदेवी की रक्षा की थी। कमलिनी और लाडिली पर राजा बीरेन्द्रसिंह का कोई अधिकार न था क्योंकि वे बिलकुल स्वतन्त्र थीं। बीरेन्द्रसिंह ने कुछ देर तक गौर करने के बाद इन्द्रदेव से कहा, "मुझे कुछ उज्र नहीं है, लक्ष्मीदेवी, कमलिनी और लाडिली यदि आपके साथ रहने में प्रसन्न हैं तो आप उन्हें ले जाएं और वह कलमदान भी आपको मिल जाएगा।"

इन्द्रदेव और राजा बीरेन्द्रसिंह की बातें सुनकर लक्ष्मीदेवी, कमलिनी और लाडिली बहुत प्रसन्न हुईं और हाथ जोड़कर राजा बीरेन्द्रसिंह से बोलीं, "हम लोग अपने धर्म के पिता इन्द्रदेव के घर जाने में बहुत प्रसन्न हैं, वहां हमें अपने बाप का पता लगाने का हाल बहुत जल्द मिलेगा।"

बीरेन्द्र–बहुत अच्छा, (तेजसिंह से) वह कलमदान इन्द्रदेव को दे दो और इन लोगों के तथा नकली बलभद्रसिंह के जाने का बन्दोबस्त करो। हम भी आज चुनारगढ़ की तरफ कूच करेंगे। भैरोसिंह को मनोरमा की गिरफ्तारी के लिए रवाना करो और तारासिंह को नानक के घर भेजो। (देवीसिंह की तरफ देखकर) एक बहुत ही नाजुक काम तुम्हारे सुपुर्द करने की इच्छा है जो तुम्हारे कान में कहेंगे।

देवीसिंह राजा बीरेन्द्रसिंह के पास चले गए और उनकी तरफ सिर झुका दिया। बीरेन्द्रसिंह ने देवीसिंह के कान में कहा, "लक्ष्मीदेवी, कमलिनी और लाडिली की निगहबानी तुम्हारे जिम्मे, मगर गुप्त।"

देवीसिंह सलाम करके पीछे हट गए और दरबार बर्खास्त हो गया।

तीसरा बयान

शेरअलीखां बड़ी इज्जत और आबरू के साथ घर भेजे गए, उनके सेनापति महबूबखां को भी छुट्टी मिली, भैरोसिंह, मनोरमा की फिक्र में गए, तारासिंह, नानक के घर चले और कुछ फौजी सिपाहियों के साथ नकली बलभद्रसिंह, लक्ष्मीदेवी, कमलिनी और लाडिली को लिये हुए इन्द्रदेव ने अपने गुप्त स्थान की तरफ प्रस्थान किया। भूतनाथ बातें करता हुआ उन्हीं के साथ चल पड़ा और थोड़ी दूर जाने के बाद आज्ञा लेकर अपने अड्डे की तरफ रवाना हुआ जो बराबर की पहाड़ी पर था और देवीसिंह ने न मालूम किधर का रास्ता लिया। राजा वीरेन्द्रसिंह की सवारी भी उसी दिन चुनारगढ़ की तरफ चली और तेजसिंह राजा साहब के साथ गए।

हम सबके पहिले तारासिंह के साथ चलकर नानक के घर पहुंचते हैं और उसकी जगतप्रिय स्त्री की अवस्था पर ध्यान देते हैं। इसमें कोई शक नहीं कि लड़कपन में नानक उत्साही था और उसे नाम पैदा करने की बड़ी लालसा थी, परन्तु रामभोली के प्रेम ने उसका खयाल बदल दिया और उसमें खुदगर्जी का हिस्सा कुछ ज्यादे हो गया। आखिर में जब उसने श्यामा नामी एक स्त्री से शादी कर ली, जिसका हाल कई दफे लिखा जा चुका है, तब से तो उसकी बुद्धि बिलकुल ही भ्रष्ट हो गई। नानक की स्त्री श्यामा बड़ी चतुर, लालची और कुलटा थी, मगर नानक उसे पतिव्रता और साध्वी जानकर माता के समान उसकी इज्जत करता था। नानक के नातेदार और दोस्तों की आमदरफ्त उसके घर में विशेष थी। श्यामा को रुपये-पैसे की कमी न थी और वह अपनी दौलत जमीन के अन्दर गाड़कर रक्खा करती थी जिसका हाल सिवाय एक नौजवान खिदमतगार के, जिसका नाम हनुमान था, और कोई भी नहीं जानता था। हनुमान यद्यपि नानक का नौकर था परन्तु इस सबब से कि उसकी मां कुछ दिनों तक भूतनाथ की खिदमत में रह चुकी थी, वह अपने को नौकर नहीं समझता था बल्कि घर का मालिक समझता था। नानक की स्त्री उसे बहुत चाहती थी, यहां तक कि एक दिन उसने अपने मुंह से उसे अपना देवर स्वीकार किया था, इस सबब से वह और भी सिर चढ़ गया था। नानक के यहां एक मजदूरनी भी थी, वह नानक के काम की चाहे न हो, मगर उसकी स्त्री के लिए उपयोगी पात्र थी और उसके द्वारा नानक की स्त्री का बहुत काम निकलता था।

तारासिंह अपने दो चेलों को साथ लिये रोहतासगढ़ से रवाना होकर भेष बदले हुए तीसरे ही दिन नानक के घर पहुंचा। ठीक दोपहर का समय था और नानक अपने किसी दोस्त के यहां गया हुआ था, मगर उसका प्यारा खिदमतगार हनुमान दरवाजे पर बैठा अपने पड़ोसी साईसों और कोचवनों के साथ गप्पें लड़ा रहा था। तारासिंह थोड़ी देर तक इधर-उधर टहलता और टोह लेता रहा। जब उसे मालूम हो गया कि हनुमान नानक का प्यारा नौकर है और उम्र में भी अपने से बड़ा नहीं है

तो वहां से लौटा और कुछ दूर जाकर किसी सुनसान अंधेरी गली में मकान किराए पर लेने का बन्दोबस्त करने लगा। संध्या होने के पहिले ही इस काम से भी निश्चिन्ती हो गई अर्थात् उसने एक बहुत बड़ा मकान किराये पर ले लिया जो मुद्दत से खाली पड़ा हुआ था क्योंकि लोग उसमें भूत-प्रेतों का वास समझते थे और कोई उसमें रहना पसन्द नहीं करता था। उसमें जाने के लिए तीन रास्ते थे और उसके अन्दर कई कोठरियां ऐसी थीं कि यदि उसमें किसी को बन्द कर दिया जाए तो हजार चिल्लाने और ऊधम मचाने पर भी किसी बाहरवाले को खबर न हो। तारासिंह ने उसी मकान में डेरा जमाया और बाजार जाकर दो ही घण्टे में वे सब चीजें खरीद लाया जिनकी उसने जरूरत समझी और जो एक अमीराना ढंग से रहनेवाले आदमी के लिए आवश्यक थीं। इस काम से भी छुट्टी पाकर उसने मोमबत्ती जलाई और आईना तथा ऐयारी का बटुआ सामने रखकर अपनी सूरत बदलने का उद्योग करने लगा। शीघ्र ही एक खूबसूरत नौजवान अमीर की सूरत बनाकर वह घर से बाहर निकला और मकान में एक चेले को छोड़कर नानक के घर की तरफ रवाना हुआ। दूसरा चेला जो तारासिंह के साथ था, उसे बहुत-सी बातें समझाकर दूसरे काम के लिए भेजा।

जब तारासिंह नानक के मकान पर पहुंचा तो उसने हनुमान को दरवाजे पर बैठा पाया। इस समय हनुमान अकेला था और हुक्का पीने का बन्दोबस्त कर रहा था। उसके पास ही ताक (आला) पर एक चिराग जल रहा था जिसकी रोशनी चारों तरफ फैल रही थी। तारासिंह हनुमान के पास जाकर खड़ा हो गया। हनुमान ने बड़े गौर से उसकी सूरत देखी और रोब में आकर हुक्का छोड़के खड़ा हो गया। उस समय चिराग की रोशनी में तारासिंह बड़े शान-शौकत का आदमी मालूम पड़ रहा था। खूबसूरती बनाने की तारासिंह को जरूरत न थी क्योंकि वह स्वयं खूबसूरत और नौजवान आदमी था, परन्तु रूप बदलने की नीयत से उसने अपने चेहरे पर रोगन जरूर लगाया था जिससे वह इस समय और भी खूबसूरत और शौकीन जंच रहा था।

तारासिंह को देखते ही हनुमान उठ खड़ा हुआ और हाथ जोड़कर बोला, "हुक्म!"

तारा–हमारे साथ एक नौकर था, वह राह भूलकर न मालूम कहां चला गया। उम्मीद थी कि वह हमको ढूंढ़ने के बाद सीधा घर पर चला जाएगा, मगर इस समय प्यास के मारे हमारा गला सूखा जा रहा है।

हनुमान–(एक छोटी चौकी की तरफ इशारा करके) सरकार इस चौकी पर बैठ जाएं, मैं अभी पानी लाता हूं।

इतना सुनकर तारासिंह चौकी पर बैठ गया और हनुमान पानी लाने के लिए अन्दर चला गया। थोड़ी ही देर में पानी का भरा हुआ एक लोटा और गिलास लिये हनुमान बाहर आया और तारासिंह को पीने के लिए पानी गिलास में डालकर दिया। उसी समय तारासिंह ने दरवाजे का पर्दा हिलते हुए देखा और यह भी मालूम किया

कि कोई औरत भीतर से झांक रही है। पानी पीने के बाद तारासिंह ने पांच रुपये हनुमान के हाथ में दिए और वहां से उठकर दूसरी तरफ का रास्ता लिया।

हनुमान केवल एक गिलास पानी पिलाने के बदले में पांच रुपये पाकर बड़ा ही प्रसन्न हुआ और दाता की अमीरी पर आश्चर्य करने लगा। उसे विश्वास हो गया कि यह कोई बड़ा भारी अमीर आदमी या कोई राजकुमार है और साथ ही दिल का अमीर तथा जी खोलकर देनेवाला भी है।

दूसरे दिन संध्या के पहिले ही हनुमान ने तारासिंह को अपने दरवाजे के सामने से जाते देखा और उसके साथ एक नौकर को भी देखा जो बड़े शान के साथ कीमती कपड़े पहिरे और तलवार लगाए तारासिंह के पीछे-पीछे जा रहा था। हनुमान ने उठकर तारासिंह को बड़े अदब के साथ सलाम किया। तारासिंह ने अपने नौकर को जो वास्तव में उसका चेला था, कुछ कहकर हनुमान के पास छोड़ा और आगे का रास्ता लिया।

तारासिंह के नौकर में और हनुमान में दो घण्टे तक खूब बातचीत हुई जिसे हम यहां लिखना नापसन्द करते हैं, हां, इस बातचीत का जो कुछ नतीजा निकला वह अवश्य दिखाया जाएगा क्योंकि नानक के घर की जांच करने ही के लिए तारासिंह का आना इस शहर में हुआ था।

बहुत देर तक बातचीत करने के बाद तारासिंह का नौकर उठ खड़ा हुआ और हनुमान के हाथ में कुछ देकर घर का रास्ता लिया, जहां तारासिंह उसके आने का इन्तजार कर रहा था। जब तारासिंह ने नौकर को आते देखा तो पूछा–

तारा–कहो क्या हुआ?

नौकर–सब ठीक है, वह तो आपको देख भी चुकी है।

तारा–हां, रात को जब मैं वहां पानी पी रहा था, टाट का पर्दा हिलते हुए देखा था, तो और भी कुछ हालचाल मालूम हुआ?

नौकर–जी हां, बड़ी-बड़ी बातें हुईं. वह तो पूरी खानगी है, कल दोपहर के पहिले मैं आपको उन लोगों के नाम भी बताऊंगा जिनसे उसका ताल्लुक है और उम्मीद है कि कल वह स्वयं बन-ठनकर आपके पास आवे।

तारा–ठीक है, तो क्या तुम्हें उसका नाम भी मालूम हुआ?

नौकर–जी हां, उसका नाम श्यामा है और अपने पति अर्थात् नानक के लिए तो वह रूपगर्विता नायिका है।

तारा–बड़े अफसोस की बात है। निःसन्देह भूतनाथ के लिए यह एक कलंक है। ऐसी औरत का पति इस योग्य नहीं कि हम लोग उसे अपने पास बैठावें या उसका छुआ पानी भी पीएं। खैर, अब तुम घर में बैठो, मैं गश्त लगाने के लिए जाता हूं।

दूसरे दिन दोपहर के समय तारासिंह का वही नौकर नानक के घर से निकला तथा इधर-उधर से घूमता-फिरता तारासिंह के पास आया और बोला, "आज श्यामा के कई प्रेमियों के नाम मैं लिख लाया हूं।"

तारा–अच्छा बताओ तो सही, शायद उन लोगों में से किसी को मैं जानता होऊं या किसी का नाम भी सुना हो।

नौकर–श्यामा के एक प्रेमी का नाम 'जलशायी बाबू' है।

तारा–(गौर करके) जलशायी बाबू को तो मैं जानता हूं, वे तो बड़े नेक और बुद्धिमान हैं।

नौकर–जी हां, वही लम्बे और गोरे से, वे तरह-तरह के कपड़े राजधानी से लाकर उसे दिया करते हैं और दूसरे प्रेमी का नाम 'त्रिभुवन नायक' है और उन्हें महत्त्व की पदवी भी है, और तीसरे प्रेमी का नाम 'मायाप्रसाद' है जो राजा साहब के कोषाध्यक्ष हैं, और चौथे प्रेमी का नाम 'आनन्दवन बिहारी' है। और पांचवें...

तारा–बस-बस-बस, मैं विशेष नाम सुनना पसन्द नहीं करता।

नौकर–जो हुक्म, (एक कागज दिखाकर) मैं तो पचीसों नाम लिख लाया हूं।

तारा–ठीक है, तुम इस फिहरिस्त को अपने पास रक्खो, आवश्यकता पड़ने पर महाराज को दिखाई जाएगी, हमारा काम तो उसके आज यहां आ जाने से ही निकल जाएगा।

नौकर–जी हां, आज वह यहां जरूर आवेगी, हनुमान मेरे साथ आकर घर देख गया है।

चौथा बयान

रात लगभग घण्टे-भर के जा चुकी है। नानक के घर में उसकी स्त्री शृंगार कर चुकी है और कपड़े बदलने की तैयारी कर रही है। वह एक खुले हुए संदूक के पास खड़ी तरह-तरह की साड़ियों पर नजर दौड़ा रही है और उनमें से एक साड़ी इस समय पहिरने के लिए चुना चाहती है। हाथ में चिराग लिये हुए हनुमान उसके पास खड़ा है।

हनुमान–मेरी प्यारी भावज, यह काली साड़ी बड़ी मजेदार है, बस इसी को निकाल लो और यह चोली भी अच्छी है।

श्यामा–नहीं, यह मुझे पसन्द नहीं, मगर तू घड़ी-घड़ी मुझे भावज क्यों कहता है?

हनुमान–क्या तुम मेरी भावज नहीं हो?

श्यामा–भावज तो जरूर हूं, यदि तू दूसरी मां का बेटा होता तो हमारी आधी दौलत बंटवा लेता और ऐसा न होने पर भी मैं तुझे देवर समझती हूं, मगर भावज पुकारने की आदत अच्छी नहीं, अगर कोई सुन लेगा तो क्या कहेगा!

हनुमान–यहां इस समय सुननेवाला कौन है?

श्यामा–इस समय यहां कोई न हो, मगर पुकारने की आदत पड़ी रहने से कभी-न-कभी किसी के सामने...

हनुमान–नहीं-नहीं, मैं ऐसा बेवकूफ नहीं हूं। देखो इतने दिनों से मुझसे तुमसे गुप्त प्रेम है, मगर आज तक किसी को मालूम न हुआ। अच्छा देखो यह साड़ी बढ़िया है, इसको जरूर पहिनो।

श्यामा–अरे बाबा, इस साड़ी को तो देखते ही मुझे क्रोध आता है। उस दिन यह साड़ी पहिरकर मैं बिरादरी में उनके यहां गई थी, बस एक ने झट से टोक ही तो दिया, कहने लगी कि 'यह साड़ी फलाने की दी हुई है'। इतना सुनते ही मैं लाल हो गई, मगर कर क्या सकती थी क्योंकि बात सच थी, आखिर चुपचाप उठकर अपने घर चली आई। मैं यह साड़ी कभी नहीं पहिरूंगी।

हनुमान–अच्छा यह हरी साड़ी पहिरो।

श्यामा–हां, इसे पहिरूंगी और यह चोली।

हनुमान–लाओ चोली मैं पहिरा दूं।

श्यामा–(हनुमान के गाल पर चपत लगाकर) चल दूर हो।

हनुमान–(चौंककर) अरे हां, देखो तो सही कैसी भूल हो गई।

श्यामा–(ताज्जुब से) सो क्या?

हनुमान–तुम्हें तो मर्दाना कपड़ा पहिरके चलना चाहिए।

श्यामा–हां, है तो ऐसा ही, मगर वहां क्या करूंगी?

हनुमान–यह साड़ी मैं बगल में दबाकर लिये चलता हूं, वहां पहिर लेना।

श्यामा–अच्छा यही सही।

थोड़ी देर बाद मर्दाने कपड़े पहिरे और सिर पर मुड़ासा बांधे हुए श्यामा सड़क पर दिखाई देने लगी। आगे-आगे उसका प्यारा नौकर हनुमान बगल में कपड़े की गठरी दबाए हुए जा रहा था। इस जगह से वह मकान बहुत दूर न था जिसमें तारासिंह ने डेरा डाला था इसलिए थोड़ी ही देर में वे दोनों उस मकान के पिछले दरवाजे पर जा पहुंचे। दरवाजा खुला हुआ था, और तारासिंह का नौकर पहिले ही से दरवाजे पर बैठा हुआ था। उसने दोनों को मकान के अन्दर करके दरवाजा बन्द कर लिया।

तारासिंह एक कोठरी के अन्दर फर्श पर बैठा हुआ तरह-तरह की बातों पर विचार कर रहा था जब उसके नौकर ने पहुंचकर श्यामा के आने की इत्तिला की और कहा कि वह मर्दानी पोशाक पहिरकर आ गई है और अब पूरबवाले कमरे में कपड़े बदल रही है।

तारासिंह का नौकर (चेला) तो इतना कहकर चला गया, मगर तारासिंह बड़े फेर में पड़ गया। वह सोचने लगा कि अब क्या करना चाहिए? उसकी चाल-चलन का पता तो पूरा-पूरा लग गया, मगर अब उसे यहां से क्योंकर टालना चाहिए। उसके साथ अधर्म करना तो उचित न होगा, हम ऐसा कदापि नहीं कर सकते, मगर अफसोस! वाह रे निर्लज्ज नानक, क्या तुझे इन बातों की खबर न होगी? जरूर होगी, तू इन सब बातों को जरूर जानता होगा, मगर आमदनी का रास्ता खुला देख बेहयाई

की नकाब डाले बैठा है। परन्तु भूतनाथ को इन बातों की खबर नहीं, वह हयादार आदमी है। अपनी थोड़ी-सी भूल के लिए कैसे-कैसे उद्योग कर रहा है, और तेरी यह दशा! लानत है तेरी औकात पर और तुफ है तेरी शौकीनी पर!

तारासिंह इन बातों को सोच ही रहा था कि श्यामारानी मटकती हुई उसके पास जा पहुंची। तारासिंह ने बड़ी खातिर से उसे अपने पास बैठाया और उसके रूप-गुण की प्रशंसा करने लगा।

श्यामारानी को बैठे अभी कुछ भी देर न हुई थी कि कोठरी के बाहर से चिल्लाने की आवाज आई। यह आवाज नानक के प्यारे नौकर हनुमान की थी और साथ ही उसके किसी औरत के बोलने की आवाज आ रही थी।

पांचवां बयान

किशोरी, कामिनी, कमला इत्यादि तथा और बहुत से आदमियों को लिये हुए राजा बीरेन्द्रसिंह चुनार की तरफ रवाना हुए। किशोरी और कामिनी की खिदमत के लिए साथ में एक सौ पन्द्रह लौंडियां थीं जिनमें से बीस लौंडियां तो उनमें से थीं, जो राजा दिग्विजयसिंह की रानी के साथ रोहतासगढ़ में रहा करती थीं और रोहतासगढ़ के फतह हो जाने के बाद राजा बीरेन्द्रसिंह की ताबेदारी स्वीकार कर चुकी थीं, बाकी लौंडियां नई रक्खी गई थीं। इसके अतिरिक्त रोहतासगढ़ से बहुत-सी चीजें भी राजा बीरेन्द्रसिंह ने साथ ले ली थीं जिन्हें उन्होंने बेशकीमत या नायाब समझा था। रवाना होने के समय राजा साहब ने उन ऐयारों को भी चुनारगढ़ जाने की इत्तिला दिलवा दी थी जो राजगृह तथा गयाजी का इन्तजाम करने के लिए मुकर्रर किए गए थे।

जिस समय राजा बीरेन्द्रसिंह चुनारगढ़ की तरफ रवाना हुए, रात घण्टे-भर से कुछ ज्यादे बाकी थी और पांच हजार फौज के अतिरिक्त चार हजार दूसरे काम-काज के आदमी भी साथ में थे। इसी भीड़ में मिली-जुली साधारण लौंडी का भेष धारण किए मनोरमा भी जाने लगी। उसे अपना काम पूरा होने की पक्की उम्मीद थी और वह इस धुन में लगी हुई थी कि किशोरी और कामिनी की लौंडियों में से कोई लौंडी किसी तरह पीछे रह जाए तो काम चले।

पहर दिन चढ़े तक राजा बीरेन्द्रसिंह का लश्कर बराबर चलता गया। जब धूप हुई तो एक हरे-भरे जंगल में पड़ाव डाला गया जहां डेरे-खेमे का इन्तजाम पहिले ही से हो चुका था। पड़ाव पड़ जाने के थोड़ी ही देर बाद डेरों-खेमों से लदे हुए सैकड़ों ऊंट आगे की तरफ रवाना हुए जिनसे दूसरे दिन के पड़ाव का इन्तजाम होनेवाला था। बाकी का दिन और तीन पहर रात तक वह जंगल गुलजार रहा और पहर रात रहते फिर वहां से लश्कर कूच हुआ।

इसी तरह कूच-दर-कूच करते बीरेन्द्रसिंह का लश्कर चुनारगढ़ की तरफ रवाना हुआ। तीन दिन तक तो मनोरमा का काम कुछ भी न हुआ पर चौथे दिन उसे अपना काम निकालने का मौका मिला, जब किशोरी की एक लौंडी जिसका नाम दया था, हाथ में लोटा लिये मैदान जाने की नीयत से पड़ाव के बाहर निकली। उस समय घड़ी-भर रात जा चुकी थी और चारों तरफ अंधकार छाया हुआ था। दया, रोहतासगढ़ के राजा दिग्विजयसिंह की लौंडियों में से थी और किशोरी उसे मानती थी क्योंकि उस जमाने में जब किशोरी कैदियों की तरह रोहतासगढ़ में रहती थी, दया ने उसकी खिदमत बड़ी हमदर्दी के साथ की थी।

दया को मैदान की तरफ जाते देख मनोरमा ने उसका पीछा किया। दबे पांव उसके साथ बराबर चली गई और जब जाना कि अब वह आगे न बढ़ेगी तो एक पेड़ की आड़ देकर खड़ी हो गई। थोड़ी देर बाद जब दया जरूरी काम से छुट्टी पाकर लौटी तो मनोरमा बेधड़क उसके पास चली गई और फुर्ती के साथ तिलिस्मी खंजर उसके मोढ़े पर रख दिया। उसी दम दया कांपी और थरथराकर जमीन पर गिर पड़ी। मनोरमा ने उसे घसीटकर एक झाड़ी के अन्दर डाल दिया और निश्चय कर लिया कि जब राजा बीरेन्द्रसिंह का लश्कर यहां से कूच कर जाएगा और दिन निकल आवेगा, तब सुभीते से दया की सूरत बनकर, इसको जान से मार डालूंगी और फिर तेजी के साथ चलकर लश्कर में जा मिलूंगी. आखिर ऐसा ही हुआ।

थोड़ी रात रहे राजा बीरेन्द्रसिंह का लश्कर वहां से कूच कर गया और जब पहर दिन चढ़े अगले पड़ाव पर पहुंचा तो किशोरी ने दया की खोज की, मगर दया का पता क्योंकर लग सकता था। बहुत-सी लौंडियां चारों तरफ फैल गईं और दया को ढूंढने लगीं। दोपहर होने तक दया भी लश्कर में आ पहुंची, जो वास्तव में मनोरमा थी। किशोरी ने पूछा, "दया, कहां रह गई थी? तेरी खोज में सब लौंडियां अभी तक परेशान हो रही हैं।"

नकली दया ने जवाब दिया, "जिस समय लश्कर कूच हुआ तो मेरे पेट में कुछ गड़गड़ाहट मालूम हुई। थोड़ी दूर तक तो मैं जी कड़ा कर चली गई, आखिर जब गड़गड़ाहट ज्यादे हुई तो रास्ते में एक कुआं भी नजर आया तो लोटा-डोरी लेकर वहां ठहर गई। दो दफे तो टट्टी गई और तीन कै हुईं, कै में बहुत-सा खट्टा पानी निकला। मैंने समझा कि बस अब किसी तरह लश्कर के साथ नहीं मिल सकती और यहां पड़ी दुःख भोगूंगी, मगर ईश्वर ने कुशल की, थोड़ी देर तक मैं उसी कुएं पर लेटी रही, आखिर मेरी तबीयत ठहरी तो मैं धीरे-धीरे रवाना हुई और मुश्किल से यहां तक पहुंची। कै करने में मुझे बहुत तकलीफ हुई और मेरा गला भी बैठ गया।"

किशोरी ने दया की अवस्था पर दुःख प्रकट किया और उसे दया की बातों पर विश्वास हो गया। अब दया को किशोरी के साथ मेल-जोल पैदा करने में किसी तरह का खुटका न रहा और दो ही चार दिन में उसने किशोरी को अपने ऊपर बहुत ज्यादे मेहरबान बना लिया।

रोहतासगढ़ से चुनारगढ़ जाने के लिए यद्यपि भली-चंगी सड़क बनी हुई थी, मगर राजा बीरेन्द्रसिंह का लश्कर सीधी सड़क छोड़ जंगल और मैदान ही में पड़ाव डालता चला जा रहा था क्योंकि हजारों आदमियों को आराम जंगल और मैदान ही में मिलता था, सड़क के किनारे उतनी ज्यादे जगह नहीं मिल सकती थी।

एक दिन राजा बीरेन्द्रसिंह का लश्कर एक बहुत रमणीक और हरे-भरे जंगल में पड़ाव डाले हुए था, संध्या के समय राजा बीरेन्द्रसिंह और तेजसिंह टहलते हुए अपने खेमे से कुछ दूर निकल गए और एक छोटे-से टीले पर चढ़कर अस्त होते हुए सूर्य की शोभा देखने लगे। यकायक उनकी निगाह एक सवार पर पड़ी जो बड़ी तेजी के साथ घोड़ा दौड़ाता हुआ बीरेन्द्रसिंह के लश्कर की तरफ आ रहा था। दोनों की निगाहें उसी की तरफ उठ गईं और उसे बड़े गौर से देखने लगे। थोड़ी ही देर में वह सवार टीले के पास पहुंच गया और उस समय उस सवार की भी निगाह राजा बीरेन्द्रसिंह और तेजसिंह पर पड़ी। सवार ने तुरत घोड़े का मुंह फेर दिया और बात-की-बात में राजा बीरेन्द्रसिंह के पास पहुंचकर घोड़े से नीचे उतर पड़ा। जिस टीले पर वह दोनों खड़े थे, वह बहुत ऊंचा न था अतएव उस सवार ने नेजा गाड़कर घोड़े की लगाम उसमें अटका दी और बेखौफ टीले के ऊपर चढ़ गया। इस सवार के हाथ में एक चीठी थी जो उसने सलाम करने के बाद राजा बीरेन्द्रसिंह की दे दी। राजा साहब ने चीठी खोलकर बड़े गौर से पढ़ी और तेजसिंह के हाथ में दे दी। तेजसिंह ने भी उसे पढ़ा और राजा साहब की तरफ देखकर कहा, "निःसन्देह ऐसा ही है।"

बीरेन्द्र–तुमने तो इस विषय में मुझसे कुछ भी नहीं कहा था।

तेजसिंह–कुछ कहने की आवश्यकता न थी और अभी मैं इन बातों का निश्चय ही कर रहा था।

बीरेन्द्र–इस राय को तो मैं पसन्द करता हूं।

तेजसिंह–राय पसन्द करने योग्य है और इसका जवाब भी लिख देना चाहिए।

बीरेन्द्र–हां, इसका जवाब लिख दो।

"बहुत अच्छा" कहकर तेजसिंह ने अपनी जेब से जस्ते की एक कलम निकाली और उस चीठी की पीठ पर जवाब लिखकर बीरेन्द्रसिंह को दिखाया, राजा साहब ने उसे पसन्द किया और चीठी उसी सवार के हाथ में दे दी गई। सवार सलाम करके टीले से नीचे उतर आया और घोड़े पर सवार होकर उसी तरफ चला गया जिधर से आया था। सवार के चले जाने के बाद राजा बीरेन्द्रसिंह और तेजसिंह भी टीले से नीचे उतरे और गुप्त विषय पर बातें करते हुए लश्कर की तरफ रवाना होकर थोड़ी ही देर में अपने खेमे के अन्दर जा पहुंचे।

इस सफर में राजा बीरेन्द्रसिंह का कायदा था कि दिन-रात में एक दफे किसी समय किशोरी और कामिनी के डेरे में जरूर जाते, थोड़ी देर बैठते और हर तरह की ऊंच-नीच समझा-बुझाकर तथा दिलासा देकर अपने डेरे में लौट आते। इसी तरह उन

दोनों के पास दो दफे तेजसिंह के जाने का भी मामूल था। जिस समय किशोरी और कामिनी के पास राजा साहब या तेजसिंह जाते उस समय प्रायः सब लौंडियां अलग कर दी जातीं, केवल कमला उन दोनों के पास रह जाती थी। आज भी टीले पर से लौटने के बाद थोड़ी देर दम लेकर राजा बीरेन्द्रसिंह किशोरी और कमिनी के खेमे में गए और दो घड़ी तक वहां बैठे रहे, कुल लौंडियां हटा दी गई थीं, केवल कमला मौजूद थी जो उन दोनों के दुःख-सुख की साथी बन चुकी थी और थी।

दो घड़ी तक वहां ठहरने के बाद राजा साहब अपने खेमे में लौट आए और तेजसिंह के पास बैठकर तरह-तरह की बातें करने लगे। जब रात ज्यादे चली गई तो राजा साहब ने चारपाई की शरण ली। तेजसिंह भी अपने खेमे में चले गए और खा-पीकर सो रहे।

तेजसिंह को चारपाई पर गए आधा घण्टा भी न बीता था कि चोबदार ने किशोरी की लौंडियों के आने की इत्तिला की। तेजसिंह तुरत उठ बैठे और इन लौंडियों को अपने पास हाजिर करने की आज्ञा दी। थोड़ी ही देर में दो लौंडियां तेजसिंह के सामने आईं, जिनमें से एक वही दया थी, जिसे वास्तव में मनोरमा कहना चाहिए।

तेजसिंह–(लौंडियों से) इस समय तुम लोगों के आने से आश्चर्य मालूम होता है।

दया–निःसन्देह आश्चर्य होता होगा, परन्तु क्या किया जाए, किशोरी जी की आज्ञा से हम लोगों को आना पड़ा।

तेजसिंह–क्या समाचार है?

दया–किशोरीजी ने हम लोगों को आपके पास भेजा है और कहा है कि "यहां से थोड़ी दूर पर कोई ऐसी इमारत है जिसके अन्दर तिलिस्म होने का शक है। जब मैं कैदियों की तरह रोहतासगढ़ में रहती थी तो यह बात राजा दिग्विजयसिंह की जुबानी सुनने में आई थी। यदि यह बात ठीक है तो आपकी कृपा से मैं इस इमारत को देखा चाहती हूं!"

तेजसिंह–किशोरी का कहना, ठीक है, निःसन्देह यहां से थोड़ी ही दूर पर एक इमारत है जिसमें तरह-तरह की अद्भुत बातें देखने में आती हैं और मैं उस इमारत को देख चुका हूं, मगर एक साथ कई आदमियों का उस इमारत के अंदर जाना बहुत कठिन है। (कुछ सोचकर) अच्छा तुम लोग चलो, मैं महाराज से वहां जाने की आज्ञा लेकर बहुत जल्द किशोरी के पास आता हूं।

दया–जो आज्ञा।

दोनों लौंडियां सलाम करके किशोरी के पास चली गईं और जो कुछ तेजसिंह ने उनसे कहा था, वह किशोरी के सामने अर्ज किया। इस समय वहां किशोरी, कामिनी और कमला एक साथ बैठी हुई थीं और कई लौंडियां भी मौजूद थीं।

थोड़ी देर बाद तेजसिंह के आने की इत्तिला मिली और कमला उनको लेने के लिए खेमे के बाहर गई। जब तेजसिंह खेमे के अंदर आए तो उन्हें देख किशोरी और

कामिनी उठ खड़ी हुईं और जब तेजसिंह बैठ गए तो अदब के साथ उनके सामने बैठ गईं।

तेजसिंह–(किशोरी से) उस इमारत की याद यकायक कैसे आ गई?

किशोरी–अकस्मात् उस इमारत की याद आ गई। कामिनी बहिन को भी उसे देखने का बहुत शौक है। मैंने सोचा कि ऐसा मौका फिर काहे को मिलेगा। वह इमारत रास्ते ही में पड़ती है, यदि आपकी कृपा होगी तो हम लोग उसे देख लेंगी।

तेजसिंह–बात तो ठीक है और वह इमारत भी देखने योग्य है, मैं तुम्हें वहां ले जा सकता हूं और महाराज से आज्ञा भी ले आया हूं, मगर तुम अपने साथ किसी लौंडी को वहां न ले जा सकोगी।

किशोरी–कामिनी बहिन और कमला का चलना तो आवश्यक है और ये दोनों न जाएंगी तो मुझे उसके देखने का आनन्द ही क्या मिलेगा?

तेजसिंह–इन दोनों के लिए मैं मना नहीं करता, मैं रथ जोतने के लिए हुक्म दे आया हूं, अभी आता होगा। तुम तीनों उस रथ पर सवार हो जाओ, घोड़े की रास मैं लूंगा और तुम लोगों को वहां ले चलूंगा, सिवाय हम चार आदमियों के और कोई भी न जाएगा।

किशोरी–जब स्वयं आप हम लोगों के साथ हैं तो हमें और किसी की जरूरत क्या है?

तेजसिंह–यदि इस समय हम लोग रथ पर सवार होकर रवाना होंगे तो घण्टे-भर के अन्दर ही वहां जा पहुंचेंगे, छः-सात घण्टे में उस इमारत को अच्छी तरह से देख लेंगे, इसके बाद यहां लौटने की कोई जरूरत नहीं है, अगले पड़ाव की तरफ चले जाएंगे, जब तक हमारा लश्कर यहां से कूच करके अगले पड़ाव पर पहुंचेगा तब तक हम लोग भी वहां पहुंच जाएंगे।

किशोरी–जैसी मर्जी।

थोड़ी ही देर बाद इत्तिला मिली कि दो घोड़ों का रथ हाजिर है। तेजसिंह उठ खड़े हुए, पर्दे का इन्तजाम किया गया, किशोरी, कामिनी और कमला उस पर सवार कराई गईं, तेजसिंह ने घोड़ों की रास संभाली और रथ तेजी के साथ वहां से रवाना हुआ।

छठवां बयान

रात बीत गई, पहर-भर दिन चढ़ने के बाद राजा बीरेन्द्रसिंह का लश्कर अगले पड़ाव पर जा पहुंचा और उसके घण्टे-भर बाद तेजसिंह भी रथ लिये हुए आ पहुंचे। रथ जनाने डेरे के आगे लगाया गया, पर्दा करके जनानी सवारी (किशोरी, कामिनी और

कमला) उतारी गईं और रथ नौकरों के हवाले करके तेजसिंह राजा साहब के पास चले गए।

आज के पड़ाव पर हमारे बहुत दिनों के बिछुड़े हुए ऐयार लोग अर्थात् पन्नालाल, रामनारायण, चुन्नीलाल और पण्डित बद्रीनाथ भी आ मिले क्योंकि इन लोगों को राजा साहब के चुनारगढ़ जाने की इत्तिला पहिले ही से दे दी गई थी। ये लोग उसी समय उस खेमे में चले गए जहां कि राजा बीरेन्द्रसिंह और तेजसिंह एकान्त में बैठे बातें कर रहे थे। इन चारों ऐयारों को आशा थी कि राजा बीरेन्द्रसिंह के साथ-ही-साथ चुनारगढ़ जाएंगे मगर ऐसा न हुआ, इसी समय कई काम उन लोगों के सुपुर्द हुए और राजा साहब की आज्ञानुसार वे चारों ऐयार वहां से रवाना होकर पूरब की तरफ चले गए।

राजा बीरेन्द्रसिंह और तेजसिंह को इस बात की आहट लग गई थी कि मनोरमा भेष बदले हुए हमारे लश्कर के साथ चल रही है और धीरे-धीरे उसके मददगार लोग भी रूप बदले हुए लश्कर में चले आ रहे हैं, मगर तेजसिंह को उसके गिरफ्तार करने का मौका नहीं मिलता था। उन्हें इस बात का पूरा-पूरा विश्वास था कि मनोरमा निःसन्देह किसी लौंडी की सूरत में होगी, मगर बहुत-सी लौंडियों में से मनोरमा को जो बड़ी धूर्त और ऐयार थी, छांटकर निकाल लेना कठिन काम था। मनोरमा के न पकड़े जाने का एक सबब और भी था, तेजसिंह इस बात को तो सुन ही चुके थे कि मनोरमा ने बेवकूफ नानक से तिलिस्मी खंजर ले लिया है, अस्तु, तेजसिंह का खयाल यही था कि मनोरमा तिलिस्मी खंजर अपने पास अवश्य रखती होगी। यद्यपि राजा साहब की बहुत-सी लौंडियां खंजर रखती थीं, मगर तिलिस्मी खंजर रखनेवालों को पहिचान लेना तेजसिंह मामूली काम समझते थे और उनकी निगाह इसलिए बार-बार तमाम लौंडियों की उंगलियों पर पड़ती थी। तिलिस्मी खंजर के जोड़ की अंगूठी किसी-न-किसी की उंगली में जरूर दिखाई दे जाएगी और जिसकी उंगली में वैसी अंगूठी दिखाई देगी उसे ही मनोरमा समझकर तुरत गिरफ्तार कर लेंगे।

यह सबकुछ था, मगर मनोरमा भी कुछ कम चांगली न थी और उसकी होशियारी और चालाकी ने तेजसिंह को पूरा धोखा दिया। इस बात को मनोरमा भी पहेले ही से विचार चुकी थी कि मेरे हाथ में तिलिस्मी खंजर के जोड़ की अंगूठी अगर तेजसिंह देखेंगे तो मेरा भेद खुल जाएगा, अतएव उसने बड़ी मुस्तैदी और हिम्मत का काम किया अर्थात् इस लश्कर में आ मिलने के पहिले ही उसने इस बात को आजमाया कि तिलिस्मी खंजर के जोड़ की अंगूठी केवल उंगली ही में पहिरने से काम देती है या बदन के किसी भी हिस्से के साथ लगे रहने से उसका फायदा पहुंचता है। परीक्षा करने पर जब उसे मालूम हुआ कि वह तिलिस्मी अंगूठी केवल उंगली ही में पहिरने के लिए नहीं है बल्कि बदन के किसी भी हिस्से के साथ लगे रहने से ही अपना काम कर सकती है, तब उसने अपनी जंघा चीर के तिलिस्मी खंजर के जोड़ की अंगूठी

उसमें भर दी और ऊपर से सीकर तथा मरहम-पट्टी लगाकर आराम कर लिया। इसी सबब से आज तिलिस्मी खंजर रहने पर भी तेजसिंह उसे पहिचान नहीं सके, मगर तेजसिंह का दिल इस बात को भी कबूल नहीं कर सकता था कि मनोरमा इस लश्कर में नहीं है, बल्कि मनोरमा के मौजूद होने का विश्वास उन्हें उतना ही था जितना पढ़े-लिखे आदमी को एक और एक दो होने का विश्वास होता है।

आज तेजसिंह ने यह हुक्म जारी किया कि किशोरी, कामिनी और कमला के खेमे में[1] उस समय कोई लौंडी न रहे और न जाने पावे, जब वे तीनों निद्रा की अवस्था में हों अर्थात् जब वे तीनों जागती रहें तब तक तो लौंडियां उनके पास रहें और आ-जा सकें, परन्तु जब वे तीनों सोने की इच्छा करें तब एक भी लौंडी खेमे में न रहने पावे और जब तक कमला घण्टी बजाकर किसी लौंडी को बुलाने का इशारा न करे तब तक कोई लौंडी खेमे के अन्दर न जाए और उस खेमे के चारों तरफ बड़ी मुस्तैदी के साथ पहरा देने का इन्तजाम रहे।

इस आज्ञा को सुनकर मनोरमा बहुत ही चिटकी और मन में कहने लगी कि 'तेजसिंह भी बड़ा बेवकूफ आदमी है, भला ये सब बातें मनोरमा के हौसले को कभी कम कर सकती हैं? बल्कि मनोरमा अपने काम में अब और शीघ्रता करेगी! क्या मनोरमा केवल इसी काम के लिए इस लश्कर में आई है कि किशोरी को मारकर चली जाए? नहीं-नहीं, वह इससे भी बढ़कर काम करने के लिए आई है। अच्छा-अच्छा, तेजसिंह को इस चालाकी का मजा आज ही न चखाया तो कोई बात नहीं! किशोरी, कामिनी और कमला को या इन तीनों में से किसी एक को आज ही न मार खपाया तो मनोरमा नाम नहीं। रह तो जा नालायक! देखें, तेरी होशियारी कहां तक काम करती है'! ऐसी-ऐसी बहुत-सी बातें मनोरमा ने सोचीं और अपनी प्रतिज्ञा पूरी करने का उद्योग करने लगी।

सातवां बयान

रात आधी से ज्यादे जा चुकी है। उस लम्बे-चौड़े खेमे के चारों तरफ बड़ी मुस्तैदी के साथ पहरा फिर रहा है जिसमें किशोरी, कामिनी और कमला गहरी नींद में सोई हुई हैं। उसके दोनों बगल और भी दो बड़े-बड़े डेरे हैं जिनमें लौंडियां हैं और उन दोनों डेरों के चारों तरफ भी दो फौजी सिपाही घूम रहे हैं। मनोरमा चुपचाप अपने बिछावन पर से उठी, कनात उठाकर चोरों की तरह खेमे के नीचे से बाहर निकल गई, और पैर दबाती हुई किशोरी के खेमे की तरफ चली। दूर से उसने देखा कि चार फौजी

1. किशोरी, कामिनी और कमला एक खेमे में रहा करती थीं।

सिपाही हाथ में नंगी तलवारें लिये हुए घूम-घूमकर पहरा दे रहे हैं। वह हाथ में तिलिस्मी खंजर लिये हुए खेमे के पीछे चली गई। जब पहरा देनेवाले टहलते हुए कुछ आगे निकल गए तब उसने कदम बढ़ाया और तिलिस्मी खंजर म्यान से निकालकर उनके रास्ते में रख दिया, इसके बाद पीछे हटकर पुनः आड़ में खड़ी हो गई तथा पहरा देनेवालों की तरफ ध्यान देकर देखने लगी। जब पहरा देनेवाले लौटकर उस खंजर के पास पहुंचे तो एक की निगाह उस खंजर पर जा पड़ी जिसका लोहा तारों की रोशनी में चमक रहा था। उसने झुककर खंजर उठाना चाहा, मगर छूने के साथ ही बेहोश होकर औंधे मुंह जमीन पर गिर पड़ा। उसकी यह अवस्था देख उसके साथियों को भी आश्चर्य हुआ। दूसरे ने झुककर उसे उठाना चाहा और जब खंजर पर उसका हाथ पड़ा तो उसकी भी वही दशा हुई जो पहिले सिपाही की हुई थी। तिलिस्मी खंजर का हाल और गुण गिने हुए आदमियों को मालूम था और जिन्हें मालूम था, वे उसे बहुत छिपाकर रखते थे। बेचारे फौजी सिपाहियों को इस बात की कुछ खबर न थी और धोखे में पड़कर जैसा कि ऊपर लिख चुके हैं, एक-दूसरे के बाद चारों सिपाही खंजर छू-छूकर बेहोश हो गए। उस समय मनोरमा पेड़ की आड़ से बाहर निकलकर चारों बेहोश सिपाहियों के पास पहुंची, अपना खंजर उठा लिया और उसी खंजर से खेमे के पीछे कनात में बड़ा-सा छेद करने के बाद बड़ी होशियारी से खेमे के अन्दर घुस गई। उस समय किशोरी, कामिनी और कमला गहरी नींद में खुर्राटे ले रही थीं जिन्हें एकदम दुनिया से उठा देने की फिक्र में मनोरमा लगी हुई थी। मनोरमा उनके सिरहाने की तरफ खड़ी हो गई और सोचने लगी, 'निःसन्देह इस समय मेरा वार खाली नहीं जा सकता, तिलिस्मी खंजर के एक ही वार में सिर कटकर अलग हो जाएगा, मगर एक के सिर कटने की आहट पाकर बाकी की दोनों जग जाएंगी, ऐसा न होना चाहिए। इस समय इन तीनों ही को मारना मेरा काम है, अच्छा पहिले इस तिलिस्मी खंजर से इन तीनों को बेहोश कर देना चाहिए।' इतना सोचकर मनोरमा ने तिलिस्मी खंजर बदन से लगाकर उन तीनों को बेहोश कर दिया और फिर सिर काटने के लिए तैयार हो गई। उसने तिलिस्मी खंजर का एक भरपूर हाथ किशोरी की गर्दन पर जमाया जिससे सिर कटकर अलग हो गया, दूसरा हाथ उसने कामिनी की गर्दन पर जमाया और उसका सिर काटने के बाद कमला का सिर भी धड़ से अलग कर दिया। इसके बाद खुशी-भरी निगाहों से तीनों लाशों की तरफ देखने लगी और बोली, "इन्हीं तीनों ने दुनिया में ऊधम मचा रक्खा था। जिस तरह इस समय इन तीनों को मारकर मैं खुश हो रही हूं, उसी तरह बहुत जल्द बीरेन्द्र, इन्द्रजीत, आनन्द और गोपाल को भी मारकर खुशी-भरी निगाहों से उनकी लाशों को देखूंगी। तब दुनिया में मायारानी और मनोरमा के सिवाय कोई भी प्रतापी दिखाई न देगा!" मनोरमा इतना कह ही चुकी थी कि पीछे की तरफ से आवाज आई–"नहीं-नहीं, ऐसा न हुआ है और न कभी होगा!"

आठवां बयान

अब हम थोड़ा-सा हाल इन्द्रदेव का बयान करते हैं जो लक्ष्मीदेवी, कमलिनी, लाडिली और नकली बलभद्रसिंह को साथ लेकर अपने घर की तरफ रवाना हुए थे और जिनके साथ कुछ दूर तक भूतनाथ भी गया था।

नकली बलभद्रसिंह हथकड़ी-बेड़ी से जकड़ा हुआ एक डोली पर सवार कराया गया था और कुछ फौजी सिपाही उसे चारों तरफ से घेरे हुए जा रहे थे। लक्ष्मीदेवी, कमलिनी तथा लाडिली पालकियों पर सवार कराई गई थीं और उन तीनों पालकियों के आगे-पीछे बहुत-से सिपाही जा रहे थे। इन्द्रदेव एक उम्दा घोड़े पर सवार थे और भूतनाथ पैदल उनके साथ-साथ जा रहा था। दोपहर दिन चढ़े बाद जब इन लोगों का डेरा एक सुहावने जंगल में पड़ा तो भूतनाथ ने इन्द्रदेव से विदा मांगी। इन्द्रदेव ने कहा, ''मुझे तो कोई उज्र नहीं है, मगर लक्ष्मीदेवी और कमलिनी से पूछ लेना जरूरी है। तुम मेरे साथ उनके पास चलो, मैं उन लोगों से तुम्हें छुट्टी दिला देता हूं।''

लक्ष्मीदेवी, कमलिनी और लाडिली की पालकी एक घने पेड़ के नीचे आमने-सामने रक्खी हुई थीं और उनके चारों तरफ कनात घिरी हुई थी। बीच में उम्दा फर्श बिछा हुआ था और तीनों बहिनें उस पर बैठी बातें कर रही थीं। इन्द्रदेव अपने साथ भूतनाथ को लिये हुए उन तीनों के पास गए और कमलिनी की तरफ देखकर बोले, ''भूतनाथ बिदा होने की आज्ञा मांगता है।''

इन्द्रदेव को देखकर तीनों बहिनें उठ खड़ी हुईं और कमलिनी ने भूतनाथ को भी अपने सामने फर्श पर बैठने का इशारा किया। भूतनाथ बैठ गया तो बातें होने लगीं–

कमलिनी–(भूतनाथ से) भूतनाथ, तुम्हारे मामले ने तो हम लोगों को बहुत परेशान कर रक्खा है। पहिले तो यही विश्वास हो गया था कि तुम ही मेरे पिता के घातक हो और यह जैपालसिंह वास्तव में हमारा पिता है, वह खयाल तो अब जाता रहा, मगर तुम अभी तक बेकसूर साबित न हुए।

भूतनाथ–कसूरवार तो मैं जरूर हूं, पहिले ही तुमसे कह चुका हूं कि, 'मेरे हाथ से कई बुरे काम हो चुके हैं जिनके लिए मैं पछता रहा हूं और अब नेक काम करके दुनिया में नेकनाम हुआ चाहता हूं' और तुमने मेरी सहायता करने की प्रतिज्ञा भी की थी। तब से तुम स्वयं देख रही हो कि मैं कैसे-कैसे काम कर रहा हूं। यह सबकुछ है, मगर मैंने तुम्हारे पिता-माता या तुम तीनों बहिनों के साथ कभी कोई बुराई नहीं की इसे तुम निश्चय समझो, शायद यही सबब है कि ऐसे नाजुक समय में भी कृष्णाजिन्न ने मेरी सहायता की, मालूम होता है कि वह मेरा हाल अच्छी तरह जानता है।

कमलिनी–खैर, यह तो जब तुम्हारा मुकदमा होगा तब मालूम हो जाएगा क्योंकि मैं बिलकुल नहीं जानती कि कृष्णाजिन्न कौन है, उसने तुम्हारा पक्ष क्यों लिया, और राजा बीरेन्द्रसिंह ने क्यों कृष्णाजिन्न की बात मानकर तुम्हें कैद से छुट्टी दे दी।

लक्ष्मीदेवी–(भूतनाथ से) मगर मैं जहां तक समझती हूं, यही जान पड़ता है कि तुम कृष्णाजिन्न को अच्छी तरह पहिचानते हो।

भूतनाथ–नहीं-नहीं, कदापि नहीं। (खंजर हाथ में लेकर) मैं कसम खाकर कहता हूं कि कृष्णाजिन्न को बिलकुल नहीं पहिचानता, मगर उसकी कुदरत देखकर जरूर आश्चर्य करता हूं और उससे डरता हूं। यद्यपि उसने मुझे कैद से छुड़ा दिया, मगर तुम देखती हो कि भागकर जान बचाने की नीयत मेरी नहीं है। कई दफे स्वतन्त्र हो जाने पर भी मैंने तुम्हारे काम से मुंह नहीं फेरा और समय पड़ने पर जान तक देने को तैयार हो गया।

कमलिनी–ठीक है–ठीक है, और अबकी दफे रोहतासगढ़ में पहुंचकर भी तुमने बड़ा काम किया, मगर इस बारे में मुझे एक बात का आश्चर्य मालूम होता है।

भूतनाथ–वह क्या?

कमलिनी–तुमने अपना हाल बयान करते समय कहा था कि, "मैंने तिलिस्मी खंजर से शेरअलीखां की सहायता की थी।"

भूतनाथ–हां, बेशक कहा था।

कमलिनी–तुम्हें जो तिलिस्मी खंजर मैंने दिया था वह तो मायारानी ने उस समय अपने कब्जे में कर लिया था जब जमानिया तिलिस्म के अन्दर जानेवाली सुरंग में उसने तुम लोगों को बेहोश किया था। उसने राजा गोपालसिंह का भी तिलिस्मी खंजर लेकर नागर को दे दिया था। नागरवाला तिलिस्मी खंजर तो भैरोसिंह ने (इन्द्रदेव की तरफ इशारा कर) आपसे ले लिया था जो मेरी इच्छानुसार अब तक भैरोसिंह के पास है, परन्तु तुम्हारे पास तिलिस्मी खंजर कहां से आ गया जिससे तुमने काम लिया और जो अब तक तुम्हारे पास है?

भूतनाथ–आपको मालूम हुआ होगा कि मेरा खंजर जो मायारानी ने ले लिया था उसे कृष्णजिन्न ने रोहतासगढ़ किले के अन्दर उस समय मायारानी से छीन लिया था जब वह शेरअलीखां को लेकर वहां गई थी।

कमलिनी–हां ठीक है, तो क्या वही खंजर कृष्णाजिन्न ने फिर तुम्हें दे दिया?

भूतनाथ–जी हां, (तिलिस्मी खंजर और उसके जोड़ की अंगूठी कमलिनी के आगे रखकर) अब यदि मर्जी हो तो ले लीजिए, यह हाजिर है।

कमलिनी–(कुछ सोचकर) नहीं, अब यह खंजर तुम अपने ही पास रक्खो, जब कृष्णाजिन्न ने, जिन्हें राजा बीरेन्द्रसिंह और तेजसिंह मानते हैं, तुम्हें दे दिया तो अब बिना उनकी इच्छा के छीन लेना मैं उचित नहीं समझती, (ऊंची सांस लेकर) क्या कहा जाए, तुम्हारे मामले में अक्ल कुछ भी काम नहीं करती।

इन्द्रदेव–भूतनाथ, तुम देखते हो कि नकली बलभद्रसिंह को मैं अपने साथ लिये जाता हूं, अगर तुम भी मेरे साथ चलके उससे बातचीत करते तो...

भूतनाथ–नहीं-नहीं, आप मुझे अपने साथ ले चलकर उसका मुकाबला न कराइए, उसका सामना होने से ही मेरी जान सूख जाती है! यह तो मैं जानता ही हूं कि एक-न-एक दिन मेरा और उसका सामना धूमधाम के साथ होगा और जो कुछ कसूर मैंने किया है या उसका बिगाड़ा है, खुले बिना न रहेगा परन्तु अभी आप क्षमा करें। थोड़े दिनों में मैं अपने बचाव का सामान इकट्ठा कर लूंगा और तब तक बलभद्रसिंह का भी पता लग जाएगा, उनसे भी सहायता मिलने की मुझे आशा है, हां, यदि आप मेरी प्रार्थना स्वीकार न करें तो लाचार मैं साथ चलने के लिए हाजिर हूं।

इन्द्रदेव–(कुछ सोचकर) खैर, कोई चिन्ता नहीं, तुम जाओ, बलभद्रसिंह को खोज निकालने का उद्योग करो और इन्दिरा का भी पता लगाओ। अब मुझसे कब मिलोगे?

भूतनाथ–आठ-दस दिन के बाद आपसे मिलूंगा, फिर जैसा मौका हो।

कमलिनी–अच्छा जाओ, मगर जो कुछ करना है, उसे दिल लगाकर करो।

भूतनाथ–मैं कसम खाकर कहता हूं कि बलभद्रसिंह को खोज निकालने की फिक्र सबसे ज्यादे दुनिया में जिस आदमी को है, वह मैं हूं।

इतना कहकर भूतनाथ उठ खड़ा हुआ और अपने अड्डे की तरफ रवाना हो गया। तीसरे दिन अपने अड्डे पर पहुंचा जो 'बराबर' की पहाड़ी पर था। वहां उसने अपने आदमी दाऊ बाबा की जुबानी नानक का हाल सुना और क्रोध में भरा हुआ केवल दो घण्टे वहां रहने के बाद पहाड़ी के नीचे उतरकर उस जंगल की तरफ रवाना हो गया जहां पहिले-पहल श्यामसुन्दरसिंह और भगवनिया के सामने नकली बलभद्रसिंह से उसकी मुलाकात हुई थी।

नौवां बयान

लक्ष्मीदेवी, कमलिनी, लाडिली और नकली बलभद्रसिंह को लिये हुए इन्द्रदेव अपने गुप्त स्थान पर पहुंच गए। दोपहर का समय है। एक सजे हुए कमरे के अन्दर ऊंची गद्दी के ऊपर इन्द्रदेव बैठे हुए हैं, पास ही में एक दूसरी गद्दी बिछी हुई है जिस पर लक्ष्मीदेवी, कमलिनी और लाडिली बैठी हुई हैं, उनके सामने हथकड़ी-बेड़ी और रस्सियों से जकड़ा हुआ नकली बलभद्रसिंह बैठा है, और उसके पीछे हाथ में नंगी तलवार लिये इन्द्रदेव का ऐयार सर्यूसिंह खड़ा है।

नकली बलभद्र–(इन्द्रदेव से) जिस समय मुझसे और भूतनाथ से मुलाकात हुई थी, उस समय भूतनाथ की क्या दशा हुई सो स्वयं तेजसिंह देख चुके हैं। अगर भूतनाथ सच्चा होता तो मुझसे क्यों डरता। मगर बड़े अफसोस की बात है कि राजा

बीरेन्द्रसिंह ने कृष्णाजिन्न के कहने से भूतनाथ को छोड़ दिया और जिस सन्दूकड़ी को मैंने पेश किया था उसे न खोला, वह खुलती तो भूतनाथ का बाकी भेद छिपा न रहता।

इन्द्रदेव–जो हो, मैं राजा साहब की बातों में दखल नहीं दे सकता, मगर इतना कह सकता हूं कि भूतनाथ ने चाहे तुम्हारे साथ हद से ज्यादे बुराई की हो, मगर लक्ष्मीदेवी के साथ कोई बुराई नहीं की थी, इसके अतिरिक्त छोड़ दिए जाने पर भी भूतनाथ भागने का उद्योग नहीं करता और समय पड़ने पर हम लोगों का साथ देता है।

नकली बलभद्र–अगर भूतनाथ आप लोगों का काम न करे तो आप लोग उस पर दया न करेंगे, यही समझकर वह...

इन्द्रदेव–(चिढ़कर) ये सब वाहियात बातें हैं, मैं तुमसे बकवास करना पसन्द नहीं करता, तुम यह बताओ कि तुम जैपाल हो या नहीं।

नकली बलभद्र–मैं वास्तव में बलभद्रसिंह हूं।

इन्द्रदेव–(क्रोध के साथ) अब भी तू झूठ बोलने से बाज नहीं आता, मालूम होता है कि तेरी मौत आ चुकी है, अच्छा देख मैं तुझे किस दुर्दशा के साथ मारता हूं! (सर्यूसिंह से) तुम पहिले इसकी दाहिनी आंख उंगली डालकर निकाल लो।

नकली बलभद्र–(लक्ष्मीदेवी से) देखो, तुम्हारे बाप की क्या दुर्दशा हो रही है!

लक्ष्मीदेवी–मुझे अब अच्छी तरह से निश्चय हो गया कि तू हमारा बाप नहीं है। आज जब मैं पुरानी बातों को याद करती हूं तो तेरी और दारोगा की बेईमानी साफ मालूम हो जाती है। सबसे पहिले जिस दिन तू कैदखाने में मुझसे मिला था उसी दिन मुझे तुझ पर शक था, मगर तेरी इस बात पर कि 'जहरीली दवा के कारण मेरा बदन खराब हो गया है' मैं धोखे में आ गई थी।

नकली बलभद्र–और यह मोढ़ेवाला निशान?

लक्ष्मीदेवी–यह भी बनावटी है, अच्छा अगर तू मेरा बाप है तो मेरी एक बात का जवाब दे।

नकली बलभद्र–पूछो।

लक्ष्मीदेवी–जिन दिनों मेरी शादी होनेवाली थी और जमानिया जाने के लिए मैं पालकी पर सवार होने लगी थी, तब मेरी क्या दुर्दशा हुई थी और मैं किस ढंग से पालकी पर बैठाई गई थी?

नकली बलभद्र–(कुछ सोचकर) अब इतनी पुरानी बात तो मुझे याद नहीं है, मगर मैं सच कहता हूं कि मैं ही बलभद्र...

इन्द्रदेव–(क्रोध से सर्यूसिंह से) बस अब विलम्ब करने की आवश्यकता नहीं।

इतना सुनते ही सर्यूसिंह ने धक्का देकर नकली बलभद्रसिंह को गिरा दिया और औजार डालकर उसकी दाहिनी आंख निकाल ली। नकली बलभद्रसिंह, जिसे अब हम

जैपाल के ही नाम से लिखेंगे दर्द से तड़पने लगा और बोला, "अफसोस, मेरे हाथ-पैर बंधे हुए हैं, अगर खुले होते तो मैं इस बेदर्दी का मजा चखा देता!"

इन्द्रदेव–अभी अफसोस क्या करता है, थोड़ी देर में तेरी दूसरी आंख भी निकाली जाएगी और उसके बाद तेरा एक-एक अंग काटकर अलग किया जाएगा! (सर्यूसिंह से) हां, सर्यूसिंह, अब इसकी दूसरी आंख भी निकाल लो और इसके बाद दोनों पैर काट डालो।

जैपाल–(चिल्लाकर) नहीं-नहीं, जरा ठहरो, मैं तुम्हें बलभद्रसिंह का सच्चा हाल बताता हूं।

इन्द्रदेव–अच्छा बताओ।

जैपाल–पहिले मेरी आंख में कोई दवा लगाओ जिससे दर्द कम हो जाए। तब मैं तुमसे सब हाल कहूंगा।

इन्द्रदेव–ऐसा नहीं हो सकता, बताना हो तो जल्द बता, नहीं तो तेरी दूसरी आंख भी निकाल ली जाएगी।

जैपाल–अच्छा, मैं अभी बताता हूं। दारोगा ने उसे अपने बंगले में कैद कर रक्खा था, मगर अफसोस, मायारानी ने उस बंगले को बारूद के जोर से उड़ा दिया, उम्मीद है कि उसी में उस बेचारे की हड्डी-पसली भी उड़ गई होगी।

इन्द्रदेव–(सर्यूसिंह से) सर्यूसिंह, यह हरामजादा अपनी बदमाशी से बाज न आवेगा, अस्तु, तुम एक काम करो, इसकी जो आंख तुमने निकाली है उसके गड़हे में पिसी हुई लाल मिर्च भर दो।

इतना सुनते ही जैपाल चिल्ला उठा और हाथ जोड़कर बोला–

जैपाल–माफ करो, माफ करो, अब मैं झूठ न बोलूंगा, मुझे जरा दम ले लेने दो, जो कुछ हाल है, मैं सच-सच कह दूंगा, इस तरह तड़प-तड़पकर जान देना मुझे मंजूर नहीं। मुझे क्या पड़ी है जो दारोगा का पक्ष करके इस तरह अपनी जान दूं, कभी नहीं, अब मैं कदापि तुमसे झूठ न बोलूंगा।

इन्द्रदेव–अच्छ-अच्छा, दम ले-ले, कोई चिन्ता नहीं, जब तू बलभद्रसिंह का हाल बताने को तैयार ही है तो मैं तुझे क्यों सताने लगा।

जैपाल–(कुछ ठहरकर) इसमें कोई शक नहीं कि बलभद्रसिंह अभी तक जीता है और इन्दिरा तथा इन्दिरा की मां के विषय में भी आशा करता हूं कि जीती होंगी।

इन्द्रदेव–बलभद्रसिंह के जीते रहने का तो तुझे निश्चय है, मगर इन्दिरा और उसकी मां के बारे में 'आशा है' से क्या मतलब है?

जैपाल–इन्दिरा और इन्दिरा की मां को दारोगा ने तिलिस्म में बन्द करना चाहा था, उस समय न मालूम किस ढंग से इन्दिरा तो छूटकर निकल गई, मगर उसकी मां जमानिया तिलिस्म के चौथे दर्जे में कैद कर दी गई, इसी से उसके बारे में निश्चित

रूप से नहीं कह सकता, मगर बलभद्रसिंह अभी तक जमानिया में उस मकान के अन्दर कैद है जिसमें दारोगा रहता था। यदि आप मुझे छुट्टी दें या मेरे साथ चलें तो मैं उसे बाहर निकाल दूं या आप खुद जाकर जिस ढंग से चाहें, उसे छुड़ा लें।

इन्द्रदेव–मुझे तेरी यह बात भी सच नहीं जान पड़ती।

जैपाल–नहीं-नहीं, अबकी दफे मैंने सच-ही-सच बता दिया है।

इन्द्रदेव–यदि मैं वहां जाऊं और बलभद्रसिंह न मिले तो!

जैपाल–मिलने-न-मिलने से मुझे कोई मतलब नहीं, क्योंकि उस मकान में से ढूंढ़ निकालना आपका काम है, अगर आप हो पता लगाने में कसर कर जाएंगे तो मेरा क्या कसूर! हां, एक बात और है, इधर थोड़े दिन के अन्दर दारोगा ने किसी दूसरी जगह उन्हें रख दिया हो तो मैं नहीं जानता, मगर दारोगा का रोजनामचा यदि आपको मिल जाए और उसे पढ़ सकें तो बलभद्रसिंह के छूटने में कुछ कसर न रहे।

इन्द्रदेव–क्या दारोगा रोजनामचा बरबर लिखा करता था?

जैपाल–जी हां, वह अपना रत्ती-रत्ती हाल रोजनामचे में लिखा करता था।

इन्द्रदेव–वह रोजनामचा क्योंकर मिलेगा?

जैपाल–जमानिया के पक्के घाट के ऊपर ही एक तेली रहता है, उसका मकान बहुत बड़ा है और दारोगा की बदौलत वह भी अमीर हो गया है। उसका नाम भी जैपाल है और उसी के पास दारोगा का रोजनामचा है, यदि आप उससे ले सकें तो अच्छी बात है, नहीं तो कहिए मैं उसके नाम की एक चीठी लिख दूंगा।

इन्द्रदेव–(कुछ सोचकर) बेशक, तुझे उसके नाम की एक चीठी लिख देनी होगी, मगर इतना याद रखियो कि यदि तेरी बात झूठ निकली तो मैं बड़ी दुर्दशा के साथ तेरी जान लूंगा!

जैपाल–और अगर सच निकली तो क्या मैं छोड़ दिया जाऊंगा?

इन्द्रदेव–(मुस्कुराकर) हां, अगर तेरी मदद से बलभद्रसिंह को हम पा जाएंगे तो तेरी जान छोड़ दी जाएगी, मगर तेरे दोनों पैर काट डाले जाएंगे और तेरी दूसरी आंख भी बेकाम कर दी जाएगी।

जैपाल–सो क्यों?

इन्द्रदेव–इसलिए कि तू फिर किसी काम लायक न रहे और न किसी के साथ बुराई कर सके।

जैपाल–फिर मुझे खाने को कौन देगा?

इन्द्रदेव–मैं दूंगा।

जैपाल–खैर, जैसी मर्जी आपकी। मुझे स्वीकार है, मगर इस समय तो मेरी आंख में कोई दवा डालिए नहीं तो मैं मर जाऊंगा।

इन्द्रदेव–हां-हां, तेरी आंख का इलाज भी किया जाएगा, मगर पहिले तू उस तेली के नाम की चीठी लिख दे।

जैपाल–अच्छा मैं लिख देता हूं, हाथ खोलकर कलम-दावात, कागज मेरे आगे रक्खो।

यद्यपि आंख की तकलीफ बहुत ज्यादे थी, मगर जैपाल भी बड़े ही कड़े दिल का आदमी था। उसका एक हाथ खोल दिया गया, कलम-दावात-कागज उसके सामने रक्खा गया, और उसने जैपाल तेली के नाम एक चीठी लिखकर अपनी निशानी कर दी। चीठी में यह लिखा हुआ था–

"मेरे प्यारे जैपाल चक्री,

दारोगा बाबावाला रोजनामचा इन्हें दे देना, नहीं तो मेरी और दारोगा की जान न बचेगी। हम दोनों आदमी इन्हीं के कब्जे में हैं।"

इन्द्रदेव ने वह चीठी लेकर अपनी जेब में रक्खी और सर्यूसिंह को जैपाल को दूसरी कोठरी में ले जाकर कैद करने का हुक्म दिया तथा जैपाल की आंख में दवा लगाने के लिए भी कहा।

धूर्तराज जैपाल ने निःसन्देह इन्द्रदेव को धोखा दिया, उसने जो तेली के नाम चीठी लिखकर दी उसके पढ़ने से दोनों मतलब निकलते हैं। "हम दोनों आदमी इन्हीं के कब्जे में हैं" ये ही शब्द इन्द्रदेव को फंसाने के लिए काफी थे। अस्तु, देखा चाहिए वहां जाने पर इन्द्रदेव की क्या हालत होती है।

लक्ष्मीदेवी, कमलिनी और लाडिली को हर तरह से समझा-बुझाकर दूसरे दिन प्रातःकाल इन्द्रदेव जमानिया की तरफ रवाना हुए।

दसवां बयान

अब हम अपने पाठकों को काशीपुरी में एक चौमंजिले मकान के ऊपर ले चलते हैं। यह निहायत संगीन और मजबूत बना हुआ है। नीचे से ऊपर तक गेरू से रंगे रहने के कारण देखनेवाला तुरंत कह देगा कि यह किसी गुसाईं का मठ है। काशी के मठधारी गुसाईं नाम ही के साधु या गुसाईं होते हैं, वास्तव में उनकी दौलत, उनका व्यापार, उनका रहन-सहन और बर्ताव किसी तरह गृहस्थों और बनियों से कम नहीं होता बल्कि दो हाथ ज्यादे ही होता है। अगर किसी ने धर्म और शास्त्र पर कृपा करके गुसाईंपने की कोई निशानी रख भी ली तो केवल इतना हीं कि एक टोपी गेरुए रंग की सिर पर या गेरुए रंग का एक दुपट्टा कन्धे पर रख लिया सो भी भरसक रेशमी और बेशकीमत तो होना ही चाहिए बस, अस्तु, इस समय जिस मकान में हम अपने पाठकों को ले चलते हैं, देखनेवाले उस मकान को भी किसी ऐसे ही साधु या गुसाईं का मठ कहेंगे, पर वास्तव में ऐसा नहीं है। इस मकान के अन्दर कोई विचित्र मनुष्य रहता है और उसके काम भी बड़े ही अनूठे हैं।

यह मकान कई मंजिल का है। नीचेवाली तीनों मंजिलों को छोड़कर इस समय हम ऊपरवाली चौथी मंजिल पर चलते हैं जहां एक छोटे से कमरे में तीन औरतें बैठी हुई आपुस में बातें कर रही हैं। रात दो पहर से कुछ ज्यादे जा चुकी है। कमरे के अन्दर यद्यपि बहुत से शीशे लगे हैं, मगर रोशनी सिर्फ एक शमादान और एक दीवारगीर की ही हो रही है। शमादान फर्श के ऊपर जल रहा है, जहां तीनों औरतें बैठी हैं। उनमें एक औरत तो निहायत हसीन और नाजुक है और यद्यपि उसकी उम्र लगभग चालीस वर्ष के पहुंच गई होगी, मगर नजाकत, सुडौली, और चेहरे का लोच अभी तक कायम है, उसकी बड़ी-बड़ी आंखों में अभी तक गुलाबी डोरियां और मस्तानापन मौजूद है, सिर के बड़े-बड़े और घने बालों में चांदी की तरह चमकनेवाले बाल दिखाई नहीं देते और न अलग से देखने में ज्यादे उम्र की ही मालूम पड़ती है, साथ ही इसके बाली, पत्ते, गोप, सिकरी, कड़े, छन्द और अंगूठियों की तरफ ध्यान देने से वह रुपये वाली भी मालूम पड़ती है। उसके पास बैठी हुई दोनों औरतें भी उसी की तरह कमसिन तो हैं पर खूबसूरत नहीं हैं। जो बहुत हसीन और इस मकान की मालिक औरत है उसका नाम बेगम[1] है और बाकी की दोनों औरतों का नाम नौरतन और जमालो है।

बेगम–चाहे जैपालसिंह गिरफ्तार हो गया हो, मगर भूतनाथ उसका मुकाबला नहीं कर सकता और न भूतनाथ उसे अपनी हिफाजत ही में रख सकता है।

जमालो–ठीक है, मगर जब लक्ष्मीदेवी और राजा बीरेन्द्रसिंह को यह मालूम हो गया कि यह असली बलभद्रसिंह नहीं और इसने बहुत बड़ा धोखा देना चाहा था तो वे उसे जीता कब छोड़ेंगे!

बेगम–तो क्या वह खाली इतने ही कसूर पर मारा जाएगा कि उसने अपने को बलभद्रसिंह जाहिर किया?

जमालो–क्या यह छोटा-सा कसूर है! फिर असली बलभद्रसिंह का पता लगाने के लिए भी तो लोग उसे दिक करेंगे।

बेगम–अगर इन्साफ किया जाएगा तो जैपालसिंह गदाधरसिंह से ज्यादे दोषी न ठहरेगा, ऐसी अवस्था में मुझे यह आशा नहीं होती कि राजा बीरेन्द्रसिंह उसे प्राणदण्ड देंगे।

नौरतन–राजा बीरेन्द्रसिंह चाहे उसे प्रापदण्ड की आज्ञा न भी दें, मगर इन्द्रदेव उसे कदापि जीता न छोड़ेगा और यह बात बहुत ही बुरी हुई कि राजा बीरेन्द्रसिंह ने उसे इन्द्रदेव के हवाले कर दिया।

बेगम–जो हो, मगर जिस समय मैं उन लोगों के सामने जा खड़ी होऊंगी, उस समय जैपाल को छुड़ा ही लाऊंगी, क्योंकि उसी के बदौलत अमीरी कर रही हूं और उसके लिए नीच-से-नीच काम करने को भी तैयार हूं।

---

1. बेगम नाम से मुसलमान न समझना चाहिए।

जमालो–सो कैसे? क्या तुम असली बलभद्रसिंह के साथ उसका बदला करोगी?

बेगम–हां, मैं इन्द्रदेव और लक्ष्मीदेवी से कहूंगी कि तुम जैपालसिंह को मेरे हवाले करो तो असली बलभद्रसिंह को तुम्हारे हवाले कर दूंगी। अफसोस तो इतना ही है कि गदाधरसिंह की तरह जैपालसिंह दिलावर और जीवट का आदमी नहीं है। अगर जैपालसिंह के कब्जे में बलभद्रसिंह होता तो वह थोड़ी ही तकलीफ में इन्द्रदेव या लक्ष्मीदेवी को उसका हाल बता देता।

जमालो–ठीक है, मगर जब बलभद्रसिंह तुम्हारे कब्जे से निकल जाएगा तब जैपालसिंह तुम्हारी इज्जत और कदर क्यों करेगा और क्यों दबेगा? सिवाय इसके अब तो दारोगा भी स्वतन्त्र नहीं रहा जिसके भरोसे पर जैपाल कूदता था और तुम्हारा घर भरता था।

बेगम–(कुछ सोचकर) हां बहिन, सो तो तुम सच कहती हो, और बलभद्रसिंह को छोड़ने से पहिले ही मुझे अपना घर ठीक कर लेना चाहिए, मगर ऐसा करने में भी दो बातों की कसर पड़ती है।

जमालो–वह क्या?

बेगम–एक तो बीरेन्द्रसिंह के पक्षवाले मुझ पर यह दोष लगावेंगे कि तूने बलभद्रसिंह को क्यों कैद कर रक्खा था, दूसरे जब से मनोरमा के हाथ तिलिस्मी खंजर लगा है तब से उसका दिमाग आसमान पर चढ़ गया है, वह मुझसे कसम खाकर कह गई है कि 'थोड़े ही दिनों में राजा बीरेन्द्रसिंह और उनके पक्षवालों को इस दुनिया से उठा दूंगी'। अगर उसका कहना सच हुआ और उसने फिर मायारानी को जमानिया की गद्दी पर ला बैठाया तो मायारानी मुझ पर दोष लगावेंगी कि तूने जैपाल को इतने दिनों तक क्यों छिपा रक्खा और दारोगा से मिलकर मुझे धोखे में क्यों डाला।

नौरतन–बेशक ऐसा ही होगा, मगर इस बात को मैं कभी नहीं मान सकती कि अकेली मनोरमा एक तिलिस्मी खंजर पाकर राजा बीरेन्द्रसिंह के ऐयारों का मुकाबला करेगी और उनके पक्षवालों को इस दुनिया से उठा देगी। क्या उन लोगों के पास तिलिस्मी खंजर न होगा?

जमालो–मैं भी यही कहनेवाली थी, मैंने इस विषय पर बहुत गौर किया, मगर सिवा इसके मेरा दिल और कुछ भी नहीं कहता कि राजा बीरेन्द्रसिंह, उनके लड़के और उनके ऐयारों का मुकाबला करनेवाला आज दिन इस दुनिया में कोई भी नहीं है, और एक बड़े भारी तिलिस्म के राजा गोपालसिंह भी प्रकट हो गए हैं। ऐसी अवस्था में मायारानी और उनके पक्षवालों की जीत कदापि नहीं हो सकती।

बेगम–ऐसा ही है, और गदाधरसिंह भी किसी-न-किसी तरह अपनी जान बचा ही लेगा? देखो इतना बखेड़ा हो जाने पर भी लोगों ने गदाधरसिंह को, जिसने अपना नाम अब भूतनाथ रख लिया है छोड़ दिया और अब वह चारों तरफ उपद्रव मचा

रहा है, ताज्जुब नहीं कि वह जमीन की मिट्टी सूंघता हुआ मेरे घर में भी आ पहुंचे! यद्यपि उसे मेरा पता कुछ भी मालूम नहीं है मगर वह विचित्र आदमी है, मिट्टी और हवा में मिल गई चीज का भी पता लगा लेता है। (ऊंची सांस लेकर) अगर मुझसे और उससे लड़ाई न हो गई होती तो आज मैं भी तीन हाथ की ऊंची गद्दी पर बैठने का साहस करती, मगर अफसोस, भूतनाथ ने मेरे साथ बहुत ही बुरा सलूक किया! (कुछ सोचकर) यदि बलभद्रसिंह को लेकर मैं राजा बीरेन्द्रसिंह के पास चली जाऊं और भूतनाथ के ऊपर नालिश करूं तो मैं बहुत अच्छी रहूं! मेरे मुकदमे की जवाबदेही भूतनाथ कदापि नहीं कर सकता और राजा साहब उसे जरूर प्राणदण्ड की आज्ञा देंगे। बलभद्रसिंह को छिपा रखने का यदि मुझ पर दोष लगाया जाएगा तो मैं कह सकूंगी कि जिस जमाने में जो राजा होता है प्रजा उसी का पक्ष करती है, अगर मैंने मायारानी और दारोगा के जमाने में उन लोगों का पक्ष किया तो कोई बुरा नहीं किया। मैं इस बात को बिलकुल नहीं जानती थी बल्कि दारोगा भी नहीं जानता था कि राजा गोपालसिंह को मायारानी ने कैद कर रक्खा है। अस्तु, अब आपका राज्य हुआ है तो मैं आपकी सेवा में उपस्थित हुई हूं।

जमालो–बात तो बहुत अच्छी है, फिर इस बात में देर क्यों कर रही हो? इस काम को जहां तक जल्द करोगी, तुम्हारा भला होगा।

बेगम–(कुछ सोचकर) अच्छी बात है, ऐसा करने के लिए मैं कल ही यहां से रवाना हो जाऊंगी।

इतने ही में दरवाजे के बाहर से आवाज आई, "मगर भूतनाथ को भी तो अपनी जान प्यारी है, वह ऐसा करने के लिए तुम्हें जाने कब देगा?"

तीनों ने चौंककर दरवाजे की तरफ निगाहें कीं और भूतनाथ को कमरे के अन्दर आते हुए देखा।

बेगम–(भूतनाथ से) आओ जी मेरे पुराने दोस्त, भला तुमने मेरे सामने आने का साहस तो किया!

भूतनाथ–साहस और जीवट तो हमारा असली काम है।

बेगम–(अपनी बाईं तरफ बैठने का इशारा करके) इधर बैठ जाओ। मालूम होता है कि पुरानी बातों को तुम बिलकुल ही भूल गए।

भूतनाथ–(बेगम की दाहिनी तरफ बैठकर) हम दुनिया में आने से भी छः महीने पहिले की बात याद रखनेवाले आदमी हैं, आज वह दिन नहीं है जिस दिन तुम्हें और जैपाल को देखने के साथ ही डर से मेरे बदन का खून रगों के अन्दर ही जम जाता था, बल्कि आज का दिन उसके बिलकुल विपरीत है।

बेगम–अर्थात् आज तुम मुझे देखकर खुश होते हो!

भूतनाथ–बेशक!

बेगम–क्या आज तुम मुझसे बिलकुल नहीं डरते?

भूतनाथ–रत्ती भर नहीं!

बेगम–क्या अब मैं अगर राजा बीरेन्द्रसिंह के यहां तुम पर नालिश करूं तो मेरा मुकदमा न सुना जाएगा और तुम माफ छूट जाओगे?

भूतनाथ–मगर अब तुम्हें राजा बीरेन्द्रसिंह के सामने पहुंचने ही कौन देगा?

बेगम–(क्रोध से) रोकेगा ही कौन?

भूतनाथ–गदाधरसिंह, जो तुम्हें अच्छी तरह सता चुका है और आज फिर सताने के लिए आया है!

बेगम–(क्रोध को पचाकर और कुछ सोचकर) मगर यह तो बताओ कि तुम बिना इत्तिला कराए यहां चले क्यों आए और पहरेवाले सिपाहियों ने तुम्हें आने कैसे दिया?

भूतनाथ–तुम्हारे दरवाजे पर कौन है जिसकी जुबानी मैं इत्तिला करवाता या जो मुझे यहां आने से रोकता?

बेगम–क्या पहरे के सिपाही सब मर गए?

भूतनाथ–मर ही गए होंगे!

बेगम–क्या सदर दरवाजा खुला हुआ और सुनसान है?

भूतनाथ–सुनसान तो है, मगर खुला हुआ नहीं है, कोई चोर न घुस आवे इस खयाल से आते समय मैं सदर दरवाजा भीतर से बन्द करता आया हूं। डरो मत, कोई तुम्हारी रकम उठाकर न ले जाएगा।

बेगम–(मन-ही-मन चिढ़के) जमालो, जरा नीचे जाकर देख तो सही कमबख्त सिपाही सब क्या कर रहे हैं।

भूतनाथ–(जमालो से) खबरदार, यहां से उठना मत, इस समय इस मकान में मेरी हुकूमत है, बेगम या जैपाल की नहीं! (बेगम से) अच्छा अब सीधी तरह से बता दो कि बलभद्रसिंह को कहां पर कैद कर रक्खा है?

बेगम–मैं बलभद्रसिंह को क्या जानूं?

भूतनाथ–तो अभी किसको लेकर राजा बीरेन्द्रसिंह के पास जाने के लिए तैयार हो गई थी?

बेगम–तेरे बाप को लेकर जानेवाली थी!

इतना सुनते ही भूतनाथ ने कसके एक चपत बेगम के गाल पर जमाई जिससे वह तिलमिला गई और कुछ ठहरने के बाद तकिये के नीचे से छुरा निकालकर भूतनाथ पर झपटी। भूतनाथ ने बाएं हाथ से उसकी कलाई पकड़ ली और दाहिने हाथ से तिलिस्मी खंजर निकालकर उसके बदन में लगा दिया, साथ ही इसके फुर्ती से नौरतन और जमालो के बदन में भी तिलिस्मी खंजर लगा दिया जिससे बात-की-बात में सभी बेहोश होकर जमीन पर लम्बी हो गईं। इसके बाद भूतनाथ ने बड़े गौर से चारों तरफ देखना शुरू किया। इस कमरे में दो आलमारियां थीं जिनमें

बड़े-बड़े ताले लगे हुए थे, भूतनाथ ने तिलिस्मी खंजर मारकर एक आलमारी का कब्जा काट डाला और आलमारी खोलकर उसके अन्दर की चीजें देखने लगा। पहिले एक गठरी निकाली जिसमें बहुत से कागज बंधे हुए थे। शमादान के सामने वह गठरी खोली और एक-एक करके कागज देखने और पढ़ने लगा, यहां तक कि सब कागज देख गया और शमादान में लगा-लगाकर सब जलाकर खाक कर दिए। इसके बाद एक सन्दूकड़ी निकाली जिसमें ताला लगा हुआ था। इस सन्दूकडी में भी कागज भरे हुए थे। भूतनाथ ने उन कागजों को भी जला दिया, इसके बाद फिर आलमारी में ढूंढ़ना शुरू किया, मगर और कोई चीज उसके काम की न निकली।

भूतनाथ ने अब उस दूसरी आलमारी का कब्जा भी खंजर से काट डाला और अन्दर की चीजों को ध्यान देकर देखना शुरू किया। इस आलमारी में यद्यपि बहुत-सी चीजें भरी हुई थीं, मगर भूतनाथ ने केवल तीन चीजें उसमें से निकाल लीं। एक तो दस-बारह पन्ने की छोटी-सी किताब थी जिसे पाकर भूतनाथ बहुत खुश हुआ और चिराग के सामने जल्दी-जल्दी उलट-पलटकर दो-तीन पन्ने पढ़ गया, दूसरा एक ताली का गुच्छा था, भूतनाथ ने उसे भी ले लिया, और तीसरी चीज एक हीरे की अंगूठी थी जिसके साथ एक पुर्जा भी बंधा हुआ था। यह अंगूठी एक डिबिया के अन्दर रक्खी हुई थी। भूतनाथ ने अंगूठी में से पुर्जा खोलकर पढ़ा और इसके पाने से बहुत प्रसन्न होकर धीरे से बोला, "बस अब मुझे और किसी चीज की जरूरत नहीं है।"

इन कामों से छुट्टी पाकर भूतनाथ बेगम के पास आया जो अभी तक बेहोश पड़ी हुई थी और उसकी तरफ देखकर बोला, "अब यह मेरा कुछ बिगाड़ नहीं सकती, ऐसी अवस्था में एक औरत के खून से हाथ रंगना व्यर्थ है।"

भूतनाथ हाथ में शमादान लिये निचले खण्ड में उतर गया जहां उसके दो आदमी हाथ में नंगी तलवार लिये हुए मौजूद थे। उसने अपने साथियों की तरफ देखकर कहा, "बस हमारा काम हो गया। बलभद्रसिंह इसी मकान में कैद है, उसे निकालकर यहां से चल देना चाहिए।" इतना कहकर भूतनाथ ने शमादान अपने एक साथी के हाथ में दे दिया और एक कोठरी के दरवाजे पर जा खड़ा हुआ जिसमें दोहरा ताला लगा हुआ था। तालियों का गुच्छा जो ऊपर से लाया था, उसी में से ताली लगाकर ताले खोले और अपने आदमियों को साथ लिये हुए कोठरी के अन्दर घुसा। वह कोठरी खाली थी, मगर उसमें से एक दूसरी कोठरी में जाने के लिए दरवाजा था और उसकी जंजीर में भी ताला लगा हुआ था। ताली लगाकर उस ताले को भी खोला और दूसरी कोठरी के अन्दर गया। इसी कोठरी में लक्ष्मीदेवी और कमलिनी, लाडिली का बाप बलभद्रसिंह कैद था।

दरवाजा खोलते समय जंजीर खटकने के साथ ही बलभद्रसिंह चैतन्य हो गया था। जिस समय उसकी निगाह यकायक भूतनाथ पर पड़ी, वह चौंक उठा और

ताज्जुब-भरी निगाहों से भूतनाथ को देखने लगा। भूतनाथ ने भी ताज्जुब की निगाह से बलभद्रसिंह को देखा और अफसोस किया क्योंकि बलभद्रसिंह की अवस्था बहुत ही खराब हो रही थी। शरीर सूख के कांटा हो गया था, चेहरे पर और बदन में झुर्रियां पड़ गई थीं, सिर-मूंछ और दाढ़ी के बाल तथा नाखून इतने बढ़ गए थे कि जंगली मनुष्य में और उसमें कुछ भी भेद न जान पड़ता था, अंधेरे में रहते-रहते बदन पीला पड़ गया था, सूरत-शक्ल से भी बहुत ही डरावना मालूम पड़ता था। एक कम्बल, मिट्टी की ठिलिया और पीतल का लोटा बस यही उसकी बिसात थी, कोठरी में और कुछ भी न था। भूतनाथ को देखकर यह जिस ढंग से चौंका और कांपा, उसे देख भूतनाथ ने गर्दन नीची कर ली और तब धीरे से कहा, "आप उठिए और जल्दी निकल चलिए, मैं आपको छुड़ाने के लिए आया हूं।"

बलभद्र–(आश्चर्य से) क्या तू मुझे छुड़ाने के लिए आया है! क्या यह बात सच है?

भूतनाथ–जी हां।

बलभद्र–मगर मुझे विश्वास नहीं होता।

भूतनाथ–खैर, इस समय आप यहां से निकल चलिए, फिर जो कुछ सवाल-जवाब या सोच-विचार करना हो कीजिएगा।

बलभद्र–(खड़े होकर) कदाचित् यह बात सच हो! और अगर झूठ भी हो तो कोई हर्ज नहीं, क्योंकि मैं इस कैद में रहने के बनिस्बत जल्द मर जाना अच्छा समझता हूं!

भूतनाथ ने इस बात का कुछ जवाब न दिया और बलभद्रसिंह को अपने पीछे-पीछे आने का इशारा किया। बलभद्रसिंह इतना कमजोर हो गया था कि उसे मकान के नीचे उतरना कठिन जान पड़ता था इसलिए भूतनाथ ने उसका हाथ थाम लिया और नीचे उतारकर दरवाजे के बाहर ले गया। मकान के दरवाजे के बाहर बल्कि गली-भर में सन्नाटा छाया हुआ था क्योंकि यह मकान ऐसी अंधेरी और सन्नाटे की गली में था कि वहां शायद महीने में एक दफे किसी भले आदमी का गुजर नहीं होता होगा। दरवाजे पर पहुंचकर भूतनाथ ने बलभद्रसिंह से पूछा, "आप घोड़े पर सवार हो सकते हैं?"

इसके जवाब में बलभद्रसिंह ने कहा, "मुझे उचककर सवार होने की ताकत तो नहीं। हां, अगर घोड़े पर बैठा दोगे तो गिरूंगा नहीं!"

भूतनाथ ने शमादान मकान के भीतर चौक में रख दिया और तब बलभद्रसिंह को आगे बढ़ा ले गया। थोड़ी ही दूर पर एक आदमी दो कसे-कसाये घोड़ों की बागडोर थामे बैठा हुआ था। भूतनाथ एक घोड़े पर बलभद्रसिंह को सवार कराके दूसरे घोड़े पर आप जा बैठा और अपने तीनों आदमियों को कुछ कहकर वहां से रवाना हो गया।

ग्यारहवां बयान

रात बहुत कम बाकी थी जब बेगम, नौरतन और जमालो की बेहोशी दूर हुई।

बेगम–(चारों तरफ देखकर) हैं, यहां तो बिलकुल अन्धकार हो रहा है, जमालो, तू कहां है?

नौरतन–जमालो नीचे गई है।

बेगम–क्यों?

नौरतन–जब हम दोनों होश में आईं तो यहां बिलकुल अंधकार देखकर घबराने लगीं। नीचे चौक में कुछ रोशनी मालूम होती थी, जमालो ने झांककर देखा तो यहां वाला शमादान चौक में बलता पाया, आहट लेने पर जब मालूम हुआ के नीचे कोई भी नहीं है तो शमादान लेने के लिए नीचे गई है।

बेगम–हाय, यह क्या हुआ?

नौरतन–पहिले रोशनी आने दो तो कहूंगी, लो, जमालो आ गई।

बेगम–क्यों बहिन जमालो, क्या नीचे बिलकुल सन्नाटा है?

जमालो–(शमादान जमीन पर रखकर) हां, बिलकुल सन्नाटा है, तुम्हारे सब आदमी भी न मालूम कहां गायब हो गए।

बेगम–हाय-हाय, यहां तो दोनों आलमारियां टूटी पड़ी हैं! हैं-हैं, मालूम होता है कि कागज सभी जलाकर राख कर दिए गए! (एक आलमारी के पास जाकर और अच्छी तरह देखकर) बस सर्वनाश हो गया! ताज्जुब यह है कि उसने मुझे जीता क्यों छोड़ दिया!

दोनों आलमारियों और उनकी चीजों की खराबी देखकर बेगम की दशा पागलों जैसी हो गई। उसकी आंखों से आंसू जारी थे और वह घबड़ाकर चारों तरफ घूम रही थी। थोड़ी ही देर में सवेरा हो गया और तब वह मकान के नीचे आई। एक कोठरी के अन्दर से कई आदमियों के चिल्लाने की आवाज सुनाई पड़ी। आवाज से वह पहचान गई कि उसके सिपाही लोग उसमें बन्द हैं। जब जंजीर खोली तो वे सब बाहर निकले और घबड़ाहट के साथ चारों तरफ देखने लगे। बेगम के पास जाने के पहिले ही भूतनाथ ने इन आदमियों को तिलिस्मी खंजर की मदद से बेहोश करके इस कोठरी के अन्दर बन्द कर दिया था।

बेगम ने सभों से बेहोशी का सबब पूछा जिसके जवाब में उन्होंने कहा कि "एक आदमी ने आकर एक खंजर यकायक हम लोगों के बदन से लगाया, हम लोग कुछ भी न सोच सके कि वह पागल है या चोर, बस एकदम बेहोश हो गए और तनोबदन की सुध जाती रही। फिर क्या हुआ यह हम नहीं जानते, जब होश में आए तो अपने को कोठरी के अन्दर पाया।"

इसके बाद बेगम ने उन लोगों से कुछ भी न पूछा और नौरतन तथा जमालो को साथ लेकर ऊपरवाले खण्ड में चली गई जहां बलभद्रसिंह कैद था। जब बेगम

ने उस कोठरी को खुला पाया और बलभद्रसिंह को उसमें न देखा तब और हताश हो गई और जमालो की तरफ देखकर बोली, "बहिन, तुमने सच कहा था कि राजा बीरेन्द्रसिंह के पक्षपातियों का मनोरमा कुछ भी नहीं बिगाड़ सकती! देखो भूतनाथ के पास वैसा ही तिलिस्मी खंजर मौजूद है और उस खंजर की बदौलत उसने जो काम किया, उसे भी तुम देख चुकी हो! अगर मैं इसका बदला भूतनाथ से लिया भी चाहूं तो नहीं ले सकती क्योंकि अब न तो मेरे कब्जे में बलभद्रसिंह रहा और न वे सबूत रह गए जिनकी बदौलत मैं भूतनाथ को दबा सकती थी। हाय, एक दिन वह था कि मेरी सूरत देखकर भूतनाथ अधमुआ हो जाता था और एक आज का दिन है कि मैं भूतनाथ का कुछ भी नहीं कर सकती। न मालूम इस मकान का और मेरा पता उसे कैसे मालूम हुआ और इतना कर गुजरने पर भी उसने मेरी जान क्यों छोड़ दी? निःसन्देह इसमें भी कोई भेद है। उसने अगर मुझे छोड़ दिया तो सुखी रहने के लिए नहीं, बल्कि इसमें भी उसने कुछ अपना फायदा सोचा होगा।"

जमालो–बेशक ऐसा ही है, शुक्र करो कि वह तुम्हारी दौलत नहीं ले गया नहीं तो बड़ा ही अन्धेर हो जाता और तुम टुकड़े-टुकड़े को मोहताज हो जातीं। अब तुम इसका भी निश्चय रक्खो कि जैपालसिंह की जान कदापि नहीं बच सकती।

बेगम–बेशक ऐसा ही है, अब तुम्हारी क्या राय है?

जमालो–मेरी राय तो यही है कि अब तुम एक पल भी इस मकान में न ठहरो और अपनी जमा-पूंजी लेकर यहां से चल दो। तुम्हारे पास इतनी दौलत है कि किसी दूसरे शहर में आराम से रहकर अपनी जिंदगी बिता सको जहां बीरेन्द्रसिंह के ऐयारों को जाने की जरूरत न पड़े!

बेगम–तुम्हारी राय बहुत ठीक है, तो क्या तुम दोनों मेरा साथ दोगी?

जमालो–मैं जरूर तुम्हारा साथ दूंगी।

नौरतन–मैं भी ऐसी अवस्था में तुम्हारा साथ नहीं छोड़ सकती। जब सुख के दिनों में तुम्हारे साथ रही तो क्या अब दुःख के जमाने में तुम्हारा साथ छोड़ दूंगी? ऐसा नहीं हो सकता।

बेगम–अच्छा तो अब निकल भागने की तैयारी करनी चाहिए।

जमालो–जरूर।

इतने ही में मकान के बाहर बहुत से आदमियों के शोरगुल की आवाज इन तीनों को मालूम पड़ी। बेगम की आज्ञानुसार पता लगाने के लिए जमालो नीचे उतर गई और थोड़ी ही देर में लौट आकर बोली, "हैं-हैं, गजब हो गया। राजा साहब के सिपाहियों ने मकान को घेर लिया और तुम्हें गिरफ्तार करने के लिए आ रहे हैं।" जमालो इससे ज्यादे न कहने पाई थी कि धड़धड़ाते हुए बहुत से सरकारी सिपाही मकान के ऊपर चढ़ आए और उन्होंने बेगम, नौरतन और जमालो को गिरफ्तार कर लिया।

बारहवां बयान

काशीपुरी से निकलकर भूतनाथ ने सीधे चुनारगढ़ का रास्ता लिया। पहर दिन चढ़े तक भूतनाथ और बलभद्रसिंह घोड़े पर सवार बराबर चले गए और इस बीच में उन दोनों में किसी तरह की बातचीत न हुई। जब वे दोनों जंगल के किनारे पहुंचे तो बलभद्रसिंह ने भूतनाथ से कहा, "मैं थक गया हूं, घोड़े पर मजबूती के साथ नहीं बैठ सकता। वर्षों की कैद ने मुझे बिलकुल बेकाम कर दिया। अब मुझमें दस कदम भी चलने की हिम्मत नहीं रही, अगर कुछ देर तक कहीं ठहरकर आराम कर लेते तो अच्छा होता।"

भूतनाथ–बहुत अच्छा, थोड़ी दूर और चलिए, इसी जंगल में किसी अच्छे ठिकाने, जहां पानी भी मिल सकता हो, ठहरकर आराम कर लेंगे।

बलभद्र–अच्छा तो अब घोड़े को तेज मत चलाओ।

भूतनाथ–(घोड़े की तेजी कम करके) बहुत खूब।

बलभद्र–क्यों भूतनाथ, क्या वास्तव में तुमने मुझे कैद से छुड़ाया है या मुझे धोखा हो रहा है?

भूतनाथ–(मुस्कुराकर) क्या आपको इस मैदान की हवा मालूम नहीं होती, या आप अपने को घोड़े पर स्वतन्त्र नहीं देखते? फिर ऐसा सवाल क्यों करते हैं?

बलभद्र–यह सबकुछ ठीक है, मगर अभी तक मुझे विश्वास नहीं होता कि भूतनाथ के हाथों से मुझे मदद पहुंचेगी, यदि तुम मेरी मदद किया चाहते तो क्या आज तक मैं कैदखाने ही में पड़ा सड़ा करता! क्या तुम नहीं जानते थे कि मैं कहां और किस अवस्था में हूं?

भूतनाथ–बेशक मैं नहीं जानता था कि आप कहां और कैसी अवस्था में हैं। उन पुरानी बातों को जाने दीजिए, मगर इधर जब से मैंने आपकी लड़की श्यामा (कमलिनी) की ताबेदारी की है तब से बल्कि इससे भी बरस-डेढ़ बरस पहिले ही से मुझे आपकी खबर न थी। मुझे अच्छी तरह विश्वास दिलाया गया था कि अब आप इस दुनिया में नहीं रहे। यदि आज के दो महीने पहिले भी मुझे मालूम हो गया होता कि आप जीते हैं और कहीं कैद हैं तो मैं आपको कैद से छुड़ाकर कृतार्थ हो गया होता।

बलभद्र–(आश्चर्य से) क्या श्यामा जीती है?

भूतनाथ–हां, जीती है।

बलभद्र–तो लाडिली भी जीती होगी?

भूतनाथ–हां, वह भी जीती है।

बलभद्र–ठीक है, क्योंकि वे दोनों मेरे साथ उस समय जमानिया में न आई थीं जब लक्ष्मीदेवी की शादी होनेवाली थी। पहिले मुझे लक्ष्मीदेवी के भी जीते रहने की

आशा न थी, मगर कैद होने के थोड़े ही दिन बाद मैंने सुना कि लक्ष्मीदेवी जीती है और जमानिया की रानी तथा मायारानी कहलाती है।

भूतनाथ–लक्ष्मीदेवी के बारे में जो कुछ आपने सुना सब झूठ है, जमाने में बहुत बड़ा उलट-फेर हो गया जिसकी आपको कुछ भी खबर नहीं। वास्तव में मायारानी कोई दूसरी ही औरत थी और लक्ष्मीदेवी ने भी बड़े-बड़े दुःख भोगे, परन्तु ईश्वर को धन्यवाद देना चाहिए जिसने दुःख के अथाह समुद्र में डूबते हुए लक्ष्मीदेवी के बेड़े को पार कर दिया। अब आप अपनी तीनों लड़कियों को अच्छी अवस्था में पावेंगे। मुझे यह बात पहिले मालूम न थी कि मायारानी वास्तव में लक्ष्मीदेवी नहीं है।

बलभद्र–क्या वास्तव में ऐसी ही बात है? क्या सचमुच मैं अपनी तीनों बेटियों को देखूंगा? क्या तुम मुझ पर किसी तरह का जुल्म न करोगे और मुझे छोड़ दोगे?

भूतनाथ–अब मैं किस तरह अपनी बातों पर आपको विश्वास दिलाऊं। क्या आपके पास कोई ऐसा सबूत है जिससे मालूम हो कि मैंने आपके साथ बुराई की?

बलभद्र–सबूत तो मेरे पास कोई भी नहीं, मगर मायारानी के दारोगा और जैपाल की जुबानी मैंने तुम्हारे विषय में बड़ी-बड़ी बातें सुनी थीं और कुछ दूसरे जरिये से भी मालूम हुआ है।

भूतनाथ–तो बस या तो आप दुश्मनों की बातों को मानिए या मेरी इस खैरखाही को देखिए कि कितनी मुश्किल से आपका पता लगाया और किस तरह जान पर खेलकर आपको छुड़ा ले चला हूं।

बलभद्र–(लम्बी सांस लेकर) खैर, जो हो, आज यदि तुम्हारी बदौलत मैं किसी तरह की तकलीफ न पाकर अपनी तीनों लड़कियों से मिलूंगा तो तुम्हारा कसूर यदि कुछ हो तो मैं माफ करता हूं।

भूतनाथ–इसके लिए मैं आपको धन्यवाद देता हूं। लीजिए यह जगह बहुत अच्छी है, घने पेड़ों की छाया है और पगडण्डी से बहुत हटकर भी है।

बलभद्र–ठीक तो है, अच्छा तुम उतरो और मुझे भी उतारो।

दोनों ने घोड़ा रोका, भूतनाथ घोड़े से नीचे उतर पड़ा और उसकी बागडोर एक डाल से अड़ाने के बाद धीरे से बलभद्रसिंह को भी नीचे उतारा। जीनपोश बिछाकर उन्हें आराम करने के लिए कहा और तब दोनों घोड़ों की पीठ खाली करके लम्बी बागडोर के सहारे एक पेड़ के साथ बांध दिया जिसमें वे भी लोट-पोटकर थकावट मिटा लें और घास चरें।

यहां पर भूतनाथ ने बलभद्रसिंह की बड़ी खातिर की। ऐयारी के बटुए में से अस्तुरा निकालकर अपने हाथ से इनकी हजामत बनाई, दाढ़ी मूड़ी, कैंची लगाकर सिर के बाल दुरुस्त किए, इसके बाद स्नान कराया और बदलने के लिए यज्ञोपवीत दिया। आज बहुत दिनों बाद बलभद्रसिंह ने चश्मे के किनारे बैठकर सन्ध्या-वन्दन

किया और देर तक सूर्य भगवान की स्तुति करते रहे। जब सब तरह से दोनों आदमी निश्चिन्त हुए तो भूतनाथ ने खुर्जी[1] में से कुछ मेवा निकालकर खाने के लिए बलभद्रसिंह को दिया और आप भी खाया। अब बलभद्रसिंह को निश्चय हो गया कि भूतनाथ मेरे साथ दुश्मनी नहीं करता और उसने नेकी की राह से मुझे भारी कैदखाने से छुड़ाया है।

बलभद्र–गदाधरसिंह, शायद तुमने थोड़े ही दिनों से अपना नाम भूतनाथ रक्खा है?

भूतनाथ–जी हां, आजकल मैं इसी नाम से मशहूर हूं?

बलभद्र–अस्तु, मैं बड़ी खुशी से तुम्हें धन्यवाद देता हूं क्योंकि अब मुझे निश्चय हो गया कि तुम मेरे दुश्मन नहीं हो।

भूतनाथ–(धन्यवाद के बदले में सलाम करके) मगर मेरे दुश्मनों ने मेरी तरफ से आपके कान बहुत भरे हैं और वे बातें ऐसी हैं कि यदि आप राजा बीरेन्द्रसिंह के सामने उन्हें कहेंगे तो मैं उनकी आंखों से उतर जाऊंगा।

बलभद्र–नहीं-नहीं, मैं प्रतिज्ञापूर्वक कहता हूं कि तुम्हारे विषय में कोई ऐसी बात किसी के सामने न कहूंगा जिससे तुम्हारा नुकसान हो।

भूतनाथ–(पुनः सलाम करके) और मैं आशा करता हूं कि समय पड़ने पर आप मेरी सहायता भी करेंगे?

बलभद्र–मैं सहायता करने योग्य तो नहीं हूं, मगर हां, यदि कुछ कर सकूंगा तो अवश्य करूंगा।

भूतनाथ–इत्तिफाक से राजा बीरेन्द्रसिंह के ऐयारों ने जैपालसिंह को गिरफ्तार कर लिया है जो आपकी सूरत बनकर लक्ष्मीदेवी को धोखा देने गया था। जब उसे अपने बचाव का कोई ढंग न सूझा तो उसने आपके मार डालने का दोष मुझ पर लगाया। मैं स्वप्न में भी नहीं सोच सकता था कि आप जीते हैं, परन्तु ईश्वर को धन्यवाद देना चाहिए कि यकायक आपके जीते रहने का शक मुझे हुआ और धीरे-धीरे वह पक्का होता गया तथा मैं आपकी खोज करने लगा। अब आशा है कि आप स्वयं मेरी तरफ से जैपालसिंह का मुंह तोड़ेंगे।

बलभद्र–(क्रोध से) जैपाल मेरे मारने का दोष तुम पर लगाके आप बचा चाहता है?

भूतनाथ–जी हां।

बलभद्र–उसकी ऐसी-की-तैसी! उसने तो मुझे ऐसी-ऐसी तकलीफें दी हैं कि मेरा ही जी जानता है। अच्छा यह बताओ इधर क्या-क्या मामले हुए और राजा बीरेन्द्रसिंह को जमानिया तक पहुंचने की नौबत क्यों आई?

1. एक विशेष प्रकार का थैला।

भूतनाथ ने जब से कमलिनी की ताबेदारी कबूल की थी, कुछ हाल कुंअर इन्द्रजीतसिंह, आनन्दसिंह, मायारानी, दारोगा, कमलिनी, दिग्विजयसिंह और राजा गोपालसिंह वगैरह का बयान किया, मगर अपने और जैपालसिंह के मामले में कुछ घटा-बढ़ाकर कहा। बलभद्रसिंह ने बड़े गौर और ताज्जुब से सब बातें सुनीं और भूतनाथ की खैरखाही तथा मर्दानगी की बड़ी तारीफ की। थोड़ी देर तक और बातचीत होती रही, इसके बाद दोनों आदमी घोड़े पर सवार हो चुनारगढ़ की तरफ रवाना हुए और पहर-भर के बाद उस तिलिस्म के पास पहुंचे जो चुनारगढ़ से थोड़ी दूर पर था और जिसे राजा बीरेन्द्रसिंह ने फतह किया (तोड़ा) था।

काशी से चुनारगढ़ बहुत दूर न होने पर भी इन दोनों को वहां पहुंचने में देर हो गई। एक तो इसलिए कि दुश्मनों के डर से सदर राह छोड़ भूतनाथ चक्कर देता हुआ गया था, दूसरे रास्ते में ये दोनों बहुत देर तक अटके रहे, तीसरे कमजोरी के सबब से बलभद्रसिंह घोड़े को तेज चला भी नहीं सकते थे।

पाठक, इस तिलिस्मी खण्डहर की अवस्था आज दिन वैसी नहीं है, जैसी आपने पहिले देखी, जब राजा बीरेन्द्रसिंह ने इस तिलिस्म को तोड़ा था। आज इसके चारों तरफ राजा सुरेन्द्रसिंह की आज्ञानुसार बहुत बड़ी इमारत बन गई, और अभी तक बन रही है। इस इमारत को जीतसिंह ने अपने ढंग का बनवाया था। इसमें बड़े-बड़े तहखाने, सुरंग और गुप्त कोठरियां, जिनके दरवाजों का पता लगाना कठिन ही नहीं बल्कि असम्भव था, बनकर तैयार हुई हैं और अच्छे-अच्छे कमरे, सहन, बालाखाने इत्यादि जीतसिंह की बुद्धिमानी का नमूना दिखा रहे हैं। बीच में एक बहुत बड़ा रमना छूटा हुआ है जिसके बीचोबीच में तो वह खण्डहर है और उसके चारों तरफ बाग लग रहा है। खण्डहर की टूटी हुई इमारत की भी मरम्मत हो चुकी है और अब वह खण्डहर नहीं मालूम होता। भीतर की इमारत का काम बिलकुल खतम हो चुका है, केवल बाहरी हिस्से में कुछ काम लगा हुआ है सो भी दस-पन्द्रह दिन से ज्यादे का काम नहीं है। जिस समय बलभद्रसिंह को लिये भूतनाथ वहां पहुंचा उस समय जीतसिंह भी वहां मौजूद थे और पन्नालाल, रामनारायण और पण्डित बद्रीनाथ को साथ लिये हुए फाटक के बाहर टहल रहे थे। पन्नालाल, रामनारायण और पण्डित बद्रीनाथ तो भूतनाथ को बखूबी पहिचानते थे, हां, जीतसिंह ने शायद उसे नहीं देखा था, मगर तेजसिंह ने भूतनाथ की तस्वीर अपने हाथ से तैयार करके जीतसिंह और सुरेन्द्रसिंह के पास भेजी थी और उसकी विचित्र घटना का समाचार भी लिखा था।

भूतनाथ को दूर से आते हुए देख पन्नालाल ने जीतसिंह से कहा, "देखिए भूतनाथ चला आ रहा है।"

जीतसिंह—(गौर से भूतनाथ को देखकर) मगर यह दूसरा आदमी उसके साथ कौन है?

पन्नालाल—मैं इस दूसरे को तो नहीं पहिचानता।

जीतसिंह–(बद्रीनाथ से) तुम पहिचानते हो?

इतने में भूतनाथ और बलभद्रसिंह भी वहां पहुंच गए। भूतनाथ ने घोड़े पर से उतरकर जीतसिंह को सलाम किया क्योंकि वह जीतसिंह को बखूबी पहिचानता था। इसके बाद, धीरे से बलभद्रसिंह को भी घोड़े से नीचे उतारा और जीतसिंह की तरफ इशारा करके कहा, "यह तेजसिंह के पिता जीतसिंह हैं" और दूसरे ऐयारों का भी नाम बताया। बलभद्रसिंह का भी परिचय सभों को देकर भूतनाथ ने जीतसिंह से कहा, "यही बलभद्रसिंह हैं जिनका पता लगाने का बोझ मुझ पर डाला गया था। ईश्वर ने मेरी इज्जत रख ली और मेरे हाथों इन्हें कैद से छुड़ाया! आप तो सब हाल सुन ही चुके होंगे?"

जीतसिंह–हां, मुझे सब हाल मालूम है, तुम्हारे मुकदमे ने तो हम लोगों का दिल अपनी तरफ ऐसा खींच लिया है कि दिन-रात उसी का ध्यान रहता है, मगर तुम यकायक इस तरफ कैसे आ निकले और इन्हें कहां पाया?

भूतनाथ–मैं इन्हें काशीपुर से छुड़ा लिये ला रहा हूं, दुश्मनों के खौफ से दक्खिन दबता हुआ चक्कर देकर आना पड़ा इसी से अब यहां पहुंचने की नौबत आई, नहीं तो अब तक कब का चुनार पहुंच गया होता। राजा बीरेन्द्रसिंह की सवारी चुनार की तरफ रवाना हो गई थी इसलिए मैं भी इन्हें लेकर सीधे चुनार ही आया।

जीतसिंह–बहुत अच्छा किया कि यहां चले आए, कल राजा बीरेन्द्रसिंह भी यहां पहुंच जाएंगे और उनका डेरा भी इसी मकान में पड़ेगा। किशोरी, कामिनी और कमला वाला हृदय-विदारक समाचार तो तुमने सुना ही होगा!

भूतनाथ–(चौंककर) क्या-क्या? मुझे कुछ भी नहीं मालूम!

जीतसिंह–(कुछ सोचकर) अच्छा आप लोग जरा आराम कर लीजिए तो सब हाल कहेंगे क्योंकि बलभद्रसिंह कैद की मुसीबत उठाने के कारण बहुत सुस्त और कमजोर हो रहे हैं। (पन्नालाल की तरफ देखकर) पूरबवाले नम्बर दो के कमरे में इन लोगों को डेरा दिलवाओ और हर तरह के आराम का बन्दोबस्त करो, इनकी खातिरदारी और हिफाजत तुम्हारे ऊपर है।

पन्नालाल–जो आज्ञा।

हमारे ऐयारों को इस बात की उत्कण्ठा बहुत ही बढ़ी-चढ़ी थी कि किसी तरह भूतनाथ के मुकदमे का फैसला हो और उसकी विचित्र घटना का हाल जानने में आए क्योंकि इस उपन्यास-भर में जैसा भूतनाथ का अद्भुत रहस्य है, वैसा और किसी पात्र का नहीं है। यही कारण था कि उनको इस बात की बहुत बड़ी खुशी हुई कि भूतनाथ असली बलभद्रसिंह को छुड़ाकर ले आया और कल राजा बीरेन्द्रसिंह के यहां आ पहुंचने पर इसका विचित्र हाल भी मालूम हो जाएगा।

॥ पन्द्रहवां भाग समाप्त ॥

सोलहवां भाग

पहिला बयान

अब हम अपने पाठकों को पुनः जमानिया के तिलिस्म में ले चलते हैं और इन्दिरा का बचा हुआ किस्सा उसी की जुबानी सुनवाते हैं, जिसे छोड़ दिया गया था।

इन्दिरा ने एक लम्बी सांस लेकर अपना किस्सा यों कहना शुरू किया–

''जब मैं अपनी मां की लिखी चीठी पढ़ चुकी तो जी में खुश होकर सोचने लगी कि ईश्वर चाहेगा तो अब मैं बहुत जल्द अपनी मां से मिलूंगी और हम दोनों को इस कैद से छुटकारा मिलेगा, अब केवल इतनी ही कसर है कि दारोगा साहब मेरे पास आवें और जो कुछ वे कहें, मैं उसे पूरा कर दूं। थोड़ी देर तक सोचकर मैंने अन्ना से कहा, ''अन्ना, जो कुछ दारोगा साहब कहें, उसे तुरन्त करना चाहिए।''

अन्ना–नहीं बेटी, तू भूलती है, क्योंकि इन चालबाजियों को समझने लायक अभी तेरी उम्र नहीं है। अगर तू दारोगा के कहे मुताबिक काम कर देगी तो तेरी मां और साथ ही उसके तू भी मार डाली जाएगी, क्योंकि इस बात में कोई सन्देह नहीं कि दारोगा ने तेरी मां से जबर्दस्ती यह चीठी लिखवाई है।

मैं–तब तुमने इस चीठी के बारे में यह कैसे कहा कि मैं तेरे लिए खुशखबरी लाई हूं?

अन्ना–'खुशखबरी' से मेरा मतलब यह न था कि अगर तू दारोगा के कहे मुताबिक काम कर देगी तो तुझे और तेरी मां को कैद से छुट्टी मिल जाएगी, बल्कि यह था कि तेरी मां अभी तक जीती-जागती है, इसका पता लग गया। क्या तुझे यह मालूम नहीं कि स्वयं दारोगा ही ने तुझे कैद किया है?

मैं–यह तो मैं खुद तुझसे कह चुकी हूं कि दारोगा ने मुझे धोखा देकर कैद कर लिया है।

अन्ना–तो क्या तुझे छोड़ देने से दारोगा की जान बच जाएगी? क्या दारोगा साहब इस बात को नहीं समझते कि अगर तू छूटेगी तो सीधे राजा गोपालसिंह के पास चली जाएगी और अपना तथा लक्ष्मीदेवी का भेद उनसे कह देगी? उस समय दारोगा का क्या हाल होगा।

मैं–ठीक है, दारोगा मुझे कभी न छोड़ेगा।

अन्ना–बेशक, कभी न छोड़ेगा। वह कमबख्त तो अब तक तुझे मार डाले होता, मगर अब निश्चय हो गया कि उसे तुम दोनों से अपना कुछ मतलब निकालना है इसीलिए अभी तक कैद किए हुए है। जिस दिन उसका काम हो जाएगा उसी दिन तुम दोनों को मार डालेगा। जब तक उसका काम नहीं होता तभी तक तुम दोनों की जान बची है। (चीठी की तरफ इशारा करके) यह चीठी उसने इसी चालाकी से लिखवाई है जिससे तू उसका काम जल्द कर दे।

मैं–अन्ना, तू सच कहती है, अब मैं दारोगा का काम कभी न करूंगी चाहे जो हो।

अन्ना–अगर तू मेरे कहे मुताबिक करेगी तो निःसन्देह तुम दोनों की जान बच रहेगी और किसी-न-किसी दिन तुम दोनों को कैद से छुट्टी भी मिल जाएगी।

मैं–बेशक जो तू कहेगी, वही मैं करूंगी।

अन्ना–मगर मैं डरती हूं कि अगर दारोगा तुझे धमकाएगा या मारे-पीटेगा तो तू मार खाने के डर से उसका काम जरूर कर देगी।

मैं–नहीं-नहीं, कदापि नहीं, अगर वह मेरी बोटी-बोटी काटकर फेंक दे तो भी मैं तेरे कहे बिना उसका कोई भी काम नहीं करूंगी।

अन्ना–ठीक है, मगर साथ ही इसके यह भी कह न दीजियो कि अन्ना कहेगी तो मैं तेरा काम कर दूंगी।

मैं–नहीं, सो तो न कहूंगी, मगर कहूंगी क्या सो तो बताओ?

अन्ना–बस जहां तक हो टालमटोल करती जाइयो, आज-कल के वादे पर दो-तीन दिन टाल जाना चाहिए, मुझे आशा है कि इस बीच में हम लोग छूट जाएंगे।

सुबह की सुफेदी खिड़कियों में दिखाई देने लगी और दरवाजा खोलकर दारोगा कमरे के अन्दर आता हुआ दिखाई दिया, वह सीधे आकर बैठ गया और बोला, "इन्दिरा, तू समझती होगी कि दारोगा साहब ने मेरे साथ दगाबाजी की और मुझे गिरफ्तार कर लिया, मगर मैं धर्म की कसम खाकर कहता हूं कि वास्तव में यह बात नहीं है, बल्कि सच तो यों है कि स्वयं राजा गोपालसिंह तेरे दुश्मन हो रहे हैं। उन्होंने मुझे हुक्म दिया था कि इन्दिरा को गिरफ्तार करके मार डालो, और उन्हीं की आज्ञानुसार मैं उनके कमरे में बैठा हुआ तुझे गिरफ्तार करने की तरकीब सोच रहा था कि यकायक तू आ गई और मैंने तुझे गिरफ्तार कर लिया। मैं लाचार हूं कि राजा साहब का हुक्म टाल नहीं सकता, मगर साथ ही इसके, जब तुझे मारने का इरादा करता हूं तो मुझे दया आ जाती है और तेरी जान बचाने की तरकीब सोचने लगता हूं। तुझे इस बात का ताज्जुब होगा कि गोपालसिंह तेरे दुश्मन क्यों हो गए, मगर मैं तेरा यह शक भी मिटाए देता हूं। असल बात यह है कि राजा साहब को

लक्ष्मीदेवी के साथ शादी करना मंजूर न था और जिस खूबसूरत औरत के साथ वे शादी किया चाहते थे, वह विधवा हो चुकी थी और लोगों की जानकारी में वे उसके साथ शादी नहीं कर सकते थे इसलिए लक्ष्मीदेवी के बदले में यह दूसरी औरत उलटफेर कर दी गई। उनकी आज्ञानुसार लक्ष्मीदेवी तो मार डाली गई, मगर उन लोगों को भी चुपचाप मार डालने की आज्ञा राजा साहब ने दे दी, जिन्हें यह भेद मालूम हो चुका था या जिनकी बदौलत इस भेद के खुल जाने का डर था। तेरे सबब से भी लक्ष्मीदेवी का भेद अवश्य खुल जाता इसीलिए तू भी उनकी आज्ञानुसार कैद कर ली गई।''

गोपाल–(क्रोध से) क्या कमबख्त दारोगा ने तुझे इस तरह समझाया-बुझाया?

इन्दिरा–जी हां, और यह बात उसने ऐसे ढंग से अफसोस के साथ कही कि मुझे और मेरी अन्ना को भी थोड़ी देर के लिए उसकी बातों पर पूरा विश्वास हो गया, बल्कि वह उसके बाद भी बहुत देर तक आपकी शिकायत करता रहा।

गोपाल–और मुझे वह बहुत दिनों तक तेरी बदमाशी का विश्वास दिलाता रहा था। अस्तु, अब मुझे मालूम हुआ कि तू मेरा सामना करने से क्यों डरती थी। अच्छा तब क्या हुआ!

इन्दिरा–दारोगा की बात सुनकर अन्ना ने उससे कहा कि जब आपको इन्दिरा पर दया आ रही है तो कोई ऐसी तरकीब निकालिए जिसमें इस लड़की और इसकी मां की जान बच जाए।

दारोगा–मैं खुद इसी फिक्र में लगा हुआ हूं। इसकी मां को बदमाशों ने गिरफ्तार कर लिया था, मगर ईश्वर की कृपा से वह बच गई, मैंने उसे शैतानों के हाथ से बचा लिया।

अन्ना–मगर वह भी लक्ष्मीदेवी को पहिचानती है और उसकी बदौलत लक्ष्मीदेवी का भेद खुल जाना सम्भव है।

दारोगा–हां, ठीक है, मगर इसके लिए भी मैंने एक बन्दोबस्त कर लिया है।

अन्ना–वह क्या?

दारोगा–(एक चीठी दिखाकर) देख सर्यू से मैंने यह चीठी लिखवा ली है, पहिले इसे पढ़ ले।

मैंने और अन्ना ने वह चीठी पढ़ी। उसमें यह लिखा हुआ था–''मेरी प्यारी लक्ष्मीदेवी, मुझे इस बात का बड़ा अफसोस है कि तेरे ब्याह के समय मैं न आ सकी! इसका बहुत बड़ा कारण है जो मुलाकात होने पर तुमसे कहूंगी, मगर अपनी बेटी इन्दिरा की जुबानी यह सुनकर मुझे बड़ी खुशी हुई कि वह ब्याह के समय तेरे पास थी, बल्कि ब्याह होने के एक दिन बाद तक तेरे साथ खेलती रही।''

जब मैं चीठी पढ़ चुकी तो दारोगा ने कहा कि बस अब तू भी एक चीठी लक्ष्मीदेवी के नाम से लिख दे और उसमें यह लिख कि 'मुझे इस बात का रंज है

कि तेरी शादी होने के बाद एक दिन से ज्यादे मैं तेरे पास न रह सकूं, मगर मैं तेरी उस छवि को नहीं भूल सकती जो ब्याह के दूसरे दिन देखी थी।' मैं ये दोनों चीठियां राजा गोपालसिंह को दूंगा और तुम दोनों को छोड़ देने के लिए उनसे जिद्द करके उन्हें समझा दूंगा कि, 'अब सर्यू और इन्दिरा को जुबानी लक्ष्मीदेवी का भेद कोई नहीं सुन सकता, अगर ये दोनों कुछ कहेंगी तो इन चीठियों के मुकाबिले में स्वयं झूठी बनेंगी।'

मैंने दारोगा की बातों का यह जवाब दिया कि, 'बात तो आपने बहुत ठीक कही, अच्छा मैं आपके कहे मुताबिक चीठी कल लिख दूंगी।'

दारोगा–यह काम देर करने का नहीं है, इसमें जहां तक जल्दी करोगी, वहां तक तुम्हें छुट्टी जल्दी मिलेगी।

मैं–ठीक है, मगर इस समय मेरे सिर में बहुत दर्द है, मुझसे एक अक्षर भी न लिखा जाएगा।

दारोगा–अच्छा, क्या हर्ज है, कल सही।

इतना कहकर दारोगा कमरे से बाहर चला गया और फिर मुझमें और अन्ना में बातचीत होने लगी। मैंने अन्ना से कहा, "क्यों अन्ना, तू क्या समझती है? मुझे तो दारोगा की बात सच जान पड़ती है?"

अन्ना–(कुछ सोचकर) जैसी चीठी दारोगा तुमसे लिखाया चाहता है, वह केवल इस योग्य ही नहीं कि यदि राजा गोपालसिंह दोषी हैं तो लोकनिन्दा से उनको बचावे, बल्कि वह चीठी बनिस्बत उनके, दारोगा के काम की ज्यादे होगी, अगर वह स्वयं दोषी है तो।

मैं–ठीक है, मगर ताज्जुब की बात है कि जो राजा साहब मुझे अपनी लड़की से बढ़कर मानते थे, वे ही मेरी जान के ग्राहक बन जाएं!

अन्ना–कौन ठिकाना कदाचित ऐसा ही हो।

मैं–अच्छा तो अब क्या करना चाहिए?

अन्ना–(कुछ सोचकर) चीठी तो कभी न लिखनी चाहिए, चाहे राजा गोपालसिंह दोषी हों या दारोगा दोषी हो, इसमें कोई सन्देह नहीं कि चीठी लिख देने के बाद तू मार डाली जाएगी।

अन्ना की बात सुनकर मैं रोने लगी और समझ गई कि अब मेरी जान नहीं बचती और ताज्जुब नहीं कि दारोगा के मतलब की चीठी लिख देने के कारण मेरी मां इस दुनिया से उठा दी गई हो। थोड़ी देर तक तो अन्ना ने रोने में मेरा साथ दिया लेकिन इसके बाद उसने अपने को संभाला और सोचने लगी कि अब क्या करना चाहिए। कुछ देर के बाद अन्ना ने मुझसे कहा कि "बेटी, मुझे कुछ आशा हो रही है कि हम लोगों को इस कैदखाने से निकल जाने का रास्ता मिल जाएगा। मैं पहिले कह चुकी हूं और अब भी कहती हूं कि रात को (कोठरी की तरफ इशारा

करके) उस कोठरी में सिर पर से गठरी फेंक. देने की तरह धमाके की आवाज सुनकर मैं जाग उठी थी और जब उस कोठरी में गई तो वास्तव में एक गठरी पर निगाह पड़ी। अब जो मैं सोचती हूं तो विश्वास होता है कि उस कोठरी में कोई ऐसा दरवाजा जरूर है जिसे खोलकर बाहरवाला उस कोठरी में आ सके या उसमें से बाहर जा सके। इसके अतिरिक्त इस कोठरी में भी तख्तेबन्दी की दीवार है जिससे कहीं-न-कहीं दरवाजा होने का शक हर एक ऐसे आदमी को हो सकता है जिस पर हमारी तरह मुसीबत आई हो, अस्तु, आज का दिन तो किसी तरह काट ले रात को मैं दरवाजा ढूंढ़ने का उद्योग करूंगी।''

अन्ना की बातों से मुझे भी कुछ ढाढस हुई। थोड़ी देर बाद कमरे का दरवाजा खुला और कई तरह की चीजें लिये हुए तीन आदमी कमरे के अन्दर आ पहुंचे। एक के हाथ में पानी का भरा घड़ा, लोटा और गिलास था, दूसरा कपड़े की गठरी लिये हुए था, तीसरे के हाथ में खाने की चीजें थीं। तीनों ने सब चीजें कमरे में रख दीं और पहिले की रक्खी हुई चीजें और चिरागदान वगैरह उठा ले गए और जाते समय कह गए कि 'तुम लोग स्नान करके खाओ-पीओ, तुम्हारे मतलब की सब चीजें मौजूद हैं'।

ऐसी मुसीबत में खाना-पीना किसे सूझता है, परन्तु अन्ना के समझाने-बुझाने से जान बचाने के लिए सबकुछ करना पड़ा। तमाम दिन बीत गया, संध्या होने पर फिर हमारे कमरे के अन्दर खाने-पीने का सामान पहुंचाया गया और चिराग भी जलाया गया, मगर रात को हम दोनों ने कुछ भी न खाया।

कैदखाने से निकल भागने की धुन में हम लोगों को नींद बिलकुल न आई। शायद आधी रात बीती होगी, जब अन्ना ने उठकर कमरे का वह दरवाजा अन्दर से बन्द कर लिया जिस राह से वे लोग आते थे, और इसके बाद मुझे उठने और अपने साथ उस कोठरी के अन्दर चलने के लिए कहा जिसमें से कपड़े की गठरी और मेरी मां के हाथ की लिखी हुई चीठी मिली थी। मैं उठ खड़ी हुई और अन्ना के पीछे-पीछे चली। अन्ना ने चिराग हाथ में उठा लिया और धीरे-धीरे कदम रखती हुई कोठरी के अन्दर गई। मैं पहिले बयान कर चुकी हूं कि उसके अन्दर तीन कोठरियां थीं, एक में पाखाना बना हुआ था और दो कोठरियां खाली थीं। उन दोनों कोठरियों के चारों तरफ की दीवारें भी तख्तों की थीं। अन्ना हाथ में चिराग लिये एक कोठरी के अन्दर गई और उन लकड़ीवाली दीवारों को गौर से देखने लगी। मालूम होता था कि दीवार कुछ पुराने जमाने की बनी हुई है क्योंकि लकड़ी के तख्ते खराब हो गए थे, और कई तख्तों को घुन ने ऐसा बरबाद कर दिया था कि एक कमजोर लात खाकर भी उनका बच रहना कठिन जान पड़ता था। यह सबकुछ था, मगर जैसा कि देखने में वह खराब और कमजोर मालूम होती थी, वैसी वास्तव में न थी क्योंकि दीवार की लकड़ी पांच या छः अंगुल से कम मोटी न होगी, जिसमें से सिर्फ अंगुल-डेढ़ अंगुल

के लगभग घुनी हुई थी। अन्ना ने चाहा कि लात मारकर एक-दो तख्तों को तोड़ डाले, मगर ऐसा न कर सकी।

हम दोनों आदमी बड़े गौर से चारों तरफ की दीवार को देख रहे थे कि यकायक एक छोटे से कपड़े पर अन्ना की निगाह पड़ी जो लकड़ी के दो तख्तों के बीच में फंसा हुआ था। वह वास्तव में एक छोटा-सा रूमाल था, जिसका आधा हिस्सा तो दीवार के उस पार था और आधा हिस्सा हम लोगों की तरफ था। उस कपड़े को अच्छी तरह देखकर अन्ना ने मुझे कहा, "बेटी, देख यहां एक दरवाजा अवश्य है। (हाथ से निशान बताकर) यह चारों तरफ की दरार दरवाजे को साफ बता रही है। कोई आदमी इस तरफ आया है, मगर लौटकर जाती दफे, जब उसने दरवाजा बन्द किया तो उसका रूमाल इसमें फंसकर रह गया, शायद अंधेरे में उसने इस बात का खयाल न किया हो, और देख इस कपड़े के फंस जाने के कारण दरवाजा भी अच्छी तरह बैठा नहीं है, ताज्जुब नहीं कि वह दरवाजा खटके पर बन्द होता हो और तख्ता अच्छी तरह न बैठने के कारण खटका भी बन्द न हुआ हो।"

वास्तव में जो कुछ अन्ना ने कहा वही बात थी. क्योंकि जब उसने उस रूमाल को अच्छी तरह पकड़कर अपनी तरफ खैंचा तो उसके साथ लकड़ी का तख्ता भी खिंचकर हम लोगों की तरफ चला आया और दूसरी तरफ जाने के लिए रास्ता निकल आया। हम दोनों आदमी उस तरफ चले गए और एक कमरे में पहुंचे। उस लकड़ी के तख्ते में जो पेंच पर जड़ा हुआ था और जिसे हटाकर हम लोग उस पार चले गए थे, दूसरी तरफ पीतल का एक मुट्ठा लगा हुआ था, अन्ना ने उसे पकड़कर खैंचा और वह दरवाजा जहां-का-तहां खट से बैठ गया। अब हम दोनों आदमी जिस कमरे में पहुंचे वह बहुत बड़ा था। सामने की तरफ एक छोटा-सा दरवाजा नजर आया और उसके पास जाने पर मालूम हुआ कि नीचे उतर जाने के लिए सीढ़ियां बनी हुई हैं। दाहिनी और बाईं तरफ को दीवार में छोटी-छोटी कई खिड़कियां बनी हुई थीं, दाहिनी तरफ की खिड़कियों में से एक खिड़की कुछ खुली हुई थी, मैंने और अन्ना ने उसमें झांककर देखा तो एक मरातिब नीचे छोटा-सा चौक नजर आया जिसमें साफ-सुथरा फर्श लगा हुआ था। ऊंची गद्दी पर कमबख्त दारोगा बैठा हुआ था, उसके आगे एक शमादान जल रहा था और उसके पास ही में एक आदमी कलम-दावात और कागज लिये बैठा हुआ था।

हम दोनों आदमी दारोगा की सूरत देखते ही चौंके और डरकर पीछे हट गए। अन्ना ने धीरे से कहा, "यहां भी वही बला नजर आती है, ऐसा न हो कि वह कमबख्त हम लोगों को देख ले या फिर ऊपर चढ़ आवे।"

इतना कहकर अन्ना सीढ़ी की तरफ चली गई और धीरे से सीढ़ी का दरवाजा खैंचकर जंजीर चढ़ा दी। वह चिराग जो अपने कमरे में से लेकर यहां तक आए थे, एक कोने में रखकर हम दोनों फिर उसी खिड़की के पास गए और नीचे की तरफ

झांककर देखने लगे कि दारोगा क्या कर रहा है। दारोगा के पास जो आदमी बैठा था, उसने एक लिखा हुआ कागज हाथ में उठाकर दारोगा से कहा, "जहां तक मुझसे बन पड़ा मैंने इस चीठी के बनाने में बड़ी मेहनत की।"

दारोगा–इसमें कोई शक नहीं कि तुमने ये अक्षर बहुत अच्छे बनाए हैं और इन्हें देखकर कोई यकायक नहीं कह सकता कि यह सर्यू का लिखा हुआ नहीं है। जब मैंने वह पत्र इन्दिरा को दिखाया तो उसे भी निश्चय हो गया कि यह उसकी मां के हाथ का लिखा हुआ है, मगर जो गौर करके देखता हूं तो सर्यू की लिखावट में और इसमें थोड़ा फर्क मालूम पड़ता है। इन्दिरा लड़की है, वह इस बात को नहीं समझ सकती, मगर इन्द्रदेव जब इस पत्र को देखेगा तो जरूर पहिचान जाएगा कि सर्यू के हाथ का लिखा नहीं है बल्कि जाली बनाया गया है।

आदमी–ठीक है, अच्छा तो मैं इसके बनाने में एक दफे और मेहनत करूंगा, क्या करूं सर्यू की लिखावट ही ऐसी टेढ़ी-मेढ़ी है कि ठीक नकल नहीं उतरती, तिसमें इस चीठी में कई अक्षर ऐसे लिखने पड़े जो कि मेरे देखे हुए नहीं हैं, केवल अन्दाज ही से लिखे हैं।

दारोगा–ठीक है, ठीक है, इसमें कोई शक नहीं कि तुमने बड़ी सफाई से इसे बनाया है, खैर एक दफे और मेहनत करो, मुझे आशा है कि अबकी दफे बहुत ठीक हो जाएगा। (लम्बी सांस लेकर) क्या कहें, कमबख्त सर्यू किसी तरह मानती ही नहीं। उसे मेरी बातों पर कुछ भी विश्वास नहीं होता, यद्यपि कल मैं उसे फिर दिलासा दूंगा, अगर उसने मेरे दम में आकर अपने हाथ से चीठी लिख दी तो इस काम को हो गया समझो नहीं तो तुम्हें पुनः मेहनत करनी पड़ेगी। सर्यू और इन्दिरा ने मेरे कहे मुताबिक चीठी लिख दी तो मैं बहुत जल्द उन दोनों को मारकर बखेड़ा तै करूंगा क्योंकि मुझे गदाधरसिंह (भूतनाथ) का डर बराबर बना रहता है, वह सर्यू और इन्दिरा की खोज में लगा हुआ है और उसे घड़ी-घड़ी मुझी पर शक होता है। यद्यपि मैं उससे कसम खाकर कह चुका हूं कि मुझे दोनों का हाल कुछ भी मालूम नहीं है, मगर उसे विश्वास नहीं होता। क्या करूं, लाखों रुपये दे देने पर भी मैं उसकी मुट्ठी में फंसा हुआ हूं, यदि उसे जरा भी मालूम हो जाएगा कि सर्यू और इन्दिरा को मैंने कैद कर रक्खा है तो वह बड़ा ही ऊधम मचाएगा और मुझे बरबाद किये बिना न रहेगा।

आदमी–गदाधरसिंह तो मुझे आज भी मिला था।

दारोगा–(चौंककर) क्या वह फिर इस शहर में आया है! मुझसे तो कह गया था कि मैं दो-तीन महीने के लिए जाता हूं, मगर वह तो दो-तीन दिन भी गैरहाजिर न रहा।

आदमी–वह बड़ा शैतान है, उसकी बातों का कुछ भी विश्वास नहीं हो सकता और इसका जानना तो बड़ा ही कठिन है कि वह क्या करता है, क्या करेगा या किस धुन में लगा हुआ है।

दारोगा—अच्छा तो मुलाकात होने पर उससे क्या-क्या बात हुई?

आदमी—मैं अपने घर की तरफ जा रहा था कि उसने पीछे से आवाज दी, "ओ रघुबरसिंह, ओ जैपालसिंह!"[1]

दारोगा—बड़ा ही बदमाश है, किसी का अदब-लेहाज करना तो जानता ही नहीं! अच्छा तब क्या हुआ।

रघुबर—उसकी आवाज सुनकर मैं रुक गया, जब वह पास आया तो बोला, "आज आधी रात के समय मैं दारोगा साहब से मिलने जाऊंगा, उस समय तुम्हें भी वहां मौजूद रहना चाहिए।" बस इतना कहकर चला गया।

दारोगा—तो इस समय वह आता ही होगा!

रघुबर—जरूर आता होगा।

दारोगा—कमबख्त ने नाकों दम कर दिया है।

इतने ही में बाहर से घण्टी बजने की आवाज आई, जिसे सुन दारोगा से रघुबरसिंह ने कहा, "देखो दरबान क्या कहता है, मालूम होता है गदाधरसिंह आ गया।"

रघुबरसिंह उठकर बाहर गया और थोड़ी ही देर में गदाधरसिंह को अपने साथ लिये हुए दारोगा के पास आया। गदाधरसिंह को देखते ही दारोगा उठ खड़ा हुआ और बड़ी खातिरदारी और तपाक के साथ मिलकर उसे अपने पास बैठाया।

दारोगा—(गदाधरसिंह से) आप कब आए!

गदाधर—मैं गया कब और कहां था!

दारोगा—आप ही ने न कहा था कि मैं दो-तीन महीने के लिए कहीं जा रहा हूं।

गदाधर—हां, कहा तो था, मगर एक बहुत बड़ा सबब आ पड़ने से लाचार होकर रुक जाना पड़ा।

दारोगा—क्या वह सबब मैं भी सुन सकता हूं।

गदाधर—हां-हां, आप ही के सुनने लायक तो वह सबब है, क्योंकि उसके कर्ता-धर्ता तो आप ही हैं।

दारोगा—तो जल्द कहिए।

गदाधर—जाते-ही-जाते एक आदमी ने मुझे निश्चय दिलाया कि सर्यू और इन्दिरा आप ही के कब्जे में हैं अर्थात् आप ही ने उन्हें कैद करके कहीं छिपा रक्खा है।

दारोगा—(अपने दोनों कानों पर हाथ रखके) राम-राम! किस कमबख्त ने मुझ पर यह कलंक लगाया? नारायण-नारायण! मेरे दोस्त, मैं तुम्हें कई दफे कसमें खाकर कह चुका हूं कि सर्यू और इन्दिरा के विषय में कुछ भी नहीं जानता, मगर तुम्हें मेरी बातों का विश्वास ही नहीं होता।

---

1. जैपालसिंह, बालासिंह और रघुबरसिंह ये सब नाम उसी नकली बलभद्रसिंह के हैं।

गदाधर–न मेरी बातों पर आपको विश्वास करना चाहिए और न आपकी कही हुई बातों को मैं ही ब्रह्मवाक्य समझ सकता हूं। बात यह है कि इन्द्रदेव को मैं अपने सगे भाई से बढ़के समझता हूं, चाहे मैंने आपसे रिश्वत लेकर बुरा काम क्यों न किया हो, मगर अपने दोस्त इन्द्रदेव को किसी तरह का नुकसान पहुंचने न दूंगा। आप सर्यू और इन्दिरा के बारे में बार-बार कसमें खाकर अपनी सफाई दिखाते हैं और मैं जब उन लोगों के बारे में तहकीकात करता हूं तो बार-बार यही मालूम पड़ता है कि वे दोनों आपके कब्जे में हैं, अस्तु, आज मैं एक आखिरी बात आपसे कहने आया हूं, अबकी दफे आप खूब अच्छी तरह समझ-बूझकर जवाब दें।

दारोगा–कहो-कहो, क्या कहते हो? मैं सब तरह से तुम्हारी दिलजमई करा दूंगा...

गदाधर–आज मैं इस बात का निश्चय करके आया हूं कि इन्दिरा और सर्यू का हाल आपको मालूम है, अस्तु, साफ-साफ कहे देता हूं कि यदि वे दोनों आपके कब्जे में हों तो ठीक-ठीक बता दीजिए, उनको छोड़ देने पर इस काम के बदले में जो कुछ आप कहें मैं करने को तैयार हूं, लेकिन यदि आप इस बात से इनकार करेंगे और पीछे साबित होगा कि आप ही ने उन्हें कैद किया था तो मैं कसम खाकर कहता हूं कि सबसे बढ़कर बुरी मौत जो कही जाती है वही आपके लिए कायम की जाएगी।

दारोगा–जरा जुबान संभालकर बात करो। मैं तो दोस्ताना ढंग पर नरमी के साथ तुमसे बातें करता हूं और तुम तेज हुए जाते हो!

गदाधर–जी, मैं आपके दोस्ताना ढंग को अच्छी तरह समझता हूं, अपनी कसमों का विश्वास तो उसे दिलाइए जो आपको केवल बाबाजी समझता हो! मैं तो आपको पूरा झूठा, बेईमान और विश्वासघाती समझता हूं और आपका कोई हाल मुझसे छिपा हुआ नहीं है। जब मैंने कलमदान आपको वापस किया था तब भी आपने कसम खाई थी कि तुम्हारे और तुम्हारे दोस्तों के साथ कभी किसी तरह की बुराई न करूंगा, मगर फिर भी आप चालबाजी करने से बाज न आए!

दारोगा–यह सबकुछ ठीक है, मगर मैं जब एक दफे कह चुका कि सर्यू और इन्दिरा का हाल मुझे कुछ भी मालूम नहीं है, तब तुम्हें अपनी बात पर ज्यादे खींचतान न करना चाहिए। हां, अगर तुम इस बात को साबित कर सको तो जो कुछ कहो मैं जुर्माना देने के लिए तैयार हूं, यों अगर बेफायदे का तकरार बढ़ाकर लड़ने का इरादा हो तो बात ही दूसरी है। इसके अतिरिक्त अब तुम्हें जो कुछ कहना हो इसको खूब सोच-समझकर कहो कि तुम किसके मकान में और कितने आदमियों को साथ लेकर आए हो।

इतना कहकर इन्दिरा रुक गई और एक लम्बी सांस लेकर उसने राजा गोपालसिंह और दोनों कुमारों से कहा–

"गदाधरसिंह और दारोगा में इस ढंग की बातें हो रही थीं और हम दोनों खिड़की में से सुन रहे थे। मुझे यह जानकर बड़ी खुशी हुई कि गदाधरसिंह हम दोनों मां-बेटियों को छुड़ाने की फिक्र में लगा हुआ है। मैंने अन्ना के कान में मुंह लगा के कहा कि, 'देख अन्ना, दारोगा हम लोगों के बारे में कितना झूठ बोल रहा है! नीचे उतर जाने के लिए रास्ता मौजूद ही है, चलो हम दोनों आदमी नीचे पहुंचकर गदाधरसिंह के सामने खड़े हो जाएं।' अन्ना ने जवाब दिया कि 'मैं भी यही सोच रही हूं, मगर इस बात का खयाल है कि अकेला गदाधरसिंह हम लोगों को किस तरह छुड़ा सकेगा, कहीं ऐसा न हो कि हम लोगों को अपने सामने देखकर दारोगा गदाधरसिंह को भी गिरफ्तार कर ले, फिर हमारा छुड़ानेवाला कोई भी न रहेगा!' अन्ना नीचे उतरने से हिचकती थी, मगर मैंने उसकी बात न मानी, आखिर लाचार होकर मेरा हाथ पकड़े हुए वह नीचे उतरी और गदाधरसिंह के पास खड़ी होकर बोली, 'दारोगा झूठा है, इस लड़की को इसी ने कैद कर रक्खा है और इसकी मा को भी न मालूम कहां छिपाए हुए है?"

मेरी सूरत देखते ही दारोगा का चेहरा पीला पड़ गया और गदाधरसिंह की आंखें मारे क्रोध के लाल हो गईं। गदाधरसिंह ने दारोगा से कहा, "क्यों बे हरामजादे के बच्चे! क्या अब भी तू अपनी कसमों पर भरोसा करने के लिए मुझसे कहेगा!"

गदाधरसिंह की बातों का जवाब दारोगा ने कुछ भी न दिया और इधर-उधर झांकने लगा। इत्तिफाक से वह कलमदान भी उसी जगह पड़ा हुआ था जिसके ऊपर मेरी तस्वीर थी, और जो गदाधरसिंह ने रिश्वत लेकर दारोगा को दे दिया था। दारोगा असल में यह देख रहा था कि गदाधरसिंह की निगाह उस कलमदान पर तो नहीं पड़ी, मगर वह कलमदान गदाधरसिंह की नजरों से दूर न था, अस्तु, उसने दारोगा की अवस्था देखकर फुर्ती के साथ वह कलमदान उठा लिया और दूसरे हाथ से तलवार खींचकर सामने खड़ा हो गया। उस समय दारोगा को विश्वास हो गया कि अब उसकी जान किसी तरह नहीं बच सकती। यद्यपि रघुबरसिंह उसके पास बैठा हुआ था, मगर वह इस बात को खूब जानता था कि हमारे ऐसे दस आदमी भी गदाधरसिंह को काबू में नहीं कर सकते, इसलिए उसने मुकाबला करने की हिम्मत न की और अपनी जगह से उठकर भागने लगा परन्तु जा न सका, गदाधरसिंह ने उसे एक लात ऐसी जमाई कि वह धम्म से जमीन पर गिर पड़ा और बोला, "मुझे क्यों मारते हो, मैंने क्या बिगाड़ा है? मैं तो खुद यहां से चले जाने को तैयार हूं!"

गदाधरसिंह ने कलमदान कमरबन्द में खोंसकर कहा, "मैं तेरे भागने को खूब समझता हूं, तू अपनी जान बचाने की नीयत से नहीं भागता बल्कि बाहर पहरेवाले सिपाहियों को होशियार करने के लिए भागता है। खबरदार अपनी जगह से हिलेगा तो अभी भुट्टे की तरह तेरा सिर उड़ा दूंगा, (दारोगा से) बस अब तुम भी अगर अपनी जान बचाया चाहते हो तो चुपचाप बैठे रहो!"

गदाधरसिंह की डपट से दोनों हरामखोर जहां-के-तहां रह गए, अपनी जगह से हिलने या मुकाबला करने की हिम्मत न पड़ी। हम दोनों को साथ लिये हुए गदाधरसिंह उस मकान के बाहर निकल आया। दरवाजे पर कई पहरेदार सिपाही मौजूद थे, मगर किसी ने रोक-टोक न की और हम लोग तेजी के साथ कदम बढ़ाते हुए उस गली के बाहर निकल गए। उस समय मालूम हुआ कि हम लोग जमानिया के बाहर नहीं हैं।

गली के बाहर निकलकर जब हम लोग सड़क पर पहुंचे तो दो घोड़ों का एक रथ और दो सवार दिखाई पड़े। गदाधरसिंह ने मुझको और अन्ना को रथ पर सवार कराया और आप भी उसी रथ पर बैठ गया। 'हूं' करने के साथ ही रथ तेजी के साथ रवाना हुआ और पीछे-पीछे दोनों सवार भी घोड़ा फेंकते हुए जाने लगे।

उस समय मेरे दिल में दो बातें पैदा हुईं, एक तो यह कि गदाधरसिंह ने दारोगा को जीता क्यों छोड़ दिया, दूसरी यह कि हम लोगों को राजा गोपालसिंह के पास न ले जाकर कहीं और क्यों लिये जाता है! मगर मुझे इस विषय में कुछ पूछने की आवश्यकता न पड़ी क्योंकि शहर के बाहर निकल जाने पर गदाधरसिंह ने स्वयं मुझसे कहा, "बेटी इन्दिरा, निःसन्देह कमबख्त दारोगा ने तुझे बड़ा ही कष्ट दिया होगा और तू सोचती होगी कि मैंने दारोगा को जीता क्यों छोड़ दिया तथा तुझे राजा गोपालसिंह के पास न ले जाकर अपने घर क्यों लिये जाता हूं, अस्तु, मैं इसका जवाब इसी समय दे देना उचित समझता हूं। दारोगा को मैंने यह सोचकर छोड़ दिया कि अभी तेरी मां का पता लगाना है और निःसन्देह वह भी दारोगा ही के कब्जे में है जिसका पता मुझे लग चुका है, तथा राजा साहब के पास मैं तुझे इसलिए नहीं ले गया कि महल में बहुत-से आदमी ऐसे हैं जो दारोगा के मेली हैं, राजा गोपालसिंह तथा मैं भी उन्हें नहीं जानता। ताज्जुब नहीं कि वहां पहुंचने पर तू फिर किसी मुसीबत में पड़ जाए।"

मैं–आपका सोचना बहुत ठीक है, मेरी मां भी महल ही में से गायब हो गई थी। तो क्या आप इस बात की खबर भी राजा गोपालसिंह को न करेंगे?

गदाधर–राजा साहब को इस मामले की खबर जरूर की जाएगी, मगर अभी नहीं।

मैं–तब कब?

गदाधर–जब तेरी मां को भी कैद से छुड़ा लूंगा तब। हां, अब तू अपना हाल कह कि दारोगा ने तुझे कैसे गिरफ्तार कर लिया और यह दाई तेरे पास कैसे पहुंची?

मैं अपना और अपनी अन्ना का किस्सा शुरू से आखिर तक पूरा-पूरा कह गई जिसे सुनकर गदाधरसिंह का बचा-बचाया शक भी जाता रहा और उसे निश्चय हो गया कि मेरी मां भी दारोगा ही के कब्जे में है।

सबेरा हो जाने पर हम लोग सुस्ताने और घोड़ों को आराम देने के लिए एक जगह कुछ देर तक ठहरे और फिर उसी तरह रथ पर सवार हो रवाना हुए। दोपहर होते-होते हम लोग एक ऐसी जगह पहुंचे जहां दो पहाड़ियों की तलहटी (उपत्यका) एक साथ मिली थी। वहां सभों को सवारी छोड़कर पैदल चलना पड़ा। मैं यह नहीं जानती कि सवारी, साथवाले और घोड़े किधर रवाना किए गए या उनके लिए अस्तबल कहां बना हुआ था। मुझे और अन्ना को घुमाता और चक्कर देता हुआ गदाधरसिंह पहाड़ के दर्रे में ले गया जहां एक छोटा-सा मकान अनगढ़ पत्थर के ढोकों से बना हुआ था, कदाचित् वह गदाधरसिंह का अड्डा हो। वहां उसके कई आदमी थे जिनकी सूरत आज तक मुझे याद है। अब जो मैं विचार करती हूं तो यही कहने की इच्छा होती है कि वे लोग बदमाशी, बेरहमी और डकैती के सांचे में ढले हुए थे तथा उनकी सूरत-शक्ल और पोशाक की तरफ ध्यान देने से डर मालूम होता था।

वहां पहुंचकर गदाधरसिंह ने मुझसे और अन्ना से कहा कि तुम दोनों बेखौफ होकर कुछ दिन तक आराम करो, मैं सर्यू को छुड़ाने की फिक्र में जाता हूं, जहां तक होगा बहुत जल्द लौट आऊंगा। तुम दोनों को किसी तरह की तकलीफ न होगी, खाने-पीने का सामान यहां मौजूद ही है और जितने आदमी यहां हैं, सब तुम्हारी खिदमत करने के लिए तैयार हैं इत्यादि, बहुत-सी बातें गदाधरसिंह ने हम दोनों को समझाईं और अपने आदमियों से भी बहुत देर तक बातें करता रहा। दो पहर दिन और तमाम रात गदाधरसिंह वहां रहा तथा सुबह के वक्त फिर हम दोनों को समझाकर जमानिया की तरफ रवाना हो गया।

मैं तो समझती थी कि अब मुझे पुनः मुसीबत का सामना न करना पड़ेगा और मैं गदाधरसिंह की बदौलत अपनी मां तथा लक्ष्मीदेवी से भी मिलकर सदैव के लिए सुखी हो जाऊंगी, मगर अफसोस, मेरी मुराद पूरी न हुई और उस दिन के बाद फिर मैंने गदाधरसिंह की सूरत भी न देखी। मैं नहीं कह सकती कि वह किसी आफत में फंस गया या रुपये की लालच ने उसे हम लोगों का भी दुश्मन बना दिया। इसका असल हाल उसी की जुबानी मालूम हो सकता है—यदि वह अपना हाल ठीक-ठीक कह दे तो, अस्तु, अब मैं यह बयान करती हूं कि उस दिन के बाद मुझ पर क्या मुसीबतें गुजरीं और मैं अपनी मां के पास तक क्योंकर पहुंची।

गदाधरसिंह के चले जाने के बाद आठ दिन तक तो मैं बेखौफ बैठी रही, पर नौवें दिन से मेरी मुसीबत की घड़ी फिर शुरू हो गई। आधी रात का समय था, मैं और अन्ना एक कोठरी में सोई हुई थीं, यकायक किसी की आवाज सुनकर हम दोनों की आंखें खुल गईं और तब मालूम हुआ कि कोई दरवाजे के बाहर किवाड़ खटखटा रहा है। अन्ना ने उठकर दरवाजा खोला तो पण्डित मायाप्रसाद पर निगाह पड़ी। कोठरी के अन्दर चिराग जल रहा था और मैं पण्डित मायाप्रसाद को अच्छी तरह पहिचानती थी।

दूसरा बयान

इन्दिरा ने जब अपना किस्सा कहते-कहते पण्डित मायाप्रसाद का नाम लिया तो राजा गोपालसिंह चौंक गए और उन्होंने ताज्जुब में आकर इन्दिरा से पूछा–"पण्डित मायाप्रसाद कौन?

इन्दिरा–आपके कोषाध्यक्ष (खजांची)।

गोपाल–क्या उसने भी तुम्हारे साथ दगा की?

इन्दिरा–सो मैं ठीक-ठीक नहीं कह सकती, मेरा हाल सुनकर कदाचित् आप कुछ अनुमान कर सकें। क्या मायाप्रसाद अब भी आपके यहां काम करते हैं?

गोपाल–हां, है तो सही, मगर आजकल मैंने उसे किसी दूसरी जगह भेजा है। अस्तु, अब मैं इस बात को बहुत जल्द सुनना चाहता हूं कि उसने तेरे साथ क्या किया?

हमारे पाठक महाशय पहले भी मायाप्रसाद का नाम सुन चुके हैं। सन्तति के पन्द्रहवें भाग के तीसरे बयान में इसका जिक्र आ चुका है, तारासिंह के एक नौकर ने नानक की स्त्री श्यामा के प्रेमियों के नाम बताए थे उन्हीं में उनका नाम भी दर्ज हो चुका है। ये महाशय जाति के कान्यकुब्ज ब्राह्मण थे और अपने को ऐयार भी लगाते थे।

इन्दिरा ने फिर अपना किस्सा कहना शुरू किया–

"उस समय मैं मायाप्रसाद को देखकर बहुत खुश हुई और समझी कि मेरा हाल राजा साहब (आप) को मालूम हो गया है और राजा साहब ही ने इन्हें मेरे पास भेजा है। मैं जल्दी से उठकर उनके पास गई और मेरी अन्ना ने उन्हें दण्डवत करके कोठरी में आने के लिए कहा जिसके जवाब में पण्डितजी बोले, "मैं कोठरी के अन्दर नहीं आ सकता और न इतनी मोहलत है।"

मैं–क्यों?

मायाप्रसाद–मैं इस समय केवल इतना ही कहने आया हूं कि तुम लोग जिस तरह बन पड़े अपनी जान बचाओ और जहां तक जल्दी हो सके यहां से निकल भागो क्योंकि गदाधरसिंह दुश्मनों के हाथ में फंस गया है और थोड़ी ही देर में तुम लोग भी गिरफ्तार होना चाहती हो।

मायाप्रसाद की बात सुनकर मेरे तो होश उड़ गए। मैंने सोचा कि अब अगर किसी तरह दारोगा मुझे पकड़ पावेगा तो कदापि जीता न छोड़ेगा। आखिर अन्ना ने घबड़ाकर पण्डितजी से पूछा, "हम लोग भागकर कहां जाएं और किसके सहारे पार भागें।" पण्डितजी ने क्षण-भर सोचकर कहा, "अच्छा तुम दोनों मेरे पीछे चली आओ।"

उस समय हम दोनों ने इस बात का जरा भी खयाल न किया कि पण्डितजी सच बोलते हैं या दगा करते हैं। हम दोनों आदमी पण्डितजी को बखूबी जानते थे

और उन पर विश्वास करते थे, अस्तु, उसी समय चलने के लिए तैयार हो गए और कोठरी के बाहर निकलकर उनके पीछे-पीछे रवाना हुए। जब मकान के बाहर निकले तो दरवाजे के दोनों तरफ कई आदमियों को टहलते हुए देखा, मगर अंधेरी रात होने और जल्दी-जल्दी निकल भागने की धुन में लगे रहने के कारण उन लोगों को पहिचान न सकी इसीलिए नहीं कह सकती कि वे लोग गदाधरसिंह के आदमी थे या किसी दूसरे के। उन आदमियों ने हम लोगों से कुछ नहीं पूछा और हम दोनों बिना किसी रुकावट के पण्डितजी के पीछे-पीछे जाने लगे। थोड़ी दूर जाकर दो आदमी और मिले, एक के हाथ में मशाल थी और दूसरे के हाथ में नंगी तलवार। निःसन्देह वे दोनों आदमी मायाप्रसाद के नौकर थे जो हुक्म पाते ही हम लोगों के आगे-आगे रवाना हुए। उस पहाड़ी से नीचे उतरने का रास्ता बहुत ही पेचीला और पथरीला था। यद्यपि हम दोनों आदमी एक दफे उस रास्ते को देख चुके थे, मगर फिर भी किसी के राह दिखाए बिना वहां से निकल जाना कठिन ही नहीं बल्कि असम्भव था, पर एक तो हम लोग मायाप्रसाद के पीछे-पीछे जा रहे थे, दूसरे मशाल की रोशनी साथ-साथ थी इसलिए शीघ्रता से हम लोग पहाड़ी के नीचे उतर गए और पण्डितजी की आज्ञानुसार दाहिनी तरफ घूमकर जंगल-ही-जंगल चलने लगे। सबेरा होते-होते हम लोग एक खुले मैदान में पहुंचे और वहां एक छोटा-सा बागीचा नजर पड़ा। पण्डितजी ने हम दोनों से कहा कि तुम लोग बहुत थक गई हो इसलिए थोड़ी देर तक बागीचे में आराम कर लो तब तक हम सवारी का बन्दोबस्त करते हैं जिसमें आज ही तुम राजा गोपालसिंह के पास पहुंच जाओ।

मुझे उस छोटे से बागीचे में किसी आदमी की सूरत दिखाई न पड़ी। न तो वहां का कोई मालिक नजर आया और न किसी माली या नौकर ही पर नजर पड़ी, मगर बागीचा बहुत साफ और हरा-भरा था। पण्डितजी ने अपने दोनों आदमियों को किसी काम के लिए रवाना किया और हम दोनों को उस बागीचे में बेफिक्री के साथ रहने की आज्ञा देकर खुद भी आधी घड़ी के अन्दर ही लौट आने का वादा करके कहीं चले गए। पण्डितजी और उनके आदमियों को गए हुए अभी चौथाई घड़ी भी न बीती होगी कि दो आदमियों को साथ लिये हुए कमबख्त दारोगा बाग के अन्दर आता हुआ दिखाई पड़ा।

तीसरा बयान

दारोगा की सूरत देखते ही मेरी और अन्ना की जान सूख गई और हम दोनों को विश्वास हो गया कि पण्डितजी ने हमारे साथ दगा की। उस समय सिवा जान देने के और मैं कर क्या सकती थी? इधर-उधर देखा पर जान देने का कोई जरिया दिखाई

न पड़ा। अगर उस समय मेरे पास कोई हर्बा होता तो मैं जरूर अपने को मार डालती। दारोगा ने भी मुझे दूर से देखा और कदम बढ़ाता हुए हम दोनों के पास पहुंचा। मारे क्रोध के उसकी आंखें लाल हो रही थीं और होंठ कांप रहे थे। उसने अन्ना की तरफ देखकर कहा, ''क्यों री कमबख्त लौंडी, अब तू मेरे हाथ से बचकर कहां जाएगी? यह सारा फसाद तेरा ही उठाया हुआ है, न तू दरवाजा खोलकर दूसरे कमरे में जाती न गदाधरसिंह को इस बात की खबर होती, तूने ही इन्दिरा को ले भागने की नीयत से मेरी जान आफत में डाली थी, अस्तु, अब मैं तेरी जान लिये बिना नहीं रह सकता क्योंकि तुझ पर मुझे बड़ा ही क्रोध है।''

इतना कहकर दारोगा ने म्यान से तलवार निकाल ली और एक ही हाथ में बेचारी अन्ना का सिर धड़ से अलग कर दिया, उसकी लाश तड़पने लगी और मैं चिल्लाकर उठ खड़ी हुई।

इतना हाल कहते-कहते इन्दिरा की आंखों में आंसू भर आए। इन्द्रजीतसिंह, आनन्दसिंह और राजा गोपालसिंह को भी उसकी अवस्था पर बड़ा दुःख हुआ और बेईमान नमकहराम दारोगा को क्रोध से याद करने लगे। तीनों भाइयों ने इन्दिरा को दिलासा दिया और चुप कराके अपना किस्सा पूरा करने के लिए कहा। इन्दिरा ने आंसू पोंछकर कहना शुरू किया–

''उस समय मैं समझती थी कि दारोगा मेरी अन्ना को तो मार ही चुका है, अब उसी तलवार से मेरा भी सिर काटके बखेड़ा तै करेगा, मगर ऐसा न हुआ। उसने रूमाल से तलवार पोंछकर म्यान में रख ली और अपने नौकर के हाथ से चाबुक ले मेरे सामने आकर बोला, ''अब बुला गदाधरसिंह को, आकर तेरी जान बचाये।''

इतना कहकर उसने मुझे उसी चाबुक से मारना शुरू किया। मैं मछली की तरह तड़प रही थी, लेकिन उसे कुछ भी दया नहीं आती थी और वह बार-बार यही कहके चाबुक मारता था कि अब बता मेरे कहे मुताबिक चीठी लिख देगी या नहीं? पर मैं भी इस बात का दिल में निश्चय कर चुकी थी कि चाहे कैसी ही दुर्दशा से मेरी जान क्यों न ली जाए, मगर उसके कहे मुताबिक चीठी कदापि न लिखूंगी।

चाबुक की मार खाकर मैं जोर-जोर से चिल्लाने लगी। उसी समय दाहिनी तरफ से एक औरत दौड़ती हुई आई जिसने डपटकर दारोगा से कहा, ''क्यों चाबुक मार-मारकर इस बेचारी की जान ले रहे हो? ऐसा करने से तुम्हारा मतलब कुछ भी न निकलेगा। तुम जो कुछ चाहते हो, मुझे कहो, मैं बात-की-बात में तुम्हारा काम करा देती हूं।''

उस औरत की उम्र का पता बताना कठिन था, न तो वह कमसिन थी और न बूढ़ी ही थी, शायद तीस-पैंतीस वर्ष की अवस्था हो या इससे कुछ कम-ज्यादे हो। उसका रंग काला और बदन गठीला तथा मजबूत था, घुटने से कुछ नीचे तक का पायजामा और उसके ऊपर दक्षिणी ढंग की साड़ी पहिरे हुए थी, जिसकी लांग पीछे

की तरफ खुसी थी। कमर में एक मोटा कपड़ा लपेटे हुए थी जिसमें शायद कोई गठरी या और कोई चीज बंधी हुई हो।

उस औरत की बात सुनकर दारोगा ने चाबुक मारना बन्द दिया और उसकी तरफ देखकर कहा, "तू कौन है?"

औरत–चाहे मैं कोई होऊं इससे कुछ मतलब नहीं, तुम जो कुछ चाहते हो मुझसे कहो, मैं तुम्हारी ख्वाहिश पूरी कर दूंगी। चाबुक मारते समय जो कुछ तुम कहते हो, उससे मालूम होता है कि इस लड़की से तुम कुछ लिखाया चाहते हो! इससे जो कुछ लिखवाना हो मुझे बताओ, मैं लिखवा दूंगी, इस समय मारने-पीटने से कोई काम न चलेगा क्योंकि इसके एक पक्षपाती ने, जिसने अभी तुम्हारे आने की खबर दी थी, इसे समझा-बुझाके बहुत पक्का कर दिया है और खुद (हाथ का इशारा करके) उस कुएं में जा छिपा है, वह जरूर तुम पर वार करेगा। मेरे साथ चलो, मैं दिखा दूं। पहिले उसे दुरुस्त करो तब उसके बाद जो कुछ इस लड़की को कहोगे, वह झख मारके कर देगी, इसमें कोई सन्देह नहीं।

दारोगा–क्या तूने खुद उस आदमी को देखा था?

औरत–हां-हां, कहती तो हूं कि मेरे साथ उस कुएं पर चलो, मैं उस आदमी को दिखा देती हूं, दस-बारह कदम पर कुआं है, कुछ दूर तो है नहीं।

दारोगा–अच्छा चलकर मुझे बताओ, (अपने दोनों आदमियों से) तुम दोनों इस लड़की के पास खड़े रहो।

वह औरत कुएं की तरफ बढ़ी और दारोगा उसके पीछे-पीछे चला। वास्तव में वह कुआं बहुत दूर न था। जब दारोगा को लिये हुए वह औरत कुएं पर पहुंची तो अन्दर झांककर बोली, "देखो वह छिपकर बैठा है!"

दारोगा ने ज्यों ही झांककर कुएं के अन्दर देखा, उस औरत ने पीछे से धक्का दिया और वह कमबख्त धड़ाम से कुएं के अन्दर जा रहा। यह कैफियत उसके दोनों साथी दूर से देख रहे थे और मैं भी देख रही थी। जब दारोगा के दोनों साथियों ने देखा कि उस औरत ने जान-बूझकर हमारे मालिक को कुएं में ढकेल दिया है तो दोनों आदमी तलवार खैंचकर उस औरत की तरफ दौड़े। जब पास पहुंचे तो वह औरत जोर से हंसी और एक तरफ को भाग चली। उन दोनों ने उसका पीछा किया, मगर वह औरत दौड़ने में इतनी तेज थी कि वे दोनों उसे पा न सकते थे। उसी बागीचे के अन्दर वह औरत चक्कर देने लगी और उन दोनों के हाथ न आई। वह समय उन दोनों के लिए बड़ा ही कठिन था, वे दोनों इस बात को जरूर सोचते होंगे कि अगर अपने मालिक को बचाने की नीयत से कुएं पर जाते है तो वह औरत भाग जाएगी या ताज्जुब नहीं कि उन्हें भी उसी कुएं में ढकेल दे। आखिर जब उस औरत ने उन दोनों को खूब दौड़ाया तो उन दोनों ने आपुस में कुछ बात की और एक आदमी तो उस कुएं की तरफ चला गया तथा दूसरे ने उस औरत का पीछा

किया। जब उस औरत ने देखा कि अब दो में से एक रह गया तो वह खड़ी हो गई और जमीन पर से ईंट का टुकड़ा उठाकर उस आदमी की तरफ जोर से फेंका। उस औरत का निशाना बहुत सच्चा था जिससे वह आदमी बच न सका और ईंट का टुकड़ा इस जोर से उसके सिर में लगा कि सिर फट गया और वह दोनों हाथों से सिर को पकड़कर जमीन पर बैठ गया। उस औरत ने पुनः दूसरी ईंट मारी, तीसरी मारी और चौथी ईंट खाकर तो वह जमीन पर लेट गया। उसी समय उसने खंजर निकाल लिया जो उसकी कमर में छिपा हुआ था और दौड़ती हुई उसके पास जाकर खंजर से उसका सिर काट डाला। मैं यह तमाशा दूर से देख रही थी। जब वह एक आदमी को समाप्त कर चुकी तो उस दूसरे के पास आई जो कुएं पर खड़ा अपने मालिक को निकालने की फिक्र कर रहा था। एक ईंट का टुकड़ा उसकी तरफ जोर से फेंका जो गरदन में लगा। वह आदमी हाथ में नंगी तलवार लिये उस औरत पर झपटा, मगर उसे पा न सका। उस औरत ने फिर उस आदमी को दौड़ाना शुरू किया और बीच-बीच में ईंट और पत्थरों से उसकी भी खबर लेती जाती थी। वह आदमी भी ईंट और पत्थर के टुकड़े उस औरत पर फेंकता था, मगर औरत इतनी तेज और फुर्तीली थी कि उसके सब वार बराबर बचाती चली गई, मगर उसका वार एक भी खाली न जाता था। आखिर उस आदमी ने भी इतनी मार खाई कि खड़ा होना मुश्किल हो गया और वह हताश होकर जमीन पर बैठ गया। बस जमीन पर बैठने की देर थी कि उस औरत ने धड़ाधड़ पत्थर मारना शुरू किया, यहां तक कि वह अधमुआ होकर जमीन पर लेट गया। उस औरत ने उसके पास पहुंचकर उसका सिर भी धड़ से अलग कर दिया, इसके बाद दौड़ती हुई मेरे पास आई और बोली, "बेटी, तूने देखा कि मैंने तेरे दुश्मनों की कैसी खबर ली! मैं तो उस कमबख्त (दारोगा) को भी पत्थर मार-मारकर मार डालती, मगर डरती हूं कि विलम्ब हो जाने से उसके और भी संगी-साथी न आ पहुंचें। अगर ऐसा हुआ तो बड़ी मुश्किल होगी। अस्तु, उसे जाने दे और मेरे साथ चल, मैं तुझे हिफाजत से तेरे घर या जहां कहेगी, पहुंचा दूंगी।"

यद्यपि चाबुक की मार खाने से मेरी बुरी हालत हो गई थी, मगर अपने दुश्मनों की ऐसी दशा देख मैं खुश हो गई और उस औरत को साक्षात् माता समझकर उसके पैरों पर गिर पड़ी। उसने मुझे बड़े प्यार से उठाकर गले से लगा लिया और मेरा हाथ पकड़े हुए बाग के पिछले तरफ ले चली। बाग के पीछे की तरफ बाहर निकल जाने के लिए एक खिड़की थी और उसके पास सरपत का एक साधारण जंगल था। वह औरत मुझे लिये हुए उसी सरपत के जंगल में घुस गई। उस जंगल में उस औरत का घोड़ा बंधा हुआ था। उसने घोड़ा खोला, चारजामा इत्यादि ठीक करके उस पर मुझे बैठाया और पीछे आप भी सवार हो गई, घोड़ा तेजी के साथ रवाना हुआ और तब मैं समझी कि मेरी जान बच गई।

वह औरत पहर-भर तक बराबर घोड़ा फेंके चली गई और जब एक घने जंगल में पहुंची तो घोड़े की चाल धीमी कर देर तक धीरे-धीरे चलकर एक कुटी के पास पहुंची, जिसके दरवाजे पर दो-तीन आदमी बैठे आपुस में कुछ बातें कर रहे थे। उस औरत को देखते ही वे लोग उठ खड़े हुए और अदब के साथ सलाम करके घोड़े के पास चले आए। औरत ने घोड़े के नीचे उतरकर मुझे भी उतार लिया। उन आदमियों में से एक ने घोड़े की लगाम थाम ली और उसे टहलाने को ले गया। दूसरे आदमी ने कुछ इशारा पाकर कुटी से एक कम्बल ला जमीन पर बिछा दिया और एक आदमी हाथ में घड़ा, लोटा और रस्सी लेकर जल भरने के लिए चला गया। औरत ने मुझे कम्बल पर बैठने का इशारा किया और आप भी कमर हलकी करने के बाद उसी कम्बल पर बैठ गई, तब उसने मुझसे कहा कि अब तू अपना सच्चा-सच्चा हाल बता कि तू कौन है और इस मुसीबत में क्योंकर फंसी तथा वह बुड्ढा शैतान कौन था, तब तक मेरा आदमी पानी लाता है और खाने-पीने का बन्दोबस्त करता है।

उस औरत ने दया करके मेरी जान बचाई थी और जहां मैं चाहती थी, वहां पहुंचा देने के लिए तैयार थी और मेरे दिल ने भी उसे माता के समान मान लिया था, इसलिए मैंने उससे कोई बात नहीं छिपाई और अपना सच्चा-सच्चा हाल शुरू से आखिर तक कह सुनाया। उसे मेरी अवस्था पर बहुत तरस आया और वह बहुत देर तक तसल्ली और दिलासा देती रही। जब मैंने उसका नाम पूछा तो उसने अपना नाम 'चम्पा' बताया।

इतना हाल कह इन्दिरा क्षण-भर के लिए रुक गई और कुंअर आनन्दसिंह ने चौंककर पूछा, "क्या नाम बताया, चम्पा!"

इन्दिरा–जी हां।

आनन्द–(गौर से इन्दिरा की सूरत देखकर) ओफ, अब मैंने तुझे पहिचाना।

इन्दिरा–जरूर पहिचाना होगा, क्योंकि एक दफे आप मुझे उस खोह में देख चुके हैं जहां चम्पा ने छत से लटकते हुए आदमी की देह काटी थी, आपने उसमें बाधा डाली थी और योगिनी का वेष धरे हाथ में अंगीठी लिये चपला ने आकर आपको और देवीसिंह को बेहोश कर दिया था।

इन्द्रजीत–(ताज्जुब से आनन्दसिंह की तरफ देखकर) तुमने वह हाल मुझसे कहा था, जब तुम मेरी खोज में निकले थे और मुसलमानिन औरत की कैद से तुम्हें देवीसिंह ने छुड़ाया था, उस समय का हाल है।

आनन्द–जी हां, यह वही लड़की है।

इन्द्रजीत–मगर मैंने तो सुना था कि उसका नाम सरला है!

इन्दिरा–जी हां, उस समय चम्पा ही ने मेरा नाम सरला रख दिया था।

इन्द्रजीत–वाह-वाह, वर्षों बाद इस बात का पता लगा।

गोपाल—जरा उस किस्से को भी मैं सुना चाहता हूं।

आनन्दसिंह ने उस समय का बिलकुल हाल राजा गोपालसिंह से कह सुनाया और इसके बाद इन्दिरा को फिर अपना हाल कहने के लिए कहा।

चौथा बयान

भूतनाथ और असली बलभद्रसिंह तिलिस्मी खण्डहर की असली इमारतवाले नम्बर दो के कमरे में उतारे गए। जीतसिंह की आज्ञानुसार पन्नालाल ने उनकी बड़ी खातिर की और सब तरह के आराम का बन्दोबस्त उनकी इच्छानुसार कर दिया। पहर रात बीतने पर जब वे लोग हर तरह से निश्चिन्त हो गए तो जीतसिंह को छोड़कर, बाकी सब ऐयार जो उस खण्डहर में मौजूद थे, भूतनाथ से गपशप करने के लिए उसके पास आ बैठे और इधर-उधर की बातें होने लगीं। पन्नालाल ने किशोरी, कामिनी और कमला की मौत का हाल भूतनाथ से बयान किया जिसे सुनकर बलभद्रसिंह ने हद से ज्यादे अफसोस किया और भूतनाथ भी उदासी के साथ बड़ी देर तक सोच-सागर में गोते खाता रहा। जब लगभग आधी रात के जा चुकी तो सब ऐयार बिदा होकर अपने-अपने ठिकाने चले गए और भूतनाथ तथा बलभद्रसिंह भी अपनी-अपनी चारपाई पर जा बैठे। बलभद्रसिंह तो बहुत जल्द निद्रादेवी के आधीन हो गया, मगर भूतनाथ की आंखों में नींद का नामनिशान न था। कमरे में एक शमादान जल रहा था और भूतनाथ अन्दरवाले कमरे की ओर निगाह किए हुए बैठा कुछ सोच रहा था।

जिस कमरे में ये दोनों आराम कर रहे थे, उसमें भीतर सहन की तरफ तीन खिड़कियां थीं। उन्हीं में से एक खिड़की की तरफ मुंह किए हुए भूतनाथ बैठा हुआ था। उसकी निगाह रमने में से होती हुई ठीक उस दालान में पहुंच रही थी जिसमें वह तिलिस्मी चबूतरा था जिस पर पत्थर का आदमी सोया हुआ था। उस दालान में एक कन्दील जल रही थी जिसकी रोशनी में वह चबूतरा तथा पत्थरवाला आदमी साफ दिखाई दे रहा था।

भूतनाथ को उसी दालान और चबूतरे की तरफ देखते हुए घण्टे-भर से ज्यादा बीत गया। यकायक उसने देखा कि उस चबूतरे का बगलवाला पत्थर जो भूतनाथ की तरफ पड़ता था, पूरा-का-पूरा किवाड़ के पल्ले की तरह खुलकर जमीन के साथ लग गया और उसके अन्दर किसी तरह की रोशनी मालूम पड़ने लगी जो धीरे-धीरे तेज होती जाती थी।

भूतनाथ को यह मालूम था कि वह चबूतरा किसी तिलिस्म से सम्बन्ध रखता है और उस तिलिस्म को राजा बीरेन्द्रसिंह के दोनों लड़के तोड़ेंगे, अस्तु, इस समय

उस चबूतरे की ऐसी अवस्था देख उसको बड़ा ही ताज्जुब हुआ और वह आंखें मल-मलकर उस तरफ देखने लगा। थोड़ी देर बाद चबूतरे के अन्दर से एक आदमी निकलता हुआ दिखाई पड़ा, मगर यह निश्चय नहीं हो सका कि वह मर्द है या औरत क्योंकि वह एक स्याह लबादा सिर से पैर तक ओढ़े हुए था और उसके बदन का कोई भी हिस्सा दिखाई नहीं देता था। उसके बाहर निकलने के साथ ही चबूतरे के अन्दरवाली रोशनी बन्द हो गई, मगर वह पत्थर जो हटकर जमीन के साथ लग गया था, ज्यों-का-त्यों खुला ही रहा। वह आदमी बाहर निकलकर इधर-उधर देखने लगा और थोड़ी देर तक कुछ सोचने के बाद बाहर रमने में आ गया। धीरे-धीरे चलकर उसने एक दफे चारों तरफ का चक्कर लगाया। चक्कर लगाते समय वह कई दफे भूतनाथ की निगाह की ओट हुआ, मगर भूतनाथ ने उठकर उसे देखने का उद्योग इसलिए नहीं किया कि कहीं उसकी निगाह मुझ पर न पड़ जाए। जिस कमरे में भूतनाथ सोया था वह एक मंजिल ऊपर था और वहां से रमना तथा दालान साफ-साफ दिखाई दे रहा था।

वह आदमी घूम-फिरकर पुनः उसी तिलिस्मी चबूतरे के पास जा खड़ा हुआ और कुछ दम लेकर चबूतरे के अन्दर घुस गया, मगर थोड़ी देर बाद पुनः वह चबूतरे के बाहर निकला। अबकी दफे वह अकेला न था, बल्कि उसी ढंग का लबादा ओढ़े चार आदमी और भी उसके साथ थे अर्थात् पांच आदमी चबूतरे के बाहर निकले और पूरब तरफवाले कोने में जाकर सीढ़ियों की राह ऊपर की मंजिल पर गए। ऊपर की मंजिल में चारों तरफ इमारत बनी हुई थी इसलिए भूतनाथ को यह न जान पड़ा कि वे लोग किधर गए या किस कोठरी में घुसे, मगर इस बात का शक जरूर हो गया कि कहीं वे लोग कोठरी-ही-कोठरी घूमते हुए हमारे कमरे में न आ जाएं अस्तु, उसने एक महीन चादर मुंह पर ओढ़ ली और इस ढंग से लेट गया कि दरवाजा तथा तिलिस्मी चबूतरा इन दोनों की तरफ, जिधर चाहे बिना सिर हिलाए देख सके। आधे घण्टे के बाद भूतनाथ के कमरे का दरवाजा खुला और उन्हीं पांचों में से एक आदमी ने कमरे के अन्दर झांककर देखा। जब उसे मालूम हो गया कि दोनों आदमी बेखबर सो रहे हैं, तो वह धीरे से कमरे के अन्दर चला आया और उसके बाद बाकी के चारों आदमी भी कमरे में चले आए। पांचों आदमी (या जो हों) एक ही रंग-ढंग का लबादा या बुर्का ओढ़े हुए थे, केवल आंख की जगह जाली बनी हुई थी जिससे देखने में किसी तरह की अण्डस न पड़े। उन पांचों ने बड़े गौर से बलभद्रसिंह की सूरत देखी और एक ने कागज का एक लिफाफा उसके सिरहाने की तरफ रख दिया, फिर भूतनाथ के पास आया और उसके सिरहाने भी एक लिफाफा रखकर अपने साथियों के पास चला गया। कई क्षण और ठहरकर ये पांचों आदमी कमरे के बाहर निकल गए और दरवाजे को भी उसी तरह घुमा दिया जैसा पहिले था। उसी समय भूतनाथ भी उन पांचों में से किसी को पकड़ लेने की नीयत से चारपाई पर से उठ खड़ा हुआ

और कमरे के बाहर निकला, मगर कोई दिखाई न पड़ा। उसी जगह नीचे उतर जाने के लिए सीढ़ियां थीं, भूतनाथ ने समझा कि ये लोग इन्हीं सीढ़ियों की राह नीचे उतर गए होंगे, अस्तु, वह भी शीघ्रता के साथ नीचे उतर गया और घूमता हुआ बीचवाले रमने में पहुंचा, मगर उन पांचों में से कोई भी दिखाई न दिया। भूतनाथ ने सोचा कि आखिर वे लोग घूम-फिरकर उसी तिलिस्मी चबूतरे के पास पहुंचेंगे इसलिए पहिले ही से वहां चलकर छिप रहना चाहिए। वह अपने को छिपाता हुआ उस तिलिस्मी चबूतरे के पास जा पहुंचा, और पीछे की तरफ जाकर इसकी आड़ में छिपकर बैठ गया।

भूतनाथ को आड़ में छिपकर बैठे हुए आधे घण्टे से ज्यादा बीत गया, मगर किसी की सूरत दिखाई न पड़ी, तब वह उठकर चबूतरे के सामने की तरफ आया जिधर का मुंह खुला हुआ था। वह पत्थर का तख्ता जो हटकर जमीन के साथ लग गया था, अभी तक खुला हुआ था। भूतनाथ ने उसके अन्दर की तरफ झांककर देखा, मगर अन्धकार के सबब से कुछ दिखाई न पड़ा, हां, उसके अन्दर से कुछ बारीक आवाज जरूर आ रही थी जिसे समझना कठिन था। भूतनाथ पीछे की तरफ हट गया और सोचने लगा कि अब क्या करना चाहिए। इतने ही में अन्दर की तरफ से कुछ खड़खड़ाहट की आवाज आई और वह पत्थर का तख्ता हिलने लगा जो चबूतरे के पल्ले की तरह अलग हो गया था। भूतनाथ उसके पास से हट गया और वह पल्ला चबूतरे के साथ धीरे से लगकर ज्यों-का-त्यों हो गया। उस समय भूतनाथ यह कहता हुआ वहां से रवाना हुआ, 'मालूम होता है वे लोग किसी दूसरी राह से इसके अन्दर पहुंच गए!'

भूतनाथ घूमता हुआ फिर अपने कमरे में चला आया और अपनी चारपाई पर से उस लिफाफे को उठा लिया जो उन लोगों में से एक ने उसके सिरहाने रख दिया था। शमादान के पास जाकर लिफाफा खोला और उसके अन्दर से खत निकालकर पढ़ने लगा, यह लिखा हुआ था–

"कल बारह बजे रात को इसी कमरे में मेरा इन्तजार करो और जागते रहो।"

भूतनाथ ने दो-तीन दफे उस लेख को पढ़ा और फिर लिफाफे में रखकर कमर में खोंस लिया, इसके बाद बलभद्रसिंह की चारपाई के पास गया और चाहा कि उनके सिरहाने जो पत्र रक्खा गया है, उसे भी उठाकर पढ़े, मगर उसी समय बलभद्रसिंह की आंख खुल गई और चारपाई पर किसी को झुके हुए देख वह उठ बैठा। भूतनाथ पर निगाह पड़ने से वह ताज्जुब में आकर बोला, "क्या मामला है?"

भूतनाथ–इस समय एक ताज्जुब की बात देखने में आई है।

बलभद्र–वह क्या?

भूतनाथ–तुम जरा सावधान हो जाओ और मुझे अपने पास बैठने दो तो कहूं।

बलभद्र–(भूतनाथ के लिए अपनी चारपाई पर जगह करके) आओ और कहो कि क्या मामला है?

भूतनाथ बलभद्रसिंह की चारपाई पर बैठ गया और उसने जो कुछ देखा था, पूरा-पूरा बयान किया तथा अन्त में कहा कि 'पढ़ने के लिए मैं तुम्हारे सिरहाने से चीठी उठाने लगा कि तुम्हारी आंख खुल गई, अब तुम खुद इस चीठी को पढ़ो तो मालूम हो कि क्या लिखा है।'

बलभद्रसिंह लिफाफा उठा शमादान के पास चला गया और अपने हाथ से लिफाफा खोला। उसके अन्दर एक अंगूठी थी, जिस पर निगाह पड़ते ही वह चिल्ला उठा और बिना कुछ कहे अपनी चारपाई पर जाकर बैठ गया।

पांचवां बयान

कुमार की आज्ञानुसार इन्दिरा ने पुनः अपना किस्सा कहना शुरू किया–

''चम्पा ने मुझे दिलासा देकर बहुत-कुछ समझाया और मेरी मदद करने का वादा किया और यह भी कहा कि आज से तू अपना नाम बदल दे। मैं तुझे अपने घर ले चलती हूं, मगर इस बात का खूब ध्यान रखियो कि यदि कोई तुझसे तेरा नाम पूछे तो 'सरला' बताइयो और यह सब हाल जो तूने मुझसे कहा है अब और किसी से बयान न कीजियो। मैंने चम्पा की बात कबूल कर ली और वह मुझे अपने साथ चुनारगढ़ ले गई। वहां पहुंचने पर जब मुझे चम्पा की इज्जत और मर्तबे का हाल मालूम हुआ तो मैं अपने दिल में बहुत खुश हुई और विश्वास हो गया कि वहां रहने में मुझे किसी तरह का डर नहीं है और इनकी मेहरबानी से अपने दुश्मनों से बदला ले सकूंगी।

''चम्पा ने मुझे हिफाजत और आराम से अपने यहां रक्खा और मेरा सच्चा हाल अपनी प्यारी सखी चपला के सिवाय और किसी से भी न कहा। निःसन्देह उसने मुझे अपनी लड़की के समान रक्खा और ऐयारी की विद्या भी दिल लगाकर सिखलाने लगी, मगर अफसोस, किस्मत ने मुझे बहुत दिनों तक उनके पास रहने न दिया और थोड़े ही जमाने के बाद (इन्द्रजीतसिंह की तरफ इशारा करके) आपको गया की रानी माधवी ने धोखा देकर गिरफ्तार कर लिया। चम्पा और चपला आपकी खोज में निकलीं, मुझे भी उनके साथ जाना पड़ा और उसी जमाने में मेरा और चम्पा का साथ छूटा।''

आनन्द–तुम्हें यह कैसे मालूम हुआ कि भैया को माधवी ने गिरफ्तार कराया था?

इन्दिरा–माधवी के दो आदमियों को चम्पा और चपला ने अपने काबू में कर लिया। पहिले छिपकर उन दोनों की बातें सुनीं जिससे विश्वास हो गया कि दोनों माधवी के नौकर हैं और कुंअर साहब को गिरफ्तार कर लेने में दोनों शरीक थे, मगर यह समझ में न आया कि जिसके ये लोग नौकर हैं, वह माधवी कौन है और कुंअर साहब को ले जाकर उसने कहां रक्खा है। लाचार चम्पा ने धोखा देकर उन लोगों को अपने काबू में किया और कुंअर साहब का हाल उनसे पूछा। मैंने उन दोनों के ऐसा जिद्दी आदमी कोई भी न देखा होगा। आपने स्वयं देखा था कि चम्पा ने उस खोह में उसे कितना दुःख देकर मारा, मगर उस कमबख्त ने ठीक-ठीक पता नहीं दिया। उस समय वहां चम्पा का नौकर भी हबशी के रूप में काम कर रहा था, आपको याद होगा।

आनन्द–वह माधवी ही का आदमी था?

इन्दिरा–जी हां, और उसकी बातों का आपने दूसरा ही मतलब लगा लिया था।

आनन्द–ठीक है, अच्छा फिर उस दूसरे आदमी की क्या दशा हुई, क्योंकि चम्पा ने तो दो आदमियों को पकड़ा था?

इन्दिरा–वह दूसरा आदमी भी चम्पा के हाथ से उसी रोज उसके थोड़ी देर पहिले मारा गया था।

आनन्द–हां ठीक है, उसके थोड़ी देर पहिले चम्पा ने एक और आदमी को मारा था। जरूर यह वही होगा जिसके मुंह से निकले हुए टूटे-फूटे शब्दों ने हमें धोखे में डाल दिया था। अच्छा उसके बाद क्या हुआ? तुम्हारा साथ उनसे कैसे छूटा?

इन्दिरा–चम्पा और चपला जब वहां से जाने लगीं तो ऐयारी का बहुत-कुछ सामान और खाने-पीने की चीजें उसी खोह में रखकर मुझसे कह गईं कि जब तक हम दोनों या दोनों में से कोई एक लौटकर न आवे तब तक तू इसी जगह रहियो–इत्यादि, मगर मुझे बहुत दिनों तक उन दोनों का इन्तजार करना पड़ा, यहां तक कि जी ऊब गया और मैं ऐयारी का कुछ सामान लेकर उस खोह से बाहर निकली क्योंकि चम्पा की बदौलत मुझे कुछ-कुछ ऐयारी भी आ गई थी। जब मैं उस पहाड़ और जंगल को पार करके मैदान में पहुंची तो सोचने लगी कि अब क्या करना चाहिए, क्योंकि बहुत-सी बंधी हुई उम्मीदों का उस समय खून हो रहा था और अपनी मां की चिन्ता के कारण मैं बहुत दुःखी हो रही थी। यकायक मेरी निगाह एक ऐसी चीज पर पड़ी जिसने मुझे चौंका दिया और मैं घबड़ाकर उस तरफ देखने लगी...

इन्दिरा और कुछ कहा ही चाहती थी कि यकायक जमीन के अन्दर से बड़े जोर-शोर के साथ घड़घड़ाहट की आवाज आने लगी जिसने सभों को चौंका दिया और इन्दिरा घबड़ाकर राजा गोपालसिंह का मुंह देखने लगी। सबेरा हो चुका था और

पूरब तरफ से उदय होनेवाले सूर्य की लालिमा ने आसमान का कुछ भाग अपनी बारीक चादर के नीचे ढांक लिया था।

गोपाल–(कुमार से) अब आप दोनों भाइयों का यहां ठहरना उचित नहीं जान पड़ता, यह आवाज जो जमीन के नीचे से आ रही है, निःसन्देह तिलिस्मी कल-पुरजों के हिलने या घूमने के सबब से है। एक तौर पर आप तिलिस्म तोड़ने में हाथ लगा चुके हैं, अस्तु, अब इस काम में रुकावट नहीं हो सकती। इस आवाज को सुनकर आपके दिल में भी यही खयाल पैदा हुआ होगा। अस्तु, अब आप क्षण-भर भी विलम्ब न कीजिए।

कुमार–बेशक ऐसी ही बात है, आप भी यहां से शीघ्र चले जाइए, मगर इन्दिरा का क्या होगा?

गोपाल–इन्दिरा को इस समय मैं अपने साथ ले जाता हूं फिर जो कुछ होगा, देखा जाएगा।

कुमार–अफसोस कि इन्दिरा का कुल हाल सुन न सके, खैर, लाचारी है।

गोपाल–कोई चिन्ता नहीं, आप तिलिस्म का काम तमाम करके इसकी मां को छुड़ाएं, फिर सब हाल सुन लीजिएगा। हां, आपसे वादा किया था कि अपनी तिलिस्मी किताब आपको पढ़ने के लिए दूंगा, मगर वह किताब गायब हो गई थी इसलिए दे न सका था, अब (किताब दिखाकर) इन्दिरा के साथ ही यह किताब भी मुझे मिल गई है, इसे पढ़ने के लिए मैं आपको दे सकता हूं, यदि आप इसे अपने साथ ले जाना चाहें तो ले जाएं।

इन्द्रजीत–समय की लाचारी इस समय हम लोगो को आपसे जुदा करती है, और यह निश्चय नहीं हो सकता है कि पुनः कब आपसे मुलाकात होगी और यह किताब हम लोग ले जाएंगे तो कब वापस करने की नौबत आएगी। तिलिस्मी किताब जो मेरे पास है, उसके पढ़ने और बाजे की आवाज के सुनने से मुझे विश्वास होता है कि आपकी किताब पढ़े बिना भी हम लोग तिलिस्म तोड़ सकेंगे। यदि मेरा यह खयाल ठीक है तो आपके पास से यह किताब ले जाकर आपका बहुत बड़ा हर्ज करना समयानुकूल न होगा।

गोपाल–ठीक है, इस किताब के बिना आपका कोई खास हर्ज नहीं हो सकता और इसमें कोई शक नहीं कि इसके बिना मैं बे-हाथ-पैर का हो जाऊंगा।

इन्द्रजीत–तो इस किताब को आप अपने पास ही रहने दीजिए, फिर जब मुलाकात होगी देखा जाएगा, अब हम लोग बिदा होते हैं।

गोपाल–खैर जाइए, हम आप दोनों भाइयों को दयानिधि ईश्वर के सुपुर्द करते हैं।

इसके बाद राजा गोपालसिंह ने जल्दी-जल्दी कुछ बातें दोनों कुमारों को समझाकर बिदा किया और आप भी इन्दिरा को साथ ले महल की तरफ रवाना हो गए।

छठवां बयान

जिस राह से कुंअर इन्द्रजीतसिंह और आनन्दसिंह को राजा गोपालसिंह इस बाग में लाए थे, उसी राह से जाकर ये दोनों भाई उस कमरे में पहुंचे जो कि बाजेवाले कमरे में जाने के पहिले पड़ता था और जिसमें महराबदार चार खम्भों के सहारे एक बनावटी आदमी फांसी लटक रहा था। इस कमरे का खुलासा हाल एक दफे लिखा जा चुका है इसलिए यहां पुनः लिखने की कोई आवश्यकता नहीं जान पड़ती। पाठकों को यह भी याद होगा कि इन्दिरा का किस्सा सुनने के पहिले ही कुंअर इन्द्रजीतसिंह और आनन्दसिंह उस तिलिस्मी बाजे की आवाज ताली देकर अच्छी तरह सुन-समझ चुके हैं। यदि याद न हो तो तिलिस्म सम्बन्धी पिछला किस्सा पुनः पढ़ जाना चाहिए क्योंकि अब ये दोनों भाई तिलिस्म तोड़ने में हाथ लगाते हैं।

कमरे में पहुंचने के बाद दोनों भाइयों ने देखा कि फांसी लटकते हुए आदमी के नीचे जो मूरत (इन्दिरा के ढंग की) खड़ी थी, वह इस समय तेजी के साथ नाच रही है। कुंअर इन्द्रजीतसिंह ने तिलिस्मी खंजर का एक वार करके उस मूरत को दो टुकड़े कर दिया, अर्थात् कमर से ऊपरवाला हिस्सा काटकर गिरा दिया। उसी समय उस मूरत का नाचना बन्द हो गया और वह भयानक आवाज भी जो बड़ी देर से तमाम बाग में और इस कमरे में भी गूंज रही थी, एकदम बन्द हो गई। इसके बाद दोनों भाइयों ने उस बची हुई आधी मूरत को भी जोर करके जमीन से उखाड़ डाला। उस समय मालूम हुआ कि उसके दाहिने पैर के तलवे में लोहे की जंजीर जड़ी है, इसके खींचने से दाहिनी तरफवाली दीवार में एक नया दरवाजा निकल आया।

तिलिस्मी खंजर की रोशनी के सहारे दोनों भाई उस दरवाजे के अन्दर चले गए और थोड़ी दूर जाने के बाद और एक खुला हुआ दरवाजा लांघकर एक छोटी-सी कोठरी में पहुंचे जिसके ऊपर चढ़ जाने के लिए दस-बारह सीढ़ियां बनी हुई थीं। दोनों भाई सीढ़ियों पर चढ़कर ऊपर के कमरे में पहुंचे जिसकी लम्बाई पचास हाथ और चौड़ाई चालीस हाथ से कम न होगी। यह कमरा काहे को था, एक छोटा-सा बनावटी बागीचा मन मोहनेवाला था। यद्यपि इसमें फूल-बूटों के जितने पेड़ लगे हुए थे सब बनावटी थे, मगर फिर भी जान पड़ता था कि फूलों की खुशबू से वह कमरा अच्छी तरह बसा हुआ है। इस कमरे की छत में बहुत मोटे-मोटे शीशे लगे हुए थे जिनमें से बे रोक-टोक पहुंचनेवाली रोशनी के कारण कमरे-भर में उजाला हो रहा था। वे शीशे चौड़े या चपटे न थे बल्कि गोल गुम्बज की तरह बने हुए थे।

इस छोटे बनावटी बागीचे में छोटी-छोटी मगर बहुत खूबसूरत क्यारियां बनी हुई थीं और उन क्यारियों के चारों तरफ की जमीन पत्थर के छोटे-छोटे रंग-बिरंगे टुकड़ों से बनी हुई थी। बीच में एक गोलाम्बर (चबूतरा) बना हुआ था और उसके ऊपर एक औरत खड़ी हुई मालूम पड़ती थी जिसके बाएं हाथ में एक तलवार और दाहिने में हाथ-भर लम्बी एक ताली थी।

कुंअर इन्द्रजीतसिंह ने तिलिस्मी खंजर की रोशनी बन्द करके आनन्दसिंह की तरफ देखा और कहा, "यह औरत निःसन्देह लोहे या पीतल की बनी हुई होगी और यह ताली भी वही होगी जिसकी हम लोगों को जरूरत है, मगर तिलिस्मी बाजे ने तो यह कहा था कि 'ताली किसी चलती-फिरती से प्रप्त करोगे', यह औरत तो चलती-फिरती नहीं है, खड़ी है!"

आनन्द–उसके पास तो चलिए, देखें वह ताली कैसी है।

इन्द्रजीत–चलो।

दोनों भाई उस गोलाम्बर की तरफ बढ़े, मगर उसके पास न जा सके। तीन-चार हाथ इधर ही थे कि एक प्रकार की आवाज के साथ वहां की जमीन हिली और गोलाम्बर (जिस पर पुतली थी) तेजी से चक्कर खाने लगा और उसी के साथ वह नकली औरत (पुतली) भी घूमने लगी जिसके हाथ में तलवार और ताली थी। घूमने के समय उसका तालीवाला हाथ ऊंचा हो गया और तलवारवाला हाथा आगे की तरफ बढ़ गया जो उसके चक्कर की तेजी में चक्र का काम कर रहा था।

आनन्द–कहिए भाईजी, अब यह औरत या पुतली चलती-फिरती हो गई या नहीं?

इन्द्रजीत–हां, हो तो गई।

आनन्द–अब जिस तरह हो सके, इसके हाथ से ताली ले लेनी चाहिए, गोलाम्बर पर जानेवाला तो तुरन्त दो टुकड़े हो जाएगा।

इन्द्रजीत–(पीछे हटते हुए) देखें हट जाने पर इसका घूमना बन्द होता है या नहीं।

आनन्द–(पीछे हटकर) देखिए गोलाम्बर का घूमना बन्द हो गया! बस यही काला पत्थर चार हाथ के लगभग चौड़ा, जो इस गोलाम्बर के चारों तरफ लगा है, असल करामात है, इस पर पैर रखने ही से गोलाम्बर घूमने लगता है। (काले पत्थर के ऊपर जाकर) देखिए घूमने लग गया। (हटकर) अब बन्द हो गया। अब समझ गया, इस पुतली के हाथ से ताली और तलवार ले लेना कोई बड़ी बात नहीं।

इतना कहकर आनन्दसिंह ने एक छलांग मारी और काले पत्थर पर पैर रक्खे बिना ही कूदकर गोलाम्बर के ऊपर चले गए। गोलाम्बर ज्यों-का-त्यों अपने ठिकाने जमा रहा और आनन्दसिंह पुतली के हाथ से ताली तथा तलवार लेकर जिस तरह वहां गए थे, उसी तरह कूदकर अपने भाई के पास चले आए और बोले–"कहिए क्या मजे में ताली ले आए!"

इन्द्रजीत–बेशक! (ताली हाथ में लेकर) यह अजब ढंग की बनी हुई है। (गौर से देखकर) इस पर कुछ अक्षर भी खुदे मालूम पड़ते हैं। मगर बिना तेज रोशनी के इनका पढ़ा जाना मुश्किल है!

आनन्द–मैं तिलिस्मी खंजर की रोशनी करता हूं, आप पढ़िए।

इन्द्रजीतसिंह ने तिलिस्मी खंजर की रोशनी में उसे पढ़ा और आनन्दसिंह को समझाया, इसके बाद दोनों भाई कूदकर उस गोलाम्बर पर चले गए जिस पर हाथ

में ताली लिए हुए वह पुतली खड़ी थी। ढूंढ़ने और गौर से देखने पर दोनों भाइयों को मालूम हुआ कि उसी पुतली के दाहिने पैर में एक छेद ऐसा है जिसमें वह तलवार जो पुतली के हाथ से ली गई थी, बखूबी घुस जाए। भाई की आज्ञानुसार आनन्दसिंह ने वही पुतलीवाली तलवार उस छेद में डाल दी, यहां तक कि पूरी तलवार छेद के अन्दर चली गई और केवल उसका कब्जा बाहर रह गया। उस समय दोनों भाइयों ने मजबूती के साथ उस पुतली को पकड़ लिया। थोड़ी देर बाद गोलाम्बर के नीचे से आवाज आई और पहिले की तरह पुनः वह गोलाम्बर पुतली सहित घूमने लगा। पहिले धीरे-धीरे मगर फिर क्रमशः तेजी के साथ वह गोलाम्बर घूमने लगा। उस समय दोनों भाइयों के हाथ उस पुतली के साथ ऐसे चिपक गए कि मालूम होता था छुड़ाने से भी नहीं छूटेंगे। वह गोलाम्बर घूमता हुआ जमीन के अन्दर धंसने लगा और सिर में चक्कर आने के कारण दोनों भाई बेहोश हो गए।

जब वे होश में आए तो आंखें खोलकर चारों तरफ देखने लगे, मगर अन्धकार के सिवाय और कुछ भी दिखाई न दिया, उस समय इन्द्रजीतसिंह ने अपने तिलिस्मी खंजर के जरिये से रोशनी की और इधर-उधर देखने लगे। अपने छोटे भाई को पास ही में बैठे पाया और उस पुतली को भी टुकड़े-टुकड़े भई उसी जगह देखा, जिसके टुकड़े कुछ गोलाम्बर के ऊपर और कुछ जमीन पर छितराए हुए थे।

इस समय भी दोनों भाइयों ने अपने को उसी गोलाम्बर पर पाया और इससे समझे कि यह गोलाम्बर ही धंसता हुआ इस नीचेवाली जमीन के साथ आ लगा है, मगर जब छत की तरफ निगाह की तो किसी तरह का निशान या छेद न देखकर छत को बराबर और बिलकुल साफ पाया। अब जहां पर दोनों भाई थे, वह कोठरी बनिस्बत ऊपरवाले (या पहिले) कमरे के बहुत छोटी थी। चारों तरफ तरह-तरह के कल-पुर्जे दिखाई दे रहे थे जिनमें से निकलकर फैले हुए लोहे के तार और लोहे की जंजीरें जाल की तरह बिलकुल कोठरी को घेरे हुए थीं। बहुत-सी जंजीरें ऐसी थीं, जो छत में, बहुत-सी दीवार में, और बहुत-सी जमीन के अन्दर घुसी हुई थीं। इन्द्रजीतसिंह के सामने की तरफ एक छोटा-सा दरवाजा था जिसके अन्दर दोनों कुमारों को जाना पड़ता। अस्तु, दोनों कुमार गोलाम्बर के नीचे उतरे और तारों तथा जंजीरों से बचते हुए उस दरवाजे के अन्दर गए। वह रास्ता एक सुरंग की तरह था जिसकी छत, जमीन और दोनों तरफ की दीवारें मजबूत पत्थर की बनी हुई थीं। दोनों कुमार थोड़ी दूर तक उसमें बराबर चलते गए और इसके बाद एक ऐसी जगह पहुंचे जहां ऊपर की तरफ निगाह करने से आसमान दिखाई देता था। गौर करने से दोनों कुमारों को मालूम हुआ कि यह स्थान वास्तव में कुएं की तरह है। इसकी जमीन (किसी कारण से) बहुत ही नरम और गुदगुदी थी। बीच में एक पतला लोहे का खम्भा था और खम्भे के नीचे जंजीर के सहारे एक खटोली बंधी हुई थी जिस पर दो-तीन आदमी बैठ सकते थे। खटोली से अढ़ाई-तीन हाथ ऊंचे (खम्भे में) में चर्खी लगी हुई थी और चर्खी के

साथ एक ताम्रपत्र बंधा हुआ था। इन्द्रजीतसिंह ने ताम्रपत्र को पढ़ा, बारीक-बारीक हरफों में यह लिखा था–

"यहां से बाहर निकल जानेवाले को खटोली के ऊपर बैठकर यह चर्खी सीधी घुमानी चाहिए। चर्खी सीधी तरफ घुमाने से यह खम्भा खटोली को लिये हुए ऊपर जाएगा और उल्टी तरफ घुमाने से यह नीचे उतरेगा पीछे हटनेवाले को, अब वह रास्ता खुला नहीं मिलेगा, जिधर से वह आया होगा।"

पत्र पढ़कर इन्द्रजीतसिंह ने आनन्दसिंह से कहा, "यहां से बाहर निकल चलने के लिए यह बहुत अच्छी तरकीब है, अब हम दोनों को भी इसी तरह बाहर हो जाना चाहिए। लो तुम भी इसे पढ़ लो।"

आनन्द–(पत्र पढ़कर) आइए इस खटोली में बैट जाइए।

दोनों कुमार उस खटोली में बैठ गए और इन्द्रजीतसिंह चर्खी घुमाने लगे। जैसे-जैसे चर्खी घुमाते थे, वैसे-वैसे वह खम्भा खटोली को लिये हुए ऊपर की तरफ उठता जाता था। जब खम्भा कुएं के बाहर निकल आया तब अपने चारों तरफ की जमीन और इमारतों को देखकर दोनों कुमार चौंके और इन्द्रजीतसिंह की तरफ देखकर आनन्दसिंह ने कहा–

आनन्द–यह तो तिलिस्मी बाग का वही चौथा दर्जा है जिसमें हम लोग कई दिन तक रह चुके हैं!

इन्द्रजीत–बेशक वही है, मगर यह खम्भा हम लोगों को (हाथ का इशारा करके) उस तिलिस्मी इमारत तक पहुंचावेगा।

पाठक, हम सन्तति के नौवें भाग के पहिले बयान नें इस बाग के चौथे दर्जे का हाल जो कुछ लिख चुके हैं शायद आपको याद होगा, यदि भूल गए हों तो उसे पुनः पढ़ जाइए। उस बयान में यह भी लिखा जा चुका है कि इस बाग के पूरब तरफ वाले मकान के चारों तरफ पीतल की दीवार थी इसलिए उस मकान का केवल ऊपर वाला हिस्सा दिखाई देता था और कुछ मालूम नहीं होता था कि उसके अन्दर क्या है। हां, छत के ऊपर लोहे का एक पतला महराबदार खम्भा था जिसका दूसरा सिरा उसके पासवाले कुएं के अन्दर गया था। उस मकान के चारों तरफ पीतल की जो दीवार थी उसमें एक बन्द दरवाजा भी दिखाई देता था और उसके दोनों तरफ पीतल के दो आदमी हाथ में नंगी तलवार लिये खड़े थे, इत्यादि।

यह उसी मकान के साथवाला कुआं था जिसमें से इन्द्रजीतसिंह और आनन्दसिंह निकले थे। धीरे-धीरे ऊंचे होकर दोनों भाई उस मकान की छत पर जा पहुंचे जिसके चारों तरफ पीतल की दीवार थी। खटोली को मकान की छत पर पहुंचाकर वह खम्भा अड़ गया और दोनों कुमारों को उस पर से उतर जाना पड़ा। पहिले जब दोनों कुमार इस बाग के (चौथे दर्जे के) अन्दर आए थे, तब इस मकान के अन्दर का हाल कुछ जान नहीं सके थे, मगर अब तो इत्तिफाक ने खुद ही इन दोनों को उस मकान में

पहुंचा दिया इसलिए बड़े उत्साह से दोनों भाई इस जगह का तमाशा देखने के लिए तैयार हो गए।

इस मकान की छत पर एक रास्ता नीचे उतर जाने के लिए था; उसी राह से दोनों भाई नीचेवाली मंजिल में उतरकर एक छोटे से कमरे में पहुंचे जहां की छत, जमीन और चारों तरफ की दीवारों में कलई किये हुए दलदार शीशे बड़ी कारीगरी से जड़े हुए थे। अगर एक आदमी भी उस कमरे में जाकर खड़ा हो तो अपनी हजारों सूरतें[1] देखकर घबड़ा जाए। सिवाय इस बात के उस कमरे में और कुछ भी न था और न यही मालूम होता था कि यहां से किसी और जगह जाने के लिए कोई रास्ता है। उस कमरे की अवस्था देखकर इन्द्रजीतसिंह हंसे और आनन्दसिंह की तरफ देखकर बोले–

इन्द्रजीत–इसमें कोई सन्देह नहीं कि इस कमरे में इन शीशों की बदौलत एक प्रकार की दिल्लगी है, मगर आश्चर्य इस बात का होता है कि तिलिस्म बनानेवालों ने यह फजूल कार्रवाई क्यों की है! इन शीशों के लगाने से कोई फायदा या नतीजा तो मालूम नहीं होता!

आनन्द–मैं भी यही सोच रहा हूं, मगर विश्वास नहीं होता कि तिलिस्म बनाने वालों ने इसे व्यर्थ ही बनाया होगा, कोई-न-कोई बात इसमें जरूर होगी। इस मकान में इसके सिवाय अभी तक कोई दूसरी अनूठी बात दिखाई नहीं दी, अगर यहां कुछ है तो केवल यही एक कमरा है, अस्तु, इस कमरे को फजूल समझना इस इमारत-भर को फजूल समझना होगा, मगर ऐसा हो नहीं सकता। देखिए इसी मकान से उस लोहे वाले खम्भे का सम्बन्ध है जिसकी बदौलत हम...(रुककर) सुनिए, सुनिए, यह आवाज कैसी और कहां से आ रही है?

बात करते-करते आनन्दसिंह रुक गए और ताज्जुब-भरी निगाहों से अपने भाई की तरफ देखने लगे क्योंकि उन्हें दो आदमियों के जोर-जोर से बातचीत करने की आवाज सुनाई देने लगी। वह आवाज यह थी–

एक–तो क्या दोनों कुमार उस कुएं से निकलकर यहां आ जाएंगे!

दूसरा–हां, जरूर आ जाएंगे। उस कुएं में जो लोहे का खम्भा गया हुआ है उसमें एक खटोली बंधी है, उस खटोली पर बैठकर एक कल घुमाते हुए दोनों आदमी यहां आ जाएंगे।

पहिला–तब तो बड़ी मुश्किल होगी, हम लोगों को यह जगह छोड़ देनी पड़ेगी।

दूसरा–हम लोग इस जगह को क्यों छोड़ने लगे? जिसके भरोसे पर हम लोग यहां बैठे हैं, क्या वह दोनों राजकुमारों से कमजोर है? खैर, उसे जाने दो, पहिले तो हमीं लोग उन्हें तंग करने के लिए बहुत हैं।

---

1. यदि दो बड़े शीशे आमने-सामने रखकर देखिए तो शीशों में दो-चार ही नहीं, बल्कि हजारों शीशे एक-दूसरे के अन्दर दिखाई देंगे।

पहिला–इसमें तो कोई शक नहीं कि हम लोग उनकी ताकत और जवांमर्दी को हवा खिला सकते हैं, मगर एक काम जरूर करना चाहिए।

दूसरा–वह क्या?

पहिला–इस कमरे का वह दरवाजा खोल देना चाहिए जिसमें भयानक अजगर रहता है, जब दोनों उसे खुला देख उसके अन्दर जाएंगे तो निःसन्देह वह अजगर उन दोनों को निगल जाएगा।

दूसरा–और बाकी के दरवाजे मजबूती के साथ बन्द कर देने चाहिए जिसमें वे और किसी तरफ जा न सकें।

पहिला–बेशक, इसके अतिरिक्त एक काम और भी करना चाहिए जिसमें वे दोनों उस दरवाजे के अन्दर जरूर जाएं अर्थात् उन दोनों लड़कियों को भी उस अजगरवाली कोठरी में हाथ-पैर बांधकर पहुंचा देना चाहिए, जिन पर दोनों कुमार आशिक हैं।

दूसरा–यह तुमने बहुत अच्छी बात कही। जब वह अजगर उन लड़कियों को निगलना चाहेगा तो वे जरूर चिल्लाएंगी, उस समय आवाज पहिचानने पर वे दोनों अपने को किसी तरह रोक न सकेंगे और उस दरवाजे के अन्दर जाकर अजगर की खुराक बनेंगे।

पहिला–यह भी अच्छी बात कही। अच्छा उन दोनों को पकड़ लाओ और हाथ-पैर बांधकर उस कोठरी में डाल दो, अगर इस कार्रवाई से काम न चलेगा तो दूसरी कार्रवाई की जाएगी, मगर उन्हें इस मकान के बाहर न जाने देंगे।

इसके बाद वह बातचीत की आवाज बन्द हो गई और यकायक सामनेवाले आईने में कुंअर इन्दजीतसिंह और आनन्दसिंह ने अपने प्यारे ऐयार भैरोसिंह और तारासिंह की सूरत देखी, सो भी इस ढंग से कि दोनों ऐयार अकड़ते हुए एक तरफ से आए और दूसरी तरफ को चले गए। इसके बाद दो औरतों की सूरत नजर आई। पहिले तो पहिचानने में कुछ शक हुआ, मगर तुरन्त ही मालूम हो गया कि वे दोनों कमलिनी और लाडिली हैं। उन दोनों की कमर में लोहे की जंजीरें बंधी हुई थीं और एक मजबूत आदमी उन्हें अपने हाथ में लिये हुए उन दोनों के पीछे-पीछे जा रहा था। यह भी देखा कि कमलिनी और लाडिली चलते-चलते रुकीं और उसी समय पिछले आदमी ने उन दोनों को धक्का दिया जिससे वे झुक गईं और सिर हिलाकर आगे बढ़ती हुई नजरों से ओट हो गईं।

भैरोसिंह और तारासिंह यहां कैसे आ पहुंचे? और कमलिनी तथा लाडिली को कैदियों की तरह ले जानेवाला वह कौन था? इस शीशे के अन्दर उन सभों की सूरत कैसे दिखाई पड़ी? चारों तरफ से बन्द रहने पर भी यहां आवाज कैसे आई, इन बातों को सोचते हुए दोनों कुमार बहुत ही दुःखी हुए।

आनन्द–भैया, यह तो बड़े आश्चर्य की बात मालूम पड़ती है। यह लोग (अगर वास्तव में कोई हों तो) कहते हैं कि अजगर कुमारों को निगल जाएगा। मगर हम

लोग तो खुद ही अजगर के मुंह में जाने के लिए तैयार हैं क्योंकि तिलिस्मी बाजे की यही आज्ञा है। अब कहिए तिलिस्मी बाजे की बात झूठी है या वे लोग कोई धोखा देना चाहते हैं?

इन्द्रजीत–मैं भी इन्हीं बातों को सोच रहा हूं। तिलिस्मी बाजे की आवाज को झूठा समझना तो बुद्धिमानी की बात नहीं होगी, क्योंकि उसी आवाज के भरोसे पर हम लोग तिलिस्म तोड़ने के लिए तैयार हुए हैं, मगर हां, इस बात का पता लगाए बिना अजदहे के मुंह में जाने की इच्छा नहीं होती कि यह आवाज आखिर थी कैसी और इस आईने में जिन लोगों की बातचीत की आवाज सुनाई दी है वे वास्तव में कोई हैं भी या सब बिलकुल तिलिस्मी खेल ही है? कलई किए हुए आईने में किसी ऐसे आदमी की सूरत भला क्योंकर दिखाई दे सकती है, जो उसके सामने न हो।

आनन्द–बेशक यह एक नई बात है। अगर किसी के सामने हम यह किस्सा बयान करें तो वह यही कहेगा कि तुमको धोखा हुआ। जिन लोगों को तुमने आईने में देखा था, वे तुम्हारे पीछे की तरफ से निकल गए होंगे और तुमने उस बात का खयाल न किया होगा। मगर नहीं, अगर वास्तव में ऐसा होता तो आईने में भी हम उन्हें अपने पीछे की तरफ से जाते हुए देखते। जरूर इसका सबब कोई दूसरा ही है, जो हम लोगों की समझ में नहीं आ रहा है।

इन्द्रजीत–खैर, फिर अब किया क्या जाए? इस मंजिल से नीचे उतर जाने या किसी और तरफ जाने के लिए रास्ता भी तो दिखाई नहीं देता। (उंगली का इशारा करके) सिर्फ वह एक निशान है, जहां से अपने आप एक दरवाजा पैदा होगा या हम लोग दरवाजा पैदा कर सकते हैं, मगर वह दरवाजा उसी अजदहेवाली कोठरी का है जिसमें जाने के लिए हम लोग यहां आए हैं।

आनन्द–ठीक है, मगर क्या हम लोग तिलिस्मी खंजर से इस शीशे को तोड़ या काट नहीं सकते?

इन्द्रजीत–जरूर काट सकते हैं, मगर यह कार्रवाई अपने मन की होगी।

आनन्द–तो क्या हर्ज है, आज्ञा दीजिए तो एक हाथ शीशे पर लगाऊं!

इन्द्रजीत–सो ही कर देखो, मगर कहीं कोई बखेड़ा न पैदा हो?

"अब जो होना हो सो हो!" इतना कहकर आनन्दसिंह तिलिस्मी खंजर लिये हुए आईने की तरफ बढ़े। उसी वक्त एक आवाज हुई और बाएं तरफ की शीशेवाली दीवार में ठीक उसी जगह एक छोटा-सा दरवाजा निकल आया, जहां कुमार ने हाथ का इशारा करके आनन्दसिंह को बताया था, मगर दोनों कुमारों ने उसके अन्दर जाने का खयाल भी न किया और आनन्दसिंह ने तिलिस्मी खंजर का एक भरपूर हाथ अपने सामनेवाले शीशे पर लगाया, जिसका नतीजा यह हुआ कि शीशे का एक बहुत बड़ा टुकड़ा भारी आवाज देकर पीछे की तरफ हट गया और आनन्दसिंह इस तरह उसके

अन्दर घुस गए, जैसे हवा के किसी खिंचाव या बवण्डर ने उन्हें अपनी तरफ खींच लिया हो, इसके बाद वह शीशे का टुकड़ा फिर ज्यों-का-त्यों बराबर मालूम होने लगा।

हवा के खिंचाव का असर कुछ-कुछ इन्द्रजीतसिंह पर भी पड़ा, मगर वे दूर खड़े थे इसलिए खिंचकर वहां तक न जा सके, पर आनन्दसिंह उसके पास होने के कारण खिंचकर अन्दर चले गए।

आनन्दसिंह का यकायक इस तरह आफत में फंस जाना बहुत ही बुरा हुआ, इस बात का जितना रंज इन्द्रजीतसिंह को हुआ सो वे ही जान सकते हैं। उनकी आंखों में आंसू भर आए और वे बेचैन होकर धीरे से बोले–"अब जब तक कि मैं इस शीशे के अन्दर न चला जाऊंगा, अपने भाई को छुड़ा न सकूंगा, और न इस बात का ही पता लगा सकूंगा कि उस पर क्या मुसीबत आई" इतना कह वे तिलिस्मी खंजर लिये हुए शीशे की तरफ बढ़े, मगर दो ही कदम जाकर रुक गए और फिर सोचने लगे, "कहीं ऐसा न हो कि जिस मुसीबत में आनन्द पड़ गया है उसी मुसीबत में मैं भी फंस जाऊं! यदि ऐसा हुआ तो हम दोनों इसी तिलिस्म में मरकर रह जाएंगे। यहां कोई ऐसा भी नहीं जो हम लोगों की सहायता करेगा, लेकिन ईश्वर की कृपा से तिलिस्म के इस दर्जे को मैं अकेला तोड़ सकूं तो निःसन्देह आनन्द को छुड़ा लूंगा। मगर कहीं ऐसा न हो कि जब तक हम तिलिस्म तोड़ें तब तक आनन्द की जान पर आ बने? बेशक इस आवाज ने हम लोगों को धोखे में डाल दिया, हमें तिलिस्मी बाजे पर भरोसा करके बेखौफ अजदहे के मुंह में चले जाना चाहिए था।" इत्यादि तरह-तरह की बातें सोचकर इन्द्रजीतसिंह रुक गए और आनन्दसिंह की जुदाई में आंसू गिराते हुए उसी अजदहेवाली कोठरी में चले गए जिसका दरवाजा पहिले ही खुल चुका था।

उस कोठरी में सिवाय एक अजदहे के और कुछ भी न था। इस अजदहे की मोटाई दो गज घेरे से कम न होगी। उसका खुला मुंह इस योग्य था कि उद्योग करने से आदमी उसके पेट में बखूबी घुस जाए। वह एक सोने के चबूतरे के ऊपर कुण्डली मारे बैठा था और अपने डील-डौल और खुले हुए भयानक मुंह के कारण बहुत ही डरावना मालूम पड़ता था। झूठा और बनावटी मालूम हो जाने पर भी उसके पास जाना या खड़ा होना बड़े जीवट का काम था।

इन्द्रजीतसिंह बेखौफ उस अजदहे के मुंह में घुस गए और कोशिश करके आठ या नौ हाथ के लगभग नीचे उतर गए। इस बीच में उन्हें गर्मी तथा सांस लेने की तंगी से बहुत तकलीफ हुई और उसके बाद, उन्हें नीचे उतर जाने के लिए दस-बारह सीढ़ियां मिलीं। नीचे उतरने पर कई कदम एक सुरंग में चलना पड़ा और इसके बाद वे उजाले में पहुंचे।

अब जिस जगह इन्द्रजीतसिंह पहुंचे वह एक छोटा-सा तिमंजिला मकान संगमरमर के पत्थरों से बना हुआ था, जिसका ऊपरी हिस्सा बिलकुल खुला हुआ

था, अर्थात् चौक में खड़े होने से आसमान दिखाई देता था। नीचेवाले खंड में जहां इन्द्रजीतसिंह खड़े थे, चारों तरफ चार दालान थे और चारों दालान अच्छे बेशकीमत सोने के जड़ाऊ नुमाइशी बरतनों तथा हर्बो से भरे हुए थे। कुमार उस बेहिसाब दौलत तथा अनमोल चीजों को देखते हुए जब बाईं तरफवाले दालान में पहुंचे तो यहां की दीवार में भी उन्होंने एक छोटा-सा दरवाजा देखा। झांकने से मालूम हुआ कि ऊपर के खण्ड में जाने के लिए सीढ़ियां हैं। कुंअर इन्द्रजीतसिंह सीढ़ियों की राह ऊपर चढ़ गए। उस खण्ड में भी चारों तरफ दालान थे। पूरब तरफवाले दालान में कल-पुर्जे लगे हुए थे, उत्तर तरफवाले दालान में एक चबूतरे के ऊपर लोहे का एक सन्दूक ठीक उसी ढंग का था, जैसा कि तिलिस्मी बाजा कुमार देख चुके थे। दक्खिन तरफवाले दालान में कई पुतलियां खड़ी थीं जिनके पैरों में गड़ारीदार पहिये की तरह कुछ बना हुआ था, जमीन में लोहे की नालियां जड़ी हुई थीं और नालियों में पहिया चढ़ा हुआ था अर्थात् वह पुतलियां इस लायक थीं कि पहियों पर नालियों की बरकत से बंधे हुए (महदूद) स्थान तक चल-फिर सकती थीं, और पश्चिम तरफवाले दालान में सिवाय एक शीशे की दीवार के और कुछ भी दिखाई नहीं देता था।

उन पुतलियों में कुमार ने कई अपने जान-पहिचानवाले और संगी-साथियों की मूरतें भी देखीं। उन्हीं में भैरोसिंह, तारासिंह, कमलिनी, लाडिली, राजा गोपालसिंह, और अपनी तथा अपने छोटे भाई की भी मूरतें देखीं, जो डील-डौल और नक्शे में बहुत साफ बनी हुई थीं। कमलिनी और लाडिली की मूरतों की कमर में लोहे की जंजीर बैंधी हुई थी और एक मजबूत आदमी उसे थामे हुए था। कुमार ने मूरतों को हाथ का धक्का देकर चलाना चाहा, मगर वह अपनी जगह से एक अंगुल भी न हिलीं। कुमार ताज्जुब से उनकी तरफ देखने लगे।

इन सब चीजों को गौर और ताज्जुब की निगाह से कुमार देख ही रहे थे कि यकायक दो आदमियों के बातचीत की आवाज उनके कान में पड़ी। वे चौंककर चारों तरफ देखने लगे, मगर किसी आदमी की सूरत न दिखाई पड़ी। थोड़ी ही देर में इतना जरूर मालूम हो गया कि उत्तर तरफवाले दालान में चबूतरे के ऊपर जो लोहेवाला सन्दूक है, उसी में से यह आवाज निकल रही है। कुमार समझ गए कि वह सन्दूक उसी तरह का कोई तिलिस्मी बाजा है जैसा कि पहिले देख चुके हैं। अस्तु, वे तुरत उस बाजे के पास चले आए और आवाज सुनने लगे। यह बातचीत या आवाज ठीक वही थी, जो कुंअर इन्द्रजीतसिंह और आनन्दसिंह शीशेवाले कमरे में सुन चुके थे अर्थात् एक ने कहा, "तो क्या दोनों कुमार कुएं में से निकलकर यहां आ जाएंगे!" उसी के बाद दूसरे आदमी के बोलने की आवाज आई मानो दूसरे ने जवाब दिया, "हां, जरूर आ जाएंगे, उस कुएं में लोहे का खम्भा गया हुआ है, उसमें एक खटोली बंधी हुई है, उस खटोली पर बैठकर एक कल घुमाते हुए दोनों आदमी यहां आ

जाएंगे–" इत्यादि जो-जो बातें दोनों कुमारों ने उस शीशेवाले कमरे में सुनी थीं ठीक वे ही बातें उसी ढंग की आवाज में कुमार ने इस बाजे में भी सुनीं। उन्हें बड़ा ताज्जुब हुआ और उन्होंने इस बात का निश्चय कर लिया कि अगर वह शीशेवाला कमरा इस दीवार के बगल में है तो निःसन्देह यही आवाज हम दोनों भाइयों ने सुनी थी। इसके साथ ही कुमार की निगाह पश्चिम तरफवाले दालान में शीशे की दीवार के ऊपर पड़ी और वे धीरे से बोल उठे, "बेशक इसी दीवार के उस तरफ वह कमरा है और ताज्जुब नहीं कि उस कमरे में इस तरफ यही शीशे की दीवार हम लोगों ने देखी भी हो।"

इतने ही में दक्खिन तरफवाले दालान में से धीरे-धीरे कुछ कल-पुर्जों के घूमने की आवाज आने लगी। कुमार ने उस तरफ देखा तो भैरोसिंह और तारासिंह की मूरत को अपने ठिकाने से चलते हुए पाया। उन दोनों मूरतों की अकड़कर चलनेवाली चाल भी ठीक वैसी ही थी, जैसी कुमार उस शीशे के अन्दर देख चुके थे। जिस समय वे दोनों मूरतें चलती हुई उस शीशेवाली दीवार के पास पहुंचीं, उसी समय दीवार में एक दरवाजा निकल आया और दोनों मूरतें उसके अन्दर घुस गईं। इसके बाद कमलिनी और लाडिली की मूरतें चलीं और उनके पीछेवाला आदमी जो जंजीर थामे हुए था, पीछे-पीछे चला, ये सब उसी तरह शीशेवाली दीवार के अन्दर जाकर थोड़ी देर के बाद फिर अपने ठिकाने लौट आए और वह दरवाजा ज्यों-का-त्यों बन्द हो गया। अब कुंअर इन्द्रजीतसिंह के दिल में किसी तरह का शक नहीं रहा, उन्हें निश्चय हो गया कि उस शीशेवाले कमरे में जो कुछ हम दोनों ने सुना और देखा, वह वास्तव में कुछ भी न था, या अगर कुछ था, तो वही जो कि यहां आने से मालूम हुआ है, साथ ही इसके कुमार यह भी सोचने लगे कि, 'ये हमारे संगी-साथियों और मुलाकातियों की मूरतें पुरानी बनी हुई हैं या उन तस्वीरों की तरह इन्हें भी राजा गोपालसिंह ने स्थापित किया है, और इन मूरतों का चलना-फिरना तथा इस बाजे का बोलना किसी खास वक्त पर मुकर्रर है या घण्टे-घण्टे, दो-दो घण्टे पर ऐसा ही हुआ करता है? मगर नहीं, घड़ी-घड़ी व्यर्थ ऐसा होना अनुचित है। तो क्या जब शीशेवाले कमरे में कोई जाता है तभी ऐसी बातें होती हैं? क्योंकि हम लोगों के भी वहां पहुंचने पर यही दृश्य देखने में आया था। अगर मेरा यह खयाल ठीक है तो अब भी उस शीशेवाले कमरे में कोई पहुंचा होगा। गैर आदमी का वहां पहुंचना तो असम्भव है–अगर कोई वहां पहुंचता है तो चाहे वह आनन्दसिंह हो या राजा गोपालसिंह हों। कौन ठिकाना फिर किसी कारण से आनन्दसिंह वहां जा पहुंचा हो। अगर ऐसा हो तो जिस तरह इस बाजे की आवाज उस कमरे में पहुंचती है, उसी तरह मेरी आवाज भी वहां वाला सुन सकता है।' इत्यादि बातें कुमार ने जल्दी-जल्दी सोचीं और इसके बाद ऊंचे स्वर में बोले, "शीशेवाले कमरे में कौन है?"

जवाब—मैं हूं आनन्दसिंह, क्या मैं भाई साहब की आवाज सुन रहा हूं?

इन्द्रजीत—हां, मैं यहां आ पहुंचा हूं, तुम भी जहां तक जल्दी हो सके, उस अजदहे के मुंह में चले जाओ और हमारे पास पहुंचो।

जवाब—बहुत अच्छा!

सातवां बयान

किस्मत जब चक्कर खिलाने लगती है तो दम-भर भी सुख की नींद सोने नहीं देती। इसकी बुरी निगाह के नीचे पड़े हुए आदमी को तभी कुछ निश्चिन्ती होती है जब इसका पूरा दौर (जो कुछ करना हो करके) बीत जाता है। इस किस्से को पढ़कर पाठक इतना तो जान ही गए होंगे कि इन्द्रदेव भी सुर्खियों की पंक्ति में गिने जाने लायक नहीं है। वह भी जमाने के हाथों से अच्छी तरह सताया जा चुका है। परन्तु उस जवांमर्द की आंखों में बहुत-सी रातें उन दिनों की भी बीत चुकी हैं जबकि उसका मजबूत दिल कई तरह की खुशियों से नाउम्मीद होकर 'हरि इच्छा' का मन्त्र जपता हुआ एक तरह से बेफिक्र हो बैठा था। मगर आज उसके आगे फिर बड़ी दुखदायी घड़ी पहिले से दूना विकराल रूप धारण करके आ खड़ी हुई है। इतने दिन तक वह यह समझकर कि उसकी स्त्री और लड़की इस दुनिया से कूच कर गईं, सब्र करके बैठा हुआ था, लेकिन जबसे उसे अपनी स्त्री और लड़की के इस दुनिया में मौजूद रहने का कुछ हाल और आपसवालों की बेईमानी का पता मालूम हुआ है, तब से अफसोस, रंज और गुस्से से उसके दिल की अजब हालत हो रही है।

लक्ष्मीदेवी, कमलिनी और लाडिली को समझा-बुझाकर जब इन्द्रदेव बलभद्रसिंह को छुड़ाने की नीयत से जमानिया की तरफ रवाना हुए तो पहाड़ी के नीचे पहुंचकर, उन्होंने अपने अस्तबल से एक उम्दा घोड़ा खोला और उस पर सवार हो पांच-ही-सात कदम आगे बढ़े थे कि राजा गोपालसिंह का भेजा हुआ एक सवार आ पहुंचा, जिसने सलाम करके एक चीठी उनके हाथ में दी और उन्होंने उसे खोलकर पढ़ा।

इस चीठी में राजा गोपालसिंह ने यहीं लिखा था, "यह सुनकर आपको बड़ा आश्चर्य होगा कि आजकल इन्दिरा मेरे घर में है और उसकी मां भी जीती है जो यद्यपि तिलिस्म में फंसी हुई है, मगर उसे अपनी आंखों से देख आया हूं। अस्तु, आप पत्र पढ़ते ही अकेले मेरे पास चले आइए।"

इस चीठी को पढ़कर इन्द्रदेव कितना खुश हुए होंगे, यह हमारे पाठक स्वयं समझ सकते हैं। अस्तु, वे तेजी के साथ जमानिया की तरफ रवाना हुए और समय

से पहिले ही जमानिया जा पहुंचे। जब राजा गोपालसिंह को उनके आने की खबर हुई तो वे दरवाजे तक आकर बड़ी मुहब्बत से इन्द्रदेव को घर के अन्दर ले गए और गले से मिलकर अपने पास बैठाया तथा इन्दिरा को बुलवा भेजा। जब इन्दिरा को अपने पिता के आने की खबर मिली, दौड़ती हुई राजा गोपालसिंह के पास आई और अपने पिता के पैरों पर गिरकर रोने लगी। इस समय कमरे के अन्दर राजा गोपालसिंह, इन्द्रदेव और इन्दिरा के सिवाय और कोई भी न था। कमरा एकान्त कर दिया गया था, यहां तक कि जो लौंडी इन्दिरा को बुलाकर लाई थी, वह भी बाहर कर दी गई थी।

इन्दिरा के रोने ने राजा गोपालसिंह और इन्द्रदेव का कलेजा भी हिला दिया और वे दोनों भी रोने से अपने आपको बचा न सके। आखिर उन्होंने बड़ी मुश्किल से अपने को संभाला और इन्दिरा को दिलासा देने लगे। थोड़ी देर बाद, जब इन्दिरा का जी ठिकाने हुआ तो इन्द्रदेव ने उसका हाल पूछा और उसने अपना दर्दनाक किस्सा कहना शुरू किया।

इन्दिरा का हाल जो कुछ ऊपर के बयान में लिख चुके हैं, वह और उसके बाद का अपना तथा अपनी मां का बचा हुआ किस्सा भी इन्दिरा ने बयान किया जिसे सुनकर इन्द्रदेव की आंखें खुल गईं, और उन्होंने एक लम्बी सांस लेकर कहा—

"अफसोस, हरदम साथ रहनेवालों की जब यह दशा है तो किस पर विश्वास किया जाए! खैर, कोई चिन्ता नहीं।"

गोपाल—मेरे प्यारे दोस्त, जो कुछ होना था सो हो गया, अब अफसोस करना वृथा है। क्या मैं उन राक्षसों से कुछ कम सताया गया हूं? ईश्वर न्याय करनेवाला है, और तुम देखोगे कि उनका पाप उन्हें किस तरह खाता है। रात बीत जाने पर मैं इन्दिरा की मां से भी तुम्हारी मुलाकात कराऊंगा। अफसोस, दुष्ट दारोगा ने उसे ऐसी जगह पहुंचा दिया है जहां से वह स्वयं तो निकल ही नहीं सकती, मैं खुद तिलिस्म का राजा कहलाकर भी उसे छुड़ा नहीं सकता। लेकिन अब कुंअर इन्द्रजीतसिंह और आनन्दसिंह वह तिलिस्म तोड़ रहे हैं, आशा है कि वह बेचारी भी बहुत जल्द इस मुसीबत से छूट जाएगी।

इन्द्रदेव—क्या इस समय मैं उसे नहीं देख सकता?

गोपाल—नहीं, यदि दोनों कुमार तिलिस्म तोड़ने में हाथ न लगा चुके होते तो शायद मैं ले भी चलता, मगर अब रात के वक्त वहां जाना असम्भव है।

जिस समय इन्द्रदेव और गोपालसिंह की मुलाकात हुई थी, चिराग जल चुका था। यद्यपि इन्दिरा ने अपना किस्सा संक्षेप में बयान किया था, मगर फिर भी इस काम में डेढ़ पहर का समय बीत गया था। इसके बाद राजा गोपालसिंह ने अपने सामने इन्द्रदेव को खिलाया और इन्द्रदेव ने अपना तथा रोहतासगढ़ का हाल कहना शुरू

किया तथा इस समय तक जो मामले हो चुके थे, सब खुलासा बयान किया। तमाम रात बातचीत में बीत गई और सबेरा होने पर जरूरी कामों से छुट्टी पाकर, तीनों आदमी तिलिस्म के अन्दर जाने के लिए तैयार हुए।

इस जगह हमें यह कह देना चाहिए कि इन्दिरा को तिलिस्म के अन्दर से निकालकर अपने घर में ले आना राजा गोपालसिंह ने बहुत गुप्त रक्खा था और ऐयारी के ढंग पर उसकी सूरत भी बदलवा दी थी।

आठवां बयान

आनन्दसिंह की आवाज सुनने पर इन्द्रजीतसिंह का शक जाता रहा और वे आनन्दसिंह के आने का इन्तजार करते हुए नीचे उतर आए, जहां थोड़ी ही देर बाद उन्होंने अपने छोटे भाई को उसी राह से आते देखा जिस राह से वे स्वयं इस मकान में आए थे।

इन्द्रजीतसिंह अपने भाई के लिए बहुत दुःखी थे। उन्हें विश्वास हो गया था कि आनन्दसिंह किसी आफत में फंस गए और बिना तरद्दुद के उनका छूटना कठिन है, मगर थोड़ी ही देर में बिना झंझट के उनके आ मिलने से उन्हें कम ताज्जुब न हुआ। उन्होंने आनन्दसिंह को गले से लगा लिया और कहा–

इन्द्रजीत–मैं तो समझता था कि तुम किसी आफत में फंस गए और तुम्हारे छुड़ाने के लिए बहुत ज्यादा तरद्दुद करना पड़ेगा।

आनन्द–जी नहीं, वह मामला तो बिलकुल खेल ही निकला। सच तो यह है कि इस तिलिस्म में दिल्लगी और मसखरेपन का भाग भी मिला हुआ है।

इन्द्रजीत–तो तुम्हें किसी तरह की तकलीफ नहीं हुई?

आनन्द–कुछ भी नहीं, हवा के खिंचाव के कारण जब मैं शीशे के अन्दर चला गया तो वह शीशे का टुकड़ा, जिसे दरवाजा कहना चाहिए बन्द हो गया और मैंने अपने को पूरे अन्धकार में पाया। तिलिस्मी खंजर का कब्जा दबाकर रोशनी की तो सामने एक छोटा-सा दरवाजा एक पल्ले का दिखाई पड़ा जिसमें खैंचने के लिए लोहे की दो कड़ियां लगी हुई थीं। मैंने बाएं हाथ से एक कड़ी पकड़कर दरवाज़ा खैंचना चाहा, मगर वह थोड़ा-सा खिंचकर रह गया, सोचा कि इसमें दो कड़ियां इसीलिए लगी हैं कि दोनों हाथों से पकड़कर दरवाजा खींचा जाए। अस्तु, तिलिस्मी खंजर म्यान में रख लिया, जिससे पुनः अंधकार हो गया और इसके बाद दोनों हाथ से दोनों कड़ियों को पकड़कर अपनी तरफ खींचना चाहा, मगर मेरे हाथ भी उन कड़ियों में चिपक गए और दरवाजा भी न खुला। उस समय मैं बहुत ही घबड़ा गया और हाथ छुड़ाने के लिए जोर करने लगा। दस-बारह पल के बाद वह कड़ी पीछे की

तरफ हटी और मुझे खींचती हुई दूर तक ले गई। मैं यह नहीं कह सकता कि कड़ियों के साथ ही दरवाजे का कितना बड़ा भाग पीछे की तरफ हटा था, मगर इतना मालूम हुआ कि मैं ढालुवीं जमीन की तरफ जा रहा हूं। आखिर जब उन कड़ियों का पीछे हटना बन्द हो गया तो मेरे दोनों हाथ भी छूट गए, इसके बाद थोड़ी देर तक घड़घड़ाहट की आवाज आती रही और तब तक मैं चुपचाप खड़ा रहा।

जब घड़घड़ाहट की आवाज बन्द हो गई तो मैंने तिलिस्मी खंजर निकालकर रोशनी की और अपने चारों तरफ गौर करके देखा। जिधर से ढालुवीं जमीन उतरती हुई वहां तक पहुंची थी उस तरफ अर्थात् पीछे की तरफ बिना चौखट का एक बन्द दरवाजा पाया, जिससे मालूम हुआ कि अब मैं पीछे की तरफ नहीं हट सकता, मगर दाहिनी तरफ एक और दरवाजा देखकर मैं उसके अन्दर चला गया और दो कदम के बाद घूमकर फिर मुझे ऊंची जमीन अर्थात् चढ़ाव पड़ा, जिससे साफ मालूम हो गया कि मैं जिधर से उतरता हुआ आया था, अब उसी तरफ पुनः जा रहा हूं। कई कदम जाने के बाद पुनः एक बन्द दरवाजा मिला, मगर वह आपसे आप खुल गया। जब मैं उसके अन्दर गया तो अपने को उसी शीशेवाले कमरे में पाया और घूमकर पीछे की तरफ देखा तो साफ दीवार नजर पड़ी। यह नहीं मालूम होता था कि मैं किसी दरवाजे को लांघकर कमरे में आ पहुंचा हूं, इसी से मैं कहता हूं कि तिलिस्म बनाने वाले मसखरे भी थे, क्योंकि उन्हीं की चालाकियों ने मुझे घुम-फेराकर पुनः उसी कमरे में पहुंचा दिया जिसे एक तरह की जबर्दस्ती कहना चाहिए।

मैं उस कमरे में खड़ा हुआ ताज्जुब से उसी शीशे की तरफ देख रहा था कि पहिले की तरह दो आदमियों के बातचीत की आवाज सुनाई दी। मैं आपके साथ उस कमरे में था, तब तक जो बातें सुनने में आई थीं, वे ही पुनः सुनीं और जिन लोगों को उस आईने के अन्दर आते-जाते देखा था उन्हीं को पुनः देखा भी। निःसन्देह मुझे बड़ा ताज्जुब हुआ और मैं बड़े गौर से तरह-तरह की बातें सोच रहा था कि इतने में ही आपकी आवाज सुनाई दी और आपकी आज्ञानुसार अजदहे के मुंह में जाकर यहां तक आ पहुंचा। आप यहां किस राह से आए हैं?

इन्द्रजीत–मैं भी उसी अजदहे के मुंह में से होता हुआ आया हूं और यहां आने पर मुझे जो-जो बातें मालूम हुई हैं उनसे शीशेवाले कमरे का कुछ भेद मालूम हो गया।

आनन्द–सो क्या?

इन्द्रजीत–मेरे साथ आओ, मैं सब तमाशा तुम्हें दिखाता हूं।

अपने छोटे भाई को साथ लिये कुंअर इन्द्रजीतसिंह नीचे के खण्डवाली सब चीजों को दिखाकर ऊपरवाले खण्ड में गए और वहां का बिलकुल हाल कहा। बाजा और मूरत इत्यादि भी दिखाई और बाजे के बोलने तथा मूरत के चलने-फिरने के

विषय में भी अच्छी तरह समझाया जिससे इन्द्रजीतसिंह की तरह आनन्दसिंह का भी शक जाता रहा। इसके बाद आनन्दसिंह ने पूछा, "अब क्या करना चाहिए?"

इन्द्रजीत–यहां से बाहर निकलने के लिए दरवाजा खोलना चाहिए। मैं यह निश्चय कर चुका हूं कि इस खण्ड के ऊपर जाने के लिए कोई रास्ता नहीं है और न ऊपर जाने से कुछ काम ही चलेगा, अतएव हमें पुनः नीचेवाले खण्ड में चलकर दरवाजा ढूंढ़ना चाहिए, या तुमने अगर कोई और बात सोची हो तो कहो।

आनन्द–मैं तो यह सोचता हूं कि आखिर तिलिस्म तोड़ने के लिए ही तो यहां आए हैं, इसीलिए जहां तक बन पड़े यहां की चीजों को तोड़-फोड़ और नष्ट-भ्रष्ट करना चाहिए, इसी बीच में कहीं-न-कहीं कोई दरवाजा दिखाई दे ही जाएगा।

इन्द्रजीत–(मुस्कुराकर) यह भी एक बात है, खैर, तुम अपने ही खयाल के मुताबिक कार्रवाई करो, हम तमाशा देखते हैं।

आनन्द–बहुत अच्छा, तो आइए पहिले उस दरवाजे को खोलें जिसके अन्दर पुतलियां जाती हैं।

इतना कहकर आनन्दसिंह उस दालान में गए जिसमें कमलिनी, लाडिली तथा और ऐयारों की मूरतें थीं। हम ऊपर लिख चुके हैं कि ये मूरतें लोहे की नालियों पर चलकर जब शीशेवाली दीवार के पास पहुंचती थीं तो वहां का दरवाजा आप-से-आप खुल जाता था। आनन्दसिंह भी उसी दरवाजे के पास गए और कुछ सोचकर उन्हीं नालियों पर पैर रक्खा, जिन पर पुतलियां चलती थीं।

नालियों पर पैर रखने के साथ ही दरवाजा खुल गया और दोनों भाई उस दरवाजे के अन्दर चले गए। इन्हें वहां दो रास्ते दिखाई पड़े, एक दरवाजा तो बन्द था और जंजीर में एक भारी ताला लगा हुआ था और दूसरा रास्ता शीशेवाली दीवार की तरफ गया हुआ था जिसमें पुतलियों के आने-जाने के लिए नालियां भी बनी हुई थीं। पहिले दोनों कुमार पुतलियों के चलने का हाल मालूम करने की नीयत से उसी तरफ गए और वहां अच्छी तरह घूम-फिरकर देखने और जांच करने पर जो कुछ उन्हें मालूम हुआ, उसका तत्त्व हम नीचे लिखते हैं।

वहां शीशे की तीन दीवारें थीं और हर एक के बीच में आदमियों के चलने-फिरने लायक रास्ता छूटा हुआ था। पहिली शीशे की दीवार जो कमरे की तरफ थी, सादी थी, अर्थात् उस शीशे के पीछे पारे की कलई की हुई न थी। हां, उसके बादवाली दूसरी शीशेवाली दीवार में कलई की हुई थी और वहां जमीन पर पुतलियों के चलने के लिए नालियां भी कुछ इस ढंग से बनी हुई थीं कि बाहरवालों को दिखाई न पड़ें और पुतलियां कलईवाले शीशे के साथ सटी हुई चल सकें। यही सबब था कि कमरे की तरफ से देखनेवालों को शीशे के अन्दर आदमी चलता हुआ मालूम पड़ता था और उन नकली आदमियों की परछाईं भी जो शीशे में पड़ती थी, साथ सटे रहने के कारण देखनेवाले को दिखाई नहीं पड़ती थी। मूरतें आगे जाकर घूमती हुई दीवार के पीछे

चली जाती थीं जिसके बाद फिर शीशे की दीवार थी और उस पर नकली कलई की हुई थी। इस गली में भी नाली बनी हुई थी और उसी राह से मूरतें लौटकर अपने ठिकाने जा पहुंचती थीं।

इन सब चीजों को देखकर जब कुमार लौटे तो बन्द दरवाजे के पास आए जिसमें एक बड़ा-सा ताला लगा हुआ था। खंजर से जंजीर काटकर दोनों भाई उसके अन्दर गए, तीन-चार कदम जाने के बाद नीचे उतरने के लिए सीढ़ियां मिलीं। इन्द्रजीतसिंह अपने हाथ में तिलिस्मी खंजर लिये हुए रोशनी कर रहे थे।

दोनों भाई सीढ़ियां उतरकर नीचे चले गए और इसके बाद उन्हें एक बारीक सुरंग में चलना पड़ा। थोड़ी देर बाद और एक दरवाजा मिला, उसमें भी ताला लगा हुआ था। आनन्दसिंह ने तिलिस्मी खंजर से उसकी भी जंजीर काट डाली और दरवाजा खोलकर दोनों भाई उसके भीतर चले गए।

इस समय दोनों कुमारों ने अपने को एक बाग में पाया। वह बाग छोटे-छोटे जंगली पेड़ों और लताओं से भरा हुआ था। यद्यपि यहां की क्यारियां निहायत खूबसूरत और संगमरमर के पत्थर से बनी हुई थीं, मगर उनमें सिवाय झाड़-झंखाड़ के और कुछ न था। इसके अतिरिक्त और भी चारों तरफ एक प्रकार का जंगल हो रहा था, हां, दो-चार पेड़ फल के वहां जरूर थे और एक छोटी-सी नहर भी एक तरफ से आकर बाग में घूमती हुई दूसरी तरफ निकल गई थी। बाग के बीचोबीच में एक छोटा-सा बंगला बना हुआ था जिसकी जमीन, दीवार और छत इत्यादि सब पत्थर की और मजबूत बनी हुई थीं, मगर फिर भी उसका कुछ भाग टूट-फूटकर खराब हो रहा था।

जिस समय दोनों कुमार इस बाग में पहुंचे उस समय दिन बहुत कम बाकी था और ये दोनों भाई भी भूख-प्यास और थकावट से परेशान हो रहे थे। अस्तु, नहर के किनारे जाकर दोनों ने हाथ-मुंह धोया और जरा आराम लेकर जरूरी कामों के लिए चले गए। उससे छुट्टी पाने के बाद दो-चार फल तोड़कर खाए और नहर का जल पीकर इधर-उधर घूमने-फिरने लगे। उस समय उन दोनों को यह मालूम हुआ कि जिस दरवाजे की राह से वे दोनों इस बाग में आए थे, वह आप-से-आप ऐसा बन्द हो गया कि उसके खुलने की उम्मीद नहीं।

दोनों भाई घूमते हुए बीचवाले बंगले में आए। देखा कि तमाम जमीन कूड़ा-कर्कट से खराब हो रही है। एक पेड़ से बड़े-बड़े पत्तेवाली छोटी डाली तोड़ जमीन साफ की और रात-भर उसी जगह गुजारा किया।

सुबह को जरूरी कामों से छुट्टी पाकर दोनों भाइयों ने नहर में दुपट्टा (कमरबन्द) धोकर सूखने को डाला और जब वह सूख गया तो स्नान-पूजा से निश्चिन्त हो दो-चार फल खाकर पानी पीया और पुनः बाग में घूमने लगे।

इन्द्रजीत–जहां तक मैं सोचता हूं, यह वही बाग है जिसका हाल तिलिस्मी बाजे से मालूम हुआ था, मगर उस पिण्डी का पता नहीं लगता।

आनन्द–निःसन्देह, यह वही बाग है! यह बीचवाला बंगला हमारा शक दूर करता है इसीलिए जल्दी करके इस बाग के बाहर हो जाने की फिक्र न करनी चाहिए। कहीं ऐसा न हो कि 'मनुबाटिका' यही जगह हो और हम धोखे में आकर इसके बाहर हो जाएं। बाजे ने भी यही कहा था कि यदि अपना काम किए बिना 'मनुबाटिका' के बाहर हो जाओगे तो तुम्हारे किए कुछ भी न होगा, न तो पुनः 'मनुबाटिका' में जा सकोगे और न अपनी जान बचा सकोगे।

इन्द्रजीत–'रिक्तग्रन्थ' में भी तो यही बात लिखी है, इसीलिए मैं भी यहां से बाहर निकल चलने के लिए नहीं कह सकता, मगर अब जिस तरह हो, उस पिण्डी का पता लगाना चाहिए।

पाठक, तिलिस्मी किताब (रिक्तग्रन्थ) और तिलिस्मी बाजे से दोनों कुमारों को यह मालूम हुआ था कि मनुबाटिका में किसी जगह जमीन पर एक छोटी-सी पिण्डी बनी हुई मिलेगी। उसका पता लगाकर उसी को अपने मतलब का दरवाजा समझना। यही सबब था कि दोनों कुमार उस पिण्डी को खोज निकालने की फिक्र में लगे हुए थे, मगर उस पिण्डी का पता नहीं लगता था। लाचार उन्हें कई दिनों तक उस बाग में रहना पड़ा। आखिर एक घनी झाड़ी के अन्दर उस पिण्डी का पता लगा। वह करीब हाथ-भरके ऊंची और तीन हाथ के घेरे में होगी और यह किसी तरह भी मालूम नहीं हो रहा था कि वह पत्थर की है या लोहे-पीतल इत्यादि किसी धातु की बनी हुई है। जिस चीज से वह पिण्डी बनी हुई थी उसी चीज से बना हुआ सूर्यमुखी का एक फूल उसके ऊपर जड़ा हुआ था और यही उस पिण्डी की पूरी पहिचान थी। आनन्दसिंह ने खुश होकर इन्द्रजीतसिंह से कहा–

आनन्द–किसी तरह ईश्वर की कृपा से इस पिण्डी का पता तो लगा, मैं समझता हूं इसमें आपको किसी तरह का शक न होगा?

इन्द्रजीत–मुझे किसी तरह का शक नहीं है, यह पिण्डी निःसन्देह वही है जिसे हम लोग खोज रहे थे। अब इस जमीन को अच्छी तरह साफ करके अपने सच्चे सहायक रिक्तग्रन्थ से हाथ धो बैठने के लिए तैयार हो जाना चाहिए।

आनन्द–जी हां, ऐसा ही होना चाहिए, यदि रिक्तग्रन्थ में कुछ संदेह हो तो उसे पुनः देख जाइए।

इन्द्रजीत–यद्यपि इस ग्रन्थ में मुझे किसी तरह का सन्देह नहीं है और जो कुछ उसमें लिखा है, मुझे अच्छी तरह याद है, मगर शक मिटाने के लिए एक दफे उलट-पलटकर जरूर देख लूंगा।

आनन्द–मेरा भी यही इरादा है। यह काम घण्टे-दो घण्टे के अन्दर हो भी जाएगा। अस्तु, आप पहिले 'रिक्तग्रन्थ' देख जाइए तब तक मैं इस झाड़ी को साफ किए डालता हूं।

इतना कहकर आनन्दसिंह ने तिलिस्मी खंजर से काटके पिण्डी के चारों तरफ के झाड़-झंखाड़ को साफ करना शुरू किया और इन्द्रजीतसिंह नहर के किनारे बैठकर

तिलिस्मी किताब को उलट-पुलटकर देखने लगे। थोड़ी देर बाद इन्द्रजीतसिंह, आनन्दसिंह के पास आए और बोले—"लो अब तुम भी इसे देखकर अपना शक मिटा लो और तब तक तुम्हारे काम को मैं पूरा कर डालता हूं।"

आनन्दसिंह ने अपना काम छोड़ दिया और अपने भाई के हाथ से रिक्तग्रन्थ लेकर नहर के किनारे चले गए तथा इन्द्रजीतसिंह ने तिलिस्मी खंजर से पिण्डी के चारों तरफ की सफाई करनी शुरू कर दी। थोडी ही देर में जो कुछ घास-फूस झाड़-झंखाड़ पिण्डी के चारों तरफ था साफ हो गया और आनन्दसिंह भी तिलिस्मी किताब देखकर अपने भाई के पास चले आए और बोले, "अब क्या आज्ञा है?"

इसके जवाब में इन्द्रजीतसिंह ने कहा, "बस अब नहर के किनारे चलो और रिक्तग्रन्थ का आटा गूंधो।"

दोनों भाई नहर के किनारे आए और एक ठिकाने सायेदार जगह देखकर बैठ गए। उन्होंने नहर के किनारेवाले एक पत्थर की चट्टान को जल से अच्छी तरह धोकर साफ किया और इसके बाद रिक्तग्रन्थ को पानी में डुबोकर उस पत्थर पर रख दिया। देखते-ही-देखते जो कुछ पानी रिक्तग्रन्थ में लगा था, उसी में पच गया। फिर हाथ से उस पर पानी डाला, वह भी पच गया। इसी तरह बार-बार चुल्लू भर-भरकर उस पर पानी डालने लगे और ग्रन्थ पानी पी-पीकर मोटा होने लगा। थोड़ी देर के बाद वह मुलायम हो गया और तब आनन्दसिंह ने उसे हाथ से मलके आटे की तरह गूंथना शुरू किया। शाम होने तक उसकी सूरत ठीक गूंथे हुए आटे की तरह हो गई। मगर रंग इसका काला था। आनन्दसिंह ने इस आटे को उठा लिया और अपने भाई के साथ उस पिण्डी के पास आकर उनकी आज्ञानुसार तमाम पिण्डी पर उसका लेप कर दिया। इसके बाद दोनों भाई यहां से किनारे हो गए और जरूरी कामों से छुट्टी पाने के काम में लगे।

नौवां बयान

रात, आधी से कुछ ज्यादे जा चुकी है, और दोनों कुमार बाग के बीचवाले उसी दालान में सोए हुए हैं। यकायक किसी तरह की भयानक आवाज सुनकर दोनों भाइयों की नींद टूट गई और वे दोनों उठकर जंगले के नीचे चले आए। चारों तरफ देखने पर जब इनकी निगाह उस तरफ गई, जिधर वह पिण्डी थी तो कुछ रोशनी मालूम पड़ी। दोनों भाई उसके पास गए तो देखा कि उस पिण्डी में से हाथ-भर ऊंची लाट निकल रही है। यह लाट (आग की ज्योति) नीले और कुछ पीले रंग की मिली-जुली थी। साथ ही इसके यह भी मालूम हुआ कि लाख या राल की तरह वह पिण्डी गलती हुई

जमीन के अन्दर धंसती चली जा रही है। उस पिण्डी में से जो धुआं निकल रहा था उसमें धूप व लोबान की-सी खुशबू आ रही थी।

थोड़ी देर तक दोनों कुमार वहां खड़े रहकर यह तमाशा देखते रहे, इसके बाद इन्द्रजीतसिंह यह कहते हुए बंगले की तरफ लौटे, "ऐसा तो होना ही था, मगर उस भयानक आवाज का पता न लगा, शायद इसी में से वह आवाज भी निकली हो।" इसके जवाब में आनन्दसिंह ने कहा, "शायद ऐसा ही हो!"

दोनों कुमार अपने ठिकाने चले आए और बची हुई रात बातचीत में काटी क्योंकि खुटका हो जाने के कारण फिर उन्हें नींद न आई। सबेरा होने पर जब वे दोनों पुनः उस पिण्डी के पास गए तो देखा कि आग बुझी हुई है और पिण्डी की जगह बहुत-सी पीले रंग की राख मौजूद है। यह देख दोनों भाई वहां से लौट आए और अपने नित्यकर्म से छुट्टी पा पुनः वहां जाकर उस पीले रंग की राख को निकाल वह जगह साफ करने लगे। मालूम हुआ कि वह पिण्डी जो जलकर राख हो गई है, लगभग तीन हाथ के जमीन के अन्दर थी और इसीलिए राख साफ हो जाने पर तीन हाथ का गड़हा इतना लम्बा-चौड़ा निकल आया कि जिसमें दो आदमी बखूबी जा सकते थे। गड़हे के पेंदे में लोहे का एक तख्ता था जिसमें कड़ी लगी हुई थी। इन्द्रजीतसिंह ने कड़ी में हाथ डालकर वह लोहे का तख्ता उठा लिया और आनन्दसिंह को देकर कहा, "इसे किनारे रख दो।"

लोहे का तख्ता हटा देने के बाद ताले के मुंह की तरह एक सूराख नजर आया जिसमें इन्द्रजीतसिंह ने वही तिलिस्मी ताली डाली जो पुतली के हाथ में से ली थी। कुछ तो वह ताली ही विचित्र बनी हुई थी और कुछ ताला खोलते समय इन्द्रजीतसिंह को बुद्धिमानी से काम लेना पड़ा। ताला खुल जाने के बाद जब दरवाजे की तरफ का एक पल्ला हटाया गया तो नीचे उतरने के लिए सीढ़ियां नजर आईं। तिलिस्मी खंजर की रोशनी के सहारे दोनों भाई नीचे उतरे और भीतर से दरवाजा बन्द कर लिया, क्योंकि ताले का छेद दोनों तरफ था, और वही ताली दोनों तरफ काम देती थी।

पन्द्रह या सोलह सीढ़ियां उतर जाने के बाद दोनों कुमारों को थोड़ी दूर तक एक सुरंग में चलना पड़ा। इसके बाद ऊपर चढ़ने के लिए पुनः सीढ़ियां मिलीं और तब उसी ताली से खुलने लायक एक दरवाजा। सीढ़ियां चढ़ने और दरवाजा खोलने के बाद कुमारों को कुछ मिट्टी हटानी पड़ी और इसके बाद वे दोनों जमीन के बाहर निकले।

इस समय दोनों कुमारों ने अपने को एक और ही बाग में पाया जो लम्बाई-चौड़ाई में उस बाग से छोटा था, जिसमें से कुमार आए थे। पहिले बाग की तरह यह बाग भी एक प्रकार से जंगल हो रहा था। इन्दिरा की मां अर्थात् इन्द्रदेव की स्त्री, इसी बाग में मुसीबत की घड़ियां काट रही थी और इस समय भी इसी बाग में मौजूद

थी, इसलिए बनिस्बत पहिले बाग के इस बाग का नक्शा कुछ खुलासे तौर पर लिखना आवश्यक है।

इस बाग में किसी तरह की इमारत न थी, न तो कोई कमरा था और न कोई बंगला या दालान था, इसलिए बेचारी सर्यू को जाड़े के मौसम की कलेजा दहलाने वाली सर्दी, गर्मी की कड़कड़ाती हुई धूप और बरसात का मूसलाधार पानी अपने कोमल शरीर ही के ऊपर बर्दाश्त करना पड़ता था। हां, कहने के लिए ऊंचे बड़ और पीपल के पेड़ों का कुछ सहारा हो तो हो, मगर बड़े प्यार से पाली जाकर दिन-रात सुख ही से बितानेवाली एक पतिव्रता के लिए जंगलों और भयानक पेड़ों का सहारा–सहारा नहीं कहा जा सकता बल्कि वह भी उसके लिए डराने और सताने का सामान माना जा सकता है। हां, वहां थोड़े से पेड़ ऐसे भी जरूर थे जिनके फलों को खाकर पति-मिलाप की आशालता में उलझती हुई अपनी जान को बचा सकती थी और प्यास दूर करने के लिए उस नहर का पानी भी मौजूद था, जो मनुबाटिका में से होती हुई इस बाग में भी आकर बेचारी सर्यू की जिन्दगी का सहारा हो रही थी। पर तिलिस्म बनानेवालों ने उस नहर को इस योग्य नहीं बनाया था कि कोई उसके मुहाने को दम-भर के लिए सुरंग मानकर एक बाग से दूसरे बाग में जा सके। इस बाग की चहारदीवारी में भी विचित्र कारीगरी की गई थी। दीवार कोई छू भी नहीं सकता था, कई प्रकार की धातुओं से इस बाग की सात हाथ ऊंची दीवार बनाई गई थी। जिस तरह रस्सियों के सहारे कनात खड़ी की जाती है शक्ल-सूरत में वह दीवार वैसी ही मालूम पड़ती थी अर्थात् एक-एक, दो-दो, कहीं-कहीं तीन-तीन हाथ की दूरी पर दीवार में लोहे की जंजीरें लगी हुई थीं जिसका एक सिरा तो दीवार के अन्दर घुस गया था और दूसरा सिरा जमीन के अन्दर। चारों तरफ की दीवार में से किसी भी जगह हाथ लगाने से आदमी के बदन में बिजली का असर हो जाता था और वह बेहोश होकर जमीन पर गिर पड़ता था। यही सबब था कि बेचारी सर्यू उस दीवार के पार हो जाने के लिए कोई उद्योग न कर सकी बल्कि इस चेष्टा में उसे कई दफे तकलीफ भी उठानी पड़ी।

इस बाग के उत्तर तरफ की दीवार के साथ सटा हुआ एक छोटा-सा मकान था। इस बाग में खड़े होकर देखनेवालों को तो यह मकान ही मालूम पड़ता था, मगर हम यह नहीं कह सकते कि दूसरी तरफ से उसकी क्या सूरत थी। इसकी सात खिड़कियां इस बाग की तरफ थीं जिनसे मालूम होता था कि यह इस मकान का एक खुला-सा कमरा है। इस बाग में आने पर सबके पहिले जिस चीज पर कुंअर इन्द्रजीतसिंह की निगाह पड़ी वह यही कमरा था और उसकी तीन खिड़कियों में से इन्दिरा, इन्द्रदेव और राजा गोपालसिंह इस बाग की तरफ झांककर किसी को देख रहे थे, और इसके बाद जिस पर उनकी निगाह पड़ी, वह जमाने के हाथों से सताई हुई बेचारी सर्यू थी, मगर उसे दोनों कुमार पहिचानते न थे।

जिस तरह कुंअर इन्द्रजीतसिंह और उनके बताने से आनन्दसिंह ने राजा गोपालसिंह, इन्द्रदेव और इन्दिरा को देखा, उसी तरह उन तीनों ने भी दोनों कुमारों को देखा और दूर से ही साहब-सलामत की।

इन्दिरा ने हाथ जोड़कर और अपने पिता की तरफ बताकर कुमारों से कहा, "आप ही के चरणों की बदौलत मुझे अपने पिता के दर्शन हुए!"

दसवां बयान

अब हम अपने पाठकों को फिर उसी सफर में ले चलते हैं जिसमें चुनार जानेवाले राजा बीरेन्द्रसिंह का लश्कर पड़ा हुआ है। पाठकों को याद होगा कि कमबख्त मनोरमा ने तिलिस्मी खंजर से किशोरी, कामिनी और कमला का सिर काट डाला और खुशी-भरी आवाज में कुछ कह रही थी कि पीछे की तरफ से आवाज आई, "नहीं-नहीं, ऐसा न हुआ है न होगा!"

आवाज देनेवाला भैरोसिंह था जिसे मनोरमा को खोज निकालने का काम सुपुर्द किया गया था। वह मनोरमा की खोज में चक्कर लगाता और टोह लेता हुआ उसी जगह जा पहुंचा था, मगर उसे इस बात का बड़ा ही अफसोस था कि उन तीनों का सिर कट जाने के बाद वह खेमे के अन्दर पहुंचा।

हमारे ऐयार की आवाज सुनकर मनोरमा चौंकी और उसने घूमकर पीछे की तरफ देखा तो हाथ में खंजर लिये हुए भैरोसिंह पर निगाह पड़ी। यद्यपि भैरोसिंह पर नजर पड़ते ही वह जिन्दगी से ना-उम्मीद हो गई मगर फिर भी उसने तिलिस्मी खंजर का वार भैरोसिंह पर किया। भैरोसिंह पहिले ही से होशियार था और उसके पास भी तिलिस्मी खंजर मौजूद था। अस्तु, उसने अपने खंजर पर इस ढंग से मनोरमा के खंजर का वार रोका कि मनोरमा की कलाई भैरोसिंह के खंजर पर पड़ी और वह कटकर तिलिस्मी खंजर सहित दूर जा गिरी। भैरोसिंह ने इतने ही पर सब्र न करके उसी खंजर से मनोरमा की एक टांग काट डाली और इसके बाद जोर से चिल्लाकर पहरेवालों को आवाज दी।

पहरेवाले तो पहिले ही से बेहोश पड़े हुए थे, मगर भैरोसिंह की आवाज ने लौंडियों को होशियार कर दिया और बात-की-बात में बहुत-सी लौंडियां उस खेमे के अन्दर आ पहुंचीं जो वहां की अवस्था देखकर जोर-जोर से रोने और चिल्लाने लगीं।

थोड़ी देर में उस खेमे के अन्दर और बाहर भीड़ लग गई। जिधर देखिए उधर मशाल जल रही है और आदमी-पर-आदमी टूटा पड़ता है। राजा बीरेन्द्रसिंह और तेजसिंह भी उस खेमे में गए और वहां की अवस्था देखकर अफसोस करने लगे।

तेजसिंह ने हुक्म दिया कि तीनों लाशें उसी जगह ज्यों-की-त्यों रहने दी जाएं और मनोरमा (जो कि चेहरा धुल जाने के कारण पहिचानी जा चुकी थी) वहां से उठवाकर दूसरे खेमे में पहुंचाई जाए। उसके जख्म पर पट्टी लगाई जाए और उस पर सख्त पहरा रहे। इसके बाद भैरोसिंह और तेजसिंह को साथ लिये हुए राजा बीरेन्द्रसिंह अपने खेमे में आए और बातचीत करने लगे। उस समय खेमे के अन्दर सिवाय इन तीनों के और कोई भी न था। भैरोसिंह ने अपना हाल बयान किया और कहा, "मुझे इस बात का बड़ा दुःख है कि किशोरी, कामिनी और कमला का सिर कट जाने के बाद मैं उस खेमे के अन्दर पहुंचा!"

तेजसिंह–अफसोस की कोई बात नहीं है, ईश्वर की कृपा से हम लोगों को यह बात पहिले ही मालूम हो गई थी कि मनोरमा हमारे लश्कर के साथ है।

भैरोसिंह–अगर यह बात मालूम हो गई थी तो आपने इसका इन्तजाम क्यों नहीं किया और इन तीनों की तरफ से बेफिक्र क्यों रहे?

तेजसिंह–हम लोग बेफिक्र नहीं रहे बल्कि जो कुछ इन्तजाम करना वाजिब था, किया गया। तुम यह सुनकर ताज्जुब करोगे कि किशोरी, कामिनी और कमला मरी नहीं बल्कि ईश्वर की कृपा से जीती हैं, और लौंडी की सूरत में हरदम पास रहने पर भी मनोरमा ने धोखा खाया।

भैरोसिंह–मनोरमा ने धोखा खाया और वे तीनों जीती हैं?

तेजसिंह–हां, ऐसा ही है। इसका खुलासा हाल हम तुमसे कहते हैं, मगर पहिले बताओ कि तुमने मनोरमा को कैसे पहिचाना? हम तो कई दिनों से पहिचानने की फिक्र में लगे हुए थे, मगर पहिचान न सके क्योंकि मनोरमा के कब्जे में तिलिस्मी खंजर का होना हमें मालूम था और हम हर लौंडी की उंगलियों पर तिलिस्मी खंजर के जोड़ की अंगूठी देखने की नीयत से निगाह रखते थे।

भैरोसिंह–मैं उसका पता लगाता हुआ इसी लश्कर में आ पहुंचा था। उस समय टोह लेता हुआ, जब मैं किशोरी के खेमे के पास पहुंचा तो पहरे के सिपाही को बेहोश और खेमे का पर्दा हटा हुआ देख मुझे किसी दुश्मन के अन्दर जाने का गुमान हुआ और मैं भी उसी राह से खेमे के अन्दर चला गया। जब वहां की अवस्था देखी और उसके मुंह से निकली हुई बातें सुनीं तब शक हुआ कि यह मनोरमा है, मगर निश्चय तब ही हुआ, जब उसका चेहरा साफ किया गया और आपने भी पहिचाना। अब आप कृपा कर यह बताइए कि किशोरी, कामिनी और कमला क्योंकर जीती बचीं और जो तीनों मारी गईं, वे कौन थीं?

तेजसिंह–हमें इस बात का पता लग चुका था कि भेष बदले हुए मनोरमा हमारे लश्कर के साथ है, मगर जैसा कि तुमसे कह चुके हैं, उद्योग करने पर भी हम उसे पहिचान न सके। एक दिन हम और राजा साहब संध्या के समय टहलते हुए खेमे से दूर चले गए और एक छोटे टीले पर चढ़कर अस्त होते हुए सूर्य की शोभा देखने

लगे। उस समय कृष्णाजिन्न का भेजा हुआ एक सवार हमारे पास आया और उसने एक चीठी राजा साहब के हाथ में दी, राजा साहब ने चीठी पढ़कर मुझे दी। उसमें लिखा हुआ था–"मुझे इस बात का पूरा-पूरा पता लग चुका है कि कई सहायकों को साथ लिये और भेष बदले हुए मनोरमा आपके लश्कर में मौजूद है और उसके अतिरिक्त और भी कई दुष्ट किशोरी और कामिनी के साथ दुश्मनी किया चाहते हैं, इसलिए मेरी राय है कि बचाव तथा दुश्मनों को धोखा देने के लिए किशोरी, कामिनी और कमला को कुछ दिन तक छिपा देना चाहिए और उनकी जगह सूरत बदलकर दूसरी लौंडियों को रख देना चाहिए। इस काम के लिए मेरा एक तिलिस्मी मकान जो आपके रास्ते में ही कुछ दूर हटकर पड़ेगा, मुनासिब है, और मैंने इस काम के लिए वहां पूरा इन्तजाम भी कर दिया है। लौंडियां भी सूरत बदलने और खिदमत करने के लिए भेज दी हैं क्योंकि आपकी लौंडियों की सूरत बदलना ठीक न होगा और लश्कर में लौंडियों की कमी से लोगों को शक हो जाएगा। अस्तु, आप बहुत जल्द इन्तजाम करके उन तीनों को वहां पहुंचाइए, मैं भी इन्तजाम करने के लिए पहिले ही से उस मकान में जाता हूं–" इत्यादि, इसके बाद उस मकान का पूरा-पूरा पता लिखकर अपना दस्तखत एक निशान के साथ कर दिया जिसमें हम लोगों को चीठी लिखनेवाले पर किसी तरह का शक न हो और उस मकान के अन्दर जाने की तरकीब भी लिख दी थी।

कृष्णाजिन्न की राय को राजा साहब ने स्वीकार किया और पत्र का उत्तर देकर वह सवार बिदा कर दिया गया। रात के समय किशोरी, कामिनी और कमला को ये बातें समझा दी गईं और उन्होंने उसी दुष्ट मनोरमा की जुबानी दोपहर के बाद यह कहला भेजा, "हमने सुना है कि यहां से थोड़ी ही दूर पर कोई तिलिस्मी मकान है, यदि आप चाहें तो हम लोग उस मकान की सैर कर सकती हैं" इत्यादि। मतलब यह कि इसी बहाने से मैं खुद उन तीनों को रथ पर सवार कराके उस मकान में ले गया और कृष्णाजिन्न को वहां मौजूद पाया। उसने अपने हाथ से अपनी तीन लौंडियों को किशोरी, कामिनी और कमला बना हमारे रथ पर सवार कराया और हम उन्हें लेकर इस लश्कर में लौट आए। तुम जानते ही हो कि कृष्णाजिन्न कितना बड़ा बुद्धिमान और होशियार तथा हम लोगों का दोस्त आदमी है।

भैरोसिंह–बेशक, उनकी हिफाजत में किशोरी, कामिनी और कमला को किसी तरह की तकलीफ नहीं हो सकती और यह आपने बड़ी खुशी की बात सुनाई, मगर मैं समझता हूं कि इन भेदों को अभी आप गुप्त रक्खेंगे और यह बात जाहिर न होने देंगे कि वे तीनों जो मारी गई हैं, वास्तव में किशोरी, कामिनी और कमला न थीं।

तेजसिंह–नहीं-नहीं, अभी इस भेद का खुलना उचित नहीं है। सभों को यही मालूम रहना चाहिए कि वास्तव में किशोरी, कामिनी और कमला मारी गईं। अच्छा अब दो-चार बातें तुम्हें और कहनी हैं, वह भी सुन लो।

भैरोसिंह–जो आज्ञा।

तेजसिंह–कृष्णाजिन्न तो काम-काजी आदमी ठहरा और वह ऐसे-ऐसे बखेड़ों में फंसा है कि उसे दम मारने की फुर्सत नहीं।

भैरोसिंह–निःसन्देह ऐसा ही है। इतना काम जो वह करते हैं सो भी उन्हीं की बुद्धिमानी का नतीजा है, दूसरा नहीं कर सकता।

तेजसिंह–अस्तु, कृष्णाजिन्न तो ज्यादे दिनों तक उस मकान में रह नहीं सकता जिसमें किशोरी, कामिनी और कमला हैं। वह अपने ठिकाने चला गया होगा। मगर उन तीनों की हिफाजत का पूरा-पूरा बन्दोबस्त कर गया होगा। अब तुम भी इसी समय उस मकान की तरफ चले जाओ और जब तक हमारा दूसरा हुक्म न पहुंचे या कोई आवश्यक काम न आ पड़े, तब तक उन तीनों के साथ रहो, हम उस मकान का पता तथा उसके अन्दर जाने की तरकीब तुम्हें बता देते हैं।

भैरोसिंह–जो आज्ञा, मैं अभी जाने के लिए तैयार हूं।

तेजसिंह ने उस मकान का पूरा-पूरा हाल भैरोसिंह को बता दिया और भैरोसिंह उसी समय अपने बाप का चरण छूकर बिदा हुए।

भैरोसिंह के जाने के बाद सबेरा होने पर ब्राह्मण द्वारा नकली किशोरी, कामिनी और कमला की मृत देह की दाह-क्रिया कर दी गई। इसके पहिले ही लश्कर में जितने पढ़े-लिखे ब्राह्मण थे, सभों को बटोरकर तेजसिंह ने यह व्यवस्था करा ली थी कि इन तीनों का कोई नातेदार यहां मौजूद नहीं है, इसलिए किसी ब्राह्मण द्वारा इनकी क्रिया करा देनी चाहिए। इस काम से छुट्टी पाने के बाद लश्कर कूच कर गया और सब कोई धीरे-धीरे चुनारगढ़ की तरफ रवाना हुए।

ग्यारहवां बयान

दोनों कुमार यद्यपि सर्यू को पहिचानते न थे मगर इन्दिरा की जुबानी उसका हाल सुन चुके थे, इसलिए उन्हें शक हो गया कि यह सर्यू है। दूसरे राजा गोपालसिंह ने भी पुकारकर दोनों कुमारों से कहा कि इन्दिरा की मां सर्यू यही हैं और इन्द्रदेव ने कुमारों की तरफ बताकर सर्यू से कहा कि, "राजा बीरेन्द्रसिंह के दोनों लड़के यही कुंअर इन्द्रजीतसिंह और आनन्दसिंह हैं जो तिलिस्म तोड़ने के लिए यहां आए हैं, इन्हीं की बदौलत तुम आफत से छूटोगी।"

दोनों कुमारों को देखते ही सर्यू दौड़कर पास चली आई और कुंअर इन्द्रजीतसिंह के पैरों पर गिर पड़ी। सर्यू उम्र में कुंअर इन्द्रजीतसिंह से बहुत बड़ी थी, मगर इज्जत और मर्तबे के खयाल से दोनों को अपना-अपना हक अदा करना पड़ा। कुमार ने उसे पैर पर से उठाया और दिलासा देकर कहा, "सर्यू, इन्दिरा की जुबानी मैं तुम्हारा हाल

पूरा-पूरा तो नहीं, मगर बहुत-कुछ सुन चुका हूं और हम लोगों को तुम्हारी अवस्था पर बहुत ही रंज है। परन्तु अब तुम्हें चाहिए कि अपने दिल से दुःख को दूर करके ईश्वर को धन्यवाद दो, क्योंकि तुम्हारी मुसीबत का जमाना अब बीत गया और ईश्वर तुम्हें इस कैद से बहुत जल्द छुड़ानेवाला है। जब तक हम इस तिलिस्म में हैं, तुम्हें बराबर अपने साथ रक्खेंगे और जिस दिन हम दोनों भाई तिलिस्म के बाहर निकलेंगे, उस दिन तुम भी दुनिया की हवा खाती हुई मालूम करोगी कि तुम्हें सताने वालों में से अब कोई भी स्वतन्त्र नहीं रह गया और न अब तुम्हें किसी तरह का दुःख भोगगा पड़ेगा। तुम्हें ईश्वर को बहुत-बहुत धन्यवाद देना चाहिए कि दुष्टों के इतना ऊधम मचाने पर भी तुम अपने पति और प्यारी लड़की को सिवाय अपनी जुदाई के और किसी तरह के रंज और दुःख से खाली पाती हो। ईश्वर तुम लोगों का कल्याण करें।"

इसके बाद कुमार ने कमरे की तरफ सिर उठाकर देखा। राजा गोपालसिंह ने इन्द्रदेव की तरफ इशारा करके कहा, "इन्दिरा के पिता इन्द्रदेव को हमने बुलवा भेजा है। शायद आज के पहिले आपने इन्हें न देखा होगा।"

उस समय पुनः इन्द्रदेव ने झुककर कुमार को सलाम किया और कुंअर इन्द्रजीतसिंह ने सलाम का जवाब देकर कहा, "आपका आना बहुत अच्छा हुआ। आप इन दोनों को अपनी आंखों से देखकर प्रसन्न हुए होंगे। कहिए रोहतासगढ़ का क्या हाल है?"

इन्द्रदेव–सब कुशल है। मायारानी और दारोगा तथा और कैदियों को साथ लेकर राजा बीरेन्द्रसिंह चुनारगढ़ की तरफ रवाना हो गए, किशोरी, कामिनी और कमला को अपने साथ लेते गए। लक्ष्मीदेवी, कमलिनी और लाडिली तथा नकली बलभद्रसिंह को उनसे मांगकर मैं अपने घर ले गया और उन्हें उसी जगह छोड़कर राजा गोपालसिंह की आज्ञानुसार यहां चला आया हूं। यह हाल संक्षेप में मैंने इसलिए बयान किया कि राजा गोपालसिंह की जुबानी वहां का कुछ हाल आपको मालूम हो गया है, यह मैं सुन चुका हूं।

इन्द्रजीत–लक्ष्मीदेवी, कमलिनी और लाडिली को आप यहां क्यों न ले आए?

इसका जवाब इन्द्रदेव ने तो कुछ भी न दिया, मगर राजा गोपालसिंह ने कहा, "ये असली बलभद्रसिंह का पता लगाने के लिए अपने मकान से रवाना हो चुके थे जब रास्ते में मेरा पत्र इन्हें मिला। परसों एक पत्र मुझे कृष्णाजिन्न का भेजा हुआ मिला था। उसके पढ़ने से मालूम हुआ कि मनोरमा भेष बदलकर राजा साहब के लश्कर में जा मिली थी जिसका पता लगाना बहुत ही कठिन था और वह किशोरी, कामिनी को मार डालने की सामर्थ्य रखती थी, क्योंकि उसके पास तिलिस्मी खंजर भी था, इसलिए कृष्णाजिन्न ने राजा साहब को लिख भेजा था कि बहाना करके गुप्त रीति से किशोरी, कामिनी और कमला को हमारे फलाने तिलिस्मी मकान में (जिसका

पता-ठिकाना और हाल भी लिख भेजा था) शीघ्र भेज दीजिए, मैं वहां मौजूद रहूंगा और उनके बदले में अपनी लौंडियों को किशोरी, कामिनी और कमला बनाकर भेज दूंगा जो आपके लश्कर में रहेंगी! ऐसा करने से यदि मनोरमा का वार चल भी गया तो हमारा बहुत नुकसान न होगा। राजा साहब ने भी यह बात पसन्द कर ली और कृष्णाजिन्न के कहे मुताबिक कामिनी और कमला को खुद तेजासिंह रथ पर सवार कराके कृष्णाजिन्न के तिलिस्मी मकान में छोड़ आए तथा उनकी जगह भेष बदली हुई लौंडियों को अपने लश्कर में ले गए। आज रात को कृष्णाजिन्न का दूसरा पत्र मुझे मिला जिससे मालूम हुआ कि राजा साहब के लश्कर में नकली किशोरी, कामिनी और कमला, मनोरमा के हाथ से मारी गईं और मनोरमा गिरफ्तार हो गई। आज के पत्र में कृष्णाजिन्न ने यह भी लिखा है कि तुम इन्द्रदेव को एक पत्र लिख दो कि वह लक्ष्मीदेवी, कमलिनी और लाडिली को भी बहुत जल्द उसी तिलिस्मी मकान में पहुंचा दें जिसमें किशोरी, कामिनो और कमला हैं, मैं (कृष्णाजिन्न) स्वयं वहां मौजूद रहूंगा और दो-तीन दिन बाद दुश्मनों का रंग-ढंग देखकर किशोरी, कामिनी, कमला, लक्ष्मीदेवी, कमलिनी और लाडिली को जमानिया पहुंचा दूंगा इसके बाद जब राजा बीरेन्द्रसिंह की आज्ञा होगी या जब उचित होगा तो सभों को चुनार पहुंचाया जाएगा और उन लोगों के सामने वहां भूतनाथ का मुकएमा होगा। कृष्णाजिन्न का यह लिखना मुझे बहुत पसन्द आया, वह बड़ा ही बुद्धिमान और नेक आदमी है, जो काम करता है उसमें कुछ-न-कुछ फायदा समझ लेता है। अस्तु, मैं चाहता हूं कि (इन्द्रदेव की तरफ इशारा करके) इन्हें आज ही यहां से बिदा कर दूं जिसमें ये उन तीनों औरतों को ले जाकर कृष्णाजिन्न के तिलिस्मी मकान में पहुंचा दें। वहां दुश्मनों का डर कुछ भी नहीं है और किशोरी तथा कामिनी को भी इन लोगों से मिलने को बड़ी चाह है, जैसा कि कृष्णाजिन्न के पत्र से मालूम होता है।''

ये बातें जो राजा गोपालसिंह ने कहीं दोनों कुमारों को खुश करने के लिए वैसी ही थीं जैसे चातक के लिए स्वाती की बूंद। दोनों कुमारों को किशोरी और कामिनी के मिलने की आशा ने हद से ज्यादे प्रसन्न कर दिया। इन्द्रजीतसिंह ने मुस्कुराकर गोपालसिंह से कहा, ''कृष्णाजिन्न को बात मानना आपके लिए उतना ही आवश्यक है, जितना हम दोनों भाइयों के लिए तिलिस्म तोड़कर चुनारगढ़ पहुंचना। आप बहुत जल्द इन्द्रदेव को यहां से रवाना कीजिए।''

गोपाल–ऐसा ही होगा।

आनन्द–कृष्णाजिन्न का वह तितिस्मी नकान कहां पर है और यहां से कै दिन की राह...

गोपाल–यहां से कुल पन्द्रह-सोलह कोस पर है।

इन्द्रजीत–वाह-वाह, तब तो बहुत ही नजदीक है, (इन्द्रदेव से) मेरी तरफ से कृष्णाजिन्न को प्रणाम करके बहुत धन्यवाद दीजिएगा क्योंकि उन्होंने बड़ी चालाकी

से किशोरी, कामिनी और कमला को बचा लिया।

इन्द्रदेव–बहुत अच्छा।

इन्द्रजीत–आप तो असली बलभद्रसिंह का पता लगाने के लिए घर से निकले थे, उनका...

इन्द्रदेव–(राजा गोपालसिंह की तरफ इशारा करके) आप कहते हैं कि नकली बलभद्रसिंह ने तुम्हें धोखा दिया, तुम अब उनकी खोज मत करो क्योंकि भूतनाथ ने असली बलभद्रसिंह का पता लगा लिया और उन्हें छुड़ा चुनारगढ़ ले गया।

इन्द्रजीत–(गोपालसिंह से) क्या यह बात सच है?

गोपाल–हां, कृष्णाजिन्न ने मुझे यह भी लिखा था।

इन्द्रजीत–(मुस्कुराकर) तब तो इस खबर में किसी तरह का शक नहीं हो सकता।

इसके बाद दुनिया के पुराने नियमानुसार और बहुत दिनों से बिछुड़े हुए प्रेमियों के मिलने पर जैसा हुआ करता है, उसी के मुताबिक इन्द्रदेव और सर्यू में कुछ बातें हुईं, इन्दिरा ने भी मां से कुछ बातें कीं और तब इन्दिरा और इन्द्रदेव को साथ लेकर राजा गोपालसिंह कमरे के बाहर हो गए।

बारहवां बयान

किशोरी, कामिनी और कमला जिस मकान में रक्खी गई थीं, वह नाम ही को तिलिस्मी मकान था। वास्तव में न तो उस मकान में कोई तिलिस्म था और न किसी तिलिस्म से उसका सम्बन्ध ही था। तथापि वह मकान और स्थान बहुत सुन्दर और दिलचस्प था। ऊंची-ऊंची चार पहाड़ियों के बीच में बीस-बाईस बिगहे के लगभग जमीन थी, जिसमें तरह-तरह के कुदरती गुलबूटे लगे हुए थे, जो केवल जमीन ही की तरावट से सरसब्ज बने रहते थे। पूरब की तरफवाली पहाड़ी के ऊपर से साफ और मीठे जल का झरना गिरता था जो उस जमीन में चक्कर देता हुआ पश्चिम की तरफ की पहाड़ी के नीचे जाकर लोप हो जाता था और इस सबब से वहां की जमीन हमेशा तर बनी रहती थी। बीच में एक छोटा-सा दो मंजिल का मकान बना हुआ था और उत्तर तरफ वाली पहाड़ी पर सौ-सवा सौ हाथ ऊंचे जाकर एक छोटा-सा बंगला और भी था। शायद बनानेवाले ने इसे जाड़े के मौसम के लिए आवश्यक समझा हो क्योंकि नीचे वाले मकान में तरी ज्यादा रहती थी। किशोरी, कामिनी और कमला इसी बंगले में रहती थीं और उनकी हिफाजत के लिए जो दो-चार सिपाही तथा लौंडियां थीं, उन सभों का डेरा नीचेवाले मकान में था, खाने-पीने का सामान तथा बन्दोबस्त भी उसी में था।

उन तीनों की हिफाजत के लिए जो सिपाही और लौंडियां वहां थीं, उन सभों की सूरत भी ऐयारी ढंग से बदली हुई थी और यह बात किशोरी, कामिनी तथा कमला से कह दी गई थी जिसमें उन तीनों को किसी तरह का खुटका न रहे।

ये तीनों जानती थीं कि ये सिपाही और लौंडियां हमारे नहीं हैं फिर भी समय की अवस्था पर ध्यान देकर उन्हें इन सभों पर भरोसा करना पड़ता था। इस मकान में आने के कारण इन तीनों की तबीयत बहुत ही उदास थी। रोहतासगढ़ से रवाना होते समय इन तीनों को निश्चय हो गया था कि हम लोग बहुत जल्द चुनारगढ़ पहुंचनेवाले हैं, जहां न तो किसी दुश्मन का डर रहेगा और न किसी तरह की तकलीफ ही रहेगी। इससे भी बढ़कर बात यह होगी कि उसी चुनारगढ़ में हम लोगों की मुराद पूरी होगी। मगर निराशा ने रास्ते ही में पल्ला पकड़ लिया और दुश्मन के डर से इन्हें इस विचित्र स्थान में आकर रहना पड़ा जहां सिवाय गैर के अपना कोई भी दिखाई नहीं पड़ता था।

जिस दिन ये तीनों यहां आई थीं, उस दिन कृष्णाजिन्न भी यहां मौजूद था। ये तीनों कृष्णाजिन्न को बखूबी जानती थीं और यह भी जानती थीं कि कृष्णाजिन्न हमारा सच्चा पक्षपाती तथा सहायक है, तिस पर तेजसिंह ने भी उन तीनों को अच्छी तरह समझाकर कह दिया था कि यद्यपि तुम लोगों को यह नहीं मालूम कि वास्तव में कृष्णाजिन्न कौन है और कहां रहता है तथापि तुम लोगों को उस पर उतना ही भरोसा रखना चाहिए जितना हम पर रखती हो और उसकी आज्ञा भी उतनी ही इज्जत के साथ माननी चाहिए, जितनी इज्जत के साथ हमारी आज्ञा मानने की इच्छा रखती हो। किशोरी, कामिनी और कमला ने यह बात बड़ी प्रसन्नता से स्वीकार की थी।

जिस समय ये तीनों इस मकान में आई थीं उसके दो हो घण्टे बाद सब सामान ठीक करके कृष्णाजिन्न और तेजसिंह चले गए थे और जाते समय इन तीनों को कृष्णाजिन्न कहता गया कि तुम लोग अकेले रहने के कारण घबराना नहीं, मैं बहुत जल्द लक्ष्मीदेवी, कमलिनी और लाडिली को तुम लोगों के पास भेजवाऊंगा और तब तुम लोग बड़ी प्रसन्नता के साथ यहां रह सकोगी, मैं भी जहां तक जल्द हो सकेगा तुम लोगों को लेने के लिए आऊंगा।

तीसरे ही दिन भैरोसिंह भी उस विचित्र स्थान में जा पहुंचे जिन्हें देख किशोरी, कामिनी और कमला बहुत खुश हुईं।

हमारे प्रेमी पाठक जानते ही हैं कि कमला और भैरोसिंह का दिल घुल-मिलकर एक हो रहा था। अस्तु, इस समय यह स्थान उन्हीं दोनों के लिए मुबारक हुआ और उन्हीं को यहां आने का विशेष प्रसन्नता हुई, मगर उन दोनों को अपने से ज्यादा अपने मालिकों को खयाल था, उनकी प्रसन्नता के बिना अपनी प्रसन्नता वे नहीं चाहते थे

और उनके मालिक भी इस बात को अच्छी तरह जानते थे।

उस स्थान में पहुंचकर भैरोसिंह ने वहां के रास्ते की बड़ी तारीफ की और कहा कि इन्द्रदेव के मकान में जाने का रास्ता जैसा गुप्त और टेढ़ा है, वैसा ही यहां का भी है, अनजान आदमी यहां कदापि आ नहीं सकता। इसके बाद भैरोसिंह ने राजा बीरेन्द्रसिंह के लश्कर का हाल बयान किया।

भैरोसिंह की जुबानी लश्कर का हाल और मनोरमा के हाथ से भेष बदली हुई तीनों लौंडियों के मारे जाने की खबर सुनकर किशोरी और कामिनी के रोंगटे खड़े हो गए। किशोरी ने कहा, "निःसन्देह कृष्णाजिन्न देवता हैं। उनकी अद्‌भुत शक्ति, उनकी बुद्धि और उनके विचार की जहां तक तारीफ की जाए, उचित है। उन्होंने जो कुछ सोचा, ठीक ही निकला!"

भैरोसिंह–इसमें कोई शक नहीं। तुम लोगों को यहां बुलाकर उन्होंने बड़ा ही काम किया। मनोरमा तो गिरफ्तार हो ही गई और भाग जाने लायक भी न रही और उसके मददगार भी अगर लश्कर के साथ होंगे तो अब गिरफ्तार हुए बिना नहीं रह सकते, इसके अतिरिक्त...

कमला–हम लोगों को मरा जानकर कोई पीछा भी न करेगा और जब दोनों कुमार तिलिस्म तोड़कर चुनारगढ़ आ जाएंगे, तब तो यही दुनिया हम लोगों के लिए स्वर्ग हो जाएगी।

बहुत देर तक इन चारों में बातचीत होती रही। इसके बाद भैरोसिंह ने वहां अच्छी तरह सैर की और खा-पीकर निश्चिन्त होने के बाद इधर-उधर की बातों से उन तीनों का दिल बहलाने लगे, और जब तक वहां रहे, उन लोगों को उदास न होने दिया।

तेरहवां बयान

संध्या होने में अभी दो घण्टे से ज्यादे देर है, मगर सूर्य भगवान पहाड़ की आड़ में हो गए, इसलिए उस स्थान में, जिसमें किशोरी, कामिनी और कमला हैं, पूरब तरफ वाली पहाड़ी के ऊपरी हिस्से के सिवाय और कहीं धूप नहीं है। समय अच्छा और स्थान बहुत ही रमणीक मालूम पड़ता है। भैरोसिंह एक पेड़ के नीचे बैठे हुए कुछ बना रहे हैं और किशोरी, कामिनी और कमला बंगले से कुछ दूर पर एक पत्थर की चट्टान पर बैठी बातें कर रही हैं।

कमला ने कहा, "बैठे-बैठे मेरा जी घबड़ा गया।"

कामिनी–तो तुम भी भैरोसिंह के पास जा बैठो और पेड़ की छाल छील-छीलकर रस्सी बटो।

कमला–जी, मैं ऐसे गन्दे काम नहीं करती। मेरा मतलब यह था कि अगर हुक्म हो तो मैं पहाड़ी के बाहर जाकर इधर-उधर की कुछ खबर ले आऊं या जमानिया में जाकर इसी बात का पता लगाऊं कि राजा गोपालसिंह के दिल से लक्ष्मीदेवी की मुहब्बत एकदम क्यों जाती रही, जो आज तक उस बेचारी को पूछने के लिए एक चिड़िया का बच्चा भी नहीं भेजा।

किशोरी–बहिन, इस बात का तो मुझे भी बड़ा रंज है। मैं सच कहती हूं कि हम लोगों में से कोई भी ऐसा नहीं है जो उसके दुःख की बराबरी करे। राजा गोपालसिंह ही की बदौलत उसने जो-जो तकलीफें उठाईं, उसे सुनने और याद करने से कलेजा कांप जाता है। अफसोस, राजा गोपालसिंह ने उसकी कुछ भी कदर न की।

कामिनी–मुझे सबसे ज्यादे केवल इस बात का ध्यान रहता है कि बेचारी लक्ष्मीदेवी ने जो-जो कष्ट सहे हैं उन सभों से बढ़कर उसके लिए यह दुःख है कि राजा गोपालसिंह ने पता लग जाने पर भी उसकी कुछ सुध न ली। सब दुःखों को तो वह सह गई, मगर यह दुःख उससे सहे न सहा जाएगा। हाय-हाय, गोपालसिंह का भी कैसा पत्थर का कलेजा है!

किशोरी–ऐसी मुसीबत कहीं मुझे सहनी पड़ती तो मैं पल-भर भी इस दुनिया में न रहती। क्या जमाने से मुहब्बत एकदम जाती रही? या राजा गोपालसिंह ने लक्ष्मीदेवी में कोई ऐब देख लिया है?

कमला–राम-राम, वह बेचारी ऐसी नहीं है कि किसी ऐब को अपने पास आने दे। देखो, अपनी छोटी बहिन की लौंडी बनकर मुसीबत के दिन किस ढंग से बिताए, मगर उसके पतिव्रत धर्म का नतीजा कुछ न निकला।

किशोरी–इस दुःख से बढ़कर दुनिया में कोई भी दुःख नहीं है। (पेड़ पर बैठे हुए एक काले कौवे की तरफ इशारा करके) देखो बहिन, वह काग हमीं लोगों की तरफ मुंह करके बार-बार बोल रहा है। (जमीन पर से एक तिनका उठाकर) यह कहता है कि तुम्हारा कोई प्रेमी यहां चला आ रहा है।

कामिनी–(ताज्जुब से), तुम्हें कैसे मालूम? क्या कौवे की बोली तुम पहिचानती हो, या इस तिनके में कुछ लिखा है, या यों ही दिल्लगी करती हो?

किशोरी–मैं दिल्लगी नहीं करती सच कहती हूं, इसका पहिचानना कोई मुश्किल बात नहीं है।

कामिनी–बहिन, मुझे भी बताओ। तुम्हें इसकी तरकीब किसने सिखाई थी?

किशोरी–मेरी मां ने मुझे एक श्लोक याद करा दिया था। उसका मतलब यह है कि जब काले कौवे (काग) की बोली सुने तो एक बड़ा-सा साफ तिनका जमीन पर से उठा ले और अपनी उंगलियों से नाप के देखे कि कै अंगुल का है, जै अंगुल हो, उसमें तेरह और मिलाकर सात-सात करके जहां तक उसमें से निकल सके और जो कुछ बचे उनका हिसाब लगाए। एक बचे तो लाभ होगा, दो बचे तो कुछ नुकसान

होगा, तीन बचे तो सुख मिलेगा, चार बचे तो भोजन की कोई चीज मिलेगी, पांच बचे तो किसी मित्र का दर्शन होगा, छः बचे तो कलह होगी, सात बचे या यों कहो कि कुछ भी न बचे तो समझो कि अपना या किसी प्रेमी का मरना होगा, बस इतना ही तो हिसाब है।

कामिनी–तुम तो इतना कह गईं लेकिन मेरी समझ में कुछ भी न आया। यह तिनका जो तुमने उंगली से नापा है, इसका हिसाब करके समझा दो तो समझ जाऊंगी।

किशोरी–अच्छा देखो, यह तिनका जो मैंने नापा था छः अंगुल का है, इसमें तेरह मिला दिया तो कितना हुआ।

कामिनी–उन्नीस हुआ।

किशोरी–अच्छा इसमें से कै सात निकल सकते हैं?

कामिनी–(सोचकर) सात और सात चौदह, दो सात निकल गए और पांच बचे, अच्छा अब मैं समझ गई, तुम अभी कह चुकी हो कि अगर पांच बचे तो किसी मित्र का दर्शन हो। अच्छा अब वह श्लोक सुना दो क्योंकि श्लोक बड़ी जल्दी याद हो जाया करता है।

किशोरी–सुनो–

काकस्य वचनं श्रुत्वा गृहीत्वा तृणामुत्तमम्,
त्रयोदश समायुक्ता मुनिभिः भागमाचरेत्।
1 2 3 4 5
लाभं कष्टं महा सौख्यं भोजनं प्रियदर्शनम्
6 7
कलहो मरणं चैव काकौ वदति नान्यथा!!

कमला–(हंसकर) श्लोक तो अशुद्ध है!

किशोरी–अच्छा-अच्छा रहने दीजिए, अशुद्ध है तो तुम्हारी बला से, तुम बड़ी पण्डित बनकर आई हो तो अपना शुद्ध करा लेना!

कामिनी–(कमला से) खैर, तुम्हारे कहने से मान लिया जाए कि श्लोक अशुद्ध है मगर उसका मतलब तो अशुद्ध नहीं है।

कमला–नहीं-नहीं, मतलब को कौन अशुद्ध कहता है, मतलब तो ठीक और सच है।

कामिनी–तो बस फिर हो चुका। बीबी, दुनिया में श्लोक की बड़ी कदर होती है, पण्डित लोग अगर कोई झूठी बात भी समझाना चाहते हैं तो झट श्लोक बनाकर पढ़ देते हैं, सुननेवाले को विश्वास हो जाता है, और यह तो वास्तव में सच्चा श्लोक है।

कामिनी ने इतना कहा ही था कि सामने से किसी को आते देख चौंक पड़ी और बोली, "आहा हा! देखो किशोरी बहिन की बात कैसी सच निकली! लो कमला रानी

देख लो और अपना कान पकड़ो!"

जिस जगह किशोरी, कामिनी और कमला बैठी बातें कर रही थीं उसके सामने ही की तरफ इस स्थान में आने का रास्ता था। यकायक जिस पर निगाह पड़ने से कामिनी चौंकी, वह लक्ष्मीदेवी थी, उसके बाद कमलिनी और लाडिली दिखाई पड़ीं और सबके बाद इन्द्रदेव पर नजर पड़ी।

किशोरी–देखो बहिन, हमारी बात कैसी सच निकली।

कामिनी–बेशक, बेशक।

कमला–कृष्णाजिन्न सच ही कह गए थे कि उन तीनों को भी यहीं भेजवा दूंगा।

किशोरी–(खड़ी होकर) चलो हम लोग आगे चलकर उन्हें ले आवें।

ये तीनों लक्ष्मीदेवी, कमलिनी और लाडिली को देखकर बहुत ही खुश हुईं और वहां से उठकर कदम बढ़ाती हुई उनकी तरफ चलीं। वे तीनों बीचवाले मकान के पास पहुंचने न पाई थीं कि ये सब उनके पास जा पहुंचीं और इन्द्रदेव को प्रणाम करने के बाद आपुस में बारी-बारी से एक-दूसरे के गले मिलीं। भैरोसिंह भी उसी जगह आ पहुंचे और कुशलक्षेम पूछकर बहुत प्रसन्न हुए। इसके बाद सब कोई मिलकर उसी बंगले में आए जिसमें किशोरी, कामिनी और कमला रहती थीं और इन्द्रदेव बीचवाले दोमंजिले मकान में चले गए जिसमें भैरोसिंह का डेरा था।

यद्यपि वहां खिदमत करने के लिए लौंडियों की कमी न थी तथापि कमला ने अपने हाथ से तरह-तरह की खाने की चीजें तैयार करके सभों को खिलाया-पिलाया और मोहब्बत-भरी हंसी-दिल्लगी की बातों से सभों का दिन बहलाया। रात के समय जब हर एक काम से निश्चिन्त होकर एक कमरे में सब बैठीं तो बातचीत होने लगी।

किशोरी–(लक्ष्मीदेवी से) जमाने ने तो हम लोगों को जुदा कर दिया था मगर ईश्वर ने कृपा करके बहुत जल्द मिला दिया।

लक्ष्मीदेवी–हां बहिन, इसके लिए मैं ईश्वर को धन्यवाद देती हूं। मगर मेरी समझ में अभी तक नहीं आता कि कृष्णाजिन्न कौन है जिसके हुक्म से कोई भी मुंह नहीं मोड़ता। देखो तुम भी उसी की आज्ञानुसार यहां पहुंचाई गई और हम लोग भी उसी की आज्ञा से यहां लाए गए। जो हो, मगर इसमें कोई शक नहीं कि कृष्णाजिन्न बहुत ही बुद्धिमान और दूरदर्शी है। यह सुनकर हम लोगों को बड़ी खुशी हुई कि कृष्णाजिन्न की चालाकियों ने तुम लोगों की जान बचा ली।

कामिनी–यह खबर तुम्हें कब मिली?

लक्ष्मीदेवी–इन्द्रदेव जी जमानिया गए थे। उस जगह कृष्णाजिन्न की चीठी पहुंची जिससे सब हाल मालूम हुआ और उस चीठी के मुताबिक हम लोग यहां पहुंचाए गए।

किशोरी–जमानिया गए थे! राजा गोपालसिंह ने बुलाया होगा?

लक्ष्मीदेवी–(ऊंची सांस लेकर) वे क्यों बुलाने लगे थे, उन्हें क्या गर्ज पड़ी थी,

हां, हमारे पिता का पता लगाने गए थे, सो वहां जाने पर कृष्णाजिन्न की चीठी ही से यह भी मालूम हुआ कि भूतनाथ उन्हें छुड़ाकर चुनारगढ़ ले गया। ईश्वर इसका भला करे, भूतनाथ बात का धनी निकला।

किशोरी–(खुश होकर) भूतनाथ ने यह बहुत बड़ा काम किया। फिर भी उसके मुकदमे में बड़ी उलझन निकलेगी।

कामिनी–इसमें क्या शक है?

किशोरी–अच्छा तो जमानिया में जाने से और भी किसी का हाल मालूम हुआ?

कमलिनी–हां, दोनों कुमारों से दूर की मुलाकात और बातचीत हुई क्योंकि वे तिलिस्म तोड़ने की कार्रवाई कर रहे थे, और वहीं इन्द्रदेव ने अपनी लड़की इन्दिरा को पाया और अपनी स्त्री सर्यू को भी देखा।

किशोरी–(चौंककर और खुश होकर) यह बड़ा काम हुआ! वे दोनों इतने दिनों तक कहां थीं और कैसे मिलीं?

लक्ष्मीदेवी–वे दोनों तिलिस्म में फंसी हुई थीं, दोनों कुमारों की बदौलत उनकी जान बची।

इस जगह लक्ष्मीदेवी ने सर्यू और इन्दिरा का किस्सा पूरा-पूरा बयान किया जिसे सुनकर वे तीनों बहुत प्रसन्न हुईं और कमला ने कहा, "विश्वासघातियों और दुष्टों के लिए उस समय जमानिया बैकुण्ठ हो रहा था!"

लक्ष्मीदेवी–तभी तो मुझे ऐसे-ऐसे दुःख भोगने पड़े जिनसे अभी तक छुटकारा नहीं मिला, मगर मैं नहीं कह सकती कि अब मेरी क्या गति होगी और मुझे क्या करना होगा।

किशोरी–क्या जमानिया में इन्द्रदेव से राजा गोपालसिंह ने तुम्हारे विषय में कोई बातचीत नहीं की?

लक्ष्मीदेवी–कुछ भी नहीं, सिर्फ इतना कहा कि तुम इन तीनों बहिनों को कृष्णाजिन्न की आज्ञानुसार वहां पहुंचा दो जहां किशोरी, कामिनी और कमला हैं। वहां स्वयं कृष्णाजिन्न जाएंगे, उसी समय जो कुछ वे कहें सो करना, शायद कृष्णाजिन्न उन सभों को यहां ले आवें।

कामिनी–(हाथ मलकर) बस!

लक्ष्मीदेवी–बस, और कुछ भी नहीं पूछा और न इन्द्रदेव जी ही ने कुछ कहा, क्योंकि उन्हें भी इस बात का रंज है।

किशोरी–रंज हुआ ही चाहे, जो कोई सुनेगा उसी को इस बात का रंज होगा। वे तो बेचारे पिता ही के बराबर ठहरे, क्यों न रंज करेंगे! (कमलिनी से) तुम तो अपने जीजाजी के मिजाज की बड़ी तारीफ करती थीं!

कमलिनी–बेशक वे तारीफ के लायक हैं, मगर इस मामले में तो मैं आप हैरान हो रही हूं कि उन्होंने ऐसा क्यों किया! उनके सामने ही दोनों कुमारों ने बड़े शौक

से तुम लोगों का हाल इन्द्रदेव से पूछा और सभों को जमानिया में बुला लेने के लिए कहा, मगर उस पर भी राजा साहब ने हमारी दुखिया बहिन को याद न किया, आशा है कि कल तक कृष्णाजिन्न भी यहां आ जाएंगे देखें वह क्या करते हैं।

लक्ष्मीदेवी–करेंगे क्या? अगर वह मुझे जमानिया चलने के लिए कहेंगे भी तो मैं बेइज्जती के साथ जानेवाली नहीं हूं। जब मेरा मालिक मुझे पूछता ही नहीं तो मैं कौन-सा मुंह लेकर उसके पास जाऊं और किस सुख के लिए या किस आशा पर इस शरीर को रक्खूं।

कमला–नहीं-नहीं, तुम्हें इतना रंज न करना चाहिए...

कामिनी–(बात काटकर) रंज क्यों न करना चाहिए! भला इससे बढ़कर भी कोई रंज दुनिया में है! जिसके सबब से और जिसके खयाल से इस बेचारी ने इतने दुःख भोगे और ऐसी अवस्था में रही, वही जब एक बात न पूछे तो कहो रंज हो कि न हो? और नहीं तो इस बात का खयाल करते कि इसी की बहिन या उनकी साली की बदौलत उनकी जान बची, नहीं तो दुनिया से उनका नाम-निशान ही उठ गया था!

लाडिली–बहिन, ताज्जुब तो यह है कि इनकी खबर न ली तो न सही, अपनी उस अनोखी मायारानी की सूरत तो आकर देख जाते जिसने उनके साथ...

कामिनी–(जल्दी से) हां और क्या? उसे भी देखने न आए! उन्हें तो चाहिए था कि रोहतासगढ़ पहुंचकर उसकी बोटी-बोटी अलग कर देते!

इस तरह से ये सब बड़ी देर तक आपुस में बातें करती रहीं। लक्ष्मीदेवी की अवस्था पर सभों को रंज, अफसोस और ताज्जुब था। जब रात ज्यादे बीत गई तो सभों ने चारपाई की शरण ली। दूसरे दिन उन्हें कृष्णजिन्न के आने की खबर मिली।

चौदहवां बयान

किशोरी, कामिनी, कमलिनी, लक्ष्मीदेवी, कमला और लाडिली सभों को कृष्णाजिन्न के आने का इन्तजार था। सभों के दिल में तरह-तरह की बातें पैदा हो रही थीं और सभों को इस बात की आशा लग रही थी कि कृष्णाजिन्न के आने पर इस बात का पता लग जाएगा कि कृष्णाजिन्न कौन हैं और राजा गोपालसिंह ने लक्ष्मीदेवी की सुध क्यों भुला दी।

आखिर दूसरे दिन कृष्णाजिन्न भी वहां आ पहुंचा। यद्यपि वह एक ऐसा आदमी था जिसकी किसी को भी खबर न थी, कोई भी नहीं कह सकता था कि वह कौन और कहां का रहनेवाला है, न कोई उसकी जात बता सकता था और न कोई उसकी ताकत और सामर्थ्य के विषय में ही कुछ वाद-विवाद कर सकता था, तथापि उसकी

हमदर्दी और कार्रवाई से सभी खुश थे और इसलिए कि राजा बीरेन्द्रसिंह उसे मानते थे, सभी उसकी कदर करते थे। गुप्त स्थान में पहुंच वह सभों को चौकन्ना कर चुका था, इसलिए किशोरी और लक्ष्मीदेवी इत्यादि को उससे पर्दा करने की कोई आवश्यकता न थी और न ऐसा करने का उन्हें हुक्म था। अस्तु, कृष्णाजिन्न के आने की खबर पाकर सब खुश हुईं और बीचवाले दोमंजिले मकान में जिसमें सबके पहिले आकर उसने इन्द्रदेव से मुलाकात की थी, चलने के लिए तैयार हो गईं, मगर उसी समय भैरोसिंह ने बंगले पर आकर लक्ष्मीदेवी इत्यादि से कहा कि कृष्णाजिन्न स्वयं वहीं चले आ रहे हैं।

थोड़ी देर बाद कृष्णाजिन्न बंगले पर आ पहुंचा। लक्ष्मीदेवी, कमलिनी, लाडिली, किशोरी, कामिनी और कमला ने आगे बढ़कर उसका इस्तकबाल (अगवानी) किया और इज्जत के साथ लाकर एक ऊंची गद्दी के ऊपर बैठाया। उसकी आज्ञानुसार इन्द्रदेव और भैरोसिंह गद्दी के नीचे दाहिनी तरफ बैठे और लक्ष्मीदेवी इत्यादि को सामने बैठने के लिए कृष्णाजिन्न ने आज्ञा दी और सभों ने खुशी से उसकी आज्ञा स्वीकार की। कृष्णाजिन्न ने सभों का कुशल-मंगल पूछा और फिर यों बातचीत होने लगी–

किशोरी–आपकी बदौलत हम लोगों की जान बच गई, मगर उन लौंडियों के मारे जाने का रंज है।

कृष्णाजिन्न–यह सब ईश्वर की माया है, वह जो चाहता है, करता है। यद्यपि मनोरमा ने कई शैतानों को साथ लेकर तुम लोगों का पीछा किया था, मगर उसके गिरफ्तार हो जाने ही से उन सभों का खौफ जाता रहा। अब जो मैं खयाल करके देखता हूं तो तुम लोगों का दुश्मन कोई भी दिखाई नहीं देता, क्योंकि जिन दुष्टों की बदौलत लोग दुश्मन हो रहे थे या यों कहो कि जो लोग उनके मुखिया थे गिरफ्तार हो गए, यहां तक कि उन लोगों को कैद से छुड़ानेवाला भी कोई न रहा।

कमलिनी–ठीक है, तो अब हम लोगों को छिपकर यहां रहने की क्या जरूरत है?

कृष्णाजिन्न–(हंसकर) तुम्हें तो तब भी छिपकर रहने की जरूरत नहीं पड़ी जब चारों तरफ दुश्मनों का जोर बंधा हुआ था, आज की कौन कहे? मगर हां, (हाथ का इशारा करके) इन बेचारियों को अब यहां रहने की कोई जरूरत नहीं और अब इसीलिए मैं यहां आया हूं कि तुम लोगों को जमानिया ले चलूं। वहां से फिर जिसको जिधर जाना होगा, चला जाएगा।

लक्ष्मीदेवी–तो आप हम लोगों को चुनारगढ़ क्यों नहीं ले चलते या वहां जाने की आज्ञा क्यों नहीं देते?

कृष्णाजिन्न–नहीं-नहीं, तुम लोगों को पहिले जमानिया चलना चाहिए। यह केवल मेरी आज्ञा ही नहीं बल्कि मैं समझता हूं कि तुम लोगों की भी यही इच्छा होगी।

(लक्ष्मीदेवी से) तुम तो जमानिया की रानी ही ठहरीं, तुम्हारी रिआया खुशी मनाने के लिए उस दिन का इन्तजार कर रही है जिस दिन तुम्हारी सवारी शहर के अन्दर पहुंचेगी, और कमलिनी तथा लाडिली तुम्हारी बहिन ही ठहरीं...

लक्ष्मीदेवी–(बात काटकर) बस-बस, मैं बाज आई जमानिया की रानी बनने से! वहां जाने की मुझे कोई जरूरत नहीं, और मेरी दोनों बहिनें भी जहां मैं रहूंगी, वहीं मेरे साथ रहेंगी।

कृष्णाजिन्न–क्यों-क्यों, ऐसा क्यों?

लक्ष्मीदेवी–मैं इसलिए विशेष बात कहना नहीं चाहती कि आपने यद्यपि हम लोगों की बड़ी सहायता की है और हम लोग जन्म-भर आपकी ताबेदारी करके भी उसका बदला नहीं चुका सकते तथापि आपका परिचय न पाने के कारण...

कृष्णाजिन्न–ठीक है, ठीक है, अपरिचित पुरुष से दिल खोलकर बातें करना कुलवंती स्त्रियों का धर्म नहीं है, मगर मैं यद्यपि इस समय अपना परिचय नहीं दे सकता तथापि यह कहे देता हूं कि नाते में राजा गोपालसिंह का छोटा भाई हूं इसलिए तुम्हें भावज मानकर बहुत-कुछ कहने और सुनने का हक रखता हूं। तुम निश्चय रक्खो कि मेरे विषय में राजा गोपालसिंह तुम्हें कभी उलाहना न देंगे, चाहे तुम मुझसे किसी तरह पर बातचीत क्यों न करो! (कुछ सोचकर) मगर मैं समझ रहा हूं कि तुम जमानिया जाने से क्यों इनकार करती हो। शायद तुम्हें इस बात का रंज है कि यकायक तुम्हारे जीते रहने की खबर पाकर भी गोपालसिंह तुम्हें देखने के लिए न आए...

कमलिनी–देखने के लिए आना तो दूर रहा, अपने हाथ से एक पुर्जा लिखकर यह भी न पूछा कि तेरा मिजाज कैसा है?

लाडिली–आने-जानेवाले आदमी तक से भी हाल न पूछा!

लक्ष्मीदेवी–(धीरे से) एक कुत्ते की भी इतनी बेकदरी नहीं की जाती!

कमलिनी–ऐसी हालत में रंज हुआ ही चाहे, जब आप यह कहते हैं कि हम राजा गोपालसिंह के छोटे भाई हैं, और मैं समझती हूं कि आप झूठ भी नहीं कहते होंगे, तभी हम लोगों को इतना कहने का हौसला भी होता है। आप ही कहिए कि राजा साहब को क्या यही उचित था?

कृष्णाजिन्न–मगर तुम इस बात का क्या सबूत रखती हो कि राजा साहब ने इनकी बेकदरी की? औरतों की भी विचित्र बुद्धि होती है! असल बात तो जानतीं नहीं और उलाहना देने पर तैयार हो जाती हैं!

कमलिनी–सबूत अब इससे बढ़कर क्या होगा जो मैं कह चुकी हूं? अगर एक दिन के लिए चुनारगढ़ आ जाते तो क्या पैर की मेंहदी छूट जाती!

कृष्णाजिन्न–अपने बड़े लोगों के सामने अपनी स्त्री को देखने के लिए आना क्या उचित होता! मगर अफसोस, तुम लोगों को तो इस बात की खबर ही नहीं कि राजा

गोपालसिंह महाराजा बीरेन्द्रसिंह के भतीजे होते हैं और इसी सबब से लक्ष्मीदेवी को अपने घर में आ गई जानकर, उन्होंने किसी तरह की जाहिरदारी न की।

सब–(ताज्जुब से) क्या महाराज उनके चाचा होते हैं?

कृष्णाजिन्न–हां, यह बात पहिले केवल हमीं दोनों आदमियों को मालूम थी और तिलिस्म तोड़ते समय दोनों कुमारों को मालूम हुई या आज मेरी जुबानी तुम लोगों ने सुनी! खुद महाराज बीरेन्द्रसिंह को भी अभी तक यह बात मालूम नहीं है।

लक्ष्मीदेवी–अच्छा-अच्छा, अब नातेदारी इतनी छिपी हुई थी तो...

कमलिनी–(लक्ष्मीदेवी को रोककर) बहिन, तुम रहने दो मैं इनकी बातों का जवाब दे लूंगी! (कृष्णाजिन्न से) तो क्या गुप्त रीति से वह एक चीठी भी नहीं भेज सकते थे?

कृष्णाजिन्न–चीठी भेजना तो दूर रहा, गुप्त रीति से खुद कई दफे आकर वे इनको देख भी गए हैं।

लाडिली–अगर ऐसा ही होता तो रंज काहे का था!

कमलिनी–इस बात को तो वह कदापि साबित नहीं कर सकते!

कृष्णाजिन्न–यह बात बहुत सहज में साबित हो जाएगी और तुम लोग सहज ही में मान भी जाओगी, मगर जब उनका और तुम्हारा सामना होगा तब।

कमलिनी–तो आपकी राय है कि बिना सन्तोष हुए और बिना बुलाए बेइज्जती के साथ हमारी बहिन जमानिया चली जाए?

कृष्णाजिन्न–बिना बुलाए कैसे, आखिर मैं यहां किसलिए आया हूं। (जेब से एक चीठी निकालकर और लक्ष्मीदेवी के हाथ में देकर) देखो उनके हाथ की लिखी चीठी पढ़ो।

चीठी में यह लिखा हुआ था–

"जिरंजीव कृष्णा, योग्य लिखी गोपालसिंह का आशीर्वाद–आज तीन दिन हुए एक पत्र तुम्हें भेज चुका हूं। तुम छोटे भाई हो इसलिए विशेष लिखना उचित नहीं समझता, केवल इतना लिखता हूं कि चीठी देखते ही चले आओ और अपनी भावज को तथा उनकी दोनों बहिनों को जहां तक जल्दी हो सके, यहां ले आओ।"

इसी चीठी को बारी-बारी से सभों ने पढ़ा।

कमलिनी–मगर इस चीठी में कोई ऐसी बात नहीं लिखी है जिससे लक्ष्मीदेवी के साथ हमदर्दी पाई जाती हो! जब हाथ दुखाने बैठे ही थे तो एक चीठी इनके नाम की भी लिख डाली होती! इन्हें नहीं तो मुझी को कुछ लिख भेजा होता, मेरा-उनका सामना हुए भी तो बहुत दिन नहीं हुए। मालूम होता है कि थोड़े ही दिनों में वे बेमुरौवत और कृतघ्न भी हो गए।

कृष्णाजिन्न–कृतघ्न का शब्द तुमने बहुत ठीक कहा! मालूम होता है कि तुम उन पर अपनी कार्रवाइयों का अहसान डाला चाहती हो?

कमलिनी–(क्रोध से) क्यों नहीं? क्या मैंने उनके लिए थोडी मेहनत की है? और इसका क्या यही बदला था?

कृष्णाजिन्न–जब अहसान और उसके बदले का खयाल आ गया तो मुहब्बत कैसी और प्रेम कैसा? मुहब्बत और प्रेम में अहसान और बदला चुकाने का तो खयाल ही नहीं होना चाहिए। यह तो रोजगार और लेने-देने का सौदा हो गया! और अगर तुम इसी बदला चुकानेवाली कार्रवाई को प्रेमभाव समझती हो तो घबराती क्यों हो? समझ लो कि दुकानदार नादेहन्द है, मगर बदला देने योग्य है, कभी-न-कभी बदला चुका ही जाएगा। हाय, हाय, औरतें भी कितना जल्द अहसान जताने लगती हैं! क्या तुमने कभी यह भी सोचा कि तुम पर किसने अहसान किया और तुम उसका बदला किस तरह चुका सकती हो? अगर तुम्हारा ऐसा ही मिजाज है और बदला चुकाए जाने की तुम ऐसी ही भूखी हो तो बस हो चुका। तुम्हारे हाथों से किसी गरीब, असमर्थ या दीन-दुखिया का भला कैसे हो सकता है क्योंकि उसे तो तुम बदला चुकाने लायक समझोगी ही नहीं।

कमलिनी–(कुछ शर्माकर) क्या राजा गोपालसिंह असमर्थ और दीन हैं?

कृष्णाजिन्न–नहीं हैं। तो तुमने राजा समझके उन पर अहसान किया था? अगर ऐसा है तो मैं तुम्हें उनसे बहुत-सा रुपया दिलवा सकता हूं।

कमलिनी–जी, मैं रुपये की भूखी नहीं हूं।

कृष्णाजिन्न–बहुत ठीक, तब तुम प्रेम की भूखी होगी!

कमलिनी–बेशक!

कृष्णाजिन्न–अच्छा तो जो आदमी प्रेम का भूखा है उसे दीन, असमर्थ और समर्थ में अहसान करते समय भेद क्यों दिखने लगा और इसके देखने की जरूरत ही क्या है? ऐसी अवस्था में भी यही जान पड़ता है कि तुम्हारे हाथों से गरीब और दुखियों को लाभ नहीं पहुंच सकता क्योंकि वे न तो समर्थ हैं और न तुम उनसे उस अहसान के बदले में प्रेम ही पाकर खुश हो सकती हो।

कमलिनी–आपके इस कहने से मेरी बात नहीं कटती। प्रेमभाव का बर्ताव करके तो अमीर और गरीब आदमी भी अहसान का बदला उतार सकता है! और कुछ नहीं तो वह कम-से-कम अपने ऊपर अहसान करनेवाले का कुशल-मंगल ही चाहेगा। इसके अतिरिक्त अहसान और अहसान का जस माने बिना दोस्ती भी तो नहीं हो सकती। दोस्ती की तो बुनियाद ही नेकी है! क्या आप उसके साथ दोस्ती कर सकते हैं जो आपके साथ बदी करे?

कृष्णाजिन्न–अगर तुम केवल उपकार मान लेने ही से खुश हो सकती हो तो चलकर राजा साहब से पूछो कि वह तुम्हारा उपकार मानते हैं या नहीं, या उनको कहो कि उपकार मानते हों तो इसकी मुनादी करवा दें, जैसा कि लक्ष्मीदेवी ने इन्द्रदेव का उपकार मानके किया था।

लक्ष्मीदेवी–(शर्माकर) मैं भला उनके अहसान का बदला क्योंकर अदा कर सकती हूं और मुनादी कराने से होता ही क्या है?

कृष्णाजिन्न–शायद राजा गोपालसिंह भी यही सोचकर चुप बैठ रहे हों और दिल में तुम्हारी तारीफ करते हों।

लक्ष्मीदेवी–(कमलिनी से) तुम व्यर्थ की बातें कर रही हो, इस वाद-विवाद से क्या फायदा होगा। मतलब तो इतना ही है कि मैं उस घर में नहीं जाना चाहती जहां अपनी इज्जत नहीं, पूछ नहीं, चाह नहीं और जहां एक दिन भी रही नहीं।

कृष्णाजिन्न–अच्छा इन सब बातों को जाने दो, मैं एक दूसरी बात कहता हूं, उसका जवाब दो।

कमलिनी–कहिए।

कृष्णाजिन्न–जरा विचार करके देखो कि तुम उनको तो बेमुरौवत कहती हो, इसका खयाल भी नहीं करतीं कि तुम लोग उनसे कहीं बढ़कर बेमुरौवत हो! राजा गोपालसिंह एक चीठी अपने हाथ से लिखकर तुम्हारे पास भेज देते तो तुम्हें सन्तोष हो जाता मगर चीठी के बदले में मुझे भेजना तुम लोगों को पसन्द न आया! अच्छा, अहसान जताने का रास्ता तो तुमने खोल ही दिया है, खुद गोपालसिंह पर अहसान जता चुकी हो, तो अगर मैं भी यह कहूं कि मैंने तुम लोगों पर अहसान किया है तो क्या बुराई है?

कमलिनी–कोई बुराई नहीं है और इसमें कोई सन्देह भी नहीं है कि आपने हम लोगों पर बहुत बड़ा अहसान किया है और बड़े वक्त पर ऐसी मदद की है कि कोई दूसरा कर ही नहीं सकता था। हम लोगों का बाल-बाल आपके अहसान से बंधा हुआ है।

कृष्णाजिन्न–तो अगर मैं ही राजा गोपालसिंह बन जाऊं तो!

कृष्णाजिन्न की इस आखिरी बात ने सभों को चौंका दिया। लक्ष्मीदेवी, कमलिनी और लाडिली कृष्णाजिन्न का मुंह देखने लगीं। कृष्णाजिन्न इस समय भी ठीक उसी सूरत में था जिस सूरत में अबके पहिले कई दफे हमारे पाठक उसे देख चुके हैं।

कृष्णाजिन्न ने अपने चेहरे पर से एक झिल्ली-सी उतारकर अलग रख दी और उसी समय कमलिनी ने चिल्लाकर कहा, "अहा, ये तो स्वयं राजा गोपालसिंह हैं!" और तब यह कहकर उनके पैरों पर गिर पड़ी, "आपने तो हम लोगों को अच्छा धोखा दिया!"

॥ सोलहवां भाग समाप्त ॥

❑❑❑